삼대록계 국문장편소설

소현성록

4

역주자 정선희(鄭善姬)는 이화여자대학교 국문학과를 졸업하고 동 대학원에서 문학박사학위를 받았으며, 이화여대 한국문화연구원 연구원, 국문학과 강의전담교수를 거쳐 현재는 국어문화원 연구원으로 재직 중이다. 국문장편고전소설의 인물형상과 서술시각, 작품에서 드러나는 여성들의 생활과 문화 등에 대해 탐구하고 있으며, 고전소설의 현대역과 주해 연구에 지속적인 관심을 갖고 있다. 저서로『19세기 소설작가 목태림 문학 연구』등이 있고, 논문으로는「삼대록계 국문장편소설에 나타난 상례 서술의 변모양상과 그 의미」,「17세기 후반 국문장편소설의 딸 형상화와 의미」,「소현성록에서 드러나는 남편들의 폭력성과 서술시각」등이 있다.

역주자 허순우(許珣宇)는 이화여자대학교 국어국문학과를 졸업하고 동 대학원에서 박사 학위를 받았다. 현재 이화여자대학교 등에서 강의를 하고 있으며 국문장편소설에 관한 연구 논문으로는「현몽쌍룡기 연작 연구」,「현몽쌍룡기 연작의 소현성록 연작 수용 양상과 서술시각」 등이 있다.

역주자 최수현(崔洙鉉)은 이화여자대학교 국어국문학과를 졸업하고 동 대학원에서 박사 학위를 받았다. 국문 장편소설의 여성인물과 서술시각에 관심을 가지고 공부하고 있으며, 논문으로「임씨삼대록 여성인물 연구」,「보은기우록의 구성과 갈등구조 연구」등이 있다.

이화한국문화연구총서 8

소현성록 4

초판 인쇄 2010년 2월 20일 **초판 발행** 2010년 2월 25일
역주자 정선희 · 허순우 · 최수현 **펴낸이** 박성모 **펴낸곳** 소명출판 **출판등록** 제13-522호
주소 서울시 서초구 서초동 1621-18 란빌딩 1층
전화 02-585-7840 **팩스** 02-585-7848 **전자우편** somyong@korea.com **홈페이지** www.somyong.co.kr

값 28,000원

ISBN 978-89-5626-449-3 93810
ISBN 978-89-5626-445-5 (세트)

이 저서는 2005년 정부의 재원으로 한국연구재단의 지원을 받아 수행된 연구임(KRF-2005-078-AS0041)

이화한국문화연구총서 8

삼대록계 국문장편소설

소현성록 4

정선희 · 허순우 · 최수현 역주

소명출판

| 일 러 두 기 |

가. 현대어역 및 주해

1. 현대어 번역은 한글 맞춤법 체계에 의거해 어법에 맞는 자연스러운 현대 한국어 문장이 되도록 하였다.
2. 띄어쓰기와 관련해 한 인물에 대한 관직명이 연달아 나올 때는 붙여 쓰기로 한다.
3. 띄어쓰기와 관련해 '공'이나 '부인'과 같은 호칭이 성과 연달아 나올 경우, 원래는 띄어 써야 하나 독서의 편의를 위해 예외적으로 붙여 썼다.
4. 현대어로 번역한 표현이 작품 원문의 단어와 형태가 많이 달라졌을 경우, 각주에서 원문의 단어를 밝혀 주었다.
5 현대어역 본문에서 어려운 한자어는 한자를 병기해 주었다.
6. 판독(判讀)이 어려운 어휘나 문장은 가능하면 이본을 참조하여 보완하고 주석을 달아 그 사실을 명기(明記)하였다.
7. 이본을 참조해도 판독이 불가할 경우 그 사실을 각주를 통해 밝혔다.
8. 면이 바뀔 경우 바뀐 부분에 첫 글자 위에 방점(˙)을 찍고 원문의 면수를 표시하였다.
9. 작품 내용에 오류가 있을 경우 바로 잡고 그 사실을 밝혀 두었다.
10. 주해는 다음과 같은 경우에 하였다.
    1) 관직명, 인명과 같은 고유명사.
    2) 전고(典故)가 있는 한자어 및 지금은 사용하지 않는 한자어.
    3) 어학적 주석이 필요한 근대 국어 어휘나 표기 체계.
    4) 등장인물 및 그들 간의 관계, 앞 줄거리를 환기시킬 필요가 있을 경우.
11. 주석의 표제어는 현대어역 본문을 대상으로 하였다.
12. 문장 부호의 사용은 다음과 같다.
    1) 큰 따옴표(" ") : 직접 인용, 대화, 장명(章名).
    2) 작은 따옴표(' ') : 간접 인용, 인물의 생각이나 내적 독백.
    3) 『 』: 책명(冊名).
    4) 「 」: 편명(篇名)
    5) 〈 〉: 작품명
    6) ( ) : 한자어를 드러낼 경우.
    7) [ ] : 표제어에서 제시하는 단어와 한자어가 음이 같은 경우는 ( )로 표시하고, 만약 음이 일치하지 않는 경우에는 [ ]를 사용함.
    8) { } : 원문에 첨기되어 있는 구절을 현대역한 경우. 단, 각주에서는 원문에 표시된 어휘를 밝히기 위해 원문 내용을 그대로 옮긴 경우

나. 원문

1. 현대 맞춤법 체계에 의거해 띄어쓰기를 해 주었다.
2. 한자는 병기하지 않았다.
3. 면이 바뀌는 곳은 면 표시를 해 주었다.
4. 판독이 불가한 경우에는 □ 표시를 해 주었다.

소현성록 해제

『소현성록』은 17세기에 창작되었을 것으로 추정되는 작자 미상의 한글소설이다. 삼대록계 국문장편소설 현대어역의 저본으로 선택한 이화여자대학교 도서관 소장본 『소현성록』은 한글 필사본으로, 15권 15책으로 되어 있으며, '본전(권1~권4)'과 '별전(권5~권15)'이 완비된 완질본이다. 권5 마지막에 표기되어 있는 것처럼 '다음 회(回)로 회를 나누었으니 이를 보면 알 것이다.'와 같은 서술자의 언급이 있는 경우도 있지만, 회장체 소설은 아니다. 『소현성록』은 17세기 조선의 유교적 가부장제 강화 및 가문 수호에 대한 관심이 반영된 작품으로, 여러 이본 중 이대본은 특히 풍부하고 섬세한 묘사를 통해 등장인물들이 생동감 있게 형상화되어 있다. 특히 스스로의 수신(修身)을 통해 군자가 되려는 소현성의 서사와, 죽은 후에까지 아들 소현성의 지극한 효성을 받는 어머니 양부인의 서사는 이 작품의 중심 서사축을 형성하면서 독자들의 눈을 끈다.

『소현성록』이라는 표제가 붙은 이본들은 모두 16종인데 그 중 완질로 전하는 것은 5종이다. 완질 5종은 우선 15권 15책의 이화여자대학교 소장본, 21권 21책으로 된 서울대 규장각 소장본, 26권 26책으로 된 서울대학교 소장본, 16권 16책으로 된 박순호 소장본, 그리고 4권 4책의 국립도서관본이다. 서울대 규장각 21권본(이하 서울대 21권본으로 칭함), 서울대 26권본 및 박순호본에도 본전(소현성록)과 별전(소씨삼대록)의 이야기가 다 전한다. 이 세 개의 이본들은 이대본에 비해 권수가 더 많아 상대적으로 서술이 더 섬세할 것 같은데 막상 그렇지가 않다. 오히려 생략과 축약이 많아서 맥락이 분명하지 않은 부분이 보이기도 한다. 현재 남아있는 이본들 중 이대본 『소현성록』이 가장 선본(先本)이자 동시에 선본(善本)으로 인정되는 이본이다. 이대본 『소현성록』은 15권 모두 겉표지 왼쪽에 한문으로 된 '소현성록 권지□(蘇賢聖錄 卷之□)'이라는 표제가 붙어 있다. 그런데 내부 표제를 보면 권1부터 권4까지는 '소현성록'으로, 권5부터 권15까지는 '소시삼ᄃᆡ록'(혹은 '별뎐 소시삼ᄃᆡ록'이나 '별뎐 삼ᄃᆡ록')로 되어 있어 그 두 개의 작품이 합해져서 한 작품으로 받아들여졌음을 알 수 있다. 각권의 제목은 각권 시작 부분에 한글로 적혀 있다. 겉표지와 내부 표제를 확인해 본 결과, '소현성록'은 이 작품 전체를 아우르는 명칭이면서 동시에 권1부터 권4까지의 이야기를 가리키는 호칭으로 쓰였음을 알 수 있다. 이대본은 권4까지를 '본전(本傳)'으로, 그 이후를 '별전(別傳)'으로 지칭하여 분명하게 나누고 있는데, 『소현성록』의 여러 이본 중 '소씨삼대록'이라는 작품명이 분명하게 나타나는 이본은 이대본이 유일하다. 이대본 『소현성록』은 '소씨삼대록'의 존재를 분명하게 확인해 준다는 점에서도 의미가 있다. 『소현성록』 본전은 소현성과 그 부인들의 이야기가 주를 이루고, 별전은 소현성의 여러 아들들과 그 부인들의 이야기가 주를 이룬다.

『소현성록』은 국문장편소설의 효시로 불리는 작품으로, 이 작품의 창작 시기는 권섭(權燮)이 남긴 자기 집안의 분재기(分財記)를 통해 확인된다. 이 기록에 의하면 권섭은 자신의 어머니인 용인 이씨가 이 작품을 필사하였고 모두 15권 15책인데 이 소설은 장자가 상속하도록 하였다. 용인 이씨의 생몰 연대를 근거로 필사 시기를 추정하면 17세기 후반 정도가 된다. 필사 시기가 17세기 후반이라면 창작 시기는 그보다 선행할 것이 분명하므로 창작 시기를 17세기로 추정하는 데 무리가 없다.

이제 연구자들 사이에서는 『소현성록』의 소설사적 가치에 대해 새삼 논의할 필요가 없을 정도로 상당한 양의 연구사가 축적되어 있다. 17세기에 창작된 대표적인 작품으로는 『홍길동전』, 『구운몽』, 『사씨남정기』 등이 있는데, 이전 시대의 대표적 작품인 『금오신화』와 비교해 볼 때 17세기 작품들은 한글 표기, 서사 분량의 확대, 주제의 다양성, 향유층의 확대 등 여러 면에서 소설 창작과 수용이 본격적인 궤도에 올랐음을 보여준다. 여기에 더하여 국문장편소설의 효시로 일컬어지는 『소현성록』이 등장하는 것인데, 장편 대하소설의 창작, 유통은 조선의 서사물이 당대의 총체적 삶을 그려낼 수 있는 충분한 역량을 갖추었음을 반증하는 것이다. 또 두세 가문을 중심으로 한 국문장편소설은 17세기 이후 왕성하게 창작, 유통되는 하위 장르로 자리 잡게 되었다. 이런 의미에서 볼 때 한국소설사에서 『소현성록』이 차지하는 비중은 확고하다고 하겠다. 박영희의 박사논문인 「『소현성록』 연구」가 연구의 선편을 잡은 이후로 후속 연구가 꾸준히 이어지는 작품이 『소현성록』이다. 『소현성록』은 국문장편소설의 효시이고, 필사 시기가 가장 이르면서 서사의 맥락이 풍부하고 정교한 작품일 뿐만 아니라 가문을 다루는 소설이 통속적인 관심으로 옮겨가기 이

전 시대, 즉 그 하위 장르의 초기적인 관심사를 보여준다는 점에서도 중요한 작품이다.

『소현성록』 연작 15권 중 1권은 조혜란이, 2권부터 7권 및 14권 71면부터 15권은 정선희가, 14권 1면에서 70면까지 그리고 8권부터 10권 97면까지는 최수현이, 10권 98면부터 13권은 허순우가 일차 번역하였고, 최종 출판 형태인 4권 중 각 권 번역 책임에 따라 서로 수차례에 걸친 번역 검토 및 교정과 윤문 작업을 통해 번역 작업을 마무리하였다.

2010년 1월

조혜란

◎ 소현성록 4

차례

현대어역

원문

소 현 성 록

12권

1 각설(却說). 소승상이 절월(節鉞)을 가지고 변경(邊境)으로 돌아올 때 삼군(三軍)이 지나는 곳마다 호령이 분명하고 엄숙하여 조금도 범하는 일이 없으니 백성이 밥과 국으로 임금의 군사를 맞이하였다. 행군하여 변경에 이르니 어머님을 뵙고 싶어 마음이 바빴다. 삼군을 재촉하여 남문 밖에 이르자 승상의 모든 자녀들이 사흘 길을 나와 맞이하였는데 부자 형제의 반기고 기뻐하는 것은 측량할 수가 없었다. 승상이 모친의 건강을 묻고 자녀들과 함께 안부 인사를 하면서도 집안 일은 묻지 않았다.

운성은 모든 형제들을 만나 매우 반갑고 다행스러워 하며 운남국 치던 일 등 많은 이야기를 하였다. 그러나 군대 안이 엄숙하여 감히 사사로운 정은 말하지 못하고 다만 기쁘고 다행스러워 하면서 성 아래에 이르렀다. 진종황제가 성 밖 이십 리까지 임금의 수레를 갖춰 와 승상을 맞이하였

2 다. 만조대신이 말 머리를 나란히 하고 어깨를 연이어 가득하게 차례대로 서서 임금의 수레를 모시고 바라보았다. 대군이 군대의 대열을 살핀 후 나아갈 방향1)을 정하였다. 사람과 말이 허공에 나는 것 같고, 갑옷을 입은 군사2)들은 산뜻하였으며, 깃발이 해를 가리니 위풍은 당당하며 진법(陣法)3)은 기이하였다. 물밀듯이 나아오다가 황제의 가마를 보고는 일시에 결진(結陣)한 후 만세를 부르니 황제가 매우 기뻐하시며 장막을 차려 놓고 승상을 가까이 불러서는 사례하며 말씀하셨다.

"짐이 불행하게도 오랑캐에게 싸였는데, 운남이 이때를 틈타 반역하니 국가가 위태하였다. 그런데 선생4)이 친히 만 리 밖5)의 풍상(風霜)을 무

---

1) 방향 : {방수}. 방소(方所)의 오기로 보임.
2) 갑옷을 ~ 군사 : {개명}. 미상. 이본에는 '갑병(鉀兵)'으로 되어 있으므로 참조하여 이같이 옮김.
3) 진법(陣法) : 안진(雁陣), 학익진(鶴翼陣) 따위와 같이 전투를 수행하기 위하여 진을 치는 방법.
4) 선생 : 소현성을 가리킴.
5) 만 ~ 밖 : {식외[塞外]}. 문맥을 고려하여 이같이 옮김.

릅쓰면서 반란을 평정하고 돌아오니 공덕이 하늘과 같다. 가히 조정의 신하라고 말할 만하다."

승상이 머리를 숙이고 감사하며 말하였다.

"국가가 불행하여 성상이 위보[6]에 갇혀 계시고 운남국이 위태하였기에 제가 밤낮으로 두려워 하였습니다. 그런데 대송(大宋)의 큰 복으로 운남의 항복을 받고 돌아와 편안하게 조회하니 신은 다행스러움과 영광스러움을 이기지 못하겠습니다."

황제가 모든 장수들을 다 불러서 보시고 위로하기를 자못 은근하게 하 3
신 후 군정사(軍政事)의 공적에 관한 장부를 보시고 모든 장수들에게 차례로 작위 내려주시기를 후하게 하셨다. 승상을 각별히 후하게 대접하여 진공에 봉하시고 관중(關中)지역에 있는 설 땅 스무 고을을 승상의 탕읍현(湯邑縣)[7]으로 삼으시니 승상이 천천히 말하였다.

"신의 본직인 강릉후와 승상이면 족하고 구석(九錫) 벼슬도 늘 외람되게 여겼습니다. 그런데 만일 중한 벼슬을 더해 주신다면 신은 반드시 복을 모두 잃어 죽을 것입니다. 상을 거듭 받아서 폐하[8]를 오래 섬기지 못할 것입니다. 만일 폐하께서 신을 후하게 대하여 주신다면 벼슬을 바꿔주시기 바랍니다. 만약 그것이 불가능하다면 원래의 직책을 주시면 제가 폐하로부터 은혜를 입는 것입니다. 결단코 중한 직책은 받지 못하겠습니다."

황제가 대답하였다.

"선생이 만일 상 받기를 사양한다면 삼군의 중장(中將)[9]이 어찌 능히

---

6) 위보 : {위부}. 권지 10에서 상이 위보동대로 유산을 갔다는 내용이 있으므로 위보로 씀.
7) 탕읍현(湯邑縣) : 세금을 제후의 목욕 비용에 충당하는 읍. 천자나 제후의 사유 영지를 가리킴.
8) 폐하 : {성됴[聖祚]}. 임금의 지위를 높여 이르는 말임.

상(賞)을 받겠는가?"

승상이 머리를 조아리며 말하였다.

"소신이 운남을 친 것은 신하된 자의 도리이고 적을 평정한 것은 성상
4 의 위엄 덕분입니다. 만일 폐하의 큰 복이 아니었다면 신이 한신(韓信)
의 지혜와 용맹함이 있다 한들 어찌 전쟁에서 이길 수 있겠습니까? 국운 때문에 그렇게 된 것을 폐하께서 구태여 신의 공으로 일컬어 상을 주시거나 또 하늘의 도우심을 자기의 공으로 삼아 작위를 받는다면 이것은 임금과 신하가 서로 속이는 일이니 신은 차마 받지 못하겠습니다. 폐하께서 구태여 권하신다면 비록 고인을 우러르지는 못하겠지만 개산에서 불타 죽을[10] 것을 생각해 보겠습니다."

진종 황제가 듣기를 마치고 거리낌 없이 안색을 고치고는 결국 옛날 본직을 도로 주시고 감히 상을 더 주지 못하며 다만 탄식 하셨다.

"선생이 이렇게 고집을 부리니 내가 무엇으로 덕을 갚겠는가?"

이렇게 말씀하고는 붓으로 글을 지어 찬송하고 신하에게 명하여 소씨 가문 동네 어귀에 충혼문(忠魂門)을 세우라고 하시고 모든 장수들에게 상을 주셨다. 비록 운성의 공적을 기록에서 없앴지만 만 리나 되는 전쟁터
5 에 가서 아버지를 보호하였으므로 본직 병부상서 태학사에 더 봉하시
어[11] 도찰원(都察院)[12] 추밀사(樞密司)로 높이시고 형남 지역 큰 고을을 주

---

9) 중장(中將) : {중작}. 중장(中將)의 오기로 보임.

10) 개산에서 ~ 죽을 : 중국 춘추시대의 은사(隱士) 개자추는 19년 동안 망명생활을 함께 한 진나라 문공(文公)이 왕위에 오른 후 자신을 등용하지 않자 실망하여 면산(緜山)에 숨어 살았음. 문공이 자신의 잘못을 뉘우치고 그를 불렀으나 나오지 않자 산에다 불을 질렀지만 끝내 나오지 않고 어머니와 함께 타 죽음. 면산이 후에 개산(介山)으로 이름이 바뀜.

11) 비록 ~ 봉하시어 : {운셩의 공젹을 비록 업시ᄒᆞ여시나 만니 젼딘의 아비를 보호ᄒᆞ고 본딕 병상셔 태흑ᄉᆞ롤 더 봉ᄒᆞ샤}. 이본에는 "운셩의 공젹을 비록 업시ᄒᆞ여시나 만니 젼진의 아비롤 보호ᄒᆞ고 국가를 위ᄒᆞ여 ᄉᆞ디롤 피치 아니니 아름답다 ᄒᆞ샤 본직 병부상셔 태학ᄉᆞ롤 더 봉ᄒᆞ시고"로 되어 있음. 이본과의 대조를 통해 볼 때, 누락된 내용이 있는 것으로 보임.

서서 식읍(食邑)[13]을 삼도록 하셨다. 소씨 부자가 괴로워하며 사양을 하였으나 황제께서 듣지 않으셨다. 운성이 마지못해 임금의 은혜를 감사히 받고 물러났다.

황제는 자리를 파한 후 도성으로 들어가시고 군사는 상을 받은 후 처자(妻子)를 찾아 흩어지니 승상이 모든 장수들을 돌아보며 말하였다.

"내가 너희와 함께 적을 제압하고 돌아와 폐하의 은혜를 중하게 입었으니 마땅히 바삐 돌아가 부모 처자를 보는 것이 좋겠다. 빨리 집으로 돌아가라."

모든 장수들이 감격하여 절하며 감사하고 흩어지니 승상이 자녀들과 함께 바로 강정으로 가서 모친을 뵈였다. 이때가 겨울 십이월 초순이니 전장에 간 지 열한 달 만이었다. 태부인이 승상이 돌아왔다는 것을 듣고 반가워서 경황없으니, 오히려 넋이 나간 듯하였다. 이윽고 집안이 떠들썩하면서 승상이 들어온다고 전해주었다. 승상이 비단 두루마기에 옥띠[14]
를 하고 웃음을 머금고 기쁜 빛이 영롱한 채 천천히 걸어 들어오고 모든 6
소씨 젊은이 10인이 뒤에 벌여 서서 기쁜 안색을 얼굴에 가득 담고 있으니, 완연히 옛날의 영화가 돌아온 것 같았다. 소부인과 석부인은 마음이 황홀하고 태부인은 얼떨떨하여 승상을 바라볼 따름이었다. 승상이 가까이 나와 절을 하고 부인의 방석 아래 앉아 나직이 안부를 물으니 부인이 정신이 아득하여 다만 오랫동안 침묵한 후 승상의 손을 잡고 등을 어루만지며 슬프게 탄식하였다.

---

12) 도찰원(都察院) : 중국 명 · 청 때에 벼슬아치의 비위를 규탄하고 지방 행정을 감찰하는 일을 맡아보던 관아. 홍무제가 어사대를 개편하여 설치함.
13) 식읍(食邑) : 고대 중국에서 공신에게 내리던 채읍(采邑). 봉작과 함께 대대로 상속됨.
14) 비단 ~ 옥띠 : {금포옥씌}. 금포옥대(錦袍玉帶)를 의미함.

"내가 너와 이별하고는 마음 둘 곳이 업어서 밤낮으로 하늘에 빌었는데 오늘 너를 보니 죽어도 한이 없을 듯하구나."

승상이 온화하게 기쁜 빛을 띠며 온순한 말로 위로하고, 헤어진 후의 일을 고하였다. 운성이 또한 융복(戎服)을 입은 채 들어와 할머니를 뵙고 모친과 숙모에게 절을 하니, 석부인이 바삐 나오라고 하여서 곁에 앉히고 반가워하며 거듭 사랑하는 것이 비길 데가 없었다. 좌우 사람들이 다 말
7 이 없는 가운데 승상의 말씀이 이어지니 소부인과 윤부인이 함께 화답하면서 운남국 치던 일을 말하였다. 또 운성이 용맹스러운 힘으로 많은 공을 세우고 운남국 왕후와 겨뤄서 이긴 후 운남국 왕후가 진영[15]에 들어왔다가 운성이 오히려 겁탈하려 한다고 소리를 질러 운성을 죽이려고 했으나 운성이 잘 잘못을 가려 꾸짖고 놓아준 일을 전하니 모든 부인들이 한심해 하였다. 운현이 형씨의 꿈[16]이 생각나서 좌중에게 말을 하니 모두가 기특하게 여겼다. 이렇게 말을 나누는데 날이 장차 어두워지니 운성이 자리에서 일어나 부친께 말하였다.

"제가 잠깐 집에 가서 화부인을 뵙고 오겠습니다."

승상이 그 뜻을 생각하고는 웃으며 말하였다.

"내가 내일 어머님을 모시고 갈 것이니 너는 가서 편히 쉬어라."

운성이 크게 기뻐하며 감사하고 물러가고 모든 형제들은 남아서 승상을 모셨다.

운성이 자운산에 이르니 집 안팎으로 맞이하는 자가 무수하며 반가워했으나 정씨만 유독 마음에 들지 않아 했다. 운성이 바로 내당으로 들어

---

15) 진영 : {눈}. 미상. 문맥상 영채(營寨) 안으로 들어온 것으로 보아 이같이 옮김.
16) 형씨의 꿈 : 권지 십일에서 형씨가 운성이 끈에 묶인 채 구덩이에 빠져 있다가 스스로 그것을 풀고 나오는 것에 관해 꾼 꿈을 가리킴.

가서 화부인과 이 · 석 두 조모를 뵙고 제수들을 만난 후 바삐 눈을 들어 8
형부인을 보니 머리 위에는 쌍봉관을 꽂고 몸에는 채색 비단옷을 입고 있었다. 깨끗한 풍채와 태도, 슬기롭고 민첩한 기질이 풍모 가운데 특별하니 반가운 마음이 속으로부터 유동하여 기쁜 빛이 눈썹사이에 동하였다. 화부인이 맑게 웃으며 말하였다.

"네가 전장에 무사히 다녀왔으니 기쁘고도 다행스럽다. 그런데 이상하게도 만리를 행역(行役)하면서 괴로움이 많아 몸의 기력이 소진되었을 듯한데 의외로 얼굴이 더욱 수려하고 윤택해졌으니 한마(汗馬)[17]의 수고로움이 적었나보구나."

상서가 다시 절하며 말하였다.

"제가 할머님을 떠나고 친척과 이별하여 만 리 밖에 갔으니 어찌 마음이 평안했겠습니까? 더욱이 모친의 은혜롭게 길러주시던 덕을 잊지 못하여 근심한 것이 어찌 친 어머니보다 못하겠습니까?"

부인이 매우 기뻐서 아름답고 맑게 웃으며 너그럽게 사랑하니 상서가 또한 자상하고 부드럽게 곁에서 모시며 정성을 다하여 말씀을 나눴다. 이
파와 석파가 가만히 웃으며 말하였다. 9

"셋째 낭군의 꾀에 빠져서 가볍고 경박한 부인이 속을 빼놓고 저렇게 좋아하니 가히 사람 되기 어렵겠구나."

상서가 또 이씨가 어디에 있는지 물으니 화부인이 말하였다.

"이씨는 사정이 있어서 나오지 못하였다."

상서가 다시 묻지 않고 몸이 피곤하여 침소에 돌아오니, 형씨가 다섯 아이들과 더불어 맞이하여 자리를 정하고 무사히 돌아온 것을 치하하였

17) 한마(汗馬) : 줄곧 달려 등에 땀이 밴 말.

다. 상서가 넋이 나간 듯 앉아 오랜 시간을 보낸 후 근심스럽게 탄식하고 눈물을 흘리며 부인의 손을 잡고 아이들을 어루만졌다. 그리하며 재회의 인사를 펴고 고생하던 이야기를 하니 마음이 슬퍼졌다.18) 형씨 역시 숙연하여 마음 속 생각을 말하며 여러 아이들의 안부와 집안의 일을 묻고 답하였는데 이때 운성이 물었다.

"이부인이 무슨 까닭으로 나오지 않습니까?"

형씨가 답답하여 길게 탄식하고 처음부터 끝까지 일을 자세히 전한 후 짐짓 말하였다.

"사람의 마음은 알기 어렵습니다. 평소 이씨의 행실이 얼음같이 맑고 옥같이 깨끗하여 조금도 이렇지 않았는데 큰 변을 만났으니 가히 사람으로 하여금 진실과 거짓을 알지 못하게 합니다."

상서가 듣기를 마치고 크게 놀라서 일어나 앉으며 말하였다.

"어머님이 어찌 이렇듯 밝지 못하게 처리 하셨는가요? 여덟째 아우의 무식함이 이렇게 심하다니 매우 한심합니다. 모든 형제들은 또 어찌 하나도 바로잡는 사람이 없었는가요? 부인도 틀렸습니다. 어찌 이씨를 의심합니까?"

형씨가 잠깐 웃고 그러면 상공 소견에는 어떤 사람이 이씨를 잡으려 하는 것으로 생각되는지 물었다. 운성이 말하였다.

"어찌 알기 어렵습니까? 정씨는 사람됨이 사납습니다.19) 이씨를 해한 자가 이 사람이 아니면 누구란 말입니까? 아버님이 오시면 큰일 날 것이니 마땅히 이제 들어가서 이 일을 판단하여 매섬 등에게 승복을 받고

---

18) 슬퍼졌다 : {산연(潸然)ᄒᆞᆫ디라}. 눈물이 줄줄 흐르는 모양을 뜻하지만 문맥을 고려하여 이같이 옮김.

19) 사람됨이 사납습니다 : {인물(人物) 셩심[性心] 낭[狼]이라}. 문맥을 고려하여 이같이 옮김.

이씨를 내어 와 그간의 일을 평정한 후 대인께는 이런 말을 하지 않는 것이 어떻겠습니까?"

형씨가 급히 말렸다.

"안 됩니다. 안 됩니다. 이 일 때문에 어머님과 할머님이 서로 불편해
하시고 평장과 여섯 상공이 좋지 않은 소리를 들었습니다. 또한 한 때
에 발생한 일이 아니고 1년을 묵은 변란이니 아버님과 할머님께서 상 11
의하여 다스릴 것입니다. 어찌 군자께서 그 사이에 들어가서 이런 큰
일에 간섭하려 하십니까?"

상서가 바야흐로 다시 누우며 말하였다.

"부인의 말씀이 옳으니 그만 두겠습니다. 그러나 반드시 큰일이 날 것입니다."

형씨가 또 평장 운현이 시녀 난의 죽인 일을 말하니 생이 말하였다.

"아이가 경망한 것이 이 정도라니. 비록 우애를 행한다고 해도 혐의가 있는 말을 시녀에게 하여 어머님의 화를 불러 일으켰는가?"

하고는 부인의 난처하고 괴롭던 일을 짐작하고 마음 속으로 애처롭고 가엾게 여겼지만 조금도 묻지 않으니 부인도 말하지 않았다.

다음날 아침 승상이 태부인을 모시고 소 · 석 두 부인과 더불어 자운산
집으로 돌아오니 모든 며느리들과 딸들, 위아래, 늙은이, 젊은이 모든 사
람들이 맞이하였다. 취성전에 들어가 자리를 정하자 모든 며느리들이 일
시에 절하여 인사하였고, 화부인도 태부인을 뵈었다. 승상이 일찍이 이씨
의 일을 미처 알지 못했기 때문에 자리에 없는 것을 보고 이상하게 여겼
으나 뭐라 말하지 않았다. 모든 며느리들의 치하를 받고 손자들을 나오 12
라고 해서 보았으며 두 서모와 더불어 담소하면서 사모하던 마음을 이야

기 하였다. 이파, 석파 두 노파가 반가움이 지나쳐 오히려 슬퍼하며 소매를 붙들고 눈물을 흘렸다. 또 기쁘고도 즐거워 능히 좌석에 앉아 있지 못하고 어찌할 바를 모르니 모든 생이 서로 웃었고 승상이 감사하였다. 이들이 승상을 반기고 다행스러워하는 것을 또한 태부인 못지않게 하였으며 좌우에 가득한 젊은이들도 다 기쁜 빛을 띠니 이는 곧 승상의 인자한 덕택에서 비롯한 것이었다. 소부인이 탄식하며 말하였다.

"시부모의 중한 것은 친부모보다 더하고 사사로운 정의 간절함 역시 친부모보다 더할 수 있다. 또한 시부모께서 사랑해주시면 부모를 섬기는 정성에 차등을 둘 일이 없을 것이다. 허나 오늘날 조카며느리들의 행동거지를 살펴보니 시아버지를 반가워하기를 과도하게 하여 도리어 슬퍼하고 넋이 나간 듯이 하는구나. 마치 어린아이가 그리워하던 어미를 만난 것 같으니 사람의 마음이 어질다면 그것은 아우의 덕이 두텁기 때문이냐?"

13 석파가 바야흐로 웃으며 말하였다.

"승상의 덕택입니다. 어찌 물어봐야 아십니까?"

모두가 동시에 옳다고 하였다. 이렇게 말하고 있는데 손님이 모여드니 승상이 자녀들과 함께 나갔다. 태부인은 손자며느리들과 증손자들을 찾아보고 이파와 석파와 묻고 답 하시면서도 끝내 화부인을 아는 체하지 않으셨다. 또한 각별히 화를 내시지도 않고 반가워하지도 않으니 사람은 측량할 수가 없는 것이었다. 화부인이 매우 황공해서 말을 못하고 다만 석부인께 운성이 무사히 돌아온 것을 치하하니 석부인이 어찌 조금이나마 혐의를 두겠는가? 오직 나직이 자녀를 위로하고 어루만져 준 화부인의 은혜가 두텁다고 말하니 화부인이 그동안 해온 일이 있기 때문에 치하 받는 것을 매우 부끄럽게 여겼다.

이날 저녁에 승상이 손님들을 보내고 들어와 모친을 모시고 말씀을 하는 중 문득 물었다.

"어찌하여 이씨는 참예하지 않습니까?"

태부인 이하로 모두가 대답을 하지 않으니 승상이 놀라고도 의심스러
워서 다시 물었다. 그러자 남쪽 자리 중에서 운경이 운명을 돌아보며 말 14
하였다.

"어찌 주저하면서 아뢰지 않느냐?"

운명이 오히려 머뭇거리니 운성이 비록 알았지만 모르는 척하고 말하였다.

"어떤 일이라도 다 말씀드려야지 어찌 어려워 하느냐?"

생이 바로 나아가 엎드려서 대강을 아뢰니 승상이 근본을 자세히 물었으나 생이 당황하여 대답을 잘 하지 못하였다. 석파가 일단 좋은 상황을 얻었으니 어찌 참을 리가 있겠는가? 나아가 소리를 높여 자초지종을 자자하게 말하니 전후 형상이 눈앞에 펼쳐지는 듯하였다. 어찌 승상의 소견으로 조금이나마 짐작하지 못할 것이 있겠는가? 세세히 생각하니 마음이 불쾌하고 이상하여 눈을 내리깔고 말을 하지 않았다. 그렇게 오래 있다가 운남국의 사람과 제도를 말하고 담소를 태연하게 하면서 옳고 그름을 말하지 않았다. 좌우 사람들이 그 뜻을 알지 못하였는데 태부인이 천천히 말하였다.

"내가 너를 보내고 한 후 병이 들고 정신이 사나워 강정으로 갔다. 석
씨는 평소 나의 앉고 눕는 것을 살폈기 때문에 함께 데려다가 1년을 한 15
방에서 지냈다. 그녀가 내 마음과 생각을 위로하고 나의 평안하지 못

함을 잊게 하며 슬픈 것을 참고 늙은 어미 섬긴 것은 진실로 여종(女宗)[20]이라도 미치지 못할 것이었다. 그러니 어찌 공이 있는 며느리가 아니겠느냐? 또한 운성이 너를 따라가 전쟁터에서 공을 세우고 자신의 공을 감춰 네 이름을 빛나게 하였다. 그러니 네가 평소 첫째, 둘째 부인 대함에 있어 모든 일을 속마음과 다르게 공평하게 하였고 이것이 비록 옳은 일이긴 하지만 이제는 삼가 이들을 보통의 처자식으로 생각하지 마라."

소부인이 이어서 석부인의 효성을 칭찬하였다. 승상은 지극한 효자이며 군자인지라 어머님의 훈계를 듣고 누이의 말을 들으니 마음 속으로 석부인에게 감격하였다. 또한 화부인의 집안 다스림이 현명하지 못하고 망령된 것을 좋지 않게 여겼으나,[21] 말이나 안색에 나타내지 않은 것이다. 자못 온화하게 어머님의 명을 받들 뿐이었다. 이날 밤 어머님을 잠자리에서 모시는데[22] 석파가 웃으며 말하였다.

"승상이 어찌 두 부인의 방을 사사로이 찾지 않으십니까?"

16 승상이 웃으며 말하였다.

"서모께서 말마다 희롱을 하시는데 왜 그러십니까? 내 나이 40이 지났는데 부인을 무슨 그렇게 그리워하겠습니까? 당분간 계속하여 어머님을 모시려 하니 서모도 함께 이야기를 하다가 가십시오."

태부인이 기쁨을 머금고 말하였다.

"오늘 네가 잠자리를 돌봐주고, 또 너희가 담소하는 것을 들으니 마음

---

20) 여종(女宗) : 중국 춘추시대 송(宋) 나라 포소의 처로 남편이 둘째 부인을 얻었음에도 불구하고 남편과 시어머니를 잘 모신 인물임.

21) 좋지 않게 여겼으나 : {미온(微穩)ᄒᆞ니}. 문맥을 고려하여 이같이 옮김.

22) 잠자리에서 모시는데 : {샹딕[上直]ᄒᆞ니'}. '상직(上直)'은 숙직(宿直)의 의미이므로 문맥을 고려하여 이같이 옮김.

이 기쁘고도 다행스럽구나."

승상이 탄식하고 이파와 석파가 밤이 깊도록 이야기를 하는데 석파의 입에서 나오는 말이 다 화부인의 허물이었다. 결국에는 양태부인께 글로 써 조롱한 것을 말하려 하니 이파가 두 번 세 번 눈짓을 하여 멈추게 하였다. 그러다가 평장 운현이 난의 죽인 일을 이야기하니 형씨 등이 옷감을 못 얻은 것이 드러나게 되었다. 승상이 다 듣고 화부인의 인물됨 때문에 이런 일이 생긴 게 뻔하고, 또 석파가 비록 말씀이 어지럽긴 하지만 빈말을 하지 않고 본성이 견고하여 만일 매우 화가 난 일이 아니면 마음에 묻
어두고 그 사람의 허물을 잡지 않는 줄 아는 까닭에, 화부인이 지은 죄가 17
많다는 것을 알았다. 이를 마음 속에 새겨둔 채 다른 이야기를 하다가 닭이 운 후 흩어졌다.

승상이 계속하여 손님을 대접하였는데, 삼일이 지난 후 손님들이 흩어지고 집안이 고요해지자 일찍 일어나 문안을 하고 일희당에 이르러 두 서모의 침소를 살피면서 석파의 비단 옷이 낡은[23] 것을 보고 문득 웃으며 말하였다.

"서모께서는 어찌 이렇게 재물에 인색하십니까?"

석파가 말하였다.

"제가 비록 명목(名目)은 낮지만 공후대택(公侯大宅)에서 태어나 금은과 재화들을 흙같이 여기는데 어찌 승상이 재물에 인색하다고 하십니까?"

승상이 웃으며 말하였다.

"서모께서 우리 집안의 크고 작은 일을 총괄하시니 창고에 있는 재물

---

23) 낡은 : {간고(艱苦)ᄒᆞᆫ 믈}. '간고(艱苦)'는 가난하고 고생스러움을 이르는 말이지만 문맥을 고려하여 위와 같이 옮김.

과 비단은 서모께서 주관하시는 바입니다. 그런데 의복의 낡은 것이 이와 같으시니 어찌 이상하지 않겠습니까?"

석파가 주변을 돌아보며 웃고 말하였다.

"승상은 옛 규범과 법도를 이야기 하십니까? 태부인이 강정으로 가신 후 화부인이 난의에게 저를 대신하라 하고 매달 주는 옷감을 줄여서 다
18 섯 달에 비단 한 필씩을 주니, 대략 비단 두 필을 얻었으나 다 저에게 적당하지 않았습니다. 그러나 일일이 말하기 번거롭고 폐가 될 것 같아 헌 옷을 입었습니다."

승상이 이에 그 비단을 보자고 하니 석파가 즉시 꺼내 승상의 앞에 놓았는데, 굵고 무거워서 시녀의 옷으로도 쓰지 못할 것이었다. 다 보고는 승상이 말없이 멍하니 탄식하며 화가 나서 시녀에게 비단을 가져오라고 하였다. 그러고는 바로 존당으로 들어가 태부인께 일의 처음부터 끝까지를 말씀드리고 사람의 어질지 못한 것이 이러하니 어찌 통탄하지 않겠느냐고 말하였다. 태부인은, 화씨가 서모를 제대로 대접해 주지 않은 일 때문에 승상이 화가 난 것을 보고, 자신을 조롱하고 희롱하고 일을 말하면 반드시 화씨의 앞길이 매우 해로울 것임을 알아서 다만 기쁜 듯이 웃음을 품고는 화를 풀게 하려고 말하였다.

"이 경박한 여자가 석파의 말을 온순하게 하지 않는 것에 기분이 상하여 사리를 분별하지 못하고 잘못 대접한 것이다. 그러니 너는 자식의 얼굴을 봐서 부디 너무 싫은 티를 내지 말거라."

승상이 두 번 절하고 대답하였다.

19 "제가 비록 행동이 경박하지만 신의를 굳게 지켜 화씨가 비록 조강지처(糟糠之妻)의 고생을 겪지 않았어도 본처(本妻)[24]의 지위를 중하게 여

겨 앞뒤의 허물을 풀어버리고 후하게 대한 것은 어머님께서도 아시는 바입니다. 그녀와 함께 한 지 이미 26년입니다. 그러니 어찌 새삼스럽게 그녀를 경멸하고 박대하며 둘째 부인을 특별히 중하게 대하겠습니까? 그러나 제가 죽은 것도 아니고 일 년 동안 나가 있었다고 하여 집안의 형세를 변화시키고 서모를 박대하며 의복을 끊어버리다니 이것은 사람이 할 바가 아닙니다. 어머님께서 비록 말씀하시진 않으시지만 분명 어머님께도 적잖이 불순하게 했을 것이라는 점을 제가 스스로 압니다. 그러니 그의 여러 가지 허물을 한꺼번에 용서하기는 어렵습니다."

소부인이 갑자기 맑게 웃으며 말하였다.

"너는 짐작하는 척하지 마라. 화씨가 또한 여자로서 마땅히 해야 할 일을 하는 사람인데 어찌 감히 어머님께 불경하게 하겠느냐? 사람이 밉다 한들 어찌 애매한 일까지 잡아서 말하느냐?"

승상이 가만히 웃으며 말하였다.

"제가 사납다고 해도 사람에게 애매한 말을 하지는 않습니다."

태부인이 천천히 말하였다. 20

"화씨에 대해 다른 일은 변명하지 못하겠지만 나를 업신여긴 일은 없으니 너는 심한 말을 하지 말거라."

승상이 침묵하고 대답하지 않았다. 원래 화부인에게 다른 허물이 백 가지가 있다고 해도 오히려 너그럽게 용서할 바였지만 어머님께 공손하지 못하고 원망한 것을 들으면 승상이 그 은혜로운 정을 그쳐 내칠 것이

---

24) 본처(本妻) : {결발항녀(結髮伉儷)}. '결발(結髮)'은 본처(本妻)를 달리 이르는 말이고 '항려(伉儷)'는 남편과 아내로 이루어진 짝을 의미함. 문맥을 고려하여 이같이 옮김.

분명했다. 그렇기 때문에 태부인이 편안하게 화기를 띠고 변명해주고 소부인이 대신 억울한 것을 풀어주려 하니 이것이 또한 두 사람의 두터운 덕이었다.

승상이 운경을 불러 비단을 보여주고 책망하며 말하였다.

"네가 비록 마음이 약하다고 하지만 자못 의리를 아는데 어미의 어리석음을 고치도록 말하지 않고 석서모로 하여금 먹고 입는 것 때문에 고생하게 만들었으니 이것이 어찌 너의 도리이겠느냐? 내가 만일 불행하여 죽고 너희 모자가 집안을 받들면 내 집을 망하게 할 것이다. 앞일을 생각하니 한심함을 참지 못하겠다."

하고 시녀를 시켜 화부인에게 가서 말을 전하라고 하였다.

21 "다른 일은 말할 것 없고 다만 두 서모의 소임을 빼앗고 의식을 궁핍하게 한 것은 무슨 뜻이 있는 일이었는지 궁금합니다. 그러니 자세히 답을 보내주십시오."

화부인이 승상의 참언을 두루 듣고는 어떻게 이렇게 할 수 있는가 싶어 매우 화가 나서 시녀를 꾸짖으며 말하였다.

"내가 소승상의 시첩이 아닌데 어찌 해로운 말을 전하는가? 두 노파가 집안의 일마다 다 쥐고 나를 압도하니[25] 몹시 한스러워 빼앗은 것이다. 승상이 때때로 어머니의 편을 드는 일이 우스워 보이니 나라의 일이나 다스리시라고 하여라. 또 의식이 궁핍하다고 하지만 아무도 굶어 죽어나 헐벗어 죽은 사람이 없느니라."

시녀가 감히 이 말을 승상께 전하지 못하여 머뭇거리며 회답을 달라고

---

25) 집안의 ~ 압도하니 : {갸듕 □□□□□ 날을 압두ᄒᆞ니}. 원문에 5글자 정도가 독해 불가능. 문맥을 고려하여 이같이 옮김.

하니 화부인이 꾸짖으며 말하였다.

"너는 내 말대로 승상께 전해라."

시녀가 더 묻지 못하고 이대로 승상에게 답을 하였다. 그러자 소부인이 큰 소리로 명랑하게 웃고 사람들도 다 웃으니 승상이 어이가 없어 마지못하여 웃으며 말하였다.

"화씨의 방자함이 어찌 그녀의 탓이겠는가? 이것이 다 나의 집안 다스림이 해이한 탓이다. 내가 평생 온화함과 양순함을 섭렵할 뿐 불편하게 하지 않으니 사람들이 어찌 업신여기지 않겠는가? 화씨가 또한 나 22
를 멸시하니 나 또한 예전과 같기는 어렵구나."

말을 마치고 운경에게 물러가라고 한 후 침묵하며 바르게 앉으니 소부인이 다시 웃으며 말하였다.

"시녀가 말을 꾸민 것이다. 화씨가 그렇게 했겠느냐? 그러나 그렇다고 해도 두 서모가 어찌 화씨를 압도하였겠느냐?"

두 노파가 함께 말하였다.

"우리는 본래 행실이 없어서 공경하는 명분 차리기는 겨우 태부인께나 하고 소부인과 승상이하로는 자연 버릇이 없게 하니 화부인에겐들 본래의 심성을 갑자기 고쳐서 공경하지는 못할 것입니다."

말을 마치기도 전에 운명이 들어와 엎드려서 말하였다.

"음란한 부인 이씨의 죄상이 등한시할 만한 것이 아니니 오직 아버님께서 밝게 가르치시기를 원합니다."

승상이 침묵한 채 말이 없으니 몸을 돌려 태부인께 물었다.

"이 일을 어찌 판단하지 않으십니까?"

태부인이 길게 웃으며 말하였다.

"내가 너와 이별하고 강정에 간 후 이씨가 죄를 얻게 되어 운명이 글을
23 가지고 내게 와 물었다. 그때 이미 내가 간통한 남자의 편지를 불사르고 이씨를 의심하지 말라고 하였는데 운명 모자가 옳지 않게 여겨 이씨를 심희당에 가두고 나에게 처리해도 되겠는지를 이제 또 묻는 것이다. 이미 내 말은 듣지도 않는데 내가 어찌 다시 이르겠느냐? 그 시어미와 지아비가 다스리니 내가 참견하기가 매우 어색하여 말을 안 했는데 이제 네가 왔으니 가히 죄를 판결하는 것이 어색하지 않구나."

말을 마치고 위엄 있는 자세를 한 채 묵묵하게 말이 없으니 매우 단정하고 엄숙하였다. 승상이 어머님이 불편해하시는 것을 보고 감히 말을 못하고 주저하기를 오랫동안 하다가 드디어 꿇어앉아 물었다.

"이 일에 있어 어머님의 가르치심을 바랍니다."

부인이 말하였다.

"내가 늙고 혼미하니 어찌 알겠느냐? 다만 가둬놓은 매섬에게 엄히 따져 물으면 일이 드러날 것이다."

운명이 말하였다.

"매섬 등을 이미 문책하여 이씨의 죄를 알아냈으니 새로이 따져 물을 일이 아닙니다."

승상이 갑자기 매우 화를 내며 꾸짖었다.

24 "네 죄가 태산 같은데 어찌 알지도 못하고 감히 할머님의 말씀을 거역하느냐?"

드디어 화가 크게 나서 관복을 찾아 입고 외당으로 나가 죄를 다스리려고 하니 온 집안이 승상의 처치를 기다리며 물 끓듯 어수선하였다. 소생 등은 서로 어쩔 줄 몰라 하며 부친을 모시고 나갔다. 알 수 없구나. 사물

을 똑똑히 살펴 공과 사를 분명하게 군자의 구분하는 능력이 은인을 온전히 구하고 천인(天人)을 보호하였는지는 다음 회를 보면 알 것이다.

승상이 외당에 나와 백화헌에 자리를 정하고 북을 세 번 치니, 군노와
장졸들이 구름같이 모였다. 승상이 매우 화를 내며 두 눈을 치켜뜨고 소
리를 높여 형벌기구를 갖추라고 하였다. 창과 칼이 가득한 가운데 붉은
큰 곤장과 흰 매를 수없이 벌여놓고 옥난, 매섬, 영민 등과 자객이 되었던
소의와 장기를 잡아들여 결박하는데 그 위엄이 천둥번개 같고 거동이 미
친 바람 같았다. 마침내 형벌로 속박을 하는데 소생 10인이 좌우로 나누
어 관복을 갖춰 입고 운경 등 다섯 사람은 오른 쪽에서 모시고 서있고 운
성 등 다섯 사람은 왼쪽에서 모시고 서서 아버지의 처치를 보았다. 승상 25
이 난간 끝에 의자를 내어놓고 소리를 가다듬어 물었다.

"너희 등이 어리석은 부인과 현명하지 못한 아이들은 속였겠지만 나는 분명히 너희 등의 간사하고 음흉한 것을 아니 너희는 매를 맞기 전에 일의 근본을 실토하여라. 누가 너희에게 지시하여 이씨를 해하라고 하였느냐?"

매섬 등이 오히려 숨기니[26] 소승상이 사졸들을 시켜 심문하라고 하였
다. 무수한 장수들은 매우 치라고 외치고 곤장을 잡은 사령은 힘을 다하
니, 한 대에 가죽이 헤지고 붉은 피가 뚝뚝 떨어졌다. 옥난 등이 낙담하고
얼이 빠져서 네댓 대를 넘지 않아서 의심할 여지없이 승복하니, 정씨의
간악한 죄가 드러나고 이씨는 애매함을 벗었다. 승상이 실토한 모든 말을
듣고 이상함과 놀람을 참지 못하여 그 죄인들의 죄의 고하(高下)를 정하였
다. 다섯 사람을 당 아래서 죽여 끌어 내치고, 먼저 운경을 잡아서 책망하 26

26) 숨기니 : {웅잉ᄒᆞ니'}. '은닉하다'의 뜻으로 보아 이같이 옮김.

였다.

"네가 집안의 장자로서 모든 일을 규율을 세워 바르게 하는 것이 옳거늘 어미의 인자하지 못함을 고치라고 하지도 않고 망령된 아우를 가르치지도 않으니 어찌 집안 장자의 도리이겠느냐? 이 일은 죄를 받는 것이 당연하다."

운경이 엎드려서 죄를 청할 뿐 감히 대답하지 못하였다. 운성이 나가 거듭 계단 아래 꿇은 채 말하였다.

"맏형이 인자하고 효성과 우애가 있는 것은 아버님께서 아시는 바입니다. 기골이 약하고 병약한 것을 헤아려주시기 바랍니다."

좌우의 모든 장수들이 또한 간청을 하니 승상이 운경을 용서하고 운현을 잡아 내려서 죄를 물었다.

"네 형은 평소 성품이 어질고 약하다고 하지만 너는 굳세고 호방하면서 한 말도 하지 않아서 이런 큰일을 똑똑하지 못하게 놔뒀으니 친동기간이 아니라고 가리는 것이냐? 하물며 난의는 네 어머니의 시녀인데 말이 비록 몹시 의심스럽더라도 어찌 죽여서 어머니[27]를 화나게 하였으며 게다가 사람을 때려 죽였느냐? 이 죄 또한 가볍지 않으니 엄중히 책망 받는 것을 면하지 못할 것이다."

27 운현이 매우 급하여 바삐 관(冠)을 벗고 죄를 청하여 말했다.

"제가 비록 아무렇게나 행동하고 버릇이 없다고 하나 어찌 감히 화부인을 언짢고 못마땅하게 여겨 그 때문에 난의를 죽였겠습니까? 다만 그녀가 거짓으로 헐뜯는 말을 방자하게 하여 모자의 사이를 이간질한 것이 교화에 어긋나고, 상하의 체면을 매우 상하게 했으며 부모 사이에

27) 어머니 : {의모(義母)}. 의붓어머니나 수양어머니를 의미함.

틈이 생기게 하는 이간질의 불길한 징표가 일어났기에 그렇게 했습니다. 한갓 제 화를 풀려고 했던 것이 아니라 후인을 징계하려고 약간의 형벌을 주었는데 난의가 단명하여 죽었습니다. 제수의 일은, 제가 맏형과 함께 위보[28]에 황제의 가마를 맞이하러 갔다가 오니[29] 벌써 이 변이 나서 가둔 지 한 달이나 지났습니다. 여덟째를 혼내주고 화부인께 말씀드리니 화부인께서 비록 옳다고 여기셨으면서도 놓아주라고 하지 않으셨고 여덟째가 오히려 고집을 피우며 남의 말을 듣지 않은 채 자기 부인의 죄이니 자기가 다스리겠다고 하였습니다. 말을 이길 수가 없어 옥난, 매섬을 잡아 가두어 다시는 어지럽게 굴지 못하도록 하고 아버님께서 돌아오시기를 기다렸습니다. 어찌 조금이라도 친형제와 이복형제를 가리는 마음이 있어서 이겠습니까?" 28

소승상이 운현의 말을 듣고 다시 물었다.

"옳다. 그러나 어찌 난의에게 혀를 빼는 가혹한 형벌을 주었느냐?"

평장이 이 점에 대해 대답할 말이 막히니 승상이 꾸짖으며 말하였다.

"네가 비록 사사로운 이익에 뜻을 두지 않았지만 말이 매우 협의쩍다. 천한 사람이 무고하는 말을 듣고 이야기를 지어낸 죄는 크지만 그 애는 어머니의 시녀이다. 어찌 웃어른께 여쭙고 답을 기다리지 않고 때려서 죽일 수 있느냐? 방자했던 일이었음을 피하지 못할 것이다."

이어 삼십 대를 때려 내치자 평장이 아픔을 참고 다시 올라가 형제들의 곁에 앉았고 모든 생들은 쳐다보며 웃었다.

운현을 친 후에 승상이 소리를 높여 운명을 잡아 내리고 산장(散杖)[30]

---

28) 위보 : {위부}. 위보로 통일.
29) 위보에 ~ 오니 : 위보에서 풀려난 천자의 가마를 맞이하러 다녀온 일을 가리킴.
30) 산장(散杖) : 죄인을 신문할 때 위엄을 보여 협박하기 위해서 많은 형장(刑杖)이나 태장(笞杖)을

을 잡으라고 하였다. 양 미간에 늠름한 노기(怒氣)가 어리여 호령이 바람
이 부는 것 같고 매우 엄한 기상은 서리발이 날리는 듯하여 좌우의 군졸
들이 정신을 가다듬고 숨을 낮추었다. 생이 또한 옥난 등이 진술한 말을
보며 뉘우치고 부끄러워서 아버지를 모시고 곁에 앉은 것이 바늘방석에
29 앉은 듯하더니 곤장을 치려는 것을 보고는 삼혼(三魂)[31]이 날아가는 듯하
고 모든 영혼이 산란해져서 다만 죄를 청할 뿐이었다. 승상이 책상을 밀
치고 크게 꾸짖어 말하였다.

"네가 어려서부터 글을 읽어 예의를 알 것이다. 네가 어려서 이씨를 얻었지만 숲속의 옥루(玉樓)에 처하였던 사람을 맞이한 것이 아니다. 너와 더불어 의형제를 맺고 함께 이십여 일을 지내다가 여자인 것이 탄로나자 네가 미친 듯 행동했다. 그렇지만 그녀가 뜻을 잡음이 엄격하여 남자의 풍정을 물리치니 네가 감히 항거하지 못하고 돌아왔다. 그래서 내가 인연을 맺어 육례(六禮)로 데려온 것이다. 그런데도 그 애는 오히려 이전에 걸식하던 것을 자신의 부끄러움으로 삼으면서 해가 바뀌도록 앵혈(鶯血)을 온전히 지켰다. 그러기에 우리가 늘 절개가 있는 부인이라 했고 너 또한 공경하면서 너무 앵혈 고집하는 것을 오히려 민망하게 여겼었다.

비록 간사한 사람이 일만 가지 간사한 계교를 내더라도 네가 눈으로 보기 전에 어찌 두어 장의 헛된 글과 종의 말 때문에 강상(綱常)을 폐하며 본부인을 이렇게 의심하느냐? 하물며 성영은 내숭스럽고 음흉하며 간사한 사람이다. 평소 곧지 못한 것을 네가 또한 아는 바이면서 어찌 저

눈앞에 벌여 내어 놓던 일.

31) 삼혼(三魂) : 사람의 마음에 있는 세 가지 영혼. 태광(台光)·상령(爽靈)·유정(幽精)을 이름.

와 더불어 이야기를 나누어서 그 꾀에 빠졌느냐? 또 집안에 네 형제가 30
여럿이 있고 보는 눈이 많은데 어찌 번번이[32] 의심스런 행동이 네 눈
에만 보였겠느냐? 또 자객이 이씨를 해치려고 칼을 차고 담을 넘어가
는데 너는 어찌 깨닫지 못하고 이씨를 해하려는 말을 곧이들었느냐?
게다가 이씨는 의지할 만한 데가 전혀 없는 너의 두 번째 부인이고 우
리 집 부녀자들은 개인 재물이 없는데 어디 가서 오백 금을 얻어 문지
기에게 뇌물을 주었겠으며, 영민은 또한 탐욕스러운 사람인데 금을 쓰
지 않고 어찌 간수하고 있었겠느냐? 구구절절이 들어맞지 않고 그 사
이의 정황이 분명하여 감추기 어려운데 너희 모자는 아득히 안개 속에
빠져서는 깨닫지 못하였다.
뿐만 아니라 할머님의 명령을 거스르고 형제의 바로잡으려 함을 듣지
않으며 무식 방자하게 제멋대로 행동하여 감히 이상서의 사당을 부수
면서 법도가 아닌 행동을 하려 하였다. 또 어떤 것이 옳은지 알지 못하
고 이씨의 아이를 죽여 무단히 골육을 해하려 하는 등 망령된 죄가 산
같다. 그러니 풍속과 교화를 더럽히고 집안의 명성을 욕 먹인 죄는 죽 31
여도 아깝지 않다. 네 어미의 죄를 아울러 주노니 모름지기 잘 알겠느
냐?"

드디어 내당으로 통하는 협문(夾門)을 지켜 부인들이 전하는 말이 나오지 않도록 하고 운명을 오랫동안 꾸짖는데, 안색을 섬뜩하게 하고 호령하니 이럴 때 보면 부자간의 지극한 정이나 인정이 전혀 없으니 보는 사람이 놀라움을 참지 못하였다. 승상의 화가 점점 커져서 60장(杖)에 이르니 생의 기질이 본래 가냘프고 약하여 아녀자 같으므로 소리도 지르지 못하

---

32) 번번이 : {슌마다시}. 미상. 문맥을 고려하여 이같이 옮김.

고 기운을 수습하지도 못하였으나 승상은 조금도 그칠 뜻이 없었다. 이때 승상이 말하였다.

"먼저 맞은 60장은 네 죄 때문이고 이제 맞는 것은 네 죄때문이 아니다."

모든 생이 서로 놀라며 감히 간청을 드리지 못하는 가운데 운성이 머리를 두드리며 간절히 말씀을 드렸으나 승상이 들은 체도 하지 않았다. 일이 몹시 급하게 되자 운성이 참지 못해 자리를 버려두고 내당에 들어가 태부인께 말하였다.

"여덟째 아우가 비록 죄가 중하지만 아버지의 엄한 책망을 당하여 목
32 숨이 얼마 안 남았으니[33] 할머님께서 구해주시기를 원합니다."

부인이 천천히 말하였다.

"저 모자가 콩과 보리는 구별할 줄 아는 사람들이니 오늘날이 있을 줄 충분히 알았을 것이다. 모르고 한 일이 아니니 어찌 수고스럽게 구해주겠느냐?"

운성이 말없이 있다가 일이 급해지자 소부인을 보고 빌었다. 석부인이 운명의 위급함을 보고 또한 정신이 없어서 눈물을 머금고 소부인에게 나가서 말려주기를 권하니, 화부인이 이에 이르러서는 가슴을 두드리며 머리를 부딪치고 울며 말하였다.

"우리 모자가 비록 잘못한 일이 있지만 승상이 운명을 아주 죽이려 한다고 하니 어찌 부자지간에 천륜이 있다고 하겠는가? 내가 당당하게 죽어 운명이 죽는 것을 보지 않고 승상의 마음을 시원하게 해야겠다."

---

33) 얼마 ~ 남았으니 : {수유(須臾)의 이시니}. 수유(須臾)는 '잠시'를 뜻하는 말로 예전엔 수억분의 1을 의미했음. 문맥을 고려하여 이같이 옮김.

말을 마치고 칼을 들어 죽으려고 하니 일이 슬프고도 놀라웠다. 운성이 급하게 나아가 붙들고 위로하였고 석부인은 소부인에게 나가보라고 재촉하니 소부인이 오랫동안 침묵하다가 드디어 일어나서 좌우를 돌아보 33
며 말하였다.

"걸음[34]을 옮겨 길을 인도하여라."

말을 마치고 천천히 걸어서 중당(中堂)에 이르렀으나 협문(夾門)을 막았다는 소리를 들었으므로 굽은 난간을 돌아가 백화헌에 이르렀다. 그러자 승상이 급히 합문(閤門)[35]을 닫고 대청에 들어와서 물었다.

"누님께서 어찌 나와 계십니까?"

부인이 말하였다.

"내가 특별히 나와서 아우 부자의 정의를 완전하게 하도록 하려는 것이다. 잘 알수는 없다만 내 청을 흔쾌히 받아들이겠느냐?"

공이 읍(揖)하고 감사하며 말하였다.

"어떤 가르치실 일이 있으십니까?"

소부인이 정색을 하며 말하였다.

"네가 운명을 큰 매로 다스리니 그 죄는 가벼우나 벌이 무거워 과도한 것에 가까우니 모름지기 그만하여 용서하기를 바란다."

승상이 문득 기뻐하지 않으면서 말하였다.

"이 아이의 죄상은 놀라움을 참을 수가 없으니 만일 중하게 치지 않으면 저 아이의 무식을 돋우는 것입니다. 아직 두어 산(算)[36] 장 더 친 후 놓아줄 것입니다. 누님께서는 근심하지 마십시오. 게다가 사졸들이 모

---

34) 걸음 : {주리(珠履)}. 구슬로 꾸민 신발을 의미하므로 문맥을 고려하여 이같이 옮김.
35) 합문(閤門) : '협문(夾門)'과 동의어.
36) 산(算) : 셈을 의미함. 댓수를 세며 매를 때리는 것을 의미함.

여 있어서 자리가 어수선하니 들어가시기 바랍니다.”

34 소부인이 문득 화를 내며 말하였다.

“너는 부자지간의 의를 가볍게 여기지만 내가 어찌 조카를 구하는 일에 있어 번거로운 것에 개의하겠느냐?”

말을 마치고 손을 들어 합문을 열려고 하니 승상이 매우 황급하여 즉시 사졸을 물리치고 운명을 용서하였다. 생이 이미 백여 장을 맞았으므로 성혈(腥血)이 옷을 적셨고 기운이 막혀 있으니 좌우의 호위하는 사람들이 다 놀라고 모든 생들이 눈물을 비같이 흘렸다. 그러나 생이 조금도 뉘우치는 빛이 없자 승상이 끌어서 내치라고 한 후 소부인을 모시고 내당으로 들어왔다.

양태부인 이하 사람들이 다 말이 없었다. 승상이 모친을 받들어 자리를 정하고 모든 부인들을 모은 후 시녀에게 정씨를 부르라고 명하였다. 이때 정씨는 계교가 누설된 것을 알고 매우 황급해 하다가 부르시는 것을 듣고 나와 자리에서 뵈었다. 승상이 명하여 계단 가운데 꿇리고 안색을 거칠게 하고 소리를 엄하게 하여 꾸짖었다.

“여자의 투기는 칠거지악(七去之惡)에 있다. 세속 여자들 중에 칠거를
35 삼가는 사람이 적어 투기하고 간섭하는 사람이 많을지라도 오히려 집안에서 용납하며 사는 사람이 한둘이 아니다. 비록 투기하는 마음이 있을지라도 혹 가난한 시절을 함께 보냈거나, 방자하여서 그 스스로 몸의 덕을 잃을 뿐 남에게 해가 없었을 때에는 시집에서 너그럽게 용서하여 집에서 내쫓기는 것을 면하는 것이다. 그러나 만일 음험하고 간악하여서 사람을 해하고 죽음에 이르게 하거나 스스로 선량한 척하여 거짓으로 지아비의 총애를 요구하며 지아비의 총명을 가리는 요괴로운

꾀를 낸다면 비록 공주라도 시집에서 용납하여 그 허물을 감추고 편하게 누리도록 할 리가 없다. 너는 이제 운명의 어리석음과 시어미의 현명하지 못함을 틈타 애매한 여자를 사지(死地)에 넣고 시녀와 종들과 결탁하여 흉악하고 포악한 뜻과 더러운 일을 계획했다. 부인의 청결한 도리를 알지 못하니 결단코 너같이 투기 하는 못된 여자는 눈앞에 두지 못하겠다. 빨리 돌아가서 행실을 고쳐라."

말을 마치고는 좌우의 사람들로 하여금 혼인할 때의 채단(采緞)을 찾고 36
가마를 갖추게 하여 정씨 집안으로 보냈다. 정참정이 크게 놀라 까닭을 물어 자세히 알고난 후 자신의 딸이 잘못한 줄을 깨달아 탄식하고 어찌할 바를 몰라 했다.

소승상이 정씨를 내친 후 사람을 심희당에 보내 이씨를 불렀다. 이때 이씨는 승상이 돌아온 것을 듣지 못하였다가 바야흐로 반가운 마음을 참지 못하였다. 자신의 애매함이 드러난 것을 다행스럽게 생각했으나 생이 심하게 매를 맞은 것을 알고 오히려 마음이 편치 않아서 사양하며 말하였다.

"제 팔자가 남과 같지 못해서 참혹한 액운을 만나 죽기를 바랐는데 시아버님의 성스러운 덕 덕분에 더러운 누명을 씻었으니 제가 비록 부르시는 명령이 없어도 당당히 바삐 나가 얼굴을 뵙고 인사를 드리고 싶습니다. 그러나 지아비가 중한 죄를 입어 아버님께 용서받지 못하니 제가 스스로를 해친 것과 같은 작태입니다. 황송하고 부끄러워 사죄를 청하니, 감히 명을 받들어 따르지 못하겠습니다."

태부인이 웃고 칭찬하여 말하였다. 37

"이씨의 사람 됨이나 뜻이 이와 같으니 어찌 아름답지 않은가?"

소부인이 이어 칭찬하며 말하였다.

"이씨가 무상한 고초를 지내고 누명을 벗은 것이니 가볍고 약한 여자라면 부르는 것을 듣고 바삐 나올 것이다. 어찌 사양하겠는가? 사물을 분변하는 능력이 고상하고 현명하며 처신을 무게 있게 한다는 것을 알 수 있다."

승상이 다시 불러 말하였다.

"너의 애매함을 내가 이미 풀었고 운명의 죄는 단지 너를 잘못 처치한 것만 다스린 것이 아니고 다른 일로 화를 낸 것이니 너는 겸손해 하지 말고 아녀자로서의 도리를 따르거라."

이씨가 드디어 흩어진 머리카락과 남루한 의복으로 이르러 당 아래에서 머리를 땅에 조아리고 절을 하며 눈물을 흘리니 애처로운 모습과 빼어나게 아름다운 것이 새로웠다. 모두 다 반기고 슬퍼하며 할머님과 승상이 매우 애처롭게 여겨 당으로 올리고 위로하기를 마지않았다. 이씨가 자리
38 를 비키면서 말씀에 답하기를 공손하면서도 거침없이 하니 화부인이 이때를 당하여서 또한 뉘우침이 무궁하였다. 이씨의 아이가 옥 같은 골격에 꽃 같은 용모로 부모의 뛰어난 모습을 타고났으니 온 집안이 사랑하고 운명의 현명하지 못함을 한탄하였다.

이 날 이씨가 취봉각으로 돌아온 이씨는 경치와 사물들을 보면서 마음의 슬픔을 참지 못하였다. 임씨가 모든 자녀들을 데리고 취봉각에 모여서 옛 일을 말하며 애달프고 안타까워하면서 밤이 깊도록 이야기를 하다가 흩어졌다.

이후로 이씨가 더욱 덕을 닦고 어질게 행하여 임씨와 화평하게 지내고 할머님과 시어머님을 효성으로 섬기니 상하가 그 아름다움에 감탄하였으

며 화부인이 크게 뉘우치고 사랑하며 이전의 일을 자책하였다. 그러나 승
상은 마음이 편치 않아서 화부인과 말을 주고받지 않고 발길을 끊었다.
또한 모친께서도 석부인을 후히 대하라 하시고 그녀의 효성이 무리 가운
데 뛰어난 것을 승상 스스로도 공경하여 후대하기를 곡진이 하였다. 또한
운성이 큰 공을 세우고 벼슬의 품계가 높아져서 일품대신이 되었고 천자
가 예우하시니 임금과 아버지의 은총이 형제 중에 으뜸이었다. 아들이 39
지체가 높고 귀하니 그 어미를 어찌 존중하지 않을까? 운성이 평장 운현
과 한림 운의와 함께 의견을 주고받았다.

"우리들 삼형제가 조정의 대신이 되고 천자의 총애를 입었으나 일찍이
어머님의 영화를 빛내지는 못했으니, 입신양명(立身揚名)해서 부모를
세상에 높이 드러낸다는 것은 누구를 말하는 것인가? 어머님이 평생
검소하고 소박하셨고 그 뜻을 낮췄으나 우리의 입장은 그렇지 못할 것
이다."

드디어 세 사람이 함께 상소하여 잔치[37] 베풀어주시기를 청하니 황제
가 효성을 아름답다고 여기셨다. 또 황후가 석부인의 꽃다운 명망을 들으
셨으므로 즉시 조서를 내리시어 석부인을 정숙현덕부인(靜淑賢德夫人)으로
봉하시고 사관을 보내 술잔을 올렸다. 그리고 노비 수백 명을 주시며 칠보
쌍봉관(七寶雙鳳冠)과 홍금적의(紅錦翟衣)[38]와 무우리(無憂履)[39]와 옥대(玉
帶)를 주시는 등 각별히 황제의 은혜를 내리시며 작위를 높여 화부인과 같
게 하시니 영광이 밝게 빛났다. 운성이 바야흐로 잔치를 베풀고 황제의 사 40

---

37) 잔치 : {영친(榮親)}. 부모를 영화롭게 함 또는 영화롭게 하기 위해 잔치를 베푸는 일을 의미함.
38) 홍금적의(紅錦翟衣) : 붉은 비단으로 만든 예복. 적의(翟衣)는 나라의 중요한 의식 때 왕비가 입던 예복을 가리키는 말로 붉은 비단에 청색의 꿩을 수놓아 만들었음.
39) 무우리(無憂履) : {무ᄋ리}. 의장품 가운데 신발의 한 종류로 보임.

신을 후하게 대접하고 황제의 조서를 꺼내 모든 대신에게 보인 후 어머니께 잔을 올려 축하를 드렸다.

부인이 계시는 벽운루가 협소하다고 말하며 높은 루에 아름답게 단청한 누각을 100간(間)[40] 되는 크기로 세우고 붉은 옥으로 난간을 꾸몄다. 그리고 가운데에 50간 되는 누각을 세워 남북으로 두 방을 나누고 북루(北樓)는 더위를 피하게 하고 남루(南樓)는 추위를 피하게 하였다. 넓게 두 곳을 나눠 시녀를 50인 씩 두고 모친을 모시니 석부인이 비록 자녀의 효도하고자 하는 뜻은 알지만 모든 면에 있어 취성전과 같은 것을 편하지 않게 여기고는 시녀의 수를 줄이고 의복을 검소하게 하였다.

승상이 셋째 아들의 부모 공경하는 뜻을 보고 주의를 주어 다만 사치스럽거나 과도하게 하지 말라고 하였다. 운성이 이미 모친을 존중하고 스스로 낮은 집에 거처하면서 모든 아우들과 더불어 모친을 봉양하고 할머님을 모셨는데, 이것은 생이 운남에 갔을 때에 석부인이 시어머님을 모시고 강정으로 간 후 모든 형수 · 동생과 어린 누이들이 가난의 고초를 겪던 일
41 을 알기 때문이었다. 또한 평소 자신의 어머니가 늘 겸손하여 상을 화부인에게 돌려보내고 태부인과 승상도 예법을 들어 화부인을 중하게 공경하며 집안의 세력이 모두 화부인에게 있으므로 석부인의 처신과 거처가 어색하고 낮은 것을 야속하게 여겨서 문득 이런 뜻을 나타낸 것이다. 그러므로 승상이 효도의 정에 감동하였고 태부인이 그 덕스러운 뜻을 칭찬하였다. 운성이 일등 명망있는 일등 공신으로서 지극한 효도의 뜻을 갖고 있고 굳세고 호방한 인물이라는 것은 집안 내에서 기이하게 여겨 탄복하며 두려워하는 바였다. 사람마다 그 덕을 말하며 공을 기리니 석부인의

40) 간(間) : 길이의 단위로 한 간(間)은 여섯 자로 1.81818미터에 해당함.

한없이 넓고 큰 타고난 복과 존귀함은 당대에 비길 바가 없었다.

화부인이 매우 싫어서 문득 젊은 시절 참았던 투기를 새롭게 내며 못마땅하게 여기는 일이 많았다. 석부인이 그윽이 화부인의 인물됨이 좁은 것이 애달파 더욱 공손하게 하였으며 모든 생들도 또한 지극한 효성으로 섬기기를 친어머니보다 못하지 않았다. 그러나 늘 마음 속으로는 자신의 모친을 헐뜯는 것을 한스러워 하여 서로 말하였다.

"어머님의 영화는 아버님의 타고난 복에서 비롯된 것이 아니고 우리들 42
로 인한 것인데 화부인께서 꺼리시는 것이 이상하다."

운성이 말리며 말하였다.

"옳은 말을 하면 우환이 생기니 너희는 참고 효에 힘쓰고 무식하게 바른 말을 하지 마라."

석부인이 승상을 대하여 말하였다.

"제가 기구한 가난과 고생 그리고 이상한 일을 지내고 상공의 너그럽고 후덕하신 덕에 의탁하여 슬하에 여러 자식을 두었는데 용맹스럽고 장렬한 얼굴들이 다른 무리들과 달라 문득 사람마다 아름답다고 칭찬하니 밤낮으로 외람되다고 생각했습니다. 그런데 이제 운성이 이상한 마음을 먹어 제 복이 달아날 만한 일을 여러 가지로 하고 있습니다. 게다가 승상은 지난 번 작별하였다가 돌아오신 때로부터 첫째 부인을 찾는 것을 보지 못하였으니 제가 놀라서 어찌할 바를 모르겠습니다. 승상의 자취를 혼자 보고 싶지는 않습니다."

승상이 듣기를 마치고 기분 좋게 웃으며 말하였다.

"내가[41] 비록 용렬하긴 하지만 일찍이 미치지는 않았는데 부인이 어찌

41) 내가 : {학생(學生)}. 생전에 벼슬을 하지 못하고 죽은 사람을 높여 일컫는 말이지만 이 부분에

43 하여 혼자 보기 아까워하며 여럿을 청하여 보이고자 하십니까?"

부인이 정색을 하며 말하였다.

"상공이 평소 공정하시기에 그것을 여자의 복이라고 생각했는데 요즘 하시는 일이 변하셨으니 제가 항복하지 않은 것입니다. 그런데 어찌 희롱하십니까?"

승상이 다만 웃고 말을 하지 않으니 부인이 이후 여러 번 간청하였으나 승상이 입을 열어 잘잘못을 말하지 않으며 듣고도 들은 척하지 않았으므로 부인이 다시 말하지 못하였다.

이때 이씨가 원통한 억울함을 벗고 시부모의 사랑을 다시 입었지만 운명이 심하게 매를 맞고 병이 생긴 것 때문에 마음이 편치 않았다. 생이 오래지 않아 병이 나아서 부친에게 죄를 청하니 승상이 다시 매로써 크게 꾸짖고 나서야 그 죄를 용서하였다. 생이 마음으로 감격하여 물러나 모친을 뵈니 화부인이 눈물을 뿌리며 승상의 공정하지 못함을 한스러워 하였으며 자신의 현명하지 못함 또한 뉘우쳤다. 생이 임씨를 만나니 임씨가 생이 다 나은 것을 축하하였고, 이파와 석파는 와서 조롱하며 웃고 말하였다.

44 "낭군이 우리 말을 곧이 듣지 않더니 어떻습니까?"

생이 부끄러운 얼굴을 한 채 대답을 못했다. 석파가 말하였다.

"낭군이 부인을 곤란하게 했는데도 이씨는 낭군이 병난 것을 염려하여 불편해 하다니 진실로 여자라는 사람은 이상합니다. 비록 여자라고 해도 내 마음 같다면 어찌 조금이나마 염려하겠습니까? 병이 중하다고 하면 더욱 기쁠 것입니다."

서는 소승상이 자신을 가리키는 용어로 사용되었음. 문맥을 고려하여 이같이 옮김.

생이 웃으며 말하였다.

“세상에 할머니 같은 사람이 또 없을 것이니, 할머니는 모진 승냥이와 호랑이 같군.”

석파가 웃으며 말하였다.

“내가 승냥이나 호랑이라 해도 칼을 들고 자식을 죽이려 들지는 않을 것입니다.”

생이 웃으며 답을 하지 않았다. 생이 이전의 일을 뉘우치고 이씨의 맑은 눈동자와 뛰어난 용모를 생각하니 새롭게 은혜로운 정이 가득 생겼다. 그렇지만 부끄러워서 이씨에게 들어가지 못하고 머뭇거리며 임씨의 방에서 두어 날을 머물렀다.

하루는 생이 취봉각[42]으로 들어가서 보니 이씨가 아이를 안고 촛불 앞에서 『열녀전』을 보며 탄식하고 있었다.

“내가 비록 길가에서 떠돌았지만 처신함에 있어서는 경계를 늦추지 않았는데 참혹한 누명을 얻었으니 어찌 한스럽지 않은가?”

춘앵이 웃으며 말하였다.

“옛 일을 생각하면 새삼 딱하니 부인께서는 말씀하지 마세요.” 45

생이 담력을 키워 낯을 두껍게 하고는 거짓으로 기침소리를 두어 번 내며 천천히 신발을 끌고 난간으로 올라가 문을 열었다. 춘앵이 놀라서 일어섰고 이씨는 단정히 자리에 앉아서 눈도 들지 않은 채 버들같은 눈썹을 낮추고는 요동도 하지 않았다. 씩씩한 풍채와 높고 고상한 용모가 마치 눈 위에 핀 옥매화 같고 서리 위의 찬 달 같아서 바라보자니 마음이 서늘하였다. 생이 또한 두려운 마음이 들어 기운을 가다듬고 조용히 들어와서

42) 취봉각 : 이씨의 처소.

자리에 앉은 후 아이를 데려오라고 했다. 아이를 안고 한번 살펴보니 분명 1척의 백옥을 씻은 듯한 것이 빼어나면서도 시원스러웠다. 마음 속으로 애처로움과 가여움을 참지 못하여 전날의 일을 생각하니 스스로 한심스러웠다. 그리하여 봄바람 같은 화창한 기운을 잃은 채 힘없이 탄식하며 아이 어루만지기를 반나절이나 한 후 나직이 감사의 말을 하였다.

"내가 어려서부터 어둡고 우매하고 성질이 조급했습니다. 그래서 요사
46 한 사람이 집안을 어지럽히고 헐뜯는 것이 이어졌는데도 한번 살펴보지도 않고 처치를 앞서서 하였습니다. 오늘 그대를 보니 내 낯이 두꺼운 것을 알겠습니다. 그렇지만 나도 큰 꾸짖음을 받아 부인의 일 년 고초를 갚았으니 부인은 부디 지나간 일에 원망을 두지 말고 화락해주시기 바랍니다."

이씨가 오랫동안 침묵하고 길게 슬퍼하며 말이 없으니 생이 부끄러움을 참지 못하여 다시 말을 못하고 자리 위[43]에 올라가 밤을 지냈다. 다음날 아침에 문안의 예를 드린 후 다시 이씨를 대하여 천 가지로 애걸하며 잘못했다고 말하였다. 그러나 이씨가 다만 슬퍼하며 한을 품은 채 답답하게 말도 하지 않고 눈을 들어서 보지도 않으니 생이 감히 친압(親狎)하지 못한 채 십여 일이 지났다. 그럼에도 이씨는 안색과 말소리를 더욱 단정하고 엄숙하게 하고는 생을 용납을 하지 않았다. 생은 이씨를 좋아하는 마음이 더욱 다급해지자 지나간 일이 후회스러워 마음 답답해하며 즐거워하지 않았다. 모든 형제들이 그 까닭을 물어서 알게 되었다. 그러자 운
47 성이 그의 손을 잡고 팔을 어루만지며 말하였다.

"아우는 진실로 약한 남자다. 대장부라면 아무리 자신의 앞이 어둡고

---

43) 자리 위 : {산상}. 상상(床上)의 오기로 보아 이같이 옮김.

상대방이 옳다 한들 너만큼 구구하게 굴겠느냐? 부인이 허락하지 않는다지만 규방 속 약한 체격의 여자가 남편과 겨루기야 하겠느냐? 다음번에는 말을 정답게 하고 너의 잘못을 스스로 잘못했다고 말하여 여자가 수긍하도록 한 후 의리로써 힘차게 말해라. 이상서의 위패(位牌)를 봉안하고 이씨가 걸식하던 것도 좋게 여겨 숲속 거처[44]를 버리게 하고 고귀한 부인의 자리[45]에 두어 후하게 대하였다고 하면, 비록 잠시 고생을 했어도 은혜가 중하고 원수는 적으니 부끄러워서라도 이렇듯 책망하겠느냐? 이씨가 비록 말이 깊고 사람됨이 굳세지만 자연스럽게 이 말에는 입을 열어서 대답을 할 것이다."

말을 마치고 모든 형제가 크게 웃으니 생도 웃고 물러나왔다. 이때 화부인이 이씨를 불러 사례하며 말하였다.

"내가 현명하지 못해서 어진 며느리를 고생하게 한 것을 이제 뉘우쳤
지만 완전히 씻을 수는 없을 것이다. 너를 보니 부끄러움이 적지 않다. 48
그렇지만 네가 운명에게 매우 화가 나서 말을 주고받지 않는다고 들었다. 일찍이 이 일은 운명의 죄가 아니라 내 허물이니 더욱 부끄럽다. 네 시아버지가 나를 심하게 꾸짖는데 만일 너마저 풀지 않는다면 우리 모자는 장차 어떻게 하겠느냐?"

이씨가 엎드려서 자리를 피하여 죄를 청하며 말하였다.

"제가 못난 사람이라서 처신을 잘못하여 다른 사람의 시비를 불러 일으켰으니 고생한 것이 마땅합니다. 어찌 남을 원망하며 어머님과 남편

---

44) 숲속 거처 : {쥬림[珠林] 옥누(玉樓)}. '주림(珠林)'은 숲을 의미하고, '옥루(玉樓)'는 옥으로 장식한 누각을 의미함. 이씨가 거처하던 산장을 비유적으로 가리키는 것으로 보아 이같이 옮김.

45) 고귀한 ~ 자리 : {봉관지열(鳳冠之列)}. 봉관은 봉황을 수놓은 관을 의미하므로 고귀한 부인들의 서열이라는 의미로 보아 이같이 옮김.

을 원망하겠습니까? 다만 황공하고 얼굴이 부끄러워서 지아비에게 고개 들고 말 붙이는 것을 감히 못하였습니다. 오늘 크신 가르침을 듣게 되니 저의 서투르고 영리하지 못한 죄를 청하게 됩니다."

부인이 두 번 세 번 위로하니 이씨가 은혜에 감사를 드리고 물러나며 길게 탄식하였다.

이날 밤 생이 들어와서 여러 말로 그 뜻을 엿보았으나 이씨의 냉정하고 엄함이 한결같으니[46] 생이 문득 불쾌한 빛을 얼굴에 드러내며 말하였다.

49 "부인이 오래 전부터 품어 온 한을 꺼내어 나를 멸시하기를 이렇게 하고 미워하기를 원수보다도 더하니 내가 또한 할 말이 없겠습니까? 그대가 산장에서 걸식했으니 만일 승냥이나 호랑이의 밥이 되지 않았다면 도적에게 노략질을 당했을 터! 어찌 오늘날 봉황 문양의 관을 쓰고 단의(襢衣)를 입고 꽃 같은 집의 옥난간에 기대어 한원(翰苑)[47]의 이름난 선비를 압도하며 묻는 말에 대답도 하지 않을 수 있었겠습니까? 게다가 이상서의 사당은 티끌처럼 날리는 검은 나무 조각이 되었으리니 분벽사창(粉壁紗窓)[48]에 모셔놓고 맑은 차와 신기한 향, 그리고 제물이 있는 제사 의식으로 봉양할 사람이 없었을 것입니다. 그런데 스스로 큰 은혜를 잊고 이렇게 나를 거절하며 원수라고 합니까? 만일 원수로 안다면 내 집에 머물러 거할 이유가 없으니 그대는 흔쾌히 말을 하여 나의 의심을 풀어주십시오. 내가 비록 여색을 좋아하고 예의를 알지 못하지만 부인 때문에 백 대나 곤장을 맞았는데 부인이 여태 마음을 풀

---

46) 한결같으니 : {일□□어늘}. 원문에서 2글자가 독해 불가능. 문맥을 고려하여 이같이 옮김.
47) 한원(翰苑) : 한림원과 예문관을 예스럽게 이르던 말.
48) 분벽사창(粉壁紗窓) : 하얗게 꾸민 벽과 비단으로 바른 창이라는 뜻으로, 여자가 거처하며 아름답게 꾸민 방을 이르는 말임.

지 않고 있습니다. 우리 셋째 형은 공주가 아내였어도 나처럼 구구하
지 않았고 아내를 죽이고도 살아 있는데, 그대가 아무리 귀하다 한들 50
어찌 이렇게 욕을 보입니까?"

말을 마쳤으나 이씨가 대답하지 않으니 생이 다시 재촉하여 생각을 말하라고 하였다. 이씨 보기에 운명의 기색이 좋지 않고 또 화부인이 이르던 말이 생각나서 마지못하여 옷깃을 여미고 용모를 단정히 한 후 말하였다.

"저는 길에서 떠돌던 여자입니다. 천한 사람이 경궁귀택(瓊宮貴宅)에 의
탁하면 집안의 복이 적어지는 것은 항상 있는 일입니다. 다행히도 아
버님의 성은으로 평생의 더러운 이름을 벗게 되니 미천한 마음에 한편
으로는 다행스럽고 한편으로는 두렵습니다. 어찌 높은 이름난 선비와
더불어 감히 말을 주고받겠습니까? 낭군의 은혜는 백골이 되어도 잊기
어려울 것입니다. 그러니 종신토록 구차함을 무릅쓰고라도 문하에 머
물려고 하는 것이지 어찌 원수로 지목함이 있어서이겠습니까? 그러나
낭군이 저의 어둡고 혼미함 때문에 혼나신 것이 한스러워서 아버님께
입은 한을 제게 푸시려고 한다면, 제가 비록 나갈 곳은 있어도 돌아갈 51
곳은 없지만 마땅히 내치심을 달게 받아 물러나 강물에 몸을 던지던 옛
일을 따르지언정 괴롭게 머물지 않을 것입니다. 그러니 낭군께서는 밝
게 처리하십시오."

생이 이씨의 많은 말을 듣고는 다만 낭랑하게 손뼉을 치며 웃고 소리를 이어 말하였다.

"어진 사람입니다. 부인의 덕과 뜻이 이러하니 내가 사람이 아니고 돌이나 나무라고 해도 어찌 감동하지 않으며 또 무슨 마음으로 부끄럽지

않겠습니까? 지난 일은 말해봤자 부질없으니 서로 좋게 지내는 것이 좋겠습니다. 이후로는 다시 말하지 맙시다. 내가 이미 사죄를 했으며 마음을 풀었는데 부인이 고집을 부린다면 여자의 온순하고 인정 있는 덕이 아닙니다."

이씨가 그 말이 은밀하면서도 안색이 호방한 것을 보고 탄식만 할 뿐 대답을 하지 않았다. 생의 은근하고 곡진한 큰 정이 산과 바다 같았으나 이씨는 조금도 기뻐하거나 정을 받아들이지 않고, 늘 곤란하게 욕을 보이
52 고 구박하던 일을 생각하고는 매우 한심하게 생각했다. 생이 스스로 짐작하여 천 가지로 사죄하니 상하가 다 사람의 달라짐을 보고 감탄했다. 이씨가 소생과 함께 화락하였다. 또 춘앵의 충성을 칭찬하여 양민이 되게 하려고 하니 춘앵이 울며 죽을 듯이 거절을 하여 끝내 이씨를 모시게 되었다.

임씨가 연달아 자녀를 낳았으나 이씨는 다만 두 아들을 둔 후 다시 아이가 없으니 일개 여승의 말과 다르지 않아서 근심을 하였다. 이씨가 원성의 공을 소생에게 말하여 천금으로 상을 주어 지난날의 은혜를 갚았다. 또한 소생의 은혜로운 정이 과도하게 한쪽으로 치우치니 이씨가 늘 간청하여 임씨에게도 부부간의 즐거움을 온전하게 하라고 하였다.

소생이 임금의 은혜를 다시 입어 벼슬이 이부 좌시랑(左侍郞)[49]에 오르자 정씨를 내친 이후 이름난 가문의 양반들이 청혼을 하였다. 그러나 승상이 머리를 흔들며 반대했고 모든 생들도 다 꿈같이 여겼다. 그러나 자연스럽게 하늘이 정한 것을 사람이 뜻대로 못하여 운명이 마침내 민씨,

49) 좌시랑(左侍郞) : '시랑(侍郞)'은 중국의 벼슬 이름으로, 진나라와 한나라 때에는 낭중령(郞中令)의 속관(屬官)으로 궁문을 지키는 일을 맡아보았고, 당나라 때에는 중서성과 문하성의 실질적 장관이었으며, 그 이후에는 육부의 차관이었음.

국씨, 부씨, 요씨 네 부인을 연달아 취하여 여섯 부인을 두게 되었다.

이들은 다 뛰어나고 어진 여자였다. 덕이 넓고 인물이 통달한 것으로 53
치면 임씨가 으뜸이고, 미모가 무리 중에서 뛰어나고 사람이 총명함을 겸비한 것은 이씨가 으뜸이었다. 이 두 사람이 얼굴은 닮지 않았으나 덕과 재주에 있어서는 서로 뒤떨어짐이 없으니 가히 한 시대의 숙녀라고 할 수 있었다. 그리고 나머지 4인은 다 미모가 빼어나고 마음이 어질어 도리를 지키면서 이씨와 임씨를 우러러 공경하였다. 임씨가 높은 당에서 본부인으로서의 위엄을 모두 모아 집안을 다스리는 권리를 잡고 덕을 널리 베풀어 다섯 부인 대접하기를 예로써 공경하며 후하게 대접하기를 동포와 자매같이 하였다. 이씨 또한 온화하고 공손하며 어질고 착하여 맑은 뜻과 청정한 마음으로 임씨를 도와 공경하고 사랑하는 일에 있어 차등을 두지 않았다. 집안이 나직하게 고요하였으며 규중(閨中)의 맑음은 맑고 깨끗한 물에 비할 정도였다.

승상이 칭찬하며 말하였다.

"운명이 여섯 부인을 두었는데, 그 아이가 집안 다스리는 것은 단지 급한 호령뿐이고 일찍이 탄복할 일이 없지만 규방의 화목한 기운이 주아(周雅)의 풍모(風貌)[50]를 잇는 것은 곧 임씨의 꽃다운 훌륭한 덕 덕분이 54
고, 이씨가 어진 뜻으로 집안을 바로잡고 보호한 덕분이다. 그러니 어찌 천추(千秋)에 아름다운 말이 되지 않겠는가?"

운명이 비록 형편상 마지못하여 여러 부인을 취했지만 사랑하는 마음

50) 주아(周雅)의 풍모(風貌) : 「주아(周雅)」는 『시경(詩經)』의 「소아(小雅)」·「대아(大雅)」 두 편을 말함. 여기에는 주(周)나라 문왕(文王)의 후비(后妃)인 태사(太姒)가 나무가 가지를 드리우듯 첩들에게 은덕을 드리워, 첩들이 그녀를 공경하고 그 덕을 기려 집안이 화평했다는 〈규목(樛木)〉 등 여성의 부덕(婦德)과 관련된 내용이 있음.

이 없어서 조금도 후한 빛이 없었다. 오직 좋아하는 사람[51]은 이씨뿐이라서 밤낮으로 서로 대하여 떠날 줄을 모르니 이씨 스스로 염려가 많고 괴롭기에 간청하였으나 듣지 않았다. 문득 처량하게 옛날 일[52]을 말하니 하니 생이 감동하여 네 부인을 후하게 대하고 임씨를 지극히 공경하였다. 사사로운 정이 이씨에게만큼은 못하지만 공경하고 귀중하게 대하는 것은 모두 같게 하였다. 그리하여 위아래 사람들이 칭찬하였다.

화부인에게 며느리가 많은 것은 사람들이 부러워하는 바였고 집안에 영광스런 봉록(俸祿)이 번성하였으나 승상이 운남에서 돌아온 후로는 두 사람이 사사롭게 방에 모인 적이 없었다. 승상의 기운이 단정하고 엄숙하니 모든 자녀들이 근심하였고 화부인은 마음 속에 한이 맺혔다.

승상의 아홉 번째 아들 운변은 화부인 소생으로 나이 16세에 태자소부
55 (太子少傅)[53] 석귀경의 막내 사위가 되었으니, 이 사람은 석부인의 가까운 친족이었다. 석소부가 석부인과 형제벌이고 또 딸을 화부인의 며느리로 삼아 겹겹으로 친한 관계를 맺었다. 석소저의 빛나는 얼굴과 부녀자로서의 덕행이 뛰어난 것에는 그 숙모[54]의 모습이 많으니 부부가 서로 대등하였다. 온 집안이 사랑하고 화부인도 며느리를 얻은 후로 불평하는 말을 그쳤다.

승상의 열 번째 아들 운필은 석부인의 막내아들이었다. 얼굴 모습이 그 할아버지인 소처사와 조금도 다름이 없으니 양태부인이 늘 그 모습과 태도를 보고는 쓸쓸히 승상에게 말하였다.

---

51) 좋아하는 사람 : {아는 쟈는}. 문맥을 고려하여 이같이 옮김.
52) 옛날 일 : 정씨가 투기 하였던 일.
53) 태자소부(太子少傅) : 태자부(太子府)에 둔 종이품의 벼슬.
54) 숙모 : 석부인을 가리킴.

"네가 만일 네 아버지의 얼굴을 알고 싶으면 운필을 보아라."

그리고 이파와 석파 또한 운필을 볼 때마다 반가워하면서 슬프게 말하니 승상이 또한 쓸쓸하여 운필을 중하게 여기고 사랑하는 것을 모든 자녀들보다 넘치게 하였다. 운필이 나이 17세에 구승상의 손녀와 결혼하였는데 구소저는 대가(大家)의 범절과 풍습, 그리고 아버지의 고상하고 정직함을 타고나서 얼굴과 덕을 두루 갖췄으니 부부가 진중하였다. 위아래 사 56
람들이 화부인과 석부인의 복과 덕을 칭찬하였으며 승상은 열 아들이 다 장성하고 여러 며느리들이 다 흠 없음을 기뻐하였다.

운명이 하루는 이씨와 더불어 달빛을 대하여 한가롭게 대화를 나누고 있는데 석파가 다가와서 거들며 말하였다.

"전날 이부인이 심희당에서 고생했던 것을 생각하면 오늘 낭군의 은근함은 낯이 두껍다고 할 수 있습니다."

생이 웃으며 말하였다.

"저 괴로운 늙은이가 어디로부터 때때로 와서 사람의 즐거움을 막는가?"

석파가 크게 웃었다. 승상이 어머님께 저녁 인사를 마치고 벽운루로 가다가 이 말을 듣고 크게 놀라고 매우 화가 나 다음날 아침 운명을 불러서 말의 무례함을 엄하게 꾸짖었다. 석파가 늘 운성과 운현이 자신을 귀찮게 하는 것을 생각하고 웃으며 말렸다.

"그 형들이 나를 희롱하는 것에 비하면 여덟째 낭군은 단정한 사람입니다. 어제 모처럼 그렇게 한 것이니 승상께서는 대단하게 여기지 마십시오."

승상이 말하였다.

"서모께서는 지위가 중하십니다. 어찌 어린아이들의 보챔을 들으십니까?"

석파가 웃으며 말하였다.

57 "내가 비록 속이 좁다한들 모든 공자들이 친하게 여겨서 놀리는 것인데 화를 내겠습니까? 화를 낼 사람은 따로 있습니다. 여러 낭군 중 나를 매우 욕하고 보채는 것은 셋째, 넷째이고 여덟째 낭군은 몹쓸 형에게 배워서 그렇게 한 것이니 꾸짖지 마십시오."

운현은 미소를 지었고 운성은 정색을 하며 말하였다.

"희롱할 말이 따로 있습니다. 왜 죄가 없는 우리들을 그렇게 모함하십니까?"

석파가 생들이 변명하는 것을 보고 명백히 가리는 대신 매우 크게 웃으니 승상도 어이가 없어서 가만히 웃을 뿐이었다.

승상이 이후로 5, 6년이 지나도록 화부인을 찾지 않았다. 게다가 태부인 또한 매우 불편해 하며 말을 주고받지 않고 후하게 대하는 일도 없으니 화부인이 참지 못하였는데, 황송하고 부끄러워 자는 것과 먹는 것을 폐하다가 병이 났다. 모든 자녀들이 민망함을 참지 못하여 밤낮으로 경황없이 바쁘게 간호하는 가운데 소부인이 승상에게 권유하였다.

"화씨가 6년을 빈 방에서 홀로 애가 끊어지도록 슬퍼하였다. 죄는 가벼운데 너의 벌이 과도하니 자못 사리와 체면에 맞지 않다. 또 자녀의 얼
58 굴을 봐서라도 쌀쌀하게 구는 것은 옳지 않으니 현명한 아우는 바라건대 어리석은 형의 말을 들어라."

승상이 머리를 숙여 그윽하게 웃으며 말하였다.

"저는 나이가 벌써 쇠하였고 자녀도 많은데 어찌 부인과 더불어 즐길

뜻이 있겠습니까? 일부러 화씨를 박대하는 것이 아니라 스스로 내당에 대한 생각이 식어서 5년을 잊고 지낸 것입니다."

소부인이 웃으며 말하였다.

"현명한 동생이 평소에는 말을 지어내지 않더니 어찌 오늘은 어리석은 형에게 감추느냐? 네가 여색에 뜻이 없다고 말하는 것은 가능하지만 잊었다고 하는 것은 네 마음을 숨기는 것이다. 벽운루는 찾으면서 녹운루만 잊을 수 있느냐?"

승상이 손을 모으고 대답하였다.

"그렇지 않습니다. 제가 벽운루를 잊지 않은 것은 어머님이 이르시던 말씀과 그 효성에 감동하여 자연스럽게 찾는 때가 있기 때문입니다. 화씨는 아직 편하지 않은 마음이 깊이 박혀 있고 감동할 만한 일도 없으니 자연스럽게 잊었습니다."

소부인이 탄식하며 말하였다.

"네가 자못 옛 글을 알아 조강지처가 중한 줄 알 것이니 고집을 풀어라."

승상이 이어서 웃으며 말하였다.

"제가 박정하게 대하긴 하지만 조강지처를 박대하고 멸시한 것은 없습니다."

소부인이 돌아 나와 이파와 석파와 더불어 서로 말하였다. 59

"평생에 사람을 박대하는 일이 없더니 화씨에게는 중한 정을 끊고 안색을 단정하고 엄숙하게 합니다. 내가 아까 권하였으나 웃으면서 진심을 말하지 않으니 진실로 헤아리기 어렵네요."

석파가 웃으면서 말하였다.

"소부인이 비록 총명하시지만 승상의 뜻은 모르십니다. 화부인의 죄를 벗기시려면 태부인께 한 말씀을 해 주시라고 해서 승상의 마음을 푸십시오."

소부인이 깨닫고 즉시 취성전으로 들어가 말하였다.

"화씨가 비록 죄를 얻었지만 여러 해가 지났으니 어머님께서는 바라건대 너그럽게 용서하시고 경을 타일러주십시오."

태부인이 웃으며 말하였다.

"내가 매일 말하려고 하였는데 잊었었다. 네가 간청하니 타이를 날이 있을 것이다."

소부인이 기뻐하며 물러났다.

여러 날 후 태부인이 화부인을 불러 예전의 일로 꾸짖으신 후 이날 승상을 불러 말하였다.

"네가 일찍이 예의를 알 텐데, 어찌 까닭 없이 조강지처를 박대하느냐?
60 내 나이가 서산(西山)에 갈 때가 임박하였는데 생전에 너희 부부가 사이좋게 지내는 것을 보지 못한다면 죽어도 눈을 감지 못하겠구나."

승상이 공손히 명을 받들어 말하였다.

"제가 비록 어리석지만 오늘의 가르치심을 저버리지 않겠습니다. 어찌 이런 작은 일로 어머님을 근심하시게 하겠습니까?"

태부인이 두 번 세 번 타이르니 승상이 말씀마다 순순히 명을 받들고 5일 정도 후 녹운루에 가서 화부인을 보고 병세를 물은 후 심하게 책망하며 말하였다.

"내가 비록 무상하지만 그대를 저버리지 않았는데 내가 나간 틈을 타 내 자식을 박대하고 하늘 같은 부모에게 불효하며 서모를 능멸하였으니 어찌 부인의 죄상이 심하지 않겠습니까? 내가 비록 용렬한 사내이지만 백 가지 일을 억지로 참아 부인에게 '출부(出婦)'라는 두 글자는 면하게 하겠습니다. 잘못을 고치라고 권한 것이 한두 번이 아니니 이제는 타이르지도 않겠습니다."

화부인이 매우 부끄러워하며 말이 없었다. 이후로 다시 옛날같이 화락하니 이것이 다 태부인의 덕택이었다. 화부인이 마음 속으로 죄와 허물을 자책하였다.

이때 이씨가 병이 심하여 살 길이 어렵게 되었으므로 온 집안이 놀라 61
고 당황하였다. 승상이 한밤중에 북두성을 향하여 며느리의 수명 빌기를 사흘째 하던 날 이씨가 꿈 하나를 꾸었다. 붉은 구름 사이에서 한 신인(神人)이 내려와 말하였다.

"너는 본래 단명할 운명이지만 소승상의 정성에 감동하여 35세로 한정을 하니 이번에는 죽기를 면할 것이다."

놀라 깨어난 후 운명이 앉아 있는 것을 보고 이 말을 하니 생이 또한 알지 못하였다. 그러나 부친에게 묻지를 못하여 숙직하는 형제가 누구인지 물으니 맏형 운경의 차례였다. 그에게 몰래 이씨의 꿈속 일을 말하고 부친의 기세를 물으니 상서[55]가 놀라서 말하였다.

"내가 여러 날 숙직을 하면서도 아버님의 행적을 알지 못하였다. 다만 아버님께서 삼일을 연달아 난간 밖에 앉아 있다가 삼경이 지난 후 들어오시고 각별한 움직임이 없으시니 잠이 안 오셔서 한가로이 노니시는 것인가 했는데 분명 제수를 위하여 하늘에 비신 것이다."

시랑 운명이 마음에 두고 돌아와 이씨에게 말하니 서로 감격함을 이기

55) 상서 : 소운경을 가리킴.

62 지 못하였다. 이날부터 이씨가 점점 차도를 얻게 되었다.

승상이 하루는 모든 자녀들에게 말하였다.

"내가 젊어서부터 조정에 들어가 정치를 하고 남는 시간에는 부모님을 모시느라 한 몸이 겨를이 없어서 일찍이 산천을 유람하지 못하여 늘 울적했다. 그러니 다른 곳은 보지 않더라도 오직 태산과 영산[56]이 가까이에 있으니 구경하려 한다. 너희들은 함께 길 떠날 준비를 하여라."

모든 생들이 기뻐하며 즉시 길 떠날 준비를 하고 나라에 말미를 얻은 후 어머니에게 하직인사를 드렸다. 그러고는 아버지와 자녀 11명이 태산에 이르러 산수를 구경하였다. 산천경개(山川景概)가 비할 데 없이 빼어나게 좋고 화려하여 가히 다섯 산[57] 중에서 으뜸인 줄을 알만했다. 승상이 십 수일 동안 유람을 하며 좋은 경치를 대하면 스스로 글을 짓고 끝에 모든 자녀들이 연달아 구를 짓게 하여 고하(高下)를 정하며 즐기느라 돌아갈 줄을 몰랐다.

하루는 태산 아래 절이 있는 것을 보고 운성이 불을 지르려고 하니 승상이 말리며 말하였다.

"할머님께서 일찍이 불법(佛法) 배척하는 것이 지나치다고 하셨으니 그
63 명을 거역하고 불을 지르는 것은 사람의 도리가 아니다."

모든 자녀들이 말하였다.

"그렇다면 절이 넓고 좋으니 거기에 가서 쉬며 하룻밤 자는 것이 어떻겠습니까?"

승상이 웃으며 말하였다.

---

56) 영산 : 형산(衡山)의 오기로 보임.

57) 다섯 산 : 중국의 5대 명산은, 태산(泰山), 화산(華山), 형산(衡山), 숭산(嵩山), 항산(恒山)임.

"어리석은 아이들이 뜻을 오래 간직하지 않는 것이 이 같으냐? 한번 불 지르려는 뜻을 가졌으면서 들어가서 잘 뜻이 생기느냐?"

하고는 하인을 시켜 다른 한가한 곳을 잡으라고 하여 편히 쉬었다.

다음날 승상은 기운이 편치 않아서 산수를 구경하지 못하였다. 운명과 운필은 곁에서 모시고 나머지 생들은 다 갈건야복(葛巾野服)에 대나무 지팡이를 짚고 태산에 올라가 삼십여 리를 가서 한 곳에 이르렀다. 큰 바위가 길을 막았는데 검은 구름이 뒤섞여 있고 검은 안개가 아득하게 꼈으며 바위 위의 굴에서부터 비린 바람이 일어났다. 운성이 본래 해와 달의 기운을 선천적으로 아니, 운성은 예사롭게 영민한[58] 부류가 아니며 또한 천하를 유람하여 일찍이 요괴의 기운을 알아볼 수 있었다. 마음 속으로 놀라서는 어찌할 바를 모르며 급히 말렸다.

"오늘 날씨도 음침하고 바위에서 이상한 기운이 나오니 깊은 산중에 요괴로운 이물(異物)이 있는 것이 분명합니다. 사람이 상하기 쉬우니
빨리 돌아가 근심이 없도록 합시다." 64

운희가 분노하며 말하였다.

"셋째는 어찌 허망한 말을 하여 사람의 마음이 정신을 못 차리게 하느냐?"

말을 마친 후 좌우에 있던 종들에게 명하여 땔나무를 가져다가 바위 위에 쌓고 불을 지르라고 하니 운성이 간곡히 말렸으나 한림[59]이 듣지 않으며 말하였다.

"어떤 요괴라도 불을 만나면 죽을 것이니 모든 형제들은 구경하라."

---

58) 영민한 : {영미ᄒᆞᆫ}. 영민한의 오기임.
59) 한림 : 소운희를 가리킴.

말을 마치고 불을 놓으니 한줄기 불빛이 일어나며 홀연 광풍이 크게 일
어나 모래와 돌이 날렸다. 또한 한 떼의 검은 기운이 구멍으로부터 일어
나 불빛을 헤치고 수직으로 하늘로 솟아오르는데, 그 소리는 산이 무너지
고 바다가 뒤집어지는 듯하였다. 검은 구름 가운데 흉악한 요괴 셋이 서
있는데 하나는 2만 년 묵은 표범의 정령이고 하나는 1만 5천 년 묵은 곰
의 정령이었으며 하나는 8천 60년 묵은 이리의 정령이었다. 구멍을 지키
며 도를 닦고 산신을 제어하여 수하로 삼았지만 민간인에게 폐단을 일으
65 키는 일은 없었다. 그런데 오늘 자기들에게 대항하는 것을 보니 매우 화
가 나서 바로 달려 나와 먼저 불 지르던 하인 십여 명을 죽인 것이다. 소
생 등이 이를 보고 너무 놀라서 간이 떨어지는 듯 혼이 나간 듯 하여 급히
달아났다. 운성이 다른 형제들은 돌아보지 않고 오직 맏형 운경을 업고
산 아래로 내려오는데 운의가 험한 산길을 급하게 내려오다가 팔을 다쳐
엎어져서 부르며 말하였다.

"셋째 형은 나를 구해주십시오."

운성이 소리를 질러 말하였다.

"너는 죽어도 상관 없지만 맏형을 구하지 못하면 내가 두고두고 욕을 들을 것이다. 내 힘이 능히 두 사람을 거느릴 수가 없다. 마땅히 맏형을 보호한 후 돌아와서 너와 함께 죽어 너를 저버리지 않을 것이다."

말을 마친 후 나는 듯이 내려가 평안한 곳에 다다라 운경을 내려놓고
먼저 가서 승상께 보고하라고 한 후 운의를 구하러 가려 하였다. 그러나
모든 생들이 이미 다 도착했고 운의 또한 운현의 보호를 받으며 돌아 왔
다. 모두 승상이 계신 곳에 이르니 승상이 급히 오라고 하여 방 안에 들인
66 후 자신은 대청 가운데 단정하게 앉았다. 운성이 자리를 피하라고 청하

였으나 승상이 웃으면서 말하였다.

"너희는 놀라거나 겁내지 말고 들어가서 피하여라. 내 스스로 처치할 것이다."

운성이 엎드려 읍하며 말하였다.

"이 일이 다 저희들이 저지른 바인데 이제 아버님께서 당하려고 하시니 원컨대 아버님을 모시면서 생사를 함께 하고 싶습니다."

승상이 웃으며 말하였다.

"어찌 그렇게 어리석으냐? 내가 무엇 때문에 위태하겠느냐? 너는 마음을 놓아라."

생이 끝내 아버지를 모시고 서서는 물러가지 않았으며 승상은 편안한 모습으로 단정히 앉아 있었다. 잠시 후 구름과 안개가 사방에서 일어나고 살기가 크게 일어나더니 요괴들이 바로 달려들어 마루 아래 다다랐다. 그러더니 갑자기 스스로 놀라 일시에 물러 선 후 소리를 나직이 하며 말하였다.

"삼태성(三台星)은 내려와서 죄 없는 신령에게 불을 지르려고 한 이유를 말하여라."

운성이 꾸짖었다.

"산속의 요물인 너희가 태산에 들어 와서 오악(五嶽)의 영험함을 더럽혔으니 내가 하늘의 명을 받아 구멍을 없앨 것이다."

세 요괴가 매우 화를 내며 말하였다.

"우리들이 비록 너를 해치지 못하고 도군(道君)[60]께 무릎을 꿇었지만
네 형제들을 살리고 죽이는 것은 우리들의 주머니 속 물건을 처치하는 67

---

60) 도군(道君) : 소승상을 가리킴.

것과 같다."

승상이 천천히 향을 피우고 물었다.

"너희 등이 하늘의 은혜를 입어 장수(長壽)하고 도를 익혔다지만 감히 군자의 거처를 능히 범하지는 못할 것이니 일찍 돌아가지 않으면 너희 등의 공부는 그림의 떡이 될 것이다."

말을 마친 후 승상은 책상을 어루만지며 요괴를 제압하는 노래를 외우고 운성은 선인(仙人) 소사(簫史)[61]의 퉁소 곡조를 부니 음색이 맑고 낭랑하며 깨끗하고도 그윽하여 세 요괴가 화내던 마음을 풀고 오히려 즐거워하며 함께 절을 하고 감사의 말을 했다.

"성인께서 도타운 덕을 베푸시어 방자한 죄를 사하여주시고 도 닦기를 권하시니 그 은혜 잊기 어렵습니다. 태성(台星)[62]이 아름다운 글로 어루만지고도 흉한 몸을 즐겁게 해주시니 앞으로는 삼가 그릇됨이 없을 것입니다."

말을 마치고는 두 번 절하고 한바탕 흙먼지 바람을 일으키며 사라졌다. 모든 생들이 드디어 마음을 놓고 기뻐하며 나와서 부친께 감사하니 공이 꾸짖었다.

"너희들이 혈기로 인해 불끈 일어나는 용맹함만 믿고는 이런 욕을 스

68 스로 얻었으니 누구 탓을 하겠느냐?"

하고는 운성을 칭찬하며 말하였다.

"너의 행실이 올바르고도 당당하여 몹시 바쁜 중에도 운경을 구하고 운의를 버렸으니 이것은 매우 아름다운 행적이다. 내가 매우 기쁘구나."

---

61) 소사(簫史) : 퉁소의 달인으로 진나라 목공의 여동생 농옥의 남편임.
62) 태성(台星) : 삼태성(三台星) 소운성을 가리킴.

운성이 감사드린 후 이어서 말하였다.

"아버지께서는 어찌 이 요괴들을 죽이지 않으셨습니까?"

승상이 말하였다.

"저들은 이미 도를 닦았으니 소홀히 대할 무리가 아니니다. 어찌 가볍게 죽이겠느냐? 게다가 내가 이미 듣기 좋은 말로 돌려보내고 나서 다시 죽이면 이는 귀신에게 믿음을 잃게 되는 것이다."

모든 자녀들이 부친의 어짊을 칭찬하였고, 운의가 다리를 심하게 다쳤기 때문에 서울로 돌아오게 되었다.

이때 운성, 운현, 운경 세 사람이 따로 떨어져서 의논하였다.

"태산 아래 부처를 공양하는 절이 있는데, 만일 영험하다면 어찌 요괴를 그냥 두었겠는가? 마땅히 아버님 모르게 불을 질러야겠다."

세 사람이 하인을 시켜 절에 있는 중들을 깨우게 하고 불을 지르니 그 곳을 지키던 노승이 나와서 애걸하며 말하였다.

"이렇게 비나니 세 분은 저희 절을 평안하게 해 주십시오."

운성이 크게 꾸짖으며 말하였다.

"서역의 무지한 오랑캐 귀신이 어찌 제사를 도적질하며 요괴와 이웃을 69
하느냐?"

말을 마치고 구철(矩鐵) 철편(鐵片)을 들어 부처를 치니 금부처상[63]이 깨졌다. 이때를 틈타 운성 등이 바로 뒷방으로 들어가려 하니 모든 승려들이 가로막고는 살아있는 부처가 나오신다고 하였다. 3인이 눈을 들어 보니 한 노승이 창백한 얼굴[64]에 하얗게 센 머리를 하고 구름 사이에 비

---

63) 금부처상 : {금신(金身)}. 금빛을 칠하여 만든 부처의 몸을 가리킴.
64) 창백한 얼굴 : {찬안}. '창안(蒼顔)'의 오기임.

스듬히 앉아서 법어(法語)를 외우고 있었다. 운경이 돌아가자고 했으나 운성, 운현이 듣지 않고 좌우의 사람들을 시켜 활을 가져오라고 했다. 운성이 좋은 화살을 가려서 활을 당겨 쏘니 노승의 얼굴에 맞았다. 그러나 화살이 떨어졌을 뿐 얼굴이 상하지 않으니 운현이 말렸다.

"평소 형의 화살은 쇠와 돌을 맞혀도 반드시 깨뜨렸는데 이제 맞았는데도 상하지 않으니 심히 요괴롭습니다. 괜히 변을 일으키지 말고 돌아갑시다."

운성이 다시 쏘아 그 눈을 맞혔으나 또한 상하지 않으니 운성이 매우 화가 나서 활을 버리고 칠성검을 빼서 바로 쳐들어가 죽이려고 하였다. 운경과 운현이 두 번 세 번 말렸으나 말을 듣지 않고 있는데 갑자기 밖이 시끌시끌하더니 한 사람이 들어와서 3인을 꾸짖으며 나가자고 했다. 자
70 세히 살펴보니 바로 소승상이었다. 3인이 놀라서 어찌할 바를 모르고 곁에 서니 승상이 재촉하여 나가서는 3인을 말에 태우고 서울로 가기를 60여 리쯤 하였다. 그런 후 주막[65] 하나를 얻고는 승상이 말하였다.

"너희는 여기에 있거라."

승상이 먼저 들어가고 3인이 그것을 보고 있었는데 둘째 형 운희가 숙소 안에서 쳐다보며 물었다.

"너희는 형을 모시고 왜 이제야 왔느냐?"

3인이 말하였다.

"우리가 절을 분탕(焚蕩)한 후 아버님을 모시고 이제야 왔는데 형은 왜 더디다고 합니까?"

운희가 놀라서 말하였다.

---

65) 주막 : {쥬인}. 미상. 문맥을 고려하여 이같이 옮김.

"아버님께서는 숙소 안에서 깊이 잠들어 계시다가 갓 깨어나셨는데 어찌 너희들이 모시고 왔다고 하느냐?"

운경과 운현은 넋이 나간 듯하여 말을 하지 못하였고 운성이 매우 화를 내며 말하였다.

"원래 아버님께서는 절에 들어가시는 일이 없는데 들어 오셨기에 우리들의 과격함을 금하려고 그러신 것인가 생각했었다. 이 일은 반드시 요괴로운 부처가 우리를 희롱한 것이다."

말을 마치고 다시 가려고 하니 모두 다 권하기에 들어가서 승상을 뵈었다. 그리고 일의 처음과 끝을 말하니 승상이 웃으며 말하였다.

"아까 하늘의 명을 받고 너희들이 과도하게 행동하는 것을 막기 위해 71
찾아서 데려왔다. 이것이 비록 꿈이지만 또한 허탄하지 않구나. 너희는 부질없이 화를 내지 말고 일찍 서울로 가자."

운성이 화를 참지 못하였지만 부친의 명 때문에 마지못하여 함께 변경으로 돌아왔다.

이때 자운산의 양태부인이 승상과 손자들을 보낸 후 집안 일을 다스리는데 마음에 품은 뜻이 엄숙하여 예전과 전혀 다르니 어찌 화부인이 집안을 보살피던 것에 비기겠는가?

하루는 석파가 석공의 집에 가다가 길에서 예전에 관상을 보던 여승을 만났다. 그녀의 신이함을 좋게 여겨서 함께 가기를 청하였다. 집안에 이른 후 문지기가 막을까 걱정되어 가마를 타고 내당에 들어가 태부인을 뵈니 모두 놀랐다. 태부인이 청하여 올리고 인사를 마치자 여승이 곁으로 물러 앉으며 말하였다.

"전에 낮은 소견을 아뢰었는데, 궁금합니다. 징험(徵驗)이 어떠하셨습니까?"

태부인이 기뻐하며 말하였다.

"그대의 신기한 말이 구구절절이 맞았다. 매우 기특하다 싶었는데 이렇게 찾았구나. 이제 어떤 해줄 말이 있느냐?"

여승이 웃으며 말하였다.

72 "귀댁(貴宅) 부중(府中)에서는 절을 헐뜯고 믿지 않으시지만 제가 판단하여 한바탕 아뢰리니 요망타고 하지 마십시오. 당초에 이씨가 일 년이나 액운을 만나지 않았을 것이었고 화부인이 5년 동안 홀로 지내는 일도 없었을 것입니다. 그런데 늙은이의 말을 믿지 않으시고 이씨를 깊이 감추지 않으셨기 때문에 운명에게 빼앗기게 되어서는 원한을 풀지 못하고 모든 일을 거스르게 되었습니다. 이것 또한 하늘의 뜻이지만 귀댁의 고집 때문이기도 합니다. 이제는 액운이 다 사라지고 이부인도 목숨을 이었으니 승상께서 불사(佛事)를 나무라시는 것도 틀린 것은 아닙니다."

소부인이 웃으며 말을 이었다.

"지난 일은 말해봤자 부질없다. 그런데 이미 그대의 방법을 행하지 않았으니 처음에 있던 액운도 없애지 못하였는데 어찌 까닭 없이 이씨의 생명을 이을 수 있었는가?"

여승이 말하였다.

"올해 초여름에 이씨가 위급한 병에 걸렸지만 승상이 이씨의 운명이 다 된 것을 알고 북두성에게 삼일을 빌어 18년을 얻었습니다. 그러니 어찌 거짓말입니까?"

모두가 모르는 것이기 때문에 거짓말이라고 한 것이다. 그제서야 이씨

가 예전의 꿈 이야기와 운명이 물었던 것을 말하자 온 집안이 드디어 여 73
승의 신기함을 공경하였다. 그런 후 정씨와 이씨 사이의 평생 원한 관계를 물으니 여승이 길게 말을 풀었다.

"소시랑 운명은 본래 동방 금강산 신선(神仙)입니다. 일찍이 유람하다가 봉래산에 이르렀는데 봉래의 선녀 홍연이 미모의 뛰어남을 자랑하자 동방선인인 운명이 계수나무 열매를 던져서 인연을 맺었습니다. 봉래부인이 이 말을 들은 후 홍연이 얼굴만 믿고 덕을 잃은 것을 몹시 안타깝게 여겨 얼굴을 박색으로 만들어 임씨 가문의 여자로 만드셨으니 이 사람이 임씨입니다.

이소저는 남해 바다 용왕의 딸입니다. 관음대사를 모시고 있었는데 동방선인이 남해왕에게 아내로 달라고 했습니다. 자신의 딸이긴 하지만 용왕이 마음대로 하지 못해서 관음께 물어보니 관음대사가 동방선인의 그윽한 정을 듣고는 불가(佛家)의 맑고 깨끗한 도덕을 어지럽힐 수 없다 하여 즉시 용녀에게 140일 말미를 주고 동방선인과 혼인하여 정실이 되게 하셨습니다.

이때 곁에서 모시는 시녀가 하나 있었는데 이름은 설낭이었으며 잉어
의 정령이었습니다. 설낭이 동방선의 얼굴을 흠모하여 늘 몰래 사통(私 74
通)하고자 하니 용녀가 분노하여 한바탕 마구 때려 죽였습니다. 관음이 즉시 살려주시고 용녀가 투기하는 것을 다스리려고 하였는데 동방선이 상제로부터 죄를 얻어 속세[66]로 귀향을 가게 되었습니다. 그러자 봉내의 홍연도 따라가고 용녀도 또한 스스로 귀향을 가서 인연 맺기를 원하였습니다. 설낭 또한 관음대사의 명으로 속세에 내려가 있었는데

66) 속세 : {진가}. '진간(塵間)'의 오기로 보아 이같이 옮김.

동방선과 인연을 이루기 위해 월하노인(月下老人)[67]에게 부탁하려 했습니다. 이때 용녀가 먼저 월로에게 가서 속세에 나가서 장부의 첫째 부인이 될 수 있도록 부탁했지만 월로(月老)가 모든 일에는 차례가 있으니 홍연을 동방선의 정실로 삼고 용녀를 둘째 부인으로 하고 설낭이 세 번째가 될 것이라고 했습니다. 그러자 용녀가 갑자기 달래며 자신이 비록 속세에 가서 장부를 먼저 얻지만 당당하게 십년을 거절하여서 설낭의 혼을 풀고 총애를 돌려보낼 것이라고 했습니다.

75 설낭이 드디어 물러난 후 또 금강산 선녀 4인이 함께 이르러 말하기를 자신들은 선군(仙君) 집안의 심부름꾼 시녀인데, 평소 선군의 풍채와 태도를 우러러 사모하여 베개 받들기를 원하였으나 선군이 허락하지 않아서 마음 속으로 서러워했다고 하였습니다. 그러면서 속세에 나가서라도 인연을 이루기 원한다고 말했습니다. 이에 월로가 네 사람을 다시 불러서 붉은 실로 매어 동방선과 이어 주니 이들이 곧 민씨, 국씨, 부씨, 요씨였습니다.

그러하니 전생의 연분이 현세에서 다시 합쳐진 것이고 전생의 원수를 현세에서 갚는 것입니다. 그렇지만 전생에 사나웠고 또 죄를 얻었을지라도 환생한 후 덕을 닦으면 얼음 녹 듯하고 복을 받을 수 있습니다. 설낭이 비록 태사의 칙명(勅命)이 지닌 위세 때문에 정씨 가문의 귀한 여자가 되어 소시랑의 셋째 부인이 되었지만 이부인에게 때 지난 원한을 제기하지 않고 함께 잘 지냈다면 이씨의 복이 정씨에게 돌아가고 이씨가 전생에 투기하여 살인한 죄와 허물은 이씨 스스로 입을 것이었습니

67) 월하노인(月下老人) : 부부의 인연을 맺어 준다는 전설상의 늙은이. 중국 당나라의 위고(韋固)가 달밤에 어떤 노인을 만나 장래의 아내에 대한 예언을 들었다는 데서 유래함. 유사어로 빙인(氷人), 월노, 월하빙인 등이 있음.

다. 그러나 정씨가 내숭스럽고 음흉한 꾀를 펴서 단지 이씨를 해하려 했을 뿐 아니라 망령되게 규목랑[68]을 성씨 가문의 자식이라 하여 소시 76
랑으로 하여금 의심하게 하여 부자간의 천륜을 어지럽혔습니다. 위로는 28수가 규성(奎星)[69]을 위하여 화를 냈고 아래로는 남해의 용이 조그만 시녀가 감히 대사(大師)를 믿고 자신의 딸을 해치려 하는 것에 화가 나서 다시 관음대사에게 호소하였습니다. 대사가 또한 설낭이 일을 매우 심하게 어지럽히자 시집으로부터 쫓겨난 여자로 만들고 떠돌게 하여 위아래의 체면을 잃게 한 죄를 밝히셨습니다.

이부인이 귀한 자녀를 두고 복을 누리시지만, 대사께서 유리병(琉璃瓶)[70] 지킬 사람이 없음을 근심하시고 또 용왕이 보고 싶어 하시기 때문에 타고난 수명이 짧았습니다. 그런데 소승상이 북두성께 청하여 35세를 살게 하셨습니다. 이 또한 하늘이 정한 목숨의 기한이니 사람이 뜻대로 못할 것입니다."

말을 마치자 좌우의 사람들이 다 기특하게 여기며 물었다.

"그대는 원래 어떤 사람인가?"

여승이 웃으며 말하였다.

"나는 운수동에 사는 도사입니다."

양태부인이 문득 자리에서 내려와 감사하며 말하였다.

"속세의 사람이 진작 관음대사를 희롱하고 있다는 것을 몰랐으니 황송하고 부끄럽습니다."

---

68) 규목랑 : 금강신선의 아들. 이 부분에서는 운명의 아들을 가리킴.

69) 규성(奎星) : 이십팔수(二十八宿)의 열다섯째 별자리에 있는 별들. 입하절(立夏節)의 중성(中星)으로, 서쪽에 위치함. 문운(文運)을 맡은 별로서 이것이 밝으면 천하가 태평하다고 함.

70) 유리병(琉璃瓶) : 사람의 수명 적은 것을 넣어두었다는 전설상의 병.

77 여승이 태부인이 알아보는 것을 보고 한바탕 맑은 바람을 일으키며 몸을 감춘 채 편지 한 봉을 떨어뜨렸다. 그 편지에 다음과 같이 쓰여 있었다.

구천현녀(九天玄女)[71] 낭랑이 대송을 진압하여 여자 가운데 요(堯)와 순(舜)[72]이 되었다. 부인의 덕택으로써 곽씨[73]의 복을 받으니 빈승(貧僧)이 또한 그녀를 위하여 하례한다. 이후로는 다시 보기 어려우리니 수명이 다 된 후 빈승이 당당히 하늘에 올라가 부인을 볼 것이다.

온 집안이 보고 놀라지 않는 사람이 없으며 모두 칭찬하였다. 집안의 젊은 여자들은 임씨 등을 희롱하며 선녀라 하기도 하고 선자낭랑(仙子娘娘)이라고도 했으며 이씨에게는 용녀낭랑(龍女娘娘)이라고 하였다. 임씨 등은 웃고 서로 기뻐하며 즐겼지만 이씨가 홀로 근심하는 빛으로 즐거워하지 않으니 모두 다 위로하였다. 할머님과 숙모들이 이씨의 명이 짧다는 것을 슬프게 여겨 편애하게 되었다.

오래 지나지 않아 승상이 돌아와 아들들과 함께 태부인께 인사를 드렸다. 그러고는 운의가 다리를 심하게 다쳤으므로 의원을 불러 고쳤다. 그 후 산으로 놀러 다닌 일과 요괴 만난 일을 말하니 모여 있는 사람들 중 몹시 놀라지 않는 사람이 없었다. 운성이 운의를 버리고 운경을 구했다는
78 사실을 듣고 화부인이 매우 감격하여 밝고 화통한[74] 기색을 띠고 감사하

71) 구천현녀(九天玄女) : 중국 상고(上古) 중원 땅에서 황제(皇帝)가 치우(蚩尤)와 싸울 때에 병법을 가르쳐 주었다는 신녀(神女).
72) 요(堯)와 순(舜) : 고대 중국의 요(堯)와 순(舜) 두 임금. 성천자(聖天子)의 의미로 본문에서 쓰임.
73) 곽씨 : 중국 당(唐)의 실존인물 곽자의(郭子儀)를 가리킴. 안녹산의 난을 평정하고 높은 공을 세워 분양왕에 봉해져 영화를 누린 인물.

였고 이후로 운성을 친아들같이 대하니 집안에 화목한 기운이 더욱 빛났다.

하루는 승상이 모든 자녀들과 문하생을 모아서 말씀을 하셨는데 제자들은 다 이름 난 있는 선비로서 일등 제자는 문언박이고 이등은 범중엄이며 삼등은 공도보이고 사등은 여공저 등이었다. 그 나머지 설규, 정화, 김현, 조명, 성자건, 이종관 등 백여 사람이 모이니 승상이 자리를 만들고 조용히 예법과 충효를 말하였다. 오른쪽 자리의 한 사람이 물었다.

"제가 오랫동안 선생님의 바른 가르침을 듣고 효행을 닦으며 충성을 온전하게 행하였습니다. 요사이 아우가 거짓으로 헐뜯는 말을 듣고는 이유 없이 화가 나서 저를 보지 않습니다. 또 저를 보지 않으려고 어버이에게 들어오지도 않습니다. 그래서 늙으신 어머니가 밤낮으로 염려하시고 근심하며 번민하시다가 아우를 부르셨습니다. 그러나 제가 있으니 행여 만날까 두려워 못 뵙겠다고 하고 있습니다. 스승님의 가르치심을 원합니다."

승상이 탄식하며 말하였다.

"형제는 한 혈육인데 어찌 헐뜯는 말을 듣고 형제를 보지 않을 수 있을 79
까? 네가 마땅히 원한을 풀려고 노력한 일이 없으니 가시를 지고 옷을 벗고 너의 아우에게 죄를 청하여라. 그래도 듣지 않으면 네가 부모님을 모시다가도 즉시 나가서 자리를 피하여 너의 아우가 홀어머님을 보아 자식의 정과 어미의 마음을 서로 위로하게 하여야지 스스로 혼자만 부모님 모시는 것을 기뻐해서는 안 된다. 너의 아우에게 비록 네가 어떤 말을 하거나 공경하지 않은 일이 없지만 형제를 이간하는 것은 부인

74) 밝고 화통한 : {낭장}. 낭창(朗暢)의 오기로 보아 이같이 옮김.

에게 달려 있으니 반드시 너의 부인과 너의 제수가 불화하여 서로 헐뜯는 말을 한 것이다. 가히 부인을 꾸짖고 화평한 기운을 갖도록 힘써 권하면 감정이 좋은 쪽으로 변화할 것이다."

범공[75]이 자리를 피하여 앉으며 말하였다.

"제가 비록 영리하지 못하지만 이 말씀을 잊지 않겠습니다."

다시 왼편 자리의 한 사람이 물었다.

"제가 어려서부터 검소하고 소박하게 하기를 주로하고 사치스럽고 화려하거나 재물이나 음식에 탐을 낸 적이 없었습니다. 그런데 어사 여이강이 논핵(論劾)하기를 재물 탐하기를 심하게 한다[76]고 했습니다. 그 억울한 말을 듣고 변명하기 위해 스승님께 여쭙습니다."

승상이 말하였다.

80 "언박아, 네가 일찍이 옛 글을 보지 않았느냐? 네가 평소 나라의 은혜를 입었지만 청렴함을 주로 하고 친척의 고난이나 친구의 어려움과 위험을 구제하지 않았다. 네 몸에 이로운 일만 생각하고 덕을 베풀어 쌓는 일에는 매몰차게 굴었으니 문득 사람들이 미워하게 된 것이다. 이후로는 의지할 곳이 없거나 어렵게 고생하는 사람을 구제하고 네몸을 닦으면 어찌 사람들이 너를 재물이나 음식을 탐낸다고 하겠으며 또 꾸짖은 사람들이 뉘우치지 않겠느냐?"

문공이 두 번 절을 하고는 말하였다.

"제자가 영리하지 못하지만 이 말씀을 마음에 새기겠습니다."

차례로 모든 제자가 말을 이어 세상 사는 방도를 물어보았다. 그 후 승

---

75) 범공 : 범중엄을 가리킴.

76) 심하게 한다 : {치셩[熾盛]}. 불길같이 성하게 일어남을 의미하므로 문맥을 고려하여 이같이 옮김.

상이 말하였다.

"충효는 옛 사람이 밝게 이른 것이다. 너희 무리가 또한 오륜을 알아 삼가니 내 말을 허비하지 않을 것이다. 그러나 요사이 보니 풍속이 한심해져서는 세상이 태평한 것을 틈타 근심이 없으니 일부러 재상명사들이 다 일없이 사치하며 행실을 닦지 않는다. 그리고 돈을 마구 쓰며 공부는 하지 않고 창녀를 모아 풍악을 즐기며 술과 음식 먹는 것을 일삼는 것이 버릇이 되었다. 비록 그런 일을 어리석게 여기던 자일지라 81
도 문득 모이게 되면 술을 마시고 창녀를 끼고 놀며, 더욱이 심한 사람은 직접 분주하게 창루(娼樓)에 다니며 천한 행실을 한다. 본성이 추하고 비천하기 때문이기도 하겠지만 또한 형제의 권고와 친구, 친척에 이끌려 모이는 경우가 많다.

이러므로 조정 대신들 가운데 창첩(娼妾) 없는 사람이 적으니, 술과 여색에 잠겨 술에 취하여서는 염치를 저버리고 체면도 없이 조회나 인견(引見)때가 되어서 규방에 있었던 구구한 행색(行色)으로 술에 취하거나 혹은 술에서 갓 깨어나 모여 있는 반열에 들어간다. 그러면 좌석이 축연(蹴然)해지고 말이 어지럽고 어수선해져서 분위기가 해이해진다. 창녀가 아니라고 해도 처와 첩이 있을 텐데 구태여 창기의 무리를 모으며 또한 부모가 정해주신 정산부인 외에 잡된 무리들을 모아서는 성인이 주색을 금하라고 가르치신 것을 어찌 잊는단 말이냐? 공자께서 말씀하시기를 덕(德) 좋아하기를 색(色) 좋아하는 것처럼 하는 사람을 보지 못했다[77]고 하더니 이 말씀이 지극히 옳다.

77) 덕(德) ~ 보지못했다 : 『사기(史記)』 권 47 「공자세가(孔子世家)」에 공자가 거드름을 피우며 거만하게 구는 위나라 거백옥의 행동을 보고, "나는 덕을 좋아하기를 색을 좋아하는 것과 같이 하는 자를 보지 못했다[吾未見好德如好色者也]."라고 한 구절이 있음.

82 요사이 세속 무리 중 어떤 사람들은 덕은 말할 것도 없고 부모께 정성을 다하는 것과 처자식을 중히 여기는 것조차 겉과 속이 다르게 하니 슬프다. 이 무리는 사람의 얼굴을 가졌지만 짐승 가운데 까마귀에게도 부끄러운 사람이 될 것이니 내가 늘 길게 한숨짓고 슬퍼한다. 심지어 입신(立身)한 사람들은 뜻이 방자하고 꺼리는 것이 없어 창루에 외입(外入)한다고 한다. 입신하면 물론 부모나 처자에게 약간의 영화는 있겠지만 불행한 것은 선비로서의 과업은 그만두고 부모를 잊으며 처자를 호통 쳐 돈과 비단을 얻은 후 그것을 모아가지고 창녀를 따르며 다투어 패가망신하는 일에 이르게 된다는 것이다. 이렇게 되면 창녀의 무리만 더욱 부유하고 화려해지는 것이다. 내가 이따금 정신을 돌아보며 줄줄 눈물을 흘리는 때가 한 두 번이 아니다.

대개 사람이 부모의 낳고 길러주신 은혜를 입어 세상을 살아가며 행동한다. 어미가 어루만져서 기르고 아비가 근심하여 가르치는 것은 다 지극한 정성으로 바로잡아 어질게 되라고 그러는 것이다. 그러니 어찌 한갓 낳아주신 은혜만 있겠느냐? 부모의 은덕 덕분에 몸이 장성해서
83 처자식 사랑할 줄도 알고 만물이 귀한 것도 알게 되는 것이다. 그런데 요즘 무식한 무리들이 부모가 애달파서 꾸짖는 것에 화가 나서는 부모에 대한 정이 소원해지고 뜻이 달아나서 부모와 내외하고 원망하며 효를 완전히 폐하고 얼굴을 조금도 뵈지 않는 사람이 많다고 한다. 그렇게 되면 어버이 또한 자식이 불효하는 것을 한스러워 하게 되니, 흔단(釁端)이 생기게 되고 그러면 지극한 정이 도리어 상하게 되어 그 사이가 멀어지는 것이다. 그러니 이것이 어찌 부모의 잘못이겠느냐?

만약 부모가 잘못을 했다고 해도 자식이 그 낳아준 은혜를 생각하면 하

늘처럼 넓어서 잊기 어려울 것이니, 스스로 정성된 효도를 하지 않아서
안 좋게 여기시는 것이라고 생각하고 더욱 효도하는 것이 곧 중화(中和)
의 큰 효로부터 나온 것이다. 어찌 감히 부모를 소원하게 대할 수 있겠
는가? 고인이 말씀하시기를 자식이 효도하려고 하지만 어버이가 기다
리지 아니하고, 가서는 오지 않는 것은 나이라[78]고 하였으니 슬프도
다. 사람이 부모와 한번 이별하면 그 후로는 꾸짖는 말씀을 듣고 싶어
도 듣지 못하고 가르치심을 얻고 싶어도 얻지 못한다고 했다. 또 재물
이 있어도 누구에게 효도하며 얼굴이 보고 싶어도 어디에 가서 볼 수
있겠는가 하였다. 속절없이 슬픈 마음은 육아지통(蓼莪之痛)이 되어 서
리고, 뉘우치는 뜻이 마음에 맺혀 제사를 드려도 온전히 전해지지 않 84
고 술을 부어도 슬픈 마음은 줄어들지 않을 것이니 생전의 뉘우침을 머
금고 지하에 가서 죄인이 될 것이다.

그러나 생전에 힘을 다하여 효도하고 봉양한다면 혹 힘이 닿지 못하는 일이 있는 경우에는 이러한 일은 어떻게 할 수가 없을 것이다. 이렇게 하면 비록 부모님이 세상을 떠난 후에 영화가 무궁한들 사사롭게 서러워할 뿐 부끄러워하거나 뉘우칠 일은 없을 것이니 너희들은 삼가 내 말을 저버리지 말고 우선 서울 안팎과 모든 주(州)와 현(縣)의 창루(娼樓)를 없애도록 의견을 제시하여라."

말씀을 마치자 제자들과 많은 여인들이 감동하여 눈물을 흘리며 명령을 받들었다. 그 중 불효하던 사람이 많이 있었는데 이 말을 듣고 감격하

---

78) 자식이 ~ 나이라 : 『한시외전(漢詩外傳)』에 "나무는 고요하고자 하나 바람이 그치지 않고, 자식은 봉양하고자 하나 부모님이 기다려주지 않네. 흘러가면 쫓을 수 없는 것은 세월이요 가시면 다시 볼 수 없는 것은 어버이시다[樹欲靜而風不止, 子欲養而親不待. 往而不可追者年也, 去而不見者親也]."라는 내용이 있음. 『한시외전(漢詩外傳)』은 한 대(漢代)의 학자 한영이 쓴 『시경(詩經)』의 해설서임.

면서도 부끄러워 사례하며 즉시 효에 힘을 쓰게 되었다. 승상의 사람됨이 이와 같았다. 문공과 범공 등이 날이 저문 후 물러나 헤어졌다. 그 후 범공이 승상의 말대로 행하니 집안이 화평하고 형제가 다시 사랑하게 되었으며 문언박의 명망도 더 높아졌다.

이때 예부상서 조명이 문장과 학문과 덕행이 빼어나고 풍채와 기상이
85 거침없으니 승상이 제자로 두었다. 조명은 유복자이지만 그 모친 정씨가
어질고 사리에 밝아 자녀 훈계하는 것을 어질게 하였기 때문에 승상이 제자로 삼았다. 소공이 또한 그의 학식과 재주[79]를 어여삐 여겨 문하생으로 받았는데 그가 입신한 후 방탕해져서 창첩(娼妾)을 모았다. 그 어머니 정부인도 비록 어질긴 하지만 화려하고 번잡한 풍모가 있어서 아들의 뜻에 따라 여러 창녀로 집안을 메웠다. 또한 조명은 여러 대신을 청하여 자신의 첩을 내어 미모를 겨루게 하였고, 잔치할 때 그 어미와 처자에게 구경하라고 하며 대신들에게 기별하여 미첩(美妾)을 데려와 누가 더 나은지 정하자고 하니 승상 이하의 관료들이 모두 미첩을 단장시켜 데려갔다. 조명의 아내 되는 사람의 아버지인 상소연이 또한 사위의 청으로 잔치에 가고 우승상 공희 또한 미녀를 거느리고 갔으며 그 외에 조정에 가득한 대신들이 수 없이 참여 하였고 조명도 궁중의 시녀와 창기첩을 다 단장시켜 미색을 겨루었다.

86 그러나 존경하는 스승의 사람됨을 알기 때문에 감히 표를 내지는 못하고 다만 운성 등을 살짝 청하여 미첩을 데리고 오라고 하였다. 모두가 비록 마땅치 않다는 것은 알았지만 젊은이 다운 기질이 있어 허락을 하였다. 잔치를 베푸는 날 모든 생들이 일찍 아침을 먹고 의복과 띠를 차려입

79) 학식과 재주 : {인지[人才]]}. 문맥을 고려하여 이같이 옮김.

고 들어가 태부인에게 하직인사를 하였다. 승상이 가는 곳을 물으니 운경이 조용하게 아뢰었다.

"조명이 창녀의 미모를 다투는 잔치를 열고 우리들을 청하였습니다."

승상이 화를 내며 말하였다.

"명이 비록 호방하지만 어찌 이런 오랑캐 행실을 하는가? 게다가 내가 지난번에 창기를 금하라 했는데 방자함이 매우 심하구나. 그런데 너희들이 참여하려는 뜻을 두다니 한심하구나."

운경이 잘못 말한 것을 깨닫지 못하고 말하였다.

"조명이 본래 사람됨은 강직하지만 이런 일을 하는 것을 보면 무식하기가 이와 같으니 이는 그가 아버지의 교훈을 듣지 못했기 때문입니다."

운현이 급히 옷을 잡아당기며 그치라고 하자 운경이 깨닫고 말없이 부끄러워하였다. 공이 다만 못들은 체하니 모든 생들이 감히 가지 못하였 87
다.

삼일 후 조명이 와서는 모든 소생들이 오지 않은 이유를 묻고 마음 속으로 황공하여 들어가서 선생을 뵈니 승상이 중계(中階)에 꿇리고 죄를 주어 책한 후 즉시 밀어 내치며 말하였다.

"네가 비록 얼굴과 풍채가 신선 같고 문장이 이백과 두보 같을지라도 처신을 이렇게 한다면 오랑캐와 같다 함을 면하지 못할 것이다."

조명이 부끄러워 이후로는 다시 창녀를 모으지 못하고 마음을 잡아 착한 행실을 하였다. 현성공[80]이 제자 가르치기를 이와 같이 하되, 조명에 관한 전(傳)에 이 까닭을 쓰지 않은 것은 현성과 소생 등이 생각할 때 그렇

80) 현성공 : 소승상을 가리킴.

게 하면 조명의 인물이 낮아질 것이기 때문이었다. 그래서 무릇 예전에 위하던 조명을 위하여 처음과 끝 등 허다한 이야기를 빼고 다만 조명을 기리는 내용만 적었다.

이런 일이 있은 후에 공이 제자를 거느리고 상소하여 아뢰었다. 그리하여 천하의 주와 현에 있는 창루(娼樓)를 없애고 조정에서 교지를 내려 술 먹는 것을 금하였다. 그 결과 대신들이 숙연하게 정돈되니 정사가 한결같게 되었다.

88 이 해 봄에 과거가 있었는데 운의, 운몽 형제가 과거에 급제하니 영화와 명망이 진동하였다. 이에 승상이 매우 두려워하며 더욱 공손하고 조심하며 검소하게 하고 덕을 베푸는 데 힘썼다.

이때 승상의 장녀 수정소저가 장성하였는데 얼굴과 풍모 그리고 태도가 흡사 금 화분에 있는 꽃 중의 왕과 같았다. 진실로 그 모친과 품격이 달라 온화하고 양순하며 공손하니 이 사람은 곧 화부인의 소생이었다. 승상이 매우 사랑하여 15세에 운숙의 처 성씨의 오라비 성준과 혼인을 시켰는데 부부가 다 비슷비슷하게 아름다웠다. 승상의 차녀 수옥은 석부인의 소생이고 나이 16세에 유평장의 정실부인이 되었는데 유평장의 용모는 관옥(冠玉) 같고 풍채가 수려하였다. 유평장은 이른바 윤부인의 친척[81]이니 인척간의 친분이 있는 소소저를 맏며느리로 삼은 것이다. 수옥소저는 부모의 어질고 영웅다운 모습과 풍도를 타고났다. 빼어난 얼굴과 위엄 있는 행실이 유씨 가문의 보배가 되니 칭찬하는 소리가 귀에 쟁쟁했다.

승상의 셋째 딸 수아는 화부인의 막내딸로 얼굴은 옥매화가 눈 위에 빗
89 긴 듯하였고 태도는 얼음같이 정결하였으며 기질이 빼어나게 아름답고

81) 친척 : {구쇽[九屬]}. 동종 친족을 통틀어 이르는 말이므로 문맥을 고려하여 이같이 옮김.

탐스러웠다. 태연하고 여리고 빼어난 것은 화부인을 닮았지만 약한 것은 소씨의 풍채를 얻었으니 절세의 모습이었다. 다만 성품과 도량이 굳고 말이 민첩하나 거칠고 드세 덕이 적으니 화부인은 사랑하였지만 승상은 나쁘게 여겨 항상 엄하게 타일러 경계하기를 다른 딸에게 보다 더 하였다.

승상의 문하생 가운데 중산 사람인 정화라는 자가 어려서 부모를 잃고 친척을 따라와 승상에게 학문을 배우고 있었는데 승상이 그의 재주와 용모를 사랑하여 수아 소저가 16세가 되자 사위로 삼았다. 정생의 기질이 옥 같고 문장과 학문과 덕행이 특출하였지만 다만 성품과 도량이 온화하고 착하며 마음이 고상하고 담백하며 연약하니 장부의 기상이 없었다. 소소저를 얻으니 그녀의 빛나는 얼굴과 태도를 보고 크게 혹하여 손 안에 휘어 잡혀서는 남자로서의 체통을 잊고 사리에 어두운 한 명의 말단 선비가 되어 화류계의 풍류에 뜻을 두지 않았다. 게다가 소저가 모친의 성품에서 조금도 떨어지는 부분이 없이 그대로이니 정생이 만일 나가서 모든 형제들과 놀지라도 의심하여 시녀를 보내 행동을 넌지시 살피게 하였다.
또 조금이라도 마음을 놓을 수 없는 일이 있으면 정생이 들어오기를 기다 90
렸다가 비단을 들어 목을 매 자결하려 하거나 칼을 빼들고 죽으려는 시늉을 하였다. 생이 마음이 약하고 심지가 굳지 못한데다가 부부 사이의 깊은 정이 간절하기 때문에 소저의 이러한 행동을 보면 경황이 없고 위급하다고 느껴 만 가지로 달래며 밤낮으로 규방에 있었다. 다른 소씨 형제들이 오라고 청하여도 시녀를 시켜 살펴보게 하고 남자만 모여 있다고 해야 소저의 허락을 받아 출입하니 모두의 웃음거리가 되었다. 모든 소씨 형제들이 그 누이를 밉게 여겨서 거짓말로 늘 창기첩이 있다고 속이니 정생 부부는 화평할 적이 없었다. 그러자 화부인이 자녀들을 꾸짖고 딸과 함께 사위를 엄하게 다잡았다.

설규는 정화와 지극히 친했지만 성품과 도량이 강직하고 엄하며 사람됨이 씩씩하고 굳세어 장부의 풍채가 있으니, 창기첩이 비록 많이 있어도 그 부인 유씨가 감히 투기하는 말이 없었다. 집안 다스리는 것의 상반됨이 이와 같았다. 그래서 항상 정화를 만나면 희롱하며 말하였다.

"형이 문인 군자로 기운이 호탕하고 시원시원하더니 재상가 부인을 취
91 한 후로는 하는 일이 불행합니다. 어찌 부인 여자를 제어하지 못합니
까?"

정생이 웃기만 할 뿐 대답하지 않았다.

오래지 않아 설규가 부모님을 뵈러 내려가고 정생 또한 성묘(省墓)하러 가는 때가 되었다. 승상이 일찍이 정생의 효도하고 우애 있으며 품위 있는 성품을 사랑했지만 약한 것을 기쁘게 여기지 않아 딸을 엄하게 꾸짖었다. 그러나 고칠 길이 없으니 공이 화가 나서 말하였다.

"네가 이제 아비의 가르침을 듣지 않고 투기를 과도하게 하여 집안의 명성을 욕 먹이니 빨리 눈앞에서 사라져라."

마침내 길 떠날 준비를 하여 정생에게 주어 중산으로 보내려 하니 화부인이 천 가지로 말렸지만 승상이 듣지 않고 말하였다.

"딸자식이 이곳에서는 아버지와 형제를 믿고 남편을 멸시하니 멀리 그리운 타향에 가 힘들어져야 바야흐로 여자의 도를 알 것입니다. 또한 정씨 가문의 며느리 된 후 시부모의 사당에도 뵈지 않았으니 예의가 아닙니다."

말을 마치고 재촉하여 보내니 소저가 울며 하직하고 정생이 또한 승상
92 께 절하고 작별하였다. 승상이 가르쳐 말하였다.

"너는 마땅히 학업에 힘쓰고 여자에게 얽매이지 마라."

그러면서 책상 사이에서 옥고리가 달린 서진(書鎭)[82]을 내어주며 말을 이었다.

"이것은 내가 젊었을 때 장인[83]으로부터 얻은 것이다. 이 옥고리는 그냥 옥이 아니고 수중(水中)에서 단련한 바다의 보배이다. 등불이 타다 꺼질 때 책상에 놓아두면 밝은 빛이 일어나 글 읽기에 유익하니 능히 반딧불이를 잡는 수고로움을 덜어줄 것이다. 그러므로 내가 각별히 힘들고 고생스러운 때에 주어 너의 글 읽는 공부를 돕는다."

정생이 두 손으로 받아 공손히 받들어 소매에 넣고 이별한 후 중산으로 갔다. 우연히 승상이 준 옥환(玉環)과 순금 서진이 나중에 정선비의 딸 정환과 설규의 외아들 경운이 결혼할 적 납빙(納聘) 시에 서진에 관한 허다하고 기이한 이야기가 되어 『수제옥환빙』이라고 하는 여러 권의 책이 되었다.

이때 정화는 소소저와 함께 중산으로 가서 부모님의 사당에 인사한 후 강주가 가까워 설규를 찾아갔더니 설규가 친구간의 우정을 나누자고 하
며 창기를 모아 잔치를 하였다. 그러나 정생이 풍악을 보지 않으려 하니 93
설생이 바싹 죄며 권하였다. 정생도 또한 소씨가 친부모와 있을 때와 달리 마음대로 발악하지 못할 것이라 생각하여 옥섬이라는 창기와 더불어 마주 서서 춤을 추고 노랫말을 지어주었다. 소씨가 듣고 매우 화가 나서 정생과 한바탕 맞서 싸우고 열사흘을 굶어 죽으려고 하니 정생이 은혜로

82) 서진(書鎭) : {서징}. 서진의 오기임. 책장이나 종이쪽이 바람에 날리지 않도록 눌러두는 물건으로 쇠나 돌로 만듦.

83) 장인 : {악부하궁(岳父下宮)}. 석부인의 아버지를 가리키는 것으로 보임. '악부(岳父)'는 장인을 가리키고, '하궁(下宮)'은 두 번째 부인인 석씨를 가리키는 것으로 보았음.

운 정이 깊어 백 가지로 애걸하여 화를 풀게 하였다. 소씨는 명성이 있는 집안의 귀한 여자이기 때문에 옥섬의 일을 매우 원통하게 여겼고, 옥섬이 집안에 있지 못하도록 보채어 나가게 하였다. 정생이 이후로 다시 설규를 만나지 못하였다. 투기하는 것이 천하에 유명해져서 '위징 왕조 정화의 아내'[84]라는 말이 눈발 날리듯 하다가 서울까지 전해지니 승상이 듣고 탄식하며 말하였다.

"까마귀나 까치가 봉황을 낳지는 못하는구나."

모든 자녀들이 부끄러워 하며 답이 없었다.

오래 지나지 않아 설규와 정화 등이 급제하여 식구들을 거느리고 서울
94 에 이르니 승상이 정화와 설규 두 사람은 반기고 그 딸은 한바탕 크게 꾸짖으니 소저가 머리를 숙이고 대답을 하지 못하였다. 승상이 이후로는 이 딸을 자못 좋게 여기지 않아, 만약 어루만져 사랑하지 않으면 깨닫게 될 것이라고 생각했다. 그러나 소저는 아버지가 죽으라고 하는 것은 따르더라도 투기는 능히 그치지 않으니 부모가 또한 어찌할 바를 몰라 하였다.

승상의 넷째 딸 수빙은 석부인의 둘째였다. 꽃다운 나이 13세가 되니 아름다운 생김새와 아리따운 태도 그리고 난초처럼 아름다운 자질이 그 어머니와 다름이 없었다. 또한 옥 같은 골격과 아름다운 피부는 뛰어나고 산천의 맑고 빼어난 기운이 눈썹 사이에 어리었다. 맑은 골격과 영롱한 태도는 상쾌하였으며 깨끗하여 달의 빛을 가리며 꽃을 부끄럽게 하는 용

---

84) 위징 ~ 아내 : 위징(魏徵)은 당나라 초기의 공신, 학자로서 수(隋)나라 말기 혼란기에 이밀(李密)의 군대에 참가하였으나 곧 당고조(唐高祖)에게 귀순하여 고조의 장자의 유력한 측근이 되었음. 황태자 건성이 아우 세민(世民, 후의 太宗)과의 경쟁에서 패하였으나 위징의 인격에 끌린 태종의 부름을 받아 간의대부 등의 요직을 역임한 후 재상으로 중용되었음. 굽힐 줄 모르는 직간으로 황제 태종을 보필한 것으로 유명함. 위징의 처가 지아비의 얼굴을 상하게 한 일이 있다고 함.

모와 물고기가 가라앉고 기러기가 떨어질 정도의 태도[85]를 갖추었다. 성을 기울게 하고 나라를 기울게 할 미색이 있으니 온 집안이 매우 사랑하였으며, 석부인이 사랑하고 중히 여기는 것은 비할 데가 없었다.

그 숙모 소부인은 그림을 잘 그렸다. 조카딸들의 향기롭고 고운 자색과 태도와 풍모를 보고 비단을 신중하게 택하여 흰 비단으로 족자(簇子)
다섯 개를 만든 후 모든 조카딸들을 단장 시켜 꽃 사이에 세웠다. 그 후 95
친히 붓을 들어 한번 화려한 글재주를 펴니 붓끝이 이르는 곳 마다 신선의 도움이 있는 것 같았다. 순식간에 다 그려 벽에 걸고 화부인과 석부인과 석파를 청하여 보였다. 모두가 칭찬하며 말하였다.

"부인의 재주가 이렇게 신기하시니 우리가 탄복하는 바입니다."

소부인이 웃으며 말하였다.

"요사이 한가하고 매우 무료하여 부질없는 것을 하였습니다."

드디어 그 아래에다 글을 짓고 제목을 붙인 후 붓을 던지고 거두어서 화실(畵室)에 간수하였다.

화설(話說). 예부(禮部) 낭중(郎中) 김희는 파서(巴西)지역 사람이었다. 일찍 급제하였으나 승상과 같은 연배임에도 불구하고 일찍 사망하였다. 슬하에 두 아들을 두었는데 장자는 환이고 차자는 현이었다. 그들은 풍모와 태도가 빼어나고 문장이 아름다웠다. 특히 현은 특별하고 기이하여 눈으로 만 권의 시와 글을 외우고 마음에는 포부를 가지고 계획적으로 일을 진행하는 재주를 지니고 있었다. 또한 효행이 빼어나 흡족히 증삼(曾參)[86]의 뜻을 본받고 왕상(王祥)[87]이 나무를 안고 울었던 것을 본받을 뜻

---

85) 물고기가 ~ 태도 : {팀어낙안지틔[侵魚落雁之態]}. 미인을 보고 물 위에서 놀던 물고기가 부끄러워 물속 깊이 숨고, 하늘 높이 날던 기거기가 부끄러워서 땅으로 떨어졌다는 뜻으로 아름다운 여인의 용모를 이르는 말임. 『장자』 「제물론」에 나오는 말임.

이 있었다. 게다가 골격은 천지간의 정기와 혈통을 이어 받아 산천의 빛
96 난 것을 온전히 받았다. 또한 아름다운 얼굴은 흰 옥을 깎은 듯했고 풍채
는 이적선(李謫仙)보다 나았다. 우뚝우뚝한 것이 바람 앞의 옥 나무 같았
고 재주와 지혜가 있는 모습은 물속에서 웃는 연꽃 같으니 시랑(侍郎) 김
희가 살았을 때 편애하기를 과도하게 하였다.

부인 왕씨는 태조 왕황후의 조카뻘이었다. 명문가의 부녀자이지만 됨됨이[88]가 어둡고 망령되기 때문에 장자인 환만을 매우 사랑하였고 시랑이 현을 사랑하고 소중히 여기는 것에 화를 냈다. 시랑이 사리에 밝은 군자이기 때문에 부인의 뜻을 알고 한쪽으로 치우침 없이 대했지만 중하게 여기는 마음은 늘 둘째 아들에게 있었다.

"환은 반드시 김씨 가문의 밝은 덕을 상하게 할 것이고 현은 가문을 홍하게 할 것이다."

라고 항상 말하니 이에 부인이 더욱 기뻐하지 않았다.

시랑이 세상을 떠난 후 부인이 삼년상을 지내고 환으로 하여금 형부상
서 위명춘의 딸을 취하게 하고 현은 호부시중 취광한의 딸을 취하게 하였
다. 위씨와 취씨는 자색이 아름답고 행실이 겸손하니[89] 자못 왕부인의
97 뜻에 맞았다. 모든 집안 사람들이 다 칭찬하고 왕부인이 매우 사랑하였

---

86) 증삼(曾參) : 중국 노나라의 유학자. 자는 자여(子輿). 공자의 덕행과 사상을 조술(祖述)하여 공자의 손자인 자사(子思)에게 전함. 후세 사람들이 높여 증자(曾子)라고 일컬었으며, 저서에 『효경』 등이 있음.

87) 왕상(王祥) : 효성이 지극한 사람. 몹시 추운 어느 해 병석에 누워있던 계모가 잉어고기를 먹고 싶다고 하자 얼음이 꽁꽁 언 강으로 잉어를 구하러 나감. 그러나 강이 두꺼운 얼음으로 덮여 잉어를 구할 수 없자 왕상이 눈물을 흘렸고 하늘이 왕상의 효도에 감동하여 잉어 1마리를 보내 주었음. 그 잉어를 고아 어머니의 병을 낫게 했다는 이야기(叩氷得鯉 王祥之孝)가 전함.

88) 됨됨이 : {우인}. '우인'은 위인(爲人)의 오기임. 문맥을 고려하여 이같이 옮김.

89) 겸손하니 : {낫가오니}. '낫갑다'는 낮다, 혹은 천하다의 의미이지만, 문맥을 고려하여 이같이 옮김.

다. 김현은 김환과 함께 즐기긴 하면서도 어려서부터 시를 짓고 그림을 그리는 것에 정통하고 뜻이 높아서 숙녀를 구하였다. 그런데 취씨가 바르지 못하며 억세고 모진 것을 보고 마음 속으로 탄식하고 한탄하며 운수를 한스러워 하였다. 그러나 모친이 사랑하고 기뻐하는 것을 보고는 탄식하며 말하였다.

"어머님이 마땅하게 여기시니 이것은 다행스럽구나. 내가 마땅히 참아야겠다."

그 후 취씨를 후하게 대하였지만 사사로운 정은 없어서 겉으로는 친한 척하면서도 안으로는 소원하였다. 취씨가 이것을 매우 한스럽게 여겨 생을 대하면 문득 성난 안색으로 본 체도 하지 않았다. 그럼에도 생은 혹시나 효성에 어긋나는 것인가 하여[90] 모친의 뜻을 받아 후하게 대하였다. 그러나 어찌 즐겨 취씨의 쌀쌀한 기세를 감내하겠는가? 마음 억제하기를 어려워하던 중 세월이 오래 지나자 문득 은혜로운 정이 변하여 얼굴도 보지 않게 되었다. 이에 취씨가 매우 화가 나서 하루는 왕부인 앞에서 생을 대놓고 원망하며 말하였다.

"낭군은 능히 스스로의 몸에 죄가 있는 것을 아십니까?"

생이 마지못하여 거짓으로 웃으며 말하였다.

"내가 어찌 부인에게 죄를 지었다는 것을 알겠습니까?" 98

취씨가 소리를 지르며 꾸짖었다.

"그대는 이유도 없이 부모님이 맡기신 첩을 박대하고 헛되게 외당에만 있으니 도리에 어긋남이 심합니다. 무슨 면목으로 웃음이 나십니까?"

생이 다만 호탕하게 박장대소할 뿐 말을 하지 않으니 왕부인이 아내 박

90) 어긋나는 ~ 하여 : {셰우랴}. 세우다는 우기다의 옛 말임. 문맥을 고려하여 이같이 옮김.

대하는 것을 책망하였다. 생이 사죄하며 말하였다.

"제가 비록 변변치 못하고 졸렬하지만 맹세하건대 덕이 아름다운 숙녀[91]를 얻어 모친을 받들고 부부간의 정을 편 것입니다. 그러니 어찌 취씨녀와 더불어 끝까지 함께 하겠습니까? 하물며 요즘에는 제가 박대한 것이 없는데 스스로 복이 없다고 말하니 이것은 여자의 맑은 뜻이 아니므로 사람들이 침을 뱉고 꾸짖을 바입니다. 제가 밤이면 한 방에 들고 낮이 되면 함께 홀어머니를 모시며 말을 나누고 기색이 화평한데도 오히려 만족하지 못하여 저를 원망합니다. 제가 비록 청춘의 한창 때이지만 취씨의 뜻을 따르면 저는 반드시 단명(短命)할 것이니 어찌 두렵지 않겠습니까?"

99 또 돌아 앉아 취씨에게 말하였다.

"내가 비록 사리에 어둡지만 부인의 행동과 마음은 거울같이 압니다. 그러니 너무 업신여기지 마십시오."

말을 마치고 크게 웃고 나가니 기상이 냉랭하고 엄숙했으며 취씨는 그 말 때문에 부끄러웠다. 취씨가 한바탕 화가 나서 어지럽게 꾸짖고는 침소로 돌아가니 생이 마음 속으로 한탄하며 말하였다.

"내가 비록 아직 공부하는 선비이지만 명문가의 선비이고 끼친 바 재주와 학식이 남보다 못하지 않다. 그런데 취시랑(侍郎)이 아버님이 안 계시고 형이 어수룩한 것을 업신여겨 말 많은 매파를 시켜 나의 종신대사(終身大事)를 어지럽게 하고 저런 엉뚱한 것을 내게 보냈으니 어찌 괘

91) 덕이 ~ 숙녀 : {하쥬[河洲]}. 하주(河州)의 숙녀는 덕이 아름다운 여인을 일컫는 말임. 『시경(詩經)』「국풍(國風)」〈관저(關雎)〉 장의 "자웅이 응하며 우는 저 비둘기가 하수의 모래섬에 있구나. 요조한 숙녀는 군자의 좋은 짝이로다[關關雎鳩, 在河之州. 窈窕淑女, 君子好逑]."라는 구절에서 왔음.

씸하지 않을까? 그 재물과 위세를 자랑하며 자신은 현재 시랑이고 우리는 전임 시랑(侍郞)의 아들이라고 하여 업신여기니 어찌 노엽지 않은가?"

이렇게 생각하니 사랑하는 마음이 싹 가셨지만 사람됨이 매우 굳고 단단하기 때문에 마지못하여 기운을 참고 낯빛을 좋게 하여 흘어머니를 섬기고 취씨를 후하게 대하였다.

하루는 벗을 찾아 평장 소운현을 보러 왔다. 원래 김현이 승상을 아버 100
지같이 섬기고 승상이 현을 자식이나 조카처럼 사랑으로 대하였다. 그러나 그의 형 환은 사람됨이 간사하고 교활하기 때문에 승상과 모든 소씨 형제들이 안면은 있지만 절친하지는 않았다. 그래서 오직 현만을 가깝게 대하였는데 특히 운현과는 생사를 같이 할 만한 친구 사이였다. 이날 울적한 마음에 운현을 찾아와 속 시원하게 말을 하고 웅대한[92] 문장에 대해 의논하고자 것이었으니 누가 뜻밖에 낭원(閬苑)의 신선 같은 사람을 그림 가운데서 볼 줄 알았겠는가?

이때 운현이 모든 형제가 나가고 없으니 심심해서 방 안에서 그림과 글씨를 뒤져보고 있었는데 벽 위에 있는 오도자(吳道子)[93]의 그림이 정을 부추기는 것 같았다. 이로 인해 갑자기 서흥(書興)이 일어나니 절구(絶句)[94] 한 수를 짓고는 그림을 그리려고 하다가 숙모의 그림 그리는 방법이 신기한 것을 생각하고 운취각으로 갔다.

---

92) 웅대한 : {웅권}. 웅건(雄建)의 오기로 보아 이같이 옮김.

93) 오도자(吳道子) : 중국 당나라의 화가 오도현(吳道玄)을 가리킴. 자는 도자(道子)이다. 불화(佛畵)와 산수화에서 당대(唐代) 제일로 꼽혔으며 소화(疎畵)의 체(體)라는 서화일치의 화체를 확립하고 준법(皴法)을 고안하여 동양 회화에 큰 영향을 끼친 인물임.

94) 절구(絶句) : 한시(漢詩)의 근체시(近體詩) 형식의 하나. 기 · 승 · 전 · 결의 네 구로 이루어졌는데 한 구가 다섯 자로 된 것을 오언 절구, 일곱 자로 된 것을 칠언 절구라고 한다.

소부인이 바야흐로 왕우군(王右君)[95]의 〈난정(蘭亭)〉[96]을 놓고 쓰고 있었는데 생이 웃으며 말하였다.

101 "숙모께서 쇠약하신 연세가 되도록 화공에 전력하여 한 때도 손에서
붓을 놓으신 적이 없으니 도학선생(道學先生)이 되시겠습니다."

부인이 가만히 웃을 뿐 답이 없자 생이 꿇어 앉아 아뢰었다.

"숙모의 그림 한 장을 얻어 배우고 싶습니다."

부인이 말하였다.

"글과 그림은 작은 방에 있으니 아무것이나 가져가라."

하고는 시녀를 시켜 열쇠를 주어 선적루의 방을 열어 주니 생이 들어가 보았다. 수십 간 마루 가운데 산호(珊瑚)와 유리(琉璃)와 옥으로 된 책상과 문방구를 놓고 각종 서책을 차례로 쌓아 놓았는데, 이름 모를 것이 수없이 많았다. 정묘하고 특별한 수만 권의 서책이 있는데, 다 찍어낸 것이 아니고 소부인이 친히 써서 꾸며 만든 것이었다. 정성과 노력이 매우 크고 기이하니 특별함이 승상의 장서각보다 더 하였다. 그러므로 가히 여자 중의 학사라는 생의 칭찬이 그치지 않았다. 북쪽에 거북으로 만든 상자 수십 개가 놓여 있는데 열어 보니 온갖 옛날 명화가 수없이 들어 있고 위에 있는 하나의 궤에는 무수한 그림이 들어 있었다. 부인이 만물을 그려 넣
102 은 것이었다. 생이 족자 하나를 챙긴 후 숙모께 하직 인사를 하고 나와 족
자를 펴서 벽에 걸고 보니 채색한 미인도(美人圖)였는데 이것은 곧 수빙소

---

95) 왕우군(王右君) : 서성(書聖)으로 일컬어지는 중국 최고의 서예가 왕희지(王羲之)를 가리킴. 오늘날 그의 진적(眞跡)은 전해지지 않으나 〈난정서(蘭亭序)〉, 〈십칠첩(什七帖)〉, 〈집왕성교서(集王聖敎序)〉 등의 탁본이 전한다.

96) 난정(蘭亭) : 왕희지의 서첩 중 가장 이름이 높은 것. 353년 계제사(禊祭祀 : 3월 삼짇날 물가에 가서 흐르는 물에 몸을 깨끗이 씻고 신에게 복을 기원하는 제사)가 열리는 기간에 42명의 문사(文士)들이 모여 시를 짓고 술을 즐겼다는 내용이 기록되어 있음. 〈난정서〉는 후대, 특히 고전에 관심이 높았던 명대(明代)에 그림의 주제로 많이 채택되었음.

저의 얼굴을 그린 것이었다. 생이 내어 온 것을 뉘우쳤지만 사람이 없었기 때문에 방심하고는 비단을 펴고 붓을 든 채 숙모의 재주를 따라하는 것이 어려움을 아쉬워하고 있었다.

이때 갑자기 등 뒤에서 한 사람이 부르며 말하였다.

"소형! 요사이 두문불출(杜門不出)하고 소식이 없으시니 무슨 일이셨습니까?"

생이 놀라서 돌아보니 친한 친구 김현이었다. 붓을 던지고 인사를 하며 대답하였다.

"요사이 형을 보지 못하였는데 무슨 바람이 불어서 걸음을 재촉하여 자운산을 찾으셨습니까?"

김현이 웃고 들어와 앉은 후 우연히 눈을 들어 보니 벽 위에 한 미인이 흰 비단 사이에서 얼굴에 그림자를 드리운 채 기대고 있었다. 한 쌍의 별 같은 눈은 정신을 집중하여 사람을 보는 듯하고 풍만하고 기름지며 윤택한 얼굴은 분명히 양귀비의 넉넉함을 갖추었으며, 혼란스러운 자연경치가 채색(彩色)의 빛을 돋보이게 하니, 김현이 처음에는 그림인 줄을 깨닫지 못하여 황망이 일어나서 몸을 돌려 나가려 하였다. 다시 보고서야 드 103
디어 그림 속의 선녀인 줄 알고 크게 놀라 칭찬하며 말하였다.

"누가 드린 그림인가요?"

운현이 바로 일어나 족자를 걷으며 말하였다.

"이 그림은 옛 명인의 화법입니다."

김현이 본래 문인이며 재주 있는 선비이니 어찌 신기한 그림을 보고 그만 둘 리 있겠는가? 나아가 한편으로는 보기를 청하며 한편으로는 자세히 보니 그 미인의 용모와 자태가 운성과 흡사하고 또 소승상과 많이 닮았다. 생이 본래 힘이 좋아서 평장 운현이 잡은 것을 빼앗아 펴고 다시 보니 손에 모란을 꺾어 들고 팔지를 벗어서 꽃나무에 거는 형상이었다. 곁에는 절구(絶句)를 지어 썼는데 필법이 기이한 것이 가히 그림을 그린 것과 같은 사람의 재주인 줄 알 수 있었다. 그 글에는 다음과 같이 쓰여 있었다.

> 사랑하는 조카 수빙은 옥에 향기가 어리고 꽃이 말을 하는 것 같은 태도가 있으니 이는 이른 바 서시(西施)와 왕소군(王昭君)[97]이라도 미치지 못할 것이다. 탐스러운 쪽진 머리에 비녀 꽂기를 구태여 기다릴 것이 아니다. 도요(桃夭)의 글[98]을 읊을
> 104 때가 가까웠는데, 재주 있는 낭군은 어느 곳에 있기에 숙녀를 찾지 않아서, 덕이 아름다운 여인을 외롭게 하는가?

그리고 그 아래 작은 글씨로 가늘게 쓰기를 "정국부인 미산 소씨가 글과 그림을 지었다"고 하였다. 김현이 보기를 마치고 이에 공경하여 물러나 앉아 말하였다.

"여동생의 얼굴 그림인 줄을 알지 못하였으니 매우 황공합니다."

평장은 김현을 엿보아 살피며 다만 자상하게 말하였다.

"형은 일가 같으니 무슨 거리낌이 있겠습니까?"

김현이 맥맥하여 말을 하지 않고 있다가 두어마디 인사를 나눈 후 하직하고 돌아갔다. 운현이 이상한 생각이 들긴 했지만 스스로 깨닫지는 못하였다.

김현이 돌아가서 저녁밥을 먹은 후 고요히 앉아 생각했다.

---

97) 왕소군(王昭君) : {소군왕장(昭君王嬙)}. 절세의 미인으로 태도가 단아하고 아름다운 여인.

98) 도요(桃夭)의 글 : 『시경(詩經)』 「국풍(國風)」편 〈도요(桃夭)〉라는 시에 나오는 '도지요요(桃之夭夭)'는 구절로 복숭아나무가 한껏 물이 올라 싱싱함을 표현한 말로 시집갈 때를 의미함.

'내가 오늘 정신이 허하여 꿈을 꾼 것인가? 분명히 그림을 본 것인가? 만일 꿈이 아니라면 세상 사람 중에 혹 고운 사람이 있다고는 하지만, 어찌 피와 살을 가진 몸이 그처럼 아름다울까? 아니면 소부인이 조카딸을 과도하게 잘 그려서 자랑하려는 것인가?'

또 고쳐 생각했다.

'내 생각이 틀렸다. 한상서 부인이 조카딸을 그린 것은 단지 마음 속의 105
재주를 펴려고 한 것이니 어찌 미덥지 못하게 자랑하려고 거짓되게 그렸겠는가? 하물며 소선생의 얼굴 모습과 그 여러 오라비가 다 꽃 같은 반악(潘岳)의 풍모가 있으니, 그 누이가 아름다운 것이 어찌 이상하겠는가? 내가 비록 아버지가 계시진 않지만 집안이 명문가이고 나의 재주와 학식과 풍채가 숙녀에게 욕되지 않을 것이니 어떻게 하면 저 소저를 취할 수 있을까?'

그러다가 문득 생각하였다.

'내가 진실로 어리석은 사람이구나. 김씨 가문이 명문가이긴 하지만 아버님이 세상을 뜨셔서 우리 집안은 쇠잔하고 미약하다. 게다가 나는 유생(儒生)이고 이미 아내가 있으니 저 당당한 재상가 귀족의 크고 빛나는 귀한 딸이 어찌 공부하는 유생(儒生)의 두 번째 부인이 되겠는가? 비록 내가 입신(立身)할지라도 바라지 못할 것인데 어찌 감히 말을 내겠는가? 만일 말을 한다면 생전에 보지도 못할 것이다. 내가 부질없는 그림을 보아서는 성대한 가르침을 저버리고 남의 여자를 생각하며 그리워하니 성인의 바른 가르침에 부끄러운 것이 적지 않다. 뉘우쳐도 모자랄 것이다. 그러나 아무래도 취씨와 목숨이 다할 때까지 함께 살지는 못할 것 같다. 세상에 태어나 이 여자를 얻지 못하고 아름다운 사람을

106 남의 손에 빼앗긴다면 어찌 못났다고 하지 않겠는가?'

이렇게 부질없는 염려를 헛되게 하다보니 먼 강가[99]의 북소리와 먼 마을의 닭 울음소리도 정신을 차려 듣지 못하였다. 마치 묶여 있는 것처럼 앉아서 생각하다가 갑자기 눈을 들어 보니 촛불은 벌써 꺼졌고 동방이 밝아 있었다. 생이 놀라서 급히 일어나 모친께 문안 인사를 드리고 스스로 밤을 샌 것을 생각하며 웃었다.

이후로 자나 깨나 소소저의 그림 속 얼굴만 생각하고 만사에 무심하니, 평소 명확하게 판단을 하거나 영민하고 준수하며 영리하고 슬기로웠던 총명이 구름과 안개에 싸여 정신을 잃은 사람이 되었다. 옷이 추운지 더운지도 알지 못하고 배가 부른지 고픈지도 모른 채 서당에서 혼자 앉아 행동거지의 균형을 잃으니 온 집안이 이상하게 여겼다. 왕부인이 병이 든 것인가 하여 매우 근심하자 생이 불효라는 것을 깨닫고 마지못하여 정신을 차렸다.

날이 오래 지나자 능히 스스로 제어하지 못하여 병을 얻어 눕게 되니 온갖 약이 다 효과가 없고 편작(扁鵲)[100]의 영험함이 소용없었다. 왕부인
107 은 망극해 했지만 김환은 본래 아우를 사랑하지 않았으므로 짐짓 좋게 여겨 의약(醫藥)을 쓰는 데 힘쓰지 않았다.

이때 모든 소생들은 벼슬을 하는 사람이기 때문에 일이 많고 번거로워 공부하는 선비인 친구들을 찾는 일이 드물었다. 그 때문에 김현이 병났음을 알지 못하였다. 마침 운성이 병이 들어 오래 낫지 않으니 천자께서 어

---

99) 먼 강가 : {종강}. 미상. 문맥을 고려하여 먼 마을과 대비되는 먼 강가로 옮김.

100) 편작(扁鵲) : 중국 전국 시대의 의사. 성은 진(秦), 이름은 월인(越人). 임상 경험을 바탕으로 치료함. 장상군(長桑君)으로부터 의술을 배워 환자의 오장을 투시하는 경지에까지 이르렀다고 전함.

의(御醫)로 하여금 간병하게 하시고 모든 생들이 또한 아는 의원을 불러 모으니 70여 인이 되었다. 진맥하여 약을 의논한 후 병 증세에 대한 견해들을 펼쳤다. 명의(名醫) 최담이 말하였다.

"전임 시랑 김희의 둘째 아들 김현 수자(豎子)의 병이 매우 이상하니 살기 어렵겠습니다."

병부(兵部) 시랑(侍郎) 운성이 듣고는 놀라 아픈 것을 참으며 물었다.

"아니, 성화문 밖 김시랑 공자 말이냐?"

최담이 공손히 말하였다.

"그렇습니다."

병부가 말하였다.

"그사이 찾아와 나와 더불어 친하게 지냈는데, 요사이 찾지 않기에 이상하게 생각하였다. 병이 들었다니 무슨 병이 그렇게 중하냐?"

최담이 말하였다.

"상사병입니다. 만일 병세가 심각하면 그리워하는 것을 가져다주어 고
쳐야겠지만, 아마도 못 얻을 사람인지 온 집안이 입을 봉하였고 김공 108
자(公子)로 하여금 말하게 할 방법도 없습니다. 그러니 어찌 살 길이 있겠습니까?"

병부가 매우 근심하며 말하였다.

"그 아이가 평소 판단이 명확하였는데 어찌 그럴 리가 있겠는가? 너희들이 중한 병 고치기를 싫어하여 안 고치려고 짐짓 상사병이라고 하는 것이구나."

최담이 사례하며 말하였다.

"의원이 병 고치는 것을 괴로워 한다면 어찌 내의원(內醫院)[101]이 되었

겠습니까?"

이윽고 운현이 들어오니 병부가 김현의 병을 말하였다. 평장[102]이 또한 놀라 즉시 어의(御醫) 여러 사람을 데리고 김씨 집에 이르러 바로 생이 병들어 누워 있는 곳에 들어가 보았다. 풍채가 사라졌고 얼굴과 모습이 초췌하여 증세가 위험해 보였다. 애달프고 안타까움을 참지 못하여 어의(御醫)로 하여금 진맥하고 간병하게 하였다. 그랬더니 어의(御醫) 최담과 소견이 같았다. 평장이 가만히 김현의 손을 잡고 물었다.

"그대 비록 아버님이 안 계시지만 홀어머니를 모시고 있으니 효에 힘을 쓸 것이요. 청춘 호걸(豪傑)로서 아름다운 부인을 두었고, 깨친 바 학문과 덕행,[103] 풍채와 용모가 무리 중에 뛰어납니다. 당당히 한번 붓을
109 놀리면 임금의 은혜를 받고 수많은 사람을 이길 것입니다. 글하는 재주 있는 선비의 마음이 호방하고 상쾌해야 할 것인데 어찌하여 구차스럽게 상사병에 걸렸습니까? 누구를 사모하는 것입니까? 마음 속 생각을 듣고 싶습니다."

김현이 평장의 말의 듣고 길게 탄식하며 말하였다.

"제가 비록 영리하지 못하지만 일찍이 시와 글과 예의를 알았습니다. 그러니 어찌 여색에 빠져 사람이 마땅히 지켜야 할 바른 가르침을 어기는 죄인이 되겠습니까마는 자연히 마음이 황홀해져서 질병이 고황(膏肓)에 침노하였으니 홀어머니께 불효를 끼치게 될 것이며[104] 청춘의 속절없는 영혼이 될 것입니다."

---

101) 내의원(內醫院) : 삼의원(三醫院)의 하나. 궁중의 의약(醫藥)을 맡아보던 관아를 이름.
102) 평장 : 소운현을 가리킴.
103) 학문과 덕행 : {혹힝}. '학행(學行)'의 오기로 보아 이같이 옮김.
104) 불효를 ~ 것이며 : {효(孝)를 기티옵고}. 효(孝)를 불효(不孝)의 오기로 보아 문맥을 고려하여 이같이 옮김.

평장이 눈물을 흘리며 말하였다.

"형의 마음이 넓은데도105) 바른 마음으로 굳게 잡아 고치지 못하다니, 사모하는 여자는 어떤 사람입니까?"

김현이 대답하였다.

"제가 말을 경솔하게 하여 후회할까 두렵습니다."

평장이 의심이 생겨 간절하게 물었다.

"형이 나와 더불어 정이 부자·형제지간 같으니 비록 예가 아닌 일이 있을지라도 허물로 생각하지 않겠으니 마음에 품은 바를 사실대로 숨기지 말고 말하여 미생(尾生)106)의 어리석음을 본받지 마십시오."

김현이 정신을 억지로 차리면서 두 번 세 번 주저하다가 말하였다. 110

"제가 진중하지 못함에도 여러 소씨 형님들의 사랑을 입어 막역지교(莫逆之交)가 되었습니다. 평생에 높은 절개와 어진 행실을 본받아 스승으로 섬기며 왕래하기를 7, 8년 동안 하였습니다. 일찍이 형의 형제 10인을 알았지만 여자 형제의 아름다운 모습은 보지 못하였는데 지난번에 그림 속의 얼굴을 보고는 감히 다시 보지 못하고 집에 돌아왔습니다. 그러고는 홀연히 꽃 가운데 있던 성스러운 모습을 자나 깨나 생각하며 연연히 잊지 않고 생각하게 되니 온갖 병이 일어나 살 방도를 바라지 못하게 되었습니다. 이 어찌 사람이 마땅히 지켜야 할 도리에 죄 되는 것이 아니겠습니까?"

평장이 듣기를 마치고 속으로 불쌍하게 여기며 마지못하여 위로하였다.

"원래 사연이 이러했군요. 제가 비록 소저와 한 남매107)이긴 하지만,

---

105) 넓은데도 : {텬균지량}. 천균지량(千鈞之量)의 오기로 보아 이같이 옮김.
106) 미생(尾生) : 노(魯)나라 사람으로 신의를 굳게 지키다가 익사한 인물임.
107) 한 남매 : {못동싱}. '못'에 같다는 의미가 있으므로 문맥을 고려하여 이같이 옮김.

위로는 부모님이 계시고 여러 형이 계셔서 제 마음대로 할 수는 없습니다. 조용히 아버님께 여쭈어 좋은 소식을 전하겠습니다. 어찌 이런 일로 병이 나서 주변 사람들의 시비를 불러일으킵니까?"

생이 감사하며 말하였다.

111 "제가 스스로 볼 볼일 없음을 알지만 마음을 제어하지 못하였습니다. 사람을 대하면 부끄러움이 먼저 앞을 가리니 이렇게 지내다가 천하의 죄인이 되겠습니다. 그러니 형은 부질없는 말씀을 승상께 아뢰지 마십시오."

평장이 침묵하고 주저하기를 오래 하며 그림 꺼내온 것을 뉘우쳤지만 어찌할 도리가 없었다. 몸조리를 당부한 후 수레를 타고 자운산에 돌아오니 승상이 김현의 병을 물었다. 평장이 감히 사실대로 고하지 못하여 위급하다고 아뢰니 승상이 죽은 벗의 사랑하는 아들이기 때문에 위태함을 염려하였다. 다음날 아침 김씨 가문에 이르러 생을 보고 병을 물으니 생이 부축을 받으며 맞이하였다. 승상이 그의 얼굴이 상한 것을 보고 놀라 말하였다.

"네가 어찌 수십일 만에 이렇게 쇠약해졌느냐? 의원이 네 증세가 상사병이라고 한다. 네가 일찍이 의리를 알 것인데 홀어머니를 잊고 불효를 저지르려 하느냐?"

112 김현이 근심스럽고 슬프면서도 황공하여 말을 못하니 승상이 다시 물으려고 했다. 이때 갑자기 내당에서 슬픈 울음소리가 들리더니 한 부인이 목 놓아 큰 소리로 울며 말하였다.

"내 일찍이 남편을 잃고 저희 형제를 길러 영화를 볼까 하였는데 어찌 현이 이상한 병에 걸려 살지 못하게 될 줄 알았겠는가?"

말을 마치고 다시 통곡하니 승상이 듣고는 마음이 슬퍼져서 눈물을 머금은 채 다시 생을 꾸짖었다.

"네가 일찍이 부친을 여의고 어머님[108]을 모시고 있으니 자로(子路)의 효도[109]를 이뤄야 할 것인데 오히려 병을 사서 얻어 이렇게 불효를 하니 부끄럽지도 않느냐? 나에게 마음 속의 것을 시원하게 말하여라. 네가 염려하는 것을 구해주겠다."

김현이 사죄하며 말하였다.

"제가 불행하여 천고(千古)에 비웃음을 받고 유림(儒林)에게 죄를 얻게 되었습니다. 오늘 아저씨[110]의 가르치심을 이겨내도록 하겠습니다."

승상이 말하였다.

"네가 만일 참을 수 있을 것이었다면 당초에 이 병을 얻지 않았을 것이니 나에게 숨기지 말거라." 113

김현[111]이 머뭇거리고 숨기며 말하였다.

"제가 직접 뵙고 말을 하게 되면 아저씨께서 더욱 그르다고 여기실 것이니 감히 말씀드리지 못하겠습니다. 평장이 이미 저의 마음을 밝게 알고 있습니다."

승상이 답하였다.

"정 그렇다면 돌아가서 운현에게 물어보아 너의 소원을 이루게 하리니 근심하지 말거라."

---

108) 어머님 : {수수(嫂嫂)}. 형수를 의미하는 어휘인데, 이 문맥에서 김생의 모친이 소승상에게 형수라는 의미로 쓰인 것으로 보이므로, 이같이 옮김.

109) 자로(子路)의 효도 : 공자(孔子)의 제자 자로(子路)와 관련된 고사 자로부미(子路負米) 혹은 백리부미(百里負米)라고 함. 백리나 떨어진 먼 곳으로 쌀을 지고 간다는 말로, 가난하게 살면서도 효성이 지극하여 갖은 고생을 하며 부모를 봉양하는 것을 뜻함.

110) 아저씨 : {숙부[叔父]}. 작은아버지라는 뜻으로, 이 곳에서는 소승상을 가리킴.

111) 김현 : {니싱}. '니싱'은 문맥상 김현을 가리키는 '김싱'의 오기이므로 이같이 옮김.

생이 은혜에 감사하였지만 믿지는 않았기 때문에 걱정이 끝이 없었다. 승상이 돌아와서 모친께 인사를 드린 후 운현을 불러 김현의 말을 하면서 병의 근원을 물었다. 평장이 매우 민망해 하면서 말하였다.

"제가 현이 아닌데 어찌 그 뜻을 알겠습니까?"

승상이 화를 내며 말하였다.

"내가 이미 알고 있는데 네가 어찌 숨기느냐?"

평장이 마지못하여 옥 같은 얼굴을 붉히며 두 눈을 내려 뜨고 자세를 고친 후 엎드리니 좌우 사람들이 다 이상하게 여기며 말하기를 재촉하였다. 평장이 말하였다.

"제가 전에 할 일이 없어서 그림을 그릴까 하고 숙모께 족자 하나를 얻
114 어 서당으로 가져가서 보니 곧 작은 여동생 수빙의 얼굴을 그린 것이었습니다. 막 그리려고 하는데 김현이 들어와서 오래 바라보고 있었지만 저는 알아채지 못하였습니다. 그가 갑자기 즐거워하지 않으면서 돌아간 후 병을 얻고는 그림 속의 사람을 얻기 이전에는 살기 어렵다고 하니 제가 처량하게 여겼으나 일찍이 감히 아뢰지 못하였습니다."

좌중이 다 크게 놀랐으며 석부인이 매우 화가 나서 평장을 꾸짖었다.

"네가 그림을 배운다고 하더니 어찌 규방 여자의 얼굴을 가볍게 내어가서 외부 사람에게 보여 교화(敎化)를 어지럽히느냐?"

모든 부인이 말하였다.

"그림이 많은데 어찌 구태여 수빙의 얼굴 그린 것을 꺼내 갔느냐?"

하며 또한 운현을 책망하니 운현이 어찌할 바를 몰랐다. 운성이 병을 참으며 털옷을 여러 벌 껴입고 들어와 문안을 하다가 이 말을 듣고 말하였다.

"이는 운현의 잘못이 아닙니다. 무심결에 족자를 가져온 것이니 숙모께서 동생의 얼굴 그리신 것을 저희들이 알지 못했습니다. 그러니 운현이 어찌 조심할 수 있었겠습니까? 또 서당이 그윽하여 여동생들이 115
구경하러 나가기도 하니 그림만 못 꺼내가도록 할 것도 아닙니다. 이 또한 하늘의 운명입니다."

석부인이 화를 참지 못하여 운현을 꾸짖고 또 김현의 무례함을 한탄하는데 운성이 말하였다.

"이것을 운현의 탓으로 삼지는 못할 것입니다. 재주 있는 젊은 남자가 절세미녀(絶世美女)[112]를 보았으니 어찌 무심할 수 있겠습니까? 옛 사람도 백일 동안 간절하게 부르던 일이 있으니, 김현의 일은 이상하지 않습니다."

부인이 화를 내며 말하였다.

"너는 왜 병을 조리하지 않고 쓸데없이 참견하느냐?"

소부인이 웃으며 말하였다.

"운성이 김현과 운현에게 죄가 없다고 하니 그림을 그린 내 죄이다."

좌우가 크게 웃고 병부시랑(兵部侍郎)[113]이 또한 웃으며 머리를 숙였다. 한참 후 태부인이 물었다.

"장차 어찌 처리하려 하느냐?"

승상이 말하였다.

"제가 이미 그의 소원을 들어준다고 하였으니 이제 내 자식이라고 하여 약속을 어기지는 못할 것입니다. 수빙을 김현의 둘째 부인으로 삼

112) 절세미녀(絶世美女) : {졀셰미와}. 절세미아(絶世美娥)의 오기로 보아 이같이 옮김.
113) 병부시랑(兵部侍郎) : 소운성을 가리킴.

을 것입니다.”

태부인이 말하였다.

116 “네 말이 옳다. 비록 기쁘지는 않지만 네가 이름난 재상으로서 한 마디 말이 입 밖으로 나가면 만인이 우러러본다. 그러니 어찌 유생(儒生)과의 사이에서 믿음을 저버리겠느냐?”

석파가 나와 말하였다.

“수빙소저는 신선의 화원 속 복숭아꽃이고 계궁(桂宮)의 맑은 달입니다. 연약한 자질이어서 집 안에서도 여린 옥같이 여겼는데 어찌하여 김현의 두 번째 부인으로 주어 본 처의 업신여김[114]을 받게 하겠습니까?”

승상이 웃으며 말하였다.

“서모의 뜻이 어찌 이렇게 높습니까? 김현의 사람됨이 저보다 못하지 않을 것이니 어찌 딸자식의 신세가 욕되겠으며 또 본처의 업신여김을 받겠습니까?”

석파가 침묵하며 답을 하지 않았다. 석부인이 말을 못하고 불편함을 참지 못하여 즉시 일어나 침소로 돌아와 운현을 책망하며 말하였다.

“만일 이 혼인이 성사되면 내 너를 보지 않을 것이다.”

그러고는 운필을 시켜 승상에게 혼인시킬 수 없다는 말을 자세히 알리고 혼인할 뜻을 두지 말라고 전하니, 승상이 답했다.

“내 마음이 이미 정해졌고 한 마디 말이 입 밖으로 났으니 천 년이 지나도 고칠 수 없습니다. 딸의 팔자가 끝내는 높고 귀해질 것입니다. 또한
117 김씨 가문과 하늘이 정한 인연이 있으니 사람의 힘으로 끊을 것이 아

114) 업신여김 : {능반}. 능만(凌慢)의 오기로 보아 이같이 옮김.

닙니다. 게다가 김현이 이 아이를 그리워하여 죽게 된다면 이는 내가 사람을 죽이는 악한 짓을 하게 되는 것입니다. 만약 딸아이를 다른 곳으로 시집보내도 김현에게 걸린 사람이 되어 일이 매우 망측할 것이니 결단하여 혼례를 이룰 것입니다. 내가 기뻐서 이렇게 하는 것도 아니고 하고 싶어서 이렇게 하는 것도 아니며 형세 때문에 마지못하여 하는 것이니 부인은 조금만 생각해 주십시오."

부인이 어이가 없어 탄식하며 아무 말도 하지 않았다.

승상이 운현을 시켜 김현에게 혼인을 허락하였음을 전하자 생이 매우 기쁜 나머지 온갖 병이 낫고 정신이 맑아졌다. 평장에게 감사하고 은혜에 사례하며 말하였다.

"제가 평생에 망령된 뜻이 있어서 숙녀를 구하였지만 얻지 못하였기에 한이 마음 속에 맺혀 있었습니다. 그림을 한번 보고는 헛된 염려를 많이 하여 온갖 병이 일어나니 스스로 무상한 것을 부끄러워했습니다. 선생의 크신 덕과 형의 주선 덕분에 제가 숙녀를 얻고 외람된 죄를 벗게 되었으니 이 은혜는 삼생(三生)으로도 갚기 어려울 것입니다." 118

평장이 담소를 침착하게 하며 말하였다.

"이것은 곧 천명(天命)입니다. 어찌 사례를 하십니까? 그렇지만 어머님께서 형이 분수에 넘치는 짓을 하셨다고 안 좋게 여기십니다. 게다가 누이동생이 연약하여 빼어난 선비[115]의 둘째 부인으로는 부적합하다고 말리시며 저를 꾸짖으시니 이 때문에 요사이 저는 책망을 받고 있습니다. 비록 형이 지금은 공부하는 학생이지만 한번 급제하여 몸이 높은 관직에 오르면 남편의 영광으로 부인이 귀하게 되는 것은 예전부터

115) 빼어난 선비 : {기린[麒麟]}. '기린'에 빼어나다는 의미가 있으므로 문맥을 고려하여 이같이 옮김.

늘 그래왔던 일입니다. 이렇게 되면 어찌 한미하다고 나무라시겠습니까?"

김현이 웃고 고마움을 표현할 따름이었다.

평장이 돌아간 후 생이 모친에게 일의 처음과 끝을 고하니 모친이 또한 분수에 넘친다고 생각하면서도[116] 즉시 매파를 통해 혼인을 청하였다. 승상이 허락하고 날을 택하여 보내니 혼기가 수십 일쯤 남았다. 그 이후 생이 매우 기뻐서 병이 나았다. 운현이 돌아가서 승상께 일의 처음부터 끝을 고하고 김현의 병세가 나아졌음을 말하니 승상이 탄식하며 말하였다.

"짐짓 어리석고 못났으며 여색을 탐하는 경박한 녀석이로구나."

119 혼인날이 다다랐으므로 온 집안이 혼수를 준비하였다. 그러나 석부인은 근심을 만난 사람처럼 답답해하며 즐거워하지 않고 딸을 볼 때마다 탄식하기를, '아이가 살아서 무엇하겠는가'라고 하니 소부인이 늘 위로하였다.

혼인날 김현이 옥 같은 얼굴에 성한 용모로 엄숙한 차림새를 하고 자운산에 이르렀다. 승상이 위엄을 갖추어 신랑을 맞아 전안(奠雁)하고 또 승상이 위엄을 갖추어 신부에게 가마에 오르기를 재촉하였다. 소저는 부모와 이별하는 것이 슬퍼 꽃다운 얼굴이 눈물로 젖었고 석부인은 마음이 불쾌하여 침소에 들어가 섭섭해 하며 나오지 않았다. 태부인이 석부인을 불러 위로하고 소저를 나오게 하여 중당에 이르렀다. 소부인이 화부인과 함께 소저를 칠보(七寶)로 화려하게 단장하고 수놓은 비단과 붉은 천을 입혔으며[117] 칠보(七寶) 부채를 들려 예법을 익히게 하였다. 소저의 꽃 같은

---

116) 분수에 ~ 생각하면서도 : {외람ᄒᆞ□□□야}. 원문에서 3글자 정도가 독해 불가능. 문맥을 고려하여 이같이 옮김.

117) 입혔으며 : {일우고}. '이루다'의 의미이지만 문맥을 고려하여 이같이 옮김.

얼굴과 구름 같은 머리털,[118] 밝은 달 같은 풍채가 새삼 수려하였다. 소부인이 웃으며 말하였다.

"김씨 낭군은 어떤 사람이기에 복과 덕이 산 같아서 이런 아내를 얻는가?"

소리를 가다듬어 시녀를 부르며 말하였다.

"너는 백화헌에 가서 승상께 말씀 전하기를 태부인께서 신랑을 보고 싶어 하신다고 해라. 아직 친영(親迎) 전이지만 내당에 들어와도 되는 120
손님이라서 무방할 것이니 데리고 들어오시라고 하여라."

시녀가 나가서 고하니 승상이 즉시 모든 자녀들과 함께 김현을 데리고 들어와 태부인께 보였다. 이때 김현이 눈을 들어 보니 예쁘게 단장한 젊은이 30여 명이 구름같이 많이 모여 있었다. 북쪽에는 상아로 만든 상(床)을 놓고 한 노부인이 흰 옷을 입은 채 앉아 있었으며 윗목에는 붉은 옥으로 된 의자[119]를 놓고 중년의 두 부인이 금색실로 꾸민 붉은 비단 옷과 수놓은 비단 치마를 입고 쌍봉관(雙鳳冠)을 쓰고 명월패(明月佩)를 찬 채 팔짱을 끼고 앉아 있었다. 왼쪽 편의 두 부인은 월나삼(越羅衫)을 입고 푸른 깃을 댄 꽃무늬 치마를 입었으며, 면류취봉관(冕旒翠鳳冠)을 쓰고 두 가닥의 백옥 띠에 명월패(明月佩)를 차고 금빛 의자 위에 앉아 있었는데, 그 엄한 위엄과 기이하고 특별한 풍채와 용모는 비길 데 없었다. 한번 보니 몸이 요지(瑤池)를 밟는 듯 정신이 황홀하였다. 일전에 그림 속 얼굴을 보고 천상의 인간이라고 생각했는데 오히려 태부인과 석부인에게 미치지 못하는 것 같다는 생각을 하게 되었다. 꿈인가 의심하였지만 정신을 가다듬고

118) 구름 ~ 머리털 : {운빙}. 운빈(雲鬢)의 오기로 보아 이같이 옮김.
119) 의자 : {교위}. 교의(交椅)의 오기로 보아 이같이 옮김.

조용히 예를 마쳤다.

121 소병부[120]가 넓은 비단 소매를[121] 들어 자리를 가리키며 일일이 소개하며 말하는데 형씨 등의 꽃 같은 얼굴을 보고 매우 빼어나다고 여겼으며 소부인과 윤부인 그리고 화부인과 석부인을 보고는 탄복하지 않을 수 없어서 공경하는 인사를 드리며 앉았다. 태부인이 천천히 물었다.

"이 늙은 몸은 복이 없는 인생이었지만 다행히도 옥황상제의 도우심을 입어 여러 자손을 안전에 두었다. 이제 또 그대의 모습을 보니 저승에 가도 한이 없을 것 같다."

생이 자세를 바로하고 그렇다고 대답할 따름이었다. 석부인은 마음이 신랑에게 없고 오직 신부의 앞길 때문에 번뇌하니 어찌 인사를 할 뜻이 있겠는가? 또한 그림을 보고 상사병이 났다는 점이 불만스러우니 손을 모으고[122] 정색을 한 채 단정하게 앉아서 눈을 들지 않았다. 소부인이 그 뜻을 알아채고는 부드러운 얼굴을 하고 옥을 두드리는 것 같은 소리를 내어 나이를 물으니 김현이 공경하며 말하였다.

"저는 방년 16세입니다."

소부인이 승상을 향하여 치하하며 말하였다.

"오늘 신랑의 풍모가 진실로 진평(陳平)[123]이나 주유(周瑜)[124]보다 뛰어나니 어진 아우의 큰 복을 어리석은 형이 치하한다."

윤부인이 또한 하례하고 이파와 석파가 거들기를 멈추지 않았으나 승

---

120) 소병부 : 소운성을 가리킴.
121) 넓은 비단 소매를 : {금슈광□}. 원문에서 1글자 정도 독해 불가능. 문맥을 고려하여 이같이 옮김.
122) 모으고 : {곳고}. 꽂다의 의미이므로 문맥을 고려하여 이같이 옮김.
123) 진평(陳平) : 한나라의 정치가. 한고조를 도와 천하통일을 이루었으며, 여씨의 난을 평정함.
124) 주유(周瑜) : 중국 삼국시대 오나라의 명신(名臣)으로 문무(文武)에 능하였으며, 유비의 청으로 제갈공명과 함께 조조의 위나라 군사를 적벽(赤壁)에서 크게 무찔렀음.

상이 조금도 사양하지 않았다. 김현이 즉시 하직하고 모든 생들과 더불 122
어 나오니, 운현이 신랑을 데리고 나가고 나머지 생들은 다 남아서 신부의 떠나는 모습을 보았다. 소부인이 소저를 다시 불러서 자리에 세우고 가르치며 승상에게 말하였다.

"김현의 풍채와 태도 그리고 조카딸의 향기롭고 고움이 짐짓 어울리는 쌍이며 나이 또한 서로 비슷비슷하되 다만 한스러운 바는 그의 두 번째 부인이 되는 것이다."

승상이 말하였다.

"또한 하늘이 정한 운명입니다. 어찌할 도리가 있겠습니까?"

이윽고 운현이 들어와 말하기를 신랑이 갈 길이 멀다고 재촉한다고 하였다. 그러자 부인들이 모든 일을 정돈하고 신부에게 가마에 오르라고 재촉하였다.

승상이 비록 의리와 신의를 지켜 딸아이를 결혼시켰으며 신랑의 풍모와 태도를 사랑하였지만 마음 속으로 즐겁지는 않았다. 힘이 빠져 좋아하는 기운도 없이 딸아이를 나오라고 하여 가르치며 말하였다.

"너는 모름지기 시댁에 가서 군자를 섬기되 삼가고 조심하여 밤낮으로 명령을 거스르는 일이 없도록 해라."

소저가 두 번 절하며 명을 받드니 석부인이 드디어 길게 탄식하고 의자
에서 내려서서 걸음을 움직여 소저의 곁으로 갔다. 금비녀를 빼서 소저 123
의 귀밑머리를 쓸어주고 예쁜 눈썹을 그려주었다. 그 후 화관을 바르게 해 주고 칠보백옥(七寶白玉) 띠를 띠워주고 향주머니를 매어주며 타일렀다.

"너는 모름지기 군자를 섬김에 있어 유순하고 씩씩하게 하며 시부모를

효성으로 섬기고 동열(同列)을 공경하며 교만한 뜻을 두지 마라. 또한 마음을 굳게 하며 늘 경계하여 주야로 궁한 일이 없도록 하여라. 만일 우리의 가르침을 듣지 않아서 욕이 부모에게까지 미치면 자식이라고 하지 않을 것이다. 공자께서 말씀하기를 자식이 어질어서 빛난 이름이 부모에게 들리면 이것이 곧 효도이고 그렇지 못하면 죽어가는 어머니를 위해 다리 살을 베어 먹여 살릴 정도로 공경을 하여도 불효라고 하였으니 너는 삼가 조심하고 맑은 덕을 두루 행하여 집안의 명성을 더럽히지 말거라. 그리고 시집이 불편해도 원망하거나 호화한 내 집을 생각하지 말고 서러운 일이 있어도 우리에게 전하지 마라."

소저가 눈물을 비 오듯 흘리며 하직하는데 부인이 기분이 매우 좋지 않
124 았지만 참으면서 안쓰러운 빛을 두지 않은 채 두 번 세 번 위로하였다. 그런 후 시녀 네 명을 딸려 보내니 소부인과 윤부인이 이상하게 여기며 말하였다.

"예전에 셋째 조카딸이 출가할 때는 시녀 다섯 쌍을 주어 보내더니 이제 김씨 집은 쇠잔하고 미약하며 가난하고 고생스럽고 조카 딸 또한 남의 두 번째 부인이 되어 모든 일에 구차할 것인데 어찌 시녀를 두 쌍만 주어 보내는가?"

부인이 탄식하며 말하였다.

"옛 사람이 말씀하시기를 부귀가 아주 심하여 더할 수 없는 정도에 이르면 천지의 신령이 시기한다고 하였습니다. 딸아이가 재상가 집안에서 나고 자라서 매우 지체가 높고 귀하니 조물주가 꺼려서 유생(儒生)의 두 번째 부인이 되게 하였습니다. 이것은 재앙(災殃)이 분명합니다. 이제 만일 하늘의 뜻을 거슬러 여종[125]을 많이 주어 그 복이 적어진다면

어찌 딸아이의 팔자가 괴롭지 않겠습니까? 게다가 조강치저가 있으니 자신의 형편이 딸아이보다 나으면 십분이나마 덜하겠지만 만일 딸아이가 사치하고 기세가 더 낫다면 사람의 화를 돋워 피차간에 서로 좋지 않을 것입니다. 가난한 집과 검소한 집 그리고 적국(敵國)이 있는 집은 사치와 형세(形勢)와 부귀를 드러내지 않는 것이 좋으니 이 네 명의 시녀도 저 아이에게는 족합니다.” [125]

소부인과 윤부인이 칭찬하며 말하였다.

“성자(聖者)로구나. 부인의 어진 덕과 밝은 뜻이 사군자(四君子)보다도 뛰어나구나. 조카딸이 또한 착하고 아름다운 덕행을 갖춘 아이이니 어려움이 없을 것이다. 근심하지 마라.”

부인이 탄식하며 답이 없었다. 소저가 가마에 들어가니 김현이 기쁜 빛을 머금고 가마를 잠근 후 말에 올랐다. 모든 소생들이 뒤를 따라 김씨 집안으로 오니 길을 따르는 사람들과 종들이 큰 길을 덮었다. 기특하고 빛난 위엄이 안색을 가리니 이 어찌 신랑의 형세와 그를 따르는 무리들 때문만이겠는가? 이는 소씨 여덟 명사(名士)로부터 나오는 위엄이었다. 김현의 옥 같은 얼굴과 조화로운 풍모에 달 같은 광채가 가득하니 이태백(李太白)과 두목지(杜牧之)[126]의 기상이라도 미치지 못할 듯하기에 구경하는 사람들이 칭찬을 멈추지 않았다.

길을 나아가 김씨 집에 도착하여 신부를 이끌고 대청 가운데로 들어가 교배(交拜)를 마친 후 얼굴을 가리고 있던 진주로 된 부채를 거두었다. 그러자 달 같은 광채가 어두운 방안에 밝게 빛났으며 침착한 기질은 계수나

---

125) 여종 : {녀장획}. 장획은 ‘장획(臧獲)’의 오기로 보이는데 종을 의미함.
126) 두목지(杜牧之) : {두목(杜牧}}. 당나라 때의 시인으로 호방하고 화려한 시풍과 뛰어난 풍채로 유명함.

무 꽃 한 가지가 가을바람을 품은 듯하였다. 맑은 풍채와 태도는 빛이 고
126 운 구슬이 넓은 바다에서 솟아나 맑은 얼음 위에 놓여 있는 듯하고, 풍부
한 광택은 흰 모란이 봄바람을 맞는 듯했다. 탐스럽고 향기로운 것이 옥
같은 연꽃 한 줄기가 푸른 물결 속에 반쯤 피어서 솟아나는 것과 같으니,
꽃 같은 용모는 우아하고 기질은 얌전하며 정숙하여 비길 곳이 없었다.
바라보니 태양(太陽)[127]이 함지(陷地)에서 목욕하고 부상(扶桑)으로 오르는
것 같으며 초승달이 약목(若木)[128]으로 내려오는 것 같아 눈이 부시고 정
신이 황홀하였다. 예전의 그 그림을 생각해볼 때 선량하고 단정하며 뛰어
난 미모는 차이가 없지만 찬란하며 신선한 광채는 백 배나 더 하였다. 기
쁨과 슬픔이 교차하니 생이 근심럽고도 슬픈 눈물을 머금은 채 예를 마쳤
다.

혼례[129]를 마치고 왕부인을 뵈니 부인이 흐뭇하게 여기고 다행스러워
하였다. 또한 돌아가신 아버지[130]가 보지 못한 것을 안타까워하며 모자
가 슬퍼하기를 마지않았다. 폐백(幣帛)하는 예를 이루고 자리에 앉으니 온
좌석의 손님들이 왕부인을 축하하였다. 이때 취씨와 위씨가 자리에 앉아
127 있다가 소소저의 용모와 광채에 압도당하자[131] 매우 분하게 여겼다. 그
러나 왕부인은 오히려 흐뭇한 마음이 없지 않아서 신부의 아름다운 손을
어루만지며 눈물을 흘리고 말하였다.

"네 시아버님께서 계셨다면 오늘 신부를 보시고 흐뭇하심이 적지 않으

---

127) 태양(太陽) : {타향}. 태양의 오기임.
128) 약목(若木) : 예전에 해가 지는 곳에 서 있었다는 나무. 해가 지는 곳을 이르는 말임.
129) 혼례 : {합증쥬}. 합근주(合巹酒)의 오기로 보아 이같이 옮김. 합근(合巹)은 전통 혼례에서 신랑 신부가 잔을 주고받는 절차를 의미함. 혹은 혼례 자체를 의미하기도 함.
130) 돌아가신 아버지 : 김현의 부친, 김시랑을 가리킴.
131) 압도당하자 : {탈식[奪色]ᄒᆞ니}. 빛을 빼앗는다는 의미로 같은 종류 가운데 어느 하나가 뛰어나서 다른 것을 압도함을 이르므로 문맥을 고려하여 이같이 옮김.

셨을 것이다. 그러니 어찌 삼일을 기다리겠는가? 빨리 사당에 가서 뵈어라."

김현이 또한 눈물을 머금고 사당에 올라가 부부가 공경하는 마음으로 뵙기를 마쳤다. 그 후 생은 손님을 접대하러 나가고 소저는 다시 들어와 자리에 참여하니 취씨가 갑자기 발끈하여 말하였다.

"소현성은 어떤 사람이기에 천하에 남자가 없어서 나의 남편을 빼앗는가?"

왕부인이 말리며 말했다.

"오늘 네가 투기하는 것은 도리에 어긋난 일이다. 내 아들이 상사병에 걸리자 천금 같은 딸을 아끼지 않고 유생(儒生)의 두 번째 부인으로 주시니 은혜가 큰데, 네가 어찌 신부를 투기할 수 있느냐?"

취씨가 매우 화가 나서는 갑자기 일어나 휘장 사이로 들어가니 좌중이 다 버릇이 없다고 여겼고 왕부인 또한 옳지 못하다고 여겼다.

이윽고 잔치가 끝나니 나자 소저를 도화당이라는 곳으로 들어가게 했
다. 방이 정결하고 꾸며 놓은 것이 화려하였다. 그러나 부모 생각도 나고 128
김씨 집안의 형편도 알게 되었으니 귀한 가문의 사람으로서 여자가 어찌
마음이 즐겁겠는가? 삶이 끝난 것처럼 서러워서 유모에게 의지하여 기대
고 있는데 시녀가 들어와서 알렸다.

"모든 상공들이 돌아가야 하니 소저를 보자고 하십니다."

말을 마치자 운경 등 10인이 함께 들어와 자리에 앉았다. 예를 무사히 지낸 것이 다행이라고 말한 후 소저가 슬퍼하는 것을 보며 모두 위로하였다.

"사람마다 부모를 떠나는 것은 일반적인 일이다. 게다가 아버님을 모시고 조회에 참여한 후에 날마다 보고 갈 것이고, 또 네가 삼년에 한번

근친(覲親)[132]하는 것은 떳떳한 일이니 어머님의 가르침을 생각하고 부질없이 슬퍼하지 마라."

소저가 더욱 슬퍼 소리를 토하며 눈물을 흘려 우는 것을 그치지 못하니 눈물이 흘러 옷을 적셨다. 생들이 다 기쁘지 못하여 두 번 세 번 위로하였는데, 운성은 특히 마음 속으로 매우 애처롭고 불쌍하여 차마 보지 못하고 앞으로 나와 앉으며 온화하게 말하였다.

"무슨 일 때문에 슬퍼하여 남이 이상하게 여기게 하느냐? 부모가 그리
129 우면 기별을 하면 데려 갈 것이다."

그러고는 상에 놓여 있는 죽을 친히 들어 권하며 말하였다.

"네가 오늘 아침[133]을 먹지 않았는데 저물도록 고생하니 몸이 많이 상했을 것이다. 이것을 마셔야 돌아가서 어머님께 말씀을 드려 염려를 더시게 할 것이다."

모든 형제들이 함께 권하니 소저가 마지못하여 죽을 마셨다. 운성이 상을 치우라고 한 후 위로하는데 취씨가 창밖에서 엿어보고 소리를 질러 꾸짖으며 말하였다.

"소씨 집안 여러 도적놈들을 짐승같이 여겼는데 얼굴은 준수하군. 그런데 누이는 무슨 일로 김가와 사통하여 만나게 하였느냐? 저렇게 누이를 사랑한다면서 선비의 두 번째 부인으로 주어 내 손안의 고기가 되게 할까?"

모든 생들이 다 듣고 놀라며 취씨인 줄을 짐작하였다. 성이 났지만 운성이 혼자 못 들은 체 하며 웃음을 머금고 소저에게 편히 누워 쉬고 앉아

132) 근친(覲親) : {친근(親覲)}. 시집간 딸이 친정에 가서 부모를 뵙는 것을 의미함.
133) 아침 : {아적}. 경남 · 전남 · 제주 · 함경 · 황해 등에서 쓰이는 '아침'의 방언임.

있지 말라고 하였다. 이때 갑자기 김현이 들어오니 소저가 일어서고 모든
생들은 다 움직이지 않았다. 생이 자리에 앉자 운성이 찡그렸던 미간을 130
펴고 웃으며 말하였다.

"그대의 간절한 뜻이 금석(金石)같으니 우리들이 감격하였고 아버님께서도 연약한 동생으로 하여금 그대의 뜻을 따르도록 허락하셨습니다. 그러므로 일찍이 예가 아닌, 억지로 한 혼사는 아닙니다. 그러니 그대는 구구하게 후히 해주지 말고 다만 업신여기지나 않았으며 합니다. 내 누이가 본래 어려서부터 병이 많았는데 오늘 혼례(婚禮)를 지내고 기운을 수습하지 못하였습니다. 그대는 마땅히 나가서 자고 연약한 누이가 조리할 수 있도록 해야 합니다."

하고는 두 시녀와 유모를 돌아보며 말하였다.

"소저를 조심하여 편히 모셔라."

말을 마치고 모든 생들이 서로 웃으며 말하였다.

"셋째 형은 어찌하여 김형의 끊어진 애가 타게 하느냐? 모름지기 오늘을 허락하여 김형의 마음을 편하게 하라."

김현은 예로써 인사하며 미소를 머금었고 운성은 좋지 않은 마음이 가
득하였지만 마지못하여 흔연히 웃고 날이 저물었기 때문에 누이와 이별
하고 돌아가려 했다. 이때 소저는 실망스러움을 참지 못했지만 김현이 있
기 때문에 아무 말도 못하고 다만 눈물을 흘리며 절하고 작별하였다. 131

모든 생들이 집에 이르러 부모님을 뵈니 석부인의 미간에 슬픔이 맺혀 있었다. 생들이 소저가 슬퍼한 것이나 취씨에 관한 말을 하지 않고 오직 예를 무사히 행한 것만 말하니 부인이 한숨지으며 탄식하였다.[134] 이때

---

134) 한숨지으며 탄식하였다 : {탄식톄희}. 탄식허희(歎息歔欷)의 오기로 보아 이같이 옮김.

부터 화평하며 기쁜 빛이 없이 자나 깨나 딸아이를 잊지 못하였는데 그 이유는 대개 남의 두 번째 부인이 된 것이 편치 않다는 것을 자신의 처지에 빗대어 보며 더욱 근심했기 때문이다.

이때 김현은 평생의 소원을 이뤄 숙녀를 얻게 되니 맺힌 한이 풀어지고 정신이 날아오르는 듯하여 측량하지 못할 정도였다. 소병부가 각처(各處)하라고 했던 말이 이유가 있기는 하지만 사랑하는 정이 흘러 넘치니 어찌 자청하여 좋은 밤을 헛되이 지내겠는가? 촛불을 밝히고 비단 장막을 높게 걷고는 좋은 집안의 재자(才子)와 숙녀가 마주하고 있으니, 남자의 풍채와 여자의 모습이 서로 막상막하였다. 생은 거침없는 풍채와 늠름한 골격을 지녔으며 옥 같은 얼굴에는 취기가 올라서 흰 옥에 색을 칠한 것 같았다. 수려한 양 눈썹에는 기쁜 빛이 가득하였으며 반쯤 열린 붉은 입술 사이로 보이는 흰 이는 흰 옥으로 조각한 것 같았다. 유모와 시녀가 칭찬을 하고
132 소저와 어울리는 것을 기뻐하였다. 두 신랑 · 신부가 대면하여 데면데면하게 밤을 보내자 생이 춘정(春情)을 걷잡지 못하여 이에 나아가 한 손으로 소저를 붙들어 앉히며 웃고 말하였다.

"나는 쇠잔하고 미약한 가난한 선비라서 감히 봉래(蓬萊)[135]에서 노는 것을 바라지 못하였습니다. 그런데 장인어른의 큰 인자하심을 입어 소저와 더불어 배필의 정을 이루니 그 은혜는 삼생(三生)을 살아도 갚기 어려울 것입니다. 그런데 그림 속에서는 온유하고 양순하시더니 오늘은 나의 비루함을 더럽게 여기기 때문입니까? 어찌 이토록 쌀쌀하며 단정하고 엄숙하여 꽃다운 선비의 풍류를 무류하게 하십니까?"

---

135) 봉래(蓬萊) : 중국 전설에서 나타나는 가상적 영산(靈山)인 삼신산(三神山) 가운데 하나. 동쪽 바다의 가운데에 있으며, 신선이 살고 불로초와 불사약이 있다고 함.

소저가 손을 뿌리치고 자리에서 물러나 앉아서는 옷깃을 바로 할 뿐 말을 하지 않았다. 그 모습이 위엄 있고 엄숙하여 눈 위에 서리가 더해진 것 같았다. 생이 공경하는 마음이 일어나서 은근히 자상하게 마음을 말하고 침상으로 나아가니, 지극히 사랑하는 마음은 원앙이나 공작이나 비취새라도 미치지 못할 것이었다. 취씨가 창문을 열어보며 화가 나서는 창 밖
에서 한바탕 생을 질책하고 소저를 욕하였다. 생은 남자이고 또 취씨를 133
두려워하지 않지만 소저는 마음 속으로 매우 불안하고 괴로워서 자신의 앞날 신세를 생각하며 밤이 새도록 울며 봉황이 수놓아진 베개를 적시고 한 잠도 자지 못하였다. 생이 그 뜻을 알아차려 좋은 말로 위로하였다.

"여자의 도는 지아비의 집이 괴로워도 한스러워 하지 않는 것입니다. 소저는 재상가의 귀한 사람으로서 남의 아래가 되었으니 평온하지 않은 일이 많을 것입니다. 그러나 자못 마음을 너그럽게 하여 맹광(孟光)의 남편 공경하는 것과 문군(文君)의 술 따르기를 본받으십시오. 내가 비록 진중하지 못하지만 여자에게 서러움을 끼쳐서 장인어른의 은혜를 잊는 일은 하지 않을 것입니다. 소저가 만일 저 사람의 저러한 욕에 모두 화를 낸다면 장차 몸을 보전하기 어려울 듯합니다. 저 사람은 곧 나의 조강지처(糟糠之妻)이지만 일을 처리하는 것이 저렇기 때문에 내가 진심으로 좋은 새 배필을 원하였고, 소저를 하늘이 운명적으로 주셔서 취하게 된 것입니다. 저 사람이 비록 사납지만 내가 있으니 어찌 투기와 악행을 맘대로 하여 소저를 곤란하게 하겠습니까? 그러니 모름지
기 마음을 놓으세요." 134

소저가 생의 위로를 들으니 더욱 마음을 걷잡을 수 없고 마음 속에 한이 가득하였으나 모친의 가르침을 생각하여 정신을 차리고 날이 새기를

기다린 후 세수를 하고 왕부인에게 문안을 가니 취씨와 위씨 등이 다 모여 있었다. 소저가 본성이 맑고 깨끗하였으며 게다가 부모의 덕을 타고나서 검박함을 위주로 하였다. 소박하고 담백하게 단장을 한 채 문안을 하니 소저의 맑은 골격과 기이한 얼굴이 새삼 수려하여 사방으로 눈부셨다. 취씨가 비록 자색(姿色)이 있었지만 어찌 감히 바라보겠는가? 백옥으로 새긴 난초 같았으므로 왕부인이 매우 기뻐하며 사랑하였고 생의 깊은 정도 비길 데가 없었다. 취씨와 위씨는 김현의 사랑 때문에 소저를 시기하였고 그녀의 얼굴이 고운 것이 미워서 서로 화를 내며 말을 주고받지도 않았다. 소저가 이에 물러나와 길게 탄식하면서도 시어머니를 지성으로 받들고 취씨를 공경하며 위씨와 김환 등과 화목하고 우애 있게 지냈다.

또 몸소 부지런히 일을 하며 천한 일이라도 싫어하지 않으니 모든 종들이 다 칭찬하며 덕을 우러렀다. 생의 정이 날로 깊어졌으므로 소저가 매우 두려워서 생을 보면 기색을 엄숙하게 하여 들어오려는 마음을 막았다. 그런데도 생이 더욱 깊이 사랑하니 소저의 괴로움이 되었다.

소 현 성 록

13권

1 각설(却說). 소소저가 출가하여 시가에 도착하였는데 조강지처 취씨가
투기를 자주 하여 불안하였다. 그 와중에 위씨[136]는 더욱이 직접적인 관
계가 없는 사람임에도 불구하고 취씨와 한 마음을 먹었다. 김환은 사람이
간악하고 음험하며 말을 잘 덧붙이는 사람으로서 동생을 사랑하지 않는
사람이었다. 김현이 취씨와 결혼을 하게 되자, 본래 취씨는 위씨 가문보
다 낮은 가문의 사람이므로, 동생 아내의 세력이 자기만 못한 것을 은근
히 기뻐하였다. 또 왕부인이 죽은 후에 재산을 아우에게 주지 않고 혼자
차지할 양이었는데 뜻밖에도 김현이 소소저를 취하였고, 그 소소저의 친
정 가문 세력이 당당하였다. 게다가 오라비들이 다 일대의 이름난 선비
재상이니 자신의 앞길이 캄캄하다고 생각하여 마음 속으로 분노하며 원
망을 하였다. 이런 와중에 위씨, 취씨가 앞길에 대해 탄식하고 한탄하며
소소저의 지위를 싫어하니, 천성이 어질어도 내조를 잘못 할 수 있는데
2 하물며 마음이 어질지 못하여 간악하게 내조를 하니 김환의 마음이 더욱
나빠져서 아우를 미워하고 제수를 없애려고 하였다. 늘 왕부인을 대하면
소씨 가문을 헐뜯고 동생의 잘못을 들추었으며 위씨 또한 함께 소소저의
그릇된 것을 지어냈다. 왕부인이 본래 가냘프고 약하며 또 사리에 어두웠
으므로 취씨에게 사랑이 돌아가고 미움이 소소저에게 오게 되었다. 헐뜯
는 말이 흐르는 물같이 귀를 어지럽히고 아첨하는 말이나 얼굴빛이 눈에
비치니 어리석은 부인은 정신과 혼이 다 김환 부부와 취씨에게 잡혀서 그
들이 하는 말을 듣고 그들의 계획대로 따랐다.

왕부인이 소소저를 박대하고 김현을 사랑하지 않았으나 김현은 큰 군자이므로 형과 어머니의 행동거지를 보고도 기운을 낮추고 소리를 좋게

136) 위씨 : 김현의 형, 김환의 부인.

하여 받들어 모시며 효성으로 봉양하였다. 소저 또한 몸소 부지런히 일하고 천한 일이라도 사양하지 않으며 아침 저녁으로 문안하고 일찍 일어나며 늦게 잠들었다. 또한 반드시 공경하고 주의를 기울이며 색깔이 없는 의복을 입었고 감히 스스로를 높다고 여기거나 귀한 척하지 않았다. 부인의 명령이 아니면 감히 취씨와 함께 나란히 앉지도 않았으며 공경하는 것은 천한 첩이 부인을 섬기는 것같이 하고 일마다 온화하며 공손하게 하였다. 스스로를 비천하고 약하게 여기며 사덕(四德)[137]을 가지런히 닦았음에도 불구하고 갈수록 감동함은 없으며 소저에 대해 불평하는 일만 무궁 3
하였다. 소저가 마음 속으로는 슬펐으나 말이나 얼굴빛으로 나타내지는 않았다.

하루는 문안인사를 한 후 부인이 앉으라고 명령하지 않아서 소저가 손을 모은 채 곁에서 모시고 서있었다. 한참 시간이 지난 후 생이 들어와 모친을 뵌 후 소저가 서있는 것을 보고는 몸이 상할까 걱정이 되어 무심결에 말하였다.

"그대[138]가 비록 예를 행한다고는 하지만 어머님 앞이라도 형수와 취씨는 다 모시고 앉아 있으니 함께 앉으십시오."

왕부인이 그제서야 돌아 앉아 말하였다.

"신부는 어찌 아직도 서 있느냐?"

소저가 물러나서 끝자리에 앉으니 생이 또 말하였다.

"자리가 있는데 어찌 구태여 끝자리에 앉습니까?"

---

137) 사덕(四德) : 여자로서 갖추어야 할 네 가지 덕. 마음씨, 말씨, 맵시, 솜씨를 의미함.

138) 그대 : {형포(荊布)}. 맹광의 고사에서 유래됨. 검소한 옷차림을 가리켜 '형차포군(荊叉布裙)'이라고 하고, 그러한 옷차림을 한 검소한 아내를 형처(荊妻)라고 함. 문맥을 고려할 때 '형포(荊布)' 또한 검소한 아내의 의미로 쓰였음. 문맥을 고려하여 이같이 옮김.

소저가 눈썹을 가지런히 하고 맑은 눈동자를 낮게 뜬 채 대답하지 않으니 생이 웃으며 왕부인에게 말하였다.

"소씨는 저의 본처입니다. 비록 조강지처의 자리는 취씨가 가졌지만 피차가 똑같은 양반 집안이니 천대하거나 너무 공경할 일이 아닙니다. 형제처럼 사이좋게 지내며 상비(湘妃)의 덕(德)[139]을 편다면 어찌 제가 집안을 잘 다스리는 영화를 보지 않겠습니까? 그런데 취씨가 과도하게
4 투기하고 소씨가 너무 겸손하니, 화목한 기운이 없고 체면을 세우기가 어렵습니다. 그러니 어머님께서 가르쳐 주시기를 원합니다."

원래 생이 이 말을 한 것은 소저가 말석에 앉은 것 때문에 마음이 편치 않아 취씨와 함께 앉게 하려고 한 것이었다. 왕부인이 비록 헐뜯는 말을 들어 그렇게 믿고 있었지만 아들의 온화한 말을 듣고 마지못하여 말하였다.

"너는 재상가의 귀한 사람이다. 어찌 선후를 생각하여 과도하게 겸손하게 구느냐? 함께 앉거라."

소저가 일찍이 취씨의 행실이 나쁜 것을 알았기 때문에 자리를 나란히 하면 취씨의 화가 심해져서 좋지 않을 줄을 알았다. 그러므로 자리를 피하고 용모를 단정히 한 후 말했다.

"제가 비록 공경(公卿)[140]의 딸이긴 하지만 명분으로 말하자면 첩[141]의

---

139) 상비(湘妃)의 덕(德) : 순(舜)임금의 아내인 아황(蛾皇)과 여영(女英)을 상군(湘君)과 상부인(湘夫人)으로 부르기도 하므로 상비(湘妃)는 이 두 여인을 의미함. 부부사이가 다정하고 화목하였으며, 남편이 죽은 후 그를 그리워하며 서로 부둥켜안고 상수 기슭에 황릉비(黃陵碑)를 세웠다는 고사가 전해짐.

140) 공경(公卿) : 삼공(三公)과 구경(九卿)을 아울러 이르는 말. 삼공(三公)은 중국에서 최고의 관직에 있으면서 천자를 보좌하던 세 벼슬을 말함. 구경(卿)은 삼정승 다음 가는 아홉 고관직을 의미함.

141) 첩 : {소셩[小星]}. 첩(妾)을 달리 이르는 말임.

항렬이라고 할 만합니다. 비록 어머님의 엄한 명령이시긴 하지만 제가 명을 거스르는 죄를 입을지언정 감히 받들어 따르지 못하겠습니다."

말을 마쳤는데 목소리가 청아하고 태도가 자연스러우니, 아리땁기가 꽃나무 가지위의 앵무새 소리 같아 돌이나 나무 같은 심장을 가진 사람이라도 감동할 만했다. 왕부인이 은근히 위로하였다.

이 날 소저가 침소에 돌아오니 유모 장씨가 탄식하며 말하였다.

"제가 아까 들으니 취씨가 소저를 천 가지로 욕 보이던데 이런 괴로운 5
일이 어디 있겠습니까? 승상께서도 세상에 남자가 없어서 천금같이 귀하며 약한 자질의 소저를 유생(儒生)의 두 번째 부인으로 주어서 가문을 욕 먹이는가 하며 한스러워 하셨으니, 내일 이런 상황을 알리고 집으로 돌아갑시다."

소저가 탄식하고 목이 메이게 울며 오랫동안 말을 못하고 길게 흐느끼다가 말하였다.

"어미는 부질없이 입술을 놀리지 마라. 남의 손아래 사람이 되었으면서 평안하기를 생각했더냐? 비록 내 스스로 김생을 따라온 것은 아니지만 남의 부부관계를 헤집어놓아서 온전한 부부를 뜬구름같이 만들었으니 남 보기에도 불편하다. 그러니 어느 여자가 좋게 여기겠느냐? 아버님께서 부득이 혼인을 하게 하셨고 나 또한 이곳에 오는 날부터 괴롭고 욕먹을 줄 알았는데 어찌 모르던 사람처럼 새삼 놀라며 취씨가 욕 보이는 것을 한스러워 하겠느냐? 다만 한스러운 것은 낭군의 자취가 내가 있는 곳에 이르지 않으면 취씨의 한이 풀리고 나 또한 마음이 평안할 것이지만, 내가 이곳에 있기 싫다하여 배반하고 내 집을 생각할 도리는 없다는 것이다."

6 말을 마치고는 마음이 아파 넓은 소매로 옥 같은 얼굴을 가렸으며 눈에는 진주 같은 눈물이 맺혔다. 유모와 시녀 등이 다 슬퍼하며 위로하였다.

이때 김현이 창 밖에서 소저의 음성을 듣고 걸음을 멈춘 채 처음부터 끝까지 자세히 듣고는 마음 속에 애처롭고 가여운 마음이 더하여 문을 열고 들어왔다. 소저가 매우 놀라서 일어났다. 시녀가 물러나자 김현이 가까이 앉아서 두 눈으로 소저를 보았는데 눈에는 눈물이 어리어 있고 안색이 기운 없고[142] 슬퍼 보였다. 꽃이 바람을 만나고 달이 구름에 들어간 듯한 태도와 위엄 있는 풍채는 난초가 무르녹은 듯했으며, 동쪽 울타리에 핀 금봉오리가 태양의 열기를 가까이한 듯하였다. 생이 힘없이 목소리를 낮추고 오랜 시간이 지난 후 마지못하여 웃으며 말하였다.

“내가 비록 못났지만 장인의 사랑하심을 입어 그대와 금슬(琴瑟)[143]우비(于飛)[144]의 즐거움을 이루어 부부가 된 지 한 달이 지났습니다. 그런데 그대가 나와 더불어 말을 나누지 않으니 행여 벙어리인가 싶어 두렵
7 고 또한 이야기 주고받는 것을 더럽게 여기는 것인가 싶어 부끄럽습니다. 청하건대 그대의 높은 뜻을 말해주어 나의 마음을 시원하게 해주십시오.”

소저가 말을 들은 후 용모를 단정히 하고 말하였다.

“제가 사람됨이 어둡고 뒤떨어지며 예의와 법도가 어질지 못하여 자못 사리를 알지 못합니다. 게다가 나이 어려서 남편을 대하니 몹시 놀라

142) 기운 없고 : {ᄌᆞ샹}. ‘저상(沮喪)’의 오기로 보아 이같이 옮김.
143) 금슬(琴瑟) : 거문고와 비파를 가리킴. ‘금실’로 읽으면 부부간의 사랑을 의미함.
144) 우비(于飛) : 부부가 화합함을 비유적으로 이르는 말. 봉황 한 쌍이 사이좋게 날았다는 옛 시에서 유래함.

심장이 차가워지고 뼈가 놀란 듯하며 두려워서 감히 우러러 말씀을 붙이지 못한 것이지 어찌 싫다거나 창피를 주려는 뜻이 있어서이겠습니까?"

김현이 말을 한번 들으니 마음이 녹고 뼈가 스러지는 것 같아 다만 말이 없었다. 오래 지난 후 은근히 웃고 희롱으로 화답하며 온갖 자상함을 측량할 수 없이 보여주었으나 소저는 옷깃을 단정히 하고 위엄 있게 앉아서 다시 말을 하지 않았다. 그 냉담한 기질과 아리따운 태도가 측량하기 어려우니 현이 정이 어리고 뜻이 풀어져서 만사를 다 잊어버렸다. 이때 취씨가 엿보고는 매우 원통해하며 엎어질 듯 달려 왕부인의 당으로 들어가 자기 머리를 감싸고 눈물을 흘리면서 슬피 울며 말하였다.

"제가 부모님의 명으로 낭군의 조강지처(糟糠之妻)가 된 지 수년이 지났지만 예에 어긋난 것이 없었는데 이유도 없이 다시 장가를 들어서 소씨를 총애하고, 소씨 또한 일을 행함에 있어 방자함이 심하니 제가 조만 8
간에 죽을 것 같습니다. 그러나 오직 어머님의 안전에서 죽어야지 소씨의 손에 죽지는 않을 것입니다."

위씨가 슬퍼서 눈물을 흘리며 탄식하였다.

"슬프군요, 낭자의 사정이. 천고의 원한 때문에 몹시 슬퍼 창자가 끊어질 듯하니 사람으로 하여금 한스럽게 하고 슬퍼하게 합니다. 소씨가 원래 어머님의 안전에서는 공손한 체하면서 나가면 취씨를 헐뜯으니 어찌 놀랍지 않습니까? 게다가 서방님께서 갈수록 소중하게 대접하시니 이 또한 어찌 사람이 한스럽지 않겠습니까?"

김환이 이어서 말하였다.

"소현성은 도덕이 맑고 밝은 군자이지만 그의 여러 아들은 교만 방자

하며 소씨 또한 그것을 타고나서 방자하며 교만한 것이 심하니 이것이
소씨의 문풍(門風)입니다. 거짓으로 어머님의 안전에서는 공손한 척하
여 취씨 제수의 덕을 가리고, 물러나서는 교만한 빛으로 꾸짖으며 욕하
고 취씨의 허물을 들춰내니, 간사하며 교활한 것이 매우 지나칩니다.
그런데 현이 이것을 알지 못하고 한갓 고운 얼굴에만 혹하는 것이 마치
걸왕(桀王)[145]이 매달(妺妲)[146]을 사랑하는 것과 흡사하니 가문의 불행
입니다. 어머님께서 만일 엄하게 꾸짖지 않으신다면 장차 대란이 일어
9 날 것입니다. 그러니 분명하게 현으로 하여금 서로 보지 못하도록 하
십시오."

왕부인이 듣고는 놀라서 넋이 공중으로 나는 듯하여 단지 그 말만 믿고 시녀를 시켜 현을 불렀다. 김현이 누워 있다가 모친의 명을 듣고 황급히 옷을 입고 들어갔다. 부인이 손으로 가슴을 두드리며 소리를 내어 통곡하니 김현이 매우 놀라서 물었다.

"집안에 무슨 일이 있기에 이렇게 괴로워하십니까?"

부인이 울며 말하였다.

"내가 네 아버지를 일찍 여의고 너희 형제를 보호하여 장성한 후 신령의 도움으로 명문가 숙녀를 얻어 너의 쌍을 삼았는데 네가 만족할 줄을 모르고 세력을 흠모하며 미색을 공경하여 사모하더니 행동거지가 이상해져서[147] 부득이하게 소씨를 취하였다. 내가 당초에 생각하되 소

145) 걸왕(桀王) : 은(殷)왕조 최후의 왕인 주(紂)와 함께 포악한 임금의 상징으로 거론됨. 웅장한 궁전을 건조하여 천하의 희귀한 보화와 미녀를 모았으며 궁전 뒤뜰에 술 연못을 만들어 배를 띄워 즐겼고, 장야궁(長夜宮)을 지어 남녀 합환의 유흥에 빠졌다고 전함.

146) 매달(妺妲) : 매희(妺喜)와 달기(妲己)를 아울러 이르는 말. 매희(妺喜)는 폭군 걸왕의 마음을 송두리째 빼앗아 하나라를 멸망하게 만든 후궁으로 '말희'라고도 함. 달기(妲己)는 은(殷)나라 마지막 왕인 주왕(紂王)의 비(妃)로 중국 역사상 음란하고 잔인한 대표적인 독부(毒婦)임.

147) 행동거지가 이상해져서 : 상사병(相思病)에 걸린 것을 가리킴.

씨는 명문가 대족(大族)이고 여러 대에 걸쳐 벼슬을 한 집안인지라 법도가 엄하고 행실이 높으니 내조를 공정하게 하고 동서와 사이좋게 지내겠지 하였다. 그런데 오히려 간사하고 교활하며 흉악하고 음험하여 취씨를 멸시하고 너로 하여금 방탕하게 놀아나도록 할 줄 알았겠느냐?
네가 이제 색에 빠졌으니 몸이 망할 것이요, 취씨를 박대하고 요사스 10
러운 사람을 집안에 두었으니 집안이 어지러울 것이다. 그러니 내가 어찌 슬퍼하지 않겠느냐?"

김현이 듣고는 놀람을 참지 못하였으나 안색을 가라앉히고 두 번 절하며 말하였다.

"제가 사리에 밝지 못하여 증자(曾子)[148]의 효도를 본받지 못하고 불효를 끼쳤으니 죄가 중합니다. 그러니 무슨 면목으로 세상에 서겠습니까? 애초에 취씨는 일부러 박대한 것이 아니라 그의 포악한 것을 꺼리기 때문이었고 소씨는 그의 색(色)을 취한 것은 아니지만 인연이 질겨 제가 남의 여자를 구하여 얻은 것입니다. 소씨는 나이가 어려서 아직 허물이 없겠거니 생각하고 후하게 대하였습니다. 만일 말씀하신 것처럼 사납다면 제가 현명하지 못하여 알지 못한 것이니 어머님의 밝은 가르침이 없다면 제가 여자의 못된 것을 알 수 있겠습니까? 이후로는 제가 명심하여 살피고 누구에게는 후하게 하고 누구에게는 박하게 하는 것이 없도록 하겠으니 지나치게 염려하지 마십시오."

말을 마치고 기세를 온화하게 하며 유쾌하고 기쁘게 말하니 부인이 화
를 그쳤다. 그래도 현이 밤늦도록 곁에 앉아 있다가 물러났다. 그러고 난 11

148) 증자(曾子) : 중국 춘추시대의 유학자. 자여(子輿)라고도 하며 효심이 두텁고 내성궁행(內省窮行)에 힘썼다.

후 차마 서당으로 가지는 못하였지만 취씨에게 갈 생각도 없었기에 소소저의 침소로 갔다.

이때 소저는 부인이 꾸짖으며 욕한 것을 듣고 황공하여 슬퍼하면서 자지 않고 앉아 있었다. 김현이 들어와서 보니 버들 같은 눈썹에는 많은 근심과 원망이 맺혀 있었고 별같이 빛나는 눈이 희미한 등불을 바라보고 있는데, 수많은 눈물[149]이 어리어 있었다. 김현이 또한 낯이 두껍고 말이 긴사람인지라 이렇다 저렇다 말을 하지 않고 웃는 얼굴빛을 하며 말하였다.

"낭자의 예쁜 얼굴은 남에게 근심을 더합니다. 그런데 어찌 또 근심하는 빛을 두십니까?"

소저가 묵묵히 답이 없었다. 현이 자리를 펴고 누우려 하자 소저가 나직하게 말하였다.

"제가 비록 지혜롭지 못하지만 예의를 생각하건대 낭군께서 처와 첩을 법으로 거느리신다면 한 부인에게 침혹하는 것이 없어야 가히 가장이라고 할 수 있습니다. 성왕의 법도를 봐도 정궁에 머물러 처하기를 반달 동안 하고 그 나머지 기간에 여러 후궁에게 갔으니 수신치가(修身治
12 家)에 있어서 으뜸인 법과 제도였습니다. 이제 낭군께서는 새사람을 보고 옛 것을 잊으셨으며 세력을 보고 믿음을 버리셨으니 선비로서 큰 죄를 얻으신 것입니다. 게다가 저는 덕이 없고 예를 알지 못하여 낭군의 본부인을 어질게 섬기지 못하고 홀어머니께 효도하지도 못하여 온 집안에 불효하고 투기하는 죄인이 되었습니다. 부디 넓은 덕을 입어 집에서 내쫓기는 화를 면하고 소당(小堂)의 낮은 곳을 얻어 첩의 몸을 의

149) 수많은 눈물 : {일만 줄이나 ᄒᆞᆫ 진쥐}. 문맥을 고려하여 이같이 옮김.

지하는 것이 본래 바라는 것입니다. 그러니 어찌 군자의 높은 자취에 여러 가지 허물이 생기게 하겠습니까? 낭군께서는 일찍 돌아가시고 이곳에 머물지 마십시오."

말을 마치고는 조용하면서도 온화하고 은혜로운 빛을 띠니, 외모에는 비록 기쁜 빛이 있었지만 마음 속은 조금도 꾸밈없이 엄숙하여 온갖 태도가 온전하였다. 김현이 마음이 불안한 가운데 소저의 많은 말을 듣고 감동해서 항복하여 말하였다.

"내가 그대의 가르침을 받들어 마음과 뜻을 경계할 것입니다. 다만 그대의 말이 이상하니 알 수 없습니다. 어떤 헐뜯는 말을 들은 것입니까? 그대의 죄를 헐뜯을 사람이 누가 있습니까?"

소저가 매우 근심스럽고 슬퍼서 대답을 하지 못하자 현이 갑자기 불을 13
끄고 옷을 벗었다. 소저가 어찌할 수가 없어서 마침내 말을 하지 않으니 현이 마음 속으로 승상과 여러 소씨 형제들을 볼 낯이 없고 위로할 말이 없다고 생각했다. 소저가 집안의 형편이 산란한 것을 보고는 부친을 생각하며 밤새도록 마음 답답해 하였으며 흐르는 눈물에 귀밑머리가 젖었다.

다음날 현이 일어나 소저의 화장대 뒤에 서서 희롱하며 웃고 말하였다.

"붉은 연꽃 한 줄기가 거울에 비치니 물고기도 잠기게 하고 날아가던 기러기도 떨어지게 할150) 자태로구나. 구름 같은 귀밑머리는 안개를 두른 것 같고 맑은 두 눈은 한 쌍의 별 같구나. 눈 같은 피부결은 윤택하고 고우니 도리어 연지분이 더럽고, 버들 같은 눈썹이 맑으니 채색하는 붓은 깊이 넣어두었도다. 앵두 같은 입술은 붉은 빛을 머금었으니

---

150) 물고기 ~ 할 : {팀어낙안(沈魚落雁)}. 미인을 보고 물 위에서 놀던 물고기가 부끄러워서 물속 깊이 숨고 하늘 높이 날던 기러기가 부끄러워서 땅으로 떨어졌다는 뜻으로 아름다운 여인의 용모를 뜻함. 『장자』「제물론(齊物論」에 나오는 말임.

단사(丹沙)[151]가 쓸 데 없고, 흰 이가 고결하니 흰 옥이 부끄러워 하는구나. 열 손가락 옥 같은 손은 가는 비단 묶음을 세워놓은 듯하고 가느다란 허리는 촉나라 비단[152]으로 묶은 듯하구나."

읊기를 마치자 소저가 정색을 하며 말하였다.

"제가 비록 그대의 두 번째 부인이지만 예의로 맺은 관계입니다. 어찌 글로써 희롱하며 첩같이 대하십니까?"

14 현이 웃고 사과하며 말하였다.

"마음이 어지럽기에 글로써 근심을 풀 기회를 못 얻었는데 그대가 머리를 빗고 낯을 씻는 것을 보니 글 하는 사람에게 좋은 글감이 되기에 우연히 읊었습니다만 경망했음을 후회합니다."

말을 마치자 시녀가 들어와서 소평장[153]이 왔다고 말하였다. 소저가 화장대를 밀어놓고 들어오라고 재촉하는데 아름다운 태도가 한층 더하였다. 김현이 얼이 빠진 듯하여 급히 옥 같은 손을 잡으며 말하였다.

"오늘 생각해볼진대, 내가 그림을 보고 상사병에 걸린 것이 까닭이 있었습니다. 사람이 단지 고울 뿐 아니라 처신하고 행동하는 것이 이 같으니 어찌 귀하게 대하지 않을 수 있겠습니까?"

소저가 매우 부끄럽고 창피하여 급히 비단 소매를 뿌리치니 생이 호탕하게 웃었다. 평장 운현이 들어와서 인사를 한 후 자리에 앉고 김생과 함께 오랫동안 보지 못했다는 말을 하며 꾸짖었다.

---

151) 단사(丹沙) : 진사(辰砂)라고도 함. 수은으로 이루어진 황화 광물. 진한 붉은 색을 띠며 다이아몬드 광택이 남. 붉은 색의 안료(顔料)나 약재로 씀.

152) 촉나라 비단 : 『화양국지(華陽國志)』「촉지(蜀志)」의 기록에 따르면 촉나라 최초의 왕은 잠총(蠶叢)임. '촉(蜀)'은 '벌레 충'의 13획으로 여러 기록을 보면 그 벌레는 누에임. 촉나라 군주 잠총이 누에치는 양잠을 시작한 것은 지금으로부터 4천 년 전의 일이라 볼 수 있으며 지금의 성도(成都)는 옛날부터 비단의 산지로 유명했음.

153) 소평장 : 소운현을 가리킴.

"자네가 와서 부모께 인사를 한번도 드리지 않다니, 다시 살게 해 주신 은혜를 잊었군."

현이 웃으며 말하였다.

"형세나 형편에 따라 우선 당장 편한 것만 택하는 본성을 지닌 보잘것없는 사내가 이미 숙녀를 얻었는데, 그 후에 은혜를 다시 생각하기가 쉽겠습니까?"

말을 마치고 서로 웃는데 소저는 조금도 즐거워하는 빛 없이 다만 부 15
모님의 안부를 묻고 형제들이 평안한지를 그윽하게 물었다. 이에 운현이 대답을 하다 보니 날이 늦었다. 김현이 안으로 들어가 모친에게 알리고 친한 벗이 왔으니 술 한 잔을 먹이고 싶다고 하였다. 왕부인이 마지못하여 허락하니 위씨가 또한 마지못하여 고약한 탁주와 산나물 한 접시를 보냈다. 김현이 어머니에게 말한 후 즉시 돌아와 가려고 하는 운현을 머물게 하여 술을 먹고 가라고 하며 기다렸다. 그런데 좋지 않은 나물과 탁주를 운현의 앞에 놓게 되니, 비록 대장부의 마음이지만 부끄럽고 미안할 따름이었다. 소저는 미소를 머금은 채 말을 하지 않았다. 운현은 비록 음식이 좋지 않아서 천한 사람도 먹지 못할 것인 줄 알았지만 사랑하는 친구의 정성이기 때문에 참고 젓가락을 들었다. 맛이 끔찍했지만 태연한 얼굴빛으로 다 먹은 후 김현이 부끄러워하는 것을 보고 그 손을 잡으며 말하였다.

"그대는 어찌 이리 마음이 좁은가? 공자께서 말씀하시기를 헌 옷을 입 16
고 비단 옷을 입은 곳에 가도 부끄러워하지 않는 것이 선비의 덕이라고 하더니,[154] 내가 오늘 이 음식을 보니 문득 나의 부귀함이 부끄러운데

154) 공자가 ~ 하더니 : 『논어(論語)』「이인(里仁)」편의 "선비가 도에 뜻을 두고서 나쁜 옷과 나쁜

그대가 어찌 도리어 내 얼굴을 피하는가? 마음을 알아주는 친한 사이에는 이렇게 하지 않는 것이니 내가 그대와 8년을 알고 지냈는데 잘못된 일이 있으면 바로잡지 않겠는가?"

김현이 듣고 나니 더욱 감사하여 오랫동안 이야기를 나누었다. 운현이 돌아갈 때가 되자 소저가 눈물을 흘리며 전송을 하였다.

이때 위씨와 김환이 다시 말을 꾸며내어 헐뜯으며 말하였다.

"어제 어머님께서 아우를 꾸짖으셨는데도 듣지 않고 소씨만을 총애하니 이것은 실로 외입을 하는 것과 같습니다."

왕부인이 다시 현을 불러 크게 꾸짖고 죽으려는 척하니 현이 놀라서 온갖 방법으로 사죄하였다. 이날 취씨의 방에 이르러 베개에 비스듬히 기댄 채 탄식하며 근심스러워 할 뿐 말 한마디 하지 않았다. 그래서 취씨가 마치 칼을 삼킨 듯 미운 마음이 들어 화를 내며 물었다.

"낭군이 자러 들어오셨으면 편히 자고 나가야 할 것인데, 부모님이 돌
17 아가신 것도 아니고 몸에 병에 있는 것도 아니면서 장부가 철없이 탄식하고 한숨을 내쉬니 어찌 가소롭지 않겠습니까? 하룻밤 소씨와 떨어져 있는 것을 이렇게 어렵게 여기다니 16년 동안 살아있던 것이 이상합니다. 이는 또한 부모님은 가볍게 여기고 처자식만 중하게 여기는 태도입니다."

김현이 통탄함을 이기지 못하였지만 모친이 좋지 않게 여기실 것도 같고 또 마음이 굳세기도 하기 때문에 분노를 참으며 단지 웃고 말하였다.

"그대는 늘 머금고 있는 것이 투기입니다. 소씨나 그대나 다 시기하는

음식을 부끄러워하는 자는 더불어 도를 의논할 수 없다[士志於道而恥惡衣惡食者 未足與議也]."는 구절에서 온 것으로 보임.

것은 이상한 일입니다. 내가 그대를 미워하지 않으니 화목하면 좋겠습니다. 그러니 부질없는 말은 그만하십시오. 미모인들 함부로 보며 선후인들 함부로 존중하겠습니까? 부부간의 정은 그 가문의 세력과는 상관이 없는 것입니다. 만일 세력을 보았다면 소운성이 명현공주를 박대했겠습니까? 내 나이가 젊고 식견이 천박하지만 스스로 헤아리는 것이 있으니 마음을 좋게 먹고 행실을 닦으십시오."

취씨가 화를 내며 말하였다.

"그대가 동정하는 말을 하며 정을 핑계 대는 것이 듣기 싫으니 빨리 나가십시오."

현이 정색하고 말하였다.

"내가 원래 그대의 행실이 이래서 싫어하는 것입니다. 지아비의 타이 18
르는 것을 듣지 않고 호령하며 우기려 합니까?"

취씨가 매우 화를 내며 질책하였다.

"그대는 능한 말로써 여자를 업신여기고 어머님의 가르치심 때문에 이곳에 와서는 꾸짖고 욕하니 어찌 애통하지 않겠습니까?"

현이 발끈하여 성을 내며 불쾌한 빛을 얼굴에 드러내고 소매를 뿌리치며 말하였다.

"내가 어찌 아녀자의 압도함을 받겠습니까? 그대의 패악(悖惡)이 내게는 영화입니다. 옥 같은 부인이 있는데 그대가 아니라면 있을 곳이 없을 것이라고 여깁니까?"

하고는 크게 웃더니 나갔다. 취씨가 매우 분하여 소리 높여 크게 곡을 하니 왕부인이 놀라며 급히 와서 물었다. 취씨가 말하였다.

"낭군이 저의 침소에 오니 소씨가 와서 낭군을 데려가고 또 첩을 매우 때렸습니다. 그래서 서러움을 참지 못하였습니다."

위씨와 김환이 부추기며 말하였다.

"만일 소씨를 가두고 아우를 때리지 않으신다면 취씨는 목숨을 부지하지 못할 것입니다."

부인이 옳게 여겨 시녀를 시켜 소저를 불렀다. 소저가 이미 알아채고는 기운을 낮추고 안전에 가서 뵈니 부인이 얼굴빛을 달리하고 죄를 주며 말하였다.

"네가 재상가의 귀한 딸이라 하여 교만하고 어리석으며 제멋대로여서
19 동서를 박대하고 늙은 어미에게 불효하니 죄가 매우 크다. 마땅히 법사(法司)[155]에 알려 올바르게 다스려야 할 것이겠지만 승상의 얼굴을 봐서 너그럽게 용서하고 집안 깊은 곳에 가두는 것이니 삼가 게으르게 지내지 말거라."

소저가 자세를 바로 하여 듣고 공경스럽게 두 번 절하고 말하였다.

"저의 사람 됨됨이가 하찮고 동과 서를 구별하지 못하니 자못 그 죄가 큽니다. 그럼에도 어머님의 덕택으로 안전에서 여러 달 모시게 해 주셔서 늘 높으신 덕에 감사하였습니다. 저의 죄가 끝이 없어서 벌을 받게 되었으니 오직 사죄를 청합니다."

왕부인이 좌우 시종을 시켜 집안 깊은 곳에 가두고 문을 잠그자 모든 시녀와 유모가 울며 따라와 함께 갇혔으니 그 광경이 몹시 놀라웠다.

왕부인이 소저를 가둔 후 현을 불러 말하였다.

"네가 소씨의 아름다움에 혹하여 홀어미도 헤아리지 않고 행실을 나쁘게 했으니 소씨의 죄를 다스려야겠지만 부모와 형제를 봐서 너그럽게

155) 법사(法司) : 조선시대 형조와 한성부를 아울러 이르던 말.

용서하고 집안 깊은 곳에 가두었다. 그러니 이후로는 방자하게 굴지 말고 취씨를 후대하고 요사스러운 사람은 생각하지 말거라."

현이 명을 받들고 물러나 서당으로 와서 하늘을 우러러보며 탄식하였 20
다.

"만일 아버님께서 계셨다면 어찌 이런 일이 있었겠는가?"

이 말을 김환이 나와서 듣고는 크게 꾸짖었다.

"네가 어머님을 원망하다니 이 무슨 도리냐?"

현이 김환의 바르지 못함을 보고 탄식하였다.

"형님께서는 부질없는 말씀으로 저의 죄를 더하지 마십시오. 내가 형과 같은 배에서 나온 골육(骨肉)인데 무슨 마음이 달라서 어머님을 원망하겠습니까?"

환이 매우 화가 나서 들어가 왕부인에게 말하니 부인이 현을 잡아들여 곤장 오십 대를 쳐서 내쳤다. 환은 그럼에도 불구하고 부족하다고 여겨 다시 나와서 쇠로 된 채로 오십 대를 더 때렸고 취씨는 그 곁에서 손뼉을 치며 크게 웃었다. 현은 정신을 굳게 다잡아 매를 견디며 아무 말도 하지 않았다.

다음날 이부상서(吏部尙書) 운경과 병부상서(丙部尙書) 운성이 이르러 김현을 보니, 현이 능히 움직이지도 못하고 이부자리에 누워 두 사람을 맞이하였다. 두 사람이 현이 병나서 누운 것을 보고 놀라서 그 증상을 물으니 뜻하지 않게 감기에 걸렸다고 하였다. 운경은 무심하였지만 운성은 이상하게 여기며 말하였다.

"그대의 양손을 내십시오. 내가 마땅히 진맥을 해보아야지요."

현이 손을 내밀자 운성이 맥을 진찰하고 말하였다. 21

"그대는 감기로 고통스러운 것이 아닙니다."

현이 미소를 띠며 답을 하지 않자 소저를 보겠다고 했으나 어머님을 곁에서 모시는 중이라서 나오기 쉽지 않다고 하였다. 두 사람이 짐작하고 돌아갔다.

김현이 병이 났다고 하자 모든 소생들이 날마다 안부를 물었다. 김환이 일이 행여 세어나갈까 두려워 왕부인에게 고하였다.

"현이 모든 소생들과 더불어 어머님의 잘못을 말하고 소씨 가둔 것을 전하여 저와 어머님을 해하려고 합니다. 그러니 현을 가둬서 소씨 형제들을 보지 못하게 하십시오."

부인이 옳게 여겨 현을 불러 여러 죄를 들춰낸 후 내당에 가두었다. 슬프도다! 옛날부터 계모나 의붓어미는 자식을 보챈다지만, 왕부인 같은 사람은 세상에 또 없을 것이다. 만일 시랑이 있었다면 어찌 이렇게 했을까?

여러 날 후 운성이 와서 누이를 보자고 하니 김환이 나와서 손님 접대를 하며 말하였다.

"아우는 마침 나갔고 제수는 어머님 전에서 어머님을 모시고 있으니 나오기 쉽지 않습니다."

운성이 기뻐하지 않으며 말하였다.

22 "비록 곁에서 모시는 일이 중요하지만 어찌 한 시도 나오지 못하겠습니까? 또 김현은 무슨 까닭으로 우리를 보지 않습니까?"

환이 황급히 고개를 숙이며 말하였다.

"아우가 병이 회복되지 않아서 능히 출입을 못하더니 오늘은 어머님의 명 때문에 부득이 나갔습니다. 제수는 홀어머니께서 편치 않으신 것을 보고 스스로 곁을 떠나지 않으니 그 효성스런 뜻에 탄복하고 있습니다.”

운성이가 불끈 화를 내고 정색하며 소매를 뿌리치고 돌아간 후 행동이 이상한 것을 승상께 고하였다. 승상이 이에 모든 자녀들을 타이르며 말하였다.

“너희 누이는 재앙으로 인한 액이 심하니 매우 고생할 것이다. 그것이 운명이니 너희는 가서 어지럽게 굴지 마라.”

모든 생들이 매우 원통했지만 석부인이 알면 좋지 않은 일이 있을까 싶어 석부인에게는 서로 숨기고 편하게 잘 있다고 고하였다. 그러나 부인이 오히려 믿지 않고 말끝마다 사람을 시켜 잘 지내는지를 물으니 왕부인이 중간에서 왜곡되게 알렸다. 만일 편지가 도착하면 왕부인이 먼저 보고 소저에게 들여보내 답장을 받은 후 또 보고 나서 내어 주니, 적은 말도 전하지 못하고 안부만 물을 뿐이었다. 게다가 시녀들도 다 갇혀 있어서 나와 보지도 못하였다. 석부인이 의심스럽고 염려가 되어 말하였다. 23

“딸아이는 비록 나오지 않는다고 해도 어찌 시녀조차 보지 못할 까닭이 있을까?”

모든 자녀들이 위로하며 말하였다.

“누이는 아무 탈이 없을 것입니다. 다만 집안이 어지러우니 행여 우리 집 시녀를 나오라고 해서 보면 시집의 허물을 누설했다고 할까 걱정이 되어 못 불렀다고 했습니다.”

부인이 그럴 수도 있겠다고 생각했지만 그래도 마음을 놓지 못하였다.

각설(却說). 김현을 가둔 지 20일 만에 왕부인이 꺼내주며 말하였다.

“네가 만일 소씨 형제들을 만난다면 그것은 나를 죽이려고 하는 뜻이니라.”

현이 용서를 빌며 말하였다.

"어머님께서 보지 말라고 하시면 보지 않을 것입니다. 어찌 이런 것으로 근심하십니까?"

하고는 집안 깊은 곳에서 모친을 섬기고 취씨를 후하게 대하며 모든 소씨 형제들을 보지 않았다.

하루는 부친의 사당에 절을 드리고 내려오는데 소저를 가둔 곳이 보이
자 마음이 부서지는 듯하여 오랫동안 바라보며 근심스러워 하였다. 마침
소저가 유모의 부축을 받아 화장실에 갔다가 들어가는데 구름 같은 귀밑
머리와 옥 같은 피부가 초췌해져서, 탐스럽고 사랑스러운 용모와 가냘프
24 면서도 아리따운 풍채와 태도가 새로워보였다. 한번 보고는 죽기를 각오
하며 엎어질 듯 내려가 작은 당(堂)에 이르렀다. 소저는 이미 방안으로 들
어갔고 문은 굳게 닫혀 있었다. 현이 손으로 문을 열고 들어가 앉으니 소
저가 매우 놀라서 구름 같은 머리를 숙이고 옷깃을 여민 채 얼굴을 가리
며 말을 하지 않았다. 그러자 현이 눈물을 흘리며 말하였다.

"내가 운명이 기구하여 아버님을 일찍 여의고 홀어머니께 불효해서는 그 벌이 그대에게 미쳤으니 오늘 그대를 보매 어찌 부끄럽지 않겠습니까?"

말을 마치고 다가와 앉으며 소저의 손을 잡고 초췌한 것은 차마 보지 못하며 말하였다.

"천금 같은 귀한 몸의 그대가 이렇게 된 것은 다 나의 죄이니 어찌 능히 견디겠습니까?"

소저가 얼굴빛을 바르게 하고 목소리를 온화하게 하여 말하였다.

"저 같은 사람은 죄가 많아서 일찍이 벌을 받을 곳이 많습니다. 죽지

않는 것이 이상하지만 부모님의 얼굴을 다시 뵙고 싶어 구차하게 살고 있습니다. 낭군께서는 온갖 행실을 닦는 군자이니 부모님께서 좋지 않게 여기는 여자를 염려하느라 죄가 있는 사람을 따르는 것은 자못 옳지 않습니다. 그러니 빨리 돌아가시고 불효를 더하지 마십시오."

현이 애처롭고 가련한 정과 부끄러운 마음이 뼈 속에 사무쳐서 말하였 25
다.

"그대가 맑은 마음으로 약석(藥石)[156]같이 가르치는 것에 감격하지 않는 것이 아닙니다. 그러나 내가 그대를 구하는 것은 예사로운 일이 아닙니다. 그대의 얼음 같은 맑은 혼이 소진되고 눈 같은 피부가 초췌해져서 죽을 지경이 되었는데 내가 만일 감동하지 않는다면 어찌 오장군(吳將軍)[157]의 박행보다 더 나쁘다고 하지 않을 수 있겠습니까? 죽을지언정 나가지 못하겠습니다."

소저가 민망하여 마음 속의 슬픔을 참으며 좋은 얼굴빛으로 위로한 후 나가라고 권하였다. 취씨가 이것을 훔쳐보고 급히 왕부인에게 고자질하니 김환이 부추기며 말하였다.

"소씨가 현을 불러서 잠근 문 안으로 들였으니 반드시 어머님과 우리를 죽이려고 모의하는 것일 겁니다."

취씨가 울며 말하였다.

"낭군이 별 생각 없이 내려오는데 소씨가 불러들였으니, 그간의 요상하고 괴이한 곡절을 볼 때 가히 재앙에 빠지게 될 상황이 발생할 것입니

156) 약석(藥石) : 약과 침이라는 뜻으로 여러 가지 약을 통틀어 이르는 말. 약석지언(藥石之言)은 남의 잘못을 훈계하여 그것을 고치는데 도움이 되는 말을 의미함.

157) 오장군(吳將軍) : 오기(吳起). 전국(戰國) 시대 노(魯) 나라 변방 군영의 막료로 군사를 훈련시키고 있던 중 제(齊) 나라와의 전투에서 자신이 장수가 되기 위해 제나라 사람인 아내의 목을 베어 왕에게 바쳤던 인물임.

다.”

환이 또 말했다.

“현이 저렇게 오랫동안 앉아 있으니 분명 점점 꾀를 의논할 것입니다. 어머님께서 자결하려는 척하시면 비록 어머님을 죽이려고 하다가도 사람으로서 할 도리에 거리낌이 있기 때문에 나올 것입니다.”

왕부인이 즉시 수건을 들고 크게 통곡하며 말하였다.

26 “현아, 네가 소씨와 함께 나를 죽이려고 꾀하니 차라리 내 스스로 죽을 것이다.”

말을 마치고 목을 맸다. 그러나 김현이 모친의 곡하는 소리를 듣고도 넋이 나간 듯이 소저를 붙든 채 일어나지 않았다. 소저가 급함을 참지 못하여 손으로 현을 밀며 말하였다.

“그대가 죄를 얻은 미친한 아내를 찾아와 홀어머니의 명을 거스르고 이제 저런 상황에까지 이르렀는데도 나가지 않으시니, 이것은 사람 된 자의 도리가 아닙니다. 어찌 스스로 부끄럽지 않습니까?”

현이 말했다.

“어머님의 저 행동은 취씨가 부추긴 것이니 대단한 것이 아닙니다. 불효자가 되어서 동쪽 시장 거리에서 교수형을 당할지언정 떠나지 못하겠습니다.”

소저가 듣고는 하늘을 우러러 울고 탄식하며 말하였다.

“그대의 이 말은 정신없는 소리입니다. 저의 죄 때문이니 제가 당신 앞에서 죽어 당신의 효가 손상되지 않도록 하겠습니다.”

말을 마치고 현이 차고 있던 칼을 빼 자결하려고 하니 현이 몹시 당황하여 칼을 빼앗으려 했다. 그러나 이미 소저의 가슴에 상처가 나서 붉은

피가 줄줄 흐르고 얼굴빛이 차가운 재같이 되었다. 그럼에도 칼을 놓지
않으니 현이 평생의 힘을 다하여 빼앗으려 했지만 소저가 칼날을 꼭 잡고 27
있어 만일 강제로 빼앗는다면 손을 다칠까 싶은 생각이 들었다. 그래서
현이 다만 소리를 머금고 옥 같은 손을 붙들며 빌었다.

"지금 나가겠으니 그대는 칼을 놓으십시오."

소저가 대답하였다.

"만일 낭군께서 나가신다면 제가 비록 아녀자이지만 믿음을 저버리지 않고 칼을 버리겠습니다. 그러니 빨리 돌아가십시오."

현이 길게 탄식하고 나가니 소저가 드디어 칼을 버리고 유모에게 부축을 받아 기대었다. 현이 슬픈 눈물을 줄줄 흘리며 중당(中堂)에 이르러 보니 왕부인이 막 목을 매려는 중이었다. 현이 붙들고 정신을 잃을 정도로 통곡하며 말하였다.

"제가 비록 무상하지만 일찍이 불효한 적이 없는데 어머님께서 어찌 이렇게 하십니까? 소씨를 보지 말라고 하시기에 정을 참고 물리쳤습니다. 그러다 때마침 지나가는 길에 들른 것입니다. 제가 명을 거스른 죄는 있지만 어찌 취씨의 말만 듣고 이런 큰 변을 일으키십니까?"

부인이 소리를 높여 꾸짖으며 말하였다.

"네가 내 말을 듣지 않고 요사스런 여자만 오로지 총애하며 어진 부인
을 박대하니 사람의 어미가 되어서 자식도 교훈하지 못하는데 어찌 부 28
끄럽지 않겠느냐?"

현이 한바탕 크게 울고 이후로는 소저와의 관계를 아주 끊겠다고 하니 왕부인이 화를 그쳤다. 그 후 김환이 큰 매를 들어 현을 끝없이 쳤으며 취씨와 위씨 등이 함께 소저에게 온갖 욕을 보이며 조롱하였다. 소저가 분

노를 참고 조용히 말을 하지 않으며 매우 심한 욕에 이르러서는 붉은 뺨을 열어 살짝 웃으니, 사람의 마음과 생각 넓은 것이 이와 같았다. 위씨가 취씨에게 말하였다.

"저 질투심 많은 여자는 사람의 얼굴을 했으나 짐승의 마음을 가졌습니다. 꾸짖어도 화를 내지 않으니 우리가 수고스럽게 욕해봤자 무익합니다."

하고는 돌아왔다.

김현이 모친에게 혼이 나고 형에게 매를 맞은 후 당에 누워 비단 소매로 얼굴을 덮은 채 눈물을 흘리니 눈물이 두 귀로 줄줄 흘렀는데 그러면서 생각했다.

'내가 아버지를 여의고 어머님을 모시면서 형제와 화목하게 살려고 했는데 형과는 뜻이 맞지 않는다. 또 두 아내 중에 사사로운 정은 소씨에게 있어도 대접은 공평하게 했는데 어머님은 고집을 부리시고 취씨는 간악하여 일을 행하는 것이 아름답지 않으니 애통한 것은 말할 것도 없
29 고 내 신세가 괴롭구나. 게다가 소씨를 이유도 없이 가둬 남의 귀한 자식으로 하여금 원망하게 하는구나. 뿐만 아니라 천신만고 끝에 얻었음에도 하루도 평안하지 못하다가 저렇게 갇혔으니 애매한 여자를 잘못되게 만든 죄는 내게 있다. 사람이 백 년을 사는 게 아니니 괴롭게 사는 것보다 속 시원하게 죽어 돌아가신 아버님을 모시는 것이 더 낫다'

이런 생각이 들어 스스로 목을 찌르려 하다가 다시 생각하였다.

'내가 효성이 없고 어머님의 뜻을 잘 받들지 못하여 환난이 일어난 것이니 다 내 탓이다. 지금 죽어서 홀어머니에게 서하(西河)의 서러움[158]

---

158) 서하(西河)의 서러움 : '서하지통(西河之痛)'을 뜻함. 자식을 잃은 부모의 슬픔을 의미하는 말임.

을 끼치는 것은 옳지 않다.'

하고 정신을 억지로 차리고 다시 일어났다.

세월이 물과 같이 흘러 음력 팔월이 되었다. 황제가 과거를 열어 인재를 뽑자 김환이 왕부인에게 말하였다.

"제가 과거를 보고자 하는데, 알성시(謁聖試)[159]를 보는 때가 바로 코앞이니 혼자서는 못할 것입니다. 아우를 데려가서 글을 쓰게 하려고 합니다."

부인이 즉시 현을 불러 말하였다.

"네가 만일 이 과거 시험에서 형을 급제 시킨다면 내게 있어 효자가 될 것이다. 힘을 다하여[160] 형이 급제할 수 있게 하여라."

생이 흔쾌히 승낙하자 즉시 시험장(試驗場)에서 사용하는 여러 도구를
준비해 들였다. 이때 왕부인이 힘을 다하여 좋은 명지(名紙)[161]와 붓과 먹 30
을 사주면서 김현에게는 주지 않으니 현이 할 도리가 없어서 탄식하며 생각하였다.

'내가 설사 명지를 가져간다 한들 급제하기를 바라는 것도 아니고 또 써 보지도 못할 것이다.'

그러고는 형의 종이 되어 시험장에서 필요한 여러 도구들을 지고 형과 함께 갔다. 기묘한 솜씨로 좋은 붓을 날리며 수많은 사람 중에서 가장 먼저 지어 형에게 주니 환이 먼저 제출하고 돌아와 음식을 먹었다. 현은 명지도 없고 매우 지루해서 걸어 다니면서 남은 생각을 글로 읊으며 본인의

자하(子夏)가 서하(西河)에 있을 때 자식을 잃고 너무 슬피 운 나머지 소경이 된 고사에서 유래하였음.

159) 알성시(謁聖試) : 조선 시대에 임금이 문묘에 참배한 뒤 실시하던 비정규적인 과거 시험.

160) 힘을 다하여 : {졀역}. 전력(全力)의 오기로 보아 이같이 옮김.

161) 명지(名紙) : 시지(試紙)라고도 하며 과거 시험에서 쓰던 종이를 가리킴.

재주를 아까워하였다. 그러나 동서로 아는 사람도 없고 설사 아는 벗이 있다고 해도 누가 명지를 주어 글을 써서 바치게 하겠는가? 매우 울적해 하다가 문득 보니 서쪽 소나무 아래에 옥 같은 두 소년이 푸른 비단 옷을 입고 가죽 띠를 띠고 어깨를 나란히 한 채 앉아서 맑고 깨끗한 소리를 길게 내며 절구(絶句)를 서로 외워 창화(唱和) 하며 태연하게 웃고 있었다. 살펴보니 소운변과 소운필이었다. 현이 아주 반가웠지만 모친의 나무라심
31 을 생각하고 몸을 돌이켜 돌아갔다. 이것을 소생들이 보고 급히 부르며 말하였다.

"그대는 옛 정을 잊었는가?"

현이 마지못하여 돌아와 함께 자리에 앉았다. 두 생이 매우 반기며 오랫동안 보지 못한 까닭을 물었지만 사실대로 대답하지 않고 다만 모호하게 대답했다. 그러자 운변이 말하였다.

"그대는 글을 바쳤는가?"

김현이 말하였다.

"명지도 없는데 어찌 글을 바쳤겠습니까?"

운필이 말하였다.

"그렇다면 내가 명지를 두 벌 가져왔으니 하나를 형이 쓰십시오."

현이 선뜻 응낙하고 잠깐 동안 생각하였다. 붓과 벼루를 대령하고 운필이 비단을 펴니 현의 붓 끝이 지나는 곳마다 푸른 용이 어린 것 같고 구슬과 옥이 떨어진 것 같더니 잠깐 사이에 신묘하게 써냈다. 함께 시험지를 바치고 돌아와서 형 운변과 함께 방(榜)이 나기를 기다렸다.

이날 모든 대신들이 모인 가운데 소승상이 천자를 모시고 글을 견주어 보았다. 간사한 사람의 천 가지 방책과 백 가지 계략이 미치지 않은 곳이

없어서 현에게는 명지도 주지 않았지만 현이 마침내 비단에 써서 바치게
되었고, 또 김환이 동생을 호령하여 자신이 글을 먼저 바쳤지만 정해진
운명을 피하지는 못할 것이었다. 모든 선비의 글을 견주어 보고 태학사 32
(太學士)[162]가 황제에게 드리니 황제가 승상과 고하(高下)를 정하였다. 공
교롭게도 김환의 글이 소승상의 손에 잡혔다. 승상이 한번 보니 글의 뜻
이 맑고 신선하고 필획(筆劃)이 기이한 것이 분명 자신의 사위가 지어서
쓴 바였다. 겉봉을 보지 않았으므로 틀림없이 김현이 지은 글이라고 생각
하여 물리쳐 떨어뜨리는 권자(卷子)[163] 안에 넣고 다른 시험지를 보았다.
이때 황제가 김현의 또 다른 글을 보시고는 매우 칭찬하며 말하였다.

"이 글은 성당(盛唐)[164]의 교묘한 재주꾼이라도 미치지 못할 것이다."
하고는 어필(御筆)로 제일(第一)이라고 써서 곁에 놓고 승상에게는 보여주
지 않았다. 승상이 누구의 글인지 알지 못한 채 황제가 칭찬하시는 것을
들으며 인재를 얻었다는 것을 기뻐하였으니, 어찌 짐짓 자신의 사위가 급
제할 것을 알았겠는가? 차례로 견주어 보기를 마쳤다.

전주관(銓注官)[165]이 소운성이었는데 시권(試券) 다섯을 받들고 비단 도
포에 옥띠를 돋운 채 궁전 앞에 서서 제일(第一)이라고 된 것의 겉봉을 떼
어 보니 이는 곧 김현의 것이었다. 병부 소운성이 놀랍고 의아했지만 얼
굴빛을 평안하게 하고 높이 불렀다.

"장원은 예주사람 김현이니 나이 17세이다. 아버지는 전임 이부시랑 33

---

162) 태학사(太學士) : 홍문관의 으뜸 벼슬, 칙임관(勅任官)을 가리킴.
163) 권자(卷子) : 두루마리. 과거를 볼 때 글을 지어 올리던 종이.
164) 성당(盛唐) : 중국 당(唐) 300년은 시에 있어서 황금시대로 초당(初唐), 성당(盛唐), 중당(中唐), 만당(晩唐)의 4 가지로 구분됨. 그 중에 성당(盛唐)은 시문학이 가장 융성했던 시기로, 현종(玄宗)의 개원 원년(713)에서 숙종(肅宗)의 상원(上元) 2년(761)에 이르는 48년간을 말함.
165) 전주관(銓注官) : {뎐두관}. 인물을 심사하여 알맞은 직책을 주는 임무를 맡은 관리.

김희이다."

김환이 매우 놀라고 김현이 또한 놀라서 말하였다.

"같은 이름을 가진 사람이 있거나 형을 잘못 말한 것일 것입니다."

그러고는 조금도 요동하지 않으니 운필 등이 함께 와서 권하였다.

"형의 높은 재주는 족히 수많은 사람을 이길 것입니다 그런데 어찌 사양합니까? 또 내 형이 '환'자를 '현'자로 보는 사람이라면 전주관(銓注官)으로 삼았겠습니까?"

한편에서는 말하고 한편에서는 듣고 있는데, 대궐 안에서는 부르는 소리가 진동하였다. 현이 마지못하여 수많은 사람들을 헤치고 날아가듯이 걸어서 옥계(玉階) 아래 이르렀다. 가뿐한 골격과 준수한 풍채와 태도는 마치 버드나무가 봄바람에 날리는 것 같고 옥 같은 나무가 바람 앞에 놓인 것 같았으며 모란꽃에 고인 이슬 같았다. 또한 기질은 부드러워 형산(衡山)[166]의 박옥(璞玉)[167] 같으니 이른바 비늘이 있는 동물 가운데서는 용과 같고 소나 말 사이에 있는 기린 같아 의기가 드높은 풍채는 일세(一世)의 기남자(奇男子)[168]였다. 황제를 모시고 호위하던 모든 신하들이 칭찬하기를 멈추지 않았고 소승상은 매우 불편해 했다.

차례로 방(榜)을 불러 천동(天童)[169]과 어악(御樂)[170]을 베풀어 주시고 계수나무 가지를 꽂은 관과 남색 도포를 입혀주시니 당당히 장원을 한 사
34 내로서 김현의 혁혁한 영화가 온 조정에 빛났다. 특별히 명을 내려 간의태후(諫議太候)[171] 춘방학사(春坊學士)[172]를 시키시니 현이 궁궐 아래에서

166) 형산(衡山) : 중국의 오악(五岳)의 하나인 남악(南岳).
167) 박옥(璞玉) : 다듬거나 갈지 않은 옥돌.
168) 기남자(奇男子) : 재주와 슬기가 남달리 뛰어난 남자.
169) 천동(天童) : 임금이 내려주신 아이.
170) 어악(御樂) : 임금 앞에서 아뢰던 궁중 아악.

은혜에 감사하며 네 번 절하고는 앞으로 나갔다 뒤로 물러났다 하며 유희(遊戲)하는데 그 모습이 마치 태을선인(太乙仙人)173)이 구름 속에서 배회하는 것 같았다. 이윽고 파조(罷朝)하였다.

궐문을 나서자 수많은 집사(執事)와 관청의 종들이 금으로 꾸민 안장을 한 백마(白馬)를 마련하여 기다리다가 현을 부축하여 말을 타게 하였다. 소씨 형제 8인이 승상을 둘러싸 모시고 나와 현을 데리고 현의 집으로 갔다.

이때 왕부인은 위씨를 데리고 환이 급제하기를 기다리다가 둘째가 급제했다는 것을 듣고는 매우 의아해 하던 중이었다. 그러던 중 문득 현이 꽃가지를 늘어뜨리고 오는데, 백옥 같은 얼굴은 임금이 내리신 술을 먹고 취하여 붉은 연꽃 한 가지가 약한 바람에 나부끼는 듯했다. 또 가늘게 뜬 눈길은 몽롱하고 붉은 입술은 더욱 붉은 기운을 머금었으니 그 아름다움을 측량할 수 없었다. 천천히 들어와서 왕부인에게 배알하며 말했다.

"형이 낙방하시고 제가 급제하였으니 어찌 황공하지 않겠습니까?"

부인이 비록 흙이나 나무같이 메마른 사람이지만 어찌 기쁘지 않겠는가? 허둥지둥 손을 잡고 슬퍼하며 말하였다.

"네 아버지가 너를 편애하셨는데, 오늘 이 같은 영화를 알지 못하니 어 35
찌 비통하지 않겠느냐?"

현이 또한 눈물을 흘리며 오장이 끊어지는 듯 슬퍼하였다. 사당에 올라가 배현(拜見)하고 실성할 정도로 부르짖으며 우니 두 줄기 눈물이 옷깃

---

171) 간의태후(諫議太候) : 중국에서 주로 임금의 잘못을 간하는 벼슬 이름.

172) 춘방학사(春坊學士) : 왕세자의 교육을 맡아보던 관아의 벼슬아치를 의미함. 춘방(春坊)은 세자시강원(世子侍講院)이라고도 함.

173) 태을선인(太乙仙人) : 중국 고대 사상으로 천지만물의 출현 또는 성립의 근원인 우주의 본체를 인격화한 천제(天帝).

을 적셨고, 보는 사람들이 다 애달파 하였다.

현이 즉시 나와 새로 과거에 합격한 사람이 소임을 다하기 위해 재상들에게 인사를 하였다. 그 후 소승상이 사위를 데리고 자운산으로 들어갔다. 옥 같은 얼굴, 달 같은 맑은 풍모의 김현이 계수나무 가지를 앞으로 숙이고 수의(繡衣)[174]를 입은 채 내당에 들어가 뵈니 석부인이 반갑고 기뻤지만 딸아이가 편안하지 못한 것을 생각하고는 쓸쓸하고 근심스러운 마음으로 물었다.

"그대가 한번 간 후로는 보지 못하였는데 용문(龍門)[175]에 올랐으니 다행이네. 그러나 딸아이가 평안하게 지내는지를 알지 못하니 모녀 사이의 답답함은 측량하기 어렵다. 궁금하구나. 연약한 자질로 무사하게 지내는지?"

현이 말이 막히고 얼굴이 붉어져서 근심스러운 눈썹을 아래로 하고 목소리를 부드럽게 하여 대답했다.

"몸은 아무 탈이 없지만 가난하고 천한 집안[176]에 즐겁고 화평한 것이 없으니 장모님께 말씀드리기가 부끄럽습니다."

부인이 겸손하게 말하는 것인가 생각하며 술과 음식을 푸짐하게 준비
36 해서 대접하고 딸아이의 근친(覲親)[177]을 부탁하니 현이 대답하였다.

"제게 조강지처가 있지만 맡은 일이 다르고 홀어머니께서 떠나지 못하게 하시니 근친(覲親)은 어려울 것입니다."

---

174) 수의(繡衣) : 암행어사가 입던 옷.
175) 용문(龍門) : {농문}. '등용문(登龍門)'은 어려운 관문을 통과하여 크게 출세하게 됨을 이름. 잉어가 중국 황허(黃河)강 상류의 급류를 이룬 곳인 용문을 오르면 용이 된다는 전설에서 유래되었음. 따라서 용문(龍門)은 그 관문을 이름.
176) 가난하고 ~ 집안 : {빙천지가}. 빈천지가(貧賤之家)의 오기로 보아 이같이 옮김.
177) 근친(覲親) : 시집간 딸이 친정에 가서 부모를 뵘.

부인이 탄식하며 말하였다.

"여자의 행실은 부모형제를 멀리하는 것이다. 일의 형세가 이미 이러하니 어찌 사사로운 정 때문에 대의(大義)를 어그러지게 하겠는가?"

장모가 아름다운 얼굴과 부드러운 음성으로 말하는 것이 자신의 아내 소소저와 흡사하다는 생각이 들자 속으로 반가움과 슬픔을 참지 못하여 즉시 하직하고 나와 승상을 모시고는 말씀을 나누었다. 이때 승상이 물었다.

"네가 오늘 글을 어찌 두 장 지었느냐?"

생이 대답하였다.

"형이 불안해 하여 제가 임시변통으로 꾸몄습니다. 그런데 저는 급제하고 형은 떨어졌으니 어찌 이상하지 않겠습니까?"

승상이 기분이 좋아서 손뼉을 치고 웃으며 말하였다.

"내가 올해의 산법(算法)을 놓아보니 미성(尾星)[178]이 월계를 건너기에 네가 과거에 급제할 줄 알았다. 그러나 너무 다 이루는 것을 좋지 않게 생각하여 너의 글씨가 분명하기에 그것을 탈락하는 것에 내렸는데, 생각지도 못한 네 글이 황제께 뽑힌 바 되어 급제자 명단에 들어있으니
어찌 의외의 일이 아니었겠느냐? 하늘의 순리를 따르는 자는 번창하고 37
하늘의 순리를 거스르는 자는 망한다고 하였다. 구태여 하늘의 뜻을 거스른다고 망하게 할 수 있는 것이 아니니 흥하고 쇠하는 것은 하늘에 달려있다. 내가 이미 하늘의 명을 거스르고 너를 뺐으니 해가 없을 것이고, 그럼에도 불구하고 급제하였으니 기이하고도 귀하다고 할 수 있을 것이다."

---

178) 미성(尾星) : 이십팔수(二十八宿)의 여섯째 별자리에 있는 별들.

소생 등이 다 듣고 기특하게 여겼다. 한참 후 승상이 다시 말하였다.

"내 딸아이는 요사이 무사히 잘 지내느냐? 일전에는 영당(令堂)[179]께 무슨 죄를 얻었느냐?"

현이 몹시 놀라 황급히 자리를 피하며 엎드려서는 아무 말도 못하니 승상이 웃으며 말하였다.

"남자가 집안에 처와 첩을 두면 능히 평안하기 쉽지 않다. 편애(偏愛)하고 편증(偏憎)하는 것이 있을 것이로되 그 사랑하는 사람을 공경하고 미워하는 사람을 엄하게 꾸짖으며 부모의 뜻을 받드는 것이 효이다. 아녀자가 세상의 사정이나 형편을 알지 못하고 고사(故事)도 알지 못하여 어머님께 죄를 얻게 되면 그것은 며느리가 옳지 못한 것이니 다스리는 것이 옳다. 또한 남자로서 처자(妻子)를 가르치지 못하고 불효하는 것이 부끄러운 것이니, 어찌 이제 처가 식구를 보고 어려워하느냐? 딸아이는 말할 것도 없고 어머님께서 우리 부자를 보지 말라고 하신다면 너는 마땅히 오늘부터라도 오지 않아도 괜찮다."

38 현이 듣고는 몸과 마음이 다 감격스럽고 또 슬퍼서 청삼(青衫)이 눈물에 젖는 것도 깨닫지 못하니 승상이 웃으며 말하였다.

"너의 거동을 보니 가히 웃을 만하다. 대장부가 아녀자 때문에 슬퍼한다면 어찌 행실이 부끄럽지 않겠느냐?"

현이 드디어 일어나서 절하며 감사의 말을 하였다.

"제가 널리 사랑하심을 입어 외람되고도 주제넘게 사위가 되었는데, 돌아가는 상황이 불행하여 매사가 슬프니 장인어른을 뵐 낯이 없습니다."

---

179) 영당(令堂) : 남의 어머니를 높여 이르는 말.

승상이 조금도 슬픈 빛 없이 흔쾌히 위로하며 돌아가라고 하고 아무 말도 묻지 않았다.

현이 하직하고 집에 돌아가서는 마지못하여 취씨에게 너그럽게 대하고 모친을 섬기며 벼슬 생활을 하니 왕부인이 잠시 보채는 것을 그쳤고, 김환 또한 아첨하는 얼굴빛으로 현을 사랑하는 척하였다. 현은 식견(識見)이 높고 밝아 김환의 마음을 알고는 공경하고 또 공경하였다.

오래 지나지 않아 나라에서 지방의 어사로 보내시니 현이 떠날 때가 되자 모친에게 하직인사를 하며 말하였다.

"제가 몇 달 지나지 않아 돌아올 것이니 어머님은 귀하신 몸을 잘 관리
하시고 집안에 어떤 일이 있어도 보호하시며 제가 돌아오기를 기다려 39
주십시오."

왕부인이 허락하며 말하였다.

"먼 길 떠나는 것이니 소씨를 보고 가거라."

현이 매우 기뻐서 감사를 드린 후 후당(後堂)으로 가보니 비단으로 된 지게문이 굳게 닫혀 있고 인적이 고요하였다. 현이 마음이 두근거려 황급히 문을 열고 방안을 보니 시녀와 유모가 다 깊이 잠들어 있었다. 소저는 어두운 구석에 외로이 앉아 눈물로 치마를 적시고 구름 같은 머리털을 흩뜨려서는 옥 같은 얼굴을 덮고 있었다. 풍만하고도 아리따운 모습이 변하여 가냘프고 연약한 사람이 되어 있으니, 생이 마음이 끊어지는 것 같아서 엎어질 듯 나아가 소저를 붙들고 눈물을 흘리며 소리를 질렀다.

"부인과 이별한 후 벌써 두 계절이 바뀌었습니다. 천금같이 귀하고도 약한 자질로 어떻게 보전하였습니까? 부인이 이렇게 된 것은 다 나의 죄입니다. 부인으로 하여금 함정에 빠지게 하고 나는 평안하게 즐기니

세상에 나처럼 사람을 저버리는 사람은 없을 것입니다."

소저가 현을 보니 마음 속에 한이 가득하고 마음이 먼저 놀라서 소매로 40 얼굴을 가리고 유모를 흔들어 깨웠다. 그러고는 유모에게 의지하여 간신히 엎어지지 않으니 현이 애걸하며 말하였다.

"나의 죄를 스스로 압니다. 오늘 그대가 이렇게 매몰찬 것도 옳습니다. 하지만 간신히 어머님의 허락을 받아 정을 말하고 이별하려고 하였는데 어찌 이렇게 심하게 박대를 합니까?"

소저가 끝내 대답하지 않으니 현이 간절하게 빌며 말하였다.

"그대가 평소 성품이 온화하고 착하며 어질고 은혜롭더니 어찌 나를 이리 박대하며 아무 말도 하지 않습니까? 만일 부인의 말을 듣지 못한다면 나는 결코 돌아가지 않겠습니다."

유모가 또한 타이르며 말하였다.

"낭군의 탓이 아닙니다. 오늘 겨우 틈을 얻어가지고 오셔서는 이렇게 간절하게 하시는데 소저는 한스러워 하지 말고 말씀을 나누십시오."

소저가 몸을 움직여 벽 쪽으로 누우며 말하였다.

"유모는 모르는 말 마라. 내가 비록 나이가 젊고 세상일에 사리가 밝지 못하지만 일찍이 아버님의 교훈을 듣고 성현의 시와 글을 읽었다. 비록 결부(潔婦)[180]의 높은 절개와 백희(伯姬)의 고집[181]을 바라보지는 못하지만 부창부수(夫唱婦隨)하는 도를 배워 남편이 효도하는 것을 돕고

---

180) 결부(潔婦) : 노(魯)나라 추호자(秋胡子)의 처. 혼인한 지 닷새 만에 추호자가 진(陳)나라로 떠나게 됨. 5년 후 집으로 돌아오는 길에 추호자가 자신의 부인인 줄 알아보지 못하고 결부에게 수작을 검. 결부는 불효하고 여색에 빠져 행실을 더럽힌 남편과 함께 살 수 없다고 말하고 집을 나가 동쪽의 강에 몸을 던짐.

181) 백희(伯姬)의 고집 : 노(魯)나라 선공의 딸인 백희가 결혼한 지 17년이 지난 해, 백희의 궁에서 불이 났는데 보모와 부모가 없이는 밤에 당을 내려갈 수 없다는 예법을 지키다가 불에 타 숨진 고집을 가리킴.

시어머님께 불효하지 않으려 했다. 그러나 나의 사람됨이 어질지 못했 41
던지 훼방이 찰찰[182]하여 이미 깊은 궁에 갇힌 죄인이 되었지. 게다가 낭군이 묻는 말에 대답하면 시어머님을 죽이려고 꾀한다고 하니 내 몸은 천 가지 백 가지로 겉만 보고 판단을 당해도 아깝지 않지만 가문의 이름을 욕 먹이는 것은 한스럽다. 당당하게 나의 혀를 베어 벙어리가 되는 것이 낫지 부모 혈육은 차마 상하게 하지 못하겠으니 어찌 낭군과 말을 주고받아 내 죄를 더하고 군자로 하여금 인륜에 용납되지 못하도록 하겠는가? 내가 평소 콩과 보리도 구별 못할 정도로 어리석은 것이 아닌데도 사람들이 나보고 홀어머니를 죽이려 하는 뜻이 있다고 해놓고 오히려 나를 찾아오니 매우 한심하다. 또한 내가 남의 앞길을 상하게 했고 남의 모자, 형제, 부부를 다 산란하게 해서 틈이 벌어지게 했으니 진실로 김씨 가문에는 죄인이다. 그러니 어찌 서로 보겠는가? 김현이 실성해서 홀어머니의 명령을 거스르고 나를 찾아오지만 나는 차마 서로 보아서 사람들의 시비를 불러일으키지 않을 것이다. 그러니 유모
는김현에게 말해서 나를 친정으로 돌아가게 하라.” 42

말을 마치자 옥같이 맑은 음성이 점점 가늘어지고 기운이 혼미해지면서 수많은 눈물이 소매를 적셨다. 현이 소저의 말을 들으니 슬픈 정과 그윽한 뜻이 샘솟는 듯했지만 또한 일단 부끄러운 마음이 들어서 힘없이 탄식한 후 낯이 두꺼운 척 담력을 크게 하고는 앞으로 나아가 소저의 머리털을 쓸어주며 붙들고 울었다.

“부인의 수많은 바르고 당당한 말씀에 내가 감히 감동하지 않는 것이 없습니다. 그러나 오늘 어머님의 명을 받들어 이곳에 왔으니 명을 거

182) 찰찰 : 매우 질기게 달라붙는 모양.

역하는 것이 아닙니다. 또한 내가 천리 타향에 나가게 되었는데 몇 달 만에 한 방에 있으면서 어찌 이렇게 박대하며 나를 보지 않으십니까?"

말을 마치자 눈물이 떨어져 소저의 치마에 가득하였다. 그러나 소저가 얼굴빛을 단정히 하고 묵묵히 말이 없으니 현이 소저의 얼굴을 가린 소매를 열고 한번 보았다. 소저의 용모가 수척하였고 피부가 상하여 옛날 태진(太眞)[183]의 풍채와 같던 모습이 변해서 비연(飛燕)[184]의 가벼운 몸이 되어 있었다. 현이 칼을 삼긴 것같이 마음이 아파서 차마 보지 못하더니
43 오랜 후 슬픔을 가라앉히고 사정을 말하였다. 소저가 현이 말끝마다 부인이라고 부르는 것을 듣고 이상하다고 생각해서 눈동자를 흘겨 바라보니 현이 검은 모자에 붉은 색 도포를 입고, 금띠를 하고 순무사(巡撫使)[185]의 금도장을 차고 있었다. 마침내 급제한 것을 짐작했지만 말 주고받기가 싫어 묵묵히 답을 하지 않았다. 이것을 취씨가 엿보고는 왕부인에게 고하였다.

"낭군이 소씨와 함께 도모하기를 자기가 나가고 나면 반드시 화를 낼 것이니 독약을 얻어서 어머님의 음식에 독약을 넣고 이어서 저를 죽이라고 했습니다."

왕부인이 놀라서 급히 현을 부르니 현이 나와서 뵙자 왕부인이 꾸짖으며 말하였다.

"내가 크게 용서하여 너에게 소씨를 보고 가라고 했더니만 너는 어찌

183) 태진(太眞) : 양귀비(楊貴妃)를 가리킴. 현종의 열여덟째 왕자 수왕(壽王)의 비(妃)였으나, 현종의 눈에 들기 위해 수왕의 저택을 나와 태진이라는 이름의 여도사가 되어 황제와 결합, 27세에 정식으로 귀비(貴妃)로 책립됨. 절세의 풍만한 미인으로 유명함.

184) 비연(飛燕) : 조비연을 가리킴. 동서고금을 통틀어 가장 날씬한 여인의 대명사임. 임금의 손바닥 위에서도 춤을 출 정도록 가벼워서 비연작장중무(飛燕作掌中舞)라는 고사의 주인공이 됨.

185) 순무사(巡撫使) : 고려 시대에 백성의 질고(疾苦)와 수령의 잘잘못을 살피는 일을 맡아보던 관아.

나를 죽이려고 도모하느냐?"

현이 갓을 벗고 통곡하며 말하였다.

"어떤 사람이 이런 말로써 어머님 전에 고하였습니까? 마땅히 불러서 옳고 그름을 따져야 할 것입니다."

왕부인이 취씨에게 해로울까 염려하여 돌려서 말하였다.

"네가 평소 나를 매우 원망하기에 내가 짐작해서 한 말이다."

현이 취씨가 말한 것이라는 사실을 알았지만 사죄하며 말하였다.

"제가 비록 무상하지만 어찌 이런 일이 있겠습니까? 어머님께서 의심하시는 것을 들으니 모골이 송연합니다. 그러니 죽기 원합니다." 44

부인이 말하였다.

"네가 안 그랬다면 그만 두면 되지 어찌 여러 말을 하느냐?"

현이 모친이 자기를 믿지 않는 것을 보고 애달픔을 참지 못하여 두 눈에 눈물을 가득 머금은 채 물러가다가 생각했다.

'취씨가 비록 간악하지만 어머님께서 사랑하시니 가볍게 대하지는 못할 사람이다.'

그래서 도로 들어와 취씨의 방에 들어가 이별을 말하며 건강하게 지내라고 한 후 궐 아래서 조서를 받고는 쉬지 않고 임지로 나갔다.

이때 김환이 낙방한 후 사나운 마음이 날로 더해 흉한 뜻이 미치지 않는 곳이 없었다. 그래서 그 장인 위상서와 취씨의 아비 취시랑과 함께 계교를 의논하였다.

슬프구나! 녹(祿)을 먹는 재상이 오히려 마음이 더 어질지 못하여 여차여차 하라고 계교를 설명하다니! 그 말씀이 흉악하고 참혹하여 맑은 궁궐 안에서 욕됨이 되는구나. 긴 말은 빼고 대강을 기록한다.

김환이 취시랑과 위상서가 모두 당상관이므로 그 세력을 깊이 믿어 어질지 못하고 음탕하며 악한 뜻을 내어, 두 재상과 더불어 생각하며 말하였다.

"우리 집 제수 소씨가 예법이 엄하고 절도가 있어서 매우 신중하니 제
45 가 다른 글씨체로 저에 관한 말을 지은 후 간통하는 남자가 보낸 편지처럼 욕을 보이면 반드시 분노할 것입니다. 그러면 서로 겨루다가 반드시 정위(廷尉)[186]로 오게 될 것이니 두 상공께서 소씨에게 극한 형벌을 주시어 억지로 자백을 받아 주십시오. 소씨가 또한 간부(奸夫)의 편지를 증거로 보일 것이니 여러 사람들이 있는 곳에서 저의 글씨를 받아서 필체가 다르다는 것을 밝혀 주십시오. 그렇게 해서 저의 억울함을 풀게 하고 소씨는 시아주버니를 잡으려 했고 또 홀어머니에게 불효한 죄가 있다고 하여 죽이십시오."

취시랑과 위상서가 다 함께 손뼉을 치며 묘하다고 칭찬하니 김환이 좋아서 날뛰며 기뻐하다가 말하였다.

"누가 능히 글씨를 비슷하게 쓰면서도 글자체를 다르게 하여 분별하기 쉽게 할 수 있겠습니까?"

위상서가 말하였다.

"취공의 글씨가 사위의 글씨와 같으면서도 자세히 보면 다릅니다."

김환이 황급히 붓과 벼루를 가져다 놓고 대신 써보라고 청하니 취시랑이 웃으며 말하였다.

"내가 구태여 이 여자를 해하려는 것은 아니지만, 내 딸아이가 소씨 때문에 어사(御使)에게 박대를 당하니 내가 딸아이의 해(害)를 덜지 않을

186) 정위(廷尉) : 중국 진(秦)나라 때부터 형벌을 맡아보던 벼슬.

수 없군."

말을 마치고 붓을 들어 김환의 글씨처럼 꾸며 더러운 말로 능욕하여 주니, 환이 절하여 감사하고 돌아갔다. 그 후 두 재상이 날짜를 맞춰서 형부에서 일을 시작하기로 했다.

김환이 돌아가서 왕부인에게 말했다. 46

"아우가 이미 나갔고 소씨가 갇힌 지 오래 되었으니 그만 놓아주십시오."

부인이 즉시 소저를 놓아주니 소저가 감사하며 나와 옛날 침소를 찾아 들어갔다. 두어 날 후 유모와 함께 침소에서 어사(御使) 김현의 가는 길을 걱정하고 또 부모를 생각에 근심스러워 하며 슬퍼하고 있었다. 이때 갑자기 창 위로 그림자가 하나 지나가며 편지 한 통을 던져 넣으니 소저가 매우 놀랐다. 유모가 황급히 가져와서 보니 그 안에 쓴 말이 김환의 사연이었는데 대강 소저의 용모를 사모하고 있으며 아우가 나가고 없는 때이니 밤이 되면 가겠다는 편지였다.

소저가 크게 웃고 말하였다.

"나를 온갖 방법으로 보채도 참을 것이지만 이것만은 차마 견디지 못하겠다."

말을 마치고는 편지를 들고 왕부인의 당으로 들어가 울며 말하였다.

"제가 비록 무식하며 천한 집안에서 나고 자랐지만 또한 사대부의 자식입니다. 결국 이런 말까지 듣게 되었으니 김씨 가문에서 얻은 죄를 떳떳하게 기꺼이 받아들이고 물러나 집에 돌아갔다가 어사(御使)가 돌아오기를 기다려 다시 문하(門下)로 돌아오겠습니다."

왕부인이 또한 놀라서 김환을 불러 따져 물으니 환이 가슴을 치며 머 47

리를 부딪치고 큰소리로 울며 말했다.

"제가 비록 무지하지만 또한 성현의 글을 읽었는데 어찌 사람으로서 이런 말을 했겠습니까? 소씨가 평소 저를 미워하더니 아버지와 오빠들의 세력으로 김씨 집안을 망하게 하려고 하는 것입니다. 저도 결단코 가만히 있지 못하겠습니다."

왕부인이 곧이듣고 소저를 매우 꾸짖었지만 소저가 안색도 변하지 않고 말하였다.

"이것은 사람이 입에 올려 말할 것이 아닙니다. 정위(廷尉)에 고하면 더욱 명분이 바르고 말이 사리에 맞을 것이니 어떻게든 하십시오."

김환이 벌컥 성을 내며 소지(所志)[187]를 써가지고 정위(廷尉)로 가니, 위씨, 취씨 등이 함께 소저를 능멸하고 욕하며 뒷방에 몰아넣었고 왕부인도 더욱 소저를 꾸짖었다. 김환이 위상서와 취시랑을 굳게 믿으면서 소지 한 장을 대신 써가지고 당연히 소저가 죽을 것이라고 생각하며 나갔다. 슬프다! 사람의 어질지 못함이 이 같으니 능히 좋은 일이 있겠는가?

김환이 곧장 형부(刑部)로 오는데 갑자기 벼락 같은 소리가 나면서 수많은 따르는 무리들이 4마리의 말이 메인 붉은 수레를 끌고 있었다. 그 위
48 에는 한 명의 대신이 젊은 영웅다운 모습을 하고 자주색 비단 부채를 들어 태양을 가린 채 있었다. 그는 벽제(辟除)[188]를 세우고 큰길에서부터 왔다. 환이 보니 바로 소씨 집안의 셋째 소운성[189]이었다. 환이 한쪽으로 비켜섰다. 병부 소운성이 우연히 눈을 들어서 보니 김환이 한 장의 소지

187) 소지(所志) : 예전에 청원이 있을 때 관아에 내던 서면.
188) 벽제(辟除) : 지위가 높은 사람이 행차할 때 구종(驅從) 별배(別陪)가 잡인의 통행을 금하던 일.
189) 소운성 : {소청현[淸顯]}. 청현(淸顯)은 청환(淸宦)과 현직(顯職)을 아울러 이르는 말로 지체가 좋음을 의미함. 문맥상 소운성을 가리킴.

를 끼고 길에 서있었다. 갑자기 마음 속에 의심이 생겨서 수레를 멈추고 물었다.

"김형은 무슨 까닭으로 소지를 가지고 갑니까?"

환이 비록 사리에 밝지는 않지만 당황하여 대답을 하지 않으니 운성이 그 기색을 이상하게 여겨 소지(所志)를 보자고 했다. 환이 스스로 꾸민 일을 알게 될까 두려워 갑자기 달아나자 하인이 붙들었다. 운성이 그 소지를 빼앗아 보니 그 속에 다음과 같이 쓰여 있었다.

유학(幼學)[190] 김환은 전임시랑(前任侍郞) 김희의 장자입니다. 일찍이 아버님을
여의고 외로운 아우 김현과 함께 따뜻하고 서늘한 것과 맛있는 음식으로 어머님을
함께 봉양하였습니다. 아우가 일찍이 어머님의 명으로 명문가 숙녀를 얻었으며 집
안에 말이 없었는데 불행하게도 아우가 시임승상(時任丞相) 소현성의 딸과 교통하
여 상사병이 깊게 들었습니다. 소현성이 딸을 아끼고 또 사위의 목숨을 사랑하여 이
유 없이 혼인을 요청하는 것이 간절하였습니다. 홀 어머님께서 비록 현을 꾸짖으셨 49
지만 또한 사람의 목숨을 아끼고 모자간의 정을 참지 못하여 소씨를 맞이하였습니
다. 혼인의 예를 갖춘 후 시집에 와서는 재상가의 세력만 굳게 믿고 또 자신의 미모
와 현의 총애하는 것 때문에 조강지처를 능멸(凌蔑)하여 밟고 홀 어머님께 불효하였
습니다. 현이 그것을 뉘우쳤지만 장인과 오빠들의 얼굴을 봐서 후하게 대하였습니
다. 현이 나랏일로 나간 지 여러 달인데 문득 엉큼한 마음으로 가만히 글을 지어서
는 저를 부르기에 제가 예의로 꾸짖었습니다. 그랬더니 아주 무안해 하면서도 매우
사악한 뜻을 내어서는 거짓으로 제 글씨를 흉내 내 간부(奸夫)의 편지를 만들어 저
를 잡으려고 했습니다. 음탕하고 악하며 매우 흉악한 것은 무측천(武則天)[191]이라

190) 유학(幼學) : 벼슬하지 아니한 유생(儒生)을 이르던 말.

도 미치지 못할 것입니다. 저는 원통하고도 마음이 아파 하늘에 가서도 눈을 감지 못할 것이기에 각별히 이 글을 지어 법사(法事)에 고합니다. 저와 소씨를 잡아다가 전(殿) 아래서 대질하고 사람들이 있는 곳에서 저에게 글씨를 써보라고 하여 소씨가 쓴 글씨와 저의 글씨를 분별한 후 소씨의 머리를 베어 뒷사람을 경계해 주십시오.

50 소운성이 다 읽고는 매우 화가 나서 봉황 같은 눈이 둥그레지고 얼굴빛이 차가운 재처럼 변한 채 큰소리로 불러 말하였다.

"좌우의 종들은 저 짐승 같은 놈을 도찰원(都察院)[192]으로 잡아오너라."

말을 마치고는 바로 달려 도어부[193]로 갔다. 가서 정청(政廳)에 앉아 김환을 끌고 들어오게 하여 친친 동였다. 병부가 한 쌍의 빛나는 눈을 부릅뜨고 벼락같이 소리를 질렀다.

"시원하게 곤장을 들어서 저 짐승 같은 놈을 심문 하여라."

좌우에 있던 관아의 노비와 군졸들이 소운성의 화난 모습을 보고는 몸을 날쌔게 하고 걸음을 빠르게 하여 그 명에 응하였는데, 위엄에 따라 이미 김환을 줄로 묶고 나서 매를 들고는 소운성의 분부를 기다리고 있었다. 운성은 화가 뼈에 사무치고 머리털이 쭈뼛하게 섰다. 수려한 두 눈썹은 달빛 아래 서릿바람 같고 엄한 위엄과 풍모는 북풍과 눈서리 같았다. 찬 기운과 엄한 호령이 당 아래에 가득한 가운데 크고 높은 목소리로 호되게 꾸짖었다.

"이 천한 짐승 같은 놈이 감히 무상한 말로 바른 가르침을 어지럽히니,

---

191) 무측천(武則天) : 당 고종의 황후(皇后). 정궁(正宮)을 모해하여 황후가 되고 고종이 죽은 후에는 스스로 제위에 올라 국호를 주(周)로 개칭함.

192) 도찰원(都察院) : 벼슬아치의 잘잘못을 살피는 일을 맡아보던 관아.

193) 도어부 : 도찰원(都察院)을 가리킴.

그 죄 용서할 수 없다. 이 일은 분명 네가 혼자 한 것이 아니고 옆에서 도와준 사람이 있을 것이다. 그러니 얼른 말하고 승복하여 매 맞는 괴로움을 면하여라."

환이 다만 말하였다. 51

"네 누이가 사나운 줄은 알지 못하고 도리어 나를 구박하느냐?"

운성이 스스로 생각하되 만일 김환을 놓아주어 형부(刑部)에 가게 한다면 명춘과 광환[194]이 나서서 누이를 욕할 것 같았다. 그러므로 이미 잡았으니 놓아주지 말고 죄를 따져 물어 실토를 받은 후 선처해야겠다고 마음먹었다. 그래서 난간을 박차며 엄하게 문책하고 형추(刑推)[195]하라고 했다. 말이 채 끝나기도 전에 집장사령(執杖使令)이 큰 매를 골라 들고 연달아 세 대를 때리니 환이 아픔을 견디지 못하여 일의 앞뒤, 처음과 끝을 바른대로 말했다. 상서가 실토한 말을 받아 적은 후에 환이 처음 썼던 소지(所志)와 함께 넣고, 하인을 시켜 환을 잡고 뒤따르게 하였다. 또 종을 시켜 수레는 그냥 두고 청총마에 금으로 장식한 안장을 갖추라고 하여 말에 올라타고 형부(刑部)로 갔다.

취시랑 등이 김환의 소지(所志)를 기다리고 있는데 하리(下吏)가 급히 들어와 보고했다.

"소병부 추밀사가 오셨습니다."

위상서와 취시랑 두 사람이 엎어질 듯 나와서 맞이하니 운성이 들어와서 인사를 한 후 자리에 앉아 두어 말 인사를 마치고 일어서면서 말하였 52
다.

---

194) 명춘과 광환 : 위명춘과 취광환을 가리킴. 위씨와 취씨의 아버지.
195) 형추(刑推) : 형장(刑杖)으로 죄인의 정강이를 때리며 캐묻던 일.

"제가 오늘 두 노형(老兄)[196]을 찾아와서 서로 보게 된 것은 이유가 있어서입니다. 요사이 재상(宰相)이 사위에게 안사람을 해하도록 가르치고, 딸의 투기를 도와 부녀를 훼방한다고 하니 시대의 풍속이 해이해졌습니다. 피차 대신지간에 바로잡지 못할 까닭이 없을 것입니다. 두 분은 일찍이 김환이라는 자를 아십니까?"

위상서, 취시랑이 모두 놀라며 말하였다.

"김환은 알지 못합니다만, 누가 그런 해이한 일을 했습니까?"

운성이 차갑게 웃으며 말하였다.

"두 분이 어찌 모르십니까? 만일 모른다고 하여도 제가 자연히 아시도록 하겠습니다."

말을 마치고 도찰원(都察院)에서 문책했던 죄수를 잡아오라고 하니, 이윽고 수십 명의 옥졸들이 한 사람을 끌고 당 아래 이르렀다. 위상서와 취시랑 두 사람이 한번 보니 바로 김환이었다. 몹시 놀라서 서로 쳐다보는 중에 소운성이 새삼 화가 나서 다시 따져 물었다.

"너와 모의하던 자를 지적해라."

환이 이에 위상서와 취시랑 두 사람과 계획 세우던 말을 일일이 고하니 두 사람의 얼굴빛이 흙빛같이 되었다.

운성이 김환을 다시 옥에[197] 가두라고 하고 한바탕 손뼉을 치고 크게
53 웃으며 소매를 뿌리치고 바로 묘당(廟堂)[198]으로 들어갔다. 가서 보니 석참정 삼부자와 구승상이 있었다. 운성이 김환의 소지(所志)에 관한 이야기

196) 노형(老兄) : 자기보다 나이를 여남은 살 더 먹은 비슷한 지위의 남자를 높여 이르는 이인칭 대명사. 혹은 처음 만났거나 그다지 가깝지 않은 남자 어른들 사이에서, 상대편을 높여 이르는 이인칭 대명사.

197) 옥 : {도어옥}. 도어는 미상. 문맥을 고려하여 이같이 옮김.

198) 묘당(廟堂) : 의정부를 달리 이르던 말.

에서부터 실토한 말까지 다 보여주며 처음과 끝을 자세히 말했다. 그러자 구공이 매우 놀라며 즉시 상소(上訴)를 올려서 위상서, 취시랑 두 사람을 논박(論駁)하였다. 또 운성은 황제에게 글을 올려 누이의 억울함을 풀어주었다. 황제 또한 김환의 일을 옳지 못하다고 여겼다. 위상서와 취시랑은 재상의 체면도 잊고 요괴로운 꾀로써 부녀자를 모해 한 죄도 있기 때문에 삭탈관직(削奪官職)[199]하여 고향으로 쫓아냈다. 또 김환은 간악하고 음흉하며 험악해서 참혹한 말로 제수와 아우를 죽을 곳으로 보내니 마땅히 죽일 만하지만 그 아비의 공적을 생각해서 동해에 있는 우토섬으로 귀향 보내라고 하였다. 이런 뜻을 내리시니 운성이 김환이 살게 된 것이 한스럽고 또한 왕부인이 현명하지 못한 것이 한스러워서 말하였다.

"심하구나! 왕씨 집안 늙은 여자야."

그러자 석참정이 망령되다고 꾸짖었다. 운성이 웃고는 바로 김씨 집안으로 가서 옥교(玉轎)[200]를 놓고 소저를 불렀다. 이때 왕부인이 위씨, 취씨 두 며느리와 함께 김환이 소지(所志)를 올려서 소저 잡아가기를 기다리다가 소운성이 와서 누이를 데려가·려 한다는 것을 듣고는 내보내지 않고 54
시녀를 보내서 대강 둘러댔다. 그러나 소운성의 천둥벼락 같은 위엄을 어찌 당하겠는가? 이렇다 저렇다 하는 쓸데없는 말을 하지 않고 오직 소리를 질러 빨리 내보내라고 하니 위씨가 말했다.

"저 도둑놈이 가문의 세력을 믿고 저렇게 방자하게 구니 버티지 못할 것입니다. 어머님께서는 소씨를 내보내세요. 낭군이 소지(所志)를 올렸으니 관아의 군사가 소씨 부중으로 가서 소씨를 잡아 욕을 뵈게 하십시오."

---

199) 삭탈관직(削奪官職) : 죄를 지은 자의 벼슬과 품계를 빼앗고 벼슬아치의 명부에서 그 이름을 지우던 일.

200) 옥교(玉轎) : 위를 꾸미지 않고 만든, 임금이 타는 가마.

왕부인이 옳다고 여겨 소저보고 나가라고 하니 소저가 나와 소운성을 보았다. 운성이 아무 말도 하지 않고 빨리 가마로 들어가라고 하니 소저가 천천히 걸어오며 말하였다.

"어사(御使)가 나가고 집안에 변이 있었습니다. 결단이 난 후 돌아가야지 지금은 못 갈 사정이 있습니다. 그러니 오라버님께서는 재촉하지 마십시오."

운성이 답하였다.

"내가 벌써 알고 있으니 누이는 고집부리지 말고 어서 돌아가자."

소저가 사양하며 말하였다.

"제가 이전까지는 오라버님의 말을 따랐지만, 이 일은 제가 지금 우리 집으로 가면 사람들의 입에 오르게 되니 옳고 그름을 가려서 밝힌 후 가겠습니다."

운성이 기뻐하지 않으며 말하였다.

55 "내가 비록 현명하지 못하다고 해도 너보다 13년이나 먼저 태어났다. 어찌 헤아리지 못하겠느냐? 다만 내 말대로 하고 구차하게 이곳에 있지 말거라."

이어 좌우 시녀들을 시켜 소저를 붙들어 가마에 넣고 가마꾼을 재촉하여 가마를 메고 자운산에 이르렀다. 소저는 의혹을 가라앉히지 못했다. 소저를 들여보낸 후 운성은 백화헌으로 들어가서 전후 사정을 일일이 고하였다.

승상이 너무 분해서 오히려 웃으면서 말하였다.

"너는 무슨 일을 이렇게 맞지 않게 다스렸느냐? 위씨, 취씨 두 사람이 비록 바르지 못하지만 자연스럽게 공론이 있을 것인데 화가 나서 급히 혼자 결정했으니 분명 시비(是非)가 있을 것이다. 매우 잘못했구나. 아무튼 딸아이가 와 있다 하니 마땅히 들어가서 봐야겠다."

하고 내당으로 들어가 소저를 보았다.

운성이 모여 있는 사람들에게 이 일을 말하니 온 집안이 매우 놀랐으며 석부인이 크게 울며 말하였다.

"내 옥 같은 딸이 이렇게 곤욕을 치렀으니 어찌 한스럽지 않겠는가?"

좌우의 젊은 며느리들과 모든 생들이 분노를 그치지 못했으며 태부인과 모든 부인들이 소저가 쇠약해진 것을 보고 슬퍼했다.

모두들 어떻게 지냈는지를 물으니 소저가 침묵하며 갇혔던 말을 하지 56
않았다. 그러나 유모가 시녀와 함께 고생하고 험난했던 것을 말하니 석부인이 드디어 알고는 근심스러워 맑은 눈물을 뿌리며 정신을 잃고 부르짖었다. 소부인, 화부인 두 부인이 또한 슬퍼서 이파, 석파 두 노파와 함께 눈물을 뿌리며 모녀를 위로하였다.

석부인이 딸을 데리고 벽운루로 돌아가서 그날 밤 안고 누웠는데, 마음이 찢어지는 듯하여 말했다.

"내가 너와 함께 모녀간의 정을 편 지 13년이 되었을 때 김생의 두 번째 부인이 되었으니 밤낮으로 염려하였다. 그런데 마침내 참혹한 욕을 당하고 또 후당(後堂)에 갇혀서 고초를 겪었다니 어찌 능히 원통함과 아픔을 참겠느냐? 이것이 다 내 죄이다. 이후로는 죽어도 너를 김씨 집안으로 보내지 않겠다. 〈백두음(白頭吟)〉[201]을 외우고 〈단장시(斷腸詩)[202]〉를 읊는 한이 있어도 김씨 집안에서 욕을 당하는 것은 면하게 할

---

201) 〈백두음(白頭吟)〉: 중국 한(漢)나라 무제 때 남편 사마상여의 변심을 탓하기 위해 부인 탁문군이 읊었던 시.

202) 단장시(斷腸詩): 애도하는 시. 애도시(哀悼詩)·만시(輓詩)를 가리킴.

것이다.”

이때 승상이 와서 모녀가 서로 의지하며 슬퍼하는 것을 듣고 마음 속으로 모녀의 타고난 사랑이 이와 같구나 생각하며 들어가 앉았다. 부인이 승상을 보니 마음 속에 한이 가득하여 말을 하지 않았다. 승상이 소저를
57 어루만지며 탄식하고 아무 말도 하지 않더니 천천히 이야기를 물으며 애
처로워했다. 그러면서 한편으로는 웃으며 말하였다.

“부인은 한스러워 하지 마십시오. 이 일 역시 하늘이 주신 인연이고 하늘이 정한 것입니다. 어찌 나에게 탓이 있겠으며 김환이 사납기 때문이겠습니까? 모두 저 아이의 팔자입니다. 훗날 지체가 높고 귀하게 되며 복록(福祿)이 번화할 것이니 부질없이 슬퍼하지 마십시오.”

부인이 탄식하며 답이 없었고, 소저는 머리를 숙이고 눈물을 흘렸다.

다음날 아침 승상이 조정에 참예하고 난 후 황제에게 아뢰었다.

“제 딸의 어리석음도 망극합니다. 그러나 어제 김환이 꾸민 소지(所志)의 사연이 매우 한심하니 이 누명은 벗기 어려운 것이라서 제가 조정 일에 참여하는 것도 부끄럽습니다. 어찌 김환에게는 벌이 없고 단지 위상서와 취시랑 두 신하만이 죄를 입어야 하겠습니까? 청컨대 폐하께서는 신의 부녀(父女)와 김환의 형제 그리고 위상서, 취시랑 두 신하를 다 정위(廷尉)에 불러 내리셔서 따져 물어 사실을 아시고 공평하게 다스려 주십시오. 만일 그것이 안 된다면 위상서, 취시랑 두 신하의 원찬(遠竄)만이라도 풀어 주십시오.”

황제가 몸을 굽혀 존중의 뜻을 표한 후 웃으며 말하였다.

“무슨 말인가? 김환과 위명춘 등의 죄악이 가득하니 구승상이 올린 상
58 서를 볼진대 죽어 마땅하다. 그럼에도 불구하고 감사정배(減死定配)[203]

로 대신하였으니 벌이 가볍도다. 어찌 선생이 오히려 죄를 청하는가?"

소승상이 몸을 움직여 황제의 은혜에 감사를 표하며 말하였다.

"신이 은덕을 입었으니 감사합니다. 그러나 김환의 죄는 유배를 가는 것은 지나치다 싶습니다."

황제가 승상이 힘써 말하는 것을 들은 후 드디어 두 재상의 죄를 사하고 다만 고향으로 돌아가라 하였다. 그러나 김환은 재촉하여 귀양을 보내라고 하시니 승상이 뵙기를 마치고 물러났다.

이날 생각지도 않게 어사 김현이 바삐 돌아와 궐 아래서 절을 한 후 집으로 왔다. 왕부인이 맨발로 문 밖에 나와 맞이한 후 정신을 잃고 통곡하며 일의 수말을 말하였다. 어사가 자신의 형이 귀양을 가고 소저가 집으로 돌아갔으며 취시랑 등을 내치게 된 곡절을 듣고는 넋이 나간듯하여 오랫동안 있다가 눈물을 흘리며 말하였다.

"이 일이 다 저 때문입니다. 어머님께서는 마음을 놓으세요. 제가 무사히 형이 귀양에서 풀려나게 하겠습니다. 다만 이 일이 다 취씨에게서 비롯된 것이니 가히 먼저 취씨를 처치한 후 형을 구하겠습니다."

드디어 좌우 사람들을 시켜 취씨를 끌어내서 수많은 죄를 주고는 등을 59
밀어 취씨 집안으로 보냈다. 취시랑이 매우 화가났지만 어찌할 수 없어서 딸을 데리고 위상서와 함께 고향으로 돌아갔다.

김현이 취씨를 내친 후에 위씨가 나와서 애걸하며 환을 놓아달라고 비니 현이 슬퍼하며 탄식하였다.

"모든 것이 다 저 때문입니다. 제가 형수님 뵙기 부끄럽고 형님을 뵐 낯이 없습니다. 이제 동료들을 모아 죽을힘을 다하여 구해보겠습니

203) 감사정배(減死定配) : 죽을 죄를 지은 죄인을 처형하지 않고, 장소를 지정하여 귀양을 보내던 일.

다."

위씨가 눈물을 떨구며 말하였다.

"낭군이 귀향가신 지 이틀이 되었습니다. 심한 형벌을 당하였으니 어찌 살기를 바라겠습니까? 바라건대 서방님께서는 소씨를 만나시고 소운성과 소현성에게 말하여 풀어주라고 청하십시오."

김현이 말하였다.

"저들에게 비는 것은 구차하니 제가 저의 무리들을 거느리고 상소하여 풀려나도록 하겠습니다."

위씨가 다시 간청하였다.

"옛말에 묶은 사람이 푼다고 하였습니다. 만일 소씨 부자가 말을 듣지 않는다면 어찌 할 도리가 없을 것이니 서방님께서는 소씨를 만나서 청
60 해보세요. 그러면 소씨는 어진 여자니까 슬픈 마음이 생동하여 아버지와 오빠를 설득하여 평안하게 할 것입니다."

김현은 지혜롭고 현명한 군자이고 사람됨이 소탈하기 때문에 위씨의 말을 옳다고 여겨 즉시 자운산으로 갔다.

이때 모든 생들이 죽서당에 모여서 김환이 유배간 것을 말하며 웃고 있는데 종아이가 김현이 왔음을 알렸다. 모든 소씨 형제들이 반겼다. 그러면서도 그가 찾아 온 이유를 알기 때문에 운현이 웃으며 말하였다.

"분명 자기 형의 귀양을 풀어달라고 설득하러 왔도다. 우리를 먼저 본 후 우리가 모두 그 부탁을 거슬러야 아버님을 뵐 것이다."

말을 마치고 모든 생들이 다 웃으며 말을 꾸미고 기다렸다. 김현이 말에서 내려 들어오며 보니 서당의 합문(閤門)이 열려 있었다. 구슬발을 높이 걷고 소씨 10인이 모여 앉아서 살짝 웃음을 띤 얼굴로 생을 맞이하였

다. 어사가 그 형의 일이 부끄러웠지만 또한 운성이 형벌을 준 것에 대해 화가 나서 정색을 하고 들어갔다. 서로 예를 마친 후에 이부상서 운경이 물었다.

"그대는 언제 서울로 돌아왔습니까?"

김현이 말하였다.

"아침에 바로 들어왔습니다."

동평장사 운현이 웃으며 말하였다.

"서울에 돌아와서 보니 조정의 정사(政事)사 어떠합디까? 또 집에 돌아와 보니 집안의 형편은 어떠했습니까?"

김현이 갑자기 화를 내며 말하였다. 61

"그대들이 위세를 바탕으로 일반 선비의 무리를 업신여기지만 그대의 할아버님도 벼슬을 하지 않은 선비였습니다. 내 형의 곡직(曲直)은 말할 것이 없지만 그래도 선비의 몸인데 어찌 셋째 형이 마음대로 잡아다가 매를 칠 수 있습니까?"

병부상서 운성이 매우 화가 나서 원숭이같이 긴 팔을 뻗어 김현의 소매를 잡으며 말하였다.

"그대는 소년유아(少年幼兒)인지라 식견이 천박하군. 내가 이유도 없이 그대의 형을 친 것이 아니다. 심술과 행실이 칠만 하기에 내가 도찰원(都察院)으로 잡아다가 풍문을 깨우쳐 준 것인데 그대가 어찌 화를 내면서 망령되게 할아버님을 예로 드는가?"

김현이 소매를 뿌리치고 얼굴색이 변하여 말하였다.

"소병부가 비록 공주를 이기고 진왕을 잡아 가두는 풍정(風情)이 있다고 하지만 {이 말은 운성이 명현공주를 늘 박대하고 친왕자 진왕이 어전(御前)에서 실례를 하자 운성이 그 앞에서 논핵(論劾)하고 가뒀다가 놓아준 것을 의미함}[204) 사대부를 힘으로 잡아다가 형벌을 주지는 못할 것입니다. 만일 이런 마음이 일어난다면 훗날 마음대로 권력을 휘두르다가 왕망(王莽)[205)과 동탁(董卓)[206)이 될 것입니다."

운성이 크게 꾸짖으며 말했다.

"그대의 형이 하늘의 뜻을 거스르며 인간으로서의 도리에 어긋나서는 동생을 해하고 제수를 모해(謀害)하며 가문을 욕 먹였으니 머리를 베어
62 그 죄를 대신하게 하는 것이 마땅하다. 그렇지만 오히려 황제의 은혜가 관대하고도 넓으셔서 몸을 온전히 하고 귀양을 간 것만도 다행이거늘 그대가 어찌 법대로 집행한 나를 원망하며 어질지 못한 형을 옳다고 하는 한심한 행동을 하는가? 우리 집안이 비록 무례하다고 하여도 너희 형제에게는 침을 뱉고 더럽게 여길 만하니 그대는 내 누이를 아주 버려라. 우리 또한 그대를 집안에 왕래하지 못하게 하겠다."

김현 역시 크게 웃으며 말하였다.

"너의 누이가 음탕하고 악하며 간사하고 교활해서는 괘씸한 행동을 했기 때문에 내 형이 정위(廷尉)에 고했는데 그것이 왜 틀렸느냐? 네 누이의 사나움은 모르고 도리어 내 형을 꾸짖느냐?"

운성이 말하였다.

"내 누이가 무슨 간사하고 악한 일을 하였느냐? 간사함과 악함을 말한다면 네 집 여자만 하지 못할 것이다."

---

204) {이 ~ 의미함} : 저자 세주.

205) 왕망(王莽) : 한(漢)나라 원제(元帝)의 왕후인 왕(王)씨 서모의 동생인 왕만(王曼)의 둘째 아들. 갖가지 권모술수를 써서 사실상 최초로 선양혁명(禪讓革命)에 의하여 전한의 황제권력을 빼앗음.

206) 동탁(董卓) : 중국 후한(後漢) 말기의 무장. 189년 외척 하진(何進)이 환관을 토멸할 때 뤄양에 입성하여 헌제(獻帝)를 옹립하고 정권을 잡음.

김현이 말하였다.

"우리집 부인네들이 무슨 간사하고 악한 일을 했느냐? 그대가 진실로 마음가는대로 하는데, 남의 집 부인네를 시비하는 죄는 없는 줄 아느냐?"

운성이 말하였다.

"그래 나의 죄를 다 지어내라. 나도 오늘부터 의롭게 대하는 것을 그만두면 할 말이 있을 것이다."

김현이 꾸짖으며 말하였다.

"내가 처음에 아름다움을 흠모하여 그대의 여동생을 얻긴 했지만 잘못
했다고 늘 후회했었다. 그대가 그대의 누이를 믿고 나를 압도하려 하
다니 빨리 혼서(婚書)를 가져오라. 파혼하고 돌아가야겠다. 내가 겁낼 63
줄 아는가?"

운성이 말했다.

"내가 원래부터 누이를 그대의 두 번째 부인으로 준 것을 몹시 원통하게 생각하여 파혼하고 싶어 했으니, 그대 말대로 할 것이다. 그대의 혼서(婚書)를 가지고 돌아가라."

하고는 시녀를 불러 혼서를 내어오라고 하니 상황이 매우 좋지 않았다. 운경이 운성을 꾸짖고 운현은 김현을 붙들어 말리니 김현은 화를 그쳤으며 운성은 일어나서 나갔다. 평장 소운현이 두 번 세 번 위로하며 이끌어 백화헌으로 가서 승상께 뵈니 승상이 매우 반기면서 힘들지 않게 서울로 돌아온 것을 기뻐하였다. 온화한 말씀과 기쁜 얼굴빛이 마치 봄바람에 온기가 일어나는 것 같으니 김현의 화가 났던 마음이 봄눈같이 되어서 다소간 말씀을 나눴다. 승상이 조금도 김환의 말은 하지 않으니 어사가 그의

뜻을 알고 자리를 피하여 공경의 예를 표하며 말하였다.

"오늘 장인어른께 아뢸 말이 있습니다."

승상이 말하였다.

"무슨 말이냐?"

김현이 천천히 숨김없이 말하였다.

"제가 평소 무상하여 어진 행실이 없어 남에게 안 좋은 말이나 듣고 처자를 잘 거느리지 못하여 원망이 일어났습니다. 이것이 다 제가 어질지 못하기 때문입니다. 이제 형이 죄를 얻어 귀양 갔고, 또 천강[207] 형
64 에게 중형을 당했으니 비록 죄가 있다고 하지만 어찌 동생의 마음이 즐겁겠습니까? 이변이 생긴 것이 다 저 때문입니다. 당당히 가서 형을 대신하여 귀양하기를 원합니다."

승상이 말없이 한참 있다가 엄하게 말하였다.

"풍습의 교화는 관저(關雎)[208]에서부터 비롯된 것이고 예법은 광자(光子)[209]가 세운 바이다. 네 형이 사람으로 취급받지 못할 말을 하여 풍화와 예법을 다 상하게 했으니 죄악이 심하다. 어찌 단지 내 자식을 해하려 했기 때문에 하는 말이겠느냐? 진실로 나라의 법을 바르게 하고 뒷사람을 경계하고자 한 것이다. 너의 말이 이러하니 놓아달라고 하면 놓아주겠다. 그렇지만 상쾌한 일은 아니다."

김현이 매우 기뻐하며 감사의 말을 했다.

---

207) 천강 : 소운성의 자(字).

208) 관저(關雎) : 관저규목(關雎樛木)을 가리킴. 여자의 덕과 행실, 부부간의 화목 등을 노래한 것임.

209) 광자(光子) : 후한(後漢)의 광무제(光武帝)를 가리키는 듯함. 광무제(光武帝)는 명예와 절조를 중히 여기는 유교존중주의(儒教尊重主義)를 택함으로써 후한의 특색이 되는 예교주의(禮教主義)의 기초를 다진 인물로 평가받고 있음.

"장인어른이 넓은 사랑으로 중한 죄를 사해 주시고 홀어머니의 의지할 곳 없는 몸을 편하게 해 주셨으며 저의 큰 허물을 감춰주시니, 그 은혜와 덕을 마음에 드리우고 뼈에 새기겠습니다."

승상이 위로하며 말하였다.

"이 일은 나도 마음에 걸리는 것이 있어서 풀어준다. 하지만 만일 다른 사람이 이런 죄를 짓는다면 용서할 리 없다."

말을 마친 후 하관(下官) 유의를 불러서 통정사(通政司)[210]에 가 구공에게 전하고 김환의 죄를 풀어 귀양을 보내지 말라고 하였다. 곧 하관 유의가 돌아와서 보고하였다. 65

"구승상 어르신께서 집정대신(執政大臣)과 함께 상의하신 후, 즉시 역마를 타고 가서 김환을 도로 불러오라고 하셔서는 문서를 고치셨습니다."

승상이 어사 김현에게 말했다.

"귀양살이를 할 뻔하다 풀려난 것이니 죄를 입은 것이나 마찬가지이다."

김현이 백배 감사한 후 소저는 찾아보지도 않고 급히 돌아가면서 단지 형이 죄를 벗은 것만 다행하다 여기니 승상이 모든 아들에게 말하였다.

"너희 등이 형제 사랑하기를 김현같이 하거라."

운경이 미소를 지으면서 운성이 김현과 다투던 이야기를 하니 승상이 운성을 망령되다고 꾸짖었다.

이때 김현이 집에 돌아와 일의 수말을 고하니 왕부인이 매우 감격하였으며 위씨는 아첨하면서 소씨 부자를 칭찬하고 취씨의 허물을 들췄다. 그

---

210) 통정사(通政司) : 지방에서 올라오는 모든 상주문을 관리하는 기관.

러자 어사가 듣고도 못 들은 척 말을 하지 않았다.

한 5일여 후 김환이 돌아오니 현이 눈물 흘려 맞이하고 붙들어 들인 후 매 맞은 자리를 보고 크게 울며 말했다.

"이 일은 모두 취씨가 저지른 것이니, 취씨가 일의 원인입니다. 그러니
66 어찌 한갓 소씨를 원망하겠습니까? 형님은 소씨 가문 여덟 형제가 매우 세력 있다는 사실을 알면서도 어째서 그 누이를 정위에 보내 욕을 보여야겠다는 어리석은 생각을 하셨습니까?"

환이 부끄러워 뉘우치고 울며 말하였다.

"내가 현명하지 못해서 어리석은 생각을 했으니 어찌 남을 원망하겠느냐? 소현성은 친족의 옥사에도 간여하지 않고 공정하게 논의하도록 던져둔다고 하기에 그것을 믿고 이 일을 지어냈다."

현이 말하였다.

"형이 하나만 알고 둘은 모르십니다. 소현성으로 말하자면 딸이 아니라 부모를 죽이려 하여도 법이 아니라면 논하지 않을 사람입니다. 그렇지만 여덟 소씨 형제들은 세력이 있음에도 불구하고 사용하지 않으면서 누이를 곤란하게 할 리 없는 사람들입니다. 하물며 운성은 진왕도 가둔 풍모와 힘이 있는데 형님과 저를 생각하겠습니까?"

환이 말이 없었다. 김현이 띠를 끄르지도 않고 환이 눕는 것을 도와주며 행동거지를 천천히 하고 의원을 부르고 약을 주는 것을 정성으로 하였다.

이때 운성이 태의원(太醫院)[211] 제조(提調)[212]를 하고 있었다. 하루는

---

211) 태의원(太醫院) : 내의원(內醫院)을 뜻함. 궁중의 의약(醫藥)을 맡아보던 관아를 이름.
212) 제조(提調) : 조선 시대에 중앙에서 각 사(司) 또는 청(廳)의 우두머리가 아니면서 각 관아의 일을 다스리던 직책.

마을에 나가 모든 어의(御醫)를 부른 후 황후의 병환을 묻고 있는데 하인 67
한 명이 바삐 들어와 고하였다.

"성화문 밖에 있는 김어사 어르신께서 태의(太醫) 최경을 청하십니다."

최경이 황급히 일어나자 병부 소운성이 소리를 지르며 말하였다.

"요즘 국가에 우환이 있어서 태의원이 술렁거리니 감히 밖으로 나가지 못할 것이다. 김어사는 물론이고, 모든 벼슬아치들이 청하여도 함부로 나가지 마라."

모든 의관(醫官)들이 대답하고 도로 앉으니 하인이 돌아가서 어사 김현에게 말하였다. 현이가 어이없다고 생각하며 어찌 사람을 보채는 것이 이러할까 생각했다. 환의 병은 날로 심해지는데 의원을 불러 병을 보일 방도가 없으므로 글을 적어 운현에게 보냈다.

성인이 말씀하시기를 은혜는 맺어서 잊지 말고 원수는 풀고 잊으라고 했습니다. 내 형이 죄를 얻은 것이 크지만 이미 그 형벌을 엄하게 받았고 오히려 죽지 못하여 의원을 부르는데 그 길을 막으니 너무 심하십니다.

운현이 병부 운성에게 일의 수말을 전하니 병부가 웃기만 하고 곡직(曲直)을 말하지 않았다. 운현이 운성의 고집을 알기 때문에 답장을 적어서 보내기를 다음과 같이 했다.

내가 나이 젊고 견문이 없지만 의술 경험이 약간 있으니 내일 그대 집에 가서 그
대 형의 병을 보고 치료하겠네. 그러니 마음을 놓고 번거롭게 태의(太醫)를 찾지 마 68
시게.

김현이 전혀 믿지 않았는데 과연 다음날 아침 운현이 와서 김현을 만났다. 운현이 김환의 상처를 살펴보니 뼈가 부스러져서 죽게 생긴 상태였다. 평장 운현이 속으로는 고소하다고 여겼지만 겉으로는 탄식하고 한탄하며 홍포(紅袍)와 사모(紗帽)를 벗고 바늘로 상처가 곪은 자리를 잘라서 뜯어냈다. 이때 김현이 갑자기 물었다.

"바늘 끝에 독한 것이 없습니까?"

운현이 웃으며 말하였다.

"즉사하는 약을 발랐으니 발상(發喪)213)하는 도구를 대령하게."

말을 마친 후 한바탕 크게 웃고 곪은 곳을 잘라냈다. 원래 평장 운현의 의술이 신통하여 아무리 심하게 곪은 상처를 잘라도 병자가 아파하지 않았지만 이날은 짐짓 김환을 밉게 여겼으므로 아프게 파냈다. 김현이 그 심술궂은 마음을 알지만 어찌할 도리가 없기에 수고스럽게 고쳐준 것에 대해 감사하였다. 그러자 운현이 웃으며 말하였다.

"나에게는 운수 사나운 일이지만 자네 등이 곤란해 하는 것을 알기 때문에 온 것일세. 그러나 그래도 괘씸하긴 하니 아프게는 해야겠네."

김현이 말이 없었다. 이후 김환의 병이 나았다. 그러자 왕부인이 김현을 불러 말하였다.

69 "내가 당초 현명하지 못하여 소씨를 박대했는데 매우 반성하고 있다.
그러니 너는 가서 소씨를 데려와라."

김현이 모친의 명을 듣고 사사로운 정에 이끌렸지만, 운성에게 욕을 먹었기 때문에 소소저를 집으로 청하는 것이 시기상 이르다고 생각했다. 그

---

213) 발상(發喪) : 상례에서 죽은 사람의 혼을 부르고 나서 상제가 머리를 풀고 슬피 울어 초상난 것을 알리는 절차.

러나 모친의 명령이 간절하므로 마지못하여 소승상 댁 백화헌[214]으로 갔다. 김현이 오자 운성이 서 있다가 얼굴빛을 바꾸면서 안으로 들어가니 김현이 또한 본 체 않고 승상께 예로서 인사를 드렸다. 그 후 김현이 자줏빛 도포에 옥띠를 하고 승상과 함께 내당으로 들어가 모여 있는 부인들을 뵈었지만 석부인과 소소저는 나오지 않았었다. 태부인이 은근하게 이야기를 펴 담소가 자약했으나 전혀 지난날의 풍파나 소저의 안부에 대해서는 거론하지 않았다.

김현이 중당에서 나와 운필에게 말하였다.

"소소저에게 할 말이 있으니 있는 곳을 알려주시오."

소운필이 웃으며 말하였다.

"그대, 절혼(絕婚)하겠다던 편지의 뜻이 그새 다 없어져 누이를 찾는가?"

김현이 답하며 웃었다.

"딴 마음을 품은 도적들은 날 보챌 줄만 아는가?"

소운필이 크게 웃고 들어가 벽운루에 이르러 보니, 소저가 모친을 모시고 고사(古史)를 익히고 있었다. 이에 운필이 놀리며 말하였다.

"누이는 김랑을 찾지 않았느냐? 김랑이 지금 누이를 만나 무슨 말인가 70
하려고 하더라."

석부인이 정색을 하며 말했다.

"김랑은 사람도 아니다. 무슨 면목으로 서로 보자고 하더냐?"

운성이 들어와서 듣고 웃으며 말하였다.

"비록 서로 화가 난 상태여서 좋지 않은 말을 주고받았지만 누이는 김

214) 백화헌 : 소현성의 처소.

씨 가문의 사람입니다. 그러니 보지 못할 이유가 있습니까? 제가 예전에 궂은일을 당했을 때 천신만고 끝에 찾아가면, 형참정이 딸을 감추고 내보내지 않으니 매우 절박했었습니다. 그러니 어머님께서는 누이를 내보내 주십시오."

석부인은 잠잠히 있었고, 소부인이 오다가 듣고 권하여 소저를 매화당으로 보냈다.

어사 김현이 한번 눈을 들어 부인을 보니, 밝은 달이 구름을 헤치고 나와 푸른 하늘에서 빛나는 것 같고 연꽃이 아침이슬을 푸른 물결에 떨어뜨리는 것 같은 상쾌하고 깨끗한 기질과 수려한 풍채가 비길 곳이 없었다. 반가움과 슬픔이 가득한 채 한 자리에 앉으니 김현에게 슬픈 마음이 일어났다. 그러나 보는 눈이 많았으므로 굳게 참으며 장부로서의 기운을 떨쳐 모습을 씩씩하게 하고 말하였다.

"내가 나랏일로 나간 후 집안이 어지러워지고 부인이 이유도 없이 친
71 정으로 돌아가 홀어머니의 허물과 형님의 죄를 지어내니 이것은 내가
젊어서 여색만 탐하고 덕이 가벼웠던 허물 탓입니다. 그러니 누구를 원망하겠습니까? 장인어른과 왕래 하는 수십여 일 동안 비록 부인을 보고 싶었지만 소씨 형제의 기세가 등등하여 나 같은 일개 선비는 쩌 죽을 것 같았기에 감히 그대를 찾지 못했습니다."

소저가 옷깃을 여미고 정색하며 말하였다.

"제가 비록 예의를 알지 못하지만 어머님의 허물을 드러낸 일은 없습니다. 단지 아주버님의 높은 행실로 인해 몹시 놀라 간담이 서늘해지고 뼈가 굳는 듯하기에 어머님께 말씀드리고 우리 집으로 돌아온 것뿐입니다. 아주버님께서 스스로 관청에 갔다가 죄를 얻은 것이긴 하지만,

저희 집안 때문이라고 하시면 한스럽긴 해도 기꺼이 받아들이겠습니다. 그러나 만일 그대의 집안 허물을 드러냈다고 하신다면 그것은 잘못된 말이 아니겠습니까? 제 운명이 기구한 탓에 험난함을 겪으니, 깊은 규방에서 머리털 있는 중이 되어 세상 인륜(人倫)을 끊을 뜻만 계속하여 생길 뿐이지 어찌 군자께서 찾아주시기를 생각했겠습니까?"

현이 다 듣자 문득 공경하는 마음이 들어 봄바람 같은 따뜻한 기운은 사라지고 슬픈 빛을 눈썹에 띠며 말하였다.

"부인, 나의 첫 말은 희롱이었는데 그 대답이 어찌 이렇게 매몰찹니까? 72
내가 요사이 기색을 살펴보니 나를 업신여기고 그대가 고생하는 것이 내 탓이라고 합디다. 장모님께 세 번이나 뵙기를 청했지만 병을 핑계로 만나주지 않았습니다. 나 또한 슬하의 사람인데 자녀나 조카들과 무슨 차이가 있다고, 병실이 누추해서 못 본다는 둥 하며 박대하시는지. 내가 한편으론 부끄럽고 한편으론 화가 나 마땅히 물러나 돌아갈 것이었습니다. 그러나 구구하게 출입한 까닭은 장인어른의 관대하고 자애로우시며 인자하시고 후덕하신 덕에 감격했기 때문이고 평장 운현 형과의 지음(知音)을 끊기 어려웠기 때문이며 부인에 대한 깊은 정 때문이었습니다. 그대가 만일 나와의 관계를 끊고 깊은 규방에서 삶을 마치겠다고 한다면 나는 장차 어떤 사람이 되겠습니까?"

소저가 묵묵히 답이 없었다. 현이 마음의 정을 참지 못하여 앞으로 나아가 소매를 잡고 소리를 나직이 한 채 소저에 대한 마음을 표현한 후 취씨를 내치고 형을 구하여 살게 한 것을 납득하도록 분명히 말했다. 또한 왕부인이 소저를 보고 싶어 한다고 말하니 소저가 입을 다문 채 말이 없다가 현의 말이 끝난 후 말하였다.

"어머님의 명은 어떤 이유에선들 거역할 것이 못되지만 저는 또한 친
73 정 부모에게 속한 사람이니 제 마음대로 할 수 없습니다. 그러니 어찌
감히 그대의 귀한 집안을 다시 더럽히러 가겠습니까?"

김현이 탄식하며 말했다.

"내가 비록 몸을 닦고 집안을 다스림에 있어 어질지 못했지만 부인의 말씀하는 바가 어찌 이렇게 조롱하는 듯합니까? 아녀자는 다른 사람에게 뜻을 굽혀야 한다고 했습니다. 아녀자가 따라야 할 큰 도리[215]가 있으니, 내가 비록 가난하고 누추하지만 그대의 지아비입니다. 나를 버리고 장인어른께 다시 의탁한다면 삼종(三從)의 도가 어지러워지는 것이며 나 또한 수신제가(修身齊家)에 실패한 것이 됩니다. 그러니 부인은 잘 생각하십시오."

소저가 옷깃을 여미고 얼굴빛을 단정히 한 후 말하였다.

"제가 비록 어리석지만 공자(孔子)가 여기에 계셔도 감히 삼종(三從)을
폐하는 것을 책망하시면서 다시 김씨 가문으로 가라고는 하지 않으실
것입니다. 제가 힘들까봐 괴로워하는 것이 아니고, 그대가 싫어서 피
하는 것도 아니며 시어머님을 원망하는 것도 아닙니다. 근본적으로 아
주버님이 불행한 말로써 저를 훼방한 것이 참혹하니, 한 집에 머물러
서로 보는 것이 한갓 부끄럽고 창피할 뿐 아니라 또한 거리낌이 있기
74 때문입니다. 제가 삼종(三從)을 지키지 않으려는 것은 아니지만 조물주
가 순리대로 하는 것을 막으셨으니 이미 보람은 없어졌습니다. 다만
서로 온전하게 지낼 도를 생각해보건대 제가 스스로 평생을 깊은 규방

215) 아녀자가 ~ 도리 : {삼죵대의[三從大義] 이시니}. 삼종(三從)은 여자가 따라야 할 세 가지 도리를 이르던 말로 어려서는 아버지를, 결혼해서는 남편을, 남편이 죽은 후에는 자식을 따라야 함을 의미함. 『예기(禮記)』「의례(儀禮)」〈상복전(喪服傳)〉에 나오는 말임.

에서 보내며 단장시(斷腸詩)를 외울지언정 시집으로 돌아가 풍속을 어지럽히는 것은 좋지 않고, 예가 아닌 얼굴을 보지는 않는 것이 옳습니다. 그러니 어찌 견해가 밝으신 그대가 자신의 소견이 나약하다는 것을 모르겠습니까?"

소저가 말을 마쳤는데 그 미모가 상쾌하고 깨끗하며 태도에 절도가 있어 김현이 존경하고 복종하지 않을 수 없었으므로 말문이 막혔다. 다시 부탁을 하지 못하겠기에 다른 말을 하려는데 운현이 창밖에서 부르며 말했다.

"자균[216]은 아버님께서 예의(禮義)를 강론하시는데 나오지 않고 뭐하는가?"

김현이 급히 손을 놓고 외당으로 나와 강론을 들었다. 손님들이 흩어진 후 승상이 고요히 혼자 앉아있으니 김현이 이때를 타 말하였다.

"제가 당초에 불행하여 집안이 환란을 만났고 조강지처가 죄를 지어 쫓겨났습니다. 그래서 집안을 다스릴 사람이 없습니다. 소씨가 비록 갖은 고생을 겪었지만 김씨 가문과 혼인을 했으니 타이르셔서 돌아가 늙으신 어머님의 음식을 봉양하게 해주십시오."

승상이 웃으며 말하였다.

"너의 말이 이러하나 또한 사리를 알지 못하는 것이다. 네 형이 집안에 75
있는데 아녀자가 함께 지낸다면 사람들에게 말을 들을 것이고 한심한 일이 될 것이니, 혐의라는 것은 예사로운 일과는 달리 매우 중대한 것이다. 여필종부(女必從夫)와 삼종대의(三從大義)를 모두 그만두는 것이라고 해도 보내지 않을 것이다."

---

216) 자균 : 김현의 자(字).

김현이 장인의 말을 듣고 매우 놀라 정신이 아찔하여 이러지도 저러지도 못한 채 아버지와 딸의 생각이 같은 것에 감탄을 하며 집에 돌아와 왕부인에게 이 말을 하였다. 그러자 왕부인이 매우 뉘우치며 말하였다.

"이것이 다 나 때문이다. 저가 예의를 지키며 오지 않을 것이니 너희 부부는 화목할 기회가 없을 것이다. 내가 환을 데리고 있을 테니 너는 부디 소씨 집으로 가서 지내라."

김현이 대답했다.

"제가 처자식과 이별할지언정 어머님 안전을 떠나 구차하게 처가에 가서 지내지는 않을 것입니다."

왕부인이 말하였다.

"한상서[217]와 동제왕 유씨[218] 또한 정직(正職)[219] 대신임에도 불구하고 부인을 따라 자운산에 와 있는데 왜 너 혼자 고집을 부리느냐?"

김현이 대답했다.

"그들은 친가에 여러 형제들이 있어서 이미 그 부모가 외롭지 않지만
76 어머님께서는 단지 형만을 데리고 계시는데 제가 어찌 처자식을 따라
가며 어머님을 버릴 수 있겠습니까?"

환이 말하였다.

"나는 세상의 죄인이다. 어머님을 모신다고 해서 무슨 영화가 있겠느냐? 네가 어머님을 모시고 그 곳에 가서 어머님을 별댁(別宅)에 계시게 하고 모시면 나는 집을 지키다가 이따금 가서 뵙는 것이 좋겠다."

왕부인도 옳다고 여겼다. 김현은 비록 그렇게 하는 것이 마땅하지 않

217) 한상서 : 소월영의 남편.
218) 동제왕 유씨 : 태부인의 양녀 윤부인의 남편.
219) 정직(正職) : 사족(士族) 이상의 신분만 임용하는 문무 관직.

다는 것을 알지만 어머니를 떠나기가 어렵고 소소저와의 정을 끊기도 어려워 둘 다 할 수 있는 방법을 생각하자면 어머니를 모시고 가는 것이 옳다고 여겼다. 그러나 구차한 일이 많을 것 같아서 오래 주저하다가 다음날 소운현을 보고 그 마음을 진심으로 말하였다. 그러자 운현이 흔쾌히 말하였다.

"만일 그렇게 한다면 서로가 좋을 것이네. 형이 어찌 완고한 선비나 지키는 소소한 절개로 인해 영웅의 장한 뜻을 의심 받게 하겠는가? 우리 어머님이 누이와 떨어지는 것을 어려워 하시고 또 예법과 혐의 때문에 누이는 김씨 집안으로 가지 못하는 상황이었네. 늘 처리할 계교를 찾지 못했는데 그대의 어머님께서 만일 그런 뜻을 가지고 계신다면 어찌 다행스럽지 않겠는가?"

말을 마치고 돌아가 온 집안에 이 말을 고하니 승상은 잠잠하였고 모 77
든 부인들은 다 기뻐하며 즉시 모든 생들을 불러 모아 의논하였다. 운성이 웃으며 말하였다.

"김현이 따로 나와 살겠다고 하고, 그 모친이 둘째 아들을 따라오니 진실로 우스운 일이다."

운경이 웃으며 말하였다.

"아우는 남의 사정을 헤아리지도 않고 사람을 매우 책망하고 있다."

운성이 말했다.

"누이를 못 잊어 김현의 따라오고 그 어머니도 못 잊어 데려오니 짐승 같은 김환은 무용지물이 되겠군."

승상이 주의를 주며 말하였다.

"너희들은 호화롭게 지내서 남의 사정을 알지 못하겠지만, 김생의 사정이 매우 괴롭고 절박할 것이니 쓸데없는 말로 희롱하지 말고 적절한 집을 정리해 두어라."

운현이 말했다.

"셋째 형이 명현궁을 헌 후 그 목재를 모두 흩어 친한 친구들에게 주었지만, 진하게 채색한 단청목(丹青木)이 칠백 간쯤 지을 만한 목재로 남아있으니 동구에 집을 지어 은성문과 대를 이루게 하면 좋겠습니다."

승상이 말했다.

"너희 마음대로 해라. 하지만 그렇게 큰 집을 지어봤자 긴요하지 않으니 크기는 반 정도로 줄여라."

모든 생이 명을 받들었다. 사랑하는 누이의 집을 지어주는 것이기도
78 하고 김현의 강직한 인물됨과 문장을 사랑했는데 가까이 오게 된 것이 기
뻐 여덟 형제들이 힘을 합쳐 토목공사를 할 장인들을 모았다. 귀신이 도
와주는 듯 저절로 지어지는 듯, 십여 일이 지나지 않아서 한 채의 큰 집이
완성되었는데 구슬발로 장식한 화려한 누각의 채색 난간이 햇빛보다 빛
났다. 운성이 웃으며 말했다.

"모든 형제들이 서로 공을 자랑하지만 나의 좋은 목재가 아니었다면 일이 쉽지 않았을 것이다."

운희가 답하며 웃었다.

"아우는 자기 공을 자랑하지만, 만일 명현공주가 아니었다면 능히 그 목재가 생겼겠는가?"

운성이 크게 웃었다.

석부인이 생필품을 준비한 뒤 딸을 통해 그 집으로 보내고 또 스스로 친히 와 둘러 본 후 자녀들과 며느리들을 모두 불러 노니는 중 운성에게

말했다.

"오늘 너희들이 이렇게 모이고 또 딸아이의 집이 완성된 것을 보니 내 마음이 기쁘고 황홀하다. 게다가 이 집의 형상은 빛깔이 고운 봉황 같은데 딸아이가 고초를 겪었으니, 슬픈 것과 기쁜 것이 서로 맞바꿔진 것이다. 그러니 집의 이름을 비환 봉성각이라고 하여라."

운성이 말했다.

"어머님의 말씀이 자못 마땅하십니다. 원컨대 제가 부족한 글 솜씨로 79
나마 상량문(上樑文)[220]을 지어 누이의 복을 빌어줄 것입니다."

운성이 상량문을 지었다. 그러자 운경은 백옥으로 된 현판을 가지 나오며 웃고 말했다.

"어머님께서 집의 이름을 지으시고 셋째 아우가 상량문을 지었으니 나는 원하건대 추한 글씨지만 상량문을 현판에 써서 붙일 것이다."

붓을 들어 순식간에 써내려갔는데, 필획(筆畫)이 특이하고 글자체가 주옥 같은 것이 철사를 펴 진주를 꿴 듯하니 운성이 웃으며 말하였다.

"형의 필적을 보니 평소의 기질과 다르게 심히 굳세십니다."

운경[221]이 웃으며 답했다.

"너희가 나를 업신여기지만 필적은 나를 따르기 어려울 것이다."

운성이 말했다.

"형이 글씨를 잘 쓰신다고 해도 상량문은 저에게 미치지 못할 것입니다."

석부인이 밝게 웃으며 말했다.

---

220) 상량문(上樑文) : 상량식을 할 때 상량을 축복하는 글. 상량(上樑)은 기둥에 보를 얹고 그 위에 처마 도리와 중도리를 걸고 마지막으로 마룻대를 올리는 것임.

221) 운경 : {운성}. 문맥상 '운경'의 오기이므로 바로잡음.

"너희는 무슨 재주가 있다고 서로 자랑하느냐?"

모든 생들이 서로 웃었고 날이 저물어 부인은 돌아갔다.

소저가 비록 따로 나와 살게 되었지만, 친정과 매우 가까운 거리에 있
게 되었다. 소저는 집 안팎을 안정시켜 집안 일을 다스리고 종들을 거느
80 리며 지냈다. 모든 생들이 사랑하는 누이가 수많은 고초를 겪은 후 집을
이루게 되었으니 재물을 내놓을 뜻이 끝이 없었다. 그러나 집안 법도가
엄숙하여 다만 사사로운 것이 아님을 승상께 말씀드린 후 겨울 석 달 동
안의 월급을 보낼 수 있었는데, 여덟 사람의 녹봉이 후하였으므로 그것이
무수하여 받아 쌓을 곳이 없었다. 이를 통해 승상은 자녀들의 극진한 우
애를 보았다. 소현성은 각별히 준 것이 없지만 석부인과 태부인이 공급하
는 것이 언덕이나 산같이 많고 소부인, 윤부인 두 숙모와 화부인이 또한
금과 은 그리고 재화와 천을 소저에게 주었다. 더욱이 운성은 자신의 식
읍 다섯 곳에서 오는 것의 반을 나누어 누이에게 주니 소소저의 풍요로움
이 공주보다 못하지 않았다. 이는 소씨 형제들이 부정한 방법으로 재물을
탐하여 친척에게 주는 것이 아니고, 탕읍현(湯邑縣)[222]이 있고 녹봉이 후
했기 때문이다.

한편 김현은 어머니까지 모시고 자운산에 가려고 생각하니 구차한 것인가 싶어 걱정이 되었는데, 왕부인이 빨리 가자고 재촉했으므로 마지못하여 어머니를 모시고 자운산으로 갔다. 이때 소소저는 따로 사는 집[223]으로 나온 지 십여 일이 되었다. 김현이 어머니의 가마를 중계(中階)에 놓으니 분과 연지로 화장을 한 아리따운 시녀 삼십여 명이 좌우로 늘어서서

222) 탕읍현(湯邑縣) : 그 지역에서 나온 세금을 제후의 목욕비용에 충당하는 읍. 천자나 제후의 사유 영지.

223) 따로 ~ 집 : {닷집}.

맞이하였다. 소저는 봉관을 썼으며 꽃신을 신었고, 엷은 화장을 하고 붉
은 옷을 입은 채 나와 친히 가마 문을 끄르고 왕부인을 모셔 당에 오르시 81
게 한 후 사죄를 하였다. 부인이 부끄러운 마음이 들어 급히 소저의 아름
다운 손을 잡아 곁에 앉힌 후 말하였다.

"늙은 어미가 잘못한 것인데 어찌 며느리가 사죄를 하느냐?"

소저가 사례하고 곁에서 모시는데, 가련하고 아름다운 풍채와 상쾌하고 깨끗한 용모가 비길 곳이 없었다. 왕부인이 새로운 마음으로 사랑하고 이전의 일을 뉘우쳤다. 또한 큰 집이 찬란하고 집안의 장식이 빛나며 위세가 현란하니 기쁘고 즐거우면서도 부끄러워서 마치 넋이 나간 사람처럼 앉아 있었다. 김현이 민망해서 눈을 들어 소저를 보니 소저가 시녀와 종을 물러나게 하였다. 그런 후 왕부인을 모셔 높은 침소에 들도록 하였는데, 비단 장막과 수를 놓아 만든 병풍으로 침소를 둘렀으며 상아로 만든 침상과 호박 베개, 그리고 비단으로 만든 이불 등 모든 사물들이 다 우아하여 왕부인에게 알맞은 것들로 되어 있었다. 이것이 어찌 단지 소소저만의 정성이겠는가? 모든 소씨 형제들이 그 천성이 영리하고 슬기로운데다 일생을 어버이를 모시며 지내니, 사람으로서 부모 공경하고 대접하는 방법을 알아 그 누이의 뜻을 수용하여 이렇게 한 것이었다. 김현이 속으
로 그들의 효성스럽고 우애 있는 인물됨에 감격하였다. 소저가 다음날 부 82
터 부인에게 음식을 봉양하고 곁에서 모시는데, 그 효성이 매우 지극하여 예쁘고 온순하게 행동하면서도 조심스럽게 하는 것이 마치 옥을 집는 것 같으니 왕부인이 매우 감격했으며 어사도 소저를 더욱 공경하고 중하게 여겼다. 소저가 계속 부인을 모시고 자니 부인이 권하였다.

"너는 재상가의 귀한 자질로서 매우 연약하니 어찌 따로 자는 것이 편

하지 않겠느냐? 나에게 시녀가 많이 있으니 너는 오늘부터 편히 쉬어라."

소저가 사양하자 김현이 웃으며 말했다.

"오늘은 내가 숙직하겠으니 부인은 어머님 명령에 따라 쉬세요."

소저가 물러나 숙소로 간 후 왕부인이 김현에게 말했다.

"내가 처음에는 위씨와 취씨가 모함하는 말을 믿어서 어진 며느리를 박대했다. 그러나 이 제 와 보니 어진 며느리가 늙은 어미 공양을 분에 넘치게 하고 너 또한 며느리 덕에 이런 부귀를 얻었으니 감격스럽다. 이제 너희 부부 함께 즐겁게 보낼 시절인데 어찌 나를 데리고 자느라 서로 찾지 않느냐? 빨리 가거라."

김현이 본래 마음이 소소저에게 다 가 있었기에 어머니의 명을 듣고는
83 절하고 물러나 숙소로 갔다. 이때 소저는 대나무 베개에 기대어 있었는데 그 아름다운 태도와 기질이 양귀비(楊貴妃)[224]도 미치지 못할 정도였다. 칭송하고 탄복하며 나아가 자리를 펴고 음성을 맑게 하여 감사를 했다.

"내가 어리석어 홀어머니를 잘 섬기지 못하고 집안에 근심만 일으켰는데 부인의 기특한 효성 덕에 홀어머니를 높은 당에 편안히 모시고 음식 보양을 알맞게 하게 되었습니다. 이 은혜는 삼생(三生) 동안에도 갚기 어렵습니다."

소저가 정색을 하며 말했다.

"그것은 저의 도리입니다. 왜 그대가 사례를 하십니까?"

224) 양귀비(楊貴妃) : {당가태진(唐家太眞)}. 당나라 현종의 귀비(貴妃)를 가리킴. 절세의 풍만한 미인으로 가무(歌舞)에 뛰어났음.

김현이 이 날 부인과 함께 시원하게 대하며 말을 편안하게 하고보니 문득 이전 일이 생각나 애달파져서 기쁜 듯 슬퍼하며 자신의 정을 말했다.

"오늘 밝은 촛불 아래서 부인을 마주하여 크고 작은 이야기를 하게 된 것은 진실로 하늘이 도우신 것입니다. 지난해부터 내가 애쓰고 눈물을 흘린 것은 모두 부인 때문입니다. 앞으로는 액운이 끼는 일 없이 화평하고 즐겁게 지내는 것이 소원입니다."

소저가 탄식하며 말했다.

"저는 재앙과 난리 속에 살아남은 사람입니다. 비록 어머님을 모시고 부모님 집에 머물면서 그대와 함께 즐기지만 여자의 사정이란 모두 마찬가지인데, 취씨의 팔자가 사나우니 애석하기도 하고 또 그대의 신의 84
없음이 한탄스럽기도 합니다."

현이 힘없이 탄식하며 말했다.

"취씨는 나의 원수입니다. 만일 만난다면 그 머리를 베어 죄를 갚을 것입니다. 그러니 어찌 조금이나마 애처로움이 있겠습니까?"

소저가 대답했다.

"취씨가 군자께 무슨 죄를 지었기에 이렇게 하십니까?"

현이 말했다.

"그 말을 하려면 내 마음이 놀라서 뛰니 말하지 않겠습니다."

하고 원앙베개를 베니 새롭게 은혜와 정이 무궁하여 낙포(落浦)[225]에 무르녹는 듯하였으며 태산(泰山)과 하해(河海) 같았다.

다음날 아침 부부가 함께 새벽 문안의 예를 드렸다. 서로간의 은혜와

---

225) 낙포(落浦) : {낙천[落泉]}. 중국 신화에 따르면, 무사 '예'가 낙수(落水)의 여신인 복비를 만나 사랑을 나눈 곳이라 함.

정이 날로 깊어져 잠시도 떨어져 있지 않으니 이른바 삼생의 깊은 인연이 라고 할 수 있었다. 왕부인이 기뻐하며 감탄하느라 김환 부부를 까마득히 잊었다.

김현이 어머니를 생각해서, 조상 대대로 내려오는 재물을 모두 형에게 주고 또 관에서 받는 녹봉도 다 형에게 주어 옷과 음식을 공급했다. 환이 자운산에 와서 어머니를 뵙지 못할 뿐 아니라 운성이 김현에게 김환이 자
85 운산 가까이에서 자취를 보인다면 반드시 죽여 없애겠다고 했으므로 김 현은 소씨 형제들이 집안에 가득하고 그들의 행동이 방자한 것을 볼 때 혹시라도 자신의 형이 욕을 볼까 싶어 일찍이 청해서 데려올 때는 어두운 밤에 조용히 오게 해서 왕부인을 보고 돌아가게 했다. 소소저는 환이 집안으로 들어오는 것을 보고 깊은 곳으로 피하여 보지 않았다. 김현은 소저의 그러한 태도가 옳다는 것은 알았지만 형제가 화목하지 못하고 동서로 나뉘어서 한 집안에서 어머니를 모시지 못하는 것을 늘 슬퍼하며 탄식했다. 또한 환이 몰래 와서 바삐 다녀가는 것을 보고 눈물을 주르륵 흘리며 밥상을 물리치고 소저에게 말했다.

"부부간의 정을 완전하게 하자니 형제간에 이별해야하고 형제간에 화목하려 하니 금슬이 나뉘어야 합니다. 어머님의 뜻도 따르고 부인에 대한 정도 끊기 어려워 이에 이르렀지만 형님이 저렇게 하는 것을 보니 어찌 내 마음이 편안하겠습니까? 부인이 거리낌 때문에 형을 보지 않는 것은 합당합니다. 그러나 내 마음이 편치 않고 서럽습니다. 부인은 부디 형님이 이곳에 오는 것을 소씨 형제들에게 전하지 마십시오."

소저가 슬퍼서 탄식하며 말했다.

86 "저 때문에 낭군의 마음이 어지러워졌으니 어찌 부끄럽지 않겠습니까?

그대의 우애를 상하게 했는데 제가 만일 아주버님의 왕래까지 누설한 다면 또한 무식한 사람이 될 것입니다."

김현이 소저에게 감사의 말을 했다. 이후로 이따금 김환이 이르러 왕부인을 보고 반나절씩 머무르다 갔으나 늘 운성을 피했다.

김현이 이곳에 온 이후로 승상 소현성이 더욱 사랑해주고 모든 소씨 형제들이 그의 효행과 문장을 사랑하여 밤낮으로 곁을 떠나려 하지 않았다. 그런데도 현은 모친을 봉양한 후 여가 시간에는 부인과 함께하며 규방을 떠나지 않으니 소저가 깨우쳐주며 말했다.

"장부는 술과 미색을 멀리하고 덕을 좋아해야 합니다. 오라버니들이 비록 식견이 적으나 또한 무식하지 않아서 서로 같이 있으면 바로잡아 주는 것이 많으니, 몸을 닦는 데 있어 유익할 것입니다. 그러니 어찌 변변치 못한 소견과 행실이 있는 저와 함께 하는 것이 군자와 벗을 하는 것보다 낫겠습니까? 부탁이니 그대는 이후로 어머님을 모시고 난 나머지 시간에는 벗을 찾아가 식견을 넓히십시오."

김현이 웃으며 말했다.

"부인의 약이 되는 말씀은 내 마음 깊이 담겠습니다. 다만 내가 소씨
형들과 함께 의견을 나누다보니 알게 된 것인데, 이부상서[226]는 약하 87
고 강단이 없으며 운희는 조급하고 밝지 못합니다. 병부상서[227]는 모질고 굳세며, 평장[228]은 밝고 현명하지만 그것이 지나칩니다. 운몽은 성품이 풀어졌고 운의는 너무 느리고 더디며 운숙은 여자 중에서도 매우 약한 여자 같고 운명은 망령됩니다. 운변은 간사하고 운필은 말에

226) 이부상서 : 소운경을 가리킴
227) 병부상서 : 소운성을 가리킴.
228) 평장 : 소운현을 가리킴.

있어서 전도함이 있으니, 모두들 나의 스승이 될 만한 사람은 없습니다. 이들은 한갓 능하고 유려한 말로 사람만 업신여기고 두루 보채기만 합니다. 그래서 나는 마땅히 규방 안에서 부인의 아름다운 말과 바른 가르침을 듣고 어머님을 효로 봉양하면서 좋게 지낼지언정 그 무리 사이에 들어가서 욕을 보지는 않으려고 합니다."

소저가 웃고 말했다.

"낭군이 내 오라버니들을 꼼꼼하고 자세하게 흉보는데, 그러면 그대는 어떻습니까?"

김현이 크게 웃으며 말했다.

"나인들 성인이 아닌데 허물이 없겠습니까? 그러나 이부상서의 약함과 병부상서의 굳세고 극한 고집, 평장의 지나치게 모진 면은 없습니다. 그 외의 장점은 내가 다 겸비했습니다."

88 소저가 붉은 입술 사이로 흰 치아를 반쯤 열고 맑은 소리로 웃으니 김현이 또한 크게 웃고 이어서 말을 하려고 할 때 소씨 형제들이 사람을 보내어 오라고 청했다. 현이 핑계를 대며 가지 않으니 운현, 운몽, 운숙 등이 와서 현을 불러내어 막 데리고 말하려 할 적에 운경과 운성이 와서 평장 등이 김현을 희롱하는 것을 보았다. 이에 운성이 꾸짖어 말했다.

"너희들이 예절 바르지 못해 이곳에 와서 감히 농담을 낭자하게 하는구나. 빨리 죽서당으로 가서 즐기자."

운성이 원래 마음이 소탈하지만 그 시어머니가 누이를 따라 왔는데 형제가 모두 밖에서 야단스럽게 떠들고 농담을 한다면 왕부인이 괴로워하면서 아들인 김현을 업신여긴다고 할까 헤아려 일찍이 한번도 이곳에 이르러 오래 앉아있지도 않았다. 그런데 오늘 이렇게 모인 생들을 꾸짖으니, 김현이 그 뜻을 알고는 매우 감사하며 문득 웃고 말했다.

"제가 아까 소씨와 함께 여러 형들의 흠을 말하니 소씨가 오히려 저를 우습게 여기며 이러이러하게 대답했습니다. 누구의 말이 옳습니까?"

모든 소씨 형제들이 일제히 크게 웃고 말했다.

"딴 마음을 품은 도적놈이 무슨 연고로 성인군자를 모함하느냐?" 89

운경이 천천히 부드럽게 웃으며 말했다.

"옛말에 10년 연장자이면 형님으로서 예우를 한다고 했다. 너는 입에서 아직 젖내가 나는 아이이다. 그런데 십년이나 연장인 늙은 형을 가볍게 여겨 허물을 꾸며 만드느냐? 너의 허물을 말하려면 날이 다 갈 것이니 간단하게 말하자면 너는 배고픈 돼지 상이다."

어사가 웃으며 말했다.

"형이 비록 나를 욕하지만 그것은 또한 장인어른의 보는 눈을 욕하는 것입니다. 제가 배고픈 돼지 상이면 장인어른의 사위 고른 안목이 가히 수상합니다."

모든 생들이 일시에 꾸짖으며 서로 사랑하는 것이 친동기간보다 더 했다.

이때 김환이 위씨와 함께 본가(本家)를 지키며 풍족한 재산을 갖고 있었지만 그 한 몸 앞길이 막혔으니 스스로 전날의 일을 뉘우쳤다. 또한 이따금 왕부인께 와서 뵈곤 했는데, 하루는 밤이 되어 왔다가 김현이 잠든 것을 보고 행여 소씨 집안 생들이 왔는가 싶어 두려워하며 내당에 들어가 모친을 보았다. 새벽에 어사가 깨어 형이 온 것을 알고는 반기며 기뻐했다. 식사를 한 후 동산에 올라가 둘러보았는데, 때는 음력 구월이었다. 단 90
풍과 노란 국화가 빛나며 풍경이 깨끗하고 시원하니 환이 칭찬을 했다.

"이런 좋은 풍경을 둘러보지 못하니 애석하다."

김현이 형의 말을 듣고 갑자기 화가 치밀어 올라 말했다.

"운성이 안다고 해서 선비를 마음대로 죽일 수 있겠습니까? 오늘은 두루 유람합시다."

환이 따르니 즉시 형제가 손을 이끌고 서로 붙들면서 자운산에 올라가 구경을 했다.

때마침 운성이 막내 동생 운필을 데리고 김현의 집에 갔다가 하인으로부터 김현이 어떤 손님을 데리고 노릴러 갔다는 이야기를 들었다. 운성이 문득 생각하기를 김환이 다니는 것 아닌가 하여 운필을 데리고 자운산 높은 곳에 올라가 두루 보니 서쪽 석송(石松) 아래 두 사람이 가을바람을 맞으며 한가하게 앉아 있었다. 운성의 시력으로 어찌 알아보지 못하겠는가? 그들을 가리키며 말했다.

"오른쪽에 앉은 것은 환이고, 왼쪽에 앉은 것은 자균 아니고 누구겠는가?"

하고는 크게 불렀다.

"자균아, 우리도 유람을 하고 있으니 올라와라."

91 김현과 김환 형제가 무심코 강산의 풍경을 보다가 바람이 불면서 산 위로부터 부르는 소리가 나기에 놀라 바라보았다. 바위 위에 두 소씨 형제가 푸른 비단 옷을 입고 비취관을 쓴 채 서 있었다. 김현도 놀랐지만 김환은 더욱 놀라 혼백이 몸에서 빠져나가는 것 같아서 넘어질 듯한 걸음으로 매우 급하게 등나무 덩굴과 소나무 뿌리를 잡으며 내려갔다. 김현 또한 형을 따라 내려갔다. 이에 운성이 웃으며 말했다.

"김환이 달아나고 자균이 따라가니 내 반드시 자균을 잡아다 놀아야겠다."

비단옷을 입고 김현을 따라가는데, 운성의 걸음이 용이 움직이는 것 같고 호랑이 걸음과 같으니 복잡한 산 길 내려가는 것을 비호(飛虎)[229]같이 하여 힘차게 김현을 따라왔다. 그러니 어찌 김현이 능히 그 걸음걸이에 미치겠는가? 운성이 다다라서는 김환은 본 체도 하지 않고 김현을 이끌고 산 위에 올라가서 웃고 말했다.

"자네가 어찌 내가 불렀는데 달아났는가?"

김현이 웃으며 대답하지 않자 운필이 웃으며 말했다.

"김현과 함께 달아나던 사람은 누구이기에 저리 바쁘게 갑니까?"

운성이 갑자기 정색을 하며 말했다.

"김환이라는 짐승은 인간 세상의 죄인이다. 목숨을 부지한 것만도 다 92
행인데, 어찌 감히 자운산 지경을 밟을 수 있겠는가? 그대 비록 동기간의 정이 깊겠지만 이 일은 놔두기 어렵다."

김현이 웃음을 태연하게 띠며 말했다.

"옛사람이 말하기를 천하에 임금의 땅이 아닌 것이 없다고 했으니, 자운산 또한 황제의 땅입니다. 어찌 내 형이 오지 못하겠습니까? 그대가 만일 내 형이 다니는 것을 막고 싶으면 황제께 아뢰어서 자운산 삼백리 땅을 잘라달라고 한 후 사람을 막을 것입니다. 그러기 전까지는 모두 동등하게 신하(臣下)된 자이니 땅에 대해 마음대로 독단하여 왕래하는 사람을 막지 마십시오."

운성이 현의 팔을 어루만지며 크게 웃고 칭찬하며 말했다.

"자네의 강직함이 이러하니 우리 형님께서 사람 보는 눈이 있으시기에

---

229) 비호(飛虎) : {비로}. 비호(飛虎)의 오기로 보아 이같이 옮김.

승진 후보로 추천하신 것이구나."

이는 소운경이 이부상서이므로 한 말이었다.

운성이 김환의 죄를 이야기하며 꾸짖으니 김현이 예전에 승상의 누이인 이한림의 처가 절개를 잃어 양부인이 사약을 내린 것[230]을 알고 있었
93 기에 운성이 꾸짖는 것을 듣고 갑자기 미소를 띠며 말했다.

"명문가 지체 높은 집안의 봉황관을 쓰고 아름다운 신발을 신은 아녀자도 실행(失行)을 하니 혹 남자가 실체(失體)를 한다고 한들 그렇게까지야 하겠습니까?"

운필이 웃으며 말했다.

"여자는 부인이니 능히 책망하지 못하겠지만, 남자가 예가 아닌 일을 행한다면 짐승과 같은 것이다."

운성이 또한 말했다.

"어떤 여자가 봉작을 받은 부인으로서 실절을 했는가? 가히 무상하니 행동을 볼 때 짐짓 네 형과 짝이 될 만하다."

김현이 다만 엷게 웃고 말했다.

"멀리 있지 않습니다. 그러니 형은 내 형을 꾸짖지 말고 그 여자나 욕하십시오. 일의 근본을 알고 싶으면 장인어른께 여쭤보십시오."

두 사람이 매우 이상하게 여겨 두 번 세 번 따져 물었지만 끝내 말하지 않았다. 두 사람이 돌아와서 석파에게 일의 처음부터 끝을 말하니 석파가 가만히 말했다.

"소부인[231]의 아우 이부인[232]이 이러이러하여 죽었는데, 집안에서 말

---

230) 승상의 ~ 것 : 소현성의 누이인 소교영이 유배지에서 실절을 했으므로, 태부인이 교영에게 약을 주어 자결하도록 한 사건이 1권에 나옴.

231) 소부인 : 소월영을 가리킴.

을 하지 않았으므로 낭군께서 모르신 것입니다. 그러나 집 밖 사람들이 모를 리 없으므로 김어사가 희롱한 것입니다."

운성이 말없이 웃을 뿐, 그 후 다시 김현을 만나도 보채지 않았다. 그러나 김환이 다시는 감히 자운산에 오지 못하니 왕부인이 이따금 가서 보고 94
머무르다 왔으며 김현은 아침 저녁으로 왕래했다.

김현과 소소저가 함께 즐겁게 지낸 지 수삼 년 즈음에 소저가 두 명의 아들을 연달아 낳으니 김현의 은근한 정은 측량할 수가 없었다. 왕부인도 아이를 매우 사랑하면서 유모를 들여서 자신이 데리고 기르니, 뒤늦게 진주를 희롱하는 재미를 얻게 된 것과 같았다. 현의 효행이 더욱 빛났으며 또한 취씨를 내쫓은 후 소저와 함께 어머니를 모시게 되면서, 헤어졌던 부부가 함께하는 즐거움을 얻었게 된 것이기도 했다. 소소저를 이미 첫째 부인의 자리에 앉혔으며 아이를 어루만지면서 등불 앞에서, 달빛 아래서 자녀들을 희롱하게 되었다. 옥난간과 비단 장막에서 수의(繡衣)를 입은 군자가 숙녀를 대할 때면, 소저는 풍아(風雅)[233]를 알고 시인으로서의 면모를 갖춘 모습을 보였다. 부인의 현숙한 덕은 날로 커지고 하늘이 낸 효성이 가득하여 화목한 기운이 집안사람들에게 풍족했다. 시원하고 깨끗한 모습이 때때로 기이하여 부부가 함께 왕부인에게 문안을 드리면 남자다운 풍모와 여자다운 용모가 서로 빛이나니, 그 정숙한 자세와 당당한 기상은 하늘이 정한 좋은 짝이었다. 왕부인이 볼 때마다 기뻐하고 사랑했으며 김현의 끝없는 애정은 비길 데가 없으니 소저가 늘 그 지나침을 염려 95
하고 취씨의 사정이 딱한 것을 말하면서 찾아보라고 하였다. 그러면 김

232) 이부인 : 소교영을 가리킴. 이한림의 성을 따라 이부인이라고 부른 것으로 보임.
233) 풍아(風雅) : 시전(詩傳)의 풍(風)과 아(雅)라는 뜻으로 시(詩)를 이르는 말.

현은 미간을 찡그리고 머리를 저으며 말했다.

"그 사람이 만일 우리 집에 온다면 내가 반드시 머리를 벨 것이니 부인은 쓸데없는 말로 몸과 마음을 놀래지 마시오."

소저가 탄식할 뿐 말이 없었다.

하루는 김현이 부인과 함께 소씨 집안에 가 석부인을 뵌 후 모든 소씨 형제들과 더불어 서화(書畵)에 대해 이야기를 하다가 문득 웃으며 말했다.

"평장 형님, 내 병을 일으킨 그 그림을 다시 보고 싶습니다. 다시 한번 보는 것이 가능하겠습니까?"

운현이 웃으며 말했다.

"네가 욕심이 끝이 없어 다시 그림을 보려고 하는구나. 자고로 욕심은 끝이 없다더니.[234] 이미 한 명의 미인을 얻었는데 한 장 그림을 구하지 못하겠는가?"

모두 크게 웃고 운필이 들어가서 숙모에게 김현이 그림을 보고 싶어 한다고 말했다. 그러자 부인이 손을 저으며 말했다.

"규방의 재화(財貨)를 바깥사람에게 보여주는 것이 옳지 않다. 하물며
내가 수빙을 그려 김생을 보여줌으로써 저로 하여금 천추에 얻지 못 할
96 숙녀를 아내로 삼게 했으니 이미 족할 것이다. 그런데 어찌 망령되게
그림을 보기 원하겠느냐?"

운필이 웃고 말했다.

"김생은 남이 아니며 또한 인물이 단정하고 침중하니 가볍게 발설하지 않을 것입니다. 그러니 잠깐 보여주세요."

---

234) 욕심은 ~ 없다더니 : {농쵹[隴蜀]의 무염(無厭)ᄒᆞ미}. 후한 광무제 때 한중을 평정하고 다시 농촉을 징벌하려는 욕심을 낸 고사에서 유래함.

부인이 허락하지 않자 운필이 몰래 꺼내와 벽 위에 걸고 생들에게 숙모의 말을 전하며 웃었다. 김현이 그 그림을 다시 보니 소저와 조금도 다르지 않았다. 스스로 칭찬하고 있는 것을 깨닫지 못하여 웃고 말했다.

"내 우연히 친구를 방문했다가 저 족자를 보고 병이 났으며 그 결과 부인과 결혼하게 되었으니 천세(千歲)의 기이한 만남입니다. 오늘 부인과 그림을 함께 보니 나의 문채가 비록 얕지만 제목을 붙여 시 한 수를 읊지 않을 수 없습니다. 부인이 자신의 재주를 비록 감췄지만 눈썹 위에 문채가 어려 있으며, 눈빛에 문장에 관한 지식 뛰어남이 보이니 재주를 감출 길이 없습니다. 송곳[235]은 주머니 속에 감춘다고 해도 그 끝이 보이는 법입니다. 그대의 뛰어난 글 솜씨[236]는 안 지 오래입니다. 청컨대 내가 지은 시의 운자(韻字)를 따서 시를 지어 부부가 기구하게 만나 귀하게 된 것을 기록하십시오."

소저가 푸른빛 눈썹을 단정히 하고 고요하게 대답했다. 97

"규중의 가냘프고 약한 여자로서 천을 짜거나 수를 놓는 것에도 능하지 못한데 어찌 붓을 잡아 까마귀 그리는 법을 알겠습니까? 군자께서 짐작하시는 것이 사뭇 밝지 못하십니다. 만일 글자를 안다면 두어 수 읊는 것이 뭐 어렵다고 사양하겠습니까?"

김현이 소씨 형제들을 돌아보며 말했다.

"여러 형들은 대장부이니 저를 속이지 않으실 것입니다. 그러니 누이의 글재주를 감추지 마십시오."

---

235) 송곳 : {쵸}. 낭중지추(囊中之錐)의 '추(錐)'의 오기로 보아 이같이 옮김. '낭중지추(囊中之錐)'는 주머니 속의 송곳이라는 뜻으로, 재능이 뛰어난 사람은 숨어 있어도 저절로 사람들에게 알려진다는 뜻임.

236) 뛰어난 ~ 솜씨 : {영셜지지[詠雪之才]}. 여자의 뛰어난 글재주를 이름. 중국 진나라 사(謝)씨의 딸 사도온이 시를 짓는데 눈을 보고 바람에 날리는 버들가지 같다고 한 데서 유래함.

생들이 다 웃으며 말했다.

"비록 잘 하지는 못하지만 사도온(謝道韞)[237]보다 못하지는 않으니, 글을 못짓는다고 하는 것은 겸손하게 구는 것이라네."

김현이 말을 듣고, 문방사우(文房四友)를 가져와 다그쳐 권했지만 소저가 시선을 낮춘 채 요동하지 않았다. 현이 두 번 세 번 달래고 모든 생들이 권유하며 차운(次韻)하라고 하자 소저가 말했다.

"제가 일찍이 글을 지은 적이 없으니 오라버니들은 보채지 마십시오."

현이 황급히 붓을 잡으며 말했다.

"부인이 고집을 부리는데, 나의 글에 대작하지 않으면 곧 내 부인이 아닙니다."

98 소저가 정색을 한 채 답을 하지 않으니, 운경과 운성이 웃고 글제를 내어 지으라고 했다. 소저가 마지못하여 두어 수 화답시를 짓고는 즉시 일어나서 내당으로 들어갔다. 마침내 김현이 소저의 글을 보게 되었는데, 말마다 비단 같고 글자마다 옥구슬 같았다. 비록 사도온의 글 솜씨라도 이에 미치지는 못할 것이었다. 감탄을 참지 못하여 차마 손에서 글을 놓지 못하고 즉시 자신도 차운시(次韻詩)를 지어 함께 모인 사람에게 보였다. 소씨 형제들이 매우 칭찬했으며 모두 함께 시를 지어 그들의 인연을 축하하니, 성(城) 안팎에서 풍속을 교화시키는 이야기 거리가 되어 일시에 미담(美談)이 되었다.

각설(却說). 취씨가 취시랑과 함께 고향으로 돌아갔는데, 일 년이 되지 않아 부모가 모두 사망했고 재산을 잃게 되었다. 시녀 여영과 함께 곳곳

237) 사도온(謝道韞) : 글재주가 뛰어난 여성. 진나라 때 왕응지(王凝之)의 아내 사도온이 친족들이 모여 담소를 나누는 중 눈이 내리자, 눈경치를 읊은 일화가 『열녀전(列女傳)』에 기록되어 있음.

에서 빌어먹으면서 밤낮으로 부르짖어 울며 생각했다.

'내가 이제 이렇게 고초를 겪으니, 경성에 가면 낭군은 비록 박대하겠지만 왕부인과 위씨는 나를 사랑했었으니 가히 의탁할 수 있을 것이다.'

그렇게 생각하여 주인과 종이 천신만고를 겪으면서 석 달 만에 서울에
이르러 길가에 다니면서 김시랑의 집을 찾아가려 했다. 마침 운숙이 조 99
회에 참여하고 나오는데 취씨가 길을 건너니, 그것을 하인이 보고 잡아 대령했다. 운숙이 본부로 잡아오라고 한 후 문밖에 두고 들어갔다. 마침 내당에 모든 형제들이 다 모여 있고 정시랑[238]과 김현 등이 다 모여 있었다. 운숙이 할머님과 두 어머니를 뵈면서 우스갯소리를 하다가 말하였다.

"아까 길 위에서 한 여자를 만났는데, 그 태도가 정밀하고 행동거지가 조용한 것이 천민은 아니었습니다. 매우 범상치 않아 보였습니다. 그래서 길을 건너가서 잡아 대령하라 하였습니다."

운성이 말했다.

"그런 여자가 길을 건넌다고 해서 어찌 따져 물을 수 있겠는가? 잡아온 것이 부질없다."

김현이 비단 부채를 치며 태연하게 웃고 말했다.

"병부는 알지 못하는군요. 저 학사 형님 말씀하시는 것이 매우 수상합니다. 스스로 그 여자를 칭찬하니 그 말 가운데 깊은 뜻이 있는 것입니다. 길을 건넜다고 해서 죄를 주려하는 것이 아니고, 스스로 거두려 하는 것입니다."

운숙이 소매를 들어 김현을 밀치며 말했다.

---

238) 정시랑 : 소현성의 셋째 딸 수아의 남편임.

100 "내 너를 주려고 데려왔다."

모든 생들이 크게 웃고 희롱하는데, 문득 시녀가 김현을 찾아와서 왕부인의 명이라며 뵙기를 청했다. 현이 황급히 일어나 돌아가는데, 소씨 집안 문 밖에 많은 하인이 한 여자를 결박해서 앉혀놓고 지키고 있었다. 현이 자세히 보니 취씨 같았다. 마음 속으로 매우 놀라서 사람을 시켜 운숙에게 말을 전했다.

"형이 잡은 죄인은 친척의 시녀입니다. 그러니 놓아 보내십시오."

그러나 모든 생들이 다 웃고 회답을 했다.

"내가 본래부터 형에게 주려고 얻어왔는데, 이제 과연 관심을 가지며 구하니 내 마음이 편안하군. 아름다운 첩을 얻어준 것이니 은혜를 명심하여라."

김현이 웃음을 머금은 채 하인에게 취씨를 데리고 본부로 오라고 한 후 먼저 집으로 들어갔다. 그러고는 어머니를 뵙고 물러나 외당에 도착했다. 심복인 종으로 하여금 취씨를 불러들여 계단 가운데 꿇리고 소리를 높여 말했다.

"음란한 여자 취씨는 나를 아느냐?"

101 취씨가 정신없이 두루 잡혀 다니게 되니 어찌할 바를 모르다가 김현의 소리를 듣고 드디어 눈을 들어 바라보았다. 바라보니 현이 3, 4년 사이에 귀인이 되었는데, 위엄 있는 몸가짐은 살을 엘 듯한 것이 가을 서릿발 같았고, 수려한 두 눈썹에는 성난 기색이 가득하였다. 산호로 만든 의자에 비스듬히 앉아 있는 모습을 한번 본 것만으로도 간담이 떨어지는 것 같아서 취씨가 머리를 찧으며 말했다.

"그대는 옛 정을 생각하여 나의 죄를 용서하십시오."

김현이 얼굴색이 변하여 큰소리로 꾸짖었다.

“네가 애초에 천만 가지 꾀를 내어 나를 사지(死地)로 보냈는데 오늘 너를 만났으니 오늘이 바로 내 분노를 씻을 날이다. 내가 너를 죽이지 않으면 어찌 용렬한 것 아니겠느냐? 그럼에도 불구하고 베어 죽이지 않고 두어 자(尺) 되는 가는 끈으로 너의 목을 매려는 것은 이전에 네가 정실부인의 지위에 있었기 때문에 마지못해 참는 것이다.”

말을 마치고 시동을 시켜 취씨의 목을 조르라고 하니, 이는 평소 뼈에
사무칠 정도의 한이 있었기 때문이다. 그렇지 않다면 이렇게까지 할 리는
없는 것이었다. 취씨가 슬피 부르짖어 울며 살려달라고 했다. 이때 소소
저가 내당에서 바느질을 하다가 어사가 취씨를 죽이려 한다는 말을 시녀 102
로부터 듣고 매우 놀라서 황급히 시어머니에게 말씀을 드렸다.

“어사가 지난 한을 마음에 담아두었다가 정실부인에게 벌을 주려 하니 자못 불가한 일입니다. 어머님이 아니시면 구하기 어려울 것입니다.”

왕부인이 또한 놀랐지만 소저가 어떻게 여길지 몰라 주저하였다. 그러자 소저가 다시 말했다.

“어사가 성질이 급하니 어머님께서 얼른 부르셔서 그렇게 하는 것이 옳지 않다고 타일러 주십시오. 그러면 죽을 지경에 처한 사람을 살리시는 덕이 하늘에 닿을 것입니다.”

왕부인이 드디어 시녀를 시켜 김현을 부르자 현이 벌을 줄 일이 있으니 그것을 다스리고 들어가겠다고 말했다. 이에 왕부인이 소저에게 말했다.

“취씨가 비록 안 됐지만 자기 죄 때문에 그런 것이니 어떻게 하겠느냐?”

소저가 말했다.

"시녀가 말을 잘못 전한 것인가 싶습니다. 제가 어머님의 명을 받들어 취씨를 구하고 싶습니다."

왕부인이 다시 말했다.

"다만 취씨가 죽으면 그 시신을 잘 묻게 하고 또한 약이나 먹여서 죽이라고 전해라."

소저가 왕부인의 이런 약한 모습을 보고는 대답한 후 물러나며 생각했다.

103 '만일 취씨를 죽인다면 낭군의 행실은 박정한 것이고 취씨는 그 인생이 불쌍한 것 아니겠는가? 내가 평생 덕을 감추고 어진 척하는 사람을 비웃었는데, 지금 괜히 겸손하려 하다가 사람을 구하지 않으면 무거운 죄악을 쌓는 것이다.'

또 생각했다.

'이전에 취씨가 낭군에게 죄를 지었을 뿐 아니라 나에게도 또한 잘못을 했으니 내가 만일 취씨를 구해준다면 사람들이 다 내가 마음 속에 있는 감정을 억누르는 것이라고 할 것이다. 그래서 도리어 나의 좋은 뜻이 간사하게 이해될 수도 있을 것이다. 그러니 이 일을 앞으로 어찌해야 하나.'

이때 외각에서 잘못을 비는 소리가 처절하게 들렸다. 이에 스스로 죄인을 구해주고자 하는 마음이 일어나서 수많은 걱정을 다 떨쳐버리고 자신의 발걸음이 빠른 것도 깨닫지 못한 채 저고리와 치마만 입고 유모와 시녀 두어 명을 데리고 굽은 난간을 돌아 외당에 들어섰다. 시녀가 부인이 나왔다고 고하자 하인들이 다 피하였으나 김현은 소저의 뜻을 알아채고 조금도 요동하지 않았다. 부인이 나와도 돌아보지 않은 채 달아나는

하인들을 꾸짖으며 취씨를 죽이라고 했다. 그렇지만 어느 담력이 센 하인 104
이 감히 외당 안에 들어오며 어느 시동이 감히 죽일 수 있겠는가?

김현이 갑자기 크게 화를 내며 거세게 일어나서 직접 죽이려는 급한 뜻을 보이니 소저가 걸음을 재촉하여 그 앞에 섰다. 앞에서 김현의 기색을 보니 타이른다 하여 듣지 않을 것 같았다. 그래서 얼굴빛을 단정하게 하고 옷깃을 여민 후 중계(中階)에 꿇어앉아 말했다.

"그대의 높은 소견은 규중(閨中)에서 간섭할 일이 아닙니다. 그러나 성현께서도 나무하는 아낙네의 말이라도 여럿 가운데 골라 쓰시면서 아녀자들의 공을 깊이 칭찬하셨습니다. 그렇기에 제가 감히 군자의 화를 돋우기 위해 당돌하게 행동하려는 것이 아니라 진심으로 염려되는 것을 바르게 고하여 혹 그 가운데 하나 둘이라도 가려 쓰실까 싶어 말씀드리는 것입니다. 그러니 한번 들어주시겠습니까?"

김현이 부인의 온화한 말과 단정한 얼굴을 보자 취씨를 죽일 마음이 급하긴 하지만 소저에게 싫다고 말하지 못하여 거짓으로 화난 기운을 내며 말했다.

"이곳은 관청의 노예들이나 종들이 모이는 곳입니다. 부인이 무슨 까닭으로 나와서 이런 행동을 하시며, 무슨 미진함이 있기에 나를 가르치려 하십니까?"

소저가 다시 꿇어앉아 정색을 하며 답했다.

"제가 듣기로 토끼가 죽으면 여우가 슬퍼한다고 합니다. 그대가 조강 105
지처에게 형벌을 내리려 하니 제 마음이 경황이 없습니다. 또한 종들이 모인 자리에서 그 죄를 다스려 집안의 부끄러운 것을 누설하고 예법을 무너뜨리니 깊이 생각건대 이보다 부끄러운 일이 없습니다. 그런데도 오히려 알지 못하시니, 제가 어리석은 뜻이나마 헤아려 볼 때 종들이 모인 곳에 제가 나온다 하여 그대의 덕에 큰 누를 끼치는 것은 아닌 것 같고, 직언을 해 만일 취씨가 목숨을 건지면 오히려 그대가 오기(吳起)[239]의 박행을 면하여 자손에게 악을 물려주는 일이 없을 것 같았습니다. 그래서 거리낌이 많음에도 불구하고 이에 나왔습니다. 바라건대 그대는 취씨의 죄와 허물을 용서하고 조강지처를 저버리지 마십시오. 만일 듣지 않으신다면 훗날 뉘우칠 일이 적지 않을 것입니다. 게다가 취씨가 수많은 고초를 겪으며 여기에 이르렀는데 낭군께서 이렇게 심하게 정 없이 대하시니, 삼강오상(三綱五常)을 무너뜨리고 인륜의 큰 의
106 를 저버리는 무지함을 행하는 것입니다. 설사 예전에 잘못이 있었다 해도 이는 다 그대의 집안 다스리는 도가 풀어졌기 때문입니다. 게다가 취씨는 어머님께서 사랑하시던 사람입니다. 그러니 그대가 임의대로 죽이는 것은 또한 옳지 않은 것 아니겠습니까? 제가 비록 아녀자이지만 이런 제 뜻을 감히 숨기지 못하겠습니다."

김현이 부인의 많은 말을 듣고 나니 화가 봄눈 녹듯 하여 황급히 당으로 내려와서 읍하며 말했다.

"부인의 바른 말은 나에게는 높은 스승과 같습니다. 일찍이 내 행동이 지나치다는 것을 스스로 알았지만 성급하게 화가 나 그것을 그치기 어려웠습니다. 취씨가 쫓겨난 아녀자가 되어서 길에서 걸식하니 그 행실이 분명 천한 것입니다. 그렇게 두루 다니며 나의 부끄러움만 더할 것이기에 비통함을 참지 못해 이전에 지은 죄를 빌미로 죽여 없애려고 했

239) 오기(吳起) : 전국(戰國) 시대 노(魯) 나라 변방 군영의 막료로 군사를 훈련시키고 있던 중 제(齊) 나라와의 전투에서 자신이 장수가 되기 위해 제나라 사람인 아내의 목을 베어 왕에게 바쳤던 인물.

습니다. 부인이 힘을 다해 권하니 참기는 하겠지만, 이 화를 풀 길이 없습니다."

소저가 옷깃을 여미고 공손히 말했다.

"군자께서 흔쾌히 깨달으시니 다행입니다. 또한 취씨를 내보내면 그대
가 빛이 나지 않으니, 청하건대 여러 번 생각하여 취씨를 집안에 머물 107
게 해주십시오."

김현이 매우 놀라 힘없이 길게 탄식하며 말했다.

"부인께서는 무슨 말입니까? 만일 그 여자를 집 안에 둔다면 나는 머리를 깎고 출가하겠습니다."

소저가 살짝 웃으며 말했다.

"어찌 대장부의 입에서 이런 말이 나옵니까? 제가 당돌한 것이 아니라 그대가 진실로 속이 좁은 것입니다. 부디 관대한 덕으로 취씨를 용납해주십시오."

소저가 간절하게 말하는 것을 보고 김현이 웃으며 말했다.

"부인이 요사스러운 사람을 집안에 들이겠다니 내가 알 바 아닙니다. 어떤 일이 생겨도 나에게 말하지 마십시오."

소저가 흔쾌히 말했다.

"만일 다시 어지러운 일이 생긴다면 제 죄입니다. 그러니 어찌 감히 그대에게 말하겠습니까? 걱정하지 마세요."

김현이 입으로 대답을 하면서 두 눈으로는 소저를 강하게 바라보니 소
저가 두 번 세 번 감사한 후 시녀를 시켜 취씨를 데리고 들어가 시어머님
을 뵙게 했다. 취씨가 난간 가에 엎드려 눈물을 흘리니, 왕부인이 예전부 108
터 사랑했던 사람이기에 매우 애처롭게 여기는 빛을 띠었다. 김현이 행여

취씨가 다시 집안을 어지럽게 할까 걱정되어 엄한 목소리로 호령하기를, 취씨는 깊은 처소에 머물면서 부르는 명이 없이는 함부로 나오지 못하게 하고 자신의 명을 어기면 시녀가 바로 자신에게 고하라고 했다. 취씨가 황송하여 땅을 파고 들어갈 듯하니 소소저가 뒷마당의 큰 당을 청소하게 한 후 시녀 여영과 여러 종들에게 명하여 모시라고 했다. 그리고 아름다운 옷과 빛난 보석을 보내 위로하니 취씨가 감격하면서도 또한 슬퍼하기를 다음과 같이 했다.

'소씨는 좋은 복이 있어서 옥 같은 두 아들과 함께 높은 누각에서 화려한 휘장과 구슬발을 드리우고 수많은 시녀들이 성의 담장처럼 둘러싸게 할 수 있으니, 그 빛남이 공주 같구나. 또한 반짝이는 얼굴은 근심도 없이 화려함에 잠겨 있으며 윤택하고 풍만하면서도 시원한 맛이 옛날보다 더하여, 어사의 소씨 사랑하는[240] 지극한 정이 산과 바다라도 가벼울 듯하구나.'

109 만사가 소저의 뜻대로 되는 것 같으니, 울컥한 서러움과 부끄러운 마음이 측량할 수 없이 일어나 생각하기를 다음과 같이 했다.

'내가 애초에 투기를 지나치게 하지 않았더라면 첫째 부인의 자리는 잃지 않았을 텐데. 이제 조강지처의 자리를 소씨에게 주고 첩(妾)과 같은 낮은 지위도 바라지 못하니 팔자가 매우 기구하구나. 차라리 죽는 것이 낫겠다.'

하며 눈물을 비 오듯 흘렸다.

예전에 왕부인의 시녀 경경이 취씨와 사이가 좋지 않았으므로 때를 타

---

240) 사랑하는 : {년니비익[連理比翼]}. 비익조와 연리지를 가리키는 말로, 부부가 아주 화목함을 이르는 말이므로 문맥을 고려하여 이같이 옮김.

취씨를 잡으려 했지만 핑계가 없었다. 하루는 소저가 호화로운 맛좋은 음식을 장만하여 손님을 접대한 후 취씨에게 많이 보냈다. 취씨가 받아서 감사하고 먹으니 경경이 이때를 타 그날 밤 소소저의 숙소에 갔다. 시어머님의 시녀이기 때문에 소저가 자못 공경하며 대접하자 경경이 감사하며 말했다.

"저는 천한 종으로서 비록 존당을 모시는 사람이지만 나이가 젊고 공이 없는데 부인께서 관대하게 대하시니 은혜가 망극합니다. 다만 한스러운 것은 부인의 이 같은 덕에도 불구하고 사람이 감격스러운 것을 알지 못하고 도리어 원망한다는 것입니다. 그래서 천한 종의 마음이 매우 애달픕니다."

소저가 답했다. 110

"그대가 나를 위하여 걱정해주는 것은 매우 고맙다. 그렇지만 내가 무슨 큰 덕이 있어서 사람을 감격하게 할 수 있겠는가? 또한 집 안 사람들이 다 어진데 누가 부질없이 원망하겠는가?"

경경이 부인의 말에 절도가 있는 것을 보고 도리가 없어 물러날까도 했지만 참지 못하고 고했다.

"부인의 덕택을 입었으나 은혜를 갚을 길이 없기에 오직 조심하며 방비하시라고 말씀드립니다. 오늘 취씨가 부인께서 보내신 음식을 받고는 하늘을 우러러 비난하고 욕하기를 부인이 자기 뒤에 온 사람으로서 첩이나 마찬가지인데, 자신을 거느리게 되니 괘씸하다고 했습니다. 그러면서 이 음식에 분명 독이 있을 것이니 자신이 어찌 먹겠느냐며 땅에 엎었습니다."

부인이 태연하게 웃으며 눈빛을 천연스럽게 하고 말했다.

"그대가 말하는 이유가 나를 위한 것이라니 감사하다. 다만 취씨는 내
윗사람이니 나를 괘씸하게 여기는 것이 옳고 적국(敵國) 사이니 독을 넣
었을까 의심하는 것은 일리가 있다. 한갓 내 정성이 지극하지 못한 것
111 이 부끄러울 따름이지 어찌 감히 한스러워 하겠는가? 그대는 말 옮기
기를 잘 하니, 내 말을 취씨에게 전해라."

경경이 부인이 자신의 말을 믿지 않고 도리어 죄를 책망하는 것을 보고 부끄러움을 참지 못해 사죄하며 말했다.

"천한 종이 이간하는 말을 하려 한 것이 아니라 다만 들은 말을 드린 것이니 부인께서 용서해주십시오."

소저가 단지 낭랑하게 웃을 뿐 대답하지 않으니 경경이 매우 부끄러워하며 물러났다. 이때 마침 김현이 들어오다가 이야기 하는 것을 알고는, 끝까지 들어보고 싶어 으슥한 곳에 숨어 있었다. 경경이 나간 후 유모 장씨가 물었다.

"취씨가 예전부터 사나워서 소저를 해하려고 했었습니다. 오늘 경경의 말이 옳은 듯한데 소저는 어찌 물리치며 믿지 않으십니까?"

소저가 탄식하며 말했다.

"어미는 무슨 말을 하는가? 하늘의 도는 순환하는 것으로 고리가 도는
것과 같으니, 당초 내 처지가 매우 안 좋고 취씨가 귀했다. 그런데 이제
취씨가 저렇게 천신만고를 겪고 나는 도리어 좋은 집에서 즐길 뿐 아니
라 취씨의 첫째부인 자리까지 빼앗았으니 취씨의 금슬이 나빠지면서
112 정이 끊어진 것이 나 때문이다. 내가 비록 장부를 꼬드기고 세력을 빌
미로 남의 부부 사이를 훼방 놓은 것은 아니지만, 나로 인해 취씨의 평
생이 잘못 되었으니 비록 태임(太任)[241]같은 여자라도 불평할 것인데

하물며 세속 여자가 안 그러겠는가? 만일 취씨와 내가 지아비의 총애를 나눠 갖는 사이이고 취씨의 기세가 당당하다 해도 내가 겨루지 않을 것이지만, 지금은 그렇지 못하여 취씨는 깊은 궁에 갇혀 죽은 목숨처럼 고단하게 지내고 나는 영화를 누리고 있다. 그런 외로운 사람을 예전의 원한 때문에 못살게 한다면 어찌 칠거지악의 죄를 범하는 것이 아니며 부모의 가르치심을 욕되게 하는 것이 아니겠는가?

또한 경경은 천한 사람의 무식한 소견으로 사사로운 미움이 간절해 세력에 붙어[242] 곤궁한 사람을 모해하는 것이니 통탄스러움을 참지 못하겠다. 설사 취씨가 이런 말을 했을지라도 나는 고자질하는 말을 믿고 싶지 않을 뿐 아니라 마음으로 관대하게 대하고 싶다. 취씨가 만일 예전의 뜻을 고치지 못하여 나를 해하려 하고 함정에 넣는다고 해도 나는 마땅히 머리를 웅크린 채 감수하여 차라리 용렬한 사람이 될지언정 포악한 사람이 되지는 않을 것이다."

이에 유모가 매우 감탄하였다. 그리고 소저는 마음에 거리낌을 다시 113
두지 않고 아이를 어를 뿐이었다. 김현이 모두 듣고 나서 훌륭하다 여기게 되었으며 탄복하는 마음이 구름같이 일고 노곤한 정이 봄바람에 몽롱해졌다. 그래서 들어가 앉으며 말했다.

"부인이 고집부리는 것을 유모는 칭찬하지만, 내 생각에는 그대가 너무 풀어져서 사람이 변변치 못하고 졸렬한 것이 아닌가 싶습니다. 내가 애초에 취씨와 혼인하던 날부터 마음에 새기기를 정숙한 여자와 반드

241) 태임(太任) : 주나라 문왕(文王)의 어머니. 성품이 바르고 곧으며 참되고 엄격하여 오로지 덕만을 행한 인물.

242) 세력에 붙어 : {[□□의] 간〃ᄒᆞ믈 승셰ᄒᆞ고}. 원문에서 2글자가 독해 불가능. 문맥을 고려하여 이같이 옮김.

시 다시 결혼할 것이고, 만약 취씨가 어진 사람이라면 집 한 구석에 두고 그렇지 않다면 내칠 것이라고 했습니다. 그러니 어찌 부인이 내 마음을 어지럽게 해서 부부간의 금슬에 훼방을 놓은 것이겠습니까? 게다가 취씨에게 첫째 부인의 자리가 어찌 갈 수 있겠습니까? 그런 어리석은 소리는 하지도 마십시오."

소저가 한편으론 놀라고 또 한편으론 웃음이 나와서 말없이 유모와 서로 바라보기만 했다. 그러자 김현이 다시 말을 했다.

"취씨가 부인에 대해 욕을 했는데도 그대가 화를 내지 않으니 어찌 이상하지 않겠습니까?"

소저가 불쾌한 빛을 얼굴에 드러내며 말했다.

"취씨나 저나 모두 그대에게는 같은 사람입니다. 그런데 저와 함께 다른 사람의 잘못을 말하시니 이것을 어찌 군자가 집안을 다스리는 법도
114 라고 할 수 있겠습니까? 저도 콩과 보리를 분별하지 못하는 정도는 아니니 어찌 다른 사람이 욕을 한다면 화가 안 나겠습니까? 다만 시녀가 거짓말을 한 것인데 시녀를 혼내자니 일일이 들어 말하기 너무 자질구레하고, 취씨에게 화를 내면 취씨는 자신이 그런 말을 하지 않았으니 어찌 제 잘못을 비웃지 않겠습니까?"

김현이 소저의 당당함에 대해 공경을 하며 말했다.

"부인의 아름다운 덕에 대해서 안 지는 오래 되었지만 이렇게 크고도 넓은 마음을 가진 줄은 생각지도 못했습니다. 그러니 내가 어찌 공경하지 않겠습니까?"

소저가 입을 다문 채 답이 없었다. 소저는 또한 취씨가 비록 처한 상황이 그렇긴 하지만 조강지처였으니 무례하게 대할 수 없다고 여겨 첫째 부

인의 지위를 돌려주는 것이 옳은 것이라고 속으로 생각했다. 그렇지만 남편에게 말하지는 못하겠고 시어머니는 그런 큰일에 대해 알지 못할 것 같아서 아버지에게 여쭤보아야겠다고 생각했다. 그래서 다음날 아침 김현에게 말하기를 친정어머님께서 급히 부르시니 바로 가서 저녁 때 돌아오겠다고 했다. 김현이 웃으며 말했다.

"아녀자는 집안에서 생을 마쳐야 하고 백 리 밖에서 부모가 돌아가시면 가지 않는다[243]고 했는데, 부인은 친정에 가서 한 달 중 열흘은 머 115
무니 나 혼자 빈 방 지키는 것이 괴롭습니다."

소저가 미소 지으며 말했다.

"가까이 계시면서 부르시는데 어찌 안 가겠습니까?"

김현이 즉시 가마를 내어주니 소저가 친정으로 가서 할머님과 부모에게 인사를 했다. 반가워하고 기뻐하며 함께 말씀을 나누다가 소저가 생각하기를 운성 등 오라비들이 들으면 남편에게 전할 것 같아서 조금도 티를 내지 않고 아버지께만 조용히 자신의 뜻을 말씀드렸다. 그러자 승상이 웃으며 말했다.

"진회(秦檜)[244]가 자리를 사양했던 덕도 너보다는 뛰어나지 못할 것이다. 네 뜻이 옳으니 첫째 부인의 자리를 돌려보내는 것은 이치에 맞는 일이다. 그러나 현이 듣지 않을 것이다. 그러니 네가 몰래 첫째 부인임을 증명하는 직첩(職牒)을 나에게 보내면 예부로 보내서 취씨를 첫째 부인으로 삼고 너를 둘째 부인으로 만들겠다. 그렇게 한 후 현을 불러 명

---

243) 백리 ~ 않는다 : {빅니외 불분상[百里外 不奔喪]이라}. 분상(奔喪)은 먼 곳에서 부모가 돌아가신 소식을 듣고 급히 집으로 돌아감을 의미함. 시집 간 여성의 경우 부모가 백리 밖에서 돌아가셨을 경우 분상하지 않아도 예에 어긋나지 않았다고 함.

244) 진회(秦檜) : 남송 초기의 정치가. 24년간 재상직을 지낸 유능한 관리였음.

분을 예로 들어 현의 잘못을 말하고 왕부인께 너의 이러한 뜻을 알려 현에게 전하라고 해라. 현은 효심이 있는 사람이니 설사 우리의 말은 듣지 않아도 왕부인의 가르침은 따를 것이다. 직첩을 고친 후에는 어찌할 도리가 없어 고집을 그만 부릴 것이다. 먼저 위계를 정한 후 집안 일을 처리하여라."

116 소저가 아버지의 명을 듣고 매우 기뻐하며 즉시 집으로 돌아오니 김현은 상황도 모르면서 빨리 돌아왔다고 기뻐했다.

소저가 직첩을 몰래 승상께 보내고 일을 계획하면서 조용히 왕부인에게 말씀을 드렸다.

"제가 어머님의 자애로우심과 남편의 큰 사랑을 넉넉히 받고 있으니 오히려 그 복이 훼손될까 걱정스럽습니다. 원래 조강지처는 집 밖으로 내쫓지 않는다고 했고, 가난하고 천할 때 사귄 벗[245]은 잊지 않는다고 했습니다. 그런데 어찌 앞뒤를 따지지 않고 망령되게 먼저 부인이 된 사람을 곤란에 처하게 하겠습니까? 취씨가 천신만고 끝에 군자를 찾아왔으니 돌이나 나무 같은 심장을 가진 자도 감동할 것인데 군자는 조금도 처량하게 여기지 않고 오히려 매몰차게 대합니다. 제가 염려하는 것은 한갓 제가 투기한다는 오해를 받는 것이 아니라 진실로 군자의 행동에 인정이 없는 것이며, 그 점이 한스럽습니다. 친정아버님께서 이 일과 관련하여 원비의 직첩을 가져다가 내일 고치시려 합니다. 바라건대 어머님께서는 내일 군자를 불러 의리를 근거로 깨닫게 타일러주시면 저 또한 큰 은혜를 입는 것으로, 분수에 넘치는 복을 누리는 죄를 면하게 될 것입니다."

---

245) 가난하고 ~ 벗 : {빙쳔지교}. 빈천지교(貧賤之交)의 오기로 보아 이같이 옮김.

왕부인이 처음에는 놀라고 의심했으나 소저의 피맺힌 토로를 듣고는 117
매우 감격하여 말했다.

"현명한 며느리의 어진 덕은 태임과 태사보다도 뛰어나구나. 그러니 어찌 첫째 부인의 자리를 차지하지 못하겠는가마는 진심으로 사양하니 그대의 말대로 하겠다."

소저가 절하여 감사하고 물러났다. 김현은 전혀 알지 못하고 다만 깊은 방 안에 들어앉아 아이를 어르며 부인과 함께 지내는 것에 빠져 모든 일을 잊었다.

하루는 갑자기 황제의 명패(命牌)를 든 사신이 와서 부르니, 김현이 황급히 관복을 갖춰 입고 대궐로 가서 조회에 참여하고 나오다가 예부시랑 위유양을 만났다. 위유양은 전임 승상 위의성의 첫째 아들로 소운경의 처남이었다. 성품과 행실이 부드럽고 온화하며 기질이 단정한 것이 그 아버지를 많이 닮았는데 관직 생활에서는 엄숙하고 곧고 바르고 강직하였다. 구승상의 사랑을 받는 사위이자 소운필과는 또한 동서간으로 겹겹이 친한 사이였지만 그 사이 김현과는 만남이 뜸했었다. 그런데 이날 만나게 되니 반가워하며 함께 마을로 들어가 주점에 앉았다. 인사를 나눈 후 위시랑이 웃으며 말했다.

"그대는 어떤 사람이기에 첫째 부인의 직첩 고치는 일을 이렇게 자주 118
하는가?"

김현이 놀라서 말했다.

"남의 집안 일을 그대는 모를 것이네. 애초에 취씨로 원비를 삼았다가 죄를 지어 내치고 소씨를 원비에 봉한 지 4년이 지났네. 그런데 어찌 다시 고치는 일이 있겠는가?"

위시랑이 말했다.

"그렇지 않네. 어제 그대가 내게 말 전하기를 애초 취씨를 내쳤는데 취씨가 그 부모가 죽은 후 그대를 찾아와 여기에 이르렀으니 그 굳은 절개에 감사하여 집 안에 두게 되고, 그러다 보니 그 선후가 명백하여 둘째 부인으로는 못할 것이므로 도로 첫째 부인으로 봉하라고 하지 않았는가? 예부상서와 우시랑이 나와 함께 그대의 예절과 신의에 감탄하면서도 또한 자주 원비의 자리를 바꾸는 것 때문에 웃었는데 어찌 모르는 체하는가?"

김현이 그 말이 진심인 것을 보고 매우 놀라 말했다.

"내가 비록 조강지처의 선후를 분명하게 할 마음이 있고 또한 쫓아냈던 부인이 집안에 들어와 있긴 하지만, 거리를 떠돌며 걸식하던 사람이니 고귀한 부인들을 욕되게 할 것이므로 첩의 자리에도 둘 생각이 없었다네. 허나 홀로 되신 어머님께서 그 인생이 불쌍하다 하시기에 안전
119 에는 두었지만 어찌 다시 부인이라는 두 글자를 일컬을 수 있겠는가? 게다가 소씨는 둘째 부인이긴 하지만 명문가의 딸로서 정식으로 결혼을 한 사람이네. 함께 지낸 지 오래되었고, 이미 홀어머니를 효로써 봉양하며 또 두 아들을 낳았네. 그런데 내가 어찌 쫓겨나 길을 떠돌던 투기가 심한 부인을 예전 지은 죄도 잊고 첫째 부인으로 삼겠는가? 더욱이 내가 직접 전했다고 하니 매우 이상하네. 알지 못하는 일이라네. 그래 직첩을 고쳤는가?"

시랑이 또한 놀라며 말했다.

"내가 원래 그대가 이처럼 융통성 없이 정도만을 고집하는 사람은 아닌 줄 알기 때문에 도대체 누가 말을 넣은 것일까 생각했었는데 빈말이

었군. 아직 고치지 않았네."

김현이 급히 직첩을 달라고 한 후 소매에 넣고 바로 헤어져 집으로 돌아와서는 소저의 침소로 갔다. 소저가 화장대에 기대어 소매 깃으로 얼굴을 가린 채 자고 있었다. 비록 현이 물어 보고 싶은 마음이 굴뚝 같았지만 놀랄까 걱정이 되어 머뭇거렸다. 이때 소저가 스스로 잠에서 깨어 바로 앉으니, 김현이 화를 잔뜩 내며 말했다.

"내가 비록 누추하고 더럽다지만 부인에게는 남편입니다. 그런데 스스로 상황을 단정짓고 방자하게 구는 것이 이와 같으니 오늘날 서로 마 120
주하기 매우 부끄럽습니다. 왜 이렇게 방자하게 굴었는지 그 뜻을 알아야 물러나겠습니다."

소저가 조용히 대답했다.

"제가 비록 어질지 못하지만 일찍이 그대에게 방자하게 군 일이 없습니다. 죄목을 알려주시면 감수하겠습니다."

김현이 얼굴빛을 고치고 먼저 선웃음을 지으며 소매 사이에서 부인의 직첩을 꺼내며 말했다.

"부인이 김현의 아내로 지내기가 괴로우면 물러가면 그만이지 어찌 내가 말한 것처럼 위조해서 나를 이상한 사람으로 만듭니까? 부인은 나를 속였다고 생각하며 지켜보고 비웃었지요?"

소저가 드디어 깨닫고는 한편으론 우스웠지만 정색을 하며 대답했다.

"이 일 때문에 그대가 화가 나셨군요. 제가 벌써부터 말씀드리려고 했는데 천천히 하려다 보니 오늘 꾸짖음을 들은 후에야 말씀드리게 되었네요. 그러니 누구를 원망하겠습니까? 군자께서 벼슬하신 지 수년에 그 지위가 조정에 있으니 마땅히 풍속을 바르게 하고 예의를 가다듬으

121 실 것입니다. 그런데 집안을 다스리지 못하고 어찌 어사로서의 소임을
하여 남을 논할 수 있겠습니까? 지금 그대의 조강지처는 집에서 쫓겨
나 곤고하게 지내고 저는 둘째 부인인데 선후가 바뀌어서 만고의 명분
을 어지럽게 하고 있으니 어찌 불행하지 않겠습니까? 그래서 제가 스
스로 과분한 상황이 두렵기도 하고 또 그대의 수신하고 제가하는 것이
염려되어 아버지께 여쭸습니다. 그랬더니 아버지 또한 그대가 잘못했
다 하셨습니다. 어머님께서도 이미 명령이 있으셨고, 또 취씨를 첫째
부인으로 봉하는 것을 허락하셨기 때문에 제가 직첩을 아버지께 보내
어 이런 일을 만들었습니다. 일부러 속인 것이 아닙니다. 또한 그대가
저에게 화를 내실 것이라고는 생각하지 못한 바이니 화를 내시는 것이
이상합니다. 만일 저를 꾸짖으시려거든 옛 성현의 예법을 없애신 후
꾸짖으십시오."

김현이 다 듣고는 어이없어 마지못해 웃으며 말했다.

"부인이 나를 어리석은 사나이라고 깔보고 이렇게 방자하게 구니 부끄
러울 따름입니다. 나도 『시경(詩經)』과 『서경(書經)』의 법도를 아는데,
이유도 없이 조강지처를 내쫓지는 않습니다. 진실로 취씨가 죄를 지은
122 것이 클 뿐 아니라 그 인물됨을 볼 때 홀로 수천 리를 오면서 반드시 아
름답지 않은 일을 저질렀을 것이지만 세세히 말을 하여 입을 더럽히는
일을 하지 않은 것일 뿐입니다. 그러니 어찌 내 부인이라고 할 수 있겠
습니까? 이는 한갓 나에게만 부끄러운 것이 아니고 김씨 조상의 덕에
도 누가되는 일입니다. 그대는 나를 욕하려고만 말고 시댁의 조상이
노하실 것도 생각하여 나를 돌아봐주십시오."

말을 마치고 조금도 기뻐하지 않은 채 왕부인에게 가서 말했다.

"제가 나이 적지만 일찍부터 천 권의 책을 읽어 예를 압니다. 조강지처라고 하지만 그 의미가 한두 가지가 아니고, 둘째 부인도 여러 가지입니다. 한나라 성제(成帝)가 황후를 폐하고 조비연을 세우니 다들 말하기를 도리에 어긋난다고 했습니다. 광무제가 곽씨를 폐하고 음씨를 봉하니 다들 이치에 맞다고 했습니다. 제가 만일 성제와 같은 도를 행한 것으로, 취씨가 덕을 잃은 적이 없고 소씨가 비루한 것이라면 제가 행한 일이 무상하니 송홍(宋弘)[246]의 죄인이 될 것입니다. 그러나 광무제의 법에 따라 취씨가 덕을 잃었고 소씨의 덕이 게다가 옛 사람을 본받고 있으며 자식이 있으므로 상황에 맞게 첫째 부인으로 봉했으니 어찌 잘못된 부분이 있겠습니까? 광무제의 경우 태자인 강이 곽후의 소생이 123 어서 아울러 폐했지만 송홍이 간언을 한 일이 없었고, 또 송홍은 자신에게 조강지처가 있다는 사실을 근거로 호양공주[247]의 청혼을 사양했습니다.[248] 그런데 제가 어찌 곽후보다 죄도 많고 자식도 없는 취씨를 폐하지 못하겠습니까? 만일 어머님께서 들어주지 않으신다면 저는 머리를 깎고 속세와 이별하여 산으로 들어가겠습니다."

왕부인이 놀라서 말했다.

"이는 여러 날 전 며늘아기가 말한 것이지만 나는 말렸다. 알지 못하는 바이다."

김현이 어머니의 말을 통해 소저가 한 짓인 줄 알고는 매우 화가 나서

---

246) 송홍(宋弘) : 후한 광무제 때의 신하. 미천한 신분이었으나 탁월한 식견과 풍채로 인해 광무제의 총애를 받아 대위의 벼슬에 이름. 광무제에게 직접 사리분별을 말할 정도로 강직한 인물임.

247) 호양공주 : {회양공주}. 호양공주의 오기임. 호양공주는 후한 광무제의 누이임.

248) 청혼을 사양했습니다 : {회양공쥬롤 밀막앗ᄂᆞ니}. '밀막다'는 핑계하고 거절하다의 의미가 있으므로 이같이 옮김. 과부가 된 호양공주가 송홍을 사모하여 광무제에게 자신과 송홍의 혼사를 주선하도록 부탁했으나, 송홍이 가난할 때 술지게미와 쌀겨를 함께 씹어 먹던 아내를 내칠 수 없다며 거절했음.

소씨 집안으로 가서 승상께 일의 전모를 물었다. 승상이 그 말하는 것을 보고 소소저가 한 일이라고 하며 말했다.

"이는 딸아이의 말이 옳은 것이니 너는 모름지기 고집을 부리지 마라."

김현이 다시 한바탕 말을 하며 그렇게 못하도록 하니 모든 생들이 크게 웃었고, 승상도 어이가 없어 웃으며 말했다.

"네가 진중하지 못하니 군자가 되지는 못할 것이로구나. 네 맘대로 해라."

김현이 기뻐하며 돌아와 소저를 다시 불러 한바탕 화를 낸 후에야 편치
124 않은 말이 잦아들었다. 그 후 수십여 일을 부인을 보지 않으니, 소저가 그
윽하게 웃으며 도리가 없어 뜻을 거뒀지만 마음이 늘 불편해 취씨를 더욱 너그럽게 대했다. 사람들이 그 덕을 칭찬했고 김현도 소저를 더욱 존경했다.

하루는 동해의 일본국에서 야광 구슬 한 쌍을 조공으로 바쳤다. 황제가 기이하게 여겨 글 잘하는 신하를 불러 '명주시(明珠詩)'를 짓게 하기 위해 곁에서 모시는 신하에게 물었다.

"요즘 젊은 선비 중 누가 으뜸이냐?"

신하가 아뢰었다.

"소운성 등 여덟 소씨의 재주가 뛰어나고, 우부도어사인 김현의 문장이 유명합니다."

황제가 말했다.

"여덟 소씨는 내가 이미 아는데, 재주로는 운성, 운경, 운명, 운현 등이 으뜸이다. 그러나 김현의 재주는 알지 못하니 불러서 봐야겠다."

황제가 명하여 부르시니 김현이 들어가 뵈었다. 황제가 그의 풍채와

용모를 사랑하사 자리를 내어주시고 말씀했다.

"내가 다른 나라에서 진상품을 받았다. 바다 건너 일본국에서 야명주를 보낸 것이다. 빛이 매우 신기하고 얼굴이 뚜렷하게 비칠 정도로 크다. 그래서 이것을 글제로 삼아 글을 짓게 하려고 하니 그대는 술과 안주를 토하여 나의 명을 욕되게 하지 마라." 125

김현이 전혀 사양하지 않고 황제의 명령을 받들었다. 명주를 보고 글을 짓겠다고 청하니 황제가 내관을 시켜 구슬을 옥쟁반에 담아놓으시고 붓과 벼루를 내어주셨다. 생이 명주를 보자 시흥이 샘같이 일어나 종이를 펼치고는 잠시 소매를 움직였는데, 글자마다 주옥 같고 구절마다 푸른 용이 어리고 연기와 구름이 낀 듯했다. 그 기이한 재주는 당대에 빼어나 족히 이백의 '부용여귀'와 '비취청사'249)를 압도할 만했다. 다 쓴 후 황제에게 드리니 좌우에서 모시고 있던 사람들이 다 감탄했다. 황제가 한번 보시고 매우 놀라 크게 칭찬하며 말했다.

"그대의 장원한 글재주는 안 지 오래지만 어찌 이처럼 신속하면서도 시원하고 깨끗할 줄 알았겠는가? 능히 여덟 소씨 형제와 나란히 할 만하도다."

김현이 엎드려 감사하며 말했다.

"제가 폐하의 사랑하심을 입어 천한 글재주를 꾸며보았지만 폐하께 보여드릴 만하지 못한데 도리어 칭찬을 받게 되니 황공함을 참지 못하겠습니다." 126

황제가 매우 칭찬하고 즉시 그 글 솜씨를 드높여 예부상서 태학사의 직위를 주고, 그 풍모를 칭찬하며 명주(明珠)를 상으로 주셨다. 김현이 강력

249) '부용여귀'와 '비취청사' : 미상.

히 사양했지만 듣지 않으셨으므로 은혜에 감사하고 물러났다. 영광이 온 조정에 빛나니, 이때 김현의 나이 겨우 스무 살이었다. 모두들 부러워하고 칭찬하는 소리가 끊이지 않았으며, 황제에게 글 솜씨와 풍모로 인해 기림을 받게 되니 그 명망이 모든 소씨 형제들보다 뛰어났다.

김현이 집으로 돌아와 어머니를 뵙고 명주를 드리니 왕부인이 기뻐하며 말했다.

"늙은 어미가 이런 영화를 보게 되었으니 죽어서 지하에 간들 무슨 한이 있겠느냐? 너의 태도를 보고 황제께서 상 주신 것이니 내가 이것을 가져다가 며늘아기에게 줘야겠다."

부인이 한 쌍의 구슬을 다 소소저에게 주었다. 소저가 인사를 하며 받은 후 물러나서 명주는 낭군이 받은 것으로 자신이 혼자 가질 수 없다고 생각하고는 시녀를 시켜 취씨를 부르도록 했다. 취씨가 급히 오자 소저가 위로하며 말했다.

"제가 항상 부인과 함께 한가롭게 노닐고자 했으나 손님 접대하는 일
127 이 매우 많아서 가지 못했습니다. 그래서 늘 염려했는데 마침 상서께서 나가고 내당이 한가하기에 함께 마음 속 이야기나 할까 하여 당돌하지만 청했습니다."

취씨가 사양하며 말했다.

"저는 박복한 운명으로 깊은 방안에 들어앉아 인간관계를 끊고 죽을 날만 기다리고 있었는데, 부인이 이렇게 너그럽게 대하시니 그 은혜 죽어서도 잊기 어렵습니다. 가끔 나오고 싶기도 했지만 낭군께서 다니시는 곳이기 때문에 나오지 못했습니다."

이에 소저가 문득 쓸쓸해하며 평온하지 못한 기색이 되었는데, 이는 취

씨가 김현을 피하고, 또 위계가 잘못되어 있는 것이 한스러웠기 때문이다. 동서로 앉아 말을 하다가 소저가 명주를 꺼내 주며 말했다.

"이것은 상공께서 임금님의 은혜로 받은 것입니다. 하나는 제게 두고 하나는 부인께 드립니다."

취씨가 허둥거리며 받은 후 감사했다.

이때 생각지도 않게 김현이 소씨 집안에 가서 생들과 술을 먹은 후 매우 취하여 집으로 돌아와 소소저의 숙소를 찾았는데, 소저가 취씨와 함께 이야기 나누고 있는 것을 보고는 취중에 매우 화가 나서 두 눈을 치켜뜨고 목소리를 크게 하여 말했다. 128

"투기하는 못된 부인이 어찌 감히 내가 다니는 곳에 있는가? 빨리 끌어내라."

소저가 얼른 몸을 일으키며 말했다.

"취부인은 낭군의 조강지처입니다. 비록 취하셨다 하지만 함부로는 못할 것입니다."

소저가 말리는 것을 보고 김현이 눈을 몽롱하게 뜨고 가짜로 취한 척하며 아이를 안은 채 비웃으며 말했다.

"부인이 저 사람을 부인이라고 말하니, 내가 부인이 아니라는 것을 밝히겠습니다. 저 사람도 듣고 부인도 들으십시오. 내가 평생에 하지 않은 것이 수다 떠는 것이고 또 남의 잘못 말하는 것을 싫어해서 참았는데, 부인이 나를 너무 함부로 여기시니 서러워서 취씨 박대하는 이유를 말하려 합니다.

아버님의 삼상을 마친 후 형이 결혼을 하자, 취시랑이 나에게 구혼을 했으나 어머님이 허락하지 않으셨습니다. 그러자 취시랑이 황금 수백

냥을 형에게 보냈고, 어머님도 나 몰래 납채(納采)[250]를 보내셨습니다.
그래놓고 나에게는 취시랑 집안과의 혼인은 내가 원하는 것이 아니니
굳이 할 것 없다며 다만 취시랑이 나를 보고 싶어 하는데 어른의 명이
129 니 잠깐 뵙고 오라고 했습니다. 나는 전혀 알지 못한 채 오직 홀로 되
신 어머님의 명에 따라 흰 도포에 모자를 쓰고 노새를 타고는 동자 아
이 한명을 데리고 취씨 집에 이르렀습니다.

시랑이 나를 맞이하여 자상하게 대접한 후 젊은 시녀를 시켜 술을 부어
내게 권했습니다. 내가 일을 많이 경험하지 못했으니 어찌 흉한 계교
를 알았겠습니까? 어른이 강력하게 권하니 술에 취해버렸습니다. 그러
자 시랑이 그윽한 방안으로 데려가서는 편히 쉬라고 하셨고, 나는 나이
가 어렸으므로 전혀 알지 못하고 누워있었습니다. 그런데 갑자기 낮에
술을 따르던 시녀가 와서 나의 옷을 벗기고 이부자리를 깔아주었습니
다. 나는 단시 시녀라고만 생각해서 드러누워 자려는데, 그 시녀가 태
연하게 옷을 벗고 함께 누워서는 자기가 술자리에서 나의 풍모를 보고
자나 깨나 사모하였으니 그 정성을 저버리지 말라고 했습니다. '내가
평생에 정숙한 여자를 원하는데 취시랑이 구혼을 하니까 어머님께서
130 난처해했을 것이다. 그래서 오늘 나를 불러서 시녀를 시켜 살펴보게
하려는 것이구나.'싶은 생각이 들었으므로 간사하게 굴어서 구혼하려
는 뜻을 끊도록 해야겠다고 마음먹고는 함께 밤을 지냈습니다.

그런데 다음날 취시랑이 들어와서는 사위라고 말하기에 내가 이상하게 여겨 이유를 물었습니다. 그랬더니 말하기를 어제는 황도(黃道) 길일이었고 내가 그 딸과 함께 술을 먹고 밤을 지냈으니 어찌 자신의 사

250) 납채(納采) : 신랑 집에서 신부 집에 혼인을 구하는 의례.

위가 아니겠냐고 했습니다. 내가 거짓이라며 거절을 하자 그가 갑자기
혼서(婚書)를 꺼내서 보여줬습니다. 그제야 어머님과 형님의 허락을 받
고 나를 얽어서 욕보인 것을 알게 되었습니다. 집에 돌아와서 아버님
묘에 올라가 통곡하며 눈물로 옷을 적신 후 여관에 머물며 음식을 끊었
습니다. 어머님이 천 가지로 타이르시며 염려하시고, 형이 효를 빌미
로 꾸짖으시니 욕됨을 머금은 채 한을 품고 취씨를 데려와 어머님을 뵙
게 하는데, 보니 바로 전날 술을 따르던 시녀였습니다. 원통함을 참을
길이 없었으나 어머님이 매우 사랑하시고 또 나의 정실부인이라고 하
시기에 내가 어머님의 명을 따라 이유를 따지지 않고 아는 척 모르는 131
척 내버려뒀습니다. 그랬더니 저가 갈수록 조심하지 않고 사사건건 나
를 모함하며 감히 투기를 일삼았습니다. 또한 자신을 박대한다고 원망
하여 어머님을 근심하시게 하고 나를 불효자로 만들었으니 어찌 그 죄
가 가볍겠습니까? 예를 갖춰 결혼을 하면 부인이라 하고 예를 갖춰 결
혼하지 않으면 첩이라고 한다 했습니다. 어머님이 비록 혼서를 보내셨
지만 내가 알지 못했던 일이고, 기러기를 전하거나 초례기간 동안 홀로
앉아있는 예식도 없었으며 뒤따르며 축하하는 사람들도 없었습니다.
또 내가 길복을 입고 초례를 지낸 적도 없으니 어찌 나의 정실부인이
될 수 있겠습니까? 그럼에도 권도로써 거짓 이름을 주고 훗날을 기약
했는데 부인을 만나게 되었습니다.

온 조정의 신하들이 축하객이 되었으며, 납폐와 채단을 보내고 기러기를 전하여 초례를 치렀고 육례에 따라 화려하게 혼인을 한 후 밝은 촛불 아래서 합환주를 서로 나누니 일이 모두 반듯하면서도 순리를 따른 것으로 명백하게 정실부인이 될 만했습니다. 그럼에도 내가 입 밖에

내지 않고 저를 공경하며 대접했으니, 이것만도 취씨에게는 다행이거
132 늘 만족할 줄을 모르고 부인을 모해하고 나를 죽이려고 했습니다. 내
가 한번 내쳤음에도 불구하고 걸식하며 다니다가 집으로 들어오니 인
생이 불쌍하여 덕을 널리 베풀어 뒷방에 두긴 했습니다만, 저가 어찌
감히 나의 부인이 될 수 있겠습니까? 이 말이 만일 조금이라도 거짓이
라면 나는 군자가 아니고, 부인에게 전에 이런 말을 했더라면 가볍게
말을 하는 소인배라고 해도 마땅할 것입니다."

취씨는 매우 부끄러워했으며 소소저는 정색을 하고 화를 냈다.

"사람이 어찌 밉다 하여 잘못 지적하기를 이처럼 하십니까? 예전 상공의 아내였는데 오늘 지체가 낮아질 수 있겠습니까?"

김현이 크게 웃고 나가니 취씨가 울며 돌아갔다. 소저는 김현의 신의 없음을 한탄하고 매우 불편해 하면서도 한편으로는 그 요상한 혼인에 대해 우습게 여겼다. 이후로 감히 취씨가 김현을 보지 못했다.

하루는 김현이 집을 비운 사이 소저가 석부인의 병환으로 급히 친정에
가게 되었다. 해질 무렵 김현이 술에 취하여 어머님을 뵙고 부인의 침소
로 가서는 부인이 있는지 없는지 알지 못하고 거꾸러져 자게 되었다. 왕
133 부인이 취씨의 인생을 슬프게 여겨 취씨를 불러 말했다.

"오늘 며늘아기가 나가고 현이 매우 취했으니 너는 마땅히 현을 모셔야 한다."

취씨가 명에 따라 수정각으로 가니, 김현이 깊은 잠에 빠져있었고 좌우에 시녀가 지키고 서있었다. 밤이 깊어지자 사람들이 다 돌아가고 취씨 혼자 앉아있는데, 상서가 몽롱하게 술 취한 눈으로 보고는 소소저라고 여겨 갑자기 끌어 당겨 이부자리로 가 부부간의 정을 이루고 여러 가지 말

을 하였다. 그러면서도 전혀 취씨인 줄 깨닫지 못했다. 취씨는 행여 김현이 알까 두려워 잠들기를 기다렸다가 나왔다. 현이 이 일을 전혀 모르고 다음날 아침 어머님께 문안을 드리며 물었다.

"소씨는 어찌 곁에 없습니까?"

왕부인이 웃으며 말했다.

"며늘아기는 어제 석부인이 편찮으셔서 급히 갔다."

현이 매우 놀라 물었다.

"소씨가 밤에도 있었는데 어제 갔을 리가 있습니까?"

좌우의 시녀들이 입을 가리고 웃었으며 왕부인이 웃으며 말했다.

"그 사람은 취씨이다. 네가 매우 취한 것을 보고 내가 시중을 들라고 보냈었다."

김현이 매우 놀라 할 말을 잃었다. 또한 할 말이 없어 즉시 소씨 집안 134
으로 찾아가 장모 문병을 한 후 소저에게 말했다.

"부인은 나를 남편으로 여기지 않고 거리낌 없이 출입하는데, 왜 그렇게 합니까?"

소저가 답했다.

"상공께서 안 계시는 사이 어머님께서 뜻밖에 중병에 걸리셨습니다. 그러니 어찌 미리 여쭤볼 수 있었겠습니까? 게다가 시어머님께 말씀드렸으니 너무 꾸짖지 마십시오."

김현이 웃으며 말했다.

"부인은 잘됐다 여기겠지만 나는 절개를 잃어버렸으니 안타까워서 하는 말입니다."

소저가 놀라서 이유를 물으니 김현이 전모를 자세히 말했다. 그러자 소저가 미간을 펴고 두 뺨에 아름다운 웃음을 지으며 옥 같은 치아를 드러내 말했다.

"이는 곧 어머님의 명이고 부부가 한 방에 모인 것도 떳떳한 일입니다. 그런데 어찌 안타까운 일이겠습니까? 상공께서 짐짓 저에게 자랑하시는 것입니다."

김현이 또한 웃으며 말하였다.

"나는 진정인데 자랑한다고 하니 지기(知己)가 되는 부부가 아닌 게로군요."

소저가 웃기만 할 뿐 답이 없는데, 이때 병부 운성의 일곱 살 난 첫째 아들 세광이 매우 영리하여 이 말을 듣고 취성전에 들어가 전하니 모두
135 크게 웃고 소저를 불러 물었다. 그러나 소저는 미소를 지을 뿐 말하지 않았다.

원래 모든 생들이 운숙이 잡아온 여자가 취씨인 줄을 몰랐고, 또 김현이 친척집 시녀라 말하며 구해줬으므로 이 때문에 모두들 희롱 했지만 김현이 입을 열지 않았다. 소씨 형제들의 놀림이 끝이 없자 소저가 조용히 희롱하지 말라고 했고, 이에 생들이 놀라서 이후로는 다시는 말하지 않았다. 김현 역시 소저가 부탁한 것인 줄로 짐작하고 다만 웃었다.

석부인이 김현의 준수하고 뛰어난 풍류를 매우 사랑했지만 왕부인의 행실이 한스러워 소식을 주고받지 않았는데, 소저가 두 번 세 번 청하여 태부인과 함께 말씀도 왕래하고 혹 서로 청하여 보게도 되었다. 왕부인은 소씨 부인들의 엄숙한 행동과 인물됨을 탄복하면서 며느리의 아름다움이 다 원천이 있음을 깨달았다.

이때 소저가 여러 날을 친정에서 머물다가 다시 시가로 가서 시간을 보

내고 있었다. 취씨가 문득 잉태하여 남자아이를 한 명 낳았다. 생김새가
비상하고 얼굴이 깎은 옥 같은 것이 김현을 닮았으므로 소저가 매우 기뻐 136
하며 유모를 들여 길렀는데, 모든 일에 있어 자기 친자식과 다름이 없었
다. 또한 김현에게 말하기를 하늘의 도가 밝으셔서 길한 사람을 이같이
돕는다고 하면서 취씨의 아들이 보통 아이가 아니라고 했다. 김현이 단지
미소 지을 뿐 답이 없자 소저가 아이를 데려다가 김현에게 보였다. 김현
이 한번 보니 사랑스러웠지만 본 체 않으니 소저가 유모에게 맡겨 보호하
여 기르게 했다. 김현 또한 아이가 자라 말을 배울 즈음 되어서는 그런 생
각을 거두고 사랑하니 취씨의 형편이 조금이나마 나아진 듯했다. 소저가
연달아 4자 3녀를 낳았는데 모두 옥과 구슬 같았으며 부모의 모습을 타고
났다. 취씨의 아들도 장성하니 김현은 5자 3녀를 거느리면서 벼슬이 참정
에 이르렀고, 그 어머니의 임종도 효로써 지켰다. 소소저와 더불어 백년
해로하여 70여 년을 함께 지내다가 한 곳에 묻혔으며 여러 자손들이 다
번창하여 입신양명했고 효심이 깊었으니, 이는 소승상이 지극한 의지로
규방안의 천금 같은 딸아이를 아끼지 않았기 때문이다. 또한 소소저가 재
상가 자녀로서 공손하고 온순하며 아녀자로서의 덕을 닦고 사람을 인과 137
의로 대하여 하늘을 감동하게 한 덕택이다. 또한 김현의 뛰어난 효행 덕
분에 자손들의 지위가 높아진 것이니 어찌 아름답지 않겠는가?

하루는 소씨 집안에서 잔치를 열게 되었다. 소저가 자녀들을 데리고 잔치에 참여하여 머물면서 마음 속 이야기를 하고 있었다. 이때 고모인 한상서 부인 소씨가 물었다.

"모든 조카딸들이 다 아름답긴 하지만 다들 한 가지 흠은 있을 것이기에 그에 관한 생각을 듣고 싶다."

성생의 아내 수정이 대답했다.

“저는 평생 다른 사람이나 남편과 싸우고 싶지 않았습니다.”

유생의 아내 수옥이 말했다.

“다른 사람이 나를 욕하는 말을 듣는다고 해서 매우 애석하진 않지만, 그래도 화난 표정을 감추기는 어렵습니다.”

정생의 아내 수아가 말했다.

“다른 사람이 만일 나에 대해 옳고 그름을 말하면 왜 그것을 받아들이며 참고만 있겠습니까? 지아비라고 해도 따질 만한 일이 있으면 머리를 숙이고 잠잠하게만 있지는 않겠습니다. 죽을망정 지지는 않을 것입니다.”

김현의 아내 수빙이 말했다.

“셋째 언니의 말이 옳습니다. 그런데 저는 화가 난다든지 기쁘다든지
138 하는 것을 알지 못하니 오히려 이상합니다.”

소부인이 웃으며 말했다.

“너희들이 다 어질지만 수아와 수옥이는 화를 만날 사람이고 수정이는 화를 피할 사람이며 수빙이는 화를 만나도 풀 사람이다. 그러니 으뜸은 수빙이고 다음은 수정이이다. 수아가 만일 정생 같은 부족한 선비를 만나지 않았다면 어찌 능히 편히 살겠으며 수옥이가 유씨 집안 같은 곳 아니면 어찌 몸을 보전하면서 오히려 아름답다 칭찬하는 말까지 들을 수 있었겠느냐? 너희들이 부디 덕을 닦아 우리 소씨 집안의 맑은 덕을 상하게 하지 않도록 해라.”

소소저들이 명을 받들어 절한 후 수옥이 웃으며 말했다.

“넷째는 진짜 이상한 사람이다. 김현이 취씨를 죽이려고 하면 기쁜 일

인데 어찌 구해주려 했을까?"

수빙이 머리를 숙이며 탄식했다.

"제가 일찍이 더불어 원수가 된 일이 없는데 어찌 작은 잘못으로 사람의 죽음을 기껍게 여기겠습니까?"

수아가 그렇지 않다는 듯 꾸짖으며 말했다.

"취씨 집안의 악한 여자가 늙은 왕씨와 함께 너를 만 가지로 욕을 보였다. 그러니 만 가지 죄목으로 죽게 해도 다 죽이지 못할 것인데 무슨 이유로 살려두면서 후하게 대하느냐?"

수빙이 웃으며 말했다. 139

"언니는 늘 말씀을 지나치게 해서 부인으로서의 덕을 잃으십니다."

수애가 말했다.

"밉기로 말하면 그 사람은 적국에 지나지 않는데, 너는 은인같이 대접을 하니 이상해서 하는 말이다."

석파가 웃으며 말했다.

"셋째가 이처럼 사나우니 어찌 정시랑이 잡혀 살지 않겠습니까? 다만 정환 낭자는 매우 온순하여 수아 소저를 닮지 않았으니, 비록 소부인의 군자 같은 풍모는 바라지 못하겠지만 수빙 소저 같은 온순한 덕과 자태는 자라면서 따를 것입니다."

이때 말하는 정환은 수아의 딸인데, 겨우 세 살이었다. 얼굴 아름다운 것이 그 어미보다 나아 흡사 수빙 소저 같고 행동하는 것이 기이하여 정시랑이 매우 사랑하며 손안의 보배로 여겼다. 원래 이 딸을 낳을 때 꿈에서 수아의 손 안으로 달이 떨어졌는데, 그 안에 여자아이가 들어 있다가 말을 했다.

"하늘이 옥 반지 한 쌍을 당신의 집으로 보내시니 조심하면서 기르십시오."

수아가 받아서 보니 흰 옥으로 만든 반지였는데 달빛이 어리자 붉은 옥
140 반지가 되어 쨍그랑 하고 떨어졌다. 이 소리에 놀라 수아가 깼다. 그런 후 딸아이를 낳았으므로 이름을 정환이라고 하고 자를 숙연이라고 했다.

이날 여러 자매들이 모두 속마음을 말한 후 위씨와 형씨 등을 모셔 투호 놀이를 하였는데, 맑은 음성이 집안에 가득하고 웃음소리가 만발했다. 이때 소승상이 아들들과 함께 부용당에서 경치를 감상하고 있었다. 벽이 막혀있어 소승상이 온 줄도 모르고 여인들이 요란한 소리를 내니, 이것을 듣고 소씨 형제들이 말리려 하자 승상이 말했다.

"아녀자들이 방안에서 울적하게 지내다가 자매들끼리 모여 즐기는 것은 평범한 일이다. 어찌 말리려 하느냐? 며느리들이 내가 온 줄 알면 편하지 않을 것이니 서당으로 가야겠다."

승상이 아들들과 함께 서당으로 돌아갔다.

소승상의 관대하면서도 어진 것이 이와 같으니 비록 엄하며 절도 있는 것도 남보다 뛰어나지만 또한 덕이 두터우므로 모든 자녀와 며느리들이 다 두려워하면서 정성으로 모셨다. 태부인 또한 매우 관대하게 집안을 다스리니 모든 젊은이들이 매우 한가하게 세월을 보냈다.

소 현 성 록

14권

1 송나라 인종 황제의 정궁(正宮)인 선인황후 소씨는 승상 강릉후 소현성의 막내딸이며, 조국부인 석씨의 소생으로 이름은 수주이다. 일찍이 석부인이 황후를 잉태하였을 때 꿈에서 태음성(太陰星)을 삼키고 태양의 정기를 쏘였는데 20개월이 지나서 황후를 낳으니 산실(産室)에 기이한 향기가 가득하였고 석부인의 기운이 몹시 맑고 깨끗하여 사람들이 모두 이상하게 여겼다.

황후는 어렸을 때부터 조용하며 말씀이 없었고 엄숙하고 단정하며 출입(出入)의 법도를 지키고 눈을 들어 사람 보기를 가볍게 하지 않았다. 또 지극히 우스운 일이라도 가볍게 웃지 않았고, 어진 일을 보아도 알지 못하는 것처럼 하였으며, 부정한 일을 보아도 좋게 넘기는 것같이 하였다. 사람들이 이상하게 여기고 그 이유를 물어보면 다음과 같이 대답하였다.

"사람은 각자 자신의 뜻을 가지고 행동을 합니다. 그 부모께서 물려주신 몸이고 길러주신 몸인데 내 마음에 맞지 않는다고 하여서 그 무슨 흠이 있겠습니까?"

사람들이 또 물었다.

"사나운 것을 꾸짖지 못하는 것은 그럴 수 있다지만 어진 일을 보아도
2 칭찬하지 않으시는 것은 왜입니까?"

황후가 대답하였다.

"어질면 아름답게 여길 따름이니 칭찬한다고 한들 무엇이 유익하겠습니까?"

사람들이 모두 항복하였다.

황후는 어려서부터 문학을 좋게 여기시며 글을 쓰고 읽는 것을 게을리하지 않으셨는데 사람들이 그 이유를 물으니 답하였다.

"내가 재상집 여자아이인데 고사(古事)를 알지 못한다면 사람들의 업신여김을 받을 것입니다."

황후의 자매들은 모두 재주와 학식이 있었지만 규방에서 지은 것이라 하여 감추고 숨겼다. 그러자 황후가 말씀하였다.

"하신 행동들이 있는 재주를 자랑하고자 한 것이 아닌데 구태여 감추어서 무엇 하겠습니까?"

또한 황후의 의복이 몹시 검소하셔서 만일 새 옷을 해서 드리면 다음과 같이 말씀하였다.

"너무 빛나서 남 보기에 부끄럽습니다."

부모는 황후가 이미 평범한 사람의 배우자가 되지 않을 것이라는 것을 알았다.

하루는 태부인이 어린 손녀를 불러 진주와 금은보화를 흩어 그 뜻을 보고자 하였다. 이때 황후가 5살이었다. 다른 소저들은 다투어 진주와 금은보화를 가져가 어지럽게 쌓아두었는데 황후는 홀로 단정히 앉아서 눈을 들어 보지 않았다. 숙모인 소부인이 물어보았다.

"너는 어째서 가지지 않느냐?" 3

황후가 천천히 말하였다.

"이제 사사로운 재물을 가져서 무엇에 쓰겠습니까?"

태부인이 그 등을 어루만지면서 말씀하셨다.

"이 아이가 훗날 만인(萬人)의 위에 서겠구나."

곁에 있던 이들이 그 뜻을 알지 못하였다.

황후는 8세가 되자 모습이 부모를 골고루 닮았다. 얼굴은 연꽃이 아침이슬을 머금어 아침볕에 빛나는 듯하고, 허리는 봄바람에 흔들리는 버들

가지 같았다. 한 쌍의 가는 눈동자는 봄날의 샛별이 맑아 깨끗한 물에 비추는 듯하고, 흰 눈 같은 살빛과 앵두 같은 붉은 입술에 희고 깨끗한 이는 얼음과 옥처럼 맑고 티 없었다. 그래서 빼어나게 아름다운 가운데 무게가 있고 윤택하면서도 상쾌하고 깨끗하였다. 용모를 단정히 하고 앉아 있으면 흡사 여와씨(女媧氏)[251]가 용상(龍床)에 앉아있는 위풍과 같아 아름답고 고운 것이 보통 사람들보다 뛰어났는데, 한갓 고운 것이 특이할 뿐만 아니라 타고난 용모와 품격이 맑고 깨끗하여 비록 그 모친(母親)이라도 황후의 찬란한 광채에는 미치지 못할 정도였다. 또한 언니인 김참정 부인은 침착한 모습은 황후보다 나았지만 몹시 여유 있는 것과 상쾌한 것은 황후에게 미치지를 못하였다. 황후는 모든 형제들 사이[252]에 있을 때, 나이가
4 적으며 기골이 가냘프고 약했지만 위풍이 저절로 솟아나 넉넉하여 가냘픈 것이 감춰져 다사로워보였다. 맑은 눈으로 한번 둘러보면 많은 사람들을 눈 안에 담아 둘 듯하였고, 사람들에게 두려운 마음이 저절로 일어나도록 하니 모든 오빠들과 언니들이 감히 농담과 이야기를 가볍게 건네지 못하였다.

이때 장헌명숙황후가 꿈에 해를 보시고 태자를 낳으셨다. 태자의 얼굴은 달과 같았으며 기골은 엄하면서도 위풍(威風)이 있었다. 태자는 어렸을 때부터 글 읽기를 좋게 여겼기에 진종황제가 몹시 총애하시고는 일등 문신(文臣)을 뽑으셔서 용두각 태학사 소운성과 한학전 태학사 소운현에게 태자를 가르치라고 하셨다. 신하가 아뢰었다.

"두 명의 소씨 신하는 모두 나이가 어리면서도 재주가 많습니다. 그러

251) 여와씨(女媧氏) : 중국 상고시대의 제왕으로 처음으로 생황이라는 악기를 만들었고, 결혼의 예를 제정하여 동족간의 결혼을 금하였음.
252) 사이 : {서리}. 어떤 무리의 사이나 가운데라는 뜻의 고어임.

나 경험이 많이 부족하니 다른 이로 바꾸도록 하십시오."

황제가 즉시 병부상서 노위에게 태자소사(太子少師)[253]를 시키시고 또 소운성에게는 태자의 보필이 되라고 하시며 소운현에게 내린 말씀은 거두어 들이셨다.

소운성이 이미 태자태사(太子太師)[254]가 되었기에 태자를 가르치는데 있어 침묵하지 않고 간언(諫言)을 드리기로 처신하여 잘못된 일은 꾸짖고 정도(正道)로 도왔다. 그래서 태자의 문리(文理)와 행동이 나날이 깊어갔다.

하루는 태자가 소현성을 보고 어진 분을 예우하는 도리를 행하고자 하여 소씨 집안에 왔는데 마침 승상이 밖에 나가고 없었다. 태자태부(太子太傅)인 소운성이 태자를 모시고 이야기를 나눌 때 태자가 웃으면서 말하였다.

"우리 무덕황제도 승상의 집에 날마다 은밀히 가셨는데 승상이 부인에게 술과 안주를 나오게 하니 부인의 태도가 우아하며 아름답다고 칭찬하셨습니다. 내가 나이가 젊고 덕이 없지만 선조의 뜻을 이어 내각(內閣)의 태부인을 뵙고자 합니다."

소운성이 사례하며 말하였다.

"전하의 하교가 마땅하시니 모름지기 신이 먼저 들어가 할머니와 어머니에게 말씀드리겠습니다."

드디어 소운성이 들어와 말씀드리니 태부인이 즉시 소부인, 화부인, 석부인 등 세 명의 부인과 함께 태자를 청하여 당(堂)에 올리고 공경하여 예

---

253) 태자소사(太子少師) : '소사(少師)'와 같은 말로 태자부(太子府)에 둔 종이품 벼슬.
254) 태자태사(太子太師) : 동궁에 속하여 왕세자의 교육을 맡아보던 종일품 벼슬.

를 마쳤다. 태자가 또한 겸손하고 온화하여 예(禮)로써 응하며 말하는 것이 엄연히 임금과 신하의 모습이 아니었다. 술이 두어 순배 돌자 태자가 하직하고 나와 소씨 형제들과 함께 칭찬을 마지않으며 이야기 하였다.

"여러분의 어진 것은 소현성의 교훈뿐 아니라 실로 규방에 맹자의 어머니와 같은 태부인이 있어서입니다."

6 이어서 고서(古書)를 강론(講論) 하였는데 소운성이 태자의 뜻을 알고자 하여 문득 나아와 물었다.

"자고로 성군(聖君)은 정사(政事)를 돌보는 것에는 훌륭하셨습니다. 그러나 성군들은 가까운 친지들을 헤아리지 않고 죽였으며 혹 공신(功臣)에게 형벌을 내리기도 하였는데 이는 어진 행동은 아닌 듯합니다."

태자가 몸가짐을 조심하며 단정히 앉아 대답하였다.

"그렇지 않습니다. 법에는 인정(仁情)이 없으니 가까운 친척과 공신을 죽이는 것을 한가지로 논하여서 사납다고 하겠습니까? 부분적으로 법을 사용하면 어짊과 덕을 잃으며 어진 신하를 죽이면 오히려 어질지 못한 것입니다. 주왕(紂王)이 비간(比干)을 죽이니[255] 이른바 포악한 것이며, 주공(周公)이 관숙(管叔)과 채숙(蔡叔)을 베었으니[256] 이른바 성인입니다. 대개 사람이 행실과 덕을 닦아 일을 올바르게 하려고 하거나, 성인이 잘못된 일을 하면 후세에 시비(是非)가 있습니다. 이제 지난 일을

255) 주왕(紂王)이 ~ 죽이니 : {샹뒤 비간을 죽이니}. 비간은 은 나라의 충신으로 주왕의 숙부인데, 주왕의 음란함을 간하다가 죽임을 당하였음.

256) 주공(周公)이 ~ 베었으니 : {듀공이 관채롤 버히시니}. 관숙과 채숙은 주 무왕(周武王)의 아우며, 주공의 형들임. 무왕이 붕어하고 아들 성왕(成王)이 즉위했으나 나이가 어린 탓에 주공이 섭정하니 관·채가 나라에 말을 퍼뜨리되, "공이 장차 어린애에게 이롭지 못하리라[管蔡流言放國曰 公將不利於孺子]." 라고 하여 주공이 황공하여 동도로 피했음. 뒤에 성왕이 주공을 맞아 돌아오매 그들이 모반하였기에 왕이 주공에게 토벌을 명하여 그들을 잡아 죽였다고 함. 『사기(史記)』「관채세가(管蔡世家)」편에 실려있음.

말하더라도 선생과 내가 자못 이렇듯 서로를 소중하게 생각하지만, 내가 덕을 잃으면 선생이 이윤(伊尹),[257] 곽광(霍光)[258]과 같이 일을 해야 옳고, 만일 선생이 잘못하면 내가 당당히 다스릴 것입니다. 사사로운 정으로 차마 어쩌지 못하여 정사(政事)가 잘못되면 피차 모두 약하며 어리석은 사람이 될 것입니다."

소씨 형제들이 듣기를 다 못해 서로 돌아보았는데 식은땀이 흘러 등이 7
젖었다. 이 가운데 깨달음을 얻어 몹시 조심하였다.

이때 태자의 나이가 8세였다. 태자비를 간택하는데 천하의 주현(州縣)과 서울의 사대부들이 부귀(富貴)를 흠모하며 태자가 나이가 어린데도 영웅 같은 모습이 있는 것을 사랑하여 어린 여자를 단장하여 대궐 안으로 들여보냈다. 이때 소황후의 나이가 태자와 동갑이어서 또한 간택에 들어갔다.

진종황제가 황후와 함께 앉아서 보시니 여자의 수가 3만 700여 명이었다. 사지궁녀가 여자들을 가려서 삼백이 되었다. 그 후 황제와 황후가 둘러보시고는 삼백 명 가운데서 가리셔서 세 여자를 뽑으셨다. 하나는 소현성의 막내딸 소소저이고, 둘째는 곽시랑의 딸이고, 셋째는 양사공의 딸이었다. 모두 다 기특한 가운데 소소저가 홀로 특이하여 씩씩하고 맑으며 엄숙하고 위엄이 있어 돋보이는 것이 국모(國母)에 마땅하였다.

황제와 황후가 매우 기뻐하시며 소소저에게 나아오라고 하시고는 말씀을 물어보시니 대답이 막히지 않았는데 언어가 맑고 깨끗하였고, 나아

---

257) 이윤(伊尹) : 은 나라 탕왕의 재상으로 이름은 지(摯). 유신(有莘)의 들에서 밭을 갈다가 탕왕의 부름을 받고 벼슬에 나가 하 나라의 무도한 걸(桀)을 치고 은 나라 창업을 도왔음.

258) 곽광(霍光) : 전한(前漢)의 정치가로 자는 자맹(子孟). 곽광은 한무제(漢武帝)의 고명(顧命)을 받고, 소제(昭帝)를 보좌(輔佐)했음. 소제가 죽자, 창읍왕 하(昌邑王賀)를 영립(迎立)했는데, 창읍왕이 실덕(失德)하자 폐하고 다시 선제(宣帝)를 영립하였음.

오고 물러가는 예절과 행동이 몹시 기이하였다. 황후가 손을 잡고 황제에게 말하였다.

"소소저는 다름 아니라 제 어머니의 양질(養姪)이니 저에게는 의족(義族)입니다. 마땅히 비(妃)를 삼고싶습니다."

황제가 칭찬하며 말하였다.

8 "어진 황후의 어머니가 소현성에게 두터운 은혜를 입었으니 황후는 며느리를 각별히 사랑하십시오."

황후가 미소를 지었다. 원래 황후는 다름 아니라 소승상의 양매(養妹) 윤부인의 장녀로, 지금 나이가 23세인데 진종황제의 계실(繼室)이 되어 바로 태자를 낳으신 장헌황후 유씨였기에 황제가 소현성을 은인(恩人)이라고 한 것이었다.

다음 날 세 여자를 뽑아 소소저를 태자비로 정하시고 황제와 황후가 매우 은혜롭게 대해주시며 기뻐하셨다. 또한 태자의 호구(戶口)를 정하라고 하시며 기뻐하시고는 별궁에 두었다. 다음 날 관상 보는 이를 불러 보이고 비(妃)를 정하고자 하니 소씨 집안에서는 놀라면서도 동시에 기뻐하였다. 그런데 곽시랑은 자신의 딸이 후궁이 될까 두려워 즉시 관상을 보는 술사(術士)[259] 원진인을 만나 보고 뇌물을 시원스레 주었다.

다음 날 원진인이 명패(命牌[260])를 따라 궁궐 안으로 들어가 간택한 세 여자를 내어 세우고 한번 바라보았다. 곽소저는 기운찬 위세가 엄숙하고 단정하여 국모의 모습이 분명하였으나 다만 오래지 않을 것이며 또 단명(短命)할 것으로 보였다. 양소저는 자색이 아름답고 귀한 모습이 있어 후

---

259) 술사(術士) : '술가(術家)'와 같은 말로, 음양(陰陽), 복서(卜筮), 점술(占術)에 정통한 사람.
260) 명패(命牌) : 임금이 당상관을 부를 때 보내던, '명(命)'자를 쓰고 붉은 칠을 한 나무패.

궁으로는 마땅하지만 복이 엷어보였다. 유독 소소저가 수복(壽福)[261]이 커 보이고 사람됨이 비범하여 팔덕(八德)[262]을 갖춘 태평한 시절의 국모 9
(國母)의 모습이 있으며 자손이 번성할 것으로 보였는데 다만 복의 기운이 미처 펴지지 않아 얼굴에 엉기어 있어 당당히 십년 후에 응할 것으로 보였다. 반면 곽소저는 복의 기운이 굳어 보이지 않고 온화한 기색이 두드러지게 나타났는데 이미 원진인이 뇌물을 받았기 때문에 손으로 곽소저를 가리키며 말하였다.

"이는 진실로 만승국모(萬乘國母)이십니다. 팔자가 기특하고 수복(壽福)이 모두 갖추어 있습니다."

황제가 놀라 말하였다.

"잘못 본 것 아니냐? 짐의 뜻으로는 곽씨가 소씨만 못한 것 같구나."

원진인이 꿇어 아뢰었다.

"만일 지략과 재주를 말한다면 소씨가 으뜸이지만 팔자와 관상은 곽씨입니다. 소씨와 양씨는 모두 후궁으로 지체가 높고 귀한 모습이지만 어찌 곽소저의 귀한 복에 미치겠습니까?"

황제가 비록 소소저를 들이고자 하나 관상에 달려있으니 평범한 사람의 안목과 다르다고 하고 즉시 곽소저를 태자의 정비(正妃)로 봉하시고 소소저와 양소저를 태자의 후궁으로 삼았다. 태자와 세 명의 소저가 모두 나이가 어렸으므로 초례(醮禮)[263]와 전안례(奠雁禮)[264]를 하였지만 합궁

---

261) 수복(壽福) : 오래 살고 복을 누리는 일.

262) 팔덕(八德) : 여덟 가지의 덕으로 인(仁)·의(義)·예(禮)·지(智)·충(忠)·신(信)·효(孝)·제(悌)를 말함.

263) 초례(醮禮) : 전통적으로 치르는 혼례식.

264) 전안례(奠雁禮) : 혼례 때 신랑이 기러기를 가지고 신부 집에 가서 상 위에 놓고 절하는 것. 산 기러기를 쓰기도 하나, 대개 나무로 만든 것을 씀.

(合宮)하지는 않았다. 소소저와 양소저 두 사람 역시 후궁의 예로 동궁(東宮)에 들어갔지만 깊은 당(堂)에 감추어져 궁녀가 기르고 태자를 만나지 않았다.

10 세월이 흘러 4년이 지나 태자의 나이가 12세가 되었다. 바야흐로 태자가 정비 곽씨와 합궁(合宮)하여 새로 든 정이 간절하였으며 곽비가 자색이 뛰어나 자못 정이 깊었다. 또 태자의 나이가 젊었기에 다른 곳에 뜻이 생기지 않아서 후궁을 찾는 것을 잊었다. 곽비는 투기를 잘 하였기에 여러 후궁을 후당(後堂)에 가두어 태자를 보지 못하게 하였다. 소소저는 부모를 그리워하며 슬퍼하였다.

황제가 돌아가시고 태자가 즉위하시니 인종황제이다. 태후가 섭정(攝政)하고, 곽씨를 황후로, 소씨를 귀비로, 양씨를 귀인으로 봉하고 후궁을 여러 명 뽑아 육궁(六宮)[265]을 채우셨다.

인종황제가 돌아가신 진종황제의 삼년상을 마치고 다시 정궁 곽씨와 편안히 즐겼으나 나이가 들고 춘정(春情)이 가득 일어나자 드디어 여러 후궁을 특별히 총애하고 정궁(正宮)에 자주 오지 않으셨다. 곽후가 매우 분노하여 불안해하는 일이 잦아지자 황제가 자못 기뻐하지 않았다. 장헌태후가 소귀비와 양귀인을 경계하여 타이르셨으며 또 소귀비가 아름다우면서도 덕을 갖추었기에 황제가 보시면 정궁(正宮)이 위태로울 것을 두려워하셔서 비록 소귀비를 매우 사랑하셨지만 천자에게 보이지 않았다.

11 곽후가 마침내 후궁의 문안을 받지 않고 종일토록 서 있으라고 하니 양미인이 소귀비에게 말하였다.

"우리들이 부모를 버리고 황제의 명으로 깊은 궁궐의 높은 당(堂)에 처

265) 육궁(六宮) : 중국의 궁중에 있었던 황후의 궁전과 부인 이하의 다섯 궁실.

해서 6년을 지냈는데 천자의 얼굴도 알지 못하고 오히려 투기하는 부인의 보채임을 받게 되니 이런 인생이 기구하지 않습니까? 나는 도무지 서 있지 못하겠어서 돌아가니 그대도 고집하지 말고 가십시다. 하물며 그대는 태후께서 사랑하시는 사람인데 어찌 저 투기하는 부인을 헤아리겠습니까?"

소귀비가 탄식하며 말하였다.

"하늘의 도리에 따르는 자는 번창하고, 하늘의 도리를 거스르는 사람은 망한다고 하니 우리들이 이미 정궁(正宮)의 아래에 있는데 피곤한 것은 일상사입니다. 오직 천명(天命)을 받을 것이니 어찌 감히 법도를 어지럽혀서 정궁(正宮)을 멸시하겠습니까? 죽을지언정 돌아가지 않겠습니다."

소귀비가 말을 마치자 눈물 두 줄기가 옥 같은 얼굴에 떨어졌는데 흰 연꽃이 향기로운 물에 잠겨있고 모란이 봄비를 맞은 것 같기에 곁에 있던 궁인들이 모두 슬퍼하였다.

날이 오시(午時)[266]가 지나도록 황후가 후궁들에게 돌아가라는 말을 하지 않았다. 인종황제가 조양전으로 가시다가 우연히 보시니 젊은 여성 한
명이 후궁의 옷을 입고 문안단자(問安單子)를 들고 섬돌에 서 있는 것이었 12
다.

황제가 이상하게 여기시고 나와 보시니 그 미인은 버들 같은 눈썹을 찡그리고 봉안(鳳眼)[267]을 낮추고 있었는데 구름 같은 귀밑과 붉은 보조개에 연분을 바르지 않았는데 천연한 광채와 자연스러운 풍채가 맑고 흡족

266) 오시(午時) : 십이시의 일곱째 시로 오전 열한 시부터 오후 한 시까지임.
267) 봉안(鳳眼) : 봉의 눈같이 가늘고 길며 눈초리가 위로 째지고 붉은 기운이 있는 눈으로 귀상(貴相)으로 여김.

하여 모습이 하늘의 향기를 머금은 것 같고, 달과 바람을 떨쳐 씩씩한 것이 눈 위의 차가운 달 같고, 봉황 같은 어깨와 가는 허리는 비단을 묶은 듯 몸에 여유가 있고, 엄숙한 태도와 차림새를 가지런히 하고 있었다. 그래서 궁녀들 가운데 서 있으면서 우뚝 드러나 진실로 모래 가운데 명주(明珠)를 던진 것과 같고 개천의 모래에 백옥(白玉)이 섞여 있는 것과 같았다. 찬란한 모습이 눈부시기에 황제가 몹시 놀라 물어보셨다.

"이는 어떤 사람인가?"

궁인 여씨가 엎드려 아뢰었다.

"이는 다름 아닌 소귀비입니다."

황제가 말하였다.

"소귀비는 어떤 사람인가?"

여씨가 말하였다.

"선조 때 곽후와 함께 뽑혔다가 황제께서 즉위하실 때 귀비에 봉해졌습니다. 승상 소현성의 딸입니다."

황제가 또 물어보았다.

"어째서 저리 서 있느냐?"

여씨가 대답하였다.

"황후가 문안을 들어오게 하지 않고 서 있으라고 하시니 소귀비가 감히 물러가지 못하고 있는 것입니다."

13 황제가 고개를 끄덕이시고 말씀을 내리셨다.

"내 말을 황후에게 전하고 소씨를 돌아가라 하여라."

황제가 말을 마치고 조양전에 들어가 태후를 뵈었다. 태후가 자리를 내어주시고 조용히 말씀하시자 황제가 일어나 말하였다.

"신이 돌아가신 황제와 태후의 성은(聖恩)을 입어 이 자리를 외람되게 차지한 지 수삼 년 동안에 정궁(正宮)을 박대한 적이 없습니다. 그런데 곽씨가 매번 투기로 신을 괴롭게 하고 신의 후궁을 보채니 그 행동이 여우보다 더한 것 같습니다."

태후가 정색하고 말하였다.

"태임(太任)과 태사(太姒)[268]와 번희(樊姬)[269] 이외에 투기 하지 않는 숙녀란 없습니다. 황후가 나이가 어려서 투정이 있는 것이 어찌 허물이 되어 여우에 비기겠습니까?"

황제가 다시 말하였다.

"신이 비록 나이가 어리지만 국법으로 말한다면 삼천 명의 후궁이 있을지라도 돌아가신 황제께서 뽑으신 소귀비와 양재인 등이 모두 신의 조강지처(糟糠之妻)이며, 정궁(正宮)과 위치가 다르지만 이름난 가문 대신들의 딸로 함께 들어와 선후(先後)가 없습니다. 그런데 태후께서 깊이 감춰두시고 신을 속이시고 곽씨의 궁비(宮婢)로 만드시니 그 뜻을 알지 못하겠습니다."

태후가 대답하였다.

"황제가 나이가 젊으며 정궁(正宮)과의 정이 온전하지가 못한데 내 어찌 후궁을 황제에게 주겠습니까?"

황제가 아뢰었다. 14

"옳지 않습니다. 신이 곽씨에게서 자식이 없습니다. 후궁을 뽑았던 것은 자식을 많이 두어 자손을 번성시키고자 한 것입니다. 어찌 작은 일

---

268) 태임(太任)과 태사(太姒) : 태임은 주 문왕(周文王)의 어머니이고, 태사는 주 문왕의 아내.
269) 번희(樊姬) : 춘추 시대 초 장왕(楚莊王) 여(侶)의 부인.

로 큰 뜻을 그만두겠습니까? 신이 이후로는 소씨와 양씨를 모두 찾고자 태후께 말씀드리는 것입니다."

태후가 조용히 있었다.

황제가 물러나 침전(寢殿)으로 와서 소귀비를 불렀다. 이때 소귀비는 바야흐로 곽후의 용서를 받고 숙소에 돌아와 있었으나 종일토록 서 있어서 온 몸이 피곤하고 정신이 어지러워 단장을 벗고 베개에 엎드려 있었다. 소귀비가 황제의 명을 듣고 마음 속으로 슬프고도 분하여 다만 아픈 것을 핑계 삼아 병이 있다고 하고 가지 않았다.

황제가 세 번을 청했는데 소귀비가 오지 않는 것을 보고 즉시 작은 가마를 타시고 현경전으로 가셨다. 소귀비는 머리를 싸매고 침상에 누워있었고 귀비를 모시고 있던 궁녀는 졸고 있었다. 황제가 들어와 앉으시자 귀비가 가볍게 움직이지 않고 천천히 일어났으며, 궁녀는 순식간에 장(帳) 밖으로 나왔다. 황제가 촛불을 밝히고 귀비를 보시니 촛불 아래 모습이 더욱 비상하여 꽃도 부끄러워하고 달도 숨을 정도의 태도와 물 위에서 놀던 물고기가 부끄러워 물 속 깊이 숨고 하늘 높이 날던 기러기가 부끄러워 땅으로 떨어질 정도의 아름다운 외모가 있어 비록 모장(毛嬙)[270]과 서시(西施)[271]와 양귀비(楊貴妃)[272]와 조비연(趙飛燕)[273]이라도 이에는 바라지 못할 바였다. 소귀비는 단정이 앉아 부끄러워하면서 놀라는 모습을

---

270) 모장(毛嬙) : 고대의 미인. 월(越)왕의 미희(美姬)였다고도 하며, 서시(西施)와 병칭되는 미인.

271) 서시(西施) : 월(越)나라의 미인으로 오나라의 왕 부차의 총애를 받았음. 병이 있어 항상 얼굴을 찌푸리고 다녔는데, 그 모습이 더욱 아름다워 이웃 아낙네들이 따라서 찡그리고 다녔다고 함.

272) 양귀비(楊貴妃) : 당현종의 총애를 받은 미인. 안록산의 난 때 현종과 함께 피난하다가 마외역(馬嵬驛)에서 관군에게 책망을 받고 목을 매어 죽었음.

273) 조비연(趙飛燕) : 한나라 성제(成帝)의 황후. 태생이 미천했으나 가무에 뛰어났던 미인. 여동생 합덕(合德)과 함께 후궁이 되어 총애를 받았으나 성제가 죽은 뒤 합덕은 자살하고, 비연은 평제(平帝) 때 자살함.

띠었는데 한편으로는 엄숙하면서 씩씩하여 그 마음이 큰 바다와 같으니 그 깊이를 측량하지 못할 정도여서 가히 여자 가운데 성인군자(聖人君子)다웠다. 황제가 몹시 기특하게 여기고 물어보셨다.

"귀비는 나이가 몇인가?"

소귀비가 자리에서 물러나 대답하였다.

"15세를 지냈습니다."

황제가 웃으며 말하였다.

"짐과 더불어 나이가 같구려. 짐이 일찍 소운성과 함께 스승과 제자의 도리를 행하였는데 하루아침에 천붕지통(天崩之痛)[274]을 만난 후, 임금과 신하의 의리를 할 수가 없고 또 동궁(東宮)에 있을 때와는 달라 소운성을 청하여 보지 못하게 되니 저버림이 많았습니다. 하물며 귀비는 돌아가신 황제께서 선택하신 짐의 조강지처입니다. 어찌 정이 적겠습니까마는 국사가 혼란스러워 후궁을 찾지 못하였습니다. 오늘 서로 보게 되니 짐의 낯이 부끄럽습니다."

소귀비가 용모를 단정히 하고 사례하며 말하였다.

"저의 아버지와 오라비들이 국은(國恩)을 많이 입었고, 제가 초방(椒房)[275]에 간섭하게 되니 성은(聖恩)이 산과 같습니다. 하늘에 빌 따름입니다."

황제가 웃으며 물어보았다.

"귀비가 지금 춘색(春色)이 오래되었는데 병을 핑계대고 오지 않는 것

274) 천붕지통(天崩之痛) : 하늘이 무너지는 것 같은 아픔이라는 뜻으로, 제왕이나 아버지의 죽음을 당한 슬픔을 이르는 말.

275) 초방(椒房) : 후춧가루를 바른 방이라는 뜻으로, 왕비나 왕후가 거처하는 방이나 궁전 따위를 이르는 말. 후추나무는 온기가 있고 열매가 많은 식물로서, 자손이 많이 퍼지라는 뜻에서 왕후의 방 벽에 발랐음.

은 어쩐 일입니까?"

소귀비가 대답하였다.

"제가 폐하의 명을 거역하고자 한 것이 아닙니다. 진실로 병이 있어 명을 거스른 것이니 이 죄는 일만 번 죽어도 마땅합니다."

16 황제가 웃으며 말하였다.

"귀비의 병은 짐을 한스럽게 여기는 것입니까?"

소귀비가 자리에서 물러나 대답을 하지 않자 황제가 크게 웃으시고는 이날 같이 주무시니 은근한 정이 깊은 것을 측량하지 못할 정도였다.

다음날 황제가 세수하시고 소귀비가 단장하는 것을 보셨는데 귀비가 황제가 계신 것을 꺼려 협실(夾室)에 들어가 머리를 빗자 황제가 부디 보고자 하여 따라 들어가셨다. 귀비가 마지못하여 탐스럽게 쪽진 머리를 꾸미는데 기름 방택(芳澤)[276]을 사용하지 않고 세수를 하는데 연분이 없었다. 황제가 친히 웃으며 경대를 눈여겨 보시니 붉은색 분[277]과 기름, 난매[278] 같은 것이 없고 큰 거울 하나만 있었다. 황제가 웃으며 말하였다.

"귀비는 어찌 연지(臙脂)와 백분(白粉)을 사용하지 않으며 눈썹을 그리지 않습니까?"

소귀비가 나직하게 아뢰었다.

"신이 천성이 게을러 이 일을 섭렵하지 못하였습니다."

황제가 기특하게 여기시고 칭찬하였다.

"귀비의 여러 형제들이 조복(朝服)을 입고 반열에 서 있는데 얼굴이 옥을 깎은 듯하고 두 뺨이 복숭아 꽃 같고 눈썹이 맑아 그린 것 같으며 입

---

276) 방택(芳澤) : 고대 부인들이 머리에 윤기를 내기 위해서 사용하던 향이 나는 기름.
277) 붉은색 분 : {□□홍분}. 원문에서 2글자가 독해 불가능. 문맥을 고려하여 이같이 옮김.
278) 난매 : {난미}. 미상.

술이 복숭아의 붉은 빛과 같으니 완연히 미인이 단장한 것[279]과 같습니다. 돌아가신 황제께서 매번 말씀하시기를 소씨 8인의 아름답고 고운 것이 화장한 여자와 같으니 어찌 남녀를 분간하겠는가마는 신장과 17
골격으로 여자가 아닌 것을 알 수 있다고 하셨습니다.

그런데 귀비의 아름다움이 또한 이 같으니 어찌 이상하지 않겠습니까? 짐이 어렸을 때 소씨 부중에 들어가 진국부인과 조국부인을 뵙고 소현성의 어루만져 사랑하심과 소운성의 정도(正道)로 돕는 것에 힘을 입었는데 이제 귀비를 짐에게 주시니 비록 이름은 후궁이지만 어찌 정궁(正宮)에게 부족함이 있겠습니까?"

소귀비가 옷깃을 여미며 정색하고 대답하였다.

"천은(天恩)을 입어 후한 말씀을 내리시니 성은이 하늘과 같이 다 함이 없습니다만 신첩은 삼천 명의 무리입니다. 어찌 감히 정궁(正宮)과 이름을 나란히 하겠습니까? 성상의 말씀이 자못 황공하지만 폐하께서 실언(失言)하심이 크십니다."

황제가 매우 놀라고 탄복하며 날이 늦은 후 나가셨다. 이를 곽후가 알고 몹시 화를 내 소귀비에게 한바탕 죄를 일일이 들어 꾸짖으시고 황제께 공손하지 못한 말씀을 많이 하였다. 황제가 화를 내시고는 즉시 양미인과 상미인을 모두 찾아 총애하셨고, 소귀비를 몹시 사랑하고 소중하게 여기면서 내전(內殿)에는 들어가지 않으셨다. 양미인과 상미인 두 사람은 득의
양양했으나 소귀비만 홀로 공손히 있으며 두려워 하여 황제의 뜻을 거스 18
르고 총애를 피하고 일찍이 황제의 침전(寢殿)에 가지 않았고 만일 부르시

279) 단장한 것 : {셩뎍[成赤]}. '성적'은 혼인날 신부가 얼굴에 분을 바르고 연지를 찍는 일을 말함. 문맥을 고려하여 이같이 옮김.

면 여러 가지 핑계를 대고 가지 않았다.

황제가 소귀비가 침착하고 엄숙하며 굳세어 세속의 연약한 여자가 아님을 보고 감히 말로도 후궁으로 대하지 않으시고 몹시 공경하셨으며, 양미인과 상미인은 사사로운 정으로 가볍게 여기며 후하게 대하셨다. 양미인과 상미인이 천자를 모시는 것을 그림자가 좇는 것처럼 하고 종과 북의 소리를 응대하는 것과 같이 뜻을 받드니 황제가 몹시 사랑하며 희롱이 많으셨다. 그러나 소귀비를 보시면 풍정(風情)을 감추고 얼굴빛을 정돈하고 옷을 단정히 하여 무례하거나 거만하게 대하지 못하고 어렵게 여기셨는데 곽후께 공경하는 것도 이만하지 못하였다. 그러므로 자연스레 두터운 총애는 양미인과 상미인 두 사람에게, 중대하는 것은 소귀비에게 향하였고, 곽후와는 겉으로는 친하나 안으로는 소원한 사이가 되었다. 태후가 몹시 근심하시고 황제를 엄히 꾸짖으시자 황제가 인자하고 효성스러우시기에 다시 정궁(正宮)을 후대하셨다. 그러나 매양 정이 다른 곳으로 이끌리니 마지못하여 행동하시기가 어려웠다.

19 다음해 봄 정월에 황제가 태후를 위하여 태평연(太平宴)을 여시니 황제의 가까운 친척들이 모두 궐에 들어갔다. 이때 태후가 소씨 집안 부인들에게 내시를 보내어 손수 쓴 편지로 두세 번 청하셨고, 황제가 또한 전교(傳敎)하시기를 핑계를 대고 들어오지 않으면 죄라고 하셨다. 그래서 소부인, 석부인, 화부인 세 명의 부인이 며느리를 거느리고 갈 때 태부인이 말하였다.

"내가 나이가 많고 정신이 쇠해졌으니 이때 들어가 귀비를 보아 세상을 마치고자 하지만 대궐 안 출입이 편안하지 않으며 곽씨의 무시함이 있을 것이니 결연히 가지 못하겠구나."

곁에서 태부인에게 다시 권하지 못하고 있었다. 그런데 태후가 다시 손수 쓴 편지로 청하셨는데 다음과 같았다.

짐이 어렸을 때 태부인과 헤어져 매일 안타까워 하였는데 이런 때에 들어오지 않으시면 실로 다시 뵙기가 어렵습니다. 청하는 것이 거만한 일이지만 짐이 나가지 못하므로 정을 펼 길이 없어 당돌히 부인을 청하니 바라건대 움직임을 아끼지 마십시오.

태후가 젊은 남자 종들과 울긋불긋한 비단 수레와 상궁 두 명을 보내어 모시고 오라고 하셨다. 태부인이 마지못하여 소부인과 두 며느리와 손자며느리와 손녀를 모두 데리고 궐 안으로 들어갔다. 태후가 조양전으로 모시고 뜰에서 맞아 올리시고 눈물을 흘리며 반가워하고 기뻐하며 말하였다.

"오늘 얼굴을 뵈오니 20년이 지났는데도 늙지 않으시고 더욱 정정하시니 진실로 기특하십니다."

태부인이 사례하며 말하였다.

"나이든 저는 일찍 기력이 쇠하여 궁궐을 밟지 않으려 하였습니다. 그런데 태후께서 부르셔서 들어와 궁궐을 구경하고 태후께 조회(朝會)를 드리니 천은(天恩)이 망극합니다."

태후가 또 윤부인과 모녀의 정을 펴고 소부인과 석부인 그리고 화부인을 보시니 흔연히 공경하며 반가워하시고 지난날 조카딸의 도리로 즐기던 일들을 말씀하시며 탄식하였다.

"옛일이 춘몽(春夢) 같아 실로 생각하면 슬픕니다."

마음 속 생각을 말할 때에 궁녀가 아뢰었다.

"황제와 황후께서 조복(朝服)을 갖추시고 헌수(獻酬)하려고 하십니다."

모든 부인들이 다 장막 사이에 들어간 후 황제와 황후가 예복(禮服)을 바르게 하시고 어깨를 나란히 하여 태후께 헌수(獻酬)하시고 자리를 정하셨다. 그 후 조정 벼슬아치들의 부인들이 차례로 자리를 정하여 즐겼다.

이때 소귀비는 후궁들과 함께 긴 단장을 끌고 태후를 곁에서 모시고 서
21 있었는데 아름다운 얼굴과 뛰어난 풍채가 새롭기가 삼천 명 가운데 빼어나 한 사람도 미치는 이가 없었다. 다만 소씨 가문의 여러 부인들이 풍채와 용모가 서로 빛나고 정숙하고 아름다우면서도 얼음처럼 맑은 태도가 하늘에 빛나 궁인이 칭찬하며 말하였다.

"소씨 가문은 절색(絶色)이 많이 있습니다. 소귀비의 아름다움이 지금 세상에 둘이 없을까 하였는데 김참정 부인과 석부인의 기특함은 오히려 더하다고 할 것입니다."

이날 곽후가 조정 신하들의 부인들을 둘러보셨는데 신하의 절반을 차지하면서 대신과 명부(命婦)[280]로 대열을 이루고 있는 이가 모두 소귀비의 가까운 친척들이었다. 문벌이 좋은 집안이 명사(名士)와 재상(宰相)으로 혁혁하게 연결되어 있는 것을 보고 곽후가 마음 속으로 기뻐하지 않았다. 또한 태후가 소씨 가문의 여자들을 각별히 위로하고 양태부인과 화부인과 석부인을 몹시 공경하시니 궁중의 비(妃)와 빈(嬪)들 또한 공경하는 것이 지극하였다. 한편 국구(國舅) 곽공의 부인과 며느리들이 들어와 있었는데, 그 세력이 황후로 인해 빛났지만 권세가 안팎으로 혁혁하지 못하고 또 친척들이 쇠잔하여 인물들이 우습게 보이니 태후가 비록 후대하며 겸

280) 명부(命婦) : 봉작(封爵)을 받은 부인을 통틀어 이르는 말.

손하게 처신하였으나 공경하는 것이 없었고 궁녀들이 모두 비웃으니 곽후가 마음 속으로 한스럽게 여기고 화를 눈썹 근처에 드러내었다. 황제가 그 뜻을 알고 이에 국구의 부인을 불러보서 상으로 물품을 내려주시고 친 22
절히 대하시자 황후가 바야흐로 노기를 그쳤다.

잔치를 마친 후 황제가 태후를 모시고 진국 양태부인을 청하여 맞아 올리셔 모시고 말씀하시며 공경하시는 것이 지극하시자 양태부인이 사양하며 말하였다.

"신첩은 초야(草野)의 늙은이입니다. 임금과 신하의 명분이 엄한데 어찌 폐하께서 예의를 갖추어 대접하시는 것을 받겠습니까?

황제가 말씀하였다.

"짐이 비록 만승천자이나 어찌 삼대째 대신을 배출한 집안의 모친을 무례하고 거만히 대하며, 또 동제왕비 윤씨는 다름 아닌 짐의 외조모입니다. 조모가 부인과 모녀 사이라면 짐이 이렇게 하는 것이 마땅한 일이니 이는 또한 모두 태후께서 권하시는 것입니다."

태부인이 마지못하여 자리에 앉아 말씀을 할 때에 황제가 명을 내려 궁중에 수일을 머무르면서 소귀비를 보고 가라고 하셨다. 태부인이 사례하고 이 밤에 소귀비의 침소에 갔다. 모녀 · 형제 · 숙질이 만나 반가워하고 슬퍼하며 눈물이 옷깃을 적셨다.

다음날 태후가 나이가 많은 궁녀를 시켜 태부인에게 새벽 문안을 하게 하시고 황제가 또한 내시를 시켜 문안을 하시니 특별한 사랑과 존경이 궁궐 안에 밝게 빛났다. 태부인이 불안하여 즉시 하직하고 며느리와 손자며느리, 손녀들을 데리고 나가고자 하였다. 이때 소귀비가 몹시 울면서 일어나니 석부인과 모든 형제들이 붙들고 차마 이별을 하지 못하고 있었다.

23 태부인이 꾸짖으며 말하였다.

"사람이 죽지 않았고 모이는 것이 쉬운데 어찌 작은 이별을 슬퍼하십니까? 귀비는 마땅히 예의와 법도로 군왕을 돕고 덕을 닦아 번희(樊姬)의 모습을 따르며 조비연(趙飛燕)의 거센 기세를 본받아 조상을 욕 먹이지 마세요."

석부인이 손을 잡고 우러르며 말하였다.

"귀비는 분을 참는 것을 주로하고 삼가 근신하고 몸을 낮추고 반첩여(班婕妤)의 장신궁 계책[281]을 본받아 몸을 보전하고 척희(戚姬)의 화[282]를 입지 마세요."

소귀비가 슬픈 눈물이 어지럽게 흐르는 가운데 다만 절하여 이별하니 모든 자매들과 위씨, 형씨 등이 다 눈물을 흘리고 조양전에 하직하고 집에 돌아왔다.

승상과 여러 아들이 들어와 소귀비의 안부를 물으니 태부인이 말하였다.

"가까스로 겨우 지내지만[283] 어찌 평안하겠느냐?"

소부인이 탄식하며 말하였다.

"진실로 조카딸의 끝이 어떻겠느냐? 들어가 황후의 기색을 보니 무사하기를 바라지 못할 것 같더구나."

여러 형제들이 모두 슬퍼하는데 승상이 웃으며 말하였다.

---

281) 반첩여(班婕妤)의 ~ 계책 : 반첩여는 한나라 성제의 궁녀로 시를 잘 지었는데 왕의 총애를 받아 첩여가 되었다가 뒤에 조비연(趙飛燕)이 총애를 받게 되자 참소를 당해 장신궁으로 물러나서 태후를 모셨음.

282) 척희(戚姬)의 화 : 여태후(呂太后)가 한고조(漢高祖)의 총희(寵姬)인 척희의 수족을 자르고 눈을 빼내고 귀를 지지고 벙어리가 되는 약을 먹인 후 뒷간에서 살게 하면서 '인체(人彘)'로 만든 일.

283) 겨우 지내지만 : {겨유 □□하나}. 원문에서 2글자가 독해 불가능. 문맥을 고려하여 이같이 옮김.

“딸아이가 자연스레 귀하게 되어 위태롭지 않을 것이니 부질없는 근심은 마세요.”

이후에는 소승상과 석부인이 소귀비를 타일러 정궁(正宮)에게 공손하게 하고 온순히 하라는 편지를 연이어 전하였다. 소귀비 또한 덕을 닦았으나 곽후가 마음 속으로 느끼는 바가 없어 일생을 탄식하였다.

하루는 황제가 오셔서 소귀비를 보시고 웃으시며 말하였다. 24

“지난번 잔치를 베풀 때 귀비는 친척을 만나고는 어찌 그리 빨리 내보내셨습니까?”

소귀비가 대답하였다.

“궁중이 지엄한데 외인(外人)을 가볍게 머무르게 하면 제가 분수의 족함을 알지 못한다는 소리를 듣게 됩니다. 하물며 폐하께 후궁의 집을 친히 하신다는 희롱을 들으시게 하겠습니까? 더욱이 늙으신 할머니가 천은(天恩)이 지나치신 것을 두려워하여 나가시기를 바라니 제가 어찌 막겠습니까?”

황제가 탄복하여 말하였다.

“진국부인은 지금 세상의 맹자의 어머니입니다. 짐이 모시고 말씀을 나누는데 자연스레 두려워 옷을 수습하고 가볍게 눈을 들어 보지 못하며 몹시 대하기가 어려웠습니다. 여자의 엄숙하고 위엄 있는 것이 어찌 이 정도일 수 있겠습니까? 선생 소운성으로부터 어진 귀비에 이르도록 위엄 있고 정중하며 씩씩한 것이 가득함은 진실로 진국부인과 같은 부류이기 때문입니다.”

소귀비가 나직이 감사했다.

황제가 한갓 소귀비의 자색과 덕을 공경하실 뿐 아니라 실로 귀비의 아

버지와 형제들의 낯을 보셔서 귀하게 여기시니 귀비가 더욱 두려워하였
다. 만일 의복의 빛이 황후와 같으면 즉시 벗고 아침 저녁 문안에 게으름
25 이 없이 부지런하여 섬기는 것을 귀비가 궁인과 마찬가지로 하시니 사람
들이 덕을 칭송하고 공을 기렸다. 곽후는 소귀비를 매우 밉게 여기셨고,
양 · 상 두 미인이 또한 투기하는 것이 잦았으나 귀비는 다만 화평하고 즐
거운 듯이 하며 지냈다.

하루는 곽후가 후궁을 청하여 술을 먹이시니 모두 이상하게 여기며 차례로 앉았는데 궁인이 옥잔에 좋은 술을 부어 먼저 소귀비께 나아갔다. 귀비가 이미 좋지 않은 뜻인 줄 알았지만 별 다른 도리가 없어 앉았는데, 궁인이 잔을 들고 꿇어 앉아 드리다가 바람이 전(殿) 위로 거세게 불어 잔이 엎어지게 되었는데 땅에서 불이 일어났다. 곁에 있던 궁인과 후궁들이 몹시 놀라 동시에 소리를 지르며 안색이 변했는데 소귀비만 홀로 얼굴색을 변하지 않고 빨리 계단에 내려 죄를 청하며 말하였다.

"제가 조심하는 마음이 없어 황후께서 주신 잔을 엎었으니 죄가 일만 번 죽어 마땅합니다."

황후가 핑계하시며 크게 노하셔서 꾸짖으며 말하였다.

"네 어찌 내가 주는 잔을 엎었는데 명분이 없겠느냐? 빨리 춘원대에 가두어라."

궁인 여씨가 간하여 말하였다.

"귀비는 후궁 가운데 으뜸이며 태후와 상이 공경하시는 바입니다. 마땅히 멸시하지 못할 것입니다."

26 황후가 듣지 않고 잡아 가두셨는데 귀비는 오로지 편안한 얼굴빛으로
갇혔다. 궁중에 소동이 일어났으나 태후께서 들으시고는 잠잠히 계셨다.

이 밤에 황제가 소씨 형제 8명을 불러 보시고 말씀을 나누시고는 또한 공사(公事)에 대해 올린 글들을 기록하여 가지고 현경전에 가셨는데 귀비가 없는 것이었다. 황제가 궁녀들에게 물으시니 궁녀들이 아뢰었다.

"오늘 내전(內殿)의 잔치에서 예를 어기셔서 춘원대에 갇히셨습니다."

황제가 다 들은 후 말을 하지 않고 현경전에서 잠자리에 드셨다. 다음 날 태후께 문안을 드리시고 말씀하셨다.

"자고로 임금이 살아있는데 황후가 후궁을 혼자서 처결하며 드세게 행동하는 일이 있습니까?"

태후가 답하였다.

"비록 마땅하지 않지만 그렇다고 대단한 허물은 아닙니다."

황제가 얼굴색이 좋지 않은 채 말하였다.

"태후의 말씀은 잘못된 것입니다. 곽씨와 소씨를 돌아가신 황제께서 함께 뽑으셔서 신에게 맡기셨는데 신이 곽씨를 정궁(正宮)으로 삼았지만 보통의 집으로 말하자면 두 명의 아내입니다. 사족(士族) 부녀가 어찌 서로 다투며 또 감히 멋대로 잡아 가두겠습니까? 신이 몹시 이상하게 여기고 놀라는 바는 소씨와 곽씨가 모두 사족(士族)이며 선후(先後)가 없는데 곽씨가 망령되게 독단으로 행동하는 것입니다. 설사 궁인을 후궁으로 삼았다고 하더라도 신이 살아있는 동안에는 곽후의 손에 신의 27
처첩을 던져두지 않을 것입니다."

드디어 황제가 소매를 떨치고 돌아오셔서 전교(傳敎)를 내리셔서 소귀비를 놓아주고 정궁(正宮) 시녀 모두에게 죄를 물었다. 곽후가 매우 노하여 음식을 먹지 않자 황제가 들어가 보고 말하였다.

"황후의 거동을 보니 진황후(陳皇后)[284]의 일이 멀지 않아서 숨어 있다가 불시에 드러나는 변란이 있겠습니다. 부부의 깊은 정은 사람의 의지로는 못하는 것입니다. 짐의 마음이 한번 돌아서면 걱정하건대 황후에게 다시는 돌아가지 않을 것이니 한번만이라도 조심하시는 것이 어떻습니까? 황후가 만일 옥경공주의 말을 들으신다면 마땅히 성스러운 여인이 될 것입니다."

옥경공주는 황제의 의매(義妹)로 매번 황후에게 공손하라고 간하였다. 곽후가 매우 화가 나 말을 하지 않자 황제가 진심으로 잘 타이르며 10여 일을 정궁(正宮)에 머무르셨다.

황제가 홀연 소귀비가 복직을 하지 않은 것을 깨달아 즉시 궁녀를 시켜 귀비의 인수(印綬)를 보냈다. 귀비가 풀려나 침전(寢殿)에 있었는데 궁녀가 황제의 명으로 인수를 드렸다. 귀비가 죄를 얻은 후 핑계를 얻고자 하여
28 인수를 받아서 내던지고 꾸짖으며 말하였다.

"어리석고 겁이 많은 임금이 처첩을 거느리지 못하고, 조그만 벼슬을 귀하게 여기고 조롱을 하는가?"

드디어 인수(印綬)를 받지 않으니 궁녀가 돌아가 전후사정을 말씀드렸다. 황제가 이날 친히 현경전에 와서 웃으며 말하였다.

"어진 귀비가 무슨 이유로 짐을 어리석고 겁이 많다고 꾸짖는가?"

귀비가 자리에서 물러나 대답하였다.

---

284) 진황후(陳皇后) : 한무제(漢武帝)의 첫째 왕후였던 진아교(陳阿嬌). 무제의 사촌동생으로 장공주의 딸인 진아교는, 금옥장교(金屋藏嬌)라는 말이 나올 정도로 10년 동안 금옥(金屋)이라는 좋은 궁에서 한 무제의 총애를 받게 됨. 그러나 이후 총애가 시들해지고 무제가 위자부(衛子夫)를 후궁으로 삼아 위자부가 임신까지 하게 되자 질투심 많은 진아교는 무제의 총애를 만회하기 위하여 궁내에 무속인을 불러들여 요술(妖術)을 행하게 됨. 이 일을 안 무제가 크게 노하여 황후직을 폐위시키고 장문궁(長門宮)이란 차가운 궁에 진아교를 유폐시킴. 이에 진아교는 무제의 총애를 구하기 위해 당시에 문명이 높았던 사마상여(司馬相如)에게 금 백근을 보내 자신의 처지를 형상화한 〈장문부(長門賦)〉를 지어 무제에게 올리게 하였음.

"폐하가 돌아가신 황제와 태후께서 맡기신 정궁(正宮)을 박대하시니 예(禮)를 알지 못하시고 어두우신 것입니다. 또한 사나운 저를 폐하지 않으셔서 궁궐 안을 어지럽게 하시니 약하신 것입니다. 제가 일만 번 죽으나 직언(直言)을 드리지 않을 수 없습니다."

황제가 귀비의 침착하고 정직한 거조와 엄숙하고 위엄 있는 말씀을 들으시고 그 모습을 대하시자 정이 깃들고 뜻이 무르녹아 흔쾌히 웃으며 답하셨다.

"짐이 예를 벗어난 것은 있지만 귀비를 내치지 않는 것은 밝은 덕이 있어서 입니다. 어진 귀비가 무슨 죄가 있다고 내치겠습니까? 황후가 비록 투기를 하지만 짐이 있으니 귀비는 한스러워 하지 말고 짐과 함께 평생 고락을 함께 하십시다."

말을 마친 후 황제가 곤룡포(袞龍袍)[285]의 소매에서 소귀비의 인수를 꺼내 친히 채우시고 공경하시는 것과 소중히 여기시는 것이 비길 곳이 없었다. 귀비가 황제의 은총을 더욱 두려워하여 밤낮으로 몸을 지킬 계책 29
을 생각하다가 깨달았다.

하루는 소귀비가 황후께 문안을 마치고 물러나 자정전에 가서 조회를 드리기를 청하였다. 황제가 평소에 소귀비가 불러도 오지 않고 귀비가 된 지 6, 7년 동안 자정전을 보지 않았기에 마음 속으로 귀비가 온 것을 이상하게 여기면서 급히 불렀다. 소귀비가 나아가 처음으로 용상(龍床) 아래에서 예를 행하였는데 황제가 급히 몸을 일으켜 맞이하여 그 소매를 붙들어 앉히고 말하였다.

285) 곤룡포(袞龍袍) : 임금이 입던 정복. 누런빛이나 붉은빛의 비단으로 지었으며, 가슴과 등과 어깨에 용의 무늬를 수놓았음.

"어진 귀비가 오늘 이 곳에 오시니 알지 못하겠습니다. 무슨 가르침이 있습니까?"

귀비가 꿇어 대답하였다.

"제가 천은(天恩)을 입어 후궁으로 들어가니 이른 아침부터 밤까지 분수에 넘친 일이었습니다. 또한 폐하가 삼천 명의 후궁을 두시고 8백 명의 미인을 갖추셨는데 태후의 조양전에는 모실 사람이 없습니다. 그러므로 위로는 태후께서 외로우시고 더불어 성상의 효(孝)가 부족하신 것이 되며 아래로는 신 등의 덕이 욕될 것입니다. 저는 폐하께는 있으나 없으나 상관이 없으니 바라건대 오늘부터 태후를 모시고 소임을 차리고 싶습니다."

황제가 얼굴에 근심스러운 기색을 띠시고 탄식하며 말하였다.

30 "어진 귀비는 어찌 이런 말을 합니까? 삼천 명의 후궁이 있지만 모두 짐의 뜻에 맞습니까? 귀비가 잘못을 바로잡는 것은 옳은 일입니다. 짐이 마땅히 황후부터 차례대로 태후를 모시게 할 것이니 귀비가 어찌 홀로 가 짐을 버리고자 하십니까?"

귀비가 용모를 단정히 하고 정색하여 말하였다.

"성상이 후궁이 있으시면서 저 한 사람이 태후를 모시는 것을 허락하지 않으시니 다른 사람들이 폐하의 옳고 그름을 논할까 두렵습니다. 제가 조양궁에 가지만 어찌 폐하를 잊겠습니까?"

황제가 그 뜻이 굳은 것을 보고 슬프게 있다가 한참 만에 허락하셨다.

소귀비가 급히 일어나 사례하고 하직한 후 즉시 태후궁에 들어가 태후를 모시고 지냈다. 태후가 귀비를 매우 사랑하시고 그 팔자가 괴로운 것을 슬퍼하셨지만 일찍이 황제를 마주하셔서는 소귀비의 사정을 말씀하지 않으셨다. 황제가 귀비를 보내시고 마음이 슬퍼 현경전에 들어가 보시니 백옥(白玉) 침상의 푸른 장막은 예전과 같은데 비단 병풍 가운데 밝은 달의 광채가 없어 연꽃 한 송이 종적이 없으니 즉시 보고자 하는 마음이 끝이 없어 슬퍼하시고 섭섭해 하시기를 마지않으시다가 헛되게 밤을 지냈다.

다음날 아침 황제가 태후께 문안을 드린 후 눈을 들어 살펴보셨는데 31
소귀비의 자취가 없는 것이었다. 황제가 이상하게 여겼으나 태후의 기세가 엄숙하고 단정하여 감히 묻지 못하고 돌아오셨다. 이후로는 황제가 날마다 문안을 드릴 때 유의하여 보셨는데 귀비가 보이지 않자 20여 일 후 참지 못하고 태후께 물어 보았다.

"소귀비가 태후를 봉양한다고 말하고 이곳으로 온 지 한 달이 거의 다 되어 가는데 왔는지를 알지 못하겠습니다."

태후가 대답하였다.

"과연 귀비가 이곳에 와서 짐의 음식 봉양을 살피고 앉는 것과 눕는 것을 붙들어 주는데 수족과 같습니다. 또한 정사(政事)를 돕는데 총명하고 신기한 것이 남들보다 뛰어나니 마땅히 여자 가운데 성인입니다."

황제의 얼굴이 기뻐지며 말씀에 대답을 하고자 하셨는데 내시가 아뢰었다.

"정사가 들었습니다."

태후가 받아 황제와 함께 보시는데 황제가 망설이며 결정을 하지 못하자 태후가 웃으며 말하였다.

"귀비가 아니면 알지 못할 것입니다."

드디어 가까이 있는 이를 시켜 부르시니 소귀비가 마지못하여 명을 받들고 급히 조복(朝服)과 패옥(佩玉)을 한 차림으로 조양전에 왔다. 황제가 바라보시니 귀비가 연꽃 같은 얼굴에는 진주로 만든 자금관(紫錦冠)을 썼
32 고 칠보로 된 구슬을 드리우고 있었다. 봉황 같은 두 어깨에는 남빛 바탕에 봉황과 꽃의 무늬가 수놓인 적삼을, 가는 허리에는 푸른 깃을 대고 수를 곱게 놓은 비단 치마를 입고 있었다. 둥근 부채를 들고 아름다운 걸음을 움직여 나아오는데 맑은 골격은 신선과 같은 무리이며 윤택한 광택은 붉은 연꽃이 이슬을 마시고 모란이 동풍에 나부끼는 것과 같았다. 또한 아리따운 자태는 세 가지 색의 복숭아꽃이 아침 이슬을 머금은 듯, 향기로우면서 침착한 태도는 매화가 서리를 머금어 소담함을 자랑하는 것과 같았다. 수수한 격조와 맑고 깨끗한 풍채는 붉은 난초가 옥으로 만든 그릇에 비스듬히 담겨있고 가을 달이 흐린 구름을 헤치는 듯, 깊고 조용한 정신과 맑고 깨끗한 기질은 송옥(宋玉)의 동가녀(東家女)[286]와 조식(曹植)이 칭송한 낙신(洛神)[287]이 미치지 못할 것이었다. 장강(莊姜)[288]의 고운 눈과 공교로운 웃음이며 이부인(李夫人)[289]의 슬기롭고 민첩한 풍채인들 어찌 소귀비에게 미치겠는가? 또한 귀비는 행동이 위엄이 있고 태도가 숙

---

286) 송옥(宋玉)의 동가녀(東家女) : '동가녀'는 동쪽 이웃집의 딸로 미인을 이름. 송옥의 〈등도자호색부(登徒子好色賦)〉에 나오는 말임. 〈등도자호색부〉에는 다음과 같은 내용이 있음. "천하의 아름다운 사람은 초나라만 곳이 없고 초나라에서 아름다운 사람은 신의 마을만한 곳이 없습니다. 신의 마을에서 아름다운 사람은 신의 동쪽 이웃집의 딸만한 사람이 없습니다. 그러나 이 여자는 담장을 넘어 신을 3년동안 엿보았으나 저는 지금까지 허락하지 않았습니다[天下之佳人, 莫若楚國, 楚國之麗者, 莫若臣里. 臣里之美者, 莫若臣東家之子. 然此女登牆窺臣三年, 至今未許]."

287) 조식(曹植)이 ~ 낙신(洛神) : 낙신은 복희씨(伏羲氏)의 딸 복비(宓妃)로 낙수(洛水)에서 익사하여 낙수의 신이 되었음. 위(魏) 나라 조조의 아들 조식이 낙수를 건너면서 미인 견씨(甄氏)를 사념(思念)하여 복비의 아름다움을 묘사한 〈낙신부(洛神賦)〉를 지었음.

288) 장강(莊姜) : 장강은 위나라의 어진 여자로 장공의 부인이었는데, 장공이 첩에게 빠져 지위를 잃었음.

289) 이부인(李夫人) : 한나라 사람. 이연년(李延年)의 누이이며, 무제(武帝)의 부인. 자태가 아름답고 춤을 잘 추었음. 황제가 총애했으나 일찍 죽자 감천궁(甘泉宮)에 그림을 그려 그를 잊지 않았다고 함.

연하여 걸음마다 맑으며 법도가 있어서 만인이 미치지 못하며 두려워하였다.

소귀비가 천천히 걸어 태후 앞에 다다르니 곁에 있던 나인[290]들이 모두 눈을 낮추고 감히 우러러 보지 못하였다. 태후 또한 급히 공경하시며 말하였다.

"오늘 귀비를 부른 것은 다른 이유가 아니라 정사가 올라왔기에 그대 33
와 의논하여 전교를 내리고자 함이네."

소귀비가 사은하고 정사를 받들어 바로잡고 돕는 것을 광명 정대(光明正大)하게 하는 것이 남보다 뛰어나고 신기하였다.

태후가 매우 칭찬하셨으며, 황제는 몹시 기뻐하며 화색이 얼굴에 가득하여 귀비를 바라보고 정신을 잃었다. 이윽고 귀비가 물러날 때 우연히 눈을 들어 황제와 눈이 마주쳤는데 황제가 즉시 눈을 낮추고 용모를 단정히 하여 고쳐 앉으셨다. 귀비가 즉시 나가자 궁녀는 황제가 두려워하고 공경하시는 것이 이 같음을 보고 서로 놀라며 돌아보았다.

이윽고 곽후가 문안을 왔는데 옷과 얼굴을 꾸며 비록 복숭아꽃처럼 고운 것이 있으나 온갖 태도가 흡족한 것은 소귀비에게 미치지 못하는 것은 바라지도 못할 정도였다. 태도와 행동이 몹시 가볍고 표독하고 사나운 빛이 있어 매우 꺼릴 일이 없었다. 그래서 궁녀들이 곽후에게 모두 무례하고 거만하게 대하였고 황제가 또한 공경하시는 일이 없었다.

다음날 아침에 황제가 소귀비를 청하셨으나 귀비가 핑계를 대고 가지 않자 황제가 몹시 한스럽게 여겨 궁녀에게 말씀을 내려 꾸짖으셨다.

---

290) 나인 : {궁빙}. 궁빈(宮嬪)의 오기로 보아 이같이 옮김. '궁빈'은 '나인'과 같은 말로 궁궐 안에서 왕과 왕비를 가까이 모시는 내명부를 통틀어 이르던 말.

"어진 귀비는 비록 대신의 딸로 돌아가신 황제께서 들이셨지만 짐의

34 아래에 있으면서 어찌 짐의 말을 듣지 않는가? 『시경(詩經)』에 이르기를 임군이 부르면 겨를을 기다리지 않고 말씀에 응한다고 하였는데 귀비가 만일 짐의 뜻을 거스르면 화가 삼족(三族)[291]에 미칠 것이다."

소귀비가 대답하였다.

"제가 들으니 장부의 입에서 한 마디가 나오면 천 년 동안 고치지 못한다고 하는데 하물며 만승천자(萬乘天子)께서 그러하십니까? 폐하가 처음에 제가 태후를 봉양하는 것을 타이르시고 부르거든 오라고 하시던 말씀이 없으셨습니다. 제가 이미 이곳에 있는데 한 달도 못되어 부르시니 이는 여자에게 신용을 잃으신 것입니다. 제가 차라리 폐하께 죄를 얻을지언정 폐하가 신용을 잃도록 하지는 않을 것입니다. 하물며 제가 반역을 꾀한 죄상이 없으니 폐하께서 비록 만승천자이시지만 어찌 작은 일로 저의 아비와 오라비들에게 죄를 주시며 화가 삼족(三族)에 미치겠습니까? 설사 폐하가 저에게 벌로 무단히도 위엄을 나타내셔서 화가 구족(九族)[292]에게까지 미쳐도 일이 옳지 않으면 일백 번 죽어도 항복하지 못하겠습니다."

소귀비는 말을 마치고 조금도 요동하는 것이 없었다. 황제가 듣고는 어이가 없었지만 다시 제어할 방법이 없었다.

35 귀비가 생각하기에 적국(敵國)이 강성한데 윗자리를 다투는 것을 옳지 않으니 부모님이 주신 몸을 보전하여 깊은 궁궐에 물러나 한 평생 박명

291) 삼족(三族) : 부모와 형제와 처자. 또는 부계(父系)와 모계(母系)와 처계(妻系)를 이름.
292) 구족(九族) : 고조 · 증조 · 조부 · 부친 · 자기 · 아들 · 손자 · 증손 · 현손까지의 동종(同宗) 친족을 통틀어 이르는 말. 자기를 본위로 직계친은 위로 4대 고조, 아래로 4대 현손에 이르기까지이며, 방계친은 고조의 4대손이 되는 형제 · 종형제 · 재종형제 · 삼종형제를 포함함.

(薄命)으로 반첩여(班婕妤)의 장신궁(長信宮) 적막했던 일을 본받아야겠다 싶었다. 이렇게 할지언정 황제의 총애를 믿어 정궁(正宮)을 업신여길 뜻을 방자히 가져 위로는 가문과 도덕을 잊어버리고 아래로는 인체(人彘)의{척희(戚姬)를 인시(人豕)라 하였는데 인체(人彘)와 같은 말이다}화[293]를 취하지 않아야겠다는 생각도 했다. 그래서 군왕의 뜻을 거스르고 북궁 깊은 곳에 몸을 감추어 오래도록 맑은 이름을 나타내고 부모님의 낳아주고 길러주신 몸을 보전하겠다고 여겨 계교를 정하였다. 그 신세가 괴롭고 앞길이 끊어지며 부모와 형제들을 사모하여 눈물이 붉은 뺨에 가득히 흐르고 정신이 오열하여 깊이 흐느끼는 것을 깨닫지 못하니 곁에 있던 궁녀들이 모두 슬퍼하였다.

소귀비가 단장을 고치고 조양전에 들어가 아뢰었다.

"신이 태후의 성은(聖恩)을 입어 몸이 편안하여 잠시도 떨어지지 않고자 하는 것이 소원이었습니다. 그러나 엎드려 생각건대 부귀가 극하면 조물이 시기하고 물이 가득하면 엎질러지며 달이 뚜렷하면 이지러지니 신이 벼슬이 후궁 가운데 으뜸으로 상의 총애가 과분하니 어찌 옅은 복이 손상되지 않겠습니까? 엎드려 생각건대 저의 성품이 어리석고 못 36
나 화려한 곳을 두려워하기에 삼가 물러나 북궁에 들어가 남은 세월을 마치는 것이 지극한 소원입니다. 태후께서 아랫사람 헤아려주시기를 바랍니다."

태후가 두세 번 권유하여 소귀비가 머물러 있었으나 더욱 북궁에 가고자 하는 뜻이 확고하니 태후가 허락하시고 베와 비단 천 필을 주시니 귀

293) 인체(人彘)의 화 : 여태후(呂太后)가 한고조(漢高祖)의 총희(寵姬)인 척희(戚姬)의 수족을 자르고 눈을 빼내고 귀를 지지고 벙어리가 되는 약을 먹인 후 뒷간에서 살게 하면서 '인체(人彘)'로 만든 일.

비가 사례하고 물러났다. 소귀비가 물러나 황후께 하직하니 황후가 기뻐하며 술을 하사하시고 금과 비단으로 상을 내리시니 귀비가 백배사례하고 자정전에 이르러 황제께 절하였다. 이때 황제는 귀비가 북궁으로 간다는 것을 듣고는 정색하고 화를 내며 말하였다.

"짐이 반석과 같은데 어찌 후궁을 각궁에 흩어져 살도록 하겠는가? 귀비는 짐의 으뜸 후궁이다. 지은 죄가 없이 북궁으로 귀향을 간다니 이 무슨 도리겠는가? 비록 태후가 허락하여 계시지만 결단코 듣지 않을 것이네."

소귀비가 옷깃을 여미고 아뢰었다.

"제가 천은(天恩)을 무겁게 입어 후궁의 반열에 참여하였으니 황후께서 물러가실지라도 궁중에 엎드려 죽을 것을 생각하였는데 어찌 감히 함부로 행동하겠습니까? 그러나 저의 몸에 병이 많고 있을 곳이 마땅치
37 가 않습니다. 북궁이 멀다고는 하지만 여기서 20리 거리이며 대궐과 한 장원(牆垣) 안에 있습니다. 또한 성상의 궁중이니 어찌 제가 가는 것이 이상하겠습니까? 제가 진정을 말씀드려 태후의 허락을 받았으니 바라건대 폐하는 하늘과 땅과 같은 덕택을 펴셔서 저의 소원을 허락하시면 성은이 하늘과 같이 다함이 없을 것입니다."

황제가 대답을 하지 않으시고 노기가 얼굴에 가득하셨지만 귀비가 끝내 있을 뜻이 없어 하직하고 물러났다. 황제가 몹시 노하셔서 으뜸 시녀에게 죄를 따지시고 전교를 내리셨다.

"소귀비가 군명을 거역하고 처신을 함부로 하여 짐을 없는 것처럼 하니 죄상이 중하다. 궁인 여씨를 시켜 인수(印綬)를 빼앗고 액정(掖庭)[294]

294) 액정(掖庭) : 궁녀가 있는 궁전, 즉 후궁(後宮) 또는 후정(後庭)을 말함.

에 가두어라.”

명이 내려졌으나 귀비가 안색을 변하지 않고 천천히 예복과 인수(印綬)를 끌러 궁인을 주고 액정(掖庭)으로 내려갔는데 걸음이 나는 것과 같이 사뿐사뿐하였고, 슬기롭고 민첩하며 맑은 광채와 자연스러운 풍채가 좌우를 비추니 황제가 차마 가두지 못하고 불러서 북궁에 가지 않으면 안 되겠느냐고 물어보셨다. 소귀비가 두 번 절하고 대답하였다.

“제가 황명을 거역하는 것이 아니라 진실로 태후께 하직을 드렸으니 바꾸지 못할 것입니다. 용서를 청합니다.” 38

황제가 탄식하고 전(殿)에 올려 다시 벼슬을 주시고 말씀하셨다.

“짐이 귀비를 박대한 것이 없고 또 저버린 일이 없는데 어찌 북궁에 들어가 짐을 피하고자 하는가?”

귀비가 머리를 숙이고 슬프게 있으며 말이 없기에 황제가 다시 말하였다.

“태후께 하직을 하였더라도 하룻밤을 머무르지 못하겠는가? 현경전에 가 오늘은 머물고 내일 가시게. 짐이 또한 안부를 말하고자 하네.”

귀비가 자리에서 물러나 대답하였다.

“천은(天恩)이 망극하오나 태후께 허락을 받고 하직을 드린 후 머물러 있는 것이 불안합니다. 용서하십시오.”

황제가 탄식하며 말하였다.

“귀비의 마음에는 인정이 없구려. 알지 못하겠네. 짐을 더럽게 여기는 것인가? 후궁이 되어서[295] 부부의 정이 이토록 박하니 감동하는 것은

---

295) 후궁이 되어서 : {후궁이 되어 통분이 □□□□□□□}. 원문에서 7글자가 독해 불가능. 문맥을 고려하여 이같이 옮김.

없는가? 이는 반드시 내 풍채가 쓸쓸하고 얼굴이 귀비보다 못하는 것을 한스러워하는 것이구려. 짐은 귀비를 한스럽게 여기지 않고 짐의 얼굴이 사나운 것을 부끄러워하네."

소귀비가 이 말씀을 듣고 6, 7년 만에 처음으로 붉은 뺨이 조금 벌어져
붉은 입술에 백옥 같은 흰 이를 보이니 아른거리는 풍모와 윤택한 얼굴이
39 비길 곳이 없었다. 황제가 귀비의 웃는 얼굴을 처음으로 보셨는데 연꽃
이 이슬을 머금어 바람에 흔들리는 듯하였다. 또한 냉랭하고 엄숙하며 씩
씩한 모습이 변하여 봄바람이 화창하여 만물의 생기를 돋아주고 온화한
기운을 내는 듯하였다. 황제가 황홀해져서 정신을 잃고 차마 깨어나지 못
하셨다. 이윽고 귀비가 일어나 천천히 하직하고 물러날 때 황제가 얼굴에
눈물을 흘리시며 슬픈 낯빛을 고치시고 목소리를 오열하며 겨우 말씀하
셨다.

"어진 귀비는 일찍 돌아와 짐을 저버리지 마라."

드디어 60만 석을 주시고 황금 만 냥과 채단 백 수레를 상으로 내리시
고 내시 20인에게 어림군(御臨軍)296) 천여 명을 거느려 북궁을 지키고 귀
비를 호의하라고 하셨다. 또한 칠보와 황금으로 장식한 수레와 좋은 일산
과 궁중의 무희와 누런 양 8마리를 주시니 대개 임금이 뛰어난 말 8필297)
을 수레에 매시고, 황후는 수레에 누런 양을 8마리를 매어서 끌기에 오늘
소귀비의 은총을 빛내시느라고 이러한 넘치는 지위로 주신 것이었다. 귀
40 비가 사례하고 물러나 북궁으로 향하니 혁혁한 모습과 요란한 생황 소리
가 들렸다. 귀비가 칠보로 단장한 8마리 양이 끄는 수레를 타고 좋은 일

---

296) 어림군(御臨軍) : 왕이나 왕후를 호위하는 군사.
297) 뛰어난 ~ 8필 : {황됴팔마}. 황총팔마(黃總八馬)를 가리키는 것으로 보임.

산(日傘)에 황금 도끼를 세우고 어림군사(御臨軍士)들이 밖을 옹위하고 수백 명의 시녀가 안에서 모시고 북궁으로 들어갔다. 궁궐이 웅장하며 화려하고 지킨 시녀들이 무수하였는데 모두 귀비를 보고 기특하게 여기며 '이런 자색은 고금에 둘이 없을 것이라'고 하였다.

소귀비가 행장을 편안히 두고 평생을 지낼 계책을 세우니 처소가 그윽하고 마음이 시원하였다. 귀비가 궁관(宮官)으로 밖을 지키게 하고 궁녀와 함께 안에 있으면서 부모께 자주 소식을 통보하고 한가롭게 시사(詩詞)를 다스려 세상을 잊으니 어찌 곽후의 곤욕과 후궁의 투기를 다시 보고자 하겠는가? 맛있는 음식을 싫어하고 비단 옷을 물리치고 꽃이 핀 아침과 달이 밝은 저녁에 구슬 같은 문장을 지어내 읊으면서 행실을 닦으니 어찌 구태여 구차하게 황제의 총애를 생각하며 반첩여(班婕妤)의 인연이 끊어짐을 슬퍼하고 아교(阿嬌)의 부를 사는 것과 같은 행동이 있겠는가? 귀비가 자신을 금으로 만든 조롱을 벗어난 앵무새와 그물에서 도망 간 고기같이 여기며, 16세 청춘이 홍안박명으로 인륜이 끊긴 깊은 궁궐에 처하게 된 것을 알지 못하고 한가로움을 기뻐하니 그 모습이 매우 슬펐다. 41

각설(却說). 황제가 귀비를 보내시고 마음이 편안하지 않아 밤낮으로 생각하고 슬퍼하여 모습이 초췌해지고 드시는 것이 줄어들었다. 그러자 태후가 놀라 황제를 불러 꾸짖으시며 말하였다.

"황제가 돌아가시고 상을 의지하여 조상의 혈통이 끊어지지 않게 되었다고 생각하였습니다. 그런데 이제 상이 정궁(正宮)을 소원하게 대접하여 자식이 없고 소귀비를 생각하여 만승(萬乘)의 위의가 기울어지니 매우 한심합니다. 하물며 소씨가 북궁에 가기를 달게 여기니 상에게 여러 후궁이 있는데 어찌 소씨를 구태여 생각합니까?"

드디어 양미인과 상미인을 모두 조양전으로 데려오시고 황제를 꾸짖으시니 황제는 백배 사죄하시고 그 뜻을 받들어 곽후께 은근하게 대하셨다.

하루는 황제가 편전(便殿)에서 훌륭한 신하들을 불러 말씀하시고 계셨다. 이때 소현성은 벼슬에서 물러나 교외(郊外)에 있었고, 소운성이 승상을 하고 있었다. 소운성이 모든 형제들과 함께 인견(引見)[298]에 들어왔다. 황제가 조용히 말씀을 나눌 때 소씨 형제들에게 일러 말씀하셨다.

"경의 누이가 짐을 버리고 북궁에 들어가 나오지 않는데 경들은 그 뜻
42 을 알고 있습니까?"

소씨 형제들이 모두 머뭇거리며 대답을 하지 못하고 있었는데 소운성이 아뢰었다.

"신의 누이가 천성이 비루하고 경박하여 황제의 지위를 두려워하는 것이니 어찌 감히 폐하를 저버림이 있겠습니까?"

황제가 웃으며 말하였다.

"선생은 정직한 대신입니다. 짐의 잘못을 돕고 숨기지 마십시오. 짐이 후궁을 후히 대한 것이 정궁(正宮)보다 더하지 않았는데 정궁이 짐을 무시하니 실로 이상합니다. 짐이 들으니 경들의 집에는 여러 부인이 있는데 화기가 가득하다고 하니 그윽이 부럽습니다."

소운성이 정색하고 아뢰었다.

"이는 폐하께서 잘못하신 것입니다. 폐하가 정궁을 박대하시고 후궁을 오로지 총애하셔서 궁 안에 어지러움이 있는 것입니다. 폐하가 만일 신의 말을 좇아 선후(先後)를 차리시고 명분을 엄히 하시면 국가에 다행

---

298) 인견(引見) : 임금이 의식을 갖추고 영의정 · 좌의정 · 우의정 등 관리를 만나 보던 일.

스러운 일입니다. 신이 외람되게 선조의 은혜와 덕택을 입어 동궁(東宮)에서 모셨기에 마음 속 생각을 감히 감추지 않겠습니다."

황제가 옷깃을 여미고 칭찬하셨다. 이윽고 여러 신하가 물러나자 황제가 정궁(正宮)에 들어가 곽후를 대하여 이 말을 하시고 웃으시면서 말씀하셨다.

"짐이 후궁의 친족을 데리고 그대에 대한 말을 하였으니 곽후는 더욱 짐을 한하시겠습니다." 43

곽후가 노기를 띠고 대답하지 않았다.

세월이 흘러 일 년이 지나 태후가 돌아가셨다. 황제가 망극하여 몸이 몹시 여위시고 상례(喪禮)를 주관하셔서 삼년상을 마치셨다. 황제가 더욱 슬퍼하시며 곽후를 후대하시고 양·상 두 미인을 찾아 지내셨다. 곽후가 평생의 투기를 어찌할 길이 없어 순응하지 않는 일이 빈번하니 황제가 몹시 한스럽게 여겼다.

하루는 양미인과 상미인이 황제를 모시고 있었는데 황제가 물어보셨다.

"경들이 일찍이 소귀비의 안부를 아는가?"

두 사람이 대답하였다.

"소귀비가 북궁으로 간 후, 저희들이 사람을 보내어 물어보았으나 궁문에 사람을 들이지 않는다고 하였습니다."

황제가 탄식하시고 말씀하셨다.

"태후가 돌아가신 후 짐이 마음을 세상에 붙이지를 못하겠기에 후궁들을 찾지 못하였구려."

두 사람이 아뢰었다.

"곽후가 요사이 새삼 저희들을 보채고 죽이고자 하시는데, 저희가 인체(人彘)의 화를 얻을까 서러워합니다."

말을 마치기도 전에 곽후가 엿들으시고 크게 노하여 즉시 내달아 두 미인을 끌어내 던지고 몹시 꾸짖으며 말하였다.

"네 이제 내 허물을 상께 참소하니 죽을지언정 너희를 가만히 두지 않을 것이다."

44 곽후가 벽에 걸려있는 칼을 빼내 사람을 죽이고자 하였는데, 황제가 급히 일어나 곽후의 손을 잡아 칼을 빼앗고 말하였다.

"만일 이러한 행동이 드러나면 짐이 황후를 두고자 하여도 황후가 보전할 수 없을 것이니 화를 그치십시오."

황후가 더욱 화를 내며 두 미인을 박차고 황제를 밀칠 때 목이 상하여 피부가 벗겨지니 황제가 몹시 화를 내며 말하였다.

"그대가 진실로 이렇게 하고자 하십니까?"

황후가 대답하였다.

"제가 오늘은 임금께 죽임을 받는다 해도 가만히 있지 못할 것이니 마음대로 하십시오."

말을 마치고 두 손으로 황제의 뺨을 치자 황제가 가만히 앉아 황후의 내몰음을 다 받으신 후 일어나 외전(外殿)으로 나가셨다.

환관 여문응이 황제의 얼굴이 붉으신 것을 보고 이유를 물어보니 황제가 전후사정을 말씀하셨다. 여문응이 말하였다.

"폐하께서는 어찌 황후를 폐하지 않으십니까?"

황제가 말하였다.

"황후는 선조에서 뽑은 바로 거적자리와 흙 베개를 함께 지낸 조강지처이다. 그러니 군신간에 이런 일은 들어보지 못한 듯 싶구나."

여문웅이 말하였다.

"집정대신(執政大臣)을 불러 물으십시오."

황제가 즉시 묘당(廟堂)에 명패(命牌)를 내리시니 여이간(呂夷簡[299])이 마침내 있다가 들어가 뵈었다. 황제가 손톱자국을 보이시며 폐후(廢后)에 45 대해 의논을 하시자 여이간이 그 뜻을 받들어 한당(漢唐) 제국에서도 공신들이 끝내 몸을 보전하지 못하거나 벼슬을 하지 못하였다는 고사(故事)에 비유하여 황제를 부추기니 황제가 폐후(廢后) 결정을 내렸다.

경오 원년 봄 정월에 곽후를 폐비[300]로 삼아 장녕궁에 내치고 상미인을 절도(絶島)에 안치하시고 양미인을 별택에 가두신 후 신하들을 불러 전교(傳敎)를 내리셨다.

"짐이 불행하여 후궁들의 변란을 만나고 인륜을 폐하니 하고자 한 것은 아니다. 그런데 공도보(孔道輔),[301] 범중엄(范仲淹[302]) 등이 대수롭지 않게 대의(大義)를 내세워 비방을 하여 짐을 책망하는데 임금과 신하의 뜻이 다르니 알지 못하겠구나. 이미 정궁(正宮)이 없는데 국모의 자리를 하루도 비우지 못할 것이다. 예부상서와 시랑은 간택하는 일을 재

---

299) 여이간(呂夷簡) : 송나라 수주(壽州) 사람으로 자는 탄부(坦夫). 진종(眞宗) 함평(咸平) 3년에 진사가 되어 참지 정사(參知政事)가 되었음. 인종 연간에 간관(諫官) 범중엄(范仲淹)에게 붕당으로 논박당하여 폄척되었는데, 뒤에 국경 지방에서 난리가 일어나 처리하기 어려운 때를 당하자 범중엄을 천거하였음.

300) 폐비 : {경비}. 문맥상 폐비된 것이므로 문맥을 고려하여 이같이 옮김.

301) 공도보(孔道輔) : 자는 원로(元魯). 직언을 잘 한 것으로 유명하며, 곽후(郭后)를 폐할 때 간관으로 힘껏 다투었음.

302) 범중엄(范仲淹) : 중국 북송(北宋) 때의 정치가이며 학자임. 인종(仁宗)의 친정(親政)이 시작되자 부름을 받아 중앙에서 간관(諫官)이 되었음. 그러나 그 무렵 곽황후(郭皇后)의 폐립문제를 놓고 찬성파인 재상 여이간(呂夷簡)과 대립했기 때문에 다시 지방으로 쫓겨났음. 그 뒤로 구양수(歐陽修) · 한기(韓琦) 등과 함께 여이간 일파를 비난하였으며, 자기들 스스로 군자의 붕당(朋黨)이라고 자칭하여 경력당의(慶曆黨議)를 불러일으켰음. 서하 대책을 맡고 그 침입을 막은 공으로 승진하여 내정개혁에 힘썼으나 하송 일파의 저항으로 지방관을 지냈음.

축하여라."

전교(傳敎)가 내려지자 태사원(太史院)[303] 관원이 아뢰었다.

"신이 밤에 천문(天文)을 보니 황후성이 궁중에 밝았습니다. 그러니 수고롭게 민간 여자를 뽑지 마십시오."

황제가 오래도록 생각하시다가 깨닫지 못하여 대답하셨다.

"궁 안에 후궁이 많지만 모두 황후의 별자리에는 적합하지 않으니 어찌하는가?"

태사가 아뢰었다.

46 "이 또한 신 등이 알지 못하나 황후의 별이 빛나고 당당하였습니다. 어찌 국모 되실 자가 없으면 천상이 응하겠습니까? 폐하는 자세히 살피십시오."

황제가 허락하고 침전(寢殿)에 들어가 밤이 밝도록 생각하였지만 황후가 될 만한 이가 없기에 잠을 자고자 하시다가 홀연 크게 깨달아 일어나 앉으시며 스스로 기뻐하고 책상을 치며 말하였다.

"짐이 연기와 아지랑이에 빠진 사람이 되었는가? 이 사람이 마땅히 국모의 자리를 이어 태사(太姒)의 덕을 펼 것이니 내일 전교(傳敎)를 내리고 책봉할 것이다. 진실로 태평 국모이며 여자 가운데 요(堯)임금과 순(舜)임금이 나신 것이니 송나라의 위업이 대대로 이어질 것이다."

다음날 황제가 표(表)를 내려 하교하셨다.

짐이 곽비를 폐하자 여러 신하들이 선조께서 뽑은 것이라고 말하였는데 짐이 생각해보니 곽씨와 양씨를 모두 유폐하여 선조께서 선택하신 것을 저버리니 또한 부

303) 태사원(太史院) : 중국 원나라 때 역법을 맡아보던 관청.

끄러웠다. 생각하기에 귀비 소씨는 이름난 가문에서 성장하여 규목(槻木)[304]의 덕을 갖추어 집안이 화목하고 번성할 수 있게 하는 것을 이어받았으며 공손하고 검소하며 인자하고 효성이 있다. 그러나 곽후의 투기 때문에 태후를 봉양하다가 북궁에 물러나 있다. 이 또한 선조에서 선택하여 짐의 정궁(正宮)으로 삼으려 하시다가 술 47
사(術士)의 요망한 말로 인해 후궁으로 삼았었던 사람이다. 특별히 책봉하여 황후를 삼아 군신의 마음과 짐의 뜻을 위로할 것이니 경등은 그렇게 알라.

태학사 표증이 일어나 축하하며 말하였다.

"성교(聖敎)가 자못 마땅하오니 서둘러 시행할 것입니다."

말을 이어 신하들이 만세를 부르며 기뻐하였다. 황제가 또한 기뻐하며 즉시 위의를 갖추어 소귀비를 맞이하려 보내셨다.

이때 귀비가 북궁에 있어 태후의 삼년상을 지내고 밤낮으로 슬퍼하였지만 몸이 편안하기에 오래도록 시름을 잊어버리고 세월을 보냈다. 그런데 사람들이 곽후가 투기 때문에 폐후가 되고 양 · 상 두 미인이 죄를 입어 내쳐진다고 말하자 귀비가 탄식하며 말하였다.

"토끼가 죽으면 여우가 슬퍼한다고 하는데 내가 유폐된 것을 즐거워하고 총애를 기쁘게 여기며 행실을 닦지 않았으니 양미인과 상미인이 오늘에야 화를 만난 것은 오히려 늦은 것이지만 곽후를 폐하신 것은 국가의 불행이구나. 또한 성상께서 덕을 잃으심이 적지 않을 것이야."

말을 마친 후 홀연 태후가 타이르시며 곽후를 두둔하여 돌보아 주시며 48
천자를 엄하게 꾸짖고 화목함을 가르치시던 일을 귀비가 생각하고 태후

304) 규목(槻木) : 나뭇가지가 늘어져 아래로 굽은 느티나무. 여기서는 부인이 후덕하여 집안이 화평하고 복이 깃든다는 내용의 『시경(詩經)』 〈규목(槻木)〉 시(詩)를 이르는 것임.

가 계시지 않아 곽후를 폐하게 되는 것을 슬퍼하여 눈물을 흘려 옷깃을 적셨다. 궁녀가 놀라 이유를 물어보자 귀비가 침묵하고 탄식하며 말을 하지 않고 있었다.

갑자기 밖이 진동하더니 태감(太監)[305]이 들어와 아뢰었다.

"신이 황후를 모시라는 성상의 명을 받고 이르렀습니다."

드디어 황후를 삼으려 하시는 뜻을 말씀드리자 소귀비가 안색을 변하지 않고 천천히 말하였다.

"그대는 빨리 돌아가 성상께 말씀드리게나. 무릇 국모는 이름은 천자라네. 깊은 궁궐에 유폐된 귀비가 어찌 감히 자리를 잇겠는가? 죽을지언정 명을 받들지 못할 것이라고 하게나."

태감(太監)이 다시 엎드려 청하였으나 귀비가 미동치 않고 굳이 사양하여 돌려보냈다. 황제가 태감이 헛되이 돌아오는 것을 보시고 각별히 내시와 궁인에게 가마를 갖추어 다시 청하였다. 그러나 소귀비가 온갖 방법으로 핑계를 대고 거절하며 가지 않자 황제가 소현성을 불러 말씀하셨다.

49 "짐은 그대의 맑은 덕을 공경하고 귀비의 덕을 사모하여 책봉할 뜻이 있네. 그런데 귀비가 듣지 않고 북궁에 깊이 들어가 나오지 않으니 그대의 가르침을 바라네."

소현성이 두 번 절하고 사례하며 말하였다.

"노신의 어리석은 딸아이가 깊은 덕이 없어 황후의 자리를 욕되게 할 것입니다. 신이 두려움을 견디지 못하겠습니다. 그러나 성상의 명이 계시니 신이 한번 권하여 보겠습니다."

황제가 기뻐하고 거듭 소귀비의 마음 돌리기를 청하셨다.

---

305) 태감(太監) : 중국 명나라 · 청나라 때, 환관의 우두머리. 내시를 달리 이르는 말.

소현성이 북궁에 들어가 귀비를 보니 귀비가 매우 반기고 슬퍼하며 붙들고 통곡하여 사정을 아뢰었다. 소현성이 천천히 위로하고 탄식하며 말하였다.

“국운이 불행하여 황제와 황후가 화목하지 않으시고 정궁(正宮)이 변을 얻으니 신하와 백성들의 망극한 바이다. 이제 귀비를 책봉할 뜻이 있으니 실로 가문의 불행이며 후세에 말이 있을까 두렵지만 이 또한 천명(天命)이니 설마 어찌하겠느냐? 사양하는 일이 옳지만 하늘이 주는 것인데도 받지 않으면 도리어 재앙을 받는다고 한다. 모름지기 마음과 뜻을 가다듬고 조심하여 군왕이 어질게 행하도록 돕고 성덕을 펴며 검소하고 공손하고 부지런하여 더러운 이름을 얻지 말고 덕을 닦거라.”

귀비가 탄식하며 눈물을 흘리고 말하였다.

“제가 슬하를 떠나 깊은 궁에 들어와 천신만고를 겪고 부모님이 물려 50
주신 몸을 보전하는 것을 가장 중요하게 여기게 되었습니다. 그래서 인륜을 폐한 것을 달게 여기고 북궁의 외로움을 영화로 알면서 고생한 것이 어찌 즐겨서 했겠습니까? 이제 복을 잃어버릴 지위로 이를 대신하시니 마음이 놀랍고 떨려 하루 종일 어찌할 줄을 모르겠습니다. 만일 사양하여서 어떻게 하지 못한다면 실로 저는 죽어서 모르고자 합니다.”

소현성이 말하였다.

“내 평생 마음 가지기를 천명(天命)이 아니면 도리에 옳은 일이라도 거스르고, 천명(天命)이면 그른 일이라도 다투지 않았다. 이제 폐후(廢后)하고 귀비를 세우는 것은 이미 하늘이 정하신 것이다. 이러므로 폐후에 대해서 다투지 않고 귀비를 황후로 맞아들이는데 사양하지 않는 것은 다 하늘을 따르는 것이다. 세상 사람들은 나를 이상하게 여기겠지만 하늘을 거역하는 것은 잘못된 것이니 오로지 고집하지만 말고 빨리 가거라."

귀비가 눈물을 흘리며 명을 따르자 소현성이 즉시 일어나 소매 가운데에서 편지 한 장을 귀비에게 주고 나갔다. 귀비가 받아서 절을 한 후 떼어 보니 다음과 같았다.

> 친족을 등용하지 말고 사치하지 말며 교만하지 말고 풀어지지 마라. 모질게 하지
> 51 말고 게으르지 말며 가볍게 행동하지 마라. 마음을 좁게 먹지 말고 사람을 마음대로
> 다스리지 말며 마음대로 두지 말고 편을 만들지 마라. 만일 나의 슬하를 떠난 것을
> 슬퍼하고 나를 보고자 할 때는 이 글을 보면 마땅히 내 얼굴이 곁에 있으며 나의 가
> 르침을 듣는 듯 할 것이니 삼가 명심하도록 하거라.

소귀비가 다 보고난 후 더욱 슬퍼하셨다.

문득 들으니 궁중의 음악 소리가 하늘까지 울리며 함성이 요란하고 정기가 해를 가리자 궁인이 놀라 얼굴빛이 달라졌다. 이윽고 태감이 천자께서 친히 오시고 있음을 전하였다. 황제가 곤룡포에 옥대(玉帶)를 두르고 들어오시니 귀비가 황제와 이별한 지 5년 만이었다. 그 사이 황제의 풍채와 기상이 윤택하고 부드러워지셨으면서도 엄숙하고 위의가 있었고, 귀비의 풍채와 용모가 보름달과 같이 무르녹으며 찬란함이 더하였다. 귀비가 예복을 입고 뜰에 내려 황제를 맞아 올리고 탑 아래에서 예를 행하자 황제가 급히 붙들어 멈추게 하시고 장차 말을 하고자 하셨다. 그러다 문득 보시니 소귀비가 두 귀밑에 눈물이 비 오듯 하며 땅에 엎드려 먼저 태

후 돌아가신 것을 조문(弔問)하는 것이었다. 황제가 또한 흐느껴 우시며 52
말하였다.

"짐의 팔자가 무상하여 의탁할 곳이 없으니 깊은 궁궐 비오는 밤에 조양전 태후의 얼굴을 생각하면 통곡을 하지 않을 때가 있겠는가? 소귀비가 북궁에 온 지 5년 만에야 고통이 끝나니 오늘 서로 모인 것이 부끄럽습니다. 국운이 불행하여 곽후를 폐위하였는데 이는 구태여 짐이 하고자 한 것은 아닙니다. 형세가 마지못해서 그런 것입니다. 흠천관(欽天官)[306]과 모든 신하들이 어진 귀비가 팔덕(八德)을 갖추었음을 알고 궁중에 황후성이 당당히 밝아 북궁을 응하고 인심(人心)이 그곳으로 돌아가기에 하늘에 응하고 사람들을 따라 책봉을 올바르게 한 것이었는데 어찌 고집스럽게 사양하십니까?"

귀비가 옷깃을 여미고 머리를 숙이고 아뢰었다.

"신첩이 들으니 삼년상불거(三年喪不去)[307]이고, 조강지처불하당(糟糠之妻不下堂)[308]이라 합니다. 여염집의 보잘 것 없는 사내라도 오히려 예법을 지키거늘 하물며 만승천자께서 그러하십니까? 곽후는 돌아가신 황
제와 태후께서 뽑으신 성상의 조강지처인 정궁(正宮)입니다. 6년 동안 53
함께 거적자리와 흙 베개의 고생을 겪으시고 겨우 편안한 시절을 얻었는데 조그만 허물 때문에 폐위시켜 천자의 위엄을 보이시니, 위로는 폐하의 덕에 누가 되고 또한 곽후의 원통한 사정이 이 세상에서 더할 수

---

306) 흠천관(欽天官) : 천문역수(天文曆數)의 관측을 맡은 관아인 흠천감(欽天監)의 관리.

307) 삼년상불거(三年喪不去) : 삼년상을 함께 치른 부인은 버리지를 못한다는 뜻.

308) 조강지처불하당(糟糠之妻不下堂) : 가난할 때에 같이 고생하던 아내는 전일에 고생하던 일을 생각하여 뒷날에 부귀하게 된 후에도 버려서는 안 된다는 말. 중국 후한(後漢) 때 광무제(光武帝)의 신하 중 한 명인 송홍(宋弘)이 광무제가 자신을 황제의 손윗누이인 호양공주(湖陽公主)와 혼인시키려 했을 때 한 말임.

없는 큰 한이 될 것입니다. 만일 성상이 하늘과 땅과 같은 성덕을 펼쳐 다시 곽후를 정궁(正宮)의 자리에 세우시면 만백성의 복이고, 상이 밝은 정사를 후하게 하시고 넉넉하게 하신 덕이 빛날 것입니다."

황제가 웃으며 말하였다.

"어진 귀비의 아름다운 말씀은 짐이 공경하여 따르고자 하나 일이 벌써 정하여졌으니 다른 일과는 달라 다시 세우는 것은 옳지 않습니다. 하물며 죄상이 평범하지 않으니 어찌 가볍게 용서하겠습니까? 어진 귀비는 너무 염려하지 마십시오."

드디어 궁인에게 소후의 가마를 들여오라고 하시니 귀비가 일어나 두 번 절하고 땅에 엎드려 말하였다.

"국모의 위엄은 성상과 같으며 임금의 치정(治定)과 실덕(失德)이며 국
54 가의 흥망성쇠가 또한 모두 황후에게 달려있습니다. 그러니 황후를 가볍게는 못할 것입니다. 신은 나이가 젊고 일찍 깊은 궁궐에 들어와 문견이 고루합니다. 또한 북궁에 깊이 갇혀 지내서 묵은 자취와 쇠잔한 인물이기에 덕이 없고 복이 박합니다. 그러므로 진실로 후궁의 반열에도 마땅하지 않습니다. 성상이 만일 신이 간하는 말을 듣지 않으시고 곽후를 복직하지 않으신다면 신이 순식간에 높은 지위를 좋게 여긴 나머지 뒤엎을 환란을 생각하지 않겠습니까? 하물며 폐하가 정궁(正宮)을 폐하시고 후궁을 세우는 것은 매우 옳지 않습니다. 바라건대 이름난 사족 가문의 어진 숙녀를 간택하셔서 책봉하시면 바야흐로 뜻이 바르고 말이 사리에 맞을 것입니다. 신이 또한 크나큰 성은(聖恩)을 입어 열은 복을 지니고 천 년을 마치기를 원합니다."

황제가 귀비가 사양하는 것이 이 같음을 보시고 얼굴에 웃음을 머금고

급히 내려와 소매를 잡아 말하셨다.

"짐의 뜻은 결정이 났으니 그대는 사양하지 마십시오."

드디어 궁인을 시켜 가마를 들여 귀비를 붙들어 들어가게 하시고 친히 가마의 문을 잠그셨다. 귀비가 황제의 핍박을 거스르지 못하여 가마에 들어가고 황제가 스스로 호송하여 돌아오셨다. 이는 다름 아닌 천자가 황 55
후는 맞이하여 가시는 날이었다. 천지의 기운이 화목하고 해와 달은 맑고 밝으며 상서로운 바람은 천천히 일어나고 푸른 하늘에는 한 조각 뜬 구름도 없어 태양이 밝았다. 모시고 있던 관리들과 어림군병이 모두 즐거워하고 뛰면서 말하였다.

"신령스러운 국모가 나시니 우리들이 모두 덕화를 입을 것이다."

원래 귀비가 후궁으로 있을 때부터 어진 덕이 안과 밖으로 나타나 사람들이 우러르고 따르는 덕망이 이러하였다. 삼천 명의 궁녀와 후궁들이 풍류를 갖추고 단장을 꾸미고 황후가 타신 가마를 옹위하였다. 색깔 있는 저고리와 붉은 치마가 땅을 덮었고 부드럽고 포근한 향취는 허공에 어리였으며 음악이 하늘까지 울리고 향기로운 바람은 비단 휘장을 나부끼니 장한 위의와 성한 거동이 전에 비할 곳이 없었다. 지난날 외로운 수레를 밀어 북궁에 폐인이 되었던 때와 하늘과 땅처럼 매우 달랐다. 귀비가 궁중에 돌아와 목욕재계하고 옥책(玉冊)[309]을 받들어 읽기를 다한 후 예복
과 제수를 받들어 황제에게 사은하고 종묘(宗廟)에 현알한 후 태청궁에 이 56
르러 즉위하시니 시위 정헌선인황후셨다.

소황후가 조정의 모든 신하들과 외명부(外命婦)[310]의 축하인사를 받으

309) 옥책(玉冊) : 제왕이나 후비(后妃)의 존호를 올릴 때에 그 덕을 기리는 글을 새긴 옥 조각을 엮어서 만든 책.

310) 외명부(外命婦) : 왕족 · 종친의 딸과 아내 및 문무관의 아내로서 남편의 직품(職品)에 따라 봉

신 후 잔치를 베풀어 신하들과 태평연을 지내셨다. 이때 황제의 친척과 인척이 황후의 엄숙하고 단정하며 맑고 깨끗하심을 보고 항복하고 또한 너그럽고 인자하며 온화하심을 기뻐하였다. 소현성의 집에서는 화부인과 석부인이 며느리와 딸들과 손자며느리들을 거느리고 들어왔는데 모녀, 형제가 반기고 슬퍼하며 황후의 기상이 국모의 위의가 있음을 보고 서로 탄식하며 말하였다.

"이는 다름 아닌 하늘의 뜻입니다. 우리들이 놀라고 민망하지만 피할 계교가 없군요."

축하 인사를 드린 후 즉시 돌아와 소씨 집안에서 근심하고 분수에 넘치는 것으로 여기고모두 두려워하면서 지냈다.

이때 황후가 즉위하신 후 곁을 돌아보며 슬프게 탄식하고 얼굴에 불편한 빛이 있기에 여상궁이 나아가 엎드려 물어보았다.

"황후께서는 황후의 지위에 막 오르셨는데 즐거워하지 않으시니 저희들은 그 뜻을 알지 못하겠습니다."

황후가 눈물을 흘리며 말하였다.

57 "경들은 알지 못하는가? 지난날 곽후가 전(殿)에 있을 때 우리들은 감히 중계(中階)에도 오르지 못하였는데 이제 천은(天恩)이 치우쳐 내가 이제 이런 지위를 얻게 되었으니 분수에 넘치는 가운데 곽후의 사정이 참혹하다는 것을 생각하게 하는구나. 그 지위를 빼앗고 또 마음이 편안할 수 있겠는가?"

궁인이 동시에 절하고 엎드려 덕성을 축하하였다.

석양에 황제가 들어오시자 황후가 전(殿)에서 내려가 맞이하였다. 황제

작(封爵)을 받은 부인을 통틀어 이르던 말.

가 황후가 황후의 옷으로 갈아입은 것을 보고 풍채가 더욱 기이하시고 골격이 비상하여 지난날 연약한 모습이 변하여 있음을 알아보시고 얼굴에 기쁜 빛을 머금어 함께 용상(龍床)에 앉아 물어보셨다.

"오늘날 짐이 바야흐로 어진 황후의 덕성스런 얼굴과 기골을 알았으니 평생 고락을 함께 하고자 합니다. 다만 예전처럼 짐을 피하시고 고집스럽게 대하시면 장차 이 일로 근심일 것입니다."

황후가 자리에서 물러나 대답하지 않으시자 황제가 또 말씀하셨다.

"짐과 어진 황후가 모두 20세입니다. 많은 고초를 겪었으니 이후에는 후궁을 물리치고 화락하십시다."

황후가 오래도록 근심스러워하고 슬퍼하며 말하였다.

"제가 8세에 궁중에 들어와 5년을 태후의 명으로 깊은 당(堂)에 감추어 58
져있다가 여러 해 천은(天恩)을 입어 후궁에 들어갔습니다. 그러나 옅은 복이 사라질까 두려워 북궁에 5년을 유폐해 있던 사람입니다. 요행히 성상이 천하에 여자가 없을까 여기시고 분에 넘치는 지위를 맡기시니 감히 거역하지는 못하였습니다. 그러나 곽후의 사정을 생각하면 신이 불편한 것을 금할 길이 없습니다. 어찌 천자[311]와 함께 고락할 것을 바라겠습니까?"

황제가 웃고 말하였다.

"어진 황후는 사양치 마십시오. 짐이 곽후를 버렸지만 그것은 그의 죄이며 어진 황후를 세운 것도 하늘의 명이니 어찌 분수에 넘치겠습니까?"

드디어 황제가 황후를 생각하는 정이 두터우심과 진중하심이 비길 곳

311) 천자 : {현즈}. 문맥을 고려하여 이같이 옮김.

이 없었다.

소황후가 12년을 고초를 겪었으나 바야흐로 황후의 지위를 계승하셨다. 황후가 마음 속으로 자연스레 조심하시는 가운데도 천성이 맑고 뛰어나며 생각이 넓은 바다와 같고 성질이 침착하고 단정하기에 행동하는 일들이 한나라 때 마황후(馬皇后)[312]와 당나라 때 장손황후(長孫皇后)[313]와 서로 짝이 될 만하시며 흡사 태사(太姒)의 조화를 이루시고 번희(樊姬)가 짐승의 고기를 먹지 않았던 것을 본받으셔서 내조를 하시니 궁궐 안팎의
59 후궁들이 조용하여 삼엄한 법도와 부드러운 기운이 봄바람이 화창한 것과 같았다. 황제가 매우 공경하고 또한 마음을 닦으시고 마음을 편하게 하여 정사(政事)를 돌보신 후에는 정궁(正宮)에서 날을 보내시자 황후가 간언(諫言)을 드렸다.

"예로부터 뛰어난 황제와 임금들은 원로대신들과 명사 · 재상과 함께 국정을 의논하고 백성을 어여쁘게 여겼습니다. 또 정사가 한가하거든 문신과 함께 경서(經書)와 사기(史記)를 의논하여 학문의 덕을 닦았습니다. 성상께서는 은총을 고르게 하여 한 명의 부인에게 침혹하지 않는 것이 옳습니다."

황제가 칭찬하시며 말하였다.

"어진 황후의 덕이 이와 같으시니 짐의 다행한 일입니다. 이후로는 내조를 들어 짐의 허물을 면할 것입니다."

황제가 예전에 총애하시던 상미인을 다시 찾아 혹 4~5일에 한번씩 머무시겠다고 하시니 황후가 말씀하셨다.

---

312) 마황후(馬皇后) : 복파장군 마원의 딸로 후한 명제의 황후로 인자하고 후덕하였다고 함.

313) 장손황후(長孫皇后) : 당 태종의 황후. 독서를 좋아하고 공손하며 예법을 잘 지켜 태종이 매우 아꼈다고 함. 옛 부인들의 훌륭한 행적을 모아 여칙(女則) 10권을 만들고 36세에 죽었음.

"어찌 상씨만 천은(天恩)을 입겠습니까?"

즉시 후궁들에게 돌아가며 황제를 모시게 하니 공덕을 기리는 노래가 가득하였고, 주아(周雅)의 풍모(風貌)[314]를 이어 상서로운 기운이 대궐에 자욱하였다.

황후가 더욱 공손하고 조심하시며 곽후의 심사를 슬프게 여겨 황제께
매번 그 사정을 말씀드렸다. 황제는 마음이 인자하고 후덕하신 임금이시 60
기에 시간이 오래 흐른 후 또한 뉘우치시고 글을 지어 곽후께 보내셨다. 이에 곽후가 차운(次韻)하였는데 글의 뜻이 슬프며 한탄스러워 문폐[315]를 극진하게 얻었다. 황제가 곽후를 위하여 눈물을 흘리시고 가만히 사람을 시켜 청하시니 곽후가 사양하고 말하였다.

"만일 보고자하신다면 신하들과 의논하시고 이렇게는 마십시오."

황제가 매우 부끄러워하셨다. 이제 지극히 후대하셔서 서로 만나는 것이 그치지 않았다. 환관 여문응은 고향 영남으로 돌려 보내셨다. 곽후가 돌아가실 때에는 황제가 더욱 슬퍼하셔서 황후의 예(禮)로 장사를 지내라고 하시니 이는 다름 아닌 소황후의 지극한 덕이 황제를 감동하시게 한 것이었다.

황후가 평소에 의복에 색이 없으며 거처가 소담하고 모시는 사람들이 10사람을 넘기지 않게 하셨다. 또 황제의 수라(水剌)를 친히 살피시며 황제가 혹 반찬을 가리시면 황후가 간언(諫言)을 드렸다.

"당요(唐堯)[316]가 흙 계단 삼층의 초가집에서 지내셨지만 만대(萬代)에

---

314) 주아(周雅)의 풍모(風貌) : 〈주아〉는 『시경(詩經)』의 〈소아(小雅)〉 · 〈대아(大雅)〉 두 편을 말함. 이 편에는 주(周)나라 문왕(文王)의 후비(后妃)인 태사(太姒)가 나무가 가지를 드리우듯 첩들에게 은덕을 드리워 첩들이 그녀를 공경하고 그 덕을 기려 집안이 화평했다는 〈규목〉 시 등 여성의 부덕(婦德)과 관련된 내용들이 있음.

315) 문폐 : 미상.

성군이 되셨고, 걸주(桀紂)[317]가 높고 아름다운 누각과 비단 옷과 좋은 음식으로 지냈으나 마침내 나라와 자신을 망하게 하였습니다. 폐하께
61 서는 귀하기로는 천자(天子)가 되시고 부유한 것으로는 사해(四海)를 두어 울긋불긋 화려한 누각에 비단에 수를 놓은 옷을 입으시고서도 오히려 만족하지 못하여 저 같은 반찬을 나무라시니 이는 사치하려는 마음을 기르시는 것입니다. 저는 그윽이 기뻐하지 않으니 폐하는 바라건대 반찬의 수를 줄이시고 절약하셔서 조정과 천하를 보호하십시오."

혹 궁인이 죄를 저지르면 황후가 깊이 근심하시고 황제 보기를 부끄러워하셨다. 황제가 이상하게 여겨 이유를 물어보자 황후가 대답하였다.

"제가 폐하의 아내가 되어서 궁녀를 가르치지 못하여 사나운 죄를 얻으니 오래도록 부끄러워합니다."

황제가 크게 일컬으며 말씀하셨다.

"마황후(馬皇后)와 등황후(鄧皇后),[318] 태임(太任)과 강후(姜后)[319]인들 어진 황후의 이 같은 덕에 어찌 미치겠습니까?"

이로 인해 궁인에게 죄를 주지 않으시니 황후가 경계(警戒) 삼장(三章)을 지어 궁인을 가르치시고 행실을 타이르셨는데 마침내 한번도 화를 내시며 책망하시는 일이 없어도 자연스레 정사가 다 살아 궁중이 단정하고 엄숙하며 화평하니 진실로 성인의 다스림이 기특하였다.

하루는 석부인이 황후를 보고자 대궐 안에 들어가 여러 날을 머물렀다.

---

316) 당요(唐堯) : 당요는 요(堯) 임금을 가리킴. 그는 중국의 가장 위대한 성군으로 당대에 어진 이로 이름이 높았던 소부와 허유에게 임금의 자리를 물려주고자 했으나 그 두 사람이 거절했음.

317) 걸주(桀紂) : 중국 하(夏) 나라의 걸왕(桀王)과 은(殷) 나라의 임금 주왕(紂王)을 이름. 둘 다 폭군임.

318) 등황후(鄧皇后) : 후한 화제(和帝)의 황후였던 등황후. 인자하고 후덕하였다고 함.

319) 강후(姜后) : 주나라 선왕(宣王)의 비. 현덕(賢德)이 있었다고 함.

이때 황후가 후궁을 불러 보지 않기에 석부인이 이유를 물어보니 황후가 탄식하며 말하였다. 62

"사람이 천성을 고치지 못하면서 마음 속으로 해야 하는 일을 가지고 남에게 잘난 체하겠습니까? 곽후가 투기로 폐위당하고 그 대신에 제가 들어왔는데 후궁들이 밉지 않기에 일부러 그들을 보채지 않았습니다. 그렇다고 각별히 후궁을 불러 보면서 투기하지 않는 척하여 곽후의 허물을 뚜렷하게 드러내 저의 덕을 바라겠습니까?"

석부인이 고개를 조아리며 말하였다.

"어진 황후의 그윽한 덕택을 사람들은 알지 못할 것이고, 귀신은 어두운 가운데서 아는 것이 밝을 것입니다. 내가 무슨 근심이 있겠습니까?"

드디어 집에 돌아가 석부인이 소현성에게 이 말을 이야기하고 서로 기뻐하였다.

궁중이 모두 기쁜 마음으로 복종하는데 홀로 상미인이 황후의 권세와 총애를 시기하여 황제께 참소하였다. 그러자 황제가 몹시 화를 내시고 즉시 상씨를 액정(掖庭)에 가두시고 들어와 황후께 말하였다.

"상미인을 내가 비록 총애하지만 제 감히 어진 황후의 허물을 거짓으로 만드니 마땅히 내쳐 귀향을 보내고 또 타이를 것입니다."

황후가 문득 놀라 말하였다.

"성상이 상씨를 저에게 맡기시면 제가 다스리도록 하겠습니다." 63

황제가 말하였다.

"옳지 않으니 짐이 먼 곳으로 귀양 보낼 것입니다."

황후가 대답하였다.

"제가 상씨를 보고 할 말이 있습니다."

황제가 허락하시고 말하였다.

"상씨의 죄가 비록 무겁지만 황후는 모름지기 지나친 행동을 하지 마시고 예법에 따라 꾸짖으십시오."

황후가 웃고 말하였다.

"제가 어찌 지나치게 후궁을 형벌하겠습니까? 보고 할 말이 있는 것이니 지나친 행동이 어찌 있겠습니까?"

황제가 역시 웃고 즉시 밖으로 나가셔서 상씨를 매어 정궁(正宮)에게 보내셨다.

황후가 바야흐로 여러 나라의 진상을 받아 내외 친척들에게 나누어 주시고 드디어 상씨를 후전(後殿) 깊은 곳으로 데려오라고 하셨다. 황후가 단의(襢衣)[320]로 심복 시녀 몇 사람만 데리고 친히 내려가 묶여 있던 것을 풀어주고 붙들어 올려 앉힌 후 옥 같은 음성을 열어 부드럽게 말씀하셨다.

"그대와 나는 모두 사족(士族)입니다. 어찌 시기하고 투기함이 있겠습니까? 짐이 나이가 젊고 일을 많이 알지 못하기에 마음으로는 비록 경들을 미워하지 않는데도 사람의 도리를 면하지 못하여 덕을 잃어버린 것이 끝이 없습니다. 그런데 내 잘못을 바로 잡을 사람이 없으니 마음
64 에 어지러운 생각이 적지 않았습니다. 들으니 그대가 나의 잘못된 곳을 알아본다고 하니 이는 마땅히 종요로운 스승입니다. 맹자께서 나를 기리는 이는 원수이고 나를 꾸짖는 이는 스승이라고 하셨습니다. 만일 그대의 가르침이 아니면 내가 어찌 허물을 깨닫겠습니까? 이러므로 은

---

320) 단의(襢衣) : 왕후(王侯)의 복색 가운데 하나로, 세간에서는 공경대부(公卿大夫) 등 고관(高官)의 부인이 입는 옷이었음. 흰 바탕에 무늬가 있는 옷이라고도 하고 일설에는 붉은 색 옷이라고도 함.

혜를 갚을 길이 없어 특별히 작은 예로 그대가 내 허물을 가르친 덕을 갚습니다."

드디어 곁에 있던 이들을 시켜 황금 천 냥과 채단(綵緞) 수 백 필을 내리시고 연전(宴殿)[321] 재인(才人)[322]으로 봉하여 인수(印綬)를 주셨다. 상씨가 화를 돌이켜 영화를 얻으니 다행스러워하면서도 또한 몹시 부끄러워 백배 사은하고 머리를 숙이고 눈물을 흘렸다. 상씨가 물러가 자정전으로 가서 황제께 사은하고 죄를 청하였다. 황제가 전후 사정을 들으시고 몹시 놀라 들어와 황후를 보시고 이유를 물어보시니 황후가 머리를 숙이고 탄식하며 말하였다.

"저의 허물이 후궁의 눈에 드러나 성상께 아뢴 것이니 제가 부끄러울 따름입니다. 어찌 도로 화를 내겠습니까? 바라건대 성상은 그 죄를 용서해주십시오."

황제가 다 들은 후 갑자기 얼굴을 고치시고 급히 일어나 절하고 말씀 65
하셨다.

"황후의 어진 덕을 안 지 오래되었지만 남들보다 뛰어난 마음은 오늘에서야 알았습니다. 짐이 조정의 종묘와 사직이 도우셔서 어진 황후를 얻으니 무슨 복으로 능히 하늘이 준 복을 편안히 누리겠습니까? 황후의 말씀을 들으니 짐이 치하(致賀)를 더할 수가 없습니다."

황후가 급히 내려가 사양하며 말하였다.

"폐하는 어찌 이러한 이상한 행동을 하셔서 신하의 놀림을 받으시려 합니까?"

---

321) 연전(宴殿) : 왕이 조정에서 물러나 편안히 쉬는 편전.
322) 재인(才人) : 후궁 품계의 하나임.

황제가 칭찬하기를 그치지 않으셨다. 이후로는 궁중이 더욱 정숙하였다.

황후가 이어서 4자 2녀를 낳으시니 황제가 더욱 중대하시며 권세와 중한 위엄을 더해주시니 황후의 복록(福祿)을 알 만하였다. 황후가 평생 친척들을 사랑하시나 상으로 물품을 내려주시는 것을 가볍게 하지 않으시고 여러 오라비들이 벼슬을 옮기지 않아 혹 황제가 벼슬을 올리시면 강경히 간하여 그치게 하시고 밖으로부터 의심스러운 곳이 있으시면 즉시 전교(傳敎)하여 고치시니 소씨 가문의 영화가 황후가 되신 후부터 빛나지 않았다. 그러므로 당시 세상 사람들이 더욱 황후의 덕을 일컬었다.

황제가 일찍이 국법으로 소현성을 진왕에 책봉하시자 소현성이 굳이
66 사양하였다. 황제가 황후께 물어보니 황후가 대답하였다.

"아버지[323]가 나이가 늙어서 띠집에서 생을 마치고자 하니 그 뜻을 따르십시오."

황제가 기뻐하지 않자 여러 신하들과 상의하여 소현성 대신 소운성을 책봉하셨다. 소운성이 몹시 놀라 세 번 상소하며 다른 이를 천거하고 받지 않았는데 황제가 화를 내시며 말씀하셨다.

"국가 벼슬이 어찌 국법을 알겠느냐? 소현성이 사양하였는데 짐의 스승인 소운성이 또한 거스르고자 하는가?"

소운성이 이때 승상을 하였는데 마지못하여 삼공(三公)의 벼슬을 드리고 왕의 직책을 받으니 드디어 형씨를 왕비로 책봉하고 석파의 청으로 소영을 기실부인에 책봉하였다. 소운성의 영화가 홀로 소씨 가문에서 뛰어나 태군부인 석씨의 아름답고 분수에 넘치는 것이 끝이 없었다. 이후로는

323) 아버지 : {쳡}. 문맥을 고려해 이같이 옮김.

자운산 소씨 가문에서 무수한 자손들이 날로 번성하고 영화가 이어지면서 세월을 보냈다.

소현성이 삼공(三公)의 벼슬을 버리고 왕위를 사양하고 산중에서 부모
님을 봉양하였다. 여가에는 노닐며 즐기기를 일삼고 단선생과 함께 시사
(詩詞)를 창화하며 거문고를 다스려 하루 종일 줄을 고르고 곡조를 내고 67
향로(香爐)를 대하여 곡조의 깨끗함과 그윽함과 웅장하고 화려함을 벗 삼
았다. 젊었을 때 조정에 들어가 분주했던 것을 스스로 우습게 여기고 손
님을 모으지 않았다.

아홉 번째 아들 운변과 막내 운필마저 벼슬에 나아가는 것을 보고 단성생이 소현성에게 말하였다.

"저는 본래 가난하고 천한 선비인데 다행히 그대의 덕으로 자리에 참여하였습니다. 공의 뛰어난 아들 10명이 용모가 훌륭하고 총명하여 문리(文理)가 나아지는 것이 귀신이 돕는 것과 같았고 팔자가 높고 귀하여 입신하였습니다. 이는 다름 아닌 명공이 덕을 쌓은 것에서 비롯한 것입니다. 그런데 제가 매번 칭찬을 받고 부귀를 누린 지 30여 년입니다. 저는 속세의 인연이 다하였으니 대화산에 들어가 약초를 캐고 도를 닦고자 합니다."

소현성이 탄식하며 말하였다.

"선생은 기특한 사람입니다. 변변치 못하고 졸렬한 아들을 사람으로 만들어준 것은 그대의 덕이며, 요행히 저희들이 입신하여 선생과 자못 나를 섬기는데 어찌 중도에서 버리고자 하십니까?"

단선생이 대답하였다.

"그렇지 않습니다. 저는 두어 줄 글을 가르쳤는데 저희들이 입신한 것 68

이니 어찌 칭찬을 받겠습니까? 내 인연이 다하였으니 산속으로 들어가 고자 합니다. 그대는 막지 마십시오."

드디어 단선생이 제자들을 모아 이별할 때 10명이 몹시 놀라 떠나지 말고 계시기를 간절히 청하였으나 단선생이 듣지 않고 각각 작별시 한 장씩 지어 주며 말하였다.

"너희와 함께 즐긴 지 30년이 지났으니 어찌 매양 있겠느냐? 내 일찍이 너희 보는 데서 글을 지어준 일이 없었는데 오늘 이별을 하면서 어찌 한 장 시사(詩詞)를 아끼겠느냐?"

소씨 형제들이 감히 만류하지 못하고 눈물을 흘리고 글을 받아 보니 과
연 문장이 기특하여 당나라 때 이태백이라도 미치지 못할 정도였다. 10명
이 글을 지어 드리자 선생이 한 구절 시를 지어 연결하고는 소매에 넣고
승상께 하직하고 떠났다. 소씨 형제들이 100리까지 나가 절하고 작별할
때 선생의 옷을 잡고 차마 떠나지 못하여 하였다. 선생이 또한 슬퍼하며
두세 번 위로한 후 소매를 떨치고 거침없이 갔다. 여러 형제들이 매우 슬
69 퍼하며 눈물을 흘리고 작별하고 집에 돌아와 선생의 모습을 그려 서당에
걸어두고 아침 저녁으로 찾아가 보았다.

이때 소운경 등이 자녀를 다 혼인시키고 자손이 각각 아름다웠는데 홀로 상서령(尙書令)[324] 운숙의 둘째 아들 세명이 어렸을 때부터 거동이 사나와 진국 양태부인과 조부모인 석부인, 화부인과 소현성이 모두 그 아이를 사랑하지 않았다. 세명은 15세에 혼인하여 아내 전씨를 얻었다. 그러나 세명은 만족하지 못하여 전씨를 버리고 창루에 다니다가 외입하고 도적의 무리에 들어갔다. 세명이 일찍 나갔다가 들어왔는데 그 부친이 어려

324) 상서령(尙書令) : 상서도성의 으뜸 벼슬로 종일품임.

서부터 어질고 약하여 엄하게 단속하지 않자 더욱 방자하였다.

하루는 상서 운숙이 유람하여 운수동에 갔는데 푸른 소나무가 늘어져 있고 시내물이 잔잔하게 흐르니 외로이 앉아서 감상하고 있었다. 그런데 문득 들으니 소나무 사이에서 함성이 크게 진동하고 정기가 일어났다. 운숙이 몹시 놀라 급히 수풀 속에 숨어서 보니 수천 명 도적 무리가 장수 하나를 가운데 두고 땅에 늘어서 있는데 그 중의 자신의 아들 세명이 장수가 되어 있는 것이었다. 운숙이 한번 보고는 매우 놀라서 정신이 없고 하늘을 우러러 울며 말하였다.

"이 아이가 외입하는 것을 안 지는 오래되었지만 어찌 이토록 되었을 70
줄 알았겠는가?"

드디어 그 거동을 지켜보았는데 세명이 말하였다.

"요사이 우리가 사람의 짐을 노략하였으나 귀중한 보화를 얻지 못하였다. 그러니 우리가 내일 황성을 쳐 대궐의 황제 창고를 가지도록 하자."

그 가운데 한 사람이 말하였다.

"장군의 말씀은 잘못되었습니다. 황성은 인물이 많은 곳이니 가볍게 범하지 못할 것입니다. 내일 길 떠날 여장을 준비하여 파주의 왕측에게 가 제후로 봉함을 받는 것이 어떻습니까?"

세명이 말하였다.

"좋다. 그러나 무단히 가 투항하는 것은 이상하니 먼저 기주를 쳐 고을을 드리고 투항할 것이다."

모두 손뼉을 치면서 옳다고 하며 동시에 헤어졌다. 운숙이 한번 탄식하고 바삐 집안으로 돌아와 정신이 심란하여 방에 들어가 누웠다. 부모,

형제가 급히 병이 있음을 물었으나 운숙이 묵묵히 말이 없었는데 진왕 소
71 운성이 의심하여 세세하게 따져 물으니, 운숙이 눈물을 흘리며 대답하였다.

"제가 불행하여 사나운 자식을 두어 이런 변이 생겼으니, 어찌 가문 전체의 망극한 변고가 아니겠습니까?"

진왕이 듣고 나서 크게 놀라며 말하였다.

"어진 아우는 어찌 이렇게 약하냐? 자식이 사나워도 아비가 너그러이 용서할 일이 있지만, 이 일은 그렇지 않다. 나라를 배반하여 토지를 가지고 도적들에게 투항하였으니 이른바 '반역한 신하'다. 그러니 만약 이 말이 새어 나가면 그 화가 삼족(三族)에 미칠 것이며, 당당히 그 머리를 베어오면 천하를 줄 것이다. 부자간의 사사로운 정 때문에 큰 화를 부르려 하느냐?"

운숙이 말하였다.

"저도 그런 상황을 모르지 않지만 부자간의 천륜(天倫)으로 차마 말하지 못하겠습니다."

진왕이 정색을 하며 말하였다.

"네가 자식 하나 때문에 부모형제 모두를 죽음에 이르게 할 재앙을 불러오려 하느냐?"

운숙이 말하였다.

"어찌 감히 그런 뜻이 있겠습니까? 바라건대 형님은 제 말대로 그를 죽이되 그 몸은 훼손하지 말고 온전하게 해 주십시오."

72 진왕이 즉시 들어가 소승상께 고하니, 그가 크게 놀라며 말하였다.

"너는 한가로운 말을 그만하고 빨리 가서 잡아와라. 내가 당당히 나라

에 고하고 그를 죽여 충성과 양심을 잃지 않을 것이다."

진왕이 옷깃을 바로하고 명령을 받고 나서 다시 꿇어 아뢰었다.

"제가 지금 3천 대의 철 수레를 따르게 하여 역적 조카와 그 무리를 모두 죽여 국법을 바로잡겠습니다."

소승상이 허락하니, 진왕이 즉시 3천 대의 날렵한 수레를 세어 준비하고 운숙에게 말하였다.

"내가 이번에 가면 세명의 목숨이 위태로울 텐데 너는 불안하지 않냐?"

운숙이 근심스럽게 말하였다.

"형님은 부디 아이의 신체를 온전하게 해 주십시오."

진왕이 안색이 변하였다. 즉시 나와 밤낮으로 달려 기주성 아래의 숲
속에 숨어 있었더니 과연 며칠 후에 세명이 불시에 수천 군사를 거느리고
와서 성을 쳤다. 성 안의 사람들은 무기와 준비가 갖추어지지 않아 능히
당할 수가 없어 당황하여 분주하였고, 단지 기주 자사 유언위가 겨우 수
백 명 군사를 거느리고 나와 막았다. 세명의 말이 앞으로 나와 유원위와 73
싸워 50여 합(合)에 이르니, 적장(賊將)들이 일시에 협공하여 언위를 밀어
붙였다. 그리하여 매우 위급해졌을 때에 진왕이 만리운[325]을 타고 혼자
서 창 하나를 들고 오고 다른 군사들은 움직이지 않았다. 진왕이 가까이
와서 바라보니 세명이 대적할 사람이 없는 듯이 위엄을 드날리고 있었다.
그 용감함과 힘이 남들보다 더하므로 유언위가 위태로움을 보고 진왕이
성난 기운이 하늘을 찌를듯하여 말하였다.

"내가 아버님의 명령과 제 아비[326]의 명령을 받아왔으니 당당히 한 칼

---

325) 만리운 : 진왕 소운성의 말 이름임.
326) 제 아비 : 운숙을 이름.

에 끝낼 것이되, 그 시신을 온전히 해야겠다."

그러고 나서 석궁(石弓)을 당겨 화살 하나로 세명의 왼쪽 눈을 맞혀 머리를 깨뜨리고 나오니, 세명이 외마디 소리를 지르며 말 아래로 떨어져 기절하였다. 적진이 놀라고 당황해하는데 진왕이 말을 놓아 내달리니 유언위가 협공하여 도적을 다 죽였다. 언위가 진왕의 용모가 비상하고 기풍이 기이하여 거동이 남들보다 뛰어남을 보고 하늘이 대송(大宋)을 보호함
74 인가 하여 들어오라고 청하여 땅에 엎드려 물었다.

"장군은 어떤 사람이기에 저의 위급한 것을 보호하고 적장을 물리치셨습니까?"

진왕이 대답하였다.

"나는 진왕 소운성이다. 이리저리 노닐다가 마침 공의 위급함을 보고 급히 구한 것이다."

언위가 매우 놀라 말하였다.

"그렇다면 황제의 처남이신 대왕님이시군요. 제가 일찍이 크신 이름을 들은 지 오래되었지만 뵐 길이 없었는데, 하늘이 내려주신 때를 만나 오늘 대왕님을 뵈니 우러러 사모하던 마음을 위로받겠습니다."

즉시 적의 시신을 끌어 내치라 하고 부중(府中)에 잔치를 열어 축하드렸다. 술이 반쯤 취하니 진왕이 문득 옥잔을 어루만지면서 노래를 불렀다.

온 세상이 시끄러우니 조정의 근심이 크도다.
나라를 위하여 법을 집행하는 데에 사사로운 마음을 버리니,
화살 끝에 골육의 정이 끊어졌네.
술을 마시는데 마음이 편치 않네.

내 스스로 하고 싶었던 일이 아니니, 그 누구를 탓하겠는가?

노래를 다 부르고 나서 매우 개탄하니, 유언위가 궁금해 하며 이유를 물었다. 진왕이 사실대로 말하고 나서 그 시신을 찾아가겠다고 하니, 언위가 매우 놀라며 탄식하였다.

"어찌 이런 줄 알았겠습니까? 진실로 주(周)나라에 관숙(管叔)과 채숙(蔡叔)이 있었던 것[327]과 다르지 않군요. 대왕의 말씀을 어찌 거역하겠습니까?"

드디어 세명의 주검을 찾아주었다.

진왕이 군사들을 거느리고 자운산에 이르러 세명의 주검을 완룡담 가에 놓고 집으로 들어갔다. 먼저 운숙을 찾으니 서당에서 글을 읽기에 진왕이 웃으며 말하였다.

"아우는 가서 세명을 보아라."

상서 운숙이 놀라며 말하였다.

"데려왔습니까?"

진왕이 고개를 숙이며 말하였다.

"지금 결박되어 동구 밖에 있다."

운숙이 탄식하며 말하였다.

"못난 아들을 본들 아무 쓸데없으나, 제가 한번 꾸짖고 그 얼굴을 본 뒤에 죽이십시오."

드디어 진왕과 함께 골짜기 밖으로 나와 세명의 시신을 보는데 차마 보

327) 주(周)나라에 ~ 것 : 주나라 주공(周公)의 형제인 관숙과 채숙이 서로 다른 임금을 세우려고 싸웠던 일을 가리킴. 진왕이 나라를 위해 조카인 세명을 죽일 수밖에 없었던 것을 두고 하는 말.

76 지 못하여 소매로 낯을 가리며 말하였다.

"형님은 어찌하여 이처럼 인정 없는 일을 하셨습니까?"

진왕이 크게 웃고 답하였다.

"내 아우는 단지 사사로운 정만 알고 의리를 모르는구나. 못난 이 형이 세명의 사나운 행동 때문에 천승(千乘)의 지위[328]를 굽혀 천신만고 끝에 그를 죽였으니, 이는 우리 가문으로서 천만다행한 일이다. 너는 마땅히 그 주검을 본 후에 머리를 베어 임금께 드려 충성을 표해야 할 것이다. 무슨 이유로 아녀자 같은 모습을 하면서 온 얼굴에 눈물을 흘리느냐?"

운숙이 사죄하며 말하였다.

"제가 스스로 잘못하고 있는 줄은 알지만 슬픔을 참을 수가 없습니다. 바라건대 형님은 선처해주십시오."

진왕이 좋지 않게 여기면서 안으로 들어가 승상께 고하니, 승상이 말하였다.

"이미 죽였으니 안장하여 부형(父兄)의 의리를 온전히 하여라."

운숙이 명령을 받들어 세명을 묻었다. 그 죄가 죽어 마땅하니 사사로운 정으로는 슬프지만 다시 말을 꺼내지 못하였다. 다만 세명의 아내인
77 전씨를 후대하고, 자녀들을 훈계하여 예법을 닦게 하였다. 그러나 운숙의 부인 성씨는 본래 편협한 여자여서 아들의 사나움을 모르고 도리어 진왕을 원수로 치부하여 밤낮으로 방안에서 진왕을 꾸짖고 욕하였다. 진왕

328) 천승(千乘)의 지위 : 제후의 지위를 뜻함. 운성이 진왕의 지위에 있으니 이같이 말한 것임. 승(乘)은 병거(兵車)를 뜻하는데 주대(周代)의 제도에 천자(天子)는 사방 천리(千里)의 땅을 다스리고 전쟁이 났을 때에는 만승(萬乘)의 병거를 내놓으며, 제후(諸侯)는 사방 백리(百里)의 땅을 다스리고 전쟁 시에는 천승(千乘)의 병거를 내놓는다고 한 데에서 연유함.

이 듣고 마음 속으로 우습게 여겼으나 단지 모르는 체할 뿐이었고, 만약 성씨를 만나면 잘잘못을 따져 물으려 했지만 성씨가 얼굴을 마주하여 보지 않으니, 진왕이 운숙에게 말하였다.

"제수씨가 나를 뼛속 깊이 애통해 하여 집안의 원수로 지목하면서 얼굴을 보지 않으려 하니 매우 이상하다. 내가 혼자 판단하여 죽였을지라도 그의 죄를 생각하면 나를 원망하지 못할 것인데, 하물며 아버지의 명이 계셨고 더욱이 너도 죽이라고 했었다. 그러니 제수씨가 나를 원망하는 것은 실로 아버지와 너를 원수로 아는 것이다."

운숙이 대답하였다.

"저도 그렇게 책망하였지만 고집이 세서 말이 통하지 않으니 아침 저녁으로 책망하고 있습니다."

진왕이 바라만 볼 뿐 아무 말도 하지 않았다.

하루는 성씨가 여러 아들과 함께 중당(中堂)에 모여 웃어른들과 말씀을 78
나누는데, 형부인을 대하여 다소 바르지 않은 말을 계속 하였다. 그래도 진왕비인 형부인이 모르는 체하면서 미간에 온화한 기운을 그대로 띄고 있으니 좌우의 사람들이 탄복하였다. 문득 태연한 웃음소리가 나면서 동시에 휘장을 들치고 들어와 앉는 사람들이 있었는데, 찬찬히 보니 진왕 등 모든 형제들이었다. 모두 서로 보며 놀라는데 성씨가 문득 얼굴빛이 바뀌어 일어났다. 진왕이 급히 팔을 밀며 말하였다.

"청컨대 제수는 자리를 떠나지 마십시오."

성씨가 마지못하여 도로 앉으니 진왕이 좌우를 돌아보며 말하였다.

"제수를 뵌 지 석 달이나 되었는데, 오늘 만나니 기쁨이 매우 큽니다."

성씨가 화가 나 말하였다.

"진왕은 함께 하늘을 받들고 살 수 없을 원수입니다. 어찌 서로 보는 것이 기쁘겠습니까? 내 아들 세명이 무슨 죄를 지었기에 왕이 죽였습니까?"

79 진왕이 손뼉을 치며 크게 웃고는 말하였다.

"하신 말씀 중 가운데 말씀이 제일 아름답지 않으니 제가 이 때문에 놀라고 탄식합니다. 제수가 말씀하되, 세명이 무슨 죄가 있냐고 하셨는데, 어찌 죄가 없겠습니까? 나라의 문무(文武) 기틀은 다 제쳐 두더라도 부모를 배반하고 도적의 무리에 들어가 가문의 도덕을 버렸습니다. 그러니 당당한 법도로 말한다면 운숙과 제수도 다 죄를 지은 것이지만 사사로운 정이 없지 않아 법을 버려두고 처벌하지 않았습니다. 그런데 제수의 말씀이 이러하니 매우 놀랍습니다. 제수가 세명의 죄가 있다고 말해도 남들은 부모가 잘못 가르쳤다고 생각할 텐데 만약 죄가 없다고 말하면 더 이상하게 여길 것입니다. 이후로는 남 듣는 데서 그런 말할 마음을 먹지 마십시오."

성씨가 매우 화가 나 말하였다.

"왕의 여덟 아들이 모두 역적의 무리이지만 죽이지 않았으면서 내 자식만 죽이는 것은 무슨 도리입니까?"

80 진왕이 갑자기 두 눈이 몽롱하고 안색이 복숭아꽃같이 되어 웃으며 말하였다.

"제수의 말씀을 듣고 보니 내 자식들의 불초함을 알겠습니다."

드디어 운숙을 내려오게 하여 40대를 세게 때리고 나서 성씨를 향하여 말하였다.

"내가 못나서 자식 가르치는 것이 역적 무리가 되기까지 이르렀으니 죽이고 싶지만 아직 드러나지 않았으니 생사(生死)를 마음대로 못합니다. 다만 일곱째 동생이 집안을 다스리는 것이 풀어져 제수의 행실이 이와 같음을 한하여 잠시 가르친 것입니다. 제수는 이후로 내 자식들의 사나움을 보시면 마음대로 다스리십시오. 내가 조금도 노여워하지 않겠습니다."

말을 마치고 나서 소매를 떨치고 나가니, 성씨가 매우 부끄러워하였다.

소승상이 이 일을 듣고는 진왕이 아녀자의 잘못을 들추어 책망한 것을 꾸짖고 성씨의 예의 모름을 경계하니 아주버니와 제수 사이가 다시 화목해졌다.

원래 진왕이 여덟 아들을 두었는데, 옛 사람들이 말하는 '사씨 집안[329] 81
의 뛰어난 인재'였다. 각각 다 꽃이나 달 같고 사람됨이 조용하고 침착하며 단엄하여 모든 사촌들보다 뛰어났으니, 이는 부모의 가르침이 엄하기 때문이었다. 큰아들 세광과 둘째아들 세량이 형제 중에서 특히 뛰어나 흡사 그 조부 소현성의 풍모가 있어 아버지의 융성함과는 달랐다. 승상이 매우 사랑하여 늘 일컫기를 '나의 내외(內外) 손자 80여 인 중에 오직 이 아이들이 으뜸이다.'라고 하니 그 사람됨을 알 만하였다.

소현성의 맏아들 운경에게는 여섯 아들이 있었다. 큰 아들 세현이 소씨 가문의 쌓아온 덕을 힘입어 문장과 사람됨이 아름다웠는데 그 아버지의 약함과는 달라 풍성하고 융성하며 화려하여 단정하지 않고 강하며 현명하였다. 그래서 식구들이 웃으며 말하였다.

"세광은 진왕의 융성함을 닮지 않았고 세현은 강릉후 운경의 단정함을

---

329) 사씨 집안 : 동진(東晉)의 재상을 지냈던 사안(謝安)의 집안을 이름. 이름난 재상이자 문화인이었음.

닮지 않았으니 각각 아버지를 애달프게 하겠구나."

세광 등이 웃음을 머금고 아무 대답도 하지 않았다.

82 하루는 세광과 세현 등 종형제(從兄弟)[330]들이 함께 검푸른 털의 당나귀를 타고 도성으로 들어가 형참정[331]의 집에 갔다가 네거리를 지났다. 이곳은 도성 안에서 유명한 창루(娼樓)인 '청설루'여서 창녀 수백 명이 푸른 저고리에 붉은 치마, 비단 치마와 푸른 적삼을 입고 벌여 서 주렴을 걷고 지나가는 손님들을 불러들이고 있었다. 그러다가 길 가 누각 아래에 두 청년이 나귀를 타고 지나가는 모습을 보고 일시에 모두 쳐다보았다. 청년의 옷이 선명하고 풍채가 신선 같아 흰 얼굴과 붉은 입, 가는 눈과 맑은 눈썹 등 품격이 우아하여 갓 핀 연꽃과 가을 하늘의 밝은 달이라도 미치지 못할 듯하였다. 모든 여자들이 비록 옛 사람을 보내고 새로운 사람을 맞는다고 하지만 못난 사람들에 불과한 손님들만이 술집을 찾으며 또 그들은 은자(銀子)를 들고 분주한 무리들일 뿐이니, 어찌 이같이 신선 같은 낭군들을 꿈속엔들 보았겠는가? 소씨 가문 남자들의 기풍과 여자들의 용모가 당시 사람들보다 뛰어나면서도 모두 도학(道學)을 닦아 창악(唱樂)
83 과 주색(酒色)을 일삼지 않으니, 창녀들이 어떻게 소씨 청년들을 보았겠는가? 오늘 세광과 세현의 풍모를 보고 매우 혹하여 옥 같은 귀밑머리와 구름 같은 머리채를 한 여인들이 반쯤 교태를 머금고 다투어 귤을 던져 수백 개에 이르렀다.

그러자 두 사람이 서로 놀라며 말하였다.

"어떤 사람들이 우리에게 귤을 던지느냐?"

330) 종형제(從兄弟) : 사촌형제.
331) 형참정 : 운성의 장인이므로 세광의 외조부임.

모시던 하인이 고하였다.

"이곳은 창기들의 누각입니다. 모든 창기들이 머물면서 행인들을 끌어 들이는데 두 공자의 풍모를 보고 그러는 것입니다."

소생들이 본래 산중에서 나고 자라 어렸을 때부터 조부모와 숙부님들로부터 부모님까지 창녀에 대해 말하는 것을 듣지 못하였다. 또 으뜸가는 스승을 얻어 집안에서 성현들의 책을 두루 보았으니 어떻게 이런 일을 보고 들었겠는가? 오늘 처음으로 이런 모습을 보고는 큰 변으로 알아 동시에 박수치며 웃고 서로 말하였다.

"어떤 창녀인지는 몰라도 이처럼 청하는데 가지 않는 것이 이상하니 잠깐 가서 뭐하려고 부르는지 보는 게 어떻겠냐?" 84

세광이 대답하였다.

"일찍이 이런 일을 알지 못했으며, 우리들이 부모님의 가르침을 듣지도 못하였는데 마음대로 창루(娼樓)에 가면 책망하실 듯하다."

세현이 말하였다.

"사람이 부르는데 답하지 않는 것은 매우 박하게 구는 것이니, 부모님께서 아셔도 무엇 때문에 책망하시겠느냐?"

원래 두 사람이 모두 창녀들이 부르는 외침과 그 기묘함을 알지 못하였으니 아버지와 친척들의 바르고 엄함을 알았기 때문이었다.

두 사람이 노새를 돌려 창루에 들어가니 모든 기녀들이 매우 기뻐하며 아리땁게 웃음을 머금고 맞아들였다. 두 사람이 어찌할 줄을 모르고 자리를 정하여 앉은 후 물었다.

"우리는 지나가는 사람인데 너희들이 무슨 이유로 불러들였느냐?"

창녀들이 예를 갖추어 절하고 말하였다.

"저희가 공자님들의 달 같은 용모와 신선 같은 풍모를 보니 잠결에도 생각날 듯하여 당돌하게 청하였습니다. 보잘것없는 음식들과 음악을 올리고 싶어서였습니다."

85 말을 마치자 용과 봉을 새긴 피리와 거문고를 연주하며 흰 이와 붉은
입술로 〈백설가(白雪歌)〉[332]를 불렀다. 두 서생이 홀린 듯이 앉아 있다가
세광이 이 같은 행동은 좋지 않다고 여겨 세현을 잡아당기며 말하였다.

"우리들이 세상 물정을 알지 못하는 것이 가소롭군요. 이 창기들의 행동이 바르지 못하고 속마음이 음란한데, 우리들은 도학(道學)을 닦는 가문의 왕후(王侯)의 아들들입니다. 무슨 이유로 천한 곳에서 천한 사람들과 함께 섞여 몸을 낮추겠습니까? 빨리 돌아갑시다."

세현은 본래 풍류를 즐기는 남자였기에 미미하게 웃으며 말하였다.

"아우는 참 고집스럽구나. 이미 왔으니, 저들도 사람인데 대접하는 것을 떨치고 갈 수가 없다. 풍류소리만 듣고 그윽이 즐기다가 가자."

세광이 일어나며 말하였다.

"형은 숙부가 온화하심을 믿고 그러는 듯한데, 저는 아버지께서 매우 엄하심을 아니 결연히 돌아가겠습니다."

드디어 몸을 빼 돌아갔다. 하지만 세현은 여기에 있으면서 마음에 거
86 리끼는 것도 없이 즐기다가 취운이라는 창녀에게 정을 두어 사흘을 돌아
가지 않았다.

이때에 세광이 자운산으로 돌아가 아버지 운성을 대하여 일의 수말(首末)을 자세히 고하고 세현이 오지 않겠다고 하던 말을 하였다. 진왕 운성이 매우 놀라며 책망하였다.

---

332) 〈백설가(白雪歌)〉: 당나라 때의 시인으로 변새파(邊塞派)로 유명한 잠삼(岑參)의 시.

"네가 비록 세상의 풍속을 알지 못하지만 『예기(禮記)』는 읽었다. 이 책에서 '차 파는 가게와 풍류하는 집을 지나가다가 들어가지 말라'고 하였는데 어찌하여 그 곳에 들어갔느냐?"

세광이 고하였다.

"제가 처음에는 무심하게 들어갔지만 나중에는 깨달아 얼른 돌아왔습니다."

진왕이 다시 책망하지 못하였다. 강릉후 운경[333]을 보고 세현의 일을 말하니, 강능후가 어이없게 여겨 말하였다.

"그 아이가 이렇듯 방자하니, 어떻게 하는지 봐야겠다."

그러고 나서 연이어 3일을 찾지 않다가 마침 황제께서 부르시기에 진왕과 함께 궁중의 연회에 참여하였다. 석양에 돌아오다가 따르는 사람들을 다 떨치고 강능후와 진왕 형제만 수레를 끌어 친구 양종보를 찾아 네 87
거리로 향하였다. 계절이 늦가을에서 초겨울 사이라 두 소씨가 조복(朝服)을 벗고 평상복을 입고 수레 위에 단정히 앉아 있었다. 풍모와 골격이 늠름하고 얼굴빛이 윤택하고 시원스러우니 어찌 한갓 세광 등 청년의 약한 풍채에 비기겠는가? 붉은 수레에 비스듬히 앉아 네 필의 말을 빨리 달리라고 재촉하니, 청설루의 이름난 창기들이 한번 보고 넋을 잃고 애간장을 끓였다. 걸음마다 전율하고 낙담하여 혼이 나간 듯하면서 발을 구르고 소리를 질러 천신(天神)이 하강했다고 일컬었다. 그러고는 수레를 향하여 귤을 던지는데 그 중 어떤 사람들이 말하였다.

"귤은 너무 약하니 금덩어리를 던져야겠다."

다투어 금을 던져 수레 앞에 가득하니, 강능후가 진왕을 돌아보며 말하

333) 강릉후 운경 : 세현의 아버지.

였다.

"이 모습이 어떠한가?"

진왕이 말하였다.

"통탄스러움을 이기지 못하겠지만 지나가야겠습니다."

88 강능후가 미소 지으면서 금덩어리는 도로 주워서 하인에게 주고 귤은 수레 앞에 놓고 갔다. 곧바로 김현과 성준을 만났는데, 두 사람이 크게 웃으며 말하였다.

"두 분의 지위가 왕후(王侯)인데도 길거리에서 놀다가 귤을 얻었습니까?"

두 사람이 웃으며 답하였다.

"던지는 귤을 사양할 수가 없었다."

말을 마치고 네 사람이 함께 양종보를 만나 밤 새워 이야기를 나누다가 다음날 아침에 집으로 돌아왔다. 소승상이 어제 들어오지 않은 이유를 물으니 사실대로 대답하였다. 그러고 나서 진왕이 내당에 들어가 할머님을 뵌 후 웃으며 용포(龍袍) 사이에서 노란 귤을 꺼내어 놓으니, 석파가 웃으며 말하였다.

"소매에 과일을 넣고 다니는 왕이 어디에 있겠습니까?"

좌우의 사람들이 크게 웃으니, 진왕이 말하였다.

"할머니는 늘 나를 나무라시는데, 큰 형은 그럼 어떻게 과일을 넣었을까요?"

석파가 웃으며 말하였다.

"그대와 형을 누가 그렇게 좋게 여겼습니까?"

진왕이 크게 웃고 말하였다.

"어제 우리 형제가 양장군을 보러갔다가 청설루 명창(名娼)을 많이 만나 밤을 지샜는데, 이 귤을 수레 앞에 던지기에 그들의 정성이 귀하여 89
가지고 와 자랑하는 것입니다."

석파가 놀라며 말하였다.

"정말입니까?"

진왕이 다만 크게 웃으니, 어머니 석부인이 화를 내며 말하였다.

"네 인물이 화려하지만 청루(靑樓)에서 노는 일이 없었는데, 지금은 어찌하여 옛날에 하지 않던 일을 하느냐?"

진왕이 웃으며 대답하였다.

"농담입니다."

석부인이 정색을 하고 대답을 않으니 진왕이 웃고 즉시 물러나 중당(中堂)으로 나와 앉아 있는데, 석파가 따라와 승상께 고하겠다고 하였다. 진왕이 호탕하게 낭랑히 웃으면서 입을 열지 않으니, 강릉후 운경이 웃으며 말하였다.

"석조모는 걱정하지 마십시오. 우리가 아무리 못났다고 하지만 나이가 서른이 넘었고 벼슬이 왕과 제후에 있는데 어찌 그럴 리가 있겠습니까?"

이윽고 진나라에서 진상품이 들어왔는데 그 중 기실부인[334]에게 진상된 것이 짐짓 왕비와 다르지 않았다. 그러자 석파가 웃으며 말하였다.

"소영이 팔자가 사납다고 한스러워했는데 진상품을 보니 왕비와 다르 90
지 않구나. 진나라 조정은 소영의 박명함을 모를 것이야."

강릉후가 천천히 말하였다.

---

334) 기실부인 : 소영을 가리킴.

"시씨[335]가 비록 셋째 아우의 첩이지만 이미 기실부인이 되어 이름이 높아졌고 두 아들이 훌륭하니 어찌 박명하다고 하겠습니까?"

진왕이 금가루로 장식한 자주색 부채를 옥 같은 얼굴에 비스듬히 들고 석파를 향하여 차가운 눈길을 보내며 물었다.

"조모께 아룁니다. 소영이 왜 박명하다고 하십니까?"

석파가 말하였다.

"낭군의 멸시를 받아 얼굴도 제대로 보지 못하는데 어찌 박명하다고 하지 않겠습니까?"

진왕이 차갑게 웃으며 말하였다.

"할머니는 우스운 말씀 마십시오. 소영이 예전에 부모를 일찍 여의고 할머님을 따라왔을 때에 몸에는 베옷을 감고 머리는 쑥같이 헝클어져 있고 귀신 같은 얼굴로 들어왔습니다. 그래서 우리들이 모두 놀라서 귀신이라고 했었는데, 예닐곱 해를 일희당 속에서 그 향기를 입어 잠시
91 사람의 형상이 되었습니다. 그러나 오히려 잔약하고 사리에 어두워 아무 곳에도 쓸 데가 없었으니 설사 할머니의 힘으로 한다 해도 보통의 사내를 얻어 가시나무 비녀와 베로 만든 치마[336]를 입고 납채(納采)와 빙폐(聘幣)[337]의 힘듦을 겪었을 것입니다. 그러던 차에 할머니가 제 팔에 앵혈(鶯血)을 찍으시니 화도 나고 또 소영을 잘 구제하여 팔자를 좋게 하려고 가까이하였습니다. 그런데 저를 책망하셨지요. 하지만 그

---

335) 시씨 : 소영을 가리킴.

336) 가시나무 ~ 치마 : {형차포군(荊釵布裙)}. 가난한 집의 아내 혹은 검소한 아내의 옷차림을 뜻함.

337) 납채(納采)와 빙폐(聘幣) : {취빈}. '취빙[采聘]'으로 보아 이같이 옮김. 둘 다 혼인의 여섯 가지 예(禮) 중의 하나로, 납채는 신랑집에서 청혼을 하고 신부집에서 허락하는 의례임. 빙폐는 납징(納徵)의 예를 뜻하는데 남자집에서 여자집에 빙폐를 보내어 혼인의 성립을 확실하게 해주는 절차임.

애는 도리어 진왕의 부인이 되어 온 나라가 공경함을 정실부인과 똑같이 하며 또 두 아들을 존칭하기를 왕공자라고 하여 대적할 사람이 없습니다. 그런데 할머니는 나에게 사례하기는커녕 그 아이가 박명하다고 하는 것이 참 이상합니다. 내가 일이 많은 사람이지만 부모님을 섬기는 나머지 시간에 부모님이 맡기신 정실(正室)을 대접하고 나서 한 달 가운데 닷새를 그녀를 찾아갔는데도 어찌 멸시한다고 하십니까?"

석파가 한바탕 크게 웃고 말하였다.

"진왕의 말이 사람을 미혹하게 만드니 우습군요. 소영이 들어올 때, 시부마께서 그 아이를 나에게 보내신 것인데 어찌 쑥대머리에 귀신 같은
얼굴에 베옷을 입었겠습니까? 거짓말 잘 하는 것이 조무상(曺無傷)[338] 92
보다 더하니 뭐라 책망할 수도 없네요. 소영의 풍모는 사람들도 다 알아볼 텐데 어찌 굳이 보통 사내의 짝이 되겠습니까? 또 그 당시에 진왕이 비록 영리하기는 했지만 귀신이 아닌데 소영의 팔자가 좋게 하려고 가까이했다고 하는 말은 삼척동자도 곧이듣지 않을 것입니다. 내가 늙고 사리에 어두운 할미라고 하여 속이는 것이 이와 같으니 하늘이 두렵지 않습니까? 소영은 금지옥엽 같은 공주이니 어찌 그대의 아내가 되지 않겠으며, 그대의 아들들이야 그대의 자식이니 공자라고 하는 것이 상례입니다. 누구 덕으로 왕이 되었다고 자랑하지 마십시오."

진왕이 크게 웃고 아무 말도 하지 않았다.

이윽고 세현이 왔다는 보고가 있자, 강릉후가 화난 기색이 미간에 일어나 좌우 시종들에게 세현을 잡아들이라고 하여 그를 책망하였다.

---

338) 조무상(曺無傷) : 남을 참소하는 소인(小人)을 이르는 말. 한나라의 유방과 초나라의 항우가 대치하고 있었을 때에 유방을 헐뜯으며 죄가 있는 것처럼 항우에게 밀고한 사람의 이름에서 유래함.

"네가 창루(娼樓)에 들어가 침혹하여 사흘이 지나도 돌아오지 않다가
93 이제는 무슨 뜻으로 여기에 와 나를 보느냐?"

세현이 당황하여 바삐 벌을 청하며 말하였다.

"처음에는 모르고 들어갔는데 창녀에게 잡혀 나오지 못했습니다."

강릉후 운경이 또 물었다.

"세광이 올 때에 함께 오지 않은 것은 왜였느냐?"

세현이 묵묵히 있었다. 강릉후가 사졸을 불러 세현을 50대 때리고 나서 옥 안에 가두었다. 두 달이 되어도 용서하지 않으니 모두 말하였다.

"강릉후가 어질고 약하지만 자식 훈계함의 엄숙함은 이와 같으니 어찌 기특하지 않겠는가?"

위부인이 아들이 옥에 갇혔을 때부터 근심에 잠겨 즐기지 않았으나 강릉후가 단지 모르는 듯이 하면서 석 달에 이르렀다. 그러자 화부인이 그를 불러 책망하였다.

"세현은 내가 아끼는 손자이다. 오래도록 힘들게 하는 것이 좋지 않으니 빨리 풀어 주어라."

강릉후가 어머니의 명령에 순종하여 세현을 풀어주니 세현이 머리를
조아리며 사죄하였다. 그러자 강릉후가 다시 한번 크게 책망하고 나서 다
94 시는 문 밖으로 나가지 못하게 하니, 세현이 이후로는 감히 창루(娼樓)를
생각하지 못하고 유학(儒學)을 일삼았다.

하루는 진왕 운성이 강릉후 운경과 함께 서당에서 책을 읽는데 여러 아들들이 모시고 있었다. 모두 다 관옥(冠玉) 같았지만 세현과 세광 등이 특히 뛰어나 빛나는 정기가 좌우에 쏘이니, 진왕과 강릉후가 마음 속으로 대견해하였다.

태상경(太常卿)[339] 양상의와 병부(兵部) 우시랑(右侍郎) 설호가 집에 와서 인사를 나누고 서로 말씀하였다. 좌우에 무수한 청년 공자들이 벌여 서 있었는데 그 중에서 두 청년이 뛰어나게 특출하여 흡족한 것이 강릉후와 진왕보다 못함이 없었다. 놀라 누군지 물어서 바야흐로 그 아들들인 줄 알고 구혼하니, 두 사람이 함께 허락하였다. 그러고 나서 대면하여 의사를 결정한 후 설공과 양공이 세광과 세현을 나오게 하여 손을 잡고 등을 두드리며 '만족스런 사위'라고 일컬었다. 예악(禮樂), 시서(詩書)와 여러 선현들의 말씀을 논의하는데 두 공자가 말이 나오는 대로 바로바로 답하였
다. 말씀이 높은 산에서 흐르는 물 같으니 두 사람이 매우 어여삐 여겨 화 95
선지를 펴고 글을 지어보라고 하였다. 세광과 세현이 사양하면서 짓지 않으니, 진왕 형제가 말하였다.

"양공과 설공 두 형님이 지극한 말로 가르치는 것을 들으면 10년 동안 글 읽는 것보다 배나 더할 것이다."

두 공자가 명령을 받들어 고운 손으로 산호 붓을 들어 휘둘러 쓰고 팔을 떨구니, 화선지에는 비단에 수를 놓은 것 같은 글씨가 자욱하고 푸른 용이 어린 듯하였다. 글자마다 주옥 같고 말마다 비단에 수놓은 것 같아 필체가 기이하고 글자체가 정묘하여 진실로 당나라 때의 이백(李白)과 두보(杜甫)를 업신여길 듯하였다. 양공과 설공이 매우 기뻐하며 말하였다.

"아드님의 재주가 이와 같으니 진실로 공께서는 복이 큽니다. 뿐만 아니라 저희들도 매우 행운입니다."

진왕과 강릉후가 사양하며 말하였다.

"아이들이 비록 적은 문재(文才)가 있다 해도 어찌 그대의 과장함을 당

---

339) 태상경(太常卿) : 종묘(宗廟) 등의 제사를 맡은 벼슬.

하겠습니까?"

말을 마치고 서로 이끌어 백화헌에 이르러 소승상께 뵈고 정혼함을 말
96 하였다. 그러자 승상도 기뻐하였다.

이윽고 황제의 동생인 상왕이 이르러 소현성을 뵙는데, 좌우에 열 명의 소씨 아들들이 모두 자줏빛 도포에 옥띠를 두르고 사모(紗帽)를 숙이고 모시고 섰다. 말석에는 청년 80여 인이 대열을 이루고 있음을 보고 기특하게 여겨 흠족해 하며 치하하면서 말하였다.

"내가 선생이 선행을 쌓음을 안 지 오래되었소. 지금 진왕의 열 형제가 조정의 대신으로 자줏빛 도포와 오사모가 빛나고, 또 여러 손자들이 백 명에 이르는데 모두 빛나는 옥과 구슬 같음을 보니, 비록 곽분양(郭汾陽)[340]의 복과 순씨(荀氏)의 여덟 아들[341]이 기특하다고 하지만 선생의 영화로운 복과 여러 소씨 형제들의 풍채와 기상에는 미치지 못할 것 같소."

승상 소현성이 겸양하며 말하였다.

"제가 천지신령께 죄를 얻은 것이 적어 요행히도 여러 자손을 두었습니다. 하지만 세상에 나면서부터 아버지의 얼굴을 알지 못했고 부모님의 낮은[342] 은혜와 양육을 입지 못하였으니 어찌 유복하다고 하겠습니까?"

97 말을 마치는데 얼굴색이 참담해지면서 눈물이 거의 떨어질 듯하니 상

340) 곽분양(郭汾陽) : 당(唐) 현종(玄宗) 때의 명장(名將)으로 부귀와 공명을 구비한 사람. 이름은 자의(子儀)이고, 분양은 그가 왕으로 봉함 받은 곳임.

341) 순씨(荀氏)의 ~ 아들 : 후한(後漢)의 순숙(荀叔)을 이름. 그는 환제(桓帝) 낭릉후(郎陵侯)였는데, 검(儉) · 곤(鯤) · 정(靖) · 도(燾) · 왕(汪) · 상(爽) · 숙(肅) · 부(敷)(전(專)이라고도 함), 이렇게 8명의 아들이 있었다. 이들 모두 뛰어나 재명(才名)이 있었기에 사람들이 이들을 가리켜 '순씨팔룡'이라 불렀다고 함.

342) 낮은 : 임금님의 은혜에 비해 낮다는 말임.

왕도 감동하였다.

양공과 설공 두 사람이 돌아가 날을 택하여 혼인하게 되었다. 세광은 설씨를 얻고 세현은 양씨를 얻었으니, 모두 꽃 같은 얼굴에 달 같은 모습이며 빼어나게 아름답고 예뻤다. 부부가 서로 짝할 만하고 재주와 덕이 맑고 높으니 시부모님과 온 가족이 매우 아꼈으며 부부간의 금슬도 좋았다.

소 현 성 록

15권

1 화설(話說). 양태부인이 춘추가 여든에 가까웠어도 안색이 젊은이 같고 기질이 봄꽃 같아 쇠하거나 늙지 않았으므로 승상과 여러 손자들이 기뻐함을 헤아리지 못할 듯하였다. 선인황후가 자주 뵙지 못함을 슬퍼하시어 아침 저녁 식사를 자주 공급해 드리면서 으뜸가는 효를 이루었다. 인종황제도 매번 친히 임하시어 태군부인 석씨와 진국 양태부인을 내외(內外)를 가리지 않고 보시고 술을 드시면서 담소(談笑)를 베푸시는 것이 보통의 겸손한 사위들과 다르지 않았다. 온 식구들이 외람됨을 이기지 못하였고 승상도 여러 아들들과 함께 옳지 않다고 간했지만 황제께서 웃으며 말하였다.

"내가 굳이 황후 때문에 이러는 것이 아닙니다. 깊은 궁궐에 있는 것이 울적하니 한가히 노닐어 상부(尙父)[343]와 소승상을 만나, 한 말씀 가르침을 들어 정사(政事)에 도움이 되고자 하는 것입니다."

소승상이 황상의 은혜에 외람되고 감격하여 재삼 사양하였다. 황제가
2 그 준엄하고 절개 있음을 어렵게 여기시어 다시는 자주 다니지 않으셨지만 마지못하여 두 달에 한 번 다니시니 소씨 가문 사람들이 도리어 민망하게 여겼다.

다음 해 9월에 선인황후가 갑자기 슬퍼하며 따르는 상궁을 물리치시고 눈물을 흘리셨다. 궁녀들이 놀라 이유를 물으니 말씀하셨다.

"내가 여덟 살에 궁중에 들어와 영욕(榮辱)을 두루 보고 황후의 자리에 올랐으니 부모님께 염려를 끼친 것이 크다. 그리하여 한 가지 효도도 행하지 못하였으니 남몰래 옛 사람들에게 부끄러워했었다. 이제 황제의 장인 어르신의 생신이 임박했는데 내가 깊은 궁궐에 있어 축수(祝壽)

343) 상부(尙父) : 임금이 특별한 대우로 신하에게 내린 칭호의 하나. 문맥상 소운성을 가리키는 듯함.

의 잔을 올리지도 못하고 또 잔치에 참여할 방도가 없구나. 가까운 거리인데도 자식의 도리를 할 수 없으니 어찌 슬프지 않겠느냐?"

모시던 궁인들도 슬퍼하며 흐느끼기를 마지않으니, 황후가 물었다.

"내가 서러워하는 것은 옳지만, 너희는 왜 이렇게 흐느끼느냐?"

궁녀들이 아뢰었다. 3

"저희들도 어려서 궁중에 들어와 부모님의 좋은 일이나 궂은일을 보지 못하였고 생신에도 나가지 못하여 늘 서러웠습니다. 그러던 차에 황후님의 가르침을 들으니 감동스러움을 이기지 못하겠습니다."

황후가 하늘을 우러러 보며 탄식하였다.

"사람의 귀천이 달라도 어버이를 사랑하는 정은 사람이면 누구나 가지고 있는 마음이다. 내가 너희들의 맺힌 한을 풀어 줄 것이니 어버이를 보고자 하면 수삼 일의 말미를 허락하겠다. 또 생일에 나간다고 하면 어버이를 봉양할 여러 가지를 주어 자식의 도리를 다할 수 있게 하겠다."

이후에는 궁인의 부모가 생일이라고 하여 말미를 얻는 것을 들으시면
돈과 비단을 많이 주어 나가서 어버이께 장수를 축원해 드리라고 하셨다.
또 때때로 말미를 주시어 민간에 출입하게 하였으나 궁궐 내의 행실이 해
이해지는 법이 없었고 궁궐 내외의 말이 서로 내통하는 바가 없어 더욱
숙연하고 조용하였다. 성스러운 황후의 덕택이 이러하시니 나라의 백성 4
들과 궁궐의 사람들이 기뻐 탄복하여 그 효성과 크신 덕에 탄복하였다.
인종이 황후를 매우 공경하고 아끼시어 그 마음을 위로하시느라 9월 15
일이 다다르니 전교(典敎)를 내려 말하였다.

"계축(癸丑) 15일은 황상의 장인이신 소현성의 생일이다. 조정의 모든

관료들과 내명부(內命婦)들은 소씨 집에 모여 잔치에 참석하고 예악(禮樂)을 들어라. 나도 또한 친히 가서 예물을 드리고 뵙는 도리를 행하여 3대(代)에 걸쳐 대신(大臣)의 역할을 한 공로에 사례할 것이다. 예부상서(禮部尙書) 오문상과 좌우 시랑은 축하 잔치 절차를 차려 소부로 가서 기다리라."

황후가 전(展)에 내려와 사은하시니, 황제가 웃으며 말하였다.

"내가 황후와 함께 가는 것이 어떻습니까?"

황후가 감사하며 말하였다.

"크신 은혜가 바다와 같으시지만 임금께서 신하의 잔치에 참여하는 것은 법도에서 벗어나는 일입니다. 만약 제가 간다고 해도 도리어 예전에 없던 변일 것이니, 사사로운 정이 절박하기는 하지만 감히 법도에서
5 벗어나는 일을 행하지 못하겠습니다."

황제께서 칭찬하시며 즉시 예부(禮部)에 칙지(勅旨)[344]를 내리셨다. 이를 받은 소현성이 매우 놀라 글을 써 죽기로 사양하니, 황후가 글을 썼다.

제가 불효함이 많아 남몰래 옛 성인들에 부끄러웠는데 마침 황상께서 이렇게 하셨습니다. 군신(君臣)의 명분이 비록 있다고 하지만 실은 딸인 제가 아버지께 축수(祝壽)의 잔을 드리는 것이고 황상께서는 장인어른의 잔치에 사위가 참여하는 것입니다. 어린 소견으로 여러 번 생각해 보았으나 그다지 덕을 잃는 일이 아닐 것입니다. 아버지께서 끝까지 허락하지 않으시면 저는 한 가지 효도도 못하고 세상에 살아 있는 것이 소용없게 됩니다.

---

344) 칙지(勅旨) : 임금의 명령을 뜻함. 칙명(勅命)과 같음.

소승상이 답신을 하였다.

옛날 한(漢) 나라의 여후(呂后)가 어버이 모시기를 빛나게 하다가 종족 3천 명이 그 때문에 죽었고, 명(明) 나라의 마(馬) 황후가 당(堂) 앞에서 자기 부모만을 위하지 않고 덕을 닦아 어질다는 평을 받았습니다. 황후께서 비록 수천 명의 위에 계신 황후이지만 조심하지 않으면 안 됩니다. 하물며 곽후(郭后)[345]가 눈물을 흘리며 깊 6
은 궁궐에 외롭게 계시고 곽국구(國舅)[346]의 일가가 참혹하게 되었으니, 우리가 지금 즐기는 것이 인의(仁義)가 아니므로 결연히 행하지 못하겠습니다. 공자님께서 말씀을 남기시기를, '자식의 어진 이름과 맑은 빛이 사람에게 일컬어지면 부모에게 효도이고, 사납고 더러운 말이 어버이에게 미치고 몸이 욕되면 하루에 세 가지 고기로 봉양해도 불효이다.'라고 하셨습니다. 그러니 황후는 나를 잔치로 대접하지 말고 스스로 덕을 닦아 내 귀에 어질다는 소리가 들리게 하면 효입니다. 만약 음식과 풍류로 나를 대접했다가 나중에 어지러운 시비(是非)가 일어나 황후의 사치스러움과 나의 분수 알지 못함을 책망 받으면 이는 도리어 큰 불효입니다. 황후는 밝게 살피십시오.

황후가 구슬프게 탄식하시고는 감히 다시 권하지 못하시니, 인종이 어 7
찌할 수가 없어 하나의 계교를 내어 황후께 고하였다.

"장인어른의 고집을 돌이키기 어려우니 이번에는 할 수 없게 되었군요. 다음에 진국 양태부인의 생신 잔치에는 소승상이 사양할 말이 없게 할 것입니다."

345) 곽후(郭后) : 인종황제의 비(妃)였으나 소귀비(지금의 소황후)를 질투하여 그녀를 심당(深堂)에 가두기도 하고 황상의 옷을 찢거나 얼굴을 상하게 하여 폐후(廢后)되었음.

346) 국구(國舅) : 임금의 장인을 이름.

다음 해 봄 3월에 칙서(勅書)를 내리셨다.

> 내가 운명이 기구하여 일찍 아버님과 어머님을 여의어 늘 부모님을 그리워하여 사람 중에 부모 있는 사람을 부러워했다. 마침 조정에 큰 일이 없으므로 어른을 공경하는 예를 거행하려고 한다. 그러하여 조정 대신들의 부모님을 축수(祝壽)하는 자리를 마련하려 하니 60세 이후의 분들을 알아보아라.

통정사(通政使)[347]와 추밀사(樞密使)[348]가 칙서를 받들어 두루 물어 알아보니 나이가 80세, 90세인 사람이 10여 인이었으며 그 중에 양부인이 들어 있었다. 인종이 즉시 임금의 창고에서 금은(金銀)을 내어 각각 황금 수천 냥과 백금 3천 냥, 촉나라 비단 1만 필씩 연로한 사람들의 자식에게
8 주어 부모님께 바치라고 하셨다. 또한 이원(梨園)[349]의 풍류를 내려주면서 3일 동안 잔치를 열라고 하시고는 교지를 내려 말씀하셨다.

> 내가 진국 양부인의 나이를 보니 84세이다. 아무 연고 없는 어른에게도 공경의 예를 표해야 하는데 하물며 그는 3대(代) 공신의 모친으로 황후의 조모이다. 그러니 따로 잔치를 하사하지 않을 수 없다. 그러니 예부(禮部)에 칙서를 내려 소부에 큰 잔치를 배설하고 조정의 모든 관리들을 모이게 하여라.

소승상이 어머니가 황제의 은혜를 받기에 이르자 어찌할 수가 없어 다

---

347) 통정사(通政使) : 상소 등 궁중 내외의 문서를 관장하던 관청인 통정사(通政司)의 장관으로 정4품직임.
348) 추밀사(樞密使) : 황제에게 직접 보고하는 군정(軍政) 방면의 장관으로 나라의 기밀을 다룸.
349) 이원(梨園) : 궁중의 음악에 관한 일을 맡아 하던 곳.

만 황제의 은혜에 감사할 따름이었다.

이에 잔칫날이 다가오자 황제께서 궁중의 악사들과 상방(尙房)[350]에서 만든 진귀한 음식들을 내리셨다. 황후도 궁인을 시켜 양부인의 안부를 묻게 하였으며, 악공(樂工)과 창녀(唱女) 하사하는 일을 직접 맡아서 그들을 수레에 실어 내어 보내시고 황실에 보관했던 술을 따로 내리시어 잔을 올리게 하였다.

조정 대신들과 부인들이 황제의 명으로 자운산에 이르러 잔치에 참여
하였는데, 그 성한 위엄과 따르는 사람들이 남문(南門)에서부터 자운산에 9
이어져 40여 리에 메었고 진수성찬이 산같이 많았다. 장현동 백 리를 둘러 비취색 장막이 구름에 닿았고 햇빛 가리개가 흰 구름을 반쯤 덮었으며, 무수한 창녀(唱女)들이 다 모이니 화려한 저고리와 붉은 치마가 해를 가리고 풍악소리가 높은 하늘을 뒤흔들었다. 이렇듯 이 날의 번성함은 만고(萬古)에 비길 데가 없었다. 소승상이 어머니를 위하는 마음이 크므로 사양하는 일이 없었지만 오늘은 눈썹에 즐거운 빛이 없이 억지로 관복(官服)을 입고 여러 아들들과 함께 손님들을 맞아 응대하여 집 안으로 모이니 그 수가 만여 명이었다.

차례로 자리를 잡고 앉았는데 생각지도 못하게 천자께서 가마를 갖추어 타고 오시어 기별도 없이 들어오셨다. 모든 관리들과 부인들이 매우 놀라며 맞으니, 천자께서 웃으며 말하였다.

"내가 오늘 온 것은 큰 잔치를 구경하기 위해서이니 경들은 이상하게 여기지 마라."

모든 신하들이 묵묵히 아무 대답도 하지 못하고 있는데, 황제께서 여러

350) 상방(尙房) : 궁궐의 각종 의복, 음식, 기물 등을 관리하는 곳.

10 소씨 공자들을 데리고 취성전에 들어가 양태부인을 뵙고 나서 몸을 굽혀 말씀하셨다.

"내가 어릴 때부터 귀댁에 출입하여 외할머니 윤씨의 은혜로운 보살핌을 받을 때에 부인을 할머니라고 일컬었습니다. 그 후 황후와 혼인하는 바람에 친족의 의리가 끊어졌지만 어찌 공경함이 없겠습니까? 조정에 있으면서는 임금과 신하의 의리를 갖추어 추호도 가볍게 행동하지 못하였지만, 사사롭게 집에 같이 있을 때에는 손자사위의 이름으로 외할머니를 모시듯이 하겠습니다. 또 3대가 공신인 집안의 어머니이시니 어찌 임금의 지위로서 높은 척하겠습니까? 그러니 오늘 축수의 잔을 드리지 않을 수 없어 특별히 왔습니다."

양부인이 자리를 피해 앉으면서 감사하며 말하였다.

"늙은 제가 어리석은 손녀로 인해 지극히 높으신 임금님과 관계를 맺게 되어, 이 작고 천한 신하에게 내리시는 은혜가 크시니 하늘에 감사할 따름이었습니다. 그런데 또 이렇게 크신 은혜를 내리시어 장수를 비는 잔치를 베풀어 주시고 친히 가마를 타고 오시어 옥 같은 말씀을
11 내리시니 만 번 죽어도 그 거룩하신 덕을 갚지 못하겠습니다."

황제께서 이원(梨園)의 풍류를 들이라고 하시어 용이 새겨진 생황과 봉이 새겨진 피리를 거문고와 가야금과 섞어 타라고 하시니 풍악이 온 천하에 진동하였다. 모든 조정의 부인들과 자녀들은 장막 사이로 피하였으나, 황실의 친척들은 여러 소씨 공자의 부인들과 함께 석·소·화 세 부인들과 똑같이 양부인을 모시고 황제를 뵈었다. 이에 황제께서 위씨와 형씨 등의 아름다움을 특별하게 여기시며 족보를 물으시니, 위씨가 일어나 두 번 절하고 고하였다.

"저는 정국공 위량광의 손자이고 전임(前任) 승상 위의성의 장녀이며, 부상서 강선명의 외손이고 강릉후 소운경의 아내입니다."

강씨가 엎드려 아뢰었다.

"저는 한림학사 강양의 딸이고, 외조부는 개국공신 건평후 이경인이며, 공부상서 소운희의 아내입니다."

형씨가 일어나 두 번 절하고 땅에 엎드려 아뢰었다.

"저는 정양후 형양의 손자이고 참지정사 형옥의 딸이며, 변량 절도사
안평후 두경탁의 외손이고 진왕 소운성의 아내입니다." 12

조씨가 일어났다 앉으며 아뢰었다.

"저는 개국공신 대장군 조정후 조빈의 손자이고 보국 남북절도사 왕전빙의 외손이며, 용두각 태학사 예부상서 조명의 딸이고 동평장사 운현의 아내입니다."

홍씨가 옷깃을 여미고 아뢰었다.

"저는 태자태사 홍광의 손자이고 형주자사 홍억경의 딸이며, 병부시랑 여희의 외손이고 금문직사 소운몽의 아내입니다."

유씨가 두 번 절하고 말하였다.

"저는 한림학사 도곡의 외손이고 태자소부 유한의 장녀이며, 홍문관 태학사 예부상서 소운의의 아내입니다."

성씨가 머리를 조아리며 아뢰었다.

"저는 평장 성우경의 딸이고, 청주자사 정조의 외손이고 상서령 운숙의 아내입니다."

임씨가 네 번 절하고 아뢰었다.

"저는 태상(太常)[351] 정경(正卿)[352] 임소부의 딸이고, 전임 전위사(錢慰

使)[353] 양영덕의 외손이며, 예부시중 대사도 운명의 아내입니다."

이씨가 두 번 절하고 아뢰어 말하였다.

13 "저는 전임 추밀사 여강의 외손이고 승상 이현의 진손이며, 상서 이원기의 딸입니다. 운명의 두 번째 아내입니다."

이어서 민씨 등이 각각 족보를 아뢴 후에, 석씨가 머리를 숙이고 옷깃을 여미면서 아뢰었다.

"저는 전임 병부상서 참지정사 석현의 진손이고 태자(太子) 태사(太師) 석자견의 딸이며 예부시랑 왕수인의 외손입니다. 동궁(東宮) 시강(侍講) 학사 소운변의 아내입니다."

구씨가 몸을 구부려 땅에 엎드려서 말하였다.

"저는 전임 좌승상 동평장사 평양정후겸 구석 구준의 딸입니다. 우승상 양명괴의 외손이며 병부상서 소운필의 아내입니다."

황제께서 물으셨다.

"왕비의 언니[354] 네 명은 어디 있느냐?"

성참정 부인[355]이 일어났다 앉으며 공경스럽게 아뢰었다.

"저는 평장 성우경의 며느리이고, 참정 성준의 아내입니다."

유사공 부인[356]이 일어났다 앉으며 절하고 말하였다.

---

351) 태상(太常) : 태상시(太常寺)의 줄임말로 보임. 태상시는 종묘(宗廟) 등의 제사를 맡았던 관청임.

352) 정경(正卿) : 정2품 이상의 벼슬인 의정부의 참찬(參贊), 육조(六曹)의 판서(判書), 한성부 판윤(判尹), 홍문관의 대제학 등을 일컫는 말임.

353) 전위사(餞慰使) : {뎐위검[餞慰檢]}. 문맥상 '전위사'와 같은 관직을 이른다고 보고 이같이 옮김. 외국에서 온 사신이 본국으로 돌아갈 때 사신의 먼 길 여행을 위로하기 위해 베푸는 각종 의례를 담당하기 위해 임시로 설치한 관직임.

354) 왕비의 언니 : {황이(皇姨)}. 이(姨)에는 이모라는 뜻과 아내의 자매라는 뜻이 있어 이같이 옮김. 인종의 비인 소수주는 소경의 다섯째 딸이므로 네 명의 언니들이 있음.

355) 성참정 부인 : 소현성의 장녀인 수정임. 화부인 소생.

356) 유사공 부인 : 소현성의 차녀인 수옥임. 석부인 소생.

"저는 평장 유환의 며느리이고 사공 유민의 아내입니다."

정시랑 부인[357]이 두 번 절하고 아뢰었다. 14

"저는 유주자사 정산의 며느리이고 이부시랑 정화의 아내입니다."

김참정 부인[358]이 엎드려 아뢰었다.

"저는 이부시랑 김희의 며느리이고 참지정사 추밀원 김현의 아내입니다."

아뢰기를 마치는데, 10여 사람의 목소리가 맑고 우아하며 말이 흐르는 물 같아 각각 다 신선 같으니 황제께서 흡족하여 감탄함을 마지않으면서 말씀하셨다.

"이는 소씨 가문이 선행을 쌓은 데서 비롯되었구나. 온 가족이 모두 이 같이 빛나는데도 끝내 권세를 쥐고 방자하게 행동함을 듣지 못했으니 진실로 만대(萬代)에 아름다운 말이 될 것이다."

드디어 황제께서 옥잔에 황실에서 가져온 술을 부어 태부인께 바치시고 두 차례 잔이 돌아간 후에 외당으로 나가셨다. 양부인이 황상의 은혜에 망극하여 눈물을 흘리며 황제께서 주신 잔을 기울이고 나서 황제께 절하고 이별하였다. 그 후에 소승상과 여러 손자들이 술잔을 받들어 오래 사시기를 비는데, 승상은 말할 필요도 없고 여러 자녀들의 맑고 탁월한 15
목소리는 떠가는 구름을 머물게 하는 듯하였다. 또한 깨끗하고 시원스러운 풍모는 자줏빛 도포와 오사모(烏紗帽)에 빛나는데 허리에 병부(兵部)의 도장 끈과 금으로 만든 도장을 비스듬히 찬 사람이 반이 넘었다. 더군다나 운성은 면복(冕服)[359]에 아홉 개의 구슬 줄을 드리우고 옥띠를 매어 왕

---

357) 정시랑 부인 : 소현성의 3녀인 수아임. 화부인 소생.

358) 김참정 부인 : 소현성의 4녀인 수빙임. 석부인 소생.

359) 면복(冕服) : 임금의 정식 복장으로, 면류관(冕旒冠)과 곤룡포(袞龍袍)를 뜻함. 면류관의 줄을

의 지위에 있음을 보였으니 그 특별한 모습과 늠름한 분위기가 사람 중의 용과 같았다.

이미 할머님께 잔을 드리고 나서 손자 열 명이 돌아와 각각의 어머니께 장수를 기원하는 잔을 바치고 물러났다. 젊은 서생들 100여 사람이 늘어서서 일시에 잔을 들어 장수를 빌고 나서 한 곡 풍류를 들었다. 이에 소승상이 일어나 여러 아들과 손자들을 데리고 외당으로 나가니, 그제야 손님들이 자리에 앉아 황제의 은근한 마음과 여러 소씨 자제들의 번성함을 칭찬하고 감탄하여 서로 치하하는 소리가 여기저기서 들렸다. 그러니 이는 모두 양태부인의 복 있음을 기리는 말이었다. 소부인, 화부인, 석부인 세 부인이 일어나 초록 비단 치마와 청색 비단 치마를 끌며 축수하는 술을
16 들어 양부인께 잔을 바친 후 자리에 앉았다. 모든 며느리와 딸이 다 작위(爵位)가 있는 부인들이었는데, 차례로 잔을 들어 할머니와 어머님, 그리고 숙모님께 잔을 드렸다. 이어 손자며느리와 손녀들이 술을 부어 드리니 양부인이 매우 아름답게 여겨 자손의 번성하고 수려함을 절로 기뻐하였다. 그러던 중 슬피 옛 일을 생각하고 자기도 모르는 사이에 눈물을 흘리니, 좌우의 사람들이 감동하여 함께 슬퍼하였다.

태부인은 일찍 홀로 되어 사니 팔자가 이미 흠할 것이 있지만 석부인, 화부인 두 부인의 흡족한 복록은 하나의 흠도 없었다. 더군다나 석부인은 보통으로 복록을 일컬을 정도가 아니었다. 딸이 이미 초방(椒房)[360]의 귀함을 받아 만승지국(萬乘之國)의 어머니로서 큰 덕이 당시의 사람들을 모

천자는 12줄, 제후는 9줄을 달게 되어 있었으므로 운성은 9개의 줄을 단 것임.

360) 초방(椒房) : 후춧가루를 바른 방이라는 뜻으로, 왕비나 왕후가 거처하는 방이나 궁전 따위를 이르는 말. 후추나무는 온기가 있고 열매가 많은 식물로서, 자손이 많이 퍼지라는 뜻에서 왕후의 방 벽에 발랐다고 함. 왕후를 지칭하기도 함.

두 탄복하게 하여 〈주아(周雅)〉[361]의 기풍이 빛나셨다. 또한 남편인 운성
이 진왕의 작위를 받았으니 어찌 융성한 큰 덕과 넓고도 넓은 오복(五
福)[362]이 비길 곳이 있겠는가? 이미 예전에는 화부인의 아래에 앉았으나, 17
딸의 높은 지위 때문에 국법이 밝고도 밝아 그 어머니를 존중하니, 이에
소부인은 태부인을 모시고 왼편에 앉고 화부인은 형제 차례로 따져 소부
인의 아래에 앉았으며 석부인은 태부인의 오른편에서 모셨으니 화부인의
아래에 앉지 않으며 오히려 소부인을 마주하여 앉게 되었다.

황후가 모든 올케, 자매들[363]와 더불어 양부인을 모시니, 그 슬기롭고
민첩한 풍모와 깨끗하고 시원스러운 골격이 온 자리를 밝게 비췄다. 비단
에 수를 놓은 듯이 아름답게 장식한 모습과 칠보로 꾸민 화려한 옷이 햇
빛을 가리는 듯하였다. 그러하니 손님이 수천 명이 모였지만 황후의 열여
섯 올케들과 네 언니들에는 미치기 어려웠다. 자고로 꽃이 많으면 특별히
고운 것을 알아보지 못하고 진주가 많으면 좋은 등급을 가려내지 못하니,
사람이 만약 여럿이 모이면 정말로 아름다운 것이 누구인지 알기 어렵다.
소부의 부인들은 모두 소담한 의상과 자연스러운 칠보로 꾸몄지만 수천
명의 여자들 사이에 섞여 있어도 두드러지게 우뚝 뛰어나 각각 옥과 꽃 18
같았다. 그 중에서도 특별한 이는 형씨, 위씨, 이씨, 김참정 부인이니, 서
시(西施)나 양귀비(楊貴妃),[364] 장강(莊姜)[365]이나 이부인[366]이라도 미치지

361) 〈주아(周雅)〉: 『시경(詩經)』의 〈소아(小雅)〉·〈대아(大雅)〉 두 편을 말함. 여기에는 주(周)나라 문왕(文王)의 후비(后妃)인 태사(太姒)가 나무가 가지를 드리우듯 첩들에게 은덕을 드리워 첩들이 그녀를 공경하고 그 덕을 기려 집안이 화평했다는 〈규목〉 시 등 여성의 부덕(婦德)과 관련된 내용들이 있음.

362) 오복(五福): 수(壽), 부(富), 강녕(康寧), 유호덕(攸好德), 고종명(考終命) 등 유교에서 이르는 다섯 가지 복.

363) 올케, 자매들: {동서[同壻]와 소고(小姑)}. 문맥상 이같이 옮김. 몇 줄 뒤에서도 마찬가지로 동서는 올케를, 소고는 언니들을 지칭하는 말로 쓰임.

364) 양귀비(楊貴妃): {옥진(玉眞)}. 양귀비를 가리킴. 백거이가 〈장한가〉에서 그녀가 죽어 옥진이

못할 정도였다. 자리에 있던 사람들이 소·석 두 부인을 보고 탄복하지 않음이 없었으며 또 위씨 등을 보고는 아연실색하여 홀린 듯이 얼굴을 바라보느라고 술과 음식 먹기를 잊었다. 풍악을 모두 베푼 후에 석양이 되자 인종이 환궁하셨다.

그 후 연이어 3일 동안 크게 잔치를 열어 즐기니 양부인과 석부인의 복을 부러워하지 않을 사람이 없었다. 황후가 이를 보지 못함을 슬퍼하여 으뜸 궁인인 여씨를 보내 할머님과 어머니께 잔을 올리라고 하셨다. 잔치를 다 마치고 나서 승상이 글을 올려 황제의 은혜에 감사하고 악공들과 창녀(唱女)들에게 상을 주어 보냈다. 이 날 밤에 승상이 어머니께 들어와 뵙고 말하였다.

19 "황제의 은혜가 너무 크고 범사에 외람되니 실로 왕실의 친척됨이 괴로운 줄을 오늘에야 깨달았습니다."

양부인이 말하였다.

"이도 역시 하늘의 명이니 원망하지 마라."

승상이 탄식하며 불편해 하였다.

이때 선인황후가 할머니와 부모님의 장수를 비는 잔치를 열어드리고 나서 마음이 평안하시어 덕을 닦으셨다. 고모 소부인을 친어머니와 다를 바 없이 대접하셨으며 의붓어머니인 화부인과 친어머니인 석부인을 조금도 차등을 두지 않고 한결같이 효도하며 아침 저녁으로 글을 써 문안하셨다. 자운산 소부의 영화가 두루 아름다워 복록이 융성하니 진실로 당대에

라는 선녀가 되었다고 노래한 데에서 유래함.

365) 장강(莊姜) : 춘추시대 위(衛)나라 장공(莊公)의 비(妃)로, 이름난 미인이었음.

366) 이부인 : 한(漢)나라 무제(武帝)가 총애하던 여인. 음악에 조예가 깊고 가무(歌舞)를 잘 했던 이연년(李延年)의 동생으로, 매우 아름답고 춤을 잘 추었다고 함.

바라볼 만한 사람이 없었다.

이러구러 무궁한 세월동안 영화를 누리며 여러 아들들이 각각 자녀를 다 혼인시켰다. 승상이 나라에서 내리는 은총은 사양했지만 아들들의 효성스런 뜻은 차마 막지 못하여 장수를 바라는 잔치를 여러 번 받았다. 하지만 늘 풍악은 물리치니 여러 아들들이 흥을 내지 못하였다. 이파와 석
파에게도 장수를 비는 잔을 자주 올리니 당시 사람들이 모두 소현성과 그 20
아들 열 명의 효를 칭찬하였다. 또 여러 소씨 아들들이 비록 집에 있을 때에는 화목하고 우스갯소리를 즐기지만, 엄숙하고 정직하며 강인하여 한(漢)나라 때의 급암(汲黯)[367]의 풍채와 당(唐)나라 때 승상 위징(魏徵)[368]의 풍모가 있어 조정과 재야의 사람들이 모두 두려워하였다. 백성들도 말하기를, "소씨 가문의 열 아들들을 사귀려면 행실과 인품을 닦고 청렴하기를 힘쓴 후에 사귈 수 있다. 만약 그 허물이 추하고 불효하기에 미친다면 그 집의 문에 나아가 명함을 들여 넣기가 어렵다."고 하였으니, 그들의 사람됨이 이러하였다. 소씨 가문의 권세가 비록 빛나지만 사사로운 마음으로 처신한다거나 법도에 맞지 않는 일을 행한다고 하는 말을 당시 사람들의 논의에서 듣지 못하였다. 다스리는 일마다 사대부와 서민 모두에게 칭송 받았으니 그 사람됨이 지극히 맑고 어질지 않았다면 어찌 이러하겠는가?

승상이 꽃 피는 아침과 달 뜨는 저녁에 자손들을 거느리고 서헌(書軒)에
있으면서 등불 앞과 달 아래에서 시(詩)와 부(賦)를 지어 문장을 권하며 노 21
닐었다. 또 친히 연못의 풀을 베고 계단의 이끼를 쓸며 제갈공명의 〈양보

367) 급암(汲黯) : 한나라 무제 때의 사람으로 직간(直諫)과 선정(善政)으로 유명함.
368) 위징(魏徵) : 당나라 태종 때의 명신(名臣).

음(梁甫吟)〉[369]을 읊고 곡식의 풍흉을 논하면서 황제가 있는 도읍에는 다
시 들어가지 않고 산중에 묻혀 백성들의 농사를 도왔다. 간혹 들에 나가
호미를 들고 김을 매었고 어리석은 백성들에게 농사짓는 법도 가르쳤는
데, 그 가르침이 매우 특별하여 농부들에게 이로움이 남달랐다. 여러 소
생들도 비록 벼슬에 나아가기는 했지만 부친의 풍모를 따라 벼슬살이하
는 여가에는 베옷을 입고 아버지를 모시고 들에 나가 손에 쟁기를 잡고
호미를 들어 농부처럼 김을 매었으니 평생 익힌 농부라도 그 능숙함에 미
치지 못할 정도였다. 모두 하늘에서 받은 재주가 보통 사람들은 미치지
못할 정도였으며 조정에 나가 벼슬하는 이름난 선비와 재상이었지만 집
22 에서는 완연한 농부가 되어 서로 이끌어 밭 사이로 다니며 백성들의 수고
와 서러움을 덜어주니 백성들이 모두 축원하여 '어진 재상'이라고 하였다.
소승상이 나이 들어 관직에서 물러나 산과 들에 머물렀는데, 황후의 어진
덕과 자손, 사위들의 맑고 어짊을 들으며 복을 누리니 그 한가하고 유복
함이 만고에 비길 데가 없었다.

각설(却說). 운명의 아내인 이부인이 운명과 함께 화락한 지 20여 년 만에 두 아들을 두었는데 둘 다 곤산(崑山)의 백옥(白玉), 바다의 진주 같았다. 장자는 세량이고, 둘째는 세필인데, 모두 나이가 차자 좋고 귀한 가문에서 아내를 얻었다. 신부들이 요조숙녀 같고 아름다워 온 가족이 모두 사랑하였으며, 이씨가 나빴던 액운을 잊고 며느리들의 아름다움을 대견해하면서 옛날에 정씨에게 당했던 우여곡절을 말하며 탄식하곤 하였다.

하루는 이씨가 상서 운명과 더불어 난간에 앉아 두 아들과 며느리가 곁

---

369) 양보음(梁甫吟) : 한(漢) 나라 때의 민간 가요로, 유비가 자신을 찾자 제갈공명이 읊조렸다고 함. 임금의 부름을 거절하고 자연을 벗 삼아 농사지으며 사는 소승상의 삶이 공명의 상황과 비슷함.

에서 모심을 보고 갑자기 눈물이 붉은 뺨에 가득하여 심하게 흐느끼며 말 23
하였다.

"내 팔자가 무상하여 부모를 일찍 여의고 천신만고(千辛萬苦)를 겪은 후 너희를 두었고 내 나이도 서른이 넘었으니 이제 죽어도 한이 없다. 그러나 너희들이 모두 나이 젊고 매우 방탕하니 아버지의 풍모를 닮아 어머니의 한을 생각하지 않고 여자의 설움을 만들까 두렵다."

아들과 며느리들이 눈물을 머금고 참담해 하는데, 상서가 갑자기 슬퍼하면서 탄식하고 답하였다.

"부인은 왜 옛날 일을 거론하여 내 마음을 슬프고 부끄럽게 합니까? 지금 아들 며느리들이 어여쁘고 손자 네 아이가 기린 같으니 이들과 함께 화락할 것입니다. 부질없이 슬퍼 마십시오."

이씨가 탄식하며 아무 대답도 하지 않았다. 이 날 저녁부터 온 마음이 피곤하여 병이 나니, 아들 며느리들이 허리띠를 풀지 않고 간호하였으며 상서가 의약을 부지런히 다스렸다. 그래도 조금도 차도가 없이 20여 일이
지나니 수명이 조석에 달려 있어 온 가족이 망극해 하였다. 이씨가 이미 24
살아나지 못하게 되니, 상서가 참혹함을 이기지 못하여 차마 들어가 그 위급한 모습을 보지 못하여 두 아들을 위로하다가 정신을 잃었다. 이씨가 겨우 정신을 차려 아들들을 불러 말하였다.

"내 나이 서른이 지나 마흔이 거의 다 되었고 부귀를 누린 지 오래 되었으니 죽어도 한이 없다. 그러나 너희들이 모두 아직 깨달음을 이루지 못하였으니 진실로 잊고 갈 수가 없구나. 내가 비록 없어도 임부인에게 의탁하면 친어머니보다 못하지 않을 것이다."

아들과 며느리들이 정신을 잃을 정도로 울었다. 상서가 들어와 부인을

보니 옥 같은 귀밑머리와 구름 같은 머리가 헝클어져 소담한 얼굴과 빛나는 풍채가 부용꽃이 시들고 달이 구름에 가린 듯하여 요조한 기질이 더욱 특별하였다. 상서가 그 모습을 차마 보지 못하면서 옥 같은 손을 잡고 눈물이 얼굴에 가득하여 말하였다.

25 “부인의 질병이 차도를 얻을 수 있을까 하였는데 어찌 이처럼 심합니까? 만약 할 말이 있으면 빨리 하십시오.”

이씨가 느리게 말하였다.

“제 나이 충분히 들었고 아들 며느리도 있으니 한이 없습니다. 단지 낭군께서는 자녀를 어여삐 여기시고, 참소하는 말을 곧이들어 자식을 박대하지 마십시오.”

소승상과 모든 숙모, 고모들이 모이니, 이씨가 옆 사람에게 의지하여 맞았다. 석·화 두 부인이 눈물을 뿌리며 위로하니, 이씨가 사례하였다.

“제가 외람되게도 중년에 슬하에 들어와 어여삐 여기심을 입었으니 은혜가 백골난망입니다. 죽어도 크신 은혜를 갚지 못할 것입니다.”

또 임부인을 보고 말하였다.

“제가 어릴 때부터 부인과 더불어 같은 어머니의 소생처럼 화목하여 한 시라도 보지 못하면 서로 찾아 위로했었습니다. 그런데 지금 죽게 되니 이별이 슬픕니다. 부인께서는 저희 아들 며느리들을 불쌍히 여겨
26 제가 살았을 때처럼 해 주십시오. 그리 하시면 구천에서 감사함이 적지 않을 것입니다.”

임부인이 눈물을 뿌리며 위로하여 말하였다.

“자네가 말하지 않는다 해도 세량 등이 어찌 내 친아들과 다르겠는가? 옅은 정성이나마 지극하게 할 것이니 너무 걱정하지 마시게.”

이씨가 사례하고 나서 시부모님께 하직하고 나자 명이 다하였다. 이때 나이 서른 다섯이고, 계절은 늦가을, 초겨울 즈음이었다. 아들과 며느리들이 울부짖었고 온 가족들이 슬퍼하지 않는 사람이 없어 우는 소리가 땅을 흔들었다. 소승상이 더욱 참혹하게 여겼지만 태부인을 위하여 자손들에게 우는 것을 그치게 하고 나서 세량 등을 보호하였다. 상서 운명이 평생 동안 아끼던 부인을 잃으니 마음이 부서지는 듯하여 두 아들을 안고 몸을 어루만지며 통곡하기를 마지않고 식음을 전폐하였다. 그러자 진왕 운성이 달래며 말하였다.

"아우는 마흔이 다 되었고 자녀도 번성한데 어찌 여자 하나 때문에 젊 27
은 아이들이나 하는 우스운 행동을 하느냐? 마음을 강하게 하여 세량 등을 보호하여라."

상서가 진왕의 가르침을 듣고 비통함을 참으면서 아이들을 위로하였다. 아내의 사당에 아침 저녁으로 가서 울부짖으며 날을 마치니 두 아들이 도리어 아버지를 위로하여 초상을 마쳤다. 상서가 세량 등을 특별히 아꼈으며, 임부인도 자기 자식보다 이 아이들을 사랑하니 온 가문이 그 덕을 기렸다.

세월이 물 흐르는 듯하여 3년 상을 마쳤으나, 상서가 취봉각[370]을 차마 보지 못하여 문을 잠가 놓았다. 그리고 행동이 마치 정신 나간 사람 같아 되는 대로 시집(詩集)을 뒤지면서 시름을 잊었고, 집안사람들이 이씨에 대해 말할 때에는 눈물이 먼저 솟아났다. 그리하여 여러 형제들이 너무 심하다고 말하였고 승상도 책망하였지만 마음을 제어할 길이 없었다. 두 아들들도 어머니를 생각하고 밤낮으로 슬퍼하였다.

---

370) 취봉각 : 이씨의 처소였던 곳임.

28 3년 후에 두 아들이 급제하여, 맏이 세량은 한림학사가 되고 둘째 세필은 장사(長沙) 지방의 태수가 되어 처자를 거느리고 장사에 부임하게 되었다. 어머니를 보지 못함을 매우 슬퍼하면서 외조부 이상서의 사당을 모시고 장사에 이르렀다. 본부의 하급관리가 나와서 맞이하는데, 그 이름 중에 '성영'이 있었다. 예전에 정씨와 함께 모의하여 어머니를 괴롭히던 성영인가 의심하였으나 그 얼굴을 알지 못하므로 데려온 참군(參軍) 유렵을 불러 성영의 얼굴을 물었다. 그가 안다고 하자 즉시 성영이라는 관리를 부르라고 하여 마루 아래에 와 인사하게 하였다. 이때에 유렵이 옆에 서 있다가 넌지시 귀띔하기를 성영이 맞다고 하자, 태수가 듣고는 예전에 좋지 않은 말을 꾸며 정씨와 함께 자기 어머니를 곤경에 빠뜨렸던 일을 생각하고 통탄함을 이길 수가 없어 옛 일을 캐물었다. 그러나 상황이 좋지 않자 다른 핑계로 죄를 얽어 매를 때려 죽였다.

29 슬프다. 사람이 선행을 하지 않고 악행에 힘쓰면 이렇게 된다. 당초에 성영이 옥란 · 매섬 등과 함께 정씨의 뇌물을 받고서는 고귀한 곳에 계시던 이부인[371]을 욕보여 사통했다고 하려고 계획했을 때에는 어찌 이씨가 고난에서 벗어나리라 생각했겠는가? 또 벗어난다고 해도 그때에는 없던 자식을 낳아 이렇게 장성하여 이 고을 태수로 와 자기를 죽일 줄 생각했겠는가? 푸른 하늘이 밝고도 밝으셔서 애매한 이씨를 신원(伸冤)했을 뿐 아니라 그 자식에게 가르쳐 주어 원수를 갚게 하셨구나.

태수가 성영을 죽이고 매우 기뻐하였고, 이후로는 도임한 곳을 다스릴 때에 아버지와 형들의 밝은 덕을 본받아 행하였기에 백성들이 평안하였다.

---

371) 이부인 : {봉관화리(鳳冠花履)}. 고귀한 부인들이 주로 쓰던 봉황 문양을 수놓은 화관과 주로 신던 꽃신을 말함. 여기서는 태수 세필의 어머니인 이부인을 일컫는 말임.

이때에 운명이 마음이 쓸쓸하여 산을 구경하러 다니는데 형초(荊楚)지역을 둘러보다가 장사 땅 근처에 이르렀다. 그러나 아들인 태수에게 왔다고 말하지 않고 어떤 주점에 들러 밤을 지내려 하였더니, 벽 건너편에서 30
사람의 말소리가 들렸다. 확실히 예전에 들어본 소리이기에 가만히 엿들어보니 한 미인이 어떤 남자를 데리고 희롱하며 말하는 것이었다. 생각해보니 이 사람은 곧 예전에 자신의 부인이었던 정씨였다. 매우 놀라고 당황하여 주인을 불러 조용히 물어 말하였다.

"이 벽 너머에 한 여자가 있는 듯한데 매우 수려하구나. 어떤 사람이냐?"

주점 주인이 대답하였다.

"이는 곧 경성 재상의 딸인데, 그 아버지 정참정이 죄를 지어 귀향 왔다가 죽고 그녀는 여기 남아 이 곳 사람의 아내가 되어 삽니다."

운명이 다 듣고 나서 정씨인 줄 알고 즉시 고을 관아로 들어갔다. 태수 세필이 아버지께서 왔음을 보고 놀라고 기뻐 맞아들여 인사를 드렸더니, 상서가 말하였다.

"아들은 네 어머니의 원수가 이곳에 있는 줄을 아느냐?"

세필이 대답하였다.

"성영 아닙니까?"

상서 운명이 말하였다.

"네가 성영을 아느냐?" 31

태수가 일의 수말을 자세히 말했더니, 상서가 크게 기뻐하며 말하였다.

"이는 네 어머니의 신령이 도운 것이다. 이제 성영과 똑같은 원수가 하나 더 있으니 곧 정씨이다. 내가 늘 찾아서 없애고 싶었는데 이곳에 있더구나. 어찌 죽이지 않겠느냐?"

태수가 머리를 조아리며 말하였다.

"정씨는 저에게는 명색이 어머니인데 어찌 감히 원수라 하여 또 죽이겠습니까?"

상서가 말하였다.

"예전에는 모자간의 의리가 있었지만 지금은 네게 원수이니 어찌 죽이지 않겠느냐?"

태수가 상체를 드리우며 말하였다.

"그녀가 이미 고초와 욕을 받았으니 마땅히 내버려 두는 것이 좋겠습니다. 다시 찾아 20년 지난 죄로 죽이면 너무 인정이 없는 것 아닌지요? 도리어 그 허물이 아버님께 미칠까 두렵습니다."

상서가 듣고 나서 그 도량이 넓음을 감탄하며 말하였다.

"내 아들은 정대하고 어진 군자로구나. 네 아비가 미치지 못할 정도이다."

32 드디어 정씨를 죽이려던 논의를 그치고 며칠을 머물다가 서울로 돌아왔다.

그 후 조정에서 태수인 세필을 불러 추천하여 홍문관 직학사를 맡기셨다. 태수가 식구들을 거느리고 서울로 돌아오자, 온 가문과 형제들이 반기며 기뻐하였다. 세량과 세필이 자녀를 골고루 두었으며, 대대로 어머니 이씨 부인의 제사를 받들고 외조부 이상서의 제사도 그치지 않았다.

이후로 소부의 영화가 날로 새로웠으며, 소승상의 자손이 수백 명이 넘었으니 곽분양(郭汾陽)의 유복함을 부러워할 바가 아니었다. 귀한 사람들이 타는 화려한 수레들이 자운산 골짜기를 메우고 금은보화가 상자에 가득하니 양태부인과 화부, 석부인 그리고 소부인이 무궁한 복록을 누렸다.
이때 운경은 승상 강릉후를 하고, 운희는 공부상서를 하고, 운성은 진왕
을 하였으며, 그 나머지 형제들도 다 재상이 되었다. 소부인의 여섯 아들
도 모두 급제하여 이름난 선비가 되었으니 당시의 사람들이 "예부터 소씨
가문같이 번성하고 빛나는 가문은 없다."고 말하였다. 소씨가문의 모든 33
인물들이 다 도학과 유학을 닦아 전후 수백여 명에 이르기까지 무반(武班)
이 없었으니, 이는 소현성의 지극히 맑은 덕이 그치지 않았기 때문이었
다.

이파와 석파의 나이가 80여 세에 이르러도 정력이 쇠하지 않고 화려한
말씀이 줄지 않으니, 무궁히 많은 적실(嫡室) 자손들이 모두 아끼고 친근
하게 따랐으며 승상도 지극히 공경하는 것이 한결 같았다. 두 서모가 양
부인을 모시고 해마다 생신잔치를 받고 즐긴 지 50여 년 만에 석파가 갑
자기 병을 얻어 누웠다. 승상이 여러 아들, 손자들과 함께 약을 베풀었고,
소부인, 화부인 그리고 석부인이 며느리, 딸들과 더불어 간호하였으나 조
금도 낫지 않고 날로 위급해졌다. 십여 일에 이르자 장차 살아나지 못하
게 되니, 승상과 여러 아들들이 망극해 하였고 집안의 윗사람, 아랫사람 34
할 것 없이 울먹이는 낯빛이었다. 다음 날 저녁에 석파가 기운이 잠깐 나
자 일어나 앉아 승상과 세 부인을 불러 한 곳에 앉히고 말하였다.

"제가 열셋에 돌아가신 처사를 모시게 되었는데 12년 만에 처사를 여의자 태부인을 보호하여 초상을 치렀습니다. 그러고 나서 승상을 낳으시니 제가 받들어 길렀는데, 장성하심을 보니 대견하고 기쁜 마음이 가슴에 가득하였습니다. 화부인이 석부인을 투기하시니 중매를 하지 말까도 했지만 생각해 보니 이런 혐의 때문에 숙녀를 승상께 드리지 않으

면 제가 도리어 승상께 정이 옅어서라고 여겨질 수 있을 것 같았습니
다. 그래서 시비에 걸리거나 책망 듣는 것을 좋은 일 보듯이 하여 친조
카를 데려와 화목하기를 힘썼습니다. '기쁨이 다하면 슬픔이 온다.'고
하더니, 황천(黃泉)이 명을 재촉하시네요. 제 나이 여든이 지났고 부귀
35 를 누린 지 오래되었으니 다른 한은 없고, 다만 슬픈 것은 승상과 소부
인을 이별하는 것입니다. 바라건대 한결같이 화목하시고 천 년 만 년
후에 지하에 가서 서로 반기십시다."

승상이 눈물을 머금고 위로하여 말하였다.

"서모의 연세 높지만 기력이 강건하셨으니 어찌 작은 병 때문에 갑자기 이런 큰 근심을 두십니까? 기운을 조리하시고 부질없는 말을 그만 하십시오."

소부인, 석부인 두 부인도 눈물을 줄줄 흘려 옷깃을 적시니, 석파가 탄식하며 말하였다.

"제가 어릴 때부터 직언(直言)을 즐기고 사람의 허물을 덮어두지 않았
으며 잘못된 일을 바로잡기를 좋아하되 만약 내 말을 듣지 않으면 다시
입을 열지 않고 그 처리를 볼 따름이었습니다. 또 우스갯소리를 즐기
36 지만 깊이 마음을 써 담아 두지는 않았습니다. 그리하여 평생에 끼친
덕이 없고 도리어 원망 듣는 것이 많았습니다. 또한 헛된 말을 꾸며 사
람을 잡거나 소소한 일을 크게 기뻐하여 시비하지는 않았기에 무궁한
복록을 누리고 수명을 길게 누리다가 죽으니, 박덕한 저에게는 천만 다
행한 은혜입니다. 남은 한이 없지만, 소부인을 보지 못하게 되니 구천
에서 눈을 감지 못할 것 같습니다."

드디어 운경 등 열 명의 아들들과 성참정 부인, 김참정 부인 등 딸 넷과

그 자녀들을 모두 불러 유언하고 이별하는데, 모든 자손들이 눈물을 흘리지 않는 이가 없었다. 이에 석파가 진왕 운성에게 일러 말하였다.

"그대는 관대한 장부이지만 성품이 과도하여 처첩들을 괴롭게 합니다. 바라건대 내가 죽은 후 소영의 앞길을 편하게 해 주십시오."

진왕이 부드러운 목소리와 온화한 기운으로 눈물을 머금고 슬퍼하며 37
말하였다.

"삼가 유언을 잊지 않을 것이니 조모는 너무 염려하지 마십시오."

석파가 집안의 대소 시녀들과 종들을 모두 불러 이별하고, 승상과 소부인의 손을 잡고 슬퍼하다가 석부인을 보며 말하였다.

"부인은 친조카의 의리가 있기에 정이 각별했는데, 지금 사별하면 다시 볼 수 없겠지요. 자녀들과 아무 탈 없기를 바랍니다."

모두 오열하며 위로할 따름이었다. 이윽고 태부인이 친히 오셔서 문병하시니, 석파가 부축 받아 일어나 사례하며 말하였다.

"제가 열세 살부터 부인을 곁에서 모시면서 입은 은혜가 하늘 같기에 뼈가 가루가 되고 몸이 부서지도록 해도 은혜를 갚을 길이 없습니다. 그런데 이제 죽게 되었으니 어찌 어리석은 정성이나마 다하지 않겠습니까? 부인께서 저를 깊이 믿으시어 집안의 일용하는 물건들의 출납과
손님맞이 절차를 맡기시니 밤낮으로 조심하여 조금이라도 차질이 있 38
어 부인의 밝으심을 저버릴까 전전긍긍하였습니다. 또한 큰 권한을 받아 부인의 가르치심을 받들어 종들을 단속한 지 60년이 되었습니다. 창고 안의 금은과 비단들이 하늘같이 많으나 조금도 범하지 않아 계절에 맞는 의복과 때마다 있는 행사 외에는 감히 반 마디도 마음대로 쓰지 않았습니다. 제가 먹고 입는 것에 있어 창고 물건을 맡았고 또 부인

께서 주신 것을 받들었기에 십만 재산을 임의로 가질 수도 있었겠지만, 조금도 범하지 않은 것은 제갈공명의 염치를 기꺼이 본받은 것입니다. 제가 죽은 후 상자에 남은 금은이 있거나 방 안에 한 자의 천이라도 있어 부인께서 제게 맡기신 마음을 저버리는 일은 없을 것입니다."

태부인이 슬픈 표정으로 말하였다.

"내가 너와 함께 슬픈 일, 기쁜 일을 모두 겪어 이제는 서로 의지한다고
할 만했는데, 네 목숨이 위급하게 되었구나. 나도 목숨이 오래지 않을
39 것이니 이제 곧 지하에서 서로 볼 것이다. 재물에 있어서는 내 마음이
네 마음의 깊은 곳까지 비추어 알고 있으니 어찌 이를 다 말로 하겠느
냐?"

석파가 여러 번 사례하고 나서, 승상과 소부인을 잡고 많은 유언을 마친 후 명이 다하였는데 향년 87세였다. 식구들의 울음소리가 진동하고, 승상과 화부인과 석부인이 소부인과 함께 상(喪)을 치렀다. 먹기를 폐하고 비통함을 이기지 못하면서 수의(壽衣)를 갖추어 염(殮)하고 입관(入棺)하여 성복(成服)[372]을 마쳤다. 그런 후에 소승상이 어머니를 뵈니 태부인이 통곡하셨다. 승상과 소부인도 슬픈 안색이었으며, 무궁히 흐르는 눈물이 얼굴에 흘러 말을 하자니 목이 메고 사람을 보니 눈물이 앞을 가려 속절없이 옷깃과 소매를 적셨다. 반나절 정도 지나자 태부인이 눈물을 거두고 탄식하며 말하였다.

"살고 죽는 것은 운명에 달렸다. 석파의 나이가 많고 부귀가 지극하였
40 으니 나쁜 일은 아니다. 하지만 아침 저녁으로 내 곁에 있으면서 자기

372) 성복(成服) : 죽은 지 4일째 되는 날이자 대렴(大斂) 다음 날에 상복을 입는 절차. 대렴은 죽은 지 3일째 되는 날에 30~50벌의 옷과 이불로 시신을 싸 묶는 일임.

의 슬픈 일을 감추고 좋은 빛으로 나를 위로하고 즐겁게 해 주었으니 지극한 정이 사랑하는 아우나 효도하는 자식들도 미치지 못할 정도였다. 내 며느리와 손자들이 나를 원망하면 자기가 분하고 애달파하였고, 같이 지낸 지 70여 년이 되도록 공손치 않은 일과 속이거나 사나운 일을 보지 못하였으며 자기 마음대로 하는 일도 없었다. 평상시에 말을 화려하게 하고 남들에게 순종하지 않아 잘못을 드러내는 병이 있었지만, 그 실제 행실과 예법이 엄한 것은 성현들의 남기신 풍모를 이었으니 여자 중 영웅이 될 만하였다. 이제 죽은 지 며칠밖에 안 되었는데도 내 손발이 없는 듯하고 모든 일에 흥미가 없어 집안이 모두 빈 듯하니, 어찌 슬프지 않겠느냐?"

승상이 절하고 말하였다.

"어머님 말씀이 진실로 맞습니다. 저도 가만히 생각해 보니, 사람 중에 41
서모인 사람이 많지만 그들은 반드시 허물이 있습니다. 그러나 일찍이 석서모같이 어질되 엄정하고 후덕한 사람은 없었습니다."

소부인과 화부인, 석부인도 눈물을 뿌리며 슬픔을 이기지 못하였다. 이후로도 승상은 하루 네 번 곡하는 것을 그만 두지 않았고 밤낮으로 슬퍼하면서 일희당을 차마 보지 못하였으며 말마다 눈물을 흘리고 마음 아파함이 뼈에 사무치는 데에 미쳤다.

이파가 석파가 죽고 난 뒤 과도하게 슬퍼하며 눈물 흘리면서 울고 곡기(穀氣)를 그치니, 쇠한 나이에 원기가 더 쇠약해져 문득 병이 들어 며칠 후에 죽었다. 승상이 매우 슬퍼하며 초상을 치러 두 서모를 안장하는데, 정해진 날이 되자 하인과 종들이 모두 서럽게 부르짖으며 울었다. 승상이 제문(祭文)을 지어 올리는데 무수한 자손들이 영구(靈柩)를 보고 서 있었다. 소승상이 술잔에 술을 바치고 진왕 운성이 잔을 받들어 전하여 올리며 강릉후 운경이 제문을 읽으니, 제문은 다음과 같다.

42 경오(庚午) 3년 갑자(甲子) 봄 2월에 적자(嫡子) 황태부(皇太傅)[373] 승상 소경은 맑은 술과 여러 가지 음식을 차려놓은 제사상으로 석숙희, 이현희 두 서모의 혼령 앞에 조문하니, 아, 애통합니다. 혼령이 여기에 계십니까?

저의 운명이 기구하여 아버지의 얼굴을 모르고 어머니께서 병이 있으셔서 외롭던 인생이 두 서모의 기르심을 입었기에 비록 호칭은 다르지만 마음 속으로 받들어 바라기는 어머님보다 덜하지 않았습니다. 두 분 또한 저에게 명분을 엄하게 하고 정성을 많이 들여 제 몸 염려하고 아끼심이 제 스스로 미치지 못할 곳이 많을 정도였습니다. 이는 천성이 지극히 어질지 않으셨다면 능히 할 수 없는 일입니다. 늘 마음 속으로 감탄하여 옛 사람들의 유적(遺蹟)을 살펴도 비슷한 사람이 없어 매우 감격스러움이 뼈에 사무칠 정도였습니다. 제 천성이 소탈하고 말이 서툴러서 일찍이 입 밖
43 으로 내어 사례함이 없었으니, 두 분께서 늘 제 무심함 때문에 정말로 무정한가 생각하셨을 것입니다. 그러나 이제 아실 것이니 제 마음을 비춰 보십시오. 아아! 두 분께서 어릴 때부터 덕을 널리 펴시고 홀로 되신 제 어머니를 받들던 큰 정성에는 제가 미치지 못하였습니다. 그런데 하루아침에 돌아가시어 어머니의 외로운 마음을 위로할 사람이 없고, 당(堂)을 버려 두어 지초(芝草)[374]가 무성히 둘러싸고 있으며, 우는 소리가 집을 흔듭니다. 가을바람이 차게 불어 흰 장막을 나부끼고 영구(靈柩)는 깊은 방에 완연하게 있으니 통곡하며 슬퍼할 뿐 어찌할 도리가 없습니다. 두 분의 온화한 말소리를 듣는 듯하지만 흔적이 없고 늙으신 얼굴을 뵙는 듯하지만 모습

373) 황태부(皇太傅) : 천자를 보필하는 삼공(三公)의 하나.
374) 지초(芝草) : 지취, 자초라고도 하는 야생풀임.

이 아득하니, 아! 애통합니다. 이를 어찌 참고 견디겠습니까? 제 팔자가 좋지 않아
아버지를 여의여 그 얼굴을 알지 못하지만 그래도 위로로 삼았던 것은 홀로 되신 어
머니와 두 분을 모시고 끝까지 제 옅은 정이나마 펴야겠다는 것이었습니다. 그런데
지금 한 달 사이에 두 분을 여의니 당에 계시는 외로우신 어머니를 바라보면 마음이 44
부서지는 듯하고, 얼굴을 돌려 일희당을 살펴보면 오장이 베이는 듯합니다. 마음을
가다듬어 생각해 보면 밝으신 하늘이 제가 쌓은 악행을 벌하시어 두 분을 마저 데려
가신 것이니 달리 누구를 원망하겠습니까?

아아! 애통합니다. 두 분은 모두 공후(公侯)의 귀한 딸들로 뜻을 가짐이 약하지
않고 행실이 높으시니, 어머니께서 늘 말씀하시기를, "이파와 석파 두 사람이 모두
말이 화려하고 활발하지만 그 행실은 조금도 예의를 거스르는 일이 없다."고 하셨습
니다. 저 또한 받들어 모신 지 60여 년이 되도록 두 어머님의 예의에 어긋나는 행실
을 보지 못했습니다. 또 여러 자손들을 다 마땅하게 대함이 쉽겠습니까마는 애증이
없어 대접이 한결 같고 심지어 운성 등은 속인으로 말하자면 반드시 편애하는 것이
사람 마음일 텐데도 편애하심을 보지 못했습니다. 그래서 제가 비록 말하지는 않았
지만 속으로는 석서모의 덕에 탄복하였습니다. 45

하루 저녁에 독한 질병을 얻으셨지만 어찌 일이 이 지경까지 이를 줄 알았겠습니
까? 약을 드리던 그릇과 병들어 누워 계시던 이부자리를 차마 보지 못하겠습니다.
더욱 참을 수 없는 것은 아침 저녁으로 어머니께 문안 들어가면 중당(中堂) 난간에
서 웃음을 머금고 나를 맞으시어 함께 취성전으로 들어가시던 일이 생각나 물끄러
미 쳐다보면 모습이 그림자도 없으신 것입니다. 문안할 때에도 어머니께 문후를 여
쭙는 일 외에는 함께 말씀할 사람이 없으니 속절없이 누이와 함께 외로운 대화를 할
뿐 적적하고 괴로워 슬픈 마음이 생겨나 애가 끊어지고 칼을 삼킨 듯합니다. 사람은
목석이 아니니 차라리 밤낮으로 울부짖어 마음을 펴려고 하였으나 어머니를 모시고

있으면서 곡하는 것은 평안치 못한 것이라서 이 또한 마음처럼 할 수가 없습니다.
46 시간이 빨리도 지나 장례일이 다다르니 너무도 슬픔을 말하면서 두 분의 영구(靈柩)
와 이별하겠습니다.

아아! 슬픕니다. 깊은 산골짜기에 흰 눈이 가득한데 향기로운 풀이 갓 푸르러졌지만 찬바람이 뼈에 사무칩니다. 3척의 명정(銘旌)[375]과 휘날리는 만장(輓章)[376] 가운데에 머물고 있는 신령은 운우(雲雨)에 외롭고 자손의 애통함은 물 끓듯 합니다.

슬픕니다. 두 분께서 70여 년을 함께 하시다가 한 달 사이에 돌아가시니 이 또한 천 년에 한 번 있을 기이한 일이 될 것입니다. 이제 상여를 받들어 선산으로 향하는데 소박한 술과 안주로 제 변변치 못한 정을 고하고 두어 줄 글로 이별합니다. 길게 만 년이나 걸릴 것이기에 슬픈 말이 오열하게 하고 붓을 드니 눈물이 앞을 가립니다. 삼가 만 가지의 슬픈 마음을 잠깐 고하니 받아 흠향해 주십시오.

강릉후가 읽기를 마치니 승상이 통곡하여 눈물이 옷 앞을 적시고 모든 사람의 우는 소리가 하늘에 울려 퍼졌다. 소부인과 석부인도 대뢰(大
47 牢)[377]로 제물을 바치고 제문을 지어 영원히 이별하니, 그 모습이 참담하
여 차마 보지 못할 정도였다.

이에 두 영구를 함께 모셔 선산에 묻고, 승상이 매우 슬퍼하여 여러 아들들과 함께 날이 다하도록 울었다. 다음날 위패(位牌)를 싣고 돌아오는데 이름난 선비, 재상, 공후들이 10리에 벌여 호송하였다. 이들은 모두 소씨

375) 명정(銘旌) : 죽은 사람의 관직과 성씨 따위를 적은 깃발. 일정한 크기의 긴 천에 보통 다홍 바탕에 흰 글씨로 쓰며, 장사 지낼 때 상여 앞에서 들고 간 뒤에 널 위에 펴 묻음.
376) 만장(輓章) : 죽은 이를 슬퍼하여 지은 글. 또는 그 글을 비단이나 종이에 적어 기(旗)처럼 만든 것. 주검을 산소로 옮길 때에 상여 뒤에 들고 따라감.
377) 대뢰(大牢) : 나라에서 제사를 지낼 때에 제물로 소를 통째로 바치던 일을 뜻함.

와 한씨 아들들이었으니, 길에서 보던 사람들이 이파, 석파 두 사람의 복 있음을 칭찬하였다.

집에 돌아와 위패를 일희당에 받들어 모시고 3년 제사를 극진히 하였다. 소부인과 석부인, 소승상이 그 제사를 한번도 거르지 않았으니 어찌 아름답고 기특하지 않은가? 3년 후에 승상이 두 서모의 재물을 내어와 불을 지르려고 일희당 누각 문을 열고 보았다. 그랬더니 이파에게는 금은과 비단들이 많았지만, 석파의 것을 살펴본 결과 그릇 하나 없고 다만 단계 지역에서 만든 벼룻집 두 개와 화선지 다섯 장이 있었다. 소씨 아들들이 48
칭찬하여 말하였다.

"석조모의 품성이 소탈하셨지만 어찌 이와 같을까? 진실로 여자 중의 공자, 맹자이시다."

승상이 매우 서러워하며 눈물을 흘려 말하였다.

"석서모가 평소 의복이 구차하지 않았기에 이처럼 검소하신 줄 몰랐으니 어찌 아들의 효(孝)라고 하겠는가? 이렇듯 속세의 태도가 없었어도 복을 누리셨으니 하늘의 도(道)가 무심하지 않은 것이다."

이후로 소부 젊은이들의 호화스러움은 줄어들지 않았으나 태부인과 소부인, 승상 부부는 즐기는 일이 없어져 화기(和氣)가 사라졌다. 진왕의 여러 형제들은 부모님과 할머니를 위로하며 세월을 보냈는데, 이때에 소황후도 두 할머니께서 돌아가심을 슬퍼하시며 부모님을 자주 청하여 보시고 은혜 내리는 것이 많았다. 하지만 승상은 세상에 더욱 뜻이 없어져 산에서 나오지 않고 풍월을 읊조리며 어머니를 받드니, 황제께서 황후의 49
효성과 양부인의 그리워함을 공경하고 귀하게 여기시어 서신을 자주 보내어 드렸다. 또 잔치와 악공(樂工)들을 내리시고 승상에게도 잔치를 내리시니 태부인이 글을 써서 사양하고 황후께 찬사를 드리며 말하였다.

"술과 고기, 가무(歌舞)가 잦으면 반드시 일이 생기고, 뜻을 낮추어 검소하고 소박하면 복이 있다. 그러니 성은의 융성함이 그윽이 불행하니, 황후는 밝히 살펴라."

황후가 답신을 써서 가르침에 사례하고 천자께 아뢰어 특별한 총애를 더하지 못하게 하셨다.

세월이 흐르는 물과 같아 수십여 년이 지나니 승상의 나이가 80여 세
가 되었다. 그런데도 기질이 사철나무와 같고 안색이 윤택하여 완연히 꽃
에 싸인 흰 눈 같으며, 머리카락 하나도 희지 않고 걸음걸이가 나는 듯하
여 겨우 마흔 정도 되어 보였다. 또 총명과 행실이 점점 더 나아지니 사람
50 들이 특별하게 여기고 자녀들도 기뻐하였다. 원래 소승상의 풍채와 용모,
행실이 여간 특별한 것이 아니었다. 일월(日月)의 정기와 산천(山川)의 빼
어난 기운을 타고 나셨으니 한 쌍 봉황 같은 눈의 맑은 정기는 가을 물과
새벽별이라도 미치지 못하여 광채가 태양에 쏘일 정도였다. 소승상이 스
스로 특출한 줄 알고 남들이 이상하게 여길까 두려워 일찍이 타고난 눈을
시원스럽게 들어 사람을 보지 않고 가볍게 눈의 정기를 내지 아니하니 집
안사람들도 몰랐다. 하루는 백화헌에서 달빛을 받으며 별자리를 보는데,
그 제자 문언박과 공도보 두 사람이 모시고 강론하려고 들어오다가 어두
운 구석에서 두 줄 불빛이 나와 북두칠성에 쏘이는 것을 보았다. 공어사
가 매우 놀라 의심스러워하며 말하였다.

51 "매우 이상하다. 저것이 무슨 빛인가?"

문참정이 급히 입을 막으면서 말하였다.

"이는 사부님의 눈빛입니다. 형은 소리를 내지 마세요."

공어사가 또한 놀라면서 묵묵히 답하지 못하고 가만히 서 있었다. 문득 불빛이 없어지면서 전(殿) 위에서 묻는 소리가 났다.

"너희들은 무슨 일 때문에 그렇게 서 있느냐?"

두 사람이 바삐 올라가 절하고 나서 강론하러 왔다고 고하니, 승상이 기뻐하며 이 날 밤에 두 사람을 데리고 『사기(史記)』에 대해 말씀을 나누며 밤을 샜다.

태부인이 나이 많되 정력이 쇠하지 않았고 온갖 병이 사라져 노인의 괴로움이 없을 뿐 아니라 예전에는 소부인과 승상의 지극한 행실을 오히려 그르다고 책하고 경계했으나 몇 년 후로는 자녀와 손자들을 단지 아낄 뿐 그른 일이 있어도 책망함이 없었다. 승상이 그 쇠하심을 알고 마음이 황망하여 한시도 어머니 앞을 떠나지 않으면서, 가르치시고 책망하시는 말 52
을 듣지 못함을 아쉬워하였다. 태부인이 아들의 기색을 알지만 스스로 마음이 느슨해져 책망하지 않았다.

하루는 진왕의 아들인 두 손자들이 태부인 앞에서 어지럽게 구니 부인이 데려가라고 하였는데, 유모가 즉시 오지 못하여 더디니 부인이 유모가 태만하다고 책하였다. 그러자 승상이 모친이 노하심은 잊고 단지 그 사람 꾸짖으심을 기뻐하며 웃음을 머금고 앉아 있었다. 이를 본 태부인이 노하여 말하였다.

"네 어미가 늙은 기력이 다하도록 천한 것과 씨름하는데 네가 한 마디 하여 아이를 데려가라고 하지 않고 도리어 좋게 여기며 앉아 있으니 이것이 무슨 도리이냐?"

승상이 바야흐로 놀라서 즉시 유모를 책하여 아이를 데려가게 하고 민첩하지 못함을 사죄한 후에 어머니의 책망을 들은 것을 가슴에 막힌 것이 열린 듯 매우 상쾌하게 여겼다.

53 이 해에 태부인께 잔치를 열어 드렸는데 승상과 여러 아들들이 저절로
서글퍼졌다. 가을 8월에 태부인의 병이 깊어 자리에 누우시니 온 가족이
놀라고 당황하여 의약을 베풀었지만 조금도 낫지 않고 사나흘 동안 계속
위급하였다. 승상과 소부인이 망극하여 영험한 산과 북두칠성에 빌고 밤
낮으로 하늘에 빌었어도 차도를 보지 못하고 혼절하셨다. 승상이 칼을 빼
단지(斷指)할 형세가 위급하니 진왕이 죽음을 무릅쓰고 얼른 칼을 뺏으며
붙들고 말하였다.

"망극함이 매우 크지만 성인들의 가르침을 생각하십시오."

승상이 안색을 바르게 하고 책망하였다.

"내가 어머니를 위하여 뜻을 세웠으니 스스로 죽어도 너희들이 감히 말리지 못할 것인데 하물며 조그만 단지 따위를 가지고 그러느냐?"

드디어 칼을 뺏어 구태여 손가락을 베어 피를 태부인께 먹이니 한참이
54 지나서야 정신을 차리고 눈을 들어 자녀와 손자들을 보고 탄식하며 말하
였다.

"나의 천명(天命)이 다하였는데 너희들이 속절없는 일을 하는구나."

드디어 소부인의 손을 잡고 일러 말하였다.

"내가 너희 부친을 여의었을 때에 네가 네 살이어서 어루만져 길렀다. 이제 내 나이 늙어 쇠하고 자손이 번성하니 구천(九泉)에 돌아가도 한이 없다. 너도 나이 많아 쇠하고 경도 함께 늙어가니 삼년상을 할 수 없을 것 같구나. 그래도 어찌 마음에 잊을 수가 있겠느냐? 너희는 슬플지라도 본성을 해치지는 말고 한결같이 몸을 보호하여라. 화씨는 성품이 거칠고 좁아 집안의 천여 명의 위아래 사람을 원망 없이 거느리지 못할

것이고, 석씨는 차례가 아니니, 네가 마땅히 내 대신 가권(家權)을 들어 자손들이 따로 나가 사는 것을 금하고 잘 거느려 옛 법제를 고치지 마라. 네가 죽은 후에는 화씨에게 넘겨라. 위씨[378] 또한 너와 대등할 정 55
도의 사람이니 먼 나중의 일은 걱정하지 않겠다. 장씨 집안[379]이 대대로 함께 산 것을 본받아라."

소부인이 눈물을 흘리며 절하고 말하였다.

"원컨대 저는 어머니의 가르침을 잊지 않겠습니다."

태부인이 승상에게 나아오라고 하여 어루만지며 탄식하였다.

"너는 유복자라 깊은 못의 봄 얼음을 디디는 것 같이 조심하며 길렀다. 그런데 이제 나이가 여든이 넘고 자손이 수백 명이 넘으니 지하에 가 네 부친을 보고 할 말이 있다. 하물며 내게도 흡족하니 돌아가는 길이 영화롭구나. 어찌 슬퍼하겠느냐? 네가 늙어 쇠약하니 너무 슬퍼하면 몸을 보전하지 못할 것이다. 두 번 세 번 보호하여 길이 무사하고 하늘이 주신 나이를 잘 살다 마치면 구천에 가서 서로 볼 것이다. 나는 나이 많을 뿐 아니라 박명한 죄인이며, 평상시에 천과 색깔 옷을 보통 사람들보다 과하게 입는 것을 이상하게 여겼다. 생사에 다름이 없으니 관 56
안에 염하여 입히는 것과 상(喪) 치를 때 쓰는 도구들을 모두 흰 것으로 하고 조금도 색깔 옷으로 넣지 마라. 만약 듣지 않으면 내가 반드시 눈을 감지 못할 것이다."

승상이 모친의 손을 붙들고 겨우 말하였다.

"청컨대 어머님께서 남기신 가르침을 받들어 행하겠으니 너무 염려하

---

378) 위씨 : 소현성의 첫번째 부인인 화부인의 맏며느리이자 소씨 집안의 장자인 운경의 첫째 부인임.

379) 장씨 집안 : {당가[張家]}. 당나라 때에 아홉 세대가 함께 살았다고 하는 장공예(張公藝)의 집안을 이름.

지 마십시오."

태부인이 화부인과 석부인을 돌아보며 말하였다.

"석씨 며느리의 특별한 효의(孝義)와 꽃다운 행실은 다시 말할 것이 없고, 화씨 또한 부녀자의 맑은 덕이 있으니 효도하고 서로 화목하여 나의 법도를 저버리지 마라."

두 며느리가 두 번 절하고 명을 받는데 눈물이 비 오듯 하였다. 또 여러 손자들과 손자며느리들을 불러 유언을 일일이 하고 승상과 소부인의 손을 잡고 정이 넘치는 말을 많이 하면서 맛있는 음식을 가져다가 먹으라고 하였다. 승상이 소부인에게 권하여 말하였다.

"오늘 권하시는 말씀을 다시 듣지 못할 것이니 어찌 먹지 않겠습니까? 억지로라도 참고 마시세요."

57 드디어 미음을 마시고 나서 어머니를 부축하고 있었는데, 사경(四更) 말에 태부인이 운명하셨다. 향년 115세였다. 소부인과 화부인, 석부인이 여러 아들, 손자들과 함께 초혼(招魂)[380]하여 발상(發喪)[381]하니, 울음소리가 하늘에 쏘였다. 승상도 두어 소리 울고 혼절하여 엎어지니, 아들들이 놀라 급히 약을 먹여 부르짖으며 깨어나게 하였다. 한상서가 들어와 붙들고 통곡하며 초상 치를 준비를 하니 소승상이 겨우 정신을 차려 한바탕 울부짖은 후 울음을 그치고 여러 자손들과 함께 초상 치를 때 쓰이는 물건들을 모두 친히 보며 단속하였다. 반합(飯合)[382]과 습렴(襲殮)[383]할

380) 초혼(招魂) : 혼을 부르는 것으로, 민속에서는 사람이 죽었을 때 그 사람이 생시에 입던 저고리를 왼손에 들고 오른손은 허리에 대어 지붕에 올라서거나 마당에서 북쪽을 향해 '아무 동네 아무개 복(復)'이라고 세 번 부르는 일을 말함.

381) 발상(發喪) : 상제가 머리를 풀고 울어서 초상난 것을 발표하는 일.

382) 반합(飯合) : 시신의 입에 쌀, 돈, 구슬 등을 물리는 일.

383) 습렴(襲殮) : 죽은 이의 몸을 씻긴 후에 옷을 입히는 일. 소렴(小殮)은 수의를 입히고 이불로 싸서 묶는 일을, 대렴(大斂)은 풀어놓았던 끈을 모두 묶고 시신을 입관시키는 일.

때에 운경과 운성을 데리고 입관(入棺)하고 빈소(殯所)를 차려 초상(初喪)을 마쳤다. 일을 다스리기를 매우 정숙하게 하여 편안하지 않은 일이 없었고 밖에 나가 조문객을 보지 않았으며 입관하기 이전에는 시신을 지키느라 방 밖으로 나가지 않았다. 곡하며 울기를 때때로 하여 지루하게 울지 않 58
고 단지 시신을 붙들고 평상시에 모시던 것과 같이 하여 전혀 곡하는 것이 과도하지 않으니 아들들이 기뻐하였다. 그러나 상복을 입기에 이르러서는 소승상이 길게 소리를 한번 지르고 입에서 피 두어 말을 토하고 혼미해졌다. 정신을 차리고 바야흐로 상복을 찾아 입고 상막(喪幕)에 엎드려 조문객을 받았다.

이때에 황제께서 친히 오시어 조문하시는데 승상이 부축 받으며 수레를 맞았다. 황제께서 소승상의 상복에 피눈물이 젖어 있고 얼굴에 피가 가득 묻었으며 눈에서 끊임없는 피눈물이 흘러내리니 놀람을 이기지 못하여 조문한 뒤에 위로하여 말하였다.

"삶과 죽음에는 명이 있습니다. 진국부인이 춘추가 100세를 넘었으니 사람들이 부러워할 만합니다. 아버님이 비록 망극하겠지만 어찌 생각 59
하지 못하겠습니까? 아버님의 나이 또한 많으시니 과도하게 슬퍼하여 몸을 버리는 것은 효가 아닌가 싶습니다."

소승상이 단지 엎드려 아뢰었다.

"제가 팔자가 기구하여 어머니를 마저 여의니 스스로 죽지 못함을 한합니다. 이제 상께서 수레로 친히 오시어 위문하시니 은혜가 망극한 가운데 어머니의 영혼도 저세상에서 감격함이 적지 않을 것입니다."

황제께서 미음을 권하시고 돌아가셨다. 소승상이 조문객을 대접하고 난 겨를에는 빈소를 지켜 밤낮을 알지 못하고 울부짖으며 날을 마쳤으나

목소리가 쇠하지 않고 그치지 않아 날이 오랠수록 꺾어지고 미어지는 듯
하였다. 눈물이 옷에 떨어지면 점점이 피가 되고 물도 마시지 않으니, 소
부인, 화부인 그리고 석부인이 하늘을 우러러 울부짖으며 망극해 하던 중
60 승상이 너무 슬퍼함을 보고 더욱 망극해 하였다. 소부인이 친히 미음을
들고 때마다 나와 권하였지만 먹으면 기운이 거슬려 넘기지 못하였다. 아
들들이 망극하고 당황하여 어찌할 줄을 몰랐다.

시간이 흘러 장례일이 다다르니 황제와 황후가 제사를 지내시고 예의를 갖춰 장사 지내게 되었다. 승상이 어머니의 영구(靈柩)를 이별하게 되니 마음이 베이는 듯하여 해와 달이 어두워지고 하늘이 무너지는 것 같아 하늘을 우러러 울부짖으며 상여를 붙들고 선산에 이르렀다. 승상이 울음을 그치고 친히 지리를 살펴 부친과 합장하였는데, 봉분(封墳)을 이룬 후에는 또 통곡하는 목소리가 처절하고 슬펐다. 모인 사람들과 지나가는 사람들이 눈물 흘리지 않는 사람이 없었고 빈소에 온 손님들도 감동하여 슬퍼하지 않는 사람이 없었다.

목주(木主)[384]를 싣고 돌아오는데 초롱이 백 리 가량 이어져 불빛이 하
61 늘에 나란하였다. 앞뒤에 상복 입은 사람과 아이들이 백여 명 벌여 있었
으니 모두 승상과 소부인의 자손이었다. 거룩한 위세와 무궁한 복록이 살
아 있는 사람들로 하여금 부러워하게 하였고 부인의 장수한 것과 유복함
을 칭찬하여 만고에 비할 데가 없다고 하였다. 소부 안으로 들어가 취성
전에 위패(位牌)를 받들어 안치하고 아침 저녁으로 제사를 지내니 승상이
심하게 슬퍼함은 말할 것도 없고 아들 열 명의 슬퍼함도 부모 상사(喪事)

384) 목주(木主) : 죽은 사람의 위패(位牌). 대개 밤나무로 만드는데, 길이는 여덟 치, 폭은 두 치가량이고, 위는 둥글고 아래는 모지게 생겼다.

보다 덜하지 않았으며, 소부인, 화부인, 석부인이 제사를 받들어 애통해
하는 것도 마치 장차 볼 수 있을 것처럼 하였다. 그러하니 당시의 사람들
이 소부에서 효자, 효녀, 효부(孝婦), 효손(孝孫)이 모두 남을 일컬어 자운
산을 '효도를 섬기는 마을'이라고 하였다.

소승상이 나이가 비록 많지만 정신과 총명이 갈수록 기이하고 기력이
정정하여 젊은이 같았다. 그러나 어머니 상을 당하여 기운 빠지고 몸 상
함이 뼛속 가득하여 모습이 수척하고 피부가 거칠어지고 정신이 혼미해
졌으며 움직일 때에는 사람에게 부축 받아 겨우 걸음을 옮겼다. 태양과 62
빛남을 다투던 안색도 변하여 정기가 없어졌으니 사람이 흙이나 나무가
아니기에 힘이 들어 피를 많이 토하고 물도 마시지 못하였다. 그러면서
밤낮으로 곡을 하여 석 달 동안 피눈물을 흘렸으니 어찌 쇠하지 않으며
어찌 피폐해지지 않겠는가? 졸곡(卒哭)385)을 지내고 나서 병이 심하게 되
니, 황제께서 내시를 보내 고기즙을 권하셨다. 소승상이 듣지 않고 괴로
워하였지만 하루 네 번 제사에 참여하는 것을 게을리 하지 않았다. 병이
위태로워 살지 못하게 되었어도 끝내 상복을 벗고 눕지 않더니, 수명이
다하는 날에 목욕재계하고 어머니 위패가 있는 방에서 크게 울고 아버지
사당에서 절한 후 내당으로 들어와 취성전을 둘러보았다. 눈물이 비 오듯
하면서 말하였다.

"얼마 전까지도 어머니를 모시고 즐겼는데 오늘 어머니를 잃은 아픔을
만나 사는 일이 확 바뀌었으니 어찌 슬프지 않겠는가?"

드디어 어머니께서 앉고 누우셨던 곳을 두드리며 목 놓아 크게 울고는 63

385) 졸곡(卒哭) : 사람이 죽은 지 석 달이 되는 초정일(初丁日)이나 해일(亥日)에 지내는 제사, 장사 지낸 뒤에 세 번째 지내는 제사.

위패가 있는 곳으로 돌아와 자손들을 불러 앉히고 소부인에게 말하였다.

"이 아우가 나이 여든이 지났고 어머니를 여의어 세상에서 살 뜻이 없었는데 하늘에서 주신 수명도 다하였습니다. 구천에 돌아가 부모를 모시고 즐길 수 있으니 죽는 것이 영화롭지만, 다만 누이가 외로우실 것이 슬픕니다. 제 자손들을 어여삐 여기시어 삼년상을 하도록 해 주십시오."

소부인이 크게 울면서 말하였다.

"어머니께서 세상을 버리셨지만 내가 지금 살아 있는 것은 아우와 상의하며 위로하고 싶어서였는데 네가 지금 위태로우니 나 또한 얼마나 오래 살겠느냐? 살고 죽는 것이 그 운수에 달려 있으니 나 또한 네 뒤를 따를 것이다. 여러 조카들은, 네 아들이 곧 내 자식이다. 어찌 말해야만 사랑하겠느냐?"

승상이 탄식하며 말하였다.

64 "사람들이 말하기를, 100세 넘은 부모가 죽는 것은 자식에게 얻기 어려운 영화라고 했지만, 제게는 더욱 비통할 뿐입니다. 제가 세상에 난 후에 대단한 불효를 하지는 않았지만 나라를 위하여 운남을 치러 가서 어머니께 염려를 끼친 적이 있고 강주에서 1년, 호광에서 반 년을 나가 슬하를 떠나 있었습니다. 지금 생각하건대 하루라도 떠나는 것이 아연실색할 일인데도 나라의 일에 매여 어머니 떠나기를 자주 하였으니 지하에서도 한이 맺힐 일입니다."

여러 아들들을 돌아보며 말하였다.

"너희들이 숙모 섬기기를 나와 같이 하고, 형제들과 화목하여 한 집에서 살아야지, 따로 나가 살면서 조상들의 풍채를 저버리지 마라. 선행

쌓기에 힘쓰고 유순하고 준절하여 덕행을 한결같이 펴고, 혈기의 분을
발하거나 화를 입을 징조를 만들지 마라. 운경과 운희는 내 삼년상을
지킬 수 없을 것이고, 운성은 범사에 아름답기는 하지만 고집이 과도 65
하고 무력을 좋게 여기니 이는 선비의 덕이 아니며 맑은 행실에서 벗어
나는 것이어서 내가 늘 기쁘게 여기지 않았다. 내가 죽은 후에라도 너
는 마땅히 아비의 유언을 지켜 문덕(文德)을 닦고 무력을 버려라."

진왕이 두 번 절하고 유언을 듣고는 눈물이 떨어져 용포(龍袍)를 적시니, 승상이 즉시 붓과 벼루를 내어 와 유서를 써 아들들에게 주고 자신의 명정(銘旌)[386]을 써서 세운 후에 탄식하며 말하였다.

"사람의 자식이 되어서 부모의 은혜를 갚는 것은 삼년상을 모시는 것에 있다. 그런데 나는 아버지의 초상을 보지 못하였고 어머니의 초상을 겨우 마친 후 3년이 되지 못하여 죽으니, 부모님의 하늘같이 끝없는 은혜를 갚을 일이 없어 지하에서도 부끄러울 것이다."

그러고는 또 말하였다.

"나무의 가지가 무성하여도 뿌리가 없으면 살지 못하니, 하물며 사람이
야 어떻겠느냐? 내가 이제 어머니를 여의고 차마 어떻게 살겠느냐? 다
만 어머니께서 임종하실 때 몸을 보중하라고 하시던 유언을 저버리는 66
것이 큰 불효로구나. 너희들은 모름지기 불효하는 아비를 본받지 말고
몸을 보호하여 길이 평안하여라."

또 모든 문하생들이 들어와 뵈니 흔연히 말하였다.

"내가 너희를 가르친 것이 없어 부끄러운데, 너희의 지극한 정성을 받았고 이제 길이 이별하니 이 또한 하늘의 뜻이다. 그 누구를 원망하겠

386) 명정(銘旌) : 죽은 사람의 품계, 관직, 성씨를 기록한 기(旗).

느냐? 너희는 충효를 닦고 오륜(五倫)을 삼가여 조상님을 빛내라."

여러 아들들이 눈물을 흘리며 절하고 명을 받드니, 승상이 휘장 밖으로 나가라고 하고는 시녀에게 내당에 가서 여러 손자들과 모든 며느리와 딸들을 불러오게 하였다. 이들에게 좋게 지내면서 화목하라고 훈계하는데, 화부인, 석부인이 나와서 보기를 청하였다. 그러자 승상이 넷째 딸인 김참정 부인에게 말을 전하게 하였다.

67 "내가 그대들과 함께 같이 산 지 70여 년이 되었습니다. 아침 저녁으로 마주하여 얼굴을 보고 말을 들었기에 품은 한이 없으며, 그대들도 모두 나이 많아 내 뒤를 따를 날이 얼마 남지 않았으니 굳이 볼 필요가 없고 마음도 좋지 않을 뿐일 것입니다. 하물며 내가 죄인의 몸이니 어찌 처자를 보겠습니까? 다만 자녀들을 거느리고 아무 탈 없기를 바랍니다."

드디어 유언을 마치고 운명하니, 향년 85세였으며 송나라 인종 경오(庚午) 17년 무인(戊寅)년이고 때는 11월 23일이었다. 자녀들의 망극함은 말할 것도 없고 문생들은 친아버지 상처럼 서러워하면서 상복 입기를 다투었고, 조정의 관료들과 서민, 군졸들도 서러워하지 않는 사람이 없어 장사하던 것도 닫고 부르짖으며 울었다. 황제께서도 매우 슬퍼하며 친히 오시어 태자와 함께 초상을 다스리시고 여러 상주들을 위로하셨다.

68 며칠 뒤에 화부인이 죽으니 자녀들이 더욱 망극함은 비할 데가 없었다. 초상을 지내고 밤낮으로 부르짖으며 우니, 자운산의 호화로움이 변하여 일시에 슬픈 것이 이어져 우는 소리가 동네 입구까지 잠겼다. 석부인이 설움을 참고 소부인과 함께 제사를 받들면서 자녀들을 보호하게 하였지만, 옛날에 태부인을 모시고 승상과 함께 즐기던 일을 생각하고는 맑은 바람 불고 밝은 달이 뜬 밤에 애를 끊는 듯하여 화부인이 돌아감을 부러

위하면서 인생이 모짐을 한하였다.

여러 아들들이 설움을 참으며 어머니를 위로하면서 승상과 화부인을 선산에 묻고 집으로 돌아왔다. 진왕 형제는 아직 어머니가 계시니 위로가 되었지만, 강릉후 형제들은 부모를 한꺼번에 여의니 망극함이 측량하지 못할 정도였다. 이에 운경과 운희가 병이 깊어져 죽게 되어 숙모와 석부인에게 하직하여 말하였다.

"저희들이 부모를 여의어 세상에 뜻이 없을 뿐 아니라 수명이 다하였 69
습니다. 오늘 두 분께 서하(西河)의 설움[387]을 끼쳤으니 불효가 큽니다. 바라건대 어머니께서는 불효자를 생각하지 마시고 천추만세(千秋萬歲)를 누리십시오."

또 진왕을 불러 말하였다.

"우리 형제 열 사람이 일생동안 슬픈 줄을 모르고 즐겼는데, 하루아침에 일이 여기에 이르렀구나. 예부터 기쁨이 다하면 슬픔이 온다고 했으니 무엇을 한하겠느냐? 예법(禮法)이 장자와 장손으로 잇게 되어 있으며 내 자식이 총명하지만 아직 어려 많은 친척을 잘 거느리지 못할 것이다. 그러니 아우가 큰일을 맡아 식구들을 잘 거느려 부모님의 가르침을 잊지 마라."

유언을 마치고 죽으니, 운경은 68세이고 운희는 67세였다. 위부인과 강부인이 자녀들을 거느려 상(喪)을 치르고 비통함을 마지않았다. 진왕의
8형제들이 매우 슬퍼하며 조카들을 자기 자식같이 아꼈고, 형수를 받들 70
어 공경하는 것이 어머니 버금가게 하였다. 소·석부인도 그 아이들을 은

387) 서하(西河)의 설움 : 자식을 잃은 슬픔을 뜻하는데, 공자의 제자인 자하(子夏)가 서하에 있을 때에 자식을 잃고 매우 슬퍼한 데에서 유래함.

혜롭게 양육하기를 각별하게 하였다.

이러구러 3년 내에 슬픈 일이 또 이어지니 한상서와 소부인이 세상을 버리고 석부인도 운명하였다. 진왕 형제들이 6~7년 내에 연이어 상을 만나니 망극함을 측량하지 못하였으며, 소황후도 부모를 여의니 슬퍼하심이 과도하시어 내시를 통해 친히 쓴 편지를 보냈다.

> 우리들이 전생에 무슨 죄를 지었기에 부모를 함께 이별하고 숙모를 여의니 하늘을 우러러 망극합니다. 오라버니와 언니들은 귀한 몸을 보전하여 지하에 계신 부모님의 신령을 위로하십시오.

황제께서 상례(喪禮)를 다스리시며 상주에게 죽을 권하시고 예의에 맞게 장례 지내시는데 은혜와 영광이 매우 컸다. 소씨 가족들이 상례(喪禮)를 행하고 시묘(侍墓)하여 거적자리와 흙을 베고 지냈다.

71 전후로 6년간 부모와 할머니, 숙부, 형제 등을 여의고, 단지 8형제만 과부가 된 형수 위씨와 강씨 두 부인을 모시고 자손들과 함께 남았으니 슬픔을 이기지 못하고 옛 일을 생각하며 눈물을 흘리지 않은 적이 없었다. 이에 황제께서 소현성에게 '충렬공(忠烈公)'이라고 시호를 내리고 비문에는 '효의선생(孝義先生)'이라 하셨고, 운경은 본직 강릉후에 좌승상을 더하시고, 운희는 본직 공부상서에 영릉후를 더하시고, 그 아들로 아비의 벼슬을 이으라고 하셨다. 위씨, 강씨 두 부인이 비록 홀로 되었지만 허다한 자손들과 더불어 영화를 누리니 슬픔을 위로할 수가 있었다.

진왕과 그 아우 7인도 다시 옛 벼슬을 회복하고 자손들도 자주 급제하여 영화가 새로이 일어났다. 진왕이 일곱 아우들과 함께 위 · 강 두 형수

를 받들고 제사를 맡아 하여 예전에 소탈하고 과도했던 기운이 없이 공손
하고 진중하여 효도하고 우애함이 엄정한 것이 완전히 아버지의 풍모를
이었다. 형부인이 위씨와 함께 제사를 받든 여가에는 돈독하고 화목하여 72
옛 법제를 고치지 않으니 사람마다 탄복하였다.

하지만 사람의 마음이 다 같지 않으니 따로 나가 살려고 하는 이가 많
아 점점 기색에 드러나 사사로이 재물을 모으는 경우가 있었다. 진왕이
이를 듣고 자신이 불초하여 식구들이 싫어함인가 하여 더욱 인자하고 후
덕하기를 힘썼으나 몇몇 식구들의 기색이 다르고 논의가 그치지 않았다.
진왕이 밤낮으로 근심하다가 하루는 부친께서 계시던 백화헌에 이르러
일곱 아우들과 조카들을 모아놓고 소매에서 부친의 유서를 내어놓고 실
성할 정도로 통곡하였다. 일곱 아우들이 놀라 이유를 물으니, 진왕이 한
참 있다가 울음을 그치고 눈물을 거두면서 말하였다.

"우리 운명이 기구하여 부모를 여의고 유서를 받든 지 20년이 못 되었
다. 형님이 돌아가실 때에 나에게 집안 일을 맡아 돈독하고 화목하기
를 당부하셨기에 명을 받들어 행하였다. 재주도 없고 덕도 없는 이 사 73
람이 외람된 임무를 감당하면서 옅은 정신으로나마 있는 힘을 다하여
화목하기를 바랐다. 하지만 덕이 없고 효성이 없어 모든 형제들을 거
느리기를 잘못하니 따로 나가 살기를 바라는 사람들이 있구나. 그러니
내가 아버지께서 생전에 주신 유서를 저버린 죄인이 되어 지하에 돌아
가 부모님 뵐 낯이 없다. 여러 번 생각하건대 아우들은 나에게 허물이
있으면 바로잡아 고치게 하고 나의 처첩이 그른 일을 하면 나에게 말하
여 다스리게 하여라. 서로 책망하고 사랑하여 비록 마땅치 않은 면이
있어도 떠나지 않는 것이 좋으니, 너희들이 굳이 듣지 않고 따로 나가

살려고 한다면 이 곳에서 유서를 불태워 아버님의 말씀을 없애버릴 것이다. 옛날 전씨(田氏) 3형제가 재산을 악착같이 나눌 때에 나무도 안타까워하며 죽은 일[388]을 슬퍼할 따름이다.”

74 말씀을 마치는데 맑은 눈물이 비 오듯하여 유서를 안고 소리치며 크게 우니, 이를 보고 철석같은 간장이라도 어찌 감동하지 않겠는가? 일곱 형제들도 서로 붙들고 통곡하며 죄를 청하여 말하였다.

“저희들이 비록 못났지만 어찌 차마 유서를 저버리고 따로 나가 살 뜻이 있겠습니까? 이는 부인 여자들이 사리를 몰라 저지른 행동이니 따져 물어보겠습니다.”

드디어 각각 부인을 불러 따져 물으니 그들이 서로 미루며 아무도 그랬다고 말하지 않았다. 진왕이 눈물을 드리우며 말하였다.

“형제가 함께 사는 것은 좋은 일이다. 전씨 3형제가 따로 나가 살려고 했을 때에 나무도 안타까워 죽었으니, 우리 형제는 맹세코 떠나지 말자. 그러나 제수들과 조카들이 그렇게 생각하지 않고 오래도록 불만스러워하는 사람이 있으면 굳이 강요하지 마라. 그렇게 하면 도리어 화목함이 끊어질 것이니 각각 뜻대로 행하게 하여라.”

75 모든 부인들과 조카들이 감동의 눈물을 흘리며 따로 나가 살 뜻이 없어졌다. 진왕이 매우 기뻐하며 즉시 흰 말을 죽여 피를 바르고 혈서로 맹세하니 일곱 동생들도 함께 맹세하기를, 이후 집안을 어지럽히는 말이 있으면 인정을 두지 않고 다스리고 마음을 한결같이 하며 만약 맹세를 저버

388) 전씨(田氏) ~ 일 : 수(隋)나라 때에 전진, 전광, 전경 3형제가 우애가 깊었으나 재산을 나누게 되면서 사이가 벌어져 뜰에 있는 자형수(紫荊樹)라는 나무까지 나누려 하였다. 그랬더니 다음 날 아침에 나무가 저절로 말라 죽어 있었고, 이에 형제들이 자신들의 행동을 뉘우치자 나무가 다시 살아나 꽃이 무성하게 피었다는 고사로 ‘전씨분재(田氏分財)’라고 함.

리면 하늘에 계시는 부모님의 영혼이 벌을 내릴 것이라고 하였다. 이로 말미암아 다시는 나가 살겠다는 말이 없었고 매우 화평하여 규방의 맑음이 물과 같았다. 집 안팎으로 화목한 기운이 봄바람에 무르녹아 전씨 집안의 형제들이 화목했던 것과 장씨 집안이 여러 세대가 함께 살았던 것을 부러워할 바가 아니었다.

이때에 소황후가 부귀를 누리신 지 20여 년이 되었는데 인종의 아끼심이 날로 더하셨다. 황후가 갈수록 덕을 닦고 검소함을 숭상하며 수양하여 교화가 멀리 태사(太姒)에 미치니 나라의 백성들이 기뻐하고 탄복하며 만세토록 사시기를 빌었다. 하지만 하늘이 어진 사람을 아끼시는지 병이 깊이 들어 백 가지 약이 무효하고 편작(扁鵲)[389]의 영험한 의술도 소용이 없 76
었다. 황제께서 태자와 함께 매우 근심하여 황후가 누워 있는 곳을 떠나지 않으셨고, 온 조정이 황망해 하였다. 태자가 약 그릇을 드리니 황후가 받지 않고 말하였다.

"내가 궁박한 인생으로 부귀를 누린 지 수십 년이 되었으니 이제 죽는 것이 마땅하다. 어찌 약을 먹어 살기를 바라겠느냐? 더군다나 나라의 법이 국상(國喪) 후에는 의원(醫員)을 죽이니 나 하나 때문에 애매한 사람에게 형벌을 받게 하는 것은 옳지 않다."

황제께서 들으시고 친히 권하셨으나 끝내 듣지 않으셨다. 황제께서 장차 종묘(宗廟)·사직(社稷)과 산천(山川)에 빌려고 하시니, 황후가 말하였다.

"제 수명이 다할 때가 되었습니다. 그러니 만약 종사(宗社)에 빌었는데 응답이 없으면 도리어 종사의 신명하심이 비웃음을 받을 것입니다. 폐

389) 편작(扁鵲) : 전국시대의 명의(名醫)로, 성은 진(秦)이고 이름은 월인(越人).

하께서는 빌지 마십시오."

황제께서 옳게 여기시어 그치셨다.

며칠 뒤에 황후가 태자와 여러 아들들과 부마, 공주 등을 모두 부르시
77 어 태자에게 가르침을 남겨 말하였다.

"태자는 마땅히 나라의 종사와 천하를 받들 사람이니, 덕을 닦고 검소함을 숭상하며 공손하고 수양하여 요순(堯舜)의 도(道)로 임금의 일을 행하여라. 또한 효로써 아버님을 섬기고 동기들을 사랑하며, 상과 벌을 명확하게 하여 내 말을 저버리지 마라. 내가 처음 즉위했을 때에 아버지께서 열 가지를 경계하셔서 내가 밤낮으로 받들어 두려워하며 지키기에 힘썼다. 지금도 아직 갖고 있으니 태자에게 주어 그 하나, 둘을 시행하고자 한다."

드디어 금궤에서 아버지 소현성의 친필을 내어 태자에게 주시니, 태자가 조서를 받았다. 황후가 또 황제께 고하여 말하였다.

"제가 궁중에 들어온 지 30여 년이 되었고 부귀를 누린 지 오래 되어
상의 은혜에 망극합니다. 제가 살아있을 때에 분에 넘치는 지위를 누
리기만 했을 뿐 적자(嫡子)에게 끼친 덕이 없으니, 어찌 죽은 뒤에 백성
78 들을 수고롭게 하겠습니까? 무릇 상(喪) 치르는 일을 간략하게 하기를
온전히 하시고 사치하지 마십시오."

말을 마치고 돌아가시니, 춘추가 45세였다. 황제께서 매우 슬퍼하며 황후의 몸을 붙들고 통곡하시니, 눈물이 용포(龍袍)를 적시고 궁궐 사람들이 모두 슬퍼하였다. 조정과 재야의 백성들, 종묘의 모든 신들이 서러워하지 않는 이가 없어 우는 소리가 하늘에까지 진동하니 온 나라가 황황하였다. 상복을 입은 후, 황제께서 여러 신하들을 대하여 울며 말씀하셨다.

"소황후의 어진 덕이 태임(太任)과 읍강(邑姜)[390]보다 못하지 않았으니 내가 내조의 공을 입어 천하를 다스렸다. 그런데 지금 황후가 돌아갔으니 나에게는 손발 같은 주춧돌이 없구나."

여러 신하들이 애처로워 아무 말도 못하였다. 관원들 가운데에서 한 대신이 간하여 말하였다.

"안회(顔回)가 매우 현명했지만 오래 살지 못하였고, 공자님이 크신 성인이었지만 백세를 누리지 못하셨습니다. 황후가 비록 돌아가셨지만 이는 천명입니다. 폐하께서 선황제와 태후마마를 여의고 지금에 이르렀는데, 어찌 부인 한 명을 두고 이렇게 말씀하십니까?"

모두 보니 이는 곧 진왕 소운성이었다. 황제께서 얼굴을 가다듬고 사 79
례한 후 황후를 장례 지냈다.

그 후로 황제께서 더욱 슬퍼하고 그리워하시어 태자와 여러 아들들, 공주들을 어여삐 여기심을 예전보다 더하셨다. 또 진왕 형제를 대접하는 것이 더욱 곡진하시어 총애가 무궁하니, 소씨 사람들이 황후를 생각하며 길이 슬퍼하였다.

황후께서 돌아가신 지 1년이 지났으나 황제께서 정궁(正宮)을 세우지 않으시고 또 후궁도 찾지 않으시면서 황후가 계시던 태청궁에 머물며 여러 왕들과 공주를 앞에 두고 위로하셨다. 신하들이 정궁 책봉하는 일을 아뢰니, 황제께서 마지못하여 조귀인을 책봉하여 황후로 삼으셨다. 조황후가 외모나 위엄이 곽황후만도 못하고 지혜와 기운이 가벼우며 말씀이 예에서 어긋나는 점이 많아 국모에 적합지 않으니 황제께서 탄식하여 말하였다.

---

390) 읍강(邑姜) : 주(周) 무왕(武王)의 아내로 지혜가 있어 무왕의 정치를 도왔다고 함.

"내 팔자가 좋지 않아 태사(太姒)같이 어진 황후를 잃고 여희(驪姬)[391] 같은 부인을 얻었구나."

80 하지만 춘추가 많으시고 멀리 걱정하는 마음이 깊으시어 자못 공경스럽게 대하시니 궁궐이 어지럽지는 않았다. 황제께서 소황후의 자녀들을 지극히 사랑하시니 조황후가 마음 속으로 싫어하여 공손치 않은 말씀을 자주하였다. 그러나 황제께서 모르는 체하시고 정중하게 대하셨으며 여러 왕들과 공주들도 조후에게 효도를 행하니, 뭐라 핑계를 댈 수 없었다. 황후가 사친(四親)[392] 섬기기를 제대로 하지 않고 사치를 일삼으며 8세인 아들 위왕을 태자로 세우려고 은근히 지금의 태자를 폐하기 위해 황제께 자주 태자를 참소하였다. 그래도 황제께서는 단지 웃을 뿐 아무 말도 하지 않았다.

나중에 황후의 오라비 조국구가 민간의 선비의 아내를 겁탈하려다가 말을 듣지 않으니 그 부부를 모두 죽였다. 개봉부윤 포증이 이를 알고 잡아다가 국법으로 죽이려 하니, 황후가 작은 가마를 타고 궁궐 뒷문으로 나가 시녀의 모습으로 마을에 들어갔다. 포증을 만나 국구를 살려달라고 하였으니, 그 행실이 예에 어긋나고 조급하여 체신을 잃음이 이와 같았
81 다. 포증은 강직하고 현명한 신하이므로 일장 연설을 한 후에 체신을 잃으심에 대해 간하였더니, 황후가 부끄러워하며 돌아갔다. 인종이 이를 들으시고 매우 놀라 황후의 궁에 가 책망하시고 그 허물을 낱낱이 밝히면서 만약 다시 태자에 대해 참소하면 황후를 폐하겠다는 뜻을 보이셨다. 황후가 매우 부끄러워하며 이후로는 감히 사나운 일을 하지 못하였다.

391) 여희(驪姬) : 진(晉)나라 헌공(獻公)의 비(妃)로 진나라를 문란하게 만든 여인임. 자신의 소생인 해제(奚齊)를 태자 자리에 올리기 위해 태자였던 신생(申生)을 죽이려 했다고 함.

392) 사친(四親) : 부모, 조부모, 증조부모, 고조부모를 이름.

인종이 세월이 오래 지날수록 소황후를 생각하시어 일찍이 소후를 말씀하실 때에는 눈물을 흘리지 않을 때가 없으셨으니 지음(知音)이 지극한 부부이셨다. 이후 9년 만에 황제께서 돌아가시니 태자가 즉위하시어 황제와 소후를 합장하셨다. 조태후를 효성으로 섬기시며 위왕을 아끼심을 친동생과 같이 하시니, 조정과 재야가 모두 그 큰 덕에 탄복하였다.

이때에 진왕이 일곱 아우, 네 여동생들과 함께 자운산에서 복을 누렸지
만 소후가 돌아가심을 슬퍼하였다. 자손이 무궁하여 면면히 끊이지 않으
니 이는 다 소현성이 쌓은 덕 때문이었다. 소승상이 살아 있을 때에 4대 82
손까지 보고 10자 5녀의 자녀가 번성하여 오복(五福)이 갖추어졌었다. 강
릉후 운경이 6자 4녀를 낳고, 공부상서 운희가 3자 1녀를 낳았다. 진왕 운
성이 9자 2녀를 낳으니 그 중 두 아들은 시씨[393]의 소생이었다. 넷째 아
들 평장 운현은 5자 1녀를 낳고, 다섯째 아들 예부시랑 운몽은 2자 4녀를
낳았으며, 여섯째 아들 학사 운희는 4자를 낳았고, 일곱째 아들 이부상서
운숙은 6자 3녀를 낳았다. 여덟째 아들 대사도 운명은 임부인께 13자 7녀
를 낳아 20명을, 이부인께 2자를 두었으며 민씨 등 네 부인께 1자씩 낳았
으니 아들이 대략 19명이고 딸이 7명이다. 아홉째 아들 시강학사 운변은
1자를 두었고 열 번째 아들 예부상서 추밀사 운필은 7자 3녀를 두었으니,
소승상의 친손자는 87명이다. 또한 외손(外孫)도 번성하였으니, 장녀 성
참정 부인은 3자 3녀를 낳았고 차녀 유 사공 부인은 4자 2녀를 낳았으며 83
셋째 딸 정시랑 부인은 1자 1녀를 낳았다. 넷째 딸 김 참정 부인은 8자 2
녀를 낳았고 다섯째 딸 소황후는 4자 3녀를 낳으셨으니, 대략 내외 자손
이 120명이었다. 가히 번화하고 특별하여 세상 사람들이 부러워할 만하

393) 시씨 : {싀씨}. 운성의 첩인 소영을 이름.

였으며, 곽분양(郭汾陽)의 복을 들먹이지 못할 정도였다.

진왕 운성의 8형제가 모두 나이가 희년(稀年)[394]에 이르니 벼슬에서 물러나 산중에서 한가롭게 있으면서 맑은 바람과 밝은 달을 벗 삼아 서로 소매를 이끌어 노닐기를 일삼으며 도연명의 〈귀거래사(歸去來辭)〉를 읊조리고 제갈공명의 〈양보음(梁甫吟)〉을 외었다. 모두 기운이 호쾌하였으며 수 없이 많은 아들, 조카, 손자들이 각각 옥 같아서 부모의 풍채와 조상의 인물됨을 본받아 보통사람들보다 특출하였다. 진왕이 모두 가르치기를
84 엄하게 하여 법도에 맞지 않는 일을 하거나 재주 없게 되는 것을 금하여 그 부친이 남긴 가르침을 이었다. 그러자 사람들이 진왕이 젊었을 때에 소탈하고 고집스러워 아녀자 하나에게 얽매여 작은 절개를 거리껴하지 않았던 일을 생각하면서 지금의 진중하고 단정하며 자상함은 많이 변한 것임을 보고 특별하다고 여겨 칭찬하였다. 진왕의 사람됨이 부모께 효도하고, 작은 일에는 마음을 유연하게 쓰되 큰일에는 강직한 결단이 있고, 말이 한번 입 밖으로 나면 죽을 때까지 바꾸지 않으며, 부모 상사(喪事)에는 슬퍼하면서 과도하게 마음 아파하는 것이 예의를 넘어서고 과부 형수인 위부인, 강부인을 공경하여 음식과 의복의 온냉(溫冷) 살핌을 어머니 섬김같이 하였다. 형제들을 사랑하고 자식 가르치기를 정답게 하며 모든 며느리들이 잘못해도 그냥 놔두고 어진 일이 있어도 드러내 일컫지 않고
85 한결같이 사랑하니, 아들 · 며느리들이 감격하였고 형제들이 화목하였다.

인종이 소현성의 도덕을 공경하고 사모하시어 포증과 여이간에게 행적을 기록하여 후세에 전하라고 하시니, 두 사람이 어릴 때부터 소부와

394) 희년(稀年) : 일흔 살을 뜻함.

친하였지만 작은 일들은 알기 어려웠다. 그리하여 진왕에게 그 부모의 행적을 듣고 싶다고 하니 진왕이 슬프게 말하였다.

"부모의 유적을 가볍게 내놓는 것이 이상하지만 상의 명령이 계시니 감히 막지 못하겠습니다. 모름지기 두 형님은 살펴보십시오."

드디어 시종들에게 각 당의 기실(記室)[395]을 불러 일기를 내어오게 하였더니, 두 사람이 한번 펴 보고 탄복하지 않음이 없었다. 그러고 나서 진왕의 8형제를 대하여 말하였다.

"돌아가신 소승상과 태부인의 모든 행적이 이와 같으니, 대왕의 여러 형제들이 관직에 있을 때에 절개 있고 정직하며 위엄 있었던 것은 오히려 이상한 일이 아니군요."

진왕이 읍하며 말하였다.

"임금의 명령을 거역하지 못하지만 번거로움도 좋지 않으니, 두 형께서는 그 책을 사람들에게 전하지 마시오."

드디어 부친의 유적을 기록한 것만 가려내니, 포증이 말하였다. 86

"그러지 마십시오. 대왕의 형제, 자매들의 사적을 빼지 않아야 돌아가신 승상의 행적을 보완할 수 있습니다. 일의 앞뒤를 없애는 것은 옳지 않습니다."

진왕이 웃으며 말하였다.

"우리들의 행실은 후세에 전할 만하지 않습니다."

포증과 여이간이 웃으며 말하였다.

"대왕이 주표(朱標) 찍혔던 일을 숨기고, 공주 박대했던 일도 뉘우쳐, 후

---

395) 기실(記室) : 고관(高官)에게 직속되어 각종 문서를 작성하던 사람인데, 여기서는 일기를 기록하던 사람을 뜻함.

세 사람들이 덕 없는 행실을 했다고 놀릴까 두려워하는 것입니까?"

진왕이 크게 웃으며 말하였다.

"그런 일은 부끄럽지 않지만 형공의 집에 가서 내당을 엿보았던 일은 부끄럽습니다."

말을 마치자 세 사람이 크게 웃었다. 두 사람이 일기를 가지고 돌아가 전(傳)을 지으면서 소현성의 효의와 행실을 칭찬하기를 마지않았다.

진왕이 형부인과 함께 60여 년을 함께 살고 자손 50여 인을 두었는데
87 부부가 연이어 돌아갔다. 왕이 타던 만리운도 오래지 않아 죽었고 칠성
검도 스스로 울며 없어졌으니 진실로 신기하고 기이하였다. 부부가 죽은 후 슬픔이 이어졌으니, 여러 형제들이 모두 연이어 죽은 것이다. 운명도 임부인과 함께 80세에 같은 날 죽었으니 자손이 100여 사람이었다. 소씨 아들 열 명 중에서 자손 많음은 운명이 으뜸이었으니 이는 임씨의 복과 덕 때문이었다. 얼굴에 슬픔을 감춰 두어 은혜를 깊이 얻어 무궁한 복을 누렸으니 당시의 사람들이 칭찬하고 부러워하였다.

해를 이어 열 명의 아들들이 모두 죽으니, 황제께서 망극해 하시며 예의로 장례를 지내셨고 각각 그 아들들에게 벼슬을 이어받게 하셨다. 그러나 소씨 손자들이 영화로움에는 뜻이 없어 벼슬을 사양하고 산으로 들어가 황제가 계신 도읍에는 출입하지 않으면서 하늘이 주신 세월을 즐겼다.
88 운경의 장자인 세현과 운성의 장자인 세광 등이 모두 재주 있다는 명성이
남들보다 뛰어나고 행실이 높아 조상께서 남기신 풍모와 부모의 뜻을 이어 모든 숙모들을 섬겼다. 숙모들이 수명을 다한 후에는 그 사촌들을 다 데리고 자운산으로 들어와 한 집안에서 살며 의식(衣食)을 골고루 나누니 사람들이 탄복하였다. 대대로 이곳을 떠나지 않고 15대까지 자운산에서

사나, 장현동 100리의 들이 좁아 골짜기 앞의 입구를 밀어내고 완룡담까
지 집을 지어 현성공의 자손이 수천 명에 이르도록 자운산에 있었다. 그
리하여 당시 사람들이 이름 지어 남문 밖을 '소씨 집안의 마을'이라고 하
였다.

이때에 소현성 선생의 셋째 딸인 수아가 정시랑 정화의 부인이고, 참지
정사 설규는 소선생의 문생이었는데, 정화가 설규와 친한 친구 사이가 되
었다. 정화의 딸 정환이 어렸을 때부터 미모가 수려하여 비록 양태부인과
석태부인께 미치지는 못하였지만 완전히 그 숙모 김참정 부인과 같았다. 89
정시랑이 매우 아끼다가 설규의 외아들 경윤이 풍채가 아름다움을 보고
청혼하여 서진(書鎭)을 빙물로 삼았다. 그런데 정화가 오래지 않아 죽자
부인 소씨가 설규가 창첩(娼妾)이 많음을 듣고 그 행실이 아들에게도 이어
질까 두려워하여 지아비가 남긴 맹세를 저버리고 딸과 경윤의 혼인 약속
을 깼다.

경윤은 풍류 있고 재주 있는 남자이며 다정한 학사여서 정화의 유언을
잊지 않았을 뿐 아니라 정씨의 미모를 사모하여 구혼하는 것이 곡진함에
서 더하여 구차함에 이르렀다. 굳이 소부인의 고집을 꺾고 정환과 혼인하
여 더 이상 비교할 바가 없게 되니, 그녀에게 과도하게 빠져들었다. 시아
버지인 설규가 정환의 자색과 행실을 아끼고 또 죽은 벗의 자식이기에 어
여삐 여겼지만, 아들 경윤의 편벽함과 과도함을 못마땅하게 여겨 이전에
혼인을 논했던 곳은 다 찾아 연이어 경윤에게 재취하게 하였다. 이름하여
부씨, 경씨, 이씨[396]인데 이들은 모두 재상의 딸이었다. 더군다나 이씨는 90

---

396) 이씨 : 원문에는 없으나, 문맥상 첨기해야 적합하며 서울대 소장 21장본에는 들어 있으므로 이같이 옮김.

명현공주의 동생인 선혜공주의 딸[397]인데, 부인으로서의 덕과 행실이 정씨보다 못한 일이 없었고 단지 얼굴만 정씨에 미치지 못하였다. 그러나 경윤이 모두 대수롭지 않게 여겨 규방에 넣어놓고 정씨에게만 혹하니, 설공이 더욱 불쾌해 하였다.

진종의 양녀인 옥경공주가 장성하니 경윤의 풍채를 사랑하여 혼인하였다. 공주의 미모와 재주가 특별하였지만 단지 풍채와 얼굴이 정씨에 미치지 못하니, 경윤이 조금도 마음을 두지 않았다. 정씨가 모친과 같은 투기가 없지만 천성이 고집스럽고 뜻이 훤칠하지 못하여 하나를 지키면 되돌리지 못하는 병이 있었다. 또한 온순하고 맑아 모든 처첩들의 홀로 늙어갈 젊은 얼굴들을 슬퍼하면서 남편을 깨우쳤으나 그 마음을 고칠 방도가 없었다. 심지어 공주가 〈백두음(白頭吟)〉을 외는 처지가 되니 황제께서 들으시고 매우 노하셨다. 하지만 장헌 명숙 황후가 소현성의 은덕에 감격
91 하셨기에, 공주의 홀로 늙어갈 젊은 얼굴을 슬퍼하고 경윤의 무정함을 원망하여 설규의 부인 유씨에게 평안하지 못함을 알리는 교지를 자주 내리셨지만 정씨에게는 근심이 없었던 것이다.

나중에 공주가 궁궐에 들어가 지아비가 고집스러운 것을 아뢰고 정씨의 온순한 덕을 일컬으니 황후가 황제와 함께 칭찬하시어 정씨를 '숙뇨당'이라고 이름 지으시고 상을 내리기를 후하게 하셨다. 그러니 이것이 어찌 정씨의 덕으로 황제가 감동한 것이며, 공주의 말씀으로 정씨에게 죄를 더하지 않은 것이겠는가? 이는 완전히 황후가 소씨 가문의 자손을 보호하신 것이다. 하지만 『설경윤전』의 말씀이 모호하니 이는 번역한 사람의 말이

397) 명현공주의 ~ 딸 : {명현공주의 애녀[愛女ㅣ]}. 명현공주에게는 자녀가 없었고 이본을 확인한 결과 이같이 되어 있으므로 참조하여 옮김.

부족하기 때문이다. 또 처음에 공주가 소황후를 보지 못했기 때문에 정씨의 얼굴이 당대에 최고인가 여겼으나, 원래 이때 소황후는 태자 후궁으로서 깊은 당에 감추어졌었기에 공주가 춘궁(春宮)[398]에 다녔지만 곽후를
보았을 뿐 알지 못하였다. 또한 인종이 즉위한 후 소귀비가 정비(正妃)의 92
자리를 이었지만 궁궐의 법도가 황제의 명령이 아니면 후궁이 공주와 왕비를 마음대로 보지 못하게 되어 있었다. 그런데 황제의 명령이 계시기는 했지만 소황후가 조카딸이 동렬(同列)에게 무릎 꿇는 것이 싫어 핑계를 대고 보지 않았었다. 나중에 궁궐에서 잔치를 할 때에 바야흐로 공주가 소후의 모습을 보고 나서 정씨의 용모가 둘째인 줄을 깨달아 이후에는 용모를 일컫지 않았다. 다만 그 온순함을 칭찬하여 곽후의 투기를 깨우칠 따름이었다.

장헌황후와 인종이 설씨 가문에 은혜와 영광을 내리기를 성하게 한 것은 곧 소황후 때문이었다. 설참정의 문생인 여성이 책 네 권을 지어, 포공과 여승상에게 보이며 말하였다.

"설씨 가문의 행적이 특이하여 후세에 전할 만하므로 제가 기록하여 보입니다."

이에 두 사람이 책을 펴 보고 크게 웃으며 말하였다.

"설소부(少傅)[399]의 경박함이 본래 이러하냐? 비록 벼슬이 높고 오래되
지 않았지만 소부의 반열에 있으니 『경윤전』이라고 하는 것은 천하다. 93
그 책 안에서 옥환과 금서진이 가장 기이하니, 가히 『수제 옥환빙』이라고 하여라."

---

398) 춘궁(春宮) : 태자가 거처하는 궁.

399) 소부(少傅) : 태자의 스승.

드디어 『소현성록』을 꺼내어 모범으로 삼아 비교해 보니, 정시랑 부인의 투기와 정시랑의 근본에 대한 내용이 약한 것이 분명하였다. 하지만 『옥환빙』에 소부인의 친척을 넣지 않았으므로 성참정이 담장을 사이에 두고 가까이 살았기에 성참정의 부인만 소부인과 형제인 것을 밝힌 것이다. 『옥환빙』의 말이 매우 모호하고 서툴므로 여공이 고치자고 하니 포공이 말리며 말하였다.

"일이 번화하고 다양하니 『소현성록』을 보면 『옥환빙』이 그 자손의 이
야기인 줄 알지만, 『옥환빙』을 보면 『소현성록』을 알지 못할 것이다.
『옥환빙』의 말이 번화하고 쓸데없이 많으며 재상의 이름을 쓰지 않고
벼슬로 일컬었으니 이는 기록자인 여성이라는 사람이 천한 사람들에
게 당대의 재상을 쉽게 알게 하기 싫어서 그렇게 한 것이다. 또 감히 이
94 름을 쓰지 못하여 문득 벼슬 이름으로 존칭하는데 이는 나중의 근심을
만들지 않고자 한 것이니 가히 우습고 분명하지 않다."

원래 『옥환빙』의 이추밀은 정시랑 부인의 사촌이니 이는 곧 화부인의 친형인 이시랑 부인의 아들이다. 설경윤의 표매(表妹)[400]인 젊은 낭자 유씨라 하는 사람은 곧 유평장의 딸이고 소운경의 둘째 며느리이니 정씨와 각별히 친한 사람이었다. 소승상이 그 전에 옥으로 된 서진을 정시랑에게 줄 때에 말하기를, 장인인 화공이 이것을 나에게 주었으니 나도 너에게 준다고 하였었다. 하지만 『옥환빙』에서는 장인 왕공이라고 하였는데 일찍이 소선생께는 왕씨 부인이 없었으니, 이 책의 맹랑함이 이와 같다.

또 인종이 곽후를 폐하시고 선인황후를 책봉하셨으니 조후는 그 후에 들어왔는데도 여성이 소후를 빠뜨리고 황후 조씨를 세웠다고 하여 전후

---

400) 표매(表妹) : 외종 사촌 누이.

의 시말에 끝내 소씨 가문을 거론하지 않았다. 또 정시랑이 죽은 후 초상 치르는 일을 설참정이 돌아보아 치렀다고 하였지만 이는 더욱 거짓말이 95
다. 소씨 아들 열 명과 소선생이 그때에 반석같이 있었는데 어찌 상사(喪事)를 다스릴 사람이 없어 한 명의 친구에게 자금을 받을 리가 있겠는가? 그러니 설규가 상(喪)을 치르는 곳에 이르러 두어 번 울고 제사 지낸 것으로써 문득 일을 담당하여 보호하였다고 할 수 있겠는가? 하물며 『옥환빙』에서 말하기를 소부인이 지아비가 친구와 맹세했음을 알지 못하고 설생을 내치다가 춘아의 말과 서당의 책을 넣어두는 장롱 속 옥궤를 내어보고 감동하였다고 하였으나 이는 모두 헛소리이다. 이미 정시랑이 죽은 후에 춘아가 먼 곳에 가지 않고 거기에 있었기에 사실을 소부인에게 말한 것이다. 그런데 소부인이 짐짓 모르는 체하며 경윤을 물리치려고 하다가 경윤이 한밤중에 정환의 방에 들어가 그 손을 잡아 상처가 나기에 이르렀다. 소부인이 한바탕 크게 노하여 딸아이를 마구 때리고 이로써 의심하여 사통했음을 캐물었다. 정환이 주표(朱標)[401]를 어미에게 보이고 나서 여 96
러 이종 사촌형들과 숙모들이 벌여 서있음을 틈타 부친의 유언과 빙물 받은 일을 말하면서 그 어머니의 말을 막았다. 그리하여 소부인이 핑계 대지 못하고 있는데 그 아들 정천윤이 얼른 서당에 가서 옥궤를 꺼내와 모인 사람들에게 보였다. 보니 과연 정시랑의 필적과 맹세한 것이 굳으니, 소부인이 아들이 여러 사람 모인 가운데에 가지고 오는 것을 보고 아연실색해 있다가 눈을 들어보았다. 딸아이의 왼손이 크게 다쳐 붉은 피가 점점이 나니 매우 놀라서 이유를 물었다. 유모가 사실대로 말하니 매우 한스러워하였지만 다시 물리치지 못하여 이로써 혼인을 이루었다.

---

401) 주표(朱標) : 처녀에게만 있다는 붉은 점으로 앵혈(鶯血)이라고도 함.

이렇게 그 사이의 우여곡절에 헛된 말이 많고 앞뒤가 뒤바뀐 곳이 많으니 포공과 여공이 한바탕 크게 웃고 여성을 불러 그 이유를 물으니 성이 말하였다.

"『소현성록』을 보면 『옥환빙』의 정숙뇨의 가문이 낮게 되어 있으니,
97 제 어리석은 생각에 구태여 비교할 만한 사람이 없었기 때문에 소씨
문중의 이야기를 다 빼고 오직 정숙뇨와 설소부를 중심으로 이야기했습니다."

포공과 여공이 또 웃으며 말하였다.

"다른 일은 말할 것도 없고 어떻게 황후의 선후를 바꿀 수가 있느냐?"

여성이 대답하였다.

"조후가 이미 즉위해 계시고 또 역사 기록에 선인태후가 분명히 올라 있으니, 이 조그만 책에 잘못 되어 있다고 해서 어찌 개의하겠습니까? 제가 이미 조후가 앞선다고 했으니 다시 고치면 다른 말들을 모두 고쳐야 하니 자못 일이 커집니다."

두 사람이 다만 웃을 뿐, 『옥환빙』은 여성에게 맡기고 다시 유의하지 않았다.

하루는 포공이 한가함을 틈타 『옥환빙』과 『소현성록』을 놓고 그 앞뒤를 자세히 살피니, 여공이 말하였다.

"설경윤의 얼굴이 단지 옥같이 희고 입술이 붉어 곱다고 말했지만 어
찌 소씨의 열 아들들의 무궁한 풍채에 미치겠는가? 소씨 아들들은 단
지 미모만 수려한 것이 아니라 맑고 깨끗하고 윤택한 분위기가 있어 경
98 윤의 강함과는 아름다움과 품격에 있어 다르니 가히 비하지 못할 것이
다. 그런데도 여성의 아첨하는 말이 거짓으로 꾸미는 데에까지 이르렀

으니 어찌 가소롭지 않은가? 하물며 설규는 당대의 풍류랑이지만 태도
가 강직하고 위엄 있는 사람이다. 하지만 자신은 창기들의 음악을 즐
기면서 아들들은 못하게 하니 이는 아버지의 위엄이 아니며, 성현들이
주색(酒色)을 경계한 것을 심하게 저버린 것이다. 또 며느리와 아들이
시아버지와 할머니 앞에서 말을 주고받으면서 희롱하니 이는 자못 위
엄 있는 일이 아니다. 설규의 어머니 범씨도 비록 관대하기는 하지만
마음이 번화하고 잡되어 과부의 고요한 절조가 없고, 정숙뇨가 비록 아
름답지만 너무 고집스럽고 차가워 한상서 부인 소씨의 군자 같은 풍도
와 태부인 석씨의 유순하면서도 정숙하고 온화한 성덕에는 미칠 수가
없다. 또 경윤의 얼매(孼妹)[402] 두 사람이 우스갯소리를 하며 분위기를
돕지만 이파와 석파를 바라보지는 못할 것이다. 소승상은 말할 것도 99
없고, 설씨 부자(父子)는 소운성 형제에게도 떨어지는 일이 많은데도 여
성이 거짓말을 만들어낸 것이 많으니 진실로 이상하다."

포공이 말하였다.

"형의 말이 옳지만 우리들이 천자의 명령을 받들었으니 오직 『소현성록』을 의논할 따름이지 저것을 금하여 뭐하겠습니까?"

여공이 포공의 마음이 끝내 바뀌지 않음을 보고 어찌할 수가 없어 드디어 찬(讚)을 지었다. 포공이 현성공을 먼저 찬하였다.

돌아가신 공은 박학다재(博學多才)하였지만 말수가 적어 침묵하였으며, 가르치지 않은 예절도 스스로 행하였으니 저절로 성인들의 가르침과 같아졌다. 효로 몸을 세워 효도로 몸을 마쳤으니 어찌 아름답고 슬프지 않은가? 세속에 잘 생긴 남자가

---

402) 얼매(孼妹) : 아버지의 첩이 낳은 딸.

많지만 소선생에 미치기 어려우니 열 명의 아들들의 특별함도 그 아버지와 비교하
100 면 쇠잔한 별이 밝은 달을 대하는 것과 같다. 그러니 바라보면 눈빛이 휘황하여 어른거릴 따름이고 사람으로 하여금 자세히 살필 수 없게 하였다. 향년 80여 세였지만 아직도 춘색(春色)이 예전과 같았으니 늘 사람들이 비할 곳이 없어 꽃과 옥으로 그 아름다움을 비겼다. 하지만 어찌 꽃과 옥이 이에 미치겠는가? 혼자 앉아 있으면 모르되 무리 가운데에 섞여 있으면 찬란하고 시원스러우며, 또한 묘하게 아름다운 것이 아니라 수수하고 깨끗하며 빼어나고 비상하였다. 마치 옥이 티끌에 물들지 않으며 눈이 하늘 한가운데에서 내려 갓 쌓인 듯하고, 씩씩한 위엄과 특별한 분위기가 만인 중 뛰어났다. 또한 신장이 여덟 자이고 허리가 화살대 같으며 어깨는 나는 봉황 같아 위풍이 늠름하고 숙연하였다. 여러 아들들은 모두 어린아이 같아 전혀 거룩한 위엄이 없으니 진실로 이상한 일이로다.

여공이 이어 청현 운성을 찬하였다.

101 몸에서 나는 광채는 세상에 빛나고 기풍과 도량은 이백(李白)을 이었다. 한 번 단심(丹心)을 정하면 구정(九鼎)[403]도 가볍게 여겼으니, 공주를 이겨 죽게 했다. 어려움에 처했을 때에 큰 의리를 지키느라 친아우를 버리고 맏형을 구했다. 아버지의 유서를 안고 우니 형제들과 아들, 조카들이 감동하였다. 그러하니 공이 의리와 효를 이었다.

그러고 나서 책 맨 앞의 '본전 별서'를 지었다.

---

403) 구정(九鼎) : 우(禹) 임금이 만든 솥으로, 주(周)나라까지 전해졌다는 국보. 매우 중요한 직위를 비유하기도 함.

한편, 운성이 죽은 뒤 소세광이 진왕이 되었는데, 포공과 여공이 이 책을 가지고 아버지와 할아버지의 행적이라고 하여 찾아갔다. 소세광이 두 사람의 논의를 보고 눈물을 흘리며 사례하고는 여러 권 이야기를 가지고 집으로 돌아와 모든 형제들과 함께 보고 탄식하며 말하였다.

"우리 아버지, 할아버지, 숙부, 친척 등의 행적이 간혹 아름답지 않은 곳이 있기는 하지만 천자의 명으로 두 재상이 지었으니 어찌 감히 빠뜨리겠는가?"

맑은 바람이 불거나 밝은 달이 뜨는 날 또는 가을 하늘에 밤 비 내리는 날에 조상들의 유적을 감상하며 행실을 닦았다.

그 후 세광의 둘째 아들 소위가 서촉(西蜀)에 들어가 살면서 아들 소순
(蘇洵)[404]을 낳았고 소순이 소식(蘇軾)[405]과 소철(蘇轍)[406]을 낳았다. 모두 102
문장을 잘하는 학사이니, 조상들의 문명(文名)을 이어 송대(宋代)의 유명한 명사가 되었다.

대체로 세상의 전(傳)은 편향되어 기리는 사람은 과도하게 기리고 나무라는 사람은 너무 심하게 나무란다. 이는 전(傳)을 짓는 사람이 혹은 친척이나 아들, 조카 중에서 나므로 사람의 마음이 편벽되어 선악을 과도하게 하는 것이다. 그러나 『소현성록』은 포공과 여공이 황제의 명을 받들어서

---

404) 소순(蘇洵) : {소노천[蘇老泉]}. '노천'은 소순의 호(號)임. 중국 북송(北宋)시대의 문학자임. 날카로운 논법(論法)과 정열적인 필치에 의한 평론이 구양수(歐陽修)의 인정을 받아 유명해졌음. 정치, 역사, 경서 등에 관한 평론도 많이 썼으며, 아들 소식(蘇軾)·소철(蘇轍)과 함께 삼소(三蘇)라 불렸음. 주요 저서에는『시법(諡法)』,『가우집(嘉祐集)』등이 있음.

405) 소식(蘇軾) : {동파(東坡)}. 소식의 호(號)임. 중국 북송 때의 제일가는 시인. "독서가 만 권에 달하여도 율(律)은 읽지 않는다."고 해서 초유의 필화사건을 일으켰음. 당시(唐詩)가 서정적인 데 대하여 그의 시는 철학적 요소가 짙었고 새로운 시경(詩境)을 개척하였음. 대표작으로는 〈적벽부(赤壁賦)〉 등이 있음.

406) 소철(蘇轍) : {영빈(穎濱)}. 소철의 호임. 소식(蘇軾)의 아우로, 당송 팔대가의 한 사람. 벼슬은 문하시랑(門下侍郎)을 지냈음. 간결한 작풍에 고문으로도 빼어났음. 저서로는『난성집(欒城集)』등이 있음.

썼기에, 집안의 일기는 혹시 편향된 기록인가 싶어 소부의 일기뿐 아니라 여러 번 방문하여 그 인척들의 집까지 두루 듣고 보고 쓴 것이다. 그 중에서도 화부인과 석부인 그리고 소부인, 윤부인의 작은 비밀들과 이파, 석파의 행실을 눈으로 본 듯이 들어 견문이 한결같이 정리된 후에 전(傳)을 지었다. 그러므로 사람의 그른 것과 옳은 것, 과도한 일 등을 거짓으로 꾸민 것이 없었다. 이 때문에 화부인이 예에 어긋난 점과 운명과 운현의 망령된 일, 진왕의 심한 고집과 과도함을 조금도 거짓으로 꾸미지 않았으니
103 지극히 공정한 논의이다. 천년토록 밝게 알기를 바란다.

〈유문성 자운산 몽유록〉

대송(大宋)이 휘종(徽宗)[407]대에 쇠하여 흠종(欽宗)[408]대에 망하였다. 그 후 고종(高宗)[409]이 남송(南宋)을 세워 즉위하였지만 자손에 이르러 칭기즈칸[410]에게 다시 망했으니, 문승상[411] 등이 절의를 지키다가 죽고 대원(大元)의 오랑캐들이 중원을 차지했다. 그러나 이후에 호주(濠洲) 땅에서 성인이 났으니 성(姓)은 주(朱)이고 휘(諱)는 원장(元璋)이다. 오랑캐를 치시고 사방을 통일하시어 천자로 즉위하시니 이는 곧 대명(大明) 태조황제이다. 공신(功臣)을 봉하셨는데 개국공신인 성의백(誠意伯) 유기(劉基)[412]

---

* 유문성(劉文成) 자운산 몽유록(夢遊錄) : {뉴문셩ᄌ몽유록}. 이본을 참고하여 이같이 옮김. 유문성은 명나라의 개국공신, 자운산은 소부가 있던 곳, 몽유록은 주인공이 꿈속에 어떤 곳을 유람하다가 옛 사람을 만나 이야기를 나누거나 토론하는 내용으로 된 서사물.

407) 휘종(徽宗) : 송나라의 황제로, 이때부터 송나라가 쇠락하기 시작함.

408) 흠종(欽宗) : 휘종의 맏아들로, 금나라에 잡혀가 유배지에서 죽음. 북송(北宋)의 마지막 왕.

409) 고종(高宗) : 흠종의 동생으로, 금나라가 북송을 멸망시키자 남경(南京)으로 옮겨가 남송(南宋)을 세움.

410) 칭기즈칸 : {텰묵진}. '테무진' 즉 칭기즈칸을 가리킴.

411) 문승상 : 남송(南宋) 말의 충신인 문천상(文天詳)을 가리킴. 자는 송서(宋瑞)이고 호는 문산(文山). 수도가 함락된 후 단종을 받들어 원(元)에 대항하였지만 잡혀서 처형됨.

는 벼슬을 사양하고 고향인 처주(處州)에 가 살았다.

유기가 산수를 유람하다가 변경(汴京)[413]에 이르러 멀리 바라보니 남문(南門) 밖에 산이 하나 있는데 크기가 매우 크고 열두 봉우리가 빼어나 하늘의 구름을 깨치고 뻗어 있었다. 유공이 기이하게 여겨 나아가 보니 산천이 매우 빼어나고 보이는 것들이 깨끗하고 시원스러우며 풍경이 지나
온 곳들 중에서 으뜸이었다. 만 이천 봉우리와 기이한 꽃과 풀이 있는 산 104
골짜기와 옥같이 맑은 시냇물은 진주를 굴린 듯하였다. 지세가 영험하고 수려하여 7대에 걸쳐 정승이 났고 9대에 걸쳐 왕후가 나는 보응이 있었다. 그런데 가는 버드나무 수천 그루가 가로막아 그 안을 보기 어려워 버들을 헤치고 들어가 보니, 좋은 집과 푸른 이끼가 낀 바위 사이에 큰 연못이 있었는데 둘레가 10여 리이고 물결이 늠름하여 깊이를 알지 못할 정도였다. 두견새는 슬피 울어 옛 일을 말하는 듯하고 맑은 바람이 쓸쓸하며 소나무와 대나무가 울창하고 온갖 꽃이 무성하여 채색한 휘장을 두른 듯하였다. 유공이 흥을 이기지 못하여 길가의 바위에 앉아 거문고를 타다가 멀리 바라보니 어지러운 소나무와 대나무 사이에 석비(石碑)가 서 있었다. 앞면 위쪽에 전자(篆字)[414]를 크게 새기되, '자운산 완룡담 장현동'이라 하

---

412) 유기(劉基) : 원나라 말의 사람으로 어릴 때부터 총명하고 책을 좋아했다고 함. 진사과에 합격하여 여러 관직을 했으나 여러 차례 배척당하여 고향인 처주(處州)에 숨어살기도 했고, 사회 모순과 부조리를 풍자하는 글도 많이 남김. 『성의백 문집』에 전함. 주원장이 천하를 통일할 때에 그의 모사(謀士)가 되어 명나라 건국에 중요한 역할을 했으며, 이후 성의백에 봉해졌고 시호는 문성공(文成公)임. 천하를 구경하러 다니다가 옛 촉한 땅에 들어가 깊은 산 속의 절에서 하룻밤 묵고 난 뒤 닭 우는 소리를 듣고 그 소리가 제갈공명이 빚었다는 흙 닭임을 알게 됨. 오랫동안 정확하게 시간에 맞춰 우는 것이 신기해 배를 갈라 보았더니, '유기가 흙닭을 깨뜨릴 것이다.'라는 글이 들어 있어서 그동안 얕잡아 보던 제갈공명을 재평가하게 되었다는 일화가 있음.

413) 변경(汴京) : 『소현성록』의 배경인 북송(北宋)의 수도.

414) 전자(篆字) : 금석문(金石文)에 주로 쓰이던 서체로 정자(正字)에 가까움. 이를 략(略)해서 쓰면 예서(隸書)가 되고 흘려서 빨리 쓰기 좋게 하면 초서(草書)가 됨. 진나라 때의 재상이던 이사(李斯)가 만들었다고 함.

였고, 아래에는 해자(楷字)[415]로 '소소부(蘇少傅)의 필적'이라고 하였다. 자
105 획이 특이하고 묵의 흔적이 새긴 듯하니, 이를 보고 유공이 사람 살던 곳인 줄 알았다.

동구 밖을 넘어 작은 고개를 넘어 굽어보니 평탄한 들이 백여 리나 되었다. 퇴락한 계단과 무너진 담장이 서글펐지만 푸른 대나무와 소나무, 잣나무들이 기이하고 향기로운 풀이 가득하며 지형이 광활하여 특별한 동천(洞天)[416]이었다. 집이 아직 있으니 공이 탄식하여 말하였다.

"이는 반드시 대송(大宋) 말에 화를 입은 사람의 집일 것이다."

드디어 들어가 보니 중간에 큰 비석이 세워져 있는데 가운데에 '소현성 충효문'이라고 쓰여 있고 앞면의 위쪽에 '진종 황제의 필적'이라고 쓰여 있었다.

공이 특별하다고 여기면서 문에 기대어 졸았는데, 옥피리 소리가 들리며 한 사람이 앞으로 나아와 말하였다.

"유군은 그동안 잘 지냈는가?"

공이 눈을 들어 보니 그 사람이 몸에 곤룡포를 입고 손에는 옥홀(玉笏)을 쥐었는데, 풍모가 준수하고 얼굴이 관옥 같았다. 그래서 당황하여 일어나 절하며 말하였다.

106 "타향에서 온 여행자가 풍경을 감상하러 여기에 왔는데, 어떻게 그대를 알겠습니까?"

그 사람이 슬피 탄식하며 말하였다.

"나는 송나라 때의 진왕 소운성이오. 그대와 예전에 친했었는데, 오늘

---

415) 해자(楷字) : 예서(隸書)에서 발전하여 만들어진 서체로, 똑바로 정자(正字)로 씀.
416) 동천(洞天) : 산천으로 둘러싸인 경치 좋은 곳. 무릉도원과 비슷한 뜻으로 쓰임.

우리 집을 구경하기에 지하에 있던 영혼이 반가워 여기에 와서 한 마디 하고 싶었소. 내가 우리 집 일기를 기록하여 부모의 행실을 써 두었는데 세상에 전할 길이 없었는데 그대를 만나니 천만다행이오. 못 가에 비석이 세워져 있으니 그 밑을 파면 석 자 길이의 금궤가 있을 것이오. 그대는 마땅히 이것을 꺼내어 세상에 전하시오. 이곳은 우리가 살던 곳으로 이후로도 자손들이 10여 대를 함께 살았으나 송나라가 칭기즈칸에게 망하니 남은 자손들은 사방으로 흩어졌소. 그리하여 혹 살아 있더라도 쇠미하여 옛 일을 생각하기 어려울 것이니 어찌 슬프지 않겠소? 우리 행적도 난리에 잃어버리기 쉬웠겠지만 마침 어진 자손이 있어 바삐 도망가던 중에도 깊이 묻어두고 흩어졌기에 수백 년이 지났어
도 아직 있소. 부모님께서 행하시던 일이 세상에 드문 일이니 참지 못 107
하고 그대에게 맡기오. 세상에 잘 전하시오."

말을 마치자 한바탕 바람이 불어 얼굴을 보기 어렵더니, 유공이 놀라 깨었다. 산색은 울창하고 푸른 물은 잔잔히 흘러 풍경은 예전과 같았지만, 거룩한 모습과 맑은 말씀을 들을 수가 없어 마음이 처량해졌다. 바삐 못 가에 가서 파보니 과연 금궤 속에 천에 쓴 글이 있어 『수제 소현성록』이라고 되어 있었다. 한번 죽 보고 매우 특별하게 생각하여 제문을 지어 제사 지내고 내당까지 깨쳐 들어가 보았다. 그랬더니 다 무너졌고 하나 온전한 곳이 있는데 무너질 듯 낡아 있었다. 현판에 붙인 것이 일기에 쓰인 것과 같아 취성전, 일희당, 백화헌, 녹운루, 벽운루, 죽서당이었고, 예전의 모습과 같아 여러 소씨들을 보는 듯하였다.

이에 유공이 돌아와 옮겨 써서 세상에 전하니, 명나라 때부터 여러 권 108
의 책이 되었다.

갑자년(甲子年) 봄에 내가 마침 파직되어 집에 있었는데 무료한 중에 잡다한 기록들을 보았다. 모두 좋지 않았는데 오직 이 말씀은 정대하여 본받을 만한 곳이 많았다. 두어 달 수고로움이 부질없지만, 너희는 옛 사람의 아름다운 사적과 내 수고를 가볍게 여기지 말고 한 벌씩 베껴 곁에 두어라.

설생의 이름이 경운이 아니라 두 점을 내리긋고 받침을 쓰는 글자[417]지만 내가 쓸 수 없는 글자라서 피하여 썼으니, 보시는 사람들은 『옥환빙』의 설생의 이름인 줄 아시오.

---

417) 두 ~ 글자 : '유'에 받침 'ㄴ'을 붙이라는 말이니, 설경운이 아니라 설경윤임을 말하는 것임.

소현셩녹 권지십이(별뎐 소시삼ᄃᆡ록)[1]

1면

각셜 소승샹이 졀월을 거ᄂᆞ려 변경으로 도라올ᄉᆡ 삼군이 디나ᄂᆞᆫ 고ᄃᆡ 호령이 명슉ᄒᆞ
야 츄호ᄅᆞᆯ 불범ᄒᆞ니 ᄇᆡᆨ셩이 단ᄉᆞ호댱으로 왕ᄉᆞᄅᆞᆯ 맛더라 ᄒᆡᆼᄒᆞ여 변경의 니ᄅᆞ니 모친
씌 뵈오미 밧븐디라 삼군을 ᄌᆡ촉ᄒᆞ여 남문 밧씌 니ᄅᆞ매 졔ᄌᆡ 삼일 뎡도의 나가 마즐
ᄉᆡ 부ᄌᆞ 형뎨 반기고 깃거ᄒᆞ믈 측냥티 못ᄒᆞ며 승샹 모친 존후ᄅᆞᆯ 뭇ᄌᆞᆸ고 졔ᄌᆞ로 더브
러 별ᄂᆡᄅᆞᆯ 니ᄅᆞᄃᆡ 가ᄉᆞᄅᆞᆯ 뭇디 아니ᄒᆞ고 운셩이 모든 형뎨ᄅᆞᆯ 만나매 크게 반기고 다
ᄒᆡᆼᄒᆞ며 운남 티던 일을 니ᄅᆞ고 셜홰 무궁ᄒᆞᄃᆡ 군듕이 엄슉ᄒᆞ야 감히 ᄉᆞ〃로온 졍을
니ᄅᆞ디 못ᄒᆞ야 각〃 희ᄒᆡᆼᄒᆞ믈 셩하의 다ᄃᆞ[ᄅᆞ]매 진종의 셩외 이십니의 난가ᄅᆞᆯ ᄀᆞ초
와 승샹을 마ᄌᆞ시니 만됴 대신이 ᄆᆞᆯ머리ᄅᆞᆯ

2면

ᄀᆞᆯ오며 엇게ᄅᆞᆯ 년ᄒᆞ야 ᄀᆞ족이 반녈로셔 난가ᄅᆞᆯ 뫼셔 ᄇᆞ라보니 대군이 딘오ᄅᆞᆯ 안찰ᄒᆞ
며 방수ᄅᆞᆯ 뎡ᄒᆞ야 인매 허공의 ᄂᆞᄂᆞᆫ ᄃᆞᆺ 개명이 션명ᄒᆞ야 ᄀᆡ치 ᄒᆡᄅᆞᆯ ᄀᆞ리오니 위풍이
늠연ᄒᆞ고 딘법이 ᄀᆡ이ᄒᆞ야 믈미ᄃᆞᆺ 나아오다가 셩가ᄅᆞᆯ 보고 일시의 결딘ᄒᆞ고 만셰ᄅᆞᆯ
브ᄅᆞ니 샹이 크게 깃그샤 댱막을 ᄇᆡ셜ᄒᆞ고 승샹을 인견ᄒᆞ샤 샤례ᄒᆞ야 ᄀᆞᆯ오샤ᄃᆡ 딤이
블힝ᄒᆞ야 뇨적의 ᄡᆞ이고 운남이 승셰ᄒᆞ야 반ᄒᆞ니 샤직이 위ᄐᆡᆨᄒᆞ거ᄂᆞᆯ 션ᄉᆡᆼ이 친히 ᄉᆡ
의 풍상을 무류써 번즉을 편히ᄒᆞ고 도라오니 공덕이 여텬ᄒᆞᆫ디라 가히 닐온 샤직지신
이로다 승샹이 돈슈 샤은 왈 국개 블힝ᄒᆞ와 셩샹이 위부의 고ᄒᆞ시고 운남이 위ᄐᆡᆨᄒᆞ
니 슉야의 두려ᄒᆞ옵더니 대송 홍복으로 운남을 항복 밧고 도라와 편안의 됴희ᄒᆞ니
신의 영ᄒᆡᆼᄒᆞ믈 이ᄀᆡ디 못ᄒᆞᆯ소이다 샹이 졔쟝을 다 블

1) 원문에는 '소현셩녹 권지오 별면삼디록'으로 되어 있음. 별면삼디록은 생략하기로 함.

3면

러 보시고 무위ᄒᆞ시믈 ᄌᆞ못 은근이 ᄒᆞ시더라 군졍ᄉᆞ의 공젹티부를 보시고 졔쟝을 ᄎᆞ례로 봉작을 후히ᄒᆞ시고 승샹을 각별이 후봉ᄒᆞ샤 진공을 봉ᄒᆞ시고 관듕셜 이십 쥐를 승상 탕읍현을 삼으시니 [공이] 날회여 주왈 신의 본직 강능후와 승샹이 족ᄒᆞᄋᆞᆸ고 구셕벼ᄉᆞᆯ이 ᄉᆞᆨ야의 외람ᄒᆞ야 ᄒᆞᄋᆞᆸᄂᆞ니 만일 듕작을 더을딘대 신이 반ᄃᆞ시 손복ᄒᆞ여 죽을디라 샹을 듕슈ᄒᆞ야 셩됴를 오래 셤기디 못ᄒᆞ리로소이다 만일 폐해 신을 후ᄃᆡᄒᆞ실딘대 벼ᄉᆞᆯ을 ᄀᆞ라주시미 원이오 블연즉 본직으로 주시면 신이 텬은을 닙ᄉᆞ오미라 결연히 듕작을 밧줍디 못ᄒᆞ올소이다 샹이 ᄃᆡ왈 션ᄉᆡᆼ이 만일 봉샹을 ᄉᆞ양ᄒᆞᆯ딘대 삼군 듕쟉이 엇디 능히 샹ᄉᆞ를 바드리오 소공이 고두 왈 쇼신이 운남을 티미 신ᄌᆞ의 도리오 적을 평ᄒᆞ미 셩샹의 위덕이라 만일 쥬샹의

4면

너븐 복 곳 아니시면 신이 한신의 지용이 이시나 엇디 승젼ᄒᆞ믈 어드리오 이 다 [국]운의 들린 배어늘 폐해 구ᄐᆞ여 신의 공으로 일ᄏᆞ라 샹을 주시고 신이 또 텬수로ᄡᅥ ᄌᆞ긔의 공을 사마 봉작을 바들딘대 이는 군신이 서ᄅᆞ 소기는 일이니 신이 ᄎᆞ마 밧줍디 못ᄒᆞᆯ디라 폐해 구ᄐᆞ여 권ᄒᆞ실딘대 신이 비록 고인을 앙망티 못ᄒᆞᆯ가 ᄒᆞ나 개산의 불타 죽기를 ᄉᆡᆼ각ᄒᆞᄂᆞ이다 진종이 텽파의 셕연히 경동안ᄉᆡᆨᄒᆞ시고 드ᄃᆡ여 녯날 본ᄃᆡᆨ을 도로 주시고 감히 상을 더으디 못ᄒᆞ샤 다만 탄식 왈 션ᄉᆡᆼ이 이러ᄐᆞᆺ 고집ᄒᆞ니 딤이 므어스로 덕을 갑흐리오 드ᄃᆡ여 어필로 글을 지어 탄숑ᄒᆞ샤 시신으로 ᄒᆞ야곰 소부 동구의 튱혼 문을 세우라ᄒᆞ시고 졔쟝을 샹ᄉᆞᄒᆞ실ᄉᆡ 운셩의 공젹을 비록 업시ᄒᆞ여시나 만니 젼딘의 아비를 보호ᄒᆞ고 본ᄃᆡᆨ 병부샹셔 태혹ᄉᆞ를 더 봉ᄒᆞ

5면

샤 도찰원 츄 밀ᄉᆞ를 도〃시니 형남 큰 고을ᄒᆞᆯ 주샤 식읍을 삼으시니 소가 부ᄌᆡ 괴로이 ᄉᆡ양ᄒᆞᆫ대 샹이 블텽ᄒᆞ시니 운셩이 마디 못ᄒᆞ야 텬[은]을 ᄉᆞᆨ샤ᄒᆞ고 믈러나니 샹이 파ᄒᆞ야 도셩의 드ᄅᆞ시고 군ᄌᆞ난 샹을 바다 쳐ᄌᆞ를 ᄎᆞᄌᆞ라 ᄒᆞᆫ터디니 승샹이 졔장을 도라보아 ᄀᆞᆯ오ᄃᆡ 내 너희로 더브러 적을 편히ᄒᆞ고 도라오매 님군의 은혜를 듕히 닙ᄉᆞ오니 맛당이 밧비 도라가 부모 쳐ᄌᆞ를 보미 가ᄒᆞᆫ디라 ᄲᆞᆯ리 집으로 도라가라 졔쟝이 감격ᄒᆞ야 ᄇᆡ샤ᄒᆞ고 ᄒᆞᆫ터디니 승샹이 졔ᄌᆞ[로] 더브러 바로 강뎡으로 가 모친긔 뵈

올ᄉᆡ 시셰 동십이월 초슌이오나 간ᄃᆡ 열ᄒᆞᆫ ᄃᆞᆯ이다 태부인이 승샹의 도라오믈 듯고 반가오미 경황ᄒᆞ야 도로혀 어린 ᄃᆞᆺᄒᆞ야 ᄒᆞ시더니 이윽고 부듕 ᄂᆡ외 진동ᄒᆞ며 승샹 드러오ᄆᆞᆯ 뎐ᄒᆞ더니 믄득 승샹이 금포 옥ᄯᅴ를 우음을 먹음고 희ᄉᆡᆨ이 녕농

6면

ᄒᆞ야 안셔히 긔러 드러오고 졔 소ᄉᆡᆼ 십인이 뒤히 버러 깃븐 안ᄉᆡᆨ이 만안ᄒᆞ야 완연히 셕일 영홰 도라와시니 소셕 두 부인은 ᄆᆞ음이 황홀ᄒᆞ고 태부인은 어린ᄃᆞ시 승샹을 ᄇᆞ라볼 ᄯᆞᄅᆞᆷ이러니 공이 갓가이 나아와 절ᄒᆞ기를 ᄆᆞᆺ고 부인의 방셕 아래 시좌ᄒᆞ야 ᄂᆞ즉이 존후를 뭇ᄌᆞ오니 부인이 정신이 비월ᄒᆞ야 다만 냥구ᄒᆞᆫ 후 승샹의 손을 잡고 등을 어ᄅᆞ문져 쳑연이 탄식 왈 내 너를 니별ᄒᆞᄆᆞ로뻐 심회를 둘고ᄃᆡ 업서 듀야 창텬의 비러니 금일 너를 보니 죽어도 ᄒᆞᆫ이 업ᄉᆞ리로다 공이 화열ᄒᆞᆫ ᄂᆞᆺ빗과 온슌ᄒᆞᆫ 말ᄉᆞᆷ으로 위로ᄒᆞ고 별후를 고ᄒᆞ며 운셩이 ᄯᅩᄒᆞᆫ 융복을 닙은 재 드러와 조모ᄭᅴ 뵈옵고 모친과 슉모ᄭᅴ 절을 ᄆᆞᆺᄎᆞ매 셕부인이 뎐도히 나아오라ᄒᆞ야 겨ᄐᆡ 안치고 반가옴과 ᄋᆡ듕ᄒᆞ미 비길 곳 업고 좌위 다 묵연이러니 승샹의 말ᄉᆞᆷ이 니음ᄎᆞ

7면

므로 소부인 윤부인이 ᄒᆞᆫ가지로 화답ᄒᆞ야 운남 티던 일을 니ᄅᆞ고 ᄯᅩ 운셩의 용녁으로뻐 공이 만고 번후로 결워 이긘 후 번휘 눈의 드려왓다가 소ᄅᆡ 딜러 운셩을 죽이려 ᄒᆞ다가 변졍ᄒᆞ야 노히믈 어든 일을 뎐ᄒᆞ매 모든 부인이 한심ᄒᆞ야 운현이 형시의 몽ᄉᆞ랄 ᄭᆡᄃᆞ라 좌듕의 셜파ᄒᆞ니 모다 아니 긔특이 넉이리 업더라 이러틋 셜화ᄒᆞ매 날이 쟝ᄎᆞᆺ 어두오니 운셩이 좌[의] 나 부친ᄭᅴ 고왈 ᄒᆡᄋᆡ 잠간 부[듕의 가 화부인]인[2]ᄭᅴ 뵈옵고 오리이다 승샹이 그 ᄯᅳ들 ᄉᆞᆺ치고 웃고 닐오ᄃᆡ 내 ᄂᆡ일 모친을 뫼와 가리니 너ᄂᆞᆫ 가셔 인ᄒᆞ여 편히 쉬라 샹셰 대희ᄒᆞ야 샤례ᄒᆞ고 믈러갈ᄉᆡ 모든 형뎨ᄂᆞᆫ 다 ᄯᅥ러뎌 승샹을 뫼셧더라 운셩이 ᄌᆞ운산의 니ᄅᆞ니 가중 ᄂᆡ외예 맛ᄂᆞᆫ 재 무수ᄒᆞ고 반겨ᄒᆞᄃᆡ 홀로 앙〃ᄒᆞᄂᆞᆫ 쟈 뎡시라 운셩이 바로 ᄂᆡ당으로 드러가 화부인과 [니]셕 냥조모를

2) 인 : 반복되었음.

8면

현ᄒᆞ고 졔수를 샹견ᄒᆞᆫ 후 밧비 눈을 드러 [형부인으로] 보니 머리 우히ᄂᆞᆫ 빵봉관을 삽ᄒᆞ고 몸의ᄂᆞᆫ 쵹금치삼을 탁ᄒᆞ야 쇄락ᄒᆞᆫ 풍도와 혜힐ᄒᆞᆫ 긔질이 즁듕의 특이ᄒᆞ니 반가온 ᄆᆞᄋᆞᆷ이 듕졍의 뉴동ᄒᆞ야 희ᄉᆡᆨ이 미우를 동ᄒᆞ니 화부인이 낭연이 우으며 왈 너ᄂᆞᆫ 젼딘의 무ᄉᆞ히 ᄃᆞᆫ녀오니 희힝ᄒᆞᆫ 밧긔 고이ᄒᆞᆫ 바ᄂᆞᆫ 만니 힝역의 괴로오미 만ᄒᆞ 신긔 쇼삭ᄒᆞᆯ 듯ᄒᆞᄃᆡ 믄득 용광이 더옥 슈려ᄒᆞ고 윤ᄐᆡᆨᄒᆞ니 한마의 잇브미 젹낫다 샹셰 다시 졀ᄒᆞ여 ᄀᆞᆯ오ᄃᆡ ᄒᆡᄋᆡ ᄌᆞ모를 ᄡᅥ나고 친쳑을 니별ᄒᆞ와 만니의 가니 엇디 ᄆᆞᄋᆞᆷ이 평안ᄒᆞ리오 더옥 모친의 온양ᄒᆞ시던 덕음을 닛ᄌᆞᆸ디 못ᄒᆞ야 ᄉᆞ려ᄒᆞ미 엇디 친모의 감ᄒᆞ리오 부인이 심히 깃거 알연 낭연히 웃고 관ᄃᆡ ᄋᆡ듕ᄒᆞ니 ᄉᆡᆼ이 ᄯᅩᄒᆞᆫ 위곡 유화ᄒᆞ야 겨ᄐᆡ 뫼셔 말ᄉᆞᆷᄒᆞ미 지극 졍셩되여 뵈니 셕패 서ᄅᆞ ᄀᆞ만

9면

이 우으며 왈 삼낭군의 [휼] 가온대 ᄡᅡ뎌 경쳔ᄒᆞᆫ 부인이 속을 다 일코 뎌러틋 됴하ᄒᆞ니 가히 사ᄅᆞᆷ되오미 어렵도다 ᄒᆞ더라 샹셰 이에 뭇ᄌᆞ오ᄃᆡ 니부인이 어ᄃᆡ 계시니 잇고 화시 닐오ᄃᆡ 니시ᄂᆞᆫ 연고 이셔 나디 못ᄒᆞᄂᆞ니라 샹셰 다시 뭇디 아니ᄒᆞ고 몸이 곤ᄒᆞ므로ᄡᅥ 침소의 니ᄅᆞ니 형시 ᄋᆞᄌᆞ로 더브러 마자 좌를 일우고 무ᄉᆞ히 도라오믈 티하ᄒᆞ니 샹셰 어린ᄃᆞ시 안자 반향이 디난 후 쳑연히 탄식고 눈물을 흘리며 부인의 손을 잡ᄋᆞ ᄌᆞ를 어ᄅᆞ문져 별ᄂᆡ를 펴고 ᄀᆞᆺ기던 셜화를 펴매 ᄆᆞᄋᆞᆷ이 산연ᄒᆞᆫ디라 형시 역시 츄연ᄒᆞ야 심ᄉᆞ를 니ᄅᆞ며 여러 ᄒᆡᄋᆞ의 형샹과 가듕 말을 문답ᄒᆞ더니 운셩이 문왈 니부인이 므ᄉᆞᆷ 연고로 나디 아니시더뇨 형시 ᄆᆡᆨ〃히 당탄ᄒᆞ고 슈미를 ᄌᆞ시 뎐[ᄒᆞᆫ] 후 짐즛 닐오ᄃᆡ 사ᄅᆞᆷ의 ᄆᆞᄋᆞᆷ 알기 어려온디라 평일 니시 ᄒᆡᆼ실이 빙쳥 옥결

10면

ᄀᆞᄐᆞ야 분호도 이러티 아니터니 대변을 만나니 가히 사ᄅᆞᆷ으로 ᄒᆞ[야]곰 진가를 아디 못ᄒᆞᆯ러이다 ᄉᆡᆼ이 텽파의 크게 놀라 니러 안ᄌᆞ며 왈 모친이 엇디 이러틋 블명이 ᄒᆞ[시]리오 팔뎨의 무식ᄒᆞ미 이러틋 심ᄒᆞ니 더옥 한심ᄒᆞᆫ디라 모든 형뎨들 엇디 ᄒᆞ나토 규졍ᄒᆞ리 업더뇨 부인도 그ᄅᆞ다 엇디 니시를 의심ᄒᆞ리오 형시 잠간 웃고 그리면 샹공 소견은 엇던 사ᄅᆞᆷ이 니시를 잡ᄂᆞ뇨 운셩 왈 엇디 알기 어려오리오 뎡시ᄂᆞᆫ 인물 셩심낭이라 니시를 해ᄒᆞᆫ 재 ᄎᆞ인이 아니오 뉘리오 ᄂᆡ일 대[인이] 오시면 큰일이 나리니 맛

당이 이제 드러가 이 일을 판단ᄒᆞ여 믹셤 등을 승복밧고 니시를 내어와 간샤를 평뎡ᄒᆞᆫ 후 대인긔란 이런 말을 말미 엇더뇨 형시 급히 말녀 왈 블가〃〃ᄒᆞ다 이 일노뼈 경당과 존당이 불안ᄒᆞ고 평쟝과 뉵샹공이 미안ᄒᆞ[여ᄒᆞ]시믈 밧줍ᄂᆞ니 ᄯᅩᄒᆞᆫ 일시의 난 배 아니라 일

11면

년을 무근 변난이니 대인과 존당이 샹의ᄒᆞ샤 다ᄉᆞ릴거시어늘 엇디 군ᄌᆡ ᄉᆞ이의 드러 이런 대ᄉᆞ를 간셥ᄒᆞ시리오 ᄉᆡᆼ이 ᄇᆡ야흐로 도로 누으며 왈 부인의 말이 올흐니 그치거니와 반ᄃᆞ시 큰 일이 나리로다 형시 평쟝의 난의 죽인 셜화를 니ᄅᆞᆫ대 ᄉᆡᆼ이 소왈 이 아ᄒᆡ 경망ᄒᆞ미 여ᄎᆞᄒᆞ니 비록 우ᄋᆡ를 ᄒᆞᆫ들 혐의로온 말을 시녀ᄃᆞ려 ᄒᆞ야 경당 노를 만나리오 인ᄒᆞ야 부인의 난쳐ᄒᆞ고 괴롭던 일을 짐쟉ᄒᆞ고 심하의 ᄋᆡ련ᄒᆞ나 일즉 뭇디 아니〃 부인이 ᄯᅩᄒᆞᆫ 니ᄅᆞ디 아니터라 명됴의 승샹이 태부인을 뫼시고 소셕 두부인으로 더브러 본부의 도라오니 졔부 졔네와 샹하 노쇠 마자 취[셩]던의 드러와 좌를 일운 후 졔뷔 일시의 빅현ᄒᆞ고 화부인도 태부인긔 뵈온 후 승샹이 일즉 니시의 일을 밋처 아니 못ᄒᆞ엿ᄂᆞᆫ고로 좌의 업ᄉᆞ믈 고이히 너기ᄃᆡ 아직 발셜티 아니코

12면

졔부의 티하를 밧고 손ᄋᆞ를 나오혀보며 두 셔모를 더브러 담소를 일워 ᄉᆞ모ᄒᆞ던 ᄯᅳ들 펼ᄉᆡ 니셕 냥패 반가오미 넘긔니 도로혀 슬허 ᄉᆞ매를 븟들고 눈물을 흘리며 깃브고 즐겨 능히 좌셕의 안잣디 못ᄒᆞ야 동지 실도ᄒᆞ니 졔ᄉᆡᆼ은 서ᄅᆞ 웃고 승샹은 감샤ᄒᆞ야 이에 반기고 다ᄒᆡᆼᄒᆞ야ᄒᆞ믈 ᄯᅩᄒᆞᆫ 태부인긔 ᄂᆞ리디 아냐ᄒᆞ고 좌우의 ᄀᆞ득ᄒᆞᆫ 쇼년이다 열〃ᄒᆞᆫ 빗ᄎᆞᆯ 씌여시니 이 곳 승샹의 인ᄌᆞ한 덕턱의 비ᄅᆞᄉᆞ미라 소부인이 탄식 왈 싀부뫼 듕ᄒᆞ미 [친]부모긔 디나고 ᄉᆞ경의 근졀ᄒᆞᆫ 것도 믄득 친부뫼 더으다 ᄒᆞ려니와 ᄯᅩᄒᆞᆫ 구괴 ᄉᆞ랑ᄒᆞ시면 경셩이 층등ᄒᆞᆯ 일이 업거니와 금일 딜쳐 등의 ᄒᆡᆼ지를 슬피니 승샹 반기믈 과도히 ᄒᆞ야 도로혀 슬허ᄒᆞ고 어린 ᄃᆞᆺᄒᆞ야 유ᄋᆡ 그리던 어미 만남ᄀᆞᄐᆞ여ᄒᆞ니 인심이 어딘작가아의 덕이 두터온 배냐 셕패 ᄇᆡ야흐로 우으

13면

며 왈 이ᄂᆞᆫ 승샹 덕턱이라 엇디 브러 아ᄅᆞ시리잇고 모다 일시의 올타 ᄒᆞ더라 졍히 말

홀 적 빈킥이 모드니 승샹 뎨즈로 더브러 나가니 태부인이 손부와 손ᄋ들은 ᄎ자 보고 니셕 냥파로 답언을 일우시ᄃ ᄆ춤내 화부인을 아른 쳬 아니시고 각별 노ᄒ도 아니시며 흔연토 아냐 사름으로 ᄒ야곰 측냥티 못홀디라 화시 십분 황공하야 말을 못ᄒ고 다만 셕부인끠 운셩의 무ᄉ히 도라오믈 티하ᄒ니 셕부인이 엇디 일회나 혐의를 두리오 오직 ᄂ즉[이] ᄌ녀를 무휼ᄒ야 은혜 두터웨라 일ᄏᄅ니 화시 ᄒ욘 일이 잇ᄂ디라 티하 바드믈 기리 참괴ᄒ여 ᄒ더라 ᄎ일 져녁의 승샹이 손을 보내고 드러와 모친끠 뫼셔 말슴홀ᄉ 믄득 무러 왈 엇디 니시ᄂ 참예티 아냣ᄂ뇨 태부인이 해다 ᄃ답디 아니ᄒᆞᆫ대 승샹이 경혹ᄒ야 다시 무ᄅ니 남좌 듕의셔 운경이

14면

운명을 도라보며 왈 엇디 듀뎨ᄒ고 알외디 아닛ᄂ뇨 싱이 오히려 머믓기니 운셩이 비록 아라시나 모ᄅᄂ 톄ᄒ고 닐오ᄃ 아ᄆ 일이라도 알윌거시어ᄂᆯ 엇디 어려워ᄒᄂ뇨 싱이 ᄇ야흐로 나아가 업더여 대강을 알외니 승샹이 근본을 ᄌ시 무ᄂ디라 싱이 황홀ᄒ여 응ᄃ 블능ᄒ니 셕패 일단 묘ᄒᆞᆫ 지경을 어더시니 엇디 즐겨 춤을리 이시리오 나아가 소ᄅ를 놉혀 죵두 슈미를 ᄌ〃히 알외니 젼후 형샹이 안젼의 버렷ᄂ 듯ᄒᆞᆫ디라 엇디 승샹의 소견으로써 일회나 못 짐쟉홀 배 이시리오 셰〃히 샹냥ᄒ매 심하의 블쾌ᄒ고 ᄒ이ᄒ야 눈을 ᄂ초고 말을 아니타가 냥구ᄒᆞᆫ 후 운남 인물졔도를 니ᄅ고 담쇠 ᄌ약ᄒᄃ 곡딕을 의논티 아니ᄒ니 좌위 그 ᄠ들 아디 못ᄒ더니 태부인이 날호여 닐오ᄃ 내 너를 보내고 병이 곳고 심회 사오나오니 강뎡의 가니 셕시ᄂ 평일 내의 좌와

15면

를 슯히던고로 ᄒᆞᆫ가지로 ᄃ려다가 일년을 ᄒᆞᆫ 방듕의셔 디내매 내의 심ᄉ를 위로ᄒ고 내의 블평ᄒ믈 닛게ᄒ야 슬픈거술 춤고 노모 셤기미 딘시 녀송이라도 밋디 못홀디라 엇디 유공ᄒᆞᆫ 며ᄂ리 아니리오 ᄯ호ᄒᆞᆫ 운셩이 너를 ᄃ려다가 젼딘의 공을 일우고 제의 공을 곰초아 네 일홈을 빗나게ᄒ니 네 평일 원비 계비로써 범ᄉ를 ᄂ도히 층등ᄒ니 비록 올ᄒᆞᆫ 일이나 이제란 삼가 범연ᄒᆞᆫ 쳐ᄌ로 혜디 말라 소부인이 니러 셕시 효셩을 칭찬ᄒ니 승샹은 대효의 군ᄌ라 모훈을 듯고 져〃의 말을 드ᄅ매 셕부인을 심두의 감격ᄒ야ᄒ고 ᄯ호ᄒᆞᆫ 화시 니시 다ᄉ리미 블명ᄒ고 망녕되믈 미온ᄒ니 다만 ᄉ식의 현

뎌티 아니코 ᄌᆞ못 온화히 모명을 밧들 ᄯᆞᄅᆞᆷ이라 다만 ᄎᆞ야의 모친긔 샹딕ᄒᆞ니 셕패 쇼왈 승샹이 엇디 두 부인으로 더브러 ᄉᆞ〃방을 ᄎᆞᆺ디 아니시ᄂᆞ뇨 공

16면

이 쇼왈 셔모ᄂᆞᆫ 말마다 희롱ᄒᆞ시믄 엇디오 내나히 ᄉᆞ십이 디나시니 므ᄉᆞᆷ 부인을 그대도록 못니ᄌᆞ리오 요ᄉᆞ이ᄂᆞᆫ 년일ᄒᆞ야 딕슉ᄒᆞ려 ᄒᆞᄂᆞ니 셔모도 ᄒᆞᆫ가지로 셜화ᄒᆞ다가 가쇼셔 [태]부인이 희힝ᄒᆞ믈 먹음어 왈 금일 경의 혼뎡ᄒᆞ믈 보고 너희로 담쇼ᄒᆞ믈 드ᄅᆞ니 ᄆᆞ음이 희힝ᄒᆞ여러라 승샹이 탄식ᄒᆞ고 니셕 이인이 야심ᄐᆞ록 셜화ᄒᆞ매 셕파의 입의셔 나ᄂᆞᆫ 말이 다 화시의 허믈이라 필경은 양부인긔 글로ᄡᅧ 죠롱ᄒᆞ믈 니ᄅᆞ려 ᄒᆞ니 니패 ᄌᆡ삼 눈ᄀᆡ야 그치고 평쟝의 난의 죽인 셜화를 홀젹 형시 등의 의편 못어드미 드러나니 승샹이 듯기를 다ᄒᆞ매 이에 화시의 인믈로ᄡᅧ 이런 일이 이실줄 ᄇᆞᆰ이 아ᄂᆞᆫ 배오 ᄯᅩ 셕패 비록 말ᄉᆞᆷ이 어즈럽ᄉᆞ오나 [허]언을 아니ᄒᆞ고 본셩이 견고ᄒᆞ야 만일 극히 노호혼 일 곳 아니면 유심ᄒᆞ야 그 사ᄅᆞᆷ의 흔단을 아닛ᄂᆞᆫ 줄 아ᄂᆞᆫ디

17면

라 스ᄉᆞ로 화부인의 죄지으미 만ᄒᆞ믈 보고 심하의 티부ᄒᆞ고 다ᄅᆞᆫ 셜화를 ᄒᆞ야 ᄃᆞᆰ이 운 후 흐터디다 승샹이 년ᄒᆞ야 손을 ᄃᆡ졉ᄒᆞ야 삼일 후 빙긱이 흐터니고 부듕이 고요ᄒᆞ니 공이 일족 니러 문안ᄒᆞ고 일희당의 니ᄅᆞ러 두 셔모의 침쇼를 ᄉᆞᆲ히고 셕파의 깁오시 간고ᄒᆞ믈 보매 믄득 쇼왈 셔뫼 엇디 이럿틋 닌ᄌᆡᄒᆞᄂᆞ뇨 패왈 쳡이 비록 명회 ᄂᆞᄌᆞ나 공후 대틱의 싱아ᄒᆞ야 금은ᄌᆡ빅을 ᄒᆞᆰ굿티 너기ᄂᆞ니 엇디 승샹이 닌ᄌᆡᄒᆞᆫ다 ᄒᆞ시ᄂᆞ니잇고 공이 쇼왈 셔뫼 우리 부듕 대쇼ᄉᆞ무를 총집ᄒᆞ야 고듕 ᄌᆡ믈과 깁흔 셔모의 ᄆᆞ옴 아ᄅᆞ시ᄂᆞᆫ 배라 그 의복의 간고ᄒᆞ시미 여ᄎᆞᄒᆞ시니 엇디 고이티 아니리잇고 셕패 니파를 도라보며 우어 왈 승샹은 녯 규구를 니ᄅᆞ시[ᄂᆞ]냐 태부인이 강뎡의 가신 후 화시 난으로ᄡᅧ 쳡의 ᄃᆡ신을 ᄒᆞ고 ᄆᆡ월 의편을 감ᄒᆞ야 다ᄉᆞᆺ 둘의

18면

깁 ᄒᆞᆫ 필식 주시니 대되 깁두필을 어든 듕 다 내의게 가티 아니ᄒᆞ니 ᄆᆡ매ᄒᆞ기 번폐로와 헌오ᄉᆞᆯ 닙ᄂᆞ니다 승샹이 이에 그 깁을 보아지라 ᄒᆞ니 셕패 즉시 내여 공의 압희 노ᄒᆞ니 굵고 무거워 시녀의 의편의도 가티 아닌디라 보기를 다ᄒᆞ매 공이 말이 업서

ᄆᆡᆨ〃히 탄식ᄒᆞ고 노ᄉᆡᆨ이 동ᄒᆞ야 시녀로ᄒᆞ야곰 깁을 가져오라 ᄒᆞ여 바로 존당의 드러
가 태부인ᄭᅴ 슈말을 주ᄒᆞ고 사ᄅᆞᆷ의 블현ᄒᆞ미 여ᄎᆞᄒᆞ니 엇디 통히티 아니리잇고 태부
인이 승상의 셔모 브ᄃᆡᄒᆞ기ᄡᅧ 노ᄒᆞ믈 보고 ᄌᆞ가를 됴희ᄒᆞ던 일을 니ᄅᆞ면 화시의 젼
뎡이 크게 해로올 줄 알고 다만 희연히 함쇼 ᄒᆞ야 프러 왈 이 경도ᄒᆞᆫ 녀ᄌᆡ 셕파의 말
이 슌티 아니ᄆᆞᆯ 보고 ᄉᆞ리를 불통ᄒᆞ고 그릇 ᄃᆡ졉ᄒᆞ미니 너는 자녀의 ᄂᆞᆺ츨 아 너모 브
디 슬히 구디말라 승샹이 ᄌᆡ비 ᄃᆡ왈 ᄒᆡᄋᆡ 비록 박힝ᄒᆞ나 신의를

19면

궂게 ᄃᆡ희여 뎨 비록 조강의 간고를 겻근 배 아니나 결발항녀지의를 듕히ᄒᆞ야 젼후
의 허믈을 프러ᄇᆞ리고 후ᄃᆡᄒᆞ믄 태〃의 아ᄅᆞ시는 배라 임의 동득ᄒᆞ얀디 이십 뉵년이
라 엇디 믄득 새로이 경멸ᄒᆞ며 박히ᄒᆞ고 계실을 편벽히 듕ᄃᆡᄒᆞ미 이시리잇고 슈연나
ᄒᆡᄋᆡ 죽디 아냐 일년 나가므로ᄡᅥ 가듕 형셰 변ᄒᆞ고 셔모를 박ᄃᆡᄒᆞ여 지어 의편을 그
ᄎᆞ니 이 사ᄅᆞᆷ의 ᄒᆞᆯ 배 아니오 태〃 비록 니ᄅᆞ디 아니시나 뎨 반ᄃᆞ시 존당의 불슌ᄒᆞ미
젹디 아닌 줄 ᄒᆡᄋᆡ 스ᄉᆞ로 아ᄋᆞᆸᄂᆞ니 그 여러가지 허믈은 일시의 샤키 어렵도소이다
[소]부인이 믄득 낭낭이 웃고 왈 아은 ᄆᆞ양 짐작ᄒᆞ는 톄 말라 화시 ᄯᅩᄒᆞᆫ 녀힝이 잇ᄂᆞ
니 엇디 감히 존당을 블경ᄒᆞ리오 사ᄅᆞᆷ이 뫼온들 ᄋᆡᄆᆡᄒᆞᆫ 일조차 잡아 니ᄅᆞᄂᆞᆫ다 승샹
이 [잠]쇼 왈 쇼뎨 사오나오나올디라 사ᄅᆞᆷ의 ᄋᆡᄆᆡᄒᆞᆫ 말을 아닛ᄂᆞ이다 태부인이 날호

20면

ᄀᆞᆯ오ᄃᆡ 화시의 다ᄅᆞᆫ 일은 발명티 못ᄒᆞ려니와 날을 업슈이 넉이ᄆᆞᆫ 업ᄂᆞ니 아ᄒᆡᄂᆞᆫ 듕
ᄃᆡᄒᆞᆫ 말을 일우디 말라 승상이 믁연 브답이라 원ᄂᆡ 화부인의 다ᄅᆞᆫ 허믈은 일ᄇᆡᆨ가지
로 이시나 오히려 관샤ᄒᆞᆯ 배로ᄃᆡ 존당의 블공ᄒᆞ고 원망ᄒᆞᄆᆞᆯ 드를딘대 승상이 결연히
온경을 그처 내틸디라 ᄎᆞ고로 태부인이 슌편ᄒᆞᆫ 화긔를 취ᄒᆞ여 발명ᄒᆞ야 주시고 소부
인이 신원ᄒᆞ야 주니 ᄯᅩᄒᆞᆫ 두터온 덕음이라 승상이 운경을 블러 깁을 뵈고 칙ᄒᆞ야 ᄀᆞᆯ
오ᄃᆡ 네 비록 [약]ᄒᆞ나 ᄌᆞ못 의리를 아ᄂᆞ니 엇딘고로 어믜 블민을 간티 아니ᄒᆞ고 셕셔
모를 ᄒᆞ야곰 의식의 간고ᄒᆞ믈 닐위니 이 엇디 네[의] 도리〃오 내 만일 블힝ᄒᆞ야 죽을
딘대 너의 모ᄌᆡ 드러 내의 집을 망ᄒᆞᆯ디라 젼두를 샹냥ᄒᆞ니 한심ᄒᆞᄆᆞᆯ 이긔디 못ᄒᆞ리
로다 드ᄃᆡ여 시녀로ᄒᆞ여곰 화부인ᄭᅴ 뎐어 왈 다ᄅᆞᆫ 일은 말 무

21면

롤 배 아니어니와 다만 두 셔모의 소임을 앗고 의식을 군핍게 ᄒᆞ니 아디못게라 그쥬의 므ᄉᆞᆷ 쓰딘고 ᄌᆞ시 회보ᄒᆞ쇼셔 화시 승샹의 두로 츰언을 듯고 이러틋 ᄒᆞ민가 십분 대로ᄒᆞ야 시녀롤 ᄭᅮ지저 왈 내 일즉 소승샹의 시쳡이 아니라 엇디 폐로온 말로 뎐어롤 ᄒᆞ리오 두 노패 가듕 [□□□□□] 날을 압두ᄒᆞ니 통히ᄒᆞ야 아삿ᄂᆞ니 시〃로 모편드ᄂᆞᆫ 일 우어뵈니 졍ᄉᆞ나 다ᄉᆞ리쇼셔[ᄒᆞ라] 의식 군핍ᄒᆞ다ᄒᆞ나 아[모]도 굴므며 버서 죽은 재 업ᄂᆞ니라 ᄒᆞᆫ대 시녜 감히 ᄎᆞ언을 승샹ᄭᅴ 못ᄒᆞ야 머뭇기며 회답을 쳥ᄒᆞᆫ대 화시 ᄭᅮ지저 왈 너ᄂᆞᆫ 내 말대로 [젼ᄒᆞ라 시녜 태만치 못ᄒᆞ야 이ᄃᆡ로] 승샹ᄭᅴ 회보ᄒᆞ니 소부인이 냥연 대쇼ᄒᆞ고 좌듕이 다 우으니 승샹이 어히업서 강잉ᄒᆞ야 우어 왈 부인의 방ᄌᆞᄒᆞ미 어이 부인 타시리오 이 다 내 폐가의 프러디미라 내 평ᄉᆡᆼ 화슌ᄒᆞ믈 셥뎝ᄒᆞ고 블안ᄒᆞ믈 힝티 아니〃 사롬

22면

이 엇디 업슈이 아니 너기리오 뎨 쏘ᄒᆞᆫ 날을 멸시ᄒᆞ니 내 역시 녜ᄀᆞᆺ기 어렵도다 셜파의 운경을 믈러가라ᄒᆞ고 팀음 졍좌ᄒᆞ니 소부인이 다시 우으며 왈 시녜 주언ᄒᆞ미라 화시 그대ᄃᆞ록 ᄒᆞ야시랴 슈연이나 냥 셔뫼 엇디 화시롤 압두ᄒᆞ시니잇고 이패 홈ᄭᅴ 닐오ᄃᆡ 우리ᄂᆞᆫ 본ᄃᆡ 힝실이 업서 계유 공경ᄒᆞ야 명분 출히믈 존당의 ᄒᆞ고 소부인 승샹으로브터 ᄌᆞ연 버릇 업ᄉᆞ니 화부인권들 본 셩경을 블의예 고텨 공경을 못ᄒᆞᆯ너이다 언미필의 운명이 드러와 부복ᄒᆞ야 고왈 음부 니시의 죄상이 등한티 아니〃 오직 대인의 볼기 ᄀᆞᄅᆞ치믈 원ᄒᆞᄂᆞ이다 승샹이 묵〃 브답이러니 도라 태부인ᄭᅴ 뭇ᄌᆞ오ᄃᆡ 이 일을 엇디 판단티 아니시니잇고 부인이 기리 우어 왈 내 너롤 니별ᄒᆞ고 강뎡의 간 후 니시 죄롤 어더 명이글을 가지고 내게 와 무ᄅᆞ니 내 임의 간부셔

23면

롤 블디ᄅᆞ고 니시롤 의심티 말라ᄒᆞ니 명이 모ᄌᆞ 올히 아니 너겨 니시롤 심회당의 가듀고 날ᄃᆞ려 쳐티ᄒᆞ믈 무ᄅᆞ니 임의 내 말을 듯디 아니커든 내 엇디 다시 니ᄅᆞ리오 ᄒᆞ믈며 그 싀모와 그 지아비 다ᄉᆞ리니 내 심히 서의ᄒᆞᆫ디라 말을 아녓더니 이제 네 와시니 가히 결유ᄒᆞ미 서의티 아닐로다 셜파의 위의 묵〃ᄒᆞ여 심히 단엄ᄒᆞᆫ디라 승샹이 스ᄉᆞ로 모친의 미안ᄒᆞ여시믈 보고 감히 말을 못ᄒᆞ야 듀뎨ᄒᆞ기롤 반향을 ᄒᆞ다가 ᄇᆡ야

ᄒᆞ로 ᄭᅮ러 믓ᄌᆞ오ᄃᆡ 이 일을 태〃의 ᄀᆞᄅᆞ치시믈 원ᄒᆞᄂᆞ이다 부인 왈 내 노혼ᄒᆞ여 엇디 알리오 다만 가든 바 ᄆᆡ셤 등을 엄히 져주면 일이 드러나리라 운명 왈 ᄆᆡ셤 등은 임의 져주워 니시의 죄를 아라시니 새로이 져줄 배 아니〃이다 승상이 믄득 대로ᄒᆞ야 ᄭᅮ지저 왈 네의 죄 태산ᄀᆞᆺ거ᄂᆞᆯ 엇디 아디 못ᄒᆞ고 감히 존당 말슴을

24면

을[3] ᄎᆞᆨ범ᄒᆞᄂᆞ뇨 드ᄃᆡ여 노긔 대발ᄒᆞ야 관복을 ᄎᆞ자 닙고 외당으로 나가 옥ᄉᆞ를 결ᄒᆞ려ᄒᆞ니 가듕이 믈쓸틋ᄒᆞ야 승샹 쳐티를 기ᄃᆞ리고 소ᄉᆡᆼ 등이 서ᄅᆞ 황〃ᄒᆞ야 부친을 뫼셔 나가니 아디 못게라 군ᄌᆞ의 명찰ᄒᆞᆫ 공ᄉᆡ 요인을 뎐뎨ᄒᆞ고 현인을 보호ᄒᆞ엿ᄂᆞᆫ가 하회를 보면 알리라 승상이 외당의 나와 ᄇᆡᆨ화헌의 좌를 일우고 북을 세 번 텨 좌ᄒᆞ매 군노 장졸이 구름ᄀᆞ티 모ᄃᆞ니 승상이 크게 노ᄒᆞ야 냥목을 놉히 쓰고 소ᄅᆡ를 놉혀 형댱긔구를 호령ᄒᆞ니 검극이 ᄉᆞᆷ〃ᄒᆞ고 군용이 녈〃ᄒᆞ야 블근 별곤과 흰 매를 단단이 헤티고 옥난 ᄆᆡ셤 영민 등과 그 ᄌᆞ긱 되엿던 쇼의 댱긔를 잡아드려 결박ᄒᆞ매 위엄이 뇌뎡 ᄀᆞᆺ고 거동이 광풍ᄀᆞᄐᆞ야 장ᄎᆞᆺ 형츄홀ᄉᆡ 소ᄉᆡᆼ 십인이 좌우로 ᄂᆞᆫ화 관복을 졍제ᄒᆞ고 운경 등 오인은 웃녁년히 뫼시고 운셩

25면

등 오인은 좌녁히 시립ᄒᆞ야 부친의 쳐티를 보니 승상이 난간ᄀᆞ의 교위를 내여노코 소ᄅᆡ를 ᄀᆞ다ᄃᆞ마 무러 왈 너희 등이 혼암ᄒᆞᆫ 부인과 블명ᄒᆞᆫ ᄋᆞᄌᆞᄂᆞᆫ 소기려니와 내 결연히 여등의 간휼을 아ᄂᆞ니 오직 형댱을 밧디 아냐셔 근본을 딕툐ᄒᆞ라 뉘 너희를 ᄀᆞᄅᆞ쳐 니시를 해ᄒᆞ라ᄒᆞ더니 ᄆᆡ셤 등이 오히려 응잉ᄒᆞ니 소공이 쾌히 ᄉᆞ졸노 ᄒᆞ여곰 져주기를 ᄌᆡ촉ᄒᆞ매 좌우 무수ᄒᆞᆫ 장관은 ᄆᆞ이 티기를 웨고 집쟝ᄉᆞ여ᄂᆞᆫ 힘을 다하야 일 댱의 가죽이 헤여디고 젹혈이 님니ᄒᆞ니 옥난 등이 낙담 상혼ᄒᆞ야 ᄉᆞ오 댱의 넘디 못ᄒᆞ야셔 승복ᄒᆞ미 명〃ᄒᆞ니 ᄇᆞ야흐로 뎡시의 간악ᄒᆞᆫ 죄 니러나고 니시의 ᄋᆡ민ᄒᆞ믈 버ᄉᆞ니 승상이 모든 툐ᄉᆞ를 보매 통히ᄒᆞ믈 이긔디 못ᄒᆞ야 임의 그 죄의 고하를 뎡ᄒᆞ매 오인을 댱하의 죽여 ᄭᅳ어 내티고 몬져 운

---

3) 을 : 반복되었음. 23면의 '을'을 지운 것으로 보임.

26면

운[4][경]을 잡아내여 칙ᄒᆞᄃᆡ 네 가듕의 댱ᄌᆞ로 이셔 범ᄉᆞ를 규정ᄒᆞ미 가ᄒᆞ거ᄂᆞᆯ 어믜 블인을 간티 아니ᄒᆞ고 망녕된 아ᄋᆞᆯ ᄀᆞᄅᆞ치디 아니〃 엇디 가댱의 도리〃오 이 죄를 닙으미 가ᄒᆞ니라 샹뎨 복[디]청되 ᄲᅳᆫ이오 감히 ᄃᆡ답디 못ᄒᆞ더니 운셩이 나아가 듕계의 ᄉᆔ러 고왈 ᄇᆡᆨ형의 인ᄌᆞ 효우ᄒᆞ믄 대인의 아ᄅᆞ시ᄂᆞᆫ 배라 평일 긔골이 약ᄒᆞ고 병이 만ᄒᆞ므로ᄡᅥ 짐쟉ᄒᆞ시미 원이로소이다 좌우 졔쟝이 ᄯᅩᄒᆞᆫ 간ᄒᆞ니 승샹이 운경을 샤ᄒᆞ고 운현을 ᄂᆞ리와 수죄 왈 네 형은 평일 인약ᄒᆞ거니와 너의 강방ᄒᆞ므로ᄡᅥ 엇디 일언도 아냐 이런 대ᄉᆞ를 미형히ᄒᆞ야 두니 친동긔 아니라 ᄂᆡ외ᄒᆞ미냐 ᄒᆞ믈며 난의ᄂᆞᆫ 존당 시녀라 말이 비록 통히ᄒᆞ나 엇디 죽여ᄡᅥ곰 의모를 역졍ᄒᆞ고 인명을 쳐살ᄒᆞ리오 ᄯᅩᄒᆞᆫ 죄 경티 아니〃 듕칙을 도망티리라 운현이 십분 탁

27면

급ᄒᆞ니 오직 년망이 면관 청되 왈 ᄋᆡ 비록 무샹ᄒᆞ나 엇디 감히 의모를 역졍ᄒᆞ야 난의를 죽이리오마ᄂᆞᆫ 춤언을 방ᄌᆞ히ᄒᆞ야 모ᄌᆞ를 니간ᄒᆞᆫ 일이 풍화의 관셔ᄒᆞ고 [크게] 샹하 톄면을 샹히오고 소ᄒᆞ니친을 니간ᄒᆞᄂᆞᆫ 블길ᄒᆞᆫ ᄃᆡ되 니러나미니 ᄒᆡᄋᆡ ᄒᆞᆫ갓 ᄌᆞ긔의 분을 플미 아냐 후인을 딩계코댜 약간 형벌을 주니 제 단명ᄒᆞ야 죽으미오니 수〃일은 ᄒᆡᄋᆡ ᄇᆡᆨ형으로 더브러 위부의 영가ᄒᆞ려 갓다가 오니 블셔 이변이 나시니 가도연디 일삭이 거의라 팔뎨를 칙ᄒᆞ고 모친ᄭᅴ 간ᄒᆞ오니 의뫼 비록 올히 너기시나 노ᄒᆞ라 ᄒᆞ시ᄂᆞᆫ 일이 업고 팔뎨 도로혀 견집블텽ᄒᆞ고 제 쳐지니 제 다ᄉᆞ리련노라 ᄒᆞᄂᆞᆫ디라 ᄒᆡᄋᆡ 말 어길히 업서 옥난 ᄆᆡ셤을 잡아 가도와 다시 작난티 못ᄒᆞ게 ᄒᆞ고 대인의 도라오시믈 기ᄃᆞ려 ᄉᆞᆸᄂᆞ니 엇디 일회나 ᄂᆡ외지심ᄒᆞ미 이시리

28면

잇가 소공이 현의 말을 듯고 다시 무러 왈 말은 다 올커니와 엇디 난의 혀를 ᄲᅢ혀 혹형을 ᄒᆞ뇨 평쟝이 이에 [다ᄃᆞ라ᄂᆞᆫ] 말이 막히 막히[5]니 공이 즐왈 네 비록 ᄌᆡ리의 ᄯᅳ들 두디 아냐시나 말ᄉᆞᆷ이 혐핍ᄒᆞ니 현인의 몰나 듯고 춤언ᄒᆞ미 죄 크나 존당 시인이라 엇디 취품ᄒᆞ미 업시 쳐살ᄒᆞ리오 방ᄌᆞᄒᆞᆫ 일관은 도망티 못ᄒᆞ리라 드ᄃᆡ여 삼십 당을

---

4) 운 : 반복되었음. 25면의 '운'을 지운 것으로 보임.
5) 막히 : 반복되었음. 두 번째 '막히'를 지운 것으로 보임.

텨 내티니 평장이 알프믈 촘고 다시 올나 시좌ᄒᆞ니 졔싱이 눈주며 웃더라 운현을 틴 후 승샹이 쇼릭를 놉혀 운명을 잡아 ᄂᆞ리오[고] 산당을 잡으라ᄒᆞ니 미우의 늠〃ᄒᆞᆫ 노긔 어릭여 호령이 싱풍ᄒᆞ고 엄〃ᄒᆞᆫ 긔상은 ᄂᆞᄂᆞᆫ 서리 쌔리ᄂᆞᆫ 듯ᄒᆞ야 좌우 군졸이 새로이 정신을 ᄀᆞᄃᆞ담고 숨을 ᄂᆞᆺ초며 싱이 또ᄒᆞᆫ 옥난 등의 툐ᄉᆞ를 보매 뉘웃고 븟그려 부친씌 시좌ᄒᆞ미 침샹의 잇ᄂᆞᆫ 듯ᄒᆞ더니 결당ᄒᆞ려 ᄒᆞᆷ을 보고 삼ᄒᆞᆫ이 비

29면

월ᄒᆞ고 구령이 살난ᄒᆞ야 ᄒᆞᆫ갓 청죄 ᄲᅮᆫ이라 승샹이 셔안을 티며 대칙 왈 네 ᄌᆞ유를 글을 닑어 녜의를 알리니 쇼의 네 니시를 어드매 쥬림 옥누의 쳐ᄒᆞ얏ᄂᆞᆫ 바를 마자오미 아니라 널로 더브러 결약 형뎨ᄒᆞ야 이십여 일 동쳐ᄒᆞ고 근본이 드러나 네의 미치믈 만나ᄃᆡ ᄯᅳ잡으미 엄ᄒᆞ야 남ᄌᆞ의 풍경을 믈니티므로 네 감히 항거티 못ᄒᆞ야 도라오매 내 인연을 ᄆᆡ자 늑녜로 ᄃᆞ려 오ᄃᆡ 오히려 [젼일 결식ᄒᆞ모로ᄡᅥ 슈괴ᄒᆞ믈 삼아 비홍을] 완젼히 ᄒᆞᆷ을 ᄒᆡ 밧고ᄃᆞ록 ᄒᆞ니 우리 ᄆᆞ양 졀녀의 부인이라 ᄒᆞ고 네 또ᄒᆞᆫ 공경ᄒᆞ고 그 너모 고집ᄒᆞ믈 도로혀 민망ᄒᆞ여 ᄒᆞ던디라 비록 간인이 일만 간계를 ᄒᆞ나 네 눈의 보디 아닌젼 엇디 헛된 두어당 글과 시비의 말로ᄡᅥ 강샹을 폐ᄒᆞ며 졍실을 이런 고ᄃᆞ로 의심ᄒᆞ리오 ᄒᆞ물며 셩영은 음험ᄒᆞᆫ 간인이라 평일 브딕ᄒᆞ믈 네 또ᄒᆞᆫ 아는 배니 엇디 절로 더브러 슈작ᄒᆞ야

30면

그 죄를 마치리오 다시 가듕의 네의 형뎨 여러히오 이목이 번다ᄒᆞ되 엇디 슌마다시 의심된 거죄 네 눈의 뵈며 ᄌᆞ긱이 니시를 해ᄒᆞ려 칼흘 ᄎᆞ고 담을 넘을딘대 엇디 씨둣디 못ᄒᆞ야 믄득 그 해ᄒᆞᄂᆞᆫ 말을 고디 드ᄅᆞ리오 또ᄒᆞᆫ 니시 ᄉᆞ고무친ᄒᆞ고 네의 ᄌᆡ실로 이셔 내 집 부녜 ᄉᆞ지 업ᄉᆞ므로ᄡᅥ 어ᄃᆡ가 오 빅금을 어더 문니를 회뢰ᄒᆞ며 영민의 탐남ᄒᆞ므로ᄡᅥ 금을 쓰디 아니코 믄득 유식히 간ᄉᆞᄒᆞ리오 졀〃히 서의ᄒᆞ고 간졍 현뎌ᄒᆞ야 곰초기 어려오ᄃᆡ 네의 모ᄌᆡ 아득히 [연]애의 ᄲᅡ딘 배 되여 ᄭᆡ둣디 못ᄒᆞᆯ ᄲᅮᆫ 아냐 존당 명령을 거ᄉᆞ리고 형뎨의 규졍ᄒᆞ믈 듯디 아냐 무식 방ᄌᆞᄒᆞ기를 휭힝ᄒᆞ야 감히 니샹셔 ᄉᆞ당을 ᄭᆡ텨 비법을 힝ᄒᆞ려ᄒᆞ고 곡딕을 아디 못ᄒᆞ여셔 니시의 ᄋᆞᄌᆞ를 죽여 무단히 골육을 샹잔ᄒᆞ려ᄒᆞ며 망녕된 죄상이 여산ᄒᆞ니 ᄒᆞ물며 풍교를 더러이고 가셩

31면

을 욕먹인 죄는 죽여도 앗갑디 아닌 네의 어미 죄를 아오로 주ᄂᆞ니 모로미 ᄌᆞ시 아는다 드듸여 ᄂᆡ당 통ᄒᆞᄂᆞᆫ 협문을 ᄃᆞ희여 부인ᄂᆡ 뎐어를 나오디 못ᄒᆞ게 ᄒᆞ고 운명 당칙ᄒᆞᄃᆡ 낫마다 셤칙ᄒᆞ야 호령ᄒᆞ니 이ᄣᅢ로 보건대 부ᄌᆞ의 지극ᄒᆞᆫ 졍이 젼혀 쇼삭ᄒᆞ야 일호 인졍이 업ᄉᆞ니 보ᄂᆞᆫ 재 블승 차악ᄒᆞ며 승샹의 노긔 졈〃 니러나 뉵십 댱의 니ᄅᆞ매 ᄉᆡᆼ의 긔질이 본ᄃᆡ 셤약ᄒᆞ야 ᄋᆞ녀ᄌᆞᄀᆞᄐᆞ므로ᄡᅥ 쟝ᄎᆞᆺ 소릐를 일우디 못ᄒᆞ고 긔운을 수습디 못ᄒᆞᄃᆡ 죠곰도 그칠 ᄯᅳ디 업서 이에 닐오ᄃᆡ 몬져 마즌 뉵십 댱은 네의 죄오 이제 맛ᄂᆞᆫ 거ᄉᆞᆫ 네 죄 아니라 졔ᄉᆡᆼ이 서ᄅᆞ 놀나며 감히 간티 못ᄒᆞ고 운셩이 머리를 두ᄃᆞ려 고간ᄒᆞᄃᆡ 승샹이 드ᄅᆞᆫ 톄 아니〃 탹급ᄒᆞ믈 이긔디 못ᄒᆞ야 좌를 ᄇᆞ리고 ᄂᆡ당의 드러가 태부인ᄭᅴ 주왈 팔뎨 비록 되 듕ᄒᆞ나 야〃ᄭᅴ 엄칙을 당ᄒᆞ야 목숨이 슈유의

32면

이시니 대모의 구ᄒᆞ시믈 원ᄒᆞᄂᆞ이다 부인이 완〃히 닐오ᄃᆡ 저의 모ᄌᆡ 슉믝을 분면ᄒᆞᄂᆞᆫ 사ᄅᆞᆷ이니 오ᄂᆞᆯ날 이실 줄 족히 아라실ᄶᅵ라 모ᄅᆞᆫ 일이 아니〃 엇디 슈고로이 구ᄒᆞ리오 운셩이 묵연 탹급ᄒᆞ야 소부인을 보고 비러 니ᄅᆞᆫ대 셕부인이 운명의 위급ᄒᆞ믈 듯고 ᄯᅩᄒᆞᆫ 심신이 황홀ᄒᆞ여 눈믈을 머굼고 소부인을 ᄃᆡᄒᆞ야 나가 ᄆᆞᆯ니믈 권ᄒᆞ더니 화시 이에 다ᄃᆞ라 가ᄉᆞᆷ을 두ᄃᆞ리며 머리를 브드이[러]며6) 울며 왈 내의 모ᄌᆡ 비록 그ᄅᆞᆺ[ᄒᆞᆫ] 일이 이시나 승샹이 운명을 아조 죽이려 ᄒᆞᆫ다ᄒᆞ니 엇디 부ᄌᆞ텬뉸이 이시리오 내 당〃이 죽어 명ᄋᆞ의 죽으믈 보디 말고 승샹의 ᄆᆞ음을 쾌히ᄒᆞ리라 셜파의 칼흘 어더 죽으려ᄒᆞ니 일이 차악ᄒᆞᆫ디라 운셩이 총망이 나아가 븟들고 권위ᄒᆞ며 셕부인은 소시 나가믈 ᄌᆡ촉ᄒᆞᆫ대 소시 팀음ᄒᆞ기를 냥구히 ᄒᆞ다가 ᄇᆡ야흐로 니러 좌우를 도라

33면

보아 골오ᄃᆡ 쥬리를 옴겨 길흘 인ᄒᆞ라 셜파의 완연히 거러 듕당의 니ᄅᆞ러 협문을 막아시믈 듯고 곡난으로 둘러 빅화헌의 니ᄅᆞ니 승샹이 급히 합문을 닷고 뎡듕의 드러 문왈 져제 엇디 나아계시니잇고 부인 왈 내 특별이 나아와 아오로 ᄒᆞ여곰 부ᄌᆞ 졍의를 완젼코쟈 ᄒᆞ[ᄂᆞ]니 아디[못]게라 즐겨 슈텽홀다 공이 읍샤 왈 므슴 ᄀᆞᄅᆞ치실 일이

---

6) 며 : 원문에 지워진 표시가 있음.

잇ᄂᆞ니잇고 소시 정ᄉᆡᆨ 왈 그ᄃᆡ 이제 운명을 듕당으로 더으니 그 죄ᄂᆞᆫ 경ᄒᆞ고 벌이 듕ᄒᆞ야 과도ᄒᆞ기의 갓가오니 모로미 그만ᄒᆞ야 용샤ᄒᆞ믈 ᄇᆞ라노라 승샹이 믄득 희연이 깃거아냐 왈 이 아ᄒᆡ 죄상이 블승통히ᄒᆞ니 만일 [듕]티 곳 아니면 제ᄋᆞ의 무식을 도으미라 아직 두어 산당 더틴 후 노흐리리[7] 져〃ᄂᆞᆫ 근심티 마ᄅᆞ쇼셔 ᄒᆞ믈며 ᄉᆞ졸이 모다시니 번거ᄒᆞᆫ디라 드러가시믈 원ᄒᆞᄂᆞ이다 소부인이 믄득 노

34면

왈 너ᄂᆞᆫ 부ᄌᆞ[지]의ᄅᆞᆯ 경히ᄒᆞ나 내 엇디 딜ᄋᆞᄅᆞᆯ 구ᄒᆞ매 번거ᄒᆞᆫ 거슬 개의ᄒᆞ리오 셜파의 손을 드러 합문을 열고져 ᄒᆞ니 승샹이 십분 년망ᄒᆞ야 즉시 ᄉᆞ졸을 믈리티고 운명을 샤ᄒᆞ니 ᄉᆡᆼ이 임의 ᄇᆡᆨ여 댱을 마즌디라 셩혈이 오술 ᄌᆞᆷ도[8][으고] 긔운이 막혀시니 좌우 호위인이 다 경아ᄒᆞ고 졔ᄉᆡᆼ이 눈믈이 비ᄀᆞᄐᆞ되 승샹이 죠곰도 뉘웃ᄂᆞᆫ 빗치 업서 ᄭᅳ어 내티라 ᄒᆞ고 소부인을 뫼셔 ᄂᆡ당의 드러오매 양부인 이해 다 묵연 묵묵이라 승샹이 모친을 밧드러 좌를 일우고 제부를 모돈 후 시녀를 명ᄒᆞ야 뎡시를 브ᄅᆞ니 이ᄯᅢ 뎡시 비뢰 누셜ᄒᆞ매 경히 황겁ᄒᆞ야ᄒᆞ다가 브ᄅᆞ믈 듯고 나와 좌의 뵈매 승샹이 명ᄒᆞ야 듕계예 ᄭᅮᆯ니고 안ᄉᆡᆨ을 ᄉᆡᆨ〃이ᄒᆞ며 소ᄅᆡ를 엄히ᄒᆞ야 칙ᄒᆞᄃᆡ 녀ᄌᆞ의 투악은 칠거의 이시나 셰쇽 녀ᄌᆡ 칠거 삼가ᄂᆞ니 젹어 투긔 예 안져 ᄇᆞᄅᆞᄂᆞᆫ 재 만ᄒᆞᆯ

35면

ᄶᅵ라도 오히려 부가의 용납ᄒᆞ여 사ᄂᆞ니 ᄒᆞᆫ 둘히 아니〃 이ᄂᆞᆫ 비록 투긔지심 이실ᄶᅵ라도 혹 초강ᄒᆞ고 방ᄌᆞᄒᆞ야 그 ᄉᆞᄉᆞ로 몸의 실덕ᄒᆞ고 ᄂᆞ매게 무해ᄒᆞᆫ고로 구개 ᄯᅩᄒᆞᆫ 관셔ᄒᆞ야 츌부를 면ᄒᆞᄂᆞᆫ 길히 잇거니와 만일 음험ᄒᆞ고 간악ᄒᆞ야 사ᄅᆞᆷ을 해ᄒᆞ야 ᄉᆞ디로 보내고 스ᄉᆞ로 냥션[ᄒᆞᆫ] 톄를 지어 지아비 통을 요구ᄒᆞ며 지아비 총명을 ᄀᆞ리와 요괴로온 ᄭᅬ를 ᄒᆞᆯ딘대 비록 공쥬라도 구가의 용납ᄒᆞ야 그 허믈을 ᄀᆞᆷ초고 안향ᄒᆞᆯ 리 업ᄂᆞ니 그ᄃᆡ 이제 명ᄋᆞ의 혼암ᄒᆞᆷ과 ᄉᆡ어미 블명ᄒᆞ믈 승시ᄒᆞ야 ᄋᆡ미ᄒᆞᆫ 녀ᄌᆞ를 ᄉᆞ디의 녀코 시녀 노복을 톄결ᄒᆞ야 흉됴ᄒᆞᆫ 의ᄉᆞ와 더러온 일을 계교ᄒᆞ미 부인의 쳥결ᄒᆞᆫ ᄉᆞ리를 아디 못ᄒᆞ니 결연히 그ᄃᆡ ᄀᆞᄐᆞᆫ 투악 찰녀ᄂᆞᆫ 안젼의 두디 못ᄒᆞ리니 ᄲᆞᆯ리 도라가 힝실을 고티ᄒᆞ라 언필의 좌우로 ᄒᆞ여곰 혼셔

---

7) 리 : 원문에 지워진 표시가 있음.
8) 도 : 원문에 지워진 표시가 있음.

36면
취단을 촛고 교즈를 굿초와 뎡가로 보내니 뎡참졍이 대경ᄒᆞ야 연고를 무러 ᄌᆞ시 알고 그 녀ᄋᆞ의 그른 줄 ᄭᆡᄃᆞ라 탄식고 ᄒᆞᆯ일이 업서ᄒᆞ더라 소승샹이 뎡시를 내친 후 사름을 심회당의 보내여 니시를 브ᄅᆞ니 이ᄯᅢ 니시 승샹의 도라오믈 듯디 못ᄒᆞ엿다가 ᄇᆡ야흐로 반가오믈 이긔디 못ᄒᆞ고 ᄋᆡᄆᆡᄒᆞ미 드러난 줄 다ᄒᆡᆼᄒᆞ나 ᄉᆡᆼ의 듕댱을 닙은 줄 알고 도로혀 블평ᄒᆞ야 ᄉᆞ양 왈 쇼쳡이 팔ᄌᆡ 무상ᄒᆞ야 참혹ᄒᆞᆫ 익운을 만나 죽기를 ᄇᆞ라옵더니 존구의 셩덕으로 악명을 신원ᄒᆞ니 쇼쳡이 비록 브ᄅᆞ시는 명이 업술디라도 당〃이 밧비 나가 존안의 ᄇᆡ현코져 원이 오ᄃᆡ 지아비 듕죄를 닙ᄉᆞ와 존하의 용납디 못ᄒᆞ오니 쇼쳡이 스ᄉᆞ로 해ᄒᆞ온 쟉시라 스ᄉᆞ로 황괴ᄒᆞ야 ᄉᆞ죄를 쳥ᄒᆞ옵고 감히 명을 승슌티 못ᄒᆞᄂᆞ이다 ᄒᆞᆫ대 태부

37면
인이 쇼이 찬왈 니시의 인ᄉᆞ 쥬쟝이 여ᄎᆞᄒᆞ니 엇디 아름답디 아니리오 소시 니어 일ᄏᆞ라 왈 뎨 무궁ᄒᆞᆫ 고초를 디내고 ᄋᆡᄆᆡᄒᆞ믈 버ᄉᆞ니 경약ᄒᆞᆫ 녀절딘대 브ᄅᆞ믈 듯고 밧비 나올디라 엇디 즐겨 ᄉᆞ양ᄒᆞ리오 식견이 고명ᄒᆞ고 쳐신의 텸듕ᄒᆞ믈 알리로다 승샹이 다시 블러 왈 그ᄃᆡ ᄋᆡᄆᆡᄒᆞ믈 내 임의 신원ᄒᆞ고 운명의 죄는 ᄒᆞᆫ갓 그ᄃᆡ를 그릇 쳐티ᄒᆞ믈 다ᄉᆞ리미 아냐 다른 일노 츅노ᄒᆞ미니 그대 모로미 겸손 말고 부도를 슌ᄒᆞ라 니시 ᄇᆡ야흐로 허튼 녹발과 남누ᄒᆞᆫ 의샹으로 니ᄅᆞ러 당하의셔 고두 샤ᄇᆡᄒᆞ고 눈믈을 흐리니 ᄋᆡ원ᄒᆞᆫ 경ᄉᆡᆨ과 슈려ᄒᆞ미 새로온디라 모다 반기고 슬허ᄒᆞ며 존당과 승샹이 크게 잔잉히 너겨 당의 올리고 위로ᄒᆞ믈 [마]디 아니〃 니시 오직 죄를 ᄸᅥ나 말숨을 답ᄒᆞ매 공슌ᄒᆞ고 쳑〃ᄒᆞ니 화시

38면
이 ᄯᅢ예 당ᄒᆞ여는 ᄯᅩᄒᆞᆫ 뉘우ᄎᆞ미 무궁ᄒᆞ며 니시의 ᄋᆞᄌᆞ를 보니 옥골화뫼라 부모[의] 영풍을 품슈ᄒᆞ여 니시 일개 크게 ᄉᆞ랑ᄒᆞ고 운명의 블명을 탄ᄒᆞ더라 ᄎᆞ일 니시 취봉각의 도라와 격믈을 보고 샹감ᄒᆞ믈 이긔디 못ᄒᆞ며 님시 모든 뎨ᄌᆞ를 거ᄂᆞ려 이에 모다 녜 일을 니ᄅᆞ고 차셕ᄒᆞ며 야심토록 셜화ᄒᆞ다가 흐터디나 ᄎᆞ후 니시 더옥 덕을 닷고 인을 ᄒᆡᆼᄒᆞ야 님시와 화동ᄒᆞ고 존당 구고를 ᄒᆞᆫ셩으로 셤기니 샹해 흠탄ᄒᆞ며 화부인이 크게 뉘웃고 ᄉᆞ랑ᄒᆞ야 젼일 ᄌᆞ칙ᄒᆞ되 승샹이 ᄆᆞ춤내 미안ᄒᆞ야 언어를 문답디

아니코 자최를 그츠며 쏘흔 모친이 셕부인을 후디흐라흐시고 셩이 츌뉴흐믈 공경흐야 임의 후디흐미 극진흐니 흐믈며 운경의 대공과 벼슬이 승품흐야 일품 대신이되고 텬라 예우 천자가 예우해지니

39면

흐시니 군부의 은통이 형뎨 등 읏듬이라 그 ᄋ들이 영귀흐매 그 어미 엇디 존등티 아니리오 운셩이 평쟝과 한님 운의로 더브러 의논흐되 아등의 삼형뎨 뎡듕 대인이 되고 텬통을 닙ᄉ오나 일쯕 모친씌 영화를 빗내웁디 못흐니 닙신양명흐야 현양부모흐미 눌을 니르미뇨 모친이 평싱 검박흐시고 쯔들 ᄂᆞᆽ초시나 우리 ᄌ뎨는 그러티 못흐리라 드듸여 삼인이 일톄로 샹소흐야 영친흐믈 청흐니 텬지 효셩을 아름다이 너기시고 또 황후로 인흐야 셕부인 곳다온 덕음을 드러 계시모로 즉시 표흐야 셕부인은 졍숙 현덕부인을 봉흐시고 ᄉ관 보내여 헌슈흐시고 노비 수빅을 ᄉ급흐시며 칠보 빵봉관과 홍금뎍의와 무ᄋ리 옥씨를 두샤 각별 텬을 보내시고 쟉위를 도〃와 화부인과 ᄀ티

40면

흐시니 영광이 죠요흔디라 운셩이 보야흐로 셜연흐여 텬ᄉ를 관디흐고 어표를 내여 만됴를 뫼고 모친씌 헌슈 경하흔 후 부인 잇는 벽운뉘 협칙다 일ㅋ라 고루치각을 여러 빅관을 셰워 쥬함 옥난을 ᄭ미고 가온대 오십 간 누를 셰워 남북 두 방을 분흐야 북누는 피셔흐게 흐고 남누는 피한흐게 흐야 너비 두고들 난화 시녀 오십 인식 메워 모친을 뫼시니 셕부인이 비록 ᄋᄌ의 효의를 아라시나 범시 취셩뎐과 ᄀ트믈 미안흐야 오직 시녀를 감흐고 의복을 검박히흐고 승상이 삼ᄌ의 위친지의를 보매 오직 경계흐야 샤티코 과도히 말나흐더라 운셩이 암의 모친을 존등히흐고 스ᄉ로 ᄂ준 집의 거쳐흐야 모든 아으로 더브러 모친을 뵈[양]흐고 존당을 뫼시니 이는 싱이 운남 간 후 셕부인이 존당을 뫼셔 강뎡의 나가고 졔수 졔네와 어린 누의 들이 고초난간흐던 일을 알

41면

고 또 평일 ᄌ긔 모친이 ᄆ양 겸숀흐야 권을 화시씌 도라보내고 태부인 승샹도 녜의

를 잡아 화시를 경듕ᄒᆞ며 가ᄂᆡ 셰력이 화시ᄭᅴ 온젼ᄒᆞ야 셕부인 쳐신과 거톄 서의코 나ᄌᆞ믈 앙〃ᄒᆞ야 믄득이 의논을 니ᄅᆞ혀내니 ᄒᆞ믈며 승상이 효셩을 감동ᄒᆞ고 존당이 덕의를 칭샤ᄒᆞ며 운셩이 일등 공후로 명망을 ᄡᅧ 지극ᄒᆞᆫ 효의와 강방ᄒᆞᆫ 인믈이 부ᄂᆡ의 긔탄ᄒᆞ고 두리ᄂᆞᆫ 배라 인〃이 이 덕을 외오고 공을 기리니 셕부인의 호〃ᄒᆞᆫ 복녹과 존귀ᄒᆞ미 일셰의 비길 배 아니라 화부인이 크게 아쳐ᄒᆞ여 믄득 쇼년의 참앗던 투긔를 새로이 내여 블평ᄒᆞᆫ 일이 만ᄒᆞ니 셕시 그윽이 그 인믈의 조브믈 ᄋᆡᄃᆞ라 공슌ᄒᆞ기를 더옥 쥬ᄒᆞ고 졔싱이 ᄯᅩᄒᆞᆫ 지효므로 셤겨 친모의 디〃 아니ᄒᆞ나 ᄆᆞ양 ᄂᆡ렴 잇ᄂᆞᆫ ᄌᆞ라 모친을 헐ᄲᅳ리믈 ᄒᆞᆫᄒᆞ야 서로 닐오ᄃᆡ 모친의 영홰 부친 복녹으로

42면

비로ᄉᆞ미 아니라 우리의 ᄒᆞᆫ 배니 의모의 ᄭᅴ리시미 고이ᄒᆞ다 ᄒᆞᆫ즉 운셩이 말려 왈 올흔 말을 ᄒᆞᆫ 즉 환이 니러나ᄂᆞ니 너너[9]히ᄂᆞᆫ 오직 강잉ᄒᆞ야 효를 힘ᄡᅳ고 무식ᄒᆞᆫ 직언을 긋치라ᄒᆞ더라 셕부인이 승상을 ᄃᆡᄒᆞ야 닐오ᄃᆡ 쳡이 긔구ᄒᆞᆫ 간고와 고이ᄒᆞᆫ 지경을 디내고 힝혀 샹공의 관후ᄒᆞ신 덕을 의탁ᄒᆞ야 슬하의 여러 ᄌᆞ식이 잇고 용녈ᄒᆞᆫ 얼골들이 타뉴와 ᄀᆞᆺ디 아니케로 믄득 인〃이 아름답다 일ᄏᆞᄅᆞ니 숙야 외람[ᄒᆞ야]ᄒᆞ더니 이제 운셩이 고이ᄒᆞᆫ 의ᄉᆞ를 발ᄒᆞ야 쳡으로ᄒᆞ야곰 손복홀가 형샹이 여러가지오 승샹이 젼별 후 처엄으로 도라오셔 원비 ᄎᆞᄌᆞ시믈 보디 못ᄒᆞ니 쳡이 그윽이 경혹ᄒᆞᄂᆞᆫ 밧긔 ᄯᅩ 승샹 자최를 [혼자] 보고져티 아닛ᄂᆞ이다 승샹이 텽파의 흔연이 웃고 왈 혹싱이 비록 용녈ᄒᆞ나 일즉 미티디 아냐시니 부인이 엇딘고로 혼자 보기 앗가와 여럿흘 쳥

43면

ᄒᆞ야 뵈고져 ᄒᆞᄂᆞ뇨 부인이 경식 왈 샹공이 평일 공경ᄒᆞ시믈 녀ᄌᆞ의 복이라 ᄒᆞ더니 근간 힝식 심히 변ᄒᆞ야 계시니 쳡이 션복디 아닛ᄂᆞ니 엇디 희롱ᄒᆞ시리오 승상이 다만 웃고 말을 아니ᄒᆞ니 부인이 ᄎᆞ후 여러 번 간ᄒᆞᄃᆡ 공이 입을 여러 곡딕을 니ᄅᆞ디 아냐 텽이블텽ᄒᆞ니 부인이 다시 니라디 못ᄒᆞ더라 어시의 니시 원억ᄒᆞ믈 벗고 구고 툥ᄋᆡ를 다시 니브나 운명이 댱칙이 듕ᄒᆞ여 유병ᄒᆞ믈 블평ᄒᆞ야 ᄒᆞ더니 싱이 오라디 아냐 항차ᄒᆞ여 부친ᄭᅴ 청죄ᄒᆞ니 승상이 다시 일댱을 대칙ᄒᆞ고 그 죄를 용샤ᄒᆞ매 싱

---

9) 너 : 반복되었음. 첫 번째 '너'는 지운 것으로 보임.

이 심듕의 감격ᄒᆞ야 믈러 모친긔 뵈니 부인이 눈믈 ᄡᅳ려 승샹의 이미ᄒᆞ믈 혼ᄒᆞ며 ᄌᆞ가의 불명을 뉘웃더라 ᄉᆡᆼ이 님시를 보니 님시 향차ᄒᆞ믈 티하ᄒᆞ고 니셕 [이]패 다ᄃᆞ라 됴희ᄒᆞ며 우어 왈 낭군아 우리 말 고디 듯디 아니

44면

터니 엇더뇨 ᄉᆡᆼ이 참안 브답이라 셕패 왈 낭군은 부인을 곤히 ᄒᆞ시나 니시는 낭군의 유병ᄒᆞ믈 ᄉᆞ려ᄒᆞ야 블안ᄒᆞ시니 실로 녀ᄌᆞ랏 거시 고이ᄒᆞᆫ디라 비록 녀ᄌᆡ라도 내 ᄆᆞ옴 ᄀᆞᄐᆞ면 엇디 일회나 념녜 도라가리오 병이 듕타ᄒᆞ면 더옥 깃브리로다 ᄉᆡᆼ이 쇼왈 셰샹의 조모ᄀᆞᄐᆞᆫ 재 또 업ᄉᆞ리니 모딘 싀회니라 셕패 쇼왈 나는 싀회라도 칼 들고 ᄌᆞ식 죽이려 드디 아니리라 ᄉᆡᆼ이 쇼이 브답이라 ᄉᆡᆼ이 젼일을 뉘웃고 니시의 명모 영용을 ᄉᆡᆼ각고 새로온 은의 ᄀᆞ득ᄒᆞ나 붓그려 드러가디 못ᄒᆞ야 머믓거리며 님시 방듕의 두어 날을 머므러 ᄒᆞᆯᄂᆞᆫ 취봉각의 드러가 니시 ᄋᆞᄌᆞ를 안고 촉을 ᄃᆡᄒᆞ야 녈녀뎐을 보며 탄왈 내 비록 길ᄉᆞ의 뉴리ᄒᆞ나 쳐신ᄒᆞ믄 경계의 ᄂᆞ리디 아니ᄃᆡ 참혹ᄒᆞᆫ 누명을 어드니 엇디 ᄒᆞᆫ흡디 아니리오 츈잉이 웃고 왈 녜일을 ᄉᆡᆼ각ᄒᆞ면 새로이 한심ᄒᆞ니 부인은 일ᄏᆞ디

45면

마ᄅᆞ쇼셔 ᄒᆞ거ᄂᆞᆯ ᄉᆡᆼ을 담을 크게ᄒᆞ고 ᄂᆞᆺ출 둣거이 ᄒᆞ야 이에 거즛 기츰 두어 소ᄅᆡ를 ᄒᆞ고 완〃히 신을 ᄭᅳ어 난간의 올라 지게를 열매 츈잉이 놀나 니러셔고 니시 단졍히 좌를 일워 눈을 드러 보디 아니코 뉴미를 ᄂᆞ초와 요동티 아니〃 셕〃ᄒᆞᆫ 풍치와 쥰졀ᄒᆞᆫ 용뫼 셜샹의 옥미 ᄀᆞᆺ고 서리 우희 ᄎᆞᆫ ᄃᆞᆯᄀᆞᄐᆞ야 ᄇᆞ라보매 ᄆᆞ옴이 서ᄂᆞᆯᄒᆞᆫ디라 ᄉᆡᆼ이 ᄯᅩᄒᆞᆫ 숑연ᄒᆞᆫ ᄆᆞ옴이 니러나 긔운을 ᄀᆞ다듬고 안셔히 드러와 좌를 일우매 아ᄒᆡ를 나오혀 안아 ᄒᆞᆫ번 술피니 완연히 쳑빅옥을 시슨 ᄃᆞᆺᄒᆞ야 영호 쇄락ᄒᆞ니 심하의 ᄋᆡ련ᄒᆞ믈 이긔디 못ᄒᆞ야 젼일을 ᄉᆡᆼ각ᄒᆞ매 스ᄉᆞ로 한심ᄒᆞᆫ디라 혜풍화긔를 쇼삭ᄒᆞ고 ᄆᆡᆨ〃이 탄식ᄒᆞ며 ᄋᆞᄌᆞ를 어ᄅᆞ믄져 반향이 디난 후 이에 ᄂᆞ죽이 샤례 왈 혹ᄉᆡᆼ이 ᄌᆞ쇼로 암ᄆᆡᄒᆞ고 셩졍이 조급ᄒᆞᆫ디라 요인이 가ᄂᆡ를 어즈러여

46면

츰쇠 니어시니 일시의 ᄉᆈ히디 아니코 쳐티를 뎐도히 ᄒᆞ여시니 금일 그ᄃᆡ를 보매 ᄉᆡᆼ

의 낫치 둣거오믈 아리로다 슈연이나 혹싱도 듕칙을 닙ᄉ와 부인의 일년 고쵸를 딕ᄒ야시니 부인은 ᄇ라건대 디난 ᄒ을 두디 말고 화동ᄒ믈 원ᄒ노라 니시 묵연냥구의 기리 툐탕ᄒ야 말이 업ᄉ니 싱이 슈괴ᄒ믈 이긔디 못ᄒ야 다시 말을 못ᄒ고 산샹의 올라 밤을 디내고 명됴의 신셩지네를 일운 후 부인을 딕하여 쳔단 익걸ᄒ야 그룻홀와 ᄒ야 닐오딕 부인이 ᄒ갓 슬허ᄒ고 함ᄒᄒ야 믁〃히 말을 일우디 아니코 눈을 드러 보디 아니〃 싱이 감히 친압디 못ᄒ야 십여 일의 니시의 셩식이 더옥 단엄ᄒ야 용납디아닛ᄂ디라 싱이 은의 탹급ᄒ고 의식 튜회ᄒ야 울〃 블낙ᄒ니 졔형이 그 연고를 무러 알고 운셩이 그 손을 잡고 폴을

47면

어ᄅ문져 우어 왈 오뎨ᄂ 진실노 약ᄒ 남ᄌ라 대댱부 내 알피 어둡고 뎨 올ᄒ딘들 그대ᄃ록 구〃ᄒ랴 부인이 용납디 아니나 규방의 약ᄒ 뎨골이 군ᄌ를 겯우더냐 네 ᄎ후 말솜을 졍다히ᄒ야 네의 그ᄅ믄 ᄉᄉ로 그ᄅ라 ᄒ야 녀ᄌ를 션복게 ᄒ고 의리로 것딜러 닐오딕 니샹셔 녕위를 봉안ᄒ고 니시의 걸식을 낫게 너겨 쥬림옥누를 ᄇ리고 봉관지녈의 두어 후딕ᄒ니 비록 일시의 굿기나 은혜 듕 ᄒ나 원쉬젹으믈 수죄ᄒ야 이럿툿 칙ᄒ라 니부인이 비록 말이 깁고 우인이 견강ᄒ나 ᄌ연 이말은 딕답ᄒ야 입을 열리라 셜파의 모든 형뎨 대쇼ᄒ니 싱이 ᄯᄒ 웃고 믈러오니 이때 화부인이 니시를 블러 샤례 왈 내 블명ᄒ야 현부를 곤케ᄒ니 이제 뉘웃ᄎ나 밋디 못홀디라 그딕를 보매 슈괴

48면

ᄒ미 젹으랴 슈연이나 그딕 운명을 깁히 ᄒᄒ야 언어를 슈작디 아니ᄂ다 ᄒ니 일즉 명의 죄 아니라 내 허믈이니 더옥 슈괴ᄒ도다 그딕 존귀 날을 곤칙ᄒ니 만일 그딕조차 ᄑ디 아닐딘대 내의 모ᄌ 쟝ᄎ 엇디 ᄒ리오 니시 뎐도히 피셕 쳥죄 왈 쇼쳡이 블쵸ᄒ 인믈로 쳐신ᄒ미 낫가와 타인의 시비를 브ᄅ니 그 ᄉᄉ로 맛당ᄒ디라 엇디 놈을 원ᄒ며 졍당과 가부의게 원망이 도라가리잇고 다만 황공ᄒ고 참안ᄒ와 지아비게 우러〃 말븟티믈 감히 못ᄒ옵더니 금일 셩교를 듯ᄌ오니 쇼쳡의 소졸ᄒ고 블민ᄒ믈 쳥죄ᄒᄂ이다 부인이 ᄌ삼 위로ᄒ니 니시 샤은ᄒ고 퇴ᄒ야 기리 탄식ᄒ더니 ᄎ야의 싱이 드러와 여러 말로 그 ᄯ들 여으니 니시 닝엄ᄒ미 일□□어늘 싱이 믄득 작식고

날오듸 부인이 구혼을 뎨긔ᄒᆞ야 혹싱 멸시ᄒᆞ믈 일

49면

ᄀᆞ티 ᄒᆞ고 믜워ᄒᆞ미 슈를 승ᄒᆞ니 내 ᄯᅩᄒᆞᆫ 말이 업ᄉᆞ리 초의 그듸 산셔의 걸식ᄒᆞ니 만일 싀호의 밥이 되디 아니면 도적의 노략을 만나리니 엇디 오늘날 봉관뎍의로 화당옥난 속의 비겨 한원명ᄉᆞ를 압두ᄒᆞ야 문는 말 듸답 아닛는 긔습이 이시리오 ᄒᆞ믈며 니샹셔의 ᄉᆞ당은 둣쓸의 놀리는 거믄 나모조각이 되리니 분벽사창의 뫼셔 쳥차긔향과 듕뇌졔뎐으로 봉양ᄒᆞ리 업ᄉᆞ려든 스ᄉᆞ로 대은을 닛고 이러틋 날을 거졀 원쉬라ᄒᆞ는쟉가 만일 원슈로 알딘대 내 집의 뉴쳐홀 도리 업ᄉᆞ니 그듸는 쾌ᄒᆞᆫ 말을 ᄒᆞ야 혹싱의 의심을 플라 내 비록 ᄉᆡᆨ을 호ᄒᆞ고 녜의를 아디 못ᄒᆞ나 부인의 연고로 일빅댱 댱칙을 닙고 ᄯᅩ 부인ᄭᅴ 이대ᄃᆞ록 졸리이디 아니리라 우리 삼형은 공쥬를 쳐ᄒᆞ시듸 날ᄀᆞᆺ티 구〃티

50면

아냐ᄂᆞ니 부인이 아모리 귀ᄒᆞ나 살쳐도 ᄒᆞ고 사ᄂᆞ니 엇디 이러틋 욕을 보리오 언필의 니시 묵연 브답이러니 ᄉᆡᆼ이 다시 ᄌᆡ촉ᄒᆞ야 쥬의를 니ᄅᆞ라ᄒᆞ니 니시 뎌 긔ᄉᆡᆨ이 됴티 아니코 화부인의 니ᄅᆞ던 말을 ᄉᆡᆼ각ᄒᆞ매 ᄒᆞᆫ이 구드듸 마디 못ᄒᆞ야 옷기슬 녀미고 용모를 슈렴ᄒᆞ야 ᄀᆞᆯ오듸 쳡은 도로의 뉴리ᄒᆞ던 녀ᄌᆡ라 쳔ᄒᆞᆫ 자최경궁 귀틱의 의탁ᄒᆞ야 복이 손ᄒᆞ믄 덧〃ᄒᆞᆫ 상ᄉᆡ라 힝혀 대인 셩은으로 평ᄉᆡᆼ 악명을 버ᄉᆞ니 ᄂᆞ즌 ᄆᆞ음이 일즉 다힝ᄒᆞ고 일즉 두리온디라 엇디 놉ᄒᆞᆫ 명ᄉᆞ로 더브러 감히 언어를 슈작ᄒᆞ리오 군ᄌᆞ의 은혜 난망빅골지은이라 이러모로 죵신토록 구챠ᄒᆞ믈 무롭뻐 문하의 머믈랴ᄒᆞ니 엇디 원슈로 지목ᄒᆞ미 이리시리오 슈연이나 군ᄌᆡ 쳡의 혼암ᄒᆞᆫ 일과 ᄯᅩ 쳡의 연고로 슈칙ᄒᆞ믈 ᄒᆞᆫᄒᆞ야 대인ᄭᅴ 죄 닙은 ᄒᆞᆫ을 쳡의게

51면

플쏀대 쳡이 비록 유소취무소귀나 맛당이 내티시믈 감심ᄒᆞ야 믈러나가 투강ᄒᆞ는 고ᄉᆞ를 ᄯᆞᆯ을찌언뎡 괴로이 머므디 아니ᄒᆞ리니 군ᄌᆞ는 블기 쳐티ᄒᆞ쇼셔 ᄉᆡᆼ이 뎌의 허다 셜화를 드ᄅᆞ매 다만 낭〃이 박쇼ᄒᆞ고 소릭를 년ᄒᆞ야 일ᄏᆞ라 왈 현ᄌᆡ라 부인의 덕과 ᄯᅳ디 여ᄎᆞ하니 혹싱이 인비셕목이라 엇디 감통티 아니며 ᄯᅩ 므슴 ᄆᆞ음으로 참괴티

아니리오 [디]난 일은 닐너 브졀 업ᄉᆞ며 화동ᄒᆞ미 샹ᄉᆡ라 ᄎᆞ후란 다시 일ᄏᆞᆺ디 마사이 다 내 임의 샤죄ᄒᆞ고 프ᄂᆞᆫᄃᆡ 부인이 고집ᄒᆞᆯ딘대 녀ᄌᆞ의 슌후ᄒᆞᆫ 덕이 아니라 니시 뎌의 말이 [궤]비ᄒᆞ고 안ᄉᆡᆨ이 호방ᄒᆞ믈 보매 탄식고 ᄃᆡ답디 아니ᄒᆞ니 ᄉᆡᆼ이 다만 은근 위곡ᄒᆞ야 듕졍이 산히ᄀᆞᄐᆞ되 니시 죠곰도 흔희ᄒᆞ야 졍을 가탑ᄒᆞ미 업고 ᄆᆞ양 곤욕ᄒᆞ고 구박ᄒᆞ던 일을 ᄉᆡᆼ각ᄒᆞ매 기리 한심ᄒᆞ야ᄒᆞ니 ᄉᆡᆼ이 스ᄉᆞ로 짐

52면

쟉ᄒᆞ야 쳔단 샤죄ᄒᆞ니 샹해 다 인ᄉᆞ의 변역ᄒᆞ믈 탄ᄒᆞ더라 니시 소ᄉᆡᆼ으로 더브러 화락ᄒᆞ고 츈잉의 튱셩을 칭샤ᄒᆞ야 쇽냥ᄒᆞ랴ᄒᆞ니 잉이 울며 죽기로 거스러 ᄆᆞᄎᆞᆷ[내] 니시ᄅᆞᆯ 뫼시고 님시 년ᄒᆞ야 ᄌᆞ녀ᄅᆞᆯ 나코 니시는 다만 두 아ᄃᆞᆯ을 둔 후 다시 쟝왜 업ᄉᆞ니 일개 녀승의 말이 방블ᄒᆞ믈 근심ᄒᆞ며 니시 원셩을 소ᄉᆡᆼᄃᆞ려 닐러 쳔금으로 샹ᄒᆞ야 그 젼일 은혜ᄅᆞᆯ 갑흐며 소ᄉᆡᆼ의 은졍이 과도히 일편되니 니시 ᄆᆞ양 고간ᄒᆞ야 님시ᄭᆡ 금슬지락을 온젼킈ᄒᆞ더라 소ᄉᆡᆼ이 텬은을 다시 닙어 벼ᄉᆞᆯ이 니부 좌시랑의 올라시니 뎡시ᄅᆞᆯ 내친 후의 명문ᄉᆞ족의셔 구혼ᄒᆞᆫ 즉 승상이 머리ᄅᆞᆯ 흔들며 졔ᄉᆡᆼ이 다 ᄉᆞᆱᄀᆞᆺ티 너기ᄃᆡ ᄌᆞ연ᄒᆞᆫ 텬뎡[이] 인의로 못하야 운명[이] ᄆᆞᄎᆞᆷ내 민시 국시 부시 뇨시 ᄉᆞ위 부인으로 년ᄒᆞ야 취ᄒᆞ야 뉵부인을 두니 다 쵸월ᄒᆞ고 어딘

53면

녀ᄌᆡ라 셩덕의 관홍ᄒᆞ고 인믈의 통달ᄒᆞ믄 님시 웃듬이오 ᄌᆞᄉᆡᆨ이 츌뉴ᄒᆞᆷ과 인ᄌᆡ 춍명이 겸젼ᄒᆞ믄 니시 웃듬이라 ᄎᆞ 냥인이 얼골이 ᄀᆞᆺ디 아니나 덕틱과 ᄌᆡ죄 서ᄅᆞ 겸손ᄒᆞ미 업ᄉᆞ니 가히 일셰예 슉녀오 기여 ᄉᆞ인은 다 미뫼 ᄲᅢ여나고 ᄆᆞ음이 어[디]러 명분을 ᄃᆡ희고 니시 님시ᄅᆞᆯ 우러〃 공경ᄒᆞ니 님시 놉흔 당의 원비의 위ᄅᆞᆯ 총집ᄒᆞ야 가권을 잡아 덕을 널리 베퍼 다ᄉᆞᆺ 부인 ᄃᆡ졉을 녜경 후ᄃᆡ졉을 동포 져ᄆᆡ ᄀᆞᄐᆞ니 니시 ᄯᅩᄒᆞᆫ 온공 냥션ᄒᆞ야 ᄆᆞᆯ근 ᄯᅳᆺ과 청정ᄒᆞᆫ ᄆᆞ음을 님시ᄅᆞᆯ 도와 공경ᄒᆞ고 ᄉᆞ랑ᄒᆞ미 간격디 아니〃 부듕이 고요ᄂᆞ죽ᄒᆞ고 규문의 ᄆᆞᆯ그미 ᄃᆡᆼ슈의 비ᄒᆞᆯ디라 [승상이] 일ᄏᆞ라 왈 명ᄋᆡ 여ᄉᆞᆺ 부인을 두매 저의 졔가ᄒᆞ믄 다만 급ᄒᆞᆫ 호령 ᄲᅮᆫ이오 일즉 션복ᄒᆞᆯ 일이 업ᄉᆞᄃᆡ 규방의 화긔 쥬아의 풍을 니으믄 이 곳 님시

54면

곳다온 셩덕이오 니시의 어딘 쓰들 규졍ᄒᆞ며 보호ᄒᆞ미니 엇디 쳔츄의 아름다온 말이 되디 아니리오 ᄒᆞ더라 운명이 비록 형셰 마디 못ᄒᆞ야 여러 부인을 취ᄒᆞ나 다 은졍이 업서 죠곰도 후ᄒᆞᆫ 빗치 업고 오직 아는 쟈는 니시라 듀야 샹ᄃᆡᄒᆞ야 써날 줄을 모ᄅᆞ니 니시 스ᄉᆞ로 념예 번다ᄒᆞ야 괴로이 간ᄒᆞ야 듯디 아닌 즉 믄득 슈연히 녜 일을 일ᄏᆞᄅᆞ니 ᄉᆡᆼ이 감동ᄒᆞ야 네 부인을 후ᄃᆡ하고 님시는 지극 공경ᄒᆞ야 ᄉᆞ졍이 니시만 못ᄒᆞ나 공경 듕ᄃᆡᄒᆞ믄 믄득 일테라 샹해 칭찬ᄒᆞ고 화부인의 식뷔 만ᄒᆞ미 사ᄅᆞᆷ의 블워ᄒᆞᆯ 배라 영요ᄒᆞᆫ 봉녹이 늉셩ᄒᆞ되 다만 승샹이 운남셔 도라온 후는 서ᄅᆞ ᄉᆞ〃방의 모든 적이 업고 긔운이 단엄ᄒᆞ니 졔ᄌᆡ 근심ᄒᆞ고 화부인이 심두의 ᄒᆞᆫ이 ᄆᆡ쳣더라 승샹의 졔구ᄌᆞ 운변은 화부인 소ᄉᆡᆼ이니 년긔 십뉵셰 태ᄌᆞ소부 셕귀

55면

경의 필셰되니 이 곳 셕부인 지친이라 셕쇼뷔 셕부인과 동ᄉᆡᆼ이오 쏘 녀ᄋᆞ로뻐 화부인 며ᄂᆞ리를 삼아 겹〃 친ᄒᆞᆫ 거슬 ᄆᆡᄌᆞ니 셕쇼졔 용광과 부덕이 츌딘ᄒᆞ야 그 슉모의 풍이 만ᄒᆞ니 부뷔 샹뎍ᄒᆞᆫ디라 일개 ᄉᆞ랑ᄒᆞ고 화부인이 며ᄂᆞ리 어든 후로 블평ᄒᆞᆫ 말을 그치니라 승샹의 십ᄌᆞ 운필은 셕부인 필ᄌᆡ라 얼골 모양이 그 조부 소쳐ᄉᆞ로 분호 다ᄅᆞ미 업ᄉᆞ니 양부인이 ᄆᆞ양 그 용풍을 보매 쳑연히 승샹ᄃᆞ려 왈 네 만일 네 부친의 얼골을 알고져 ᄒᆞᆯ딘대 운필은 보라ᄒᆞ고 니셕 냥패 본적마다 반기고 슬허 일ᄏᆞᄅᆞ니 승샹이 쏘ᄒᆞᆫ 쳑연ᄒᆞ야 운필 ᄋᆡ듕ᄒᆞ믈 믄득 졔ᄌᆞ의 디나게 ᄒᆞ더니 나히 십칠 셰의 구승샹의 손녀와 혼인ᄒᆞ니 구쇼졔 대가 문풍과 부친의 고명 졍딕ᄒᆞ믈 품슈ᄒᆞ야 얼골과 덕이 겸젼ᄒᆞ니 부뷔 딘듕

56면

ᄒᆞ고 샹해 화셕 두 부인의 복덕을 일ᄏᆞᆺ더라 승샹이 십ᄌᆞ를 다 댱셩ᄒᆞ고 여러 ᄌᆞ뷔 다 흠 업ᄉᆞ믈 깃거ᄒᆞ며 운명이 ᄒᆞᆯ는 니시로 더브러 월ᄉᆡᆨ을 ᄯᅴ여 한가히 말슴ᄒᆞᆯᄉᆡ 셕패 다ᄃᆞ라 찬조 왈 젼일 니부인의 심당 간고를 ᄉᆡᆼ각ᄒᆞ면 금일 낭군의 은근ᄒᆞ시미 ᄂᆞᆺ치 둣겁도다 ᄉᆡᆼ이 쇼왈 어드러셔 괴로온 늘그니는 ᄯᅢ〃 니ᄅᆞ러 사ᄅᆞᆷ의 즐거우믈 막ᄂᆞ뇨 ᄒᆞᆫ대 패 대쇼ᄒᆞ더니 승샹이 ᄒᆞᆫ뎡ᄒᆞ고 벽운누로 가다가 ᄎᆞ언을 듯고 대경대로ᄒᆞ야 명도의 운명을 블러 말슴의 무례ᄒᆞ믈 엄칙ᄒᆞ니 셕패 ᄆᆞ양 운셩 운현의 보채이믈 ᄉᆡᆼ각

고 우으며 말려 왈 그 형들이 날을 긔롱ᄒᆞ매 팔낭군은 단졍ᄒᆞᆫ 사람이라 어제 모쳐 그리ᄒᆞ미니 승샹은 대단이 구디 마ᄅᆞ쇼셔 승샹 왈 셔모ᄂᆞᆫ 위치 존듕ᄒᆞ신디라 엇디 어린 아히들의 보채이믈 드ᄅᆞ시ᄂᆞ니잇고 셕패 대쇼 왈 내 비록 조ᄇᆡ야오나

57면

졔 공ᄌᆞ의 친〃ᄒᆞ야 긔롱ᄒᆞ믈 노ᄒᆞ리오 노ᄒᆞ여 ᄒᆞᆯ 사ᄅᆞᆷ이 잇ᄂᆞ이다 여러 낭군 듕 날 심히 욕ᄒᆞ고 보채기는 소삼낭 ᄉᆞ랑이디 팔낭은 몹쁠 형의게 ᄇᆡ화 그리ᄒᆞ니 칙디 마ᄅᆞ쇼셔 운현은 함쇼ᄒᆞ고 운셩은 졍식 왈 희롱도 ᄒᆞᆯ 말이 잇ᄂᆞ니 아등의 무죄를 그대ᄃᆞ록 모함ᄒᆞ시리오 셕패 그 발명을 보고 변ᄇᆡᆨ디 아니코 고쟝 대쇼ᄒᆞ니 승샹도 어히업서 잠쇼 ᄲᅮᆫ이라 승샹이 쟝ᄎᆞᆺ 오륙 년이 디나ᄃᆡ 화부인을 ᄎᆞᆺ디 아니〃ᄒᆞ믈며 태부인이 깁히 미온ᄒᆞ야 언어를 슈작디 아니ᄒᆞ고 후ᄃᆡ홈도 업ᄉᆞ니 화시 급히 황괴ᄒᆞ야 침식을 폐ᄒᆞ고 병이 니러나니 졔지 블승 민망ᄒᆞ야 듀야 황〃 분주ᄒᆞᆯ식 소부인이 이에 승샹을 보고 권유 왈 화시 뉵년을 공방단댱ᄒᆞ니 그 죄ᄂᆞᆫ 경ᄒᆞ고 아의 벌ᄡᅳ미 너모 과도ᄒᆞᆫ디라 ᄌᆞ못 ᄉᆞ톄의 맛당티 아니코 ᄌᆞ녀의 안면으로 보아도 박졀ᄒᆞ미 블가ᄒᆞ니 현뎨

58면

ᄂᆞᆫ ᄇᆞ라건대 우형의 말을 드ᄅᆞ라 승샹이 머리를 숙여 그윽이 웃고 왈 쇼뎨 나히 블셔 쇠ᄒᆞ고 ᄌᆞ녜 유여ᄒᆞ니 엇디 부인으로 더브러 둥낙ᄒᆞᆯ ᄯᅳᆮ디 이시리잇고 구ᄐᆞ여 화시를 박히ᄒᆞ미 아니라 스ᄉᆞ로 ᄂᆡ당 ᄉᆡᆼ각이 ᄂᆡᆼ낙ᄒᆞ여 오년을 닛과이다 소부인이 우어 왈 현뎨 평일 말을 딧지 아니터니 엇디 금일 우형을 그이ᄂᆞ뇨 그ᄃᆡ 녀ᄉᆡᆨ의 ᄯᅳᆺ 업다ᄒᆞᄆᆞᆫ 가커니와 니ᄌᆞ롸 ᄒᆞᄆᆞᆫ 교졍이니라 벽운누를 ᄎᆞᆽ줄 적 녹운뉘 ᄒᆞᆯ노 닛치이랴 승샹이 데슈 ᄃᆡ왈 그러티 아니이라 쇼뎨 벽운누 닛디 아니믄 모친의 니ᄅᆞ시던 말숨과 그 효의를 감동ᄒᆞ야 ᄌᆞ연 ᄎᆞᆺᄂᆞᆫ ᄣᅢ 잇고 화시ᄂᆞᆫ 미온ᄒᆞᆫ ᄆᆞ음이 심하의 박혓고 감동ᄒᆞ염즉ᄒᆞᆫ 일이 업기로 ᄌᆞ연 니즐러이다 소부인이 위민 왈 그ᄃᆡ ᄌᆞ못 녯 글을 아라 조강지쳬 듕ᄒᆞᆫ 줄 알니니 고집을 그치라 승샹이 년ᄒᆞ야 웃고 왈 쇼뎨 박힝이나 도강지쳐 박멸ᄒᆞ미 업서이다 소시 도라와 니셕 [이패로[10])

---

10) 로 : 원문에 지워진 표시가 있음.

59면

더브러 서로 일오ᄃᆡ 평ᄉᆡᆼ의 사ᄅᆞᆷ 박ᄃᆡᄒᆞᄂᆞᆫ 일이 업더니 화시의게 다ᄃᆞ라 그런 듕정을 긋고 긔ᄉᆡᆨ이 단엄ᄒᆞ니 내 앗가 권ᄒᆞ매 믄득 우ᄉᆞ며 진정을 니ᄅᆞ디 아니〃 진실로 탁냥치 못ᄒᆞ리로다 셕패 쇼왈 부인이 비록 총명ᄒᆞ시나 승샹 ᄯᅳ들 므ᄅᆞ시ᄂᆞᆫ도다 화부인의 죄ᄅᆞᆯ 벗기랴ᄒᆞ실딘대 태부인의 ᄒᆞᆫ 말을 구ᄒᆞ야 프ᄅᆞ쇼셔 소시 ᄭᆡᄃᆞ라 즉시 취셩뎐의 드러가 주왈 화시 비록 득죄ᄒᆞ미 크나 여러 ᄒᆡ 디나시나 모친은 ᄇᆞ라건대 관셔ᄒᆞ야 경을 ᄀᆡ유ᄒᆞ쇼셔 태부인이 웃고 왈 내 ᄆᆞ양 니ᄅᆞ고져 ᄒᆞᄃᆡ 니ᄌᆞ미 되엿더니 네의 간ᄒᆞ믈 조차 ᄀᆡ유ᄒᆞᆯ 날이 이시리라 소부인이 깃거 믈러나다 수일 후 부인이 화시ᄅᆞᆯ 블러 젼일로 칙ᄒᆞ신 후 ᄎᆞ일 승샹을 블러 닐오ᄃᆡ 네 일즉 녜의ᄅᆞᆯ 아ᄂᆞ니 엇디 무단히 조강지쳐ᄅᆞᆯ 박히ᄒᆞᄂᆞ뇨 내의 나히 님박 셔산ᄒᆞ야

60면

시니 ᄉᆡᆼ젼의 너희 부뷔 화동ᄒᆞ믈 보디 못ᄒᆞᆯ딘대 죽어도 눈을 ᄀᆞᆷ디 못ᄒᆞ리로다 승샹이 ᄇᆡ샤 슈명 왈 ᄌᆡ 블쵸나 금일 명교ᄅᆞᆯ 져ᄇᆞ리디 아니리니 엇디 이런 됴고만 일로 태〃ᄅᆞᆯ 글로ᄒᆞ시게ᄒᆞ리잇가 부인이 ᄌᆡ삼 ᄀᆡ유ᄒᆞ시니 승샹이 언〃 슌슌이 슈명ᄒᆞ고 수오 일 후 녹운누의 니ᄅᆞ러 부인을 보고 병을 무른 후 졀칙ᄒᆞ여 왈 내 비록 무상ᄒᆞ나 그ᄃᆡᄅᆞᆯ 져ᄇᆞ리미 업거ᄂᆞᆯ 엇디 내의 나가믈 시ᄒᆞ야 내 ᄌᆞ식을 박ᄃᆡᄒᆞ고 편친을 브효ᄒᆞ며 셔모ᄅᆞᆯ 능멸ᄒᆞ니 엇디 부인의 죄상이 심듕티 아니리오 날 ᄀᆞ튼 용녈ᄒᆞᆫ 남ᄌᆞ ᄇᆡᆨᄉᆞᄅᆞᆯ 강잉ᄒᆞ야 부인을 츌부 두ᄌᆞᄅᆞᆯ 면케 ᄒᆞᄂᆞ이다 ᄀᆡ과ᄒᆞ라 권ᄒᆞ기도 ᄒᆞᆫ두 슌이 아니라 이제ᄂᆞᆫ ᄀᆡ유토 아닛ᄂᆞ이다 화시 기리 참괴ᄒᆞ야 말이 업더라 이 후ᄂᆞᆫ 다시 녜ᄀᆞ티 화락ᄒᆞ니 이 다 태부인 덕튁이라 화시 심하의 죄과ᄅᆞᆯ ᄌᆞ칙ᄒᆞ고 이대 니시 이ᄣᅢ 병이 듕

61면

ᄒᆞ야 ᄉᆡᆼ되 어려오니 합개 경황ᄒᆞ더니 승샹이 반야의 북두ᄅᆞᆯ 향ᄒᆞ야 식부의 명을 비러 삼일의 니ᄅᆞ매 니시 ᄒᆞᆫ ᄭᅮᆷ을 ᄭᅮ니 홍운 ᄉᆞ이로셔 일개 신인이 ᄂᆞ려와 ᄀᆞᆯ오ᄃᆡ 네 나히 본ᄃᆡ 단명ᄒᆞ되 소승샹 경셩이 감동ᄒᆞ야 삼십오셰ᄅᆞᆯ ᄒᆞᆫᄒᆞ니 이번의 죽기ᄅᆞᆯ 면ᄒᆞ리라 ᄒᆞ니 놀라 ᄭᆡ야 소ᄉᆡᆼ의 안자시믈 보고 ᄎᆞ언을 니ᄅᆞ니 ᄉᆡᆼ이 ᄯᅩᄒᆞᆫ 아디 못ᄒᆞ되 부친ᄭᅴ 뭇디 못ᄒᆞ고 샹덕ᄒᆞ난 형뎨ᄅᆞᆯ 무ᄅᆞ니 ᄇᆡᆨ형 운경의 ᄎᆞ례라 ᄀᆞ마니 니시 몽ᄉᆞᄅᆞᆯ

니릭고 부친의 ᄉᆞ긔롤 무릭니 상셰 놀라 왈 내[수]일을 슉덕ᄒᆞ딕 능히 야〃의 힝적을 아디 못ᄒᆞ되 다만 야애 삼일을 년ᄒᆞ야 난간 밧긔 안자 삼경 진ᄒᆞᆫ 후 드러오시고 각별ᄒᆞᆫ 동정이 업ᄉᆞ니 듕심의 즘이 업서 한유ᄒᆞ심인가 ᄒᆞ더니 반ᄃᆞ시 수로뻐 츅텬ᄒᆞ시미랏다 시랑이 뎜두ᄒᆞ고 도라와 니시를 니릭고 서릭 감격ᄒᆞ믈 이긔

62면

못ᄒᆞ더라 이날브터 니시 졈〃 차도를 어든 후 승상이 홀른 졔ᄌᆞᄃᆞ려 왈 내 쇼년 닙됴ᄒᆞ야 경티 여가의 봉친ᄒᆞ믈 일신이 결을 업서 일즉 산천을 유람티 아니ᄒᆞ니 샹〃의 울적ᄒᆞ야 ᄒᆞᄂᆞ니 다란 딕는 보디 아니려니와 오직 태산과 녕산이 갓가오니 귀경ᄒᆞ랴 ᄒᆞᄂᆞ니 여등은 ᄒᆞᆫ가지로 힝장을 출히라 졔싱이 다 깃거 즉시 힝니를 다ᄉᆞ려 나라히 말미하고 존당의 하딕고 부ᄌᆞ 열ᄒᆞᆫ 사름이 태산의 니릭러 유산홀ᄉᆡ 산쳔 경개 절승 화려ᄒᆞ야 가히 오악의 읏듬인 줄 알리러라 승샹이 유람ᄒᆞ기를 십수일의 승경 딕ᄒᆞᆫ 즉 스ᄉᆞ로 글을 짓고 그틱 졔ᄌᆞ를 년귀ᄒᆞ야 고하를 뎡ᄒᆞ고 즐겨 도라갈 줄을 닛더니 승샹이 홀른 태산 하의 졀이 이시믈 보고 운셩이 블을 디릭고져ᄒᆞ니 말녀 왈 모친이 일즉 블법 비쳑ᄒᆞ믈 과도타ᄒᆞ시니 그 명을 역ᄒᆞ여 블블[11]디릭미 인ᄌᆞ의

63면

도리 아니리 졔직 왈 이럴딘대 졀이 너릭고 됴ᄒᆞ니 게 가 헐슉ᄒᆞ사이다 승샹이 쇼왈 어린 아히들 집심 업ᄉᆞ미 ᄀᆞᄐᆞ냐 임의 블 디릭고져 ᄒᆞᄂᆞᆫ 뜨드로 드러가 잘 쓰디 나리오 하인으로ᄒᆞ여곰 다른 한쳐를 잡으라ᄒᆞ야 편히 쉬고 명일 긔운이 블평ᄒᆞ야 유산티 못ᄒᆞ니 운명 운필은 시측ᄒᆞ고 기여 졔싱은 다 갈건야복으로 듁댱을 집고 태산의 올라 삼십 여리를 힝ᄒᆞ야 ᄒᆞᆫ 고딕 다ᄃᆞ라니 큰 바회 길 ᄀᆞ라막앗ᄂᆞᆫ딕 음운이 참〃ᄒᆞ고 흑뮈 아득ᄒᆞ야 셕암 우 굼글조차 비린 ᄇᆞ람이 니러나니 운셩은 본딕 일월 졍긔를 품슈ᄒᆞ야 범연히 영미ᄒᆞᆫ 뉘 아니오 ᄯᅩᄒᆞᆫ 텬하를 유산ᄒᆞ야 일즉 요긔 긔운을 아라보ᄂᆞᆫ 디라 심하의 경혹ᄒᆞ야 급히 말려 왈 오늘 일긔 음팀ᄒᆞ고 셕암의 고이ᄒᆞᆫ 긔운이 이시니 깁ᄒᆞᆫ 산듕의 요긔로온 이믈이 이시믄 샹직라 사름이 샹키 쉬오니

---

11) 블 : 반복되었음. 뒤의 '블'은 지운 것으로 보임.

64면

썔리 도라가 환 업기를 쥐ᄒᆞ사이다 운희 분노 왈 삼뎨ᄂᆞᆫ 엇디 허망ᄒᆞᆫ 말을 ᄒᆞ야 인심을 혹게ᄒᆞᄂᆞ뇨 셜파의 좌우 하리로ᄒᆞ여곰 ᄉᆡ신을 가져다가 바회 우희 ᄲᅡ코 블디ᄅᆞ라 ᄒᆞ니 운셩이 극히 말니ᄃᆡ 한님이 듯디 아냐 왈 아ᄆᆞ 요긔라도 블을 만나 죽으리니 모든 형뎨ᄂᆞᆫ 구경ᄒᆞ라 셜파의 블을 노흐니 ᄒᆞᆫ 줄 화광이 니러나더니 홀연 광풍이 대작ᄒᆞ고 비사주셕ᄒᆞ며 ᄒᆞᆫ 쎄 거믄 긔운이 굼글조차 니러나 화광을 헤티고 바로 하늘로 오ᄅᆞ니 그 쇼ᄅᆡ 뫼히 믈허디고 바다히 허여디ᄂᆞᆫ ᄃᆞᆺᄒᆞ야 흑무 듕의 세 흉악ᄒᆞᆫ 요긔 셔시니 ᄒᆞ나흔 [이]만년 무근 표범의 졍녕이오 ᄒᆞ나흔 일만 오쳔년 무근 곰의 졍녕이오 ᄒᆞ나흔 팔쳔 뉵십 년 무근 일희 졍녕이라 임의 굼글 ᄃᆡ희여 도를 닷고 산신을 졔어ᄒᆞ야 슈하를 삼아시ᄃᆡ 민간의 작폐ᄒᆞᄂᆞᆫ 일이 업고 금일 져히를 항거

65면

ᄒᆞᆷ을 보고 대로ᄒᆞ야 바로 내ᄃᆞ라 몬져 블디ᄅᆞ던 하인 십여 인을 죽이니 소ᄉᆡᆼ 등이 이를 보고 낙담 상혼ᄒᆞ야 총〃이 ᄃᆞ라날ᄉᆡ 운셩이 다른 형뎨를 도라보디 아니코 오직 빅형 운경을 업고 산하를 ᄂᆞ릴ᄉᆡ 운의 [긔]귀ᄒᆞᆫ 산노의 급히 ᄂᆞ리다가 폴흘 상히오고 업더뎌 블러 왈 삼형은 가히 날을 구ᄒᆞ라 운셩이 소ᄅᆡ딜러 왈 너ᄂᆞᆫ 가히 죽어도 블관커니와 빅형을 구티 못ᄒᆞ면 내 만ᄃᆡ의 매명을 드롤디라 내 심히 능히 둘흘 거ᄂᆞ리디 못ᄒᆞ리니 내 당〃이 빅형을 보호ᄒᆞᆫ 후 도라와 너를 더브러 죽어 져ᄇᆞ리디 아니ᄒᆞ리라 셜파의 나ᄂᆞᆫᄃᆞ시 ᄂᆞ려 평안ᄒᆞᆫ 곳ᄃᆡ 다ᄃᆞ라 운경을 ᄂᆞ리와 뉴코 몬져 가 승샹ᄭᅴ 보ᄒᆞ라ᄒᆞᆫ 후 운의를 구ᄒᆞ려ᄒᆞ니 뎨ᄉᆡᆼ이 임의 다 니ᄅᆞ럿고 운의 운현의 보ᄒᆞᆫ ᄇᆡ 되야 ᄯᅩ ᄒᆞᆫ 왓ᄂᆞᆫ디라 모다 승샹 하쳐의 니ᄅᆞ매 승샹이 급히 드러오라ᄒᆞ야 방 듕의 드리고 청듕

66면

의 단좌ᄒᆞ니 운셩이 피ᄒᆞᆷ을 쳥ᄒᆞᆫ대 공이 쇼왈 오ᄋᆞᄂᆞᆫ 경겁디 말고 모ᄅᆞ미 드러 피ᄒᆞ라 내 스ᄉᆞ로 쳐티ᄒᆞ리라 셩이 북디 읍왈 이일이 다 히ᄋᆞ 등의 져즌 빅여놀 이제 야애 당ᄒᆞ려ᄒᆞ시니 히ᄋᆡ 원컨대 ᄀᆞ의 뫼셔 ᄉᆞᄉᆡᆼ을 ᄒᆞᆫ가디로 ᄒᆞ리이다 승샹이 쇼왈 엇디 그리 어리뇨 내 므ᄉᆞ일 위팃ᄒᆞ리오 너ᄂᆞᆫ 방심홀디어다 ᄉᆡᆼ이 ᄆᆞᄎᆞᆷ내 시립ᄒᆞ야 믈러가디 아니코 승샹은 안연히 단좌ᄒᆞ엿더니 슈유의 운뮈 ᄉᆞ긔ᄒᆞ고 살긔 대작ᄒᆞ야 요

괴들이 바로 둘녀드러 텽하의 다드ᄅᆞ매 스스로 놀라 일시의 믈러셔〃 소ᄅᆡ를 ᄂᆞ죽이 ᄒᆞ야 ᄀᆞᆯ오ᄃᆡ 삼ᄐᆡ셩은 모ᄅᆞ미 ᄂᆞ려와 무죄ᄒᆞᆫ 신녕을 블디ᄅᆞ랴ᄒᆞᄂᆞᆫ ᄯᅳ들 니ᄅᆞ라 운셩이 즐왈 여등이 산간 요물도 태산의 드러 오악 녕ᄒᆞᆫ 거술 더러이니 내 텬명을 밧ᄌᆞ와 굴혈을 삭평ᄒᆞ리라 삼외 대로 왈 우리 등이 비록 그ᄃᆡ를 해티 못ᄒᆞ고 도군씌 굴슬ᄒᆞ나 그ᄃᆡ

67면

의 여러 형뎨 ᄉᆞ싱은 아등의 낭듕의 것 쳐티믈 ᄀᆞᄐᆞ리라 승샹이 날회여 향을 픠오고 무러 왈 너희 등이 텬[은]을 닙ᄉᆞ와 나히 당슈ᄒᆞ고 도를 니겨시나 감히 군ᄌᆞ의 거쳐를 능범티 못ᄒᆞ리니 일죽 도라가디 아닌즉 여등의 공뷔 그린 썩이 되리라 셜파의 셔안을 어ᄅᆞ문져 졔요가를 외오매 운셩이 션인 쇼ᄌᆞ의 퉁쇼 곡됴를 브ᄅᆞ니 셩음[이] 뇨량ᄒᆞ고 쳥유ᄒᆞ니 삼외 노ᄒᆞ던 ᄯᅳ디 플고 도로혀 즐겨 일시의 절ᄒᆞ고 샤례와 셩인의 후덕을 닙ᄉᆞ와 방ᄌᆞᄒᆞᆫ 죄를 샤ᄒᆞ시고 도닷그믈 권ᄒᆞ시니 은혜 난망이오 ᄐᆡ셩이 아름다온 글로 어득ᄒᆞᆫ 흉치를 널녀 즐겁게 ᄒᆞ시니 삼가 그ᄅᆞ미 업ᄉᆞ리이다 셜파의 직비ᄒᆞ고 일딘 ᄇᆞ람을 조차 얼골을 보디 못ᄒᆞ니 졔싱이 ᄇᆞ야흐로 방심 환희ᄒᆞ야 나와 야〃씌 샤례홀식 공이 칙왈 여등이 혈긔 지용을 미더 그 욕을 스ᄅᆞ로 취ᄒᆞ

68면

니 뉘 타슬 삼으리오 운셩을 표쟝 왈 네의 힝지 졍대ᄒᆞ야 총거 듕의 운경을 구호ᄒᆞ고 운의를 믈니티니 이 극히 아름다온 ᄉᆞ젹이라 내 깁히 깃거ᄒᆞ노라 싱이 샤례ᄒᆞ더라 운셩이 다시 주왈 대인이 엇디 이 요괴를 죽[이]디 아니시ᄂᆞ니잇고 승샹 왈 뎌 임의 도를 닷가 등한ᄒᆞᆫ 무리 아니니 엇디 경히 죽이며 ᄒᆞ믈며 내 임의 호언으로 도라보내고 다시 죽이면 이는 귀신의게 실신ᄒᆞ미라 ᄒᆞᆫ대 졔ᄌᆡ 칭션ᄒᆞ더라 운의 폴히 듕히 샹ᄒᆞ여시니 일로ᄡᅥ 경ᄉᆞ의 도라오니라 운셩 운현 운경 삼인이 ᄡᅥ더 서ᄅᆞ의 논ᄒᆞ되 태산 하의 뎔이 이셔 부텨를 공양ᄒᆞ니 만일 녕검홀딘대 엇디 요괴를 두리오 맛당이 야〃를 모ᄅᆞ시긔 블디를 거시라 ᄒᆞ고 삼인이 하인으로ᄒᆞ여곰 졀 즁 들을 ᄢᅢ티며 블을 디ᄅᆞ니 슈디 댱뇌 나와 익걸 왈 삼위 노야는 빌건대 사문을 평안케 ᄒᆞ쇼셔 운셩이 대즐 왈 셔역 무디ᄒᆞᆫ 오랑

69면

캐 귀신이 엇디 항화를 도적ᄒᆞ고 요긔를 이웃ᄒᆞ리오 셜파의 구텰 쳘편을 드러 부텨를 티니 금신이 [쉬] ᄇᆞ아 진지라 승시ᄒᆞ야 바로 후방 듕의 드러가니 뎨승이 가ᄅᆞ막아 싱불 나오신다 ᄒᆞ니 삼인이 눈을 드러보니 ᄒᆞᆫ 노승이 찬안 학발노 운상을 비겨 법어을 념ᄒᆞ거ᄂᆞᆯ 운경이 도라가자 ᄒᆞᆫ대 운셩 운현이 듯디 아니코 좌우로 ᄒᆞ야곰 궁시를 가져오라ᄒᆞ야 운셩이 됴흔 살흘 골ᄒᆡ 만궁ᄒᆞ야 쏘니 누승의 ᄂᆞᆺ치 마자 살히 쎠러디고 샹티 아니〃 운현이 말녀 왈 평일 형의 살쇠와 돌흘 맛치매 반ᄃᆞ시 쎄텨나더니 이제 마ᄌᆞ듸 샹티 아니〃 심히 요긔로온디라 도라가 고변을 닐위디 말나 운셩이 다시 쏘아 그 눈을 맛치니 ᄯᅩᄒᆞᆫ 샹치 아니〃셩이 대로ᄒᆞ야 활을 ᄇᆞ리고 칠셩검을 ᄲᅢ여 바로 텨드러가 죽이고져ᄒᆞ니 운경 운현이 ᄌᆡ삼 말니듸 듯디 아니터니 믄득 밧기 드레며 ᄒᆞᆫ 사ᄅᆞᆷ이 드러와 삼인을 ᄭᅮ지저 나가쟈ᄒᆞ거ᄂᆞᆯ 츌혀보니 이 곳

70면

소승샹이라 삼인이 놀라 속슈 시립ᄒᆞ매 승샹이 ᄌᆡ촉ᄒᆞ야 나아가 삼인을 ᄆᆞᆯ 틔오고 경ᄉᆞ로 가기를 늑십여 리의 ᄒᆞᆫ 쥬인을 어더 승샹이 닐오듸 너희 아직 예 이시라 ᄒᆞ고 몬져 드러가더니 믄득 삼인이 보니 ᄎᆞ형 운희야 하쳐 속으로셔 나며 문왈 너희ᄂᆞᆫ 형을 뫼시고 므슴 연고로 이제야 왓ᄂᆞ뇨 삼인 왈 우리 뎔을 분탕ᄒᆞ고 야〃를 뫼셔 이제야 와시니 형이 더듸다 ᄒᆞᄂᆞ뇨 운희 경왈 대인이 하쳐 속의셔 즘을 깁히 드러계시다가 ᄀᆞᆺ ᄭᆡ야 계시니 엇디 너희 뫼셔왓다 ᄒᆞ리오 운경 운현은 어린 ᄃᆞᆺᄒᆞ야 말을 못ᄒᆞ고 운셩이 대로 왈 내 원ᄂᆡ 야애 뎔의 드러가실 일 업ᄉᆞ듸 아등의 과격ᄒᆞ믈 금ᄒᆞ시민가 ᄒᆞ엿더니 반ᄃᆞ시 요긔로온 부텨의 희롱이로다 셜파의 다시 가고져ᄒᆞ거ᄂᆞᆯ 모다 권ᄒᆞ야 드러가 승샹ᄭᅴ 뵈고 슈말을 고ᄒᆞᆫ대 공이 쇼왈 내 앗가 하ᄂᆞᆯ 명을 밧ᄌᆞ와 너희 등

71면

의 과도ᄒᆞ믈 막으려 ᄎᆞ자 ᄃᆞ려오니 이 비록 ᄭᅮᆷ이나 ᄯᅩᄒᆞᆫ 허탄티 아닌디라 너희ᄂᆞᆫ ᄇᆞ졀 업시 노를 내디 말고 일즉 경ᄉᆞ로 갈거시라 운셩이 분을 이긔디 못ᄒᆞ나 부명을 강잉ᄒᆞ야 ᄒᆞᆫ가지로 변경의 도라오다 어시의 ᄌᆞ운산 양태부인이 승샹과 졔손을 보내고 가ᄉᆞ를 다ᄉᆞ리니 ᄂᆡ의 엄숙ᄒᆞ야 젼일노 크게 ᄀᆞᆺ디 아니〃 엇디 화부인의 티가의 비기[리]ᄅᆞ 일〃은 은 셕패 셕공 집의 가다가 노듕의셔 젼일 샹보던 녀승을 만나니 그

신이ᄒᆞᆷ을 아름다와 청ᄒᆞ야 부듕의 니ᄅᆞ매 문니 막을가 두려 ᄒᆞᆫ 교ᄌᆞ를 타 ᄂᆡ당의 드러가 존당의 뵈오니 모다 놀라며 태부인이 청ᄒᆞ야 올니고 한훤 필의 녀승이 피셕 왈 젼일 ᄂᆞ즌 소견을 주ᄒᆞ여ᄉᆞᆸ더니 아디못게라 딩험이 엇더니잇고 부인이 흔연 왈 그ᄃᆡ의 신긔ᄒᆞᆫ 말이 졀〃이 ᄆᆞ즌디라 심히 긔특ᄒᆞ야 ᄒᆞ더니 ᄎᆞᄌᆞᆷ을 어드니 므슴 ᄀᆞᄅᆞ치미 잇ᄂᆞ냐 녀승이 쇼왈 귀틱 부듕ᄂᆡ외 블

72면

ᄉᆞ를 헐ᄲᅳ리시고 밋디 아니시나 내 일댱을 판단ᄒᆞ야 ᄉᆞᆯ오리니 요망타 마ᄅᆞ쇼셔 당초의 니부인이 일년 ᄋᆡᆨ을 만나디 아니시고 화부인의 오년 공[방]이 업ᄉᆞᆯ거ᄉᆞᆯ 노쳡의 말을 밋디 아니샤 니시 곰초믈 깁히 아니시기로 시랑의게 아인 배 되여 원가를 프디 못ᄒᆞ고 범ᄉᆡ 거ᄎᆞ러디니 ᄯᅩᄒᆞᆫ 텬명이나 귀틱 고집타 [하신]타시니이다 이제는 ᄋᆡᆨ운이 다 쇼삭ᄒᆞ고 니부인의 명을 니저시니 승샹의 블ᄉᆞ 나ᄆᆞ라심도 그ᄅᆞ디 아니이다 소부인이 말을 니어 쇼왈 디난 일은 닐러 브졀 업거니와 임의 그ᄃᆡ의 방법을 힝티 아냐시니 [니시] 처엄 ᄋᆡᆨ운도 파티 못ᄒᆞ얏거든 엇디 무단히 명을 니워시리오 녀승 왈 금년 밍하의 니시 위급ᄒᆞᆫ 병을 어덧거ᄂᆞᆯ 승샹이 그대 명이 진ᄒᆞᆷ을 알고 북두의 삼일을 비러 십팔 년을 어더시니 이 엇디 거즛 말이리오 모다 ᄯᅩᄒᆞᆫ 모ᄅᆞᄂᆞᆫ 배라 거즛 말이라 ᄒᆞᆫ대 니시 젼일 몽ᄉᆞ와 운명의 무른 바를 고ᄒᆞ니 일개

73면

ᄇᆡ야ᄒᆞ로 녀승의 신긔ᄒᆞᆷ을 공경ᄒᆞ야 이에 뎡시와 니시의 평ᄉᆡᆼ 원가를 무른대 녀승이 길게 셜화를 여러 왈 소시랑 운명은 본ᄃᆡ 동방 금강산 션인이라 일즉 유람ᄒᆞ야 봉ᄂᆡ산의 니ᄅᆞ니 봉ᄂᆡ 승션녀 홍연이 미뫼 출뉴ᄒᆞᄆᆞ로ᄡᅥ 고을와 쟈랑ᄒᆞ니 동방션이 [운명이라] 계실로ᄡᅥ 더뎌 인연을 ᄆᆡᄌᆞ니 봉ᄂᆡ 부인이 듯고 그 얼골을 밋고 덕을 일흐믈 통ᄒᆡᄒᆞ야 믄득 얼골을 박식을 ᄆᆡᆫᄃᆞ라 님가 녀ᄌᆞ를 삼으니 [이] 님시오 니쇼져ᄂᆞᆫ 남ᄒᆡᄇᆡ다 뇽녀라 관[음]대ᄉᆞ를 뫼셧더니 동방션이 남ᄒᆡ왕을 보고 졍실을 구ᄒᆞ니 뇽왕이 그 ᄯᆞᆯ이나 능히 ᄆᆞ음을 못ᄒᆞ야 관음ᄭᅴ 알외니 관음 대ᄉᆡ 그 유졍ᄒᆞᆷ을 듯고 블가 청졍[ᄒᆞᆫ] 도덕을 난케 못ᄒᆞ리라 ᄒᆞ야 즉시 뇽녀를 일빅ᄉᆞ십 일 말ᄆᆡ를 주시니 동방 션을 흔ᄋᆡᄒᆞ야 졍실이 되매 시임ᄒᆞᄂᆞᆫ 시녀 ᄒᆞ나히 이시니 명은 셜낭이니 곳 넝어의 졍녕이니 동

74면

방션의 얼골을 흠모ᄒᆞ야 ᄆᆞ양 ᄀᆞ마니 ᄉᆞ통코져ᄒᆞ니 뇽네 분노ᄒᆞ야 일댱을 난타ᄒᆞ야 죽이니 관음이 즉시 사로시고 뇽녀의 투긔를 다ᄉᆞ리고져 ᄒᆞ시더니 동방션이 샹뎨ᄭᅴ 죄를 어더 딘가의 귀향가매 봉ᄂᆡ 홍연이 조차가고 뇽네 ᄯᅩᄒᆞᆫ 스ᄉᆞ로 귀향가 인연 ᄆᆡᄌᆞᄆᆞᆯ 원ᄒᆞ니 설낭이 ᄯᅩ 관음 대ᄉᆞ의 명으로 역시 딘간의 ᄂᆞ려가 동방션으로 인연을 일우려 월하노의게 청ᄒᆞᆯᄉᆡ 뇽네 몬져 가 월노를 보고 딘간의 나가 댱부의 웃듬 부인 되ᄆᆞᆯ 청ᄒᆞ니 월뇌 닐오ᄃᆡ 범ᄉᆡ ᄎᆞ례 이시니 홍연으로 동방 션의 뎡실을 삼고 뇽녈 둘쌔 부인으로 ᄒᆞ고 설낭이 뎨 삼의 가리라ᄒᆞ니 설낭이 발악 왈 내 대ᄉᆞ 틱디를 맛나시니 당〃이 용녀의 우히 되리라 [ᄒᆞᆫ대] 뇽네 믄득 다패여 ᄀᆞᆯ오ᄃᆡ 내 비록 딘셰예 가 댱부를 몬져 어드나 당〃이 십년을 긔절ᄒᆞ야 네의 ᄒᆞᆫ을 풀고 통을 도라보내[이]라 ᄒᆞ니 궐낭이 ᄇᆞ야흐로 믈너난

75면

후금 강산 션녀 ᄉᆞ인이 일시의 니ᄅᆞ러 고ᄒᆞ되 아등이 션군 부듕의 ᄉᆞ환 시녜라 평일 풍도를 흠앙ᄒᆞ야 벼개 밧들기를 원ᄒᆞ되 션군이 허티 아니시니 샹〃의 셜워ᄒᆞ더니 딘셰의 나가나 인연 일우고져 원ᄒᆞᄂᆞ이다 ᄒᆞᆫ대 일로ᄡᅧ 월뇌 ᄉᆞ인을 다시 블근 실로 ᄆᆡ야 동방 션의게 년ᄒᆞ니 이 곳 민시 국시 부시 뇨시라 다 젼ᄉᆡᆼ 연분이 금셰의 ᄌᆡ합ᄒᆞ고 젼ᄉᆡᆼ 원슈 금셰의 갑흐미라 슈연이나 젼셰예 사오납고 죄를 어더실디라 환ᄉᆡᆼᄒᆞᆫ 후 덕을 닷그면 원ᄒᆞᆫ이 어름 스러디ᄃᆞᆺᄒᆞ고 복을 밧ᄂᆞ니 설낭이 비록 태ᄉᆞ 틱지를 승셰ᄒᆞ야 뎡가의 귀녜 되여 소시랑 삼위 부인이 되나 니부인ᄭᅴ 실긔지ᄒᆞᆫ을 뎨긔티 말고 화동ᄒᆞ면 니시의 복이 뎡시ᄭᅴ 도라가고 니시 젼셰 투긔로 살인ᄒᆞᆫ 죄과를 닙을거시어ᄂᆞᆯ 뎡시 음험ᄒᆞᆫ ᄭᅬ를 베퍼 ᄒᆞᆫ갓 니시를 해ᄒᆞᆯ ᄲᅮᆫ 아냐 망녕되이 규목낭으로 셩가의 ᄌᆞ식이라

76면

ᄒᆞ야 소시랑으로ᄒᆞ야곰 의심ᄒᆞ야 부ᄌᆞ 텬눈을 살란ᄒᆞ니 우흐로 이십 팔슈 규셩을 위ᄒᆞ야 노ᄒᆞ고 아래로 남히 뇽이 죠곰만 시네 감히 대ᄉᆞ를 의지ᄒᆞ야 그 ᄯᆞᆯ을 해ᄒᆞᄆᆞᆯ 노하야 다시 관음대ᄉᆞᄭᅴ 숑ᄉᆞᄒᆞ니 대ᄉᆡ ᄯᅩᄒᆞᆫ 설낭의 작난이 ᄒᆞ대ᄒᆞᄆᆞᆯ 인ᄒᆞ야 츌부를 ᄆᆡᆫ들고 젼두의 뉴리ᄒᆞ야 상하 톄면 일ᄒᆞᆫ 죄를 ᄇᆞᆰ히시니이다 니부인이 귀ᄌᆞ를 두고

복을 누리시나 대ᄉᆡ 뉴리병 ᄃᆡ희오리 업ᄉᆞ믈 근심ᄒᆞ[시]고 뇽왕이 보고져 하시니 텬명[이] 져ᄅᆞ되 소승샹 복두셩ᄭᅴ 청ᄒᆞ야 삼십 오세를 사ᄅᆞ시리니 역시 텬뎡긔쉬라 인의로 못ᄒᆞ리이다 셜파의 좌우 사ᄅᆞᆷ이 다 긔특이 너겨 문왈 그ᄃᆡᄂᆞᆫ 원ᄂᆡ 엇던 사ᄅᆞᆷ인다 녀승이 웃고 왈 나ᄂᆞᆫ 운슈동의 잇ᄂᆞᆫ 녀관이라 양부인이 믄득 상의나려 사례 왈 딘토지인이 일죽 관읍ᄃᆡ시 희롱ᄒᆞ시믈 모ᄅᆞ니 기리 황괴ᄒᆞ이다 녀승이 태부인의 아라보믈 보고 일딘

77면

청풍이 니러나며 몸을 ᄀᆞᆷ초고 일봉 셔를 ᄂᆞ리티니 가온대 닐러ᄉᆞᄃᆡ 구텬형녀 낭〃이 대송을 딘압ᄒᆞ매 녀듕 요슌이 되도다 부인의 덕틱으로ᄡᅥ 곽시의 복을 바드니 빈승이 ᄯᅩᄒᆞᆫ 위ᄒᆞ야 하례ᄒᆞᄂᆞ니 일노조차 다시 보기 어려오니 쉬 츤 후 빈승이 당〃이 텬승의 올라가 부인을 보리라 ᄒᆞ엿더라 일개 보고 아니 놀라리 업서 칭찬ᄒᆞ고 가듕 소년 녀ᄌᆡ 님시 등을 긔롱ᄒᆞ야 션녀라ᄒᆞ며 혹 션ᄌᆞ낭〃이라ᄒᆞ고 니시로ᄡᅥ 뇽녀낭〃이라ᄒᆞ니 님시 등이 웃고 서ᄅᆞ 희락ᄒᆞᄃᆡ 니시 홀로 쳑〃ᄒᆞ야 즐기디 아니〃 모다 위로ᄒᆞ고 존당 ᄉᆞᆨ미 그 단명타 ᄒᆞ믈 슬피너겨 편ᄋᆡᄒᆞ미 되엿더라 오라디 아냐 승샹이 이 졔ᄉᆡᆼ으로 더브러 존당의 뵈고 운의 풀히 듕샹ᄒᆞ므로ᄡᅥ 의원을 청ᄒᆞ야 고틴 후 유산ᄒᆞ던 셜화와 요긔 만나던 말을 니ᄅᆞ니 모든 사ᄅᆞᆷ이 차악디 아니리 업고 운셩의 운의를 ᄇᆞ리고 운경 구ᄒᆞ믈 듯고 화부

78면

인이 크게 감격ᄒᆞ야 당장ᄒᆞᆫ 화긔로 샤례ᄒᆞ고 ᄎᆞ후 운셩을 친ᄌᆞᄀᆞ티 외ᄃᆡᄒᆞ니 틱듕의 화긔 더옥 빗나더라 ᄒᆞᆯᄅᆞᆫ 승샹이 졔ᄌᆞ로 더브러 문ᄉᆡᆼ을 모도와 말ᄉᆞᆷᄒᆞᆯᄉᆡ 다 명ᄉᆡ라 웃듬 뎨ᄌᆞᄂᆞᆫ 문언박 버금은 범듕엄이오 삼은 공도뵈오 ᄉᆞᄂᆞᆫ 녀공뎌 등이오 기여 셜규 뎡화 김현 됴명셩ᄌᆞ건 이죵관 등 ᄇᆡᆨ여 인이 모드니 승샹이 좌를 일우고 죠용히 말ᄉᆞᆷᄒᆞ야 녜법과 튱효를 니ᄅᆞ더니 우면 정셕의 일인이 뭇ᄌᆞ오ᄃᆡ 뎨ᄌᆡ 오래 션ᄉᆡᆼ 명교를 듯ᄌᆞ와 효ᄒᆡᆼ을 닷그며 튱을 온젼히 ᄒᆡᆼᄒᆞ옵더니 요ᄉᆞ이 샤뎨 츰언을 듯고 무고히 노ᄒᆞ여 뎨ᄌᆞ를 보디 아니코 ᄯᅩ 뎨ᄌᆞ 아니보려ᄒᆞ기로 말ᄆᆡ아마 [어]버의게 드러오디 아니〃 노뫼 듀야 ᄉᆞ려ᄒᆞ고 우민ᄒᆞ야 샤뎨를 브ᄅᆞ시ᄃᆡ 뎨ᄌᆡ 이시니 ᄒᆡᆼ혀 만날가 두려 못뵈노라 ᄒᆞ오니 소부의 ᄀᆞᄅᆞ치시믈 원ᄒᆞᄂᆞ이다 소공이 탄왈 동긔는 ᄒᆞᆫ 혈육이라

엇디 춤언을 듯고 형뎨 보디 아

79면

니미 이시리오 네 맛당이 히원 일이 업스니 가싀를 지고 오솔 버서 네 아의게 청죄ᄒ야 오히려 듯디 아닐딘대 네 가히 봉친 후 즉시 나가 피ᄒ야 네 아이 네히 편친을 보아 ᄌ식의 경과 어믜 ᄆ음을 위로케ᄒ고 스스로 혼자 봉친ᄒ믈 깃거 말라 네 아이 비록 네 ᄒᆫ 말과 불공ᄒᆫ 일이 업ᄉ나 형뎨 니간ᄒ믄 믄득 부인의게 둘녀시니 반ᄃ시 네의 부인과 네의 수처 블화ᄒ야 서ᄅ 춤언을 니ᄅ혀미니 가히 부인을 칙ᄒ고 화긔를 힘뻐 권ᄒ면 감화ᄒ미 이시리라 범공이 피셕 왈 듕엄이 비록 블민ᄒ나 이 말숨을 닛디 아니시리이다 좌편 졍셕의 일인이 뭇ᄌ오ᄃᆡ 뎨ᄌᆡ ᄌ쇼로 검박ᄒ기를 듀ᄒ고 샤려ᄒᆫ 일과 탐남ᄒᆫ 배 업ᄉᄃᆡ 어ᄉ 녀이강이 논힉ᄒ야 탐장치셩ᄒ다 ᄒ니 그 원민ᄒᆫ 말ᄃᄅ믈 발명코져 ᄉ부ᄭᅴ 뭇줍ᄂ이다 승샹 왈 언박아 네 일즉 녯 글을 보디 아냣는다 네 평

80면

일즉 녯 글을 보디 아냣는다[12] 네 평일 국은을 닙ᄉ와 다만 쳥념ᄒ기를 쥬ᄒ고 친쳑의 고초와 붕우의 간위를 구졔티 아니〃 이 다 다만 뎨 몸의 이ᄒᆫ 일을 ᄉᆡᆼ각고 젹덕을 ᄆ믈히 ᄒ니 믄득 사ᄅᆞᆷ의 믜이미 되ᄂ니 ᄎ후 무탁간고ᄒᆫ 사ᄅᆞᆷ을 구ᄒ고 몸을 가지록 닷그면 엇디 인인이 너를 탐남타 ᄒ며 논힉ᄒ던 재 뉘웃디 아니리오 문공이 직비 왈 뎨ᄌᆡ 블민이나 이 말숨을 간부의 [새]기리이다 ᄎ례로 모든 졔ᄌᆡ 말을 니어 믈경을 무른 후 승샹이 이에 닐오ᄃᆡ 튱효는 녯 사ᄅᆞᆷ의 블기 니른 배오 너희 무리 ᄯᅩᄒᆫ 오륜을 삼가니 내 말을 허비치 아니거니와 다만 요ᄉ이 보니 풍쇽이 한심ᄒ야 ᄉ히 태평ᄒ고 셩ᄂ 승시예 근심되미 업순고로 디여 직상 명ᄉ들이다 일업고 호화ᄒ야 힝실을 닥디 아니코 쳥노 폐강을 셩히 베퍼 창녀을 모도고 풍악 쥬찬으로 쇼일ᄒ야 별서 되엿는지 라 비록 그런 일

12) 일즉 녯 글을 보디 아냣는다 : 반복되었음.

81면

을 우이 너기던 쟈도 믄득 므들미 되야 술마시고 챵녀를 ᄭᅵ며 디어 심ᄒᆞᆫ 쟈ᄂᆞᆫ 친히 분주ᄒᆞ야 챵누를 ᄃᆞᆫ니며 힝실을 ᄂᆞ디ᄒᆞ니 비록 본셩이 추비ᄒᆞ미나 ᄯᅩᄒᆞᆫ 형뎨의 권과 붕우친쳑의 잇글녀 므들미 만흐리니 이러모로 됴뎡 ᄇᆡᆨ관들이 챵쳡 업ᄂᆞ니 젹어 쥬ᄉᆡᆨ의 ᄌᆞᆷ겨 술을 취ᄒᆞ매 념치를 져ᄇᆞ려 톄면이 업ᄉᆞ며 혹 급ᄒᆞᆫ 됴회와 인견을 만나면 규방의 드럿던 구〃 ᄒᆞᆫ 신ᄉᆡᆨ으로 혹 술도 취ᄒᆞ고 술이 ᄀᆞᆺ ᄭᅵ여 모든 반녈의 가매 좌셕이 축연ᄒᆞ[고] 말ᄉᆞᆷ이 착난ᄒᆞ야 경ᄉᆡᆨ이 ᄒᆡ이ᄒᆞᆫ디라 비록 챵녜 아닐딘들 엇디 쳐쳡이 업ᄉᆞᆯ거시라 구ᄐᆞ여 챵뉴를 모도며 ᄯᅩᄒᆞᆫ 부모의 뎡ᄒᆞ신 졍실 밧ᄭᅴ ᄯᅩ 엇디 잡뉴를 모화 셩인의 쥬ᄉᆡᆨ 경계ᄒᆞ신거ᄉᆞᆯ 니ᄌᆞ리오 공ᄌᆡ ᄀᆞᆯ오샤ᄃᆡ 덕을 호ᄒᆞ미 ᄉᆡᆨ[호]홈 ᄀᆞᆺ치ᄒᆞ니를 보디 못ᄒᆞᆯ와ᄒᆞ시니 지극ᄒᆞ다 이말ᄉᆞᆷ이요 요ᄉᆞ이 시쇽 무리ᄒᆞᆫ 인뉴 덕은 니ᄅᆞ

82면

도 말고 부모 향ᄒᆞᆫ 졍셩이 쳐ᄌᆞ 듕히 너기ᄂᆞᆫ 바와 ᄂᆡ도ᄒᆞ니 슬프다 이 무리ᄂᆞᆫ 사ᄅᆞᆷ의 얼골을 가져시나 금슈 가온대 가마괴게 붓그러오미 되리니 내 ᄆᆞ양 기리 한숨디고 슬허ᄒᆞ노라 지어 닙신ᄒᆞᆫ 사ᄅᆞᆷ은 ᄯᅳ디 방ᄌᆞᄒᆞ고 ᄭᅥ리미 업ᄡᅥ 챵누의 외입ᄒᆞ나 ᄯᅩᄒᆞᆫ 부모쳐ᄌᆞ의게 ᄒᆞᆫ 조각 영화ᄂᆞᆫ 이시려니와 더옥 블힝ᄒᆞᆫ 바ᄂᆞᆫ 션ᄇᆡ 과업을 폐ᄒᆞ고 부모을 니ᄌᆞ며 쳐ᄌᆞ를 호령ᄒᆞ야 금ᄇᆡᆨ을 뫼화가지고 창녀를 ᄯᆞᆯ오며 ᄃᆞ토아 패가 망신ᄒᆞᄂᆞᆫ 일의 다ᄃᆞ라ᄂᆞᆫ 챵녀의 무리 더옥 유쾌ᄒᆞᆫ디라 내 잇다감 졍신을 도라보아 산연이 눈을 ᄂᆞ리오미 ᄒᆞᆫ 두번 아니〃 대개 사ᄅᆞᆷ이 부모의 ᄉᆡᆼ휵지은을 닙ᄉᆞ와 셥셰 쳐신ᄒᆞᆯᄉᆡ 어미 어ᄅᆞ문져 길너 아비 근심ᄒᆞ여 ᄀᆞᄅᆞ치미 다 디셩소격으로 어딜 과쟈ᄒᆞ시니 엇디 ᄒᆞᆫ갓 ᄉᆡᆼ아ᄒᆞ신 은혜 ᄲᅮᆫ이리오 부모의 은덕을 인ᄒᆞ야 몸이 댱셩ᄒᆞ매 쳐ᄌᆞ ᄉᆞ랑하온 줄과 만믈 귀듕ᄒᆞᆫ 줄

83면

을 알거ᄂᆞᆯ 시셰 무식ᄒᆞᆫ 뉴ㅣ 부모의 ᄋᆡᄃᆞ라 ᄉᆞ지믈 도ᄒᆞ야 믄득 졍이 소ᄒᆞ고 ᄯᅳ디 달나 부모를 ᄂᆡ외서ᄃᆡᄒᆞ고 원망ᄒᆞ며 효도를 젼폐ᄒᆞ며 얼골을 ᄀᆞᆷ초아 뵈디 아니ᄂᆞ니 만흐니 어버이 ᄯᅩᄒᆞᆫ ᄌᆞ식의 블효ᄒᆞ믈 ᄒᆞᆫᄒᆞ야 서ᄅᆞ 흔단을 닐너 지극ᄒᆞᆫ 졍의 도로혀 상ᄒᆞ야 간격이 만ᄒᆞ니 이 엇디 부모의 그ᄅᆞ미리오 ᄯᅩᄒᆞᆫ 부뫼 그ᄅᆞᆯ디라도 ᄌᆞ식이 그 ᄉᆡᆼ아지은을 ᄉᆡᆼ각ᄒᆞ매 호텬난망이라 스ᄉᆞ로 셩회 업ᄡᅥ 그릇 너기시ᄂᆞᆫ도다 ᄒᆞ야 가지록 효

도ᄒᆞ미 이 곳 듕화의 대효로 붓터 여러 내신 배니 엇디 감히 부모ᄅᆞᆯ 외ᄃᆡᄒᆞ리오 고인이 닐오ᄃᆡ ᄌᆞ식이 효도ᄒᆞ려 ᄒᆞ나 어버이 기ᄃᆞ리디 [아니ᄒᆞ고] 가고오디 아닐ᄉᆞᆫ 나히라 ᄒᆞ니 슬프다 사ᄅᆞᆷ이 부모ᄅᆞᆯ ᄒᆞᆫ 번 니별ᄒᆞᆫ 후ᄂᆞᆫ 그 ᄭᅮ짓ᄂᆞᆫ 말슴을 듯고져ᄒᆞ나 듯디 못ᄒᆞ고 ᄀᆞᄅᆞ치시믈 엇고져ᄒᆞ나 엇디 못ᄒᆞ고 ᄌᆡ믈이 이시나 눌을 효도ᄒᆞ며 얼골을 보고져ᄒᆞ나 어듸 가 어더보리오 쇽졀 업시 슬픈 ᄆᆞ음이 늑아의 서리고 뉘웃쁜 ᄯᅳ든 심

84면

두의 [ᄆᆡ]쳐 제ᄉᆞᄅᆞᆯ 일우나 아ᄅᆞᆷ이 업고 술을 부으나 감ᄒᆞ미 업ᄉᆞᆫ디라 ᄉᆡᆼ뎐의 뉘웃브믈 머금어 디하의 죄인이 되리니 이러모로 사라실적 힘을 갈ᄒᆞ야 효양ᄒᆞ고 혹 힘의 밋디 못ᄒᆞᄂᆞᆫ 일이 〃시나 이ᄂᆞᆫ ᄒᆞᆯ 일이 업ᄉᆞ니 비록 부모 기셰ᄒᆞᆫ 후 영홰 무궁ᄒᆞ나 ᄉᆞ〃로이 셜울 ᄯᆞᄅᆞᆷ이오 슈괴ᄒᆞ고 뉘웃브믄 업ᄉᆞ리니 너희 등은 삼가 내 말을 져ᄇᆞ리디 말고 황셩 ᄂᆡ외와 텬하 쥬현의 챵누ᄅᆞᆯ 파ᄒᆞ게 닙의ᄒᆞ라 말슴을 ᄆᆞᆺᄎᆞ매 제ᄌᆞ 빅여 인이 감동ᄒᆞ믈 이긔디 못ᄒᆞ야 눈믈을 흘녀 명을 앗고 그 듕 블효재 만히 잇더니 ᄎᆞ언을 듯고 감격ᄒᆞ고 슈괴ᄒᆞ야 샤례ᄒᆞ며 ᄒᆞ며[13] 즉시 효을 힘ᄡᅳ니 승샹의 우인이 이럿ᄐᆞᆺ ᄒᆞᆫ디라 문공 범공 등이 날이 져믄 후 퇴ᄒᆞ야 헤여져 범공이 승샹 말대로 ᄒᆡᆼᄒᆞ매 가ᄂᆡ 화평ᄒᆞ고 형뎨 다시 ᄉᆞ랑ᄒᆞ고 문언박의 명망이 더은디라 이적의 녜부샹셔 됴명이 문쟝 혹ᄒᆡᆼ이 ᄲᅢ혀나고 웅치 긔샹이 표연ᄒᆞ니 승샹이

85면

뎨ᄌᆞ로 두어시나 명이 일즉 유복ᄌᆡ라 그 모친 뎡시 현텰ᄒᆞ야 훈ᄌᆞᄒᆞ믈 어디리ᄒᆞ야 승샹의 뎨ᄌᆞᄅᆞᆯ 삼으니 소공이 ᄯᅩᄒᆞᆫ 그 인ᄌᆡᄅᆞᆯ 어엿비 너겨 문ᄉᆡᆼ의 녀헛더니 명이 닙신 후 방탕ᄒᆞ야 챵쳡을 모도니 기모 뎡부인이 비록 어디나 화려ᄒᆞ고 번잡ᄒᆞᆫ 풍이 이셔 아ᄃᆞᆯ의 ᄯᅳ들 바다 여러 챵녀로 궁듕을 메우고 ᄯᅩᄒᆞᆫ 만됴ᄇᆡᆨ관을 쳥ᄒᆞ야 됴명이 쳡을 내여 투ᄉᆡᆨᄒᆞ며 잔치ᄒᆞᆯᄉᆡ 그 어미와 쳐ᄌᆞᄅᆞᆯ 굿보라ᄒᆞ고 만됴의 긔별ᄒᆞ야 미쳡을 ᄃᆞ려와 고하ᄅᆞᆯ 뎡ᄒᆞ쟈ᄒᆞ니 지어 승샹 이 해 다 미쳡을 단장ᄒᆞ야 가ᄂᆞᆫ디디[14]라 명의 쳐부 샹소연이 ᄯᅩᄒᆞᆫ 녀셔의 쳥으로 가고 우승 샹 공희 ᄯᅩ 미녀ᄅᆞᆯ 거ᄂᆞ려 갈ᄉᆡ 기여 만됴 ᄇᆡᆨ관이 수업ᄂᆞᆫ디라 됴명이 궁듕 시녀와 챵쳡을 다 단장ᄒᆞ야 ᄉᆡᆨ을 결울ᄉᆡ 존부

---

13) ᄒᆞ며 : 반복되었음.
14) 디 : 반복되었음.

의 우인을 아는디라 감히 ᄉᆞ식디 못

86면

ᄒᆞ고 오직 운셩 등을 ᄀᆞ마니 청ᄒᆞ야 ᄇᆞᄃᆡ 쳡을 ᄃᆞ리고 오라 ᄒᆞ니 졔쇠 비록 맛당티 아니믈 아나 쇼년ᄒᆞ 긔즐이 업디 못ᄒᆞ야 허락ᄒᆞ고 셜연날 졔ᄉᆡᆼ이 일즉 조반을 파ᄒᆞ고 의ᄃᆡ를 정히ᄒᆞ고 드러가 부인ᄭᅴ 하딕ᄒᆞᆫ대 승샹이 가는 고ᄃᆞᆯ 믓는디라 운경이 안셔히 주왈 됴명이 챵녀 투식ᄒᆞ는 잔치라 ᄒᆞ고 히ᄋᆞ 등을 청ᄒᆞ엿ᄂᆞ이다 승샹이 노왈 명이 비록 호방ᄒᆞ나 엇디 이러ᄐᆞᆺ 오랑캐 ᄒᆡᆼ실을 ᄒᆞ리오 ᄒᆞ믈며 내 뎌적 챵기를 금ᄒᆞ엿거ᄂᆞᆯ 방ᄌᆞᄒᆞ미 태심ᄒᆞ고 너희 등이 ᄯᅩᄒᆞᆫ 참연코져 ᄠᅳ들 두니 한심토다 운경이 실언ᄒᆞ믈 ᄭᆡ돗디 못ᄒᆞ야 왈 됴명이 본 인물은 강직ᄒᆞᄃᆡ 이런 일로 볼딘대 무식ᄒᆞ미 이ᄀᆞᄐᆞ니 이는 그 부친의 교훈을 듯디 못ᄒᆞᆫ 연괴러이다 운현이 급히 오술 ᄃᆞᆯ리여 그치라ᄒᆞᆫᄃᆡ ᄉᆡᆼ이 ᄇᆡ야흐로 ᄭᆡᄃᆞ라 묵연 황괴홀식 공이 다만 못드

87면

른 톄ᄒᆞ니 졔ᄉᆡᆼ이 감히 가디 못ᄒᆞ나 십일 후 됴명이 니라러 졔ᄉᆡᆼ의 아니온 연고를 뭇고 심하의 황공ᄒᆞ야 드러가 션ᄉᆡᆼᄭᅴ 뵈매 승샹이 듕계예 ᄭᅮᆯ리고 수죄ᄒᆞ야 ᄎᆡᆨᄒᆞᆫ 후 즉시 미러내텨 왈 네 비록 얼골풍뫼 신션 ᄀᆞᆺ고 문쟝이 니두ᄀᆞᆺ틀ᄶᅵ라도 ᄒᆡᆼ신ᄒᆞ기를 이러ᄐᆞᆺ 홀딘대 ᄆᆞᄎᆞᆷ내 이로ᄀᆞᆺ다 ᄒᆞ믈 면티 ᄒᆞ리라 ᄒᆞ니 명이 븟그려 ᄎᆞ후 다시 챵녀를 모흐디 못ᄒᆞ고 ᄆᆞ음을 잡아 슌ᄒᆡᆼᄒᆞ니 현셩공의 뎨ᄌᆞ ᄀᆞᄅᆞ치미 여ᄎᆞᄒᆞᄃᆡ 됴명뎐의 이소유를 [아]니믄 현셩과 소ᄉᆡᆼ 등 곳 들면 됴명의 인믈이 ᄂᆞ자딜디라 므릇 뎐의 위한쟈를 인ᄒᆞ야 슈미 허다 셜화를 ᄡᅢ여 됴명을 기리니라 일 후의 공이 뎨ᄌᆞ를 거ᄂᆞ리고 샹소ᄒᆞ야 진주ᄒᆞᆫ 후 텬하 쥬현의 창누를 파ᄒᆞ고 됴뎡의 뎐교ᄒᆞ야 술 먹기를 금ᄒᆞ니 ᄇᆡᆨ관이 숙연 경계ᄒᆞ야 경히 ᄒᆞᆫ골ᄀᆞᆺ더라 ᄎᆞ년

88면

츈의 과거 이셔 운의 운몽 형뎨 등과ᄒᆞ니 영화 물망이 진동ᄒᆞ고 승샹이 크게 두려 더옥 공근 검소ᄒᆞ며 덕을 힘ᄡᅳ더라 이적의 승샹 댱녀 슈뎡 쇼졔 [장셩ᄒᆞ니] 얼골 풍되 흡〃히 금분의 화왕ᄀᆞᄐᆞ야 진실로 모친과 품격이 달라 화슌ᄒᆞ며 온공ᄒᆞ니 이 곳 화부인의 소ᄉᆡᆼ이라 승샹이 ᄌᆞ못 ᄉᆞ랑ᄒᆞ야 십오의 운슉 쳐 셩시 오라비 셩쥰과 혼인ᄒᆞ

니 부뷔 다 샹뎍ᄒᆞ야 아름더라 공의 ᄎᆞ녀 슈옥은 셕부인 소ᄉᆡᆼ이라 년긔 십뉵세의 뉴평장 통뷔 되니 뉴ᄉᆡᆼ이 용뫼란 옥 ᄀᆞᆺ고 풍치 슈려ᄒᆞ니 뉴평장은 골온 윤부인 구슉이라 년가 결친ᄒᆞᆫ 소쇼져로 통부를 삼으니 슈옥쇼졔 부모의 명모녕용과 풍도를 품슈ᄒᆞ야 ᄲᆡ여난 얼 ᄉᆡᆨ〃ᄒᆞᆫ 힝실이 뉴가의 보빅되야 기리는 소릭 귀를 어즈러이더라 승샹의 졔삼녀 슈아는 화부인 필녀라 얼골은 옥미 눈 우희 빗긴 둧 티되 빙뎡ᄒᆞ고 긔질이

89면

슈려소담ᄒᆞ야 쟈약경영ᄒᆞ믄 모친 ᄀᆞᆺᄐᆞ되 염〃 쇄락ᄒᆞ믄 소시 풍치를 어더시니 졀셰지뫼라 다만 셩되 강〃ᄒᆞ고 말솜이 민쳡ᄒᆞ나 쵸쥰ᄒᆞ야 덕이 젹으니 화부인은 깁히 사랑ᄒᆞ나 승샹은 낫비 너겨 샹〃의 엄칙 경계ᄒᆞ미 졔녀의 지나게 ᄒᆞ더니 십뉵 셰의 니ᄅᆞ매 승샹의 문ᄉᆡᆼ 졍홰 듕산인으로 부모를 소상ᄒᆞ고 친쳑으로 ᄯᆞᆯ와 승샹ᄭᅴ 슈학ᄒᆞ니 공이 그 ᄌᆡ모를 ᄉᆞ랑ᄒᆞ야 녀셔를 삼으니 졍ᄉᆡᆼ이 긔딜이 옥 ᄀᆞᆺ고 문쟝 ᄒᆡᆼ힝이 깃특ᄒᆞ되 다만 셩되 온냥ᄒᆞ고 ᄆᆞ음이 아담연약하야 쟝부의 긔상이 업더니 소쇼져를 취ᄒᆞ매 용광이 풍도를 보고 크게 혹ᄒᆞ야 그 당듕의 농낙ᄒᆞᆫ 배 되니 믄득 남ᄋᆞ의 쳬골을 닛고 ᄒᆞᆫ 흔잔ᄒᆞᆫ 단ᄉᆡ 되여 화류 풍뉴의 ᄯᅳ들 두지 아니〃ᄒᆞ믈며 소쇼졔 모친 셩품의 일호도 ᄲᅧ진 일이 업ᄉᆞᆫ고로 뎡ᄉᆡᆼ이 만일 나가 졔형으로 놀지라도 의심ᄒᆞ야 시녀를 내여 긔찰ᄒᆞ고 일분이나 미심ᄒᆞᆫ

90면

일이 이실딘대 뎡ᄉᆡᆼ의 드러오믈 기ᄃᆞ려 깁을 드러 ᄌᆞ결ᄒᆞ며 칼흘 ᄲᆡ혀 주그려ᄒᆞ는 셩상을 ᄒᆞ니 ᄉᆡᆼ의 ᄆᆞ음이 약ᄒᆞ고 심디 어지러 ᄒᆞ믈며 향녀의 듕ᄒᆞᆫ 뎡이 간졀ᄒᆞ므로 ᄡᅧ 쇼져의 이ᄀᆞᆺᄐᆞᆷ을 본즉 황〃 착급ᄒᆞ야 만단 회유ᄒᆞ고 쥬야 규방의 ᄃᆡᄒᆞ야 졔쇠 청홀지라도 시녀로 술펴 남ᄌᆞ만 모닷다 ᄒᆞᆫ 후야 쇼져의 허락 바다 츌입ᄒᆞ니 일시의 웃는 말이 되야 졔쇠 그 누의를 무이너겨 거즛 말노 ᄆᆞ양 창쳡이 잇다 소기니 뎡ᄉᆡᆼ의 부뷔 화평홀 적이 업ᄉᆞᆫ디라 화부인이 졔ᄌᆞ를 ᄭᅮ짓고 녀ᄋᆞ와 ᄒᆞᆫ가지로 녜셔를 잡죄니 셜규는 뎡화로 지극 친ᄒᆞᆫ 배나 셩되 강엄ᄒᆞ고 우인이 ᄉᆡᆨ〃ᄒᆞ고 굿세여 쟝부의 풍치이시니 챵쳡이 비록 만히 이시나 그 부인 뉴시 감히 투긔ᄒᆞ는 말이 업ᄉᆞ니 졔가의 샹반ᄒᆞ미 이ᄀᆞᆺᄐᆞᆫ디라 샹〃의 졍를 되ᄒᆞ야 긔롱 왈 형이 문인 군ᄌᆞ로 지긔 호상ᄒᆞᄃᆡ 상문의 취셔

91면

후로 ᄉᆞ젹이 블힝ᄒᆞ니 엇디 부인녀ᄌᆞ를 졔어티 못ᄒᆞ나뇨 뎡싱이 다만 웃고 답디 아니더니 오라디아냐 셜귀 근친ᄒᆞ라 ᄂᆞ려가고 뎡싱이 ᄯᅩᄒᆞᆫ 소분ᄒᆞ라 갈ᄉᆡ 승샹이 일쭉 뎡낭의 효우ᄒᆞ고 ᄒᆞᆫ아ᄒᆞ믈 ᄉᆞ랑ᄒᆞ나 그 약ᄒᆞ믈 깃거아냐 녀ᄋᆞ를 엄칙ᄒᆞᄃᆡ 곳칠 길히 업ᄉᆞ니 공이 노ᄒᆞ야 ᄀᆞᆯ오ᄃᆡ 네 이ᄌᆡ 아뷔 ᄀᆞᄅᆞ치믈 듯디 아니ᄒᆞ고 투악을 과히ᄒᆞ야 가셩을 욕먹이니 ᄲᆞᆯ리 안젼의 뵈디 말라 드ᄃᆡ여 티힝ᄒᆞ야 뎡싱을 주어 듕산으로 보내니 화부인이 쳔단으로 밀막으ᄃᆡ 승샹이 듯디 아냐 왈 녀ᄋᆡ 이에 이셔 부형을 미더 가부를 멸시ᄒᆞ니 멀리 보내여 그 긔운이 타향의 가 굴복ᄒᆞ면 ᄇᆡ야흐로 녀ᄌᆞ의 도를 알거시오 ᄯᅩᄒᆞᆫ 졍가의 며ᄂᆞ리 된 후 구〃 사당의 뵈디 아니미 녜 아니라 셜파의 ᄌᆡ촉ᄒᆞ야 보내니 쇼졔 울며 하딕ᄒᆞ고 뎡싱이 ᄯᅩᄒᆞᆫ 승샹씌 ᄇᆡ별

92면

ᄒᆞᆯᄉᆡ 승샹이 경계 왈 네 맛당이 ᄒᆞᆨ업을 힘쓰고 녀ᄌᆞ의 졀졔를 밧디 말라 드ᄃᆡ[여] 셔안 ᄉᆞ이로셔 옥골의 ᄃᆞᆯ인 셔딩을 내여주어 왈 이거ᄉᆞᆫ 내 쇼의 악부 하궁씌 어든 배라 옥골회옥이 아냐 슈듕의 단년ᄒᆞᆫ ᄒᆡ뵈니 등촉이 번폐ᄒᆞᆫᄃᆡ 셔안의 노하두면 ᄇᆞᆰ은 빗치 니러나 글 닑기의 유익ᄒᆞ니 가히 반ᄃᆡ 즙ᄂᆞᆫ 슈고를 감ᄒᆞ리니 내 각별이 간난시의 주어 너희 글 닑ᄂᆞᆫ 공부를 돕노라 뎡싱이 빵슈로 밧ᄌᆞ와 공경ᄒᆞ야 ᄉᆞ매의 녀코 니별ᄒᆞ야 듕산으로 가니 승샹의 위연히 준 옥환 슌금 셔딩이 후ᄅᆡ의 뎡ᄉᆞ의 녀ᄋᆞ 뎡환과 셜규[의] 독ᄌᆞ 경운으로 결혼ᄒᆞᆯ 적 답빙[시]의 셔딩이 올라 허다 긔특ᄒᆞᆫ 셜홰되여 슈졔 옥환빙이라 ᄒᆞ고 여러 권 칙이되니라 어시의 졍홰 ᄉᆞᆯ쳐로 더브러 듕산의 와 부모 사당의 뵈고 강줘 갓가오매 셜규를 ᄌᆞ로 ᄎᆞᄌᆞ 붕우의 졍을 폘

93면

ᄉᆡ 셜귀 챵녀를 모도와 잔치ᄒᆞᆯᄉᆡ 뎡싱이 눈으로ᄡᅥ 풍악을 보디 아니〃 셜싱이 핍박ᄒᆞ야 권ᄒᆞᆫ대 뎡싱이 ᄯᅩᄒᆞᆫ 소시 친당의 이실적과 달나 발악을 간ᄃᆡ로 못ᄒᆞ더라 ᄒᆞ야 옥셤이란 챵녀로 더브러 ᄃᆡ무ᄒᆞ고 가ᄉᆞ를 지어 주어더니 소시 듯고 대로ᄒᆞ야 뎡싱으로 더브러 일댱을 대젼ᄒᆞ고 열 사흘을 굶어 죽으려 ᄒᆞ니 뎡싱이 은의 듕ᄒᆞᆫ디라 ᄇᆡᆨ단ᄋᆡ걸ᄒᆞ야 그 노를 플게ᄒᆞ니 소시ᄂᆞᆫ 셩문 귀녜라 옥셤을 통ᄒᆞᆫᄒᆞ야 잇디 못ᄒᆞ도록 보채여 나가게 ᄒᆞ니 뎡싱이 ᄎᆞ후 다시 셜규를 ᄎᆞᆺ디 못ᄒᆞᆫ디라 투악이 텬하의 유명ᄒᆞ야

위딩 왕조 뎡화의 쳐라ᄒᆞ니 말솜이 눈 눌니듯ᄒᆞ야 뎡ᄉᆞ의 가니 승샹이 듯고 탄왈 오작이 봉을 낫티 못ᄒᆞ도다 졔지 참안브답이라 오라디아냐 셜규 뎡화 등이 급뎨하야 가권을 거ᄂᆞ려 경ᄉᆞ의 니ᄅᆞ니 승샹이 졍셜 이인을 반기

94면

듸 그 녀ᄋᆞᄂᆞᆫ 일당을 대칙ᄒᆞ니 쇼졔 머리를 수기고 듸답디 아니듸 승샹이 [ᄎᆞ]후ᄂᆞᆫ 이 녀ᄋᆞ를 ᄌᆞ못 깃거 아냐 일즉 어ᄅᆞ문져 ᄉᆞ랑티 아냐 ᄡᅵ닷과랴 ᄒᆞ듸 쇼졔 부친의 죽으라ᄒᆞ믄 슌슈홀 거시로듸 투긔ᄂᆞᆫ 능히 그치디 못ᄒᆞ니 부뫼 ᄯᅩᄒᆞᆫ 홀 일이 업서ᄒᆞ더라 승샹의 뎨 ᄉᆞ녀 슈빙은 셕부인 ᄎᆞ네라 곳다온 나히 십삼의 니ᄅᆞ매 싀모 염틔와 낭ᄌᆞ혜질이 모친으로 다ᄅᆞ미 업서 옥골 션부ᄂᆞᆫ 딘애의 ᄲᅱ여나고 산쳔 슈긔ᄂᆞᆫ 미우의 어릐여 믈근 골격과 녕농ᄒᆞᆫ 틔되 쇄락ᄒᆞ야 혜월 슈화지용과 팀어 낙안지틔를 겸ᄒᆞ야 경셩 경국홀 ᄉᆡᆨ이 이시니 일개 크게 ᄉᆞ랑ᄒᆞ고 셕부인의 ᄋᆡ듕ᄒᆞ문 비길 듸 업더니 그 슉모 소부인이 화법이 정묘ᄒᆞᆫ디라ᄆᆞᄂᆞᆫ 딜아의 향염ᄒᆞᆫ ᄉᆡᆨ티 풍광을 보고 이에 촉깁을 극틱ᄒᆞ야 ᄇᆡᆨ깁으로 족ᄌᆞ 다ᄉᆞ술 믄돌고 모든 딜녀로 ᄒᆞ여곰 단장을 일워 화계 ᄉᆞ이

95면

예 셰우고 친히 ᄎᆡ필을 드러 ᄒᆞᆫ 번 눈ᄀᆞᄐᆞᆫ 지조를 펴매 붓긋티 니ᄅᆞᄂᆞᆫ 곳마다 신션의 도으미 잇ᄂᆞᆫ 듯ᄒᆞ야 경긱의 다 그려 벽의 걸고 화셕 두 부인과 셕파를 청ᄒᆞ야 뵈니 모다 칭션 왈 부인의 지죄 이러틋 신긔ᄒᆞ시니 우리 등의 션복ᄒᆞᄂᆞᆫ 배로소이다 소부인이 쇼왈 요ᄉᆞ이 한가ᄒᆞ고 심히 무류ᄒᆞ야 브졀 업슨 거술 일우과라 드듸여 그 아래 글 짓고 뎨명ᄒᆞᆫ 후 붓을 더디고 거두어셔 화방의 근ᄉᆞᄒᆞ니라 화셜 녜부낭듕 김희ᄂᆞᆫ 좌셔 인이라 일즉 급뎨ᄒᆞ야 승샹과 동년이 되엿더니 조ᄉᆞᄒᆞ고 슬하의 냥지 이시니 당은 환이오 ᄎᆞᄂᆞᆫ 현이라 풍되 슌슈ᄒᆞ고 문치 아름다오나 오직 현이 특이ᄒᆞ여 눈의 만권 시셔를 [외오고] 흉듕의 경뉸지지를 간ᄉᆞᄒᆞ고 ᄯᅩᄒᆞᆫ 효힝이 ᄲᅢ혀나 흡〃히 증삼의 ᄯᅳᆺ 바듬과 왕샹의 나모 안고 울기를 효측홀 ᄯᅳ디 이시니 ᄒᆞ믈며 골격은 텬디 졍긔을 니어 산쳔의 빗난

96면

거술 오롯ᄒᆞ고 용화ᄂᆞᆫ ᄇᆡᆨ옥을 갓근 듯ᄒᆞ며 풍신은 니젹션을 웃ᄂᆞᆫ디라 아〃히 ᄇᆞ람

알픽 옥나모 ᄀᆞᆺ고 교〃히 슈듦[의] 웃ᄂᆞᆫ 부용 ᄀᆞᄐᆞ니 김시랑 ᄌᆡ시의 편익ᄒᆞ미 과도ᄒᆞᆫ 디라 부인 왕시ᄂᆞᆫ 태조 왕황후의 족딜이라 임의 명문 부녜로ᄃᆡ 다만 우인이 혼암ᄒᆞ고 망녕된고로 댱ᄌᆞ 환을 심히 ᄉᆞ랑ᄒᆞ야 시랑의 현을 이듕ᄒᆞ믈 노ᄒᆞ니 시랑은 블근 군ᄌᆡ라 부인의 ᄯᅳ들 알고 다만 일편되미 업슬디언뎡 듕히 너기믄 ᄆᆞ양 ᄎᆞᄌᆡ라 샹이 일ᄏᆞ라 왈 환은 반ᄃᆞ시 김시 쳥덕을 샹히오고 현은 가문을 흥ᄒᆞ리라 ᄒᆞ니 부인이 더옥 블열ᄒᆞ더니 시랑이 기셰 후 부인이 삼년을 디내고 환으로ᄡᅥ 형부샹셔 위명츈의 녀ᄋᆞ를 취ᄒᆞ고 현으로ᄡᅥ 호부시듕 취광한의 녀를 취ᄒᆞ니 위시 취시 ᄌᆞᄉᆡᆨ이 아름답고 ᄒᆡᆼ실이 ᄂᆞᆺ가오니 ᄌᆞ못 왕부인의 ᄯᅳᆺᄃᆡ 마즈디라 모든 가

97면

듕이 다 기리고 왕부인이 크게 ᄉᆞ랑ᄒᆞ니 김환은 ᄒᆞᆫ가지로 즐기ᄃᆡ 현이 ᄌᆞ유로 문무로 정통ᄒᆞ고 ᄯᅳ디 놉아 슉녀를 구ᄒᆞ다가 취시의 ᄇᆞ졍ᄒᆞ고 간악ᄒᆞ믈 보고 심하의 차탄ᄒᆞ여 명도를 ᄒᆞᆫᄒᆞ더니 모친의 ᄉᆞ랑ᄒᆞ고 깃거ᄒᆞ믈 보매 탄왈 편친이 맛당이 너기시니 이 역시 다ᄒᆡᆼᄒᆞᆫ디라 내 맛당이 강잉ᄒᆞᆯ거시라 ᄒᆞ야 취시를 후ᄃᆡᄒᆞ나 ᄉᆞ〃 은의ᄂᆞᆫ ᄆᆡᆨ〃ᄒᆞ야 외친 ᄂᆡ소ᄒᆞ니 취시 기리 ᄒᆞᆫᄒᆞ야 ᄉᆡᆼ을 ᄃᆡᄒᆞᆫ즉 ᄆᆞ득 노ᄉᆡᆨᄒᆞ고 본톄 아니〃 ᄉᆡᆼ이 힝혀 효셩을 셰우랴 모친 ᄯᅳ들 바다 후ᄃᆡᄒᆞ나 엇디 즐겨 그 ᄂᆡᆼ낙ᄒᆞᆫ 위엄을 감심ᄒᆞ리오 ᄆᆞ음을 강잉키 어려워 일월이 오라매 ᄆᆞ득 은의 변ᄒᆞ고 얼골을 보디 아니〃 취시 십분 노ᄒᆡ야 ᄒᆞᆯᄂᆞᆫ 왕부인 알픽셔 ᄉᆡᆼ을 면ᄎᆡᆨ 왈 낭군이 능히 그 몸의 죄 잇ᄂᆞᆫ 줄 아ᄂᆞᆫ다 ᄉᆡᆼ이 강잉ᄒᆞ야 쇼왈 내 엇디 부인의 게 득죄

98면

죄ᄒᆞ믈 알리오 취시 소ᄅᆡ 딜러 ᄉᆞ지저 왈 그ᄃᆡ 무고히 부모 맛디신 쳡을 박ᄃᆡᄒᆞ고 헛도이 외당의 이시니 의예 패려ᄒᆞ미 극ᄒᆞᆫ디라 므슴 면목으로 우음이 나리오 ᄉᆡᆼ이 다만 호〃히 박쇼ᄒᆞ고 말을 아니ᄒᆞ니 왕부인이 박ᄃᆡᄒᆞᆫ다 ᄎᆡᆨᄒᆞᆫ대 ᄉᆡᆼ이 샤왈 히ᄋᆡ 비록 용녈ᄒᆞ나 ᄆᆡᆼ셰ᄒᆞ야 하쥐 슉녀를 어더 모친을 밧들고 금슬지락을 펴리니 엇디 취녀로 더브러 죵신ᄒᆞ리잇고 ᄒᆞ믈며 근간은 히ᄋᆡ 박히ᄒᆞ미 업ᄉᆞᄃᆡ 스ᄉᆞ로 박명ᄒᆞᆯ와 일ᄏᆞᄅᆞ니 이ᄂᆞᆫ 녀ᄌᆞ의 ᄆᆞᆰ은 ᄯᅳ디 아니라 사ᄅᆞᆷ으로ᄒᆞ야곰 춤밧고 ᄉᆞ지즐 배로소이다 히ᄋᆡ 밤인즉 동실ᄒᆞ고 나진즉 ᄒᆞᆫ가지로 편친을 뫼셔 언ᄡᅬ 통ᄒᆞᆯᄀᆡᄉᆡᆨ이 화평커ᄂᆞᆯ 오히려 족디못ᄒᆞ야 쇼ᄌᆞ를 원망ᄒᆞ니 쇼ᄌᆡ 비록 청츈 장년이나 취시의 ᄯᅳ들 조출딘대 히ᄋᆡ 반

ᄃᆞ시 단명ᄒᆞ리니 ᄯᅩᄒᆞᆫ 두렵디 아니리잇가 도라 취시

99면

ᄃᆞ려 왈 내 비록 불명ᄒᆞ나 부인의 ᄒᆡᆼ사 심디ᄂᆞᆫ 거울ᄀᆞ티 아ᄂᆞ니 너모 업슈이 너기디 마ᄅᆞ샤이다 셜파의 크게 웃고 나가니 긔상이 ᄂᆡᆼ엄ᄒᆞ고 말ᄉᆞᆷ이 참괴ᄒᆞᆫ디라 취시 일댱 분노ᄒᆞ야 어즈러이 ᄭᅮ짓고 침소로 도라가니 ᄉᆡᆼ이 심하의 ᄒᆞᆫᄒᆞ야 ᄀᆞᆯ오ᄃᆡ 내 비록 유ᄉᆡᆼ이나 명순ᄉᆞ위라 기친바 ᄌᆡ혹이 ᄂᆞᆷ의 아래 되디 아닐 거시어ᄂᆞᆯ 취시랑이 야애 아니 계시고 형의 어두오믈 업슈이 너겨 말만ᄒᆞᆫ ᄆᆡ파로 내의 ᄎᆡᆼ신대ᄉᆞ를 어즈러 더런 블측ᄒᆞᆫ 거술 내게 보내니 엇디 괘심티 아니리오 그 ᄌᆡ믈과 위셰를 쟈랑ᄒᆞ야 저ᄂᆞᆫ 시[림] 시랑이오 우리ᄂᆞᆫ 젼[임] 시랑의 고ᄌᆡ라ᄒᆞ야 업슈이 너기니 엇디 노흡디 아니리오 이러틋 ᄉᆡᆼ각ᄒᆞ매 은의 돈연ᄒᆞᄃᆡ 오직 사ᄅᆞᆷ되오미 쳘셕ᄀᆞᄐᆞᆫ디라 강잉ᄒᆞ야 긔운을 ᄎᆞᆷ고 낫빗ᄎᆞᆯ 화히ᄒᆞ야 편모를 셤기고 취시를 후ᄃᆡᄒᆞ더니 ᄒᆞᄅᆞᆫ 벗을 ᄎᆞ

100면

차 평장 소운현을 보라오니 원ᄂᆡ 현이 승샹을 아비ᄀᆞᆺ치 셤기고 승샹이 현을 ᄌᆞ딜ᄀᆞᆺ치 이ᄃᆡᄒᆞᄃᆡ 그 형 화ᄂᆞᆫ 우인이 간활ᄒᆞᆫ고로 승샹과 졔쇠 면분이 이시나 졀ᄒᆞ미 업고 오직 현을 친대ᄒᆞᄂᆞᆫ 듕 운현으로 문경지괴 되엿더라 이날 울젹ᄒᆞ믈 조차 운현을 ᄎᆞ자 훤츨ᄒᆞᆫ 말ᄉᆞᆷ과 웅권ᄒᆞᆫ 문쟝을 의논코져 ᄒᆞ더니 ᄂᆔ 도로혀 낭원 션ᄌᆞ를 그림가온대 볼 줄 알리오 이ᄣᅢ 운현이 모든 형뎨 나가고 심〃ᄒᆞ야 셔방 듕의셔 셔화를 뒤져겨 볼ᄉᆡ 벽상의 오도ᄌᆞ의 그림이 이셔 졍신이 뉴동ᄒᆞᄂᆞᆫ ᄃᆞᆺᄒᆞ니 홀연 셔흥이 조발ᄒᆞ야 졀구 일슈를 짓고 인ᄒᆞ야 그림을 그리고져ᄒᆞ야 슉모의 화법이 신긔ᄒᆞ믈 ᄉᆡᆼ각고 운춰각의 니ᄅᆞ니 소부인이 ᄇᆞ야흐로 왕우군의 난뎡을 노코 글 ᄡᅳ거ᄂᆞᆯ ᄉᆡᆼ이 쇼왈 슉뫼 쇠년의 계시ᄃᆞ록 공을 졀녁ᄒᆞ야 일시

101면

도 손의 붓 노ᄒᆞ신 적이 업ᄉᆞ니 도혹션ᄉᆡᆼ이 되셤즉ᄒᆞ이다 부인이 잠쇼 브답이어ᄂᆞᆯ ᄉᆡᆼ이 ᄭᅮ러 주왈 슉모의 그림 ᄒᆞᆫ 당을 어더 빅화지이다 부인 왈 셔화 녀흔 방의 이시니 아므거시나 가져가라 드ᄃᆡ여 시녀로ᄒᆞ여곰 열쇠를 주어 션덕누 방[을] 여러주니 ᄉᆡᆼ이 드러가 보매 수 십간 텽듕의 산호 뉴리 옥셔안과 ᄎᆡᆨ거리를 노코 각ᄉᆡᆨ 셔ᄎᆡᆨ을 ᄎᆞ

례로 빠하 일홈 모를 거시 쉬 업고 졍묘ᄒᆞ며 긔특ᄒᆞ야 수만 권 셔칙이 다 박은거시 아냐 다 소부인의 친히 뻐 장칙ᄒᆞᆫ거시라 공녁이 ᄒᆞ대ᄒᆞ고 긔이ᄒᆞ며 거룩ᄒᆞ미 승샹의 장셔각도곤 더ᄒᆞ니 가히 녀듕 혹ᄉᆡ라 ᄉᆡᆼ이 칭찬ᄒᆞ믈 마디 아니ᄒᆞ고 북녁히 ᄃᆡ모로 ᄆᆡᆫ든 궤 수십이 노혀시니 열고 보니 온갓 녜 명홰 쉬업고 우희 ᄒᆞᆫ 궤예 무수ᄒᆞᆫ 그림이 다 부인의 만물을 그려 녀ᄒᆞᆫ거시라 ᄉᆡᆼ이 족자 ᄒᆞ나흘 ᄲᅢ여내여 가지고 ᅀᅮᆨ모ᄭᅴ 하

102면

ᄃᆡᆨ고 나와 족ᄌᆞ를 펴 벽의 걸고보니 ᄎᆡᄉᆡᆨ 미인리라 이 곳 슈빙 쇼져의 얼골 그린거시라 ᄉᆡᆼ이 내여 온줄 뉘웃처ᄒᆞ나 사ᄅᆞᆷ이 업ᄂᆞᆫ 고로 방심ᄒᆞ야 깁을 펴고 붓을 드러 ᅀᅮᆨ모의 ᄌᆡ조 잇기 어려오믈 차탄ᄒᆞ더니 믄득 ᄇᆡ후의 일인이 불러 왈 소형아 근간의 두문불츌ᄒᆞ고 쇼데를 졀교ᄒᆞ니 유하ᄉᆡ냐 ᄉᆡᆼ이 놀라 도라보니 친우 김현이라 믄득 투필흠신ᄒᆞ야 ᄃᆡ왈 요ᄉᆞ이 형을 보디 못ᄒᆞᆯ너니 하풍이 츅신ᄒᆞ야 ᄌᆞ운산을 ᄎᆞᆺᄂᆞᆫ다 김ᄉᆡᆼ이 웃고 드러 안ᄌᆞ며 우연히 눈을 드러보니 벽샹의 일위 미인이 흰 깁 가온대 얼골을 영디워 비겨시니 일빵 셩안은 졍신을 머믈워 사ᄅᆞᆷ을 보ᄂᆞᆫ 듯ᄒᆞ고 풍영을 ᄐᆡᆨᄒᆞᆫ 얼골은 완연히 양비의 어그러오믈 겸ᄒᆞ고 홀난ᄒᆞᆫ 풍광이 ᄎᆡᄉᆡᆨ의 빗출 도으매 김ᄉᆡᆼ이 당초ᄂᆞᆫ 그림인줄 ᄭᆡ돗디 못ᄒᆞ야 황망이 ᄂᆡ러나며 번신ᄒᆞ야 나가고져

103면

ᄒᆞ다가 이에 다시 보아 ᄇᆡ야흐로 그림가온데 셩ᄉᆡᆼ즐을 알고 대경 칭찬 왈 이 엇던 사ᄅᆞᆷ의 그린 배뇨 소ᄉᆡᆼ이 즉시 ᄂᆡ러 족ᄌᆞ를 거드며 왈 이ᄂᆞᆫ 녜 명인의 셔법이라 김ᄉᆡᆼ은 본ᄃᆡ 문인 ᄌᆡᄉᆞ라 엇디 신긔ᄒᆞᆫ 그림을 보매 그만ᄒᆞᆯ 리 이시리오 나아가 일변으로 보기를 구ᄒᆞ며 일변으로 ᄌᆞ시보니 그 미인의 용모 형ᄐᆡ 운셩 등으로 방불ᄒᆞ고 ᄯᅩ 만히 소승샹 ᄀᆞᄐᆞ니 ᄉᆡᆼ이 본ᄃᆡ 힘이 큰디라 평쟝의 잡은거슬 아사 펴고 다시 보니 손의 모란을 것거 들고 폴쇠를 버서 곳 남긔거ᄂᆞᆫ 형상이오 겨ᄐᆡ 졀구를 지어 ᄡᅧ시니 필법이 긔이ᄒᆞ야 가히 그림과 ᄒᆞᆫ가지 ᄌᆡ죈줄 알리러라 하여시ᄃᆡ ᄋᆡ딜 슈빙이 옥이 향긔 어ᄅᆡ고 고지 말ᄒᆞᄂᆞᆫ ᄐᆡ되 이시니 이 ᄂᆡ른 완사셔ᄌᆞ와 쇼군왕장이라도 밋디 못ᄒᆞ리니 운환의 빈혀 곳기를 구ᄐᆞ여 기ᄃᆞ릴 배 아니로다 조요의 글을 읇흐미 갓가오ᄃᆡ ᄌᆡ랑은 어

104면

ᄂᆞ 고ᄃᆡ 이셔 슉녀를 ᄎᆞᆺ디 아냐 ᄒᆞ쥐의 외롭게 ᄒᆞ나뇨 ᄒᆞ고 그 아래 ᄒᆡᄌᆞ로 ᄀᆞᄂᆞᆯ게 쓰ᄃᆡ 뎡국부인 미산 소시는 작셔화 ᄒᆞ노라 ᄒᆞ엿더라 김ᄉᆡᆼ이 보기를 파ᄒᆞ고 이에 공경ᄒᆞ야 믈너안자 ᄀᆞᆯ오ᄃᆡ 일즉 녕ᄆᆡ의 화샹인 줄 아디 못ᄒᆞ니 기리 황공ᄒᆞ야라 평쟝은 ᄉᆞ찰ᄒᆞᆫ디라 다만 위곡히 닐오ᄃᆡ 형은 일가 ᄀᆞᄐᆞ니 므솜 혐의 이시리오 김ᄉᆡᆼ이 ᄆᆡᆨ〃ᄒᆞ야 말을 아니코 두어귀 한훤을 파ᄒᆞᆫ 후 하ᄃᆡᆨ고 도라가니 운현이 고이히 너기ᄃᆡ ᄉᆞᄉᆞ로 ᄭᆡᄃᆞᆺ디 못ᄒᆞ더라 김ᄉᆡᆼ이 도라가 셕반을 먹은 후 고요히 안자 ᄉᆡᆼ각ᄒᆞᄃᆡ 내 오ᄂᆞᆯ 졍신이 허ᄒᆞ야 아니 ᄭᅮᆷ을 ᄭᅮᆷ인가 분명히 그림을 ᄭᅵ야셔 본가 만일 진짓 일〃딘대 셰샹의 사ᄅᆞᆷ이 혹 고오니 잇거니와 엇디 혈육지신이 그대도록 ᄒᆞ리오 아니 소부인이 딜녀를 과도히 그려 쟈랑ᄒᆞ던가 ᄯᅩ 고텨 혀오ᄃᆡ 내 일이 그ᄅᆞ다 뎌 한샹셔의 부인이 딜녀를 그리미

105면

불과 심듕 ᄌᆡ죠를 펴미니 엇디 부허히 자랑ᄒᆞ야 거ᄌᆞᆺ 거ᄉᆞᆯ 그리〃오 ᄒᆞ믈며 소션ᄉᆡᆼ의 용광과 그 여러 오라비 다 하안 반악 ᄀᆞᄐᆞ니 엇디 그 누의 고오미 괴[이]ᄒᆞ리오 다만 내 비록 야얘 아니겨시나 문미 명개오 내의 ᄌᆡ혹과 풍치 슉녀의게 욕되디 아니리니 엇디ᄒᆞ면 뎌 쇼져를 취ᄒᆞᆯ고 ᄒᆞ다가 믄득 ᄉᆡᆼ각ᄒᆞᄃᆡ 내 실로 어린 사ᄅᆞᆷ이로다 김시 명문이나 야얘 기셰ᄒᆞ야 쇠미ᄒᆞ고 내 ᄯᅩ 유ᄉᆡᆼ으로 취쳐ᄒᆞ야시니 뎌 당〃ᄒᆞᆫ 샹문 귀족의 혁혁ᄒᆞᆫ 귀녜 엇디 유ᄉᆡᆼ의 ᄌᆡ실이 되리오 비록 내 닙신ᄒᆞᆯ ᄶᅵ라도 ᄇᆞ라디 못ᄒᆞ며 ᄯᅩ 감히 내여 니ᄅᆞ리오 만일 일럴딘대 ᄉᆡᆼ젼의 ᄇᆞ라도 못ᄒᆞ리니 내 쟝ᄎᆞᆺ ᄇᆞ졀 업순 그림을 보아 셩교를 져ᄇᆞ리고 ᄂᆞᄆᆡ 녀ᄌᆞ를 샹ᄉᆞᄒᆞ니 명교의 붓그러오미 뎍디 아닐디라 뉘웃ᄎᆞ나 밋디 못ᄒᆞ리ᄅᆞ 내 아모려도 취시로 죵신ᄐᆞᆫ 못ᄒᆞ리니 ᄉᆡᆼ니의 [이] 녀ᄌᆞ를 엇디 못ᄒᆞ고 가인을 ᄂᆞ

106면

ᄆᆡ 손의아 일딘대 엇디 용녈티 아니리오 이러ᄐᆞᆺ ᄇᆞ졀 업순 념녀를 허비ᄒᆞ야 동강의 북과 원촌의 계셩도 츌혀 듯디 못ᄒᆞ고 동인ᄃᆞ시 안자 ᄉᆡᆼ각다가 홀연 눈을 드러 보니 촉이 블셔 ᄡᅥ뎟고 동방이 ᄇᆞᆯ가시니 ᄉᆡᆼ이 놀라 급히 니러나 모친ᄭᅴ 문안ᄒᆞ고 ᄉᆞᄉᆞ로 밤을 새온 줄을 웃더라 일노조차 오ᄆᆡ의 소쇼져 그림 가온대 얼골만 ᄉᆡᆼ각고 만ᄉᆡ 무

심ᄒᆞ야 평일 [명]단ᄒᆞ고 소쥰ᄒᆞ며 영오ᄒᆞᆫ 춍명이 운무의 ᄡᅧ 정신 일ᄒᆞᆫ 사ᄅᆞᆷ이 되야 오시 치우며 더우믈 아디 못ᄒᆞ고 밥이 ᄇᆡ브ᄅᆞ며 주리믈 [모ᄅᆞ고] 셔당의 혼자 좌ᄅᆞᆯ 일워 거지 실 조ᄒᆞ니 일개 고이히 너기며 왕부인이 병든가 심히 근심ᄒᆞ니 ᄉᆡᆼ이 브효ᄅᆞᆯ ᄭᅵ ᄃᆞ라 졍신을 강잉ᄒᆞ야 ᄃᆞᆫ니더디 날이 오라매 능히 졔어티 못ᄒᆞ야 병을 어더 누으니 ᄇᆡᆨ약이 무효ᄒᆞ고 편쟉의 녕공이 업ᄂᆞᆫ디라 왕부인이 망극ᄒᆞ야 ᄒᆞ되 김환은 본ᄃᆡ 이 아ᄋᆞᆯ

107면

ᄉᆞ랑티 아닛난디라 짐짓 됴히너겨 의약도 힘쓰디 아니터라 이ᄣᅢ 졔쇠 벼슬을 ᄃᆞᆫ니ᄂᆞᆫ 사ᄅᆞᆷ이라 다ᄉᆞᄒᆞ고 번거ᄒᆞ야 유ᄉᆡᆼ의 버ᄃᆞᆯ ᄎᆞᄌᆞ미 드믈기로 김현의 병ᄒᆞᆷ을 모ᄅᆞ더니 마ᄎᆞᆷ 운셩이 샹환ᄒᆞ야 미류ᄒᆞ매 텬ᄌᆡ 태의로 간병ᄒᆞ시고 졔ᄉᆡᆼ이 ᄯᅩᄒᆞᆫ 아ᄂᆞᆫ 의원을 블러 모도니 칠십 여인이라 딘ᄆᆡᆨᄒᆞ고 약을 의논 후 병의 고하와 문견을 뎡ᄒᆞ더니 냥의 최담이 닐오ᄃᆡ 젼임 시랑 김희의 ᄎᆞᄌᆞ 김현 슈ᄌᆞ의 병이 극히 고이ᄒᆞ니 살기 어렵더라 ᄒᆞ거ᄂᆞᆯ 병뷔 텽파의 놀라 병을 강잉ᄒᆞ야 무러 왈 아니 셩화 문밧 김시랑 공지냐 최담이 복슈 왈 올ᄒᆞ이다 병뷔 닐오ᄃᆡ 그 ᄋᆞ이 날노더브러 심치 친ᄒᆞ더니 근간 ᄎᆞ디 아니믈 고이ᄒᆞ야 ᄒᆞ더니 원ᄂᆡ 병드럿다가 므슴 병이 그대ᄃᆞ록 듕ᄒᆞ더뇨 최담 왈 샹ᄉᆞ병이라 만일 병이 듕ᄒᆞ면 ᄉᆡᆼ각ᄂᆞᆫ 바ᄅᆞᆯ ᄃᆞ려다가 고틸 거시로ᄃᆡ 못 어들 사ᄅᆞᆷ인가 합개

108면

입을 봉ᄒᆞ고 김공ᄌᆞ도 ᄒᆞ릴 계괴 업세라 ᄒᆞ니 엇디 살길히 이시리잇가 병뷔 ᄀᆞ장 근심ᄒᆞ야 왈 그 아ᄒᆡ 평일 명단ᄒᆞ던디라 엇디 그럴니 이시리오 너희 등이 듕병을 고티기 슬히너겨 아니 고티려 짐즛 샹ᄌᆞ라 ᄒᆞᄂᆞᆫ도다 최담이 샤례 왈 소의 엇디 병 곳티믈 고로와 ᄒᆞᆯ딘대 의원이 되리잇가 이윽고 운현이 드러오니 병뷔 김ᄉᆡᆼ의 병을 니ᄅᆞ니 평쟝이 ᄯᅩᄒᆞᆫ 놀라 즉시 태의 수인을 ᄃᆞ리고 김가의 니ᄅᆞ러 바로 병소의 드러가 ᄉᆡᆼ을 보니 풍광이 쇼삭ᄒᆞ고 안뫼 쵸췌ᄒᆞ야 증셰 위악ᄒᆞ니 차셕ᄒᆞ믈 이긔디 못ᄒᆞ야 태의로 딘ᄆᆡᆨ 간병ᄒᆞ매 태의 최담과 의논이 ᄀᆞᄐᆞᆫ디라 평쟝이 ᄀᆞ만이 그 손을 잡고 무러 왈 그ᄃᆡ 비록 엄친이 아니 계시나 편모ᄅᆞᆯ 뫼셔 효ᄅᆞᆯ 힘쓸 거시오 쳥슌호걸로 아ᄅᆞᆷ다온 부인을 두고 기틴바 ᄒᆞᆨ힝풍되 츌뉴ᄒᆞ니 당〃이 ᄒᆞᆫ 번 븟을 희롱ᄒᆞ매 어향을 ᄲᅩ이고 쳔

인을 이길디라

109면

문지수의 ᄆᆞ음이 호방 상활홀 거시니 엇딘고로 구〃 ᄒᆞᆫ 상ᄉᆞ병을 어드며 눌을 ᄉᆞ모ᄒᆞ미뇨 심ᄉᆞ를 듯고져 ᄒᆞ노라 김ᄉᆡᆼ이 평쟝의 말을 듯고 기리 탄식ᄒᆞ야 왈 쇼뎨 비록 불민ᄒᆞ나 일즉 시셔와 녜의를 ᄋᆞᄂᆞ니 엇디 녀ᄉᆡᆨ을 단념ᄒᆞ야 명교의 죄인이 되리오마는 ᄌᆞ연 ᄆᆞ음이 황홀하여 질병이 고황을 침노ᄒᆞ니 편친끠 효를 기티옵고 쳥츈의 쇽졀업ᄉᆞᆫ 녕혼이 되리로소이다 평쟝이 눈물을 드리워 닐오ᄃᆡ 형의 ᄆᆞ음이 텬군지량이로ᄃᆡ 뎡심을 구디 잡아 고티[디] 못홀딘대 ᄉᆞ모ᄒᆞᄂᆞᆫ 녀ᄌᆡ 엇던 사ᄅᆞᆷ이뇨 김ᄉᆡᆼ이 ᄃᆡ왈 쇼뎨 언경 후회홀가 두리노라 평쟝이 홀연 의심이 뉴동ᄒᆞ야 뭇기를 근졀히ᄒᆞ여 왈 형이 날로더브러 졍의 골육 ᄀᆞᄐᆞ니 비록 비례의 일이 이실디라도 허물을 보디 아니리니 소회를 실딘무은ᄒᆞ고 미ᄉᆡᆼ의 어리믈 본밧디 말라 김ᄉᆡᆼ이 졍신을

110면

강작ᄒᆞ야 지삼 듀뎨ᄒᆞ다가 고ᄒᆞ여 골오ᄃᆡ 쇼뎨 박힝으로 널위 소형의 ᄉᆞ랑ᄒᆞ시믈 닙어 마역지피되니 평ᄉᆡᆼ의 놉흔 졀과 어딘 힝실을 효측ᄒᆞ야 스승을 셤겨 왕ᄂᆡᄒᆞ미 칠팔 년이로ᄃᆡ 일즉 형의 동녈 십인을 아라시나 녕ᄆᆡ의 옥모를 아디 못ᄒᆞ더니 져적 그림 가온대 존안을 보매 감히 다시 보디 못ᄒᆞ고 집의 도라와 홀연 화듕 셩모를 오ᄆᆡ의 삭여 던〃ᄉᆞ복ᄒᆞ니 인ᄒᆞ야 ᄇᆡᆨ병이 니러나니 ᄉᆡᆼ도를 ᄇᆞ라디 못ᄒᆞ니 이 엇디 명교의 죄인이 되디 아니리오 평쟝이 듯기를 ᄆᆞᆺ고 ᄂᆡ렴의 ᄀᆞ이 업시너겨 오직 강잉ᄒᆞ야 위로 왈 원ᄂᆡ 곡졀이 이러ᄐᆞᆺ ᄒᆞ미라닷다 쇼뎨 비록 ᄆᆞᆺ동ᄉᆡᆼ이나 우ᄒᆞ로 부뫼 계시고 여러 형이 이셔 쇼뎨의 ᄆᆞ음으로 홀 배 아니라 죵용히 엄친끠 ᄆᆞᆺᄌᆞ와 회보ᄒᆞ리니 엇디 일로뻐 유병ᄒᆞ야 방인의 시비를 브ᄅᆞᄂᆞ뇨 ᄉᆡᆼ이 샤왈 쇼뎨 스ᄉᆞ로 무상

111면

ᄒᆞ믈 아ᄅᆞᄃᆡ ᄆᆞ음을 졔어티 못ᄒᆞ나 사ᄅᆞᆷ을 ᄃᆡᄒᆞ매 븟그러오미 몬져 알플 향ᄒᆞ니 이러ᄐᆞᆺ ᄒᆞ야 쳔하의 죄인이 되리니 형은 브졀업ᄉᆞᆫ 말을 승샹끠 알외디 말라 평쟝이 팀음 듀뎨ᄒᆞ기를 오래ᄒᆞ야 그림 내여온 줄을 뉘웃ᄎᆞ나 홀일이 업ᄉᆞᆫ디라 니러나 됴셥ᄒᆞ믈 당부ᄒᆞ고 술위를 미러 ᄌᆞ운산의 도라오니 승샹이 ᄯᅩᄒᆞᆫ 김ᄉᆡᆼ의 병을 무ᄅᆞ니 평쟝

이 감히 실ᄉᆞ를 고티 못ᄒᆞ야 위급ᄒᆞ므로써 알외니 승샹이 망우의 ᄋᆡ지라ᄒᆞ야 위ᄐᆡᄒᆞ믈 념녀ᄒᆞ야 명일 파됴 후 김가의 니ᄅᆞ러 ᄉᆡᆼ을 보고 병을 무로니 ᄉᆡᆼ이 붓들려 마ᄌᆞ매 승샹이 그 환형ᄒᆞ야시믈 놀라 닐오ᄃᆡ 네 엇디 수십일간 쇠패ᄒᆞ미 이대ᄃᆞ록 ᄒᆞ엿ᄂᆞ뇨 의15)의원이 증셰를 샹ᄉᆡ라ᄒᆞ니 네 일즉 의리를 알거시어늘 [고]당 편모를 닛고 부회되랴ᄒᆞᄂᆞᆫ다 김ᄉᆡᆼ이 쳑연 황공ᄒᆞ야 말을

112면

못ᄒᆞ니 승샹이 다시 뭇고져 홀젹 홀연 드ᄅᆞ니 ᄂᆡ당의셔 슬픈 우름 소ᄅᆡ 들니며 ᄒᆞᆫ 부인이 호흡ᄒᆞ야 ᄀᆞᆯ오ᄃᆡ 내 일즉 소텬을 일코 제의 형뎨를 길러 영화를 볼가ᄒᆞ엿더니 엇디 ᄆᆞᄎᆞᆷ내 현의 병이 고이ᄒᆞ야 사디 못ᄒᆞ게 될줄 알니오 셜파의 다시 통곡ᄒᆞ니 승샹이 듯기를 ᄆᆞᆺ고 심졍이 쳐연ᄒᆞ야 이에 눈믈을 머금고 ᄉᆡᆼ을 다시 ᄎᆡᆨᄒᆞ야 ᄀᆞᆯ오ᄃᆡ 네 일즉 엄친을 일코 수〃를 뫼셔 ᄌᆞ로의 효를 닐월 거시어ᄂᆞᆯ 도로혀 병을 구ᄒᆞ여 어더 뎌러틋 부효를 기티니 네 가히 븟그럽디 아니냐 쾌히 날을 ᄃᆡᄒᆞ야 심회를 니ᄅᆞ라 너희 ᄉᆞ려ᄒᆞᄂᆞᆫ 바를 구ᄒᆞ리라 김ᄉᆡᆼ이 샤왈 쇼딜이 블힝ᄒᆞ야 쳔고의 긔롱을 엇고 ᄉᆞ림의 죄를 어드니 금일 슉부의 ᄀᆞᄅᆞ치시믈 조차 강잉ᄒᆞ리이다 승샹 왈 네 만일 강잉홀 거시면 당초의 이 병을엇디 아니리니 날을 ᄃᆡᄒᆞ

113면

야 긔이디 말라 니ᄉᆡᆼ이 머뭇거리다가 고왈 쇼딜이 당면ᄒᆞ와 말을 내오미 년슉의 그릇 너기시믈 더을디니 감히 알외옵디 못ᄒᆞ옵거니와 평쟝형이 일즉 쇼딜의 심ᄉᆞ를 블기 아ᄂᆞ이다 승샹이 답왈 만일 이럴딘대 도라가 운현ᄃᆞ려 무러 너희 소원을 일우니 근심티 말라 ᄉᆡᆼ이 샤은ᄒᆞ나 일즉 밋디 아냐 념녜 무궁ᄒᆞ더라 도라와 모친긔 뵈옵고 운현을 블러 김ᄉᆡᆼ의 말을 니ᄅᆞ고 병근을 무ᄅᆞ니 평쟝이 십분 민망ᄒᆞ야 고왈 히ᄋᆡ 김ᄉᆡᆼ이 아니〃 엇디 그 ᄯᅳ들 알니잇고 승샹이 노왈 내 임의 알고 네 엇디 긔이ᄂᆞ뇨 평쟝이 시러곰 마디 못ᄒᆞ야 옥면을 븕히고 냥목을 ᄂᆞ초와 피셕 부복ᄒᆞ매 좌위 다 고이히 너겨 니ᄅᆞ믈 ᄌᆡ촉ᄒᆞ니 소평쟝이 고왈 히ᄋᆡ 져젹 일 업기로써 그림을 그리고져ᄒᆞ야 슉모긔 족ᄌᆞ ᄒᆞ나흘 어더 셔당 가져다가 보니 이 소ᄆᆡ 슈빙의 얼

---

15) 의 : 반복되었음.

114면

골 그린 거시라 경히 바다 그리려 홀 적 김현이 드러와 보기를 냥구히 ᄒᆞᄃᆡ 희익 창졸의 아디 못ᄒᆞᆫ디라 믄득 즐겨 아냐 도라가더니 일로뼈 병을 어더 그림 가온대 사롬을 엇디 이던 견은 살기 어려웨라 ᄒᆞ니 희익 한심이 너기ᄃᆡ 일즉 감히 알외디 못ᄒᆞ얏ᄂᆞ이다 좌듕이 다 대경ᄒᆞ고 셕부인 크게 노ᄒᆞ야 평쟝을 즐왈 네 그림을 비호매 엇디 규녀의 얼골을 경히 내여가 외인을 뵈야 풍화를 어즈러이ᄂᆞ뇨 모든 부인이 닐오ᄃᆡ 그림이 만커늘 엇디 구ᄐᆞ여 슈빙의 얼골 그린 거술 내여가뇨 또ᄒᆞᆫ 그ᄅᆞ다 ᄒᆞ시니 평쟝이 아모리 홀 줄 아디 못ᄒᆞ더니 운경이 병을 강잉ᄒᆞ야 모의를 여러 볼 쪄 닙고 드러와 문안홀ᄉᆡ 이 말을 듯고 왈 이는 운현의 허믈 아니로소이다 무심 듕 족자를 가져 가미니 슉뫼 쇼ᄆᆡ의 얼골 그린신 일은 아등의 모ᄅᆞ는 배라 졘들 엇디 유의ᄒᆞ미며 셔당이 그윽ᄒᆞ니 쇼ᄆᆡ들

115면

이 구경ᄒᆞ라 나가미 이시니 그림을 못 내여 가ᄌᆞ록 홀 배이니라 [이]쏘ᄒᆞᆫ 텬명이로소이다 셕부인이 노긔를 긋치[디] 못ᄒᆞ야 운현을 ᄭᅮ짓고 또 김싱의 무례ᄒᆞ믈 ᄒᆞᆫ홀ᄉᆡ 운셩 왈 이는 운현의 타술 숨디 못ᄒᆞ리니 년쇼 직랑이 절세 미와를 보아시니 엇디 무심ᄒᆞ리오 고인의 빅일 진〃이 브ᄅᆞ미 이시니 김싱의 일이 괴[이]티 아니〃이다 부인이 노왈 너는 병을 됴셥디 아니코 브절 업슨 말의 간예ᄒᆞ는다 소부인이 쇼왈 운셩이 김현과 운현의 죄는 업다ᄒᆞ니 그림 그린 내 죄로다 좌위 대쇼ᄒᆞ고 병뷔 쏘ᄒᆞᆫ 우으며 머리를 수기더라 냥구 후 태부인이 문왈 제 쟝ᄎᆞᆺ 엇디 쳐티ᄒᆞ랴 ᄒᆞᄂᆞ뇨 승샹 왈 희익임의 그 소원을 일워주마 ᄒᆞ여시니 이제 더옥 내 ᄌᆞ식이라 실긔튼 못ᄒᆞ리니 슈빙으로 김현의 직실을 삼으리로소이다 태부인 왈 네 말이 올타 비록 깃브디 아니〃나 네 이제 명샹으로

116면

ᄒᆞᆫ 말이 입의 나매 만인이 우러ᄂᆞ니 엇디 유싱으로 더브러 실신ᄒᆞ리오 셕패 나아와 골오ᄃᆡ 슈빙쇼져는 션원의 곳다온 복셩홰오 계궁의 ᄆᆞᆯ근 돌이라 연〃 약질로 부닉의 여린 옥ᄀᆞ티 너기거늘 엇딘고로 김싱의 직실을 주어 원비의 능반ᄒᆞ믈 밧게 ᄒᆞ리오 승샹이 쇼왈 셔모의 쓰디 엇디 이러틋 놉하 계시뇨 김싱의 우인이 내의 아래 잇디 아

니리니 엇디 녀ᄋᆞ의 신셰 욕되며 원비의 능만ᄒᆞ믈 바드리오 셕패 묵연 브답이라 셕부인이 말을 못ᄒᆞ고 미온ᄒᆞ믈 이긔디 못ᄒᆞ야 즉시 니러 침누의 도라와 운현을 칙왈 만일 이 혼인 곳 되면 내 너를 보디 아니ᄒᆞ리라 드ᄃᆡ여 오ᄌᆞ 운필로 ᄒᆞ여곰 승샹ᄭᅴ 불가ᄒᆞᆫ 셜화를 ᄌᆞ시 고ᄇᆡᆯᄒᆞ고 혼인ᄒᆞᆯ ᄯᅳ들 두디 마ᄅᆞ쇼셔 ᄒᆞ니 승샹이 회보 왈 내 ᄆᆞ음이 임의 졍ᄒᆞ고 일언이 밧밧ᄭᅴ 나매 쳔년 불긔라 녀ᄋᆞ의 팔ᄌᆞ ᄆᆞᄎᆞᆷ내 영귀ᄒᆞ고 김가의 텬연이 이시니

117면

인녁의 ᄆᆞᄎᆞᆯ 배 아니오 ᄒᆞ믈며 김ᄉᆡᆼ의 녀ᄋᆞ로ᄡᅥ 샹ᄉᆞᄒᆞ야 죽을딘대 이는 내 사ᄅᆞᆷ 죽인 젹악이 이실거시오 녀ᄋᆞ로 ᄒᆞ여곰 다른 ᄃᆡ 혼인을 ᄒᆞ나 김ᄉᆡᆼ의게 걸린 사ᄅᆞᆷ이 되야 일이 심히 측ᄒᆞ야 한심ᄒᆞᆫ고로 결ᄒᆞ야 셩혼ᄒᆞ리니 내 즐기는 ᄯᅳ디 아니오 ᄒᆞ고져 ᄒᆞᆫ 배 아니라 셰 마디 못ᄒᆞ미니 부인은 소려ᄒᆞ라 ᄒᆞ니 부인이 어히업서 탄식고 말을 아니ᄒᆞ더라 승샹이 운현으로ᄒᆞ여곰 김ᄉᆡᆼ을 보고 허혼ᄒᆞ믈 니ᄅᆞ니 ᄉᆡᆼ이 불승 대희ᄒᆞ야 ᄇᆡᆨ병이 다 ᄒᆞ리고 졍신이 소탕ᄒᆞ니 다만 평장을 ᄃᆡᄒᆞ야 감샤ᄒᆞᆫ 은혜를 샤왈 쇼뎨 평ᄉᆡᆼ 망녕된 ᄯᅳ디 이셔 슉녀를 구ᄒᆞ나 엇디 못ᄒᆞ고 ᄒᆞᆫ이 심두의 ᄆᆡ쳣더니 ᄒᆞᆫ 번 그림을 보고 헛된 념녀를 만히ᄒᆞ야 ᄇᆡᆨ병이 니러나니 스ᄉᆞ로 무상ᄒᆞ믈 붓그리더니 션ᄉᆡᆼ의 대덕과 졔형의 쥬션ᄒᆞ므로 쇼뎨 슉녀를 엇고 외람 죄를 버ᄉᆞ니 은혜는 삼ᄉᆡᆼ의 갑기어

118면

렵도다 평장이 담쇼를 ᄌᆞ약히 ᄒᆞ야 골오ᄃᆡ 이곳 텬명이라 엇디 샤례ᄒᆞ미 이시리오 슈연이나 모친이 형의 넘나믈 그릇 너기시고 쇼ᄆᆡ의 약질로ᄡᅥ 긔린의 ᄌᆡ실로ᄡᅥ 불합다 밀막으시며 날을 칙ᄒᆞ시니 널로ᄒᆞ야 요ᄉᆞ이 나는 슈칙을 듯노라 비록 유ᄉᆡᆼ이나 ᄒᆞᆫ 번 급뎨ᄒᆞ야 몸이 평쥐의 오ᄅᆞ면 부영쳐귀는 ᄌᆞ고로 덧〃 ᄒᆞ니 엇디 한미타 나므라리오 김ᄉᆡᆼ 웃고 칭샤ᄒᆞᆯ ᄯᆞᄅᆞᆷ이라 평장이 도라간 후 ᄉᆡᆼ이 모친ᄭᅴ 슈미를 고ᄒᆞ니 [부]인이 ᄯᅩᄒᆞᆫ 외람ᄒᆞ[□□□]야 즉시 ᄆᆡ파로 구혼ᄒᆞ니 승샹이 허락ᄒᆞ고 ᄐᆡᆨ일ᄒᆞ야 보내니 혼긔 수십일이 ᄀᆞ렷는디라 크게 깃거 날로 병이 ᄒᆞ리니라 운현이 도라가 승샹ᄭᅴ 슈말을 고ᄒᆞ고 김ᄉᆡᆼ이 깃거 병셰 ᄒᆞ리믈 고ᄒᆞᆫ대 승샹이 탄왈 진짓 혼암ᄒᆞᆫ 취식경박ᄌᆡ로다 ᄒᆞ니라 혼인 날이 다ᄃᆞ르니 일개 혼슈를 출히고

119면

셕부인이 우환을 만난 사ᄅᆞᆷᄀᆞᄐᆞ여 읍〃히 즐겨 아냐 녀ᄋᆞ를 본젹[매]다 탄식고 닐오ᄃᆡ 아ᄒᆡ 사라 므엇ᄒᆞ리오 ᄒᆞ니 소부인이 ᄆᆞ양 위로ᄒᆞ더니 혼인 날 김ᄉᆡᆼ이 옥면 셩모로 위의를 ᄀᆞ초와 ᄌᆞ운산의 니ᄅᆞ니 승샹이 위의를 ᄀᆞ초와 신낭을 마자 뎐안ᄒᆞ고 인ᄒᆞ야 승샹 위의를 신부의 샹교[ᄒᆞ기]를 ᄌᆡ촉ᄒᆞᆯᄉᆡ 쇼졔 부모 니별을 슬허 눈물이 홍안의 저젓고 셕부인이 심ᄉᆡ 불쾌ᄒᆞ야 침누의 드러 툐탕ᄒᆞ고 나오디 아니〃 태부인이 불러 위로ᄒᆞ고 쇼져를 내여 듕당의 니ᄅᆞ매 소부인이 화부인으로 더브러 쇼져를 칠보로 단장을 셩히ᄒᆞ야 금슈 홍장을 일우고 칠보션을 드러 습녜ᄒᆞ매 화안 운빙과 명월ᄀᆞᆺ튼 풍ᄎᆡ 새로이 슈려ᄒᆞᆫ디라 소부인이 쇼왈 김낭은 하인이완ᄃᆡ 복덕이 여산ᄒᆞ야 이런 안히을 엇ᄂᆞ뇨 소ᄅᆡ를 ᄀᆞ다ᄃᆞ마 시녀를 불러 닐오ᄃᆡ 네 가히 ᄇᆡᆨ화헌의 가 승샹ᄭᅴ 뎐어 왈 태부인이 신낭 보고져 ᄒᆞ시니

120면

가히 친영 젼이나 입막지ᄀᆡᆨ이니 무방ᄒᆞᆫ디라 ᄃᆞ리고 드러오쇼셔 ᄒᆞ라 시녜 나가 고ᄒᆞ니 승샹이 즉시 졔ᄌᆞ로 더브러 김ᄉᆡᆼ을 ᄃᆞ리고 드러와 존당의 뵐ᄉᆡ 김ᄉᆡᆼ이 눈을 드러 보니 홍장 쇼년 삼십여 인이 구름ᄀᆞᆺ티 셩녈ᄒᆞ엿ᄂᆞᆫᄃᆡ 북녁[ᄒᆡ] 샹아 상을 노코 ᄒᆞᆫ 노부인이 소복으로 좌를 닐윗고 웃녁히 홍옥 교위를 노코 듕년의 두 부인이 몸의 금누강쵸의를 닙고 슈라샹의 빵봉관을 쓰며 명월패를 ᄎᆞ고 폴흘 ᄭᅩ자 좌를 뎡ᄒᆞ엿고 ᄌᆞᆺ녁히 두 부인이 월나삼을 닙고 녹금 ᄇᆡᆨ화상을 ᄆᆡ고 면뉴취봉관을 쓰고 양디 ᄇᆡᆨ옥ᄭᅴ의 명월패를 ᄎᆞ고 금교위예 안자시니 ᄉᆡᆨ〃ᄒᆞᆫ 위의와 긔특ᄒᆞᆫ 풍용이 비길 ᄃᆡ 업ᄉᆞᆫ디라 ᄒᆞᆫ 번 ᄇᆞ라매 몸이 요디를 ᄇᆞᆲ는ᄃᆞᆺ 정신이 황홀ᄒᆞ야 젼일 그림 가온대 얼골노뼈 텬샹인간의 업ᄉᆞᆫ가 ᄒᆞ엿더니 도로혀 태부인과 셕부인ᄭᅴ 밋디 못ᄒᆞᆯ ᄃᆞᆺᄒᆞ니 ᄉᆡᆼ이 ᄭᅮᆷ인가 의심ᄒᆞ야 정신을 가ᄃᆞ담고 안셔이 녜을 필ᄒᆞ매 소병뷔 금슈광[□]을 드러

121면

좌를 ᄀᆞᄅᆞ쳐 일〃히 니ᄅᆞ니 형시 등의 화안을 보고 더옥 긔특이 너기며 소윤 냥부인과 화셕 두 악모를 보매 불승 탄복ᄒᆞ야 공경ᄒᆞ야 안잣더니 태부인이 날호여 무러 왈 노신은 박명ᄒᆞᆫ 인ᄉᆡᆼ으로 힝혀 텬황의 도으심을 닙어 여러 ᄌᆞ손을 안젼의 두고 ᄯᅩ 낭군의 셩모를 보니 구원의 ᄒᆞᆫ이 업ᄉᆞ리로다 ᄉᆡᆼ이 피셕ᄒᆞ야 유〃ᄒᆞᆯ ᄯᆞᄅᆞᆷ이라 셕부인은

ᄆᆞ음이 신낭의게 잇디 아냐 오직 신부의 뎐경을 번뇌ᄒᆞ니 엇디 한훤홀 ᄯᅳ디 이시리오 ᄯᅩᄒᆞᆫ 그림을 보고 유병ᄒᆞ믈 브죡ᄒᆞ야 손을 곳고 졍ᄉᆡᆨ 단좌ᄒᆞ야 눈을 드디 아니ᄒᆞ니 소부인이 그 ᄯᅳ들 디긔ᄒᆞ고 다만 유화ᄒᆞᆫ 안면과 옥 ᄭᆡ리ᄂᆞᆫ 소ᄅᆡᄅᆞᆯ 여러 년치ᄅᆞᆯ 무ᄅᆞ니 김ᄉᆡᆼ 공경 ᄃᆡ왈 쇼ᄉᆡᆼ의 방년 이십 뉵세로소이다 소부인이 승샹을 향ᄒᆞ야 티하왈 금일 신낭의 풍뫼 딘평 쥬유의 디나니 현뎨의 듕ᄒᆞᆫ 복을 우형이 티하ᄒᆞ노라 윤부인 ᄯᅩᄒᆞᆫ 하례ᄒᆞ고 니셕 이패 찬조ᄒᆞ야 그치디 아니〃 승샹이 죠곰도

122면

ᄉᆞ양티 [아니]ᄒᆞ더라 김ᄉᆡᆼ이 즉시 하딕고 졔ᄉᆡᆼ으로 더브러 나가니 오직 운현이 신낭ᄃᆞ려 나가고 기여 졔ᄉᆡᆼ이 다 ᄲᅧ뎌 신부의 가ᄂᆞᆫ 냥을 볼ᄉᆡ 소부인이 쇼져ᄅᆞᆯ 다시 내여 슈돈의 셰우고 ᄀᆞᄅᆞ치며 승샹ᄃᆞ려 왈 김ᄉᆡᆼ의 풍도와 뎔녀의 향염ᄒᆞ미 진딧 빵이오 년치 샹뎍ᄒᆞᄃᆡ 다만 ᄒᆞᆫ ᄋᆞ온 바ᄂᆞᆫ 그 ᄌᆡ실이 되미로다 승샹 왈 이 ᄯᅩᄒᆞᆫ 텬명이라 현마 엇디 ᄒᆞ리잇고 이윽고 운현이 드러와 닐오ᄃᆡ 신낭이 갈길히 머다ᄒᆞ야 ᄌᆡ촉ᄒᆞᄂᆞ이다 모든 부인이 범ᄉᆞᄅᆞᆯ 졍뎨ᄒᆞ며 샹교ᄅᆞᆯ ᄌᆡ촉ᄒᆞ니 승샹이 비록 의리와 신을 딕히[여] 녀[ᄋᆞ]ᄅᆞᆯ 셩비ᄒᆞ야 신낭의 의풍도ᄅᆞᆯ ᄉᆞ랑ᄒᆞ나 심두의 쾌티 아닌디라 ᄆᆡᆨ〃히 화긔 업더니 녀ᄋᆞᄅᆞᆯ 나아오라ᄒᆞ야 경계 왈 네 모ᄅᆞ미 부가의 가 군ᄌᆞᄅᆞᆯ 셤기ᄃᆡ 계지경지ᄒᆞ야 슉야 무위명ᄒᆞ라 쇼졔 ᄇᆡ샤 슈명ᄒᆞ니 셕부인이 ᄇᆞ야흐로 기리 탄식고 ᄇᆞ야흐로 곤위예 ᄂᆞ려 년보ᄅᆞᆯ 움즉여 쇼져의

123면

겨ᄐᆡ 가 금ᄌᆞᆷ을 ᄲᅢ혀 쇼져의 귀 밋출 ᄲᆞᆯ고 아미ᄅᆞᆯ 그린 후 화관을 바로게 ᄒᆞ고 칠보ᄇᆡ옥ᄯᅴᄅᆞᆯ ᄯᅴ오고 향ᄂᆞᄆᆞᆺ출 ᄆᆡ며 경계ᄒᆞ야 ᄀᆞᆯ오ᄃᆡ 네 모ᄅᆞ미 군ᄌᆞᄅᆞᆯ 셤기매 유슌ᄉᆡᆨ〃기ᄅᆞᆯ 쥬ᄒᆞ고 존고ᄅᆞᆯ 효셩으로 셤기고 동녈을 공경ᄒᆞ야 교만ᄒᆞᆫ ᄯᅳ들 두디 말며 견지경지ᄒᆞ야 슉야 무위 궁ᄉᆞᄒᆞ라 만일 우리 경계ᄅᆞᆯ 듯디 아냐 욕이 부모ᄭᅴ 미ᄎᆞ면 ᄌᆞ식이라 아니리니 부ᄌᆡ ᄀᆞᆯ오샤ᄃᆡ ᄌᆞ식이 어디러 빗난 일홈이 부모ᄭᅴ 들리면 이 곳 효되오 그러티 못ᄒᆞ면 홀ᄉᆡᆼ각지육으로 공경ᄒᆞ나 부효라 ᄒᆞ시니 너ᄂᆞᆫ 삼가고 조심ᄒᆞ야 청덕을 셥녑ᄒᆞ야 가셩을 더러이디 말며 ᄉᆡ집이 괴로오나 원망ᄒᆞ며 호화ᄒᆞᆫ 내 집을 ᄉᆡᆼ각디 말고 셜운 일이 이시나 우리게 뎐티 말나 쇼뎨 눈믈이 비오듯ᄒᆞ야 하딕홀ᄉᆡ 부인이 심회 됴티 아니되 강잉ᄒᆞ야 쳑〃ᄒᆞᆫ 빗출 두디 아냐 ᄌᆡ삼 위

124면

로 ᄒᆞ고 시녀 두 빵을 조차 보내니 소윤 냥부인이 고이히 너겨 왈 젼일 세 딜녜 츌가 홀 적 시녀 다ᄉᆞᆺ 빵을 주어 보내더니 이제 김가는 쇠미 간고ᄒᆞ고 딜ᄋᆡ ᄯᅩᄒᆞᆫ 놈ᄋᆡ 직실이 되매 범ᄉᆡ 구챠홀디라 엇디 시녀 두 빵만 주어 보내리오 부인이 탄식고 왈 고인이 닐오ᄃᆡ 부귀 극ᄒᆞ면 신명이 ᄉᆡ긔ᄒᆞᆫ다 ᄒᆞ니 녀ᄋᆡ 샹문의 ᄉᆡᆼ댱ᄒᆞ야 심히 영귀ᄒᆞ므로 조믈이 ᄭᅴ려 유ᄉᆡᆼ의 직실이 되니 그 앙얼이 명〃ᄒᆞᆫ디라 이제 만일 텬의를 거ᄉᆞ려 [시]녀 장획으로ᄡᅧ 만히 주어 그 복을 손케 홀딘대 엇디 녀ᄋᆞ의 팔ᄌᆞ로ᄒᆞ여곰 괴롭디 아니리오 ᄒᆞ믈며 조강지쳐 이셔 형셰 녀ᄋᆞ의게 나으면 그 ᄉᆡ긔 일분이나 감ᄒᆞ려니와 만일 녀ᄋᆡ 샤치ᄒᆞ고 긔셰 나을딘대 사ᄅᆞᆷ의 노를 도아 피ᄎᆡ 서ᄅᆞ 됴티 아니리니 간[난] ᄒᆞᆫ 집과 검박ᄒᆞᆫ 집과 뎍국 잇ᄂᆞᆫ 집은 샤치와 형셰와 부귀를 발티 아냠 즉ᄒᆞ니 이 네 시녀도 졔게

125면

족ᄒᆞ니이다 소윤 냥부인이 칭션 왈 셩지라 부인의 어딘 덕과 ᄇᆞᆰ은 의논이 ᄉᆞ군ᄌᆞ의 디나도다 딜ᄋᆡ ᄯᅩᄒᆞᆫ 슉덕이 ᄀᆞ존 아히라 어려오미 업ᄉᆞ리니 근심티 말나 부인이 탄식 ᄇᆞ답이러라 손뎨 뎡의 들매 김ᄉᆡᆼ이 희ᄉᆡᆨ을 머굼어 뎡을 ᄌᆞᄆᆞ고 상마ᄒᆞ매 졔쇠 뒤흘 ᄯᆞᆯ와 김가로 오니 일노의 츄죵과 하리 대도롤 덥헛고 긔특고 빗난 위의 낫비쳇 ᄀᆞ리오니 이 엇디 신낭의 형셰와 추죵 ᄲᅮᆫ이리오 다 소시 팔 명ᄉᆞ의 조츤 위의라 김ᄉᆡᆼ의 옥면 화풍과 ᄃᆞᆯ ᄀᆞ튼 광치 녕〃ᄒᆞ야 뎍션 두목의 긔상이라도 밋디 못홀 ᄯᅳᆺᄒᆞ니 굿보ᄂᆞ니 칭찬ᄒᆞ믈 마디 아니ᄒᆞ더라 힝ᄒᆞ야 김가의 다ᄃᆞ라 신부를 인ᄒᆞ야 텽듕의 드러가 신낭으로 더브러 교ᄇᆡ를 뭇고 진쥬 션ᄌᆞ를 아ᄉᆞ니 ᄃᆞᆯ ᄀᆞᆺ튼 광치 압실의 죠요ᄒᆞ고 쟈약ᄒᆞᆫ 긔질은 계화일지 상풍을 ᄭᅴ엿ᄂᆞᆫ ᄃᆞᆺ 믈근 풍도ᄂᆞᆫ 명

126면

쥐 창히예 소사 쳥빙의 노혓ᄂᆞᆫ ᄃᆞᆺ 윤틱ᄒᆞᆫ 광염은 목난이 동풍을 마ᄌᆞ며 소담ᄒᆞ고 향긔로오믄 옥년 ᄒᆞᆫ 줄기 녹파의 반개ᄒᆞ야 소사ᄂᆞᆫ ᄃᆞᆺ 화용이 아〃ᄒᆞ고 긔질은 뇨됴ᄒᆞ야 비길 고디 업ᄉᆞ니 다만 ᄇᆞ라보매 타향이 함디의 모욕굠아 부상의 오ᄅᆞ며 셤월이 약목의 ᄂᆞ리ᄂᆞᆫ ᄃᆞᆺᄒᆞ니 눈이 ᄇᆡ이고 졍신이 황홀ᄒᆞ야 젼일 그림을 ᄉᆡᆼ각ᄒᆞ매 비록 냥단 영모ᄂᆞᆫ 츰치 업ᄉᆞ나 녕농 쇄락ᄒᆞᆫ 광치ᄂᆞᆫ ᄇᆡᆨᄇᆡ나 승ᄒᆞᆫ디라 ᄉᆡᆼ이 깃븜과 슬프미 교

극ᄒᆞ니 쳑연히 함누ᄒᆞ야 네 필의 합증쥬를 파ᄒᆞ고 왕부인긔 뵈올ᄉᆡ 부인이 두굿기고 다힝ᄒᆞ야 ᄯᅩᄒᆞᆫ 시랑의 보디 못ᄒᆞ믈 슬허 모지 비샹ᄒᆞ믈 마디 아니ᄒᆞ더라 폐빅ᄒᆞᄂᆞᆫ 례를 일우고 좌를 뎡ᄒᆞ매 만좌 빈킥이 왕부인긔 티하ᄒᆞ고 이ᄣᅢ 츄시 위시 좌를 일웟더니 소쇼져의 용광의 탈ᄉᆡᆨᄒᆞ니 심두의 크게 분노ᄒᆞ야

127면

ᄒᆞ고 왕부인은 오히려 두굿거온 ᄆᆞ음이 업디 아냐 신부의 옥슈를 어ᄅᆞ문져 눈믈을 ᄲᅳ려 왈 션군이 계시[더]면 금일 신부를 보시고 두굿그미 젹디 아니실낫다 엇디 삼일을 기ᄃᆞ리리오 ᄲᆞᆯ니 사당의 뵈오라 김ᄉᆡᆼ이 ᄯᅩᄒᆞᆫ 눈물을 머금고 ᄉᆞ당의 올나 부뷔 빈현ᄒᆞ기를 ᄆᆞ춤애 ᄉᆡᆼ은 ᄃᆡ킥ᄒᆞ라 나가고 쇼뎨 다시 드러와 좌의 참예ᄒᆞ니 츄시 블연즐왈 소현셩은 엇던 사ᄅᆞᆷ이완ᄃᆡ 텬하의 남ᄌᆡ 업서 나의 당부를 [아]삿ᄂᆞ뇨 왕부인이 말려 왈 오ᄂᆞᆯ날 그ᄃᆡ 투긔를 내미 뎐도ᄒᆞ고 내 아ᄒᆡ ᄉᆞ병을 어드매 쳔금 녀ᄋᆞ를 앗기디 아냐 유ᄉᆡᆼ의 ᄌᆡ실을 주시니 은혜 듕ᄒᆞᆫ디라 엇디 신부를 투긔ᄒᆞ리오 츄시 대로ᄒᆞ야 믄득 니러 당 ᄉᆞ이로 드니 좌듕이 다 무상히 너기고 왕부인이 ᄯᅩᄒᆞᆫ 그릇 너기더라 이윽고 [잔]치를 파ᄒᆞ매 쇼져를 도화당이란 ᄃᆡ 드리니 방샤 경결ᄒᆞ고 표딘

128면

이 화려ᄒᆞ나 쇼졔 부모를 ᄉᆡᆼ각고 가듕 형셰를 보매 귀골유업으로 이런 녀ᄌᆡ 엇디 ᄆᆞ음이 즐거오리오 죵신을 ᄆᆞ춘듯 셜워 유모를 의지ᄒᆞ야 비겻더니 시녜 드러와 보왈 모든 샹공ᄂᆡ 도라 가랴 ᄒᆞ시고 쇼져를 보오라 오시ᄂᆞ이다 셜파의 운경 등 십인이 일시의 드러와 좌를 일우고 힝녜 무ᄉᆞ히 디내믈 다힝ᄒᆞ다 일ᄏᆞ른 후 쇼져의 슬허ᄒᆞ믈 보고 모다 위로 왈 인인이 부모 ᄯᅥ나미 샹ᄉᆡ오 ᄒᆞ믈며 우리 야〃를 뫼셔 됴참ᄒᆞᆫ 후 날마다 보고 갈 거시오 삼년의 ᄒᆞᆫ 번 친근은 덧〃ᄒᆞ니 모친의 ᄀᆞᄅᆞ치시던 일을 ᄉᆡᆼ각ᄒᆞ야 브졀 업시 슬허 말라 쇼졔 더옥 슬허 ᄐᆞᆫ셩 톄읍ᄒᆞ믈 그치디 못ᄒᆞᄂᆞ니 눈물이 죵힝ᄒᆞ야 의샹의 젓ᄂᆞᆫ디라 뎨ᄉᆡᆼ이 다 즐겨 아냐 ᄌᆡ삼 위로ᄒᆞ고 병뷔 심하의 크게 잔잉히 너겨 나아 안자 온화히 ᄀᆞᆯ오ᄃᆡ 무ᄉᆞ 일 슬허ᄒᆞ야 타인이 고이히 너기게 ᄒᆞᄂᆞ뇨 부뫼 그립거

129면

드 긔별ᄒᆞ라 ᄃᆞ려가리라 드ᄃᆡ여 상의 노핫ᄂᆞᆫ 쥭을 친히 드러 권왈 네 오ᄂᆞᆯ 아젹을 먹디 아냣ᄂᆞᆫᄃᆡ 져므도록 신고ᄒᆞ니 만히 샹훌디라 이를 마셔든 도라가 모친ᄭᅴ 고ᄒᆞ야 념녀를 더ᄅᆞ시게 ᄒᆞ리라 제형이 일시의 권ᄒᆞ니 쇼졔 강잉ᄒᆞ야 마시고 병뷔 상을 서러ᄌᆞ라 ᄒᆞᆫ 후 위로ᄒᆞ더니 취시 창밧긔셔 여어보고 소ᄅᆡ 딜러 ᄭᅮ지저 왈 소가 여러 도적놈들이 즘싱만 너겻더니 얼골은 쥰슈ᄒᆞᆫ 것들이로ᄃᆡ 누의ᄂᆞᆫ 므ᄉᆞ 일 김가와 ᄉᆞ통ᄒᆞ야 만나게 ᄒᆞᄂᆞ뇨 뎌만 누의를 ᄉᆞ랑ᄒᆞᆯ 쟉시면 션비 지실을 쥬면 내 손의 고기되게 ᄒᆞ리오 ᄒᆞ거ᄂᆞᆯ 졔싱이 다 듯고 놀나며 취신 줄 짐쟉고 노ᄉᆡᆨ이 현뎌ᄒᆞᄃᆡ 운셩이 홀로 못 듯ᄂᆞᆫ 톄ᄒᆞ고 함쇼ᄒᆞ며 쇼져를 권ᄒᆞ야 편히 누어 쉬고 안잣디 말라 ᄒᆞ더니 홀연 김싱이 드러오니 쇼졔 니러셔고 졔싱은 다 동티 아니ᄒᆞ더니 김싱이 좌를 뎡ᄒᆞ매 병뷔

130면

�권 미우를 펴고 우어 왈 ᄌᆞ슌의 근졀ᄒᆞᆫ �디 금셕 ᄀᆞᄐᆞ니 아등이 감격ᄒᆞ고 대인이 약ᄆᆡ로 그ᄃᆡ의 듯 붉기를 허ᄒᆞ시니 일즉 비례로 모든 일이 아니니 그ᄃᆡᄂᆞᆫ 구〃히 후히 말고 다만 업슈이 너기디 말찌어다 내 누의 본ᄃᆡ 년유 다병ᄒᆞ니 금일 대례를 디내고 긔운을 슈습디 못ᄒᆞᄂᆞᆫ디라 그ᄃᆡᄂᆞᆫ 모ᄅᆞ미 나가 헐슉ᄒᆞ야 약ᄆᆡ를 됴리케ᄒᆞ라 드ᄃᆡ여 양낭과 유모를 도라보아 골오ᄃᆡ 쇼져를 조심ᄒᆞ야 편히 뫼시라 셜파의 졔싱이 서ᄅᆞ 우서 왈 삼형은 엇딘고로 ᄌᆞ슌의 긋촌 애를 ᄉᆞ라지게ᄒᆞᄂᆞ뇨 모ᄅᆞ미 오ᄂᆞᆯ을 허락ᄒᆞ야 김형의 구곡을 편히ᄒᆞ라 김싱은 뎨슈 함쇼ᄒᆞ고 운셩이 즐겨 아닛ᄂᆞᆫ 거동이 ᄀᆞ득ᄒᆞᄃᆡ 강잉ᄒᆞ야 흔연이 웃고 날이 져믈므로ᄡᅥ 이에 누의를 니별ᄒᆞ고 도라갈ᄉᆡ 쇼져의 아연ᄒᆞᆷ을 이긔디 못ᄒᆞ나 김싱이 잇ᄂᆞᆫ고로 ᄒᆞᆫ 말도 못ᄒᆞ고 다만 눈물 흘려

131면

ᄇᆡ별ᄒᆞ더라 졔싱이 집의 니ᄅᆞ려 부모ᄭᅴ 뵈니 셕부인이 미우의 슬픈거시 ᄆᆡ쳐시니 졔싱이 쇼져의 슬허홈과 취시의 말을 아니코 오직 힝녜 무ᄉᆞ이 ᄒᆞᆷ을 알외니 부인이 탄식 톄희ᄒᆞ야 일노브터 화열ᄒᆞᆫ 빗치 업ᄡᅥ 자며 ᄭᆡ매 이 녀ᄋᆞ를 닛디 못ᄒᆞ니 대개 그ᄂᆞ매 지실이 불안ᄒᆞᆫ고로 ᄌᆞ긔로 비겨 보아 더옥 근심ᄒᆞ더라 어시의 김싱이 평싱 원이 이러 슉녀를 어드니 ᄆᆡ친 ᄒᆞᆫ이 프러지고 졍신이 비양ᄒᆞ야 측냥치 못ᄒᆞᆯ디라 소병부의 각쳐ᄒᆞ라ᄒᆞᄂᆞᆫ 말이 유리ᄒᆞ나 은졍이 유츌ᄒᆞ니 엇디 즐겨 됴흔 밤을 헛도이 디

내리오 옥쵹을 붉히고 츼당을 놉히 거덧는듸 냥개 직ᄌᆞ와 슉녜 듸ᄒᆞ야시니 남풍 녀뫼 서ᄅᆞ 샹뎍ᄒᆞ야 ᄉᆡᆼ의 표현ᄒᆞᆫ 풍치와 늠〃[ᄒᆞᆫ] 골격의 옥면 냥안의 쥬긔 올나 빅옥의 츄식홈 ᄀᆞᆺ고 슈려ᄒᆞᆫ 냥미의 희식이 뎐도ᄒᆞ니 쥬슌의 흰 니는 반ᄀᆡᄒᆞ야 빅옥의 교각ᄒᆞᆫ 듯ᄒᆞᆫ더라 유모와 시녜 칭찬ᄒᆞ고 쇼져와 샹

132면

뎍ᄒᆞ믈 깃거ᄒᆞ더라 냥 신인이 듸ᄒᆞ야 믝〃히 [경이] 진ᄒᆞ니 ᄉᆡᆼ이 츈정을 것잡디 못ᄒᆞ야 이에 나아가 ᄒᆞᆫ 손으로 쇼져를 븟드러 나오혀 안자 우어 왈 쇼ᄉᆡᆼ은 쇠미ᄒᆞᆫ 한위라 감히 봉ᄂᆡ의 노름을 ᄇᆞ라디 못ᄒᆞ더니 악당의 대인을 닙ᄉᆞ와 쇼져로 더브러 항녀의 정을 일우니 은혜는 삼ᄉᆡᆼ의 갑기 어렵도다 슈연이나 그림 가온대는 온유 화슌ᄒᆞ시더니 금일 쇼ᄉᆡᆼ의 비루ᄒᆞ믈 더러이 너기시미냐 엇디 이대ᄃᆞ록 ᄂᆡᆼ낙단엄ᄒᆞ야 화ᄉᆞ의 풍뉴로 ᄒᆞ여곰 무류킈 ᄒᆞ시ᄂᆞ니잇고 쇼졔 손을 쩔티고 좌를 믈러 안자 졍금브답ᄒᆞ니 ᄉᆡᆨ〃고 엄슉ᄒᆞ야 셜상가상 ᄀᆞᄐᆞ니 ᄉᆡᆼ이 늠연이 공경ᄒᆞ는 ᄆᆞ음이 니러나 다만 은근위곡히 졍회를 고ᄒᆞ고 침샹의 나아가매 지극ᄒᆞᆫ 은ᄋᆡ 원앙 공줘라도 밋디 못ᄒᆞᆯ더라 츄시 여어보고 창밧긔셔 일댱을 대로ᄒᆞ야 ᄉᆡᆼ을 대즐ᄒᆞ고

133면

쇼져를 욕ᄒᆞ니 ᄉᆡᆼ은 남ᄌᆞ오 ᄒᆞ믈며 츄시를 두려ᄒᆞᆯ 배 아니로듸 쇼졔 심듕의 크게 블안ᄒᆞ고 괴로와 그 젼두 신셰를 ᄉᆡᆼ각고 밤이 ᄆᆞᆺ도록 읍앙ᄒᆞ야 봉벼개를 ᄌᆞᄆᆞ고 ᄒᆞᆫ 좀을 일우디 못ᄒᆞ니 ᄉᆡᆼ이 그 ᄯᅳ들 ᄉᆞᆺ치고 다만 됴흔 말로 위로 왈 녀ᄌᆞ의 도는 지아비 집이 괴로오나 흔티 아니ᄒᆞᄂᆞ니 쇼졔 샹문 귀인으로 사름의 아래되여 블평ᄒᆞ미 만ᄒᆞ려니와 ᄌᆞ못 관심ᄒᆞ고 ᄆᆡᆼ광의 죠군과 문군의 술 폴기를 효측ᄒᆞ쇼셔 쇼ᄉᆡᆼ이 비록 박힝ᄒᆞ나 녀ᄌᆞ의 셜우믈 기티며 악당의 은혜를 닛디 아니리니 쇼졔 만일 져의 더런 욕을 다 노ᄒᆞᆯ딘대 장ᄎᆞᆺ 보젼키 어려올가 ᄒᆞᄂᆞ니 뎌는 ᄀᆞᆺ 쇼ᄉᆡᆼ의 조강지체나 쳐ᄉᆡ 여ᄎᆞᄒᆞ니 듕심의 원ᄒᆞ여 쇼져를 텬명으로 츄ᄒᆞᆫ더라 뎨 비록 사오나오나 내 이시니 엇디 투악을 간대로ᄒᆞ야 쇼져를 곤히 ᄒᆞ리오 모ᄅᆞ

134면

미 방심ᄒᆞ쇼셔 쇼졔 ᄉᆡᆼ의 위로ᄒᆞ믈 보매 ᄆᆞ음이 더옥 ᄂᆡ도ᄒᆞ고 심두의 ᄒᆞᆫ이 ᄀᆞ득ᄒᆞ

딕 모친의 ᄀᆞᄅᆞ치믈 ᄉᆡᆼ각고 정신을 강잉ᄒᆞ야 날이 새믈 기ᄃᆞ려 소셰를 파ᄒᆞ고 왕부인ᄭᅴ 문안ᄒᆞ니 위시 취시 등이 다 모닷더라 쇼졔 본셩이 청소ᄒᆞᆫ디라 ᄒᆞ믈며 부모의 덕을 품슈ᄒᆞ야 검박기를 위쥬ᄒᆞᄂᆞᆫ고로 단장을 소담히 ᄒᆞ고 문안ᄒᆞᆯ식 ᄆᆞᆯ근 골격과 긔이ᄒᆞᆫ 용홰 새로이 슈려ᄒᆞ야 ᄉᆞ좌의 ᄇᆞ이니 취시 비록 ᄌᆞᄉᆡᆨ이 이시나 엇디 감히 ᄇᆞ라보리오 ᄇᆡᆨ옥의 디와 ᄀᆞᄐᆞ니 왕부인이 크게 ᄉᆞ랑ᄒᆞ고 ᄉᆡᆼ의 딘즁ᄒᆞᆫ 졍은 비길 ᄃᆡ 업ᄉᆞ딕 취시 위시ᄂᆞᆫ 그 ᄉᆞ랑이 올믈가 싀긔ᄒᆞ고 그 얼골이 고ᄒᆞ믈 믜워 서ᄅᆞ 노ᄉᆡᆨᄒᆞ고 언어를 통티 아니〃 쇼졔 이에 믈러와 크게 탄식고 다만 존고를 지셩으로 밧들고 취시를 공경ᄒᆞ며 위시와 김환을 화우ᄒᆞ야 몸소 근노ᄒᆞ야 쳔

135면

역이라도 염ᄒᆞ야 아니〃 상하 노복이 다 기리며 덕을 울얼고 ᄉᆡᆼ의 졍은 날로 듕ᄒᆞ니 쇼뎨 십분 두려 일즉 ᄉᆡᆼ을 본즉 긔ᄉᆡᆨ을 엄히ᄒᆞ야 그 드러오ᄂᆞᆫ 쓰들 막으되 ᄉᆡᆼ이 더옥 듕딕ᄒᆞ니 쇼져의 괴로오미 되엿더라

소현셩녹 권지십삼

1면

각셜 소[쇼]졔 츌가ᄒᆞ야 김가의 니ᄅᆞ매 조강지쳐 취시 이에 투긔ᄒᆞ미 ᄌᆞ〃니 불안ᄒᆞᆫ 듕 위시ᄂᆞᆫ 더욱 간셥디 아닌 재로딕 취시로 더브러 동심ᄒᆞ고 김환은 더욱 간험 텸샤지인으로 동ᄉᆡᆼ을 ᄉᆞ랑티 아닛ᄂᆞᆫ디라 김ᄉᆡᆼ이 취시를 어드매 취개 본딕 위가로 ᄀᆞᆺ디 못ᄒᆞ야 ᄂᆞ즌 가문으로 그 아이 쳐가 셰력이 저만 못ᄒᆞᆫ 줄[을] 암희ᄒᆞ야 왕부인이 죽은 후 ᄌᆡ산을 아울 주디 아냐 담당ᄒᆞ량으로 ᄒᆞ다가 몽듕 의외예 소쇼져를 취ᄒᆞ야 상문 셰력이 당당ᄒᆞ고 여러 오라비 다 일딕 명ᄉᆞ직샹으로 졍뎡이 머러시니 심즁의 분앙ᄒᆞ야 ᄒᆞᆫᄒᆞᄂᆞᆫ 듕 위시 취시의 젼뎡을 차탄ᄒᆞ고 소쇼져의 긔톄를 아쳐ᄒᆞ니 텬셩이 어디러도 ᄂᆡ조의 그ᄅᆞᆺ되미 잇거ᄂᆞᆯ ᄒᆞ믈며 듕심이 불인ᄒᆞ므로 ᄂᆡ조의 간악ᄒᆞ믈 더으니 더욱 ᄆᆞ음이

2면

불냥ᄒᆞ야 아올 믜워ᄒᆞ고 수〃를 업시코져 ᄒᆞᄂᆞᆫ디라 샹〃 왕부인을 ᄃᆡᄒᆞ야 소시를 춤소ᄒᆞ고 아올 수죄ᄒᆞ니 위시 ᄯᅩᄒᆞᆫ 가지로 소쇼져의 그른 거술 ᄭᅮ미ᄂᆞᆫ디라 부인이 본ᄃᆡ 잔약ᄒᆞ고 ᄯᅩ 혼 암ᄒᆞᆫ디라 취시ᄭᅴ ᄉᆞ랑이 도라 뎌 믜오미 쇼져ᄭᅴ 오니 춤소ᄂᆞᆫ 뉴슈ᄀᆞ티 귀를 어ᄌᆞ러이고 아당ᄒᆞᄂᆞᆫ ᄉᆞ식은 눈의 비최니 암약ᄒᆞᆫ 부인이 졍혼이 다 김환부〃와 취시의게 잡히여 언쳥 계ᄎᆞᆼᄒᆞ매 쇼져를 박ᄃᆡᄒᆞ고 ᄋᆞᄌᆞ를 ᄉᆞ랑티 아니〃 김싱은 대ᄒᆞᆫ 군ᄌᆞ라 가형과 편친의 동지를 보고 긔운을 ᄂᆞ초며 소ᄅᆡ를 화히ᄒᆞ야 시봉 효양ᄒᆞ고 쇼제 몸소 근노ᄒᆞ야 쳔역이라도 ᄉᆞ양티 아니며 신셩혼졍의 슉흥야믹ᄒᆞ야 필경 필계ᄒᆞ야 의복을 무식히ᄒᆞ고 감히 존ᄃᆡᄒᆞ며 귀ᄒᆞᆫ 줄을 내디 아니코 부인의 명흠곳 아니면 감히 취시로 더브러 좌를 비기디 아니며 우러〃 공경ᄒᆞ야 쳔쳡이 부인 셤김ᄀᆞᆺ티 ᄒᆞ고 일마다 온공 화슌ᄒᆞ며 비약ᄒᆞ야 ᄉᆞ덕을 ᄀᆞᄌᆞ기 낫ᄀᆞᄃᆡ

3면

가디록 감동ᄒᆞ미 업서 불평ᄒᆞᆫ 일이 무궁ᄒᆞ니 쇼제 심듕의 슬허ᄒᆞᄃᆡ ᄉᆞ식디 아니터니 일〃은 문안ᄒᆞ고 부인이 안ᄌᆞ라 명티 아니〃 쇼제 손을 곳고 시립ᄒᆞ야 이윽ᄒᆞᆫ 후 싱이 드러와 모친ᄭᅴ 뵈옵고 쇼져의 셔시믈 보고 샹홀가 두려 다만 무심듕 닐오ᄃᆡ 형뫼 비록 녜업을 힝ᄒᆞ나 모젼의 수〃와 취시 다시 좌ᄒᆞ여시니 ᄒᆞᆫ가지로 안ᄌᆞ쇼셔 왕부인이 ᄇᆡ야흐로 도라 닐오ᄃᆡ 신뷔 엇디 지금 셧ᄂᆞ뇨 쇼제 물러 말셕의 안ᄌᆞ니 싱이 ᄯᅩ 닐오ᄃᆡ 좌셕이 이시니 엇디 구ᄐᆞ야 말셕을 ᄎᆞᆺᄂᆞ뇨 쇼제 뉴미를 변ᄒᆞ고 명모를 ᄂᆞ초와 ᄃᆡ답디 아니〃 싱이 우오며 모친ᄭᅴ 주왈 소시ᄂᆞᆫ 히ᄋᆞ의 결발지쳬라 비록 조강 원위를 취시 가져시나 피ᄎᆡ ᄉᆞ문 일믹이니 서로 쳔ᄃᆡ하며 너모 공경홀 일이 아니〃 만일 형뎨ᄀᆞ티 화동ᄒᆞ야 샹비의 덕을 펼딘대 엇디 히ᄋᆞ의 졔가ᄒᆞᄂᆞᆫ 영홰 아니잇가마ᄂᆞᆫ 취시 과도히 투긔ᄒᆞ고 소시 너모 겸손ᄒᆞ야 화

4면

긔 쇼연ᄒᆞ고 톄되 난ᄒᆞ니 오직 모친의 ᄀᆞᄅᆞ치시미 원이로소이다 원ᄂᆡ 싱의 이 말 내오미 소시 말셕의 가 안ᄌᆞ믈 불안ᄒᆞ야 취시와 ᄒᆞᆫᄃᆡ 안과쟈 ᄒᆞ미라 왕부인이 비록 춤소를 취신ᄒᆞ나 아ᄃᆞᆯ의 온화ᄒᆞᆫ 말을 듯고 마디 못ᄒᆞ야 닐오ᄃᆡ 식부ᄂᆞᆫ 샹문 귀인이라 엇디 션후로ᄡᅥ 과히 겸손ᄒᆞ리오 모ᄅᆞ미 ᄒᆞᆫᄃᆡ 안ᄌᆞ라 쇼제 일즉 취시의 불냥ᄒᆞᆷ믈 아

ᄂᆞᆫ디라 좌를 ᄒᆞᆫᄃᆡ 비기면 쥐시의 노긔 현뎌ᄒᆞ야 됴티 아닐 줄 알고 피셕 념용 왈 쇼쳡이 비록 공경의 녀ᄌᆡ오나 명분을 니를딘대 쇼셩지녈이 되염즉 ᄒᆞ니 비록 존고의 엄녕이시나 쇼쳡이 역명ᄒᆞᆫ 죄를 닙ᄉᆞ올디언뎡 감히 승슌티 못ᄒᆞᄂᆞ이다 말ᄉᆞᆷ을 ᄆᆞᄎᆞ매 셩음이 쳥아ᄒᆞ고 ᄐᆡ되 연ᄒᆞ야 아리ᄯᅡ오미 화지의 잉셩 ᄀᆞᄐᆞ니 셕목간댱이라도 감동ᄒᆞᆯ디라 왕부인이 다만 은근히 위로ᄒᆞ더라 ᄎᆞ일 쇼졔 침소의 도라오니 유모 냥시 탄왈 쳡이

5면

앗가 드ᄅᆞ니 쥐시 쇼져를 쳔단슈욕ᄒᆞ니 이런 괴로온 일이 어ᄃᆡ 이시리잇가 승샹겨셔도 세샹의 남ᄌᆞ 업서 쳔금 약질로ᄡᅥ 유ᄉᆡᆼ의 ᄌᆡ실을 주어 가문을 욕먹이믈 ᄒᆞᆫᄒᆞᄂᆞ니 ᄂᆡ일 이 ᄠᅳᆺ을 고별ᄒᆞ고 부듕으로 도라가사이다 쇼졔 탄식 오열ᄒᆞ야 냥구의 말을 못ᄒᆞ고 기리 늣겨 ᄀᆞᆯ오ᄃᆡ 어미ᄂᆞᆫ 브졀업시 슌셜을 허비티 말나 ᄂᆞᆷ의 슈해 되며 평안키를 ᄉᆡᆼ각더냐 비록 스ᄉᆞ로 김ᄉᆡᆼ을 ᄯᆞᆯ오미 아니나 ᄂᆞᆷ의 금슬을 희짓고 온젼ᄒᆞᆫ 부〃로ᄡᅥ 부운ᄀᆞ티 니ᄅᆞ러 이목의 불안ᄒᆞ니 어느 녀ᄌᆡ 됴히 너기리오 부친이 브득이 혼인을 ᄒᆞ시고 내 ᄯᅩᄒᆞᆫ 이리 오ᄂᆞᆫ 날 괴롭고 욕먹을 줄 아랏ᄂᆞ니 엇디 모르던 사ᄅᆞᆷ ᄀᆞ티 새로이 놀라며 뎌의 욕ᄒᆞ믈 ᄒᆞᆫᄒᆞ리오 다만 ᄒᆞᆫᄒᆞᄂᆞᆫ 바ᄂᆞᆫ 낭군의 자최 내곳의 니ᄅᆞ디 아니면 뎌의 혼이 플니고 내 ᄯᅩᄒᆞᆫ ᄆᆞ음이 평안하리니 잇기 슬타ᄒᆞ고 ᄇᆡ반ᄒᆞ야 내 집을 ᄉᆡᆼ각ᄒᆞᆯ 도리 업ᄂᆞ니라

6면

셜파의 심경이 상연ᄒᆞ야 홍슈로 옥면을 ᄀᆞ리오고 츄파의 진쥬 ᄆᆡ치니 유모 시녀 등이 다 슬허ᄒᆞ고 위로ᄒᆞ더니 이ᄣᅢ 김ᄉᆡᆼ이 창 외예셔 쇼져의 소ᄅᆡ를 듯고 거름을 머추워 슈말을 ᄌᆞ시 드ᄅᆞ니라 심하의 ᄋᆡ련ᄒᆞ미 더으니 다만 문을 열고 드러오니 쇼졔 경아ᄒᆞ야 니러나고 시네 믈러나니 ᄉᆡᆼ이 갓가이 안ᄌᆞ며 낭모로ᄡᅥ 쇼져를 보니 츄파의 누쉬 어릐여 안ᄉᆡᆨ이 ᄌᆞ샹 쳑연ᄒᆞ니 고지 ᄇᆞ람을 만내[고] ᄃᆞᆯ이 구름을 님ᄒᆞᆫ 듯ᄒᆞᆫ ᄐᆡ도와 ᄉᆡᆨ〃ᄒᆞᆫ 풍치 난초의 모르녹아 동니의 금봉오리 태양의 훈화를 님ᄒᆞᆫ 둧ᄒᆞᆫ디라 ᄉᆡᆼ이 ᄆᆡᆨ〃이 셩안을 ᄂᆞ초와 냥구 후 [강잉] 쇼왈 쇼ᄉᆡᆼ이 비록 누추ᄒᆞ나 악당의 ᄉᆞ랑ᄒᆞ시믈 닙ᄉᆞ와 그ᄃᆡ로 더브러 금슬 우비의 즐거오믈 일위여 부뷔 되연 디 일삭이 진ᄒᆞᄃᆡ 쇼졔 ᄆᆞᄎᆞᆷ내 ᄉᆡᆼ으로 더브러 언어를 일우디 아니시니 힝혀 벙어리신가 두리고 ᄯᅩᄒᆞᆫ

슈작ᄒᆞ믈 더러이 너기ᄆᆡ가 븟그리

7면

ᄂᆞ니 쳥컨대 놉흔 ᄯᅳ들 닐어 혹ᄉᆡᆼ의 ᄆᆞ음을 훤츨히 ᄒᆞ쇼셔 쇼졔 텽파의 념용 ᄃᆡ왈 쇼쳡이 인ᄉᆡ 암녈ᄒᆞ고 녜되 불인ᄒᆞ야 ᄌᆞ못 ᄉᆞ리를 아디 못ᄒᆞ고 ᄒᆞ믈며 년긔 유튱ᄒᆞ야 군ᄌᆞ를 ᄃᆡᄒᆞ매 심한골경ᄒᆞᆫ디라 두리온 거시 향젼ᄒᆞ니 감히 우러〃 말솜을 브티디 못ᄒᆞ미니 엇디 염티ᄒᆞᆫ ᄠᅳᆺ이리잇가 ᄉᆡᆼ이 ᄒᆞᆫ 번 드ᄅᆞ매 ᄆᆞ음이 녹고 ᄲᅧ 스러디ᄂᆞᆫ ᄃᆞᆺᄒᆞ니 다만 묵〃ᄒᆞ야 냥구ᄒᆞᆫ 후 은근이 웃고 희롱으로ᄡᅥ 화답ᄒᆞ야 ᄇᆡᆨ단 위곡ᄒᆞᆫ 졍이 측냥업ᄉᆞᄃᆡ 쇼졔 졍금 위좌ᄒᆞ야 다시 말을 일우디 아니〃 ᄂᆡᆼ담ᄒᆞᆫ 긔질과 어리온 틔되 측냥키 어려오니 ᄉᆡᆼ의 졍이 어리고 ᄠᅳᆺ이 ᄑᆞ러뎌 만ᄉᆞ를 다 이저ᄇᆞ리고 이ᄣᅢ 츄시 여어보고 십분 통ᄒᆞᆫᄒᆞ야 뎐도히 왕부인 당듕의 드러가 머리를 보드잇고 톄읍 고왈 쇼쳡이 부모 명으로 낭군의 결발지쳬되니 수년지ᄂᆡ예 그ᄅᆞ미 업거ᄂᆞᆯ 무단이 ᄌᆡ취ᄒᆞ야 소시를 통ᄋᆡᄒᆞ고 소시 ᄯᅩᄒᆞᆫ ᄒᆡᆼ

8면

ᄉᆞ의 방ᄌᆞᄒᆞ미 극ᄒᆞ니 조만의 죽기 쉬온디라 오직 안젼의셔 죽어 소녀의 손의 죽디 아니리이다 위시 톄루 탄왈 슬프다 낭ᄌᆞ의 졍ᄉᆡ야 쳔고 원ᄒᆞᆫ이 단당의 ᄀᆞ자시니 사ᄅᆞᆷ으로 ᄒᆞ여금 ᄒᆞᆫᄒᆞ고 슬허홀 배라 소시 원ᄂᆡ 안젼의셔 공슌ᄒᆞᆫ 톄ᄒᆞ고 나가면 믄득 츄시를 헐ᄯᅳ리니 이 엇디 통ᄒᆡ티 아니리오마ᄂᆞᆫ 슉〃은 가지록 듕ᄃᆡᄒᆞ시니 사ᄅᆞᆷ으로 ᄒᆞ야금 ᄒᆞᆫ흡디 아니리오 김환이 니어 ᄀᆞᆯ오ᄃᆡ 소현셩은 도덕 쳥명의 놉흔 군ᄌᆡ로ᄃᆡ 여러 아ᄃᆞᆯ이 교만 방ᄌᆞᄒᆞ기로 소시 ᄯᅩᄒᆞᆫ 품슈ᄒᆞ야 방ᄌᆞ 교듕ᄒᆞ니 소시 문풍이라 거즛 모친 안젼의셔ᄂᆞᆫ 공슌톄ᄒᆞ야 츄수의 덕을 ᄀᆞ리오고 믈너가 교궁ᄒᆞᆫ 빗ᄎᆞ로 즐욕ᄒᆞ야 츄시의 허믈을 니ᄅᆞ허니 간교ᄒᆞ미 태과ᄒᆞᆫ디라 현이 아디 못ᄒᆞ고 ᄒᆞᆫ갓 ᄌᆞ식만 혹ᄒᆞ야 걸듀의 ᄆᆡ달 ᄉᆞ랑홈과 흡ᄉᆞᄒᆞ니 문호의 큰 불ᄒᆡᆼ이라 모친이 만일 엄칙디 아니시면 쟝ᄎᆞᆺ 대란이 니러날디라 쾌히 현

9면

으로 ᄒᆞ야곰 서ᄅᆞ 보디 못ᄒᆞ게 ᄒᆞ쇼셔 부인이 텽파의 놀란 넉시 비공ᄒᆞ니 오직 그 ᄀᆞᄅᆞ치믈 바다 시녀로ᄒᆞ야곰 ᄉᆡᆼ을 부ᄅᆞ니 ᄉᆡᆼ이 ᄇᆞ야흐로 누엇다가 모명을 듯고 황망이

의ᄃᆡ를 슈렴ᄒᆞ고 드러가니 부인이 손으로 가ᄉᆞᆷ을 두ᄃᆞ리며 발셩통곡ᄒᆞ니 ᄉᆡᆼ이 대경ᄒᆞ야 문왈 가ᄂᆡ예 므ᄉᆞᆷ 연괴 잇관ᄃᆡ 이러ᄐᆞᆺ 번뇌ᄒᆞ시ᄂᆞ니잇가 부인이 울며 왈 내 일즉 너의 부친을 여희고 너히 형뎨를 보호ᄒᆞ야 댱셩ᄒᆞ매 미처는 신녕의 도으믈 닙어 명문 슉녀를 어더 너의 빵을 사맛거ᄂᆞᆯ 네 죡ᄒᆞᆫ 줄을 아디 못ᄒᆞ고 셰를 음앙ᄒᆞ며 ᄉᆡᆨ을 흠모ᄒᆞ야 거지 고이ᄒᆞ니 ᄇᆞ득이 소시를 취ᄒᆞ나 내 당초의 ᄉᆡᆼ각ᄒᆞᄃᆡ 뎌는 명가 대족의 교목셰개라 법되 엄ᄒᆞ고 ᄒᆡᆼ실이 놉하 ᄂᆡ조의 [공]번되고 동녈을 화동ᄒᆞᆯ가 ᄒᆞ더니 뉘 도ᄅᆞ혀 간교 흉험ᄒᆞ야 취시를 멸시ᄒᆞ고 너를 외입긔 ᄒᆞᆯ 줄 알니오 네 이제 ᄉᆡᆨ을 혹ᄒᆞ매 몸이 망ᄒᆞᆯ

10면

거시오 취시를 ᄃᆡᄒᆞ매 ᄒᆡᆼ실이 박ᄒᆞ고 요인을 가ᄂᆡ예 두매 집이 어즈러올디라 내 엇디 슬허 아니리오 ᄉᆡᆼ이 듯기를 파ᄒᆞ매 블승 차악ᄒᆞᄃᆡ 신ᄉᆡᆨ을 강잉ᄒᆞ야 ᄌᆡᄇᆡ 고왈 ᄒᆡᄋᆡ 무상ᄒᆞ와 증ᄌᆞ의 효도를 법받디 못ᄒᆞ고 불효를 기티옵고 죄역이 듕ᄒᆞᆫ디라 어ᄂᆞ 면목으로 세샹의 닙ᄒᆞ리잇고 초의 취시ᄂᆞᆫ 구ᄐᆞ야 박히ᄒᆞ미 아니로ᄃᆡ 그 포악ᄒᆞ믈 ᄡᅥ리미오 소시ᄂᆞᆫ ᄉᆡᆨ을 취ᄒᆞᆫ 배 아니로ᄃᆡ 인연이 구더 쇼직 놈의 녀ᄌᆞ를 구ᄒᆞ야 어드미오 년긔 유튱ᄒᆞ모로ᄡᅥ 아직 허믈이 [구ᄐᆞ여] 업ᄂᆞᆫ가 ᄒᆞ야 후ᄃᆡᄒᆞ더니 만일 이러ᄐᆞᆺ 사오나올딘대 ᄒᆡᄋᆡ의 아디 못ᄒᆞ미 불명ᄒᆞᆫ디라 태〃의 불근 교훈이 아니러면 ᄒᆡᄋᆞ로 ᄒᆞ여곰 녀ᄌᆞ의 챵궐ᄒᆞ믈 어들나소이다 ᄎᆞ후로 ᄒᆡᄋᆡ 명심ᄒᆞ야 슯히고 후박을 업시ᄒᆞ리니 과렴티 마ᄅᆞ쇼셔 셜파의 ᄉᆞ긔 온화ᄒᆞ고 언에 유열ᄒᆞ니 부인이 노를 그치거ᄂᆞᆯ ᄉᆡᆼ이 야심토록 좌ᄒᆞ얏

11면

다가 물너나 ᄎᆞ마 셔당으로 가디 못ᄒᆞ고 취시ᄂᆞᆫ ᄉᆡᆼ각의도 업ᄂᆞᆫ디라 쇼져 침소의 니ᄅᆞ니 쇼졔 이ᄯᆡ 부인의 즐칙ᄒᆞ믈 듯고 황공ᄒᆞ며 슬허 자디 아니코 안잣더니 ᄉᆡᆼ이 드러와 보니 버들ᄀᆞᄐᆞᆫ 눈썹의ᄂᆞᆫ 쳔만 수ᄒᆞᆫ이 ᄆᆡ쳣고 별 ᄀᆞᄐᆞᆫ 명목의 잔등을 ᄇᆞ라보며 일만 줄이나 ᄒᆞᆫ 진쥐 어릐여시니 ᄉᆡᆼ이 ᄯᅩᄒᆞᆫ ᄂᆞᆺ치 둣겁고 말이 긘디라 다만 다쇼 화를 여디 아니코 웃ᄂᆞᆫ 안ᄉᆡᆨ을 지어 왈 낭ᄌᆞ의 용화ᄂᆞᆫ 시름의 더으거니와 그러나 엇디 근심ᄒᆞᄂᆞᆫ 비출 두시ᄂᆞ니잇가 쇼졔 묵〃 ᄇᆞ답이라 ᄉᆡᆼ이 자리를 도라보와 눕고져ᄒᆞ거ᄂᆞᆯ 쇼졔 ᄂᆞ죽이 ᄀᆞᆯ오ᄃᆡ 쳡슈블혜ᄒᆞ나 잠간 녜의를 ᄉᆞᆯ피매 군ᄌᆡ 쳐쳡으로 법으로 거ᄂᆞ려

일쳐의 팀혹ᄒᆞ미 업서야 가히 니론 가당이라 ᄒᆞᄂᆞ니 셩왕의 법도로 닐너도 뎡궁의 뉴쳐ᄒᆞ미 반월이오 기여를 여러 후궁의 도라가니 슈신티가의 웃듬 법제라

12면

이제 군ᄌᆞᆨ 새를 보고 녜를 니ᄌᆞ며 셰를 보고 신을 ᄇᆞ리미 ᄉᆞ류의 죄 어드미 큰디라 ᄒᆞ믈며 쳡신은 덕이 업고 녜를 아디 못ᄒᆞ야 군의 졍실을 어디리 셤기디 못ᄒᆞ고 군의 편친을 효도티 못ᄒᆞ야 일가의 불효 투악 죄인이 되엿ᄂᆞᆫ디라 힝혀 넙은 덕을 닙어 츌화를 면ᄒᆞ고 가쇼당 ᄂᆞ 존 곳을 어더 쳡신을 죵ᄒᆞ미 본ᄃᆡ 원이라 엇디 군ᄌᆞ의 놉흔 자최로 ᄒᆞ여곰 여러 가지 허믈을 엇게ᄒᆞ리오 군ᄌᆞᄂᆞᆫ 일즉 도라가시고 머모디 마ᄅᆞ쇼셔 셜파의 팀졍은혜ᄒᆞ야 외뫼 비록 화열ᄒᆞ나 ᄂᆡ심은 텬연 엄슉ᄒᆞ야 ᄇᆡᆨ태 온젼ᄒᆞ니 ᄉᆡᆼ이 심회 불안ᄒᆞᆫ 듕 쇼져의 허다 졍대ᄒᆞᆫ 말ᄉᆞᆷ을 드ᄅᆞ매 감동ᄒᆞ고 항복ᄒᆞ야 ᄀᆞᆯ오ᄃᆡ 쇼ᄉᆡᆼ이 쇼져의 ᄀᆞᄅᆞ치믈 승슈ᄒᆞ야 경심계지ᄒᆞ미 이시려니와 다만 쇼져의 말ᄉᆞᆷ이 이러틋 고이ᄒᆞ니 아디못게라 ᄎᆞᆷ언을 드럿ᄂᆞ냐 뉘 그ᄃᆡ를 흔단ᄒᆞᆯ 재 이시리오

13면

쇼졔 기리 툐탕ᄒᆞ야 ᄃᆡ답디 아니〃 ᄉᆡᆼ이 믄득 불을 쓰고 오ᄉᆞᆯ 버ᄉᆞ니 쇼졔 ᄒᆞᆯ 일이 업서 ᄆᆞᄎᆞᆷ내 말을 아니〃 ᄉᆡᆼ이 심하의 승샹과 졔소를 볼 ᄂᆞᆺ치 업고 위로ᄒᆞᆯ 말이 긋처뎌 다만 가듕 형 산란ᄒᆞ믈 보매 야〃를 ᄉᆡᆼ각고 죵야토록 읍〃ᄒᆞ야 눈물이 귀미ᄐᆡ 저젓더라 명일 ᄉᆡᆼ이 니러나 쇼져의 경ᄃᆡ 뒤ᄒᆡ 셔〃 희롱ᄒᆞ야 우어 왈 홍년 ᄒᆞᆫ줄기 비쵀니 팀어낙안지ᄐᆡ로다 구름 ᄀᆞᄐᆞᆫ 귀미ᄎᆞᆫ 안개를 둘넛거ᄂᆞᆯ ᄆᆞᆯ근 냥목은 ᄒᆞᆫ 빵 별이로다 셜뷔 윤염ᄒᆞ매 홍분이 더럽고 버들 눈썹이 ᄆᆞᆯ그매 ᄎᆡ필을 깁히 녀혓도다 ᄋᆡᆼ슌이 함홍ᄒᆞ니 단새 무용ᄒᆞ고 호치 교결ᄒᆞ매 ᄇᆡᆨ옥이 붓그리ᄂᆞᆫ도다 십지옥슈ᄂᆞᆫ 셤총을 셰온 듯ᄒᆞ고 ᄀᆞᄂᆞᆫ 허리ᄂᆞᆫ 촉나라 깁으로 믓것도다 음영ᄒᆞ기를 ᄆᆞᄎᆞ매 쇼졔 졍ᄉᆡᆨ 왈 내 비록 군의 ᄌᆡᆨ실이나 녜로 모든 배라 엇디 글로써 희롱ᄒᆞ야 챵쳡ᄀᆞ티 ᄒᆞ리오 ᄉᆡᆼ이

14면

웃고 샤왈 ᄆᆞ음이 난ᄒᆞᆫ고로 ᄒᆡ수ᄒᆞᆯ 일을 못어더ᄒᆞ더니 그ᄃᆡ의 소셰ᄒᆞ믈 보매 문인의 됴흔 ᄌᆞ뎨라 우연히 을픈 배러니 경망ᄒᆞ믈 후회ᄒᆞ노라 언필의 시녜 드러와 소평장의 와시믈 고ᄒᆞ니 쇼졔 경ᄃᆡ를 믈니티고 드러오믈 ᄌᆡ촉ᄒᆞ니 뇨라ᄒᆞᆫ ᄐᆡ되 ᄒᆞᆫ층이 더은디

라 김ᄉᆡᆼ이 졍혼이 비월ᄒᆞ야 년망이 옥슈를 잡으며 왈 금일로뻐 볼딘대 ᄉᆡᆼ의 그림보 고 샹ᄒᆞ미 더옥 유리ᄒᆞᆫ디라 사ᄅᆞᆷ이 ᄒᆞᆫ갓 고울만 아냐 쳐신힝지 이 ᄀᆞᄐᆞ니 엇디 듕ᄃᆡ 티 아니리잇가 소제 십분 슈괴ᄒᆞ야 급히 깁ᄉᆞ매를 ᄯᅥᆯ티니 ᄉᆡᆼ이 호〃히 웃더니 평쟝 운현이 드러와 녜필의 좌뎡ᄒᆞ고 김ᄉᆡᆼ으로더브러 오래 보디 못ᄒᆞ던 말을 니ᄅᆞ고 ᄭᅮ지 저 왈 네 ᄒᆞᆫ번도 와셔 부모ᄭᅴ 뵈옵디 아니〃 ᄌᆡ샹지은을 닛도다 ᄉᆡᆼ이 쇼왈 시셰 고식 지졍ᄒᆞᄂᆞᆫ 필뷔 임의 숙녜를 어든 후 은혜 ᄉᆡᆼ각기 쉬오랴 셜

15면

파의 서로 우오나 쇼제 죠금도 즐기ᄂᆞᆫ 비치 업서 다만 부모 존문과 형뎨 평부를 탐〃 이 무ᄅᆞ니 평쟝이 ᄯᅩᄒᆞᆫ ᄃᆡ답ᄒᆞ기로뻐 날이 느즌디라 김ᄉᆡᆼ이 안ᄒᆡ 드러가 모친ᄭᅴ 고 ᄒᆞᄃᆡ 친붕이 밧긔 와시니 술 ᄒᆞᆫ 잔을 어더 먹여지라 ᄒᆞ니 부인이 마디 못ᄒᆞ야 허락ᄒᆞ 니 위시 이에 마디 못ᄒᆞ야 못슬 탁쥬와 산ᄎᆡ ᄒᆞᆫ 졉시로뻐 보내니 김ᄉᆡᆼ은 어미 ᄃᆞ려 니른 후 즉시 나와 평쟝의 가려ᄒᆞᆷ을 머믈워 술 먹으라 ᄒᆞ니 도로 안자 기ᄃᆞ리매 더러 온 나물과 탁쥬로뻐 평쟝 알ᄑᆡ 노흐니 이ᄣᆡ예ᄂᆞᆫ 비록 대댱부의 ᄆᆞ음이나 참괴ᄒᆞᆫ ᄯᅳᆺ 이 잇고 쇼져ᄂᆞᆫ 함쇼ᄒᆞ고 말을 아니터니 평쟝이 비록 음식이 무상ᄒᆞ야 쳔인도 먹디 못ᄒᆞᆯ 거신 줄 아나 ᄉᆞ랑ᄒᆞ는 벗의 졍셩이라 강잉ᄒᆞ야 하뎌홀ᄉᆡ 마시 참혹ᄒᆞᄃᆡ 흔연 ᄒᆞᆫ 빗츠로 ᄆᆞᄎᆞᆷ내 다 먹고 김ᄉᆡᆼ의 참괴ᄒᆞ야ᄒᆞᆷ을 보고 그 손을 잡고 닐오ᄃᆡ ᄌᆞ균아 네 엇디 [조]보야오뇨 공ᄌᆡ ᄀᆞᆯ

16면

오샤ᄃᆡ 현오ᄉᆞᆯ 닙고 금의 옷 닙은 곳의 가ᄃᆡ 븟그려 아니믄 션ᄇᆡ 덕이라 ᄒᆞ시니 내 오ᄂᆞᆯ 네 음식을 보매 믄득 내의 부귀ᄒᆞᆷ을 븟그리ᄂᆞ니 네 엇디 도로혀 날을 ᄂᆡ외ᄒᆞ리 오 디심의 친ᄒᆞᆫ 바ᄂᆞᆫ 이러티 아니〃 내 네게셔 팔년이 ᄆᆞ디라 그른 일이 〃시매 아니 규졍티 못ᄒᆞ리라 ᄉᆡᆼ이 텽파의 더옥 감샤ᄒᆞ야 낭구히 말ᄒᆞ다가 평쟝이 도라갈ᄉᆡ 쇼제 타루ᄒᆞ야 ᄇᆡ별ᄒᆞ다 ᄎᆞ시 위시 김환이 다시 ᄎᆞᆷ소ᄒᆞ야 왈 어제 모친이 [아ᄋᆞ로] 칙ᄒᆞ시 ᄃᆡ 듯디 아니코 소시를 젼통ᄒᆞ니 실노 외입ᄒᆞ미라 왕시 ᄯᅩ ᄉᆡᆼ을 불너 대칙ᄒᆞ고 죽으 려 ᄒᆞᄂᆞᆫ 톄ᄒᆞ니 ᄉᆡᆼ이 경황ᄒᆞ야 쳔단 샤죄ᄒᆞ고 이날 쉬시 방듕의 니ᄅᆞ러 벼개를 비겨 탄식 툐탕ᄒᆞ고 ᄒᆞᆫ 말도 아니〃 쉬시 ᄆᆡ오미 칼을 숨긴 듯ᄒᆞ야 노ᄉᆡᆨ 분왈 낭군이 자라 드러올쟉시면 편히 자고 나가고져 홀딘대 나갈디니 부모의 죽으미 업고 몸의 병이

업시 져 쟝뷔 쳘업

17면

ᄉᆞᆫ 탄식과 한숨을 내니 엇디 가쇼롭디 아니리오 ᄒᆞᄅᆞ밤 소녀 쎠나믈 뎌리 어려 너길딘대 십뉵 년 사라나미 고이ᄒᆞ고 어버이 경ᄒᆞ고 쳐지 듕ᄒᆞ도다 ᄉᆡᆼ이 충히ᄒᆞᆷ믈 이긔디 못ᄒᆞ듸 모친의 그릇 너기믈 인ᄒᆞ고 ᄯᅩ 심졍이 견강ᄒᆞᆫ디라 잉분ᄒᆞ기를 위주ᄒᆞ야 다만 웃고 왈 그듸도 ᄆᆞ양 머금은 거시 투긔로다 소시나 그듸나 싀긔ᄒᆞ미 고이ᄒᆞ고 내 ᄯᅩᄒᆞᆫ 그듸를 믜워ᄒᆞ미 업ᄉᆞ니 화목ᄒᆞ면 죠흘디라 브졀 업ᄉᆞᆫ 말을 그치라 ᄌᆞ식인들 간대로 보며 션횐들 간대로 존듕ᄒᆞ랴 부〃지졍은 셰력이 아룽곳 업ᄉᆞ니라 내 나히 졈고 식견이 쳔박ᄒᆞ나 ᄌᆞ연 혜아리미 이시리니 됴히 ᄯᅳᆺ을 가지고 힝실을 닷그소셔 취시 노왈 낭군의 흉된 말로 졍의 가챠ᄒᆞ믈 듯기 슬ᄒᆞ니 섈니 나가라 ᄉᆡᆼ이 졍식왈 내 원ᄂᆡ 그듸 힝시 이러ᄒᆞ믈 아쳐ᄒᆞ미라 지아븨

18면

긔유ᄒᆞ믈 듯디 아니ᄒᆞ고 호령을 셰우고져ᄒᆞᄂᆞ냐 취시 대로 즐왈 그듸의 언능으로ᄡᅥ 녀ᄌᆞ를 안아무인ᄒᆞ고 존고 경계로 이리와 즐매ᄒᆞ니 엇디 통히티 아니리오 ᄉᆡᆼ이 블연작식ᄒᆞ고 ᄉᆞ매를 ᄯᅥᆯ텨 왈 내 엇디 ᄋᆞ녀ᄌᆞ의 압두를 바ᄃᆞ리오 그듸 패악ᄒᆞ미 내게 영쾌라 옥 ᄀᆞᄐᆞᆫ 부인이 〃시니 그듸 아니라 이실 곳 업ᄉᆞᆯ가 너기ᄂᆞ냐 드듸여 크게 웃고 나가니 취시 대분ᄒᆞ야 방셩 대곡ᄒᆞ니 왕부인이 놀라 급히 니ᄅᆞ러 무ᄅᆞ니 취시 고왈 낭군이 쳡의 침소의 왓더니 소네 니ᄅᆞ러 낭군을 ᄃᆞ려가고 인ᄒᆞ야 쳡을 난타ᄒᆞ니 셜오믈 이긔디 못거이다 위시 김환이 도〃와 ᄀᆞᆯ오듸 만일 소시를 가도고 샤뎨를 티디 아니시면 취쉬 보젼티 못ᄒᆞ리이다 부인이 올히 너겨 시녀로 소시를 브ᄅᆞ니 쇼졔 임의 알고 긔운을 ᄂᆞ초와 안젼의 빅알ᄒᆞ매 부인이 변ᄉᆡᆨ고 수죄 왈 그듸 샹문 귀녀로 교우 방죵하야 동녈을 박듸ᄒᆞ고 노모를 불효

19면

ᄒᆞ니 죄상이 심듕ᄒᆞᆫ디라 맛당이 법ᄉᆞ를 고ᄒᆞ고 명졍이 다ᄉᆞ릴 배로듸 승샹의 ᄂᆞᆺ출 보와 관셔ᄒᆞ고 심당의 가도ᄂᆞ니 삼가 티만티 말라 쇼졔 피셕ᄒᆞ야 듯고 공경ᄒᆞ야 지빅 왈 쇼쳡의 인ᄉᆡ 미셰ᄒᆞ고 동셔를 불분ᄒᆞ야 ᄌᆞ못 득죄ᄒᆞ미 크오듸 존고 덕퇴으로

안젼의 시측ᄒᆞ미 수월이라 샹〃의 놉흔 셩덕을 감츅ᄒᆞ옵더니 쳡의 지으미 무궁ᄒᆞ야 슈칙을 밧ᄌᆞ오니 오직 원ᄒᆞ옵기ᄂᆞᆫ 당하의 ᄉᆞ죄를 청ᄒᆞᄂᆞ이다 왕시 좌우로 ᄒᆞ여곰 후당 깁흔 고ᄃᆡ 가도고 문을 ᄌᆞᄆᆞ니 모든 시녀와 유뫼 울며 ᄯᆞᆯ와 가티이니 경ᄉᆡᆨ이 차악ᄒᆞ더라 왕시 쇼져를 가돈 후 ᄉᆡᆼ을 불너 ᄀᆞᆯ오ᄃᆡ 네 쇼[시]의 ᄉᆡᆨ의 혹ᄒᆞ야 편모도 혜디 아냐 힝실이 샹ᄒᆞ니 소의 죄를 다ᄉᆞ릴 거시로ᄃᆡ 오히려 부형을 보와 관셔ᄒᆞ고 심당의 가도왓ᄂᆞ니 ᄎᆞ후로 방ᄌᆞ티 말고 취시를 후히ᄒᆞ고 요인을 ᄉᆡᆼ각디 말나 ᄉᆡᆼ이 슈명ᄒᆞ야 물너 셔당의 나와 앙텬 탄

20면

탄[16]왈 만일 야〃겨실딘대 어이 이럴니 이시리오 ᄒᆞ더니 김환이 나와 듯고 대칙 왈 네 모친을 원망ᄒᆞ니 이 므슴 도리뇨 ᄉᆡᆼ이 그 브ᄃᆡᆨᄒᆞ믈 보고 탄왈 형당은 브졀 업슨 말노 쇼뎨의 죄를 더으디 마ᄅᆞ쇼셔 내 형으로 더브러 동복 골육이라 어느 ᄆᆞ음이 달나 모친을 원망ᄒᆞ리오 환이 대로ᄒᆞ야 드러가 왕부인ᄭᅴ 고하니 부인이 ᄉᆡᆼ을 잡아드려 오십 당을 텨 내티니 환이 오히려 브죡ᄒᆞ야 다시 나와 쇠채로 오십을 티고 취시ᄂᆞᆫ ᄀᆞ의셔 손벽티며 대쇼ᄒᆞ니 ᄉᆡᆼ이 졍신을 굿게 잡아 매를 견ᄃᆡ고 ᄒᆞᆫ 말도 아니터니 명일 니부샹셔 운경과 병부샹셔 운셩이 니ᄅᆞ러 김ᄉᆡᆼ을 볼ᄉᆡ ᄉᆡᆼ이 능히 움ᄌᆞ기디 못ᄒᆞ야 상샹의 누어 냥인을 보니 이인이 ᄉᆡᆼ의 병와ᄒᆞ야시믈 보고 놀나 증후를 무ᄅᆞ니 불의예 촉샹ᄒᆞᆯ와 ᄒᆞᄂᆞᆫ디라 니부ᄂᆞᆫ 무심ᄒᆞᄃᆡ 병뷔 고이히 너겨 왈 그ᄃᆡ의 좌우 슈를 내라 내 당〃이 딘ᄆᆡᆨᄒᆞ리라 ᄉᆡᆼ이 손

21면

을 내매 병뷔 ᄆᆡᆨ을 딘ᄒᆞ고 닐오ᄃᆡ 그ᄃᆡ 상한 고통ᄒᆞ미 아니[로]라 ᄉᆡᆼ이 미쇼ᄒᆞ고 ᄃᆡ답디 아니커ᄂᆞᆯ 쇼져 보기를 구ᄒᆞ니 닐오ᄃᆡ 편친긔 시측ᄒᆞ야 나오미 쉽디 아냐라 ᄒᆞ니 이인이 짐쟉고 도라가다 김ᄉᆡᆼ이 유병타 ᄒᆞ야 졔쇠 날마다 뭇ᄂᆞᆫ디라 김환이 일이 힝혀 누셜ᄒᆞᆯ가 두려 왕시ᄭᅴ 고왈 현이 졔소로 더브러 모친의 흔단을 니ᄅᆞ고 소시의 가도이믈 뎐파ᄒᆞ야 쇼ᄌᆞ와 다뭇 모친을 해코져ᄒᆞ니 현을 가도와 졔소를 보디 못ᄒᆞ긔ᄒᆞ쇼셔 부인이 올히 너겨 ᄉᆡᆼ을 불너 크게 수죄ᄒᆞ야 ᄂᆡ당의 가도니 슬프다 녜브터 계모

16) 탄 : 반복되었음.

와 의뫼 ᄌ식을 보채거니와 왕부인 ᄀᄐ니는 셰샹의 ᄯ 업술디라 만일 시랑 곳 이시면 엇디 이러틋 ᄒ리오 수일 후 운셩이 니ᄅ러 누의를 보와지라 ᄒ니 김환이 나와 ᄃ긱ᄒ며 ᄀᆯ오ᄃ 샤뎨는 ᄆ춤 나갓고 수〃는 모젼의 시봉ᄒ니 나오미 쉽디 아냐라 ᄒᆫ대 샹셰 완연히 깃거아냐 왈 비록 시측ᄒ미 듕ᄒ나 엇디 일시

22면

를 나오디 못ᄒ며 김싱인들 므슨 연고로 우리를 보디 아니리오 환이 년망이 ᄇ샤 왈 샤뎨의 질환이 차복디 못ᄒ므로 능히 츌입디 못ᄒ더니 금일은 모명으로 브득이 나가고 수〃는 편친의 블평ᄒ믈 보고 스ᄉ로 ᄯ나디 아니〃 그 효의를 탄복ᄒᄂ이다 소샹셰 블연 경식고 ᄉ매를 ᄯᅥᆯ티고 도라가 힝지 슈샹ᄒ믈 승샹씌 고ᄒ니 [공]이 인ᄒ야 제ᄌ를 경계 왈 네 누의 지익이 이심ᄒ야 크게 굿길디라 그 텬명이니 너히 가셔 어즈러이 구디 말나 졔싱이 십분 통ᄒᆫᄒᄃ 셕부인이 곳 알면 됴티 아니미 이실디라 졔싱이 서로 긔이고 편히 이시므로ᄡ 고ᄒ니 부인이 오히려 밋디 아냐 말다마 사룸브려 평부를 무ᄅ니 왕부인이 ᄉ이예셔 위주ᄒ고 만일 글월이 니ᄅ즉 왕시 몬져 보고 쇼져씌 드려 보내여 답셔를 맛나 ᄯ 본 후 내여주니 죠고만 말도 통티 못ᄒ야 존문 ᄲᅮᆫ이오 시녀들이 다 가티여시니 나와보디 못ᄒ는디라 셕

23면

부인이 의려 왈 녀ᄋ는 비록 나오디 아니나 엇디 시녀조차 보디 못ᄒᆯ 니 이시리오 졔지 위로 왈 쇼미 무양ᄒᄃ 가듕이 살난ᄒ니 힝혀 내 집 시녀를 내여본즉 싀집 허믈 누통ᄒᆫ다 ᄒ야 두려 못ᄒ노라 ᄒ더이다 부인이 그런가 너기나 오히려 방심티 못ᄒ더라 각셜 김싱이 가티연 디 이십 일 만의 왕시 내여노코 왈 네 만일 졔소를 본즉 날을 죽이랴 ᄒ는 ᄯᅳᆺ이니라 싱이 샤례 왈 모친이 보디 말과쟈 ᄒ시면 아니 볼 ᄯᄅᆷ이라 엇디 일로ᄡ 근심ᄒ시리잇가 드ᄃ여 심당의 드러 모친을 셤기고 취시를 후ᄃᄒ며 졔소를 보디 아니ᄒ더니 일〃은 부친 ᄉ당의 허ᄇᄒ고 나려올ᄉ 쇼져의 가도엿는 고디 뵈는 곳디 뵈는디라 ᄆ음이 ᄇ아디는 ᄃᆺᄒ야 냥구히 관망ᄒ며 툐탕ᄒ더니 쇼졔 유모의게 븟들여 측간의 ᄃ녀 드러가니 구름 ᄀᄐ 귀밋과 옥 ᄀᄐ 긔뷔 쵸췌ᄒ야 소담ᄒᆫ 익용과 쟉약ᄒᆫ 풍되 새로오니 ᄒᆫ번 ᄇ라보매

24면

죽으믈 ᄀᆞ올ᄒᆞ야 던도히 ᄂᆞ려 쇼당의 니ᄅᆞ니 쇼졔 임의 방듕의 드ᄅᆞ고 문을 구지 다드니 싱이 손을 드러 문을 열고 드러 안ᄌᆞ니 쇼졔 대경ᄒᆞ야 운환을 수기고 념임 챠용ᄒᆞ야 말을 아니〃 싱이 눈물을 흘녀 왈 쇼싱이 명되 긔구ᄒᆞ야 엄친을 조상ᄒᆞ고 편친을 블효ᄒᆞ므로뼈 그 벌이 쇼져씌 미ᄎᆞ니 금일 그ᄃᆡ를 보매 므슨 ᄆᆞ음을 참괴티 아니리오 셜파의 나아 안자 쇼져의 손을 잡고 그 쵸쳬ᄒᆞ믈 ᄎᆞ마 보디 못ᄒᆞ야 ᄀᆞᆯ오ᄃᆡ 그ᄃᆡ 쳔금지구로 이러틋 ᄒᆞ믄 다 내의 죄니 엇디 능히 견ᄃᆡ리오 쇼졔 안식을 졍히ᄒᆞ고 소ᄅᆡ를 온화히 ᄒᆞ야 ᄀᆞᆯ오ᄃᆡ 쳡 ᄀᆞᄐᆞᆫ 뉴는 죄상이 심듕ᄒᆞ야 일즉 득죄ᄒᆞᆫ 곳이 만흔디라 죽디 아니미 고이ᄒᆞᄃᆡ 부모의 ᄂᆞᆺ출 다시 보고져ᄒᆞ야 구챠히 사랏거니와 낭군은 빅힝을 닷는 군ᄌᆞ라 부모의 그릇 너기시는 겨집을 ᄉᆞ려ᄒᆞ야 득죄지인을 ᄎᆞ자미 ᄌᆞ못 가티 아니ᄒᆞ니 섈니 도라가시고 불효를 더으디 마ᄅᆞ쇼셔 싱이 ᄋᆡ련ᄒᆞᆫ 졍과 슈괴ᄒᆞᆫ ᄆᆞ음이 골졀의 박혀

25면

다만 닐오ᄃᆡ 그ᄃᆡ의 ᄆᆞᆯ근 ᄆᆞ음으로 약셕ᄀᆞᆺ티 ᄀᆞᄅᆞ치믈 감격디 아니미 아니로ᄃᆡ 싱이 그ᄃᆡ 구ᄒᆞ미 범연ᄒᆞᆫ 배 아니라 이제 도로혀 그ᄃᆡ로 ᄒᆞ야곰 빙혼이 쇼삭ᄒᆞ고 셜뷔 쵸쳬ᄒᆞ야 죽기예 갓가와시ᄃᆡ 내 만일 감동ᄒᆞ미 업ᄉᆞ면 엇디 오쟝군의 박힝의 더으디 아니리오 죽을디언뎡 나가디 못ᄒᆞ리로다 쇼졔 민망ᄒᆞ야 비회를 ᄎᆞᆷ고 됴흔 안연으로 위로ᄒᆞ야 나가기를 권ᄒᆞ더니 취시 여어보고 급히 왕시씌 ᄎᆞᆷ소ᄒᆞ니 김환이 도〃와 ᄀᆞᆯ오ᄃᆡ 소시 현을 쳥ᄒᆞ야 ᄌᆞ믄 문안히 드리니 반ᄃᆞ시 모친과 우리를 죽이려 모의ᄒᆞ미로소이다 취시 울며 왈 낭군이 무심코 ᄂᆞ려오ᄂᆞᆫ 거ᄉᆞᆯ 소녜 쳥ᄒᆞ야 드리니 기간의 곡졀이 요괴로와 가히 취화ᄒᆞᆯ 경상이 나리러이다 환왈 현이 더리 오래 안자시니 졈〃 쐬를 의논ᄒᆞ리니 모친이 가히 ᄌᆞ결ᄒᆞ려 ᄒᆞ시면 제 비록 모친을 죽과쟈ᄒᆞ나 인ᄉᆞ의 거리겨 나오리이다 왕시 즉시 슈건을 들고 크게 통곡 왈 현ᄋᆞ야 네 소시로 더브러 나를

26면

죽이려 쐬ᄒᆞ니 ᄎᆞᄅᆞ히 내 스ᄉᆞ로 죽으리라 셜파의 목ᄆᆡ야 ᄃᆞ니 김싱이 모친의 곡셩을 듯고 어린 ᄃᆞ시 쇼져를 븟들고 니러나디 아니〃 쇼졔 탹급ᄒᆞ믈 이긔디 못ᄒᆞ야 손

으로 싱을 미러내여 왈 낭군이 득죄흔 누부를 츳자 편친의 역명ᄒᆞ고 이제 뎌 경샹을 ᄒᆞ시ᄃᆡ 나가디 아니시니 이는 인ᄌᆞ의 도리 아니라 그 스ᄉᆞ로 붓그럽디 아니리오 싱 왈 모친의 뎌 거조는 취녀의 브톡이니 대단티 아니ᄒᆞ니 내 원컨대 부효ᄌᆡ 되야 동녁 져재 거리의 슈형을 당홀디언뎡 츳마 써나디 못ᄒᆞ리로다 쇼졔 텽파의 앙텬 읍탄 왈 군ᄌᆞ의 ᄎᆞ언이 실셩지언이라 이 다 쳡의 죄니 쳡이 원컨대 군ᄌᆞ의 알픠셔 죽어 군ᄌᆞ의 효를 샹케 아니리이다 셜파의 싱의 츤 칼흘 ᄲᅢ혀 ᄌᆞ결ᄒᆞ려 ᄒᆞ니 싱이 황망이 칼흘 아ᄉᆞᄃᆡ 밋디 못ᄒᆞ야 임의 가숨이 샹ᄒᆞ야 불근 피 돌〃ᄒᆞ고 신싁이 츤 ᄌᆡ ᄀᆞᄐᆞᄃᆡ 오히려 칼흘 노티 아니〃 싱이 평싱 힘을 다ᄒᆞ야 아ᄉᆞ려 ᄒᆞ나 쇼졔 늘

27면

흘 구지 잡아시니 만일 우김질노 아술딘대 손이 샹홀디라 싱이 다만 소릐를 머금고 그 옥슈를 붓드러 비러 왈 이제 나가리니 그ᄃᆡ는 칼흘 노흐라 쇼졔 ᄃᆡ왈 만일 낭군이 나갈딘대 쳡이 비록 ᄋᆞ녀ᄌᆞ나 실신티 아냐 칼흘 ᄇᆞ리〃니 샐니 도라가쇼셔 싱이 기리 탄식ᄒᆞ고 나가매 쇼졔 드ᄃᆡ여 칼흘 ᄇᆞ리고 유모의게 붓들녀 의지ᄒᆞ야시니 싱이 슬픈 눈물이 빵〃ᄒᆞ야 듕당의 니ᄅᆞ니 왕시 졍히 결항ᄒᆞ려 ᄒᆞ거늘 싱이 붓들고 실셩 통곡 왈 히ᄋᆡ 비록 무상ᄒᆞ나 일즉 불효흔 일이 업거늘 모친이 엇디 이러틋 ᄒᆞ시ᄂᆞ니 잇가 소시를 보디 말나 ᄒᆞ시니 졍을 춤고 거절ᄒᆞ엿더니 마춤 디나는 길희 들너미라 히ᄋᆞ의 역명흔 죄는 잇거니와 엇디 취녀의 말을 듯고 이런 대변을 니ᄅᆞ혀시ᄂᆞ니잇가 부인이 고셩 대매 왈 네 내 말을 듯디 아니코 요녀랄 젼통ᄒᆞ야 현부를 박ᄃᆡᄒᆞ니 사름의 어미되야 ᄌᆞ식을 교훈티 못ᄒᆞ고 엇디

28면

붓그럽디 아니리오 싱이 일댱을 크게 울고 ᄎᆞ후는 소시를 영절ᄒᆞ마 ᄒᆞ니 왕시 노를 그친 후 김환이 이에 큰 매를 드러 싱을 무궁이 티고 취시 위시 등이 일시의 소시를 보고 만단 능욕ᄒᆞ고 됴희ᄒᆞ니 쇼졔 분격ᄒᆞ믈 춤고 믁〃히 말을 일우디 아니코 그 이 심흔 욕의 니ᄅᆞ러는 홍엄을 여러 미〃히 우으니 사름의 도량 너ᄅᆞ기 이 ᄀᆞᄐᆞ디라 위시 취시ᄃᆞ려 왈 투뷔 인면 슈심이라 ᄉᆞ지저도 노ᄒᆞ야 아니ᄒᆞ니 우리 슈고로이 욕ᄒᆞ야 무익다 ᄒᆞ고 도라오니라 김싱이 모친의 칙과 형의 ᄆᆡ를 맛고 셔당의 누어 깁 ᄉᆞ매로 ᄂᆞᆺ츨 덥고 눈믈이 흘너 두 귀ᄐᆡ 니음찻더니 인ᄒᆞ야 싱각ᄒᆞᄃᆡ 내 야〃를 여희고 모

친을 뫼셔 형뎨 화목ᄒᆞ야 살녀 ᄒᆞ더니 가형의 ᄠᅳ디 ᄂᆡ도ᄒᆞ고 두 안해를 두어 ᄉᆞ졍이 소시씌 이시나 ᄃᆡ뎝은 이랑이어ᄂᆞᆯ 모친이 고집ᄒᆞ시고 취녜 간악ᄒᆞ야 ᄒᆡᆼᄉᆡ 아ᄅᆞᆷ답디 아니〃 통히ᄒᆞᄆᆞᆫ 니ᄅᆞ도 말고 내 신셰 괴롭고 소신들 무단이 가도와

29면

ᄂᆞᆷ의 귀ᄒᆞᆫ ᄌᆞ식으로 ᄒᆞ야곰 원앙ᄒᆞᆯ 분 아니라 내 쳔신만고ᄒᆞ야 어더 ᄒᆞᄅᆞ도 평안티 못ᄒᆞ다가 뎌리 가도이니 ᄋᆡᄆᆡᄒᆞᆫ 녀ᄌᆞ를 그릇 믿ᄃᆞᆫ 죄는 내게 잇ᄂᆞᆫ디라 사ᄅᆞᆷ이 ᄇᆡᆨ년이 아니〃 괴로이 사라시미 쾌히 주거 션친을 뫼시매 가ᄒᆞ다 ᄒᆞ야 ᄌᆞ문코져 ᄒᆞ야 가고텨 ᄉᆡᆼ각ᄒᆞᄃᆡ 내 효셩이 업고 모친 ᄠᅳᆺ을 잘 밧줍디 못ᄒᆞ야 환이 니러나니 다 내타시라 이제 죽어 편모로 ᄒᆞ야곰 셔하의 셟기를 기티미 가티 아니타 ᄒᆞ고 졍신을 강잉ᄒᆞ야 다시 니러 ᄃᆞᆫ니더니 셰월이 여류ᄒᆞ야 츄팔월이 되엿더니 텬ᄌᆡ 셜과ᄒᆞ야 인ᄌᆡ를 ᄲᆡ실ᄉᆡ 김환이 왕시ᄃᆞ려 왈 ᄒᆡᄋᆡ 과거를 보려ᄒᆞᄃᆡ 알셩시 ᄀᆞ이 긴급ᄒᆞ니 혼자 못ᄒᆞᆯ 거시니 아올 ᄃᆞ려가 글을 ᄡᅳ여지이다 부인이 즉시 ᄉᆡᆼ을 블너 왈 네 만일 이 과거의 형을 ᄒᆞ일딘대 내게 효ᄌᆡ 되리라 졀역ᄒᆞ야 형을 ᄒᆞ이라 ᄉᆡᆼ이 흔연[이] 슈명ᄒᆞᆫ대 즉시 당옥뎨구를 출혀 드릴ᄉᆡ 왕시

30면

갈역ᄒᆞ야 됴흔 명지와 필묵을 사주되 홀로 ᄉᆡᆼ은 주디 아니〃 ᄉᆡᆼ이 ᄒᆞᆯ일이 업서 탄식고 ᄉᆡᆼ각ᄒᆞᄃᆡ 내 셜ᄉᆞ 명지를 가져간들 급뎨ᄒᆞ기를 ᄇᆞ랄 거슨 아니어니와 시험토 못ᄒᆞ리로다 다만 형의 죵인이 되야 당옥졔구를 디고 형으로 더브러 가ᄎᆡ호를 늘녀 신필ᄒᆞ야 쳔만인 듕 몬져 지어 형을 주니 환이 몬져 바티고 도라와 음식을 먹으니 ᄉᆡᆼ은 명지도 업고 심히 무류ᄒᆞ야 ᄒᆞᆺ거ᄅᆞ며 의ᄉᆞ의 나믄 글을 음영ᄒᆞ며 스ᄉᆞ로 ᄌᆡ조를 앗기ᄃᆡ 동셔로 아ᄂᆞ니 업고 셜ᄉᆞ 아는 벗이 〃시나 뉘 명지를 주어 글을 ᄡᅥ 바티라ᄒᆞ리오 심회 울〃ᄒᆞ더니 믄득 보니 셧녁 숑하의 옥 ᄀᆞᆺ튼 두 쇼년이 청나의를 닙고 혁ᄃᆡ를 ᄯᅴ고 엇게 ᄀᆞᆯ와 안자 청음을 기리혀 졀구를 서로 외와 챵화ᄒᆞ며 ᄌᆞ약히 웃거ᄂᆞᆯ 출혀 보니 소운변 소운필이라 ᄉᆡᆼ이 반가오믈 이긔디 못ᄒᆞᄃᆡ 모친의 ᄎᆡᆨ언을 ᄉᆡᆼ각고 몸을 도로혀 도라가니 소ᄉᆡᆼ이 보고

31면

급히 불너 왈 즈균은 엇디 구경을 니젓ᄂᆞ뇨 싱이 마디 못ᄒᆞ야 도로 와 ᄒᆞᆫ가지로 좌를 뎡ᄒᆞ고 이 싱이 크게 반겨 오래 보디 못ᄒᆞ던 연고를 무ᄅᆞ니 ᄆᆞᄎᆞᆷ내 니ᄅᆞ디 아니코 다만 모호히 ᄃᆡ답ᄒᆞ거ᄂᆞᆯ 소싱 왈 그ᄃᆡ 글을 바텻ᄂᆞᆫ다 김싱 왈 쇼뎨 명지도 업ᄉᆞ니 엇디 글을 바텨시리오 운필 왈 만일 이럴딘대 명지를 두벌[뇌] 가져와시니 ᄒᆞ나흘 형이 쓰라 싱이 가연이 응낙ᄒᆞ고 져근덧 싱각ᄒᆞ다가 필연을 나오매 소싱이 촉깁을 펴니 싱의 븟긋 니ᄅᆞᄂᆞᆫ 곳마다 창뇽이 어리고 쥬옥이 ᄡᅥ러뎌 경긱의 신필ᄒᆞ니 ᄒᆞᆫ가지로 바티고 도라와 형으로 더브러 ᄃᆡ방ᄒᆞ니 원ᄂᆡ 이날 만됴 ᄇᆡᆨ관이 셩녈ᄒᆞ고 소승샹이 뎐즈를 뫼셔 글을 ᄭᅩ노ᄂᆞᆫ디라 간인의 쳔방ᄇᆡᆨ계 아니 미촌 곳이 업서 비록 싱은 명지를 주디 아니나 싱이 ᄆᆞᄎᆞᆷ내 깁의 ᄡᅥ 밧티고 김환이 아올 호령ᄒᆞ야 제 글을 몬져 바티나 운슈를 도망티 못ᄒᆞᄂᆞᆫ디라 모든 션ᄇᆡ 글

32면

을 ᄭᅩ노와 태혹ᄉᆡ 님군ᄭᅴ 드리고 샹이 승샹과 고하를 뎡ᄒᆞ시니 일이 공교ᄒᆞ야 김환의 글이 소승샹 손의 잡히니 공이 ᄒᆞᆫ번 보매 ᄉᆞ의 청신ᄒᆞ고 필획이 긔이ᄒᆞ나 분명이 그 녀셔의 지어 쁜 배라 피봉을 보디 아냐시모로 벽〃이 김싱의 지은 글인 줄노 알고 이에 물니텨 ᄂᆞ리오ᄂᆞᆫ 권즈의 녀코 다른 시집을 볼 적 샹이 진짓 김싱의 글을 보시고 크게 칭찬ᄒᆞ야 골오샤ᄃᆡ 이ᄂᆞᆫ 셩당 묘쉬라도 밋디 못ᄒᆞ리로다 드ᄃᆡ여 어필노 뎨일이라 ᄡᅥ 겨ᄐᆡ 노코 구ᄐᆞ야 승샹을 뵈디 아니시니 소승샹이 아모의 길인 줄 아디 못ᄒᆞ고 샹이 기리시믈 드ᄅᆞ매 다만 인지 어드시믈 깃거ᄒᆞ니 엇디 그 진짓 녜셰 급뎨ᄒᆞᆯ 줄 알니오 ᄎᆞ례로 ᄭᅩ노기를 ᄆᆞᄎᆞ매 뎐두관이 곳 소운셩이라 시권 다ᄉᆞᄉᆞᆯ 밧즈와 금포를 졍히ᄒᆞ고 옥ᄭᅴ를 도〃와 뎐젼의 셔〃 데 일 피봉을 ᄯᅥ이매 이곳 김싱이라 병뷔 경아ᄒᆞ나 ᄯᅩᄒᆞᆫ 안ᄉᆡᆨ을 평안이 ᄒᆞ고 놉히 블너 왈 장원은 예쥐인 김현이 년이 십칠 셰라

33면

부ᄂᆞᆫ 젼임 니부시랑 김희라 ᄒᆞ니 김환이 대경ᄒᆞ고 김싱이 ᄯᅩᄒᆞᆫ 놀라 왈 동명ᄒᆞ니 잇거나 형을 그릇 니ᄅᆞ거나 ᄒᆞ미로다 ᄒᆞ고 요동티 아니〃 운필 등이 일시의 니ᄅᆞ러 권ᄒᆞᄃᆡ 형의 놉흔 지죄 족히 쳔인을 이긜디라 엇디 고ᄉᆞᄒᆞ며 내 형이 환즈로ᄡᅥ 현즈를 볼 재면 뎐두관을 삼으리오 일변 니ᄅᆞ며 일변 드ᄅᆞ니 젼듕의셔 브ᄅᆞᄂᆞᆫ 소ᄅᆡ 진동ᄒᆞ

니 싱이 마디못ᄒᆞ야 만인 총듕을 헤티고 ᄂᆞᄂᆞᆫᄃᆞ시 거러 옥계 하의 니ᄅᆞ니 표연ᄒᆞᆫ 골격과 쥰슈ᄒᆞᆫ 풍되 양뉘 츈풍을 ᄡᅴ이고 옥싊 풍젼임흠ᄀᆞᄐᆞ야 목난의 이슬 ᄀᆞᆺ고 긔질은 온윤ᄒᆞ야 평산의 박옥 ᄀᆞᄐᆞ니 이 니ᄅᆞᆫ 인듕지뇽이오 우마가온대 긔린 ᄀᆞᄐᆞ야 앙장ᄒᆞᆫ 풍치 일셰예 긔남ᄌᆡ라 시위 졔신이 칭찬ᄒᆞ기를 마디아니ᄒᆞ고 소공이 심히 평안티아냐 ᄒᆞ더라 ᄎᆞ례로 창방ᄒᆞ야 텬동과 어악을 주시고 계지쳥삼으로ᄡᅥ 닙히니 김싱이 당〃ᄒᆞᆫ 장원낭으로 혁〃ᄒᆞᆫ 영홰 만

34면

됴의 빗난디라 특명으로 간의태후 츈방혹ᄉᆞ롤 더으시니 싱이 뎐하의셔 샤은 ᄉᆞ빈ᄒᆞ야 진퇴 유희홀ᄉᆡ 태을션인이 운니의 빈회홈 ᄀᆞᆺ더라 이윽고 파됴ᄒᆞ다 궐문을 나매허다 집ᄉᆞ와 아역이 금안빅마를 ᄀᆞ초와 ᄃᆡ후ᄒᆞ다가 싱을 ᄭᅧ 뫁게 올니매 소시 팔인이 승샹을 옹위ᄒᆞ야 나와 싱을 ᄃᆞ리고 김가로 오니 이ᄯᅢ 왕시 위시를 ᄃᆞ리고 환의 급뎨ᄒᆞ믈 기ᄃᆞ리다가 ᄎᆞᄌᆞ의 득의ᄒᆞ믈 듯고 졍히 고이ᄒᆞ야 홀 적 믄득 싱이 곳가지를 수기고 빅옥 ᄀᆞᄐᆞᆫ 얼골의 어쥬를 취ᄒᆞ야 홍년일지 미풍의 브티ᄂᆞᆫ 둧 ᄀᆞᄂᆞᆫ 츄파ᄂᆞᆫ 몽농ᄒᆞ고 단슌은 더옥 함홍ᄒᆞ야 아름다오미 층냥티 못홀디라 안셔이 드러와 왕시ᄭᅴ 빈알ᄒᆞ고 닐오ᄃᆡ 형이 낙방ᄒᆞ시고 히ᄋᆡ 득의ᄒᆞ니 엇디 블힝티 아니리잇가 부인이 비록 토목지인이나 엇디 두굿겁디 아니리오 뎐도히 손을 잡고 슬허 왈 션군이 너를 편ᄋᆡᄒᆞ시더니 금일 ᄀᆞᄐᆞᆫ 영

35면

화를 아디 못ᄒᆞ니 엇디 비동티 아니리오 싱이 ᄯᅩᄒᆞᆫ 눈물을 흘녀 오ᄂᆡ 버히ᄂᆞᆫ 둧ᄒᆞ니 다만 ᄉᆞ당의 올나 빈현ᄒᆞ고 실셩 호곡ᄒᆞ야 빵뉘 옷기ᄉᆡ 저ᄌᆞ니 관쟤 다 차셕ᄒᆞ더라 싱이 즉시 나와 ᄒᆞᆫ가지로 실ᄂᆡ의 소임을 ᄒᆞ야 직샹을 뵌 후 승샹이 ᄌᆞ셔를 다 ᄃᆞ리고 ᄌᆞ운산 듕의 드러가 김싱이 옥면월풍으로 계지를 수기고 슈의를 닙어 ᄂᆡ당의 뵈매 셕부인이 반기고 두굿기나 녀ᄋᆞ의 불안ᄒᆞ믈 싱각고 츄연히 감쳑ᄒᆞ야 문왈 낭군이 ᄒᆞᆫ번 가신 후ᄂᆞᆫ 보디 못홀너니 농문의 오ᄅᆞ시니 다힝ᄒᆞ나 녀ᄋᆞ의 평부를 아디 못ᄒᆞ니 모녀의 읍〃ᄒᆞ미 측냥키 어렵도다 아디못게라 약질이 무ᄉᆞᄒᆞ니잇가 싱이 말이 막히고 ᄂᆞ치 블그니 다만 슈미를 ᄂᆞ초고 쳥음을 화히ᄒᆞ야 ᄃᆡ왈 몸이 무양ᄒᆞ나 빙쳔지가의 안〃ᄒᆞ미 업ᄉᆞ니 기리 악모ᄭᅴ 알외오미 참괴ᄒᆞ이다 부인이 그 겸손ᄒᆞ민가 ᄒᆞ야

쥬식을 셩비ᄒᆞ야 ᄃᆡ뎝ᄒᆞ고

36면

ᄒᆞ고[17] 녀ᄋᆞ의 근친을 쳥ᄒᆞ니 ᄉᆡᆼ이 ᄃᆡ왈 쇼셰의 조강지쳬 이시나 소임이 다ᄅᆞ고 편친이 ᄡᅥ나디 못ᄒᆞ게 ᄒᆞ시니 근친이 어려웨라 ᄒᆞᆫ대 부인이 탄왈 녀ᄌᆞ 유ᄒᆡᆼ은 원 부모형뎨라 ᄉᆞ셰 임의 여ᄎᆞᄒᆞᆫ즉 엇디 ᄉᆞ졍으로ᄡᅥ 대의ᄅᆞᆯ 폐ᄒᆞ리오 ᄉᆡᆼ이 악모의 아름다온 얼골과 유화ᄒᆞᆫ 셩음으로ᄡᅥ 졍대ᄒᆞᆫ 말ᄉᆞᆷ이 흡〃히 쇼져 ᄀᆞᄐᆞᆫ디라 심니의 반가옴과 슬프믈 이긔디 못ᄒᆞ야 즉시 하딕고 나와 승샹을 뫼셔 셜화ᄒᆞᆯᄉᆡ 공이 문왈 네 오ᄂᆞᆯ 글을 엇디 두당을 지엇더뇨 ᄉᆡᆼ이 ᄃᆡ왈 가형이 마ᄎᆞᆷ 불안ᄒᆞ므로 쇼셰 ᄉᆡᆨ칙ᄒᆞ엿더니 쇼셔ᄂᆞᆫ 참방ᄒᆞ고 가형은 ᄡᅥ허디니 엇디 고이티 아니리잇고 승샹이 흔연이 박쇼 왈 내 올ᄒᆡ 산 두니 미셩이 월계ᄅᆞᆯ 건넌디라 너ᄒᆡ 등과 ᄒᆞᆯ 줄 알고 너모 셩만ᄒᆞ믈 깃거 아냐 너의 글시 분명ᄒᆞ기로ᄡᅥ 낙복의 ᄂᆞ리왓더니 ᄉᆡᆼ각디 아닌 진짓 네 글이 셩샹의 ᄉᆡᆨ신 배되여 챵방의 드러니 엇디 의외예 일이 아니리

37면

오 이러모로 슌텬쟈ᄂᆞᆫ 챵ᄒᆞ고 역텬쟈ᄂᆞᆫ 망이라ᄒᆞ니 구ᄐᆞ야 텬의ᄅᆞᆯ 거ᄉᆞ려 망ᄒᆞ미 아냐 홍쇠유텬이라 내 임의 텬명을 거ᄉᆞ려 너ᄅᆞᆯ ᄉᆡᆨ이ᄃᆡ 무해ᄒᆞ고 구ᄐᆞ야 득의ᄒᆞ니 긔귀타 ᄒᆞ리로다 소ᄉᆡᆼ 등이 다 듯고 긔특이 너기더라 냥구ᄒᆞᆫ 후 승샹이 다시 닐오ᄃᆡ 내의 녀ᄋᆡ 근간은 무ᄉᆞᄒᆞ며 일즉 녕낭의 무ᄉᆞᆫ 죄ᄅᆞᆯ 어덧ᄂᆞ뇨 ᄉᆡᆼ이 차악차경ᄒᆞ야 년망이 피셕 부복ᄒᆞ야 ᄒᆞᆫ 말을 못ᄒᆞᆫ대 공이 우왈 남ᄌᆡ 가ᄂᆡ의 쳐쳡을 ᄀᆞ초매 능히 평안키 쉽디 아냐 편ᄋᆡ 편증이 이실딘대 그 ᄉᆞ랑ᄒᆞ시ᄂᆞ니ᄅᆞᆯ 공경ᄒᆞ고 그 믜워ᄒᆞ시ᄂᆞ니ᄅᆞᆯ 엄틱ᄒᆞ야 부모의 ᄯᅳ들 밧ᄌᆞ오미 회라 아녜 셰졍을 아디 못ᄒᆞ고 고ᄉᆞᄅᆞᆯ 불통ᄒᆞ니 녕당의 득죄ᄒᆞ고 며ᄂᆞ리 그ᄅᆞ매 다ᄉᆞ리미 가ᄒᆞ니 네 ᄯᅩᄒᆞᆫ 남ᄌᆡ 되야 쳐ᄌᆞᄅᆞᆯ ᄀᆞᄅᆞ치디 못ᄒᆞ고 불효ᄒᆞ믈 븟그릴 배니 엇디 쳐족을 보고 어려워 ᄒᆞ리오 아녀란 니ᄅᆞ도 말고 녕당이 우리 부ᄌᆞᄅᆞᆯ 보디 말나 ᄒᆞ실딘대 네 맛당이 오ᄂᆞᆯ이라도 오디 아남즉 ᄒᆞ니라 장원

---

17) ᄒᆞ고 : 반복되었음.

38면

이 드르매 심신이 다 감격호고 또 슬허 안쉬 청삼의 저즈믈 씌돗디 못호니 공이 쇼왈 네 거동을 보니 가히 우엄즉 혼디라 대당뷔 으녀즈를 위호야 슬허홀딘대 엇디 힝실이 붓그럽디 아니리오 장원이 븟야흐로 니러 빅샤 왈 쇼셰 너비 스랑호시믈 입스와 외람이 동상의 모텸호엿더니 시셰 블힝호야 미시 차악호니 악댱씌 뵈올 눗치 업스이다 승상이 죠곰도 쳐연흔 빗치 업서 흔연이 위로호야 도라가라 호고 한셜을 뭇디 아니터라 싱이 하딕고 집의 도라와 강잉호야 취시를 관딕호고 모친을 셤기며 벼술의 든니〃 왕시 잠간 보채기를 그치고 김환이 또흔 아요흔 눗추로 싱을 스랑호는 톄호니 싱은 식견이 고명흔디라 뎌의 심디를 숫치고 더옥 공경호고 우공호더니 오라디 아냐셔 나라히셔 외방의 어스로 보내시니 싱이 임[힝]의 모친씌 하딕 왈 히이 블과 수월 후 도라오리니 모친은 셩톄를 보듕호시고 가듕의 아모 일

39면

이 이셔도 보호호야 히으를 기드리쇼셔 왕시 허락고 왈 원힝이니 소시를 보고 가라 어시 대희호야 샤례호고 후당의 니르니 깁지게를 구지 다〃 인적이 젹뇨호니 싱의 므음이 몬져 놀나와 년망이 문을 열고 방듕을 보매 시녀와 유뫼 다 좀을 깁히 드럿고 쇼져는 어두온 구석의 외로이 안자 눈물이 의상의 저〃시며 구룸 ㄱ튼 머리는 허트러 옥면의 덥헛고 풍완흔 틔되 변호야 셤약흔 사룸이 되야시니 싱이 간댱이 븟야디는 듯호야 뎐도히 나아가 쇼져를 붓들고 톄루 탄셩 왈 부인아 흔번 니별후 블셔 [두] 졀이 밧고이니 쳔금약질이 어이구러 보젼호시더니잇고 부인의 이러호믄 다 싱의 죄라 부인으로호야곰 함졍의 빠디오고 싱은 평안히 즐기니 셰샹의 날ㄱ티 사룸 져브리느니는 업도다 쇼졔 장원을 보매 흔이 심두의 ㄱ득호고 므음이 몬져 놀나오니 스매로 눗츨 ㄱ리오고 유모를 흔드러 씌와 유모의게 의지호

40면

야 업더여디디 아니〃 싱이 익걸 왈 쇼싱의 죄는 스스로 아느니 금일 부인의 미몰홈도 올커니와 겨유 모친의 허락호시믈 밧즈와 졍을 고호고 니별코져 호거늘 엇디 박딕호미 이러툿 심호뇨 쇼졔 므춤내 딕답디 아니〃 싱이 근졀이 비러 왈 부인이 평일 온냥인혜호더니 엇디 홀로 혹싱 박딕호미 여츳호야 흔 말도 아닛느뇨 만일 부인의

말 곳 듯디 못홀딘대 싱이 결연히 도라가지 아니리라 유뫼 쏘ᄒᆞᆫ 긔유 왈 낭군의 타시 아니오 금일 계유 틈을 어더 니ᄅᆞ러 겨셔 근졀이 ᄒᆞ미 여ᄎᆞᄒᆞ니 쇼져는 흔티 말고 언어를 슈작ᄒᆞ쇼셔 쇼졔 몸을 움즉여 벽향 ᄒᆞ야 누어 왈 어미는 모ᄅᆞ는 말 〃나 내 비록 년긔 졈고 인식 혼암ᄒᆞ나 일즉 엄친의 교훈을 듯ᄌᆞᆸ고 셩현의 시셔를 닐것ᄂᆞ니 비록 결부의 놉흔 졀과 빅희의 고집을 ᄇᆞ라디 못ᄒᆞ나 쏘ᄒᆞᆫ 부창부슈ᄒᆞ는 도를 비화 가부의 효셩을 돕고 구고를 불효ᄒᆞ디 아닐가

41면

ᄒᆞ더니 내 인식 불인턴디 훼방이 찰〃ᄒᆞ니 임의 심궁의 가티인 죄인이 되고 낭군의 뭇는 말을 ᄃᆡ답ᄒᆞᆫ즉 존고 시살ᄒᆞ믈 쇠ᄒᆞᆫ다 ᄒᆞ니 내의 몸은 쳔빅 ᄀᆞ지로 듀명ᄒᆞ나 죡히 앗갑디 아니ᄒᆞᄃᆡ 다만 가셩을 욕먹인 줄 ᄒᆞᆫᄒᆞᄂᆞ니 당〃이 쳡의 혀를 버혀 벙어리 되미 가ᄒᆞᄃᆡ 부모 혈육을 ᄎᆞ마 샹히오디 못ᄒᆞ나 엇디 낭군의 언어를 슈작ᄒᆞ야 쳡의 죄를 더으며 군ᄌᆞ로 ᄒᆞ여곰 인륜의 용납디 못ᄒᆞ게 ᄒᆞ리오 뎨 평일 슉믹 불변ᄒᆞ미 아니로ᄃᆡ 사ᄅᆞᆷ이 날 곳 보면 편모 죽이려ᄒᆞ는 쯧이라 ᄒᆞᄃᆡ 오히려 날을 ᄎᆞᄌᆞ니 기리 한심ᄒᆞ고 쏘ᄒᆞᆫ 내 놈의 견졍을 샹히오고 놈의 모ᄌᆞ 형뎨 부〃를 다 산난ᄒᆞ야 간격 잇게 ᄒᆞ니 실로 김시 문호의 죄인이라 엇디 서로 보리오 김싱은 실셩ᄒᆞ야 편친의 녕을 거ᄉᆞ려 날을 ᄎᆞ자나 나는 ᄎᆞ마 서로 보와 사ᄅᆞᆷ의 시비를 브ᄅᆞ디 아니리니 어미는 다만 김싱을 ᄃᆞ려 닐너 날을 친뎡의 도

42면

라가게 ᄒᆞ라 셜파의 옥셩이 졈〃 ᄀᆞ늘고 긔운이 혼미ᄒᆞ야 무수ᄒᆞᆫ 눈물이 ᄉᆞ매를 적시니 싱의 뎌의 말을 드ᄅᆞ매 슬픈 졍과 뉴〃ᄒᆞᆫ 의ᄉᆡ 십솟듯 ᄒᆞ나 쏘ᄒᆞᆫ 일단 참괴ᄒᆞ미 이셔 믹〃히 탄식고 ᄂᆞᆺ출 두터이 ᄒᆞ야 담을 크게 ᄒᆞ고 나아가 쇼져의 머리털을 쁠고 븟드러 울며 왈 부인의 허다 졍대ᄒᆞᆫ 말솜을 싱이 감히 감동티 아니 배로ᄃᆡ 금일 모친 명을 밧ᄌᆞ와 이에 니ᄅᆞ니 역명ᄒᆞ미 아니오 혹싱이 쏘ᄒᆞᆫ 턴니 타향의 나가니 수삼삭 동실지의 엇디 이대도록 박ᄒᆞ야 싱을 보디 아니시ᄂᆞ니잇가 언필의 눈물이 쯧드러 쇼져의 샹의 ᄀᆞ득ᄒᆞ니 쇼졔 다만 안식을 졍히ᄒᆞ고 묵〃홀시 싱이 쇼져의 면목 ᄀᆞ리온 ᄉᆞ매를 열고 ᄒᆞᆫ 번 보매 용뫼 환형ᄒᆞ고 긔뷔 쇼삭ᄒᆞ야 녯날 태진의 풍되 변ᄒᆞ야 비연의 경신ᄒᆞ미 되어시니 싱이 칼흘 숨긴 ᄃᆞᆺ ᄎᆞ마 보디 못ᄒᆞ야 ᄒᆞ더니 오란 후 슬픈 거

술 ᄂᆞ리오고 다만 ᄉᆞ졍을 고ᄒᆞ니 쇼졔 ᄉᆡᆼ의 말마다

43면

부인이라 칭ᄒᆞᆷ믈 듯고 고이히 너겨 명모롤 흘녀보니 ᄉᆡᆼ의 몸의 오사ᄌᆞ포 금띄를 ᄯᅴ엿고 슌무ᄉᆞ 금인을 찻ᄂᆞᆫ디라 ᄇᆡ야흐로 급뎨ᄒᆞᆷ믈 짐쟉고 슈작ᄒᆞ기를 슬ᄒᆞ야 묵〃브답이러니 췌시 여어보고 왕부인ᄭᅴ 고왈 낭군이 소시로 더브러 ᄡᅬᄒᆞᄃᆡ 내 나간 후 반ᄃᆞ시 노ᄒᆞ리니 그ᄃᆡ 가히 독약을 어더 모친을 티독ᄒᆞ고 조ᄎᆞ 췌녀를 죽이라 ᄒᆞ더이다 왕시 놀나 급히 ᄉᆡᆼ을 브ᄅᆞ니 ᄉᆡᆼ이 나와 뵈매 왕시 즐왈 내 대샤를ᄡᅥ 널로 소시를 보고 가라 ᄒᆞ니 네 엇디 날 죽이믈 ᄡᅬᄒᆞᄂᆞᆫ다 어ᄉᆡ 면관 통곡 왈 엇던 사ᄅᆞᆷ이 이런 말노ᄡᅥ ᄌᆞ젼의 고ᄒᆞ더니잇고 가히 불너 변졍ᄒᆞᆯ 거시니이다 왕시 췌시의게 해로올가 두려 두로혀 닐오ᄃᆡ 네 평일 날을 심히 원망ᄒᆞ니 내 짐쟉의 말이라 ᄉᆡᆼ이 췌시의 말인 줄 아나 이에 샤례 왈 히ᄋᆡ 비록 무상ᄒᆞ나 엇디 이런 일이 이시리잇고 모친의 의심ᄒᆞ시믈 듯ᄌᆞ오니 모골이 숑연ᄒᆞᆫ디라 죽으믈

44면

원ᄒᆞᄂᆞ이다 부인 왈 네 임의 아냐실딘대 그만ᄒᆞᆯ 거시니 엇디 여러 말 ᄒᆞ리오 ᄉᆡᆼ이 모친의 ᄌᆞ긔 밋디 아니믈 보고 애돌오믈 이긔디 못ᄒᆞ야 눈물이 냥안의 ᄀᆞ득ᄒᆞ야 물너[개다가 ᄉᆡᆼ각ᄒᆞᄃᆡ 췌네 비록 간악ᄒᆞ나 모친이 ᄉᆞ랑ᄒᆞ시니 경히 못ᄒᆞ리라 ᄒᆞ야 도로 드러와 췌시 방듕의 드러가 니별을 니ᄅᆞ고 보듕ᄒᆞ라 당보ᄒᆞ고 궐하의 봉죠ᄒᆞ야 듀야로 나가니라 어시의 김환이 낙방 후 사오나온 마음이 날노 더으니 흉ᄒᆞᆫ 의ᄉᆡ 아니 미촌 곳이 업서 이에 그 악당 위샹셔와 췌시의 아비 췌시랑을 보와 계교를 의논ᄒᆞ니 슬프다 식녹지샹이 도로혀 불인지심이 더ᄒᆞ야 여ᄎᆞ〃〃ᄒᆞ라 셜계ᄒᆞ니 그 말ᄉᆞᆷ이 흉참ᄒᆞ야 믈근 던 가온대 욕되미 될디라 오직 긴 셜화를 ᄲᅢ히고 대강을 긔록ᄒᆞ노라 김환이 췌시랑 위샹셔 다 뎡위 당샹이 되어시니 깁히 셰력을 미더 불인음악ᄒᆞᆫ ᄠᅳᆺ을 내야 두 ᄌᆡ샹으로 더브러 샹냥 왈 가ᄉᆔ 소시 네법이 엄졀ᄒᆞ야 크게 신듕ᄒᆞ니 쇼ᄉᆡᆼ이 다른 글시로ᄡᅥ 내 말노 지

45면

어 만일 간부 셔로ᄡᅥ 욕ᄒᆞ면 반ᄃᆞ시 분노ᄒᆞ야 서로 결워 믄득 뎡위로 오리니 두 샹공

이 소시를 극형으로 져주어 우김질노 부복을 밧고 소시 또 간부셔를 증참홀 거시니 즁인 듕 쇼싱의 글시를 바다 그 톄법이 다른 줄을 붉혀 쇼싱을 신원ᄒᆞ고 소시로뻐 식동싱 잡으며 편모 불효ᄒᆞᆫ 죄로 죽이쇼셔 취시랑 위샹셰 다 일시의 손픽터 묘ᄒᆞ다 일ᄏᆞᄅᆞ니 김환이 용약환희 왈 뉘 능히 글시를 방불이 쓰ᄃᆡ ᄌᆞ톄를 다ᄅᆞ게 ᄒᆞ야 분변기 쉽게 홀고 위샹셰 왈 취공의 글시 현셔의 글시 ᄀᆞᆺᄐᆞᄃᆡ ᄌᆞ시보면 ᄂᆡ도ᄒᆞ니라 김싱이 황망이 필연을 노코 ᄃᆡ작ᄒᆞ믈 청ᄒᆞᆫ대 취시랑이 웃고 왈 내 구ᄐᆞ야 이 녀ᄌᆞ를 해티 아닐 거시로ᄃᆡ 내 녀ᄋᆡ 소시를 인ᄒᆞ야 어ᄉᆞ의 박ᄃᆡ를 만나니 ᄯᆞᆯ의 해를 아니 더디 못ᄒᆞ리라 셜파의 붓을 드러 김환의 글시ᄀᆞᆺ티 더러온 말로 능욕ᄒᆞ야 주니 환이 ᄇᆡ샤ᄒᆞ고 도라가니 두 ᄌᆡ상이 날을 마초와 형부 파긔를 ᄒᆞ려 ᄒᆞ더라 김

46면

환이 도라가 왕시ᄃᆞ려 왈 소시 샤뎨 나갓고 가티연 디 오라니 그만ᄒᆞ야 노흐쇼셔 부인이 즉시 소시를 노흐니 쇼졔 샤례ᄒᆞ고 나와 녜 침소를 ᄎᆞ자 드럿더니 두어 날 후 유모로 더브러 침소의셔 어ᄉᆞ의 힝도를 념녀ᄒᆞ고 부모를 싱각고 툐탕ᄒᆞ더니 믄득 창 그림재예 일인이 디나가며 ᄒᆞᆫ 봉셔를 드리티니 쇼졔 십분 경동ᄒᆞ고 유뫼 황망이 거두어 보니 그 가온대 말이 김환의 ᄉᆞ연이니 그 대강이 쇼져의 용모를 ᄉᆞ모ᄒᆞ고 샤뎨 나간 ᄧᆡ니 밤을 당ᄒᆞ야 갈 거시니 기ᄃᆞ리라 ᄒᆞᆫ 셔간이라 쇼졔 크게 울고 왈 날을 비록 쳔 가지로 보채나 강잉ᄒᆞ려니와 이는 ᄎᆞ마 견ᄃᆡ디 못ᄒᆞ리라 셜파의 셔간을 가지고 왕부인 당의 드러가 곡왈 쇼쳡이 비록 무식 쳔가의 싱당ᄒᆞ나 ᄯᅩᄒᆞᆫ ᄉᆞ태우의 ᄌᆞ식이라 필경은 이런 말을 드ᄅᆞ니 당〃이 김가의 득죄를 감심ᄒᆞ고 물너 집의 도라가고 어ᄉᆞ의 오믈 기ᄃᆞ려 다시 문하의 니ᄅᆞ리이다 왕시 역시 놀나 김환을 불너 힐문ᄒᆞ니 환이 가슴을

47면

두ᄃᆞ리고 머리를 브드이저 대곡 왈 쇼ᄌᆡ 비록 무지ᄒᆞ나 ᄯᅩᄒᆞᆫ 셩현의 글을 닐것ᄂᆞ니 엇디 ᄎᆞ마 인뉴의 츙수ᄒᆞ며 ᄎᆞ마 이런 말을 내리오 소시 평일 히ᄋᆞ를 믜여 부형의 셰로 김시를 멸ᄒᆞ려ᄒᆞ미니 히ᄋᆡ 결단코 이는 ᄀᆞ만이 잇디 못ᄒᆞ로소이다 왕시 고디 듯고 쇼져를 대즐ᄒᆞ니 쇼졔 안식을 불변 왈 이는 사ᄅᆞᆷ으로 ᄒᆞ야곰 입의 올녀 니를 배아니〃 만일 뎡위예 고홀딘대 더욱 명졍언슌ᄒᆞ리니 아모리나 ᄒᆞ라 김환이 분연히 소

지를 빠가지고 경위로 갈석 위시 쥐시 등이 일시의 쇼져를 능욕ᄒᆞ며 후방의 모라너코 왕부인이 더욱 쇼져를 ᄉᆞ지ᄌᆞ며 김환이 위샹셔 쥐시랑으로 깁히 미더 소지 일당을 대판ᄒᆞ야 빠가지고 당〃이 소시 죽을 쥴노 마련ᄒᆞ야 나가니 슬프다 사ᄅᆞᆷ의 불인ᄒᆞ미 이 ᄀᆞᆺ고 능히 됴흔 일이 이시리오 김환이 경히 형부로 오더니 홀연 벽녁 소ᄅᆡ나며 수 ᄒᆞᆫ 추쭁이 네 ᄆᆞᆯ 메온 불근 술위를 ᄉᆞ으고 거샹의 일위

48면

대신이 쇼년 영풍으로 ᄌᆞ금션을 드러 태양을 ᄀᆞ리오고 벽뎨를 셰워 대도를 쪄오니 환이 보니 이 곳 소시 뎨 삼낭 소청현이라 환이 ᄒᆞᆫ 편으로 칙여 셔니 병뷔 우연이 눈을 드러 보니 김환이 한 당 소지를 ᄭᅵ고 길휘 셧거ᄂᆞᆯ 홀연 ᄆᆞ음이 녕ᄒᆞ고 심신의 호의 니러나니 믄득 술위를 머무러 왈 김형은 무슴 연고로 소지를 가지고 가ᄂᆞ뇨 환이 비록 불측ᄒᆞ나 ᄌᆞ연 황망ᄒᆞ야 ᄃᆡ답디 아니〃 운셩이 그 긔식을 고[이]히 너겨 이에 그 소지를 보쟈 ᄒᆞ니 환이 제 일을 아ᄂᆞᆫ가 두려 믄득 ᄃᆞ라나니 하인이 븟들고 운셩이 그 소지를 아사 보니 그 ᄉᆞ의 왈
유혹 김환은 젼임시랑 김희 당지라 일즉 엄친을 일코 외로온 샤뎨 김현으로 더브러 온닝 감지를 ᄒᆞᆫ가지로 ᄒᆞ더니 샤뎨 임의 모명으로써 명문 슉녀를 엇고 가ᄂᆡ예 말이 업더니 불힝ᄒᆞ야 샤뎨 시임 승샹 소경의 녀로 교통ᄒᆞ야 샹ᄉᆞ병이 듕ᄒᆞ니 소현셩이 녀ᄌᆞ를 앗기고 사회 명을 ᄉᆞ랑ᄒᆞ야 무단히 구혼

49면

ᄒᆞ미 근졀ᄒᆞᆫ디라 편뫼 비록 현을 칙ᄒᆞ나 ᄯᅩᄒᆞᆫ 인명을 앗기고 모ᄌᆞ지졍을 ᄎᆞᆷ디 못ᄒᆞ야 소시를 마ᄌᆞ니 임의 누녜로 집의 니ᄅᆞ매 샹문 셰력을 구지 밋고 ᄯᅩ ᄌᆞ식과 현의 통을 인ᄒᆞ야 조강을 능답ᄒᆞ고 편모를 불효ᄒᆞ니 현이 ᄯᅩᄒᆞᆫ 뉘웃ᄎᆞᄃᆡ 부형의 안면을 보아 후ᄃᆡᄒᆞ더니 현이 국ᄉᆞ로 나간 ᄉᆞ이 수월이라 믄득 불측ᄒᆞᆫ ᄠᅳᆺ으로 ᄀᆞ만이 글을 지어 쇼싱을 청ᄒᆞ니 쇼싱이 녜의로 칙ᄒᆞᆫ대 깁히 무안ᄒᆞᆫ 듕 샤곡ᄒᆞᆫ ᄠᅳᆺ을 내야 거즛 쇼싱의 글시로써 간부 셔를 ᄆᆡᆼ그라 쇼싱을 잡으니 음악대흉ᄒᆞ미 비록 무측텬이라도 밋디 못ᄒᆞᆯ 거시오 싱의 원민ᄒᆞ미 구천의 눈을 곰디 못ᄒᆞ리니 각별이 글을 지어 법ᄉᆞ의 고ᄒᆞ고 쇼싱과 다ᄆᆞᆺ 소시를 잡아 뎐하의셔 ᄃᆡ변ᄒᆞ고 ᄯᅩ 소시 잡은 글시로써 쇼싱의 글시를 듕인 즁 바다보아 진가를 분변ᄒᆞ야 소시의 머리를 버혀 후인을 딩계ᄒᆞ쇼셔

50면

소 병뷔 보기를 뭋고 십분 대로ᄒᆞ야 봉안이 둥그러ᄒᆞ고 면식이 ᄎᆞᆫ 직 ᄀᆞᄐᆞ야 크게 불러 왈 좌우 하리는 뎌 튝싱을 도찰원으로 잡아오라 드ᄃᆡ여 바로 ᄃᆞᆯ녀 도어부의 니ᄅᆞ러 졍텽의 파긔ᄒᆞ고 김환을 ᄭᅳ어드려 긴〃이 동이고 병뷔 일빵 셩안을 브릅ᄯᅳ고 벽녁 ᄀᆞᄐᆞᆫ 소릐를 딜너 왈 쾌히 별곤을 드려 뎌 튝식을 져주라 좌우 아역과 군졸이 병부의 노를 보매 몸이 ᄂᆞᆯ고 거름이 ᄲᆞᆯ나 소릐를 응ᄒᆞ며 위엄을 도와 임의 ᄑᆞᆯ흘 메왓고 매를 드러 소싱의 분부를 기ᄃᆞ리니 이ᄣᅢ 운셩이 놉흔 셩이 텰골ᄒᆞ며 보발이 돌관ᄒᆞ니 슈려ᄒᆞᆫ 냥미는 월하의 상풍 ᄀᆞᆺ고 엄ᄒᆞᆫ 위풍은 복듕의 상셜 ᄀᆞᆺᄐᆞ니 ᄎᆞᆫ 긔운과 엄〃ᄒᆞᆫ 호령이 당하의 서리니 다만 고셩대매 왈 너 쳔츅싱이 감히 무상ᄒᆞᆫ 말노 명교를 살난ᄒᆞ니 죄 불용듀라 이 반ᄃᆞ시 네 혼자 ᄒᆞᆫ 일이 아니오 시쵹ᄒᆞᆫ 배 이시리니 쾌히 닐러 승복ᄒᆞ야 형댱의 괴로오믈 면ᄒᆞ라 환이 오직 닐

51면

오ᄃᆡ 네 누의 사오나온 줄 아디 못ᄒᆞ고 도로혀 날을 구박ᄒᆞᄂᆞ냐 샹셰 ᄉᆞᄉᆞ로 샹냥ᄒᆞᄃᆡ 김환을 만일 노화 형부의 갈딘대 명츈과 광환이 일등하야 쇼ᄆᆡ를 욕ᄒᆞ리니 가히 잡아신적 노티 말고 져주어 그 툐ᄉᆞ를 바다 션쳐ᄒᆞ리라 ᄒᆞ야 난간을 박ᄎᆞ며 엄문 형츄ᄒᆞ라 ᄒᆞ니 말이 ᄆᆞᆺ디 못ᄒᆞ야셔 집댱ᄉᆞ예 큰 매를 골히여 넌ᄒᆞ야 삼치의 니ᄅᆞ니 환이 알프믈 견ᄃᆡ디 못ᄒᆞ야 이에 젼후 시말을 딕툐ᄒᆞ니 샹셰 툐ᄉᆞ를 바다 환의 처엄 소지와 ᄒᆞᆫᄃᆡ 녀허 하인으로 ᄒᆞ야곰 환을 잡아 뒤흘 ᄯᆞᆯ오라 ᄒᆞ고 시노로 ᄒᆞ야곰 술위를 ᄇᆞ리고 청총마의 금안을 ᄀᆞ초라 ᄒᆞ야 ᄆᆞᆯ게 올나 형부의 니ᄅᆞ니 츄시랑 등이 환의 소지를 기ᄃᆞ리더니 하리 급히 드러와 보ᄒᆞᄃᆡ 소병부 츄밀ᄉᆞ 니ᄅᆞ러 겨시이다 위츄 냥인이 뎐도히 마ᄌᆞ니 병뷔 드러와 녜를 필ᄒᆞ고 좌를 뎡ᄒᆞᆫ 후 두어 말 한훤[을] 파ᄒᆞ매 병뷔 믄득

52면

니러셔며 왈 혹싱이 금일 냥 노형을 ᄎᆞ자 서로 보믄 그 가온대 연고 잇ᄂᆞ니 요ᄉᆞ이 저상이 사회를 ᄀᆞᄅᆞ쳐 명부를 해ᄒᆞ고 ᄯᆞᆯ의 투긔를 도와 부녀를 훼방ᄒᆞ니 시풍이 ᄒᆡ이ᄒᆞᆫ디라 피ᄎᆞ 대신 톄면의 규졍ᄒᆞ미 업디 못ᄒᆞ리니 이형이 일즉 김환을 아는다 위샹셰 츄시랑으로 더브러 ᄀᆞ장 놀나 왈 김환은 아디 못ᄒᆞ거니와 뉘 그런 ᄒᆡ이ᄒᆞᆫ 일을

ᄒᆞ더뇨 병뷔 ᄂᆡᆼ쇼 왈 냥형이 엇디 모ᄅᆞ리오 만일 모롤디라도 흑ᄉᆡᆼ이 ᄌᆞ연 알게 ᄒᆞ리라 셜파의 도찰원의셔 져주던 죄[슈]를 잡아오라 ᄒᆞ니 이윽고 수십 명 옥졸이 ᄒᆞᆫ 사ᄅᆞᆷ을 ᄭᅳ어 당하의 니ᄅᆞ니 위춰 이인이 ᄒᆞᆫ번 보니 이 곳 김환이라 차악ᄒᆞ야 서로 보더니 소ᄉᆡᆼ이 새로이 노긔를 발ᄒᆞ야 다시 져주어 왈 가히 널노 모회ᄒᆞ던 쟈를 ᄀᆞᄅᆞ치라 환이 이에 위춰 이인과 셜계ᄒᆞ던 말을 일〃히 고ᄒᆞ니 냥인이 면ᄉᆡᆨ이 여토ᄒᆞ거늘 운셩이 김환을 도어옥의 가도라ᄒᆞ고 일당을 박당대쇼ᄒᆞ

53면

며 ᄉᆞ매를 ᄯᅥᆯ티고 이에 바로 묘당의 드러가니 셕참졍 삼부ᄌᆞ와 구승샹이 잇는디라 병뷔 이에 김환의 소지로브터 툐ᄉᆞ를 내여 뵈고 슈말을 ᄌᆞ시 고ᄒᆞ니 구공이 십분 통히ᄒᆞ야 즉시 샹소ᄒᆞ야 위춰 냥인을 논박ᄒᆞ고 운셩이 샹언ᄒᆞ야 그 누의를 신원ᄒᆞ니 텬지 ᄯᅩᄒᆞᆫ 김환의 일을 무상이 너기샤 위샹셔 춰시랑은 ᄌᆡ샹의 톄면을 닛고 요괴로온 ᄭᅬ로 부녀를 모해ᄒᆞ니 삭직ᄒᆞ야 던니로 내티고 김환은 간악 음험ᄒᆞ야 참혹ᄒᆞᆫ 말노 가수와 샤뎨를 ᄉᆞ디로 보내니 맛당이 죽엄[즉] ᄒᆞᄃᆡ 그 아비 젼공을 인ᄒᆞ야 동히 우토셤의 귀향 보내라 ᄒᆞ시니 셩지 ᄂᆞ리매 운셩이 김환 살오믈 ᄒᆞᆫᄒᆞ며 ᄯᅩ 왕부인의 불명ᄒᆞ믈 [ᄒᆞᆫ]ᄒᆞ야 ᄀᆞᆯ오ᄃᆡ 심ᄒᆞ다 왕가 늘근 녀ᄌᆡ야 ᄒᆞᆫ대 셕참졍이 망녕되다 ᄭᅮ지ᄌᆞ니 병뷔 웃고 바로 김가의 니ᄅᆞ러 옥교를 노코 쇼져를 브ᄅᆞ니 왕시 이ᄣᅢ 위춰 두 며ᄂᆞ리로 더브러 김환의 소지 뎡ᄒᆞ고 쇼져 잡아가믈 기ᄃᆞ리다가 소샹셔의 와셔 누의 ᄃᆞ려

54면

가려ᄒᆞ믈 듯고 내여 보내지 아니코 시녀를 내여 보내여 서어히 니ᄅᆞ나 뎌 소병부의 뇌뎡 ᄀᆞ튼 위엄을 어ᄃᆡ 가 당ᄒᆞ리오 다쇼 한셜을 아니코 오직 소ᄅᆡ딜러 쇼져를 수이 내여보내라 ᄒᆞ니 위시 닐오ᄃᆡ 뎌 도적이 셰력을 밋고 더리 방죵히 구니 결우디 못홀 거시니 모친은 소시를 내여보내고 낭군의 소지를 뎡ᄒᆞ야 관칙로 소부의 가 소시를 잡아 내여 욕을 뵈쇼셔 왕시 올히 너겨 쇼져를 나가라 ᄒᆞᆫ대 쇼졔 이에 나와 병부를 보니 운셩이 ᄒᆞᆫ 말도 아니코 ᄶᅩᆺ니 뎡의 들나 ᄒᆞ니 쇼졔 안셔이 대왈 어ᄉᆡ 나가고 가듕의 변이 이시니 결단이 난 후 도라가려니와 이제는 못 갈 ᄉᆞ괴 이시니 형은 ᄌᆡ촉디 ᄆᆞᄅᆞ쇼셔 운셩이 답왈 내 블셔 아라시니 현ᄆᆡ는 고집디 말고 어셔 도라가쟈 쇼졔 ᄉᆞ

양 왈 쇼ᄋᆡ 젼일은 졔형의 말은 승슌ᄒᆞ려니와 이 일은 내 집의 가면 인언이 이시리니 변힉ᄒᆞᆫ 후 가리이다 병뷔 불열 왈 내 비록 불현이나 네게 십삼 년이 몬져

55면

라 엇디 혜아리미 업ᄉᆞ리오 다만 내 말대로 ᄒᆞ고 구챠히 잇디 말나 드ᄃᆡ여 좌우 시녀로 ᄒᆞ야곰 쇼져를 븟드러 뎡의 녀쿄 교부를 치촉ᄒᆞ야 뎡을 메워 ᄌᆞ운산의 니ᄅᆞ니 쇼졔 의혹ᄒᆞ믈 뎡티 못ᄒᆞ야 ᄒᆞ더니 병뷔 쇼져를 드려보내고 빅화헌의 드러가 젼후 ᄉᆞ연을 일〃히 고ᄒᆞᆫ대 승상이 크게 분히ᄒᆞ야 도로혀 우서 왈 네 무ᄉᆞ일 뎐도히 다ᄉᆞ리〃오 위쥐 냥인이 비록 ᄇᆞ딕ᄒᆞ나 ᄌᆞ연 공논이 이시리니 분노ᄒᆞ기로뻐 급거히 ᄌᆞ단ᄒᆞ미 시비 이시리니 ᄀᆞ장 그릇ᄒᆞ엿다 슈연이나 일이 임의 뎡ᄒᆞ야시니 다시 니ᄅᆞ디 아니려니와 녀ᄋᆡ 임의 와시니 맛당이 드러가 보리라 드ᄃᆡ여 ᄂᆡ당의 드러가 쇼져를 보고 운셩이 모든 ᄃᆡ ᄎᆞᄉᆞ를 다 고ᄒᆞ니 일개 대경ᄒᆞ고 셕부인이 크게 [울어] 왈 내 옥ᄀᆞ튼 쇼녀를 이러틋 곤욕ᄒᆞ니 엇디 ᄒᆞᆫ흡디 아니리오 좌우 쇼년 녀ᄌᆞ와 졔싱이 분노ᄒᆞ믈 마디아니ᄒᆞ고 존당과 졔부인이 쇼져의 수약ᄒᆞ야시믈 슬허ᄒᆞ더라 모다 그 디내던 바를 무ᄅᆞ니 쇼

56면

졔 묵〃ᄒᆞ야 그 가티엿던 말을 아니ᄃᆡ 유뫼 시녀로 더브러 간고 험난을 니ᄅᆞ니 셕부인이 ᄇᆡ야흐로 알고 쳥뉘 환난ᄒᆞ야 실셩 호읍ᄒᆞ니 소화 두 부인이 ᄯᅩᄒᆞᆫ 슬허 니셕 이파로 더브러 눈물을 ᄲᅳ리며 모녀를 위로ᄒᆞ더라 셕부인이 녀ᄋᆞ를 ᄃᆞ리고 벽운누의 도라와 ᄎᆞ야의 품고 누어 ᄆᆞ음이 버히ᄂᆞᆫ 듯ᄒᆞ야 골오ᄃᆡ 내 널로 더브러 ᄒᆞᆫ가지로 모녀의 졍을 펴미 십삼 년의 김싱의 지실이 되니 듀야 우려ᄒᆞ더니 ᄆᆞᄎᆞᆷ내 참혹ᄒᆞᆫ 욕을 보고 ᄯᅩ 후당의 가티며 고초를 겻그니 엇디 능히 통셕ᄒᆞ믈 ᄎᆞᆷ으리오 이 다 내 죄라 ᄎᆞ후ᄂᆞᆫ 죽어도 너를 김가의 보내디 아냐 빅두음을 외오고 단댱시를 읇프나 김가의 욕은 면케 ᄒᆞ리라 ᄒᆞ더니 승상이 드러와 모녀의 상의ᄒᆞ야 슬허ᄒᆞ믈 듯고 심하의 싱각ᄒᆞᄃᆡ 모녀의 텬셩지ᄋᆡ 이굿도다 ᄒᆞ야 드러 안ᄌᆞ니 부인이 승샹을 보고 ᄒᆞᆫ이 심두의 ᄀᆞ득ᄒᆞ야 말을 아니ᄒᆞ더니 승상이 쇼져를 어ᄅᆞ문져 탄식고 ᄒᆞᆫ 말도 아니

57면

터니 날회여 셜화를 뭇고 익련ᄒᆞ며 일변 우어 왈 부인은 ᄒᆞᆫ티 말나 이 역시 텬연이오 텬뎡이라 엇디 날을 ᄒᆞᆫᄒᆞ며 김환의 사오나미리오 도시 제 팔ᄌᆞ라 타일의 영귀ᄒᆞ고 복녹이 번화ᄒᆞ리니 브졀업시 슬허 마ᄅᆞ쇼셔 부인이 탄식 브답ᄒᆞ고 쇼져ᄂᆞᆫ 머리를 수겨 눈믈을 ᄲᅳ리더라 명됴의 승샹 됴참ᄒᆞ고 인ᄒᆞ야 텬ᄌᆞ씌 주왈 신 이후 ᄎᆞ녀의 불민ᄒᆞ믄 극ᄒᆞᆸ거니와 김환의 어제 소지 ᄉᆞ연이 극히 한심ᄒᆞ니 누명은 벗기 어렵ᄉᆞ온디라 오직 신이 녑됴ᄒᆞ오믈 붓그려 ᄒᆞᆸᄂᆞ니 엇디 벌이 업고 홀로 위취 이신이 죄를 닙으리잇가 쳥컨대 폐하ᄂᆞᆫ 신의 부녀와 다뭇 김환의 형뎨와 위취 이신을 다 뎡위예 ᄂᆞ리와 져주어 실사를 아ᄅᆞ샤 공번[되]이 다ᄉᆞ리시고 만일 그러티 아닐딘대 위취 이신의 원찬을 프ᄅᆞ쇼셔 텬지 흠신 쇼왈 션싱이 엇딘 말고 김환과 위명츈 등의 죄악이 관영ᄒᆞ니 구승샹의 샹소로ᄡᅧ 볼딘대 죽엄즉 ᄒᆞ딕 이만 감ᄉᆞ뎡

58면

비ᄒᆞ니 벌이 경ᄒᆞᆫ디라 엇디 션싱이 도로혀 쳥죄ᄒᆞ리오 공이 몸을 움ᄌᆞ겨 텬은을 슈샤ᄒᆞ고 왈 신이 텬은을 닙ᄉᆞ오니 다감ᄒᆞ온 밧긔 김환의 죄ᄂᆞᆫ 뎡빅예 과도ᄒᆞᆫ가 ᄒᆞᄂᆞ이다 샹이 역간ᄒᆞ믈 드ᄅᆞ시고 드딕여 두 ᄌᆡ샹의 죄를 샤ᄒᆞ야 다만 뎐니로 도라가라 ᄒᆞ시고 김환을 ᄌᆡ촉ᄒᆞ여 귀향 보내라 ᄒᆞ시니 승샹이 파됴ᄒᆞ고 믈너나다 이날 싱각디 아닌 김어시 빅도ᄒᆞ야 드러와 궐하의 슉빅ᄒᆞ고 집의 도라오니 왕부인이 발을 벗고 문 밧긔 나와 마자 실셩통곡ᄒᆞ고 슈말을 니ᄅᆞ니 어시 그 형이 귀향가며 소시 도라가고 취시랑 등의 내티인 곡졀을 드ᄅᆞ니 삼혼이 어린 ᄃᆞᆺᄒᆞ야 반향 후 눈믈을 흘니고 닐오딕 이 일이 다 히ᄋᆞ의 연괴라 모친은 방심ᄒᆞ쇼셔 히익 ᄌᆞ연 무ᄉᆞ이 ᄒᆞ야 형의 귀향을 플게 ᄒᆞ리니 다만 일이 다 취시로 비로ᄉᆞ미니 가히 몬져 취시를 쳐티ᄒᆞᆫ 후 형을 구ᄒᆞ리이다 ᄒᆞ고 드딕여 좌우로

59면

취시를 미러내여 만단 수죄ᄒᆞ야 등 미러 내텨 취가의 보내니 취시랑이 크게 분노ᄒᆞ나 홀일이 업서 ᄯᆞᆯ을 ᄃᆞ리고 위샹셔와 ᄒᆞᆫ가지로 뎐니로 가니라 김어시 취시를 내친 후 위시 나와 익걸ᄒᆞ야 환의 노히믈 비니 어시 튜연 탄왈 이 다 쇼싱의 연괴라 쇼싱이 수〃씌 뵈오미 참괴ᄒᆞ고 가형씌 뵈올 ᄂᆞᆺ치 업서이다 이제 동뉴를 모도와 주글 힘

을 다ᄒᆞ야 구ᄒᆞ야보사이다 위시 눈믈을 듯들녀 왈 낭군이 귀향가션 디 이틀이오 듕형을 닙어시니 엇디 사라나믈 ᄇᆞ라리오 ᄇᆞ라건대 숙〃은 소시를 보시고 소병부와 소현셩ᄃᆞ려 닐너 프러두믈 청ᄒᆞ쇼서 어ᄉᆡ 왈 뎌의게 빌미 구챠ᄒᆞ니 쇼ᄉᆡᆼ이 동뉴를 거ᄂᆞ려 샹소ᄒᆞ야 플게 ᄒᆞ리이다 위시 다시 근청 왈 고어의 왈 견재 ᄒᆡ라 ᄒᆞ니 ᄒᆞ물며 소시 부ᄌᆡ 듯디 아니면 훌일이 업슬 거시니 숙〃은 소시를 보시고 청ᄒᆞ시면 소시 어딘 녀ᄌᆡ라 츄연지심을

60면

동ᄒᆞ야 그 부형을 ᄀᆡ유ᄒᆞ야 평안케 ᄒᆞ리이다 어ᄉᆞᄂᆞᆫ 지현군ᄌᆡ오 위인이 소탈ᄒᆞᆫ디라 위시의 말을 올히 너겨 즉시 ᄌᆞ운산의 니ᄅᆞ니 이ᄢᅢ 졔ᄉᆡᆼ이 독셔당의 모다 졍히 김환의 원찬가믈 니ᄅᆞ고 웃더니 시동이 보왈 김어ᄉᆞ 노애 와 겨시이다 졔쇠 반기나 ᄯᅩᄒᆞᆫ 온 ᄯᅳᆺ을 알고 운현이 쇼왈 이 반ᄃᆞ시 제 형의 귀향 플 계괴로다 우리 몬져 보고 일시의 것딜너 야〃ᄉᆡ 뵈오리라 셜파의 졔ᄉᆡᆼ이 다 우ᄉᆞ며 말을 티례ᄒᆞ야 기ᄃᆞ릴ᄉᆡ 김ᄉᆡᆼ이 몰게 ᄂᆞ려 드러오며 보니 셔당 합문을 여럿ᄂᆞᆫᄃᆡ 쥬렴을 놉히 것고 소시 십인이 셩녈ᄒᆞ야 다 미〃ᄒᆞᆫ 쇼안으로 ᄉᆡᆼ을 마ᄌᆞ니 어ᄉᆡ 그 형의 일을 붓그리나 ᄯᅩᄒᆞᆫ 운셩의 형벌ᄒᆞ믈 노ᄒᆞ야 졍ᄉᆡᆨ고 서로 녜필의 니부샹셔 운경이 문왈 그ᄃᆡ 어ᄂᆡ ᄢᅢ 환됴ᄒᆞ뇨 어ᄉᆡ 왈 아ᄎᆞᆷ의 ᄀᆺ 드러왓ᄂᆞ이다 동평쟝 소운현이 쇼왈 환됴ᄒᆞ매 됴뎡 졍ᄉᆡ 엇더ᄒᆞ며 환가ᄒᆞ매 가듕 형셰 ᄒᆞ여오 어ᄉᆡ 블

61면

연 노왈 그ᄃᆡ 등이 위셰를 ᄢᅧ ᄉᆞ류를 업슈이 너기나 그ᄃᆡ 조부도 유혹이라 내 형의 곡딕은 니ᄅᆞ디 말고 몸이 ᄯᅩᄒᆞᆫ 션ᄇᆡ라 엇디 삼쇠 임의로 잡아다가 형쟝ᄒᆞ리오 병부샹셔 운셩이 대로ᄒᆞ야 원비를 ᄂᆞ리혀 어ᄉᆞ의 ᄉᆞ매를 잡고 닐오ᄃᆡ 너ᄂᆞᆫ 쇼년 유ᄋᆡ라 식견이 박ᄒᆞ도다 내 무단이 네 형을 틴 거시 아냐 심슐과 힝실이 텸즉ᄒᆞ매 내 도찰원으로셔 잡아다가 풍문으로 경각ᄒᆞ니 네 엇디 노ᄒᆞ야 망녕도이 조부를 드ᄌᆞᄂᆞ뇨 어ᄉᆡ ᄉᆞ매를 ᄯᅥᆯ티고 변ᄉᆡᆨ 왈 소병뷔 비록 공쥬를 이긔고 진왕을 잡아 가도ᄂᆞᆫ 풍뎡이 이실디라도 [이 말은 운셩이 명현공쥬를 좃시 박ᄃᆡᄒᆞ고 친왕ᄌᆞ 진왕이 어젼의셔 시례ᄒᆞ니 운셩이 어젼의셔 논힐ᄒᆞ고 가도왓다가 노흐니라] ᄉᆞ태우를 우력으로 잡아다가 형벌은 ᄒᆞ디 못ᄒᆞ리니 만일 이 ᄆᆞ음이 기러날딘대 타일 젼권ᄒᆞ매 왕망 동탁이 되리라

운셩이 대즐 왈 네 형이 역시 무도ᄒᆞ야 동싱을 해ᄒᆞ고 아ᄌᆞ미를 모해ᄒᆞ며 가문을 욕 먹이니 맛당이 머리를 버혀 그 죄를 쇽홀 거시로ᄃᆡ

62면

오히려 텬은이 관후ᄒᆞ샤 셩톄를 온젼ᄒᆞ야 귀향가미 다힝커놀 네 엇디 집법ᄒᆞ는 날을 원망ᄒᆞ고 불인ᄒᆞᆫ 형을 올타ᄒᆞ야 힝시 한심ᄒᆞ뇨 내 집이 비록 무례ᄒᆞ나 너히 경뎨는 춤밧고 더러이 너기ᄂᆞ니 네 내 누의를 아조 ᄇᆞ리라 우리 ᄯᅩᄒᆞᆫ 너를 가ᄂᆡ예 왕ᄂᆡ케 못 ᄒᆞ리라 김어ᄉᆡ 역시 대쇼 왈 네 누의 음악 간교ᄒᆞ야 불측ᄒᆞᆫ 힝실이 이시니 내 형이 뎡위예 고ᄒᆞ미 어이 그ᄅᆞ리오 네 누의 사오나오믄 모ᄅᆞ고 도로혀 내 형을 ᄭᅮ짓는다 운셩 왈 내 누의 무슨 간악ᄒᆞᆫ 일을 잇더뇨 간악다 홀딘대 네 집 부녀의 더으디 못ᄒᆞ 리라 어ᄉᆡ 왈 내 부녜 므슨 간악ᄒᆞᆫ 일이 잇더뇨 네 실로 ᄆᆞ음을 간대로 ᄒᆞ니 놈의 부 인내 시비ᄒᆞ는 죄는 홀로 업ᄉᆞ랴 운셩 왈 네 내 죄를 일워내라 나도 오늘브터 의를 그처 홀 말이 이시리라 어ᄉᆡ 즐왈 내 처엄의 ᄉᆡ을 흠모ᄒᆞ야 여ᄆᆡ를 어드니 이 내의 그른 연괴라 ᄆᆞ양 뉘웃더니 네 누의를 미더 날을 압두ᄒᆞ니 ᄲᆞᆯ니 혼셔를 내여오라 졀 혼ᄒᆞ고

63면

도라가리니 겁낼가 너기ᄂᆞ냐 운셩 왈 내 원ᄂᆡ 네의 ᄌᆡ실 둔 줄을 통혼ᄒᆞ야 졀혼코져 ᄒᆞ더니 네 말대로 ᄒᆞ리니 네의 혼셔 가지고 도라가라 드ᄃᆡ여 시녀를 블너 혼셔를 내 여오라 ᄒᆞ야 경ᄉᆡ이 십분 됴티 아닌디라 운경은 병부를 ᄭᅮ짓고 운현은 어ᄉᆞ를 붓드 러 말니〃 어ᄉᆡ 노를 그치고 운셩은 이에 니러나 가더라 평장이 ᄌᆡ삼 위로ᄒᆞ며 잇그 러 빅화헌의 니ᄅᆞ러 승상ᄭᅴ 뵈니 승샹이 ᄀᆞ장 반기고 수이 환됴ᄒᆞ믈 깃거 화ᄒᆞᆫ 말솜 과 유열ᄒᆞᆫ ᄂᆞᆺ빗치 동풍의 온긔 니러남 ᄀᆞᄐᆞ니 김싱의 노ᄒᆞ던 ᄯᅳᆺ이 츈셜 ᄀᆞᆺᄐᆞ야 다쇼 셜화를 ᄒᆞ매 승샹이 죠곰도 김환의 말을 아니ᄒᆞ니 어ᄉᆡ 그 ᄯᅳᆺ을 알고 피셕공슈ᄒᆞ야 주왈 [쇼셰 금일 악쟝ᄭᅴ 알욀 말이 이셔이다 승샹 왈 무슴 말고 어ᄉᆡ 날회여 진졍을 펴왈 쇼셰] 무상ᄒᆞ야 어딘 힝실이 업기로 인언을 닐위고 쳐ᄌᆞ를 잘 거ᄂᆞ리디 못ᄒᆞ야 원망이 나니 이 다 쇼셰의 불인ᄒᆞ미라 이제 가형이 죄를 어더 귀향가고 ᄯᅩ 텬강 형의 게 듕형을 당ᄒᆞ니 비록 유죄ᄒᆞ나 엇디 동싱의 ᄆᆞ음이

64면

즐거[오]리오 이변이 니러나미 도시 쇼셔의 연괴라 당〃이 가형을 ᄃᆡ신ᄒᆞ야 귀향가믈 원ᄒᆞᄂᆞ이다 승샹이 팀음냥구의 엄졍이 닐너 ᄀᆞᆯ오ᄃᆡ 풍화ᄂᆞᆫ 관져의 비로ᄉᆞᆫ 배오 녜법은 광쟈의 셰운 배라 여형이 인뉴의 듕수티 [못]말ᄒᆞᆯ ᄒᆞ야 풍화 녜법을 다 샹히오니 죄악이 듕ᄒᆞᆫ디라 엇디 구ᄐᆞ야 내 ᄌᆞ식을 해ᄒᆞᆫ다 ᄒᆞ야 니ᄅᆞᆫ 배리오 실노 국법을 졍히 ᄒᆞ고 후인을 딩케코져 ᄒᆞ미러니 네 말이 여ᄎᆞᄒᆞ니 노ᄒᆞ믄 노ᄒᆞ려니와 쾌티 아니토다 어ᄉᆡ 대희ᄒᆞ야 샤례 왈 악당의 너비 ᄉᆞ랑ᄒᆞ시믈 닙ᄉᆞ와 듕죄ᄅᆞᆯ 샤ᄒᆞ샤 편모의 혈〃ᄒᆞᆫ ᄆᆞ음을 편히ᄒᆞ고 쇼셔의 듕ᄒᆞᆫ 허믈을 ᄀᆞᆷ초시니 은덕을 슈심명골 ᄒᆞ리로소이다 승샹이 위로 왈 이 일은 내 혐의로와 풀거니와 만일 타인이 이런 죄ᄅᆞᆯ 어더시면 엇디 용샤ᄒᆞᆯ니 이시리오 셜파 하관 뉴의ᄅᆞᆯ 블너 통졍ᄉᆞ의 가 구승샹씌 뎐ᄒᆞ고 김환의 죄ᄅᆞᆯ 프러 원찬을 보내디 말나 ᄒᆞ니 이ᄋᆞᆨ고 도라와

65면

보왈 구 노애 집졍 대신으로 더브러 샹의ᄒᆞ셔 임의 역마로 ᄃᆞᆯ녀가셔 김환을 도로 불너오라 ᄒᆞ고 문셔ᄅᆞᆯ 고티시더이다 승샹이 어ᄉᆞ다려 왈 이제ᄂᆞᆫ 뎍거ᄅᆞᆯ ᄆᆞ자 프러시니 죄ᄅᆞᆯ 닙은 쟉시로다 어ᄉᆡ 빅비 샤례ᄒᆞ고 뎐도히 도라가ᄃᆡ 쇼져ᄅᆞᆯ ᄎᆞᆺ디 아니코 다만 형의 죄 벗기믈 다힝ᄒᆞ야ᄒᆞ니 승샹이 졔ᄌᆞᄅᆞᆯ ᄃᆡᄒᆞ야 ᄀᆞᆯ오ᄃᆡ 너희 등이 동싱 ᄉᆞ랑ᄒᆞ믈 맛당이 김현ᄀᆞ티 ᄒᆞ라 운경이 미쇼ᄒᆞ고 운셩이 김현으로 ᄌᆡᆼ단ᄒᆞ던 셜화ᄅᆞᆯ ᄉᆞᆯ오니 승샹이 운셩을 망녕되다 칙ᄒᆞ더라 어시의 김현이 집의 도라와 슈말을 고ᄒᆞ니 왕시 크게 감격ᄒᆞ야ᄒᆞ고 위시 아요ᄒᆞ며 텸녕ᄒᆞ야 소시 부ᄌᆞᄅᆞᆯ 믄득 기리고 취시의 이젼 허믈을 내여 니ᄅᆞ니 어ᄉᆡ 텽이불텽ᄒᆞ야 말을 아니터니 수 오일 후 김환이 도라오니 어ᄉᆡ 마자 눈물을 흘며 [븟드러 드리]고 그 슈형ᄒᆞᆫ 곳들 보매 크게 우러 ᄀᆞᆯ오ᄃᆡ 이 일이 다 취녀의 일이오 취녀의 근본이라 엇디 ᄒᆞᆫ갓 소시ᄅᆞᆯ ᄒᆞᆫᄒᆞ리잇가

66면

형인ᄃᆞᆯ 뎌 소가 팔형뎨의 셰력이 당〃거ᄂᆞᆯ 엇디 그 누의ᄅᆞᆯ 뎡위예 보내야 욕을 뵐 거시라 서의ᄒᆞᆫ 의ᄉᆞᄅᆞᆯ 내시니잇가 환이 슈괴ᄒᆞ고 뉘웃처 다만 울며 왈 내 불명ᄒᆞ야 무샹ᄒᆞᆫ 의ᄉᆞᄅᆞᆯ 내니 엇디 ᄂᆞᆷ을 ᄒᆞᆫᄒᆞ리오 ᄒᆞ믈며 소현셩은 친족 옥ᄉᆞ의도 간예티 아냐 공논을 ᄒᆞ게 더뎌둔다 ᄒᆞ매 그ᄅᆞᆯ 밋고 이 일을 지어낼와 현이 닐오ᄃᆡ 형이 그 ᄒᆞ나ᄒᆞᆯ

알고 둘흘 모르시는이다 소현셩을 니룰딘대 그 ᄯᆞᆯ을 해티 아냐 그 친신을 죽이려 ᄒᆞ셔도 비법을 논단티 아니홀 사름이어니와 지어 팔소의게 니르러는 제 셰력을 그만치 두고 누의를 곤케홀 니 업ᄉᆞ니 ᄒᆞ믈며 운셩이 진왕 가도는 풍녁으로써 형과 날을 혜아릴 배리오 환이 묵연이러라 어ᄉᆡ 씌를 그르디 아니코 좌와를 붓드러 힝지를 완호ᄒᆞ고 의약을 지셩으로 홀ᄉᆡ 이때 운셩이 태의원 뎨됴를 ᄒᆞ엿더니 일〃은 마을의 나아가 모든 어의를 불너 황후의 병환을 문안ᄒᆞ고 말홀적 일개

67면

하인이 년망이 드러와 고왈 셩화문 밧 김어ᄉᆞ 노애 태의 최경을 청ᄒᆞ시ᄂᆞ이다 최경이 년망이 니러나거날 병뷔 소릐ᄒᆞ야 ᄀᆞᆯ오ᄃᆡ 요ᄉᆞ이 국가 우환이 〃셔 태의원이 소요ᄒᆞ니 감히 방외예 나가디 못홀 거시니 김어ᄉᆞ로브터 졔 빅관이 청ᄒᆞ나 가ᄇᆡ야이 가지 말나 모든 의관이 ᄃᆡ답ᄒᆞ고 도로 안ᄌᆞ니 하인이 도라가 어ᄉᆞ씌 알왼대 [어사] 어히업시 너겨 사름 보채미 이대도록 ᄒᆞ리오 ᄒᆞ야 환의 병은 날노 심ᄒᆞ고 의원은 어더뵐 길히 업서 글노 운현의게 기텨 왈 셩인이 ᄀᆞᆯ오[사]ᄃᆡ 은혜는 밋고 닛디 말며 원슈는 플고 니ᄌᆞ라 ᄒᆞ시니 오형이 죄 어드미 크나 임의 그 형당을 쥰ᄎᆞᄒᆞ고 오히려 족디 못ᄒᆞ야 의원 브르는 길흘 막으니 가히 심ᄒᆞ기예 갓갑도다 운현이 병부를 ᄃᆡᄒᆞ야 슈말을 뎐ᄒᆞᆫ대 병뷔 웃고 곡딕을 니르디 아니〃 평쟝이 그 고집을 아는고로 회셔를 닷가 보내ᄃᆡ 나히 졈고 문견이 업ᄉᆞ나 잠간 의슐의 경험을 아더니 명일의 그ᄃᆡ 집의 가 녕형의 병을 보

68면

와 구ᄒᆞ리니 방심ᄒᆞ고 번거ᄒᆞᆫ 태의를 ᄎᆞᆺ디 말나 ᄒᆞ엿더라 어ᄉᆡ 십분 밋디 아니터니 과연 명됴의 평쟝이 니르러 어ᄉᆞ를 보고 김환의 샹쳐를 검시ᄒᆞ니 쌔 까여뎌 죽게 되엿는디라 평쟝이 ᄂᆡ렴의 됴히 너기며도 거ᄎᆞ로 차탄ᄒᆞ며 홍포 사모를 벗고 침을 가져 창쳐를 버히며 쁘저낼ᄉᆡ 어ᄉᆡ 믄득 문왈 침굿ᄐᆡ 아니 득ᄒᆞᆫ 거시 잇ᄂᆞ냐 평쟝이 쇼왈 듀ᄉᆞᄒᆞ는 약을 블나시니 오직 발상 졔구를 ᄃᆡ령ᄒᆞ라 셜파의 일당을 대쇼ᄒᆞ고 창쳐를 버히니 원ᄂᆡ 평쟝의 의슐이 긔특ᄒᆞ야 아모 듕ᄒᆞᆫ 창쳐를 버혀도 병인이 알파 아니터니 이날은 짐즛 뫼이 너겨 알ᄑᆞ도록 ᄒᆞ야ᄃᆞ니 어ᄉᆡ 그 용심을 아나 홀일이업서 슈고로이 고텨주믈 샤례ᄒᆞ니 평쟝이 쇼왈 날 ᄀᆞᄐᆞᆫ 익구존 거실ᄉᆡ 너희 민망ᄒᆞ야ᄒᆞ믈

보고 와셔 [다ᄉᆞ려] 주거니와 다만 과심ᄒᆞ니 알ᄑᆞ게는 ᄒᆞ리로다 어ᄉᆡ 다만 묵연이러라 ᄎᆞ후 김환의 병이 ᄒᆞ린 후 왕시 어ᄉᆞ를 불너 ᄀᆞᆯ오ᄃᆡ 내 당초 불명ᄒᆞ야 소시

69면

를 박ᄃᆡ하더니 뉘우ᄎᆞ미 듕ᄒᆞᆫ디라 아희는 가히 소시를 ᄃᆞ려오라 어ᄉᆡ 모명을 듯고 ᄉᆞ경의 닛글니나 운셩의 욕을 먹엇는고로 쳥ᄒᆞ미 밧부게 너기ᄃᆡ 모친의 명이 ᄀᆞᆫ졀ᄒᆞ니 마디못ᄒᆞ야 승상부의 니ᄅᆞ러 빅화헌의 다ᄃᆞᄅᆞ매 운셩이 셧다가 작ᄉᆡᆨ고 안흐로 드러가니 어ᄉᆡ 또ᄒᆞᆫ 본 톄 아니코 다만 승상긔 녜필 한훤 후 승상이 ᄃᆞ리고 닉당의 드러가 김어ᄉᆡ ᄌᆞ포옥ᄃᆡ로 모든 ᄃᆡ 뵈니 셕부인과 쇼져는 나오디 아닛더라 태부인이 은근히 셜화를 펴 담쇠 ᄌᆞ약ᄒᆞᄃᆡ 젼혀 허다 풍파와 쇼져의 평부를 거더디 아니터라 ᄉᆡᆼ이 듕당의 나와 운필을 보고 닐오ᄃᆡ 녕ᄆᆡ를 보와 니를 말이 이시니 가히 잇는 고들 ᄀᆞᄅᆞ치라 소ᄉᆡᆼ이 쇼왈 그ᄃᆡ 졀혼셔는 블셔 다ᄒᆞ고 누의를 ᄎᆞᆺ는다 어ᄉᆡ 답 소왈 이심ᄒᆞᆫ 도적들은 날 보챌 쥴만 아ᄂᆞ냐 소ᄉᆡᆼ이 대쇼ᄒᆞ고 이에 드러가 벽운누의 니ᄅᆞ니 소제 모친을 뫼셔 고ᄉᆞ를 슈련ᄒᆞ거늘 소ᄉᆡᆼ이 희롱 왈 소ᄆᆡ는 김낭을 찻디 아닛는다 김낭이 시방 너

70면

를 보와 무슨 말을 뎐ᄒᆞ려 ᄒᆞ더라 부인이 정ᄉᆡᆨ 왈 김낭은 사ᄅᆞᆷ이 아니랏다 무슨 면목으로 서ᄅᆞ 보쟈 ᄒᆞ더뇨 운셩이 드러와 듯고 소이 왈 각각 셩낸 듯 말이 됴티 아닌들 소ᄆᆡ 김가의 사ᄅᆞᆷ이라 보디 아닐 니 이시리잇가 히ᄋᆡ 젼일 굿길적 쳔신만고로 ᄎᆞ자가면 형참졍이 ᄯᆞᆯ을 ᄀᆞᆷ초고 내디 아니〃 심히 졀박ᄒᆞ던디라 모친은 소ᄆᆡ를 내여 보내소셔 부인이 죰〃ᄒᆞ엿더니 소부인이 니ᄅᆞ러 듯고 권ᄒᆞ야 쇼져를 ᄆᆡ화당으로 보내니 김어ᄉᆡ ᄒᆞᆫ 번 눈을 드러 부인을 보매 명월이 구름을 헤티고 텽쳔의 빗기며 부용이 됴로를 ᄯᅥᆯ텨 녹파의 무치는 듯 쇄락ᄒᆞᆫ 긔질과 슈려ᄒᆞᆫ 풍치 비길 곳 업는디라 어ᄉᆡ 반가옴과 슬프미 ᄀᆞ득ᄒᆞ야 좌를 일우고 쳑연이 샹감ᄒᆞᆫ 의ᄉᆡ 니러나ᄃᆡ 이목이 번다ᄒᆞᆫ디라 강잉ᄒᆞ야 당부의 긔운을 ᄯᅥᆯ텨 의용을 싁〃이 ᄒᆞ고 닐오ᄃᆡ 혹ᄉᆡᆼ이 국ᄉᆞ로 나간 후 가ᄂᆡ 어즈럽고 부인이 [무단이] 도라와 편친의 허믈과 가형의 죄를 일워

71면

내니 혹싱이 즈쇼로 호싀경덕흔 허믈이라 그 눌을 흔흐리오 악당긔 왕닉흐미 수삼 슌이라 비록 부인을 보고져 흐나 녕형 십인이 긔셰 당〃흐야 날 ᄀ튼 단ᄉ는 훈아여 죽을디라 감히 그듸를 춧디 못흐과라 소제 념용정싀 왈 쳡이 비록 녜의를 아디 못흐나 존고의 허믈은 나타내는 일이 업고 더옥 녕형의 놉흔 힝실은 심환골경흐야 존고씌 고흐고 내 집으로 도라오니 녕형이 스ᄉ로 관부의 가 죄를 어덧는디라 쳡의 집 타시라 하면 내 원컨대 감심하려니와 만일 군즈의 집 허믈을 드러내다 흐믄 허언이 아니랴 쳡이 긔구흔 명도로 고이흔 험난을 디내여시니 심규의 머리쩰 잇는 듕이 되야 셰샹 인눈을 사졀홀 뜻이 ᄇ야니 엇디 군즈의 측즈믈 싱각하리오 어시 텽파의 돈연히 공경흐야 츈풍화긔를 쇼삭흐고 참연흔 ᄉ싀이 미우를 동흐야 ᄀ오듸 부인아 내의 첫말은 희롱이어니와 답언이 〃

72면

대도록 ᄆ믈흐뇨 내 요ᄉ이 모든 긔싀을 보매 다 혹싱을 묘시흐고 그듸의 긋기믈 내타시라 흐며 악모씌 세 번 뵈오믈 쳥흐니 칭병흐고 보디 아니시니 내 쏘흔 슬하 사름이니 엇디 즈딜의 다ᄅ미 이시리오마는 병쇠 누추흐니 못보노라 흐셔 박듸흐시니 싱이 일즉 붓그럽고 일즉 노흐오니 맛당이 믈너 도라갈 거시로듸 구〃히 츌입흐믄 악당의 관즈인후흐신 덕음을 감격흐고 평쟝형의 디음을 긋기 어려오며 부인의 듕경을 인흐미라 그듸 만일 날을 긋고 심규의셔 죵신코져 홀딘대 싱으로 흐여금 쟝춧 엇던 사름이 되리오 쇼제 묵연부답이라 어시 경을 이긔디 못흐야 이에 나아가 ᄉ매를 니어 소릐를 ᄂ죽이 흐야 경회를 고흐며 취시를 내티고 환을 구흐야 싱도의 잇는 줄을 셜파흐며 왕부인이 쇼져 보고져 흐믈 이ᄅ니 쇼제 다만 입을 봉흐야 말이 업고 싱의 말이 긋친 후 닐오듸 존고 명을 슈하인들 거역홀 배 아니로듸 쳡이 부모씌

73면

들닌 사람이니 ᄆ음을 못홀디니 엇디 감히 귀턱 문뎡을 다시 더러이리오 어시 탄왈 싱이 비록 슈신티가의 어디〃 못흐나 부인이 엇디 말숨 내오미 죠용흐매 잇ᄂ뇨 부인은 복어인이라 삼죵대의 이시니 내 비록 간고흐고 누추흐나 그듸의 가뷔라 날을 ᄇ리고 악부를 다시 의탁흐면 삼죵이 어즈럽디 아니며 내 쏘흔 슈신졔가를 폐흔 작

시라 부인은 니기 ᄉᆡᆼ각하라 소졔 문득 옷기슬 념의고 안ᄉᆡᆨ을 단엄히 ᄒᆞ야 ᄀᆞᆯ오ᄃᆡ 쳡이 비록 불민ᄒᆞ나 ᄯᅩᄒᆞᆫ 녯사ᄅᆞᆷ의 녈의ᄅᆞᆯ 아ᄂᆞ니 부인은 삼죵지의 듕ᄒᆞ나 금일 쳡의 형셰로ᄡᅥ 비길딘대 공ᄌᆡ 이에 겨셔도 감히 삼죵을 ᄎᆡᆨᄒᆞ야 다시 김가의 가라 아니시리니 쳡이 간초ᄒᆞ믈 괴로와 ᄒᆞ미 아니오 군ᄌᆞᄅᆞᆯ 염피ᄒᆞ미 아니며 존고ᄅᆞᆯ 원망ᄒᆞ미 아니라 당초의 녕형이 블힝ᄒᆞᆫ 말노 쳡을 훼방ᄒᆞ미 참혹ᄒᆞ니 일ᄐᆡᆨ의 쳐ᄒᆞ야 서ᄅᆞ 보미 ᄒᆞᆫ갓 슈괴ᄒᆞᆯ 분 아니라 ᄯᅩᄒᆞᆫ 혐의예 크게 촉ᄒᆞ니 쳡이 삼죵을

74면

ᄃᆡ희고져 아닛ᄂᆞᆫ 배 아니로ᄃᆡ 조물이 슌ᄒᆞᆫ 거슬 막으니 임의 보라미 긋쳣ᄂᆞᆫ디라 다만 냥젼ᄒᆞᆯ 도ᄅᆞᆯ ᄉᆡᆼ각ᄒᆞᆯ딘대 쳡이 스ᄉᆞ로 죵신을 심규의셔 ᄆᆞ차 단당시ᄅᆞᆯ 외올디언뎡 귀ᄐᆡᆨ의 나아가 풍화ᄅᆞᆯ 어즈러이고 비례의 얼골을 보디 아니리니 엇디 군ᄌᆞ의 명견으로ᄡᅥ 군ᄌᆞ의 나약ᄒᆞᆫ 소견을 아디 못ᄒᆞ리오 셜파의 미뫼 쇄락ᄒᆞ고 풍되 쥰졀ᄒᆞ니 어ᄉᆡᆨ 불승경복ᄒᆞ고 말이 막히ᄂᆞᆫ디라 다시 쳥티 못ᄒᆞ야 졍히 다른 말을 ᄒᆞ고져 ᄒᆞ더니 평장이 창외예셔 불너 왈 ᄌᆞ균은 시방 대인이 셜화ᄒᆞ야 녜의ᄅᆞᆯ 강논ᄒᆞ시ᄂᆞᆫᄃᆡ 나오디 아닛ᄂᆞᆫ다 ᄉᆡᆼ이 급히 손을 노코 외당의 나와 강논을 드른 후 빈ᄀᆡᆨ이 흐터디고 승샹이 고요요[18]히 단좌ᄒᆞ니 어ᄉᆡᆨ 승시ᄒᆞ야 고왈 쇼셰 당초의 불힝ᄒᆞ야 가환을 만나고 조강지쳬 득죄ᄒᆞ야 츌뫼 되니 안흐로 다ᄉᆞ릴 ᄉᆞᄅᆞᆷ이 업[ᄉᆞ]니라 소시 비록 간난을 겻거시나 김시의 빙녜ᄅᆞᆯ 바다시니 권실ᄒᆞ야 도라가 노모의 감지ᄅᆞᆯ 봉양케 ᄒᆞ여지이다 승샹이 쇼왈 너의 말

75면

이 여ᄎᆞᄒᆞ나 ᄯᅩᄒᆞᆫ ᄉᆞ리ᄅᆞᆯ 아디 못ᄒᆞ미라 네 형이 그 가듕의 잇거ᄂᆞᆯ 아녜 ᄒᆞᆫ가지로 디ᄂᆡ미 인언을 엇고 불승한심ᄒᆞᆫ 일이 되니 혐의ᄂᆞᆫ 범연ᄒᆞᆫ 일과 달나 ᄀᆞ장 듕대ᄒᆞᆫ디라 녀필죵부와 삼죵대의ᄅᆞᆯ 다 폐ᄒᆞ야도 보내디 아니리라 어ᄉᆡᆨ 악당의 말을 듯고 악연망단ᄒᆞ야 부녀의 소견이 상뎍ᄒᆞ믈 칭복ᄒᆞ며 집의 도라와 왕시ᄅᆞᆯ ᄃᆡᄒᆞ야 이 말을 고ᄒᆞ니 왕시 깁히 뉘웃처 왈 이 다 내의 연괴라 뎨 녜의ᄅᆞᆯ ᄃᆡ희여 오디 아니〃 네의 부뷔 화목ᄒᆞᆯ 적이 업ᄉᆞᆯ디라 내 원컨대 환을 ᄃᆞ리고 이시리니 네 뎌고ᄃᆡ 가 디내라 어ᄉᆡᆨ ᄃᆡ

18) 요 : 반복되었음.

왈 쇼ᄌᆡ 쳐ᄌᆞ를 니별ᄒᆞᆯ디언뎡 모친 안젼을 ᄯᅥ나 구구히 쳐가의 가 디ᄂᆡ디 아니리이다 부인 왈 한샹셔와 동졔 뉴왕은 졍ᄃᆡᆨ대신으로ᄃᆡ 그 부인을 조차 ᄌᆞ운산의 이시니 네 홀노 고집ᄒᆞᄂᆞᆫ다 어ᄉᆡ ᄃᆡ왈 뎌ᄂᆞᆫ 친가의 여러 형뎨 이셔 임의 부뫼 외롭디 아니미어니와 히ᄋᆞᄂᆞᆫ 모친이 다만 형을 ᄃᆞ리고 겨시니 엇디 쳐ᄌᆞ

76면

를 ᄯᆞᆯ와 모친을 ᄇᆞ리리잇고 환이 닐오ᄃᆡ ᄂᆞᄂᆞᆫ 셰샹의 죄인이라 모친을 밧드나 므슴 영홰 이시리오 네 가히 모친을 뫼셔 뎌고ᄃᆡ 가 별ᄃᆡᆨ의 안존ᄒᆞ고 뫼셔 디ᄂᆡ면 나는 집을 ᄃᆡᆨ희여 잇다감 근친ᄒᆞ미 가ᄒᆞ니라 왕시 올히 너기거ᄂᆞᆯ 어ᄉᆡ 비록 그 맛당치 아니믈 아나 모친을 ᄯᅥ나기 어렵고 소시의 졍을 긋기 ᄯᅩᄒᆞᆫ 졀박ᄒᆞ니 냥젼ᄒᆞᆯ 도를 ᄉᆡᆼ각ᄒᆞ매 모친을 뫼셔가미 올ᄒᆞᄃᆡ 구챠ᄒᆞᆯ 일이 만흘디라 듀져ᄒᆞ기를 오래ᄒᆞ다가 명일 소평장을 보[19]보고 이런 소회를 진졍으로 니ᄅᆞ니 운현이 [흔연이] 닐오ᄃᆡ 만일 이럴딘대 냥젼ᄒᆞ야 됴흘디라 형이 엇디 부유의 쇼졀노ᄡᅥ 영웅의 장심을 호의 만케 ᄒᆞ리오 모친이 쇼ᄆᆡ ᄯᅥ나믈 어려워ᄒᆞ시고 녜법과 혐의로 쇼ᄆᆡ 이에 오디 못ᄒᆞᄂᆞᆫ디라 ᄆᆞ양 션쳐ᄒᆞᆯ 계교 업서ᄒᆞ더니 녕당이 만일 이 ᄠᅳᆺ을 두실딘대 엇디 희힝티 아니리오 셜파의 도라가 일가의 ᄎᆞ언을 고ᄒᆞ니

77면

승샹은 즘〃ᄒᆞ고 모든 부인은 다 깃거 즉시 졔ᄉᆡᆼ을 불너 의논ᄒᆞ니 운셩이 쇼왈 김ᄉᆡᆼ이 닷살고져 ᄒᆞ고 그 모부인이 ᄎᆞᄌᆞ를 조차오니 진실노 가쇼로다 운경이 쇼왈 현뎨ᄂᆞᆫ 놈의 졍ᄉᆞ를 ᄉᆡᆼ각히디 아니코 사ᄅᆞᆷ ᄎᆡᆨ망을 크게 ᄒᆞᄂᆞᆫ도다 운셩 왈 쇼ᄆᆡ를 못니저 김ᄉᆡᆼ이 ᄯᆞᆯ와오고 어미를 못 니저 ᄃᆞ려오니 김환 툭ᄉᆡᆼ은 무용지물이 되ᄂᆞᆫ도다 승샹이 경계 왈 여등은 호화ᄒᆞ야 놈의 졍ᄉᆞ를 아디 못ᄒᆞ나 김ᄋᆞ의 졍ᄉᆡ ᄀᆞ장 괴롭고 졀박ᄒᆞ니 브졀업ᄉᆞᆫ 말로 희롱말고 맛당ᄒᆞᆫ 집을 서ᄅᆞ드라 운현 왈 삼형이 명현궁을 허러 ᄌᆡ목을 오ᄅᆞ 흐터 인〃친붕을 주고 진ᄎᆡ 단청목 칠빅간 ᄌᆡ목이 나마시ᄂᆡ 동구의 지어 은셩문과 ᄃᆡ각하게 ᄒᆞ사이다 승샹 왈 ᄆᆞ음대로 하려니와 그리 대가를 지어 불관ᄒᆞ니 반감ᄒᆞ라 졔ᄉᆡᆼ이 슈명ᄒᆞ매 ᄉᆞ랑ᄒᆞᄂᆞᆫ 누의 집을 일워주려 ᄒᆞ고 김어ᄉᆞ의 강ᄃᆡᆨ

---

19) 보 : 반복되었음.

78면

ᄒᆞᆫ 인물과 문당을 ᄉᆞ랑ᄒᆞ야 갓가이 오믈 깃거ᄒᆞ야 팔 명ᄉᆡ 합녁ᄒᆞ야 쟝인공역을 모도니 귀신이 도으며 스ᄉᆞ로 되ᄂᆞᆫ 듯하야 십여 일이 넘디 못ᄒᆞ야셔 일좌 대가를 일흐며 쥬렴옥누의 ᄎᆡᄉᆡᆨ난간이 일ᄉᆡᆨ을 ᄀᆞ리오니 운셩이 쇼왈 모든 형뎨 서ᄅᆞ 공을 쟈랑ᄒᆞ나 나의 긔특ᄒᆞᆫ ᄌᆡ목 곳 아니면 일이 쉽디 아니리라 운희 답 쇼왈 현뎨ᄂᆞᆫ 공을 쟈랑ᄒᆞ나 만일 명현옥쥐 아니면 능히 그 ᄌᆡ목을 어들소냐 병뷔 대쇼ᄒᆞ더라 셕부인이 일용ᄉᆞ물을 준비ᄒᆞ야 녀ᄋᆞ로 ᄒᆞ야곰 그 집의 보내고 ᄯᅩ 스ᄉᆞ로 친히 와 둘너본 후 졔ᄌᆞ졔부를 다 쳥ᄒᆞ야 유완ᄒᆞ며 운셩ᄃᆞ려 왈 내 금일 너희 등의 모듬과 녀ᄋᆡ 집을 일워나믈 보매 ᄆᆞ음이 희황ᄒᆞᆫ디라 ᄒᆞ믈며 이집 형상이 ᄎᆡ봉 ᄀᆞᆺ고 녀ᄋᆡ 곳쵸를 겻거시니 슬픈 것과 깃븐 거시 샹환ᄒᆞᆫ디라 집 일홈을 비환 봉셩각이라 하라 병뷔 왈 존당의 말이 ᄌᆞ못 맛당

79면

ᄒᆞ시니 희ᄋᆡ 원컨대 여튼 문치로 샹냥문을 지어 쇼ᄆᆡ의 복을 숑ᄒᆞ리이다 드ᄃᆡ여 샹냥문을 짓고 운경이 ᄇᆡᆨ옥 현판을 나와 우어 왈 모친이 집 일홈을 지으시고 삼뎨 샹냥문을 지으니 내 원컨대 츄ᄒᆞᆫ 글시로ᄡᅥ 샹냥문을 현판의 ᄡᅥ 붓치리라 드ᄃᆡ여 붓을 드러 슌식간의 ᄡᅥ 브티고 보니 필획이 긔특ᄒᆞ고 ᄌᆞ톄 쥬옥 ᄀᆞᄐᆞ야 텰ᄉᆞ를 드리오고 진쥬를 쎈 듯ᄒᆞ니 운셩이 쇼왈 형당의 필젹을 보건대 샹시 긔질과 달나 심히 굿세시이다 운셩이 쇼이 답왈 너희 날을 업슈이너기나 필젹은 우형의게 밋기 어려오리라 운셩 왈 형이 글시를 잘 ᄡᅳ신들 샹냥문은 쇼뎨의게 밋디 못ᄒᆞ리이다 셕부인이 낭쇼 왈 너희 무슨 ᄌᆡ조를 두엇노라 서ᄅᆞ 쟈랑ᄒᆞᄂᆞ뇨 졔ᄉᆡᆼ이 서ᄅᆞ 웃더라 날이 져물매 부인이 도라오고 쇼졔 비록 문녀를 닷ᄒᆞ나 지쳑이 되엿ᄂᆞᆫ디라 ᄂᆡ외를 티졍ᄒᆞ야 가ᄉᆞ를 다ᄉᆞ리고 노복을 거ᄂᆞ려 디ᄂᆡ니 졔ᄉᆡᆼ이 ᄉᆞ랑ᄒᆞ는 누의를

80면

허다 고초를 겻고 ᄯᅩ 문녀를 일우매 ᄌᆞ뢰홀 ᄯᅳᆺ이 무궁ᄒᆞ나 가법이 슉엄ᄒᆞ야 ᄉᆞᄉᆡ 업ᄉᆞ므로 다만 승샹ᄭᅴ 고ᄒᆞ고 삼동 월봉녹을 ᄡᅥ 보내니 팔인이 후녹이 무슈ᄒᆞ야 바다 빠흘 곳이 업고 승샹이 졔ᄌᆞ의 극진ᄒᆞᆫ 우ᄋᆡ를 보매 ᄌᆞ가ᄂᆞᆫ 각별 주ᄂᆞᆫ 거시 업ᄉᆞ나 셕부인과 태부인의 공급이 구산 ᄀᆞᆺ고 소윤 두 슉모와 화부인이 ᄯᅩᄒᆞᆫ 금은ᄌᆡᄇᆡᆨ으로 쇼

져를 샹ᄒᆞ고 운셩은 더옥 ᄌᆞ가 식읍 다ᄉᆞᆺ 고ᄃᆡ셔 오는 거슬 반을 논화 누의를 쥬니 소쇼져의 가음열미 공쥬의 지〃아니코 이 구ᄐᆞ야 졔쇠 탐장ᄒᆞ야 친쳑을 주미 아니라 탕읍현과 녹봉이 후ᄒᆞᆫ 배러라 이ᄣᅢ 김어ᄉᆡ 모친을 뫼셔 ᄌᆞ운산의 가고져 ᄒᆞᄃᆡ 구챠 훌가 두리더니 왕부인이 수이 가려 ᄒᆞᆫᄶᅥ니 마디못ᄒᆞ야 모친을 뫼셔 이에 나ᄅᆞ니 소시 임의 닷집의 난 디 십여 일이 되엿더라 김ᄉᆡᆼ이 모친 뎡을 븟드러 즁계예 노ᄒᆞ매 분면홍장의 시녀 삼십여 인이 좌우로 버러 마ᄌᆞ며 쇼졔 봉관화리로 담장단의

81면

로 친히 뎡을 그ᄅᆞ고 부인을 뫼셔 당의 올니고 쳥죄ᄒᆞ니 부인이 참괴ᄒᆞ믈 머금고 뎐도히 옥슈를 잡아 니ᄅᆞ혀 겨틔 안치고 닐오ᄃᆡ 노모의 무상ᄒᆞ미라 엇디 현뷔 쳥죄ᄒᆞ미 이시리오 소졔 사례ᄒᆞ고 시좌ᄒᆞ니 ᄋᆡ원ᄒᆞᆫ 풍치와 쇄락ᄒᆞᆫ 용뫼 비길 곳 업ᄉᆞᆫ디라 왕부인이 새로이 ᄉᆞ랑ᄒᆞ고 젼일을 뉘우ᄎᆞ며 ᄯᅩ 찬란ᄒᆞᆫ ᄃᆡ샤와 혁〃ᄒᆞᆫ 위의 현란ᄒᆞ니 깃브고 즐기며 슈괴ᄒᆞ야 도로혀 어린 사ᄅᆞᆷ ᄀᆞᄐᆞ야 안자시니 어ᄉᆡ 민망ᄒᆞ믈 머금어 ᄌᆞ로 눈으로ᄡᅥ 쇼져를 보니 소시 이에 시녀와 복쳡을 다 ᄭᅮ지저 물니치고 븟드러 놉흔 침소의 드리고 ᄎᆡ당과 슈병을 두ᄅᆞ며 샹아상 호박침의 금〃졔귀 다 유아ᄒᆞ야 부인의게 맛ᄀᆞᄌᆞᆫ디라 이 엇디 한갓 소시의 졍셩이리오 졔쇠 텬셩이 영오ᄒᆞᆫᄃᆡ 일ᄉᆡᆼ 봉친을 니겨시므로 사ᄅᆞᆷ의 부모 공경ᄒᆞ고 ᄃᆡ졉ᄒᆞ기를 아라 그 누의 ᄯᅳᆺ을 바다 이러ᄐᆞᆺ ᄒᆞ야시니 어ᄉᆡ 심하의 그 효우ᄒᆞᆫ 인물들을 감격ᄒᆞ야 ᄒᆞ며 소졔 ᄎᆞ일

82면

로브터 부인 감지를 봉양ᄒᆞ고 시측ᄒᆞ야 촉〃ᄒᆞᆫ 효셩이 지극ᄒᆞ매 미처 완슌ᄒᆞ고 조심ᄒᆞ미 집옥홈 ᄀᆞᄐᆞ니 왕부인이 크게 감격ᄒᆞ야 ᄒᆞ고 어ᄉᆡ 더욱 경듕ᄒᆞ더라 소졔 년일ᄒᆞ야 부인ᄭᅴ 슉딕ᄒᆞ니 부인이 권왈 그ᄃᆡ 샹문귀질노 심히 쳥약ᄒᆞ니 엇디 닷 침소를 아니리오 내게 시녜 만흐니 그ᄃᆡ 오늘부터 편히 쉬라 소졔 ᄉᆞ양ᄒᆞᆫ대 어ᄉᆡ 쇼왈 금일은 흑ᄉᆡᆼ이 슉딕ᄒᆞ리니 부인은 모명을 바다 쉬쇼셔 쇼졔 믈너 슉소의 갓더니 부인이 어ᄉᆞ를 ᄃᆡᄒᆞ야 골오ᄃᆡ 내 당초 위시 취시의 간언을 신텽ᄒᆞ야 현부를 박ᄃᆡᄒᆞ더니 이제 이곳의 니ᄅᆞ니 현뷔 노모 공양을 과망ᄒᆞ게 ᄒᆞ고 네 ᄯᅩᄒᆞᆫ 졔소의 덕으로 이런 부귀를 어드니 감격ᄒᆞᆫ디라 이제 너히 부뷔 동낙홀 시졀이어놀 엇디 날을 ᄃᆞ리고 자노라 서로 ᄎᆞᆺ디 아니리오 ᄲᆞᆯ니 도라가라 어ᄉᆡ 본ᄃᆡ ᄆᆞ음이 쇼져ᄭᅴ 다 도라갓더니 모명을

듯고 빅샤ᄒᆞ고 물너나 슉소의 니ᄅᆞ니 쇼졔 ᄇᆡ야흐로 듁침의 비겨시

83면

시[20]니 아리ᄶᆞ온 ᄐᆡ도와 어리로온 긔질이 당가태진이라도 밋디 못ᄒᆞᆯ디라 칭복ᄒᆞ믈 이기디 못ᄒᆞ야 나아가 좌를 일우고 청음을 여러 샤례 왈 혹싱이 블민ᄒᆞ야 편모를 잘 셤기디 못ᄒᆞ고 가환만 니ᄅᆞ혓더니 부인의 긔특ᄒᆞᆫ 효셩을 힘니버 편모를 고당의 안헐ᄒᆞ고 식봉을 맛게ᄒᆞ니 이 은혜ᄂᆞᆫ 삼싱의 갑기 어렵도다 소졔 정식 왈 이ᄂᆞᆫ 곳 쳡의 도리라 군ᄌᆞ의 샤례ᄒᆞ미 이시리오 어ᄉᆡ 금일 [부인]으로 ᄉᆡ훤이 ᄃᆡᄒᆞ야 말솜이 할연ᄒᆞ매 문득 젼일을 ᄉᆡᆼ각고 쳐연히 깃븐 듯 슬허 이에 졍ᄉᆞ를 고ᄒᆞ야 왈 금일 명쵹ᄒᆞ의 부인을 ᄃᆡᄒᆞ야 다쇼 셜화를 펴믄 실노 텬우신조ᄒᆞ미로다 거년으로부터 혹싱이 애쁘고 눈물 허비ᄒᆞ믄 젼혀 부인의 연괴라 ᄎᆞ후나 마ᄉᆡ 업서 화락ᄒᆞ미 원이로소이다 소졔 탄식 왈 쳡은 화란의 나믄 인싱이라 비록 존고를 뫼셔 부모 틱하의 머므로 군ᄌᆞ로 즐기나 녀ᄌᆞ의 졍이 일양이니 취부

84면

인의 홍안박명이 ᄯᅩᄒᆞᆫ 차셕ᄒᆞ야 군ᄌᆞ의 무신ᄒᆞ믈 탄ᄒᆞᄂᆞ이다 ᄉᆡᆼ이 ᄆᆡᆨ〃히 탄왈 취녀ᄂᆞᆫ 혹싱의 슈인이라 만일 만날딘대 그 머리를 버혀 죄를 쇽ᄒᆞ리니 엇디 일회나 잔잉ᄒᆞ리오 쇼졔 ᄃᆡ왈 취시 군ᄌᆞᄭᅴ 무슨 죄를 어덧관ᄃᆡ 이대도록 ᄒᆞ시ᄂᆞ뇨 어ᄉᆡ 왈 그 말을 니ᄅᆞ고져 ᄒᆞ매 내의 ᄆᆞ음이 경동ᄒᆞ니 니ᄅᆞ디 아닛ᄂᆞ이다 드ᄃᆡ여 원앙벼개의 나아가니 새로온 은졍과 무궁ᄒᆞᆫ ᄯᅳᆺ이 낙쳔의 무ᄅᆞ녹아 태산하히 ᄀᆞᆺ더라 명됴의 부뷔 ᄒᆞᆫ 가지로 신셩ᄒᆞ고 은졍이 날노 듕ᄒᆞ야 슈유불니ᄒᆞ니 가히 삼싱슉연이라 왕부인이 도로혀 두굿기고 외경ᄒᆞ야 김환 부〃를 망연이 이ᄌᆞ니 어ᄉᆡ 모친의 이ᄀᆞᄐᆞ믈 보고 조샹 뎐닉ᄒᆞᄂᆞᆫ 지물노뻐 다 형의게 쇽ᄒᆞ고 ᄯᅩ 관녹의 드ᄂᆞᆫ 거슬 다 형을 주어 의식을 공급ᄒᆞᄃᆡ 다만 환이 〃에 니ᄅᆞ러 모친ᄭᅴ 뵈디 못ᄒᆞ고 운셩이 어ᄉᆞ를 ᄃᆡᄒᆞ야 왈 만일 김환의 자최 ᄌᆞ운산의 니를딘대 결연

20) 시 : 반복되었음.

85면

히 죽여 업시ᄒᆞ리라 ᄒᆞ니 어시 졔소의 셩당ᄒᆞ고 방ᄌᆞᄒᆞ믈 보매 그 형이 욕볼가 두려 일즉 청ᄒᆞ야 ᄃᆞ려오ᄃᆡ 어두온 밤의 ᄀᆞ마니 ᄃᆞ려와 왕부인을 보고 도라가게 ᄒᆞ니 소시 환이 ᄂᆡ각의 드러오믈 본즉 문득 깁히 피ᄒᆞ고 보디 아닛ᄂᆞᆫ디라 어시 그 올흔 줄 아나 형뎨 화목디 못ᄒᆞ고 서ᄅᆞ 동셔의 ᄂᆞᆫ호여 ᄒᆞᆫ 가듕의셔 모친을 돕디 못ᄒᆞ믈 슬허 ᄆᆡ양 탄식고 환의 ᄀᆞ만이 와 총〃이 ᄃᆞᆫ녀감을 보고 눈물이 환란ᄒᆞ야 식반을 물니티고 쇼져ᄃᆞ려 닐오ᄃᆡ 금슬지의를 완뎐코져 ᄒᆞᆫ즉 동긔를 ᄂᆡ별ᄒᆞ고 동긔를 화목고져 ᄒᆞᆫ즉 금슬이 난홀디라 모친의 ᄯᅳᆺ도 밧ᄌᆞᆸ고 부인의 경을 졀키 어려워 이에 니ᄅᆞ나 가형의 뎌리틋 ᄒᆞ믈 보니 내 ᄆᆞ음이 평안ᄒᆞ리오 부인이 혐의를 인ᄒᆞ여 보디 아니믄 유리ᄒᆞ나 ᄯᅩᄒᆞᆫ 내 ᄆᆞ음이 불안ᄒᆞ고 셜운디라 부인은 모ᄅᆞ미 가형의 이리 오믈 녕형의게 뎐티 말나 소졔 츄연 탄왈 쳡의

86면

연고로 낭군의 ᄆᆞ음을 어즈러이니 엇디 슈괴티 아니리오 군의 우ᄋᆡ를 샹히와 쳡이 만일 숙〃의 왕ᄂᆡ를 누셜ᄒᆞᆫ즉 ᄯᅩᄒᆞᆫ 무식ᄒᆞᆫ 사ᄅᆞᆷ이 되리니 어시 칭샤ᄒᆞ고 ᄎᆞ후ᄂᆞᆫ 잇다감 김환이 니ᄅᆞ러 왕시를 보고 반일식 머므러 가ᄃᆡ ᄆᆞ양 운셩을 피ᄒᆞ더라 어시 이에 온 후ᄂᆞᆫ 승샹이 더욱 ᄉᆞ랑ᄒᆞ고 졔쇠 그 효힝과 문쟝을 ᄉᆞ랑ᄒᆞ야 듀야를 ᄯᅥ나고져 아니ᄃᆡ 어시 봉친 여가의ᄂᆞᆫ 부인을 ᄃᆡᄒᆞ야 규방을 ᄯᅥ나디 아니〃 소졔 ᄀᆡ유 왈 댱뷔 쥬식을 멀니ᄒᆞ고 덕을 호홀디니 졔형이 비록 식견이 져그나 ᄯᅩᄒᆞᆫ 무식디 아냐 서로 쳐ᄒᆞ매 규졍하미 만하 그 몸 닷그매 유익ᄒᆞ리니 엇디 녹〃ᄒᆞᆫ 쳡의 소견과 힝실이 군ᄌᆞ의 벗ᄒᆞ염ᄒᆞ리오 청컨대 ᄎᆞ후 봉친 여가의ᄂᆞᆫ 붕우를 ᄎᆞ자 식견을 널니 ᄒᆞ쇼셔 어시 답쇼 왈 부인의 약셕 ᄀᆞᄐᆞᆫ 말ᄉᆞᆷ은 쇼ᄉᆡᆼ이 심복ᄒᆞᄂᆞᆫ 배로다 다만 ᄉᆡᆼ이 녕형을 ᄯᆞᆯ

87면

와 의논ᄒᆞ야 보니 니부ᄂᆞᆫ 약ᄒᆞ고 강단티 못ᄒᆞ며 운희ᄂᆞᆫ 조급ᄒᆞ고 불명ᄒᆞ며 병부ᄂᆞᆫ 모딜고 굿세며 평댱은 명현ᄒᆞᄃᆡ 과도ᄒᆞ고 운몽은 프러디고 운의ᄂᆞᆫ 너모 완〃ᄒᆞ며 운슉은 녀ᄌᆞ 듕의도 즐약ᄒᆞᆫ 녀ᄋᆡ오 운명은 망녕되고 운변은 간사ᄒᆞ고 운필은 언에 뎐도ᄒᆞ야 다 내의 소ᄉᆡᆼ 되염즉 ᄒᆞ니 업고 ᄒᆞᆫ갓 능녀ᄒᆞᆫ 말노 사ᄅᆞᆷ 업슈이 너기고 보채기만 셥녑ᄒᆞ니 내 맛당이 규듕의 드러 부인의 곳다온 말과 졍대ᄒᆞᆫ ᄀᆞᄅᆞ치믈 듯고 편모

나 효양ᄒᆞ야 됴히 디ᄂᆡ리니 셩당 겨레 서리의 드러 욕보디 아니리라 소졔 웃고 왈 낭군이 내 형들을 찰〃히 훼방ᄒᆞ니 오직 군ᄌᆞᄂᆞᆫ 엇더ᄒᆞ시뇨 어ᄉᆡ 대쇼 왈 혹ᄉᆡᆼ인들 셩인이 아니어니 허믈이 업ᄉᆞ리오 슈연이나 니부의 약홈과 [병부의 굿세고 극ᄒᆞᆫ 고집과] 평쟝의 과도ᄒᆞᆫ 모딜믄 업거니와 기여 당쳐ᄂᆞᆫ 혹ᄉᆡᆼ이 다 겸ᄒᆞ야시리라 소졔 쥬슌의 빅옥 ᄀᆞᄐᆞᆫ 호치ᄅᆞᆯ 반기ᄒᆞ야 낭연 미쇼

88면

ᄒᆞ니 어ᄉᆡ ᄯᅩᄒᆞᆫ 대쇼ᄒᆞ고 졍히 말을 ᄒᆞ고져 ᄒᆞᆯ 적 소ᄉᆡᆼ 등이 사ᄅᆞᆷ 보내야 쳥ᄒᆞ니 어ᄉᆡ 칭탁ᄒᆞ고 가지 아닌대 운현 운몽 운슉 등이 니ᄅᆞ러 어ᄉᆞᄅᆞᆯ 불너내여 졍히 ᄃᆞ리고 말ᄒᆞ려 ᄒᆞᆯ적 운경 운셩이 니ᄅᆞ러 평쟝 등의 희롱ᄒᆞ믈 보고 운셩이 칙ᄒᆞ야 ᄀᆞᆯ오ᄃᆡ 너희 등이 녜졀이 불엄ᄒᆞ야 감히 이곳의 와 희학ᄒᆞ기ᄅᆞᆯ 낭쟈히 ᄒᆞᄂᆞ뇨 ᄲᆞᆯ니 죽셔당의 가 즐기쟈 ᄒᆞ니 운셩이 원ᄂᆡ ᄆᆞ음이 비록 소탈ᄒᆞ나 그 누의[21] 존괴 누의ᄅᆞᆯ ᄯᆞᆯ와 왓거ᄂᆞᆯ 형뎨 모다 밧긔셔 드레고 희학ᄒᆞᆫ즉 왕시 괴로워ᄒᆞ고 어ᄉᆡ 업슈이 너긴다 ᄒᆞᆯ가 혜여 일즉 ᄒᆞᆫ번도 이 곳의 니ᄅᆞ러 오래 안잣도 아니타가 금일 졔ᄉᆡᆼ을 칙ᄒᆞ니 어ᄉᆡ 그 ᄯᅳᆺ을 알고 깁히 감샤ᄒᆞ며 문득 우어 왈 쇼졔 앗가 녕미ᄅᆞᆯ ᄃᆡᄒᆞ여 졔형의 흔단을 니러틋 니ᄅᆞ니 녕미 도로혀 쇼뎨ᄅᆞᆯ 우이너겨 여차〃〃 ᄃᆡ답ᄒᆞ니 뉘말이 올ᄒᆞ뇨 졔ᄉᆡ 일시의 대쇼ᄒᆞ고 왈 이심

89면

ᄒᆞᆫ 도적놈은 엇딘 연고로 셩인군ᄌᆞ로 모함ᄒᆞᄂᆞ뇨 운경이 날호여 완쇼 왈 고어의 왈 십 년 당 즉 ᄉᆞ형지녜라 너는 구상유취 그저 잇는 아히로셔 십년 당 노형을 경시ᄒᆞ야 허믈을 주작ᄒᆞᄂᆞᆫ다 네 [허]믈은 니ᄅᆞ려 ᄒᆞ면 날이 진ᄒᆞ리니 다만 잠간 비기매 쥬린 도틱 상이라 어ᄉᆡ 쇼왈 형이 비록 날을 욕ᄒᆞ나 ᄯᅩᄒᆞᆫ 악당의 안광을 욕ᄒᆞ미로다 쇼뎨 주린 도틱 상이면 악당의 틱셔ᄒᆞ신 눈이 가히 슈샹토다 졔ᄉᆡᆼ이 일시의 ᄭᅮ짓고 서로 ᄉᆞ랑ᄒᆞ미 친동의 디나더라 이ᄣᆡ 김환이 위시로 더브러 본집을 ᄃᆡ희여 ᄌᆡ산이 풍족ᄒᆞ나 일신 젼뎡이 막혀시니 스ᄉᆞ로 젼일을 뉘웃고 ᄯᅩᄒᆞᆫ 잇다감 왕부인ᄭᅴ 와 뵈더니 ᄒᆞᆯᄅᆞᆫ 밤을 당ᄒᆞ야 왓다가 어ᄉᆞ의 좀드러시믈 보고 힝혀 소가 졔ᄉᆡᆼ이 왓는가 두려 ᄂᆡ당의

---

21) 누의 : 원문에 지워진 표시가 있음.

드러가 모친을 보고 평명의 김어싀 씌야 브야흐로 형의 와시믈 알고 반기고 깃거 식반을 파ᄒᆞ고 동

90면

산의 올나 둘너보니 시졀이 츄구월이라 단풍과 황국이 빗나 픙경이 소쇄ᄒᆞ니 환이 칭찬ᄒᆞ야 왈 이런 됴흔 경을 둘너보디 못ᄒᆞ니 가셕도다 어싀 형의 말을 듯고 홀연 분격ᄒᆞ야 왈 운셩이 아다 션비를 간대로 쳐살ᄒᆞ리잇가 오늘란 두로 유람ᄒᆞ사이다 환이 조차 즉시 형뎨 손을 잇글고 서로 붓드러 ᄌᆞ운산의 올나 구경ᄒᆞ더라 이때 마촘 운셩이 필뎨 운필을 ᄃᆞ리고 김어ᄉᆞ 집의 니ᄅᆞ니 하인이 고왈 어ᄉᆞ 노애 아참의 ᄒᆞᆫ 손을 ᄃᆞ리고 유완ᄒᆞ라 가 겨시이다 운셩이 믄득 싱각ᄒᆞᄃᆡ 김환이 아니 ᄃᆞᆫ니는가 ᄒᆞ야 필을 ᄃᆞ리고 ᄌᆞ운산 놉흔 고ᄃᆡ 올나 두로 보니 셧녁 셕숑하의 두 사름이 츄풍을 씌여 한가히 안자시니 운셩의 안녁으로써 엇디 아디 못ᄒᆞ리오 ᄀᆞᄅᆞ쳐 왈 웃녁히 안즌 거슨 환이오 좟녁히 안즌 거슨 ᄌᆞ균이 아니오 뉘리오 드ᄃᆡ여 길게 불너 왈 김ᄌᆞ균아 우리도 유람ᄒᆞ니 올나오라 ᄒᆞ니

91면

김싱 형뎨 무심코 강산풍경을 보다가 ᄇᆞ람이 브러 산샹의셔 브ᄅᆞ는 소ᄅᆡ ᄂᆞ리니 놀나 보니 옥암 샹의 이 쇠 청나의와 비취관을 셔시니 어싀 역시 놀나고 김환은 혼빅이 니톄ᄒᆞ야 보〃 뎐경ᄒᆞ고 왕〃 탁급ᄒᆞ니 오직 등나를 붓들고 숑근을 인ᄒᆞ야 ᄂᆞ리고 어싀 ᄯᅩᄒᆞᆫ 형을 ᄃᆞ리고 ᄂᆞ려가ᄂᆞᆫ디라 운셩이 쇼왈 김환이 ᄃᆞ라나고 ᄌᆞ균이 조차가니 내 맛당이 ᄌᆞ균을 잡아다가 놀니라 드ᄃᆡ여 단의를 닙고 어ᄉᆞ를 조차 잡으니 병부의 거롬이 뇽힝호뵈라 긔구ᄒᆞᆫ 산노 ᄂᆞ리믈 비로ᄀᆞ티 ᄒᆞ야 아〃히 어ᄉᆞ를 ᄯᆞᆯ으니 어싀 엇디 능히 미ᄎᆞ리오 병뷔 다ᄃᆞ라 김환은 본톄 아니코 어ᄉᆞ를 잇그러 산샹의 올나 우어 왈 네 엇디 내 불너든 믄득 ᄃᆞ라나ᄂᆞ뇨 어싀 미쇼ᄒᆞ고 ᄃᆡ답디 아닌대 운필이 쇼왈 김현으로 더브러 ᄃᆞ라나던 재 뉘며 뎌리 총거ᄒᆞ야 가ᄂᆞ뇨 운셩이 믄득 졍싀 왈 김환툭

92면

싱은 인셰예 죄인이라 그 사라나미 만힝이어늘 엇디 감히 ᄌᆞ운산 디경을 ᄇᆞᆯ오리오

그디 비록 동긔졍이 듕하나 ᄎᄉ는 더뎌두미 어렵도다 어ᄉ 담쇼를 ᄌ약히 ᄒ야 왈 고인이 운ᄒ디 텬해 님군의 ᄯᅡ히 아닌 거시 업다ᄒ니 ᄌ운산이 ᄯᅩᄒᆫ 쥬샹의 ᄯᅡ희라 엇디 오형이 니ᄅ디 못ᄒ리오 현형이 만일 오형의 ᄃᆞᆫ니기를 막고져 ᄒᆯ딘대 텬ᄌᄭᅴ 진주ᄒ야 ᄌ운산 삼빅니 토디를 버혀주신 후 사ᄅᆷ을 막고 그러티 아닌 젼은 ᄒᆫ가지 신ᄌ로 ᄯᅡᄒᆯ 임의로 총단ᄒ야 왕ᄂ인을 막디 말디어다 병뷔 그 ᄑᆯᄒᆯ 어ᄅ몬져 크게 웃고 칭션 왈 이 아히 강딕ᄒ미 여ᄎᄒ니 우리 형당이 틱인ᄒ믈 션히 ᄒ야 널노ᄡᅧ 의망ᄒ시도다 이는 운경이 니부샹셰매 니ᄅ미러라 병뷔 김환을 수죄ᄒ야 ᄭᅮ지ᄌ니 김싱이 젼일 승샹의 누의 니한님 쳬 실졀ᄒ야 양부인이 ᄉ약ᄒ믈 아랏는디라

93면

이에 운셩의 제 운셩이 ᄭᅮ지믈 듯고 문득 미쇼 왈 명가고문의 봉관하리 ᄒᆫ 명부도 실힝ᄒ니 혹 남ᄌ 실톄ᄒ미 잇다 그대도록 ᄒ리오 운필이 쇼왈 녀ᄌ는 부인이라 가히 칙망티 못ᄒ려니와 남ᄌ의 비례지힝은 금슈의 디나리라 병뷔 ᄯᅩᄒᆫ 닐오ᄃᆡ 엇던 녀ᄌ 명부로셔 실졀ᄒ던고 가히 무상ᄒ니 진짓 네 형의 ᄧᅡᆨ이랏다 어ᄉ 다만 미〃히 웃고 왈 아니 멀니 이시니 형은 내 형을 ᄭᅮ짓디 말고 그 녀ᄌ를 ᄭᅮ짓고 근본을 알고져 ᄒᆯ딘대 악댱ᄭᅴ 고ᄒ야 보라 이인이 크게 고이히 너겨 ᄌ삼 힐문ᄒᄃᆡ 죵시 니ᄅ디 아니ᄒ니 이인이 도라와 셕파ᄃ려 슈말을 니ᄅ니 패 ᄀ마니 닐오ᄃᆡ 소부인의 아오 니부인이 여차〃 〃하야 죽으시니 가ᄂ에 말이 업서 낭군이 모ᄅ시나 외인은 모ᄅ리 업ᄉᆞᆫ 고로 김어ᄉ 됴희ᄒ미라소이다 운셩이 묵연함쇼ᄒ고 ᄎ후 다시 어ᄉ를 ᄃᄒ야 보채디 아니ᄃᆡ 김환이 다시 감히 ᄌ운산의 오디 못ᄒ야 왕부인이 잇

94면

다감 가보고 머므러 오며 어ᄉ는 됴셕으로 왕ᄂᄒ더라 어ᄉ 소쇼져로 더브러 동낙ᄒ연 디 수삼 년 ᄂ에 낭개 옥동을 년ᄒ야 싱ᄒ니 어ᄉ의 은졍은 층냥티 못ᄒ고 왕[부]인이 크게 ᄉ랑ᄒ야 유모를 드려 ᄌ긔 ᄃ리고 기ᄅ니 만ᄂ의 진쥬를 희롱ᄒ는 ᄌ미를 어든디라 어ᄉ의 효의 더옥 빗나고 ᄯᅩᄒᆫ 취시를 내티고 쇼져로 더브러 모친을 뫼셔 난원ᄒᆫ 부뷔 즐거오믈 어더시니 임의 샹원부인을 봉ᄒ고 ᄋᄌ를 어ᄅ몬져 등젼월하의 쟝와를 희롱ᄒ고 옥난슈당 슈의군ᄌ 슉네 ᄃᄒ야 풍아읫 말솜과 시인의 틱되 ᄀ자시니 부인의 현슉ᄒᆫ 덕셩은 날노 길고 츌텬ᄒᆫ 효셩은 츅〃ᄒ야 화긔 샹하의 좀

겻거늘 쇄락훈 풍용은 시〃로 긔이ᄒᆞ야 부뷔 왕부인끠 문안ᄒᆞ면 남풍녀뫼 서로 ᄇᆞ익여 요죠훈 긔골과 늠연훈 긔상이 뎐뎡호귀라 왕시 본 적마다 두굿기고 ᄉᆞ랑ᄒᆞ며 어ᄉᆞ의 무궁훈 뜻은 비길 고디 업ᄉᆞ니 소제

95면

ᄆᆞ양 그 과도ᄒᆞ믈 두려 취시의 졍ᄉᆡ 슬프믈 니ᄅᆞ고 ᄎᆞᄌᆞ라 하니 어ᄉᆡ 미우를 찡긔고 머리를 흔들며 왈 뎨 만일 내 집의 니ᄅᆞ면 혹ᄉᆡᆼ이 반ᄃᆞ시 단슈ᄒᆞ리니 부인은 브졀업슨 말노 심신을 놀내디 말나 소시 탄식묵연이러라 일〃은 어ᄉᆡ 부인으로 더브러 소부의 니ᄅᆞ러 셕부인끠 뵈옵고 인ᄒᆞ야 뎨소로 더브러 셔화를 의논ᄒᆞ다가 문득 우어 왈 평쟝 형은 내의 병 닐윈 그림을 다시 보고져 하노라 가히 훈 번 어더보랴 운현이 쇼왈 가히 너희 욕심이 무궁ᄒᆞ야 쏘 그림을 구ᄒᆞᄂᆞ냐 ᄌᆞ고로 농쵹의 무염ᄒᆞ미 이시니 ᄒᆞ믈며 훈 미인을 엇고 훈 댱 그림을 구티 못ᄒᆞ랴 모다 대쇼ᄒᆞ고 운필이 드러가 슉모끠 그림을 김ᄉᆡᆼ이 보아지라 훈다 하니 부인이 손을 저어 왈 규방의 ᄌᆡ홰 외인을 뵈오미 불가ᄒᆞ고 ᄒᆞ믈며 내 슈빙을 그려 김ᄉᆡᆼ을 뵈여 절로 ᄒᆞ야곰 쳔츄의 엇디 못 훌 슉녀로뻐 쳐ᄒᆞ니 임의 족훈

96면

디라 엇디 망녕도이 그림을 ᄇᆞ라리오 운필이 웃고 왈 김ᄉᆡᆼ은 외인이 아니오 쏘훈 인물이 단졍팀듕ᄒᆞ니 경셜티 아닐 거시니 잠간 주쇼셔 부인이 허티 아니커늘 운필이 ᄀᆞ마니 도적ᄒᆞ야 나나[22]와 벽샹의 걸고 졔ᄉᆡᆼ으로 더브러 부인의 말을 니ᄅᆞ고 우ᄉᆞ며 김어ᄉᆡ 그림을 다시 보니 쇼져로 일호 차등이 없ᄂᆞᆫ디라 칭찬ᄒᆞ믈 ᄭᅴ듯디 못ᄒᆞ야 우어 왈 혹ᄉᆡᆼ이 위연히 방우ᄒᆞ다가 뎌 족ᄌᆞ를 보고 유병ᄒᆞ니 드ᄃᆡ여 부인으로 더브러 모ᄃᆞ니 천ᄌᆡ의 긔봉이라 금일 부인과 그림을 ᄃᆡᄒᆞ매 문ᄎᆡ 비록 박ᄒᆞ나 일슈 시로 뎨영을 아니티 못훌지라 부인이 ᄌᆡ조를 비록 곰초시나 미우의 문ᄎᆡ 어리고 안광의 ᄉᆡᆨ문이 블쳬ᄒᆞ니 ᄌᆡ조를 긔일 길히 업ᄉᆞᆫ디라 쇼를 낭듕의 곰초매 굿티 뵈ᄂᆞ니 그ᄃᆡ의 영셜지ᄌᆡ를 아란디 오라니 쳥컨대 혹ᄉᆡᆼ의 글을 ᄎᆞ운ᄒᆞ야 부뷔 긔귀히 만나 영귀훈 거슬 긔록ᄒᆞ쇼셔 쇼제 녹미를 ᄂᆞ

22) 나 : 반복되었음.

97면

쵸고 안졍히 딕왈 규듕 잔약흔 녀직 방젹슈션도 능티 못ᄒ거늘 엇디 집필ᄒ야 가마귀 그리기를 알니오 군ᄌ의 짐쟉ᄒ시미 ᄌ못 불명흔디라 만일 식ᄌ를 알딘대 두어슈 즐영으로 뼈 내미 어려워 츄ᄉᄒ리잇가 어ᄉ 졔소를 도라보와 왈 녈위 뎨형은 당뷔라 쇼뎨를 소기디 아니리니 녕미의 문지를 긔이디 말나 졔싱이 다 우ᄉ며 골오딕 비록 잘 못ᄒ나 샤도온의 아래ᄂᆞᆫ 잇디 아니리니 못짓노라 ᄒ미 츄ᄉᄒ미로다 어ᄉ 텽파의 문방ᄉ우를 나오고 핍박ᄒ야 권ᄒ니 쇼졔 명모를 ᄂᆞ초고 요동티 아니ᄒ니 어ᄉ 직삼 기유ᄒ며 졔싱이 다 권ᄒ야 ᄎ운ᄒ라 흔대 쇼졔 왈 쇼미 일즉 글 지으미 업ᄂᆞ니 졔형은 보채디 마라쇼셔 어ᄉ 년망이 븟을 잡아 골오딕 부인이 고집ᄒ나 혹싱의 글을 딕작디 아니면 김현의 부인이 아니리이다 쇼졔 졍ᄉ 브답ᄒ니 운경 운셩이 웃고

98면

뎨를 내야 지으라 ᄒ니 쇼졔 마디못ᄒ야 두어 슈를 화운ᄒ고 즉시 니러 닉당으로 드러가더라 김어ᄉ 브야흐로 쇼져의 글을 보매 언〃금쉬오 자〃쥬옥이라 비록 샤가녀의 영셜지직라도 밋디 못흘디라 불승탄복ᄒ야 ᄎ마 손의 노티 못ᄒ야 즉시 ᄌ가의 ᄎ운시를 일워 흔딕 니어 모든 딕 뵈니 졔쇠 칭찬ᄒ기를 마디아니ᄒ야 일시의 시를 일워 그 인연을 칭하ᄒ니 셩도 닉외예 풍화뎨목으로 일시 미담이 되니라 각셜 취시 취시랑으로 더브러 고향의 도라가 일년이 못ᄒ야셔 부뫼 빵망ᄒ고 가산이 흐터디니 시녀 [여]영으로 더브러 도쳐의 비러먹어 듀야 부르지져 울고 싱각ᄒ딕 내 이제 이러틋 고쵸ᄒ니 경셩의 가면 낭군은 비록 박딕ᄒ나 왕부인과 위시는 날을 ᄉ랑ᄒ던디라 가히 의탁ᄒ리라 ᄒ야 노쥐 쳔신만고를 겻고 석돌 만의 황도의 니ᄅ러 길ᄀ을 든니며 김

99면

시랑 부듕을 ᄎ자가고져 ᄒ더니 마초와 운슉이 됴참ᄒ고 나오다가 취시 길흘 건너니 하인이 잡아 딕령ᄒ거늘 소싱이 본부로 잡아오라 ᄒ야 문밧긔 두고 드러가니 닉당의 모든 형뎨 다 잇고 뎡시랑 김어ᄉ 등이 다 모닷더라 운슉이 존당과 두 모친긔 뵈고 회히ᄒ야 말ᄒ다가 닐오딕 내 앗가 노샹의셔 흔 녀ᄌ를 만나니 틱되 졍샹ᄒ고 거지 죠용ᄒ야 쳔인이 아니로딕 ᄀ장 용티아냐 뵈ᄂᆞᆫ 거시라 길흘 건너거늘 잡아 딕령ᄒ라

ᄒᆞ엿노라 ᄒᆞᆫ대 운셩 왈 그런 녀ᄌᆡ 길흘 건너다 엇디 족수ᄒᆞ리오 잡아오미 브졀업다 김어ᄉᆡ 금션을 티며 ᄌᆞ약히 우어 왈 병부ᄂᆞᆫ 아디 못ᄒᆞᄂᆞᆫ도다 뎌 혹ᄉᆞ 형의 물솜 내미극히 슈샹ᄒᆞ야 스ᄉᆞ로 그 녀ᄌᆞ를 기리니 그 가온대 깁흔 ᄯᅳ디 잇ᄂᆞᆫ디라 길건너다 ᄒᆞ야 수죄ᄒᆞ려ᄒᆞ미 아니오 기리 가툭고져 ᄒᆞ미로다 운숙이 홍슈ᄅᆞᆯ 드러 어ᄉᆞᄅᆞᆯ 밀티며 왈

100면

내 너ᄅᆞᆯ 주려 ᄃᆞ려왓노라 졔싱이 대쇼ᄒᆞ고 희롱ᄒᆞ더니 문득 시녜 어ᄉᆞᄅᆞᆯ ᄎᆞ자 니ᄅᆞ러 왕부인 명으로 청ᄒᆞᆫ대 김싱이 년망이 니러나 도라갈ᄉᆡ 소부 문밧긔 무수ᄒᆞᆫ 하인이 ᄒᆞᆫ 녀ᄌᆞ를 결박ᄒᆞ야 안치고 ᄃᆡ희엿거ᄂᆞᆯ 어ᄉᆡ 유의ᄒᆞ야 보니 아마도 취시 ᄀᆞᄐᆞᆫ디라 심하의 대경ᄒᆞ야 사름으로 ᄒᆞ야곰 운슉의게 뎐어 왈 형의 잡은 죄인이 친쳑의 시녜라 모ᄅᆞ미 노하보내쇼셔 ᄒᆞ니 졔쇠 웃고 회답 왈 내 원ᄂᆡ 형의게 드[리]려 어덧더니 이제 과연 유의ᄒᆞ야 구ᄒᆞ니 내 ᄆᆞ음이 녕ᄒᆞ도다 미쳡을 어더주니 은혜ᄅᆞᆯ 명심ᄒᆞ라 ᄒᆞᆫ대 어ᄉᆡ 잠쇼ᄒᆞ고 하인으로 취시ᄅᆞᆯ ᄃᆞ려 본부로 오라 ᄒᆞ고 몬져 집의 드러가 모친ᄭᅴ 뵈고 믈너 외당의 니ᄅᆞ러 심복 시동으로 ᄒᆞ야곰 취시ᄅᆞᆯ 불녀드려 듕계예 ᄭᅮᆯ니고 소ᄅᆡᄅᆞᆯ 놉혀 ᄀᆞᆯ오ᄃᆡ 음부 취녀ᄂᆞᆫ 일즉 날을 아ᄂᆞᆫ다 취시 어둑ᄒᆞᆫ 가온대 두로혀[23] 잡혀 ᄃᆞᆫ니〃 일즉

101면

아모란 줄 모ᄅᆞ더니 어ᄉᆡ의 소ᄅᆡᄅᆞᆯ 듯고 ᄇᆞ야흐로 눈을 드러 보니 어ᄉᆡ 삼ᄉᆞ 년 간의 귀인의 긔샹이 〃러 엄위ᄒᆞᆫ 풍신은 늠녈ᄒᆞᆫ 츄상 ᄀᆞᆺ고 슈려ᄒᆞᆫ 냥미예ᄂᆞᆫ 노긔 ᄀᆞ독ᄒᆞ야 산호샹의 비겨시니 ᄒᆞᆫ번 보매 간담이 ᄡᅥ러디ᄂᆞᆫ 듯ᄒᆞ야 머리ᄅᆞᆯ 두ᄃᆞ려 왈 낭군은 셕일 은졍을 ᄉᆡᆼ각ᄒᆞ야 쳡의 죄ᄅᆞᆯ 용샤ᄒᆞ쇼셔 어ᄉᆡ 변ᄉᆡᆨ 대로 왈 네 당초의 쳔만간계ᄅᆞᆯ ᄒᆞ야 날을 ᄉᆞ디로 보내더니 금일 너ᄅᆞᆯ 만나니 이 졍히 내의 분을 셜홀 ᄯᅢ라 너ᄅᆞᆯ 죽이디 아니면 내 엇다 용녈티 아니리오 오히려 너ᄅᆞᆯ 죽이디 아니ᄒᆞ고 두어ᄉᆞ ᄀᆞᄂᆞᆫ 노히 잇더니 네 목의 ᄆᆡ고져 ᄒᆞ믄 젼일 졍실지위예 잇던고로 강잉ᄒᆞ미라 셜파의 시동을 ᄭᅮ지저 취시ᄅᆞᆯ 목조ᄅᆞ라 ᄒᆞ니 이 만일 평일 ᄀᆞᆨ골통ᄒᆞᆫ〃 연괴 아니면 이대도록

23) 혀 : 원문에 지워진 표시가 있음

ᄒᆞ리오 취시 슬피 브르지져 울고 살거지라 ᄒᆞ니 이때 소부인이 ᄂᆡ당의셔 슈션을 ᄃᆞᄉᆞ

102면

리ᄃᆞ가 시녀의 뎐언으로ᄲᅥ 어ᄉᆡ 취시 죽이려 ᄒᆞᆷ을 듯고 불승차악ᄒᆞ야 뎐도히 왕시ᄭᅴ 고왈 군ᄌᆡ 셕흔을 유심ᄒᆞ야 졍실을 형벌ᄒᆞ려 ᄒᆞ니 ᄌᆞ못 불가ᄒᆞᆫ디라 존고 덕틱 곳 아니면 구키 어려오리로소이다 왕부인이 역시 경아ᄒᆞ나 소시 엇디 너길고 듀뎌ᄒᆞ거ᄂᆞᆯ 소시 다시 고왈 군ᄌᆞ의 셩이 급ᄒᆞ니 ᄇᆞ라건대 존고ᄂᆞᆫ 급히 브ᄅᆞ샤 ᄀᆡ유ᄒᆞ시면 호ᄉᆡᆼ지덕이 극텬ᄒᆞ리이다 왕시 ᄇᆡ야흐로 시녀로 어ᄉᆞ를 브ᄅᆞ니 어ᄉᆡ ᄃᆡ왈 잠간 티죄ᄒᆞᆯ일이 〃시니 다ᄉᆞ리고 드러가리이다 ᄒᆞᆫ대 왕시 이에 닐오ᄃᆡ 취시 비록 잔잉ᄒᆞ나 그 죄니 현마 엇디ᄒᆞ리오 소시 고왈 시네 뎐어를 잘못 ᄒᆞ민가 시브니 쳡이 쳥컨대 존고의 명을 밧드러 취시를 구ᄒᆞ리이다 왕시 왈 다만 현부ᄂᆞᆫ 그 신톄를 잘 뭇게 ᄒᆞ고 ᄯᅩᄒᆞᆫ 약이나 먹여 죽이라 ᄒᆞᆯ디어다 소시 왕부인의 이러ᄐᆞ시 약ᄒᆞᆷ을 보고 낙〃히 퇴ᄒᆞ야 ᄉᆡᆼ각ᄒᆞᄃᆡ 만일 뎌

103면

를 죽일딘대 낭군의 ᄒᆡᆼ실이 박디 아니며 뎌의 인ᄉᆡᆼ이 잔잉티 아니리오 내 평ᄉᆡᆼ 덕을 ᄀᆞᆷ초고 어딘 톄 ᄒᆞᄂᆞ니를 웃더니 이제 고집히 겸손ᄒᆞ야 사ᄅᆞᆷ을 구티 아니면 뎍악이 듕ᄒᆞ리라 ᄒᆞ다가 ᄯᅩ 혜오ᄃᆡ 뎨 젼일 낭군ᄭᅴ 득죄ᄒᆞᆯ 분 아니라 날노 더브러 원슈 이시니 내 만일 구ᄒᆞᆯ딘대 사ᄅᆞᆷ이 다 날로ᄲᅥ 경의 교졍이라 ᄒᆞ고 도로혀 내의 일난 됴흔 ᄠᅳᆺ이 간사ᄒᆞᆫ 곳으로 도라갈디라 쟝ᄎᆞᆺ 엇딜고 ᄒᆞ더니 다만 드ᄅᆞ니 외각의셔 비ᄂᆞᆫ 소ᄅᆡ 쳐졀ᄒᆞ니 스ᄉᆞ로 호ᄉᆡᆼ지심이 뉴동ᄒᆞ니 일만 호의를 다 ᄇᆞ리고 거ᄅᆞᆷ이 ᄲᆞ른 쥴을 ᄭᆡ닷디 못ᄒᆞ야 단의단샹으로 유모와 두어 시녀를 ᄃᆞ리고 곡난을 둘너 외당의 니ᄅᆞ니 시녜 부인의 나오믈 고ᄒᆞ니 모든 하인이 다 ᄃᆞ라나고 어ᄉᆞᄂᆞᆫ 그 ᄠᅳᆺ을 ᄉᆞᆺ치고 죠곰도 요동ᄒᆞ미 업서 부인의 나오믈 도라보디 아니코 ᄃᆞ라나ᄂᆞᆫ 하인을 ᄭᅮ지ᄌᆞ며 취시를 죽이라 ᄒᆞ나 어ᄂᆞ 담 큰 아

104면

역이 감히 이에 드러오며 어ᄂᆞ 시동이 감히 죽이리오 어ᄉᆡ 블연 대로ᄒᆞ야 분연히 니

러나 스스로 죽일 뜻 급ᄒᆞ거ᄂᆞᆯ 소시 념보를 ᄇᆞ야 알픠 다ᄃᆞ라 어스의 긔식이 ᄀᆡ유ᄒᆞ야 듯디 아닐 쥴 알고 안식을 싁〃이 ᄒᆞ고 옷기슬 념원 후 듕계예 ᄭᅮ러 ᄀᆞᆯ오ᄃᆡ 군ᄌᆞ의 놉흔 소견은 규문의 간셥ᄒᆞᆯ 배 아니로ᄃᆡ 그러나 셩현의 니ᄅᆞ히 초부의 말을 션용ᄒᆞ시고 ᄂᆡ도의 공을 두터이 일ᄏᆞᄅᆞ시니 쳡신이 감히 군ᄌᆞ 셩노를 촉범ᄒᆞᄂᆞᆫ 당돌ᄒᆞ미 아니라 실노 우회를 진언ᄒᆞ야 혹 ᄒᆞ나 둘을 ᄀᆞᆯ회실가 ᄒᆞᄂᆞ니 아디못게라 즐겨 슈텽ᄒᆞ시랴 어식 부인의 온화ᄒᆞᆫ 말숨과 싁〃ᄒᆞᆫ 얼골을 보매 취시 죽일 ᄯᅳ지 급ᄒᆞ나 시러곰 아니 ᄃᆡ답디 못ᄒᆞ야 이에 거즛 노식 왈 이곳은 아역 하리 못ᄂᆞᆫ 당이라 부인이 하고로 나와 이런 거조를 하시며 무슨 미진ᄒᆞ미 잇관ᄃᆡ ᄀᆞᄅᆞ치고져 ᄒᆞ시ᄂᆞ뇨 부인이 다시 ᄭᅮ러 정식 답왈 쳡은 드ᄅᆞ니

105면

톳기 죽으면 여이 슬허ᄒᆞᆫ다 ᄒᆞ니 군ᄌᆡ 임의 조강지쳐를 형벌코져 ᄒᆞ니 쳡이 ᄆᆞ음이 황난ᄒᆞ고 ᄯᅩᄒᆞᆫ 군ᄌᆡ 정실을 아역 모든 ᄃᆡ셔 다ᄉᆞ려 가듕 븟그러오믈 누셜ᄒᆞ고 네의 지법을 문회티니 그윽이 ᄉᆡᆼ각건대 이만 븟그러온 일이 업ᄉᆞᄃᆡ 오히려 아디 못ᄒᆞ시니 쳡의 어린 ᄯᅳᆺ의 혜오ᄃᆡ 아역 모든 곳의 나오나 군ᄌᆞ게 대단ᄒᆞᆫ 누덕이 되디 아닐 듯ᄒᆞ고 ᄃᆡ언을 군ᄌᆞᄭᅴ 간ᄒᆞ야 만일 취시의 목슘을 살오면 군ᄌᆡ 오긔의 박힝을 면ᄒᆞ고 ᄌᆞ손의 젹악이 업술디라 일만 혐의를 피티 아냐 이에 나왓ᄂᆞ니 ᄇᆞ라건대 어ᄉᆞᄂᆞᆫ 녀ᄌᆞ의 죄과를 용샤ᄒᆞ고 조강을 져ᄇᆞ리디 마ᄅᆞ쇼셔 만일 듯디 아니실딘대 타일 뉘우ᄎᆞ미 젹디 아니리니 뎨 ᄒᆞ믈며 쳔단고초를 겻거 이에 니ᄅᆞ럿거ᄂᆞᆯ 낭군의 무졍박힝ᄒᆞ미 이대도록 심ᄒᆞ야 삼강오샹을 믄흐티고 인뉸대의를 폐ᄒᆞ야 거지 무식ᄒᆞ매 미

106면

칫ᄂᆞᆫ디라 셜ᄉᆞ 젼일 허믈이 〃실디라도 다 군ᄌᆞ의 슈신지되 프러디미라 ᄒᆞ믈며 뎌ᄂᆞᆫ 존고의 ᄉᆞ랑ᄒᆞ시던 배라 군ᄌᆡ ᄌᆞ단 쳐살ᄒᆞ미 ᄯᅩᄒᆞᆫ 그ᄅᆞ디 아니랴 쳡은 ᄋᆞ녀ᄌᆡ나 소견이 여ᄎᆞᄒᆞ니 감히 은회티 못ᄒᆞᄂᆞ이다 어식 부인의 허다 셜화를 드ᄅᆞ매 노긔 츈셜ᄀᆞᄐᆞ니 년망이 당의 ᄂᆞ려 읍샤 왈 부인의 졍딕ᄒᆞᆫ 말숨은 ᄉᆡᆼ의 놉흔 ᄉᆞᄉᆡᆼ이라 일즉 과도ᄒᆞ믈 스ᄉᆞ로 아ᄅᆞᄃᆡ 급ᄒᆞᆫ 셩이 니러나 그치기 어렵고 ᄯᅩᄒᆞᆫ ᄎᆞ뷔 츌뷔되야 도로의 걸식ᄒᆞ니 그 ᄒᆡᆼ실이 반ᄃᆞ시 쳔ᄒᆞᆯ디라 두로 ᄃᆞᆫ니며 혹 ᄉᆡᆼ의 븟그러옴만 도을 연고로 불승통히ᄒᆞ여 젼죄를 ᄡᅧ 죽여 업시코져 ᄒᆞ더니 부인이 녁권ᄒᆞ니 그치거니와 이 분을

풀 길히 업도다 소시 념용 샤왈 군지 쾌히 씌드르시니 만힝이어니와 취시를 내여보내면 군지긔 더욱 무광ᄒᆞ니 쳥컨대 세 번 솔펴 취시를 가듕의 두

107면

게 ᄒᆞ쇼셔 어시 대경ᄒᆞ야 믝〃히 당탄 왈 부인아 무슨 말고 만일 ᄎᆞ녀를 가닉예 둘딘대 혹싱은 머리를 갓고 츌가ᄒᆞ미 원이로다 소시 잠간 웃고 왈 엇디 댱부의 입의 이런 말이 나리오 쳡이 당돌ᄒᆞ미 아니라 군지 실노 편협ᄒᆞ신디라 ᄇᆞ라건대 관인ᄒᆞ신 덕음을 드리워 취시를 용납ᄒᆞ쇼셔 어시 부인의 근졀ᄒᆞ믈 보고 다만 웃고 왈 부인이 요인을 가닉예 드리니 싱의 알 배 아니라 아모일이 〃셔도 혹싱ᄃᆞ려 니ᄅᆞ디 마ᄅᆞ쇼셔 부인이 흔연 왈 만일 다시 어즈러온 일이 〃실딘대 쳡의 죄니 엇디 감히 군ᄌᆞ씌 고ᄒᆞ리오 근심 마ᄅᆞ쇼셔 어시 다만 입으로 딕답ᄒᆞ며 일빵 명목이 소시의 신샹의 뽀여시니 부인이 오직 지삼 칭샤ᄒᆞ고 시녀로 ᄒᆞ야곰 취시를 ᄃᆞ려 드려가 부인씌 뵈오라 ᄒᆞ고 예〃히 거러 합닉로 드러가니 어시 ᄯᅩᄒᆞᆫ 하인을 믈니티고 닉당의 드러가 모친씌 뵈오니 취시 난간 기슭의

108면

업ᄃᆡ여 눈물을 [흘리니] 부인이 젼브터 ᄉᆞ랑ᄒᆞ던디라 ᄀᆞ장 익창이 너기는 비치 이시니 어시 힝혀 다시 작난홀가 두려 다시 소릭를 엄히 ᄒᆞ야 호령ᄒᆞ딕 취녜 만일 심당의 이셔 브ᄅᆞ는 명 곳 업ᄉᆞ면 가ᄇᆡ야히 나오디 못ᄒᆞ게 ᄒᆞ고 내 녕을 거역ᄒᆞ거든 시녜 당〃이 내게 고ᄒᆞ라 취시 황공ᄒᆞ야 ᄡᅡ홀 ᄑᆞ고 들고져 ᄒᆞ니 소부인이 후원 큰 당을 서러저 그 시녀 녀영과 여러 개 복쳡을 명ᄒᆞ야 뫼시라 ᄒᆞ고 아름다온 의복과 빗난 거스로뻐 보내여 위로ᄒᆞ니 취시 감격ᄒᆞᆫ 밧 ᄯᅩᄒᆞᆫ 슬허ᄒᆞ며 뎌의 복녹이 졔미ᄒᆞ야 옥 ᄀᆞ튼 두 아들을 쪄 놉흔 누의 치당쥬렴을 드리워 무수ᄒᆞᆫ 시네 셩장으로 시위ᄒᆞ야 혁〃ᄒᆞ미 공쥬 ᄀᆞᆺ고 빗난 얼골은 근심을 믈니티고 화려의 즘겨시니 윤틱ᄒᆞ고 풍영쇄락ᄒᆞ야 픔용이 네예셔 더으거놀 [어ᄉᆡ] 년니비익의 지극ᄒᆞᆫ 틍졍이 산히도 경홀 듯 ᄒᆞ야 만시 여의ᄒᆞ니 돌〃ᄒᆞᆫ 셜옴

109면

과 슈괴ᄒᆞᆫ 의식 츙냥티 못ᄒᆞ야 싱각ᄒᆞ딕 내 당초 투긔를 과도히 아니터면 샹원위는

일티 아닐낫다 이제 원위를 소시씌 드리밀고 쇼셩 ᄂᆞ즌 위도 ᄇᆞ라디 못ᄒᆞ니 팔ᄌᆡ 긔구ᄒᆞ미 심ᄒᆞᆫ디라 죽음만 ᄀᆞᆺ디 못ᄒᆞ도다 ᄒᆞ야 눈물을 비ᄀᆞ티 흘니더라 젼일 왕부인 시녀 경〃이 취시로 됴티 못ᄒᆞ던디라 승셰ᄒᆞ야 취시를 잡고져 ᄒᆞᄃᆡ 핀계 업서ᄒᆞ더니 일〃은 소부인이 샤미ᄒᆞᆫ 진찬을 장만ᄒᆞ야 ᄃᆡ긱ᄒᆞ고 취시씌로 만히 보내니 취시 바다 샤례ᄒᆞ고 먹엇더니 경〃이 승시ᄒᆞ야 ᄎᆞ야의 쇼져 슉소의 니ᄅᆞ러 쇼제 존당 시녜라 ᄒᆞ야 ᄌᆞ못 공경ᄒᆞ야 ᄃᆡ졉ᄒᆞᆫ대 경〃이 칭샤 왈 쳔비ᄂᆞᆫ 존당 시인이나 나히 졈고 공이 업거ᄂᆞᆯ 부인이 관ᄃᆡᄒᆞ시니 은혜 망극ᄒᆞᄃᆡ 다만 통ᄒᆞᆫᄒᆞ온 바ᄂᆞᆫ 부인의 이 ᄀᆞᄐᆞᆫ 셩덕으로도 사ᄅᆞᆷ이 감격ᄒᆞ믈 아디못ᄒᆞ고 도로혀 원망ᄒᆞ니 쳔비 심히 애ᄃᆞᆯ나 ᄒᆞᄂᆞ이다 부인이

110면

답왈 그ᄃᆡ 날 위ᄒᆞ야 딘념ᄒᆞ믄 다샤ᄒᆞ나 다만 내 무슴 셩덕이 이셔 사ᄅᆞᆷ을 감격게 ᄒᆞ며 가듕인이 다 어디니 뉘 또 ᄇᆞ졀업시 원망ᄒᆞ미 이시리오 경〃이 부인의 말슴이 쥰졀ᄒᆞ믈 보고 무류ᄒᆞ야 물너나고져 ᄒᆞ나 오히려 ᄎᆞᆷ디 못ᄒᆞ야 이에 고왈 부인의 덕틱을 입ᄉᆞ오니 은혜 갑ᄉᆞ올 일이 업ᄉᆞ오니 오직 조심ᄒᆞ야 방비ᄒᆞ시긔 알외ᄂᆞ이다 오ᄂᆞᆯ 취시 부인의 보내신 바 딘미를 바다 앙텬즐매ᄒᆞᄃᆡ 뎌ᄂᆞᆫ 내의 후의 온 사ᄅᆞᆷ으로 쳔쳡이 이랑이어ᄂᆞᆯ 이제 날을 거ᄂᆞ리니 괘심티 아니며 이 음식의 반ᄃᆞ시 독이 〃시리니 내 엇디 먹으리오 ᄒᆞ고 ᄡᅡ히 업티더이다 부인이 담쇼를 ᄌᆞ약히 ᄒᆞ고 안광이 쳔연ᄒᆞ야 닐오ᄃᆡ 그ᄃᆡ의 말 니ᄅᆞ미 날을 위ᄒᆞ미라 감샤ᄒᆞᄃᆡ 다만 취시 내의 우히니 괘심ᄒᆞ야 ᄒᆞ미 올코 뎍국 ᄉᆞ이니 독을 두엇ᄂᆞᆫ가 의심ᄒᆞ믈 유리ᄒᆞ니 이 ᄒᆞᆫ갓 내의 졍셩이 지극디 못ᄒᆞ미 븟그러올 ᄯᆞᄅᆞᆷ이라 엇디

111면

감히 ᄒᆞᆫᄒᆞ리오 그ᄃᆡ 말 뎐ᄒᆞ기를 잘 ᄒᆞ니 쳥컨대 내 말노ᄡᅧ 취시씌 젼ᄒᆞᆯ디어다 경〃이 부인의 밋디 아니[코] 도로혀 죄를 칙ᄒᆞ믈 보고 불승참괴ᄒᆞ야 샤죄 왈 쳔비 간언을 ᄒᆞ미 아냐 드ᄅᆞᆫ 말을 알외미니 부인은 샤죄ᄒᆞ쇼셔 부인이 다만 낭낭이 웃고 ᄃᆡ답디 아니〃 경〃이 ᄃᆡ참ᄒᆞ야 물너날ᄉᆡ 마춤 어ᄉᆡ 드러오다가 듯고 나중을 듯고져 ᄒᆞ야 그윽ᄒᆞᆫ 곳의 드러 셧더니 경〃이 나간 후 유모 댱시 문왈 취시 젼브터 사오나와 쇼져를 해ᄒᆞ던디라 금일 경〃의 말이 올흔 듯ᄒᆞ거ᄂᆞᆯ 쇼제 엇디 믈니텨 텽신티 아니시ᄂᆞᆫ

뇨 부인이 탄식 왈 어미는 이 엇딘말고 텬되 슌환ᄒᆞ야 골희 도둣 ᄒᆞ니 당초의 내심히 굿기고 취시 영귀터니 이제 취시 뎌러둣 쳔신만고ᄒᆞ고 나는 도로혀 금누옥당의 즐길 분 아니라 뎌의 샹원위를 아ᄉᆞ며 뎌의 금슬이 산난ᄒᆞ야 졍의 긋ᄎᆞ미 내 연괴라 내 비록 당부를 다래며

112면

셰를 써 ᄂᆞᆷ의 부〃를 희지으미 아니나 날노뼈 그 평싱이 그룻되니 비록 태임 ᄀᆞ튼 녀ᄌᆞ라도 불평ᄒᆞ려든 ᄒᆞ믈며 셰쇽 ᄋᆞ녀ᄌᆡ 이니ᄯᆞ냐 이졔 뎌와 다못 내가 부통을 논호고 긔셰 당〃ᄒᆞ야도 내 결우디 아니려든 이는 그러티 아냐 뎨 심궁의 무싱이 고단ᄒᆞ고 나는 영화를 ᄡᅵ여 외로온 사ᄅᆞᆷ을 넷 혐원으로뼈 보쳴딘대 엇디 칠거의 죄를 범ᄒᆞ고 부모의 ᄀᆞᄅᆞ치믈 욕ᄒᆞ미 아니리오 다시 경〃은 이 쳔인의 무식ᄒᆞᆫ 소견이라 반ᄃᆞ시 ᄉᆞ〃 믜오미 이셔 [□□의] 간〃ᄒᆞ믈 승셰ᄒᆞ고 새 사ᄅᆞᆷ의 셰를 ᄯᆞᆯ와 궁진ᄒᆞᆫ 사ᄅᆞᆷ을 츰소ᄒᆞ미 불승통히ᄒᆞᆫ디라 셜ᄉᆞ 취시 이 말을 ᄒᆞ야실디라도 내 원컨대 츰소를 밋디 말고 셩심으로 관ᄃᆡᄒᆞ야 만일 첫 쯧을 고티디 못ᄒᆞ고 날을 해ᄒᆞ야 함졍의 녀흐나 내 당〃이 머리를 움쳐 감슈ᄒᆞ야 출히 용녈ᄒᆞᆫ 사ᄅᆞᆷ이 되나 포악한 뉴는 되디 아니리라 유뫼 십분 차탄ᄒᆞ고 쇼졔 다시 ᄆᆞ음의 거

113면

리ᄶᅵ미 업서 ᄋᆞᄌᆞ를 희롱ᄒᆞ니 어ᄉᆡ 듯기를 파ᄒᆞ매 셜복ᄒᆞ는 의ᄉᆡ 구름 ᄀᆞᆺ고 날연ᄒᆞᆫ 풍경이 츈풍의 몽농ᄒᆞ니 이에 드러 안ᄌᆞ며 왈 부인의 고집ᄒᆞ믈 유랑은 기리거니와 혹싱으로 니를딘대 진실로 너모 프러뎌 용녈타 ᄒᆞ리로다 내 당초 취녀로 혼인ᄒᆞ던 날 심하의 티부ᄒᆞᄃᆡ 슉녀를 엇고ᄂᆞ니 엇디 부인이 내 ᄆᆞ음을 어즈러여 금슬 희지으미 이시리오 더욱 제게 샹원위가 어이 가리오 모황ᄒᆞᆫ 언단을 마ᄅᆞ쇼셔 부인이 역경역쇼ᄒᆞ야 말이 업고 유모로 더브러 서로 보거늘 어ᄉᆡ 다시 닐오ᄃᆡ 취녜 부인을 욕ᄒᆞᄃᆡ 그ᄃᆡ 노ᄒᆞ야 아니〃 엇디 고이티 아니리오 쇼졔 작ᄉᆡᆨ고 닐오ᄃᆡ 취시와 다못 쳡이 낭군ᄭᅴ ᄒᆞᆫ가지 사ᄅᆞᆷ이라 ᄒᆞᆫ 사ᄅᆞᆷ을 ᄃᆞ리고 ᄒᆞᆫ 사ᄅᆞᆷ의 흔단을 ᄒᆞ시니 이 무슨 군ᄌᆞ의 티갸지되리오 쳡도 슉믹

114면

불변 아니〃 타인이 욕ᄒᆞ여도 노ᄒᆞ여 아니리오ᄆᆞᄂᆞᆫ 시녀의 거즛말이니 시녀를 칙홀 딘대 촉수ᄒᆞ미 셰쇄ᄒᆞ고 쥐시ᄃᆞ려 노홀딘대 뎨 아냐시니 엇디 쳡의 뎐도ᄒᆞ믈 웃디 아니리오 어ᄉᆡ 늠연이 공경ᄒᆞ야 닐오ᄃᆡ 부인의 곳다온 덕음은 아란 지 오라거니와 텬군대량이 〃 ᄀᆞᄐᆞ믈 ᄉᆡᆼ각디 못ᄒᆞᆫ 배라 ᄉᆡᆼ이 무슨 ᄆᆞ음으로 공경티 아니리오 쇼졔 함구브답이러라 쇼졔 인ᄒᆞ야 ᄀᆞ만이 ᄉᆡᆼ각ᄒᆞᄃᆡ 쥐시 비록 뎌러나 어ᄉᆞ의 조강이니 셜만이 못홀 거시니 샹원위ᄂᆞᆫ 도라보내여야 일이 올흐리니 내 다만 낭군ᄃᆞ려ᄂᆞᆫ 니ᄅᆞ디 못홀 거시오 존고ᄂᆞᆫ 대ᄉᆞ를 아디 못ᄒᆞ시니 맛당이 부친ᄭᅴ 고ᄒᆞ리라 ᄒᆞ야 명됴의 어ᄉᆞ다려 닐오ᄃᆡ 모친이 급히 브ᄅᆞ시니 쳡이 이제 가 져녁 ᄣᅢ예 도라오리이다 어ᄉᆡ 쇼왈 부인은 도장 안ᄒᆡ셔 몸을 ᄆᆞᆺ고 ᄇᆡᆨ니외 불분상이라 ᄒᆞᄂᆞ니 부인은 뎌고ᄃᆡ 가 일삭의 열흘은

115면

날을 ᄆᆞᆺᄎᆞ시고 ᄒᆡᆨᄉᆡᆼ이 공방 딕희기 괴롭더이다 쇼졔 미쇼 왈 이 지쳑의셔 브ᄅᆞ시ᄂᆞᆫ ᄃᆡ 아니 가리잇가 어ᄉᆡ 즉시 금뎡을 ᄀᆞ초와 주니 쇼졔 집의 니[ᄅᆞ]러 존당 부모ᄭᅴ 뵈니 다 반기고 깃거 ᄒᆞᆫ가지로 말ᄉᆞᆷ 홀ᄉᆡ 쇼졔 운셩 등이 드ᄅᆞ면 김ᄉᆡᆼᄃᆞ려 뎐홀디라 ᄉᆞᄉᆡᆨ도 아니코 승샹ᄭᅴ ᄀᆞ만이 그 ᄠᅳᆺ을 고ᄒᆞ니 공이 쇼왈 진회의 위를 ᄉᆞ양ᄒᆞᄂᆞᆫ 덕이라도 네게 디나디 못ᄒᆞ리라 네 ᄠᅳ이 올흐니 샹원위를 도라보내믄 유리ᄒᆞᄃᆡ 현이 듯지 아니리니 네 ᄀᆞ만이 원비 딕텹을 내게 보내여든 녜부의 보내여 쥐시로 원비를 삼고 너를 버금으로 ᄆᆞᆫ든 후 현을 불러 대의로 칙하고 왕부인ᄭᅴ 네 이 ᄠᅳᆺ을 고ᄒᆞ고 현ᄃᆞ려 니ᄅᆞ쇼셔 ᄒᆞ라 현은 효ᄒᆡᆼ 잇ᄂᆞᆫ 아ᄒᆡ라 셜ᄉᆞ 우리 말은 듯디 아닐디라도 모훈은 슌슈홀 거시오 직텹을 고텨노흔 후ᄂᆞᆫ 홀일이 업서 긋치리라 몬져 위ᄎᆞ를 뎡ᄒᆞᆫ 후 가ᄉᆞ를 뎌치ᄒᆞ라

116면

쇼졔 야〃의 명을 듯고 불승대희ᄒᆞ더라 즉시 도라오니 어ᄉᆞᄂᆞᆫ 아모란 줄 모르고 수이 오믈 깃거ᄒᆞ더라 쇼졔 직쳡을 ᄀᆞ만이 승샹ᄭᅴ 보내고 일을 계규홀ᄉᆡ 왕부인ᄭᅴ 죠용이 고ᄒᆞᄃᆡ 쳡이 존고의 ᄌᆞ익ᄒᆞ심과 군자의 후의를 두터이 바드니 복이 손홀가 두립ᄂᆞ니 ᄒᆞ믈며 조강지쳐ᄂᆞᆫ 불하당이오 빙쳔지교ᄂᆞᆫ 불가망이라 엇디 션후를 보디 아

니ᄒᆞ고 망녕도이 몬져로뻐 곤케 ᄒᆞ리오 이제 취시 쳔신만고ᄒᆞ야 군ᄌᆞ를 ᄎᆞ자오니 셕목간댱이라도 감동ᄒᆞᆯ 거시로ᄃᆡ 군직 죠금도 츄연티 아니코 도로혀 ᄆᆡ몰ᄒᆞ니 소쳡이 우려하는 배 ᄒᆞᆫ갓 쳡의 투명이 니러날가 ᄒᆞ미 아냐 실노 군직 ᄇᆡᆨ힝이 미진ᄒᆞ믈 ᄒᆞᆫᄒᆞ더니 아비 ᄯᅩᄒᆞᆫ 이 일노뻐 원비 직쳡을 가져다가 ᄂᆡ일 고티려 ᄒᆞ옵ᄂᆞ니 복망 존고ᄂᆞᆫ 명일 어ᄉᆞ를 불너 의리로 ᄀᆡ유ᄒᆞ시면 쇼쳡도 셩은을 닙ᄉᆞ와 츰남ᄒᆞᆫ 죄를 면ᄒᆞ리로이다

117면

왕부인이 처음은 놀나고 의심ᄒᆞ다가 쇼져의 혈심진졍을 보고 크게 감격ᄒᆞ야 일ᄏᆞ라 왈 현부의 어딘 덕은 임ᄉᆞ의 디나도다 샹원위를 밧디 못ᄒᆞ리오ᄆᆞᄂᆞᆫ 진졍으로 ᄉᆞ양ᄒᆞ니 그ᄃᆡ 말대로 ᄒᆞ리라 소시 ᄇᆡ샤ᄒᆞ고 믈너나다 어ᄉᆞᄂᆞᆫ 아득히 아디 못ᄒᆞ고 다만 방듕의 깁히드러 ᄋᆞᄌᆞ를 희롱ᄒᆞ며 부인을 ᄃᆡᄒᆞ야 만ᄉᆞ를 니졋더니 홀연 텬ᄌᆞ 명패 니ᄅᆞ러 브ᄅᆞ시니 어ᄉᆡ 황망히 됴복을 ᄀᆞ초고 대궐 가 됴참ᄒᆞ고 나오다가 녜부시랑 위유양을 만나니 이 곳 젼임 승상 위의셩의 댱ᄌᆡ니 소운경의 쳐남이라 셩힝이 유화ᄒᆞ고 긔질이 단엄ᄒᆞ야 부풍이 만ᄒᆞ니 거관의 슉덕ᄒᆞ고 강방ᄒᆞᆫ디라 구승샹의 ᄉᆞ랑ᄒᆞᄂᆞᆫ 사회 되야 소운필과 동셰되니 겹〃 친ᄒᆞᆫ 배라 김어ᄉᆞ로 더브러 ᄀᆞ장 졀ᄒᆞ더니 이날 만나니 반겨 쳥ᄒᆞ야 마을노 드러가 좌뎡ᄒᆞ고 한훤 필의 위시랑이 쇼왈 년형은 어인 사ᄅᆞᆷ이완ᄃᆡ

118면

원비 ᄃᆡᆨ쳡 고티기를 이대도록 ᄌᆞ로 ᄒᆞᄂᆞ뇨 어ᄉᆡ 경왈 놈의 가듕 일을 형도 모ᄅᆞ리니 당초 취시로 원비를 삼앗다가 유죄커놀 내티고 소시로 원비를 봉ᄒᆞ연 디 ᄉᆞ년이라 엇디 고티미 이시리오 위시랑 왈 그러티 아니타 어제 형이 쇼져의게 뎐어ᄒᆞᄃᆡ 당초 취시를 내텻더니 취시 그 부뫼 죽은 후 ᄎᆞ자 이에 니ᄅᆞ러시니 구든 졀을 감샤ᄒᆞ야 가듕의 두매 션휘 명ᄇᆡᆨᄒᆞ야 둘재로ᄂᆞᆫ 못ᄒᆞᆯ디라 도로 원비를 봉ᄒᆞ라 ᄒᆞ엿거놀 녜부샹셔와 우시랑이 쇼뎨로 더브러 형의 녜졀 신의를 감탄ᄒᆞ고 ᄯᅩᄒᆞᆫ ᄌᆞ로 운이ᄒᆞ믈 우섯ᄂᆞ니 엇디 도로혀 모ᄅᆞ는 톄 ᄒᆞᄂᆞ뇨 어ᄉᆡ 그 말솜이 진녁ᄒᆞ믈 보고 대경 왈 쇼뎨 비록 조강 션후를 분명이 ᄒᆞ고져 ᄒᆞ나 츌쳬 곳 드러와시나 도로의 걸식ᄒᆞ야 ᄌᆞ못 봉관을 욕ᄒᆞᆯ 거시니 쇼셩위예 두기도 ᄉᆡᆼ각을 아니되 편뫼 그 인ᄉᆡᆼ을 잔잉타 ᄒᆞ샤 안젼의 두

어시나 엇디 다시 부인 두ᄌᆞ

119면

ᄌᆞ[24]를 일ᄏᆞᄅᆞ며 ᄒᆞ믈며 소시 비록 지실이나 명문 녀ᄌᆞ로 결발지쳐라 동듀ᄒᆞ연 디오라고 임의 편모를 효양ᄒᆞ며 ᄯᅩ 두 아들을 두어시니 내 엇디 나가 ᄃᆞ니던 투부를 보고 문득 젼죄를 니저 원비를 삼을 ᄯᅳᆺ이 이시리오 더욱 쇼져의 말노 뎐어를 ᄒᆞ다 하니 심히 고이ᄒᆞᆫ디라 아디못게라 ᄃᆡ텹을 고텻ᄂᆞ냐 시랑이 역히 놀나 ᄀᆞᆯ오ᄃᆡ 내 원ᄂᆡ 형의 이대도록 고집히 정도를 출히디 아닐줄 알ᄃᆡ 뉘라셔 주언ᄒᆞ리오 ᄒᆞ엿더니 원ᄂᆡ 허언이랏다 아직 고티지 아냣ᄂᆞ니라 어ᄉᆡ 밧비 달나ᄒᆞ야 ᄉᆞ매예 녀코 즉시 하딕고 바로 집의 니ᄅᆞ러 쇼져 침소의 니ᄅᆞ니 쇼제 경ᄃᆡ를 비겨 홍슈로 ᄂᆞᆺ출 덥고 자ᄂᆞᆫ디라 싱이 비록 무를 [ᄯᅳᆺ이] 급ᄒᆞ나 놀날가 두려 머뭇길적 홀연 소시 ᄉᆞᄉᆞ로 ᄭᆡ야 니러 안ᄌᆞ니 어ᄉᆡ ᄀᆞ득ᄒᆞᆫ 노긔로 ᄃᆡᄒᆞ야 ᄀᆞᆯ오ᄃᆡ 혹싱이 비록 누츄ᄒᆞ고 더러오나 ᄯᅩᄒᆞᆫ 부인 ᄭᅴᄂᆞᆫ 가뷔라 ᄒᆞ엿거ᄂᆞᆯ ᄌᆞ

120면

단ᄒᆞ며 방ᄌᆞᄒᆞ미 여ᄎᆞᄒᆞ니 금일 서로 보매 심히 참괴ᄒᆞᆫ디라 원컨대 이러틋 방ᄌᆞᄒᆞ신 ᄯᅳᆺ을 알고 믈너나리이다 부인이 안셔히 ᄃᆡ왈 쳡 슈블혜ᄒᆞ나 일죽 군ᄌᆞᄭᅴ 방ᄌᆞ한 일을 뵌 배 업ᄉᆞ니 죄목을 니ᄅᆞ시면 감슈ᄒᆞ리이다 어ᄉᆡ 변ᄉᆡᆨ고 ᄯᅩᄒᆞᆫ 선우음ᄒᆞ며 홍포ᄉᆞ이로셔 부인 ᄃᆡ텹을 내여노ᄒᆞ며 왈 부인의 김현의 안해되기 괴로올딘대 믈너갈 ᄯᆞ름이디 엇디 희싱의 뎐어로 위주ᄒᆞ야 혹싱으로 고이ᄒᆞᆫ ᄉᆞ롬을 ᄆᆞᆫ들고 부인을 소길와 ᄌᆞ득ᄒᆞ야 관망ᄒᆞ고 비쇼ᄒᆞᄂᆞ뇨 쇼제 ᄇᆡ야흐로 ᄭᆡᄃᆞ라 일변 우이너기며 ᄯᅩᄒᆞᆫ 정ᄉᆡᆨ ᄃᆡ왈 원간 이 일의 군ᄌᆡ 츅노ᄒᆞ시미랏다 쳡이 블셔붓터 니ᄅᆞ고져 ᄒᆞ야 말이 앏흘 향ᄒᆞ되 쳔연ᄒᆞ여 금일 ᄎᆡᆨ을 바든 후 발ᄒᆞ니 ᄯᅩᄒᆞᆫ 눌을 ᄒᆞᆫᄒᆞ리오 군ᄌᆡ 닙됴 수년의 작위 도당의 이시니 맛당이 풍화를 정히ᄒᆞ고 녜의를 가다돔을 디니

121면

그 집을 다ᄉᆞ리디 못ᄒᆞ고 엇디 어ᄉᆞ의 소임을 ᄒᆞ야 ᄂᆞᆷ을 논힉ᄒᆞ리오 이제 군ᄌᆞ의 조

---

24) ᄌᆞ : 반복되었음.

강지톄 하당의 곤ᄒᆞ고 지실로ᄡᅧ 션후를 밧고와 만고 명을 살난ᄒᆞ니 엇디 블힝티 아니리오 이러므로 쳡이 스스로 ᄎᆞᆷ남ᄒᆞᆫ 죄를 두리고 군ᄌᆞ의 슈신티가를 념녀ᄒᆞ야 엄친ᄭᅴ 뭇ᄌᆞ오니 야애 ᄯᅩᄒᆞᆫ 군ᄌᆞ를 그릇 너기시고 존괴 임의 명 겨신디라 취시를 샹원 봉키를 허ᄒᆞ시니 쳡이 직텹으로ᄡᅧ 엄친ᄭᅴ 보내여 이 거죄 이시나 구ᄐᆞ야 긔이미 아니오 군지 ᄯᅩᄒᆞᆫ 쳡을 향ᄒᆞ야 즐칙ᄒᆞ시믄 ᄉᆡᆼ각디 못ᄒᆞᆫ 배라 일즉 고이ᄒᆞ야 ᄒᆞᄂᆞ이다 만일 쳡을 칙ᄒᆞ실딘대 셩현 녜법을 업시ᄒᆞᆫ 후 쳡을 칙ᄒᆞ쇼셔 어시 텽파의 어히업서 강잉 쇼왈 부인이 혹ᄉᆡᆼ을 어린 ᄋᆞᄂᆞ희로 묘시ᄒᆞ야 이러틋 방ᄌᆞᄒᆞ시니 참괴홀 ᄯᆞᄅᆞᆷ이라 쇼ᄉᆡᆼ도 잠간 시셔의 법도를 아ᄂᆞ니 무단이 조강을 하당ᄒᆞ미 아니라 실노 취녜 ᄒᆞᆫ갓 득죄ᄒᆞ미

122면

클 분 아니라 그 인믈로ᄡᅧ 수쳔 니를 오매 반ᄃᆞ시 아룸답디 아닌 ᄉᆞ젹이 〃실디니 셰쇄히 닐너 입을 더러이디 아니나 엇디 내의 부인이라 ᄒᆞ리오 이 ᄒᆞᆫ갓 혹ᄉᆡᆼ의게 븟그러울 분 아니라 김시 조션의 누덕이 되리니 그ᄃᆡ는 날을 욕ᄒᆞ고져 ᄒᆞ나 싀집 조션의 노ᄒᆞ시믈 긔탄ᄒᆞ야 뎌기 혹ᄉᆡᆼ도 도라보쇼셔 셜파의 완연이 깃거 아냐 이에 모친ᄭᅴ 드러가 고왈 쇼지 나히 졈오나 일즉브터 쳔권 글을 닐거 녜를 아옵ᄂᆞ니 조강인들 ᄒᆞᆫ 두 가지오 지실도 여러 가지라 한 셩뎨 황후를 폐ᄒᆞ고 됴비연을 셰오니 골온 패덕이오 광뮈 곽시를 폐ᄒᆞ고 음시를 봉ᄒᆞ니 갈온 슌덕이라 만일 히ᄋᆡ 셩뎨의 도를 힝ᄒᆞ야 취시 실덕ᄒᆞ미 업고 소시 비류홀딘대 히ᄋᆞ의 일이 무상ᄒᆞ야 송홍의 죄인이 되려니와 광무의 법으로ᄡᅧ 취시 실덕ᄒᆞ미 잇고 소시의 덕이 지어 고인을 ᄯᆞ오고 ᄌᆞ식이 잇는 지경의 원비를 봉ᄒᆞ매 엇디 그르미

123면

이시리오 광무의 일은 태ᄌᆞ 강이 곽후의 소ᄉᆡᆼ이라 아오ᄅᆞ 폐ᄒᆞᄃᆡ 송홍이 간ᄒᆞᆫ 일이 업고 ᄒᆞᆫ갓 제 조강을 일ᄏᆞ라 회양공쥬쥬[25]를 밀막앗ᄂᆞ니 ᄒᆞ믈며 히ᄋᆡ 엇디 취녀의 곽후의 디난 죄와 ᄌᆞ식 업기로ᄡᅧ 폐티 못ᄒᆞ리오 만일 모친이 듯디 아니시면 쇼ᄌᆡ 머리를 갓고 니셰ᄒᆞ야 산간의 들니이다 왕시 놀나 왈 이는 수일 젼 식뷔 니ᄅᆞ거놀 밀

25) 쥬 : 반복되었음.

막앗ᄂᆞ니 나는 아디 못ᄒᆞ노라 어시 모친의 말ᄉᆞᆷ을 듯고 부인의 작용인 쥴 알고 대노ᄒᆞ야 밧비 소가의 가 승샹ᄭᅴ 슈말을 무ᄅᆞ대 승샹이 그 누셜ᄒᆞᆷ믈 보고 오직 쇼져의 일인 쥴 니ᄅᆞ고 왈 이는 녀ᄋᆞ의 말이 올흐니 네 모ᄅᆞ미 고집디 말나 어시 다시 일당을 셜파ᄒᆞ야 밀막으니 졔싱이 대쇼ᄒᆞ고 승샹도 어히업서 쇼왈 네 원ᄂᆡ 빅힝군ᄌᆡ 되디 못ᄒᆞ리니 네 고집대로 ᄒᆞ라 어시 깃거 도라와 소시를 다시 쇼ᄒᆞ고 일당을 분노ᄒᆞ야 불안ᄒᆞᆫ 말이 ᄌᆞᆺ고 수십여 일을 부인을 보디 아니〃 소시

124면

그윽이 웃고 다시 계교 업서 긋치나 듕심의 ᄆᆞ양 불평ᄒᆞ야 취시를 더욱 관ᄃᆡᄒᆞ니 인〃이 그 덕음을 칭찬ᄒᆞ며 어시 더욱 경듕ᄒᆞ더라 ᄒᆞᆯ른 동히 일본국의셔 됴공ᄒᆞ니 야명쥬 일 ᄡᅡᆼ이 잇ᄂᆞᆫ디라 샹이 긔이히 너기샤 글 잘ᄒᆞ는 문신을 불너 명쥬시를 지이고져 ᄒᆞ샤 근시ᄃᆞ려 문왈 당금 쇼년 명ᄉᆞ 듕 뉘 웃듬이뇨 근시 쥬왈 소운셩 등 팔소의 ᄌᆡ죄 초월ᄒᆞ고 우부 도어ᄉᆞ 김현의 문장이 유명ᄒᆞ니이다 샹왈 팔소[는] 딤이 ᄂᆡ이 아ᄂᆞ니 ᄌᆡ죄 운셩 운경 운명 운현 등이 웃듬이라 김현의 ᄌᆡ조ᄂᆞᆫ 아디 못ᄒᆞ니 불너 볼 거시라 ᄒᆞ고 명초ᄒᆞ시니 어시 드러가 됴회ᄒᆞ니 샹이 그 풍신용모를 ᄋᆡ경ᄒᆞ샤 ᄉᆞ좌ᄒᆞ시고 닐오샤ᄃᆡ 딤이 마촘 외국 진상을 바드매 히외예 왜국이 야명쥬로ᄡᅥ 보내니 빗치 ᄀᆞ장 긔이ᄒᆞ고 얼골이 두렷ᄒᆞ야 큰디라 일노 졔를 삼아 글을 지이고져 ᄒᆞ나 경은 쥬육을 토ᄒᆞ

125면

ᄒᆞ[26]야 딤의 명을 욕디 말나 어시 조금도 ᄉᆞ양티 아니코 샹의 슈명ᄒᆞᄃᆡ 명쥬를 보고 글을 지으믈 청ᄒᆞ니 샹이 ᄂᆡ시로 ᄒᆞ야곰 옥반의 다마 노흐시고 필연을 쥬시니 싱이 명쥬를 보매 시흥 십 ᄀᆞᄐᆞ니 오직 화뎐을 펴고 ᄎᆡ필을 펼쳐 슈유간의 편〃ᄒᆞᆫ 금슈를 펴니 ᄌᆞ〃 쥬옥이오 귀마다 창농이 어ᄅᆡ고 연운이 ᄡᅴ인듯 긔이ᄒᆞᆫ ᄌᆡ홰 당셰예 ᄒᆞ나히라 족히 니빅의 부용녀귀와 비취청사를 압두ᄒᆞᆯ디라 ᄡᅳ기를 ᄆᆞᄎᆞ매 뎐 샹의 헌ᄒᆞ니 좌우 시위인이 다 경아ᄒᆞ고 샹이 ᄒᆞᆫ번 보시매 농안이 경동ᄒᆞ샤 크게 칭찬 왈 경의 장원지ᄌᆡᄂᆞᆫ 아런디 오라거니와 엇디 이대도록 신속ᄒᆞ며 쇄락ᄒᆞᆯ줄 알니오 가히 팔소를

---

26) ᄒᆞ : 반복되었음.

병구ᄒᆞ리로다 ᄉᆡᆼ이 복지샤은 왈 쇼신이 폐하의 ᄉᆞ랑ᄒᆞ시믈 닙ᄉᆞ와 더러온 문ᄌᆡ롤 ᄉᆡᆨ칙ᄒᆞ오나 텬한의 비최셤즉디 아니커늘 도로혀 표쟝ᄒᆞ시믈 닙ᄉᆞ오니

126면

불승 황공ᄒᆞ여이다 샹이 크게 칭찬ᄒᆞ샤 즉시 문쟝을 표ᄒᆞ샤 녜부샹셔 태혹ᄉᆞ롤 더으시고 그 풍도롤 일ᄏᆞ라 명쥬로ᄡᅧ 샹ᄒᆞ시니 어ᄉᆡ 구디 ᄉᆞ양ᄒᆞᄃᆡ 듯디 아니시니 텬은을 슉샤ᄒᆞ고 믈너나오매 영광이 만됴의 비최고 년긔 [겨유] 이십이 되엿ᄂᆞᆫ디라 일노의 블워ᄒᆞ고 일ᄏᆞᄅᆞ미 그지업서 문쟝과 풍치 텬ᄌᆞ의 표쟝ᄒᆞ시믈 닙어 명망이 졔소의 더으더라 어ᄉᆡ 집의 도라와 모친씌 뵈옵고 인ᄒᆞ야 명쥬롤 드리니 부인이 두굿겨 닐오ᄃᆡ 노뫼 이런 영화롤 보니 죽어 디하의 가나 무슨 ᄒᆞᆫ이 〃시리오 너희 풍도로 님군이 샹ᄒᆞ시니 내 ᄯᅩ 이롤 가져 현부롤 주리라 드ᄃᆡ여 일 ᄲᅡᆼ을 다 소시롤 주니 쇼졔 바다 샤례ᄒᆞ고 믈너와 ᄉᆡᆼ각ᄒᆞᄃᆡ 이 명쥬는 낭군의 군은을 어든 배라 내 엇디 홀노 가지리오 드ᄃᆡ여 좌우로 ᄒᆞ여곰 취롤 쳥ᄒᆞ니 취시 뎐도히 니ᄅᆞ럿거늘 부인이 위로ᄒᆞ야 골오ᄃᆡ 쳡이 ᄆᆞ양 부인을 [좃채] 한유코져 ᄒᆞᄃᆡ ᄃᆡ긱이 ᄒᆞ

127면

번ᄒᆞ야 가디 못ᄒᆞ니 우려ᄒᆞ더니 마츰 샹셰 나가고 ᄂᆡ당이 한헐ᄒᆞᆫ디라 ᄒᆞᆫ가지로 심ᄉᆞ롤 펴고져 당돌히 쳥ᄒᆞ이다 취시 샤례 왈 쳡은 박명으로 심당의 드러 인뉸을 샤절ᄒᆞ고 죽을 날만 기ᄃᆞ리더니 부인이 후ᄃᆡᄒᆞ시니 은혜 난망빅골이라 잇다감 나오고져 ᄒᆞ나 낭군의 ᄃᆞᆫ니시ᄂᆞᆫ 곳이므로 나오디 못ᄒᆞ더니이다 소시 홀연 츄연히 불평ᄒᆞ야 ᄒᆞ니 이ᄂᆞᆫ 취시 김ᄉᆡᆼ을 피ᄒᆞ야 ᄎᆞ례 그룻되믈 탄ᄒᆞ미라 좌롤 동셔로 일워 말ᄉᆞᆯ식 소부인이 명쥬롤 밧드러 뎐ᄒᆞ야 갈오ᄃᆡ 이거슨 샹공의 군은을 어드신 거시라 ᄒᆞ나흔 쳡의게 두고 ᄒᆞ나흔 부인씌 드리ᄂᆞ이다 취시 황망이 바다 샤례ᄒᆞ더니 문득 ᄉᆡᆼ각디 아닌 김ᄉᆡᆼ이 소부의 가 졔ᄉᆡᆼ으로 술 먹고 대취ᄒᆞ야 집의 도라와 부인의 슉소롤 ᄎᆞ자 이에 니ᄅᆞ니 소시 취시로 더브러 담쇠 ᄌᆞ약ᄒᆞ니 취듕의 십분 통ᄒᆞᆫᄒᆞ미 니러나니 냥안을 놉히 ᄯᅳ고

128면

소ᄅᆡ롤 크게 ᄒᆞ야 골오ᄃᆡ 투악음뷔 엇디 감히 내 곳의 니ᄅᆞ럿ᄂᆞ뇨 ᄲᆞᆯ니 ᄭᅳ어내라 소

부인이 급히 몸을 니러 ᄀᆞᆯ오ᄃᆡ 낭군이 취부인으로 더브러 뎍거 조강이라 비록 취듕이나 가히 경만히 못ᄒᆞ리라 샹셰 소시의 말니믈 보고 셩안을 몽농히 ᄒᆞ야 거즛 진취ᄒᆞᆫ 톄 ᄒᆞ야 ᄋᆞᄌᆞᄅᆞᆯ 안고 ᄂᆡᆼ쇼ᄒᆞ며 왈 부인이 뎌ᄅᆞᆯ 부인이라 일ᄏᆞᄅᆞ니 혹ᄉᆡᆼ이 부인 아닌 쥴 ᄇᆞᆰ히리니 저도 듯고 부인도 드ᄅᆞ쇼셔 내 평ᄉᆡᆼ 아니[ᄒᆞ]믄 슌셜이 굿고 흔단 니ᄅᆞ기 슬희여 ᄎᆞᆷ더니 부인이 날을 하 무상이 너기시니 셜워 취시 박ᄊᆡᄒᆞ난 ᄯᅳ들 니ᄅᆞ리라 내 당초 야〃 삼년을 ᄆᆞᆺ고 형이 취실ᄒᆞ신 후 취시랑이 날을 구혼ᄒᆞᄃᆡ 모친이 허티 아니시니 시랑이 황금 수ᄇᆡᆨ냥으로ᄡᅥ 형의게 보내니 모친이 ᄀᆞ마니 납치ᄅᆞᆯ 보내시고 날ᄃᆞ려란 니ᄅᆞ시ᄃᆡ 취시랑의 혼인이 네 원티 아니〃 구ᄐᆞ야 ᄒᆞᆯ 거시 아니어니와 다만 너ᄅᆞᆯ 보와지라 ᄒᆞ니 어룬의 명이라 잠간

129면

보고 오라 ᄒᆞ셔ᄂᆞᆯ 혹ᄉᆡᆼ이 아득히 모ᄅᆞ고 오직 편친의 명을 빗ᄌᆞ와 이에 당건ᄇᆡᆨ포로 전노새ᄅᆞᆯ ᄐᆞ고 쇼동 ᄒᆞᄂᆞ흘 ᄃᆞ리고 취가의 니ᄅᆞ니 시랑이 날을 마자 은근이 ᄃᆡ졉ᄒᆞ고 져믄 시녀로 술을 브어 날을 권ᄒᆞ니 혹ᄉᆡᆼ이 일을 만히 디내디 아냣고 ᄒᆞ믈며 흉ᄒᆞᆫ ᄭᅬᄅᆞᆯ 엇디 알니오 어룬이 잡고 권ᄒᆞ니 술을 취ᄒᆞ고 이윽고 인ᄒᆞ야 그윽ᄒᆞᆫ 당듕으로 시랑이 ᄃᆞ려다가 두고 편히 쉬라 ᄒᆞ니 내 나히 적으므로 견혀 아디 못ᄒᆞ고 누엇더니 문득 나ᄌᆡ 잔 븟던 시녀 니ᄅᆞ러 나의 오ᄉᆞᆯ 벗기고 자리ᄅᆞᆯ ᄭᆞ라주니 내 다만 시녀로 알고 드러누어 자고져 ᄒᆞᆯ 적 그 시녀 타연히 오ᄉᆞᆯ 그ᄅᆞ고 ᄒᆞᆫ가지로 누[으]며 왈 쳡이 셕샹의셔 낭군의 풍도ᄅᆞᆯ 보고 오ᄆᆡ예 ᄉᆞ복ᄒᆞᄂᆞᆫ 배니 낭군은 여른 정셩을 져ᄇᆞ리디 말나 ᄒᆞ거ᄂᆞᆯ 내 ᄉᆡᆼ각ᄒᆞᄃᆡ 내 평ᄉᆡᆼ 슉녀ᄅᆞᆯ 구ᄒᆞ거ᄂᆞᆯ 취공이 구혼ᄒᆞ니 모친이 난쳐ᄒᆞ여 ᄒᆞ시는디라 오ᄂᆞᆯ 날 쳥ᄒᆞ야 시녀로

130면

ᄆᆡᆨ바ᄃᆞ민가 시브니 맛당이 간사히 ᄒᆞ야 구혼ᄒᆞ는 의ᄉᆞᄅᆞᆯ 굿게 ᄒᆞ리라 ᄒᆞ고 이에 ᄒᆞᆫ가지로 쳥하야 밤을 디ᄂᆡ고 명됴의 취공이 드러와 옹셔로 일ᄏᆞᄅᆞ니 내 고이히 너겨 연고ᄅᆞᆯ 무ᄅᆞ니 문득 닐오ᄃᆡ 어제 황도 길일이라 그ᄃᆡ 녀ᄋᆞ로 더브러 슐을 먹고 밤을 디내여시니 엇디 내 사회 아니리오 ᄒᆞ거ᄂᆞᆯ 혹ᄉᆡᆼ이 거즛말노 밀막으니 뎨 믄득 혼셔ᄅᆞᆯ 내여 뵈ᄂᆞᆫ디라 ᄇᆞ야흐로 모친과 가형의 허락을 밧고 날을 피박ᄒᆞ야 욕ᄒᆞᆫ 쥴을 아ᄂᆞᆫ디라 집의 도라와 션친 유묘의 올나 통곡ᄒᆞ야 안슈로ᄡᅥ 오ᄉᆞᆯ 적시니 긔샤의 나와

식음을 긋ᄎᆞ니 모친이 쳔단 ᄀᆡ유ᄒᆞ시며 농녀ᄒᆞ시고 형이 효의로 칙ᄒᆞ시니 욕을 머금고 ᄒᆞᆫ을 프머 취시를 ᄃᆞ려와 모친ᄭᅴ 뵈오니 이 엇디 젼일 숩 붓던 시녜 아니리오 불승통히ᄒᆞᄃᆡ 모친이 크게 ᄉᆞ랑ᄒᆞ시고 내의 졍실이라 ᄒᆞ시니 내

131면

모명을 슌슈ᄒᆞ야 곡직을 의논티 아니코 아는 듯 모ᄅᆞ는 듯 더뎌 두엇거늘 제 가지록 조심티 아니코 졀〃히 날을 함해ᄒᆞ야 감히 투악을 일삼으니 박ᄃᆡᄒᆞᆫ다 원망ᄒᆞ야 모친을 근노ᄒᆞ시긔 ᄒᆞ며 날노뼈 부효인을 믿ᄃᆞ니 엇디 죄상이 경ᄒᆞ리오 빙즉 위쳬오 분즉 위쳡이라 모친이 비록 혼셔를 보내여시나 내 아디 못ᄒᆞᆫ 배오 뎐안독좌의 힝녜 업고 츄죵요긱이 아ᄅᆞ미 업ᄉᆞ며 내 ᄯᅩ 오사길복을 쵸례 슈습ᄒᆞ미 업ᄉᆞ니 엇디 내의 졍실이 되리오 아직 권도로 허명을 주어 내죵을 보더니 부인을 어드니 만됴대신이 요긱이 되고 빙치를 보내며 쵸례를 뎐안ᄒᆞ고 뉵녜 빅냥으로 마자 명촉하의 합한교빅ᄒᆞ니 일이 명졍언슌ᄒᆞ야 명〃ᄒᆞᆫ 졍실이 되염즉 ᄒᆞᆫ디라 내 입의 내디 아니코 오직 저를 공경ᄒᆞ야 ᄃᆡ졉ᄒᆞ니 이 제의게 만힝이어ᄂᆞᆯ 족ᄒᆞᆫ 쥴을 모르고

132면

부인을 해ᄒᆞ며 날을 죽이고져 ᄒᆞ니 내 임의 내텻다가 결식ᄒᆞ야 드러오니 인싱을 가련타 ᄒᆞ야 덕을 널니 베퍼 후당의 두고 ᄃᆡ뎝ᄒᆞᆯ[디]언뎡 제 엇디 감히 나의 부인이 되리오 만일 일회나 허탄ᄒᆞᆯ딘대 ᄯᅩᄒᆞᆫ 군ᄌᆞ 아니오 부인ᄃᆞ려 젼의 니ᄅᆞ시면 가히 경셜쇼인이라 ᄒᆞ리로다 취시 대참항괴ᄒᆞ고 소부인이 졍식 노왈 사ᄅᆞᆷ이 엇디 믜오믈 인ᄒᆞ야 흔단ᄒᆞ미 이대도록 ᄒᆞ리오 젼일 샹공 안해니 금일 ᄂᆞᄌᆞ미 이시리오 샹셰 크게 웃고 나가니 취시 울며 도라가니 소부인이 샹셔의 무신을 탄ᄒᆞ며 심히 편티 아냐 하며 일변 그 혼인이 고이ᄒᆞ믈 우이너기더라 이후로 취시 감히 샹셔ᄭᅴ 뵈디 못ᄒᆞ더니 일〃은 소부인이 샹셰 나간 ᄣᅢ 셕부인의 병환으로 급히 가니 셕양의 샹셰 술을 취ᄒᆞ야 모친ᄭᅴ 뵈고 부인 침소의 니ᄅᆞ러 부인의 이시며 업ᄉᆞ믈 아디 못ᄒᆞ고 것구러뎟더니 왕부인이 취시의 평

133면

싱을 슬피 너겨 이에 취시를 블너 왈 오ᄂᆞᆯ 현뷔 나가고 ᄋᆞᄌᆞ 진취ᄒᆞ여시니 그ᄃᆡ 맛당

이 보호ᄒᆞ라 츼시 슈명ᄒᆞ야 슈졍각의 니ᄅᆞ니 샹셰 즘을 깁히 드럿고 좌우의 시녀 버럿더라 밤이 깁흐매 사ᄅᆞᆷ이 다 흐터디고 츼시 홀노 안잣더니 샹셰 몽농ᄒᆞᆫ 츼안으로 소부인이라 ᄒᆞ야 문득 잇그러 상의 올나 원앙지락을 일우고 여러 말을 ᄒᆞ며 오히려 츼신 쥴 ᄭᆡᄃᆞᆺ디 못ᄒᆞ엿더라 츼시 힝혀 알가 두려 샹셔의 즘들기ᄅᆞᆯ 기ᄃᆞ려 나오니 싱은 모ᄅᆞ고 명됴의 모친ᄭᅴ 문안ᄒᆞ고 문왈 소시 엇디 시좌티 아니ᄂᆞ닝잇가 부인이 쇼왈 셕뷔 어제 셕부인 병환으로 급히 가니라 싱이 ᄀᆞ장 놀나 뭇ᄌᆞ오ᄃᆡ 소시 밤의 잇던디라 엇디 어제 가시리잇고 좌우 시녀들이 입을 ᄀᆞ리와 웃고 부인이 쇼왈 이는 츼시라 녜의 진츼ᄒᆞ여시믈 보고 내 구호ᄒᆞ라 보내엿더니라 샹셰 대경무언이러라 ᄯᅩᄒᆞᆫ 홀말이 업서

134면

즉시 소부의 니ᄅᆞ러 악모ᄅᆞᆯ 문병ᄒᆞ고 쇼져ᄅᆞᆯ 보아 닐오ᄃᆡ 부인은 혹싱을 가부로 아디 못ᄒᆞ야 츌입의 긔탄 업ᄉᆞ믄 엇디오 쇼졔 답왈 샹공 나가 겨시고 모친 병환이 불의듕ᄒᆞ시니 엇디 미처 취품ᄒᆞ리오 ᄒᆞ믈며 존고ᄭᅴ 알외여시니 하 칙디 마ᄅᆞ쇼셔 샹셰 쇼왈 부인은 됴히 너기련와 혹싱은 졀을 일허ᄇᆞ리니 ᄀᆞ이업서 ᄒᆞᄂᆞ이다 부인이 놀나 연고ᄅᆞᆯ 무ᄅᆞ니 샹셰 슈말을 ᄌᆞ셰 니ᄅᆞ대 부인이 미우ᄅᆞᆯ 펴고 냥협의 아리ᄯᅡ온 우음이 모도여 옥치현영ᄒᆞ야 골오ᄃᆡ 이는 곳 존고 명이오 부뷔 ᄒᆞᆫ 당의 [모]듬도 덧〃ᄒᆞᆫ배니 엇디 ᄀᆞ업ᄉᆞ리오 샹공이 짐즛 쳡ᄃᆞ려 자랑ᄒᆞ시미로다 샹셰 역 쇼왈 혹싱은 진경이어늘 자랑ᄒᆞᆫ다 ᄒᆞ시니 디긔예 예부뷔 아니로다 쇼졔 미슈부답이러니 이ᄯᅢ 병부의 당ᄌᆞ 셰광이 칠셰라 ᄀᆞ장 영민ᄒᆞ더니 이 말을 듯고 츼셩뎐의 드러가 뎐ᄒᆞ니 모다 대쇼ᄒᆞ고 쇼져

135면

ᄅᆞᆯ 블러 연고ᄅᆞᆯ 무ᄅᆞ니 쇼졔 다만 담쇼ᄒᆞ고 니ᄅᆞ디 아니터라 원ᄂᆡ 졔싱이 운슉의 잡아온 녀ᄌᆡ 츼신 쥴 모ᄅᆞ고 다만 김싱이 친쳑의 짓 시인으로 일ᄏᆞ라 구ᄒᆞ므로 인ᄒᆞ야 말마다 긔롱ᄒᆞᄃᆡ 입을 여디 아니〃 졔소의 희헌 아니믈[27] 미촌 곳디 업더니 쇼졔 ᄀᆞ마니 닐너 긔롱티 말나 ᄒᆞ니 졔싱이 ᄀᆞ장 놀라 ᄎᆞ후 그촌 다시 일ᄏᆞᆺ디 아니니 김싱이

27) 믈 : 원문에 지워진 표시가 있음.

쇼져의 일인 쥴 짐작고 다만 웃더라 셕부인이 김ᄉᆡᆼ의 쥰아풍뉴ᄅᆞᆯ 십분 ᄉᆞ랑ᄒᆞᄃᆡ 왕부인의 ᄒᆡᆼ실을 통ᄒᆞᆫᄒᆞ야 년신티 아니〃 쇼제 ᄌᆡ삼 ᄀᆡ유ᄒᆞ야 태부인으로 더브러 뎐어ᄅᆞᆯ 통ᄒᆞ고 혹 서로 쳥ᄒᆞ야 보더라 왕시 그 거룩ᄒᆞᆫ 위의와 얼골 인물을 불승경복ᄒᆞ야 식부의 아름다오미 ᄂᆞ린 고디 이시믈 ᄭᆡ돗더라 이적의 소시 수일을 머므러 김가의 니ᄅᆞ러 셰월을 보내더니 ᄎᆔ시 홀연 잉ᄐᆡᄒᆞ야 일개 남ᄋᆞᄅᆞᆯ 나흐니 긔골이 비샹ᄒᆞ고 용안이 관옥 ᄀᆞᄐᆞ야 샹셔ᄅᆞᆯ

136면

달마시니 소부인이 크게 깃거 유모ᄅᆞᆯ 드려 기ᄅᆞ며 범ᄉᆞᄅᆞᆯ ᄌᆞ긔 친ᄌᆞ로 층등티 아니코 샹셔ᄅᆞᆯ ᄃᆡᄒᆞ야 골오ᄃᆡ 텬되 쇼〃ᄒᆞ야 길인을 도으미 이 ᄀᆞᄐᆞ야 ᄎᆔ부인의 영ᄌᆡ 가히 범ᄋᆡ 아니러이다 샹셰 함쇼브답[이]어ᄂᆞᆯ 소부인이 ᄃᆞ려다가 샹셔ᄅᆞᆯ 뵌대 샹셰 ᄒᆞᆫ 번 보고 ᄉᆞ랑ᄒᆞᄂᆞᆫ 듯ᄒᆞᄃᆡ 본 톄 아니커ᄂᆞᆯ 소시 이에 유모ᄅᆞᆯ 맛뎌 보호ᄒᆞ야 기ᄅᆞ고 샹셰 ᄯᅩ 그 ᄌᆞ라 말 ᄇᆡ호기예 니ᄅᆞ러는 거렴ᄒᆞ고 ᄌᆞᄋᆡᄒᆞ니 ᄎᆔ시의 형셰 잠간 나은 듯ᄒᆞ더라 소시 년ᄒᆞ야 ᄉᆞ자삼녀ᄅᆞᆯ 나흐니 개〃히 옥과 구슬 ᄀᆞᆺᄐᆞ야 부모영풍을 품슈ᄒᆞ고 ᄎᆔ시ᄂᆞᆫ 일ᄌᆡ 이셔 ᄯᅩᄒᆞᆫ 댱셩ᄒᆞ니 샹셰 오ᄌᆞ삼녀ᄅᆞᆯ 거ᄂᆞ려 벼슬이 참졍의 니ᄅᆞ고 모친을 쳔년 죵효ᄒᆞ고 소시로 더브러 ᄇᆡᆨ슈히로ᄒᆞ야 칠십여 년을 동듀ᄒᆞ야 동혈ᄒᆞ며 여러 ᄌᆞ손이 다 버러 입신쳥ᄃᆡᆨᄒᆞ고 효ᄒᆡᆼ이 두터오니 이ᄂᆞᆫ 소승샹의 지극ᄒᆞᆫ 의디로 향규쳔금 녀ᄋᆞᄅᆞᆯ 앗기디 아니코 소부인이 샹문의

137면

녀로 비약ᄒᆞ미 온슌ᄒᆞ야 ᄉᆞ덕을 닷그며 사ᄅᆞᆷ을 인의로 ᄃᆡ답ᄒᆞ야 신명을 감동케 하며 김ᄉᆡᆼ의 츌뉴ᄒᆞᆫ 효ᄒᆡᆼ을 인ᄒᆞ야 ᄌᆞ손의 문을 놉히니 엇디 아ᄅᆞᆷ답디 아니리오 일〃은 소부의셔 셜연홀ᄉᆡ 소시 ᄌᆞ녀ᄅᆞᆯ 거ᄂᆞ려 참연ᄒᆞ고 인ᄒᆞ야 머므러 심ᄉᆞᄅᆞᆯ 니ᄅᆞ더니 슉모 한샹셔 부인 소시 문왈 뎨 딜녜 다 아ᄅᆞᆷᄃᆞ오ᄃᆡ ᄒᆞᆫ 허믈들은 잇거니와 소견을 듯고져 ᄒᆞ노라 셩ᄉᆡᆼ 쳐 슈졍이 ᄃᆡ왈 쇼딜은 평ᄉᆡᆼ 타인과 지아비로 더브러 결오고져 아닛ᄂᆞ이다 뉴ᄉᆡᆼ 쳐 슈옥 왈 사ᄅᆞᆷ이 날을 ᄭᅮ짓ᄂᆞᆫ다 말 곳 드ᄅᆞ면 어즈러이 ᄲᅡ호디 아니나 노ᄒᆞᆫ ᄉᆡᆨ을 ᄎᆞᆷ기 어렵더이다 졍ᄉᆡᆼ 쳐 슈애 ᄃᆡ왈 사ᄅᆞᆷ이 만일 말을 시비ᄒᆞ면 므ᄉᆞᆷ 쳥으로 감심ᄒᆞ야 ᄎᆞᆷ으며 지아비라도 결을 일 곳 이시면 머리ᄅᆞᆯ 수겨 ᄌᆞᆷ〃ᄒᆞ리오 듁을디언졍 디든 아닐소이다 김ᄉᆡᆼ 쳐 슈빙 왈 삼형의 말ᄉᆞᆷ이 올ᄒᆞ시거니와 나는 노ᄒᆞ온 줄

과 깃븐 줄을

138면

아디 못ᄒᆞ니 역시 고이터이다 소부인이 쇼왈 너ᄒᆡ 다 어디ᄃᆡ 슈애 슈옥은 취화ᄒᆞᆯ 위인이오 슈뎡은 피ᄒᆞᆯ ᄉᆞᄅᆞᆷ이오 슈빙은 화ᄅᆞᆯ 만나도 플 사ᄅᆞᆷ이니 웃듬은 슈빙이오 버금은 슈졍이라 슈애 만일 뎡ᄉᆡᆼ ᄀᆞ튼 졸ᄉᆡᆨ 아니면 엇디 능히 안향ᄒᆞ며 슈옥이 유가 ᄀᆞ튼 어딘 집 곳 아니면 엇디 보젼ᄒᆞ야 도로혀 아ᄅᆞᆷ답다 기리믈 드ᄅᆞ리오 너ᄒᆡ 등이 모ᄅᆞ미 덕을 닷가 우리 소시 쳥덕을 샹ᄒᆡ오디 말나 소쇼졔 ᄉᆞᄇᆡ슈명 후 수옥이 쇼왈 ᄉᆞ뎨ᄂᆞᆫ 진실노 고이ᄒᆞᆫ 사ᄅᆞᆷ이라 김ᄉᆡᆼ이 취시ᄅᆞᆯ 죽이려 ᄒᆞ매 ᄀᆞ장 깃븐디라 엇디 구ᄒᆞᆯ니 이시리오 슈빙이 례두 탄왈 뎨 일즉 쇼뎨로 더브러 원슈 업ᄉᆞ니 엇디 조고만 혐극으로 사ᄅᆞᆷ의 죽음을 ᄃᆞᆰ히〃 너기리오 수애 블연이 ᄭᆞ지져 왈 취가 음악ᄒᆞᆫ 년이 늘근 왕시ᄅᆞᆯ 씨고 너ᄅᆞᆯ 만단 능욕ᄒᆞ니 죽엄을 만단의 내여도 족디 못ᄒᆞ려든 무ᄉᆞ 일 살와 두고 후ᄃᆡᄒᆞ리오 슈빙이 웃고

139면

왈 형은 ᄆᆞ양 말ᄉᆞᆷ을 과도히 ᄒᆞ샤 부인의 슌ᄒᆞᆫ ᄉᆞ덕을 일ᄒᆞ시ᄂᆞ니잇고 수애 왈 사ᄅᆞᆷ의 ᄆᆡ오미 뎍국의 디나디 아니커든 그ᄃᆡ 인은[28] ᄀᆞᆺ티 ᄃᆡ졉ᄒᆞ니 고이ᄒᆞ여 ᄒᆞ미로다 셕패 쇼왈 삼쇼져의 쵸독ᄒᆞ미 이 ᄀᆞᄐᆞ니 뎡시랑이 엇디 잡히디 아니리오 다만 뎡환 쇼오랑은 심히 온슌ᄒᆞ야 쇼져ᄀᆞᆺ디 아니〃 ᄌᆞ라면 비록 소부인의 군ᄌᆞ ᄀᆞ튼 풍도ᄂᆞᆫ ᄇᆞ라디 못ᄒᆞ나 슈빙쇼져의 온슌ᄒᆞᆫ 덕과 염모ᄂᆞᆫ ᄯᆞᆯ오리로소이다 ᄒᆞ니 이 뎡환은 슈아의 ᄯᆞᆯ이니 겨유 삼세라 용안의 미려ᄒᆞ미 어미게 디나 흡연이 슈빙쇼져로 방불ᄒᆞ고 동지 긔이ᄒᆞ니 뎡시랑이 크게 ᄉᆞ랑ᄒᆞ야 쟝쥬ᄅᆞᆯ 사마시니 원ᄂᆡ 이 ᄯᆞᆯ 나흘제 슈애 ᄭᆞᆷ의 ᄃᆞᆯ이 손 가온대 ᄯᅥ러뎌 그 가온대 동녜 이셔 일오ᄃᆡ 샹텬이 옥환 ᄒᆞᆫ ᄡᅡᆼ을 그ᄃᆡ 집의 보내시니 조심ᄒᆞ야 기ᄅᆞ라 ᄒᆞ거ᄂᆞᆯ 수애 바다보니 ᄇᆡᆨ옥지환이로ᄃᆡ 환월비치 어ᄅᆡ여 홍옥환이 ᄌᆡᆼ연이 ᄯᅥ러

28) 인은 : 상하 순서를 바꾸어 '은인'으로 하라고 되어 있음

140면

디니 놀나 씨야 녀ᄋᆞ를 나흔 고로 일홈을 뎡환이라 ᄒᆞ고 ᄌᆞ를 슉연이라 ᄒᆞ니라 이날 여러 형뎨 모다 심ᄉᆞ를 니ᄅᆞ고 위시 형시 등을 쳥ᄒᆞ야 투호를 티니 셩음이 낭쟈ᄒᆞ고 담쇠 ᄌᆞ약ᄒᆞ니 이ᄯᅴ 승상이 졔ᄌᆞ로 더브러 부용당의셔 풍경을 환샹ᄒᆞᆯᄉᆡ 벽이 ᄀᆞ렷ᄂᆞᆫ 고로 요란ᄒᆞᆷ믈 듯고 졔ᄉᆡᆼ이 금단ᄒᆞ려 ᄒᆞᆫᄃᆡ 공왈 부인녀ᄌᆡ 규방의 울젹ᄒᆞ야 형뎨 모든 ᄶᅢ 즐기미 샹ᄉᆡ라 엇디 말니리오 ᄌᆞ뷔 내 왓ᄂᆞᆫ 줄 알면 불안ᄒᆞ리니 셔당으로 갈 거시라 드ᄃᆡ여 졔ᄌᆞ로 더브러 셔헌의 도라오니 승샹의 관후인의ᄒᆞ미 여ᄎᆞᄒᆞ야 비록 엄졀ᄒᆞ미 과인ᄒᆞ나 덕이 듯거오니 졔ᄌᆞ졔부 다 두려ᄒᆞ고 경셩되며 태부인이 십[29] 십분 관인ᄒᆞ므로 티가ᄒᆞ니 모든 쇼년이 ᄒᆞᆫ가ᄒᆞ미 극ᄒᆞ더라

소현셩녹 권지십ᄉᆞ

1면

대송 인종황뎨 졍궁 낭〃 션인황후 소시ᄂᆞᆫ 승샹 강능후 소현셩의 필녜오 됴국부인 셕시의 소ᄉᆡᆼ이라 명은 슈쥬니 일즉 셕부인이 잉ᄐᆡ할 적 ᄭᅮᆷ의 태음셩을 ᄉᆞᆷᄭᅵ고 태양 졍긔를 ᄡᅩ여 뵈더니 ᄉᆞ므돌 만의 후를 나흐니 산측의 긔이ᄒᆞᆫ 향내 옹비ᄒᆞ고 산부의 긔운이 십분 쳥졍ᄒᆞ니 사ᄅᆞᆷ이 다 긔이히 너기더라 휘 어려 겨실 제븟터 팀묵언희ᄒᆞ시고 단엄졍슉ᄒᆞ샤 츌입의 법되 겨시고 눈드러 사ᄅᆞᆷ 보기를 경히 아니시며 극ᄒᆞᆫ 우은 일이라도 가보야이 웃디 아니시고 어딘 일을 보나 아디 못ᄒᆞᆷ ᄀᆞᆺᄐᆞ며 브졍ᄒᆞᆫ 일을 보나 됴히 너김ᄀᆞᆺ티 ᄒᆞ시니 사ᄅᆞᆷ이 고이히 너겨 그 연고를 무른즉 ᄃᆡ답ᄒᆞ되 사ᄅᆞᆷ이 각〃 ᄆᆞ음을 힝ᄒᆞ니 부모 유톄와 ᄉᆡᆼ휵지신을 내 ᄆᆞ음과 맛ᄀᆞᆺ디 아닌들 긔 므ᄉᆞᆷ 흔단이리오 ᄒᆞ시니 ᄯᅩ 뭇ᄌᆞ오ᄃᆡ 사오나온 거ᄉᆞᆯ 칙디 못ᄒᆞ믄 가커니와 어딘 일을 보ᄃᆡ 칭찬티

2면

아니믄 엇디오 답왈 어딜면 아ᄅᆞᆷ다이 너길 ᄯᆞᄅᆞᆷ이니 이려튼 므어시 유익ᄒᆞ리오 ᄒᆞ신

---

29) 십 : 원문에 지워진 표시가 있음.

대 인〃이 다 항복ᄒᆞ더라 휘 ᄌᆞ유로 문ᄒᆞᆨ을 됴히 너기시며 글 쓰고 닑으시믈 게얼리 아니시거ᄂᆞᆯ 사ᄅᆞᆷ이 그 연고ᄅᆞᆯ 뭇ᄌᆞ오니 답왈 내 샹문 녀ᄌᆞ로 고ᄉᆞᄅᆞᆯ 아디못ᄒᆞ야 사ᄅᆞᆷ의 업슈이 너기미 될가 ᄒᆞ미로다 모든 형이 다 ᄌᆡᄒᆞᆨ이 이시되 규방의 소작이라 ᄒᆞ야 ᄀᆞᆷ초고 긔이니 휘 니ᄅᆞ샤ᄃᆡ ᄒᆞᄂᆞᆫ 일이 잇ᄂᆞᆫ ᄌᆡ조를 쟈랑ᄒᆞ든 아니려니와 구ᄐᆞ여 긔여 므엇ᄒᆞ리오 ᄒᆞ고 의복이 십분 검박ᄒᆞ샤 만일 새 오ᄉᆞᆯ ᄒᆞ야 드리면 니ᄅᆞ샤ᄃᆡ 너모 빗나 ᄂᆞᆷ 보기 븟그럽다 ᄒᆞ시니 부뫼 임의 슉ᄌᆞ의 ᄇᆡ위 되디 아닐 줄 아더니 일〃은 그 조모 태부인이 어린 손녀ᄅᆞᆯ 불러 딘보ᄅᆞᆯ 흐터 그 ᄯᅳᆺ을 볼ᄉᆡ 이ᄣᅢ 후의 나히 오셰라 다른 소져ᄂᆞᆫ ᄃᆞ토아 진쥬와 금보ᄅᆞᆯ 가지며 어ᄌᆞ러이 ᄡᅡ호ᄃᆡ 휘 홀로 단졍이 안자 눈을 드러 보디 아니시니 슉모 소부인이 문왈 너ᄂᆞᆫ 엇디 가지

3면

디 아닛ᄂᆞ뇨 휘 날호여 ᄀᆞᆯ오샤ᄃᆡ 이제 ᄉᆞ〃 ᄌᆡ물을 ᄒᆞ야 무어ᄉᆡ ᄡᅳ리오 ᄒᆞ시니 태부인이 그 등을 어로ᄆᆞᆫ져 니ᄅᆞ시ᄃᆡ 아ᄒᆡ 타일 만인지샹이 되리라 ᄒᆞᆫ대 좌우 사ᄅᆞᆷ이 그 ᄯᅳᆺ을 아디 못ᄒᆞ더라 휘 나히 팔셰예 니ᄅᆞ시니 부풍모ᄌᆡᄒᆞ야 용안은 부용홰 아ᄎᆞᆷ 이ᄉᆞᆯ을 머금어 됴양의 ᄣᅥᆯ티ᄂᆞᆫ 듯 허리ᄂᆞᆫ 츈풍의 뉴지 ᄀᆞᆺ고 일빵 ᄀᆞᄂᆞᆫ 명목은 츈일효셩이 딩슈의 비최ᄂᆞᆫ ᄃᆞᆺ 눈 ᄀᆞᄐᆞᆫ ᄉᆞᆯ빗과 잉도 ᄀᆞᄐᆞᆫ 쥬순의 호치 빙옥 ᄀᆞᆺ고 슈려팀듕ᄒᆞ며 윤ᄐᆡᆨ쇄락ᄒᆞ샤 념용단좌신즉 흡〃히 녀와시 농상의 안ᄌᆞᆫ 위풍 ᄀᆞᄐᆞ여 미려ᄒᆞ미 범뉴의 소사나니 ᄒᆞᆫ갓 고운 거시 트이ᄒᆞᆯ분 아니라 ᄌᆞ연 풍광이 쇄락ᄒᆞ여 비록 그 모부인이라도 찰난ᄒᆞᆫ 광ᄎᆡᄂᆞᆫ 밋디 못ᄒᆞᆯ 배오 그 형 김참졍 부인이 쟈약ᄒᆞᆫ 염모ᄂᆞᆫ 후ᄭᅴ 더으나 무궁ᄒᆞᆫ 흐웍ᄒᆞᆷ과 상활ᄒᆞ믄 밋디 못ᄒᆞ니 모든 형뎨 서리의 섯기매 나히 젹으시고 긔골이 셤약ᄒᆞ시되 위풍이 스ᄉᆞ로 소사나 어위ᄎᆞ고

4면

셤약ᄒᆞᆫ 거시 ᄀᆞᆷ초여 풍완ᄒᆞ신 ᄃᆞᆺᄒᆞᆫ디라 ᄆᆞᆯ근 눈을 ᄒᆞᆫ 번 두로면 일만 ᄉᆞᄅᆞᆷ을 안듕의 두실 ᄃᆞᆺᄒᆞ며 사ᄅᆞᆷ으로 ᄒᆞ여금 두려온 ᄆᆞᄋᆞᆷ이 스ᄉᆞ로 발킈 ᄒᆞ시니 모든 오라비와 형들이 감히 희언과 담소ᄅᆞᆯ 가ᄇᆡ야이 븟치디 못ᄒᆞ더라 이ᄣᅢ 장헌명슉황후 ᄒᆡᄅᆞᆯ ᄉᆞᆷ 수샤 태ᄌᆞᄅᆞᆯ 탄ᄉᆡᆼᄒᆞ시니 옥안이 ᄃᆞᆯ ᄀᆞᆺ고 긔골이 엄위ᄒᆞ시며 어려겨실 적븟터 글 닑기ᄅᆞᆯ 됴히 너기시니 진종이 크게 통ᄋᆡᄒᆞ샤 일등 문신을 ᄀᆞᆯᄒᆡ샤 농두각 태ᄒᆞᆨᄉᆞ 소운셩과 한ᄒᆞᆨ뎐 태ᄒᆞᆨᄉᆞ 운현으로 ᄀᆞᄅᆞ치라 ᄒᆞ신대 뎡신이 주왈 이쇠 다 년소다ᄌᆡᄒᆞ야 노

셩훈 긔믹이 다 부족ᄒᆞ니 다ᄅᆞ니를 고텨지이다 샹이 즉시 병부샹셔 노위로 태ᄌᆞ쇼ᄉᆞ를 ᄒᆞ이샤 운셩으로 더브러 태ᄌᆞ의 보필이 되라 ᄒᆞ시고 운현은 ᄀᆞ라두시다 운셩이 임의 태ᄌᆞ태ᄉᆡ 되여 동궁을 ᄀᆞᄅᆞ치며 젼혀 팀묵ᄒᆞ고 과간ᄒᆞ기로 쳐신ᄒᆞ야 그른 일을 칙ᄒᆞ고 졍도로 도으니 태ᄌᆞ의

5면

문니와 힝ᄉᆡ 날로 슉연ᄒᆞ시더라 일〃은 태ᄌᆡ 소현셩을 보고 녜현지도를 힝코져 ᄒᆞ샤 이에 니ᄅᆞ시니 마춤 승샹이 나갓는디라 소태뷔 뫼셔 말숨ᄒᆞᆯᄉᆡ 우어 ᄀᆞᆯ오샤ᄃᆡ 우리 무덕황뎨도 승샹집의 날마다 미힝ᄒᆞ시니 승샹이 부인으로ᄡᅥ 술과 안듀를 나오니 태되 아ᄌᆞ미라 칭ᄒᆞ신디라 내 나히 졈고 덕이 업ᄉᆞ나 션됴의 ᄯᅳᆺ을 니어 ᄂᆡ각 태부인ᄭᅴ 뵈옵고져 ᄒᆞᄂᆞ이다 태뷔 사례 왈 뎐하의 하괴 맛당ᄒᆞ시니 모ᄅᆞ미 신이 드러가 조모와 ᄌᆞ모를 ᄃᆡᄒᆞ야 니ᄅᆞ리이다 드ᄃᆡ여 드러와 고ᄒᆞ니 태부인이 즉시 소화셕 삼부인으로 더브러 태ᄌᆞ를 쳥ᄒᆞ야 당의 올니고 공경ᄒᆞ야 녜를 ᄆᆞᄎᆞ니 태ᄌᆡ ᄯᅩᄒᆞᆫ 겸손ᄒᆞ고 온냥ᄒᆞ샤 녜졀응ᄃᆡ와 말솜 내오미 엄연이 인신의 샹이 아니라 술을 드려 두어 슌의 태ᄌᆡ 하딕고 나와 졔소로 더브러 불승칭찬 왈 공 등의 어디ᄅᆞ미 소노공의 교훈ᄲᅮᆫ 아니라 실로 규각의 ᄆᆡᆼ모 ᄀᆞᄐᆞᆫ 편당이 이시미로다 인ᄒᆞ야 고셔

6면

를 강논ᄒᆞ시더니 소태뷔 동궁의 ᄯᅳᆺ을 알고져 ᄒᆞ야 문득 나ᄌᆞ와 뭇ᄌᆞ오ᄃᆡ ᄌᆞ고로 셩뎨 명왕이 ᄐᆡ졍의 아룸다오나 지친골육을 혜디 아냐 죽이고 혹 공신을 형벌ᄒᆞ니 가히 어딘 쟉이 아니러이다 태ᄌᆡ 념용단좌ᄒᆞ야 ᄃᆡ왈 불연ᄒᆞ다 법은 인졍이 업ᄉᆞ니 엇디 지친공신 죽이므로ᄡᅥ 일톄로 의논ᄒᆞ야 사오납다 ᄒᆞ리오 그 조각의 법을 ᄡᅳ면 어딜고 덕을 일허 어딘 신하 죽이면 불인이니 샹뉘 비간을 죽이니 닐온 포악이오 듀공이 관채를 버히시니 니론 셩인이라 대강 사룸이 힝실과 덕을 닷가 일이 올흔 고들 향ᄒᆞ면 셩인이 그른 일을 ᄒᆞ면 후셰예 시비 이시니 이제 당시하야 니룰디라도 션싱과 다뭇 과인이 이러ᄐᆞᆺ 샹익ᄒᆞ나 과인이 실덕ᄒᆞ면 션싱이 이윤 곽광의 일을 ᄒᆞ여야 가ᄒᆞ고 션싱이 만일 그ᄅᆞ면 과인이 당〃이 다ᄉᆞ리〃니 사졍을 춤아 못ᄒᆞ여 졍ᄉᆡ 글너지면 피ᄎᆡ 다 인약혼암ᄒᆞᆫ 사룸이 되리이다 졔쇠 듯줍기를 다 못ᄒᆞ여 서ᄅᆞ

7면

도라보면 한츌쳠비ᄒᆞ니 셕연돈오ᄒᆞ야 십분 슈렴ᄒᆞ더라 이ᄯᅢ 태ᄌᆞ의 나히 팔셰라 비를 간틱ᄒᆞ시니 텬하쥬현과 경셩ᄉᆞ태위 부귀를 흠모ᄒᆞ고 태ᄌᆞ의 쇼년영풍을 ᄉᆞ랑ᄒᆞ야 어린 녀ᄌᆞ를 단장ᄒᆞ야 대ᄂᆡ의 드리니 이ᄯᅢ 소후의 년셰 태ᄌᆞ로 동년이라 ᄯᅩᄒᆞᆫ 간틱의 드니 진종이 황후로 더브러 안자 보시니 녀ᄌᆞ의 쉬 삼만 칠빅이라 ᄉᆞ디궁녀로 골히여 삼빅이 된 후 어람ᄒᆞ시긔 ᄒᆞ니 뎨휘 삼빅 듕의 극틱ᄒᆞ샤 세 녀ᄌᆞ를 잡으시니 ᄒᆞ나흔 소공의 필녀 소쇼졔오 둘재ᄂᆞᆫ 곽시랑의 ᄯᆞᆯ이오 셋재ᄂᆞᆫ 양ᄉᆞ공의 ᄯᆞᆯ이라 다 긔특ᄒᆞ되 소쇼졔 홀ᄅᆞ 특이ᄒᆞ야 쇡〃고 쇄락ᄒᆞ며 엄위ᄒᆞ야 표〃앙〃이 국모의 가ᄒᆞᆫ디라 뎨휘 대희ᄒᆞ샤 나아오라 ᄒᆞ야 말숨을 무ᄅᆞ시니 응ᄃᆡ소통ᄒᆞ고 언에 상활ᄒᆞ야 진퇴녜졀과 동지 십분 긔이ᄒᆞ니 황휘 손을 잡고 샹ᄭᅴ 주왈 이ᄂᆞᆫ 곳 쳡의 어믜 양딜이니 쳡의게 의족이니 맛당이 비를 삼으리로소이다 샹이 칭하 왈 현후의 모

8면

친이 소현셩의 후은을 닙어시니 현휘 이 며ᄂᆞ리를 각별 ᄉᆞ랑ᄒᆞ쇼셔 휘 잠소ᄒᆞ시니 원ᄂᆡ 이 황후ᄂᆞᆫ 곳 소승샹의 양미 윤부인의 댱녀시니 시년이 이십삼셰시니 진종의 계실노 즉시 태ᄌᆞ를 나흐시니 이 곳 쟝헌황후 뉴시시니 고로 소승샹을 은인이라 ᄒᆞ시더라 ᄎᆞ일 세 녀ᄌᆞ를 ᄲᅡ 소쇼져로ᄡᅥ 비로 뎡ᄒᆞ시고 뎨휘 십분 은양ᄒᆞ샤 환희쾌락ᄒᆞ샤 태ᄌᆞ의 호구를 뎡ᄒᆞ라 ᄒᆞ샤 깃거ᄒᆞ시며 별궁의 두고 명일로 샹ᄉᆞ를 불러 뵈여 뎡ᄒᆞ려 ᄒᆞ니 소가의셔 경희ᄒᆞ미 교집ᄒᆞ더니 곽시랑이 그 ᄯᆞᆯ이 후궁이 될가 두려 즉시 샹보ᄂᆞᆫ 슐ᄉᆞ 원진인을 보고 회뢰를 쾌다 ᄒᆞ니 명일 진인이 명패를 ᄯᆞᆯ와 대ᄂᆡ의 드러가 간틱ᄒᆞᆫ 세 녀ᄌᆞ를 내여 셰우고 ᄒᆞᆫ 번 ᄇᆞ라보니 곽소졔 긔위 엄졍ᄒᆞ야 국모의 샹이 명빅ᄒᆞ되 다만 오라디 아니ᄒᆞᆯ 거시오 ᄯᅩᄒᆞᆫ 단명ᄒᆞ야 뵈고 양쇼져ᄂᆞᆫ ᄌᆞ쇡이 아름답고 귀샹이 이셔 후궁의 가ᄒᆞ나 복이 여텨 뵈ᄃᆡ 홀로 소쇼져 슈복이 굿고 우인이 비

9면

범ᄒᆞ야 팔덕이 ᄀᆞ죽ᄒᆞᆫ 태평국모의 샹과 ᄌᆞ손이 번셩ᄒᆞ야 뵈나 다만 복긔 채 펴디 아냐 면모의 엉긔여시니 당〃이 십 년 후 응ᄒᆞᆯ 거시오 곽소져ᄂᆞᆫ 구더 뵈디 아니나 화긔 영발ᄒᆞ엿거ᄂᆞᆯ 임의 진인이 회뢰를 바닷ᄂᆞᆫ 고로 손으로 곽시를 ᄀᆞᄅᆞ쳐 왈 이 진짓 만승국뫼라 팔지 긔특ᄒᆞ고 슈복이 겸젼ᄒᆞ이다 샹이 경왈 아니 그릇 보ᄂᆞ냐 딤의 ᄯᅳᆺ의

ᄂᆞᆫ 곽시 소시만 못ᄒᆞᆫ가 ᄒᆞ노라 진인이 ᄭᅮ려 주왈 만일의 모ᄌᆡ 니ᄅᆞᆯ딘대 소시 웃듬이나 팔ᄌᆞ와 샹은 곽시로소이다 소시 양시ᄂᆞᆫ 다 후궁의 영귀ᄒᆞᆯ 샹이나 엇지 곽쇼져의 귀복을 미ᄎᆞ리잇고 샹이 비록 소시ᄅᆞᆯ 드리고져 ᄒᆞ나 샹의 ᄃᆞᆯ녀시니 범안과 다ᄅᆞ도다 ᄒᆞ샤 즉시 곽쇼져로 태ᄌᆞ 졍비ᄅᆞᆯ 봉ᄒᆞ시고 소쇼져 양쇼져로 태ᄌᆞ 후궁을 삼으시니 태ᄌᆞ와 세 쇼제 다 유튱ᄒᆞ엿ᄂᆞᆫ고로 곽시로 초례 뎐안ᄒᆞ고 합궁튼 아냣고 소양 이인은 역시 후궁네로 동궁의 드러시나 깁흔 당의 곰초여 궁녀의 휵양을 닙어 태ᄌᆞᄭᅴ 뵈옵지 아니터라 셰월이 여류ᄒᆞ야 ᄉᆞ 년이 지나매 태ᄌᆞ의 나히 십

10면

이셰라 보야흐로 졍비로 더브러 합궁ᄒᆞ야 신졍이 근졀ᄒᆞ며 곽비 ᄌᆞᄉᆡᆨ이 툐월ᄒᆞ시니 ᄌᆞ못 졍이 듕ᄒᆞ되 년긔 졈으시므로ᄡᅥ 다른 ᄃᆡ ᄠᅳ디 결울티 못ᄒᆞ샤 후궁 ᄎᆞᄌᆞ믈 니ᄌᆞ시니 곽비ᄂᆞᆫ 투긔예 대쟝이라 여러 후궁을 후당의 가도아 태ᄌᆞᄅᆞᆯ 보지 못ᄒᆞ긔 ᄒᆞ시니 소쇼제 부모ᄅᆞᆯ 그리워 슬허ᄒᆞ더니 샹이 붕ᄒᆞ시고 태ᄌᆡ 즉위ᄒᆞ시니 시위 인종황뎨라 태휘 닙어 셥졍ᄒᆞ시고 곽시로 황후ᄅᆞᆯ 봉ᄒᆞ고 소시로 귀비ᄅᆞᆯ 봉ᄒᆞ고 양시로 귀인을 봉ᄒᆞ고 후궁을 여러흘 ᄲᅡ 드려 뉵궁을 ᄎᆡ오시다 인종이 션뎨의 삼년을 ᄆᆞᄎᆞ시고 다시 졍궁으로 연낙ᄒᆞ시나 년긔 ᄎᆞ시고 츈졍이 화챵ᄒᆞ시니 드ᄃᆡ여 여러 후궁을 통힝ᄒᆞ시고 뎡궁의 ᄌᆞ로 오디 아니시니 곽휘 크게 분노ᄒᆞ야 불안ᄒᆞ미 ᄌᆞ〃니 샹이 ᄌᆞ못 깃거 아니시니 쟝헌태휘 낭궁을 계틱ᄒᆞ시고 ᄯᅩ 소귀비의 아ᄅᆞᆷ다오므로ᄡᅥ 덕이 ᄀᆞᄌᆞ니 샹이 보시면 뎡궁이 위틱ᄒᆞᆯ가 두리샤 비록 지극 ᄉᆞ랑ᄒᆞ시나 텬ᄌᆞᄭᅴ 뵈지 아니 ᄒᆞ시더니 곽휘 필경은 장ᄎᆞᆺ

11면

후궁의 문안을 밧지 아니시고 죵일토록 셔시라 ᄒᆞ시니 양미인이 소시ᄅᆞᆯ 향ᄒᆞ야 ᄀᆞᆯ오ᄃᆡ 우리 등이 부모ᄅᆞᆯ ᄇᆞ리고 황명으로 심궁고당의 쳐ᄒᆞ야 뉵년이 지내되 텬ᄌᆞ의 면목도 아지 못ᄒᆞ고 도로혀 투부의 보차이ᄆᆞᆯ 보니 ᄎᆞᆼ이 긔구티 아니리오 나ᄂᆞᆫ 결연이 셧지 못ᄒᆞ여 도라가ᄂᆞ니 낭〃도 고집지 말고 가사이다 ᄒᆞ믈며 낭〃은 태후의 ᄉᆞ랑ᄒᆞ시ᄂᆞᆫ 배라 엇지 뎌 투부ᄅᆞᆯ 혜아리〃오 귀비 탄식 왈 슌텬자ᄂᆞᆫ 챵ᄒᆞ고 역텬자ᄂᆞᆫ 망이라 ᄒᆞᄂᆞ니 아등이 임의 사ᄅᆞᆷ의 아래 되여 그 곤ᄒᆞ미 샹ᄉᆡᆨ라 오직 텬명을 밧ᄌᆞ올 거시니 엇지 감히 법도ᄅᆞᆯ 난ᄒᆞ야 뎡궁을 멸시ᄒᆞ리오 죽을지언졍 도라가지 아니ᄒᆞ리

라 셜파의 눈믈 두어 줄이 옥면의 ᄡᅥ러지니 ᄇᆡᆨ년이 항슈의 즘기고 화왕이 츈우를 씌인 ᄃᆞᆺᄒᆞ니 좌우 궁인이 다 츄연ᄒᆞ더라 날이 오시 진ᄒᆞ되 황휘 도라가라 ᄒᆞ시ᄂᆞᆫ 명이 업더니 ᄯᅳᆺ 아닌 인종이 됴양뎐으로 가시다가 우연이 보시니 ᄒᆞᆫ 쇼년이 후궁의 오슐 닙고 문안단ᄌᆞ를

12면

들고 옥계예 셔시니 상이 괴[이]히 너기샤 나와 보시니 그 미인이 버들 ᄀᆞᆺᄐᆞᆫ 눈썹을 ᄡᅵᆼ긔고 봉안을 ᄂᆞ초와 구름 귀밋과 불근 보조개예 연분을 아냐시ᄃᆡ 쳔연ᄒᆞᆫ 광치와 ᄌᆞ연ᄒᆞᆫ 풍되 쇄락 흐억ᄒᆞ야 일쳔 티되 쳔향을 먹음고 월풍을 ᄯᅥᆯ쳐 ᄉᆡᆨ〃ᄒᆞ미 셜샹의 한월 ᄀᆞᆺᄐᆞ니 봉항 ᄀᆞᆺᄐᆞᆫ 엇게와 ᄀᆞᄂᆞᆫ 허리ᄂᆞᆫ 깁을 ᄆᆞᆺ근 ᄃᆞᆺ 신당이 유여ᄒᆞ고 위의 ᄀᆞ즉ᄒᆞ여 궁녀 가온대 셔시니 앙〃히 ᄲᅱ여나 진실로 모래 가온대 명듀를 더지고 ᄀᆡ쳔디왜예 ᄇᆡᆨ옥이 섯김 ᄀᆞᆺᄐᆞ니 찰난ᄒᆞᆫ 풍광이 뎐샹의 ᄇᆞ이니 텬ᄌᆡ 대경ᄒᆞ샤 무러 왈 이 엇던 사ᄅᆞᆷ고 궁인 녀시 복지 주왈 이ᄂᆞᆫ 곳 소귀비로소이다 샹왈 소귀비ᄂᆞᆫ 엇던 사ᄅᆞᆷ고 녀시 왈 션됴의 곽후로 더브러 ᄡᅡ히여 즉위 초의 귀비를 봉ᄒᆞ여시니 승샹 소현셩의 녀ᄋᆡ니이다 샹이 ᄯᅩ 문왈 엇디 뎌리 셧ᄂᆞ뇨 ᄃᆡ왈 황휘 문안을 드리디 아니시고 셔시라 ᄒᆞ시니 감히 물너가디 못ᄒᆞᄂᆞ이다 샹

13면

이 고개 조으시고 뎐교 왈 내 말노 황후ᄭᅴ 뎐ᄒᆞ고 소시를 도라가라 ᄒᆞᆯᄶᅵ어다 셜파의 됴양뎐의 드러가 태후ᄭᅴ 뵈오니 휘 ᄉᆞ좌ᄒᆞ시고 죠용이 말ᄉᆞᆷᄒᆞ실ᄉᆡ 샹이 니러 주ᄒᆞ야 ᄀᆞᆯ오ᄃᆡ 신이 션뎨와 낭〃의 셩은을 닙ᄉᆞ와 위예 모텸ᄒᆞ완지 수삼 년의 정궁을 박히ᄒᆞ미 업ᄉᆞᆸ거ᄂᆞᆯ 곽시 ᄆᆞ양 투긔로 신을 협박ᄒᆞ고 신의 후궁을 보채니 그 ᄒᆡᆼᄉᆡ 녀시의 우ᄒᆡᆫ가 ᄒᆞᄂᆞ이다 태휘 정ᄉᆡᆨ 왈 임ᄉᆞ 번희 밧근 투긔 아닛ᄂᆞᆫ 숙녜 업거ᄂᆞᆯ 황휘 년쇼 투정이 〃시믈 엇지 허물이 되여 녀시의 비기리오 샹이 다시 ᄀᆞᆯ오샤ᄃᆡ 신이 비록 년쇼ᄒᆞ나 국법으로 니ᄅᆞᆯ딘대 삼쳔 후궁이 이실ᄶᅵ라도 션됴 ᄉᆡᆨ신 바 소귀비와 양ᄌᆡ인 등이 다 신의 결발부뷔오 정궁으로 위치 다ᄅᆞ나 명가 대신의 녀ᄌᆞ로 ᄒᆞᆫ가지로 드러 션휘 업ᄉᆞᆸ거ᄂᆞᆯ 낭〃이 깁히 ᄀᆞᆷ초샤 신을 긔이시고 곽시의 궁비를 ᄆᆡᆼ그ᄅᆞ시니 그 ᄯᅳᆺ를 아지 못거이다 태휘 답왈 뎨 나히 졈고 정궁의 은의 온젼티 아니니 짐이 엇지 후궁을 뎨를 주리오 샹이

14면

주왈 불가ᄒᆞ이다 신이 곽시ᄭᅴ ᄌᆞ식이 업고 후궁을 ᄲᅢ시믄 ᄌᆞ식을 만히 두어 지업을 번셩키 ᄒᆞ고져 ᄒᆞ미니 엇지 쇼셜노 대의를 폐ᄒᆞ리잇고 신이 ᄎᆞ후로 소시 양시를 다 ᄎᆞᄌᆞ려 낭〃ᄭᅴ 주ᄒᆞᄂᆞ이다 태휘 묵연이러라 샹이 퇴됴ᄒᆞ샤 침뎐의 나와 소귀비를 브ᄅᆞ시니 귀비 보야흐로 곽후의 샤ᄒᆞ믈 닙어 슉소의 도라와 죵일토록 셔시모로 일신이 뇌곤ᄒᆞ고 졍혼이 살난ᄒᆞ야 단장을 벗고 벼개의 업데엿더니 뎨의 명을 듯고 심하의 비분ᄒᆞ야 오직 팅탁호되 유병ᄒᆞᆯ와 일ᄏᆞᆺ고 가지 아니니 샹이 세 번 쳥ᄒᆞ야 오지 아니ᄆᆞᆯ 보시고 즉시 쇼교를 ᄐᆞ시고 현경뎐의 가시니 소귀비 머리를 ᄡᅡ고 상의 누엇고 궁녀ᄂᆞᆫ 시위ᄒᆞ야 조을거ᄂᆞᆯ 샹이 드러 안ᄌᆞ시니 귀비 경동티 아냐 날호여 니러나고 궁녀ᄂᆞᆫ 창황이 댱 밧그로 나니 샹이 ᄎᆞᆨ을 ᄇᆞᆰ히고 귀비를 보시니 ᄎᆞᆨ하의 졍ᄐᆡ 더욱 비샹ᄒᆞ야 폐월슈하지ᄐᆡ와 팀어낙안지용이 이셔 비록 묘쟝 셔ᄌᆞ와 태진 비연이라도 이에 ᄇᆞ라지 못ᄒᆞᆯ 배

15면

오 단졍이 안ᄌᆞ 슈괴ᄒᆞᆷ과 경황ᄒᆞ믈 ᄭᅴ여시되 ᄯᅩᄒᆞᆫ 팀엄 ᄉᆡᆨ〃ᄒᆞ야 그 ᄆᆞ음이 하ᄒᆡ ᄀᆞᆺ고 그 깁ᄒᆡ 탁냥티 못ᄒᆞᆯᄶᅵ니 가히 녀듕 셩인군ᄌᆡ라 샹이 크게 ᄀᆡ특이 너기샤 무러 ᄀᆞᆯ오ᄃᆡ 귀비의 년긔 며티뇨 귀비 피셕 ᄃᆡ왈 십오세를 디내엿ᄂᆞ이다 샹이 쇼왈 짐으로 더브로 동년이로다 짐이 일즉 소쳥현으로 더브러 스승 뎨ᄌᆞ의 도를 힝ᄒᆞ더니 일됴의 텬봉지통을 만나고 군신지의 막히니 동궁의 이실 적과 달나 쳥ᄒᆞ야 보지 못ᄒᆞ니 져ᄇᆞ림이 만흔지라 ᄒᆞ믈며 귀비ᄂᆞᆫ 션됴의 ᄉᆡᆨ신 바로 짐으로 더브러 결발이라 엇지 졍이 젹으리오마ᄂᆞᆫ 국ᄉᆡᆨ 거츠러 후궁을 ᄎᆞᆺ지 못ᄒᆞ니 금일 서ᄅᆞ 보매 딤의 ᄂᆞᆺ티 참안ᄒᆞ도다 귀비 념용샤은 왈 신쳡의 부형이 국은을 듕히 닙숩고 신쳡이 쵸방의 간셥ᄒᆞ오니 셩은이 여산이라 츅텬ᄒᆞᆯ ᄯᆞ름이로소이다 샹이 쇼이문 왈 귀비 이제 츈ᄉᆡᆨ이 의구ᄒᆞᄃᆡ 칭병ᄒᆞ고 오디 아님은 엇디오 귀비 ᄃᆡ왈 신쳡이 거역ᄒᆞ미 아니라 진실로 질병이 이셔 역명ᄒᆞ니 죄 일만 번 죽엄즉 ᄒᆞ도소이다 샹

16면

이 쇼왈 귀비의 질병이 딤을 흔ᄒᆞ미냐 귀비 피셕ᄒᆞ야 ᄃᆡ답디 아니니 샹이 대쇼ᄒᆞ시고 이 날 슉침ᄒᆞ시니 은졍의 진듕ᄒᆞ시미 측냥티 못ᄒᆞᆯ러라 명일 샹이 소세ᄒᆞ시고 귀

비의 단장ᄒᆞ믈 보실ᄉᆡ 귀비 상의 겨시믈 아쳐ᄒᆞ야 협실의 드러 마리 비ᄉᆞ니 샹이 브ᄃᆡ 보고져 ᄒᆞ샤 ᄯᆞ와 드러가시니 귀비 마디못ᄒᆞ야 운환을 ᄭᆞ미ᄃᆡ 기름 방틱을 ᄡᅳ디 아니ᄒᆞ고 셰슈ᄒᆞᄃᆡ 연분이 업ᄉᆞ니 샹이 친히 웃고 경ᄃᆡ를 [이기] 보시니 [□□] 홍분과 방틱 난ᄆᆡ ᄀᆞᄐᆞᆫ 거시 업서 일쳑 대경만 잇ᄂᆞᆫ지라 샹이 쇼왈 귀비 엇지 지분을 아니며 눈섭을 그리지 아닛ᄂᆞ뇨 귀비 ᄂᆞ즉이 주왈 신이 텬셩이 게얼너 이 일을 셥녑지 아닛ᄂᆞ이다 샹이 긔특이 너기샤 팅찬 왈 귀비의 여러 동싱이 됴복을 닙고 반녈의 셔시매 얼골이 옥을 갓근 ᄃᆞᆺᄒᆞ고 냥협이 도화 ᄀᆞᆺ고 눈썹이 ᄆᆞᆯ가 그린 ᄃᆞᆺᄒᆞ며 입이 도쥬 ᄀᆞᄐᆞ니 완연히 미인의 셩덕홈 ᄀᆞᄐᆞᆫ지라 션뎨 ᄆᆞ양 니ᄅᆞ샤ᄃᆡ 소시 팔인의 미려ᄒᆞ미 홍분ᄒᆞᆫ 녀ᄌᆞ ᄀᆞᄐᆞ니 엇지

17면

남녀를 분간ᄒᆞ리오마ᄂᆞᆫ 신장과 골격으로 녀ᄌᆡ 아닌 줄을 알리라 ᄒᆞ시더니 귀비의 아름다오미 ᄯᅩᄒᆞᆫ 이 ᄀᆞᄐᆞ니 엇지 고이티 아니리오 짐이 어려실적 소부의 드러가 진국부인과 됴국부인을 보ᅀᆞᆸ고 소노공의 어ᄅᆞ만져 ᄉᆞ랑ᄒᆞ심과 소청현의 졍도로 도오믈 힘닙더니 이제 귀비로 짐의게 가ᄒᆞ니 비록 일홈이 후궁이나 엇지 졍궁의 지미 이시리오 구비 옷기슬 념ᄆᆡ여 졍ᄉᆡᆨ ᄃᆡ왈 텬은을 닙ᄉᆞ와 후ᄒᆞᆫ 말솜을 ᄂᆞ리오시니 셩은이 호텬망극이오나 신쳡은 삼천지셜의 뉴라 엇디 감히 졍궁과 일홈을 ᄀᆞᆯ오리잇고 셩샹의 말솜이 ᄌᆞ못 황공ᄒᆞ온 밧 폐하ᄭᅴ 실언ᄒᆞ시미 대단ᄒᆞ이다 샹이 불승경복ᄒᆞ야 날이 느즌 후 나가시니 곽휘 알고 대로ᄒᆞ샤 소귀비로 더브러 일당을 수죄ᄒᆞ샤 칙ᄒᆞ시고 샹ᄭᅴ 불공ᄒᆞᆫ 말솜이 만흐니 샹이 노ᄒᆞ샤 즉시 양미인 샹미인을 다 ᄎᆞ자 젼통ᄒᆞ시고 소귀비를 크게 경듕ᄒᆞ야 ᄂᆡ뎐의 드디 아니시니 양샹 이 미인이 ᄌᆞ득ᄒᆞ나 소귀비 홀로 공손ᄒᆞ며 두려

18면

ᄒᆞ여 샹의 ᄯᅳᆺ을 거ᄉᆞ리고 툥을 피ᄒᆞ시고 일즉 샹의 침뎐의 가디 아냐 만일 브ᄅᆞ시미 이시면 쳔방빅계로 칭탁ᄒᆞ고 가디 아니니 샹이 그 팀엄ᄒᆞ며 굿세여 셰쇽 유약ᄒᆞᆫ 녀ᄌᆡ 아니믈 보고 감히 언어간의도 후궁으로 ᄃᆡ졉디 못ᄒᆞ샤 지극 공경ᄒᆞ시고 ᄉᆞ졍의 경만ᄒᆞ여 후ᄒᆞ믄 양샹 이 미인이라 텬ᄌᆞ를 뫼시믈 그림재 좃ᄃᆞᆺ ᄒᆞ고 죵고 소ᄅᆡ를 응홈ᄀᆞᆺ티 ᄯᅳᆺ을 밧ᄌᆞ오니 샹이 십분 ᄉᆞ랑ᄒᆞ셔 주시ᄂᆞᆫ 것과 희롱이 만흐시되 소귀비 곳

보시면 풍경을 ᄀᆞᆷ초와 뇽안을 슈렴ᄒᆞ며 오ᄉᆞᆯ 졍히ᄒᆞ여 셜만티 못ᄒᆞ며 긔탄ᄒᆞ샤 곽후ᄭᅴ도 공경ᄒᆞ믄 이만 ᄀᆞᆺ디 못ᄒᆞ시므로 ᄌᆞ연 후통은 양샹 이인이오 듕ᄃᆡᄒᆞ믄 귀비오 곽후ᄂᆞᆫ 외친ᄂᆡ소ᄒᆞ미 되니 태휘 깁히 근심ᄒᆞ샤 샹을 엄틱ᄒᆞ시니 샹은 인효ᄒᆞ신 고로 다시 졍궁을 후ᄃᆡᄒᆞ시나 ᄆᆡ양 졍이 ᄂᆡ도ᄒᆞᆫ 곳으로 잇글니니 강잉ᄒᆞ시미 어렵더라 명년 츈 졍월의 샹이 태후를 위ᄒᆞ야 태평진연

19면

ᄒᆞ시니 ᄂᆡ외 황친 국쳑이 다 드러갈ᄉᆡ 소가 부인ᄂᆡ를 ᄂᆡ시를 보내샤 슈셔로 ᄌᆡ삼 쳥ᄒᆞ시니 샹이 ᄯᅩᄒᆞᆫ 뎐교ᄒᆞ샤 핑계ᄒᆞ고 아니들면 죄이시리라~ᄒᆞ신고로 소셕화 삼부인이 ᄌᆞ부를 거ᄂᆞ려 갈ᄉᆡ 태부인 왈 내 나히 늙고 졍신이 쇠모ᄒᆞ니 이ᄯᅢ의 드러가 귀비를 보아 영결코져 ᄒᆞ나 궐듕 츌입이 비편ᄒᆞ고 곽시의 경시ᄒᆞ미 이시리니 결연히 가디 못ᄒᆞ리라 ᄒᆞᆫ대 좌위 다시 권티 못ᄒᆞ더니 태휘 다시 슈셔로 쳥ᄒᆞ시ᄃᆡ 딤이 어려실 적 존안을 니별ᄒᆞ와 ᄆᆡ일 영탄ᄒᆞ더니 이런 ᄣᆡ예 드러오디 아니시면 실로 다시 뵈오미 어려온디라 쳥ᄒᆞ미 거만ᄒᆞ나 딤이 나가디 못ᄒᆞ므로ᄡᅥ 졍회를 펼 길히 업서 당돌히 부인을 쳥ᄒᆞᄂᆞ니 ᄇᆞ라건대 움ᄌᆞᆨ이믈 앗기디 마ᄅᆞ쇼셔 ᄒᆞ시고 쇼요 ᄎᆡ긔와 샹궁 일빵을 보내여 뫼셔오라 ᄒᆞ시니 부인이 마디 못ᄒᆞ야 소부인과 두 며ᄂᆞ리며 손부 손녀를 다 ᄃᆞ리고 궐듕의 니ᄅᆞ니 태휘 됴양뎐으로 뫼셔드려 ᄯᅳᆯ히 마자 올니시고 눈물

20면

을 ᄲᅳ리시며 반기고 깃거 왈 금일 존안을 보오니 이십 년을 디나시되 쇠티 아니시고 더욱 강졍ᄒᆞ시니 실로 긔특ᄒᆞ이다 태부인이 샤은ᄒᆞ여 왈 노쳡이 일즉 쇠모ᄒᆞ야 궁궐을 ᄇᆞᆲ디 아니려 ᄒᆞ더니 낭〃의 부ᄅᆞ시므로 드러와 이에 궁궐을 귀경ᄒᆞ고 낭〃ᄭᅴ 됴회ᄒᆞ니 텬은이 망극ᄒᆞ이다 태휘 ᄯᅩ 윤부인으로 모녀의 졍을 펴시고 소부인과 셕화 두 부인을 보시매 흔연이 공경ᄒᆞ며 반기샤 젼일 딜녀의 도로 즐기던 일을 니ᄅᆞ시고 탄식 왈 녜일이 츈몽 ᄀᆞᆺᄐᆞ야 실로 ᄉᆡᆼ각ᄒᆞ면 슬프더이다 졍히 심ᄉᆞ를 니를 적 궁녜 주왈 뎨휘 됴복을 ᄀᆞ초시고 헌슈ᄒᆞ려 ᄒᆞ시ᄂᆞ이다 모든 부인이 다 쟝 사이예 든 후 뎨휘 녜복을 졍히 ᄒᆞ시고 엇게를 ᄀᆞᆯ와 태후ᄭᅴ 헌슈ᄒᆞ시고 인ᄒᆞ야 좌를 일우신 후 만됴 부인이 ᄎᆞ례로 좌를 일워 즐길ᄉᆡ 이ᄯᅢ 소귀비ᄂᆞᆫ ᄂᆞᆨ궁으로 더브러 긴 단장을 ᄊᆞ으고 태후를 시립ᄒᆞ여시니 아름다온 얼골과 절

21면

셰ᄒᆞᆫ 풍되 새로와 삼쳔분ᄃᆡ예 ᄲᅢ여나 일인도 미ᄎᆞ리 업ᄉᆞ되 홀로 소시 제부인이 풍용이 서ᄅᆞ 빗최여 뇨됴ᄒᆞ고 슈미 빙뎡ᄒᆞᆫ ᄐᆡ되 텬샹의 ᄇᆡ이니 궁인이 ᄐᆡᆼ찬 왈 소시 문뎡은 졀ᄉᆡᆨ이 못ᄂᆞᆫ지라 소낭〃의 아름다오미 당금의 둘히 업ᄉᆞᆫ가 ᄒᆞ더니 김참졍 부인과 셕부인의 긔특ᄒᆞ믄 도로혀 더으다 ᄒᆞ더라 이날 곽휘 만됴 부인을 둘너 보시니 만됴의 반이나 대신 명부로 버렷ᄂᆞᆫ 거시 다 소귀비의 졀텬이라 즘영거족의 혁〃히 명ᄉᆞ직샹으로 년결ᄒᆞ여시니 심하의 깃거 아니ᄒᆞ더니 태휘 ᄯᅩ 소문 녀ᄌᆞ들을 각별이 무휼ᄒᆞ고 양태부인과 화셕 이 부인을 크게 공경ᄒᆞ시니 궁듕 비빙이 ᄯᅩᄒᆞᆫ 경ᄃᆡᄒᆞ미 극ᄒᆞ고 곽국구의 부인과 며ᄂᆞ리 드러와시되 긔셰 황후로 빗나니 권셰 ᄂᆡ외로 혁〃지 못ᄒᆞ고 ᄯᅩ 틴쳑이 쇠잔ᄒᆞ며 인물들이 우어 뵈니 태휘 비록 후ᄃᆡᄒᆞ 굴신ᄒᆞ야 공경ᄒᆞ미 업ᄉᆞ며 궁네 다 비우ᄉᆞ니 심하의 통ᄒᆞᆫᄒᆞ야 노긔 미우의 표연ᄒᆞ신대 샹이 그 ᄯᅳᆺ들 알고 이에 국구의 부인을 인견

22면

ᄒᆞ샤 샹ᄉᆞᄒᆞ시고 관ᄃᆡᄒᆞ시니 휘 보야흐로 노긔를 그티시다 잔치를 파ᄒᆞᆫ 후 샹이 태후를 뫼셔 진국 양태부인을 쳥ᄒᆞ야 마자 올니시고 뫼셔 말솜ᄒᆞ시며 공경ᄒᆞ시미 지극ᄒᆞ시니 부인이 ᄉᆡ양 왈 신쳡은 초야의 늘그니라 군신의 명분이 엄ᄒᆞ니 엇디 폐하의 녜ᄃᆡ ᄒᆞ시믈 바드리잇고 [짐이 비록 만승텬ᄌᆞ나 엇지 삼ᄃᆡ 대신의] 모친을 셜만히 ᄒᆞ며 동뎨왕비 윤시ᄂᆞᆫ 곳 딤의 외조뫼라 조뫼 부인으로 모녀지의로 홀션대 딤의 이러ᄒᆞ미 가히 샹ᄉᆡᆨ니 이 다 태휘 ᄯᅩᄒᆞᆫ 권ᄒᆞ시니 부인이 마디못ᄒᆞ야 좌의 안자 말솜 홀ᄉᆡ 샹이 뎐교ᄒᆞ야 궁듕의 수일을 머믈어 귀비를 보고 가쇼셔 ᄒᆞ시니 대부인이 샤은ᄒᆞ고 ᄎᆞ야의 귀비 팀소의 가 모녀 형뎨 슉딜이 만나 반기고 슬허 눈물이 옷기ᄉᆞᆯ 적시더라 명일의 태휘 어룬 궁녀로 새벽 문안ᄒᆞ시고 샹이 ᄯᅩᄒᆞᆫ ᄂᆡ시로 문안ᄒᆞ시니 영춍과 존경ᄒᆞ미 대ᄂᆡ의 죠요ᄒᆞᆫ디라 태부인이 불안ᄒᆞ야 즉시 하딕고 ᄌᆞ부 제손을 ᄃᆞ려 나갈ᄉᆡ 소귀비 크게 울고 ᄯᅥ나니 셕부인과 모든 형뎨 븟들고 춤아 니별티 못ᄒᆞ니 태부인

23면

이 ᄉᆞ디저 왈 살음이 죽디 아냣고 모드미 쉬오니 엇디 죠고만 니별을 슬허ᄒᆞ리오 귀비ᄂᆞᆫ 가히 녜도로 군왕을 돕고 덕을 닷가 번희의 풍을 ᄯᆞᆯ오고 비연의 챵궐ᄒᆞ믈 본바

다 조종을 욕먹이디 말나 셕부인이 손을 잡고 우러 왈 녀으는 잉분흐기를 위쥬흐야 삼가 근신흐고 비약흐야 반쳡여의 당신궁 고단을 효측흐여 몸을 보젼흐고 쳑희의 화를 엇디 말디어다 귀비 슬푼 눈물이 환난흐야 다만 절흐야 니별흐니 모든 형들과 위시 형시 등이 다 안슈를 쓰리고 됴양뎐의 하딕고 딥의 도라오니 승샹과 졔직 드러와 귀비의 평부를 무르니 태[부인 왈 겨유 □□하나 엇지 평안하다 하리오 쇠부인이 탄왈 딘실노 딜녀의 필경이 엇더홀고 드러가 황후의 긔식을 보니 무스키를 브라디 못홀너라 졔싱이 다 슬허흐되 승샹이 쇼왈 녀익 즈연 영귀흐야 위틱티 아니리니 부절업슨 근심을 말나 흐더라 추후 승샹과 셕부인이 녀으를 경계흐야 졍궁의 공슌흐고 온슌흐라 흐는 글월이 년흐엿고 귀비 또흔 덕을 닷쓰되 곽휘 감심흐미 업스니 그 일싱을 탄흐더니 홀른 샹

24면

이 니르샤딕 귀비를 보시고 웃고 왈 뎌적 셜연적 귀비 친쳑을 만나 엇디 그리 수이 내여 보내시니잇가 딕왈 궁금이 디엄흐니 외인이 가보야이 뉴흐여 쳡의 분이 죡흐믈 아디 못흐믈 둣고 폐하를 후궁의 집을 친히흐시는 긔롱을 드르시리잇고 흐믈며 늘근 한미 뎐은이 과도흐믈 두려 나가믈 브야니 신이 엇디 막으리잇고 샹이 탄왈 진국부인은 당셰의 밍뫼라 딤이 뵈셔 말숨흐매 즈연 숑연흐여 오술 슈렴흐고 가브야이 눈을 드러 보디 못흐야 심히 두려워 뵈는디라 녀즈의 엄위흐미 엇디 이러툿 흐리오 소션싱으로븟터 현비의 니르히 쥰절 싀〃흐미 ㄱ득흐믄 진실로 진국부인의 여풍이러이다 귀비 누죽이 샤은흐더라 샹이 흔갓 귀비의 즈식과 덕을 공경흐실분 아녀 실로 부형의 놋출 보셔 듕딕흐시니 귀비 이에 더욱 두려 만일 의복의 빗치 황후와 곳트면 즉시 벗고 됴셕 문안의 틱만흐미 업서 근노흐여 셤기미 궁인 일양으로 흐시니 인

25면

인이 덕을 외오고 공을 기리니 곽휘 십분 믜이 너기시며 양샹 이 미인이 또흔 투긔흐미 즈〃니 귀비 다만 화평흐고 즐거온 드시 흐야 디내더니 일〃은 곽휘 후궁을 쳥흐야 술을 먹이시니 모다 고이히 너겨 추례로 안즈니 궁인이 옥빈예 경장을 부어 몬져 소귀비씌 나아가 니 귀비 임의 그 죠티 아닌 뜻인 줄 아나 홀일이업서 안잣더니 궁인이 잔을 들고 수러 드리다가 밋친 브람이 뎐샹의 쎄텨 잔을 업지르니 싸히셔 불이 니

러ᄂᆞᆫ디라 좌우 궁인과 뉵궁이 대경ᄒᆞ야 일시의 소ᄅᆡ하며 안ᄉᆡᆨ을 변ᄒᆞ되 소귀비 홀로 ᄉᆞᄉᆡᆨ을 변티 아니ᄒᆞ고 쑬니 계하의 ᄂᆞ려 청죄 왈 신쳡이 경심이 업서 낭〃의 주신 잔을 업치니 죄 일만 번 죽엄즉ᄒᆞ이다 휘 ᄇᆞ야흐로 핑계하샤 대로ᄒᆞ여 ᄎᆡᆨ왈 네 엇디 내의 주ᄂᆞᆫ 잔을 업텨 명분이 업ᄉᆞ리오 쑬니 춘원ᄃᆡ예 가도라 궁인 녀시 간왈 귀비ᄂᆞᆫ 뉵궁의 웃듬이오 태후와 샹이 공경ᄒᆞ시ᄂᆞᆫ 배라 가히 멸ᄃᆡ티 못ᄒᆞ리이다

26면

휘 듯디 아니ᄒᆞ시고 잡아 가도시니 귀비 오직 평안ᄒᆞᆫ ᄉᆞᄉᆡᆨ으로 이에 가티이니 궁듕이 소동ᄒᆞ고 태휘 드ᄅᆞ시고 좀〃ᄒᆞ여 계시더니 ᄎᆞ야의 샹이 소시 팔인을 인견ᄒᆞ샤 말숨ᄒᆞ시고 ᄯᅩᄒᆞᆫ 그 주ᄉᆞ들을 긔록ᄒᆞ야 가디고 현경뎐의 가시니 귀비 업ᄂᆞᆫ디라 궁녀ᄃᆞ려 무로시니 주왈 오ᄂᆞᆯ ᄂᆡ던 셜연의 시례ᄒᆞ샤 츈원ᄃᆡ예 가티시니이다 샹이 텽필의 말을 아니시고 이고ᄃᆡ셔 슈팀ᄒᆞ신 후 명일의 태후ᄭᅴ 문안ᄒᆞ시고 니주 왈 ᄌᆞ고로 님군이 사랏ᄂᆞᆫᄃᆡ 황휘 후궁을 총단ᄒᆞ여 챵궐ᄒᆞᄂᆞᆫ 일이 잇ᄂᆞ니잇가 태휘 답왈 비록 맛당티 아니나 ᄯᅩᄒᆞᆫ 대단ᄒᆞᆫ 허물이 아니〃이다 샹이 뇽안이 불열 왈 낭〃의 말숨이 그ᄅᆞ시이다 곽시와 소시를 션뎨 한가디로 색샤 신을 맛디시니 신이 곽시로 졍궁을 삼으나 인가로ᄡᅧ 니ᄅᆞᆯ딘대 두 안해라 ᄉᆞ족 부녜 엇디 서ᄅᆞ 징투ᄒᆞ며 ᄯᅩ 감히 쳐단ᄒᆞ여 잡아 가도리오 신이 불승통히ᄒᆞᄂᆞᆫ 바ᄂᆞᆫ 소시 곽시 다 ᄉᆞ족이오 션휘 업거ᄂᆞᆯ 망녕도이 총단ᄒᆞ니 셜ᄉᆞ 궁인으로 후궁

27면

을 삼마실ᄶᅵ라도 신이 사라셔ᄂᆞᆫ 곽후의 손의 신의 쳐쳡을 더뎌두디 아니리이다 드ᄃᆡ여 ᄉᆞ매ᄅᆞᆯ ᄯᅥᆯ티고 도라오샤 뎐디ᄒᆞ야 소귀비ᄅᆞᆯ 노ᄒᆞ시고 졍궁 시녀ᄅᆞᆯ 다 츄고ᄒᆞ시니 곽휘 대로ᄒᆞ야 식음을 폐ᄒᆞ신대 샹이 드러가 보고 ᄀᆞᆯ오ᄃᆡ 낭〃의 거동을 보니 딘황후의 일이 머디 아냐 ᄆᆡ복ᄒᆞᄂᆞᆫ 환이 니러나리로다 부〃 듕졍은 인의로 못ᄒᆞᄂᆞ니 딤의 ᄯᅳ디 ᄒᆞᆫ 번 두로혀면 두리건대 낭〃ᄭᅴ 니티 아니리니 일회나 조심ᄒᆞ시미 엇더니잇고 낭〃이 만일 옥경 공쥬의 말을 드ᄅᆞ실딘대 가히 셩녜 되리이다 ᄒᆞ니 옥경공쥬ᄂᆞᆫ 샹의 의ᄆᆡ라 ᄆᆞ양 후ᄅᆞᆯ 간ᄒᆞ야 공슌ᄒᆞ쇼셔 ᄒᆞ더라 곽휘 깁히 노ᄒᆞ야 말을 아니시니 샹이 이에 딘졍으로 ᄀᆡ유ᄒᆞ시며 십여 일을 졍궁의 머므시더니 홀연 소귀비의 복직 아냐시ᄆᆞᆯ ᄊᆡᄃᆞᄅᆞ샤 즉시 궁녀로 귀비의 인슈ᄅᆞᆯ 보내시니 귀비 노히ᄆᆞᆯ 어더 팀뎐

의 잇더니 궁녜 샹명으로 인슈ᄅᆞᆯ 드리니 귀비 득죄ᄒᆞ고 핑계ᄅᆞᆯ 엇고져 ᄒᆞ던고로 인슈ᄅᆞᆯ 바다 내여더지고 ᄭᅮ

28면

저 왈 암약ᄒᆞᆫ 님군이 쳐쳡을 거ᄂᆞ리디 못ᄒᆞ며 죠고만 벼슬을 귀ᄒᆞᆫ가 너겨 됴롱ᄒᆞᄂᆞ냐 드ᄃᆡ여 밧디 아니니 궁녜 도라가 슈말을 고ᄒᆞ니 샹이 이날 친히 현경뎐의 니ᄅᆞ러 웃고 왈 현비 므슴 연고로 짐을 암약다 ᄭᅮ짓ᄂᆞ뇨 귀비 피셕 ᄃᆡ왈 폐해 션뎨와 태후의 맛긔신 졍궁을 박ᄃᆡᄒᆞ셔 녜ᄅᆞᆯ 아디 못ᄒᆞ시니 어두오시미오 사오나온 신을 폐티 아니셔 궁ᄂᆡᄅᆞᆯ 어ᄌᆞ러이시미 약ᄒᆞ시미라 신이 일만번 죽으나 ᄃᆡ언을 아니티 못ᄒᆞᄂᆞ이다 샹이 귀비의 팀졍ᄒᆞᆫ 긔도와 엄위ᄒᆞᆫ 말ᄉᆞᆷ을 드ᄅᆞ시고 그 풍광을 ᄃᆡᄒᆞ매 졍이 어리고 ᄯᅳ지 므로녹아 흔연이 우으시며 답왈 딤의 실톄ᄒᆞ미 잇거니와 귀비 내티지 아니ᄒᆞ문 ᄇᆞᆯ근 덕이라 현비 모슴 죄 잇다 ᄒᆞ고 내티리오 황휘 비록 투긔ᄒᆞ나 짐이 이시니 현비ᄂᆞᆫ ᄒᆞᆫ티 말고 짐으로 더브러 평ᄉᆡᆼ 고락을 ᄒᆞᆫ가지로 ᄒᆞ사이다 셜파의 뇽표 ᄉᆞ매로조차 귀비 인슈ᄅᆞᆯ 내여 친히 ᄎᆡ오시고 공경ᄒᆞ심과 진듕ᄒᆞ시미 비길 ᄃᆡ 업더라 귀비 샹의 은총을 더옥 두려 듀야

29면

ᄉᆡᆼ각ᄒᆞ매 보신디칙을 ᄭᆡᄃᆞᄅᆞ니 일〃은 황후ᄭᅴ 문안을 ᄆᆞᆺ고 물러 ᄌᆞ경뎐의 니ᄅᆞ러 됴희ᄒᆞᄆᆞᆯ 청ᄒᆞ니 샹이 평일 소비 불너도 오지 아니ᄒᆞ고 드런 지 뉵칠년의 ᄌᆞ경뎐을 보지 아냣ᄂᆞᆫ지라 심하의 와시ᄆᆞᆯ 고이히 너기샤 밧비 브ᄅᆞ시니 소비 나아가 처엄으로 뇽상 하의셔 녜ᄅᆞᆯ ᄒᆡᆼᄒᆞ매 샹이 년망히 몸을 니러나 마ᄌᆞ샤 그 ᄉᆞ매ᄅᆞᆯ 붓드러 안치시고 왈 현비 금일 이에 니ᄅᆞ시니 아디못게라 므슴 ᄀᆞᄅᆞ치미 잇ᄂᆞ냐 귀비 ᄭᅮ러 ᄃᆡ왈 신이 텬은을 닙ᄉᆞ와 후궁의 ᄎᆞᆼ수ᄒᆞ니 ᄉᆞᆨ야의 외람ᄒᆞ야 ᄒᆞ옵고 ᄯᅩ 폐해 삼천후궁을 두샤 팔ᄇᆡᆨ연지ᄅᆞᆯ ᄀᆞ초시고 태후 낭〃으로 ᄒᆞ여곰 됴양뎐의 시측ᄒᆞ리 업ᄉᆞ오니 우흐로 태휘 외로오시고 버거 셩샹의 셩회 브족ᄒᆞ시며 아래로 신 등의게 누덕이 이실디라 신이 폐하ᄭᅴᄂᆞᆫ 유믜 불관ᄒᆞ니 원컨대 금일로붓터 태후ᄭᅴ 시봉ᄒᆞ여 소임을 출혀지이다 샹이 뇽안의 수ᄉᆡᆨᄒᆞ샤 탄식 왈 현비 엇디 이런 말을 ᄒᆞᄂᆞ뇨 삼천 후궁이 이

30면

시나 다 딤의 ᄯᅳᆺ의 맛ᄂᆞ냐 현비의 규졍ᄒᆞ미 올흐니 딤이 당〃이 황후로 븟터 번드러 태후를 뫼시게 ᄒᆞ리니 귀비 엇디 홀로 가 딤을 ᄇᆞ리려 ᄒᆞ시ᄂᆞ니잇가 귀비 념용졍식 왈 셩샹의 뉵궁이 잇거ᄂᆞᆯ ᄒᆞᆫ 쳡으로 태후ᄭᅴ 시측ᄒᆞ믈 허티 아니시니 두리건대 외인이 폐ᄒᆞ를 시비ᄒᆞᆯ가 ᄒᆞᄂᆞ이다 신이 됴양궁의 가나 엇디 폐ᄒᆞ를 닛ᄌᆞ오리잇가 샹이 그 ᄯᅳᆺ이 구드믈 보고 쳐연 냥구의 허락ᄒᆞ시니 소비 년망이 니러 샤은 하딕ᄒᆞ고 즉시 태후궁의 드러가 태후를 뫼와 디내니 태휘 크게 ᄉᆞ랑ᄒᆞ시고 그 팔ᄌᆡ 괴로오믈 슬허 ᄒᆞ시되 일즉 샹을 ᄃᆡᄒᆞ여는 쇼시의 졍ᄉᆞ를 니ᄅᆞ디 아니시더라 샹이 귀비를 보내시고 ᄆᆞ음이 쳑연ᄒᆞ샤 현경뎐의 드러가 보시니 ᄇᆡ옥샹 쳥나샹이 의구ᄒᆞ되 금병 가온ᄃᆡ 명월의 광치 업서 부용 ᄒᆞᆫ 송이 종젹이 업ᄉᆞ니 닙ᄀᆡ의 보고져 ᄯᅳᆺ이 무궁ᄒᆞ야 툐탕ᄒᆞ기를 마디아니ᄒᆞ시다가 헛도이 밤을 디내고 명됴의 태후ᄭᅴ 문안

31면

ᄒᆞ신 후 눈을 드러 ᄉᆞᆯ피시되 소비의 종젹이 업ᄂᆞᆫ디라 고이히 너기시되 태후의 ᄉᆞ긔 엄졍ᄒᆞ시니 감히 뭇디 못ᄒᆞ고 도라와 겨시더니 ᄎᆞ후 날마다 문안의 유의ᄒᆞ여 보ᄃᆡ 귀비를 보디 못ᄒᆞ시니 이십여 일 후 ᄎᆞᆷ디 못ᄒᆞ야 태후ᄭᅴ 문왈 소귀비 낭〃ᄭᅴ 봉양ᄒᆞ믈 일ᄏᆞᆺ고 이리완 디 일삭이 거의라 아디 못거이다 왓ᄂᆞ니잇가 태휘 ᄃᆡ왈 과연 귀비 이에 니ᄅᆞ러 딤의 식봉을 ᄉᆞᆯ피고 좌와를 븟드러 슈족 ᄀᆞᆺ틀 분 아니라 무릇 졍ᄉᆞ를 도와 춍명 신긔ᄒᆞ미 과인ᄒᆞ니 가히 녀듕 셩인이러이다 [상이] 뇽안이 희열ᄒᆞ샤 말ᄉᆞᆷ을 ᄃᆡ답고져 ᄒᆞ시더니 ᄂᆡ시 주왈 졍식 드렷ᄂᆞ이다 태휘 바다 샹으로 더브러 보시고 샹이 유예ᄒᆞ야 결티 못ᄒᆞ시니 태휘 쇼왈 귀비 곳 아니면 아디 못ᄒᆞ리라 드ᄃᆡ여 근시로 브ᄅᆞ시니 귀비 마디못ᄒᆞ야 승명 뎐도ᄒᆞ야 됴복과 패옥으로 됴양뎐의 니ᄅᆞ니 샹이 ᄇᆞ라보시매 년곳 ᄀᆞᆺ튼 얼골의ᄂᆞᆫ 진쥬ᄌᆞ금관을 ᄡᅳ고 칠보면뉴를 드리오고 ᄎᆡ봉

32면

냥익의ᄂᆞᆫ 직금월나삼을 닙고 셤〃초요의 녹금슈라샹을 닙고 단션을 들고 년보를 움즉여 나아오니 ᄆᆞᆯ근 골격은 신션 일뉘어ᄂᆞᆯ 윤튁ᄒᆞᆫ 광염은 홍년홰 이슬을 마시고 모란이 동풍의 붓치ᄂᆞᆫ ᄃᆞᆺ 아릿ᄯᅡ온 ᄌᆞ틔ᄂᆞᆫ 삼ᄉᆡᆨ도홰 됴로를 ᄯᅴ엿ᄂᆞᆫ ᄃᆞᆺ 향긔롭고 쟈약ᄒᆞ믄 ᄆᆡ화 서리를 머금어 소담ᄒᆞ믈 쟈랑ᄒᆞᄂᆞᆫ ᄃᆞᆺ 슈〃ᄒᆞᆫ 격됴와 쇼쇄한 풍치 불근 난

초 옥분의 빗겨고 츄월이 탁운을 헤티는 둧 뇨됴흔 졍신과 빙뎡흔 긔질이 송옥의 등가녀와 조식의 낙신 기리미라도 밋디 못ᄒᆞ리니 장강의 고은 눈과 공교로온 우음이며 니부인의 혜힐흔 풍친들 엇디 소비씌 밋ᄎᆞ리오 ᄯᅩ흔 힝지 유엄ᄒᆞ고 위의 슉연ᄒᆞ야 거롬마다 쇄락ᄒᆞ고 볍되 이셔 만인이 불급ᄒᆞ며 숑연홀지라 날호여 거러 태후 안젼의 다ᄃᆞᄅᆞ니 좌우 궁빙이 다 눈을 ᄂᆞ초와 감히 우러〃 보지 못ᄒᆞ고 태휘 ᄯᅩ흔 돈연히 녜경ᄒᆞ샤 골오ᄃᆡ 금일 귀비를 브ᄅᆞ믄 다른 연괴

33면

아니라 [경ᄉᆡ 드러시니 의논ᄒᆞ야 뎐교코져 ᄒᆞ미로다 귀비 샤은ᄒᆞ고] 경ᄉᆞ를 밧드러 규경ᄒᆞ여 돕ᄉᆞ오믈 광명정대히 ᄒᆞ여 영오ᄒᆞ고 신긔흔디라 태휘 크게 칭찬ᄒᆞ시고 샹이 대열ᄒᆞ샤 화식이 만면ᄒᆞ며 귀비를 ᄇᆞ라보아 정혼을 일헛더니 이윽고 귀비 퇴홀ᄉᆡ 우연히 눈을 들매 졍히 샹으로 눈이 마조티니 샹이 즉시 눈을 ᄂᆞ초고 념용ᄒᆞ야 고텨 안ᄌᆞ시고 귀비 즉시 나가니 궁녜 샹의 두리고 공경ᄒᆞ시미 이 ᄀᆞᄐᆞ믈 보고 서로 도라보아 놀라더니 이윽고 곽휘 문안오시니 현고의식ᄒᆞ야 비록 도화의 고온 거시 이시나 빅티 흐웍ᄒᆞ믄 소비씌 밋디 못ᄒᆞ믄 ᄇᆞ라도 못ᄒᆞᄂᆞᆫ 배오 위의 동지 심히 경삽ᄒᆞ셔 쇼독흔 빗과 냥연흔 빗치 이셔 십분 긔탄홀 일이 업서 궁녜 다 셜만ᄒᆞ고 샹이 ᄯᅩ흔 공경ᄒᆞ시ᄂᆞᆫ 일이 업더라 명됴의 샹이 귀비를 쳥ᄒᆞ시니 귀비 칭탁ᄒᆞ고 가디 아니시니 샹이 심히 흔하셔 궁녀로 뎐어 칙왈 현비 비록 대신의 녀ᄌᆞ로 션됴의 드리신 배나 딤의 슈하의 쳐ᄒᆞ야 엇[디] 딤의 명을 듯지 아닛ᄂᆞ뇨

34면

시에 닐러쇼ᄃᆡ 님군이 브ᄅᆞ시거든 가를 기ᄃᆞ리디 아니코 명을 응흔다 ᄒᆞ니 귀비 만일 딤의 ᄯᅳᆺ을 거ᄉᆞ리면 쇄 삼족의 미ᄎᆞ리라 귀비 ᄃᆡ답ᄒᆞᄃᆡ 신쳡은 듯ᄌᆞ오니 당부의 입의셔 일언이 나매 쳔년불기라 ᄒᆞ오니 ᄒᆞ믈며 만승텬ᄌᆡ니잇가 폐해 처엄의 신으로 ᄡᅥ 태후 봉양ᄒᆞ기를 경계ᄒᆞ시고 브ᄅᆞ거든 오라 ᄒᆞ시ᄂᆞᆫ 말이 업던디라 신이 임의 이에 이셔 일삭도 못ᄒᆞ여 브ᄅᆞ시니 이는 녀ᄌᆞ의게 실신ᄒᆞ시미라 신이 출하리 폐하씌 죄를 엇ᄌᆞ올디언졍 폐하로 ᄒᆞ여곰 실신킈 아니리니 ᄒᆞ믈며 신이 모역흔 죄상이 업ᄉᆞ니 폐해 비록 만승텬ᄌᆡ시나 엇디 미셰흔 일노ᄡᅥ 신의 부형을 죄주시며 쇄 삼족의 밋ᄎᆞ리잇고 셜ᄉᆞ 폐해 신의 벌로ᄡᅥ 무단흔 위엄을 발ᄒᆞ샤 쇄 구족의 니ᄅᆞ나 일의 올티

아니면 일빅 번 죽어도 항복디 아니리로소이다 셜파의 일호도 요동ᄒᆞ미 업ᄉᆞ니 상이 드ᄅᆞ시고 어히 업서 다시 졔어홀 계괴 업서 ᄒᆞ시더니 귀비 이에 ᄉᆡᆼ각ᄒᆞᄃᆡ 뎌국이 강셩ᄒᆞᆫ

35면

ᄃᆡ 봉을 ᄃᆞ토기 가티 아니니 내 부모유톄를 보젼ᄒᆞ야 심궁의 물너나 일ᄉᆡᆼ 박명을 깃쳐 반쳡여의 당신궁 적막ᄒᆞ믈 효측홀디라 언뎡 상통을 미더 졍궁을 업슈이 너길 ᄯᅳᆺ을 방ᄌᆞ히 가져 우흐로 가문 도덕을 이저ᄇᆞ리고 아래로 인신의 [쳑희를 인시라 ᄒᆞ니 인톄란 말이라] 화를 취티 아니ᄒᆞ야 군왕의 ᄯᅳ들 거ᄉᆞ리고 북궁 깁흔 고ᄃᆡ 일신을 즘가 쳔츄의 ᄆᆞᆯ근 일홈을 나타내고 부모 ᄉᆡᆼ휵지신을 보젼ᄒᆞ리라 ᄒᆞ여 계교를 뎡ᄒᆞ고 ᄯᅩᄒᆞᆫ 그 신셰 괴롭고 젼졍이 ᄆᆞᆺᄎᆞ며 부모 형뎨를 ᄉᆞ모ᄒᆞ야 뉴톄 홍험의 ᄀᆞ독ᄒᆞ니 졍신이 오열ᄒᆞ야 딘〃이 늣기믈 ᄭᅵ듯디 못ᄒᆞ니 [좌우] 시위인이 다 슬허ᄒᆞ더라 이에 단장을 곳치고 됴양뎐의 드러가 주ᄒᆞᄃᆡ 신이 낭〃의 셩은을 닙ᄉᆞ와 일신이 평안ᄒᆞ오니 잠간도 니니[30]측디 말믈 원이오ᄃᆡ 업ᄃᆡ여 ᄉᆡᆼ각건대 부귀 극ᄒᆞ오면 조물이 ᄉᆡ긔ᄒᆞ고 ᄆᆞᆯ이 ᄀᆞ득ᄒᆞ면 업티고 ᄃᆞᆯ이 두렷ᄒᆞ면 이러디니 신이 벼슬이 뉵궁의 웃듬으로 영통이 과분ᄒᆞ니 엇디 여른 복이 손티 아니 ᄒᆞ리잇고

36면

복념컨대 신의 신셰에 셩 나타미 어리고 졸ᄒᆞ야 화려ᄒᆞᆫ 고디 긍〃업〃 ᄒᆞ니 믈러 북궁의 드러가 천년을 션죵ᄒᆞ미 지극ᄒᆞᆫ 소원이라 ᄇᆞ라건대 낭〃의 딘념ᄒᆞ시믈 ᄇᆞ라노이다 태휘 ᄌᆡ삼 권유ᄒᆞ야 머므ᄅᆞ시ᄃᆡ 귀비 더옥 갈 ᄯᅳᆺ이 구드니 태휘 이에 허락ᄒᆞ시고 표빅 쳔단을 주시니 샤은ᄒᆞ고 물러나 황후ᄭᅴ 하딕ᄒᆞ시니 휘 깃그샤 ᄉᆞ듀ᄒᆞ시며 금빅으로 샹ᄉᆞᄒᆞ시니 귀비 빅비 샤례ᄒᆞ고 ᄌᆞ졍뎐의 니ᄅᆞ러 샹ᄭᅴ ᄇᆡ샤홀ᄉᆡ 샹이 귀비의 북궁으로 가믈 드ᄅᆞ시고 졍ᄉᆡᆨ 노왈 딤[궁]이 반셕 ᄀᆞᆺᄐᆞ니 엇디 후비로 ᄒᆞ여곰 각궁의 헤텨 살리오 귀비는 딤의 웃듬 후비라 지은 죄 업시 북궁의 귀향가니 이 무슴 도리〃오 비록 태휘 허락ᄒᆞ여 겨시나 결연히 듯디 아니리라 소비 옷기슬 녀미고 주왈 신쳡이 텬은을 듕슈ᄒᆞ와 뉵궁분ᄃᆡ예 참예ᄒᆞ오니 낭〃이 믈러가실디라도 궁듕의 업

30) 니 : 반복되었음.

더여 둑기를 싱각ᄒᆞ옵ᄂᆞ니 엇디 감히 ᄌᆞ단ᄒᆞ미 이시리오마는 신의 쳔신의 질병이 만코 이실 고디 맛당티 아닌디라 북

37면

궁이 요원ᄒᆞ다 ᄒᆞ나 샹게 이십니오 대궐과 ᄒᆞᆫ 당원 ᄂᆡ라 ᄯᅩᄒᆞᆫ 셩샹의 궁듕이니 엇디 신의 가미 괴이ᄒᆞ리오 신이 졍으로 ᄲᅧ 알외와 태후의 허락을 밧ᄌᆞ와시니 복망 폐하는 텬디 ᄀᆞᆺᄐᆞᆫ 덕틱을 펴샤 신의 원을 허ᄒᆞ시면 셩은이 호텬망극일가 ᄒᆞᄂᆞ이다 샹이 응연브답ᄒᆞ고 노긔만안이로ᄃᆡ 귀비 ᄆᆞ춤내 이실 ᄯᅳ디 업서 하딕고 물너나신대 샹이 대로ᄒᆞ샤 읏듬 시녀의게 츄고ᄒᆞ시고 뎐교 왈 소귀비 군명을 거역ᄒᆞ고 쳐신을 ᄌᆞ단ᄒᆞ야 딤을 업슨 것ᄀᆞᆺ티 ᄒᆞ니 죄상이 듕ᄒᆞᆫ디라 궁인 녀시로 명ᄒᆞ야 인슈를 앗고 ᄋᆡᆨ뎡의 가도라 ᄒᆞ시니 명이 나매 귀비 안싀을 변티 아니ᄒᆞ고 날호여 당복과 인슈를 글너 궁인을 주고 ᄋᆡᆨ뎡으로 ᄂᆞ려가되 거름이 ᄂᆞᄂᆞᆫ 듯ᄒᆞ고 혜힐쇄락ᄒᆞᆫ 광취[와] 텬연ᄒᆞᆫ 풍되 좌우의 ᄡᅩ이니 샹이 ᄎᆞᆷ아 가도디 못ᄒᆞ야 불너 북궁의 가디 아니키를 무ᄅᆞ시니 ᄃᆡ비 ᄃᆡ왈 신이 황명을 거역ᄒᆞ미 아니라 실로 태후ᄭᅴ 하딕을 고ᄒᆞ여시니 고티디 못ᄒᆞᆯ디니 ᄉᆞ죄를

38면

청ᄒᆞᄂᆞ이다 샹이 탄식고 뎐의 올려 다시 벼슬을 주시고 ᄃᆡᄒᆞ야 ᄀᆞᆯ오샤ᄃᆡ 딤이 비를 박ᄃᆡᄒᆞ미 업고 ᄯᅩ 져ᄇᆞ린 배 업거ᄂᆞᆯ 엇딘고로 북궁의 드러 딤을 피코져 ᄒᆞᄂᆞ뇨 귀비 뎨두툐탕ᄒᆞ여 말이 업ᄉᆞ니 샹이 다시 ᄀᆞᆯ오샤ᄃᆡ 태후ᄭᅴ 하딕을 ᄒᆞ여시나 일야를 머므디 못ᄒᆞ리오 현경뎐의 가 오ᄂᆞᆯ 머물워 ᄂᆡ일 가라 딤이 ᄯᅩᄒᆞᆫ 별ᄂᆡ를 니ᄅᆞ고져 ᄒᆞ노라 귀비 피셕 ᄃᆡ왈 텬은이 망극ᄒᆞ오나 태후ᄭᅴ 허락을 밧ᄌᆞ와 하딕ᄒᆞ온 후 머므미 불안ᄒᆞ오니 샤죄ᄒᆞ쇼셔 샹이 탄왈 귀비의 ᄆᆞᄋᆞᆷ은 비인졍이라 아디못게라 딤을 더러이 너기미냐 [후궁이 되어 통분이 □□□□□□□] 부〃의 졍이 이대도록 박ᄒᆞ야 감동ᄒᆞ미 업ᄂᆞ뇨 이 반ᄃᆞ시 내의 풍치 ᄆᆡ물ᄒᆞ고 얼골이 귀비만 못ᄒᆞ믈 ᄒᆞᆫᄒᆞ미로다 딤이 귀비를 ᄒᆞᆫ티 아냐 딤의 용뫼 사오나오믈 붓그리ᄂᆞ이다 귀비 이 말ᄉᆞᆷ을 듯고 뉵칠 년 ᄂᆡ예 처엄으로 홍험이 미〃히 열니여 불근 입시울의 ᄇᆡᆨ옥 ᄀᆞᆺᄐᆞᆫ 흰 니 빗최니 아롱ᄒᆞᆫ 풍용과 윤틱ᄒᆞᆫ 용안이 비길 ᄃᆡ 업슨

39면

디라 샹이 귀비의 웃는 용화를 처엄으로 보시니 년홰 이슬을 머금어 ᄇᆞ람의 흔득이는 듯ᄒᆞᆫ디라 ᄂᆡ엄 석〃ᄒᆞᆫ 풍되 변ᄒᆞ야 츈풍이 화창ᄒᆞ야 ᄇᆡᆨ물의 ᄉᆡᆼ긔를 도으며 화긔를 내는 듯ᄒᆞ니 ᄉᆡᆼ이 황홀이 정신을 일허 ᄎᆞ마 써나디 못ᄒᆞ시더니 이윽고 귀비 니러나 날호여 하딕ᄒᆞ고 물너날ᄉᆡ 샹이 농안의 함누ᄒᆞ야 쳑연히 ᄂᆞᆺ빗출 곳치시고 셩음이 오열ᄒᆞ야 겨유 니ᄅᆞ샤ᄃᆡ 현비는 일즉 도라와 딤을 져ᄇᆞ리디 말나 드ᄃᆡ여 뉵십만 셕을 주시고 황금 만 냥과 ᄎᆡ단 ᄇᆡᆨ 술위를 샹ᄒᆞ시고 환쟈 이십 인으로 어림군 일쳔을 거ᄂᆞ려 북궁을 ᄃᆡ희여 귀비를 호의ᄒᆞ라 ᄒᆞ시고 칠보금거와 청나산개와 니원뎨ᄌᆞ와 누른 양 여둛을 주시니 대개 님군이 황표팔마를 술위예 메오시고 황후는 수ᄅᆡ예 누른 양을 여둛이 메워 ᄡᅳ으니 금일 소귀비의 은통을 빗내시노라 이러틋 츔위로ᄡᅥ 주시미러라 귀비 샤은ᄒᆞ고 불러 북궁으로 향ᄒᆞ니 혁〃ᄒᆞᆫ 위의와 뇨류ᄒᆞᆫ

40면

ᄉᆡᆼ가 소ᄅᆡ 어ᄅᆡ고 귀비 칠보 팔양긔를 ᄒᆞ고 청나산의 황월을 셰우며 어림군병이 밧글 옹위ᄒᆞ고 수ᄇᆡᆨ 시녜 안흐로 시위ᄒᆞ야 북궁의 드러가니 궁궐이 장녀ᄒᆞ고 ᄃᆡ흰 시녜 무수ᄒᆞ야 다 귀비를 보고 긔특이 너겨 왈 이런 ᄌᆞ식을 고금의 둘히 업ᄉᆞ리라 ᄒᆞ더라 귀비 힝니를 안둔ᄒᆞ고 ᄇᆡᆨ년의 계교를 ᄒᆞ니 쳐쇠 유아ᄒᆞ고 ᄆᆞ음이 휜출ᄒᆞᆫ디라 궁관으로 밧글 ᄃᆡ희오고 궁녀로 더브러 안히 이셔 부모ᄭᅴ ᄌᆞ로 신을 통ᄒᆞ고 한가히 시ᄉᆞ를 다ᄉᆞ려 세상을 니ᄌᆞ니 엇디 곽후의 곤욕과 뉵궁의 투긔를 다시 보고져 ᄒᆞ리오 딘찬을 염ᄒᆞ고 금슈의를 믈니티고 화됴월셕의 구슬 ᄀᆞᆺ튼 문쟝을 토ᄒᆞ야 음영ᄒᆞ며 힝실을 닷그니 엇디 구ᄐᆞ여 구챠히 샹통을 ᄉᆡᆼ각ᄒᆞ며 반비의 단션을 슬허ᄒᆞ며 아교의 ᄆᆡ부ᄒᆞ미 이시리오 몸이 금농을 버서난 ᄋᆡᆼ모와 그물의 도망ᄒᆞᆫ 고기 ᄀᆞᆺᄐᆞ여 십뉵세 청춘이 홍안 박명을 깃텨 폐륜ᄒᆞ야 심궁의 유폐ᄒᆞ믈 아디 못ᄒᆞ고 한헐

41면

ᄒᆞ믈 깃거ᄒᆞ니 그 경ᄉᆡ 가히 슬프더라 각셜 샹이 귀비를 보내시고 ᄆᆞ음이 평안티 아니ᄒᆞ샤 듀야 ᄉᆡᆼ각고 슬허 형ᄉᆡᆨ이 쵸쳬ᄒᆞ고 식음이 감ᄒᆞ시니 태휘 놀나샤 샹을 불러 ᄎᆡᆨ왈 딤이 션뎨를 여히고 샹을 의탁ᄒᆞ야 조종 혈ᄉᆞ를 굿디 아닐가 ᄒᆞ더니 이제 경이 정궁을 소ᄃᆡᄒᆞ야 ᄌᆞ식이 업고 소시를 ᄉᆡᆼ각ᄒᆞ야 만승의 위의 초ᄉᆞᄒᆞ니 ᄀᆞ장 한심ᄒᆞᆫ디

라 ᄒᆞ믈며 소시 북궁의 가기를 둛히 너기니 경의게 여러 후궁이 이시니 엇디 소시를 구ᄐᆞ여 ᄉᆡᆼ각ᄒᆞ리오 드ᄃᆡ여 양샹 이 미인을 다 됴양뎐으로 ᄃᆞ려오시고 샹을 칙ᄒᆞ시니 샹이 빅빅 사죄ᄒᆞ시고 그 ᄯᅳᆺ을 밧ᄌᆞ와 곽후ᄭᅴ 은근ᄒᆞ시더니 일〃은 편뎐의셔 일ᄃᆡ 명신을 불러 말ᄉᆞᆷᄒᆞ실ᄉᆡ 이ᄯᅢ 소현셩은 티ᄉᆞᄒᆞ고 퇴됴ᄒᆞ야 교외예 잇고 소운셩이 승샹을 ᄒᆞ엿더니 모든 형뎨로 더브러 인견의 드니 샹이 조용히 셜화ᄒᆞ야 졔소ᄃᆞ려 닐러 ᄀᆞᆯ오샤ᄃᆡ 경의 누의 딤을 ᄇᆞ리고 북궁의 드러 나오디 아니니 경 등이 그 ᄯᅳᆺ을 아

42면

아는다 졔쇠 다 유〃ᄒᆞ고 답디 못ᄒᆞ더니 운셩이 주왈 신의 누의 텬셩이 비박ᄒᆞ여 농위를 두리미니 엇디 감히 폐하를 져ᄇᆞ리미리잇고 샹이 쇼왈 션ᄉᆡᆼ은 졍딕 대신이라 딤의 그ᄅᆞ믈 돕고 은휘티 말나 딤이 후궁을 후히ᄒᆞ미 졍궁의 더으디 아니ᄒᆞ되 졍궁이 딤을 경시ᄒᆞ니 실로 고이ᄒᆞᆫ디라 딤이 드ᄅᆞ니 경 등의 집은 여러 부인이 이셔 화긔 ᄀᆞ득ᄒᆞ다 ᄒᆞ니 그윽이 불워ᄒᆞ노라 운셩이 졍ᄉᆡᆨ 주왈 이는 곳 폐하의 그ᄅᆞ신 타시라 폐해 졍궁을 박히ᄒᆞ시고 후궁을 젼통ᄒᆞ셔 궁ᄂᆡ 어즈러오미 잇ᄂᆞ니 샹이 만일 신의 말을 조ᄎᆞ샤 션후를 출히시고 명분을 엄히ᄒᆞ시면 국가의 만ᄒᆡᆼ이니 신이 외람이 션됴의 은퇵을 닙ᄉᆞ와 동궁의 시측ᄒᆞ여ᄉᆞᆸ던고로 심ᄉᆞ를 감히 긔이디 아닛ᄂᆞ이다 샹이 념임칭샤 ᄒᆞ시더라 이윽고 졔신이 퇴ᄒᆞ매 샹이 졍궁의 드ᄅᆞ샤 곽후를 ᄃᆡᄒᆞ야 이 말을 니ᄅᆞ시고 쇼왈 딤이 후궁의 친족을 ᄃᆞ리고 낭〃의 말ᄉᆞᆷ을 ᄒᆞ여시니 낭〃이 더욱 딤을 ᄒᆞᆫᄒᆞ시

43면

리로소이다 휘 노ᄉᆡᆨ브답ᄒᆞ더라 일월이 여류ᄒᆞ야 일 년이 디낫더니 태휘 붕ᄒᆞ시니 샹이 망극ᄒᆞ야 ᄋᆡ훼ᄒᆞ시며 집상ᄒᆞ샤 삼년을 ᄆᆞᄎᆞ시니 샹이 더욱 슬허ᄒᆞ시며 곽후를 후ᄃᆡᄒᆞ시고 양샹 이 미인을 ᄎᆞ자 디내시니 휘 평ᄉᆡᆼ 투긔를 강잉ᄒᆞᆯ 길히 업서 이에 불슌ᄒᆞ미 ᄌᆞ〃니 샹이 심히 ᄒᆞᆫᄒᆞ더라 일〃은 양샹 이 미인이 샹을 뫼셧더니 샹이 무러 ᄀᆞᆯ오샤ᄃᆡ 경 등이 일즉 소귀비의 평부를 아는다 이인이 ᄃᆡ왈 소귀비 북궁의 간 후 신 등이 사ᄅᆞᆷ브려 무ᄅᆞᄃᆡ 궁문의 사ᄅᆞᆷ을 드리디 아니터라 ᄒᆞᄂᆞ이다 샹이 탄식ᄒᆞ시고 왈 태휘 붕ᄒᆞ신 후 딤의 ᄆᆞ음이 세샹의 업서 후궁들을 ᄎᆞᆺ디 못ᄒᆞ과라 이인이 주왈 곽휘 요ᄉᆞ이 새로이 신 등을 보채시고 죽이고져 ᄒᆞ시니 쳡 등이 인시의 화를 어들가 셜워

ᄒᆞᄂᆞ이다 언미필의 곽휘 여어 드ᄅᆞ시고 대로ᄒᆞ야 즉시 내ᄃᆞ라 두 미인을 ᄭᅳ어 업디ᄅᆞ고 크게 ᄭᅮ지저 왈 네 이제 내 허물을 샹씌 츔소ᄒᆞ니 죽을ᄶᅵ언뎡 너희를 ᄀᆞ만이 두디 아니리라 ᄒᆞ고 벽

44면

의 거럿는 칼흘 ᄲᅢ혀 하슈코져 ᄒᆞ시니 샹이 황망히 니러나 후의 손을 잡아 칼흘 아ᄉᆞ시고 왈 만일 거죄 챵셜ᄒᆞ면 딤이 두고져 ᄒᆞ여도 황휘 보젼티 못ᄒᆞ시리니 노를 긋치쇼셔 휘 더옥 노ᄒᆞ셔 두 미인을 박ᄎᆞ고 샹을 밀티실 적 목이 샹ᄒᆞ여 피지 버서디니 샹이 대로ᄒᆞ여 왈 낭〃이 진실로 이럿틋 ᄒᆞ려 ᄒᆞ시ᄂᆞ니잇가 휘 답왈 쳡이 금일은 군의 죽이믈 바드나 ᄀᆞ만이 잇디 못ᄒᆞ리니 아모리나 ᄒᆞ라 셜파의 두 손으로 샹의 ᄲᅣᆷ을 틴대 샹이 이에 ᄀᆞ만이 안자 후의 구튝을 다 바드신 후 니러 외뎐으로 나가시니 환관 여문응이 샹의 농안이 불그시믈 보고 연고를 뭇ᄌᆞ오니 샹이 슈말을 니ᄅᆞ신대 여문응 왈 폐해 엇디 폐티 아니시ᄂᆞ니잇고 샹왈 션됴의 ᄉᆡᆨ신바로 쵸토를 ᄒᆞᆫ가지로 디내엿고 결발지쳬라 군신이 듯지 못닐가 ᄒᆞ노라 여문응 왈 집정대신을 불러 무ᄅᆞ소셔 샹이 즉시 묘당의 명패를 ᄂᆞ리오시니 녀이간이 ᄆᆞᄎᆞᆷ 잇다가 드러가 뵈오매 샹이 조

45면

흔을 뵈시고 폐후를 의논ᄒᆞ신대 이간이 그 ᄯᅳᆺ을 밧ᄌᆞ와 한당고ᄉᆞ를 비겨 샹을 도〃와 이에 폐후홀 ᄯᅳᆺ을 ᄂᆞ리오시고 경오 원년 츈 정월의 곽후로ᄡᅥ 정비를 삼아 쟝녕궁의 내티고 샹미인을 졀도의 안티ᄒᆞ시고 양미인을 별틱의 가도신 후 군신을 불너 뎐교 왈 딤이 불힝ᄒᆞ여 후비의 변을 만나고 인륜을 폐ᄒᆞ니 그 ᄒᆞ고져 ᄒᆞᆫ 배 아니어ᄂᆞᆯ 공도보 범듕엄 등이 가보야이 대의로 비방ᄒᆞ여 딤을 졀칙ᄒᆞ니 군신의 ᄯᅳᆺ이 막혀 아디못ᄒᆞ리로다 임의 정궁이 업ᄉᆞ니 국모의 위를 ᄒᆞᄅᆞ도 뷔오디 못ᄒᆞ리니 녜부샹셔 시랑은 간틱 일ᄉᆞ를 지촉ᄒᆞ라 뎐괴 ᄂᆞ리매 태ᄉᆞ원 관원이 주왈 신이 밤의 텬문을 보오니 황후셩이 궁듕의 불가시니 슈고로이 민간 녀ᄌᆞ를 ᄉᆡᆨ디 마ᄅᆞ쇼셔 샹이 냥구히 ᄉᆡᆼ각ᄒᆞ시되 씨돗디 못ᄒᆞ샤 답왈 궁녀의 후궁이 만흐나 다 후궁의 가티 아니ᄒᆞ니 엇디오 태ᄉᆡ 주왈 이 ᄯᅩᄒᆞᆫ 신 등의 아디 못홀 배나 후셩이

46면

빗나고 당〃ᄒᆞ니 엇디 국모 되실 재 업ᄉᆞ면 텬샹을 응ᄒᆞ리잇고 폐하는 ᄌᆞ시 슬피쇼셔 샹이 허락고 침궁의 드ᄅᆞ셔 밤이 붉도록 샹냥ᄒᆞ되 황후 되염즉하니 업ᄉᆞ니 졍히 ᄌᆞ려 ᄒᆞ시다가 홀연 크게 ᄭᆡᄃᆞ로샤 넓더 안ᄌᆞ시며 스ᄉᆞ로 환희ᄒᆞ야 셔안을 티시며 왈 딤이 연애예 싸딘 사ᄅᆞᆷ이 되엿더냐 ᄎᆞ인이 가히 국모의 위를 니어 태ᄉᆞ의 덕을 펴리니 명일의 뎐교ᄒᆞ고 칙봉ᄒᆞᆯ 거시니라 ᄒᆞ시니 진실노 태평국뫼오 녀듕 요슌이 나신디라 대송 긔업이 뉴〃만셰로다 명일의 샹이 셜표ᄒᆞ시고 하교 왈 딤이 곽비를 폐ᄒᆞ매 제신이 션됴의 ᄉᆡᆨ신 배라 일ᄏᆞᄅᆞ니 딤이 ᄉᆡᆼ각건대 곽시 양시 다 유폐ᄒᆞ여 션됴의 골히신 거슬 져ᄇᆞ리니 ᄯᅩᄒᆞᆫ 참연ᄒᆞ야 이에 ᄉᆡᆼ각건대 귀비 소시는 명문현가의 ᄉᆡᆼ댱ᄒᆞ야 규목의 덕이 갈담의 풍화를 니어 공검인효ᄒᆞ되 곽후의 투긔를 인ᄒᆞ야 태후를 봉양ᄒᆞ다가 북궁의 물너 이시니 이 ᄯᅩᄒᆞᆫ 션됴의 골ᄒᆞ여

47면

딤의 졍궁을 삼으려 ᄒᆞ시다가 슐ᄉᆞ의 요망ᄒᆞᆫ 말노 후궁을 삼아 계신디라 특별이 칙봉ᄒᆞ야 황후를 삼아 군신의 ᄆᆞᄋᆞᆷ과 딤의 ᄯᅳ들 위로ᄒᆞᄂᆞ니 경 등은 ᄌᆞ시 알나 태흑ᄉᆞ 표증이 니러 티하 왈 셩괴 ᄌᆞ못 맛당ᄒᆞ오니 일즉 시힝ᄒᆞᆯ 거시니다 말을 니어 군신이 호만셰 환희ᄒᆞ니 샹이 ᄯᅩᄒᆞᆫ 깃거 즉시 위의를 ᄀᆞ초아 소귀비를 마ᄌᆞ려 보내시니 이적의 귀비 북궁의 이셔 태후 삼년을 지내고 듀야 슬허ᄒᆞ나 일신이 평안ᄒᆞ니 기리 시름을 니저 셰월을 보내더니 사ᄅᆞᆷ이 보ᄒᆞ되 곽낭〃이 투긔로 폐ᄒᆞ시고 양샹 이 미인이 죄를 닙어 내티이다 ᄒᆞᆫ대 귀비 탄식 왈 톳기 죽으면 여이 슬허ᄒᆞᆫ다 ᄒᆞ니 내의 유폐ᄒᆞᆷ을 즐기고 통을 깃거 힝실을 닷디 아니니 양샹 이인의 화 만나믄 오늘이 오히려 느ᄌᆞ[려]니와 곽후의 폐ᄒᆞ시믄 국가의 불힝이라 ᄯᅩᄒᆞᆫ 셩샹ᄭᅴ 실덕ᄒᆞ시미 젹지 아니토다 셜파의 홀연 태후의 경계ᄒᆞ야 곽후 두호ᄒᆞ시

48면

며 텬ᄌᆞ를 엄틱ᄒᆞ셔 [화]목ᄒᆞᆷ ᄀᆞᄅᆞ티시던 일을 ᄉᆡᆼ각고 태후의 아니 계시모로 곽휘 폐ᄒᆞᆷ 슬허 눈물이 빵〃ᄒᆞ여 옷기ᄉᆡ 저ᄌᆞ니 시녜 놀나 연고를 무론대 귀비 묵연 탄식고 말을 아니하더니 문득 밧기 딘동ᄒᆞ며 태감이 드러와 주왈 신이 샹명을 밧ᄌᆞ와 낭〃을 뫼시라 니ᄅᆞ럿ᄂᆞ이다 드ᄃᆡ여 황후 삼으려 ᄒᆞ시는 ᄯᅳ들 고ᄒᆞᆫ대 소비 블변안식

ᄒᆞ고 날호여 ᄀᆞᆯ오ᄃᆡ 경은 쾌히 도라가 셩샹씌 주ᄒᆞ라 무릇 국모ᄂᆞᆫ 명위 텬ᄌᆞ라 심궁 유폐ᄒᆞᆫ 귀비 엇디 감히 승위ᄒᆞ리오 죽을찌언뎡 명을 뜻줍디 못ᄒᆞᆯ소이다 ᄒᆞ라 태감이 고텨 업데여 다시 청ᄒᆞ되 귀비 요동티 아니코 구디 ᄉᆞ양ᄒᆞ여 도라 보내니 샹이 헛도이 도라오믈 보시고 각별이 ᄂᆡ시와 궁인으로 난가를 ᄀᆞ초아 다시 청ᄒᆞ시니 귀비 빅가지로 밀막고 가지 아니ᄒᆞ니 샹이 소현셩을 브ᄅᆞ샤 ᄀᆞᆯ오ᄃᆡ 딤이 상부의 청덕을 공경ᄒᆞ고 귀비의 덕을 ᄉᆞ모ᄒᆞ야 칙봉ᄒᆞᆯ

49면

쓰디 ᄇᆡ야ᄃᆡ 귀비 듯디 아니코 북궁의 깁히 드러 나디 아니니 샹부의 ᄀᆞᄅᆞ티믈 ᄇᆞ라ᄂᆞ이다 소공이 ᄌᆡᄇᆡ 샤은 왈 노신의 어린 녀ᄌᆡ 깁히 덕이 업서 곤위를 욕ᄒᆞᆯ찌라 신이 불승황〃ᄒᆞ믈 이긔지 못ᄒᆞᆯ소이다 샹명이 계시니 신이 ᄒᆞᆫ 번 권ᄒᆞ여 보리이다 샹이 환희ᄒᆞ야 ᄌᆡ삼 ᄀᆡ유ᄒᆞ믈 청ᄒᆞ시니 소공이 북궁의 드러가 귀비를 보매 귀비 크게 반기고 슬허 붓들고 통곡ᄒᆞ여 경ᄉᆞ를 고ᄒᆞᆯᄉᆡ 소공이 날호여 위로ᄒᆞ고 탄식 왈 국운이 불ᄒᆡᆼᄒᆞ여 부뫼 화티 아니시고 졍궁이 환을 어드니 신민의 망극ᄒᆞᆫ 배라 이제 귀비로 뻐 칙봉ᄒᆞᆯ 쓰디 이시니 실노 문호의 불ᄒᆡᆼ이오 후셰의 말이 이실가 두립거니와 ᄯᅩᄒᆞᆫ 텬명이니 현마 엇디ᄒᆞ리오 ᄉᆡ양ᄒᆞᄂᆞᆫ 일이 올커니와 텬여를 불취ᄒᆞ면 반슈기해라 ᄒᆞ니 모ᄅᆞ미 경심계지ᄒᆞ야 군왕을 어디리 돕숩고 셩덕을 펴며 [검박ᄒᆞ고] 공ᄌᆞᄒᆞ야 매명을 엇디 말고 덕을 닷그라 귀비 탄식 읍하 왈 ᄒᆡ이 슬하를 니별ᄒᆞ

50면

야 심궁의 드러 쳔신만고를 겻고 부모 유톄 보젼키를 크게 너겨 인뉸 폐ᄒᆞ기를 돎히 너기고 북궁 외로오믈 영화로 아라 쳔신만고ᄒᆞ미 엇디 즐겨 ᄒᆞ미리오 이제 손복ᄒᆞᆯ 위의로뻐 비기니 ᄆᆞ음의 놀납고 쩔녀 슉야의 황〃ᄒᆞᆫ디라 만일 ᄉᆡ양ᄒᆞ야 엇디 못ᄒᆞ면 실노 ᄒᆡ이 죽어 모ᄅᆞ고져 ᄒᆞᄂᆞ이다 소공 왈 내 평ᄉᆡᆼ 뎡심이 텬명 곳 아니면 도리의 올흔 일이라도 거ᄉᆞ리고 텬명이면 그른 일이라도 ᄃᆞ토디 아닛ᄂᆞ니 이제 폐후ᄒᆞ고 귀비를 셰오믄 블셔 하늘이 뎡ᄒᆞ신 배라 이러므로 폐후의 ᄃᆞ토디 아니ᄒᆞ고 닙후의 ᄉᆡ양티 아니믄 다 하늘을 슌ᄒᆞ미라 시셰인은 날을 고이히 너기려니와 역텬ᄒᆞ미 그른디라 오직 고집디 말고 일즉 도라가라 귀비 톄루 슈명ᄒᆞᆫ대 소공이 즉시 니러 나갈ᄉᆡ 소매 가온대로셔 ᄒᆞᆫ 봉 화젼을 귀비를 주고 나가니 귀비 바다 ᄇᆡ사ᄒᆞᆫ 후 쎠여 보시니

ᄒᆞ여소ᄃᆡ ᄉᆞ친을 쓰디 말고 샤치ᄒᆞ디 말며 교만티 말며 프러디〃 말며 모디〃 말고 게으ᄅᆞ디 말며 경도ᄒᆞ디 말

51면

며 조ᄇᆡ압디 말고 사ᄅᆞᆷ을 간대로 다ᄉᆞ리디 말며 간대로 두지 말고 일편젓지 말나 만일 내의 슬하 써나믈 슬허ᄒᆞ고 날을 보고져 할 적 이 글을 보면 가히 내 얼골이 겻틔 이시며 내의 ᄀᆞᄅᆞ치믈 듯ᄂᆞᆫ ᄃᆞᆺᄒᆞ리니 삼가 명심ᄒᆞᆯ디어다 ᄒᆞ엿더라 견필의 더옥 슬허ᄒᆞ시더니 문득 드ᄅᆞ니 니원풍뉴 소ᄅᆡ 구텬의 씨티며 함셩이 대진ᄒᆞ고 졍긔 ᄒᆡᄅᆞᆯ ᄀᆞ리오니 궁인이 실ᄉᆡᆨᄒᆞ더니 이윽고 태감이 텬ᄌᆞ의 친님ᄒᆞ시믈 뎐ᄒᆞ며 샹이 농표 옥ᄃᆡ로 드러 오시니 귀비 샹을 니별ᄒᆞ완 디 다ᄉᆞᆺ ᄒᆡ라 그 ᄉᆞ이 샹의 풍치와 긔샹이 윤틱유화ᄒᆞ시고 엄위ᄒᆞ며 귀비의 풍용이 브ᄅᆞᆷ을 당ᄒᆞ야 흐웍찰난ᄒᆞ미 더으시더라 귀비 녜복을 닙고 뜰히 ᄂᆞ려 샹을 마ᄌᆞ샤 올니고 쐘니 탑하의셔 녜ᄅᆞᆯ ᄒᆡᆼᄒᆞᆫ대 샹이 급히 븟드러 긋치시고 쟝ᄎᆞᆺ 말을 ᄒᆞ고져 ᄒᆞ시더니 믄득 보시니 소귀비 두녁 귀밋틔 눈물이 비오ᄃᆞᆺ ᄒᆞ야 ᄡᅡᄒᆡ 업더여 몬져 태

52면

후 붕ᄒᆞ시믈 됴문ᄒᆞ오니 샹이 쏘ᄒᆞᆫ ᄂᆞᆺ겨 우ᄅᆞ시며 왈 딤의 팔ᄌᆡ 무샹ᄒᆞ여 의탁ᄒᆞ올 ᄃᆡ 업시되니 심궁야우의 됴양뎐 농안을 ᄉᆡᆼ각ᄒᆞ면 통곡 아닐 적이 이시리오 이러ᄐᆞᆺᄒᆞ므로 귀비 북궁의 완디 다ᄉᆞᆺ ᄒᆡ예 신을 긋ᄎᆞ니 금일 서ᄅᆞ 보매 참안ᄒᆞ이다 슈연이나 국운이 불ᄒᆡᆼᄒᆞ와 곽휘 유폐ᄒᆞ니 이 구ᄐᆞ여 딤의 ᄒᆞ고져 ᄒᆞᆫ 배 아니라 셰 마디 못ᄒᆞ미라 흠텬관과 ᄇᆡᆨ관이 현비의 팔덕이 ᄀᆞᄌᆞ믈 아라 궁듕의 황후셩이 당〃이 불가북궁을 응ᄒᆞ고 인심이 귀슌ᄒᆞ니 응텬슌인ᄒᆞ여 ᄎᆡᆨ봉이 뎡ᄒᆞ엿거ᄂᆞᆯ 엇디 고집히 ᄉᆞ양ᄒᆞ시ᄂᆞ니잇고 귀비 옷기ᄉᆞᆯ 녀미고 돈슈 고왈 신쳡은 듯ᄌᆞ오니 삼년상 불게오 조강지쳐ᄂᆞᆫ 불하당이라 ᄒᆞ오니 녀염 죠고만 필뷔라도 오히려 녜법을 딕희거ᄂᆞᆯ ᄒᆞ믈며 만승텬ᄌᆡ니잇가 곽낭〃이 션뎨와 태후의 ᄉᆡᆨ신 바로 셩샹ᄭᅴ 결

53면

발지졍궁이라 ᄒᆞᆫ가지로 뉵년 쵸토ᄅᆞᆯ 겻그시고 겨유 평안ᄒᆞᆫ 시졀을 어드매 죠고만 허믈노 유폐ᄒᆞ야 텬위ᄅᆞᆯ 발ᄒᆞ시니 우흐로 폐ᄒᆞᄭᅴ 누덕이 되고 버거 곽후의 원통ᄒᆞᆫ 졍

ᄉᆡ 죵텬지ᄒᆞᆫ이 될디라 만일 셩샹이 텬디 ᄀᆞᄐᆞᆫ 셩덕을 펴샤 다시 곽후를 승위ᄒᆞ시면 만민의 복이오 군샹의 블근 졍ᄉᆡ 후회ᄒᆞ시믈 과히 ᄒᆞ시ᄂᆞᆫ 덕이 빗나리이다 샹이 웃고 왈 현비의 아름다온 말ᄉᆞᆷ은 딤이 공경ᄒᆞ야 봉힝코져 ᄒᆞ되 일이 블셔 뎡ᄒᆞ여시니 녀나믄 일과 달나 다시 셰우미 가티 아니ᄒᆞᆫ디라 ᄒᆞ믈며 죄상이 범연티 아니니 엇디 가ᄇᆡ야이 샤ᄒᆞ미 이시리오 현비ᄂᆞᆫ 과려티 마ᄅᆞ쇼셔 드ᄃᆡ여 궁인으로 ᄒᆞ여금 소후의 년을 드리라 ᄒᆞ시니 귀비 니러 ᄌᆡᄇᆡ 복디 왈 셩샹이 만일 신의 주ᄉᆞ를 듯디 아니샤 곽후를 복직디 아니실딘대 국모ᄂᆞᆫ 위치 셩샹과 ᄒᆞᆫ가지오 님군의 티졍과 실덕이며 국가 흥쇠 다 황후

54면

의 ᄃᆞᆯ녀시니 그 경도히 못ᄒᆞᆯ디니 ᄒᆞ믈며 신이 나히 졈고 일즉 심궁의 드러 문견이 고루ᄒᆞ며 북궁의 유폐ᄒᆞ와 무근 자최와 쇠잔ᄒᆞᆫ 인물로 덕이 업고 복이 박ᄒᆞ오니 실노 후궁지녈의도 가티 아니니 일시의 놉흔 위를 됴히 너겨 뎐복ᄒᆞᆯ 환을 ᄉᆡᆼ각디 아니리잇가 ᄒᆞ믈며 폐해 졍궁을 폐ᄒᆞ시고 후궁을 셰오미 크게 가티 아닌디라 ᄇᆞ라건대 명가 ᄉᆞ족의 어딘 슉녀를 간틱ᄒᆞ샤 칙봉ᄒᆞ시면 ᄇᆞ야흐로 명졍언슌ᄒᆞᆯ디라 신이 ᄯᅩᄒᆞᆫ 셩은의 늡〃ᄒᆞ시믈 닙ᄉᆞ와 여른 복을 디녀 쳔년을 션동ᄒᆞᆯ가 원ᄒᆞᄂᆞ이다 샹이 귀비의 ᄉᆡ양ᄒᆞ미 이 ᄀᆞᄐᆞ믈 보시고 농안의 우음을 머금고 뎐도히 ᄂᆞ려 ᄉᆞ매를 잡아 ᄀᆞᆯ오샤ᄃᆡ 딤의 ᄯᅳ디 결ᄒᆞ야시니 후ᄂᆞᆫ ᄉᆞ양티 마ᄅᆞ쇼셔 드ᄃᆡ여 궁인을 명ᄒᆞ야 금년을 드려 귀비를 븟드러 드리시고 친히 뎡문을 ᄌᆞ므시니 귀비 샹의 핍박ᄒᆞ시므로ᄡᅧ 거ᄉᆞ디 못ᄒᆞ야 년의 들고 샹이 스ᄉᆞ로

55면

호송ᄒᆞ야 도라오실ᄉᆡ 이 진짓 텬ᄌᆞ의 황후를 마자 가시ᄂᆞᆫ 날이라 텬디 긔운이 화목ᄒᆞ고 일월은 쳥명ᄒᆞ야 샹셔의 ᄇᆞ람은 날호여 니러나고 챵텬의 일편 부운도 업서 태양이 블갓ᄂᆞᆫᄃᆡ 시위 ᄇᆡᆨ관과 어림군병이 다 즐겨 용약 왈 진명 국뫼 나 겨시니 우리등이 다 덕화를 닙으리로다 ᄒᆞ니 원ᄂᆡ 귀비 후궁의 이실적븟터 어딘 덕이 듕외예 나타나 인망이 이럿더라 삼쳔분ᄃᆡ와 뉵원 후궁이 풍뉴를 ᄀᆞ초고 단장을 티례ᄒᆞ야 황후의 ᄐᆞ신 년을 옹위ᄒᆞ야 ᄎᆡ의 홍샹은 ᄶᅡᄒᆞᆯ 덥펏고 애〃ᄒᆞᆫ 향취ᄂᆞᆫ 반공의 어ᄅᆡ엿ᄂᆞᆫᄃᆡ 고악이 구텬을 ᄢᅦ티고 향풍은 금당을 븟치니 장ᄒᆞᆫ 위의와 셩ᄒᆞᆫ 거동이 젼고의 비ᄒᆞ

리 업ᄉᆞ니 낭시의 외로온 수릭를 미러 북궁의 폐인이 되던 적과 텬디 현격ᄒᆞ더라 궁듕의 도라와 목욕직계ᄒᆞ고 옥칙을 밧드러 닑기를 ᄆᆞᄎᆞ매 법복과 직슈를 밧드러 텬ᄌᆞ긔 샤은ᄒᆞ고

56면

태묘의 현알ᄒᆞ온 후 태쳥궁의 니ᄅᆞ러 즉위ᄒᆞ시니 시위 졍헌션인황휘라 만됴와 외뎡명부의 딘하를 바드신 후 셜연ᄒᆞ샤 군신으로 태평연을 디내시니 이때 황친 국족이 황후의 엄뎡쇄락ᄒᆞ시믈 보고 불승항복ᄒᆞ며 ᄯᅩᄒᆞᆫ 그 관인유화하시믈 깃거ᄒᆞ더라 소승상 부듕의셔 화셕 두 부인이 ᄌᆞ부와 졔녀 졔손을 거ᄂᆞ려 드럿더니 모녀 형데 반기고 슬허ᄒᆞ며 후의 긔샹이 국모의 위의 이시믈 보고 서ᄅᆞ 탄왈 이는 곳 텬의라 우리 등이 놀나고 민망ᄒᆞ나 피홀 계괴 업도다 ᄒᆞ고 딘하 후 즉시 도라와 소부의셔 근심ᄒᆞ고 외람ᄒᆞ야 듀야 두려 디내더라 이적의 황휘 즉위ᄒᆞ신 후 좌우를 도라보와 쳐연이 탄식고 면모의 불평ᄒᆞᆫ 비치 겨시니 녀샹궁이 나아가 업더여 뭇ᄌᆞ오ᄃᆡ 낭〃이 놉위의 곳 오ᄅᆞ샤 즐겨 아니시니 신쳡븨 그 ᄯᅳᆺ을 아디 못거이다 휘 눈물을 흘려 ᄀᆞᆯ오ᄃᆡ 경등은 아디 못ᄒᆞᄂᆞ냐 당시의 곽휘

57면

이 뎐의 쳐ᄒᆞ야 우리 등이 감히 듕계예도 오ᄅᆞ디 못ᄒᆞ더니 이제 텬은이 편벽ᄒᆞ샤 내 이제 이런 위를 어드니 외람ᄒᆞᆫ 듕 곽후의 졍ᄉᆡ 참혹ᄒᆞ신디라 그 위를 앗고 ᄯᅩ ᄆᆞ음이 평안ᄒᆞ랴 궁인이 일시의 ᄇᆡ복ᄒᆞ야 덕음을 하례ᄒᆞ더라 셕양의 샹이 드러 오시니 휘 뎐의 ᄂᆞ려 마ᄌᆞ매 샹이 후의 변복 가온대 풍되 더옥 긔이ᄒᆞ시고 골격이 비샹ᄒᆞ샤 셕일 쟈약ᄒᆞᆫ 풍되 변ᄒᆞ야 겨시믈 보시고 뇽안의 희열ᄒᆞᆫ 빗출 머금어 ᄒᆞᆫ 가지로 뇽상의 안자 문왈 오ᄂᆞᆯ날 딤이 ᄇᆡ야흐로 현후의 덕용과 긔골을 아랏ᄂᆞ니 평ᄉᆡᆼ 고락을 ᄒᆞᆫ 가지로 ᄒᆞ려니와 다만 던ᄀᆞᆺ티 딤을 피ᄒᆞ시고 고집ᄒᆞ시면 쟝ᄎᆞᆺ 이 일로 근심이로소이다 휘 피셕 ᄇᆡ답ᄒᆞ신대 샹이 ᄯᅩ ᄀᆞᆯ오샤ᄃᆡ 딤과 현휘 다 이십셰라 허다 고초를 겻거시니 ᄎᆞ후란 후궁을 물리텨 화락ᄒᆞ사이다 휘 기리 툐탕ᄒᆞ여 왈 신쳡이 팔셰예 궁듕의 드러 오 년을

58면

태후의 명으로 심당의 ᄀᆞᆷ초엿다가 수년을 텬은을 닙ᄉᆞ와 후궁의 츙수ᄒᆞ엿더니 여른 복이 손ᄒᆞᆯ가 두리워 북궁의 다ᄉᆞᆺ ᄒᆡ를 유폐ᄒᆞᆫ 사ᄅᆞᆷ으로 ᄒᆡᆼ혀 셩샹이 텬하의 녀ᄌᆡ 업ᄉᆞᆫ가 너기샤 ᄎᆞᆷ위로 맛디시니 감히 거역디 못ᄒᆞ오나 곽후의 졍ᄉᆞ를 ᄉᆡᆼ각ᄒᆞ오면 신이 불승미안ᄒᆞ온디라 엇디 현ᄌᆞ로 더브러 고락을 ᄒᆞᆫ가지로 ᄒᆞ믈 ᄇᆞ라리잇고 샹이 웃고 왈 현후ᄂᆞᆫ ᄉᆡ양티 마ᄅᆞ쇼셔 딤이 곽후를 ᄇᆞ리나 그 죄오 현후를 셰움도 텬명이니 엇디 외람ᄒᆞᆯ 니 이시리잇고 드ᄃᆡ여 견권ᄒᆞ심과 딘듕ᄒᆞ시미 비길 ᄃᆡ 업ᄉᆞ시니 소휘 십이 년을 고쵸를 겻그샤 보야흐로 텬위를 니으시니 ᄆᆞᄋᆞᆷ이 ᄌᆞ연 조심ᄒᆞ시ᄂᆞᆫ 듕 텬셩이 쇄락훤츌ᄒᆞ셔 흉금이 하ᄒᆡ ᄀᆞᆺ고 셩딜이 팀졍ᄒᆞ므로뻐 ᄒᆡᆼᄉᆡ 한젹 마후와 당적 쟝손후를 샹우ᄒᆞ셔 흡〃히 태ᄉᆞ의 조화를 닐위시고 번희의 즘ᄉᆡᆼ의 고기 먹디 아니ᄆᆞᆯ 효측ᄒᆞ샤 ᄂᆡ조를 흐ᄅᆞ[니]시니 궁금 ᄂᆡ의 뉵원이 고요ᄂᆞᆫ

59면

ᄌᆞᆨᄒᆞ야 ᄉᆞᆷ엄ᄒᆞᆫ 법도와 유화ᄒᆞᆫ 긔운이 츈풍의 화탕ᄒᆞ니 샹이 크게 공경ᄒᆞ샤 ᄯᅩᄒᆞᆫ ᄆᆞᄋᆞᆷ을 닷그시고 심ᄉᆞ를 편히 ᄒᆞ여 졍ᄉᆞ를 닷그신 후ᄂᆞᆫ 졍궁의셔 날을 졈우ᄅᆞ시니 휘 간ᄒᆞ야 ᄀᆞᆯ오샤ᄃᆡ ᄌᆞ고로 셩뎨 명왕이 대로 원신과 명ᄉᆞ ᄌᆡ샹으로 더브러 국졍을 의논ᄒᆞ고 ᄇᆡᆨ셩을 에엿비 너기며 졍ᄉᆡ 한가커든 문신으로 더브러 셔ᄉᆞ를 의논ᄒᆞ샤 문덕을 닷그시고 은춍을 고로〃ᄒᆞ야 일쳐의 팀혹디 말미 가ᄒᆞ니이다 샹이 ᄐᆡᆼ찬 왈 현후의 덕ᄐᆡᆨ이 여ᄎᆞᄒᆞ시니 딤의 만ᄒᆡᆼ이라 ᄎᆞ후로 ᄂᆡ조를 드러 딤의 허믈을 면ᄒᆞ리로소이다 ᄒᆞ시고 젼의 통ᄒᆡᆼᄒᆞ시던 샹미인을 다시 ᄎᆞ자 혹 ᄉᆞ오 일의 ᄒᆞᆫ 번식 ᄉᆞᆨᄒᆞ라 ᄒᆞ시니 휘 인ᄒᆞ야 ᄀᆞᆯ오샤ᄃᆡ 엇디 샹시ᄲᅮᆫ 텬은을 닙ᄉᆞ오리오 즉시 뉵궁을 돌녀 샹을 뫼시게 ᄒᆞ니 숑시 양양ᄒᆞ야 쥬야의 풍을 니어 샹셔의 화긔 대궐의 ᄌᆞ옥ᄒᆞ되 휘 더옥 공근ᄒᆞ시고 곽후의 심ᄉᆞ를 슬피 넉여 샹ᄭᅴ ᄆᆡ양 그 졍ᄉᆞ를 주ᄒᆞ시니 샹은 심인후덕의 인

60면

군이시라 날이 오라매 ᄯᅩᄒᆞᆫ 뉘우ᄎᆞ샤 이에 글을 디어 곽후ᄭᅴ 보내시니 휘 ᄎᆞ운ᄒᆞ매 ᄉᆞ의 쳐완ᄒᆞ야 문폐를 극딘이 어덧ᄂᆞᆫ디라 샹이 위ᄒᆞ야 눈물을 흘니시고 ᄀᆞ마니 사ᄅᆞᆷ 부려 쳥ᄒᆞ시니 곽휘 ᄉᆡ양 왈 만일 보고져 ᄒᆞ실딘대 군신으로 의논ᄒᆞ시고 이러ᄐᆞᆺ 마ᄅᆞ쇼셔 ᄒᆞᆫ대 샹이 깁히 븟그려 ᄒᆞ시더라 이제 지극 후ᄃᆡᄒᆞ셔 샹봉이 긋디 아니코 환

관 여문응을 녕남의 귀향 보내시고 및 곽휘 붕ᄒᆞ시매 밋처는 샹이 더욱 슬허 황후녜로 장ᄒᆞ라 ᄒᆞ시니 이는 곳 소후의 지극ᄒᆞᆫ 덕틱이 샹의를 감동ᄒᆞ[시]는디라 휘 샹시 의복이 무식ᄒᆞ고 거쳐 소담ᄒᆞ며 시위인이 열 사ᄅᆞᆷ의 넘디 아니시고 샹의 슈라를 친히 술피시며 샹이 혹 찬품을 셤틱ᄒᆞ신즉 휘 간ᄒᆞ야 ᄀᆞᆯ오샤ᄃᆡ 당뫼 초가의 초계 삼층으로 겨시되 만ᄃᆡ의 셩군이 되시고 걸뒤 고루칙각과 금의옥식이로ᄃᆡ ᄆᆞᄎᆞᆷ내 패국망신ᄒᆞ니 폐해 귀ᄒᆞ미 텬ᄌᆡ 되시고 가음열미 ᄉᆞ히를

61면

두어 쥬루봉각의 금슈의를 닙으시고 오히려 족디 못ᄒᆞ여 더 ᄀᆞᄐᆞᆫ 찬품을 나므라시니 이는 샤치홀 ᄆᆞᄋᆞᆷ이 기ᄅᆞ시미라 쳡이 그윽이 깃거 아니ᄒᆞ옵ᄂᆞ니 폐하는 ᄇᆞ라건대 감션졀악ᄒᆞ샤 조종텬하를 보호ᄒᆞ쇼셔 ᄒᆞ시고 혹 궁인이 죄예 나아간즉 깁히 근심ᄒᆞ고 텬ᄌᆞ 보오믈 붓그리시니 샹이 고이히 너겨 연고를 무른즉 ᄃᆡ왈 쳡이 폐하의 가뫼 되여 시녀를 ᄀᆞᄅᆞ치디 못ᄒᆞᆫ고로 사오나와 죄를 어드니 기리 참괴ᄒᆞ미니이다 샹이 크게 일ᄏᆞ라 ᄀᆞᆯ오샤ᄃᆡ 마둥 임강인들 현후의 이 ᄀᆞᄐᆞᆫ 덕을 엇디 밋ᄎᆞ리오 일로조차 궁인을 죄 주디 아니시니 휘 경계 삼당을 지어 궁인을 ᄀᆞᄅᆞ치샤 힝실을 계틱ᄒᆞ시고 ᄆᆞᄎᆞᆷ내 ᄒᆞᆫ 번 노식ᄒᆞ야 즐칙ᄒᆞ미 업ᄉᆞᄃᆡ ᄌᆞ연 정식 다 ᄉᆞ라 궁듕이 탄엄ᄒᆞ며 화평ᄒᆞ니 진실로 셩인의 티졍이 긔특ᄒᆞ더라 일〃은 셕부인이 황후를 보오라 궐듕의 드러가 수일을 머므ᄃᆡ 휘

62면

후궁을 불러 보디 아니시니 부인이 연고를 뭇ᄌᆞ온대 휘 탄식 왈 사ᄅᆞᆷ이 텬싱을 고티디 못ᄒᆞᆫ들 ᄆᆞᄋᆞᆷ으로 ᄒᆞᆯ 일조차 놈의게 나은 톄ᄒᆞ리잇가 곽휘 투긔로 폐ᄒᆞ시면 그 ᄃᆡ신의 쳡이 드러셔 ᄆᆞᄋᆞᆷ의 펩디 아니므로뻐 지어 보채든 아니려니와 각별이 후궁을 불너 보고 투긔 아닛는 쳬ᄒᆞ야 곽후의 허물을 현녀ᄒᆞ고 ᄌᆞ가의 덕을 요구ᄒᆞ리잇가 부인이 고개 조아 왈 현후의 그윽ᄒᆞᆫ 덕틱이 사ᄅᆞᆷ이 아디 못ᄒᆞ고 귀신이 명〃 듕 아ᄅᆞᆷ이 ᄇᆞᆰ을디라 내 므ᄉᆞᆷ 근심이 이시리오 드ᄃᆡ여 집의 도라가 승샹으로 더브러 이 말을 니ᄅᆞ고 서ᄅᆞ 깃거ᄒᆞ더라 궁듕이 다 열복ᄒᆞ되 홀로 상미인이 후의 권통을 아쳐ᄒᆞ야 샹ᄭᅴ ᄎᆞᆷ소ᄒᆞᆫ대 샹이 대로ᄒᆞ샤 즉시 샹시를 익뎡의 가도시고 드러와 황후ᄭᅴ 술오ᄃᆡ 샹미인을 내 비록 통익ᄒᆞ나 제 감히 현후의 허물을 주작ᄒᆞ니 맛당이 내여 귀향 보내

시고 또 계교ᄒᆞᆯ 거시니이다 휘 문득 놀나 ᄀᆞᆯ오ᄃᆡ

63면

셩상은 샹시로ᄡᅥ 쳡을 맛디셔든 다ᄉᆞ려지이다 샹왈 가티 아니ᄒᆞ니 딤이 원찬ᄒᆞ긔 ᄒᆞ리이다 휘 ᄃᆡ왈 쳡이 보고 니를 말이 잇ᄂᆞ이다 샹이 허락ᄒᆞ시고 왈 뎌의 죄 비록 듕ᄒᆞ나 낭〃은 모로미 그 과도ᄒᆞᆫ 거조를 마ᄅᆞ시고 슌녜로 칙ᄒᆞ쇼셔 휘 웃고 왈 신쳡이 엇디 과도히 후궁을 형벌ᄒᆞ리오 보고 니를 말이 잇ᄂᆞ니 과도ᄒᆞᆫ 거죄 엇디 이시리잇[고] 샹이 역시 웃고 즉시 밧그로 나가샤 샹시를 ᄆᆡ야 졍궁으로 보내신대 황휘 보야흐로 졔국 진샹을 바다 ᄂᆡ외 국쳑을 ᄂᆞᆫ화 주시고 드ᄃᆡ여 샹시를 후뎐 깁흔 곳으로 ᄃᆞ려오라 ᄒᆞ샤 단의로 심복 시녀 수인만 ᄃᆞ리고 틴히 ᄂᆞ려 그 ᄆᆡᆫ 거ᄉᆞᆯ 그ᄅᆞ고 븟드러 올녀 안틴 후 옥셩을 여러 유화히 닐너 ᄀᆞᆯ오샤ᄃᆡ 그ᄃᆡ와 다못 딤은 다 ᄉᆞ족이라 엇디 서ᄅᆞ ᄉᆡ투ᄒᆞ미 이시리오 딤이 나히 졈고 일을 만히 아디 못ᄒᆞ기로ᄡᅥ ᄆᆞᄋᆞᆷ의 비록 경등을 믜워 아니나 인ᄉᆡ 불면키로 실덕ᄒᆞ미 무궁ᄒᆞ나 규졍ᄒᆞᆯ 사ᄅᆞᆷ이 업ᄉᆞ니 심

64면

두의 난녜 젹디 아니터니 드ᄅᆞ니 그ᄃᆡ 딤의 그ᄅᆞᆫ 고들 아라본다 ᄒᆞ니 이 가히 종요로온 스싱이라 ᄆᆡᆼᄌᆡ ᄀᆞᆯ오샤ᄃᆡ 날을 기리 니ᄂᆞᆫ 원쉬오 날을 ᄭᅮ짓ᄂᆞ 니ᄂᆞᆫ 스싱[이]라 ᄒᆞ시니 이 진짓 내게 당ᄒᆞ여 만일 그ᄃᆡ의 ᄀᆞᄅᆞ팀 곳 아니면 내 엇디 허물을 ᄭᆡᄃᆞᄅᆞ리오 이러모로 은혜 갑흘 일이 업서 특별이 쇼녜로 그ᄃᆡ의 내 허믈 ᄀᆞᄅᆞ티ᄂᆞᆫ 덕을 갑노라 드ᄃᆡ여 좌우로 ᄒᆞ여곰 황금 천냥과 ᄎᆡ단 수ᄇᆡᆨ 필을 샹ᄒᆞ시고 년젼ᄌᆡ인을 봉ᄒᆞ야 인슈를 주시니 샹시 화를 두로혀 영화로 어드니 다힝ᄒᆞ나 ᄯᅩᄒᆞᆫ 참괴ᄒᆞ믈 이긔디 못ᄒᆞ야 ᄇᆡᆨᄇᆡ샤은ᄒᆞ야 고두톄읍ᄒᆞ며 물너 ᄌᆞ경뎐의 가 황야ᄭᅴ 샤은쳥죄ᄒᆞ니 샹이 슈말을 드ᄅᆞ시고 대경ᄒᆞ여 드러와 후를 보시고 연고를 무ᄅᆞ시니 휘 뎨두 탄왈 쳡의 허물이 후궁의 눈의 드러나 셩샹ᄭᅴ 알외니 쳡이 참괴ᄒᆞᆯ ᄯᆞᄅᆞᆷ이라 엇디 도로혀 노ᄒᆞ리잇고 ᄇᆞ라건대 셩샹은 그 죄를 용샤ᄒᆞ쇼셔 텬지 듯기를 ᄆᆞᄎᆞ시

65면

ᄆᆡ 번연이 뇽안을 고티시고 년망이 니러 절ᄒᆞ야 ᄀᆞᆯ오샤ᄃᆡ 현후의 어딘 덕은 아란 지오라거니와 과인ᄒᆞᆫ 셩심은 금일 채 아ᄂᆞ니 딤이 조종 종샤 도으시므로ᄡᅥ 현후를 어

드니 므슴 복으로 능히 안향ᄒᆞ리오 낭〃의 말ᄉᆞᆷ을 드ᄅᆞ니 딤이 티하를 마디 못ᄒᆞᆯ소 이다 휘 뎐도히 ᄂᆞ려 ᄉᆡ양ᄒᆞ여 왈 폐해 엇디 이러ᄐᆞᆺ 고이ᄒᆞᆫ 거조를 ᄒᆞ셔 신ᄌᆞ의 긔롱 을 취ᄒᆞ시ᄂᆞ니잇가 샹이 팅찬ᄒᆞ믈 긋디 아니시고 ᄎᆞ후 궁듕이 더옥 경슉ᄒᆞ더라 휘 년ᄒᆞ여 ᄉᆞᄌᆞ이녀를 나흐시니 샹이 더옥 듕ᄃᆡᄒᆞ시며 권셰 듕위를 기우리티니 후의 복 녹을 알니러라 휘 평ᄉᆡᆼ ᄉᆞ〃 권당을 ᄉᆞ랑ᄒᆞ시나 샹ᄉᆞ를 경히 아니시고 여러 오라비 벼술을 옴디 아냐 혹 텬ᄌᆡ 승ᄃᆡᆨᄒᆞ시면 고간ᄒᆞ여 그티고 밧그로셔 의망ᄒᆞᆷ 곳 이시면 즉시 뎐교ᄒᆞ여 고티시니 소시 가문의 영홰 황후 드ᄅᆞ시모로브터 빗나디 아닌디라 시 셰인이 더옥 후의 덕을 일ᄏᆞᆺ더라 샹이 일즉 국법으로ᄡᅥ 소현셩을 진왕으로 봉ᄒᆞ시니 구지

66면

ᄉᆡ양ᄒᆞᆫ대 샹이 황후ᄭᅴ 믓ᄌᆞ온대 ᄃᆡ왈 쳡의 나히 쇠ᄒᆞ야 모려의 죵신ᄒᆞ랴 ᄒᆞ니 그 ᄯᅳᆺ 을 조ᄎᆞ소셔 샹이 깃거 아니샤 졔신과 샹의ᄒᆞ야 소공의 ᄃᆡ신의 운셩을 봉ᄒᆞ시니 운 셩이 크게 놀라 세 번 샹셔ᄒᆞ야 츄양ᄒᆞ고 밧디 아니니 샹이 노ᄒᆞ야 ᄀᆞᆯ오샤ᄃᆡ 국가 벼 술이 엇디 국법을 알거시라 소노공이 ᄉᆞ양ᄒᆞ고 션ᄉᆡᆼ이 ᄯᅩᄒᆞᆫ 거ᄉᆞᄂᆞ뇨 운셩이 이ᄢᅢ 승샹을 ᄒᆞ엿더니 마디 못ᄒᆞ야 삼공직을 드리고 왕직을 밧ᄌᆞ오니 드ᄃᆡ여 형시로ᄡᅥ 왕 비를 봉ᄒᆞ고 셕파의 쳥으로ᄡᅥ 쇼영을 긔실 부인을 봉ᄒᆞ니 운셩의 영홰 홀로 소부의 ᄲᅱ여나니 태군부인 셕시의 아름답고 외람ᄒᆞ미 ᄀᆞ이 업서 ᄒᆞ더라 ᄎᆞ후로 ᄌᆞ운산 소부 의 무수 ᄌᆞ손이 날로 번셩ᄒᆞ고 영홰 졔미ᄒᆞ야 셰월을 보내며 소승샹이 삼공직을 ᄇᆞ 리고 왕위를 ᄉᆞ양ᄒᆞ야 산듕의셔 봉친 여가의 유완ᄒᆞ기를 일삼고 단션ᄉᆡᆼ으로 더브러 시ᄉᆞ를 챵화ᄒᆞ며 거믄고를

67면

다ᄉᆞ려 죵일토록 줄을 고ᄅᆞ고 됴를 발ᄒᆞ야 향노를 ᄃᆡ하야 곡됴의 쳥유ᄒᆞ고 장녀ᄒᆞ믈 벗삼고 쇼년적 닙됴 분주ᄒᆞ믈 스ᄉᆞ로 우어 빈긱을 모도디 아니 ᄒᆞ더니 구ᄌᆞ 운변과 필ᄌᆞ 운필이 ᄆᆞ자 득의ᄒᆞ믈 보고 단션ᄉᆡᆼ이 현셩을 ᄃᆡᄒᆞ야 ᄀᆞᆯ오ᄃᆡ 나ᄂᆞᆫ 본ᄃᆡ 빙쳔ᄒᆞᆫ 션비라 힝혀 명공의 덕으로 셕의 모쳠ᄒᆞ엿더니 녕낭 십인이 텬ᄌᆡ 영오ᄒᆞ야 문니 냥 딘ᄒᆞ미 귀신이 도음 ᄀᆞᆺ고 팔ᄌᆡ 영귀ᄒᆞ므로ᄡᅥ 닙신ᄒᆞ니 이ᄂᆞᆫ 곳 명공 젹덕의 비로손 배어ᄂᆞᆯ 혹ᄉᆡᆼ이 ᄆᆡ양 치샤를 밧고 부귀를 누련 디 삼십여 년이라 쇽연이 진ᄒᆞ여시니

대화산의 드러가 취약 득도ᄒᆞ고져 ᄒᆞᄂᆞ이다 소공이 탄왈 션싱이 긔특ᄒᆞᆫ 사ᄅᆞᆷ이라 용렬ᄒᆞᆫ 돈ᄋᆞ를 셩인ᄒᆞ미 그ᄃᆡ의 덕이니 요힝 져히 닙신ᄒᆞ여 션싱과 다못 혹싱을 셤기리니 엇디 듕도의 ᄇᆞ리려 ᄒᆞ시ᄂᆞ뇨 단싱이 ᄃᆡ왈 불연ᄒᆞ다 사ᄅᆞᆷ이 두어줄 글 ᄀᆞᄅᆞ

68면

쳐 제 닙신ᄒᆞ므로 엇디 티샤를 바드리오 내 인연이 진ᄒᆞ여시니 산듕의 들니〃 명공은 막디 말라 드ᄃᆡ여 뎨ᄌᆞ를 뫼화 니별ᄒᆞᆯᄉᆡ 십인이 대경ᄒᆞ야 이시믈 근졀이 쳥ᄒᆞᄃᆡ 단싱이 듯디 아니코 각〃 별시 ᄒᆞᆫ 댱식 지어 주어 왈 너히로 더브러 즐기미 삼십 년이 디나시니 엇디 ᄆᆡ양 이시리오 내 일즉 너히 보는 ᄃᆡ 글 지어준 일이 업더니 오늘 ᄉᆞ별을 당ᄒᆞ야 엇디 ᄒᆞᆫ 댱 시ᄉᆞ를 앗기리오 졔쇠 감히 말류티 못ᄒᆞ고 눈물을 흘니고 글을 바다 보니 과연 문장이 긔특ᄒᆞ여 당시 태ᄇᆡᆨ이라도 밋디 못ᄒᆞᆯ디라 십인이 글을 지어 드리니 션싱이 년귀ᄒᆞ야 ᄉᆞ매예 너코 승샹긔 ᄒᆞ딕고 가니 졔싱이 ᄇᆡᆨ니의 가 비별ᄒᆞᆯᄉᆡ 션싱의 오ᄉᆞᆯ 잡고 ᄎᆞ마 ᄯᅥ나디 못ᄒᆞ야 ᄒᆞᆫ대 션싱이 ᄯᅩᄒᆞᆫ 슬허 지삼 위로ᄒᆞ고 ᄉᆞ매를 ᄯᅥᆯ티며 표연히 가니 졔싱이 크게 슬허 안슈를 ᄲᅳ려 ᄇᆡ별ᄒᆞ고 집의 도라와 션싱의 샹을

69면

그려 셔당의 거러두고 됴셕의 ᄇᆡ알ᄒᆞ더라 이ᄯᅢ 운경 등의 ᄌᆞ녀를 다 혼인ᄒᆞ고 ᄌᆞ손이 개〃히 아름다오ᄃᆡ 홀로 샹셔령 운슉의 ᄎᆞᄌᆞ 셰명이 어려실 적브터 거동이 사오나오니 진국 양태부인과 조부모 셕화 두 부인과 소공이 다 ᄉᆞ랑티 아니터니 나히 십오의 취쳐ᄒᆞ야 안해 뎐시를 어드니 셰명이 죡디 못ᄒᆞ야 ᄇᆞ리고 창누로 ᄃᆞ니다가 인하야 외입ᄒᆞ야 도적의 뉴의 드러시여 일직 나갓다가 드러오ᄃᆡ 그 부친이 ᄌᆞ유로 인약ᄒᆞᆫ디라 엄금치 아니니 더옥 방ᄌᆞ ᄒᆞ야 ᄒᆞᄅᆞᆫ 운슉이 유산ᄒᆞ야 운슈동의 가니 창송이 낙〃ᄒᆞ고 시내 잔〃ᄒᆞ니 외로이 안자 유완ᄒᆞ더니 믄득 드ᄅᆞ니 ᄉᆞᆯ ᄉᆞ이로셔 함셩이 대진ᄒᆞ고 졍긔 니러나니 샹셰 대경ᄒᆞ야 황망이 수풀 속의 숨어 보니 수쳔 도적의 무리 ᄒᆞᆫ 쟝슈를 ᄭᅵ고 ᄊᆞ히 버러셔니 그 듕의 그 아ᄃᆞᆯ 셰명이 쟝슈 되엿ᄂᆞᆫ지라 소샹셰 ᄒᆞᆫ 번 보매 경혼이 비월ᄒᆞ야 앙텬 읍왈 이 아히

70면

외입ᄒᆞ믄 아란 지 오라나 엇디 이대도록 되엿ᄂᆞᆫ 줄 알니오 드ᄃᆡ여 그 거동을 보더니 셰명이 닐오ᄃᆡ 요ᄉᆞ이 우리 사ᄅᆞᆷ의 딤을 티되 듕ᄒᆞᆫ 보화를 엇디 못ᄒᆞ니 우리 명일 황셩을 텨 어고를 가디리라 그 듕의 일인이 닐오ᄃᆡ 쟝군의 말슴이 그른디라 황셩은 인물이 만흔 고디니 가ᄇᆡ야이 범티 못홀 거시니 명일 티힝ᄒᆞ야 파쥐 왕측의게 가셔 봉후를 바드미 엇더뇨 셰명 왈 션타 연이나 무단이 가 투항ᄒᆞ미 고이ᄒᆞ니 몬져 긔쥐를 텨 고올노뻐 드리고 투항홀 거시니라 모다 고쟝ᄒᆞ야 올타 ᄒᆞ고 일시의 허여디거ᄂᆞᆯ 샹셰 ᄒᆞᆫ 번 탄식고 이에 밧비 부듕의 도라와 경신이 살난ᄒᆞ니 인ᄒᆞ야 병드러 누은디라 부모 형뎨 급히 유병ᄒᆞ믈 무ᄅᆞ니 묵〃ᄒᆞ여 말이 업거ᄂᆞᆯ 진왕 운셩이 의심ᄒᆞ야 근졀이 힐

71면

문ᄒᆞᆫ대 샹셰 타루 ᄃᆡ왈 소데 불힝ᄒᆞ여 사오나온 ᄌᆞ식을 두어 이러ᄐᆞᆺᄒᆞᆫ 변이 이시니 엇디 문호의 망극ᄒᆞᆫ 변이 아니리오 진왕이 텽파의 대경 왈 현데 엇디 이러ᄐᆞᆺ 약ᄒᆞ뇨 ᄌᆞ식이 사오나오나 관셔홀 일이 잇거니와 이ᄂᆞᆫ 그러티 아니ᄒᆞ야 나라흘 반ᄒᆞ여 토디로뻐 도적의게 투항ᄒᆞ니 ᄀᆞ온 역신이라 만일 이 말이 날딘대 홰 삼족의 밋ᄎᆞ리니 당〃이 그 슈급으로뻐 샤텬하홀디라 부ᄌᆞ의 ᄉᆞ졍을 인ᄒᆞ야 대화를 브ᄅᆞ리오 슉왈 쇼뎨 ᄯᅩᄒᆞᆫ 모로디 아니되 부ᄌᆞ 텬늪의 ᄎᆞ마 니로디 못ᄒᆞᄂᆞ이다 왕이 졍식 왈 네 ᄒᆞᆫ ᄌᆞ식을 인ᄒᆞ야 부모형뎨의게 ᄉᆞ화를 깃치랴 ᄒᆞᄂᆞ냐 운슉 왈 소뎨 엇디 감히 이 ᄠᅳ디 이시리오 형당은 ᄇᆞ라건대 소뎨의 말을 드러 뎌를 죽이되 그 형톄를 완젼킈 ᄒᆞ쇼셔 왕이 즉시 드러가 현셩 션

72면

싱ᄭᅴ 고ᄒᆞᆫ대 공이 대경 왈 아히ᄂᆞᆫ 한셜을 말고 급히 가 잡아오라 내 당〃이 나라히 고ᄒᆞ고 죽여 튱냥을 일티 아니리라 진왕이 졍금승명ᄒᆞ매 다시 ᄉᆞ러 주왈 히ᄋᆡ 이제 삼천 텰거로 ᄯᆞᆯ와 역딜과 당뉴를 아오로 죽여 국법을 졍히 ᄒᆞ리이다 소공이 허락ᄒᆞᆫ대 진왕이 즉시 삼쳔 비거를 뎜고ᄒᆞ고 운슉을 ᄃᆡᄒᆞ여 ᄀᆞᆯ오ᄃᆡ 내 이번 가매 셰명의 목숨이 위틱ᄒᆞᆫ디라 현데 아니 불안ᄒᆞ냐 샹셰 읍〃ᄒᆞ야 ᄀᆞᆯ오ᄃᆡ 형왕은 ᄇᆞ라건대 신톄를 완젼이 ᄒᆞ라 왕이 안식을 변ᄒᆞ고 즉시 나와 듀야로 힝ᄒᆞ야 긔쥐셩하 산님의 숨엇더

니 과연 셰명이 수일 후 니르러 불의예 수천군을 거느려 셩을 티니 셩듕이 ᄀ초디 아닌 무비로뻐 막능당이라 황〃분주ᄒᆞ야 겨유 수빅군을 거느려 긔쥐즈ᄉᆞ 뉴언위 나와 막으니 소셰명의

73면

ᄆᆞᆯ이 알플 당ᄒᆞ야 뉴원위로 더브러 빠화 오십여 합의 니ᄅᆞ니 적장이 일시의 협공ᄒᆞ야 언위를 핍박ᄒᆞ니 졍히 위급ᄒᆞ더니 이ᄣᅢ 진왕이 만리운을 ᄐᆞ고 필마단창으로 군ᄉᆞ란 움즉이디 아니코 이에 니ᄅᆞ러 ᄇᆞ라보고 셰명의 뎍무양위ᄒᆞ야 용녁이 과인ᄒᆞᆫ 고로 뉴언이 위틱ᄒᆞᆷ믈 보고 노긔 튱텬ᄒᆞ야 ᄀᆞᆯ오ᄃᆡ 내 부명과 제 아븨 명을 바다와시니 당〃이 ᄒᆞᆫ 칼히 ᄆᆞ출 거시로ᄃᆡ 그 시신을 완젼이 홀 거시라 ᄒᆞ고 이 셕궁을 ᄃᆞ릭여 ᄒᆞᆫ 살의 셰명의 왼 눈이 마자 곡뒤로 쎄텨 나니 ᄒᆞᆫ 소릭를 디ᄅᆞ고 마하의 ᄂᆞ려뎌 긔졀ᄒᆞᆫ디라 적듕이 경황홀 적 진왕이 ᄆᆞᆯ을 노하 듯디ᄅᆞ니 뉴언위 협공ᄒᆞ야 도적을 다 죽이고 언위 진왕의 용뫼 비상ᄒᆞ고 풍되 긔이ᄒᆞ야 거동이 츌뉴ᄒᆞᆷ믈 보고 텬신이 대송을 보호ᄒᆞ민

74면

가 너겨 청ᄒᆞ야 드리고 싸히 업더여 문왈 쟝군은 엇던 사ᄅᆞᆷ이완ᄃᆡ 쇼손의 급ᄒᆞᆫ 거ᄉᆞᆯ 보호ᄒᆞ고 적쟝을 믈리티시니잇가 왕이 ᄃᆡ왈 나는 곳 진왕 소운셩이라 마춤 유완ᄒᆞ다가 현공의 위람ᄒᆞᆷ믈 보고 급히 구ᄒᆞ롸 언위 대경 왈 원ᄂᆡ 이 국구대왕이라소이다 쇼쟝이 일즉 대명을 드런디 오라ᄃᆡ 뵈올 길히 업더니 텬부지시를 만나 금일 대왕ᄭᅴ 뵈오니 우러〃 ᄉᆞ모ᄒᆞ던 ᄆᆞ음을 위로ᄒᆞ리로소이다 즉시 적의 시신을 ᄭᅳ어내티라 ᄒᆞ고 부듕의 셜연경하홀ᄉᆡ 술이 반취의 진왕이 믄득 옥비를 어ᄅᆞ만져 노래 불너 ᄀᆞᆯ오ᄃᆡ ᄉᆞ히 소요ᄒᆞ니 묘당의 근심이 듕ᄒᆞ도다 위국집법ᄒᆞ매 ᄉᆞ의를 ᄇᆞ리니 살 곳틔 골육의 졍이 긋쳣도다 술을 마시매 심긔 불안ᄒᆞ니 내 스ᄉᆞ로 즐겨ᄒᆞ미 아니

75면

라 그 뉘 타시리오 불너 소릭 긋ᄎᆞ매 강개ᄒᆞᆷ믈 마디 아니ᄒᆞ대 뉴언위 십분 의려ᄒᆞ야 연고를 무ᄅᆞ니 왕이 실로뻐 니ᄅᆞ고 그 시신을 ᄎᆞ자 가리라 하니 언위 대경 탄왈 엇디 이런 줄 알니오 진실로 쥬가의 관채 이심과 다ᄅᆞ디 아니토다 대왕의 말ᄉᆞᆷ을 엇디 거

역ᄒᆞ리오 드ᄃᆡ여 셰명의 죽엄을 ᄎᆞ자주니 진왕이 군ᄉᆞ를 거ᄂᆞ려 ᄌᆞ운산의 니ᄅᆞ러 신톄를 완농하의 ᄎᆞ자 노코 드러가 몬져 운슉을 ᄎᆞᄌᆞ니 셔당의셔 글 닑거ᄂᆞᆯ 왕이 소왈 현데ᄂᆞᆫ 맛당이 셰명을 보라 샹셰 경왈 ᄃᆞ려왓ᄂᆞ니잇가 왕이 고개 조아 ᄀᆞᆯ오ᄃᆡ 시방 결박ᄒᆞ야 동구밧긔 잇ᄂᆞ니라 샹셰 탄왈 불초ᄌᆞ를 보와 ᄡᅳᆯᄃᆡ 업거니와 ᄒᆞᆫ 번 ᄭᅮ짓고 그 얼골을 본 후 죽이쇼셔 드ᄃᆡ여 왕을 ᄃᆞ리고 골 밧긔 나와 신톄를 보고 ᄎᆞ마 보디 못ᄒᆞ야 ᄉᆞ매로 ᄂᆞᆺ출

76면

ᄡᅮ며 왈 형당이 엇딘 고로 이대도록 비인졍의 일을 ᄒᆞ시ᄂᆞ니잇고 진왕이 크게 웃고 답왈 내 아이 다만 ᄉᆞ졍을 알고 의리를 모ᄅᆞᄂᆞ도다 우형이 셰명의 사오납기로ᄡᅧ 쳔승지위를 굴ᄒᆞ야 쳔신만고ᄒᆞ야 죽이니 이ᄂᆞᆫ 곳 문호의 만힝이니 네 맛당이 죽엄을 본 후 머리를 버혀 님군ᄭᅴ 드려 튱냥을 표ᄒᆞᆯ디니 ᄒᆞ고로 ᄋᆞ녀ᄌᆞ의 틱를 ᄒᆞ야 엄면타루ᄒᆞ미 이시리오 샹셰 샤왈 쇼뎨 스ᄉᆞ로 무상ᄒᆞ믈 아나 강잉ᄒᆞᆯ 길히 업ᄉᆞᆫ디라 형댱은 ᄇᆞ라건대 션쳐ᄒᆞ라 왕이 쾌히 아니 너겨 이에 드러가 승샹ᄭᅴ 고ᄒᆞᆫ대 승샹 왈 임의 죽여시니 영장ᄒᆞ야 부형의 의를 완젼이 ᄒᆞ라 샹셰 슈명ᄒᆞ야 셰명을 뭇고 그 죄 죽으매 족ᄒᆞᆫ 고로 ᄉᆞ졍이 참연ᄒᆞ나 다시 니ᄅᆞ디 못ᄒᆞ고 다만 그 쳐 젼시를 후ᄃᆡᄒᆞ며 ᄌᆞ녀

77면

를 계틱ᄒᆞ야 네법을 닷긔ᄒᆞᆯ식 오직 그 부인 셩시 본ᄃᆡ 편협ᄒᆞᆫ 녀ᄌᆞ라 아ᄃᆞᆯ의 사오나오믈 아디 못ᄒᆞ고 도로혀 진왕을 원슈로 티부ᄒᆞ야 듀야 당듕의셔 진왕을 즐욕ᄒᆞ니 왕이 듯고 [심하의] 우이 너겨 다만 모ᄅᆞᄂᆞᆫ 톄ᄒᆞ고 ᄯᅩᄒᆞᆫ 만나보아든 곡직을 힐문코져 ᄒᆞᄃᆡ 셩시 얼골을 ᄃᆡᄒᆞ야 보디 아니니 왕이 샹셔ᄃᆞ려 왈 현쉬 우형을 통입골슈ᄒᆞ여 지목원개라 ᄒᆞ시며 면목불견ᄒᆞ시니 ᄀᆞ장 고이ᄒᆞᆫ지라 내 ᄌᆞ단으로 죽일지라도 제의 죄 곳 ᄉᆡᆼ각ᄒᆞ시면 우형을 원티 못ᄒᆞ려든 ᄒᆞ믈며 부명과 더옥 너도 죽이라 닐러시니 현쉬 우형을 원ᄒᆞ시미 실노 대인과 너를 원슈로 알미로다 샹셰 ᄃᆡ왈 쇼뎨 ᄯᅩᄒᆞᆫ 이러틋 칙ᄒᆞ오니 고집불통ᄒᆞᄂᆞᆫ디라 됴셕의 칙ᄒᆞᄂᆞ이다 왕이 면이브답이러라

78면

ᄒᆞᆯᄂᆞᆫ 셩시 뎨ᄌᆞ로 더브러 듕당의 모다 말ᄉᆞᆷᄒᆞᆯ식 형부인을 ᄃᆡᄒᆞ야 다쇼 불졍ᄒᆞᆫ 말이

굿디 아니되 딘왕비 오ᄃᆡᆨ 아디 못ᄒᆞᄂᆞᆫ 듯ᄒᆞ야 미우의 화긔를 고티디 아니ᄒᆞ니 좌위 탄복ᄒᆞ더니 믄득 우음소ᄅᆡ ᄌᆞ약ᄒᆞ며 일시의 당을 들고 드러 안ᄂᆞᆫ 재 잇거ᄂᆞᆯ 출혀 보니 딘왕 등 모든 형뎨라 모다 서ᄅᆞ 보며 놀나더니 셩시 믄득 변ᄉᆡᆨ고 니러나니 딘왕이 급히 ᄑᆞᆯ흘 미러 ᄀᆞᆯ오ᄃᆡ 청컨대 수〃ᄂᆞᆫ 좌를 ᄇᆞ리디 마ᄅᆞ쇼셔 셩시 마디 못ᄒᆞ야 도로 안ᄌᆞ니 왕이 좌우를 도라보아 ᄀᆞᆯ오ᄃᆡ 셩수씌 ᄇᆡ완 디 석ᄃᆞᆯ이라 금일 만나매 경ᄉᆡ 극ᄒᆞ도다 셩시 노왈 딘후ᄂᆞᆫ 불공ᄃᆡ텬디쉬라 엇디 서ᄅᆞ 보매 경ᄉᆞ로오리오 내 아히 셰명이 므ᄉᆞᆫ 죄를 디엇관ᄃᆡ 왕이 쳐슬ᄒᆞ리오 딘왕 고쟝

79면

대쇼ᄒᆞ고 ᄀᆞᆯ오ᄃᆡ 그 가온대 말ᄉᆞᆷ이 ᄀᆞ장 아ᄅᆞᆷ답디 아니시니 혹ᄉᆡᆼ이 위ᄒᆞ야 차아ᄒᆞᄂᆞ이다 현쉬 니ᄅᆞ샤ᄃᆡ 셰명이 므ᄉᆞᆫ 죄 잇ᄂᆞ니 ᄒᆞ시니 엇디 죄 업ᄉᆞ리잇가 문무긔업은 다 ᄇᆞ리고 부모를 ᄇᆡ반ᄒᆞ고 몸이 도적의 드러 가문도덕을 ᄇᆞ리니 당〃ᄒᆞᆫ 법도로 닐너ᄂᆞᆫ 운슉과 다ᄆᆞᆺ 현쉬 다 죄예 나아갈 거시로ᄃᆡ ᄉᆞ졍이 업디 못ᄒᆞ야 법을 ᄇᆞ리고 쓰디 아냣거ᄂᆞᆯ 수수의 말ᄉᆞᆷ이 여ᄎᆞᄒᆞ시니 실노 놀라온디라 셰명의 죄를 잇다 ᄒᆞ셔도 사ᄅᆞᆷ이 부모 되여 잘못 ᄀᆞᄅᆞ틴가 넉이려든 만일 죄 업다 일ᄏᆞᄅᆞ시면 더옥 고이히 넉이리니 ᄎᆞ후란 ᄉᆡᆼ심도 ᄂᆞᆷ 듯ᄂᆞᆫ ᄃᆡ 뎌런 마ᄅᆞ쇼셔 셩시 대로 왈 왕의 여ᄃᆞᆲ 아ᄃᆞᆯ이 다 역적의 뉘로ᄃᆡ 죽이디 아니코 내 ᄌᆞ식을 죽이니 이 므ᄉᆞᆷ 도리뇨 진왕이

80면

홀연 냥목이 몽농ᄒᆞ고 안ᄉᆡᆨ이 도화 ᄀᆞᆺᄐᆞ야 우으며 왈 현수의 말ᄉᆞᆷ으로조차 내 ᄌᆞ식들의 불초ᄒᆞ믈 알과이다 드ᄃᆡ여 샹셔를 ᄂᆞ리와 ᄉᆞ십당을 듕타ᄒᆞ야 내티고 셩시를 향ᄒᆞ야 ᄀᆞᆯ오ᄃᆡ 혹ᄉᆡᆼ이 무상ᄒᆞ야 ᄌᆞ식 ᄀᆞᄅᆞ치미 역적[ᄒᆞ기]ᄉᆞᆺ디 니ᄅᆞ니 죽이고 시브ᄃᆡ 드러나디 아냐시니 ᄉᆡᆼᄉᆞ를 간대로 못ᄒᆞ미오 칠뎨ᄂᆞᆫ 졔가의 프러뎌 수〃의 ᄒᆡᆼᄉᆡ 이 ᄀᆞᆺᄐᆞ시믈 ᄒᆞᆫᄒᆞ야 잠간 경계ᄒᆞᆫ디라 수〃ᄂᆞᆫ ᄎᆞ후로 내 ᄌᆞ식들의 사오나오믈 보신죽 임의로 다ᄉᆞ리쇼셔 혹ᄉᆡᆼ이 죠곰도 노희여 아니ᄒᆞ리이다 셜파의 ᄉᆞ매를 쎨티고 나가니 셩시 기리 참괴ᄒᆞ며 승샹이 듯고 진왕의 부녀를 족수ᄒᆞ믈 꾸짓고 셩시의 녜의 모르믈 경계ᄒᆞ니 수슉 ᄉᆞ이 다시 화목ᄒᆞ니라 원ᄂᆡ 진왕이 팔ᄌᆞ를 두어시니 고인의 니ᄅᆞᆫ 바 샤

81면

가옥쉬라 개〃히 화월 ᄀᆞᆺ고 인물이 온듕단엄ᄒᆞ야 모든 ᄉᆞ촌뉴의 특이ᄒᆞ니 이는 부모의 교훈이 엄ᄒᆞ미라 댱ᄌᆞ 셰광과 ᄎᆞᄌᆞ 셰량이 형뎨듕 긔이ᄒᆞ야 흡연히 그 조부 소현셩의 여풍이 이셔 부친의 풍뉴흠과 다른디라 승상이 크게 ᄉᆞ랑ᄒᆞ야 샹시 일ᄏᆞᄅᆞᄃᆡ 내의 ᄂᆡ외 손ᄌᆞ 팔십여 인의 오직 이 아ᄒᆡ 읏듬이라 ᄒᆞ니 그 인물을 알니러라 운경의게 뉵ᄌᆡ 이셔 댱ᄌᆞ 셰현이 소시 젹덕을 인ᄒᆞ야 문쟝과 인물이 아름다오ᄃᆡ 그 부친의 단약흠과 달나 풍뉴ᄒᆞ고 화려ᄒᆞ야 단졍티 아니코 강명ᄒᆞ믄 이시니 일개 서ᄅᆞ 우어 왈 셰광은 진왕의 풍뉴ᄒᆞ믈 담디 아니코 셰현은 강능후의 단졍ᄒᆞ믈 품슈티 아니니 각〃 아비를 애들와 낫다 ᄒᆞᆫ즉 셰광 등이 함소브답이러니 ᄒᆞᆯ는 셰

82면

광 셰현 죵형뎨 한 가지로 쳥녀를 ᄐᆞ고 황도의 드러가 형참졍 집의 ᄃᆞᆫ녀 십ᄌᆞ가로 오노라 ᄒᆞ니 이곳은 경ᄂᆡ 유명ᄒᆞᆫ 창누 쳥셜뤄라 창녀 수빅이 녹의홍샹과 금군취삼으로 버러 쥬렴을 놉히 것고 힝긱을 쳥ᄒᆞ다가 길ᄀᆞ 누하의 두 쇼년이 쳥녀를 ᄐᆞ고 디나는 양을 보고 일시의 모다 보니 쇼년의 의복이 션명ᄒᆞ고 풍치 신션 갓ᄐᆞ야 흰 ᄂᆞᆺ과 불근 입이며 ᄀᆞ는 명목과 몰근 눈섭이며 품격이 아〃ᄒᆞ야 ᄀᆞᆺ퓐 년화와 츄텬명월이라도 밋디 못ᄒᆞᆯ디라 졔녜 비록 녜를 보내고 새를 마ᄌᆞ나 불과 추비ᄒᆞᆫ 무리 쥬가를 ᄎᆞᄌᆞ며 은ᄌᆞ를 품고 분주ᄒᆞ는 뉘라 엇디 이 ᄀᆞᄐᆞᆫ 션낭을 몽듕읜들 보아시리오 소시 가문 남풍녀뫼 시졀의 ᄲᅡ여나되 다 도혹을 다ᄉᆞ려 챵악과 쥬식

83면

을 일삼디 아니니 창네 엇디 졔소를 보아시리오 금일 셰광 셰현의 풍도를 보매 크게 혹ᄒᆞ야 ᄃᆞ토아 옥빙운환의 반함교틱ᄒᆞ고 귤을 더뎌 수빅 개의 미ᄎᆞ매 이인이 서ᄅᆞ 놀나 왈 엇던 사ᄅᆞᆷ이 귤을 우리게 더디ᄂᆞ뇨 뫼신 하인이 고ᄒᆞᄃᆡ 이곳은 창뉘라 모든 창기 머므러 힝인을 후려드리니 이러므로 두 공ᄌᆞ의 풍도를 보고 이러틋 ᄒᆞ미니이다 싱이 본ᄃᆡ 산듕의셔 싱댱ᄒᆞ야 어려실 적븟터 조부모 슉친으로븟터 부뫼 창녀의 말ᄒᆞ믈 듯디 못ᄒᆞ고 죵요로온 스승을 어더 가듕의셔 셩현셔를 녁남ᄒᆞ니 엇디 이런 일을 보며 드러시리오 금일 처엄으로 이런 경상을 보고 큰 변으로 아라 일시의 박쇼ᄒᆞ고 서ᄅᆞ 닐오ᄃᆡ 아모 창녠들 이대도록 쳥ᄒᆞ는ᄃᆡ 아니 가미 고이ᄒᆞ니 잠간 가셔 머엇ᄒᆞ

라

84면

브루눈고 보미 엇더ᄒᆞ뇨 셰광이 [디왈] 일즉 아디 못ᄒᆞ거니와 우리 부모의 녕을 아디 못ᄒᆞ여셔 창누의 가면 칙ᄒᆞ실가 ᄒᆞ노라 셰현 왈 사름의 브루믈 응티 아니미 심히 박ᄒᆞ니 부뫼 아루시나 무ᄉᆞ 일 칙ᄒᆞ시리오 ᄒᆞ니 원닉 이인이 다 창녀의 규고와 묘리를 아디 못ᄒᆞ니 가히 부형과 족쇽의 경엄ᄒᆞᆫ 줄을 알니러라 이인이 노새를 도로혀 창누의 드러가니 모든 기녜 크게 깃거 아릿다이 우음을 먹음고 마자드리니 이인이 아모란 줄 모르고 좌를 뎡ᄒᆞᆫ 후 무러 왈 우리는 디나는 사름이어ᄂᆞᆯ 너희 므ᄉᆞᆫ 연고로 청ᄒᆞᄂᆞ뇨 창녜 빈례 왈 쳡등이 공ᄌᆞ의 월모션풍을 보오매 오ᄆᆡ예 ᄆᆡ치와 당돌이 청ᄒᆞ오믄 초〃ᄒᆞᆫ 딘찬과 녀악을 진헌코져 ᄒᆞ미로소이다 셜파의 뇽싱봉관과

85면

녹긔금을 이아며 호치단슌으로 빅셜가를 브루니 이싱이 어린 ᄃᆞ시 안자다가 셰광이 그 거동이 됴티 아니믈 보고 셰현을 잡아 ᄃᆞ릐여 ᄀᆞᆯ오ᄃᆡ 아등이 셰경을 아디 못ᄒᆞ미 가쇠로다 ᄎᆞ챵의 힝식 불경ᄒᆞ야 그 가온대 ᄆᆞ음이 음일ᄒᆞ니 아등이 도흑지문의 왕후지ᄌᆡ라 엇딘 고로 쳔ᄒᆞᆫ 고ᄃᆡ 쳔인으로 더브러 섯겨 몸을 ᄂᆞ초리오 쌜니 도라가사이다 셰현은 본ᄃᆡ 풍뉴랑이라 미〃히 우으며 왈 현뎨는 고집ᄒᆞ다 임의 와시니 뎌 ᄯᅩᄒᆞᆫ 사름이라 ᄃᆡ졉ᄒᆞᄂᆞᆫᄃᆡ 떨티고 가디 못ᄒᆞ리니 오직 풍뉴를 듯고 뎌기 즐기다가 가리라 셰광이 니러나며 왈 형은 슉부의 온화ᄒᆞ시므로 밋거니와 쇼뎨는 가친의 유엄ᄒᆞ시믈 아ᄂᆞ니 결연이 도라가리라 드ᄃᆡ여 몸을 ᄲᅢ혀 도라가니 셰현은 이에 이셔 ᄆᆞ음의 걸닌 일

86면

이 업시 즐기더니 과연 취운이란 창녀를 유졍ᄒᆞ야 삼일을 도라가디 아니터라 어시의 셰광이 산듕의 도라가 부친을 ᄃᆡᄒᆞ야 슈말을 ᄌᆞ시 고ᄒᆞ고 셰현의 오디 아니턴 말을 니ᄅᆞ니 진왕이 대경하야 칙ᄒᆞᄃᆡ 네 비록 시쇽을 아디 못ᄒᆞ나 네긔를 닑엇ᄂᆞ니 ᄲᅧ 차픈ᄂᆞᆫ 뎜과 풍뉴ᄒᆞᄂᆞᆫ 집을 디나 드디말나 하니 엇디 뎌 고ᄃᆡ 나아가리오 공ᄌᆡ 고왈 ᄒᆡ 이 처엄은 무심듕 드러가나 나죵은 ᄡᅵᄃᆞᄅᆞ리니 황망히 도라왓ᄂᆞ이다 왕이 ᄯᅩᄒᆞᆫ 다시

칙디 못ᄒᆞ야 소후를 보고 셰현의 말을 니ᄅᆞ니 강능휘 어히 업시 너겨 닐오ᄃᆡ 이 아ᄒᆡ 이러틋 방ᄌᆞᄒᆞ니 내 그 거동을 보리라 ᄒᆞ고 년ᄒᆞ야 삼일의 찻디 아니터니 마ᄎᆞᆷ 인견 ᄒᆞ시믈 만나 진왕으로 더브러 어연의 참예ᄒᆞ고 셕양의 추종벽데를 다 ᄯᅥᆯ티고 형데

87면

수ᄅᆡ를 친우 양종보를 ᄎᆞᄌᆞ려 이에 십ᄌᆞ가로 향ᄒᆞ니 시졀이 츄말동쵸라 이쇠 죠복을 벗고 평복으로 힝ᄒᆞ여 거샹의 단좌ᄒᆞ여시니 풍골이 늠연ᄒᆞ고 면치 윤ᄐᆡᆨ쇄락ᄒᆞ야 엇디 ᄒᆞᆫ갓 셰광 등의 쇼년의 약ᄒᆞᆫ 풍치의 비기리오 젹거의 비겨 ᄉᆞ마를 ᄌᆡ촉ᄒᆞ니 청셜누 명챵이 ᄒᆞᆫ 번 ᄇᆞ라보고 넉슬 일흐며 애를 긋처 보〃뎐경ᄒᆞ고 낙담망혼ᄒᆞ야 발을 구ᄅᆞ며 소ᄅᆡ를 딜너 텬신이 하강ᄒᆞ다 일ᄏᆞᆺ고 이에 술위를 향ᄒᆞ야 귤을 더디니 그 듕의 닐오ᄃᆡ 귤이 경ᄒᆞ니 가히 금뎡으로ᄡᅥ 더딜 거시라 ᄒᆞ고 ᄃᆞ토와 금을 내여 더뎌 술위 알ᄑᆡ ᄀᆞ득ᄒᆞ니 강능휘 진왕을 도라보와 ᄀᆞᆯ오ᄃᆡ 경ᄉᆡᆨ이 하여오 왕왈 불승통ᄒᆡᄒᆞ나 디나갈 거시라 강능휘 미소ᄒᆞ고 금뎡은 도로 주어 하인을 주

88면

고 귤은 술위 알ᄑᆡ 노코 가더니 정히 김현 셩쥰을 만나니 이인이 대소 왈 냥쇠 작위 왕휘로ᄃᆡ 양한의 노라 귤을 어덧ᄂᆞ냐 답소 왈 더디ᄂᆞᆫ 귤을 ᄉᆞ양ᄒᆞᆯ 니 업ᄉᆞ니라 셜파의 ᄉᆞ인이 잇그러 양종부를 보고 이 날 야화ᄒᆞ야 명됴의 집의 도라오니 승샹이 어제 오디 아닌 일을 뭇거늘 실노 ᄡᅧ 고ᄒᆞ고 진왕이 ᄂᆡ당의 드러가 조모ᄭᅴ 뵈온 후 우으며 농포ᄉᆞ이로셔 황귤을 내여노흐니 셕패 소왈 ᄉᆞ매의 실과 녀코 ᄃᆞᆫ니ᄂᆞᆫ 왕이 어ᄃᆡ 이시리오 좌위 대소ᄒᆞᆫ대 진왕 왈 조모ᄂᆞᆫ 날을 ᄆᆡ양 나모라 ᄒᆞ시거니와 ᄇᆡᆨ형은 엇디 녀허겨시뇨 셕패 소왈 그ᄃᆡ ᄇᆡᆨ형으로붓터 [뉘] 그리 착히 너기더냐 왕이 대소ᄒᆞ고 왈 어제 우리 형데 양쟝군을 보라갓다가 청셜누 명챵을 만히 어더 밤을 디내고 이

89면

귤은 술위 알ᄑᆡ 더디거늘 저ᄒᆡ 정셩이 귀ᄒᆞ야 가져다가 쟈랑ᄒᆞᄂᆞ이다 셕패 경왈 진짓말이니잇가 왕이 다만 대소ᄒᆞ니 셕부인이 노왈 네 인물이 화려ᄒᆞ나 청누의 노ᄂᆞᆫ 일이 업더니 이제 네 아니턴 일을 ᄒᆞᄂᆞᆫ쟉가 왕이 소이 ᄃᆡ왈 희롱이로소이다 부인이 정ᄉᆡᆨ브답이니 진왕이 웃고 즉시 퇴ᄒᆞ야 즁당으로 나와 안잣더니 셕패 ᄯᆞᆯ와와 승샹ᄭᅴ

고ᄒᆞ련노라 ᄒᆞ니 왕이 호〃히 냥소ᄒᆞ며 입을 여디 아니〃 강능휘 소왈 셕조모는 겁내디 마ᄅᆞ소셔 우리 아모리 용녈ᄒᆞ나 나히 삼십이 디낫고 벼슬이 제후의 이셔 엇디 이럴 니 이시리오 이윽고 진국 진샹이 드니 그 가온대 긔실부인의게 진봉이 진짓 왕비와 다ᄅᆞ디 아니커ᄂᆞᆯ 셕패 소왈 소영이 팔ᄌᆡ 사오납다 ᄒᆞᆫᄒᆞ더니

90면

진봉을 보니 왕비와 다르디 아니니 진국 됴뎡은 소영의 박명을 모ᄅᆞ는도다 강능휘 날호여 ᄀᆞᆯ오ᄃᆡ 셕시 비록 삼뎨의 쳡이나 임의 긔실부인이 되야 명회 놉핫고 냥ᄌᆡ 아름다오니 엇디 박명타 ᄒᆞ리오 진왕이 쇄금ᄌᆞ션을 옥면의 빗기고 셕파를 향ᄒᆞ야 ᄂᆡ안으로 무러 왈 조모ᄭᅴ 알외ᄂᆞ니 소영이 어이ᄒᆞ야 박명ᄒᆞ니잇고 셕패 왈 낭군의 멸ᄃᆡ를 어더 얼골도 보디 못ᄒᆞ니 엇디 박명타 아니리오 왕이 ᄂᆡ소 왈 조모는 우은 말솜 마ᄅᆞ소셔 소영이 처엄으로 부모를 조상ᄒᆞ고 조모를 ᄯᆞᆯ와 와실 적 몸의는 뵈오ᄉᆞᆯ 감고 머리는 봉두귀면으로 드러오니 우리 다 놀라ᄃᆡ 귀신이라 ᄒᆞ더니 조뫼 길너 뉵칠년을 일회당 속의 향취를 ᄡᅴ여시니 잠간 인형이 이러시ᄃᆡ

91면

오히려 잔약고 하암되여 아모ᄃᆡ도 ᄡᅳᆯᄃᆡ 업ᄉᆞ니 셜ᄉᆞ 조모의 힘으로 아모란 필부를 어더 살디라도 형차포군과 치빈의 간고ᄒᆞᆯ 거ᄉᆞᆯ ᄆᆞᄎᆞᆷ내 폴치 쥬표를 딕으시니 분도 날 분 아니라 소영을 잘 제도ᄒᆞ야 팔ᄌᆞ 됴히 ᄒᆞ려 ᄒᆞ고 갓가이 ᄒᆞ엿더니 절노 ᄒᆞ여 슈칙ᄒᆞ고 저는 도로혀 진왕의 부인이 되여 본국이 공경ᄒᆞ믈 졍비와 ᄒᆞᆫ가지오 두 아들을 존칭ᄒᆞᄃᆡ 왕공ᄌᆞ라 ᄒᆞ여셔 덕이 업ᄉᆞ니 조뫼 날ᄃᆞ려 샤례ᄒᆞ시디 박명타 ᄒᆞ미 고이코 내 다ᄉᆞᄒᆞ고 봉친여가의 부모 맛디신 졍실을 ᄃᆡ졉ᄒᆞ고 일삭의 오일을 ᄎᆞᄌᆞ니 엇디 멸ᄃᆡᄒᆞᆫ다 ᄒᆞ시ᄂᆞ니잇고 셕패 일댱을 크게 웃고 왈 진왕의 말이 혹유ᄒᆞᆫ셰ᄒᆞ니 가쇠로다 소영이 드러올 적 ᄉᆡ부매 내게 보내여겨시니 엇디 봉두귀면과 뵈오ᄉᆞᆯ 닙

92면

어시리오 거즛말 잘 ᄒᆞ미 도무샹의 더은디라 가히 죡수티 못ᄒᆞᆯ 배로다 소영의 풍용은 사ᄅᆞᆷ의 보는 배라 엇디 구ᄐᆞ여 필부의 비위 되며 그 ᄣᅢ 왕이 비록 녕ᄒᆞ나 귀신이 아니어니 소영의 팔ᄌᆞ 죠케 갓가이 ᄒᆞ엿노라 ᄒᆞ미 삼쳑동도 고디 듯디 아니리니 그

노혼ᄒᆞᆫ 한미라 ᄒᆞ여 소기미 이 ᄀᆞᆺᄐᆞ니 하늘이 두렵디 아니냐 소영이 금지옥엽이라 엇디 그ᄃᆡ의 긔실이 되디 아니며 그ᄃᆡ 아들이야 ᄌᆞ식이니 공ᄌᆞ라 ᄒᆞ미 무샹ᄒᆞ니 누의 덕의 왕 되엿노라 쟈랑 마ᄅᆞ쇼셔 진왕이 대소ᄒᆞ고 말을 아니터라 이윽고 보ᄒᆞᄃᆡ 셰현이 왓다 ᄒᆞ니 강능휘 노ᄉᆡᆨ이 미우의 쥰동ᄒᆞ야 좌우로 ᄒᆞ여곰 셰현을 잡아드려 칙ᄒᆞᄃᆡ 네 챵누의 드러가 팀혹ᄒᆞ야 삼일이 디나되 도라오디 아니타가 이제 므ᄉᆞᆫ 뜻으로 이에 니ᄅᆞ러 날

93면

을 보ᄂᆞ뇨 셰현이 황망이 청죄 왈 처엄은 아디 못ᄒᆞ고 드러가 챵녀의게 잡혀 나오디 못ᄒᆞ이다 강능휘 또 문왈 셰광이 올 적 한 가지로 오디 아니믄 엇디오 현이 묵연이라 소휘 ᄉᆞ졸을 불러 셰현을 오십 댱을 듕타ᄒᆞ야 옥듕의 가도고 두 ᄃᆞᆯ의 니ᄅᆞ되 샤티 아니니 모다 닐오ᄃᆡ 강능휘 어딜고 약ᄒᆞ므로도 훈ᄌᆞ의 엄슉ᄒᆞ믄 이 갓ᄐᆞ니 엇디 긔특디 아니리오 ᄒᆞ고 위부인이 ᄋᆞᄌᆞ의 옥의 들므로븟터 수우하야 즐기디 아니〃 소휘 다만 모ᄅᆞᄂᆞᆫ 듯ᄒᆞ야 석 ᄃᆞᆯ의 니ᄅᆞ니 화부인이 소후를 불너 칙왈 셰현은 내의 ᄋᆡ손이라 오래 곤ᄒᆞ미 가티 아니니 ᄲᆞᆯ니 노흐라 소휘 모명을 슌ᄒᆞ야 셰현을 노흐니 현이 고두샤죄ᄒᆞᆫ대 휘 다시 일댱을 대칙ᄒᆞ고 다시 문외예 내디 아니ᄒᆞ니 현이 ᄎᆞ후로

94면

감히 챵누를 ᄉᆡᆼ각디 못ᄒᆞ고 유흑을 일삼더니 일〃은 진왕이 소후로 더브러 셔당의셔 독셔ᄒᆞ매 졔ᄌᆞ 뫼셔시니 다 관옥 ᄀᆞᆺᄐᆞ나 홀로 셰현 셰광 등이 더욱 긔특ᄒᆞ야 졍치 좌우의 ᄡᆞ이니 이인이 심하의 두굿기더니 태샹경 냥샹의와 병부 우시랑 셜회 니ᄅᆞ러 녜필의 서ᄅᆞ 말숨홀ᄉᆡ 좌우의 무수 소년 공ᄌᆞ 버럿ᄂᆞᆫ 듕 두 소년이 앙〃이 툐츌ᄒᆞ야 흡흡히 소후와 진왕의게 ᄡᅥ러디미 업ᄉᆞ니 경문ᄒᆞ야 ᄇᆡ야흐로 그 아들인 줄 알고 구혼ᄒᆞᆫ대 이공이 흠ᄭᅴ 허락고 당면ᄒᆞ야 뇌뎡ᄒᆞᆫ 후 셜공 냥공이 셰광 셰현을 나오혀 손을 잡고 등을 두ᄃᆞ려 쾌셔라 일ᄏᆞᆺ고 녜악시셔와 빅가어를 의논ᄒᆞ매 두 공ᄌᆞ 응구쳡ᄃᆡᄒᆞ야 말숨이 고산의 뉴슈 ᄀᆞᆺᄐᆞ니 이공이

95면

크게 ᄉᆞ랑ᄒᆞ야 화젼을 펴고 글을 지으라 ᄒᆞᆫ대 이인이 ᄉᆞ양ᄒᆞ고 짓디 아니커ᄂᆞᆯ 진왕

의 형데 골오딕 냥셜 이형의 지극훈 말로 구르치믈 드르면 십 년 글 닑느니도곤 빅흐리라 이공지 슈명흐매 옥슈로 산호필을 드러 휘쇄흐고 폴을 쩔티매 화젼의 금쉬 주옥흐고 창뇽이 어릭니 주〃쥬옥이오 언〃이 금쉬라 필획이 긔이흐고 주톄 졍묘흐야 진실로 당적 이두를 업슈이 너길디라 냥셜 이공이 크게 깃거 만심환희흐야 닐오딕 녕낭의 직홰 이 곳트니 진실로 녕공의 복이 클 쑨 아니라 소싱 등의 만힝이로소이다 이인이 슨양 왈 돈익 비록 져근 문지 이시나 엇디 그딕의 과쟝흐믈 당흐리오 셜파의 서루 잇그러 빅화헌의 니루러 소공씌 뵈고 뎡혼흐믈 니루니 승

96면

상이 쏘흔 깃거흐더라 이윽고 어뎨 샹왕이 니루러 소현셩씌 뵈고 좌우의 십쇠 다 주포옥딕로 사모를 수겨 뫼셧고 말셕의 소년 팔십여 인이 셩녈흐여시믈 보고 긔특이 너겨 흠신티하 왈 과인이 션싱의 젹션을 아란디 오라더니 이제 진왕의 열 형뎨 묘당대신으로 주포 오새 빗나고 졔손이 빅의 니루러 개〃히 형옥 명쥬 곳트니 비록 곽녕공의 복과 슌시팔뇽이 긔특흐나 션싱의 영복과 졔소의 풍치 긔샹을 밋디 못흐리로[소이]다 소공이 겸양 왈 흑싱이 텬디신령씌 득죄흐미 젹어 요힝 여러 주손을 두어시나 셰샹의 나므로븟터 아븨 얼골을 아디 못흐고 부모의 누준 은양을 닙디 못흐야시니 엇디 족히 유복다 흐리오 언필의 면식이 참연흐야 안쉬 거

97면

의 써러딜 듯흐니 샹왕이 쏘흔 감동흐더라 냥셜 이인이 도라가 튁일흐야 혼인홀식 셰광은 셜시를 취흐고 셰현은 냥시를 취흐니 다 화용월틱오 슈미 뇨라흐여 부뷔 샹뎍흐고 직덕이 쳥고흐니 구고와 일개 심히 스랑흐며 금슬이 화합흐더라

소현셩녹 권지십오

1면

화셜 양태부인이 츈취 팔십의 갓가오딕 안식이 소년 곳고 긔질이 츈화 곳트여 쇠로흐미 업ᄉ니 승샹과 졔손이 깃거흐믈 층냥티 못흐며 션인황휘 주로 보옵디 못흐믈

슬허ᄒᆞ샤 죠셕 공급을 ᄌᆞ지ᄒᆞ야 종요로온 효를 닐위시고 인종이 ᄆᆡ양 친님ᄒᆞ샤 태군부인 셕시와 진국 양태부인을 ᄂᆡ외 업시 보시고 술을 자시며 담소를 베프시믈 녜ᄉᆞ은근ᄒᆞᆫ 사회와 다ᄅᆞ디 아니시니 일문이 외람ᄒᆞ믈 이긔디 못ᄒᆞ야 승샹이 졔ᄌᆞ로 더브러 가티 아니믈 간ᄒᆞᆫ즉 샹이 소왈 딤이 구ᄐᆞ여 황후로 인ᄒᆞ미 아냐 심궁의 울젹ᄒᆞ니 한유ᄒᆞ야 샹부와 소션ᄉᆡᆼ을 보와 ᄒᆞᆫ 말을 ᄀᆞᄅᆞ치믈 드러 졍ᄉᆞ를 돕고져 ᄒᆞ미니이다 ᄒᆞ시니 소공이 텬은을 외람ᄒᆞ고 감격ᄒᆞ야 ᄌᆡ삼 ᄉᆞ양ᄒᆞ니 샹이 그

2면

쥰졀ᄒᆞ믈 어려이 너기샤 다시 ᄌᆞ로 ᄃᆞᆫ니디 아니시나 두 ᄃᆞᆯ의 한 번은 마디 못ᄒᆞ야 ᄃᆞᆫ니시니 소문이 도로혀 민망ᄒᆞ야 ᄒᆞ더니 ᄎᆞ년 구월의 션인황휘 홀연 슬허 슈파를 믈니티시고 눈물을 흘니시니 궁녜 놀라 연고를 뭇ᄌᆞ온대 ᄀᆞᆯ오샤ᄃᆡ 내 팔 셰의 궁듕의 드러 영욕을 ᄀᆞ초 보아 곤위예 오ᄅᆞ니 부모ᄭᅴ 념녀 기[티]오미 듕ᄒᆞᆫ디라 ᄒᆞᆫ 조각 효도를 일우디 못ᄒᆞ니 그윽이 고인을 븟그리더니 이제 황당의 ᄉᆡᆼ일이 님박ᄒᆞ시되 딤이 심궁의 이셔 슈비를 헌티 못ᄒᆞ고 ᄯᅩ ᄒᆞᆫ가디로 참연ᄒᆞᆯ 길히 업서 지근 샹거를 두고 ᄌᆞ식의 도를 폐ᄒᆞ니 엇디 슬프디 아니리오 시위궁인이 ᄯᅩᄒᆞᆫ 슬허ᄒᆞ여 늣기기를 마디아닌대 휘 문왈 내의 셜워ᄒᆞ믄 올커니와 너히는 엇디 이러틋 늣기ᄂᆞ뇨 궁녀들이

3면

주왈 신쳡 등도 어려셔 궁듕의 드러 부모의 됴 구즌 일을 보디 못ᄒᆞ고 쳔강일의도 나가디 못ᄒᆞ여 ᄆᆡ양 셜워ᄒᆞ옵더니 낭〃의 셩교를 듯ᄌᆞᆸ고 감동ᄒᆞ믈 이긔디 못ᄒᆞᄂᆞ이다 휘 앙텬 탄왈 귀쳔이 다ᄅᆞ나 ᄌᆞ의디졍은 인디샹졍이라 내 원컨대 너히 등의 ᄆᆡ텬 ᄒᆞᆫ을 플리니 어버이를 보고져 ᄒᆞᆯ진대 수삼 일 말미를 허락ᄒᆞ고 ᄉᆡᆼ일의 나가믈 닐너ᄃᆞᆫ 양틴 졔구를 주어 ᄌᆞ식의 도를 일우긔 ᄒᆞ리라 ᄒᆞ시고 ᄎᆞ후 궁인의 부모 ᄉᆡᆼ일이라 ᄒᆞ여 말믜ᄒᆞ믈 드ᄅᆞ신즉 금ᄇᆡᆨ을 만히 주어 나가 어버이를 헌슈ᄒᆞ라 ᄒᆞ시고 시〃로 말를 주샤 민간의 츌입ᄒᆞ되 ᄡᅧ금 대ᄂᆡ의 ᄒᆡᆼ실이 프러디미 업ᄉᆞ며 ᄂᆡ외 말이 서ᄅᆞ 통ᄒᆞ미 업서 더욱 슉연ᄒᆞ고 고요ᄒᆞ니 셩인의 덕틱이 이러틋 ᄒᆞ신디

4면

라 국인과 궁인이 열복ᄒᆞ야 그 효셩과 셩덕을 츅슈ᄒᆞ니 인종이 크게 경듕ᄒᆞ샤 그 ᄆᆡ

옴을 위로ᄒᆞ시노라 구월 십오일이 다ᄃᆞᄅᆞ매 뎐교 왈 계축 망일은 황쟝 소현셩의 싱일이라 만됴빅관과 명부들이 소부의 모다 연셕의 참예ᄒᆞ고 네악을 드ᄅᆞ라 딤이 ᄯᅩᄒᆞᆫ 친님ᄒᆞ야 녜현지도ᄅᆞᆯ 힝ᄒᆞ여 삼ᄃᆡ 대신의 공을 샤례ᄒᆞ리니 녜부샹셔 오문샹과 좌우 시랑은 경하연 절ᄎᆞᄅᆞᆯ 출혀 소부로 ᄃᆡ후ᄒᆞ라 ᄒᆞ시니 황휘뎐의 ᄂᆞ려 샤은ᄒᆞ신대 샹이 소왈 딤궁이 현후로 더브러 ᄒᆞᆫ가지로 가미 엇더니잇고 휘 샤왈 셩은이 하히 ᄀᆞᄐᆞ시나 인군이 신하의 잔치ᄅᆞᆯ 참예ᄒᆞ미 법 밧기오 만일 신이 갈딘대 도로혀 젼뎐의 업ᄉᆞᆫ 변이리니 ᄉᆞ졍의 졀박ᄒᆞ나 감히 비법

5면

을 힝ᄒᆞ디 못ᄒᆞ리이다 뎨 칭찬ᄒᆞ시며 즉시 녜부의 ᄐᆡᆨ지ᄅᆞᆯ ᄂᆞ리오시니 소현셩이 대경ᄒᆞ야 글을 지어 죽기로 ᄉᆡ양ᄒᆞᆫ대 황휘 슈셔ᄅᆞᆯ 깃쳐 왈 쇼뎨 브효ᄒᆞ미 만흐니 그윽이 고인을 붓그리더니 황상이 이 거조ᄅᆞᆯ ᄒᆞ시니 군신의 명분이 비록 이시나 그 실은 쇼뎨 부친씌 헌슈ᄒᆞ미오 악장의 셜연의 사회 참예ᄒᆞ미라 어린 소견의 지삼 ᄉᆡᆼ각ᄒᆞ나 대단ᄒᆞᆫ 실덕이 되디 아닐디라 부친이 죵시 허티 아닐딘대 쇼뎨 한 가지 효양도 못ᄒᆞ고 셰샹의 사라시미 불관ᄒᆞ도소이다 ᄒᆞ시니 소공이 회셔 왈 녜 한 적 녀휘 ᄉᆞ친을 빗나게 ᄒᆞ므로 종족 삼쳔이 뼈흘녀 죽고 명 적 마황휘 당전의 ᄉᆞ친을 쓰디 아니코 덕을 닷그매 어디다 ᄒᆞᄂᆞ니 현휘 비록 수쳔 명 위 황

6면

휘나 조심 아니미 가티 아니코 ᄒᆞ믈며 곽휘 뉴톄ᄒᆞ샤 심궁의 외로오시며 곽 국구 일개 참졀ᄒᆞ믈 씌엿거놀 이제 즐기미 그 인의 아니라 졀연이 힝티 못ᄒᆞ리니 공ᄌᆞ 유언 왈 ᄌᆞ식이 어딘 일홈과 몱근 빗치 사ᄅᆞᆷ의게 일ᄏᆞᄅᆞ면 부모의게 효되오 사오납고 더러온 말이 어버의게 밋ᄎᆞ며 몸이 욕되면 ᄒᆞᄅᆞ 세 가지 고기로 봉양ᄒᆞ나 브효라 ᄒᆞ시니 휘 날을 잔치로 ᄃᆡ졉디 말고 ᄉᆞᄉᆞ로 덕을 닷가 내의 귀의 어디다 소ᄅᆡ 들니면 회어니와 만일 음식과 풍뉴로 날을 ᄃᆡ졉ᄒᆞ여 타일의 어즈러온 시비 니러나 후의 샤치홈과 내의 분복 아디 못ᄒᆞ믈 ᄉᆞ짓게 홀딘대 이 도로혀 큰 블효니 후는 명찰ᄒᆞ라 ᄒᆞ니 황휘 애연 탄식ᄒᆞ시고 감히 다시 권티 못ᄒᆞ시니 인종

7면

이 ᄒᆞᆯ일이업서 ᄒᆞᆫ 계교를 내여 황후ᄭᅴ 고왈 황쟝의 고집이 두로혀기 어려오니 이번은 ᄀᆞᆺ치게 되여시니 진국 양태부인 슈셕을 ᄒᆞ야 소공으로 ᄒᆞ여곰 ᄉᆞ양ᄒᆞᆯ 말이 업게 ᄒᆞᆯ 거시라 ᄒᆞ시고 명년 츈삼월의 ᄐᆡᆨ디를 ᄂᆞ리와 ᄀᆞᆯ오샤ᄃᆡ 딤이 명되 긔구ᄒᆞ야 일즉 션졔와 태후낭〃을 여희오니 죵텬영모ᄒᆞ야 사ᄅᆞᆷ의 부모 잇ᄂᆞᆫ 쟈를 불워ᄒᆞ더니 마ᄎᆞᆷ 묘당의 일이 업ᄂᆞᆫ디라 우로의 녜를 힝코텨 ᄒᆞᄂᆞ니 됴뎡대신의 부모를 슈셕고져 ᄒᆞᄂᆞ니 뉵십 이후로 년티를 아라드리라 통졍ᄉᆞ 츄밀ᄉᆡ 슈ᄐᆡᆨᄒᆞ야 두로 무러 드리니 팔십ᄃᆡ년과 구십ᄃᆡ년 재 십여 인이라 그 즁의 양부인이 드러시니 인종이 즉시 어고의 금은을 내여 각〃 황금 수쳔냥과 ᄇᆡᆨ금 삼쳔냥 ᄎᆡ견 일만필식 년노ᄒᆞᆫ 사ᄅᆞᆷ의 ᄌᆞ식을

8면

주어 부모의게 헌슈ᄒᆞ라 ᄒᆞ시며 니원풍뉴를 주어 삼일 셜연ᄒᆞ라 ᄒᆞ신 후 뎐교 왈 딤이 진국양부인의 나흘 보니 팔십 ᄉᆞ세라 무단ᄒᆞᆫ 노인도 우로의 녜를 ᄒᆞ거ᄂᆞᆯ ᄒᆞ믈며 삼ᄃᆡ공신의 모친으로 황후의 조뫼라 별뎐을 아니티 못ᄒᆞ리니 녜부의 ᄐᆡᆨ셔ᄒᆞ야 대연을 소부의 ᄇᆡ셜ᄒᆞ고 만됴ᄇᆡᆨ관이 모드라 ᄒᆞ시니 소공이 모친의 은영의 다ᄃᆞᄅᆞ매ᄂᆞᆫ ᄒᆞᆯ 일이 업서 다만 텬은을 샤례ᄒᆞᆯ ᄯᆞᄅᆞᆷ이라 이에 날이 다ᄃᆞᄅᆞ매 샹이 어악과 샹방딘미로뼈 ᄉᆞ연ᄒᆞ시고 황휘 궁인으로뼈 문안ᄒᆞ시며 악공과 챵녀의 샹ᄉᆞ를 ᄌᆞ디ᄒᆞ야 수ᄅᆡ예 시러 내여보내시고 황봉어쥬를 별뎐으로 ᄂᆞ리와 헌슈ᄒᆞ실ᄉᆡ 만됴와 명뷔 황명으로 ᄌᆞ운산의 니ᄅᆞ러 참연ᄒᆞ매 셩ᄒᆞᆫ 위의와 추죵아역이 남문으

9면

로붓터 ᄌᆞ운산의 니어 ᄉᆞ십여 리의 며엿고 딘찬이 구산 ᄀᆞᆺ튼ᄃᆡ 장현동 ᄇᆡᆨ니 둘히 쉬막이 구름의 연ᄒᆞ고 챠일이 반텬 ᄇᆡᆨ운이 되여시며 무수ᄒᆞᆫ 챵녜 다 모드니 ᄎᆡ의홍샹이 날을 ᄀᆞ리오고 풍악소ᄅᆡᄂᆞᆫ 구텬을 흔드니 이 날 셩ᄒᆞ믄 만고의 비기리 업더라 승샹이 위친지심이 듕ᄒᆞ므로뼈 ᄉᆡ양ᄒᆞᄂᆞᆫ 일이 업ᄉᆞ나 미우의 쾌ᄒᆞᆫ 빗치 업ᄉᆞᄃᆡ 강잉ᄒᆞ야 관복을 닙고 졔ᄌᆞ로 더브러 빙ᄀᆡᆨ을 슈응ᄒᆞ야 당듕의 모드니 그 쉬 만여 인이라 ᄎᆞ례로 좌를 일우더니 ᄉᆡᆼ각디 아닌 텬ᄌᆡ 난가를 ᄀᆞ초와 니ᄅᆞ러 통티 아니코 드러오시니 ᄇᆡᆨ관과 졔쉬 대경ᄒᆞ야 마ᄌᆞ매 샹이 소왈 딤이 오ᄂᆞᆯ 니ᄅᆞ믄 셩연을 구경코져 ᄒᆞ미니 경 등은 고이히 너기디 말라 졔신이 묵연브답ᄒᆞᆫ대 샹이 이에 졔소를 ᄃᆞ리시고 쉬

셩뎐의

10면

드러가 양태부인씌 뵈시고 몸을 굽펴 골오샤딕 딤이 ᄌ유로 귀부의 츌입ᄒ야 외조모 윤시의 은양ᄒ시믈 닙을 적 부인으로뻐 조뫼라 일캇더니 황후로 인ᄒ야 친족의 의 긋처뎌시나 ᄯᅩᄒᆞᆫ 엇디 공경ᄒ미 업ᄉ며 됴뎡의 이셔는 군신지의를 출혀 츄호도 셜만 티 못ᄒ려니와 ᄉ실의 이셔는 곳 손셔의 모쳠ᄒ고 외조모의양 뫼시고 ᄯᅩ 삼딕공신의 ᄌ뫼시니 엇디 젼혀 님군의 위로뻐 놉흘와 ᄒ리잇고 금일 헌작을 아니티 못ᄒ리니 특별이 니ᄅ과이다 양부인이 피셕샤은 왈 노신이 어린 손녀로 지존의 간셥ᄒ옵고 미셰ᄒᆞᆫ 쳔신의 텬은이 듕ᄒ시니 경히 츅텬ᄒᆞᆯ ᄯᆞ름이러니 지삼 늙은을 닙ᄉ와 슈셕으로 뻐 주시고 어개 친님ᄒ샤 옥언을 ᄂ리오시니 일만 번 죽으나 셩

11면

덕을 갑습디 못ᄒ리로소이다 샹이 니원풍뉴를 드리라 ᄒ샤 뇽싱과 봉관을 금슬의 섯 거트라 ᄒ시니 풍악이 딘텬ᄒᄂ딕 만됴명부와 ᄌ네 다 당 ᄉ이로 피ᄒ되 황틴국쳑들 은 졔소의 부인으로 더브러 셕소화 삼부인과 ᄒᆞᆫ가디로 양부인을 뫼셔 샹을 보오니 샹이 이에 위시 형시 등의 아름다오믈 긔이히 너기시며 족부를 무ᄅ시니 위시 니러 지빅 고왈 신은 뎡국공 위랑광의 진손이오 젼임승샹 위의셩의 당녜오니 부샹셔 강션 명의 외손이오 강능후 소운경의 쳬로소이다 강시 부복 주왈 신은 한님혹ᄉ 강양의 녜오 외조는 기국공신 건평후 니경인이오 공부샹셔 소운희 쳬로소이다 형시 니러 지 빅 복디 주왈 신은 뎡양후 형양의 딘손이오 참디정ᄉ 형옥의 녜오 변냥 졀도ᄉ 안평 후 두경탁의 외손이

12면

오 진왕 소운셩의 쳬로소이다 조시 피셕 주왈 신은 기국훈신 대장군 조뎡후 조빈의 딘손이오 보국 남북졀도ᄉ 왕젼빙의 외손이오 뇽두각 태혹ᄉ 녜부샹셔 조명의 녀지 오 동평쟝ᄉ 운현의 쳬로소이다 홍시 념용 주왈 신은 태ᄌ태ᄉ 홍광의 딘손이오 형 쥐ᄌᄉ 홍억경의 녜오 병부시랑 녀희의 외손이오 금문딕ᄉ 소운몽의 쳬로소이다 뉴 시 비왈 신은 한님혹ᄉ 도곡의 외손이오 태ᄌ쇼부 뉴한의 당녜오 홍문태혹ᄉ 녜부샹

셔 소운의 쳬로소이다 셩시 돈슈 주왈 신은 평쟝 셩우경의 쇼녜오 쳥쥐즈스 뎡조의 외손이오 샹셔령 운슉의 쳬로소이다 님시 스빅 주왈 신은 태샹졍경 님소부의 뚤이오 젼 뎐위검 냥영덕의 외손이오 녜부시듕 대스도 운명의 쳬로소이다 니시 지빅 주왈

13면

신은 젼임츄밀스 녀강의 외손이오 승샹 니현의 진손이오 샹셔 니원긔의 쇼녜오 운명의 지실이로소이다 조추 민시 등이 각〃 족부를 딘주훈 후 셕시 복슈념용호야 주왈 신쳡은 젼임 병부샹셔 참디정스 셕현의 진손이오 태즈태스 셕즈견의 쇼녜오 녜부시랑 왕슈인의 외손이오 동궁시강 흑스 소운변의 쳬로소이다 구시 흠신 복지 왈 신은 젼임 좌승샹 동평쟝스 평양뎡후겸 구셕 구쥰의 필녜오 우승샹 냥명긔의 외손이오 병부샹셔 소운필의 쳬로소이다 샹이 무러 왈 황이 스인은 어디 잇누뇨 셩참졍 부인이 피셕호야 고왈 신은 평쟝 셩우경의 며누리오 참졍 셩쥰의 쳬로소이다 뉴스공 부인이 피셕 비왈 신은 평장 뉴환의 며누리오 스공 뉴민의 쳬로소이다 뎡시랑

14면

부인이 지빅 고왈 신은 유쥐즈스 뎡산의 며누리오 니부시랑 뎡화의 쳬로소이다 김참경 부인이 부복 주왈 신은 니부시랑 김희의 며누리오 참지정스 츄밀원 김현의 쳬로소이다 인주호기를 무추매 십여 인의 셩음이 쳥아호고 언식 뉴슈 굿트야 개〃히 신션 굿트니 샹이 흠탄호믈 마디 아냐 골오샤딕 이는 소시 젹션의 비로스미오 혼개 이굿티 혁〃호되 무춤내 집권방즈호믈 듯디 못호니 실노 만딕의 아룸다온 말이 되리로다 드딕여 옥잔의 황봉어쥬를 부어 태부인씌 헌쟉호시고 두 슌빅 딘헌후 외당으로 나가시니 양부인이 텬은을 망극호야 눈물을 흘니며 님군의 밧즈오신 잔을 거후로고 샹을 빅별호온 후 승샹과 졔손이 쥬빅를 밧드러 강능의 슈를 빌식

15면

승샹은 니루도 말녀니와 졔소의 쳥월훈 가셩은 힝운을 머므르고 쇄락훈 풍도는 즈포오사의 빗나거늘 허리의 병부인신과 금인을 빗긴 재 반이 남으니 호물며 운셩은 구쟝면복과 면뉴를 드리오고 옥씌를 씌여 왕쟉의 이시니 긔이훈 용화와 늠〃훈 풍골이 인듕농이라 임의 조모씌 헌슈를 무추매 십 인이 도라 각〃 모친씌 슈빅를 헌호고 믈

너나매 쇼년졔싱 빅여 인이 버러 일시의 잔을 드러 츅슈ᄒᆞ고 일곡 풍뉴를 ᄆᆞᄎᆞ매 승샹이 이에 니러나 졔ᄌᆞ졔손을 ᄃᆞ리고 외당으로 [나가니 보야흐로] 빙긱이 나와 좌를 일운 후 텬ᄌᆞ의 은근ᄒᆞ심과 졔소의 셩번ᄒᆞ믈 팅찬ᄒᆞ고 흠복ᄒᆞ야 서ᄅᆞ 향ᄒᆞ야 티하ᄒᆞ미 분〃ᄒᆞ니 이 다 양태부인의 유복ᄒᆞ믈 기리는 말이라 이에 소화셕 삼부인이 니러나 녹나샹과 청금샹을 ᄭᅳ오며 슈쥬를 드

16면

러 양부인ᄭᅴ 헌쟉ᄒᆞᆫ 후 보야흐로 좌를 뎡ᄒᆞ니 모든 며ᄂᆞ리와 ᄯᆞᆯ이 다 병뷔라 ᄎᆞ례로 잔을 드러 조모와 모부인과 슉모ᄭᅴ 헌슈ᄒᆞ고 조초 손부손녜 술을 브어드리니 양부인이 아름다오믈 이긔디 못ᄒᆞ며 스ᄉᆞ로 ᄌᆞ손의 번셩ᄒᆞ고 슈려ᄒᆞ믈 보매 두긋거온 듕쳐연히 녜일을 ᄉᆡᆼ각고 타루 산연ᄒᆞ믈 ᄭᆡ돗디 못ᄒᆞ니 좌위 감창ᄒᆞ더라 태부인은 팔ᄌᆡ 임의 흠홀 거시 오히려 과거ᄒᆞ기로 잇거니와 셕화 두 부인의 흔〃ᄒᆞᆫ 복녹은 ᄒᆞᆫ 흠이 업ᄂᆞ디라 ᄒᆞ믈며 셕부인은 이 범연히 복녹을 일ᄏᆞ를 배 아니니 ᄋᆞ녜 임의 초방의 귀ᄒᆞ믈 바다 만승국모로 셩덕이 일시를 딘복ᄒᆞ야 쥬아의 풍치 혁〃ᄒᆞ시고 다시 진왕이 왕쟉을 바다시니 엇디 늉〃ᄒᆞᆫ 셩덕과 호〃ᄒᆞᆫ 오복이 비길 고디 업ᄉᆞ니 임의

17면

젼일은 화부인의 아래 안ᄌᆞ나 ᄌᆞ녀의 놉흐므로ᄡᅥ 국법이 명〃ᄒᆞ야 그 어미 존듕ᄒᆞ니 이에 소부인은 태부인을 뫼셔 좌녁희 안ᄌᆞ니 화부인이 형뎨 ᄎᆞ례로ᄡᅥ 소시의 아래 안잣고 셕부인은 웃녁히 뫼셔 ᄡᅥ곰 화시의 좌해 되디 아냐 도로혀 소부인을 ᄃᆡᄒᆞ니 왕비 모든 동셔와 소고로 더브러 뫼시니 혀힐ᄒᆞᆫ 풍도와 쇼쇄ᄒᆞᆫ 골격이 만좌의 죠요커놀 금슈홍장과 칠보치의 날빗촐 ᄀᆞ리오니 빙긱 수쳔이 모다시나 왕비의 열여ᄉᆞᆺ 동셔와 쇼고 네 사ᄅᆞᆷ을 밋기 어려오니 ᄌᆞ고로 [곶]치 만ᄒᆞ면 표〃히 고온 거ᄉᆞᆯ 아디 못ᄒᆞ고 진쥐 만흐면 샹등을 글히디 못ᄒᆞ니 사ᄅᆞᆷ이 만일 여러히 모드면 그 진짓 ᄉᆡᆨ을 알기 어려오ᄃᆡ 소부 부인들은 소담ᄒᆞᆫ 의샹과 텬연ᄒᆞᆫ 칠보로 수쳔 녀ᄌᆞ 총듕의 섯

18면

겻시되 표연앙〃히 ᄲᅱ여나 개〃히 옥과 곳 ᄀᆞᆺᄐᆞ니 기듕 특이ᄒᆞᆫ 거슨 현시 위시 니시 김참정 부인이라 셔ᄌᆞ 옥진과 장강 니부인이라도 밋디 못ᄒᆞᆯ디라 만쇄 소셕 두 부인

을 불승탄복ᄒᆞ더니 또 위시 등을 보고 아연 져상ᄒᆞ야 어린ᄃᆞ시 얼골을 ᄇᆞ라보며 쥬식을 니젓더라 풍악을 졔진ᄒᆞ야 셕양의 인종이 환궁ᄒᆞ시고 년ᄒᆞ야 삼일 대연ᄒᆞ야 즐기니 양부인과 셕부인의 복을 아니 불워ᄒᆞ리 업고 황휘 보디 못ᄒᆞᆷ을 슬허 웃듬궁인 녀시를 보내여 조모와 모친ᄭᅴ 헌슈ᄒᆞ라 ᄒᆞ시니라 잔치를 다ᄒᆞ매 승샹이 샹소ᄒᆞ여 샤은ᄒᆞ고 악공과 챵녀를 샹ᄉᆞᄒᆞ야 보내다 ᄎᆞ야의 승샹이 모친ᄭᅴ 드러와 뵈고 닐오ᄃᆡ 셩은이 과도ᄒᆞ고 범ᄉᆡ 외람ᄒᆞ니 실로 국쳑

19면

의 괴로온 줄 금일이야 ᄭᆡ듯과이다 부인 왈 역시 텬명이니 ᄒᆞᆫ티 말나 승샹이 탄식고 불안ᄒᆞ여 ᄒᆞ더라 이ᄯᅢ 션인황휘 조모와 부모의 슈셕을 디내시고 심ᄉᆡ 평안ᄒᆞ샤 덕을 닷그시고 슉모 소부인을 친모와 다ᄅᆞ미 업시 ᄃᆡ졉ᄒᆞ시며 의모 화부인과 친모 셕부인을 죠곰도 차등ᄒᆞ미 업시 ᄒᆞᆫ골ᄀᆞᆺ티 효를 닐위시고 됴셕으로 글월을 닷가 문안ᄒᆞ시니 ᄌᆞ운산 영홰 졔미ᄒᆞ여 복녹이 늉셩ᄒᆞ니 가히 일ᄃᆡ예 ᄇᆞ라보리 업더라 이러구러 무궁ᄒᆞᆫ 셰월의 영화를 누리고 졔ᄉᆡᆼ이 각〃 ᄌᆞ녀를 다 셩혼ᄒᆞ며 승샹이 나라은툥을 ᄉᆡ양ᄒᆞ나 졔ᄌᆞ의 효의를 니ᄅᆞ 막디 못ᄒᆞ여 슈연을 여러 번 바드되 므양 풍악을 물리티니 졔쇠 흥이 업서ᄒᆞ고 니셕 이파

20면

의게 ᄯᅩᄒᆞᆫ 슈헌ᄒᆞ미 ᄌᆞ〃니 시졀 사ᄅᆞᆷ이 다 소현셩과 기ᄌᆞ 십 인의 효의를 칭찬ᄒᆞ며 졔쇠 비록 거가의 화열ᄒᆞ고 회희를 즐기나 거가의 슉덕ᄒᆞ고 강엄ᄒᆞ여 한적 급암의 풍치와 당적 승샹 위딩의 풍녁이 이시니 됴애 두려ᄒᆞ고 ᄇᆡᆨ셩이 닐오ᄃᆡ 소시 십 인을 사괴고져 ᄒᆞᆯ딘대 힝실과 인물을 닷고 청념ᄒᆞ기를 위쥬ᄒᆞᆫ 후 사괴려니와 만일 허물이 추비부효ᄒᆞ기의 미ᄎᆞᆫ 후ᄂᆞᆫ 그 문의 나아가 명함 드리미 어렵다 ᄒᆞ니 사ᄅᆞᆷ 되어미 이러ᄐᆞᆺᄒᆞᆫ디라 비록 권셰 혁혁ᄒᆞ나 시인의 의논이 ᄉᆞ졍과 비법 힝ᄒᆞᆫ다 ᄒᆞᆷ을 듯디 못ᄒᆞ고 다ᄉᆞ리ᄂᆞᆫ 청ᄉᆞ마다 ᄉᆞ셔인의 일ᄏᆞᆺᄂᆞᆫ 배 되니 엇디 그 인물의 지극ᄒᆞᆫ 청현ᄒᆞᆷ 곳 아니면 이러ᄒᆞ리오 승샹이 화됴월셕의 ᄌᆞ손을 거ᄂᆞ려 셔헌의 쳐

21면

ᄒᆞ야 등젼월하의 시부를 지어 문쟝을 권ᄒᆞ고 유완ᄒᆞ야 친히 디당의 풀을 뷔고 옥계

예 잇기를 쁘러 공명의 냥보음을 을프며 뎐곡의 호불을 의논ᄒᆞ며 다시 황도의 드러 가디 아니코 산듕의 뭇치여 빅셩의 녀룸지이를 도와주며 혹 들히 나가 호믹를 잡아 기음을 믹고 녀름 짓는 법을 어린 인민을 ᄀᆞᄅᆞ치니 지극히 긔특ᄒᆞ야 농부의 니ᄒᆞ미 신이ᄒᆞ니 졔쇠 비록 벼슬의 ᄃᆞᆫ니나 부친의 풍을 쏠와 ᄉᆞ됴 여가의는 포의갈건으로 야〃를 뫼셔 들히 나가 손도 잠기를 잡으며 호믹를 드러 농부의 기음 믹믈 힝ᄒᆞ면 본ᄃᆡ 평싱 니긴 뎐뷔라도 밋디 못홀디라 텬싱 ᄌᆡ조는 쇽인의 밋디 못홀 배니 묘당의 가는 옥 ᄀᆞᆺ튼 명ᄉᆞ ᄌᆡ샹이로ᄃᆡ 집의 온즉 ᄒᆞᆫ 농뷔 되여 서

22면

ᄅᆞ 잇그러 뎐장 ᄉᆞ이로 ᄃᆞᆫ녀 빅셩의 슈고와 셜워ᄒᆞ믈 더러주니 인민이 다 츅슈ᄒᆞ야 현샹이라 ᄒᆞ며 소공이 산야의 티ᄉᆞᄒᆞ야 황후의 어딘 덕과 ᄌᆞ손졔셔의 쳥현ᄒᆞ믈 드러 복을 누리니 한가ᄒᆞ고 유복ᄒᆞ미 만고의 비ᄒᆞ리 업더라 각셜 운명의 쳐 니부인이 운명으로 더브러 화락ᄒᆞ연 디 이십여 년의 이ᄌᆞ를 두어시니 개〃히 곤산의 바옥이오 히듕의 구슬 ᄀᆞᆺᄐᆞ니 당은 셰량이오 ᄎᆞ는 셰필이니 다 나히 ᄎᆞ매 현문귀족의 취쳐ᄒᆞ야 신뷔 뇨됴ᄒᆞ고 슈미ᄒᆞ니 일개 크게 ᄉᆞ랑ᄒᆞ고 니시 굿기던 비원을 니져 ᄌᆞ부의 아룸다오믈 두긋기며 녯날 명시의게 잡히인 곡졀을 니ᄅᆞ고 탄식 아닐 적이 업더니 일〃은 샹셔로 더브러 곡난의 안자 이ᄌᆞ 이부의 시측ᄒᆞ믈 보고 홀

23면

연 눈물이 홍험의 ᄀᆞ득ᄒᆞ여 딘〃이 늣겨 왈 내 팔ᄌᆡ 무상ᄒᆞ야 부모를 조상ᄒᆞ고 쳔신만고를 겻거 너히를 두고 나히 삼십의 디나시니 이제 죽어도 ᄒᆞᆫ이 업거니와 너히 다 나히 졈고 심히 방탕ᄒᆞ니 기리 부풍을 달마 모훈을 싱각디 아니코 녀ᄌᆞ의 셜우믈 깃칠가 두리노라 ᄌᆞ뷔 다 함누참연홀ᄉᆡ 샹셰 홀연 슬허 탄식고 답왈 부인은 디난 말을 닐너 내의 ᄆᆞ음을 참괴케 ᄒᆞᄂᆞ뇨 이에 ᄌᆞ뷔 아룸답고 손ᄋᆞ 네 아히 기린 ᄀᆞᆺᄐᆞ니 일로 븟터 ᄒᆞᆫ 가지로 화락홀디라 브졀업시 슬허마ᄅᆞ쇼셔 니시 탄식브답ᄒᆞ더니 이 날 져녁 븟터 일심이 피곤ᄒᆞ여 유병ᄒᆞ니 ᄌᆞ뷔 ᄲᅵ를 그ᄅᆞ디 아냐 구호ᄒᆞ며 샹셰 의약을 브즈런이 다ᄉᆞ리고 죠곰도 차되 업서 이십여 일의 니ᄅᆞ니 명지됴셕ᄒᆞ니 일

24면

개 망극ᄒᆞ여 ᄒᆞ더니 임의 사디 못ᄒᆞ게 되니 샹셰 참혹ᄒᆞ믈 이긔디 못ᄒᆞ야 ᄎᆞ마 드러가 그 위급ᄒᆞᆫ 형용을 보디 못ᄒᆞ여 이ᄌᆞ롤 위로ᄒᆞ며 정신을 일엇더니 니시 겨유 인ᄉᆞ롤 출혀 ᄌᆞ롤 불러 닐오ᄃᆡ 내 나히 삼십이 디나 ᄉᆞ십이 거의오 부귀롤 누련 디 오라니 죽어도 ᄒᆞᆫ이 업거니와 너히 등이 다 셩도ᄒᆞ믈 채 못ᄒᆞ여시니 실노 닛기 어려온디라 내 비록 업ᄉᆞ나 님부인을 의탁ᄒᆞ면 친모의 디미 업ᄉᆞ리라 ᄌᆞ뷔 실셩톄읍이러라 샹셰 드러와 부인을 보니 옥빙운환이 어ᄌᆞ러워 소담ᄒᆞᆫ ᄋᆡ용과 빗난 풍치 부용이 쇠잔ᄒᆞ고 돌이 구롬을 님ᄒᆞᆫ 둣 뇨됴ᄒᆞᆫ 긔질이 더욱 긔특ᄒᆞ니 샹셰 ᄎᆞ마 보디 못ᄒᆞ야 그 옥슈롤 잡고 븟드러 눈물이 ᄂᆞ치 ᄀᆞ득ᄒᆞ야 ᄀᆞᆯ오ᄃᆡ 부인의 질병이

25면

차도롤 어들가 ᄒᆞ엿더니 엇디 이대도록 듕ᄒᆞ뇨 그ᄃᆡ 만일 니롤 말이 잇거든 쾌히 니ᄅᆞ라 부인이 날호여 ᄀᆞᆯ오ᄃᆡ 쳡의 나히 족ᄒᆞ고 ᄌᆞ뷔 ᄀᆞᄌᆞ니 ᄒᆞᆫ이 업거니와 다만 군ᄌᆞᄂᆞᆫ ᄌᆞ녀롤 어엿비 너기시고 츰언을 고디 드러 내의 ᄌᆞ식을 박히 마ᄅᆞ소셔 승샹과 모든 소고 등이 모드니 니시 븟들녀 마ᄌᆞ매 셕화 두 부인이 쳥누롤 ᄲᅳ리며 위로ᄒᆞᆯᄉᆡ 니시 사례 왈 소쳡이 듕년의 슬하의 모쳠ᄒᆞ와 어엿비 너기시믈 닙ᄉᆞ오니 은혜 빅골난망이라 죽어도 셩은을 갑습디 못ᄒᆞᆯ소이다 쏘 님부인을 쳥ᄒᆞ야 ᄀᆞᆯ오ᄃᆡ 쳡이 ᄌᆞ유로 부인으로 더브러 동모소ᄉᆡᆼᄀᆞᆺ티 화ᄋᆡᄒᆞ야 일시롤 보디 못ᄒᆞ면 서ᄅᆞ ᄎᆞ자 위로ᄒᆞ더니 이제 죽기의 니ᄅᆞ니 니별을 슬허ᄒᆞ옵ᄂᆞ니 부인은 내의 ᄌᆞ부롤 무휼ᄒᆞ야

26면

쳡이 사라실 적ᄀᆞᆺ티 ᄒᆞ시면 구천의 감은ᄒᆞ미 젹디 아니리로소이다 님시 눈물을 ᄲᅳ려 위로 왈 부인이 니ᄅᆞ디 아니시다 셰량 등이 엇디 내의 친ᄉᆡᆼ과 다ᄅᆞ리오 여른 정셩을 지극히 ᄒᆞ리니 과려티 마ᄅᆞ소셔 니시 칭샤ᄒᆞ고 이에 구고ᄭᅴ 하딕고 명이 진ᄒᆞ니 츈취 삼십오셰오 시셰 츄말동쵸라 ᄌᆞ뷔 호곡ᄒᆞ고 일개 ᄉᆡᆼ해 아니 슬허ᄒᆞ리 업서 곡셩이 진디ᄒᆞ니 승샹이 더욱 참혹히 너기되 태부인을 위ᄒᆞ야 ᄌᆞ손의 곡읍을 긋치게 ᄒᆞ고 셰량 등을 보호ᄒᆞ더라 샹셔 운명이 평ᄉᆡᆼ 딘듕ᄒᆞᆫ 부인을 일ᄒᆞ니 ᄆᆞ음이 ᄇᆞ아디ᄂᆞᆫ ᄃᆞᆺᄒᆞ야 냥ᄌᆞ롤 안고 신톄롤 어ᄅᆞ만져 통곡ᄒᆞ기롤 마디 아니ᄒᆞ고 식음을 젼폐ᄒᆞ니 진왕이 ᄀᆡ유 왈 현데 ᄉᆞ십이 거의오 ᄌᆞ녜 번셩ᄒᆞ니

27면

엇디 일 녀ᄌᆞ를 인ᄒᆞ야 소년의 우은 거조를 ᄒᆞ리오 심ᄉᆞ를 강잉ᄒᆞ야 셰량 등을 보호ᄒᆞ라 샹셰 왕이 ᄀᆡ유ᄒᆞ믈 보고 비통ᄒᆞ믈 ᄎᆞᆷ아 ᄋᆞᄌᆞ를 위로ᄒᆞ며 부인의 ᄉᆞ당의 됴셕으로 호읍ᄒᆞ야 날을 ᄆᆞᄎᆞ니 이ᄌᆡ 부친을 도로혀 위로ᄒᆞ야 초상을 ᄆᆞᆺ고 샹셰 셰량 등을 편ᄋᆡᄒᆞ며 님부인이 기츌도곤 ᄋᆡ휼ᄒᆞ니 일개 그 덕을 더욱 기리더라 셰월이 여류ᄒᆞ야 삼년을 ᄆᆞᄎᆞᆫ 후 샹셰 취봉각을 ᄎᆞ마 보디 못ᄒᆞ야 문을 즘고 ᄒᆡᆼ지 실조ᄒᆞᆫ 사ᄅᆞᆷ ᄀᆞᆺᄐᆞ야 어즈러이 시권을 뒤져셔 시름을 닛고 가듕인이 니시의 말ᄒᆞᆯ 적이면 눈물이 믄져 소사나니 졔형뎨 과도타 일ᄏᆞᆺ고 승샹이 ᄎᆡᆨᄒᆞᄃᆡ 졍을 졔어ᄒᆞᆯ 길히 업ᄂᆞᆫ디라 냥ᄌᆡ 모친을 ᄉᆡᆼ각고 듀야 슬허ᄒᆞ며 삼 년 후 즉시 급뎨

28면

ᄒᆞ야 ᄆᆞᄎᆞᆫ 한님을 ᄒᆞ고 ᄎᆞᄂᆞᆫ 당사태슈를 ᄒᆞ야 쳐ᄌᆞ를 거ᄂᆞ리고 당사의 부임ᄒᆞᆯᄉᆡ 모친의 보디 못ᄒᆞ믈 크게 슬허 그 외조 니샹셔 ᄉᆞ당을 뫼셔가 당사의 니ᄅᆞ니 본부 하관이 나와 마ᄌᆞᆯᄉᆡ 그 듕 명텹의 셩영이란 거시 이시니 셰필이 젼일 뎡시로 더브러 통모ᄒᆞ던 셩영인가 의심ᄒᆞ되 그 얼골을 아디 못ᄒᆞ야 ᄃᆞ려온 참군 뉴립을 블너 셩영의 얼골을 무ᄅᆞ니 아노라 ᄒᆞ거ᄂᆞᆯ 즉시 셩영이란 하관을 브ᄅᆞ라 ᄒᆞ니 당하의 와 ᄇᆡ알ᄒᆞ니 뉴립이 ᄀᆞ의 셧다가 [ᄀᆞᆯ오ᄃᆡ 진짓] 셩영이로다 태쉬 드ᄅᆞ매 젼일 블측ᄒᆞᆫ 말노 뎡시로 더브러 ᄌᆞ긔의 모친 잡던 일을 ᄉᆡᆼ각고 불승통히ᄒᆞ야 젼일노 힐문ᄒᆞᆫ즉 경ᄉᆡᆨ이 죠티 아닌 고로 다른 핑계로 죄를 얼거 당하의 죽이니 슬

29면

프다 사ᄅᆞᆷ이 션을 ᄒᆡᆼ티 아니코 악을 힘쓰매 당초의 셩영이 옥난 ᄆᆡ셤으로 더브러 뎡시의 금ᄇᆡᆨ을 밧고 금노옥당의 봉관화리를 욕ᄒᆞ야 ᄉᆞ통ᄒᆞᆯ와 셜계ᄒᆞᆯ 적 엇디 니시 사라나리라 ᄒᆞ여시며 ᄯᅩ 사라신들 그 적 업던 ᄌᆞ식이 나셔 댱셩ᄒᆞ야 이 고을 원으로 와셔 저를 만나 죽일 줄을 ᄉᆡᆼ각ᄒᆞ여시리오 창텬이 명〃ᄒᆞ샤 ᄋᆡᄆᆡᄒᆞᆫ 니시를 신원ᄒᆞᆯ 섄 아니라 그 ᄌᆞ식을 ᄀᆞᄅᆞ쳐 원슈를 갑긔 ᄒᆞ시도다 태쉬 셩영을 죽이고 십분 쾌활ᄒᆞ야 ᄎᆞ후로 도임 졍티ᄒᆞ매 부형의 ᄆᆞᆰ근 덕을 효측ᄒᆞ야 ᄇᆡᆨ셩이 평안ᄒᆞ더라 이 적의 운명이 심ᄉᆡ 츄연ᄒᆞ야 유산ᄒᆞᆯᄉᆡ 형초를 둘너보아 당사 디경의 니ᄅᆞ되 태슈ᄃᆞ려 왓노라 니ᄅᆞ디 아니코 ᄒᆞᆫ 쥬뎜의 드러 밤을 디

30면

내라 ᄒᆞ더니 격벽의셔 사ᄅᆞᆷ의 말소ᄅᆡ 들니니 완연이 젼의 듯던 소ᄅᆡ라 ᄀᆞ만이 여어 보니 일위 미인이 ᄒᆞᆫ 남ᄌᆞ를 ᄃᆞ리고 희롱ᄒᆞ며 말ᄒᆞ거ᄂᆞᆯ 출혀 보매 이 곳 젼일 부인 뎡시라 크게 경혹ᄒᆞ야 쥬인을 불너 조용히 무러 ᄀᆞᆯ오ᄃᆡ 이 격벽의 ᄒᆞᆫ 녀ᄌᆡ 이시되 십분 슈려ᄒᆞ니 아디못게라 엇던 사ᄅᆞᆷ인고 뎜쥬 ᄃᆡ왈 이ᄂᆞᆫ 곳 경셩지샹의 ᄯᆞᆯ노 그 부친 뎡참졍이 득죄ᄒᆞ야 귀향 와셔 죽고 그 ᄯᆞᆯ은 이에 이셔 향민의 쳐ᄌᆡ 되야 사ᄂᆞ니이다 운명이 텽파의 뎡신 줄 알고 즉시 고을노 드러가니 태쉬 부친의 와시믈 보고 경희ᄒᆞ여 ᄲᆞᆯ니 마자드리고 녜를 필ᄒᆞᆫ 후 샹셔 닐오ᄃᆡ 오ᄋᆞᄂᆞᆫ 네 모친의 원쉬 이 고ᄃᆡ 잇ᄂᆞᆫ 줄 아ᄂᆞᆫ다 셰필이 ᄃᆡ왈 아니 셩영이니잇가 샹셔 왈

31면

네 셩영을 아ᄂᆞᆫ다 태쉬 슈말을 ᄌᆞ시 고ᄒᆞᆫ대 샹셰 대희 왈 이ᄂᆞᆫ 곳 네 모친의 신녕이 도으미라 이제 셩영으로 더브러 ᄒᆞᆫ 가지 원슈ᄂᆞᆫ 곳 뎡녜라 내 ᄆᆡ양 ᄎᆞ자 업시코져 ᄒᆞ더니 이 ᄶᆡ히 이시니 엇디 죽이디 아니리오 태쉬 돈슈 왈 뎡시ᄂᆞᆫ 곳 ᄒᆡᄋᆡ의게 명위 듕ᄒᆞ니 엇디 감히 원슈로 ᄒᆞ여 ᄯᅩ 감히 죽이리오 샹셔 왈 젼일은 모ᄌᆞ지의 이시나 이 ᄶᆡ를 당ᄒᆞ여ᄂᆞᆫ 네게 원쉬니 엇디 죽이디 아니리오 태쉬 샹톄를 드리워 ᄀᆞᆯ오ᄃᆡ 뎨 임의 고초와 욕을 바드니 맛당이 더뎌두미 가한디라 다시 ᄎᆞ자 이십년 디난 죄로 죽이면 너모 인졍이 아니오 도로혀 그 허물이 부친ᄭᅴ 이실가 ᄒᆞᄂᆞ이다 샹셰 텽파의 용뎍탄 왈 오ᄋᆞᄂᆞᆫ 뎡현군ᄌᆡ라 네 아비 밋디 못ᄒᆞᆯ 배로다 드ᄃᆡ여 죽일 의논을 긋치고

32면

수일을 머믈워 경ᄉᆞ의 도라오니 됴뎡이 셰필을 툐쳔ᄒᆞ야 홍문ᄃᆡ혹ᄉᆞ를 ᄒᆞ이시니 태쉬 가권을 거ᄂᆞ려 경ᄉᆞ의 도라오니 일가 형뎨 반기고 깃거ᄒᆞ며 셰량 셰필이 ᄌᆞ녀를 ᄀᆞ초 두고 ᄃᆡ〃로 니시의 졔ᄉᆞ를 밧들고 니샹셔의 졔를 긋디 아니ᄒᆞ니라 ᄎᆞ후로 소부의 영홰 날노 새로오며 승샹의 ᄌᆞ손이 수ᄇᆡᆨ의 디나니 곽시의 유복ᄒᆞᆷ믈 블워 아닐디라 화개쥬륜이 곡듕의 며엿고 옥보금인이 샹ᄌᆞ의 ᄀᆞ득ᄒᆞ니 양태부인과 화셕소 삼인이 무궁ᄒᆞᆫ 복녹을 누리니 이ᄯᅢ 운경은 승샹 강능후를 ᄒᆞ고 운희ᄂᆞᆫ 공부샹셔를 ᄒᆞ고 운셩은 진왕을 ᄒᆞ엿고 기여 여러 형뎨 다 ᄌᆡ샹이 되여시며 소부인의 뉵ᄌᆡ 다 급뎨ᄒᆞ여 명ᄉᆡ 되니 일시 사ᄅᆞᆷ이 닐오ᄃᆡ ᄌᆞ고로 소시 가

33면

문곳티 번셩코 혁〃ᄒᆞ니는 업다 니ᄅᆞ고 소시 졔인이 개〃히 도혹과 유혹을 닷가 견후 수빅여 인의 호반이 업ᄉᆞ니 이는 소현셩의 지극ᄒᆞᆫ 쳥덕이 굿처디〃 아니미라 니셕 이패 나히 팔십여 셰의 니ᄅᆞ듸 경녁이 쇠티 아니코 화려ᄒᆞᆫ 말숨이 감티 아니〃 무궁ᄒᆞᆫ 뎍실ᄌᆞ손들이 다 ᄉᆞ랑ᄒᆞ고 친근ᄒᆞ여 쏠오며 승샹이 지극히 공경ᄒᆞ미 ᄒᆞᆫ골ᄀᆞᆺᄐᆞ니 이패 양부인을 뫼셔 년〃의 슈연을 밧고 잔치로뻐 즐견디 오십여 년의 셕패 홀연 유병ᄒᆞ야 누으니 승샹이 졔ᄌᆞ졔손으로 더브러 시약ᄒᆞ며 소화셕 삼부인이 ᄌᆞ부와 녀ᄋᆞ로 더브러 구호ᄒᆞ듸 죠곰도 낫디 아니코 날로 위급ᄒᆞ여 시여 일의 니ᄅᆞ러는 쟝춧 사디 못ᄒᆞ게 되니 승샹과 졔쇠 망극ᄒᆞ

34면

야 가듕 상해 호읍 빗치러라 ᄎᆞ일 져녁의 셕패 긔운이 잠간 나아 니러 안자 승샹과 삼부인을 쳥ᄒᆞ야 ᄒᆞᆫ듸 안치고 닐러 ᄀᆞᆯ오듸 노신이 십삼의 션쳐ᄉᆞ의 시인이 되여 십이년 마늬 쳐ᄉᆞ를 여히옵고 태부인을 보호ᄒᆞ야 초상을 뭇고 승샹을 나ᄒᆞ시니 밧드러 길너 댱셩ᄒᆞ시믈 보매 두굿거온 ᄆᆞ음이 심두의 ᄀᆞ득ᄒᆞ듸 화부인이 셕부인을 투긔ᄒᆞ시니 듕미를 말고져 ᄒᆞ듸 일즉 ᄉᆡᆼ각ᄒᆞ니 혐의로 인ᄒᆞ야 슉녀를 승샹긔 드리디 아니면 쳡이 도로혀 승샹긔 경이 여틀디라 시비와 즐칙을 죠흔 일 보듯ᄒᆞ야 친딜을 ᄃᆞ려오고 화목ᄒᆞ기를 힘쓰더니 이제 흥진비릐라 황텬이 명을 ᄌᆡ촉ᄒᆞ시니 쳡의 나히 팔십이 디낫고 부귀를

35면

누련디 오라니 다른 ᄒᆞᆫ이 업거니와 다만 슬허ᄒᆞ는 바는 승샹과 소부인을 니별ᄒᆞ미라 ᄇᆞ라건대 ᄒᆞᆫ골ᄀᆞᆺ티 화동ᄒᆞ시고 쳔츄만세후 디하의 가 서ᄅᆞ 반기사이다 승샹이 눈물을 머금고 위로ᄒᆞ야 ᄀᆞᆯ오듸 셔모의 츈취 놉흐시나 긔력이 강건ᄒᆞ시니 엇디 죠고만 병으로뻐 믄득 이러틋 ᄒᆞᆫ 난녀를 두시리잇가 긔운을 됴셥ᄒᆞ고 브졀업순 말을 긋치쇼셔 소셕 두 부인이 쏘ᄒᆞᆫ 톄뤼 힝뉴ᄒᆞ여 옷기술 적시니 셕패 탄식 왈 노쳡이 ᄌᆞ유로 딕언을 즐기고 사ᄅᆞᆷ의 허물을 덥디 아니며 그른 일을 규졍ᄒᆞ기를 됴히 너기되 만일 내 말을 듯디 아니면 다시 입을 여디 아냐 그 쳐티를 볼 ᄯᆞᄅᆞᆷ이오 회힉를 즐기나 깁히 유심ᄒᆞ여 무

36면

심티 아니니 ᄉᆡᆼᄂᆡ의 깃친 젹덕이 업고 도로혀 원망 드ᄅᆞ미 만흐려니와 ᄯᅩᄒᆞᆫ 허언을 ᄭᅮ며 사ᄅᆞᆷ을 잡으며 소〃ᄒᆞᆫ 일을 대희ᄒᆞ여 시비ᄒᆞ든 못ᄒᆞ더니 도로혀 무궁ᄒᆞᆫ 복녹을 누리고 항슈ᄅᆞᆯ 기리ᄒᆞ여 죽으니 박덕ᄒᆞᆫ 쳡의게 만힝텬은이라 남은 ᄒᆞᆫ이 업ᄉᆞᄃᆡ 소낭〃을 보옵디 못ᄒᆞ니 구천의 눈을 곰디 못ᄒᆞ리로다 드ᄃᆡ여 운경 등 십인과 셩참졍 김참졍 두 부인 소시 ᄉᆞ인과 그 조촌 ᄌᆞ녀ᄅᆞᆯ 다 쳥ᄒᆞ여 유언ᄒᆞ며 니별ᄒᆞᆯᄉᆡ 제손이 눈물 아니 흘리리 업더라 패 이에 진왕ᄃᆞ려 닐너 ᄀᆞᆯ오ᄃᆡ 그ᄃᆡᄂᆞᆫ 관후ᄒᆞᆫ 당뷔로ᄃᆡ 셩되 과도ᄒᆞ여 쳐쳡의게 괴로온디라 내 죽은 후 ᄇᆞ라건대 소영의 젼졍을 편히ᄒᆞ쇼셔 진

37면

왕이 이셩화긔ᄒᆞ고 함누참연ᄒᆞ여 삼가 유언을 닛디 아니리니 조모ᄂᆞᆫ 과려티 마ᄅᆞ쇼셔 셕패 가듕 대쇼 시녀 차환을 다 불너 영별ᄒᆞ고 승샹과 소부인의 손을 잡고 슬허ᄒᆞ다가 ᄯᅩ 셕부인을 보며 왈 부인은 친딜의 의ᄅᆞᆯ 의탁ᄒᆞ야 정이 각별ᄒᆞ더니 이제 기리 ᄉᆞ별ᄒᆞ야 모들 날이 업ᄂᆞᆫ디라 부인은 ᄌᆞ녀ᄅᆞᆯ 거ᄂᆞ려 무양ᄒᆞ쇼셔 모다 오열ᄒᆞ야 다만 위로ᄒᆞᆯ ᄯᆞᄅᆞᆷ이러니 이윽고 태부인이 친님ᄒᆞ야 문병ᄒᆞ신대 패 븟들녀 니러 샤례 왈 천첩이 십삼셰브터 존하의 시측ᄒᆞ와 셩은이 하늘 ᄀᆞᆺᄉᆞ오니 분골쇄신ᄒᆞ오나 보은ᄒᆞ올 길히 업ᄉᆞᆸ더니 이제 죽기의 니ᄅᆞ러시니 어린 정셩을 다ᄒᆞ디 아니리잇고 부인이 천첩을 깁히 미드샤 가ᄉᆞ로ᄡᅥ 일응출납과 ᄃᆡ긱절ᄎᆞ로 맛디시니

38면

듀야 조심ᄒᆞ와 일호 차디ᄒᆞ미 이셔 부인의 불그샤ᄆᆞᆯ 져ᄇᆞ릴가 젼〃긍〃ᄒᆞ나 ᄯᅩᄒᆞᆫ 대권을 잡아 부인의 ᄀᆞᄅᆞ티시믈 밧ᄌᆞᆸ고 비복을 절제ᄒᆞ연디 뉵십년이라 고듕의 금은필ᄇᆡᆨ이 하늘 ᄀᆞᄐᆞ나 츄호ᄅᆞᆯ 불범ᄒᆞ와 ᄉᆞ절의편과 시〃샹ᄉᆞ 밧근 감히 반촌도 쳐단ᄒᆞ여 ᄡᅳ디 아니코 닙기와 먹기ᄅᆞᆯ 다 고ᄅᆞᆯ 울얼고 부인 주시ᄆᆞᆯ 밧ᄌᆞ와 십만 ᄌᆡ산으로ᄡᅥ 임의로 가딜 거시로ᄃᆡ 범티 아니믄 공명의 념티ᄅᆞᆯ 흥앙ᄒᆞ미라 쳡이 죽은 후 샹ᄌᆞ의 남은 금은이 잇고 방듕의 일쳑 깁이 이셔 부인의 맛디심을 져ᄇᆞ리디 아니리이다 ᄒᆞᆫ대 부인이 쳐연 왈 내 널노 더브러 비환을 겻거 이제 니ᄅᆞ히 서ᄅᆞ 의디ᄒᆞ더니 네 명이 급ᄒᆞ니 내 ᄯᅩᄒᆞᆫ 오라디 아닐ᄶᅵ라 디

39면

하의 서ᄅᆞ 보미 갓갑도다 디어 ᄌᆡ물은 내의 ᄆᆞ음이 네의 심곡을 비최니 엇디 말이 이고ᄃᆡ 미ᄎᆞ리오 패 ᄌᆡ삼 샤례ᄒᆞ고 이에 승샹과 소부인을 잡고 허다 유언을 ᄆᆞᄎᆞᆫ 후 명이 딘ᄒᆞ니 향년이 팔십칠 세라 일가 샹하의 곡셩이 딘동ᄒᆞ고 승샹과 두 부인이 소부인으로 발상ᄒᆞ야 곡벽ᄒᆞ고 비통ᄒᆞ믈 이긔디 못ᄒᆞ야 상슈를 ᄀᆞ초와 습념ᄒᆞ고 입관ᄒᆞ야 셩복을 ᄆᆞᄎᆞᆫ 후 소공이 드러가 모친ᄭᅴ 뵈올ᄉᆡ 부인이 통곡ᄒᆞ시니 승샹과 소부인이 슬픈 안ᄉᆡᆨ과 무궁ᄒᆞᆫ 눈물이 안ᄉᆡᆨ의 뉴동ᄒᆞ야 말ᄉᆞᆷ을 일우매 목이 메고 사ᄅᆞᆷ을 보매 뉘쉬 압흘 향ᄒᆞ니 속졀업시 옷깃과 ᄉᆞ매 저〃 반향이 디나매 대부인이 눈믈을 거두고 탄ᄒᆞ야 ᄀᆞᆯ오ᄃᆡ ᄉᆞᄉᆡᆼ이 유명이라 셕파의 나히 만코 부귀 극ᄒᆞ니 낫브

40면

미 업ᄉᆞᄃᆡ 됴모의 내 좌우의 이셔 제의 슬픈 거ᄉᆞᆯ ᄀᆞᆷ초고 됴흔 비ᄎᆞ로 날을 위로ᄒᆞ며 완호ᄒᆞ여 디극ᄒᆞᆫ 졍이 비록 ᄉᆞ랑ᄒᆞᄂᆞᆫ 아ᄋᆞ와 효도의 ᄌᆞ식이라도 밋디 못ᄒᆞᆯ디라 내의 며ᄂᆞ리와 손ᄌᆡ 날을 원ᄒᆞ미 이셔도 제 믄득 분ᄒᆞ고 애돌와ᄒᆞ여 서ᄅᆞ 쳐ᄒᆞ연디 칠십여 년의 불공ᄒᆞᆫ 일과 소기며 사오나온 일을 보디 못ᄒᆞ고 ᄌᆞ단ᄒᆞᄂᆞᆫ 일이 업ᄉᆞ니 샹이언에 화려ᄒᆞ고 사ᄅᆞᆷ의게 슌티 아냐 허물을 드러내ᄂᆞᆫ 병이 이시나 그 진딧 ᄒᆡᆼᄉᆞ와 녜법이 엄홈은 셩현의 유풍을 니어 녀듕 영웅이 되염즉 ᄒᆞ던디라 이제 죽언 디 수일이로ᄃᆡ 내의 슈족이 업고 ᄇᆡᆨᄉᆡ 흥심이 업서 궁듕이 다 뷘 ᄃᆞᆺᄒᆞ니 엇디 슬프디 아니리오 승샹이 ᄇᆡ읍 왈 셩괴 ᄌᆞ못 맛당ᄒᆞ이다 ᄒᆡᄋᆞ도 그윽이 ᄉᆡᆼ각

41면

ᄒᆞ니 사ᄅᆞᆷ의 셔모 되ᄂᆞᆫ 재 만ᄒᆞ나 반드시 허물이 이시되 일ᄌᆞᆨ 셕셔모ᄀᆞ티 어디로되 엄정ᄒᆞ고 인후ᄒᆞ니ᄂᆞᆫ 업더이다 소부인과 화셕 두 부인이 다 쳥누를 ᄲᅳ리며 슬프믈 이긔디 못ᄒᆞ고 ᄎᆞ후로 승샹이 ᄉᆞ시 곡읍을 폐티 아니며 듀야 슬허 일희당을 ᄎᆞ마 보디 못ᄒᆞ야 말마다 눈믈을 드리워 샹감ᄒᆞ미 ᄀᆞ골ᄒᆞ매 밋첫더니 니패 셕파 죽은 후 과도히 슬허 톄읍ᄒᆞ고 곡긔를 그티니 쇠년의 원긔 쇠약ᄒᆞ야 믄득 병 드러시여 일후 죽으니 승샹이 크게 슬허 초상을 다ᄉᆞ려 두 셔모를 영장ᄒᆞᆯᄉᆡ 뎡일이 다ᄃᆞᄅᆞ매 하쳔비복이 다 셜워 브ᄅᆞ디져 울고 승샹이 졔문 디어 졔ᄒᆞᆯᄉᆡ 무수 ᄌᆞ손이 녕구를 보야ᄂᆞᆫᄃᆡ 소공이 쟉을 헌ᄒᆞ고 딘왕이 잔을 밧드러 뎐ᄒᆞ며 강능휘 졔문을 닑으니 ᄀᆞᆯ와ᄒᆞᄃᆡ 경

오

42면

삼년 갑ᄌ 셰춘 이월의 뎍ᄌ 황태부 승샹 소경은 쳥쟉셔슈디뎐으로 셕슉희 니현희 두 셔모 녕하의 죠곡ᄒᆞᄂᆞ니 오호 ᄋᆡ지라 졍녕이 유디냐 ᄌᆞ의 명되 긔구ᄒᆞ야 엄친의 면목을 아디 못ᄒᆞ고 ᄌᆞ친이 유병ᄒᆞ시므로뼈 외로온 인ᄉᆡᆼ이 이모의 휵양ᄒᆞ시믈 닙은디라 비록 명회 다ᄅᆞ나 심듕의 밧드러 ᄇᆞ라기ᄂᆞᆫ 존당의 감ᄒᆞ미 업고 이뫼 ᄯᅩᄒᆞᆫ 날노뼈 명분을 엄히ᄒᆞ고 졍셩이 뉴〃ᄒᆞ야 ᄌᆞ의 몸 념녀ᄒᆞ고 ᄉᆞ랑ᄒᆞ시미 내 스ᄉᆞ로 밋디 못홀 고디 만ᄒᆞᆫ디라 이 만일 텬셩의 디극히 어디ᄅᆞ심 곳 아니면 엇디 능히 여ᄎᆞᄒᆞ리오 ᄆᆡ양 심두의 감탄ᄒᆞ야 고인의 유젹을 솔펴도 ᄀᆞᄐᆞᆫ 재 업ᄉᆞ믈 일ᄏᆞ라 격감ᄒᆞ미 텰골ᄒᆞ매 미ᄎᆞᄃᆡ ᄌᆡ텬셩이 소탈ᄒᆞ고 언담이 서의ᄒᆞᆫ 고로 일즉 구외예 내여 티샤ᄒᆞ미 업ᄉᆞ니 이

43면

뫼 ᄆᆡ양 내의 무심홈으로뼈 무졍ᄒᆞᆫ가 넉이시더니 이제 아름이 이실딘대 내의 ᄆᆞ음을 비최시리라 오회라 이뫼 ᄌᆞ유로 덕을 널니ᄒᆞ시고 편친을 밧드러 ᄀᆞ득ᄒᆞᆫ 졍셩이 내 밋디 못ᄒᆞ더니 일죠의 기셰ᄒᆞ샤 편친의 외로온 노회를 위로ᄒᆞ리 업고 당을 ᄇᆞ려 디취 망을 두ᄅᆞ며 곡셩은 집을 움즉이거ᄂᆞᆯ 츄풍이 ᄎᆞ게 부러 소당을 부리고 녕구ᄂᆞᆫ 심방의 완연ᄒᆞ니 통곡ᄒᆞ야 슬허ᄒᆞ나 홀일이업고 화ᄒᆞᆫ 소ᄅᆡ를 듯줍ᄂᆞᆫ 듯ᄒᆞ나 죵젹이 업ᄉᆞ며 학발존안을 보옵ᄂᆞᆫ 듯ᄒᆞ되 형영이 아득ᄒᆞ니 오호통ᄌᆡ라 이를 가히 춤으며 견딜 것가 내 팔ᄌᆡ 무샹ᄒᆞ야 엄친을 여ᄒᆡ와 그 얼골을 아디 못ᄒᆞ고 다만 위로ᄒᆞᄂᆞᆫ 배 편모와 이모를 뫼셔 종ᄂᆡ의 여른 졍을 펼가 넉엿더니 이제 일삭디ᄂᆡ의 이모를 여ᄒᆡ니 당의 외로

44면

오신 편친을 ᄇᆞ라보매 ᄆᆞ옴이 ᄇᆞ아디ᄂᆞᆫ 듯ᄒᆞ고 도라 일희당을 솔피매 오장이 버히ᄂᆞᆫ 듯ᄒᆞ니 ᄆᆞ옴을 어ᄅᆞ문져 ᄉᆡᆼ각건대 명〃ᄒᆞᆫ 창텬이 내의 젹악을 벌ᄒᆞ샤 이모를 ᄆᆞ자 아사가신디라 그 눌을 ᄒᆞᆫᄒᆞ리오 오호통ᄌᆡ라 이뫼 다 공후지신의 귀녜로ᄃᆡ ᄯᅳᆺ 가디미 비약ᄒᆞ고 힝실이 놉흐시니 편친이 샹시 니ᄅᆞ시되 니셕 냥패 말숨이 화려활발ᄒᆞ나 그

힝ᄉᆞ는 츄호도 녜를 건네는 일이 업다 ᄒᆞ시고 내 ᄯᅩᄒᆞᆫ 시봉 늑십여 년의 이모의 비례를 보디 못ᄒᆞᆫ디라 여러 ᄌᆞ손의 다 맛당ᄒᆞ미 쉬오리오마는 ᄋᆡ증이 업서 ᄃᆡ졉이 ᄒᆞᆫ골ᄀᆞᆺ고 디어 운셩 등은 쇽인으로ᄡᅥ 니를진대 반ᄃᆞ시 편ᄋᆡᄒᆞ미 인졍의 상ᄉᆡ로ᄃᆡ 그 일편되믈 보디 못ᄒᆞ니 내 비록 니ᄅᆞ디 아니나 그으이 셕모의 덕

45면

을 션복ᄒᆞ더니 일셕의 독질을 어드시나 엇디 일이 이에 니를 줄을 알니오 시약ᄒᆞ던 그릇과 병침을 견ᄃᆡ여 보디 못ᄒᆞ고 더옥 ᄎᆞᆷ디 못ᄒᆞ는 바는 됴셕문안의 존당의 드러가면 듕당 난간의셔 우옴을 머금고 날을 마ᄌᆞ샤 ᄒᆞᆫ가디로 츼셩뎐의 드러가시던 일을 ᄉᆡᆼ각고 당시ᄒᆞ야 형영이 업서 문안적 ᄌᆞ모ᄭᅴ 문후ᄒᆞ온 밧 더브러 말ᄉᆞᆷᄒᆞ리 업ᄉᆞ니 쇽졀업서 져〃로 더브러 외로온 문답을 일우매 뇨젹ᄒᆞ고 비고ᄒᆞ야 슬픈 ᄆᆞ음이 니러나니 애 긋처디고 칼흘 ᄉᆞᆷ킨 ᄃᆞᆺᄒᆞ니 인비셕목이 아니라 출히 듀야호곡ᄒᆞ야 ᄆᆞ음을 펴고쟈ᄒᆞ나 봉친디하의 곡읍이 블안ᄒᆞ니 이 ᄯᅩᄒᆞᆫ ᄆᆞ음과 ᄀᆞᆺ디 못ᄒᆞᆫ디라 광음이 훌〃ᄒᆞ야 장일이 다ᄃᆞᄅᆞ니 궁진히 슬픈 거

46면

ᄉᆞᆯ 닐위모로 녕구를 니별ᄒᆞ리다 오호ᄋᆡ지라 심산궁곡의 ᄇᆡᆨ셜이 만디ᄒᆞᆫᄃᆡ 방초는 처음으로 프르고 ᄎᆞᆫ ᄇᆞ람은 ᄲᅧ를 ᄉᆞ뭇거ᄂᆞᆯ 삼쳑 명경과 ᄂᆞᆯ니는 만장 가온ᄃᆡ 비〃ᄒᆞᆫ 신녕이 운우의 외롭고 ᄌᆞ손의 통셕ᄒᆞᆷ은 믈 ᄭᅳᆯᄐᆞᆺ ᄒᆞ리로다 슬프다 이ᄢᅴ 칠십여 년을 동실ᄒᆞ고 일삭의 도라가니 ᄯᅩᄒᆞᆫ 쳔지의 긔이ᄒᆞᆫ 말이 되리로다 쟝ᄎᆞᆺ 상구를 밧드러 션산으로 향ᄒᆞ매 초〃ᄒᆞᆫ 쥬과로 비박ᄒᆞᆫ 졍을 고ᄒᆞ고 두어 줄 글노 니별ᄒᆞ매 기리 만년이라 슬픈 말이 오열ᄒᆞ고 부들 들매 눈믈이 알플 ᄀᆞ리오니 삼가 만단비회를 잠간 고ᄒᆞᄂᆞ니 복유샹향이라 강능휘 닑기를 ᄆᆞᄎᆞ매 승샹이 통곡ᄒᆞ야 눈믈이 옷 알플 적시니 상하의 곡셩이 훤텬ᄒᆞ더라 소부인과 셕부인이 ᄯᅩᄒᆞᆫ 대뇌

47면

로 셜졔ᄒᆞ고 졔문 디어 영별ᄒᆞ니 경ᄉᆡᆨ이 참졀ᄒᆞ야 ᄎᆞᆷ아 보디 못ᄒᆞᆯ너라 이에 두 녕구를 ᄒᆞᆷᄭᅴ 발ᄒᆞ야 션산의 장ᄒᆞ고 승상이 크게 슬허 졔ᄌᆞ로 더브러 날이 ᄆᆞᆺ도록 울고 명일 목쥬를 시러 도라오니 명ᄉᆞ지샹과 공휘 십니의 버러 호송ᄒᆞ니 이 다 소한 졔ᄉᆡᆼ이

라 일노의 관재 니셕 냥파의 유복ᄒᆞ믈 칭찬ᄒᆞ더라 집의 도라와 녕위를 일희당의 봉안ᄒᆞ고 삼년 졔ᄉᆞ를 극진이 ᄒᆞ며 소셕과 승샹이 그졔의 ᄒᆞᆫ ᄣᅢ도 궐티 아니ᄒᆞ니 엇디 아름답고 긔특디 아니리오 삼년 후의 승샹이 두 셔모의 ᄌᆡ물을 내여 블디ᄅᆞ려 보야흐로 일희당 누문을 열고 보니 니파의게ᄂᆞᆫ 금은과 필빅이 만흐ᄃᆡ 셕파의 셰ᄉᆞᄂᆞᆫ 그릇 ᄒᆞ나히 업고 다만 단계ᄶᅡ 연갑의 반듁필 둘과 화젼 다ᄉᆞᆺ 당

48면

이 잇ᄂᆞᆫ디라 졔ᄉᆡᆼ이 칭찬 왈 셕조모의 품딜이 소탈ᄒᆞ시니 다 엇디 이대ᄃᆞ록 ᄒᆞ리오 진실노 녀듕공명이로다 승샹이 크게 셜워 타루 왈 셕셔뫼 평일 의복이 구챠티 아니시니 내 이대도록 간고ᄒᆞ시믈 모ᄅᆞ니 엇디 인ᄌᆞ의 회라 ᄒᆞ리오 이러ᄐᆞᆺ 딘쇽틱되 업ᄉᆞ되 복을 누리시니 ᄯᅩᄒᆞᆫ 텬되 무심티 아니토다 ᄒᆞ더라 ᄎᆞ후로 소부 쇼년의 호화ᄂᆞᆫ 감티 아니나 존당과 소부인이 승샹의 부쳐로 더브러 즐기미 업ᄉᆞ니 화긔 쇼연ᄒᆞ되 진왕의 여러 형데 부모 존당을 위로ᄒᆞ여 셰월을 보내더니 이적 소황휘 두 셔조모의 죽은 줄을 슬허ᄒᆞ시며 부모를 ᄌᆞ로 쳥ᄒᆞ야 보시고 은영이 호셩ᄒᆞ나 승샹이 더옥 셰샹의 ᄯᅳ디 업서 산듕의 나디 아니ᄒᆞ고 풍월을 음영ᄒᆞ고 모친을 밧드니 텬

49면

ᄌᆡ 황후의 효셩과 양부인의 년〃ᄒᆞ믈 공경ᄒᆞ고 귀히 넉이샤 근신을 ᄌᆞ로 보내여 헌슈ᄒᆞ고 ᄉᆞ연ᄉᆞ악ᄒᆞ시며 승샹을 ᄉᆞ연ᄒᆞ시니 태부인이 글을 지어 ᄉᆞ양ᄒᆞ고 소후ᄭᅴ 말을 기려 왈 쥬육가뮈 ᄌᆞ〃면 반드시 일이 나고 ᄯᅳ들 ᄂᆞ초와 검박ᄒᆞ면 복이 잇ᄂᆞ니 셩은의 늉셩ᄒᆞ미 그으이 블힝ᄒᆞᆫ디라 후ᄂᆞᆫ 명찰ᄒᆞ라 휘 답셔를 디어 ᄀᆞᄅᆞ티시믈 샤례ᄒᆞ고 텬ᄌᆞᄭᅴ 진주ᄒᆞ야 영툥을 더으디 못ᄒᆞ긔 ᄒᆞ시니라 광음이 뉴슈 ᄀᆞᄐᆞ야 수십여 년의 니ᄅᆞ니 승샹의 나히 팔십여 셰라 오히려 긔딜이 뉴화 ᄀᆞᆺ고 안ᄉᆡᆨ이 윤틱ᄒᆞ야 완연이 곳ᄲᅡ힌 빅셜 ᄀᆞᄐᆞ며 일발이 불빅ᄒᆞ고 힝뵈 ᄂᆞᄂᆞᆫ ᄃᆞᆺᄒᆞ니 보건대 겨유 ᄉᆞ십 셰ᄂᆞᆫ ᄒᆞ여 뵈고 총명과 힝ᄉᆡᆨ 졈〃 더은 ᄃᆞᆺᄒᆞ니 사ᄅᆞᆷ이 고이히 너기

50면

고 ᄌᆞ녜 깃거ᄒᆞ더라 원ᄂᆡ 소공의 풍치와 용뫼며 힝디 범연이 긔이ᄒᆞᆫ 거시 아니라 일월 졍긔와 산쳔슈긔를 타 나시니 ᄒᆞ믈며 일빵 봉안의 ᄆᆞᆯ근 졍긔ᄂᆞᆫ 츄파와 효셩이라

도 밋디 못ᄒᆞ야 바로 광치 태양의 뽀이니 소공이 그 스ᄉᆞ로 츌범ᄒᆞᆫ 줄 알고 ᄂᆞᆷ이 고이히 넉일가 두려 일즉 ᄉᆡᆼ니의 눈을 쾨히 드러 사ᄅᆞᆷ을 보디 아니ᄒᆞ고 가ᄇᆡ야이 눈 경긔를 내디 아니ᄒᆞ니 가인이 ᄯᅩᄒᆞᆫ 모로더니 ᄒᆞᄅᆞᄂᆞᆫ 빅화헌의셔 월광을 ᄯᅴ여 텬문을 보더니 그 뎨ᄌᆞ 문언박과 공도보 두 사ᄅᆞᆷ이 뫼셔 강논ᄒᆞ랴 드러오다가 어두온 구셕으로조차 두 줄 불빗티 바로 두우의 뽀이니 공어ᄉᆡ ᄀᆞ장 놀나 솔의ᄒᆞ야 ᄀᆞᆯ오ᄃᆡ ᄀᆞ장 고이ᄒᆞ니

51면

졔 므ᄉᆞᆷ 비친고 문참졍이 급히 입을 막아 ᄀᆞᆯ오ᄃᆡ 이ᄂᆞᆫ 곳 ᄉᆞ부의 안광이라 형은 소ᄅᆡ를 그티라 어ᄉᆡ 역경ᄒᆞ야 묵연브답ᄒᆞ고 이읏이 셧더니 믄득 화광이 업고 뎐상의셔 무러 왈 너희 므ᄉᆞ 일노 뎌리 셧ᄂᆞ뇨 이인이 년망이 올나가 빅례ᄒᆞ고 강논ᄒᆞ라 오므로ᄡᅥ 고ᄒᆞ니 승샹이 깃거 ᄎᆞ야의 이인을 ᄃᆞ리고 ᄉᆞ긔를 닐너 밤을 새오니라 태부인이 나히 놉흐되 졍녁이 쇠티 아니ᄒᆞ고 빅병이 ᄉᆞ라뎌 노인의 고로오미 업슬 ᄲᅮᆫ 아니라 소부인과 승샹의 디극ᄒᆞᆫ 힝실을 오히려 그ᄅᆞ다 ᄎᆡᆨᄒᆞ고 경계ᄒᆞ더니 수년 후로ᄂᆞᆫ ᄌᆞ녀와 졔손을 다믄 ᄉᆞ랑ᄒᆞᆯᄲᅳᆫ언뎡 그른 일이 이셔도 ᄎᆡᆨᄒᆞ미 업ᄉᆞ니 승샹이 그 쇠ᄒᆞ시믈 알고 ᄆᆞ음이 황〃ᄒᆞ야 일시도 모젼을 ᄯᅥ나디 아니ᄒᆞ며 ᄀᆞᄅᆞ티고

52면

ᄎᆡᆨᄒᆞᄂᆞᆫ 말을 듯디 못ᄒᆞ믈 늣겨ᄒᆞ니 태부인이 ᄌᆞ녀의 긔ᄉᆡᆨ을 아나 스ᄉᆞ로 ᄯᅳ디 프러뎌 힝티 아니터니 일〃은 딘왕의 손ᄌᆞ 두 아ᄒᆡ 부인 압히셔 어ᄌᆞ러이 구니 부인이 ᄃᆞ려가라 ᄒᆞᆫ대 유뫼 즉시 오디 못ᄒᆞ야 더ᄃᆡ니 부인이 유모를 ᄐᆡ만타 ᄎᆡᆨᄒᆞᆯᄉᆡ 승샹이 모친의 그 노ᄒᆞ시믈 닛고 다만 그 사ᄅᆞᆷ ᄭᅮ디ᄌᆞ시믈 깃거 함쇼ᄒᆞ고 안자시니 부인이 노왈 네 어미 노력이 진토록 쳔비와 근노ᄒᆞᄃᆡ 네 ᄒᆞᆫ 말노 아ᄒᆡ를 ᄃᆞ려가라 아니코 도로혀 됴히 넉여 안자시니 긔 므ᄉᆞᆷ 도리고 승샹이 보야흐로 놀나 즉시 유모를 ᄎᆡᆨᄒᆞ야 유ᄋᆞ를 치오고 블민ᄒᆞ믈 사죄ᄒᆞᆫ 후 모친의 ᄎᆡᆨ을 드ᄅᆞ매 흉금의 막힌 거시 열닌 ᄃᆞᆺᄒᆞ야 십분 쾌활ᄒᆞ야 ᄒᆞ더라 이 히의 셜연ᄒᆞ야 태부인ᄭᅴ 헌슈ᄒᆞ고 승

53면

샹과 졔ᄉᆡᆼ이 ᄌᆞ연 쳐창ᄒᆞ야 ᄒᆞ더니 츄팔월의 태부인의 병이 팀듕ᄒᆞ야 샹셕의 누으니

합개 경황ᄒᆞ야 의약을 닐위나 죠곰도 낫디 아니코 ᄉᆞ오일 간의 위급ᄒᆞᆫ디라 승샹과 소부인이 망극ᄒᆞ야 녕산과 북도의 빌고 듀야 츅텬ᄒᆞ되 능히 차도를 보디 못ᄒᆞ야 혼졀ᄒᆞ니 승샹이 칼흘 ᄲᅢ혀 단디홀 형상 급ᄒᆞ니 딘왕이 죽으믈 ᄇᆞ리고 뎐도히 칼흘 아ᄉᆞ며 븟드러 ᄀᆞᆯ오ᄃᆡ 망극 디듕이나 셩교를 ᄉᆡᆼ각ᄒᆞ쇼셔 승샹이 안식을 졍히 ᄒᆞ고 칙ᄒᆞ되 내 위친 닙의ᄒᆞ매 스ᄉᆞ로 몸이 죽어도 여등이 감히 말니디 못ᄒᆞ리니 ᄒᆞ믈며 죠곰안 단디ᄯᆞ녀 드ᄃᆡ여 칼흘 아사 구틔야 버혀 부인을 먹이니 냥구키야 졍신을 출혀 눈을 드러 ᄌᆞ녀 졔손을

54면

보고 탄왈 내의 텬명이 딘ᄒᆞ엿거늘 너희 쇽졀 업슨 슈ᄒᆞᄂᆞᆫ쏘다 드ᄃᆡ여 소부인의 손을 잡고 닐어 왈 내 너히 부친을 여희고 네 그 ᄧᅢ 나히 ᄉᆞ세라 어ᄅᆞ믄져 길너더니 이제 나히 늙기의 쇠ᄒᆞ고 ᄌᆞ손이 번셩ᄒᆞ니 구천의 도라가나 ᄒᆞᆫ이 업ᄉᆞ리로다 너도 나히 쇠ᄒᆞ고 경이 ᄒᆞᆫ가디로 늘글 거시니 내의 삼년을 부디홀 길히 업ᄂᆞᆫ디라 엇디 ᄆᆞ음의 니ᄌᆞ리오 너히는 췌블멸셩을 ᄉᆡᆼ각ᄒᆞ야 ᄒᆞᆫ가디로 보호ᄒᆞ고 화시의 셩되 조협ᄒᆞ여 가듕 쳔여 인 상하를 원망 업시 거ᄂᆞ리디 못ᄒᆞ리니 셕시는 ᄎᆞ례 글너디니 네 맛당이 내 ᄃᆡ신의 드러 ᄌᆞ손의 닷살기를 금ᄒᆞ고 거ᄂᆞ려 녯 법졔를 고티디 말나 네 죽은 후ᄂᆞᆫ 화시ᄭᅴ ᄂᆞ리오고 위시는 ᄯᅩᄒᆞᆫ 너

55면

ᄅᆞᆯ 족히 ᄃᆡ홀 재니 원녀는 아니커니와 당가의 셰거를 효측ᄒᆞ라 소부인이 톄읍비샤 왈 히ᄋᆡ 원컨대 모훈을 닛줍디 아니리이다 태부인이 승샹을 나아오라 ᄒᆞ야 어ᄅᆞ믄져 탄왈 너는 유복ᄌᆡ라 심연 츈빙 드ᄐᆡᆷ ᄀᆞ티 공구ᄒᆞ야 길너 나히 팔십의 디나고 ᄌᆞ손이 수빅의 너모니 디하의 가 네 부친을 보아 니ᄅᆞᆯ 말이 이실ᄶᅵ라 ᄒᆞ믈며 내히 족ᄒᆞ니 도라가는 길히 영홰라 엇디 슬허ᄒᆞ리오 네 쇠년의 과훼ᄒᆞ면 보젼티 못ᄒᆞ리니 ᄌᆡ삼 보호ᄒᆞ야 기리 무ᄉᆞᄒᆞ고 쳔년을 션종ᄒᆞ여든 구천의 가 서ᄅᆞ 보리라 내 나히 만홀 ᄲᅮᆫ 아냐 박명ᄒᆞᆫ 죄인이니 샹시의 깁과 ᄉᆡᆨ오술 시인의 과거ᄒᆞ니 닙ᄂᆞᆫ 줄 고이히 녁이더니 ᄉᆡᆼᄉᆞ의 다ᄅᆞ미 업ᄉᆞ리

56면

니 관등습념과 상스졔구를 다 흰 거스로 ᄒᆞ고 츄호도 치의로 녀티 말나 만일 듯디 아니면 내 반ᄃᆞ시 눈을 곰디 못ᄒᆞ리라 승샹이 모친의 손을 븟들고 겨유 ᄀᆞᆯ오ᄃᆡ 쳥컨대 유교를 봉힝ᄒᆞ리니 과려티 마ᄅᆞ쇼셔 부인이 화셕 이인을 도라보아 왈 셕현부의 특이ᄒᆞᆫ 효의와 곳다온 힝ᄉᆞᄂᆞᆫ 다시 니를 말이 업거니와 화시 ᄯᅩᄒᆞᆫ 부녀의 ᄆᆞᆯ근 덕이 이시니 효를 ᄀᆞ티 화동ᄒᆞ고 내의 법도를 져ᄇᆞ리디 말나 이뷔 ᄌᆡ빅슈명ᄒᆞ매 눈믈이 비 오듯 ᄒᆞ더라 ᄯᅩ 졔손졔부를 블너 유언을 일〃히 하고 승샹과 소부인의 손을 잡고 허다 권년ᄒᆞᄂᆞᆫ 말을 ᄒᆞ며 딘미를 가져다가 먹으라 ᄒᆞ니 승샹이 소부인을 권왈 오늘 권ᄒᆞ시ᄂᆞᆫ 말솜을 다시 듯줍디 못ᄒᆞ리니 엇디 아니 먹으리오 강잉ᄒᆞ야 마시쇼셔 드ᄃᆡ

57면

여 미음을 마시고 모친을 붓드럿더니 ᄉᆞ경말의 부인이 졸ᄒᆞ니 향년이 일빅 십오셰라 소부인과 화셕이 졔ᄌᆞ졔손을 더브러 툐혼ᄒᆞ야 발상ᄒᆞ니 곡셩이 하늘의 ᄡᅩ이고 승샹이 두어 소ᄅᆡ를 울고 혼졀ᄒᆞ야 업더디니 졔ᄌᆡ 경황ᄒᆞ야 급히 약을 치며 브ᄅᆞ디져 ᄭᆡ오니 한샹셰 드러와 붓드러 통곡ᄒᆞ며 티상ᄒᆞᆯ식 소공이 졍신을 계유 출혀 일당을 호곡ᄒᆞᆫ 후 우름을 그티고 졔ᄌᆞ졔손으로 더브러 상슈를 다 친히 보며 잡드러 반합습념의 운경 운셩을 ᄃᆞ리고 입관ᄒᆞ고 셩빙ᄒᆞ야 초상을 ᄆᆞᄎᆞ매 일을 다ᄉᆞ리믈 십분 경슉히 ᄒᆞ야 부란ᄒᆞᆫ 일이 업고 밧긔 나가 됴긱을 보디 아니ᄒᆞ며 입관 이젼은 신톄를 딕희여 방 밧글 나디 아니ᄒᆞ고 곡읍을

58면

ᄯᅢ로 ᄒᆞ여 지리히 우디 아니코 다만 시신을 붓드러 샹시 뫼심ᄀᆞ티 ᄒᆞ여 젼혀 곡읍이 과도티 아니〃 졔ᄌᆡ 깃거ᄒᆞ더니 밋 셩복을 일우고 소공이 기리 ᄒᆞᆫ 소ᄅᆡ를 디ᄅᆞ고 입으로조차 피 두어 말을 토ᄒᆞ고 혼미ᄒᆞ야 인ᄉᆞ를 출혀 보야흐로 상복을 ᄎᆞ자 닙고 상막의 업더여 됴긱을 바드니 이ᄯᅢ 텬ᄌᆡ 친님ᄒᆞ샤 됴위ᄒᆞ실식 승샹이 붓들녀 거가를 마ᄌᆞ매 샹이 소공의 상복의 혈뉘 저젓고 안면의 피 ᄀᆞ득ᄒᆞ야 눈으로조차 무궁ᄒᆞᆫ 혈뉘 ᄂᆞ리니 텬ᄌᆡ 차악ᄒᆞ믈 이긔디 못ᄒᆞ야 됴상후 위로 왈 ᄉᆞ싱이 유명이니 진국부인이 츈취 빅셰를 디내여시매 가히 사롬의 블워ᄒᆞᆯ 배라 샹뷔

59면

비록 망극ᄒᆞ나 엇디 싱각디 못ᄒᆞ리오 샹뷔의 나히 ᄯᅩᄒᆞᆫ 놉ᄒᆞ시니 과도히 익샹ᄒᆞ야 몸을 ᄇᆞ리미 회 아닌가 ᄒᆞᄂᆞ이다 소공이 다만 업더여 주왈 신이 팔ᄌᆞ 긔구ᄒᆞ야 어미를 ᄆᆞ자 여희니 스ᄉᆞ로 죽디 못ᄒᆞ믈 ᄒᆞᆫᄒᆞᄂᆞ니 이제 난가 친님ᄒᆞ샤 문위ᄒᆞ시니 텬은이 망극ᄒᆞ온 듕 어믜 졍혼이 명〃듕 감격ᄒᆞ오미 젹디 아니ᄒᆞ리로소이다 샹이 쥭음을 권ᄒᆞ시고 도라가시니 소공이 됴긱을 ᄃᆡ졉ᄒᆞᆫ 결을의는 빙텽을 ᄃᆡ희여 ᄇᆞ야흐로 듀야를 아지 못ᄒᆞ고 호곡으로 날을 ᄆᆞᄎᆞᄃᆡ 셩음이 쇠티 아니코 긋처디〃 아냐 날이 오랄ᄉᆞ록 것거디고 믜여디ᄂᆞᆫ 둧ᄒᆞ야 눈물이 오ᄉᆡ 써러디면 뎜〃이 피 되고 물도 마시디 아니니 소화셕 삼부인이 호텬망극 듕 승샹의 과훼ᄒᆞ믈 보매 더옥

60면

망극ᄒᆞ야 소부인이 친히 쥭음을 들고 ᄣᆡ로 나와 권ᄒᆞ나 먹으면 긔운이 거ᄒᆞ리니 능히 ᄂᆞ리오디 못ᄒᆞᄂᆞᆫ디라 졔ᄌᆞ 망극듕 황〃ᄒᆞ여 아모리ᄒᆞᆯ 줄을 아디 못ᄒᆞ더니 광음이 뉴매ᄒᆞ여 장일이 다ᄃᆞᄅᆞ니 뎨휘 졔ᄒᆞ시고 녜장ᄒᆞ실ᄉᆡ 승샹이 모친의 녕구를 니별ᄒᆞ긔 되니 ᄆᆞ음이 버히ᄂᆞᆫ 둧ᄒᆞ야 일월이 어둡고 하ᄂᆞᆯ이 믄허딤 ᄀᆞᄐᆞ니 다만 호텬호곡ᄒᆞ야 상구를 븟드러 션산의 니ᄅᆞ러ᄂᆞᆫ 공이 곡읍을 긋치고 친히 디리를 ᄉᆞᆯ펴 부친과 합장ᄒᆞᆯᄉᆡ 셩분을 일운 후 새로이 통곡ᄒᆞ야 셩음이 쳐졀익창ᄒᆞ야 군인과 힝뇌 눈물 아니 디리 업고 회장빙긱이 감동ᄒᆞ야 슬허 아니리 업더라 이에 목쥬를 시러 도라올ᄉᆡ 쇼롱이 ᄇᆡᆨ니의 니어 화광이 병텬ᄒᆞ고 젼후의 복인ᄋᆞ

61면

ᄇᆡᆨ여 인이 버러시니 다 승샹과 소부인의 ᄌᆞ손이라 거록ᄒᆞᆫ 위의와 무궁ᄒᆞᆫ 복녹이 사ᄅᆞᆷᄂᆞᆫ 쟈로 ᄒᆞ여곰 블워ᄒᆞ야 부인의 당슈며 유복ᄒᆞ믈 칭찬ᄒᆞ여 만고의 비ᄒᆞ리 업다ᄒᆞ더라 부듕의 드러가 취셩뎐의 녕위를 봉안ᄒᆞ고 됴셕졔ᄉᆞ를 일우니 승샹의 익훼홈은 니ᄅᆞ도 말녀니와 소시 십인의 슬허ᄒᆞ미 부모상ᄉᆞ의 디미 업고 소화셕 삼부인이 졔ᄉᆞ를 밧드러 익통ᄒᆞ미 쟝ᄎᆞᆺ 보올 둧 일시 사ᄅᆞᆷ이 소부의 효ᄌᆞ효녀 효부효손이 ᄀᆞ즉이 나믈 일ᄏᆞ라 ᄌᆞ운산을 ᄉᆞ효촌이라 ᄒᆞ더라 소공이 나히 비록 놉흐나 졍신과 총명이 가디록 긔이ᄒᆞ고 긔력이 졍장ᄒᆞ야 쇼년ᄀᆞᆺ더니 대고의 다ᄃᆞ라 ᄉᆡ훼골입ᄒᆞ야 풍용이 환탈ᄒᆞ고 긔뷔 쇼삭ᄒᆞ야 졍신이 모손ᄒᆞ며 음즉이

62면

매 사룸의게 붓들녀 계유 힝보를 일우고 힛비출 드토던 안치 변ᄒᆞ여 경긔 업ᄉᆞ니 인비[토]목이라 토혈을 만히 ᄒᆞ고 물도 마시디 아니며 [듀야 호곡ᄒᆞ야 석돌 혈누를 내여시니 엇디 쇠티 아니며 엇디] 패티 아니리오 졸곡을 디내고 고인ᄒᆞ야 병이 듕ᄒᆞ니 텬ᄌᆞ 닉시를 보내여 육즙을 권ᄒᆞ시나 소공이 듯디 아니ᄒᆞ고 고통ᄒᆞ되 ᄉᆞ시 참제를 게어ᄅᆞ디 아니ᄒᆞ며 병이 위틱ᄒᆞ야 사디 못ᄒᆞ긔 되딕 ᄆᆞ춤내 상복을 벗고 눕디 아니 ᄒᆞ더니 명이 딘ᄒᆞᄂᆞᆫ 날 모욕ᄌᆞ계ᄒᆞ고 녕연의 드러가 크게 울고 부친ᄉᆞ당의 허빅ᄒᆞᆫ 후 닉당의 드러와 취셩뎐을 둘너보고 안쉬 비오ᄃᆞᆺᄒᆞ여 ᄀᆞᆯ오딕 당년의 모친을 뫼와 즐기더니 금일 죵텬디통을 만나고 인ᄉᆡ 변야ᄒᆞ니 엇디 슬프디 아니리오 ᄃᆞ딕여 모친 좌와ᄒᆞ시던 고들 두ᄃᆞ려 방셩

63면

대곡ᄒᆞ고 이에 상막의 도라와 ᄌᆞ손을 블너 안티고 소부인을 청ᄒᆞ야 ᄀᆞᆯ오딕 쇼데 나히 팔십의 디낫고 모친을 여히오니 셰샹의 살 ᄯᅳ디 업더니 텬명이 딘ᄒᆞ니 구쳔의 도라가 부모를 뫼와 즐길 거시니 죽으미 영화로오딕 다만 져졔 외로오심을 슬허ᄒᆞᄂᆞ니 내의 ᄌᆞ손을 어엿비 넉이샤 삼년을 부디킈 ᄒᆞ쇼셔 소부인이 크게 우러 왈 모친이 셰샹을 ᄇᆞ리샤딕 디금 사라시믄 현뎨로 샹의ᄒᆞ야 위로ᄒᆞᆯ가 ᄒᆞ더니 네 이제 위틱ᄒᆞ니 우형이 ᄯᅩᄒᆞᆫ 언머 오라리오 살며 죽으미 그 쉬니 내 ᄯᅩᄒᆞᆫ 네 뒤ᄒᆞᆯ 조ᄎᆞ리라 졔질은 네 아ᄃᆞᆯ이 내 ᄌᆞ식이라 엇디 닐너 ᄉᆞ랑ᄒᆞ미 이시리오 승샹이 탄왈 사룸이 닐오딕 빅셰 디난 부뫼 죽으면 ᄌᆞ식의게

64면

엇디 못ᄒᆞᆯ 영홰라 ᄒᆞ나 쇼뎨ᄂᆞᆫ 더옥 비통ᄒᆞ니 쇼뎨 다만 셰샹의 난 후 대단ᄒᆞᆫ 부회 업ᄉᆞ나 나라흘 위ᄒᆞ야 운남을 티라 가셔 모친ᄭᅴ 념녀를 기티옵고 강쥐 일년과 호광 반년을 나가 슬하를 ᄯᅥ낫더니 이제 ᄉᆡᆼ각건대 ᄒᆞᄅᆞ도 ᄯᅥ나오미 아연ᄒᆞᆫ 거술 국ᄉᆞ의 ᄆᆡ이여 니친을 ᄌᆞ로ᄒᆞ니 디하의 ᄒᆞᆫ이 ᄆᆡ티리로소이다 졔ᄌᆞ를 도라보아 ᄀᆞᆯ오딕 너희 등이 숙모 셤기오믈 날과 ᄀᆞ티 ᄒᆞ고 형뎨 화목ᄒᆞ야 ᄒᆞᆫ 가듕의셔 살고 닷사라 조션 풍치를 져ᄇᆞ리디 말며 젹션을 힝ᄒᆞ고 유슌쥰졀ᄒᆞ야 덕위를 ᄒᆞᆫ가디로 펴고 혈긔의 분을 발ᄒᆞ야 피화ᄒᆞᆯ 딩죠를 딧디 말나 운경 운희ᄂᆞᆫ 내의 삼년을 부디ᄒᆞᆯ 길히 업거니와 운

셩은 범ᄉᆡ 아ᄅᆞᆷ다오ᄃᆡ 고집이 과

65면

도ᄒᆞ고 무비ᄅᆞᆯ 됴히 넉이니 이 션ᄇᆡ 덕이 아니오 ᄆᆞᆯ근 ᄒᆡᆼ실의 버서나니 내 ᄆᆞ양 깃거
아니터니 내 죽은 휘라도 네 맛당이 아ᄇᆡ 유언을 ᄃᆡ희여 문덕을 닷고 무비ᄅᆞᆯ ᄇᆞ리라
딘왕이 ᄌᆡᄇᆡᄒᆞ여 유교ᄅᆞᆯ 드ᄅᆞ매 안쉬 ᄯᅳᆺ드러 농포의 저ᄌᆞ니 공[이] 즉시 필연을 나와
유셔ᄅᆞᆯ 디어 졔ᄌᆞᄅᆞᆯ 주고 ᄌᆞ긔 명젼을 친히 ᄡᅧ 셰운 후 탄식 왈 인ᄌᆡ 부모 은혜 갑흐
미 삼년상의 잇거ᄂᆞᆯ 나ᄂᆞᆫ 션친의 상ᄉᆞᄅᆞᆯ 아디 못ᄒᆞ고 ᄌᆞ모의 초상을 겨유 ᄆᆞᄎᆞᆫ 후 삼
년을 밋디 못ᄒᆞ여 죽으니 부모의 호텬망극지은을 갑흘 일이 업ᄉᆞ니 디하의 븟그러오
미 되리로다 인ᄒᆞ야 닐오ᄃᆡ 남기 무디ᄒᆞ되 불회 업ᄉᆞ면 사디 못ᄒᆞᄂᆞ니 ᄒᆞ믈며 사ᄅᆞᆷ
이ᄯᆞ녀 내 이제 모친을 여희옵고 ᄎᆞ마 엇디 살니오 다만 님죵의 보즁ᄒᆞ라

66면

ᄒᆞ시던 유교ᄅᆞᆯ 져ᄇᆞ리니 이 ᄯᅩᄒᆞᆫ 부회 큰디라 졔ᄌᆞᄂᆞᆫ 모ᄅᆞ미 브효의 아비ᄅᆞᆯ 법밧디
말고 유톄ᄅᆞᆯ 보호ᄒᆞ야 기리 안향홀찌어다 ᄯᅩ 모든 문ᄉᆡᆼ이 드러와 뵈매 흔연이 닐오
ᄃᆡ 내 너희ᄅᆞᆯ ᄀᆞᄅᆞ친 일이 업ᄉᆞ니 참괴ᄒᆞᄃᆡ 너희 지극ᄒᆞᆫ 졍셩을 닙더니 이제 기리 니
별ᄒᆞ니 이 ᄯᅩᄒᆞᆫ 텬의라 그 눌을 ᄒᆞᆫᄒᆞ리오 너희ᄂᆞᆫ 튱효ᄅᆞᆯ 닷고 오륜을 삼가 조종을 빗
내라 뎨ᄌᆡ 눈믈을 흘니며 절ᄒᆞ야 명을 바드니 공이 댱 밧끠 나라 ᄒᆞ고 시녀로 ᄒᆞ야곰
ᄂᆡ당의 가 졔손과 모든 며ᄂᆞ리와 ᄯᆞᆯ을 불너 됴히 이셔 화목ᄒᆞ믈 경계ᄒᆞ더니 화셕 두
부인이 나와보기ᄅᆞᆯ 청ᄒᆞᆫ대 승샹이 ᄉᆞ녀 김참졍 부인으로 뎐어 왈 내 그ᄃᆡᄂᆡ로 더브
러 동듀ᄒᆞ연 디 칠십 년이라

67면

됴셕의 샹ᄃᆡᄒᆞ여 얼골을 보고 말을 드러 품은 ᄒᆞᆫ이 업고 그ᄃᆡ 다 년고ᄒᆞ야 내 뒤흘
ᄯᆞᆯ오미 오라디 아니리니 보미 무익ᄒᆞ고 심ᄉᆡ 됴티 아닐 ᄯᆞᄅᆞᆷ이라 ᄒᆞ믈며 내 죄인의
몸으로 엇디 쳐ᄌᆞᄅᆞᆯ 보리오 다만 ᄌᆞ녀ᄅᆞᆯ 거ᄂᆞ려 무양ᄒᆞ쇼셔 ᄒᆞ라 드ᄃᆡ여 유언을 ᄆᆞᆺ
고 졸ᄒᆞ니 향년이 팔십오셰오 송 인종 경오 십칠 년 무인셰오 시절이 십일월 이십삼
일이라 ᄌᆞ녀의 망극ᄒᆞ믄 니ᄅᆞ도 말고 문ᄉᆡᆼ들이 친부상ᄉᆞᄀᆞᆺ티 셜워ᄒᆞ며 ᄃᆞ토와 거상
닙고 됴뎡 ᄇᆡᆨ관과 셔민군졸이 아니 셜워ᄒᆞ리 업서 져재ᄅᆞᆯ 파ᄒᆞ고 브ᄅᆞ지져 울며 텬
~

직 크게 슬허 친님ᄒᆞ샤 태ᄌᆞ로 더브러 초상을 다ᄉᆞ리시고 여러 상쥬를 위로ᄒᆞ시더니 수일 후 화부인이 죽으니 ᄌᆞ녀의 쳡〃망극ᄒᆞ믄 비

68면

길 ᄃᆡ 업서 초상을 디내고 듀야 브ᄅᆞ지져 우니 ᄌᆞ운산 호화ᄒᆞ미 변ᄒᆞ야 일시의 슬픈 거시 니어 곡셩이 동구의 즘겻더라 셕부인이 셜우믈 ᄎᆞᆷ고 소부인으로 더브러 졔ᄉᆞ를 밧들며 ᄌᆞ녀를 보호ᄒᆞ긔 ᄒᆞ나 녯날 존당을 뫼셔 승상으로 더브러 즐기던 일을 ᄉᆡᆼ각고 쳥풍명월의 애를 긋처 화부인의 도라가믈 블워ᄒᆞ며 인ᄉᆡᆼ이 모딘 줄을 ᄒᆞᆫᄒᆞ니 졔직 셜우믈 강잉ᄒᆞ야 모친을 위로ᄒᆞ며 승상과 화부인을 션산의 장ᄒᆞ고 집의 도라오매 진왕의 형뎨ᄂᆞᆫ 오히려 모친이 이시니 위회ᄒᆞ되 강능후 형뎨ᄂᆞᆫ 부모를 ᄒᆞᆷᄭᅴ 여히니 망극ᄒᆞ미 측냥티 못ᄒᆞ여 운경 운희 병이 깁퍼 죽으매 니ᄅᆞ니 이에 슉모와 셕부인을 쳥ᄒᆞ여 하딕 왈 히ᄋᆞ 등이 부모를

69면

여히오니 셰샹의 ᄯᅳ디 업ᄉᆞᆯ 분 아니라 텬명이 진ᄒᆞ니 오ᄂᆞᆯ날 셔하의 셜우믈 깃치오니 ᄇᆞ회 큰디라 ᄇᆞ라건대 모친은 ᄇᆞ효남을 ᄉᆡᆼ각디 마ᄅᆞ시고 쳔츄만셰를 누리쇼셔 ᄯᅩ 진왕을 블너 ᄀᆞᆯ오ᄃᆡ 우리 형뎨 십인이 일ᄉᆡᆼ 슬픈 줄을 모ᄅᆞ고 즐기더니 ᄒᆞᄅᆞ 아ᄎᆞᆷ의 일이 이에 니ᄅᆞ니 ᄌᆞ고로 흥진비릐라 므어ᄉᆞᆯ ᄒᆞᆫᄒᆞ리오 녜법이 당ᄌᆞ 당손을 닛거니와 내 ᄌᆞ식이 총명ᄒᆞ나 년소ᄒᆞ야 가히 허다 친쳑을 잘 거ᄂᆞ리디 못ᄒᆞ리니 현뎨 대ᄉᆞ를 맛다 가인을 잘 거ᄂᆞ려 부모의 유교를 닛디 말나 유언을 ᄆᆞᆺ고 죽으니 운경은 뉵십팔 셰오 운희ᄂᆞᆫ 뉵십칠셰라 위부인과 강부인이 ᄌᆞ녀를 거ᄂᆞ려 상ᄉᆞ를 다ᄉᆞ리고 비통ᄒᆞ믈 마디 아니며 진왕의 팔형뎨 크게 슬허 졔딜을 긔

70면

츌ᄀᆞ티 ᄒᆞ고 형수를 밧드러 공경ᄒᆞ미 모친 버금으로 ᄒᆞ며 소셕부인이 은양을 각별이 ᄒᆞ더라 이러구러 삼년ᄂᆡ의 슬프미 니으니 한샹셔와 소부인이 기셰ᄒᆞ고 셕부인이 졸ᄒᆞ니 진왕의 형뎨 뉵칠 년 ᄂᆡ의 년상을 만나니 망극ᄒᆞ믈 측냥티 못ᄒᆞ고 소황휘 부모를 여히시니 슬허ᄒᆞ시미 과도ᄒᆞ샤 ᄂᆡ시를 보내여 친셔로 깃치시ᄃᆡ 우리 등이 젼ᄉᆡᆼ의 하죄로 부모를 ᄒᆞᆷᄭᅴ 니별ᄒᆞ고 슉모를 여히오니 호텬망극ᄒᆞᆯ ᄲᅮᆫ이라 졔형은 ᄇᆞ라건대

귀톄를 안보ᄒᆞ야 디하의 부모신녕을 위로ᄒᆞ쇼셔 ᄒᆞ시고 텬직 티상ᄒᆞ시며 상쥬를 권쥭ᄒᆞ시고 녜장ᄒᆞ야 은영이 호셩ᄒᆞ며 소시졔인이 집상시묘ᄒᆞ야 초토를 디내매 젼후 뉵년의 부모존당과 숙친동긔를 여희고

71면

다만 팔형뎨 과수 위시 강시 두 부인을 뫼셔 ᄌᆞ손으로 더브러 나마시니 비창흠도 이긔디 못ᄒᆞ며 녜일을 ᄉᆡᆼ각고 타루 아닐 적이 업고 텬ᄌᆡ 이에 소현셩으로뻐 튱녈공을 시ᄒᆞ고 비문의 효의션ᄉᆡᆼ이라 ᄒᆞ시며 운경의 본직 강능후의 좌승샹을 증ᄒᆞ시고 운희의 본직 공부샹셔의 녕능후를 증ᄒᆞ시고 그 아ᄃᆞᆯ노 아븨 벼ᄉᆞᆯ을 니으라 ᄒᆞ시니 위강 두 부인이 비록 과거ᄒᆞ여시나 도로혀 허다 ᄌᆞ손으로 더브러 영화를 누리니 비회를 위로ᄒᆞ미 만터라 진왕과 그 아ᄋᆞ 칠인이 다시 녯 벼ᄉᆞᆯ을 복ᄒᆞ고 ᄌᆞ손이 ᄌᆞ로 급뎨ᄒᆞ야 영홰 새로이 니러나니 진왕이 칠뎨로 더브러 위강 두 수〃를 밧들고 졔ᄉᆞ를 소임ᄒᆞ야 젼일 소탈ᄒᆞ고 과도ᄒᆞᆫ 긔운이 업서 온공국양ᄒᆞ야 효우ᄒᆞ미 엄정ᄒᆞ미 흡〃히 부풍을

72면

니으며 형부인이 위시로 더브러 봉ᄉᆞ여가의 돈목화동ᄒᆞ야 녯 법졔를 곳치디 아니ᄒᆞ니 인〃이 탄복ᄒᆞ되 사ᄅᆞᆷ의 ᄆᆞᄋᆞᆷ이 다 ᄀᆞᆺ디 아니ᄒᆞᆫ 고로 닷살고져 ᄒᆞᄂᆞ니 만하 졈〃 ᄌᆡ식의 현누ᄒᆞ여 ᄉᆞ〃 ᄌᆡ물을 모호미 이시니 진왕이 듯고 그 ᄉᆞᄉᆞ로 불초ᄒᆞ야 사ᄅᆞᆷ이 슬히 너기민가 ᄒᆞ야 더욱 인후ᄒᆞ기를 힘ᄡᅳᄃᆡ ᄌᆡ식이 달나 의논이 긋치디 아니니 진왕이 듀야 근심ᄒᆞ야 ᄒᆞᆯ는 부친 겨시던 빅화헌의 니ᄅᆞ러 칠뎨와 ᄌᆞ딜을 모호고 ᄉᆞ매 가온대로조차 부친의 유셔를 내여노코 실셩통곡ᄒᆞᆫ대 칠인이 놀나 그 연고를 무른대 왕이 반향의 우ᄅᆞᆷ을 긋치고 눈믈을 거두어 ᄀᆞᆯ오ᄃᆡ 우리 명되 긔구ᄒᆞ야 부모를 여희고 유셔를 밧ᄌᆞ와 이십 년이 못ᄒᆞ엿ᄂᆞᆫ디라 션형이 기셰ᄒᆞ실 적 우형으로 가ᄉᆞ를 맛다 돈목ᄒᆞ믈

73면

당부ᄒᆞ시니 명을 드러뻐오므로 부ᄌᆡ 부덕ᄒᆞᆫ 사ᄅᆞᆷ을 외람ᄒᆞᆫ 소임을 ᄒᆞ며 여튼 정신을 갈녁ᄒᆞ야 화의를 ᄇᆞ라더니 실덕ᄒᆞ미 크고 효셩이 업서 모든 형뎨 거ᄂᆞ리믈 잘못ᄒᆞ므

로 닷살고져 뜻이 이시니 우형이 싱젼의 유셔를 져ᄇᆞ린 죄인이 되고 디하의 도라가 부모씌 뵈올 ᄂᆞᆺ치 업ᄉᆞ니 지삼 싱각건대 현데 등은 내의 허물이 잇거든 규정ᄒᆞ야 곳치긔 ᄒᆞ고 내의 쳐쳡이 그른 일이 잇거든 날ᄃᆞ려 닐너 다ᄉᆞ리긔 ᄒᆞ야 서ᄅᆞ 칙ᄒᆞ고 ᄉᆞ랑ᄒᆞ여 비록 맛당티 아니나 ᄶᅥ나디 아니미 가ᄒᆞ니 너히 구ᄐᆞ여 듯디 아니ᄒᆞ고 닷살고져 홀딘대 이곳의셔 유셔를 불딜너 션인의 말솜을 업시ᄒᆞ고 녯 사ᄅᆞᆷ의 분지홀 적 남기 감동ᄒᆞ여 죽으믈 늣길 ᄯᆞᄅᆞᆷ이로다 닐너 말솜을 ᄆᆞᄎᆞ매 ᄆᆞᆯ근 눈물이 비오ᄃᆞᆺᄒᆞ야 유셔를

74면

안고 발셩대곡ᄒᆞ니 이ᄣᅢ를 당ᄒᆞ여 텰셕간댱인들 엇디 감동티 아니리오 칠인이 ᄯᅩᄒᆞᆫ 서ᄅᆞ 븟드러 통곡ᄒᆞ고 청죄 왈 소데 등이 비록 무상ᄒᆞ나 엇디 ᄎᆞ마 유셔를 져ᄇᆞ리고 닷살고져 뜻이 이시리오 이ᄂᆞᆫ 반ᄃᆞ시 부인 녀ᄌᆞ들이 다 ᄉᆞ리를 아디 못ᄒᆞ고 이 거죄 이시니 가히 힐문홀 거시니이다 드ᄃᆡ여 각〃 부인을 블너 힐문ᄒᆞ니 그 듕의 서ᄅᆞ 밀워 아모도 ᄒᆞ엿노라 말이 업ᄉᆞ니 진왕이 눈믈을 드리워 ᄀᆞᆯ오ᄃᆡ 형데 ᄒᆞᆫ 가지로 사ᄂᆞᆫ 바ᄂᆞᆫ 됴흔 일이라 뎐시의 삼형데ᄂᆞᆫ 닷살고져 ᄒᆞ매 남기 감동ᄒᆞ야 죽으니 우리 형데ᄂᆞᆫ ᄆᆡᆼ셰ᄒᆞ야 ᄶᅥ나디 아니려니와 졔수와 졔딜이 블합ᄒᆞ야 기리 앙〃ᄒᆞᄂᆞ니 이시면 구ᄐᆞ여 강잉ᄒᆞ미 도로혀 화긔 긋처디미니 각〃 뜻대로 힝킈 ᄒᆞ라 모든 부인과 ᄌᆞ딜이 다 감누를 드리워 닷살

75면

ᄯᅳ디 업ᄉᆞ니 왕이 대열ᄒᆞ야 즉시 ᄇᆡᆨ마를 죽여 삽혈ᄒᆞ고 혈셔로 ᄆᆡᆼ셰ᄒᆞ야 칠인이 ᄒᆞᆫ 가지로 ᄆᆡᆼ약ᄒᆞ되 ᄎᆞ후 가ᄂᆡ의 어즈러온 말이 이시면 인졍을 두디 말고 다ᄉᆞ리고 ᄆᆞᄋᆞᆷ을 ᄒᆞᆫ골ᄀᆞᆺ티 ᄒᆞ야 ᄇᆡ약ᄒᆞ면 부모의 지텬지령이 벌을 ᄂᆞ리오리라 ᄒᆞ니 인ᄎᆞ로 가ᄂᆡ의 다시 말이 업고 지극 화평ᄒᆞ야 규문의 ᄆᆞᆰ으미 물 ᄀᆞᆺᄐᆞ며 ᄂᆡ외예 화ᄒᆞᆫ 긔운이 츈풍의 ᄆᆞᄅᆞ녹아 딘가의 목족과 댱가의 셰거를 블워 아닐너라 이적의 소휘 부귀를 누리션 디 이십여 년의 인종의 듕ᄃᆡᄒᆞ시미 날노 더으시더니 휘 가지록 덕을 닷고 슝검졀차ᄒᆞ야 풍쇄 멀니 태ᄉᆞ의 밋ᄎᆞ니 국인이 열복ᄒᆞ야 만셰를 축ᄒᆞ더니 하늘이 어딘 사ᄅᆞᆷ을 앗기샤 일병이 팀식ᄒᆞ야 ᄇᆡᆨ약이 무효ᄒᆞ고 편쟉의 녕공

76면

이 업눈디라 샹이 태즈로 더브러 크게 근심흐야 병소롤 써나디 아니시고 됴뎡이 황〃흐더니 태지 약그르술 드리니 휘 밧디 아냐 왈 내 궁박훈 인싱으로 부귀롤 누련디 수십지라 맛당이 죽으미 가흐니 엇디 약 먹어 살기롤 브라리오 흐물며 나라법이 국상후 의원을 죽이니 나 훈 부인으로뻐 이미훈 사룸을 형벌흐미 가티 아니흐니 결연히 먹디 아니흐리라 샹이 드르시고 친히 권흐시되 무춤내 듯디 아니흐시니 샹이 장춧 종묘사직과 산천의 빌고져 흐신대 휘 골오샤디 쳡의 명이 진흘 쌔니 종샤의 비러 응흐미 업수면 도로혀 종샤의 신명흐시미 긔소롤 바들찌라 폐하는 쳥컨대 긋치쇼셔 샹이 올히 너기샤 그치시다 휘 수일 후 태즈 졔왕과 부마 공쥬롤 다 브루샤

77면

태즈의게 유교 왈 경이 맛당이 조종텬하롤 밧들 사룸이니 됴덕슝검흐고 공근졀차흐야 요슌의 도로 님군의 일을 힝흐고 효로뻐 군왕을 셤기며 동싱을 수랑흐고 샹벌을 붉게 흐야 내 말을 져브리디 말나 딤이 즉위초의 부친이 열 가지 일로뻐 경계흐시니 슉야의 밧드러 숑구흐고 이제 오히려 이시니 가히 경을 주어 그 흐나둘흘 시힝코져 흐노라 드디여 금궤 수이로셔 소현셩의 친필을 내여 태즈롤 주시니 태지 됴셔롤 밧주오매 샹씌 고흐야 골오샤디 쳡이 궁듕의 드런디 삼십여 년이오 부귀롤 누련디 오라오니 텬은이 망극흐온디라 쳡이 사라실 적 춈위롤 누릴 분이오 젹즈의게 깃친 덕이 업수니 엇디 죽어셔 빅셩을 슈고흐긔 흐리오 므릇 상수

78면

롤 간냑흐기롤 젼위흐야 샤치히 마루쇼셔 언필의 붕흐시니 츈취 수십오셰라 샹이 크게 슬허 신톄롤 븟들고 대곡흐시니 농뉘 농포의 저젓고 대닉 진동흐야 슬허흐며 됴야 빅셩과 묘당제신이 아니 셜워흐리 업서 곡셩이 진텬흐니 나라히 황〃흐더라 셩복후 샹이 군신을 디흐야 울며 골오샤디 소후의 어딘 덕이 임강의 디미 업수니 딤이 닉조의 공을 닙어 텬하롤 다수리더니 이제 황휘 붕흐니 딤으로 흐여곰 슈족 굿튼 동냥이 업도다 군신이 참연흐야 말이 업더니 반부 듕 일위대신이 간왈 안회 지현이로디 단명흐고 공지 대셩이샤디 빅셰롤 누리디 못흐시니 황휘 비록 붕흐시나 그 명이라 폐해 션뎨와 태후롤 여희옵고 지금 누리시니 엇디 훈 부인을 족히 니루리잇고 모다

79면

보니 곳 진왕 소운셩이라 샹이 념용칭샤ᄒᆞ시고 소후를 장ᄒᆞ온 후 더욱 슬허ᄒᆞ고 싱각ᄒᆞ샤 태ᄌᆞ 졔왕과 공쥬 어엿비 너기시믈 녜여셔 더으시며 진왕 형뎨 ᄃᆡ졉이 더욱 관곡ᄒᆞ샤 영툥이 무궁ᄒᆞ니 소시 졔인이 후를 싱각고 기리 슬허ᄒᆞ더라 황휘 붕ᄒᆞ션디 긔년이 디나ᄃᆡ 졍궁을 셰우디 아니시고 ᄯᅩᄒᆞᆫ 후궁도 ᄎᆞᆺ디 아니샤 후의 겨시던 태쳥궁의 머므러 졔왕 공쥬를 압히 두어 위로ᄒᆞ시더니 군신이 졍궁 칙봉ᄉᆞ를 알외오니 샹이 마디 못ᄒᆞ야 조귀인을 칙봉ᄒᆞ야 황후를 삼으시니 조휘 외모 위의 곽후만도 못ᄒᆞ시고 지긔 경예ᄒᆞ며 말솜이 뎐도ᄒᆞ야 국모의 가티 아니ᄒᆞ니 샹이 탄왈 딤의 팔ᄌᆞ 무상ᄒᆞ여 태ᄉᆞ ᄀᆞᆺ튼 현후를 일코 녀회 ᄀᆞᆺ튼 부인을 엇과라 ᄒᆞ시나 츈취 ᄎᆞ시고 원녜

80면

깁흐시므로 ᄌᆞ못 경ᄃᆡᄒᆞ샤 어즈럽디 아니코 소후 ᄌᆞ녀를 지극 ᄋᆡ련ᄒᆞ시니 조휘 심듕의 아쳐ᄒᆞ샤 블공ᄒᆞᆫ 말솜이 ᄌᆞ〃되 샹이 모ᄅᆞ는 톄ᄒᆞ시고 은근ᄒᆞ시며 졔왕 공쥐 효를 닷그니 핑계 업서 ᄒᆞ시나 샹이 칙디 아니시더라 휘 ᄉᆞ친을 치시고 샤치를 일삼으시며 그 아들 위왕의 나히 팔셰라 그ᄋᆞ기 태ᄌᆞ를 폐ᄒᆞ고 위왕을 셰우고져 ᄒᆞ야 샹긔 ᄌᆞ로 태ᄌᆞ를 춤소ᄒᆞᄃᆡ 샹이 다만 웃고 말을 아니터니 후ᄅᆡ의 후의 오라비 조국귀 민간 션ᄇᆡ의 쳐를 겁탈ᄒᆞ다가 듯디 아니〃 부쳐를 다 죽인디라 기봉부윤 포증이 알고 잡아다가 국법으로 죽이려 ᄒᆞᆫ대 황휘 소교를 ᄐᆞ고 후지문을 나 시녀의 위의로 마을의 드러가 포증을 보고 국구를 살와디라 ᄒᆞ시니 힝지 경도ᄒᆞ고 조급ᄒᆞ야 실톄ᄒᆞ미 여ᄎᆞᄒᆞ니 포증은 강명졍딕

81면

ᄒᆞᆫ 신해라 일당을 셜파ᄒᆞ야 실톄ᄒᆞ시믈 간ᄒᆞ니 휘 참괴ᄒᆞ여 도라가신디라 인종이 드ᄅᆞ시고 대경ᄒᆞ야 드러와 후를 칙ᄒᆞ시고 인ᄒᆞ야 그 허믈을 수죄ᄒᆞ야 만일 다시 태ᄌᆞ의 말을 춤소ᄒᆞᆯ딘대 폐ᄒᆞᆯ ᄯᅳ들 뵈시니 휘 대참ᄒᆞ여 ᄎᆞ후로 감히 사오나온 일을 ᄒᆞ디 못ᄒᆞ시니 인종이 셰월이 오랄ᄉᆞ록 소후를 싱각ᄒᆞ샤 일즉 후의 말솜ᄒᆞ실 적은 타루 아닐 적이 업ᄉᆞ시니 디음의 지극ᄒᆞᆫ 부뷔시라 이후 구년 만의 샹이 붕ᄒᆞ시니 태ᄌᆡ 즉위ᄒᆞ샤 소후와 합장ᄒᆞ시고 조태후를 효셩으로 셤기시며 위왕 ᄉᆞ랑ᄒᆞ시미 친동싱과 ᄒᆞᆫ가지로 ᄒᆞ시니 됴애 셩덕을 열복ᄒᆞ더라 어시의 진왕이 칠뎨ᄉᆞᄆᆡ로 더브러 ᄌᆞ운산

의셔 복을 누리나 소후의 기셰ᄒᆞ시믈 슬허ᄒᆞ며 ᄌᆞ손이 무궁ᄒᆞ야 면〃브졀ᄒᆞ

82면
니 이는 다 소현셩의 젹덕이라 소공이 사라실 적 ᄉᆞᄃᆡ손ᄭᆞ디 보고 십ᄌᆞ오녀의 ᄌᆞ네 번셩ᄒᆞ야 오복이 ᄀᆞ즉ᄒᆞ니 승샹 강능후 운경이 뉵ᄌᆞᄉᆞ녀를 나코 공부샹셔 운희 삼ᄌᆞ 일녀를 나코 진왕 운셩이 구ᄌᆞ이녀를 나흐니 이ᄌᆞ는 셕희의 소싱이오 ᄉᆞᄌᆞ 평쟝 운현이 오ᄌᆞ일녀를 나코 오ᄌᆞ 녜부시랑 운몽이 이ᄌᆞᄉᆞ녀를 나코 뉵ᄌᆞ 혹ᄉᆞ 운희 ᄉᆞᄌᆞ를 나코 칠ᄌᆞ 니부샹셔 운슉이 육ᄌᆞ삼녀를 나코 팔ᄌᆞ 대ᄉᆞ도 운명이 님부인ᄭᅴ 십삼ᄌᆞ와 칠녀를 나하 이십인이오니 니부인ᄭᅴ 이ᄌᆞ를 두고 민시 등 ᄉᆞ위 부인ᄭᅴ 일ᄌᆞ식이니 아들이 대되 십구인이오 녀ᄋᆡ 칠인이오 구ᄌᆞ 시강혹ᄉᆞ 운변이 일ᄌᆞ를 두고 십ᄌᆞ 녜부샹셔 츄밀ᄉᆞ 운필이 칠ᄌᆞ삼녀를 두니 셩손이 팔십칠인이오 ᄯᅩ 외손이 번셩ᄒᆞ니 댱녀 셩참졍 부인은 삼

83면
ᄌᆞ삼녀를 나코 ᄎᆞ녀 뉴ᄉᆞ공 부인은 ᄉᆞᄌᆞ이녀를 나코 삼녀 뎡시랑 부인은 일ᄌᆞ일녀를 나코 ᄉᆞ녀 김참졍 부인은 팔ᄌᆞ이녀를 나코 오녀 소낭〃은 ᄉᆞᄌᆞ삼녀를 탄싱ᄒᆞ시니 대되 ᄂᆡ외ᄌᆞ손이 일ᄇᆡᆨ이십인이라 가히 번화ᄒᆞ고 긔특ᄒᆞ여 셰샹사ᄅᆞᆷ의 블워ᄒᆞᆯ 배라 곽시의 복을 가히 니ᄅᆞ디 못ᄒᆞᆯ디라 딘왕의 팔형뎨 다 나히 희년의 미ᄎᆞ매 티ᄉᆞᄒᆞ고 산듕의 한가히 이셔 쳥풍명월의 ᄉᆞ매를 잇그러 유완ᄒᆞ기를 일삼으니 도연명의 귀거ᄅᆡ ᄉᆞ를 음영ᄒᆞ고 공명의 냥보음을 외와 디긔호상ᄒᆞ며 수업ᄉᆞᆫ ᄌᆞ딜 졔손이 개〃히 옥ᄀᆞᄐᆞ야 부모의 풍치와 조션의 인믈을 법바다 범인의 뉴의 들매 특출ᄒᆞ니 딘왕이 다 ᄀᆞᄅᆞ티기를 엄히 ᄒᆞ야 비법과 무ᄌᆡ를 금

84면
ᄒᆞ여 그 부친의 유교를 니으니 사ᄅᆞᆷ이 딘왕의 쇼년적 소탈ᄒᆞ고 고딥ᄒᆞ며 쇼졀을 거리ᄭᅵ디 아니턴 일을 싱각고 당시ᄒᆞ여 온듕ᄒᆞ며 팀졍ᄌᆞ상ᄒᆞ미 ᄂᆡ도히 변ᄒᆞ여시믈 보고 다 고이히 너겨 팅찬ᄒᆞ더라 왕이 사ᄅᆞᆷ이론디 부모를 효도ᄒᆞ고 져근 일의 ᄑᆞ러디ᄃᆡ 대ᄉᆞ의 강명디단이 잇고 ᄒᆞᆫ 말이 입의 나며 죵신토록 고티디 아니며 부모상ᄉᆞ의 ᄋᆡ샹ᄒᆞ고 과훼ᄒᆞ미 녜의 넘고 과수 위강 두 부인을 밧드러 공경ᄒᆞ야 식음과 의복의

온닝 슬피믈 편모 셤김ᄀ티 ᄒ며 동싱을 ᄉ랑ᄒ고 ᄌ식 ᄀᄅ티믈 경다히 ᄒ며 모든 며ᄂ리 그ᄅ나 ᄇ려두고 어딘 일이 이시나 표〃히 일ᄏ디 아냐 ᄒᄀᆞᆯᄀ티 ᄉ랑ᄒ니 ᄌ뷔 감격ᄒ며 형뎨 화

85면

목ᄒ더라 인종이 소현셩의 도덕을 공경ᄒ고 ᄉ모ᄒ샤 포증과 녀이간으로ᄡ 힝젹을 긔록ᄒ야 후셰예 뎐ᄒ라 ᄒ시니 이인이 ᄌ유로 소부의 친ᄒ나 셰쇄ᄒ 일을 알기 어려워 진왕을 보고 그 부모힝젹을 드러디라 ᄒ대 진왕이 츄연 왈 부모의 유젹을 경히 내미 고이ᄒ되 샹명이 겨시니 감히 막디 못ᄒ리니 냥형은 모ᄅ미 슬피라 드ᄃ여 좌우로 ᄒ여곰 각 당 긔실을 불너 일긔를 내여오니 이인이 ᄒ 번 펴 보고 불승탄복ᄒ야 왕의 팔형뎨를 ᄃᄒ여 녕션승샹과 모든 태부인의 힝젹이 여ᄎᄒ니 대왕의 여러 형뎨 거관의 졀딕ᄒ고 강엄ᄒ믄 도로혀 고이티 아니ᄒ이다 왕이 읍왈 군명을 거역디 못ᄒ나 번거ᄒ미 가티 아니니 냥형은 쳥컨대 시인의게 뎐티 말나 드ᄃ여 부

86면

친의 유젹 긔록ᄒ 것만 ᄀᆞᆯ히거ᄂᆞᆯ 포증 왈 불가ᄒ니 대왕의 형미 ᄉ젹을 ᄲ히디 아냐 션승샹의 힝실을 도울디라 두미를 업시ᄒ미 가티 아니타 ᄒ대 왕이 소왈 아들의 힝ᄉᄂᆫ 죡히 후셰예 뎐ᄒ염즉디 아니니이다 포증과 녀이간이 우어 왈 대왕이 아니 쥬표 덕혓던 일을 아쳐ᄒ고 공쥬 박ᄃᄒ믈 뉘우처 후셰인의 박힝타 긔롱을 드를가 두리미냐 진왕이 대소 왈 이ᄂᆫ 죡히 붓그럽디 아니ᄃ 형공 집의 가 ᄂ당 여어보믈 붓그리노라 셜파의 삼인이 대쇼ᄒ고 일긔를 가져 도라가 뎐을 지으며 소현셩의 효의와 힝실을 칭찬ᄒ기를 마디 아니ᄒ더라 진왕이 형부인으로 더브러 뉵십여 년을 동듀ᄒ고 ᄌ손 오십여 인을 두고 부뷔 니어 기셰ᄒ고

87면

왕의 ᄐ던 만니운이 오라디 아냐 죽은 후 칠셩검이 ᄉᄉ로 우러 간고디 업ᄉ니 진실노 신긔ᄒ고 긔이ᄒ더라 왕의 부뷔 졸ᄒ 후 슬프미 니으니 여러 형뎨 다 년ᄒ야 망ᄒ고 운명이 님부인으로 더브러 팔십셰의 ᄒ 날 죽으니 ᄌ손이 ᄇ여 인이라 소시 십인의 ᄌ손 만흐믄 운명이 웃듬이니 이ᄂᆫ 님시의 복덕이라 얼골 보니 슬ᄒ미 ᄀᆞᆷ초여 은

의를 듕히 어더 무궁흔 복을 누리니 일시 사름이 칭복ᄒᆞ고 블워ᄒᆞ더라 히를 년ᄒᆞ야 십쇠 다 망ᄒᆞ니 텬지 망극ᄒᆞ며 녜장ᄒᆞ시고 각〃 그 아둘노 벼슬을 승습긔 ᄒᆞ시니 소시 졔싱이 영화의 뜻이 업서 쟉위를 ᄉᆞ양ᄒᆞ고 산듕의 드러 황도의 츌입디 아니코 쳔년을 즐기니 운경의 댱ᄌᆞ 셰현과 운셩의

88면

셰광 등이 다 직명이 과인ᄒᆞ고 힝실이 놉하 조션여풍과 부모의 뜻을 니어 모든 슉모를 셤겨 쳔 년을 ᄆᆞᄎᆞᆫ 후 그 ᄌᆞ촌들을 다 ᄃᆞ려 ᄌᆞ운산의 드러와 ᄒᆞᆫ 가듕의셔 살며 의식을 고로〃 ᄒᆞ니 인심이 열복ᄒᆞ니 ᄃᆡ〃로 써나디 아냐 시오ᄃᆡᄉᆞᆺ디 ᄌᆞ운산의셔 사니 장현동 빅니 들히 조바 압 동구를 미러내고 완뇽담ᄉᆞᆺ디 집을 지어 현셩공의 ᄌᆞ손이 수쳔의 니ᄅᆞ히 ᄌᆞ운산의 이시니 시인이 일홈 지어 남문 밧글 소가촌이라 ᄒᆞ더라 이 시졀의 소현셩 션싱의 뎨 삼녀 슈애 뎡시랑 뎡화의 부인이오 참지졍ᄉᆞ 셜규는 소션싱의 문싱이니 고로 뎡홰 셜규로 문경지괴 된디라 뎡화의 녀ᄋᆞ 뎡환이 어려실 적븟터 미뫼 슈려ᄒᆞ야 비록 양태부인과 셕태부인긔 밋디 못ᄒᆞ

89면

나 흡연이 그 슉모 김참졍 부인으로 더브러 ᄀᆞᆺ툰디라 뎡시랑이 편익하다가 셜규의 독ᄌᆞ 경윤이 풍치 아름다오믈 보고 이에 구혼ᄒᆞ야 셔딩을 답빙ᄒᆞ며 뎡홰 오라디 아냐 죽고 소시 셜규의 챵쳡 만흐믈 듯고 그 풍이 기ᄌᆞ홀가 두려 지아븨 유밍을 져ᄇᆞ리고 빅약ᄒᆞ니 경윤은 풍뉴직ᄌᆞ의 다경혹ᄉᆡᆨ라 뎡화의 유언을 닛디 아닐 쓴 아냐 뎡시의 미모를 ᄉᆞ모ᄒᆞ야 구혼ᄒᆞ미 곡경의 구챠ᄒᆞ매 밋처 구ᄐᆞ여 소부인의 고집을 걱고 뎡환으로 무비 되니 과도히 팀혹ᄒᆞᆫ디라 셜귀 뎡시의 ᄌᆞᄉᆡᆨ과 힝지를 ᄉᆞ랑ᄒᆞ고 죽은 벗의 ᄌᆞ식이라 ᄒᆞ야 어엿비 너기나 경윤의 편벽흠과 과도ᄒᆞ믈 맛당이 못 너겨 젼의 의혼ᄒᆞ던 곳은 다 ᄎᆞ자 년ᄒᆞ야 경윤으로써 ᄌᆡ취케 ᄒᆞ니 골온 부시 경시니라 다 직상

90면

의 ᄯᆞᆯ이오 더옥 니시는 명현공쥬의 ᄋᆡ뎨라 부덕과 힝실이 뎡시의 ᄃᆡᆫ 일이 업ᄉᆞᄃᆡ 다만 얼골이 뎡시긔 밋디 못ᄒᆞ니 경윤이 다 불관이 너겨 규방의 드리티고 뎡시긔 혹ᄒᆞ니 셜공이 더옥 불쾌ᄒᆞ여 ᄒᆞ더니 진종의 양녀 옥경공쥐 당셩ᄒᆞ매 경윤의 풍치를 ᄉᆞ

랑ᄒᆞ샤 하가ᄒᆞ시니 공쥬의 ᄉᆡᆨ모ᄌᆞ예 ᄀᆡ특ᄒᆞ되 오직 풍ᄎᆡᄋᆡ용이 뎡시를 ᄯᆞᆯ오디 못ᄒᆞᆯ 디라 경윤이 죠곰도 유정ᄒᆞ미 업ᄉᆞ니 뎡시 모친의 투긔ᄂᆞᆫ 업ᄉᆞ나 텬셩이 고집ᄒᆞ고 의ᄉᆡ 훤출티 못ᄒᆞ야 ᄒᆞᆫ 고들 ᄃᆡ희여 두로혀디 못ᄒᆞᄂᆞᆫ 병이 이시나 ᄯᅩᄒᆞᆫ 온슌ᄒᆞ고 쳥한ᄒᆞ야 모든 뎍국의 홍안을 슬허ᄒᆞ고 당부를 ᄀᆡ유ᄒᆞ되 고틸 길히 업서 지어 공ᄌᆔ ᄇᆡᆨ두음을 외오ᄂᆞᆫ디라 텬ᄌᆡ 드ᄅᆞ시고 깁히 노ᄒᆞ시나 장헌명슉황휘 소현셩의 은덕을 감격ᄒᆞ시므로 공쥬

91면

의 홍안을 슬허ᄒᆞ고 경윤의 무정ᄒᆞ믈 ᄒᆞᆫᄒᆞ야 셜규 부인 뉴시의게 미안지교를 ᄌᆞ로 ᄂᆞ리오시나 뎡시의게 환이 업ᄉᆞ믄 이 연괴오 후ᄅᆡ의 공ᄌᆔ 드러가 지아븨 고집인 줄 주ᄒᆞ고 뎡시의 온슌ᄒᆞᆫ 덕을 일ᄏᆞᄅᆞ니 황휘 텬ᄌᆞ로 더브러 칭찬ᄒᆞ샤 뎡시를 슉뇨당이라 일홈 지의시고 도로혀 샹ᄉᆞ를 후히 ᄒᆞ시니 이 엇디 뎡시의 덕으로 님군이 감동ᄒᆞ며 공쥬의 말ᄉᆞᆷ으로ᄡᅥ 뎡시긔 죄를 더으디 아니시리오마ᄂᆞᆫ 이 젼혀 황휘 소가의 ᄌᆞ손을 두후ᄒᆞ시미어ᄂᆞᆯ 셜경윤뎐의 말ᄉᆞᆷ이 모호ᄒᆞ니 이ᄂᆞᆫ 번역ᄒᆞᆫ 사ᄅᆞᆷ의 말이 브죡ᄒᆞ미오 초의 공ᄌᆔ 소황후를 보디 아냐시므로ᄡᅥ 뎡시의 얼골이 당ᄃᆡ의 무빵ᄒᆞᆫ가 너기니 원ᄂᆡ 이ᄣᆡ 소휘 태ᄌᆞ 후궁으로 심당의 ᄀᆞᆷ초엿ᄂᆞᆫ 고로 공ᄌᆔ 츈궁의 ᄃᆞᆫ니나 곽후를 볼 ᄯᆞᄅᆞᆷ이라

92면

아디 못ᄒᆞ미오 및 인종이 즉위 후 소귀비 승통ᄒᆞ나 대ᄂᆡ 법이 샹명 곳 아니면 후궁이 공듀 왕비를 간대로 보디 못ᄒᆞᄂᆞᆫᄃᆡ 샹의 명이 겨시나 소휘 뎔녀의 동녈의게 굴슬ᄒᆞ믈 염ᄒᆞ야 칭탁ᄒᆞ고 보디 아니터니 후ᄅᆡ의 대ᄂᆡ 진연적 공ᄌᆔ 보야흐로 보고 뎡시의 용뫼 둘재 줄을 ᄭᆡ드라 ᄎᆞ후 용모를 일큿디 아니ᄃᆡ 그 온슌ᄒᆞ믈 칭찬ᄒᆞ야 곽후의 투긔를 ᄀᆡ유ᄒᆞᆯ ᄯᆞᄅᆞᆷ이러라 장헌황후와 인종이 셜문의 은영을 셩히ᄒᆞ미 곳 소후를 인ᄒᆞ미라 셜참정 문싱 녀셩이 ᄎᆡᆨ 네 권을 지어 포공과 녀승상을 뵈여 ᄀᆞᆯ오ᄃᆡ 셜문 힝젹이 ᄀᆡ특ᄒᆞ여 후세예 뎐ᄒᆞ염즉 ᄒᆞᆫ 고로 하관이 ᄀᆡ록ᄒᆞ야 뵈노라 ᄒᆞᆫ대 이인이 펴보고 크게 우서 왈 셜소부의 경박ᄒᆞ미 본ᄃᆡ 이러탓다 슈연이나 쟉위 놉고 오라디 아니나 소부

93면

의 녈의 이시니 경윤뎐이라 ᄒᆞ미 쳔ᄒᆞ고 그 듕 옥환 금셔딩이 ᄀᆞ장 긔이ᄒᆞ던디라 가히 슈뎨옥환빙이라 ᄒᆞ라 ᄃᆞᄃᆡ여 소현셩녹을 내여 빙쥰ᄒᆞ니 뎡시랑 부인의 투긔와 뎡시랑의 근본이 악ᄒᆞ미 분명ᄒᆞ되 다만 옥환빙의 소부인 친쳑을 너티 아냐 셩참졍이 격쟝의 잇기로 셩공의 부인만 소부인으로 형뎬 줄을 붉히니 말이 ᄀᆞ장 모호ᄒᆞ고 서의ᄒᆞᆫ디라 녀공이 옥환빙을 고티쟈 ᄒᆞ거ᄂᆞᆯ 포공이 말녀 왈 경시 번다ᄒᆞ니 소현셩녹 곳 보면 옥환빙이 그 ᄌᆞ손인 줄 아나 옥환빙 곳 보면 소현셩녹을 아디 못할디라 옥환빙 말솜이 번화ᄒᆞ고 다ᄉᆞᄒᆞ며 직샹의 일홈을 쁘디 아냐 벼슬노 일ᄏᆞ라시니 이는 녀셩이 쳔인으로 시졀 직샹을 알기 쉽고 또 감히 일홈을 쁘디 못ᄒᆞ야 믄득 쟉명으로 존칭ᄒᆞ야

94면

원녀를 두디 아니〃 가히 우엄즉ᄒᆞ고 분명티 아니〃 원ᄂᆡ 옥환빙의 니츄밀은 뎡시랑 부인의 ᄉᆞ촌남이니 이 곳 화부인의 친형 니시랑부인의 아들이오 셜경윤의 표ᄆᆡ 소낭ᄌᆞ 뉴시라 ᄒᆞᄂᆞᆫ 쟈는 곳 뉴평쟝의 ᄯᆞᆯ이오 소운경의 둘재 며ᄂᆞ리니 뎡시로 더브러 각별ᄒᆞᆫ 친ᄒᆞᆫ 배오 소공이 초의 옥셔딩으로ᄡᅥ 뎡시랑을 줄 제 닐오ᄃᆡ 악부 화공이 이를 날을 주니 내 또 너를 주노라 ᄒᆞ엿거ᄂᆞᆯ 옥환빙의ᄂᆞᆫ 악부 왕공이라 ᄒᆞ여시니 일즉 소션싱의 왕부인이 업ᄂᆞᆫ디라 밍낭ᄒᆞ미 여ᄎᆞᄒᆞ고 또 인종이 곽후를 폐ᄒᆞ시고 션인황후를 칙봉ᄒᆞ시니 조후ᄂᆞᆫ 그 후의 드럿거ᄂᆞᆯ 녀셩이 소후를 ᄡᅡ히고 황후 조시를 셰오다 ᄒᆞ야 젼후시말이 ᄆᆞᄎᆞᆷ내 소시가문을 거더디 아냐시며 뎡시랑이 죽은 후 초상ᄉᆞ를 셜참졍

95면

이 도라보아 출히다 ᄒᆞ니 이 더옥 거즛말이라 소시 십인과 소션싱이 그때 반셕 ᄀᆞᄐᆞ니 엇디 상ᄉᆞ 다ᄉᆞ리〃 업서 ᄒᆞᆫ 붕우의 ᄌᆞ뢰를 닙을 니 이시며 ᄯᅩᄒᆞᆫ 셜귀 상장의 니ᄅᆞ러 두어번 곡님ᄒᆞ고 티졔ᄒᆞ므로ᄡᅥ 믄득 담당ᄒᆞ여 보호ᄒᆞ다 ᄒᆞᆯ 드ᄅᆞ리오 ᄒᆞ믈며 옥환빙의 닐너시ᄃᆡ 소부인이 지아븨 유밍을 아디 못ᄒᆞ고 셜싱을 밀막다가 츈아의 말과 셔당 칙농 속의 옥궤를 내여보고 감동ᄒᆞ다 ᄒᆞ니 이 다 허언이라 임의 뎡시랑이 죽은 후 츈애 원방의 가디 아냐 이에 잇ᄂᆞᆫ 고로 실ᄉᆞ를 소시ᄃᆞ려 고ᄒᆞᄃᆡ 소시 짐즛 아

디 못ᄒᆞᄂᆞᆫ 톄ᄒᆞ야 경윤을 믈리티랴 ᄒᆞ다가 경윤이 반야의 뎡환의 방의 드러가 그 손을 잡아 샹ᄒᆞ기의 미ᄎᆞ매 소시 일당을 대로ᄒᆞ야 녀ᄋᆞ를 난타ᄒᆞ고 ᄡᅥ곰 의심ᄒᆞ야 ᄉᆞ통ᄒᆞᆷ믈 힐문

96면

홀시 뎡시 쥬표로ᄡᅥ 어미ᄅᆞᆯ 뵈고 여러 표형과 슉모의 버러시믈 타 부친의 유언과 슈빙ᄒᆞ믈 닐너 그 모친의 말을 막으니 소시 시러곰 츄탁디 못홀 적 그 ᄋᆞᄌᆞ 뎡텬윤이 밧비 셔당의 가 옥궤ᄅᆞᆯ 내여 모든 ᄃᆡ 뵈매 시랑의 필뎍과 ᄆᆡᆼ셰ᄒᆞᆫ 거시 구드니 소시 공ᄌᆞ의 듕회듕 내여오믈 아연홀 적 눈을 드러보니 녀ᄋᆞ의 좌쉬 듕샹ᄒᆞ야 불근 피뎜〃ᄒᆞ니 십분 경아ᄒᆞ야 연고ᄅᆞᆯ 무로니 유뫼 실로ᄡᅥ 고ᄒᆞᆫ디라 십분 통히ᄒᆞ되 가히 다시 믈니티 못ᄒᆞ야 ᄡᅥ곰 셩혼ᄒᆞ미 이시니 기간 곡졀의 허언이 만코 션휘 도착ᄒᆞᆫ 고디 만흐니 포공 녀공이 일당을 대소ᄒᆞ고 녀셩을 블너 그 연고ᄅᆞᆯ 무ᄅᆞ니 셩이 고왈 소현셩녹을 보면 옥환빙의 뎡슉뇨 당이 ᄂᆞ자시니 하관의 어린 ᄯᅳᆺ의 구ᄐᆞ여 빙듄ᄒᆞ리 업ᄂᆞᆫ

97면

고로 소시 문듕셜화ᄅᆞᆯ 다 ᄲᅢ히고 오직 뎡슉뇨와 셜소부ᄅᆞᆯ 위ᄒᆞᆫ 배니이다 이공이 ᄯᅩᄒᆞᆫ 우서 왈 다른 일은 니ᄅᆞ디 말녀니와 황후의 션후ᄅᆞᆯ 밧고리오 녀셩이 ᄃᆡ왈 조휘 임의 셔 겨시니 ᄯᅩᄒᆞᆫ ᄉᆞ긔예 션인태휘 명〃이 올나시니 이 죠고만 칙의 그ᄅᆞ나 엇디 족히 개회ᄒᆞ리오 하관이 임의 조후라 ᄒᆞ엿ᄂᆞᆫᄃᆡ 다시 곳티매 ᄉᆞ셜을 다 기셜ᄒᆞ리니 ᄌᆞ못 듕대ᄒᆞ여이다 이인이 다만 웃고 옥환빙을 녀셩을 맛디고 다시 유의티 아니ᄒᆞ더니 일〃은 포공이 한헐ᄒᆞ믈 타 옥환빙과 소현셩녹을 노코 그 슈미ᄅᆞᆯ ᄌᆞ시 술피매 녀공이 ᄀᆞᆯ오ᄃᆡ 셜경윤의 얼골이 블과 옥ᄀᆞᆺ티 희고 입이 불그므로ᄡᅥ 곱다 니ᄅᆞ나 엇디 [십]소의 무궁ᄒᆞᆫ 풍치ᄅᆞᆯ 미ᄎᆞ리오 십쇠 ᄒᆞᆫ갓 미뫼 슈려홀 ᄲᅮᆫ 아니라 쳥쇄윤틱ᄒᆞᆫ 풍광이 이셔 경윤의 강〃이 아

98면

ᄅᆞᆷ다옴과 품격이 ᄂᆡ도ᄒᆞ니 가히 비기디 못홀 거시어ᄂᆞᆯ 녀셩의 아당ᄒᆞᄂᆞᆫ 말이 위쟈ᄒᆞ기의 미ᄎᆞ니 엇디 가소롭디 아니리오 ᄒᆞ믈며 셜규ᄂᆞᆫ 이 곳 일셰예 풍뉴랑이나 위의

강엄ᄒᆞ믄 잇거니와 몸소 챵악을 즐기며 ᄋᆞᄌᆞ를 금단ᄒᆞ니 이 부형의 유엄ᄒᆞᆫ 배 아니오 깁히 셩현의 쥬식 경계를 져ᄇᆞ렷고 ᄯᅩ 며ᄂᆞ리와 아ᄃᆞᆯ이 싀아비와 조모 알픠셔 언어를 화답ᄒᆞ고 희롱을 일우니 ᄌᆞ못 슈엄ᄒᆞᆫ 일이 아니오 규의 모친 범시 비록 관후ᄒᆞ나 ᄆᆞ음이 번화ᄒᆞ고 잡되여 과부의 고요ᄒᆞᆫ 졀죄 업고 뎡슉뵈 비록 아름다오나 너모 고집ᄒᆞ고 닝낙ᄒᆞ야 한샹셔 부인 소시의 군ᄌᆞ ᄀᆞᆺᄐᆞᆫ 풍도와 태부인 셕시의 유슌팀졍 화열ᄒᆞᆫ 셩덕을 미ᄎᆞ리 업고 경윤의 얼ᄆᆡ 두 사ᄅᆞᆷ이 회히를 찬조ᄒᆞ나 니셕 이파를 ᄇᆞ라디 못

99면

ᄒᆞᆯ디라 소션싱은 니ᄅᆞ도 말녀니와 셜가 부ᄌᆡ 소운셩 형뎨게도 써딘 일이 만흐ᄃᆡ 녀셩이 거ᄌᆞᆺ 거ᄉᆞᆯ 찬조ᄒᆞ미 만ᄒᆞ니 진실로 고이ᄒᆞ도다 포공 왈 형의 말이 올ᄒᆞᄃᆡ 아둥이 샹명을 밧ᄌᆞ와시니 오직 현셩녹을 공논으로 ᄒᆞᆯ ᄯᆞᄅᆞᆷ이디 뎌를 금ᄒᆞ여 므엇ᄒᆞ리오 녀공이 죠공의 ᄠᅳ디 ᄆᆞᄎᆞᆷ내 고티디 아니믈 보고 ᄒᆞᆯ 일이 업서 ᄃᆞᄃᆡ여 찬을 지으니 포공이 현셩공을 몬져 찬왈 유공이 박혹다지ᄒᆞᄃᆡ 팀묵언희ᄒᆞ고 ᄀᆞᄅᆞ치디 아닌 녜를 스ᄉᆞ로 힝ᄒᆞ매 ᄌᆞ연 셩교와 ᄒᆞᆫ 가지라 효로써 몸을 셰워 효도로 몸을 ᄆᆞᄎᆞ니 엇디 아름답고 슬프디 아니리오 셰속의 미남ᄌᆡ 만ᄒᆞ나 소션싱을 밋기 어려오니 십소의 긔이홈도 부친ᄭᅴ 들면 쇠잔ᄒᆞᆫ 별이 명월을 ᄃᆡᄒᆞᆷ ᄀᆞᆺᄐᆞ니 다만 ᄇᆞ라보매 용광이 현황

100면

ᄒᆞ여 어른길 ᄯᆞᄅᆞᆷ이오 사ᄅᆞᆷ으로 ᄒᆞ여곰 ᄌᆞ시 ᄉᆞᆯ필 길히 업ᄉᆞ니 향년 팔십여 셰의 오히려 츈식이 의구ᄒᆞ니 ᄆᆡ양 사ᄅᆞᆷ이 비ᄒᆞᆯ 곳이 업서 곳과 옥으로 소공의 용화를 비기나 엇디 화옥이 밋ᄎᆞ리오 외로이 안자실 적 아디 못ᄒᆞ되 즁듕의 섯기이면 찰난쇄락ᄒᆞ고 ᄯᅩ 졀묘히 아름다오미 아냐 슈〃소쇄ᄒᆞ고 쥰매비샹ᄒᆞ야 옥이 듯글의 므드디 아니며 눈이 텬듕을 조차 ᄀᆞᆺ 빠힌 ᄃᆞᆺᄒᆞᆫᄃᆡ 쉭〃ᄒᆞᆫ 위엄과 긔이ᄒᆞᆫ 신치 만인듕 ᄲᅱ여나니 ᄒᆞ믈며 신댱이 여ᄃᆞᆲ자히오 허리 살대 ᄀᆞᆺ고 엇게 비봉ᄀᆞᄐᆞ며 위풍이 늠녈슉연ᄒᆞ야 졔ᄌᆞ 다 어린 ᄋᆞ동들 ᄀᆞᆺᄐᆞ야 젼혀 거룩ᄒᆞᆫ 위의 쇼삭ᄒᆞ니 진실노 고이ᄒᆞᆫ 일이로다 녀공이 니어 쳥현을 찬왈 신한은 셰샹의 빗나고

101면

풍도는 뎍션을 니엇도다 흔 번 단심을 뎡흐매 구뎡이 경훌디라 공쥬를 이긔여 죽이고 대의를 취흐매 친뎨를 브리고 빅형을 구흐도다 유셔를 안고 울매 형뎨 즈딜이 감동흐니 공이 의효를 니엇도다 흐고 우히 본뎐 별셔를 지으니 소셰광이 진왕이 되엿더니 부조의 힝젹이라 흐야 ᄎ자 갈식 이공의 공논을 보고 눈믈을 흘려 샤례흐며 여러 권 셜화를 가져 집의 도라와 모든 형뎨로 더브러 보고 탄식 왈 우리 부조 슉친의 힝젹이 혹 아름답디 아닌 곳이 이시나 샹명으로 두 지샹이 지어시니 엇디 감히 ᄣᅢ이리오 흐고 청풍명월과 츄텬야우의 부조의 유젹을 완상흐야 힝실을 닷더라 이에 셰광의 ᄎᄌ 소위 셔쵹의 드러가 사더니 아돌 소노쳔을 나하 노쳔이 동파 연빙을 나흐

102면

니 다 문장혹식라 조상의 문명을 니으니 송 시졀 유명흔 명인이 되니라 대강 셰상 뎐이 일편되여 기리는 쟈는 과도흐고 나모라는 쟈는 너모 심흐니 대강 뎐 짓는 재 혹 친쳑 즈딜 수이로셔 나므로 인경이 편벽되여 션악을 과도히 흐거니와 소현셩녹을 흔갓 본부 일긔쑨 아니라 포공 녀공이 샹명을 밧즈와시므로 일긔 혹 일편된가 너겨 십분 방문흐야 그 연가결친의 집의 두로 듯보와 기듕 화셕과 소윤의 셰쇄 비밀과 니셕의 힝스를 눈의 본드시 드러 문견이 흔골 굿튼 후 뎐을 지으니 이러므로 사름의 그른 것과 올흔 일이며 과도흔 일이 위쟈흐미 업ᄉ니 ᄎ고로 화부인의 뎐도홈과 운명 운현의 망녕되며 진왕의 극흔 고집과 과도흐믈 죠곰도 위쟈티 아니〃 지극흔

103면

공논이라 쳔츄의 블기 알디어다

〈뉴문셩ᄌ몽유록〉

대송이 휘종의 쇠흐여 흠종의 망흐니 그 후 고종이 즉위흐엿더니 ᄌ손의 니르러 텰목진의 다시 망흐니 문승상 등이 졀의 죽고 대원 달지 듕원을 가졋더니 호쥐 ᄊᆞ히 셩인이 내[흐]시니 셩은 쥬시오 휘는 원장이라 오랑캐를 티시고 통일ᄉ히흐샤 즉위텬

ᄌᆞᄒᆞ시니 곳 대명 태조황뎨라 공신을 봉ᄒᆞ시니 ᄀᆡ국훈신 셩의빅 뉴ᄀᆡ 벼슬을 ᄉᆞ양ᄒᆞ고 쳐쥐 가 사더니 산슈를 유람ᄒᆞ여 변경의 니ᄅᆞ러 멀니 ᄇᆞ라보니 남문밧씌 ᄒᆞᆫ 뫼히 이시되 크기 무궁ᄒᆞ고 열두 봉만이 바로 ᄡᅢ여나 운텬의 ᄡᅦ텨시니 뉴공이 ᄀᆡ이히 너겨 나아가 보니 산쳔이 절승ᄒᆞ고 격물이 소쇄ᄒᆞ여 풍경이 소과의 읏듬이라 만

104면

이쳔 봉과 ᄀᆡ화요초의 산협옥결은 진쥬를 구을니ᄂᆞᆫ ᄃᆞᆺᄒᆞᆫ디라 ᄆᆡᆨ이 녕슈ᄒᆞ야 칠ᄃᆡ 삼공이 니러나고 구ᄃᆡ 왕후의 보응이 잇ᄂᆞᆫ디라 셰류 수쳔되 ᄀᆞ로막혀 그 안흘 보기 어렵거ᄂᆞᆯ 버들을 헤티고 드러가보니 옥사청셕의 큰 소히 이셔 쥬회 십여 리오 슈셰 늠〃ᄒᆞ여 기ᄅᆡ를 아디 못ᄒᆞᆯ디라 쟈고ᄂᆞᆫ 슬피 우러 녜일을 니ᄅᆞᄂᆞᆫ ᄃᆞᆺ 청풍이 소슬ᄒᆞ고 송듁이 창〃ᄒᆞᆫᄃᆡ ᄇᆡᆨ홰 무셩ᄒᆞ야 ᄎᆡᄉᆡᆨ당을 두로틴 ᄃᆞᆺᄒᆞ니 뉴공이 흥을 이ᄀᆡ디 못ᄒᆞ야 길ᄉᆡᆨ 셕암의 안자 거문고를 ᄐᆞ다가 멀니 ᄇᆞ라보니 어즈러온 숑듁 ᄉᆞ이의 셕비를 셰우고 샹면의 뎐ᄌᆞ를 크게 사기되 ᄌᆞ운산 완농담 장현동이라 ᄒᆞ엿고 아래 ᄒᆡᄌᆞ로 쓰ᄃᆡ 쇼소부 필젹이라 ᄒᆞ여시니 ᄌᆞ획이 ᄀᆡ이ᄒᆞ고 묵젹이 ᄀᆞᆺ 사긴 ᄃᆞᆺᄒᆞ니 공이 사ᄅᆞᆷ 사던

105면

고딘 줄 알고 동구를 너머 쟈근 재를 너머 구버보니 평탄ᄒᆞᆫ 드ᄅᆞ히 ᄇᆡᆨ여 리나 ᄒᆞ고 퇴락ᄒᆞᆫ 화계와 믈허딘 분쟝이 수참ᄒᆞ나 녹듁 숑ᄇᆡᆨ과 ᄀᆡ이ᄒᆞᆫ 곳과 향ᄀᆡ로온 플이 ᄀᆞ득ᄒᆞ고 디형이 광활ᄒᆞ여 각별ᄒᆞᆫ 동텬이라 집이 오히려 이시니 공이 탄왈 반ᄃᆞ시 대송 피화ᄒᆞᆫ 사ᄅᆞᆷ의 집이로다 드ᄃᆡ여 드러가 보니 듕간의 큰 비를 셰워 가온대 소현셩튱효문이라 ᄒᆞ엿고 샹면의 진종만세 황야 필젹이라 ᄒᆞ여시니 공이 ᄀᆡ특이 너겨 문을 비겨 조오더니 옥소 소ᄅᆡ 들니며 일인이 알ᄑᆡ 나아와 ᄀᆞᆯ오ᄃᆡ 뉴군은 별ᄂᆡ 무양ᄒᆞ냐 공이 눈을 드러보니 그 사ᄅᆞᆷ이 몸의 농포를 닙고 손의 옥홀을 쥐여시니 ᄀᆡ되 준슈ᄒᆞ고 얼골이 관옥 ᄀᆞᆺ더라 ᄀᆡ 뎐도히 니러 ᄇᆡ왈 타향 ᄀᆡᆨ인이 풍경을 완샹ᄒᆞ려 이에 니ᄅᆞ러시나

106면

엇디 션군을 알니오 기인이 츄연 탄왈 나는 대송적 진왕 소운셩이러니 그ᄃᆡ를 젼셰

의 친ᄒᆞ던 배라 금일 우리 집을 관광ᄒᆞ매 디하의 녕혼이 반가온디라 이에 니ᄅᆞ러 ᄒᆞᆫ 말을 븟티리니 우리 집 일긔를 긔록ᄒᆞ야 부모의 힝실을 뻐 두어시되 셰샹의 던ᄒᆞᆯ 길히 업더니 그ᄃᆡ를 만나니 만힝ᄒᆞᆫ디라 못ᄀᆞ의 셕비로 셰워시니 그 밋틀 ᄑᆞ면 석자 기ᄅᆡ예 금궤 이시리니 그ᄃᆡ 맛당이 내여 가 셰샹의 던ᄒᆞ라 이 곳은 우리 사던 고드로 ᄌᆞ손이 십여 ᄃᆡ를 동거ᄒᆞ더니 텰목진의 망ᄒᆞ니 나믄 ᄌᆞ손이 텬하의 흣터뎌 혹 사라시나 쇠미ᄒᆞ여 녜 일이 업ᄉᆞ니 엇디 슬프디 아니라오 우리 힝젹도 난시의 일키 쉬오ᄃᆡ 마춤 어딘 ᄌᆞ손이 이셔 황〃 분찬 듕의도 깁히 뭇고 흣터디니 수ᄇᆡᆨ 셰를 디나되 오히려 이

107면

시니 부모의 힝ᄒᆞ시던 배 회귀ᄒᆞ니 츰디 못ᄒᆞ야 그ᄃᆡ를 맛디ᄂᆞ니 됴히 셰샹의 던ᄒᆞᆯ디어다 셜파의 일딘 ᄇᆞ람을 조차 얼골을 보디 못ᄒᆞ니 뉴공이 놀나 ᄭᆡ드ᄅᆞ매 산ᄉᆡᆨ은 창〃ᄒᆞ고 녹슈ᄂᆞᆫ 잔완ᄒᆞ야 풍경은 의구ᄒᆞᄃᆡ 거룩ᄒᆞᆫ 위의와 믈군 말솜을 보디 못ᄒᆞᆯ디라 ᄆᆞ음이 쳐연ᄒᆞ야 밧비 못 ᄀᆞ의 나아가 ᄑᆞ니 과연 금궤 속의 깁의 쁜 글이 이셔 슈뎨 소현셩녹이라 ᄒᆞᆫ 번 ᄂᆞ리 보고 크게 긔특이 너겨 졔문 지어 졔ᄒᆞ고 ᄂᆡ당ᄉᆡ디 쎄텨 드러가[보]니 오로 믄허뎟고 홀로 온젼ᄒᆞᆫ 고디 이셔도 퇴락ᄒᆞ엿고 현판의 븟틴 거시 일긔와 ᄒᆞᆫ골 ᄀᆞᆺᄐᆞ야 취셩뎐 일희당 ᄇᆡᆨ화헌 녹운누 벽운누 둑셔당이 의구ᄒᆞ여 몸이 졔소를 보ᄂᆞᆫ 듯ᄒᆞ더라 뉴공이 이에 도라와 번셔ᄒᆞ야 셰샹의 던ᄒᆞ니 대명으

108면

로븟터 여러 권 ᄎᆡᆨ이 되니라

갑ᄌᆞ츈의 내 마춤 파직ᄒᆞ여 집의 드럿더니 무류 듕 잡긔를 보매 다 됴티 아니ᄒᆞᄃᆡ 홀로 이 말솜이 정대ᄒᆞ여 ᄯᅩᄒᆞᆫ 효측ᄒᆞ염즉 ᄒᆞᆫ 고디 만ᄒᆞᆯ시 두어 ᄃᆞᆯ 공부ᄂᆞᆫ 가히 브졀 업거니와 너희ᄂᆞᆫ 고인의 아름다온 ᄉᆞ젹과 내의 슈고를 경시티 말고 ᄒᆞᆫ 벌식 벗겨 좌우의 둘디어다 셜싱의 일홈이 경운이가 아냐 두 뎜 ᄂᆞ리긋고 바팀ᄒᆞᄂᆞᆫ ᄌᆡ로ᄃᆡ 내 쓰디 못ᄒᆞᆯ ᄌᆡ매 ᄒᆞᆫ 긔이를 뻐시니 보시ᄂᆞ니ᄂᆞᆫ 옥환빙의 셜싱의 일홈인 줄 알디어다

소현성록
연작 가계도
소씨 가문

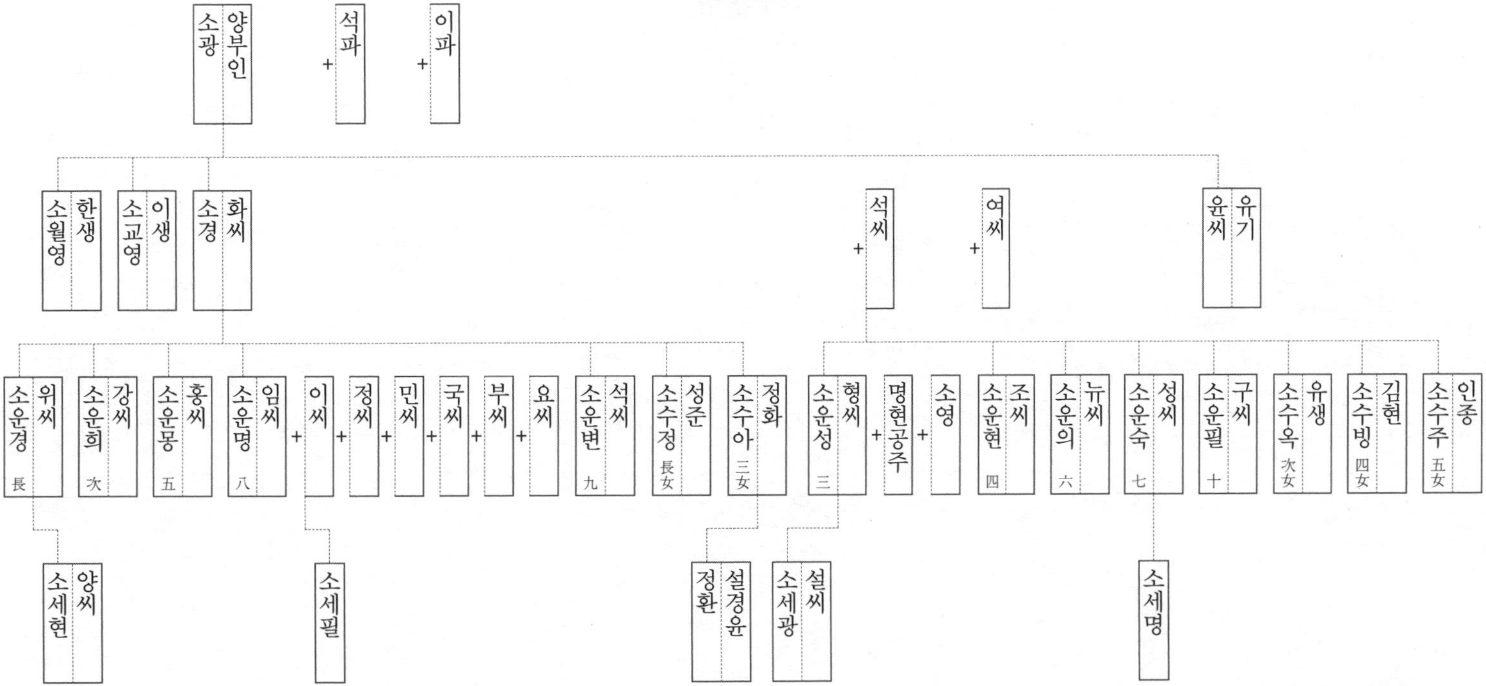